Justin Call est diplômé de Littérature et d'Écriture créative de l'Université de Harvard. Il étudie la Fantasy depuis dix ans et est le cocréateur des jeux de plateau Imperial Harvest et Royal Strawberries. Justin vit dans l'Idaho avec son épouse et leurs deux fils. Ce premier roman impressionnant de maîtrise a déjà été acquis dans une demi-douzaine de pays.

Du même auteur :

Les Dieux silencieux :
1. *Le Maître des Chagrins*
2. *Le Maître Artificier*

Justin Call

Le Maître Artificier

Les Dieux silencieux – 2

Traduit de l'anglais (États-Unis) par Nenad Savic

Bragelonne

Titre original : *Master Artificer*

Originellement publié en Grande-Bretagne par Gollancz,
une maison d'édition de Orion Publishing Group Ltd.
Publié avec l'accord de l'auteur,
c/o BAROR International, INC.,
Armonk, New York, États-Unis

Cartes et illustrations :
D'après les cartes et les illustrations originales
de Jared Sprague

ISBN : 979-10-281-1410-7

Bragelonne
60-62, rue d'Hauteville – 75010 Paris

E-mail : info@bragelonne.fr
Site Internet : www.bragelonne.fr

Pour Coco, dont les sacrifices permettent mon succès.

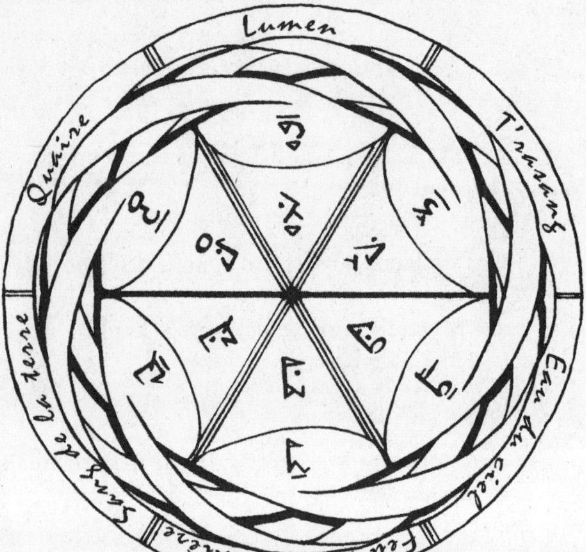
Lumen
Eau du ciel
Feu de la Lumière
Sang de la Terre

Prenez garde à l'imposteur qui porte les restes de Keos.
Après avoir combattu Son esprit, il voudra s'emparer du trône
du Sang de la terre.
Après avoir trompé Ses fidèles, il cherchera à les retourner contre
Lui.
Soyez vigilants. Soyez prêts à l'aube de l'Âge
de la Renaissance.
Alors Keos le Troisième s'élèvera dans Sa gloire pour chasser les usurpateurs
de Luquatra.

Voici les signes qui vous permettront de Le reconnaître :
La Main de Keos sera à Son bras et la marque de Ses ennemis
sur Sa poitrine.
Vêtu du sang de Ses serviteurs, Il portera
les os de Son peuple.
Héritier des fils d'Odar et des filles de Lumea, Sa magie sera pure et Son esprit entier.

Soyez à l'affût de ces signes car lorsqu'Il s'élèvera de nouveau,
Il récompensera les fidèles et punira ceux qui ont douté, et la magie

qui Lui résistera se retournera contre ceux qui l'invoqueront.

Notre Sauveur et Destructeur.
Le Maître Artificier.
Le Seigneur noir.
Keos Ressuscité.

« Les Infidèles et les Déchus », extrait du *Livre de Terra*

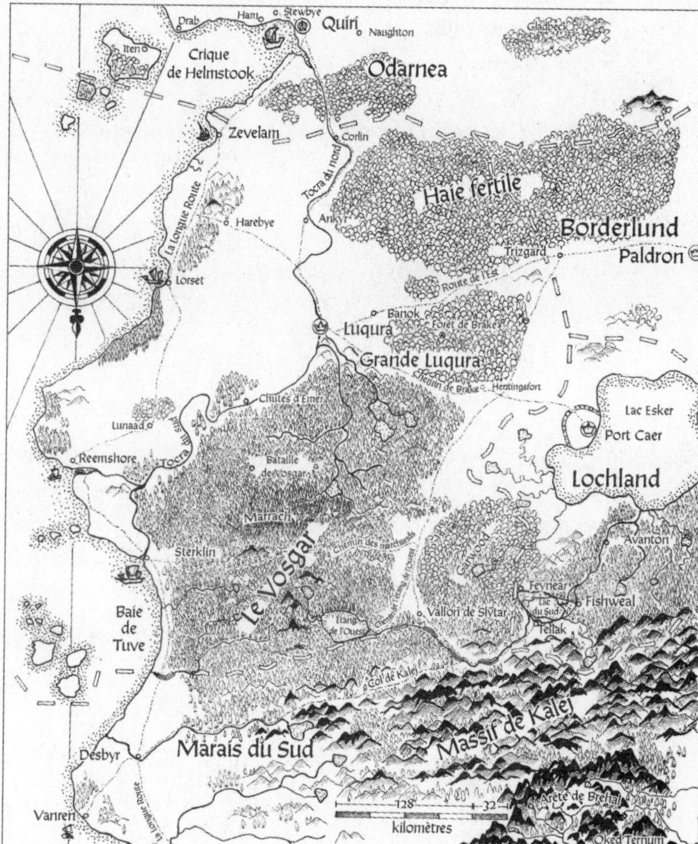
Drab
Ham
Stewbye
Quiri
Naughton
Gladbeck
Crique
de Helmstook
Odarnea
Zevelam
Corlin
Tocra du nord
La Longue Route
Haie fertile
Harebye
Ankyr
Borderlund
Trizgard
Paldron
Lorset
Route de l'Est
Banok
Forêt de Brake
Luqura
Grande Luqura
Chemin de Brake
Hentingsfort
Chutes d'Emer
Lac Esker
Port Caer
Lunaad
Tocra du Sud
Reemshore
Bataille
de Vosgar
Lochland
Marrach
Chemin des marchands
Avanton
Sterklin
Le Vosgar
Garwood
Feynear
Lac
du Sud
Fishweal
Vallon de Slytar
Baie
de
Tuve
Étang
de l'Ouest
Tellak
Col de Kalej
Massif de Kalej
Marais du Sud
Desbyr
Arête de Brehal
128
32
kilomètres
Vanren
La Longue Route
Oked Terhum

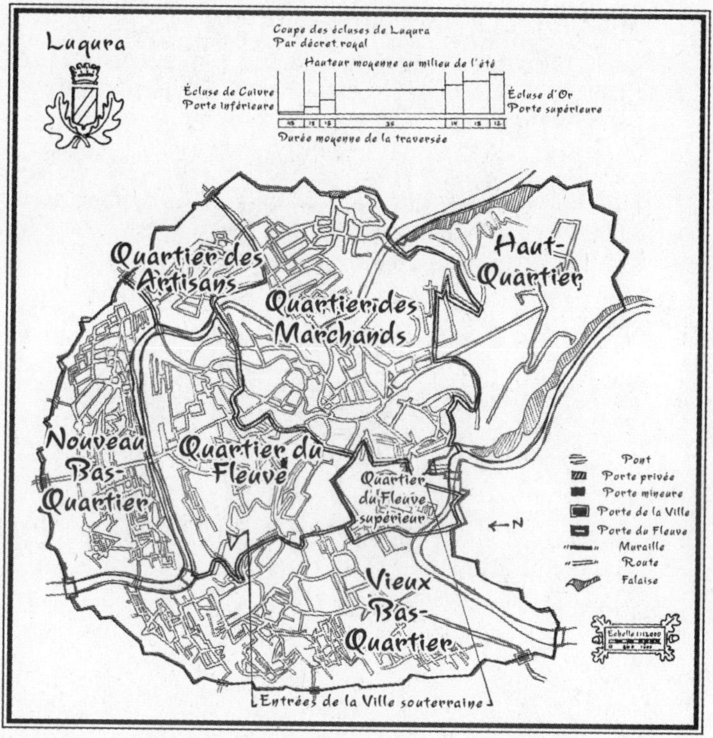
Luqura
Coupe des écluses de Luqura
Par décret royal
Hauteur moyenne au milieu de l'été
Écluse de Cuivre
Porte inférieure
Écluse d'Or
Porte supérieure
Durée moyenne de la traversée
Quartier des Artisans
Haut-Quartier
Quartier des Marchands
Nouveau Bas-Quartier
Quartier du Fleuve
Quartier du Fleuve supérieur
Vieux Bas-Quartier
Pont
Porte privée
Porte mineure
Porte de la Ville
Porte du Fleuve
Muraille
Route
Falaise
Entrées de la Ville souterraine

L'HISTOIRE JUSQUE-LÀ...

Pendant des années, Annev de Breth s'est donné énormément de mal pour devenir un avatar de l'Académie de Chaenbalu, affrontant les autres garçons pour faire ses preuves, ajoutant les exigences de son entraînement au travail qu'il accomplissait pour son mentor, le Frère Sodar, le prêtre en charge de la chapelle du village.

Lors de ses examens finaux, Annev est contraint de faire des choix. Embrasser les enseignements de l'Académie ou bien suivre ceux de son mentor ? Travailler en équipe avec ses amis ou poursuivre ses propres objectifs ? De ses choix dépendra son avenir...

Cependant, aucun chemin n'est sans embûches, ni surprises. Après avoir accompli une mission spéciale dans la forêt de Brake pour le compte de l'Ancien Tosan, le directeur de l'Académie de Chaenbalu, Annev est promu maître avatar et envoyé dans la ville de Banok pour une mission de récupération d'artefact magique. Ses deux rivaux l'accompagnent : Fyn, la brute de l'école, la Némésis d'Annev ; Kenton, un garçon qui a trahi Annev et leurs amis dans le passé... et qui est épris en secret de la jeune femme dont Annev est amoureux, Myjun.

Unis par des objectifs communs, les trois garçons arrivent à Banok et sont confrontés à Janak Harth, le marchand infirme qui détient la Baguette de Compulsion qu'ils doivent récupérer. Grâce à des compétences durement acquises, travaillant en équipe pour la première fois, ils affrontent le marchand et ses hommes, auxquels ils parviennent à dérober l'artefact… pour se le faire voler presque aussitôt par une certaine Sodja Rocas, jeune noble venue de la capitale, Luqura. Dans le chaos qui s'ensuit, Fyn prend la voleuse en chasse, tandis que Kenton décide de passer à l'action, enfermant Annev dans le bureau incendié de Janak, espérant le tuer.

Afin d'échapper aux flammes, Annev retire son bras artificiel, la prothèse magique qu'il porte depuis sa plus tendre enfance et qui, si l'Académie venait à apprendre son existence, lui vaudrait d'être condamné à mort. En tant que keokum utilisateur de la magie, Annev n'est qu'une créature méprisable pour les autorités de l'Académie.

Après avoir abandonné sa prothèse et la collection du marchand dans l'incendie, Annev doit choisir entre fuir Chaenbalu une fois pour toutes avec Sodar, abandonnant son rêve d'une vie d'avatar et de mariage avec Myjun, ou bien rester au village en sachant que l'Académie ne l'acceptera jamais tel qu'il est, qu'il lui faudra trouver une nouvelle prothèse dans le Caveau de la Damnation, où sont stockés les artefacts récupérés. Prenant finalement la décision de tenter de préserver son statut de maître avatar et de gagner la femme qu'il aime, il avale un élixir magique conférant célérité et résistance afin de rentrer à Chaenbalu avant que ses compagnons puissent annoncer la nouvelle de leur échec et de sa mort. Il se fabrique un bras de fortune à l'aide d'un gant qu'il fourre de paille, puis s'introduit avec l'aide de Myjun dans les sous-sols de l'Académie, où se trouve le Caveau de la Damnation. Comme ils arrivent devant la porte du Caveau, cependant, Myjun découvre la prothèse de fortune d'Annev et, horrifiée et trahie, l'assomme.

Annev se réveille dans les cachots de l'Académie où l'Ancien Tosan, le père de Myjun, essaie de le faire avouer qu'il est un Fils de Keos, qu'il possède le talent maudit de la magie. L'interrogatoire est interrompu par des monstres, des *feurog* humanoïdes à la peau constituée de métal et de pierre, qui envahissent le village, brisant son cercle protecteur, tuant nombre de villageois et d'apprentis. Profitant du chaos, Annev s'échappe de sa cellule, aveugle Kenton avec un liquide magique avant de l'enfermer. Durant sa fuite, il s'arme de divers artefacts trouvés dans le Caveau afin de sauver le village.

Libre, il retrouve ses amis et son ancien adversaire Fyn, avec qui il compte empêcher les *feurog* de massacrer les habitants de Chaenbalu. Les monstres enfin défaits, Annev rejoint son ancien mentor Sodar… et découvre le mage qui est à l'origine de l'attaque : Oyru, assassin d'élite œuvrant pour le Dieu déchu Keos.

Annev et ses amis blessent Oyru et l'emprisonnent dans le puits du village, mais se retrouvent alors face à Tosan, Myjun et ce qui reste des maîtres et anciens de l'Académie. Le directeur attaque Annev avec une baguette sombre, mais Sodar sauve le jeune homme avec un bouclier d'air… Celui-ci finit par céder, et le vieux prêtre est tué par le feu infernal de la baguette de Tosan. Annev met à profit ses artefacts magiques, mais il ne peut pas tenir éternellement. Lorsque tout semble perdu, il fouille le sac de son mentor dans l'espoir de trouver de quoi se défendre et, à sa grande surprise, en sort la Main de Keos, la prothèse maudite forgée par le Dieu déchu du Sang de la terre des millénaires plus tôt. L'utilisant pour repousser, chancelant et désespéré, les attaques de Tosan, Annev immole le directeur de l'Académie et manque de tuer Myjun, qui tombe dans une crevasse ouverte à ses pieds.

Stupéfaits par la destruction de leur village, Annev, ses amis Titus, Therin et Fyn, ainsi que quelques survivants se préparent à quitter Chaenbalu pour rallier Luqura et y commencer une nouvelle vie. Sraon, le forgeron du village et allié secret de Sodar, propose de guider les réfugiés avec Brayan, l'ancien intendant de l'Académie. Annev a son propre objectif, cependant, ayant découvert qu'il est incapable de retirer la Main de Keos et espérant trouver de l'aide à Luqura. En attendant, Brayan fouille les ruines de l'Académie et prend connaissance d'une note énigmatique suggérant que les *feurog* ont attaqué Chaenbalu de concert avec les femmes sages de l'Académie car « le Vaisseau » – Annev – a été découvert.

Comme le groupe prend la route, Oyru erre dans les sous-sols de l'Académie, où il trouve Myjun. La jeune femme est torturée par les *feurog* qui tentent de verser un liquide magique (de l'*aqlumera*) sur les cicatrices de son visage. Oyru la regarde tuer ses assaillants avant de s'approcher d'elle pour lui proposer de devenir son apprentie. En échange, il lui offre un masque qui la guérira… et lui promet de l'aider à réaliser ses propres objectifs : trouver et tuer le garçon qui l'a trahie et laissée pour morte.

Prologue

Kenton atteignit la porte à l'instant où la barre tombait pour la verrouiller. Un battement de cœur plus tard, le judas était fermé à son tour et la clé tournait dans la serrure.

— Ainnevog ! cria-t-il en martelant le métal. Que Keos te brûle les os ! Je vais te tuer ! Si je te revois un jour, je te tue !

Sa vue se brouilla comme il reculait, ses rétines le faisant de plus en plus souffrir. Il hurla en se frottant les yeux et en se demandant quel liquide infernal Annev lui avait jeté au visage.

— *Ainnevog !* beugla-t-il en le maudissant.

La douleur s'intensifia, lui faisant l'effet de deux dagues enfoncées dans le crâne, et Kenton s'écroula. Il lutta pendant de longues minutes, tentant d'essuyer le liquide brûlant qui l'empêchait de voir, mais chaque seconde qui passait s'accompagnait d'un tourment nouveau.

Kenton pleurait, et ses larmes salées le brûlaient comme de l'acide. Il sanglotait et se griffait le visage en suppliant que la torture cesse.

Elle ne cessa pas, toutefois ; elle refusa de cesser. Au contraire, Kenton la sentait qui s'immisçait de plus en plus profondément dans sa tête. Il couina, imagina l'acide qui rongeait son cerveau, abandonnant ce qui lui restait de santé mentale. Ses ongles ensanglantés s'enfoncèrent dans ses paupières, les arrachant comme si elles étaient faites de cire fondue. Ce qui apporta une nouvelle sensation de douleur, engloutie très rapidement par la déferlante de l'agonie de ses yeux mis à nu. Les doigts de Kenton voulurent arracher l'épicentre de ses tourments, entreprenant de l'énucléer alors même que son esprit était horrifié par cette idée. C'était un acte désespéré, mais la cécité serait une bénédiction ; même la mort était préférable à ce qu'il vivait. Ses doigts rouges de sang étaient posés autour de ses yeux, son corps tendu en anticipation de ce qui adviendrait... Soudain, il se détendit. Dans un moment de lucidité, Kenton se rendit compte qu'il ne touchait plus la membrane douce de ses globes oculaires, mais la surface lisse et dure de deux boules de verre.

Mes yeux... ? Il sursauta, son visage tressaillit comme pour cligner des yeux, sauf qu'il n'avait plus de paupières. Il toucha de nouveau ses yeux, incrédule, prenant conscience de la réalité. Il en aurait pleuré – il aurait sangloté à l'idée d'être devenu un monstre, d'être condamné à passer le restant de sa vie sans jamais pouvoir fermer les paupières –, mais une autre révélation l'en empêcha : il ne souffrait plus.

Kenton inspira profondément, eut un soupir de soulagement en effleurant encore ses yeux. C'était extraordinaire, mais ils n'étaient pas secs. Les globes de verre ne semblaient avoir besoin d'aucune lubrification, ni de larmes, ni d'humidité. À des fins d'expérience, il tenta de cligner une dernière fois des paupières et trouva le concept à la fois maladroit et inutile.

Annev, que m'as-tu fait ? Que me suis-je fait à cause de toi ? Du bout des doigts, il frôla ce qui restait de ses paupières, trouva le tissu étranger ; au lieu de rebords irréguliers et sanguinolents, il toucha du cuir dur et recroquevillé, sa propre peau étant devenue raide et inflexible. La sensation s'estompa comme il déplaçait ses doigts sur ses sourcils et ses pommettes, disparut complètement quand il glissa sur ses joues, son nez, ses lèvres, son front. La vieille cicatrice de sa joue était toujours là – le liquide qu'Annev lui avait jeté dans les yeux n'avait pas atteint sa peau marbrée –, mais l'horreur qu'inspireraient ses yeux perpétuellement ouverts surpasserait la laideur des cicatrices que lui avaient laissées les maîtres.

Kenton embrassa du regard la cellule vide, s'étonna d'être capable de la voir. Avec circonspection, il tamponna le sang de ses yeux, craignant de provoquer un retour en force de la douleur, mais celle-ci avait complètement disparu. Sa vue s'était éclaircie. Comme les minutes passaient, sa vue devenait de plus en plus nette.

Keos t'emporte, Annev. Que m'as-tu fait ? Kenton s'autorisa à se vautrer encore un instant dans son malheur, puis se força à se lever.

Il y avait une trappe rouillée au plafond de la cellule. Cela pouvait-il être aussi facile ? Kenton en doutait, mais il convenait d'essayer. Il gravit les marches sculptées conduisant à la trappe et poussa. Rien ne bougea. Il poussa plus fort avec les épaules et le dos en s'appuyant sur l'escalier. Toujours rien. Peut-être la trappe était-elle figée par la rouille, ou bien bloquée de l'autre côté. Sans doute les deux à la fois, mais cela n'avait aucune importance. La trappe refusait de s'ouvrir. Il examina la plaque rouillée, avisa le liquide lumineux qui s'infiltrait tout autour. Comme il regardait, il vit un vortex de couleurs, d'images et d'impressions : des éclairs émeraude et violets, le souffle froid et givré, la vapeur chaude du métal fondu. Sorti de nulle part, un essaim de visages spectraux emplit sa vision, et Kenton tituba en arrière, trébucha, tomba de la courte volée de marches. Son coude heurta le sol, sa tête frappa la pierre, l'étourdissant.

— Par tous les diables ! grogna-t-il en se frottant maladroitement le coude et la tête.

Qu'est-ce que c'était que ça ? Des fantômes ? Des fantômes avec des visages d'enfants ? Il se secoua pour reprendre ses esprits. *Merde, c'était étrange.* Kenton se frotta une nouvelle fois les yeux, décidant de rester loin du liquide iridescent, se concentrant sur la porte de la cellule. Il était prisonnier, étourdi, et il avait mal. Lorsque sa vue commença à se brouiller, il maudit encore une fois Annev, puis se concentra, refaisant le point. Tandis que sa vue se brouillait de nouveau, il refit un effort. Petit à petit, une porte en bois translucide lui apparut et, derrière elle, un couloir vide.

— Par les bâtons d'argent !

Kenton tendit le bras pour toucher la porte, ses doigts frôlant l'encadrement solide en dépit de son apparence intangible. Comme Kenton se concentrait sur sa main, la porte recouvra son apparence normale, tandis que se révélait l'intérieur de son membre : la chair et les os, les vaisseaux sanguins et les tendons. Il l'examina avec stupéfaction, constatant qu'il était capable de passer de son bras à la porte et au couloir au-delà. La sensation était déstabilisante. Kenton abaissa son bras, et les murs solides devinrent progressivement transparents. S'il avait pu, il aurait cligné des paupières. Il continua de regarder, étonné par ce que ses nouveaux yeux ne pouvaient s'empêcher de voir. Sans aucun effort, il était en mesure de voir de plus en plus profondément dans les murs, de les pénétrer en se contentant de regarder dans le vague.

Je vois à travers les objets, pensa-t-il en s'efforçant d'assimiler cette nouveauté. *Je vois à travers les murs… à travers la terre elle-même.*

Curieux d'en apprendre davantage sur son aptitude nouvelle, Kenton fixa le sol en se demandant sur quelle profondeur il pourrait le transpercer. Il lui suffit de quelques secondes pour distinguer clairement une autre cellule, en dessous, apparemment non occupée. Elle était tellement décrépite qu'il douta que quiconque, à l'Académie, connaisse l'existence de ce second sous-sol. Kenton insista encore, plongea son regard plus profondément dans la terre humide, le soubassement rocheux. Il n'avait pas besoin de lumière pour voir l'argile et la pierre.

Kenton se tourna vers le couloir, à l'extérieur de sa cellule, et distingua clairement le chemin conduisant à l'escalier. Il voulut le suivre du regard, mais constata qu'il était incapable de voir la pièce au-dessus à travers le plafond. Il ouvrit grand les yeux, tourna la tête en tous sens. Il lui suffit de quelques secondes pour remarquer une aberration dans son champ de vision : un volume sphérique au-dessus de sa tête était imperméable à son pouvoir nouveau.

Bizarre. Il visualisa le plan de l'Académie et comprit. *Je ne peux pas voir le Caveau de la Damnation. C'est curieux*. Il balaya cette énigme et se concentra sur la recherche d'un moyen de sortir de sa cellule. Malheureusement, son nouveau pouvoir ne pouvait pas l'aider : les murs de pierre et la porte en métal de sa cellule étaient solidement construits, et la trappe du plafond bloquée ; il l'avait découvert à ses dépens en tentant de les forcer.

Kenton gronda. Lui qui détestait attendre. Il s'affaissa sur le sol. Il était épuisé par les activités de la veille, et comme il se remémorait les quelques jours passés, les tests finaux, sa tentative vaine de devenir avatar, il repensa, amer, au Test du Jugement, qu'il avait failli réussir… Ses plans, cependant, avaient été contrecarrés par Annev, Titus et Therin.

Il s'étendit sur la pierre froide, tenta de se vider l'esprit en se demandant s'il était possible de dormir sans paupières. Il roula plusieurs fois des yeux, tellement proche de s'endormir, mais alors la morsure froide de la pierre, dans son dos, l'empêcha de sombrer dans l'oubli. À la fin, il se mit en boule, et le sommeil l'emporta.

* * *

Kenton se réveilla lorsque les pierres, sous lui, se mirent à vibrer violemment. Il était désorienté, étonné par ce qu'il voyait – ou ne voyait pas – comme son cerveau basculait d'un seul coup de son champ de vision interne et onirique à celui d'un monde physique perçu avec des yeux dénués de paupières.

La malédiction de sa vue surnaturelle semblait avoir enflé pendant qu'il dormait. Désormais, sa vue lui révélait de nouveaux spectres de lumière : des rouges paresseux, des violets frénétiques, des vagues normalement invisibles parfaitement apparentes pour ses yeux magiques. Il regarda le sol où il avait dormi, le découvrit comme un mélange de rouges et d'oranges se fondant progressivement dans des jaunes et des verts. Il le toucha avec méfiance, effleurant les parties les plus rouges, celles qui avaient absorbé la chaleur de son corps. *Je vois la chaleur ? Comment est-ce possible ?*

La terre trembla de nouveau, secouant les murs de sa cellule, et Kenton s'accroupit, abaissant son centre de gravité, mais la pierre sembla se soulever sous ses pieds. Entendant un craquement, il leva la tête à temps pour voir une fissure d'un doigt d'épaisseur s'ouvrir dans le mur, faisant enfler un sentiment de panique dans sa poitrine. Il y eut une seconde secousse, et la fissure s'élargit jusqu'à mesurer la largeur d'une main, dont les longs doigts s'écartèrent, dessinant une toile d'araignée sur les murs, le sol et le plafond. La fissure atteignit le coin de la porte, qui se tordit brutalement sous le poids de la pierre en produisant un grincement terrifiant. Kenton se jeta dans le coin opposé de la cellule et se protégea la tête avec les bras en priant un dieu auquel il ne croyait pas, suppliant les cieux de lui épargner une mort terrible dans les entrailles de l'Académie. Des pierres tombaient tout autour de lui, rebondissaient sur ses épaules, ses bras et son dos. Il y eut encore un vacarme d'éboulement, puis plus rien. Simplement un écho dans le silence.

Kenton prit le risque de relever la tête pour regarder à travers la poussière, ce qui ne fit pas du bien à ses yeux dénués de paupières. Il examina avec méfiance ses extrémités et ses bras ; bien que meurtri et éraflé, il ne semblait pas gravement blessé. Alors, exhalant un soupir dans le nuage de poussière qui l'entourait, il constata que ses prières avaient été entendues : la porte déformée de sa cellule était entrouverte.

Kenton s'en approcha avec la circonspection d'un homme mourant de soif auquel on offre un verre d'eau. C'était un miracle, sa seule chance d'échapper à une mort qu'il ne méritait pas, à un destin qui n'aurait jamais dû être le sien. Les mains tremblantes, il agrippa la porte en métal déformée et mesura l'espace qui la séparait de son encadrement de pierre cassée. Était-il assez large pour le laisser passer ? Il en doutait, même s'il avait l'intention d'essayer. Il attrapa d'abord la porte des deux mains et tira de toutes ses maigres forces. Le métal protesta en couinant, mais refusa de se tordre ou de bouger. Kenton cracha quelques jurons, oubliant tout sentiment de révérence ou de gratitude, et tira de nouveau avec toute la fureur dont il était capable. Serrée entre ses mains ensanglantées, la porte céda enfin, ses gonds cassés se décrochèrent, et elle tomba bruyamment sur le sol.

Kenton se figea, attendant de voir si quelqu'un accourrait dans le couloir désert pour l'obliger à rester dans la cellule d'Annev. Rien ne bougeait, et le silence était absolu, dans le couloir comme à l'étage, ce qui était étonnant et encore plus déstabilisant que des bruits de pas en approche ou des chutes de pierres.

L'Académie était calme, bien trop silencieuse.

Qu'avait dit Carbad à Tosan juste avant de confier à Kenton la surveillance d'Annev ? Ces événements lui semblaient tellement lointains. « *Chaenbalu est attaqué !… Des monstres. Des démons faits de métal… Ils sont dans l'Académie !* » Le souvenir de ces mots résonnait dans le crâne de Kenton, tandis que le monde physique restait silencieux.

Dans tous les cas, il ne pouvait pas rester là. Kenton prit une profonde inspiration, toussa aussitôt à cause de la poussière suspendue dans l'atmosphère, avant de faire un pas hors de sa cellule.

Le couloir était déformé, jonché de gravats. Le plafond était bizarrement penché et se rétrécissait à proximité de la cage d'escalier conduisant à l'extérieur. Kenton se mit à trotter dans le passage sans se soucier d'être vu par des maîtres ou des anciens, souhaitant même qu'ils apparaissent. Il aurait été soulagé de les croiser, à dire vrai.

Personne ne vint, cependant. Personne ne descendit les marches quatre à quatre pour voir ce qui se tramait en bas. Personne ne tourna le coin pour être surpris par la vision de ses nouvelles cicatrices et de ses yeux sans paupières. Personne ne vint l'accuser d'avoir échoué, d'être un keokum ou un Fils de Keos.

Il ne vit personne.

Kenton arriva au pied de l'escalier et usa de ses yeux magiques pour voir ce qu'il y avait au-dessus de lui. Il découvrit l'escalier en colimaçon, le palier conduisant aux archives d'un côté et au Caveau de la Damnation de l'autre, et un cadavre tellement mutilé qu'il ne parvint pas à l'identifier. Sa tenue était crasseuse, lacérée et ensanglantée, au point qu'il n'aurait su dire si elle appartenait à un élève ou bien à un maître avatar.

La vision magique de Kenton se retira, se détournant instinctivement de ce spectacle. Il inspira calmement les odeurs et goûta le silence comme ses doigts glissaient sur sa vieille cicatrice et la peau durcie autour de ses yeux sans paupières. Ce faisant, il remarqua une petite lumière sur sa main, comme si sa peau luisait. Apeuré, il écarta subitement sa main, et la lumière disparut. Lorsqu'il la leva de nouveau, il se rendit compte que la lumière fantomatique ne venait pas d'elle, mais bien de ses yeux. Ceux-ci éclairaient ses doigts.

Avant, cette découverte l'aurait fait éclater de rire ou pleurer, mais à présent, Kenton embrassait ces changements sans se poser de question, il acceptait de devenir autre chose, d'être différent.

Il se remit en marche, prêt à découvrir ce qui s'était passé à la surface pendant qu'il changeait dans les cachots de l'Académie.

Première partie

Le Troisième Âge du monde fut marqué par la naissance des Jeunes Dieux. Lorsque ceux-ci s'éveillèrent à leur divinité, leur père était absent. En effet, Keos avait disparu de la face de Luquatra. Il avait abandonné ses enfants afin de panser ses blessures et de reprendre des forces en prévision du jour où il émergerait de nouveau dans toute sa gloire et sa puissance.

Étant nés de la Destruction de la Main de Keos, les Jeunes Dieux – qui étaient au nombre de cinq – avaient hérité d'une partie de sa force. Ils se réveillèrent dans un monde plongé dans le chaos et le sang car les adorateurs de Keos, en l'absence de leur maître, se faisaient la guerre. Les Jeunes Dieux prirent en pitié le peuple de Keos et vinrent au secours des Terrans. Ce faisant, ils gagnèrent des fidèles et commencèrent à usurper le pouvoir de Keos sur le t'rasang.

Sealgair le Chasseur devint le maître des animaux de Luquatra, et ceux qui le suivaient étaient capables de converser intimement avec les bêtes grandes et petites. Et certains parmi eux étaient même capables d'adopter l'apparence des bêtes.

Garadair la Jardinière devint la maîtresse des plantes de Luquatra, et ceux qui la suivaient étaient les amis des forêts. Et certains parmi eux étaient capables de manipuler les plantes, de diriger et d'accélérer leur croissance. D'autres étaient même en mesure de leur parler, d'entendre et de voir le monde à travers elles.

Cruithear le Créateur devint le maître des minéraux de Luquatra, et ceux qui le suivaient étaient des gens chaleureux qui aimaient les secrets de la terre. Certains parmi eux étaient capables de modeler la terre et les minerais de leurs mains nues. Et il y avait même ceux qui possédaient la force et le poids de la terre.

Sealgair, Garadair et Cruithear exerçaient désormais un pouvoir sur tout ce qui était Terre et Sang. Et ils étaient fiers d'être si sages car leurs peuples prospéraient. Ni Dorchnok, ni Tàcharan ne représentaient plus une menace, semblait-il.

Cependant, Tàcharan le Changeant était rusé, et il dit : « Nos frères et sœur sont devenus les maîtres de Tout-ce-qui-fut et de Tout-ce-qui-est. Aussi deviendrai-je celui de Tout-ce-qui-pourrait-être. » Ainsi, Tàcharan devint le Dieu du Hasard. Et ses adeptes l'appelaient le Dieu du Destin, et ils aimaient tout ce qui était obscur, qu'il s'agisse de prophéties ou des mystères de la vie après la mort. Ils adoraient les secrets plus encore que le peuple de Cruithear.

Dorchnok le Farceur n'était pas moins rusé, toutefois, et il dit : « Mes frères et sœur sont devenus les maîtres de Tout-ce-qui-fut, de Tout-ce-qui-est et de Tout-ce-qui-pourrait-être. Ils ne m'ont rien laissé. Je serai donc le maître du Rien, le Dieu de Ce-qui-n'est-pas. » Et Dorchnok s'installa dans le Monde du Rêve et devint le Dieu des Ombres. Ses adeptes étaient des exilés, des rêveurs, des marchands de mort, des réfugiés et des excommuniés. Pourtant, Dorchnok ne commandait pas à son peuple car il voulait que ses fidèles se gouvernent eux-mêmes. Néanmoins, il bénissait ses favoris, dont la liste changeait constamment.

Ainsi, les cinq Jeunes Dieux divisèrent le peuple de Keos et flattèrent ses adorateurs. La majorité des Terrans, cependant, restèrent fidèles à Keos et continuèrent à l'adorer en son absence, persuadés que Keos, à son retour, communierait avec les plus fidèles des fidèles, dont il ferait des Seigneurs de sang. Ce qui advint effectivement.

Les infidèles ne furent pas récompensés. Dans sa fureur, Keos rendit visite aux Jeunes Dieux et leur ordonna de se soumettre à sa volonté et de lui rendre ses adorateurs. Les Jeunes Dieux, cependant, dédaignèrent Keos car, tout comme leur père, ils étaient fiers et jaloux de leur propre divinité. Ils prétendirent que Keos était un Dieu infirme, dont le pouvoir avait décru. Pour illustrer leur propos, ils prirent en exemple la forge de Thoir Cuma, autrefois symbole de la puissance de Keos, qu'on avait rasée pour faire place à un temple de Tàcharan. Ainsi, Keos échoua-t-il à réaffirmer sa suprématie.

Traduction d'un fragment retrouvé dans les ruines de Speur Dún : « Le Conseil de Keokumot », extrait du *Livre de Terra*, traduit par Sodar Weir

Chapitre premier

Annev se réveilla en sursaut en regardant autour de lui et en essayant de reprendre ses esprits. Il était entouré d'un mélange de fougères, de pins, d'érables et d'épicéas. Il se trouvait dans la forêt de Brake, mais pas en son cœur. Il avait dormi en bordure de la forêt, près de son orée, à proximité des plaines conduisant à Banok et Luqura, et cette prise de conscience lui permit de se rappeler les événements de la nuit passée : les ombres de Brake avaient convergé vers eux au crépuscule, si bien qu'ils n'avaient jamais vraiment réussi à pénétrer la ligne des arbres occidentale alors même qu'ils avaient constamment marché vers le nord-ouest. Comme les ombres les dépassaient et que la nuit tombait, ils avaient décidé de camper et de reprendre la route au lever du jour.

La matinée était bien entamée, et ses amis s'activaient, chargeant leurs affaires dans la charrette emplie de provisions. Annev leva les yeux de ses couvertures et vit un Brayan à la silhouette imposante harnacher leur jument noire. Lui prêtait main-forte un Titus au visage rond, qui le salua à distance en le découvrant réveillé. Annev lui répondit et se leva à la hâte, bousculant Therin. Le garçon maigrichon lui renversa un demi-seau dessus, avant de trébucher et de renverser un second seau. Il avisa les deux seaux à moitié vides, examina ses vêtements mouillés.

— Bonjour, Maître Gant. (Therin fronça les sourcils, versa le contenu d'un seau dans le second, avant de tendre le vide à Annev.) Maître Forgeron veut qu'on aille chercher de l'eau. Que dirais-tu d'aller remplir ce seau que j'ai renversé par ta faute ?

Ses lèvres souriaient, pas ses yeux.

— Maître Gant ?

Therin lâcha un grognement et lui reprit le seau des mains.

— Tu es un peu lent, au réveil, lâcha-t-il en désignant le gant de forgeron couvert de suie sur la main gauche d'Annev.

Celui-ci avait préféré le garder pour dormir.

— Gant…, répéta Therin en agitant ses doigts devant le visage d'Annev. *Maître* Gant. Parce que tu es maître avatar, tu te rappelles ? (Il s'interrompit.) C'est une blague. (Annev n'en fut que plus confus.) Oublie ça. Je vais remplir ce seau, dit le garçon en lui mettant le contenant plein dans les bras. Apporte ça à Sraon et rends-nous service : plonge la tête dedans.

Therin attendit qu'Annev ait accepté le seau, puis tourna les talons et s'en fut dans la direction d'où il était venu.

Comme Annev le suivait du regard, Titus arriva et lui posa un bras sur les épaules, quoique au prix d'un certain effort.

— Ne fais pas attention à lui. Therin est de mauvaise humeur parce qu'on l'a réveillé pour effectuer des corvées, alors que tu as pu dormir.

Annev embrassa le campement du regard et constata que tout le monde avait roulé ses couvertures.

— Pourquoi ne m'a-t-il pas réveillé ?

— Parce que j'ai menacé de lui planter ma hache dans le crâne s'il vous dérangeait…

Sraon émergea de derrière un arbre avec une brassée de bois et une hache dans la main. Il rangea avec soin cette dernière dans la charrette, puis y posa le bois, avant de reprendre la hallebarde qu'il avait calée contre un arbre.

— Les quelques derniers jours ont été traumatisants, et vous n'avez pas encore récupéré. J'ai jugé que vous aviez besoin de sommeil.

Ses mots ramenèrent à la surface de sa conscience quelques fragments de rêves, qu'il ne parvint cependant pas à retenir. Il avait parlé à quelqu'un ? Oui. Un homme étrange vêtu de noir. Celui-ci avait dit... Non, il ne se rappelait pas. Le souvenir n'était plus là. Annev secoua la tête.

— Merci de votre sollicitude, Sraon, mais à partir de maintenant, j'aimerais me réveiller en même temps que les autres.

— Très bien, Maître Annev, acquiesça Sraon en s'inclinant avec déférence.

Il prit le seau des mains d'Annev et fit signe aux deux jeunes gens d'ouvrir leurs outres vides. Comme Annev ouvrait la sienne, son estomac gargouilla.

— Il reste quelque chose à manger ?

— Nous vous avons gardé un peu de grouse, répondit le forgeron en remplissant les outres. La viande est sur une broche, derrière la charrette.

— Tout le monde a déjà mangé ?

Sraon confirma de la tête.

— Pour être honnête, je pensais que vous vous lèveriez plus tôt. Titus a bien tenté de vous réveiller, mais lorsque nous avons vu à quel point vous dormiez profondément, j'ai préféré vous laisser finir votre nuit. (Il posa le seau vide dans la charrette et fit signe aux garçons d'attacher leurs outres.) Bien, nous sommes prêts à reprendre la route. Où est passé Therin ? demanda-t-il en regardant autour de lui.

— Il a renversé l'autre seau, répondit Titus. Il est parti le remplir.

— Je ne lui avais demandé d'aller remplir deux seaux que parce que j'étais certain qu'il en renverserait la moitié en chemin, lâcha Sraon en grognant et en secouant la tête.

Allez donc le chercher, Titus. Rassemblez vos affaires, Annev. Vous mangerez en marchant.

Annev obtempéra en ne pouvant s'empêcher de noter que Sraon avait très facilement endossé le rôle du chef, lui qui prétendait n'être qu'un simple forgeron. Sraon ne semblait pas remarquer cette dichotomie entre ses paroles et ses actes, et Annev ne comptait pas le lui faire observer.

Le forgeron basané scruta la forêt, les sens en alerte.

—Je suis pressé de quitter cet endroit, dit-il à personne en particulier. Je n'ai jamais aimé la manière dont ses ombres nous jouent des tours.

Comme il était en train de rouler ses couvertures, Annev releva la tête, mais le forgeron était déjà parti aider Brayan à lever le camp.

Des ombres… des tours… Pourquoi ce discours m'est-il si familier? Une fois de plus, il essaya de se rappeler son rêve, mais il était bien trop réveillé et n'y parvint pas. Il rangea ses couvertures dans la charrette et sangla son épée autour de sa taille. Saisissant la poignée de son arme, il sentit se relâcher une tension dont il n'avait pas remarqué la présence.

La lame ondulée telle celle d'un kriss – ou une flamme – s'appelait en réalité une flamberge, nom particulièrement approprié pour une arme dont le fil pouvait être de feu. Annev l'avait récupérée dans le Caveau de la Damnation de Chaenbalu en même temps que d'autres artefacts magiques, tels que les Bottes de Célérité et la Cape en peau de dragon. Il ne savait pas trop quoi penser du vol de ces objets magiques et maudits – après tout, il avait été formé pour les stocker dans le Caveau, non pas pour les en sortir –, mais la flamberge lui avait permis de défaire à la fois les *feurog* corrompus par le métal et un Oyru apparemment invulnérable, guerrier d'origine krosérane et Siänar, un des six assassins d'élite de Keos, donc. En repensant à ce dernier, Annev se figea. Car il n'avait pas pu confirmer la mort du tueur, et car des rêves à moitié oubliés venaient de lui revenir.

Le Faiseur d'ombres.

Clesaiche.

Dorcha Sionnach.

Trois noms désignant le Dieu des Ombres.

J'ai rêvé que Dorchnok me visitait. Les détails se cristallisèrent soudain dans son esprit : un homme à la peau pâle, aux yeux violet clair, à la chevelure noire ondulée, à la moustache et au bouc fins. Il était vêtu de noir, ses habits hésitant entre les ténèbres et la fumée.

Se pouvait-il réellement qu'il ait été visité par le Jeune Dieu des Ombres, le Dieu des Songes ? Cela lui semblait peu plausible en dépit de tout ce qui s'était passé les jours précédents mais, le cas échéant, que lui voulait-il ?

Il voulait me mettre en garde contre quelque chose. Ou quelqu'un. Annev essaya de se rappeler, en vain.

C'était simplement un rêve, décida-t-il. Non pas la réalité, évidemment. Il avait les nerfs à vif. Après tout, il venait de quitter Chaenbalu, et il ignorait ce qui les attendait à Luqura.

Et pourtant, quelque chose le poursuivait, il en était convaincu. Kelga et Janak avaient été à ses trousses, tout comme Oyru. Les *feurog* et les démons de l'ombre – les eidolons – étaient également mêlés à cette histoire, même s'il n'aurait su dire comment. Si Kelga et Janak avaient été détruits, Oyru pouvait très bien être en vie. À dire vrai, plus il y pensait, plus il était convaincu qu'Oyru avait survécu et que l'Ombre ressuscitée n'aurait de cesse de le traquer pour le conduire devant le Dieu déchu du Sang de la terre.

Cependant, Annev refusait de partager ses craintes avec les autres, qui avaient leurs propres soucis et qu'il comptait bien laisser dès que l'opportunité se présenterait. Personne ne le savait – pas même Sraon – et Annev avait bien l'intention que cela dure. Rester avec le groupe aurait été égoïste, sachant que sa présence les mettait en danger, ce dont ils étaient de plus en plus conscients, se rendit-il compte. Il le voyait à la manière dont ils s'écartaient ou posaient la main sur leur arme lorsqu'il était à proximité. Il le voyait dans leurs yeux, à la façon qu'ils avaient de regarder discrètement son gant tout en évitant de croiser son regard. Il l'avait même vu chez Therin, un peu plus tôt, lors de l'incident du seau d'eau.

Ils avaient peur de lui, et ils avaient de bonnes raisons pour cela. Même si Annev contrôlait sa main rougeoyante en la couvrant de son gant de forgeron, il était pourchassé, et sa proximité les mettait en danger.

D'un coup de pied, Annev envoya de la terre sur les braises de leur feu de camp, et rangea ses bagages. Comme il était occupé à vérifier une nouvelle fois le harnais de la jument noire derrière leur charrette, Brayan lui adressa un salut de la tête.

Titus revint avec Therin, qui jeta son seau vide dans le chariot. Avant qu'Annev ait pu dire quoi que ce soit, le plus grand des deux garçons le pointa du doigt et lança :

— Je n'aurais pas renversé toute cette eau si ce salaud de forgeron n'avait demandé qu'un seul seau. D'accord ? Je ne suis pas stupide.

— Je n'ai jamais dit que tu l'étais, se défendit Annev en levant les deux mains dans l'espoir de calmer l'ire de son ami.

— Tu n'as pas eu besoin de le dire vu que c'est évident pour tout le monde.

Le trio se retourna pour voir Fyn sortir de derrière un érable argenté, un large fauchon posé sur l'épaule. Deux masses jumelles étaient sanglées dans son dos, et il avait des couteaux de lancer autour des deux avant-bras.

— Où étais-tu passé ? lui demanda Therin sans réagir à l'insulte et en verbalisant la question que se posait Annev. Et pourquoi ressembles-tu à une armurerie sur pattes ? Je croyais qu'on était censés laisser les armes dans la charrette...

— J'étais parti en éclaireur. Je ne voulais pas me retrouver désarmé face à un *feurog*.

Therin et Annev eurent un hochement de tête, le souvenir des monstres de métal étant encore vivace dans leur mémoire.

— Par ailleurs, reprit Fyn, Sraon dit qu'on risque de croiser la route de bandits, aujourd'hui. Il arrive qu'une démonstration de force prévienne les agressions. (Le jeune colosse rengaina son épée et désigna la direction d'où il était venu.) J'ai trouvé un moyen de sortir de la forêt sans avoir à traverser de la végétation trop dense. Nous devrions être en mesure de pousser la charrette hors de la forêt de Brake dans une heure au pire.

— Excellent, acquiesça Sraon en apparaissant derrière Annev et les deux autres garçons. Nous partons immédiatement.

— Il y a autre chose, le coupa Fyn, l'air plus pensif. J'ai trouvé une jeune femme, une femme sage de l'Académie. Elle est seule et elle refuse de prononcer le moindre mot. Et elle transporte quelque chose. Un petit paquet.

— Une apprentie femme sage ? demanda Annev. De qui s'agit-il ?

— Je ne me souviens pas de son nom, mais elle est blonde, et c'est une amie de Myjun.

À la mention de son ancien amour, Annev se retrouva à court de mots. Heureusement, Therin réagit à sa place.

— Faith ? Tu as trouvé Faith ? Elle est en vie ?

— Oui, Faith. Mais elle ne parle pas. Elle a tourné les talons quand je me suis approché. J'ai l'impression qu'elle n'est plus vraiment elle-même. Elle n'arrêtait pas de chantonner un truc bizarre et faisait comme si elle ne me voyait pas. Je n'ai pas bien vu, mais je crois bien qu'elle portait un enfant, un bébé.

Un bébé sorti de l'Académie, comprit Annev. *Sans doute récupéré dans la nursery des femmes sages. Mais comment ? Et pourquoi est-elle seule ?* Il se tourna vers Sraon, qui hocha la tête.

— Brayan et Titus, vous accompagnerez Maître Fyn et vous essaierez de nous ramener Faith. Nous pourvoirons à ses besoins. Et puis, j'aimerais lui poser quelques questions.

— Tout de suite, acquiesça Brayan en signifiant à Titus de le suivre et en attrapant un lourd marteau d'armes.

— Je viens aussi ! intervint Therin en se joignant au trio, et tous les quatre disparurent bientôt dans la forêt.

Sraon les regarda s'éloigner, puis avisa l'oiseau embroché suspendu au flanc de la charrette et se tourna vers Annev.

— Elle est à vous, mais je vous demanderais d'en laisser un peu pour la jeune femme. À mon avis, elle sera affamée.

— Bien sûr. Avec plaisir.

— Vous êtes un bon garçon, approuva le forgeron en clignant de son œil valide. Nous vous trouverons quelque chose à manger à Banok. Je me demande comment elle a fait pour arriver jusqu'ici, ajouta-t-il en secouant la tête. Qui sait, peut-être n'est-elle pas la seule à avoir survécu à la chute de l'Académie ?

Sraon se gratta le menton, et son regard se posa sur la main gantée d'Annev. Instinctivement, celui-ci fléchit les doigts, mais le forgeron se détourna de lui, feignant de ne pas l'avoir remarqué.

Gêné, le jeune homme trouva un prétexte pour s'enfoncer seul dans la forêt en frottant le dos de son gant taché de suie. À travers le cuir épais, il sentait les rotules en or qui recouvraient ses phalanges en métal. Juste en dessous, sur le dos de sa main, il y avait le symbole du Dieu du Sang de la terre : un marteau d'armes flottant au-dessus d'une enclume fumante. Annev effleura le dos de son gant du bout des doigts et frissonna.

J'utilise la Main de Keos. La main qui a emprisonné et massacré des centaines de milliers de gens au Conseil de Keokumot. La main qui a combattu mon ancêtre Breathanas durant la bataille de Vosgar. Je porte la main d'un dieu malfaisant… et je suis incapable de la retirer.

Brayan et les trois garçons réapparurent quelques minutes plus tard, mais Annev garda ses distances. Il resta en bordure de la clairière comme Faith approchait, la silhouette fine encadrée par les autres. Comme l'avait dit Fyn, elle portait un petit paquet dans les bras comme une mère aurait porté un bébé.

Et elle chantonnait effectivement une chanson étrange. À sa voix légèrement éraillée et son air hagard, Annev supposait qu'elle avait chanté toute la nuit. Et pourtant, elle chantait toujours son air cadencé, triste et doux à la fois.

Ouvertement compatissant, Sraon vint à la rencontre de l'apprentie femme sage.

— Bonjour, jeune fille. Vous êtes bien loin de Chaenbalu. Est-ce que vous allez bien ?

Faith chantonnait comme si elle n'avait pas entendu la question de Sraon. Elle semblait consciente de son environnement, cependant, car elle s'arrêta de marcher lorsque les autres s'immobilisèrent devant les restes de leur feu de camp.

— Vous êtes en sécurité, ici, reprit Sraon. Je me demandais simplement comment vous aviez fait pour arriver jusqu'ici.

Faith caressait son paquet, le regard distant, et elle chantonnait sans croiser le regard de personne.

— Faith, tenta Therin d'une voix tendre dont il n'était pas coutumier. Nous sommes tes amis.

La jeune femme se tourna à moitié et regarda par-dessus l'épaule de Therin. Ce n'était rien, et pourtant, tout le monde sentit que le moment était important.

Therin déglutit, lança un regard furtif à Annev, avant de refaire face à l'apprentie femme sage crasseuse.

— Tu peux nous parler, Faith. Nous avons tous fui Chaenbalu. Nous allons à Banok. Si tu le souhaites, tu peux nous accompagner.

Le chant de Faith se fit hésitant, plus doux. Lentement, elle tourna son regard vers Therin, voyant à travers lui. Soudain, elle cligna des yeux et sembla découvrir son visage. Therin sourit comme si elle lui avait déposé un baiser sur le bout du nez.

— Que portez-vous donc, jeune femme ? intervint Sraon en se rapprochant un peu. Un enfant ?

Faith leva la tête et, avisant son œil rivé sur elle, eut un mouvement de recul, le visage pareil à un masque de panique. Un flot de mots jaillit d'entre ses lèvres, leur cadence respectant celle de la chanson qu'elle fredonnait plus tôt. Annev en comprit quelques-uns – une histoire de ténèbres et de lumière –, mais sa vision se brouilla, son esprit devint brumeux. Il essaya de faire le point sur la jeune femme, cligna des yeux et… Elle n'était plus là.

— Par Keos ! jura Sraon. Où est-elle passée ?

Ils étaient tous plus perplexes les uns que les autres.

— C'est comme si elle n'avait jamais été là ! ajouta Sraon, verbalisant ce qu'ils pensaient tous.

— Vous voulez dire que… c'était un fantôme ?

— Peut-être, Titus. Sinon, comment expliquer ce qui vient de se produire ? (Le forgeron déglutit et raffermit sa prise sur sa hallebarde.) Je n'ai jamais aimé les forêts, marmonna-t-il. Partons d'ici. La route de Brake n'est pas très loin, et il nous faut faire des provisions avant de reprendre le chemin de la capitale.

Chapitre 2

La jument noire et la charrette lourdement chargée progressaient lentement dans la forêt, s'arrêtant régulièrement en attendant que la piste soit dégagée. Parfois, lorsque le terrain n'était pas praticable, il devenait nécessaire de porter le chariot. Ayant appris à surmonter efficacement ce genre d'obstacles, ils ne tardèrent pas à émerger de la forêt de Brake, après quoi ils avancèrent à un rythme plus soutenu. Annev et Therin flanquaient la charrette, tandis que Sraon et Fyn ouvraient la marche, et que Brayan et Titus suivaient le cortège. Au bout d'une demi-heure, ils atteignirent une route bien tassée passant au nord de la forêt, qui leur permit d'accélérer encore.

Le cortège marchait vers l'ouest depuis moins d'une heure sur la route de l'Est, lorsqu'il croisa un premier groupe de voyageurs. Cinq cavaliers en armure noire, suivis par vingt-cinq hommes en habits de fermiers arborant un ruban rouge noué autour du bras et portant des piques sur l'épaule. Sraon examina le groupe avec méfiance et signifia aux jeunes hommes de quitter la route pour laisser passer les soldats.

— Des conscrits, murmura-t-il. Ne croisez pas leur regard, gardez vos armes dans votre dos et marchez normalement.

Fyn jura en se débarrassant rapidement de ses armes, les jetant sans cérémonie dans la charrette. Annev défit le ceinturon de sa flamberge et retira le canon d'avant-bras à pointes qui lui servait de bouclier. Les autres firent de même, obéissant à Sraon. Les soldats ne parurent pas les remarquer, jusqu'à ce qu'un des hommes en armure tire sur les rênes de son cheval rouan et se rapproche de leur charrette. Sraon jura juste assez fort pour qu'Annev l'entende et arrêta leur jument noire. Tout le monde se figea comme le cavalier leur barrait la route, puis désignait Therin.

— Vous, jeune homme ! Où allez-vous ?

— Euh… à Luqura ? répondit Therin en se mordant la lèvre et en lançant un regard à Sraon.

Le cavalier grogna, puis éperonna sa monture pour rejoindre Therin.

— Vous ne semblez pas sûr de vous. Vous vouliez peut-être dire Borderlund ?

— Borderlund ? répéta Therin en secouant la tête et en levant les yeux vers le soldat. Borderlund est à l'est. Nous, nous allons vers l'ouest.

— Vous alliez vers l'ouest. Maintenant, vous venez avec nous. À Paldron.

— Attendez un peu, intervint Sraon. Qu'est-ce que ça signifie ?

Comme le cavalier trottait jusqu'à Sraon, Annev osa enfin le regarder. Même si son armure noire dissimulait sa carrure, il paraissait aussi bien bâti que Fyn. Il ne portait pas de heaume, et son crâne chauve était parcouru par une large et vilaine cicatrice qui descendait jusqu'à sa joue, disparaissant dans sa barbe rousse flamboyante.

— Vous êtes le chef de ce groupe ?

— En quelque sorte, répondit Sraon en plongeant son regard noir dans celui du soldat. Je pourrais vous poser la même question, étant donné que je ne vois ni épaulettes, ni rubans… Impossible de connaître votre rang. (Il sourit en apercevant les joues et les oreilles du cavalier devenir presque aussi rouges que sa barbe.) À moins que l'armée de Paldron ait changé ses galons au cours des deux dernières années, je dirais que vous êtes sergent, voire lieutenant, et qu'on vous a demandé d'aller chercher des conscrits.

— Qui êtes-vous ? demanda le soldat à la cicatrice en posant la main sur le pommeau de son épée. Comment osez-vous… ?

— Ou alors n'êtes-vous qu'un bandit, poursuivit Sraon. Vous êtes dans un royaume étranger, après tout, et vous n'avez présenté aucun document, aucun arrêté de conscription. Vous ne nous avez même pas donné votre nom ou celui de votre officier supérieur. Si vous êtes vraiment des soldats de Paldron, vous allez nous laisser poursuivre notre route vers Luqura sans nous ennuyer davantage. À moins bien sûr que vous soyez des bandits, auquel cas nous aurions le droit de nous défendre pour protéger nos biens. Et lorsqu'il apprendra que vous harcelez les voyageurs fatigués, le roi Lenka n'aura de cesse de vous pourchasser.

Le soldat à la barbe rousse fulmina, puis claqua des doigts pour signifier à un autre cavalier de le rejoindre. Celui-ci obtempéra, trottant jusqu'au cortège d'Annev et Sraon.

— Sergent, montrez-lui l'arrêté.

Le vétéran sortit un parchemin plié d'une de ses sacoches et le tendit à Sraon.

— Je suis le *capitaine* Alcoran, reprit le premier soldat en fronçant les sourcils, et votre roi m'a autorisé à mobiliser des hommes pour la guerre de Borderlund. (Alcoran laissa au forgeron quelques secondes pour étudier le document, avant de le lui arracher des mains.) Cet arrêté m'autorise à mobiliser tout homme en âge de se battre, expliqua-t-il en regardant tour à tour les compagnons de route d'Annev. Et vous appartenez tous à cette catégorie. Comme je l'ai dit tout à l'heure, vous alliez peut-être à Luqura, mais ce n'est plus le cas. Désormais, vous participerez à notre campagne et nous aiderez à sauver l'Empire darien en combattant les monstres au-delà du fleuve Kuar. (Le capitaine prit une poignée de rubans rouges dans sa sacoche et la jeta aux pieds de Sraon.) Mettez ça et rejoignez-nous avec votre jument et votre charrette.

Annev retint son souffle en se demandant comment Sraon allait réagir. Brayan et les autres étaient figés, tandis que la main de Fyn glissait lentement vers sa ceinture. Apparemment, il avait conservé au moins une arme sur lui. Leurs regards se croisèrent, et Fyn se figea, laissant cependant sa main sur sa dague dissimulée.

Sraon contempla les morceaux de tissu rouge à ses pieds et secoua la tête. Au lieu de les ramasser, le forgeron se retourna et entreprit de sortir quelque chose de la charrette. Alcoran dégaina son épée et la tendit vers la poitrine de Sraon.

— Un geste de plus, paysan, et je vous embroche. (Les yeux du capitaine brillaient, comme il défiait Sraon de lui désobéir.) Maintenant, ramassez ces rubans.

Sraon rit et, formant une pince avec deux doigts, fit passer avec décontraction la pointe de l'épée au-dessus de son épaule. Tandis que le front du soldat se barrait de rides profondes, Sraon sortit doucement un petit paquet de la charrette. Sans lâcher le capitaine des yeux, il défit le nœud du paquet et ouvrit le tissu huilé, avant de sortir un parchemin roulé d'un tube de métal terni. Avec circonspection, il déroula le document et le tendit au cavalier chauve, qui le lut, ses lèvres bougeant en silence.

— Vous êtes un marchand d'esclaves d'Innistiul ?

— C'est ce que dit le document.

Alcoran relut le parchemin, le roula et se tapota le menton avec.

— C'est un bien vieux document. Montrez-moi votre marque, marchand d'esclaves.

Réticent, Sraon plissa le front et tira sur sa chemise pour dévoiler une cicatrice sur son omoplate, un voilier à un mât marqué au fer rouge. À côté, on reconnaissait également une main ouverte. Sraon rajusta sa chemise, ne laissant pas le temps à Annev d'étudier plus longtemps ses marques.

— Il se peut fort que le roi Lenka vous ait donné l'autorisation de forcer ses gens à se battre pour protéger vos frontières, dit Sraon en arrangeant sa chemise, mais ce n'est pas le cas du roi Cheng.

Alcoran scruta le forgeron pendant quelques secondes, puis étudia Brayan, Annev et les autres avatars.

— Ceux-là ne viennent pas d'Innistiul. Ils sont donc concernés par le décret de Lenka.

— Ces hommes sont mes esclaves, rétorqua Sraon, surprenant Annev et les autres. Menacez-vous de me voler ma propriété ?

Le capitaine eut un reniflement méprisant.

— Depuis quand les marchands d'Innistiul voyagent-ils avec cinq esclaves non enchaînés ? Ces hommes sont vos compagnons, et ce sont des citoyens de la Grande Luqura, voire de Borderlund. Dans tous les cas, je les mobilise.

— Nous sommes bien ses esclaves ! intervint Brayan en sortant de derrière le chariot. (Il avait récupéré son marteau d'armes, qui reposait négligemment sur son épaule.) Traitez-vous notre maître de menteur ?

Alcoran fixa le marteau du regard, fit reculer sa monture de quelques pas, avant de se tourner vers Annev.

— Est-ce vrai, jeune homme ? Êtes-vous l'esclave de ce marchand ? Réfléchissez bien avant de répondre. Vous pourriez gagner votre liberté en combattant pour l'armée de Paldron.

— Toute ma vie, j'ai servi Maître Sraon, répondit Annev en enrichissant le mensonge de Brayan. Il nous traite bien, et je parie que je suis plus libre que ces conscrits qui vous suivent.

— Toute votre vie, dites-vous ? s'étonna le capitaine en souriant, le regard glacial. Vous avez pourtant l'air d'un Darien, et les Dariens naissent libres. Comment se fait-il que vous serviez ce marchand depuis toujours ?

Les garçons se figèrent et regardèrent Annev, qui n'osa pas demander l'aide de Sraon.

— Je ne suis qu'à moitié darien. Ma mère était iluméenne.

— Un Ildari ! lâcha Alcoran en crachant au visage d'Annev avec dégoût. Vous feriez mieux de l'exécuter, conseilla-t-il à Sraon. Ces gens-là n'apportent que des ennuis. Parfois, ils sont même porteurs de magie.

Annev baissa la tête et sentit le poids de nombreux regards sur lui. Sraon vint à son secours, cependant.

— Ce garçon est un bon esclave, et son père m'a bien servi aussi. Je vous assure qu'il n'y a pas un soupçon de magie en lui.

Pas un vulgaire soupçon, en effet, pensa Annev. Au lieu de répondre, il resta tête basse, soumis, et n'essuya même pas le crachat sur sa joue. Il était habitué ; il avait subi le harcèlement de Fyn, après tout.

Alcoran dévisagea les autres garçons, s'attarda sur Brayan.

— Et ces autres esclaves, reprit-il. Sont-ils ildari aussi ou bien quelque chose d'encore plus abominable ?

— De simples esclaves dariens, répondit Sraon. Des brutes et des voleurs, principalement. Je les ai rachetés – légalement – à la prison qui les détenait. Si vous me les prenez, vous allez devoir me dédommager.

Alcoran les scruta d'un regard intense et sévère.

— Je ne vois aucune marque sur ces hommes, Maître Esclavagiste. Ils ne sont pas à vous s'ils ne sont pas marqués, vous connaissez la loi.

— Bien mieux que vous, apparemment. L'article onze alinéa deux du Code du commerce humain stipule qu'un esclave n'a pas besoin d'être marqué s'il consent verbalement ou par écrit à servir son maître. Ces garçons me sont loyaux, et puis, ils valent plus cher sans aucune marque. Tant qu'ils me serviront ainsi, je n'aurai aucune raison de les marquer.

— Ils sont loyaux, donc… et pourtant, vous envisagez la possibilité de les revendre. Ce n'est pas logique. Je suis familier du Codex d'Innistiul, Maître Esclavagiste. Borderlund a son propre marché de la chair, et l'article onze alinéa deux ne dit pas exactement cela. Si je ne m'abuse, un esclave non marqué doit consentir à servir son maître à la fois oralement et par écrit. Si vous voyagez avec de la marchandise non marquée, vous devez être en mesure de produire un reçu.

Sraon lui lança un regard noir, son visage basané virant au rouge.

— Vous les avez entendus, capitaine ; ils ont choisi de me servir. Un document écrit n'est nécessaire que lorsqu'un esclave se rétracte.

Une fois de plus, le soldat dévisagea les jeunes hommes d'un œil brillant.

— Vous avez entendu ? Votre maître vous autorise à reprendre votre liberté. Il ne possède aucun document, et vous n'êtes pas marqués. Si vous le souhaitez, vous pouvez le quitter pour devenir libres et vous joindre à mes soldats, à Borderlund. Nous avons des vivres en quantité, des uniformes propres et des couvertures sèches. Vous gagnerez trois sous par jour, soit une pièce de cuivre entière pour commencer. Plus si vous restez avec nous plus d'un an. Qu'en dites-vous ?

Les autres regardèrent successivement Annev et Sraon et secouèrent doucement la tête.

— Trop bêtes pour saisir leur chance quand elle se présente à eux, commenta Alcoran avec un reniflement méprisant avant de cracher par terre.

— J'aimerais récupérer mon document, capitaine, dit Sraon en le fixant d'un regard sévère.

Alcoran se retourna vers ses hommes, qui commençaient à s'agiter, puis scruta une nouvelle fois Annev et ses compagnons.

— Ils s'enfuiront dès que vous entrerez en ville, affirma-t-il. Surtout celui-ci, ajouta-t-il en désignant Fyn. Je le vois dans leurs yeux. Ils ne sont pas du genre à servir. (Il montra Annev.) Lui aussi. En plus, c'est un Ildar. Vous feriez mieux de le marquer ici et maintenant. Cela vous éviterait bien des désagréments. Autrement, les ennuis qu'il causera vous seront imputés.

— Merci pour le conseil, capitaine. Maintenant, mon parchemin…

Alcoran froissa à moitié le document dans sa main et se rapprocha de Sraon en trottant, le regard de glace.

— Je pourrais le déchirer, murmura-t-il. Je pourrais tous vous emmener de force. Nous sommes assez nombreux pour ça.

— Vous pourriez, mais vous ne le ferez pas, répondit Sraon, l'œil scintillant. Le roi Cheng vend presque autant d'esclaves au roi Alpenrose qu'au roi Lenka. S'il apprenait que ses émissaires étaient agressés sur les routes, il risquerait de cesser tout commerce avec Paldron.

— Sûrement pas. Cheng est trop avide.

— Il paierait votre bétail la moitié de son prix avant de le revendre pour le double.

Le soldat sembla soupeser les paroles de Sraon, puis lui jeta le parchemin, que le forgeron rattrapa adroitement. Alcoran eut une grimace carnassière et cracha devant les bottes de Sraon.

— Bon voyage, Maître Esclavagiste.

Le cavalier fit faire demi-tour à sa monture et rejoignit ses hommes. Quelques instants plus tard, les soldats de Borderlund se remirent en route, aussitôt suivis par les conscrits de Luqura aux rubans rouges. Annev et ses camarades les regardèrent s'éloigner, avant de se retourner doucement vers Sraon. Le forgeron soutint leur regard, haussa les épaules, puis lissa son parchemin, avant de le rouler et de le ranger dans son cylindre en métal terni. Après l'avoir enveloppé dans son tissu huilé, il le remit dans la charrette.

Annev et les autres avatars échangèrent des regards, n'ayant pas besoin d'articuler ce que chacun pensait.

À l'exception de Therin, cependant.

— Vous avez été marchand d'esclaves ?

Sraon poussa un soupir et fit face aux jeunes gens.

— J'ai été beaucoup de choses avant d'arriver dans votre village. Avant Chaenbalu, certains d'entre nous avaient une vie ! Pour ma part, j'en ai eu plusieurs et, oui, j'ai été marchand d'esclaves.

Therin en resta bouche bée, comme s'il venait de voir un esprit ou un lutin.

Annev ne pouvait nier qu'il était surpris aussi. *Un marchand d'esclaves…* Cette révélation piqua sa conscience et lui rappela ce que Myjun lui avait dit un jour : « Sraon ne parle jamais de ce qu'il faisait avant son arrivée à Chaenbalu. Tu ne trouves pas ça *bizarre ?* » À l'époque, Annev n'avait pas trouvé cela bizarre. Pas du tout. Il savait que l'homme avait appris son métier de forgeron à Odarnea, à l'extrême nord de l'Empire, qu'il avait combattu des ogres sur l'île Cunnart, où il avait perdu l'usage de l'œil qu'il dissimulait sous un morceau de cuir. Ce passé d'esclavagiste, en revanche, était une totale surprise.

Innistiul – l'île des marchands d'esclaves – était très proche de Cunnart, et toutes les deux n'étaient qu'à une journée de voyage de Quiri, la capitale d'Odarnea. Tous les détails faisaient sens, mais ils ne correspondaient pas à l'image qu'Annev s'était faite du forgeron. « C'est un homme *bon*, avait-il rétorqué à Myjun. *Je le vois tous les Septièmes Jours.* »

Le jeune homme se mordit la langue en se remémorant la réponse de la jeune femme : « Il est forgeron, Ani. Comme les Terrans ! *Ils adorent Keos et ils sont tous forgerons !* »

Annev secoua la tête et tenta de chasser la douleur qu'il ressentait chaque fois qu'il pensait à la jeune femme défunte. Il y parvenait rarement, cependant.

Je l'ai tuée, se dit-il en revivant en esprit le moment où la terre s'était ouverte sous les pieds de Myjun. *Je l'aurais brûlée vive, tout comme Tosan, si elle n'était pas tombée dans ce gouffre avant. En hurlant. En criant mon nom.* Annev ferma les yeux, se forçant à admettre ce qu'il avait été trop aveuglé pour voir avant.

Myjun n'était pas quelqu'un de bien. Comme son père, elle était pétrie de préjugés, manipulatrice, orgueilleuse et méchante. Elle avait souhaité sa mort, ainsi que celle de Sodar, ce qu'il ne pouvait ni oublier, ni pardonner. D'une certaine façon, elle était responsable de la mort du prêtre. Mais en partie seulement. Les vrais responsables étaient Annev lui-même, car il avait été stupide, et Tosan, qui avait commis l'acte.

Annev se força à revenir dans le temps présent.

Sraon était esclavagiste ou l'avait été. Cela ne faisait pas de lui un mauvais homme, mais ce n'était pas non plus un titre de gloire. Cela soulevait également des questions auxquelles Annev pensait avoir répondu.

Qui était vraiment Sraon ? Quels autres secrets le forgeron dissimulait-il, et pourquoi Sodar lui avait-il fait confiance ? Était-il au courant ? Comme le vieux prêtre, le forgeron n'était pas seulement ce qu'il prétendait être. Au contraire de Sodar, cependant, il paraissait disposé à parler de son passé.

— Venez, lança Sraon en arrachant Annev à ses pensées et en réveillant les autres. Nous pourrons vendre à Banok le grain que nous avons pris à l'Académie. Si je me rappelle bien, il nous faudra beaucoup de pièces pour payer l'entrée de Luqura.

Il déposa les rênes de la jument dans les mains de Fyn et se mit en marche. Les jeunes gens lui emboîtèrent le pas, et l'ambiance devint un peu moins pesante.

Annev vit Therin ralentir doucement pour rejoindre Titus et Brayan à l'arrière du convoi. Therin chuchota quelque chose à Titus, puis les deux garçons eurent une conversation inaudible, qui mit manifestement mal à l'aise Brayan. De sa grosse main, l'intendant grattait machinalement sa barbe épaisse et faisait comme s'il n'entendait rien de l'échange entre son apprenti grassouillet et le garçon brun et efflanqué.

À l'avant, Fyn ne semblait aucunement affecté par la révélation de Sraon. Il avait pris le temps de récupérer ses masses d'armes dans la charrette et de les attacher dans son dos, où il avait l'habitude de les porter. Dans la matinée, il avait également noué ses tresses en une queue-de-cheval épaisse, qui se balançait vigoureusement comme il marchait en silence à côté de Sraon. Annev le vit lancer quelques regards furtifs au dos du forgeron. Quelle était cette expression, sur son visage ? De la crainte ? Du respect ? En tout cas, Fyn semblait plus impressionné que dérangé par le passé de Sraon.

Annev fronça les sourcils et trotta un peu pour rattraper le grand jeune homme. L'avisant par-dessus son épaule, celui-ci ralentit un peu, aussi purent-ils marcher côte à côte avec quelques mètres de retard sur Sraon.

— Qu'y a-t-il ? demanda directement Fyn.

— Hier, tu as dit que tu ne nous accompagnais à Luqura que parce que Sraon y connaissait quelqu'un qui accepterait de payer pour s'adjoindre les services d'un avatar, répondit Annev en fixant alternativement le dos de Sraon et le visage de Fyn.

— Exactement.

— Tu pensais à toutes tes aptitudes d'avatar ou seulement à celles qui impliquent le maniement d'une masse d'armes ?

— Peu importe. À celles qui paient le mieux.

Annev soupesa longuement ses paroles avant de les prononcer :

— Si tu voulais simplement te battre, tu aurais pu t'engager avec ces soldats de Borderlund. (Comme Fyn hochait la tête, il poursuivit.) Une armée offre de nombreuses occasions de se battre, et j'aurais cru que…

— Essaierais-tu de te débarrasser de moi, keokum ? demanda Fyn en souriant.

Annev sourit aussi, sachant que l'insulte de Fyn n'en était pas une. Pas vraiment.

— Bien au contraire. J'ignore ce que je vais trouver à Luqura. Sodar ne m'a jamais parlé de ses plans en détail, et je serais bien incapable de distinguer ce Reeve de mon propre cul. Franchement, je m'accommoderais de la présence de quelques amis autour de moi. Au cas où.

— Parce que nous sommes amis, maintenant ?

— Bien sûr, acquiesça Annev après une petite hésitation. Enfin, quasiment.

— Écoute, Annev, je n'ai peut-être plus envie de te tuer, mais nous sommes encore loin d'être amis, et je n'ai pas plus envie de lier mon destin au tien qu'à celui de cette bande de bras cassés en armure. Je suis un homme libre, et maintenant que l'Académie n'est plus, je peux aller où je veux et faire ce que bon me semble. Figure-toi que c'est exactement ce que j'ai l'intention de faire.

Les mots de Fyn confirmèrent les sentiments d'Annev.

— Luqura est une grande ville. Dans ces circonstances, savoir que quelqu'un protège tes arrières est toujours rassurant. Comme chez Janak. On a formé une belle équipe, là-bas.

— On a fini le boulot, c'est vrai. Pour ce qui est de former une belle équipe… Non, n'exagérons rien.

Annev gloussa.

— Il est vrai que tu m'as laissé pour mort. Enfin, Kenton m'a laissé pour mort.

Fyn répondit en souriant et en haussant les épaules. Et puis il se mordit la lèvre.

— Le problème, c'est que nous aimons tous les deux commander, et je ne suis pas du genre à te suivre partout comme ce vieux Titus. Ce type te lèche tellement le cul qu'il sait ce que tu as mangé au petit déjeuner.

— Quelle éloquence, commenta Annev en grimaçant. Tu as raison, j'imagine. Je n'ai pas plus l'intention de devenir ton laquais que toi de…

— De te lécher le cul ?

— Voilà.

Malgré lui, Annev se surprit à rire. Ils marchèrent en silence, et Annev remarqua que Therin et Titus s'étaient tus aussi. Il regarda devant lui et comprit pourquoi : les murs de Banok se dressaient au loin, et il y avait de grandes tentes blanches devant la porte sud. Ils n'étaient plus très loin du comptoir. Annev reprit position à côté de la charrette.

— Je ne dis pas que nous ne retravaillerons plus ensemble, lança Fyn. Je ne dis pas le contraire non plus. Bref, je n'ai pris aucune décision, je veux avoir le choix.

— Je comprends et j'accepte, répondit Annev. Je ne suis pas différent de toi. J'ignore ce que je vais trouver à Luqura et quel genre d'homme est ce Reeve. Ce que je veux, c'est me débarrasser de cette main rougeoyante, c'est tout.

— Tu peux toujours la couper.

Annev rit doucement, trouvant la blague de Fyn moyennement amusante. Et puis il vit le visage pensif du jeune homme et douta.

— Attends, tu ne blaguais pas ?

— Tu as déjà perdu un bras, confirma Fyn en hochant la tête. Perdre encore un peu de chair ne ferait pas un gros changement. Cette main pourrait tomber toute seule, ou bien tu pourrais la couper toi-même ; ça ne ferait aucune différence.

Ils étaient presque arrivés au comptoir, et les portes de Banok se dressaient derrière les tentes agglutinées. Annev ralentit un peu, laissant Fyn passer devant lui, puis examina son coude.

Comme s'il lisait dans ses pensées, Sraon le rejoignit et tapota sa main rougeoyante sous le vieux gant de forgeron.

— Vous et moi allons partir de notre côté, lorsque nous serons en ville, dit l'homme. J'aimerais vous présenter quelqu'un. Une personne susceptible de nous aider avec votre main.

— Qui ? demanda Annev en se détendant un peu.

— On l'appelle Dolyn, répondit Sraon.

Le groupe s'engagea dans le comptoir, et Annev avisa la toile de fond des murs de Banok. Celle-ci lui était familière, au contraire de ce marché plein de commerçants vantant bruyamment les mérites de leurs marchandises avec des accents allant de l'odarnéen rustique, au markluan, en passant par l'alltaran exotique.

— Des fruits frais de la Haie fertile ! Tellement sucrés qu'on les croirait magiques !

— De la soie douce importée de l'Orient extrême ! Des fourrures de Tir…

— De l'acier de Paldron ! Des haches et des épées ! Des pots et des…

— Des chevaux ! Issus des meilleurs élevages de Green Froch ! Et bien moins chers qu'à Desbyr !

Le comptoir lui-même était à peine plus qu'une collection de tentes, de charrettes, de cabanes destinées à être démontées et mises à l'abri des murs de Banok avant le crépuscule. Annev n'avait rien vu de ce marché trois jours plus tôt seulement, mais il est vrai que Fyn, Kenton et lui étaient arrivés de nuit.

Il y a seulement trois jours, pensa-t-il. *Tant de choses se sont passées depuis. Tosan nous a envoyés à Banok récupérer la Baguette de Compulsion de Janak. Sodja Rocas nous a pris la baguette sous le nez. Kenton m'a abandonné dans le bureau incendié de Janak. Oyru m'a pourchassé de Banok à Chaenbalu. Je me suis échappé de ma cellule, j'ai pillé le Caveau, combattu les* feurog. *J'ai sauvé Sodar… avant de le voir mourir.* En repensant à tout cela, Annev devint sinistre et, sombrant dans le masochisme, refusa de s'arrêter là.

Et puis, j'ai tué Tosan et Myjun. J'ai tué les maîtres et les anciens. J'ai tué tous ceux qui se trouvaient dans les murs de l'Académie lorsque celle-ci s'est effondrée. Parce que j'ai échoué à me contrôler. Parce que j'ai échoué à contrôler ça.

Annev considéra d'un regard noir le gros gant de forgeron qui dissimulait sa maudite prothèse dorée.

* * *

Annev et Sraon quittèrent le reste du groupe dans le marché, traversant la porte de la ville sans leur adresser un signe, ni une parole. Un garde vêtu d'habits noirs et d'une courte cape bleue les suivit vaguement du regard sans les reconnaître. Cela n'aurait pas dû étonner Annev–tous les gardes de Banok n'avaient pas été victimes de la Baguette de Compulsion de Janak–, mais il n'en avait pas moins peur d'être identifié. Sur tous les soldats de la ville, il y en aurait forcément au moins un pour le reconnaître, craignait-il.

Celui-ci se désintéressa rapidement d'eux, cependant. Y compris du forgeron borgne, preuve supplémentaire que le monde extérieur ne connaissait pas les mêmes préjugés que Chaenbalu.

—Fermez donc la bouche et avancez, l'encouragea Sraon. Si elle vit toujours ici, sa forge se trouve dans le Quartier des Artisans.

—Elle ? Je croyais que vous parliez d'un forgeron…

—Tout à fait. Les femmes peuvent aussi être forgeronnes.

—Oui mais… ce n'est pas courant.

—Ce n'est pas courant à Chaenbalu, le corrigea l'homme. Modeler le métal n'est pas à la portée de tout le monde, mais Dolyn n'est pas tout le monde.

—Qu'est-ce qui vous fait croire qu'elle pourra m'aider ?

—Dolyn est spéciale. Je l'ai rencontrée grâce à mon métier, se rappela-t-il dans un sourire en coin. Elle s'est installée à Banok pour parfaire son art et… me concurrencer. Le moins qu'on puisse dire c'est qu'elle a réussi sur les deux plans. Dolyn est capable de travailler un gros morceau de fer comme personne, mais elle se débrouille aussi très bien avec les très petites pièces. Elle fait de l'orfèvrerie, de l'argenterie, elle est polyvalente. Avec mes grosses mains, je n'étais pas à la hauteur. J'ai très vite compris que les clients venaient à moi quand ils avaient besoin de pièces grossières, de fers à cheval, de cerceaux pour leurs tonneaux, de clous, d'outils de ferme, voire de réparer un pot. Je le comprenais, mais si je ne suis pas un artisan de la trempe de Gwen, je savais que je valais mieux que ça. Bref, mon avenir à Banok était bouché, aussi n'ai-je pas hésité une seconde lorsque Sodar m'a proposé de m'installer à Chaenbalu.

— Pour remplacer mon père.

— Vous êtes au courant de cette histoire ? lui demanda Sraon en le regardant de son œil unique par-dessus son épaule.

— Oui, confirma Annev dans un hochement de tête. Sodar ne m'a pas dit grand-chose, mais j'ai entendu cette histoire. Vous connaissiez Sodar avant Chaenbalu, alors ? Il avait plus de deux mille ans. Vous avez dû le rencontrer avant Banok.

— En effet, acquiesça Sraon. Je n'étais qu'un enfant lorsque j'ai croisé Sodar pour la première fois. C'était à Innistiul.

— Avant de devenir marchand d'esclaves ?

— Oui et non, répondit Sraon en secouant la tête. Comme vous le savez, certaines personnes naissent esclaves. Il en est ainsi à Innistiul, en tout cas. Pour ma part, je suis né marchand d'esclaves, si l'on peut dire. Je n'avais pas le choix ; c'était la tradition familiale. J'ai appris mon métier en pensant que le monde entier avait les mêmes pratiques. Je n'ai compris à quel point nous étions arriérés que lorsque j'ai fait la connaissance de Sodar.

— Quel âge aviez-vous ? l'interrogea Annev, pris par le récit du forgeron.

Ni Sodar, ni Sraon ne lui avaient raconté leur vie avant Chaenbalu, alors qu'il les fréquentait depuis toujours.

— Pas plus de cinq ans, je pense. Je ne me rappelle plus la raison de sa venue sur l'île, mais il était accompagné de Thane et Tuor. Il y avait une femme, aussi, mais je ne me souviens pas de son nom.

— Vous connaissiez mon père ?

— Non, pas vraiment. Tuor était mon aîné de quelques années, et nous ne jouions pas ensemble. Sodar connaissait mon père, en revanche, et c'est comme ça que je l'ai rencontré. Il racontait des histoires à la cour, les illustrait avec quelque tour de magie.

— Sodar était conteur ? Il se produisait devant un public ? Comme Yohan l'accastilleur ?

— Yohan était incapable de faire la différence entre un conte et une liste de fournitures ! se moqua Sraon. Il ne racontait des histoires que le soir, et ce uniquement pour vendre plus de bougies. En plus, au contraire de Sodar, il n'aimait pas ça. Rappelez-vous ses sermons. Pour lui, le récit était bien plus important que la morale, même si, malheureusement, il ne pouvait l'agrémenter de tours de magie. Pas avec les maîtres et les anciens dans l'assistance.

— Il n'y avait pas que les maîtres et les anciens, remarqua Annev, amer. Même pour sauver mes parents, il n'a pas usé de sa magie.

— Il n'aurait rien pu faire, jeune homme, contra Sraon en le considérant d'un œil oblique. Le village tout entier les a lapidés pendant qu'il vous sauvait. Je regrette de n'avoir pas été là. Peut-être qu'à nous deux nous aurions pu les en empêcher, mais c'est le passé. Ces gens sont morts ou ont été emportés par ces maudites ombres…

Sraon sombra dans le silence, et Annev se rappela la manière dont Alanna, la couturière, avait été arrachée à ses mains, emportée par les mares d'ombre créées par Oyru et ses eidolons.

— Bien, lâcha Annev en essayant de changer de sujet. Parlez-moi de Dolyn, ou bien s'agit-il de Gwen ?

Sraon eut un sourire suffisant et bifurqua dans une des nombreuses ruelles transversales de Banok. Les murs se rapprochèrent, penchés au-dessus du passage étroit surplombé par les toits de la ville.

— Non pas Gwen. Elle signe ses œuvres « Dolyn », mais j'imagine qu'il s'agit surtout de ne pas révéler son sexe à des clients potentiels.

— Pourquoi pensez-vous qu'elle va pouvoir m'aider ? l'interrogea Annev, revenant à sa question initiale.

— Ah…, fit Sraon, l'œil unique brillant. Gwen vous l'expliquera elle-même.

— Attendez… je croyais que…

— C'est bien elle, le coupa Sraon dans un sourire furtif. (Il s'arrêta devant une basse bâtisse en pierre à la porte couverte de suie.) Gare à vos manières. Vous êtes un invité. Je suis un collègue et un concurrent. Le seul qui soit autorisé à l'appeler Gwen. Pour vous, elle est Dolyn. Elle et moi avons un passé, ce qui m'autorise à causer un peu plus que les autres. Vous, vous tenez votre langue. Et ne croyez pas tout ce qu'elle raconte, ajouta-t-il en se préparant à frapper à la porte. Surtout à mon sujet.

Annev hocha la tête en se demandant ce que Dolyn aurait pu lui apprendre sur le vieux forgeron qu'il ne savait déjà. Sraon avait été esclavagiste – un marchand d'esclaves actif, à en croire son parchemin et la marque sur son omoplate –, un ami de Sodar, maître absolu des secrets aux cent vies mystérieuses. Sraon n'était peut-être pas différent, aussi Annev écouterait-il attentivement ce que Dolyn la forgeronne aurait à dire à son sujet.

Chapitre 3

Sraon abattit son poing massif sur la porte maculée de suie et attendit que l'écho de son coup se répercute dans la forge. Ils patientèrent trois battements de cœur et Sraon frappa de nouveau. Pas de réponse. Le forgeron ajusta son cache-œil en fronçant les sourcils.

— Son enseigne n'est plus là. Peut-être a-t-elle déménagé.

— Quand l'avez-vous vue pour la dernière fois ?

— Il y a des années, admit Sraon, le front barré d'une ride profonde. Je n'avais pas promis de lui rendre visite – nous n'étions pas très proches –, mais mon contact m'a dit qu'elle était toujours là.

— Votre contact ?

— Oui. Un fermier appelé Gribble. Il arrivait que Sodar m'envoie à Banok, quand il avait besoin de quelque chose. Lorsque sa commande était trop spéciale et qu'il était préférable que je ne me montre pas, je demandais son aide à Gribble. Quand vous êtes parti à Luqura pour cette mission de récupération, Sodar m'a demandé de lui confier un message pour Reeve, à Quiri. Je lui ai dit que c'était urgent, et Gribble m'a promis de parler à Tukas, notre contact de Luqura. Ce message a dû parvenir à Reeve, depuis. Je l'espère, en tout cas.

— Quel rapport entre Gribble et Gwen ?

— *Dolyn !* Moi seul suis autorisé à l'appeler Gwen, et encore, pas tous les jours. (Il frappa de nouveau à la porte, plus fort, cette fois.) Gribble me fournit des informations sur certains habitants de la ville. Des personnes d'intérêt. Dont Janak Harth. Et Gwen, d'ailleurs.

— Pourquoi ?

— Elle vous le dira elle-même. Enfin, si nous la retrouvons, ajouta-t-il en marmonnant.

Annev regarda vers les deux extrémités de l'allée.

— C'est un endroit étrange, pour une forge, dit-il. La vôtre est ouverte aux quatre vents ; ici, je ne vois même pas de fenêtres. Il doit faire incroyablement chaud, là-dedans. Et puis, il y a la fumée et la vapeur. Il m'est facile d'imaginer des lieux plus adaptés pour forger du métal et attiser un feu.

— Les travaux de précision sont faits à plus petite échelle, expliqua Sraon en regardant autour de lui. Pas besoin d'un feu infernal produisant une grande quantité de fumée pour forger des bijoux et ce genre de chose. Vous n'avez pas tort, cependant, mais ça participe du mystère de Dolyn. C'est aussi ce qui m'a conduit à penser que son art ne se limitait pas au seul métier de la forge.

À ce stade, la voix de Sraon se réduisait à un murmure, et il semblait surveiller le passage et les bâtisses environnantes, surtout celles qui étaient pourvues de fenêtres.

— Attendez, intervint Annev. Vous êtes en train de me dire que c'est une keokum ?

— Par les dieux, ce que vous dites est très offensant, Annev, protesta Sraon entre ses dents. Je sais que c'est ce qu'on vous a enseigné au village, mais les gens qui usent de la magie ne sont pas des keokum. Ils sont bénis. Ils ont un talent dans le sang, comme on disait avant. Raison pour laquelle nous les appelons artisans. Partout sauf à Chaenbalu, évidemment.

— Je vous confirme qu'on ne les appelle pas ainsi au village. Mais Dolyn use vraiment de la magie ? Comme Sodar ?

— Pas tout à fait comme Sodar. Elle l'expliquera elle-même, à condition que nous la trouvions.

— Que vous trouviez qui ?

Annev et Sraon se retournèrent et découvrirent une femme d'âge mûr à l'extrémité de l'allée. Elle avait les épaules larges, la taille fine, des bras assez musculeux pour manipuler un marteau de forgeron ou pour fendre le crâne d'un homme si l'occasion se présentait.

— Gwen ! s'exclama Sraon. Ça fait un bail ! Toujours assez robuste pour te battre contre un ours, hein ?

— Eh, oui ! confirma-t-elle en faisant quelques pas pour les rejoindre. Toujours assez laid pour passer pour un ours, hein ? (Elle posa un lourd sac à côté de la porte et désigna Annev d'un mouvement de la tête, avisant son gant.) Qu'est-ce que c'est que ça ? Un nouvel apprenti ?

— Mmh… en quelque sorte.

— En quelque sorte ? répéta Dolyn en le fixant d'un air entendu.

— On pourrait parler à l'intérieur ? J'ai une faveur à te demander.

— Sraon Cheng a une faveur à *me* demander ? (Elle éclata de rire.) C'est un sentiment assez agréable, je dois dire. Veuillez entrer…

De l'index, elle sortit une grande clé de sa ceinture et déverrouilla la porte. Elle poussa le battant, et Sraon marmonna un merci en suivant Sraon à l'intérieur.

La forge était propre, quoiqu'un peu sombre, ce que Dolyn arrangea aussitôt en ouvrant des volets sur le mur opposé, révélant un espace plus vaste que prévu. En effet, la forge occupait l'intégralité du rez-de-chaussée de la bâtisse, ainsi que les deux niveaux de la maison adjacente. Au premier coup d'œil, Annev avisa plusieurs postes de travail individuels, un âtre traditionnel, une fonderie, une forge et un four.

Il fit un pas hésitant vers les tables, se rappelant que Sraon lui avait demandé de bien se comporter. Il aperçut néanmoins un assortiment d'outils et d'objets qu'il n'aurait pas pensé trouver là : une pince à sertir, des étaux compliqués et des ciseaux délicats. Il y avait également une enclume minuscule, des pinces et des tenailles et une dizaine de barils d'eau. Annev vit tout cela et secoua la tête.

— Il y a tellement d'outils ! s'exclama-t-il.

Gwendolyn posa son sac, qui produisit un bruit métallique.

— Connaissez-vous des poètes ? l'interrogea-t-elle. Savez-vous seulement ce qu'est un poète ?

— Bien sûr, répondit Annev, les joues brûlantes.

Dolyn haussa un sourcil et échangea un sourire complice avec Sraon ; ces deux-là se moquaient gentiment de lui, semblait-il.

— De combien d'outils dispose un poète ? demanda la femme.

Annev écarquilla les yeux, pris de court.

— Eh bien, il n'en a pas. Enfin, il a sa voix, bien sûr...

Sraon gloussa, mais Dolyn le fixait d'un regard sérieux.

— Un poète utilise des mots, dit-elle. Combien y a-t-il de mots, dans le monde ?

— Un poète compétent maîtrise le darien, l'iluméen et le terran, répondit Annev, bien décidé à ne pas passer pour un imbécile. Et puis, il y a le darien ancien, les glyphes... Si on compte tous les langages du monde – écrits ou oraux –, j'imagine que ça fait des centaines de milliers de mots. Peut-être même des millions. (Il s'interrompit quelques secondes.) Je devine que vous vouliez me faire comprendre que, comparé à la trousse à outils d'un poète, ce que vous avez ici est bien modeste.

— Peut-être êtes-vous moins bête que vous en avez l'air, lança Dolyn avec une étincelle dans le regard. (Elle sourit.) Ce garçon n'est pas ton apprenti, Sraon. Qui est-il ? Qu'est-ce qui vous unit ?

— Tu es plus maligne que moi ! gloussa le forgeron borgne. J'ai montré à Annev les bases de notre métier, mais il est l'apprenti de Sodar.

Cette information sembla intéresser Dolyn, qui s'anima.

— Vous êtes lettré, alors ! Ce gant de forgeron m'a induite en erreur, mais je vois, maintenant. Vos bras me paraissent cependant trop musclés pour que vous soyez un simple scribe ou un diacre. Que sait-il, au juste ? demanda-t-elle en se tournant vers Sraon.

Un silence maladroit emplit la pièce. Comme il se prolongeait, Annev sentit son estomac se nouer. Pourquoi Sraon avait-il été si évasif concernant sa relation avec Dolyn ? Et pourquoi pensait-il que celle-ci était mieux qualifiée que lui pour lui retirer la Main de Keos ? La réponse à cette question, Annev pensait la connaître, et elle lui faisait l'effet d'une lame de peur dans le cœur.

— Disons qu'il a des soupçons, finit par dire Sraon. Je ne lui ai rien dit, mais il a compris certaines choses en découvrant ta forge.

Annev déglutit, tandis que le creux, dans son estomac, ne cessait de grossir.

— Vraiment ? s'étonna Dolyn en dévisageant Annev et en se rapprochant de lui. Il a le don ?

— Le don et… autre chose, répondit Sraon, redevenant sérieux. Montrez-lui.

Annev hésita, puis commença à retirer son gant sans lâcher la forgeronne des yeux. À peine avait-il tiré sur la manche que la lumière jaillit, illuminant la pièce. Dolyn porta la main à sa bouche grande ouverte.

— Par Keos, lâcha-t-elle dans un souffle en écarquillant des yeux stupéfaits. Ce n'est pas… Non ! Si ?

— Montrez-lui, Annev. Montrez-lui tout.

Annev retira le gant d'un seul coup, révélant son poing en or finement ciselé. Cette fois, Dolyn ne jura pas. La main tremblante, elle fit signe à Annev de venir plus près d'elle, le fixant d'un regard révérencieux.

— Puis-je ? demanda-t-elle.

Annev hocha la tête, et la femme toucha la prothèse avec circonspection, suivant du bout des doigts les contours de l'enclume fumante, du marteau suspendu au-dessus, les mots inscrits dans la paume et sur le dos de la main. Pendant ce temps, Annev grimaçait. Bien que constituée de métal, la peau dorée était étrangement plus sensible que la chair de son bras droit.

Les lèvres de Dolyn bougeaient en silence comme elle lisait les inscriptions en terran, sur la paume : « MEMENTO SEMPER. NUMQUAM OBLIVISCI. » Elle lui retourna la main et lut : « *Aut inveniam viam aut faciam.* » Elle releva la tête et transperça Annev du regard.

— Vous savez ce que c'est ? lui demanda-t-elle.

Annev acquiesça et recouvra subitement sa voix.

— Pouvez-vous m'aider… à la retirer ? Elle est maudite. Elle me fait peur. J'ai besoin d'aide.

Sa voix se brisa un peu à la fin, mais il contint ses larmes. Tout juste.

— Je… je ne sais pas. Je peux essayer. (Dolyn examina la prothèse en secouant la tête.) C'est de la magie très puissante, Sraon.

— Nous sommes au courant, confirma le forgeron, l'air grave. Nous avons été témoins de cette puissance.

— Est-ce que vous saviez… ? (Dolyn les regarda successivement, et puis elle écarquilla soudain les yeux.) Le rayon de lumière, à l'ouest, il y a environ un jour… C'était vous ? C'était *ça* ?

— Vous l'avez vu ? s'étonna Annev. Depuis Banok ?

— On ne voit pas tous les jours un pilier de lumière s'élever vers le ciel, répondit Dolyn en hochant la tête. Un pilier de lumière aussi aveuglant que le soleil, qui plus est. Non, plus aveuglant encore, étant donné que nous l'avons vu au beau milieu de la journée.

— Nous ?

— Bien sûr. Toute la ville l'a vu. Les gens ne parlaient que de ça. Jusqu'à la fin de la journée, en tout cas. Pour conclure, ils ont mis le phénomène sur le compte de Druides ou d'un groupe d'Iluméens célébrant le Regaleus. C'est ridicule, évidemment. Les Druides ne pratiquent pas ce type de magie, et les Iluméens sont trop malins pour attirer l'attention de la sorte. En Daroea, du moins.

— C'est bon à savoir, Gwen, mais peux-tu aider le garçon ?

Dolyn lui lança un regard intense, quoique dénué d'agressivité.

— Je peux essayer, mais il aurait surtout besoin d'un Artificier.

— Un Artificier ? répéta Annev en retirant sa main. Ne sont-ils pas terrans ?

— Et moi, que suis-je à votre avis ? l'interrogea Dolyn en éclatant de rire.

Les jambes d'Annev faillirent céder sous son poids. Il fit un pas en arrière, l'esprit tournant à plein régime.

— Non, vous ne pouvez pas… Ce n'est pas… (Il regarda Sraon, pris de panique.) Pourquoi suis-je ici, Sraon ? Pourquoi m'avez-vous amené jusqu'ici ?

Le forgeron borgne leva les mains dans un geste d'apaisement.

— Dolyn n'est pas terrane, jeune homme. Pas le genre de Terrane que vous imaginez, en tout cas. C'est une Orvane, une Néoterrane. Elle appartient à la tribu qui modèle les métaux et les minéraux.

— Vous voulez dire qu'elle adore… Cruithear ?

Dolyn confirma d'un hochement de tête, et Annev sentit la bile lui monter dans la gorge. Janak Harth avait conclu un pacte avec Cruithear. Le Dieu des minéraux avait promis au marchand infirme de nouvelles jambes – un nouveau corps – en échange de la capture d'Annev.

Le jeune homme regarda furtivement la porte. Les muscles de Dolyn se tendirent, tandis qu'il s'accroupissait en position de combat, se préparant à se battre ou à fuir si elle tentait quelque chose. Au prix d'un effort de volonté considérable, Annev ne réagit pas violemment lorsque la main de Sraon se posa sur son épaule.

— Calmez-vous. Je voulais que Dolyn vous le dise elle-même, pour éviter tout malentendu.

— Elle adore *Cruithear*, Sraon ! Son dieu me pourchasse !

Annev croisa les bras sur sa poitrine et se rendit compte que la Main de Keos s'était réchauffée, que le métal doré, normalement froid, était brûlant contre sa peau. Il se hâta d'enfiler son gant de forgeron.

Sraon paraissait soudain hésitant. Le sourcil haussé, il se tourna vers Dolyn en posant machinalement la main sur le fourreau de sa hallebarde.

— Est-ce vrai, Gwen ?

La femme avisa la posture de Sraon et eut un mouvement de recul, les mains bien en évidence.

— Es-tu venu jusqu'ici pour me menacer, Sraon ? Ne m'accuse pas de nourrir des desseins inavouables, ajouta-t-elle avec mépris. N'importe quel dieu ou déesse aurait envie de voir le porteur de la Main de Keos.

— Ce n'est pas une réponse, Gwen.

— Techniquement, c'en est une. Et puis, je vous ferais remarquer que vous êtes chez moi. Dans ma forge. C'est vous qui êtes venus à moi. Je ne vous ai rien demandé. (Elle désigna la porte.) Vous êtes libres de repartir tout de suite.

Elle regarda Annev au moment où une volute de fumée sortait de sous le gant du jeune homme. Celui-ci agita la main pour la dissiper, mais il était trop tard. Dolyn secoua la tête et fit un pas en arrière.

— Oubliez cette main. Vous devriez partir tous les deux.

— Attends, Gwen, protesta Sraon en s'écartant pour empêcher la forgeronne de le pousser vers la porte. Ne sois pas comme ça. S'il te plaît. Le garçon a besoin de ton aide.

— Et moi, je n'ai pas besoin d'ennuis, rétorqua la femme en croisant les bras. En vérité, je me fiche de savoir ce qu'il y a sous ce gant, et il est hors de question que je me laisse insulter dans ma propre maison. Et cesse de m'appeler Gwen ! Je ne suis pas une servante ou la fille du fermier. C'est Dolyn. Pas Lynn, ni Gwennie, ni poupée. Dolyn. Tu le sais pertinemment.

— Dolyn, je t'en prie. Pense au garçon, regarde son bras ! Tu as le talent, et moi, je suis impuissant.

— Tout le monde a le talent, marmonna Dolyn. Certains d'entre nous savent s'en servir, c'est tout.

Elle plissa le front, coinça une mèche de cheveux bruns derrière son oreille et regarda la main gantée d'Annev en secouant la tête. Elle se figea lorsqu'elle vit les yeux apeurés du jeune homme. Celui-ci hocha une fois la tête, supplication silencieuse. Dolyn lâcha un soupir défait.

— Je veux bien essayer, Sraon, si le garçon me fait confiance. Mais uniquement parce que nous nous connaissons bien. Mais je ne promets rien, attention. Ce dont vous avez besoin, c'est d'un Artificier.

— Un Artificier, répéta Annev, pensif. Vous voulez dire… comme Urran ?

— Parce que vous le connaissez ? s'étonna-t-elle. Urran ne vous sera d'aucune aide, vous pouvez l'oublier.

— Attendez ! protesta Annev, incrédule. Urran est vivant ?

— Urran est un sans-âge, expliqua la femme. Il se peut fort qu'il se promène toujours dans les parages. Enfin, c'est possible. Personne ne l'a vu depuis deux mille ans, toutefois, depuis cette fameuse mission de récupération des *diamagi*. À mon avis, il est mort.

— Les *diamagi*… Vous voulez dire les Artefacts perdus ?

— Oui. Sodar n'était sans doute pas au courant. Ni les Dariens d'une manière générale, même si ce n'est pas vraiment un secret.

Annev absorba ces informations nouvelles.

— Je pense que vous avez besoin d'un Artificier, poursuivit Dolyn. Eux sont véritablement spécialisés dans les artefacts, leur fabrication et leur usage. Et je ne parle pas des artefacts inférieurs que nous autres sommes capables de fabriquer, mais des *vrais* artefacts, ceux qui ne perdent jamais leur pouvoir. (Elle tapota la prothèse sous le gant d'Annev.) Comme celui-ci. Comme la Main de Keos. (Elle fixa le gant du regard comme si elle voyait à travers le cuir.) Par les dieux, mon garçon. Certaines personnes tueraient pour se procurer cet artefact, et elles seraient même disposées à se couper une main pour pouvoir l'utiliser. (Il y eut une pause.) Comment l'avez-vous eu ? Cette main avait disparu depuis la défaite de Keos à la bataille de Vosgar, presque mille ans avant la disparition d'Urran.

Annev se tourna vers Sraon, qui haussa les épaules.

— Dites-en autant que vous le souhaitez, Annev. C'est votre histoire, pas la mienne.

Annev dévisagea Dolyn, soupçonneux. Pouvait-il réellement lui faire confiance ? Devait-il lui faire confiance ?

— Vous craignez que j'envoie Cruithear à vos trousses, dit Dolyn comme si elle lisait dans son esprit. Vous avez raison de vous méfier, ajouta-t-elle dans un hochement de tête. Je suis une prêtresse de Cruithear, jeune homme. Une des plus dévouées.

Annev fut surpris par la confession si directe de Dolyn, et il eut le plus grand mal à ne pas prendre ses jambes à son cou. Pis, le gant de forgeron le démangeait, et il se fit violence pour ne pas vérifier si le cuir était en train de brûler.

— C'est la raison pour laquelle Sraon vous a conduit à moi, reprit-elle. Les Orvanes ont un talent spécial avec les minéraux et les métaux, et vous ne trouverez pas un autre prêtre ou une autre prêtresse de Cruithear qui en sache autant que moi dans le domaine. Il se peut que je sois en mesure de vous aider. Souhaitez-vous que je vous en dise plus ou bien désirez-vous que j'arrête là ?

— Vous me laisseriez partir ? Je veux dire, si j'en exprimais le désir ?

Dolyn eut un reniflement de mépris.

— Quoi ? Vous pensiez que j'allais vous enchaîner à ma forge ? Vous forcer à réciter des prières à Cruithear ? Si Cruithear vous veut, je suppose que c'est à cause de ce maudit artefact, et vous êtes venu me demander de vous le retirer, ce qui serait dans notre intérêt à tous les deux. (Elle lui tendit la main, paume vers le haut.) Allez-vous me laisser essayer ou comptez-vous filer d'ici tel un mouton apeuré ?

Annev se détendit un peu, mais s'empourpra néanmoins. Il avait effectivement le sentiment d'être un mouton apeuré. Il se racla la gorge, posa un regard neuf sur les outils qui emplissaient la pièce en se demandant si l'un d'entre eux possédait une magie assez puissante pour le débarrasser de cette maudite main dorée.

— Sodar ne m'a pas enseigné grand-chose sur la magie terrane ou orvane. Comment vous y prendriez-vous ? Quels outils utiliseriez-vous ?

— Ceux-là, répondit Dolyn en levant ses deux mains calleuses.

Annev fronça les sourcils, ne comprenant pas, alors Dolyn plongea le bras dans le sac qu'elle avait posé par terre et en sortit un morceau d'or presque aussi gros que son poing, soit l'équivalent d'au moins cinq Soleils. Elle retourna le morceau de métal dans ses mains, ses doigts puissants le travaillant et l'étirant comme s'il s'agissait d'un vulgaire pain d'argile. Fasciné, Annev la regarda former un ruban, puis un bracelet. Du bout du doigt, elle suivit le contour du bijou, dessinant des lignes délicates qui devinrent des filigranes subtils. Dolyn tendit l'objet à Annev, qui s'en saisit doucement pour l'examiner.

— Il est magnifique, dit-il en se rendant subitement compte du gouffre qui séparait le travail de Sraon de l'art de Dolyn.

Comparé à la femme, le maître forgeron n'était pas plus doué qu'un apprenti. Annev rendit le bracelet, le visage figé dans une expression de crainte mêlée de respect.

— Merci, répondit-elle en reprenant le bijou. Je le terminerai plus tard. Je me servirai de quelques-uns de ces outils pour ajouter quelques détails ou aplatir certaines lignes. (Elle posa le bracelet à côté de la forge froide.) Pour ce qui est de cette main, cependant… Ce n'est pas l'or ordinaire. Ça ressemble à de l'or car Keos l'a voulu ainsi, mais il a forgé l'artefact avec autre chose. Je parle du matériau qui constitue les dieux et le monde lui-même.

Elle s'interrompit en voyant Annev écarquiller les yeux. Le jeune homme hésita, puis prit la parole :

— La main est faite d'*aqlumera*, dit-il en scrutant la réaction de la forgeronne.

Un petit sourire souleva le coin des lèvres de la femme.

— Vous n'êtes pas si ignorant, apparemment.

Dolyn leur fit signe de la suivre dans le fond de son atelier, où elle ouvrit un coffre, d'où elle sortit une fiole contenant un liquide brillant et lumineux. Sa couleur était celle de l'or fondu, mais il émettait toutes les teintes de l'arc-en-ciel en alternance.

— L'*aqlumera*, dit Dolyn en posant avec circonspection la fiole sur un présentoir en fer forgé. Quelques gouttes – même pas de quoi remplir ma paume –, mais la valeur d'une rançon royale.

— Vous plaisantez ?

— Absolument pas. J'ai sauvé la vie d'un roi, autrefois. En guise de récompense, il m'a permis de choisir entre cette fiole et douze coffres d'or. (Elle gloussa.) Le roi Cheng aime les paris, même quand il paie ses dettes. Heureusement pour moi, je savais lequel des deux choix avait le plus de valeur. (Elle se tapota le bout du nez en souriant.) Jamais je n'avais vu quelqu'un d'aussi furieux après qu'on lui a sauvé la vie. Tu as entendu parler de cette histoire ? demanda-t-elle à Sraon.

— Tu imagines bien que non, répondit le forgeron en fronçant les sourcils. Ça fait des décennies que je ne m'intéresse plus à lui.

— Bien sûr, commenta Dolyn en admirant la lumière émise par le tube de magie liquide.

Annev déglutit en contemplant la fiole. Une rançon de roi ? Il avait jeté deux fois cette quantité au visage de Kenton en s'échappant des geôles de l'Académie ; et il y avait une grande flaque de ce liquide dans le fond de la cellule. Annev était abasourdi de découvrir que quelque chose d'aussi précieux était désormais inaccessible, sous les ruines de l'Académie.

Et puis, il repensa à la fontaine d'*aqlumera* sans fond située au centre du Caveau de la Damnation. Le liquide magique avait ruisselé de là jusqu'à sa cellule. Si Dolyn disait vrai, alors l'Académie s'était écroulée sur un trésor inestimable.

L'Orvane avait toujours le regard rivé sur sa fiole.

— Comme l'avait compris Cheng, le problème avec les trésors tels que celui-ci, c'est qu'on ne sait pas quoi en faire. Ses usages sont infinis, mais on ne peut choisir qu'une fois, et sans droit à l'erreur. (Elle siffla entre ses dents et rangea la fiole lumineuse dans son coffre.) Maintenant, vous savez de quoi est constituée votre prothèse. Et vous connaissez l'identité de l'Artificier qui l'a forgée : le Dieu du Sang de la terre lui-même. (Dolyn s'assit sur un tabouret.) Je suis la mieux placée pour vous la retirer, même si je ne suis pas certaine d'y parvenir.

Annev et Sraon échangèrent un regard entendu. Le forgeron leva les deux mains en signe d'impuissance, et Annev se retourna vers Dolyn.

— Je n'ai aucune confiance dans votre dieu, dit-il sincèrement. Mais il se peut que je *vous* fasse confiance. En vérité, j'ai besoin de votre aide, et je crois qu'il est dans votre intérêt de m'aider.

— Je ne suis pas en désaccord avec vous, approuva Dolyn en désignant son bras de la tête. Retirez donc ce gant.

Laissez-moi jeter un coup d'œil à votre prothèse, s'il vous plaît.

Annev s'exécuta en s'efforçant de contenir ses émotions comme la lumière dorée et douce de sa main emplissait de nouveau la forge. Dolyn examina la main avec intérêt, sans toutefois oser la toucher. Comme ils la regardaient tous les trois, la lumière qu'elle émettait semblait palpiter au rythme de la respiration d'Annev.

Dolyn étudia les fioritures tracées sur la paume et secoua la tête.

— Bon, notre problème est celui-ci : je peux essayer de retirer la prothèse en utilisant la magie orvane, mais elle a été forgée avec un talent unique – avec le sang d'un dieu, qui plus est –, aussi manipulerais-je des choses que je ne comprends pas. C'est une magie différente – qui n'est même pas terrane, pour être honnête –, et tenter de séparer l'or de la chair de votre bras sera aussi dangereux que de faire fondre quelque chose avec cette fiole de liquide magique, dit-elle en désignant le coffre, dans son dos. Je pourrais essayer, toutefois. Cruithear sait que j'aime les paris, et il me bénirait plus que tous les autres forgerons si je réussissais, mais vous devriez connaître les risques. Soit nous réussissons, soit les choses tournent mal et nous provoquons le même feu d'artifice qu'hier.

Sraon s'éclaircit la voix.

— Peut-être devrions-nous renoncer, mon garçon. Si Dolyn n'est pas sûre de pouvoir vous aider en toute sécurité, il serait peut-être plus prudent d'attendre de retrouver Reeve.

Annev n'était pas sûr d'être d'accord. Reeve appartenait à la même fraternité que Sodar ; il n'était ni Artificier, ni terran. Son talent était celui de l'Eau du ciel et du Sang de la terre. Quelles seraient ses chances de lui retirer cette maudite prothèse ? Annev n'en savait rien, mais il était convaincu que celles de Dolyn seraient plus grandes. Même si Annev trouvait un Artificier tel qu'Urran – s'il en subsistait –, il resterait à le convaincre de l'aider. Sans compter qu'un Artificier terran risquerait de tenter de le capturer pour le conduire à Keos. Dolyn lui avait clairement dit qu'elle n'était intéressée que par la prothèse, prothèse dont Annev serait heureux de se débarrasser vu les ennuis qu'elle lui avait causés. S'il n'était pas certain de pouvoir faire confiance à la forgeronne, il était disposé à essayer.

Prions Odar que nous ne mourions pas tous les trois dans une gigantesque explosion.

— Sraon, attendez.

Le forgeron était déjà en train de faire ses adieux à sa collègue.

— Qu'y a-t-il ?

— J'aimerais qu'elle essaie.

— Vous êtes sûr ? s'étonna l'homme en plissant le front, les doutes parfaitement lisibles sur son visage basané. Vous avez entendu ce que Gwen… je veux dire… Dolyn a dit ? Si elle échoue, ça pourrait finir pire pour vous.

Annev hocha la tête. Il avait pris sa décision. Lorsqu'elle vit son expression, Dolyn les conduisit à un genre de touraille, à l'arrière de l'atelier. Le grand fourneau était fermé par une lourde porte en fer qui, lorsque la femme l'ouvrit, révéla une autre porte en fer dans le fond. Une chandelle à la main, Dolyn y entra et leur fit signe de la suivre.

Chapitre 4

Dolyn s'assit en face d'Annev en posant sur la table sa chandelle, qui éclairait la pièce souterraine secrète.

— Mon héritage, ainsi que mon affinité avec la magie ne sont connus de personne, commença-t-elle. Je suis une Orvane, ce qui, pour la plupart des Dariens, revient à être une Terrane. S'ils étaient au courant, la plupart des gens refuseraient de louer mes services ou d'acheter mes créations. Certains vandaliseraient sans doute mon atelier et tenteraient de me chasser de la ville.

Ayant passé son enfance à Chaenbalu, Annev comprenait fort bien. Pour ce qui concernait les villageois, posséder ne serait-ce qu'une goutte de sang terran justifiait l'ostracisation, voire l'exil. Un Terran de sang pur aurait été condamné à mort comme un pratiquant de la magie, même si cela n'était pas arrivé depuis longtemps. Si Banok était plus cosmopolite que Chaenbalu, les préjugés y étaient similaires.

— C'est un passage secret ? demanda Sraon, debout, car il n'y avait que deux chaises dans la pièce.

Dolyn opina du chef, désigna la porte qu'elle venait de refermer, ainsi que l'autre porte, bloquée par une barre de fer.

— Ce tunnel débouche hors des murs de la ville mais – Cruithear soit loué – je n'ai jamais eu à m'en servir.

Annev s'agita sur sa chaise, mis mal à l'aise par la mention de Cruithear et par le décor sinistre.

— Que faisons-nous ici ? demanda-t-il.

— Vous portez un des artefacts les plus puissants jamais créés, jeune homme. Sans doute le plus puissant de tous, exception faite des *diamagi*. Le bâton, le marteau et la flûte étant perdus pour ce monde comme les dieux qui les ont créés, votre main dorée est sûrement l'objet le plus dangereux de ce côté du voile. Si quelque chose tourne mal, je préfère minimiser les dégâts. Nous sommes dix pieds sous terre, ce qui devrait suffire.

Annev eut envie de rire. Seulement dix pieds ? À Chaenbalu, il avait ouvert des crevasses profondes d'un kilomètre. Quelle était la hauteur de l'Académie ? Combien de salles contenait-elle ? Elle n'était plus qu'une montagne de gravats, désormais. Ces dix pieds de terre au-dessus de la tête ne seraient d'aucune utilité. Tout juste leur garantiraient-ils d'être enterrés vivants.

Néanmoins, Annev avait pris sa décision, et il n'objecta pas. Il posa le bras sur la table et tendit la main vers Dolyn. Cette fois, c'était au tour de la forgeronne d'être mal à l'aise.

— Avant de commencer, je vais vous expliquer ce que je compte faire. Vu l'instabilité de la main, il vaudrait mieux que vous ne résistiez pas à mes manipulations. (Elle parut se détendre un peu comme Annev hochait la tête.) Que savez-vous de la magie terrane ? Ou orvane ?

— Rien ou presque. Je sais qu'elle utilise le Sang de la terre, et non l'Eau du ciel ou le Feu de la lumière. Je sais aussi que son art est physique et non mental ou spirituel.

— Je confirme que vous ne savez rien, conclut Dolyn. Moins que rien, même, ce qui est encore plus dangereux. (Elle se massa les tempes, et la lumière de la chandelle vacilla.) Tout est lié. Tout est identique. Le Sang de la terre. L'Eau du ciel. Le Feu de la lumière. Tout est *aqlumera*.

— De façon abstraite ? l'interrogea Annev, peu convaincu. Vous ne voulez pas dire qu'ils sont réellement identiques, mais plutôt similaires ?

— Je veux dire qu'ils sont liés, comme je viens de l'expliquer. Lorsque vous regardez les étoiles, vous voyez leur scintillement ou bien le ciel ? Lorsque vous vous asseyez devant les braises d'un âtre, êtes-vous capable de dire où finit le bois et où commencent les cendres ? Les braises sont-elles plus Feu de la lumière ou Sang de la terre ? On ne peut pas le dire, simplement le sentir. Il n'y a pas de divisions claires. Vous comprenez, maintenant, pourquoi il est stupide d'affirmer que seuls les Terrans utilisent le Sang de la terre ? Ou que seuls les Dariens utilisent l'Eau du ciel ?

Annev se tourna vers Sraon, qui haussa les épaules, incapable de l'aider. Annev était conscient de ne rien connaître à la magie. Sodar ne lui avait rien dit, mais peut-être n'était-il pas mieux informé que lui.

— Pourquoi me dites-vous tout ça ?

— J'ai besoin que vous ayez confiance dans mes aptitudes. C'est la condition *sine qua non* pour que je réussisse à vous débarrasser de cet artefact. Mettez bien votre bras sur la table, s'il vous plaît.

Annev obtempéra en ruminant ce qu'elle venait de dire.

— Je ne suis pas aussi ignorant que vous le pensez, se défendit-il d'un ton qu'il espérait neutre et non insolent. Je sais comment fonctionne la magie darienne, et je comprends comment les trois magies dépendent les unes des autres.

— Huit, contra Dolyn en prenant sa main dans les siennes.

— Pardon ?

— Il y a huit magies.

Annev était subitement moins sûr de lui. Il s'agita, mal à l'aise.

— Vous parlez de la magie des Jeunes Dieux ? demanda-t-il sur un ton affirmatif plus qu'interrogatif.

Sa voix le trahit cependant, changeant d'octave à la fin de sa phrase. Dolyn acquiesça de la tête et suivit du bout des doigts les arabesques et filigranes de la main dorée.

— Vous sentez quelque chose ?

— Vous ne faites que me toucher, n'est-ce pas ? Vous n'usez pas de votre magie ?

— Correct.

— Dans ce cas, oui, je sens.

— Et là, vous sentez ? lui demanda Dolyn en effleurant ses articulations renforcées. (Comme Annev grimaçait, elle secoua la tête, incrédule.) Malgré l'absence de poils sur votre main métallique, vous sentez les plus faibles pressions. C'est incroyable.

Annev se racla la gorge, de plus en plus gêné par le contact léger des doigts de la forgeronne.

— Huit magies, reprit-il. Mais les Jeunes Dieux sont seulement une extension de Keos. C'est juste de la magie terrane, non pas d'autres types de magie, si ? Huit ou trois, c'est la même chose, en réalité. Tout est connecté, comme vous dites.

— C'est bien plus compliqué que ça. (Tenant d'une main le poignet de la prothèse dorée, elle se tapota le torse avec le pouce.) Je suis une Orvane. Il y a parmi nous deux castes de magiciens : les Fernés et les Minéraux. Dans quelle catégorie me classeriez-vous ?

— Je ne sais pas. Vous avez modelé un morceau de métal, tout à l'heure, et non pas de la pierre, donc…

— Effectivement, vous ne savez pas, le taquina-t-elle avec un sourire encourageant. Je suis une dualiste ; les deux à la fois, donc. La forge est mon talent primaire, cependant.

— Ce qui fait de vous… ?

— Une Maîtresse Forgeronne, répondit Dolyn en raffermissant sa prise. Calmez-vous. Je vais vous tester avec un tout petit peu de magie. Rien de transformatif. Rien de destructeur. J'ai juste besoin de tester les résistances à l'œuvre.

Les résistances. Cela ne plaisait pas beaucoup à Annev, qui s'efforça néanmoins de ne pas réagir.

— D'accord. Bien sûr. (Ce n'était pas la plus assurée des réponses, mais au moins sa voix ne se brisa-t-elle pas.) Euh… combien y a-t-il de castes de magiciens ?

— Vingt-deux, pour le moment.

— Pour le moment…

— Au fil des âges, les trois magies de base ont évolué en douze castes distinctes. Après la Destruction de la Main de Keos sont nées les cinq Nouvelles Magies terranes. Lesquelles ont donné dix castes, qui seront sans doute vingt un jour. Lorsque cela se produira, il y aura trente-deux types d'artisans, sans compter les dualistes.

Annev digéra ce qu'elle venait de dire en écarquillant les yeux.

— Il y a donc huit types de magies – trois pour les Dieux anciens et cinq pour les Jeunes Dieux – et vingt-deux castes de magiciens, toutes pouvant être combinées pour créer différents types d'artisans ?

— Exactement. Et chaque artisan aura ses propres forces et faiblesses. On peut naître Minéral et ne pas savoir modeler la pierre, mais plutôt le métal. Ou bien certains types de roche seulement. Je connais des Minéraux qui ne modèlent que le quartz, mais qui sont des maîtres en la matière. J'en connais également qui sont incapables de modeler la terre – les métaux comme les minéraux –, mais qui peuvent traverser n'importe quelle substance inorganique. Enfermez-les dans une cage de métal sous une montagne de roche, et ils s'en échapperont sans difficulté et en riant. Mais enfermez-les dans une cage de bois vert fraîchement coupé ou une cage vivante – telles que les créent les druides – et ils seront impuissants. Comment les classer ? Combien de types d'artisans peut-il y avoir ? Il est impossible de séparer les magies, de dire où finit l'une et où commence l'autre. Nous essayons quand même, cependant. Comme je le disais à l'instant, tout est connecté.

Annev sursauta comme un frisson lui parcourait le poignet et l'avant-bras. Son poing se serra involontairement, et Dolyn siffla entre ses dents. Le jeune homme força sa main à se rouvrir, et la prêtresse secoua ses doigts presque écrabouillés.

— Est-ce que ça va ? demanda Annev, désolé.

— Ça ira. Je me suis laissé surprendre. Vous avez de la poigne.

— Qu'avez-vous fait ?

— J'ai touché un nerf, je crois. Votre prothèse semble en être pourvue.

Comme son inquiétude grandissait, Annev changea instinctivement de conversation, revenant au talent de Dolyn.

— Comment votre magie fonctionne-t-elle ? Que font les Maîtres Forgerons ?

— Les Minéraux sont focalisés sur l'extérieur, expliqua Dolyn sans cesser d'examiner la prothèse avec les mains et les yeux. Ils manipulent le Sang de la terre avec les mains, habituellement. Les Fernés sont focalisés sur l'intérieur. Au lieu de transmuter des minerais ou de la terre, ils sont capables de changer la composition de leur corps. De rendre leur peau aussi dure que la pierre, leurs os aussi résistants que l'acier.

Comme les feurog, pensa Annev.

— Il y a un prix à payer pour l'usage de la magie, cependant, reprit Dolyn. Les miens et moi consommons des minéraux précieux. Surtout du fer et du calcium. Et puis, il y a des effets secondaires.

Elle souleva la tresse roulée derrière sa tête, révélant une patine métallique, sur sa nuque. Annev tenta de contenir sa réaction, mais il ne put empêcher la Main de Keos d'émettre une lumière jaune doré rythmée. La mine indéchiffrable, Dolyn regarda successivement la prothèse et son visage.

— Votre main est devenue subitement brûlante.

— C'est vrai ? (Annev se racla la gorge et retira sa main de la table.) Attendez une seconde que je recouvre mes sensations. (Il serra et desserra le poing, tandis que Gwendolyn le scrutait, les sourcils haussés.) Il y a donc des effets secondaires quand on crée une illusion, qu'on use de la magie. Comme lorsqu'on nomme des glyphes, qu'on jette un sort, sauf qu'au lieu d'appauvrir son *quaire* ou d'augmenter son *lumen*, on transmute son *t'rasang*.

Dolyn ne répondit pas tout de suite, puis hocha la tête.

— Les effets peuvent être minimisés, voire inversés, mais uniquement par quelqu'un qui maîtrise son art. Un amateur sans mentor risquerait de devenir un monstre.

Une fois de plus, Annev fit le lien entre les *feurog* et les Orvanes. Les deux présentaient des difformités, même si Annev ne savait pas quoi en penser. Il eut la chair de poule et commença à regretter d'avoir accepté l'aide de Dolyn.

Il repensa soudain à Janak Harth, le marchand fou qui avait mis en esclavage la moitié de Banok. *Il avait signé un pacte avec Cruithear. Dolyn le connaissait-elle ? C'est une prêtresse de Cruithear, originaire de la même ville, aussi est-elle forcément au courant.* Annev ouvrit la bouche pour lui poser la question, mais la forgeronne l'interrompit.

— Il faut comprendre que la magie n'est pas gratuite, qu'il y a toujours un prix à payer. Même pour ceci. Quelle que soit la magie que je déploierai aujourd'hui sur votre main, elle aura un effet sur moi. Probablement fort.

Annev s'affaissa un peu. Le jeune homme était tellement obsédé par son désir de se débarrasser de sa prothèse qu'il n'avait pas réfléchi aux sacrifices qu'il demanderait à une étrangère. Soudain, il eut honte d'avoir douté d'elle, qui était prête à risquer sa propre sécurité. Il s'inclina, penaud et reconnaissant.

— Je comprends, dit-il, tête basse. Sachez qu'il ne s'agit pas seulement de ma vie, mais de celle de nombreuses personnes.

— Arrêtez de dire que vous comprenez, se moqua Dolyn. Votre mentor ne vous a pas éduqué correctement, et j'ai seulement gratté la surface. Je risque de sortir paralysée de cette opération. Mes os pourraient devenir de la boue, mon sang du sable. Je vais donc faire très attention, et si je m'arrête au milieu du processus, vous saurez pourquoi.

— Vous pensez que le risque est grand ? s'enquit Annev, de plus en plus inquiet. Vous prenez un grand risque pour vous-même ?

— Je ne pense pas. Je sais ce que mon corps est capable d'endurer, et il y a assez de sang ferné en moi pour me renforcer. Un artisan moins compétent ne résisterait peut-être pas.

Annev regarda une nouvelle fois discrètement la patine métallique, sur la nuque de la femme. *Elle est en train de devenir un* feurog… *Puis-je lui faire confiance ? Puis-je vraiment lui demander ça ?*

— Vous voulez continuer ? l'interrogea Dolyn, le voyant douter. Je pense que rien de fâcheux ne se produira, mais si vous voulez arrêter, je comprendrai.

— J'ai confiance en vous, répondit-il sans réelle conviction. Dites-moi simplement… ce que nous devons faire.

— Reposez-la sur la table, ordonna Dolyn en désignant la prothèse de la tête.

Annev s'exécuta après une très légère hésitation. Dolyn lui agrippa le poignet des deux mains, le visage fermé.

— J'ai cherché la présence de fixations magiques. Maintenant, je vais travailler sur la liaison elle-même. Ouvrez votre esprit. Laissez-le se propager dans votre corps, puis son essence remonter vers votre peau.

— Que voulez-vous dire ? demanda Annev en essayant de se calmer.

— La plupart des gens gardent leurs pensées, leurs peurs et leurs passions au plus près d'eux. Ils les surveillent mentalement et physiquement, ils sont soucieux de ne pas laisser leur langage corporel les trahir. Je veux que vous ouvriez votre esprit à votre corps, que vous vous immergiez dans vos pensées et que vous poussiez cette énergie – votre âme – vers l'extérieur. Si vous faites ça bien, vous sentirez une chaleur agréable sur votre peau. Une sensation d'équilibre, de connexion. Lorsque vous y parviendrez, je verrai comment la prothèse est reliée à votre chair, et il me sera possible de défaire les liens. Ce sera rapide et sans douleur. (Elle le fixa d'un regard intense.) Essayez.

Annev expira doucement et tourna son esprit vers l'intérieur, essayant de respecter les consignes de Gwen. Il se concentra sur ses douleurs physiques, celles provoquées par ses blessures de Chaenbalu, mais il sentit rapidement que ce n'était pas ce dont la forgeronne avait besoin. Alors, il se tourna vers les pensées et les peurs qu'il craignait d'examiner, voire de se remémorer. Il tria ces émotions, se détourna de celles qui faisaient trop mal, qui étaient trop difficiles à manipuler, et il finit par trouver ce qu'il cherchait : un ressentiment étouffé envers ses amis, une colère sourde provoquée par l'épisode de Luqura. Annev n'avait pas aimé être écarté par ses amis, mais il ne voulait pas pour autant être responsable des malheurs qui leur arriveraient. Il jugeait peu plausible que Reeve les attende à Luqura, et même si c'était le cas, Dolyn avait été très claire : il était fort peu probable que l'Archidionaque soit en mesure de l'aider. Pourquoi y aller, dans ce cas ? Pourquoi avait-il accepté d'effectuer ce voyage ?

Pour Sodar, comprit Annev. *Je fais tout ça parce que c'est ce qu'il aurait voulu. Et pour mes amis, parce que c'est la seule façon de les protéger de moi et de ma malédiction.*

— Libérez votre esprit, Annev. Laissez vos émotions voguer librement.

Annev ferma les paupières et repensa à Sodar. Les battements de son cœur s'accélérèrent. Il ne voulait pas s'attarder sur ses souvenirs du vieux prêtre, il refusait de se rappeler ses pieux mensonges et son amour paternel.

Les images affluaient telle l'eau bouillonnante d'une source chaude. Il revécut ses derniers jours avec le prêtre en quelques éclairs vivaces, jusqu'à son assassinat par l'Ancien Tosan. Seul, accablé de tristesse, Annev avait de façon inconsidérée lié la Main de Keos à son bras. Il avait tué Tosan et la moitié des maîtres de l'Académie, puis transpercé et détruit complètement le grand édifice. Enfin, il se rappela Myjun, sa trahison et sa mort. Ç'avait été un accident, mais elle n'était pas moins morte de sa main, de la Main de Keos.

Un accident, vraiment? Les pensées d'Annev voguaient librement, désormais. *Je voulais tous les tuer. Je voulais détruire l'Académie, écraser le village, tout réduire en cendres. J'ai dirigé le feu vers elle… vers les cris…*

Sraon lâcha un grognement incrédule, et Annev fut brusquement ramené dans le présent. Les mains écartées, Gwendolyn fixait la prothèse avec des yeux écarquillés. La Main de Keos brillait d'un éclat plus vif, à présent : sa lumière, au lieu d'être chaude et douce, quasi imperceptible dans la lumière du jour, était celle d'un incendie vigoureux et orangé. Le souffle court, Annev serra machinalement le poing. Le feu orange vira au rouge.

— Annev…, commença Sraon d'un ton mesuré et circonspect. Ne nous réduisez pas tous en morceaux de chair sanguinolents, s'il vous plaît.

Dans d'autres circonstances, Annev aurait peut-être ri, mais il n'y avait rien d'amusant dans les flammes rouges qui pulsaient autour de son poing. Il inspira profondément et expira longuement en s'efforçant de se calmer. L'intensité des flammes diminua, et la lumière redevint jaune, douce et chaude. Annev rouvrit doucement la main, laissant échapper une fine volute de fumée. Sur sa paume, la seconde moitié de l'inscription en terran brillait d'un éclat orangé : « NUMQUAM OBLIVISCI. »

N'oubliez jamais.

Annev cligna des yeux. Où avait-il appris cela?

Nulle part. Il n'aurait pas dû connaître le sens de l'inscription, et pourtant… Un nœud acide se forma dans son ventre. Il retourna sa main et lut les mots qui y étaient inscrits : « *Aut inveniam viam aut faciam.* » Cette inscription-ci ne brillait pas, et Annev n'en connaissait pas le sens. Le puits dans son ventre rapetissa et sa respiration devint plus facile.

— Intéressant, dit Dolyn. Nous devrions peut-être essayer une tactique différente. Quel genre d'art pratiquez-vous ? demanda-t-elle à Annev en le scrutant d'un œil oblique.

— Hein ?

— Oubliez ça et ce à quoi vous pensiez lorsqu'elle s'est mise à rougeoyer comme une forge, expliqua-t-elle en désignant la prothèse d'un geste vague et en réprimant un frisson. Parlez-moi de *vous*. De votre magie. Comment y accédiez-vous, avant ?

Annev prit le temps de réfléchir avant de répondre.

— Sodar m'a enseigné la magie darienne.

— Bien. À quelle catégorie appartenait-il ? Il y en a quatre : les Briseurs de souffle, les Créateurs de tempête, les Porteurs de bouclier et les Arpenteurs d'esprit.

— Je ne suis pas sûr, répondit Annev. Sodar ne parlait pas de la magie en ces termes. Une fois, je l'ai entendu discuter avec un autre artisan, qui l'a qualifié de… Briseur de souffle, je crois.

— Il n'a jamais cherché à découvrir votre spécialité ? Il n'a jamais testé votre magie ?

— Il la testait presque tous les jours ! rétorqua Annev dans un éclat de rire amer. Je n'ai jamais été très bon pour accéder à mes pouvoirs. Je n'ai jamais fait preuve d'aucun talent jusqu'à il y a quelques jours, et même alors, cela ne correspondait pas à la manière dont la magie aurait dû fonctionner selon Sodar. C'était comme… (Il se tut, se rappelant les paroles de Sodar. *Comme un keokum.*) Ce n'était pas ce qu'il attendait.

— Oui, c'est assez logique, reprit Dolyn en le scrutant. Il fallait que vous soyez spécial pour que cette chose se lie à vous. (Elle fronça les sourcils.) Vous êtes une énigme, Annev. (Un long moment passa, et elle finit par sourire.) J'aime les énigmes, cependant. Dites-moi, que faisiez-vous la première fois que vous avez accédé à votre magie ? Comment est-ce arrivé ?

— J'utilisais un artefact, un glaive. Comme je n'arrivais pas à faire fonctionner le glyphe, je…

Il se souvint de la manière dont il avait étiré sa conscience dans la lame, dont il avait perçu la nature de l'arme. Alors, il avait modelé son essence, introduit sa volonté dans le glaive, multipliant son pouvoir.

Dolyn lui demandait-elle quelque chose de similaire, d'étirer ce qui faisait qu'il était lui en… lui-même ? S'il parvenait à maîtriser cette technique, à étirer son esprit et sa volonté à la limite de son être, peut-être que…

Annev vida sa tête de toute pensée et émotion, se concentrant sur son cœur, là où résidait son esprit. Ces concepts étaient certes abstraits pour lui, mais il se rappelait avoir utilisé le glaive de Sodar, Miséricorde, pour tailler dans les soldats de Janak. Et il se souvenait de la flamberge qu'il avait trouvée dans le Caveau de la Damnation, de la façon dont elle lui avait permis de trancher net les membres de métal et de pierre des *feurog*. Il avait réussi à localiser la source du pouvoir de l'arme, à augmenter son intensité pour lui permettre de tailler dans le fer et la roche aussi facilement que dans la chair et les os.

Le bras d'Annev le chatouilla là où la prothèse rejoignait son moignon. Il reconnut une sensation familière à laquelle il n'avait pas vraiment prêté attention. C'était important. Il ignorait pourquoi et comment, mais il se passait quelque chose, quelque chose dont il ne reconnaissait pas la nature, mais qui titillait sa mémoire.

Il se détendit, laissant le voile de souvenirs se déchirer. Il ouvrit les yeux – ne se rappelant pas les avoir fermés – et regarda Dolyn.

— Je crois que je la sens… la connexion dont vous parliez. Je perçois des picotements dans mon bras, des chatouillis. Je ne sais pas trop comment les décrire. (Il tendit le bras vers Gwendolyn, main ouverte, paume vers le haut.) Que dois-je faire, maintenant ?

Lentement, pour la troisième fois, Dolyn lui prit le poignet et l'avant-bras. Cette fois, elle posa le pouce gauche sur sa paume et le pouce droit là où commençait la prothèse.

— Concentrez-vous sur cette connexion tout en restant détendu. Je vais tenter de voir où vous terminez et où la prothèse commence. (Elle s'interrompit pendant quelques secondes.) Ça risque d'être un peu désagréable, mais essayez de ne pas résister. Videz votre esprit et, s'il vous plaît, ne serrez pas le poing. Il semblerait que la prothèse réagisse à certains gestes utilisés pour créer de la magie. Il se peut que des souvenirs de son ancien propriétaire subsistent dans ses muscles.

Elle se tut, n'osant pas prononcer le nom auquel ils pensaient tous les trois.

Keos. Quels souvenirs le dieu avait-il laissés dans l'artefact doré ? Quelles atrocités avait-il perpétrées grâce à lui ? Quels actes Annev risquait-il de commettre par inadvertance en portant la maudite prothèse ?

Si Dolyn avait voulu le rassurer et le calmer, c'était raté. Plus que jamais, Annev voulait se débarrasser de cette chose. L'idée qu'il puisse causer de nouveau des destructions comparables à celles de Chaenbalu lui était insupportable. Un autre lieu brûlé jusqu'aux fondations, un nouvel ami tué à cause de lui et de sa main lumineuse.

— Faites-le, supplia-t-il en serrant les dents.

— Votre esprit… s'accroche à la prothèse, dit Dolyn, les paupières closes. Détendez-vous, jeune homme. Vous ne combattez personne, et surtout pas moi.

Annev hocha la tête, forçant ses muscles à se relâcher, dirigeant ses pensées vers des choses plus agréables.

C'était comme nager à contre-courant. Les pensées et émotions négatives étaient toujours là, qui se retiraient avant de déferler autour de lui. Il essaya d'invoquer un souvenir positif, mais échoua. Il se remémora notamment sa victoire au jeu de furtivité dans la nef de l'Académie, mais il se rappela également avoir embrassé Myjun. Myjun, symbole de trahison et de mort. Le souvenir de sa victoire au Test du Jugement lui rappela que Tosan lui avait injustement volé sa victoire pour l'offrir à Therin. Quant à Sodar… il ne pouvait pas penser à Sodar. Certaines blessures étaient trop récentes.

Annev sursauta en sentant une main se poser sur son épaule. Celle de Sraon.

—Je suis là pour vous, Annev. Quoi qu'il arrive. Nous le sommes tous.

C'est vrai, pensa Annev, son inquiétude diminuant comme Dolyn appuyait sur sa chair. *J'ai Sraon. Et Titus et Therin. Sans parler de Fyn et Brayan.* Annev sourit en se rappelant comment l'ancien intendant de l'Académie l'avait défendu, seul contre tous, sur la place du village. Brayan s'était opposé à Tosan et avait pris la défense d'Annev alors que tous les autres étaient terrorisés.

Le problème de Fyn était tout autre. Il avait été une brute, une source constante d'ennuis et de stress, un adversaire dangereux dans les tests de l'Académie. Quelque chose avait changé, cependant. À contrecœur, ils étaient devenus alliés, bouleversement surprenant et excitant, et Annev ne savait pas quoi en penser.

—La voilà, siffla Gwendolyn entre ses dents. Je sens la connexion, l'endroit où l'*aqlumera* s'est fondue dans votre chair et votre esprit. (Elle expira longuement, les yeux mi-clos, puis commença à dessiner des motifs invisibles et délicats sur sa peau.) La création magique requiert des mouvements corporels, expliqua-t-elle entre deux inspirations saccadées. Certains gestes, certains mouvements réveillent notre magie intérieure et celle qui nous entoure. (La forgeronne se leva de sa chaise, ses bras s'enroulant autour de celui d'Annev dans une danse fluide et martiale à la fois, qui imitait les arabesques inscrites sur le bras doré.) Si j'arrive à convaincre les éléments métalliques qu'ils ne font pas partie de vous… si je parviens à ramener l'*aqlumera* à l'intérieur de la prothèse…

Le visage de la forgeronne était constellé de gouttelettes de sueur. Elle serra les dents, la tête penchée sur le côté, et ses coudes se mirent à trembler. Elle fit glisser ses mains sur la surface de sa prothèse surdimensionnée, ses doigts rugueux caressant la peau dorée, agrippant la main lumineuse.

Annev se crispa en sentant quelque chose tirer sur la moelle de son avant-bras. La sensation était profonde – elle venait de plus loin que sa chair et ses os –, et la douleur qui l'accompagnait lui fit l'effet de griffes de feu déchirant son âme. Elle transporta Annev dans un autre temps, un autre lieu. À la place d'être assis dans le four souterrain de Dolyn, il se dressait devant une armée de monstres infernaux et assoiffés de sang.

De l'autre côté de la clairière, un jeune homme tenant un bâton argenté et lumineux lui faisait face. Un éclair jaillit de son arme pour transpercer Annev, suivi d'une déferlante de flammes mortelles. Annev grogna de frustration et de douleur, absorbant la magie et tentant de la renvoyer vers ses adversaires.

Soudain, il était de retour chez Dolyn. Un éclair rouge sang jaillit de sa main, projetant la forgeronne contre le mur. Tout autour d'eux, l'air était brûlant et empestait la chair brûlée.

— Par les dieux ! jura Sraon en se précipitant à l'aide de la forgeronne. Gwen, est-ce que ça va ?

L'Orvane frissonna, sa respiration était rauque et saccadée. Elle se leva, cependant, ce qui était bon signe, pensa Annev. Par ailleurs, elle ne présentait aucune blessure visible.

Dolyn leva les mains et montra ses paumes brûlées, sur lesquelles avaient été transférées les arabesques de la prothèse. Le jeune homme les fixa d'un regard incrédule. Des vrilles de fumée s'élevaient des contours noircis du marteau flottant au-dessus de l'enclume, tandis que, sur l'autre paume, Annev distinguait clairement l'image miroir de l'inscription énigmatique : « MEMENTO SEMPER. NUMQUAM OBLIVISCI. »

— Je suis désolé. Je ne voulais pas…

— C'est ma faute, le rassura Dolyn en grimaçant. J'ai trouvé la connexion, et j'ai voulu la défaire. Je n'ai jamais rien vu de tel. Elle était glissante comme un poisson et encore plus insaisissable. On a donné la forme d'un bras à cette *aqlumera*, mais son esprit… il est tout à fait différent. Sauvage et indomptable. (Elle examina ses mains brûlées, ses doigts tremblants.) C'était magnifique, lâcha-t-elle dans un souffle. Je n'ai jamais rien forgé, ni vu de tel. Aussi éphémère que le feu. Doux comme la soie et pourtant aussi résistant que l'acier. (Elle trembla, ferma les yeux, et des larmes ruisselèrent sur son visage.) Je suis réellement navrée, conclut-elle en plongeant dans le sien son regard humide. Je ne peux pas retirer votre bras.

Chapitre 5

L'apprentie de l'Ombre se faufilait dans les sous-bois tachetés de soleil de la forêt de Brake, les muscles tendus, le regard vert et scintillant sous son masque doré.

— Quand partons-nous ? grogna Myjun, les dents serrées de douleur.

— Pourquoi partirions-nous ? lui demanda Oyru en haussant un sourcil.

La respiration de Myjun s'accéléra. Elle serra les poings le long de son corps, les tendons du cou menaçant de rompre.

— Pour tuer ce salaud d'Ainnevog ! Pour venger mon père ! Vous m'avez promis du sang, par les dieux ! Je veux faire couler le sang !

— Tu ne connais pas encore la mort, rétorqua Oyru d'un ton neutre. La puanteur de la mort n'a pas encore souillé ton âme. Tu es totalement inexpérimentée.

— Mais j'ai déjà tué ! Vous m'avez vue, dans ce souterrain !

Oyru émergea dans une clairière, les ombres des arbres glissant sur lui, lui faisant du bien.

— Je t'ai vue tuer deux créatures sans esprit, et tu as laissé la troisième s'*échapper*. Mes apprenties étaient d'abord des assassines. (Oyru haussa les épaules.) Tu n'es pas encore prête à poursuivre ta vengeance, et encore moins à l'obtenir.

Le regard de Myjun restait féroce sous son masque en or maculé de sang.

— Vous voulez tester mon engagement ?

J'oublie trop facilement, pensa Oyru, *que le Masque de la Maîtresse de Gevul fait de sa porteuse une pétasse insupportable.* Il aurait ri – ou juré, ou soupiré – s'il s'était vraiment soucié de son apprentie. Bien au contraire, ses pensées étaient froides. Pragmatiques.

Elle a besoin d'être matée. Il faut chauffer et marteler l'acier avant de lui donner sa forme et de le tremper.

— Je veux tester ton engagement... entre autres choses.

Oyru leva la main, se saisit du vide, canalisant l'énergie du domaine de l'ombre afin de générer une mince double lame de néant dans sa paume.

— Ceci est constitué d'ombres, lança-t-il en manipulant le couteau. C'est la manifestation physique d'un autre plan d'existence. Un plan dont l'essence recouvre ce monde, mais dont la substance est ancrée dans une autre dimension de la réalité. J'ai fait venir cette lame dans ce monde – je l'ai arrachée au néant –, mais sa forme est instable.

Oyru lança l'arme dans les airs. Celle-ci tournoya lentement en retombant. Oyru fit mine de la rattraper, mais le couteau noir s'évapora littéralement avant qu'il s'en saisisse, cédant la place à de la fumée, à du néant.

Myjun fixait l'assassin d'un regard pâle, féroce et plein de défi.

— À quoi bon tout ceci ? S'agit-il de prouver que vous n'êtes qu'un sorcier pourrissant ?

Elle cracha sur les bottes d'Oyru, geste dont la portée fut diminuée par le fait que le gros de sa salive finit à l'intérieur du masque.

— Je te montrerai comment trouver ta proie, dit-il comme si de rien n'était. Je te montrerai comment la traquer. Comment la capturer et la tuer. Pour cela, tu devras tenir compte de mes conseils. Tu devras apprendre à être aussi dangereuse que moi dans le noir si tu souhaites devenir aussi puissante dans la lumière.

Myjun partit d'un rire totalement dénué de joie, chaque éclat s'enfonçant comme une aiguille dans le crâne d'Oyru.

— Vous *me* montrerez ? Je n'ai rien à apprendre de vous, démon ! J'ai été entraînée par les meilleurs combattants de l'Empire darien. Je suis une guerrière !

— Vraiment ? lui demanda Oyru sans aucune passion.

— Vraiment.

Oyru fit le geste de lancer quelque chose. Une étoile de métal noir jaillit de sa main, ses quatre pointes déroulant des sillages de fumée éthérée. La création tournoyante se ficha dans l'épaule de Myjun, taillant profondément dans sa robe rouge en loques et la chair en dessous.

Myjun agrippa son épaule blessée.

— Maudit avorton ! Pourquoi avez-vous fait ça ?!

— Tu es une guerrière, oui ou non ?

Oyru montra la plaie de Myjun, et l'étoile de métal noir disparut, laissant la place à de la fumée et au néant, exposant davantage la plaie sanguinolente.

— Vous m'avez attaquée !

Oyru créa trois nouvelles armes à partir du néant et les lança vers Myjun.

La jeune femme bondit sur le côté pour éviter les projectiles mais, un battement de cœur plus tard, une seconde volée suivit. Myjun sursauta comme deux pointes se fichaient dans le sol à côté d'elle. La troisième s'enfonça dans son mollet, et elle hurla de douleur.

— Par les dieux ! Qu'est-ce que vous faites, par l'enfer ?! Vous voulez me tuer ?!

— Si je voulais te tuer, tu serais déjà morte. Le fait que tu vives toujours prouve que tu as reçu un enseignement martial, mais tu es loin d'être une guerrière.

— Vous me sous-estimez ! contra Myjun d'une voix cassée par la souffrance. Je suis une assassine formée par les maîtres et les femmes sages de Chaenbalu.

— Cela ne veut pas dire grand-chose, vu la facilité avec laquelle les *feurog* sont venus à bout d'eux.

Oyru fit disparaître les cinq étoiles enfoncées dans le sol, mais laissa celle que Myjun avait reçue dans le mollet. Pour signifier sa faiblesse à la jeune femme.

— Mais pourquoi ? geignit-elle en tâtant sa blessure. Que suis-je censée apprendre de cette manière ? Je ne peux plus marcher, et Annev va s'enfuir !

Elle renifla. Sous son masque doré, ses yeux verts scintillaient de larmes.

Se pourrait-il, se demanda Oyru en se rapprochant de la femme blessée, *que je l'aie mal jugée ? Se pourrait-il qu'elle soit si faible ?* Il commença à s'agenouiller devant son apprentie afin de retirer le projectile fiché dans sa chair. Soudain, Myjun arracha elle-même la pointe et, contournant la silhouette agenouillée d'Oyru, la lui enfonça dans la jambe. Elle tourna vicieusement l'arme et lui arracha un morceau de chair d'ombre.

Oyru grogna ; il était surpris et souffrait à la fois. Myjun lui plongea l'arme dans le dos. Une fois. Deux fois. Trois fois. Puis elle l'abattit violemment dans son cou, juste en dessous de la mâchoire.

L'assassin gargouilla, toussa, du sang jaillissant entre ses lèvres. Myjun se pencha au-dessus de son épaule et lui siffla à l'oreille, toute trace de sa détresse passée disparue :

— Je vous l'avais dit, je sais tuer.

Cherchant à attraper l'arme dans son cou, Oyru posa sa main gantée sur celle de la jeune femme qui, à genoux, bascula en arrière. Myjun écarquilla des yeux incrédules comme l'assassin saisissait la double pointe et l'arrachait. Un flot de sang jaillit de la blessure, imbibant ses vêtements, le masque de Myjun et le sol de la forêt.

Oyru montra le projectile à la jeune femme médusée et le renvoya dans le domaine de l'ombre. Il eut un sourire forcé, révélant des dents rouges de sang, et Myjun écarquilla davantage les yeux. Il savait ce qu'elle voyait ; il sentait le néant affluer en lui, les ombres remplir les trous dans sa chair, guérir des blessures qui auraient dû être mortelles. Il toussa de nouveau, mais au lieu de cracher du sang et de la bile, il sentit le sang dans ses poumons devenir de la vapeur d'ombre. Une vapeur qu'il exhala sous la forme d'un nuage noir d'encre. Son essence s'écoula entre ses lèvres tel un gaz plus lourd que l'air.

— Qu'êtes-vous donc ? lui demanda Myjun, dégoûtée et horrifiée.

— Je suis ton maître.

— De qui suis-je devenue l'apprentie ? Le Seigneur des Ombres ? Keos lui-même ? (Elle peina à réprimer un frisson d'écœurement.) Vous êtes aussi méprisable que celui que je traque, assena-t-elle d'un ton définitif.

— Je suis le pire de tous, à n'en pas douter.

— Pourquoi devrais-je vous servir, dans ce cas ? Qu'est-ce qui vous fait croire que je devrais devenir votre apprentie ?

— Tu l'es déjà. Tu es déjà corrompue par la magie. Et puis… ce n'est pas moi qui ai tué ton père, qui t'ai trahie.

Ses mots allumèrent un incendie dans le regard émeraude de Myjun.

— Il m'a menti. Il a tout fait pour que je tombe amoureuse de lui, ce sale keokum ! Je le hais. Je hais tout ce qu'il est. Tous ses mensonges, les mots qu'il m'a murmurés. La mort serait trop bonne pour lui… mais je ne peux que lui prendre la vie. Il m'a privée de mon père. De ma beauté, de mon visage, de ma vie. Il m'a tout pris. *Annev doit mourir !* conclut-elle en tremblant de rage.

Oyru étudia la jeune femme. Sa voix agressive contrastait avec les courbes douces et la beauté de son maudit artefact. Ses larmes de sang séché avaient également quelque chose d'incongru, mais elles étaient plus tristes que laides sur les pommettes parfaites du masque.

Oyru s'en voulut d'avoir permis au masque de voir autre chose que la jeune femme dangereuse qui le portait. Sa colère la rendait sauvage. Assoiffée de sang. Il y avait de la malignité dans son regard, une célérité dans ses mouvements. Myjun n'avait pas menti lorsqu'elle avait affirmé être une combattante. Elle avait effectivement été entraînée à tuer, même s'il était évident qu'elle n'avait pas beaucoup pratiqué, qu'elle avait besoin de perfectionner son art. Malgré cela, elle avait plus de potentiel que les autres. Plus de deux décennies s'étaient écoulées depuis la dernière fois qu'une apprentie l'avait poignardé.

Larissa dan Karli, se rappela-t-il. *Et elle avait presque terminé son apprentissage à ce stade.* Il n'avait même pas commencé celui de Myjun, à moins de tenir compte de ces pointes dans l'épaule et le mollet. Elle avait de bons instincts.

Elle lui rappelait Oraqui.

— Tu remarqueras que tu as bougé plus vite la deuxième fois, et encore plus vite lorsque tu m'as attaqué. C'est la magie de l'artefact, le Masque de la Maîtresse de Gevul. Ta douleur l'alimente, lui donne sa puissance. En retour, l'artefact te nourrit. Tu bougeras plus vite lorsque tu seras blessée. Tu frapperas plus fort lorsque tu auras mal. Tu seras bien plus dangereuse lorsque tu souffriras. Le masque accélérera ta guérison, raccourcira ton temps de récupération, même si ce n'est pas sa fonction primaire. Il ne te rendra pas invincible, mais il te convaincra peut-être de l'être. S'il ne te permettra pas de survivre à une blessure mortelle, il fera que tout ce qui ne te tuera pas te rendra plus forte. (Oyru se leva et se dressa au-dessus de Myjun.) Ceci est ta première leçon. Embrasser la douleur. Le mal est ton allié, et la souffrance ton épée. (Oyru gifla le visage doré de la jeune femme, qui tituba en arrière, lestée par son épaule et son mollet blessés.) Et ceci est ta seconde leçon, reprit-il d'une voix aussi froide que la glace de Reota. Je ne suis pas ton ami. Je ne suis pas ton allié. Je suis ton maître, et tu es mon apprentie – ma *servante*. Tu m'obéiras sans poser de question. Si je te dis de plonger une dague dans ta propre poitrine, tu le feras. Si je t'ordonne de te brûler, tu plongeras la main dans les flammes pour attraper un charbon ardent, que tu plaqueras contre ta peau. Tu m'as compris ?

Myjun siffla de douleur et se redressa sur des jambes instables.

— Je serais votre esclave. Prête à goûter de votre fouet quand bon vous semblerait.

— Absolument.

Elle grogna, sa jambe blessée se révélant incapable de supporter son poids, puis elle se laissa doucement retomber sur le sol. Elle réfléchit.

— Mais vous m'aiderez à tuer le meurtrier de mon père, celui qui m'a trahie ? Vous me promettez de m'aider à trouver et à tuer le démon qui se fait appeler Ainnevog ?

— Je te le promets.

Myjun hocha la tête, tandis que sa respiration ralentissait.

— Dans ce cas, j'accepte. Dites-moi où il se trouve que j'aille le tuer.

— Tu n'es pas prête, répondit Oyru avec un reniflement de mépris. (Comme Myjun s'apprêtait à répondre, il brandit l'index et l'en dissuada.) Je te dirai quand le temps sera venu, et ce n'est pas encore le cas. Tes aptitudes martiales sont considérables, surtout lorsqu'on leur adjoint la magie de ton masque, mais elles ne sont pas encore parfaites. Tu n'as pas été capable d'attraper mes projectiles en vol pour me les renvoyer, ni même de les éviter.

— Vous m'avez prise par surprise ! Malgré ça, vous ne m'avez touchée que *deux* fois – à l'épaule et au mollet – alors que je vous ai frappé *cinq* fois. Trois de ces coups vous auraient tué si vous n'aviez été une créature damnée de Keos.

Elle avait raison, évidemment. Au sujet de sa démonstration de force, mais également au sujet de sa damnation et de ses pouvoirs surnaturels. Il n'avait certes pas réellement voulu la tuer, et elle l'avait surpris ; notamment parce qu'il était convaincu qu'elle serait incapable de lui faire du mal. De façon permanente, en tout cas. Il n'aurait jamais été aussi négligent s'il s'était senti en danger.

C'était une sensation rafraîchissante après des décennies passées à entraîner des apprenties obéissantes. Oyru lui avait offert le masque avant de la provoquer afin qu'elle nourrisse l'artefact de sa douleur. Il l'avait blessée et lui avait laissé la double pointe au lieu de la faire disparaître. Il lui avait laissé une ouverture, un moyen et une technique… et elle s'en était saisie. Elle l'avait hameçonné, harponné comme un vulgaire poisson. Il aurait dû s'attendre à son attaque.

Il conviendrait d'être prudent, car elle l'avait véritablement surpassé.

— Tu as raison. Tu as du talent, et le masque te rend encore plus dangereuse. Tu m'as pris par surprise, ce qui n'est pas un mince accomplissement.

Combien de fois avait-il fait cela ? Avec combien d'apprenties ? Il avait oublié les visages et les noms. Le masque doré les avait tous remplacés. Il les avait effacés, comme s'ils n'avaient jamais existé. Lorsqu'il les considérait, cependant, il ne pensait qu'à un visage, à un seul nom.

Oraqui.

C'était étrange, mais il ne ressentait rien lorsqu'il pensait à elle, ni douleur ni colère, ni regret ni tristesse, ni manque ni amour. Le temps avait cet effet. Il ne « guérissait pas les blessures », comme l'avait si souvent écrit Nilanteska, mais c'était le seul baume capable de les soulager. Bien mieux que le vin ou les femmes. Mieux que le meurtre ou l'autoflagellation. Même sa propre mort n'avait pas pu l'aider. Le temps était le seul remède, semblait-il, même s'il fonctionnait en tandem avec un autre ingrédient essentiel.

L'obsession. Oyru ne pouvait pas ramener Oraqui, tout comme il ne pouvait pas la suivre. En revanche, il pouvait modeler une nouvelle Oraqui. Chaque apprentie était donc une version nouvelle et améliorée de l'originale. Et s'il échouait, si la copie ne se révélait pas à la hauteur, il avait la possibilité de la briser pour recommencer depuis le début. Il l'avait fait des centaines de fois, et chaque fois, il ressentait un peu plus de soulagement, de distance. C'était comme si chacune de leurs morts le faisait mourir un peu plus. Il ressentait tellement peu de choses, désormais, qu'il lui était parfois difficile de s'élever au-dessus de son apathie pour suivre les instructions de son maître.

« Capturez le Vaisseau. Et ramenez-le-moi. Vivant. »

Une tâche en apparence simple, et pourtant, Oyru avait perdu le jeune homme. Avant cela, il n'avait jamais échoué. Il n'avait jamais eu à faire un rapport au Premier Vampire pour lui expliquer les raisons de son échec. Oyru ne savait même pas ce qu'il allait pouvoir dire à Dortafola. Mieux valait considérer que la mission n'était pas terminée, plutôt que ratée. Une tâche en cours. S'il était pressé, Dortafola lui remonterait les bretelles. Car sa mission originelle n'avait pas changé : il s'agissait toujours de capturer Ainnevog et de le conduire à Fala Tuir, et au diable la promesse faite à Myjun.

Il ne lui dirait rien, bien sûr. Il avait besoin d'alliés. Quelque chose d'un peu plus efficace qu'une sorcière des bois corrompue et que les créatures perverses qui la servaient. Il avait ses eidolons, évidemment – les démons de l'ombre qui le suppliaient d'être lâchés dans ce monde –, mais ce n'était pas assez. Pas s'il comptait rester plus longtemps dans le monde physique. Pour capturer sa proie, il avait besoin d'un allié capable de se battre aussi facilement dans la lumière du jour que lui dans les ombres. Il avait besoin de quelqu'un comme Oraqui pour maintenir à distance ses propres démons.

Pour la première fois depuis des décennies, Oyru avait vraiment *besoin* d'une apprentie. Il lui fallait quelqu'un d'assez dangereux pour l'aider, mais de pas assez dangereux pour représenter une menace pour lui.

— Tu n'es pas prête, répéta Oyru en la scrutant. Mais je t'apprendrai. Je compléterai l'éducation commencée par les femmes sages et maîtresses femmes sages. Je terminerai ta formation.

Il attendit, sachant ce qu'elle allait dire.

— Ma formation ? Tout ce que je veux, c'est tuer Annev.

— J'ignore où il se trouve.

— Mais je croyais que…

— Je t'apprendrai à le traquer.

— À le tuer, aussi, ajouta Myjun, le regard scintillant derrière le masque figé.

Oyru laissa le silence s'installer, se prolonger et mentir à sa place. Puis il reprit :

— Tu as beaucoup à apprendre, apprentie. Je puis t'enseigner tant de choses… La douleur, la survie, la trahison. (Il la fixa des yeux, mais la jeune femme derrière le masque ne fléchit pas. *Excellent.*) Tu as déjà appris certaines de ces choses. Aujourd'hui, je veux découvrir l'étendue de tes affinités avec la magie.

— Je ne possède aucune magie, rétorqua Myjun. Je ne suis pas maudite comme vous.

— Vraiment ? Tu as des cicatrices. Tu as été trahie, puis abandonnée. Tu portes un masque maudit.

— Je ne suis pas une saleté de keokum, insista-t-elle en secouant la tête.

— Tu ne comprends pas, dit Oyru, les yeux brillants, en se rapprochant de la jeune femme. Le masque ne s'est lié à toi que parce que tu possèdes de la magie. Seule sa nature reste un mystère. (Une idée lui vint, et il pencha la tête sur le côté.) Ton père utilisait une baguette d'obsidienne. Il a usé de la magie d'un artefact pour faire fondre ce puits et m'emprisonner à l'intérieur.

— Ne parlez pas de mon père.

— Pourquoi ? Parce que cela t'est douloureux ? As-tu de l'affection pour l'homme mort qui t'a menti ? (Il se dressait au-dessus de la jeune femme, la dominait de toute sa mince silhouette.) Ton père se servait d'une Baguette du Feu infernal luminerrane. Où l'avait-il trouvée ?

— Dans le Caveau de la Damnation, je suppose. Il renferme des artefacts originaires des quatre coins du monde. La trouver n'a pas dû être difficile.

— La trouver, peut-être, mais l'utiliser... Il faut à la fois du sang terran et iluméen pour manipuler la Baguette du Feu infernal.

Il se tut, attendit que la jeune femme comprenne.

— Comment osez-vous accuser mon père de dégénérescence magique ?! cracha-t-elle, la voix saturée de menace et de dégoût.

— C'est une chose assez répandue. Même dans un endroit aussi isolé que celui-ci. Les Terrans essaient de diluer votre sang depuis des siècles, séduisant vos mages avec leurs loyalistes sans talents, affaiblissant ou pervertissant le potentiel magique darien. Dans votre cas, cela ne s'est pas passé comme prévu, à cause d'une injection de sang iluméen, sans doute. On ne voit pas souvent cela en Daroea, sauf dans les cas d'accouplement avec une esclave... ou une putain. (Il la regarda attentivement, attisant sa colère, observant la manière dont ses muscles se tendaient.) L'usurpateur était sans doute un homme, dans ce cas précis, et la femme était trop honteuse pour avouer que son enfant était le fruit d'une union avec un Iluméen. Ou bien un Chevaucheur de dragon errant a-t-il violé votre grand-mère. À moins qu'un Auramancien ait joué sur ses émotions jusqu'à ce qu'elle ne puisse plus s'empêcher de...

Myjun poussa un cri primitif et lui sauta dessus, bondissant sur sa jambe valide et lançant son poing vers la mâchoire d'Oyru. L'assassin fit un pas de côté, ayant anticipé son attaque, mais ne vit pas son autre main, qui se dirigeait vers sa jambe. Les doigts de la jeune femme frappèrent durement ses ischio-jambiers, et il perdit toute sensation dans son membre. Myjun se réceptionna sur sa jambe valide avant de basculer maladroitement sur sa jambe blessée.

Oyru tituba en arrière, tout près de s'écrouler. Il projeta sa jambe dans le Monde des Ombres afin de recouvrer ses sensations, puis la ramena dans le monde réel. Le processus l'épuisa, cependant.

— Je vois que la vérité te déplaît.

— Vous parlez trop, sorcier, lâcha-t-elle en serrant les dents. Vous insultez mon défunt père au lieu de me montrer comment trouver son meurtrier.

— Pour cela, j'ai besoin de tester tes aptitudes magiques.

— Alors, testez-moi ! lança Myjun d'une voix qui sonnait à la fois comme une invitation et une menace.

L'Ombre ressuscitée étudia les blessures de la jeune femme, qui saignaient déjà un peu moins. Le masque fonctionnait. Il se tourna vers la forêt.

— Suis-moi, petite dégénérée, et nous découvrirons les malédictions contenues dans ton sang mêlé.

Chapitre 6

Ils marchèrent un bon kilomètre et demi dans la forêt de Brake, Oyru ouvrant la voie, suivant parfois la piste d'un animal, en traçant de nouvelles dans les buissons lorsque c'était nécessaire. Myjun le suivait de près, claudiquant et jurant, mais l'assassin ne faisait pas attention à elle. Il gravit une colline jonchée de rochers avec la souplesse d'un chat sauvage, avant de se laisser glisser sur une pente traîtresse, de l'autre côté.

Un démon, pensa-t-elle. *Je suis devenue l'apprentie d'un démon. Si son entraînement ne me tue pas, je risque de me tuer moi-même.*

Myjun commençait à se faire distancer par son nouveau maître. Elle tituba par-dessus les pierres, les maculant de son sang. Et puis, lasse et pleine de haine pour elle-même, elle se laissa tomber sur l'autre versant de la colline, roulant jusqu'en bas, jusqu'à l'assassin, qui la regarda en secouant la tête.

— Tu es faible.

— Et vous, vous jouissez de la souffrance d'autrui. Aucune magie démoniaque n'accélère la guérison de mes blessures !

— En es-tu sûre ?

— Absolument !

— Tu as le masque. Il finira par te soigner.

Il finira… Le mensonge lui semblait tellement évident. Myjun gronda, furieuse de s'être laissé berner par un keokum tout droit sorti de l'ombre.

— La moindre parole qui sort de votre bouche est un mensonge. Je suis prisonnière de ce masque, et vous, vous êtes un menteur !

— Je ne mens pas. Le masque t'aidera à guérir.

— Dans ce cas, pourquoi je souffre tant ? S'il me soigne, pourquoi est-ce que je ne me sens pas mieux ?

— Moi qui croyais que tu avais compris, regretta Oyru, la tête penchée sur le côté. Le masque peut guérir ton corps, mais cela reste secondaire. Son véritable pouvoir tient dans sa capacité à transformer ta douleur en énergie. Une énergie que tu canaliseras pour être plus rapide, plus forte, plus alerte. Si la souffrance diminue, cette énergie diminuera aussi, et la magie également. Tu comprends ce que cela signifie ? Tu vois pourquoi le masque ne devra jamais te soigner complètement ?

Myjun poussa un miaulement qui se mua rapidement en rugissement frustré.

— À quoi sert votre magie, alors ? demanda-t-elle en jetant une poignée d'épines de pin humides au visage de l'assassin. En quoi me sera-t-elle utile ? Trop peu de souffrance, et elle ne sert à rien ! Trop de souffrance, et je suis incapable d'agir !

Il essayait de la briser. Elle ne voyait pas d'autre explication à cette torture prolongée. Myjun refusait de rompre, toutefois.

— Si ta souffrance t'empêche d'agir, c'est parce que tu le lui permets, dit Oyru.

— C'est vous qui m'avez mise dans cet état ! C'est à cause de vous que je gis dans la boue au lieu de pourchasser celui qui a tué mon père !

— À cause de moi ?

— Oui ! Qu'essayez-vous de prouver ? Que je suis faible ? Que je ne mérite pas d'apprendre vos secrets ?

L'air serein, Oyru considéra son visage doré, son regard furieux.

— Tu n'es pas impuissante. Tu n'es pas estropiée. Tu gis par terre car tu as peur.

— Plutôt parce que vous m'avez poignardée ! Deux fois ! (Elle s'interrompit, s'attardant sur ce qu'il venait de dire.) Comment ça, *j'ai peur* ?

— Tu crains la souffrance. Tu ne l'embrasses pas, tu ne la maîtrises pas. Autrement, tu serais en train de marcher et nous n'aurions pas cette conversation.

Myjun sombra dans un silence pensif. Ses émotions lui disaient qu'elle était attaquée, qu'Oyru essayait de lui faire mal, qu'il voulait l'humilier, la punir, mais quelque chose dans le ton de sa voix la fit réfléchir. Était-elle réellement victime de sa faiblesse ? Ou bien était-elle tombée pour agacer le Faiseur d'ombres ?

— Vous êtes fou.

— Cela importe peu. Maintenant… lève-toi. J'ai besoin de voir ton aura.

Elle resta par terre juste assez longtemps pour l'énerver, et puis elle grogna sous son masque et se mit à genoux, avant de se lever péniblement, sa jambe droite supportant la majeure partie de son poids. Dès qu'elle fut debout, Oyru lui agrippa l'épaule, la faisant sursauter. Elle n'eut pas de mouvement de recul, cependant, plongeant son regard dans les yeux de l'assassin, qui tâta sa blessure avec le pouce. Elle siffla, se raidit, mais Oyru ne prêta aucune attention à ses réactions. Son autre main glissa sur sa cuisse, aussi intime que celle d'un amant, comme si Myjun explorait elle-même sa propre chair. La jeune femme déglutit, mal à l'aise, mais refusa de reculer. Pas question de lui faire ce plaisir.

— Dis-moi ce que tu ressens, ordonna Oyru, l'attention divisée entre la fille devant lui et l'aura invisible qui l'entourait.

— Qu'est-ce que ça peut vous faire ? gronda Myjun, tendue comme un arc.

Au lieu de répondre, Oyru enfonça l'ongle de son pouce dans la plaie de son épaule. Myjun glapit, voulut se libérer de son étreinte, mais l'Ombre ressuscitée ne lâcha pas prise, enfonça son pouce plus profondément dans la blessure sanguinolente. Elle le frappa et lui griffa le visage à la fois, lui arrachant de la chair, mais il ne fit pas attention à elle. La peau de Myjun se déchira davantage, sa blessure s'ouvrit.

— Que ressens-tu ? lui demanda Oyru d'un ton aussi impitoyable que la mort elle-même.

— De la douleur ! cria-t-elle en se débattant, sans cesser de le frapper et de lui griffer le visage. J'ai mal !

— Cela ne suffit pas. (Il lui agrippa le poignet et lui tordit le bras dans le dos, tandis que les ombres lui réparaient le visage.) Dis-moi *comment* tu souffres. Est-ce une douleur superficielle, ou bien as-tu mal jusque dans tes os ? (Il enfonça le pouce plus loin, élargissant son entaille, et la jeune femme hurla, incapable d'articuler une phrase intelligible.) Prends ton temps, lui dit Oyru d'un ton calme, la respiration régulière. J'attendrai le temps qu'il faudra.

Myjun ferma la bouche, expirant vite et de façon saccadée par le nez.

Je suis plus forte que ça ! J'ai survécu à l'Académie et à ses entraînements ! Quand les monstres sont venus me chercher, je les ai brisés. Je ne permettrai pas que ceci me brise.

Lentement, sa respiration se calma, et elle expira longuement et régulièrement.

— Je souffre jusque dans mes os, répondit-elle entre ses dents serrées, toujours raide et tendue comme un ressort. C'est comme un couteau… ou un ver qui creuse des galeries dans ma chair.

— Bien. Que ressens-tu d'autre ? lui demanda-t-il en lui tordant encore plus le bras dans le dos.

Myjun inspira sèchement, avant d'expirer doucement et longuement.

— Mon bras, dit-elle d'une voix aiguë comme un crissement. Vous allez le casser !

— Tu en es certaine ? Ta souffrance aurait-elle fait de toi une Voyante ?

Oyru lui tordit encore le bras, faisant craquer ses os. Le souffle coupé, Myjun gémit et se laissa tomber à genoux. Oyru ne la lâcha pas, cependant. Il la força à se baisser jusqu'à ce que son masque doré touche l'humus de la forêt de Brake.

Ne cède pas. Ne cède pas… ne casse pas.

— Tu n'es pas une Voyante. La magie de ton sang est autre, elle est spéciale. Et je compte bien découvrir sa nature.

Il agita le pouce dans la blessure, tâta la chair, les nerfs, les tendons. Cette fois, la jeune femme cria. La douleur était insupportable, plus importante que tout ce qu'elle avait connu. Elle attendait qu'il en termine, que la torture cesse, mais l'assassin n'arrêtait pas. Il cherchait plus loin, comme s'il n'était pas conscient de ses actes, ni de leurs effets.

— S'il vous plaît ! se surprit-elle à supplier. Vous m'avez estropiée ! Arrêtez, *je vous en prie* !

Oyru la tenait fermement, lui abaissait encore le visage.

— Concentre-toi sur ta souffrance, murmura-t-il, presque tendre. Laisse-la te nourrir, non pas te commander.

Myjun trembla, le masque doré étouffant ses sanglots. Elle ne s'écria plus, cependant. *Je suis déjà brisée. Je suis en morceaux, et il ne peut pas me faire plus de mal, n'est-ce pas ?*

Sans lui lâcher le poignet, Oyru laissa glisser sa main de son épaule à son coude, lui faisant une clé de bras. Elle grogna, une nouvelle vague de douleur et de peur déferlant sur elle, mais elle ne cria pas.

— As-tu plus mal à l'épaule ou au bras ? lui demanda-t-il.

— Au bras, se força-t-elle à répondre d'une voix claire.

— Je ne te l'ai pas brisé, affirma Oyru. Pourquoi te ferait-il souffrir davantage ? Pourquoi ta blessure te ferait-elle moins souffrir que la *menace* d'une blessure ?

— Parce que… j'ai peur.

— Ta peur est donc plus grande que ta douleur ? (Comme Myjun hésitait encore, l'assassin raffermit sa prise sur son coude, la forçant à mettre le visage dans la terre.) Réponds-moi, insista-t-il d'une voix calme et impitoyable à la fois.

— Oui, grogna-t-elle.

— De quoi as-tu peur ?

— Que vous me fassiez encore plus mal ! Que vous me balafriez… m'estropiiez !

Elle geignit, se tordit pour se libérer de l'étreinte de l'assassin. C'était impossible, cependant, à moins de se casser quelque chose.

— Tu es ta propre geôlière, chuchota Oyru.

Myjun aurait voulu pleurer, se soumettre, céder, mais quelque chose l'en dissuada. Elle pouvait être forte, mais elle devait également admettre qu'elle était brisée. Il lui fallait embrasser sa force, mais aussi ses pourtours dentelés et coupants. Car elle n'avait pas d'autre façon de s'en sortir.

Elle se figea, sa respiration se calma. Ils savaient tous les deux ce qui était sur le point de se produire.

Myjun bondit soudain, libéra son poignet. Son coude se brisa, ses tendons se déchirèrent, son articulation se disloqua, ses muscles se détachèrent de ses os. Elle rugit d'une douleur qui se mua en colère. Puis en défiance.

Chapitre 7

— Bien, dit Oyru en jouissant du spectacle. Ne sois plus jamais esclave de la peur. Ne crains plus jamais la douleur. Elle est ton alliée, et tu es sa maîtresse.

La jeune femme haletait comme un chien sous son masque doré.

— Vous m'avez cassé le bras…

Elle parlait avec colère mais, cette fois, ses émotions étaient contrôlées, ses paroles chargées d'une menace nouvelle. C'était une bonne chose. L'acier était en phase de trempage, mais sa conversion complète prendrait plus de temps. Oyru n'était pas certain d'avoir le temps de la forger et de l'affûter correctement avant que Dortafola le rappelle, mais il n'avait pas envie d'accélérer le processus, qui était une de ses joies. Peut-être que s'ils se rendaient à Riocht na Skah…

— Je n'ai rien cassé, rétorqua Oyru sur le ton de la conversation. C'est toi qui l'as fait. Tu as décidé de te libérer quelles que soient les conséquences. Tu as eu cette force, et tu es désormais immunisée contre les fractures.

— Immunisée ? (Elle faillit éclater de rire.) Vous appelez ça de l'immunité ? s'emporta-t-elle en brandissant son avant-bras mou, formant un angle bizarre.

— En tout cas, c'est un progrès.

Cette fois, Myjun rit. D'un rire fou, aigu et affûté comme un couteau, brûlant comme une forge.

— Vous êtes un monstre, gronda-t-elle lorsqu'elle se fut reprise.

— C'est vrai, admit Oyru. Toi aussi, maintenant, ajouta-t-il en désignant son bras.

— Peut-être, dit la jeune femme en se détournant, le masque dissimulant son expression. Mais maintenant, ma faiblesse est devenue une force.

Oyru était stupéfait par la vitesse à laquelle elle apprenait.

— Ton bras te fait-il toujours souffrir ?

— Évidemment qu'il me fait souffrir, il est cassé !

— Et pourtant, tu ne geins plus. Tu ne te roules pas par terre en pleurnichant. Où en sont tes autres blessures ? Celles que je t'ai infligées avec les pointes de néant ? demanda-t-il en montrant son épaule et son mollet.

— Vous êtes une saloperie de…

Myjun s'interrompit comme si elle venait de se rendre compte de quelque chose. Elle plissa les yeux et inspecta ses plaies, tâtant d'abord sa jambe, puis les trous sanglants dans sa robe. Comme ses doigts appuyaient plus vigoureusement, elle écarquilla les yeux.

— Elles ne sont plus là ? cracha-t-elle comme si les mots étaient amers. Comment est-ce possible ?

— Le Masque de la Maîtresse de Gevul. J'ai promis que sa magie te guérirait, je t'ai expliqué que ta souffrance l'alimenterait. La douleur physique ou émotionnelle ; c'est du pareil au même. Tant que tu souffriras, il ne pourra rien t'arriver.

— Dans ce cas, pourquoi mon bras est-il toujours…

— Cassé ? (Il lui tourna le dos, contemplant la forêt de Brake.) Il finira par guérir, mais il y a des limites à la magie du masque. Il ne fait pas repousser les membres coupés, ni ne ramène les gens d'entre les morts. Les blessures importantes nécessitent de plus grands sacrifices, et il y a également des limites à ce qu'on peut donner.

Oyru se tut, scrutant les ténèbres au-delà des arbres. Il y avait une mare d'ombre, là-bas, à l'est, à près de trois kilomètres. Il aurait voulu y être, plonger dans le domaine de l'ombre – la porte du Monde du Rêve –, se perdre dans le néant. Rester trop longtemps dans le monde réel lui faisait toujours cet effet, comme si être incarné rappelait à son corps son âge véritable. Toutefois, la vérité était à la fois plus exotique et ordinaire.

L'Ombre ressuscitée avait besoin de dormir.

En semi-homme habitué à vivre dans le plan de l'ombre, Oyru pouvait ignorer tous ses appétits physiques, mais il avait un réel besoin de sommeil. C'était ironique, mais indéniable. Comme s'il était humain, vivre dans le monde physique lui coûtait une portion de sa vitalité cognitive – une essence mystérieuse appelée « somnumbra » dont on faisait des réserves en touchant mentalement le Monde du Rêve –, mais les mages comme lui utilisaient également la somnumbra pour accéder au domaine de l'ombre et manipuler le néant.

Oyru n'était pas un mage ordinaire ; il stockait et utilisait plus de somnumbra qu'aucune autre créature dans le domaine physique, mais il la dépensait également plus vite. Maintenir une présence physique dans le monde réel était coûteux – une présence qui ne dépassait pas quelques minutes d'affilée pour une ombre véritable –, aussi Oyru cumulait-il les forces et les faiblesses des deux espèces. Il était capable de survivre plusieurs jours dans le domaine physique, mais la privation de sommeil affaiblissait son corps, son esprit et sa magie. Par ailleurs, lorsqu'il dormait, il ne pouvait pas simplement envoyer son esprit dans le Monde du Rêve comme un mage humain ; il était contraint de se rendre *physiquement* dans le plan de l'ombre afin de baigner dans la somnumbra pure. Lorsqu'il avait absorbé suffisamment d'essence, il était en mesure de revenir dans le domaine physique pour plonger dans les eaux de la réalité. Il naviguait alors dans leurs courants comme un léviathan, retenant son souffle entre deux remontées dans le domaine de l'ombre, où il refaisait le plein de somnumbra.

J'ai passé trop de temps sous les vagues, se dit-il en frottant ses yeux fatigués. Son agacement devant le comportement de

Myjun et son déplorable temps de réaction lorsqu'elle l'avait attaqué étaient certainement à mettre au crédit d'un manque de somnumbra. Cela n'excusait pas ses échecs, cependant.

Je vais lui donner des exercices. De quoi l'occuper pendant quelques heures, le temps que je recouvre mes forces. Cela laisserait également à son bras le temps de guérir, après quoi il serait plus facile pour Oyru de tester ses aptitudes magiques. Il se désintéressa de la forêt et se focalisa sur son apprentie.

— Sans souffrances supplémentaires, ton bras sera lent à guérir, aussi n'ai-je d'autre choix que de… t'en infliger de nouvelles.

Il se tut, attendant que la jeune femme proteste, qu'elle le maudisse ou renonce à sa formation. Elle ne le déçut pas.

— Mon bras est déjà guéri, espèce de… (Elle s'interrompit, les lèvres tremblantes, la bouche se contorsionnant pour lâcher un cri bestial.) … *orspkocugu !*

Oyru se figea, surpris par le juron de la jeune femme plus que par son affirmation.

— Tu… parles le kroséran du Sud ? *Bunun benim dil oldunu biliyor mosun ?*

— Mon père m'a enseigné de nombreuses langues, mais pas votre langue de démon, répondit-elle avec mépris.

— Si c'était vrai, tu n'aurais pas compris ma question.

— *Git kendini beyzhar !* lâcha-t-elle, pleine de défi.

L'assassin en resta bouche bée. Il la regarda avec des yeux ronds et amusés, puis il finit par éclater de rire. Il n'avait pas ri depuis des siècles, aussi l'éclat qui jaillit de sa gorge ressemblait-il à une toux, à un caquètement presque douloureux dans sa manière de lui soulever la poitrine, de lui contorsionner le visage. Ce n'était pas naturel pour lui, mais cela lui fit du bien. En même temps, il repoussa son émotion dans le fond de ses entrailles, où il la laissa bouillonner, réduire, mourir.

Elle ne se rend même pas compte qu'elle parle ma langue, se dit-il en reprenant le contrôle de ses sentiments. *Elle doit user de son* lumen *pour communiquer, mais c'est inconscient, instinctif.* Oui, c'était cela. Elle utilisait sa magie iluméenne pour jurer et l'insulter, ce qui devait faire d'elle une Auramancienne ou une Chevaucheuse d'âme, sans doute une combinaison des deux. Cela risquait de rendre les choses intéressantes, d'autant qu'elle portait le Masque de la Maîtresse de Gevul. Il accomplirait de grandes choses avec cette combinaison.

— Tu dis que ton bras n'est plus cassé. Montre-moi.

Myjun roula sur le sol, souleva une grosse pierre et la lança vers la tête de l'assassin. Oyru l'esquiva facilement sans lâcher du regard le coude de la jeune femme. Le coude normalement cassé.

— Il est guéri, effectivement.

— Je viens de vous le dire.

— Ne sois pas insolente.

Oyru essaya de se concentrer sur l'énigme de la guérison miraculeuse de la jeune femme, mais c'était inutile. Chaque seconde qui passait, son esprit était plus embrumé, son corps plus fatigué. Comme s'il utilisait sa somnumbra plus vite que la normale.

Sa magie, comprit-il. *Elle siphonne ma somnumbra, elle absorbe ma force vive cognitive.* Cela ne pouvait signifier qu'une chose. *C'est une Chevaucheuse d'âme. Peut-être autre chose aussi, mais c'est d'abord une Chevaucheuse d'âme.* Oh, oui ! Il allait beaucoup s'amuser avec elle, mais il avait d'abord besoin de se reposer. S'il restait plus longtemps à proximité de la jeune femme, sa présence l'enverrait de force dans le domaine de l'ombre.

— Ton rythme de guérison est exceptionnel, mais il a besoin d'être testé, expliqua Oyru avec de grandes difficultés.

Créant une lame de néant, il ramassa la pierre que Myjun lui avait lancée et la tailla, lui donnant la forme d'un couteau à l'apparence dangereuse, doté d'un tranchant droit et effilé comme un rasoir, et d'un autre dentelé comme une scie. Il n'y avait pas de manche, cependant, mais l'arme était presque aussi longue que son avant-bras.

— Ceci est ta lame, annonça l'assassin. Elle ne devra pas quitter ta main, à moins que je te le dise. Tu ne porteras, ni n'utiliseras aucune autre arme. (Il la lui montra.) Tu prétends être une combattante, mais tu as fait couler le sang de deux monstres seulement. Ce soir, cela va changer.

Oyru lui lança le couteau, et elle le rattrapa adroitement, l'agrippant fermement sans se soucier du sang qui s'écoulait entre ses doigts.

— Dois-je tuer quelque chose en particulier ?

— Impressionne-moi, répondit Oyru comme sa silhouette se dissolvait dans les ombres et la brume. *Essaie* de m'impressionner, mais oublie Annev. Cette proie-là sera pour un autre jour.

Les lignes nettes et les couleurs du domaine physique disparurent de la vision d'Oyru, les sons de la forêt devinrent étouffés et indistincts, précédant son arrivée dans l'autre monde. Avant sa disparition complète, cependant, l'Ombre ressuscitée entendit la réponse de son apprentie.

— Un jour, c'est *vous* que je pourchasserai, magicien.

Oyru s'autorisa un demi-sourire comme son corps basculait dans un autre plan d'existence. Il avait bien choisi son apprentie. Elle avait la force, la vitalité et la magie.

Il espérait ne pas avoir à la tuer, comme il avait dû tuer toutes les autres.

Chapitre 8

Il y avait des corps partout. Dans la cage d'escalier, dans les couloirs, les réserves. Partout où Kenton regardait, il voyait la mort.

La plupart étaient des hommes – des acolytes, des avatars, des anciens que Kenton avait personnellement connus, ne serait-ce que de vue –, mais il y avait aussi des enfants et quelques femmes. Kenton fut étonné de découvrir ces dernières en si petit nombre, sachant que seulement deux femmes sages étaient tombées, alors que tant de maîtres et d'anciens avaient été tués. La première était la Femme sage Nasha, qui gisait dans la nursery, entourée des cadavres de dizaines de bébés. La seconde, Kenton ne la connaissait pas bien – c'était une des nombreuses enseignantes en charge des jeunes apprenties –, mais sa mort avait été si brutale qu'il avait du mal à chasser les images sanglantes de son esprit. La mâchoire inférieure arrachée, le torse ouvert et vidé de ses organes…

Et puis, il y avait des monstres, humanoïdes défigurés faits de métal coupant, de roche rugueuse et de chair difforme. Des créatures de cauchemar. En certains endroits, leurs cadavres jonchaient le sol comme un tapis de feuilles mortes éparpillées par le vent. Ailleurs, ils formaient des empilements incongrus. Des montagnes de métal tordu, de roche et de déchets. Ils étaient morts écrasés par des voûtes effondrées, étouffés dans des tunnels écroulés, coupés en morceaux dispersés dans ce qui restait des escaliers et des couloirs.

Tout cela était horrible, et Kenton ne pouvait même pas fermer les yeux pour ne pas voir. Il avait perdu cette aptitude lorsque l'*aqlumera* l'avait brûlé – quand Annev l'avait blessé – et n'avait d'autre choix que de voir ces monstruosités.

Ce fumier, pensa-t-il en se rappelant qu'il avait prêté serment de tuer son ancien camarade de classe. *Si je revois Annev un jour, je l'éventrerai comme un poisson et donnerai ses entrailles à manger aux corneilles.*

Sa vision magique capturait l'intérieur de l'Académie à la perfection, traversant la pierre et le mortier, les murs effondrés, les piliers brisés, se faufilant jusqu'au moindre recoin de la bâtisse en ruine.

Pas tout à fait, pensa Kenton en examinant les marches sombres conduisant au Caveau de la Damnation. Les feux magiques de ses yeux se consumaient comme il scrutait le vide marquant l'emplacement du Caveau, leurs lumières vacillant comme il se concentrait. La magie mystérieuse qui protégeait la salle empêchait sa vision surnaturelle de transpercer les murs, ne révélant que des ténèbres noir d'encre qui se dissipaient dès qu'il regardait ailleurs. Kenton voyait le corps qui gisait devant la grande porte en bois-de-fer, cependant ; et s'il ne distinguait pas les traits de l'homme mort, ses yeux maudits lui révélèrent son identité.

Narach, pensa-t-il en ressentant bien peu de compassion pour l'homme qui aurait pu devenir son mentor. Kenton était heureux de ne pas avoir connu le même sort et se surprit à se demander comment le vieil homme avait rencontré son trépas. Avait-il été tué par les créatures démoniaques ? C'était probable, et ces dernières étaient sans doute mortes aussi. Sans parvenir à forcer l'entrée du Caveau de la Damnation.

Et c'est tant mieux, se dit-il en marchant avec circonspection dans une remise saccagée. *Il n'y a rien là-bas que de la magie maudite. Il me faut trouver un moyen de remonter à la surface.*

Il était toujours à la recherche d'un passage ou d'un couloir menant à la surface, et commençait à désespérer. Jusque-là, il n'avait trouvé que des culs-de-sac. Il lui paraissait peu plausible que toutes les entrées et sorties secrètes de l'Académie aient été démolies par accident. Même les voies que lui avait montrées Duvarek, le défunt Maître des Ombres, étaient scellées. De plus en plus, Kenton était convaincu que cette démolition était un acte de sabotage, que les assaillants avaient scellé les sorties pour empêcher quiconque de s'enfuir. Et ils avaient fait leur travail consciencieusement.

Les monstres de métal devaient avoir reçu de l'aide, autrement, comment auraient-ils pu entrer dans l'Académie si facilement ? Comment auraient-ils pu détruire tous les escaliers et tunnels conduisant à la surface ? Kenton n'avait trouvé qu'un seul couloir intact menant au rez-de-chaussée, mais de là, tous les couloirs étaient bouchés. Cela semblait avoir été planifié. Il ne croyait pas à une coïncidence. Une partie des destructions étaient bien sûr accidentelles – un résultat de l'effondrement des étages supérieurs sur les étages inférieurs –, mais la destruction de la remise dans laquelle il se trouvait lui paraissait avoir été intentionnelle.

Encore une fois, Kenton était emprisonné. La providence lui avait permis de sortir de sa cellule, mais elle semblait jouer avec lui, désormais. Il revint sur ses pas, chercha un autre tunnel, un chemin vers le salut.

Il n'y en avait pas. Kenton était seul avec les morts, et sa nouvelle vision magique ne pouvait même pas l'aider.

Je ne peux pas remonter, je suis incapable de contourner les effondrements. Si je descendais dans les niveaux inférieurs, peut-être que... Peut-être qu'il y trouverait d'autres couloirs. L'écroulement de l'Académie avait scellé nombre de passages, mais peut-être en avait-il ouvert d'autres.

Si seulement j'avais toujours l'épée, regretta-t-il en se rappelant la facilité avec laquelle il avait taillé dans la pierre, dans le donjon de Janak. *Si seulement je l'avais gardée dans ma chambre, j'aurais pu m'en servir pour me créer une porte de sortie.*

Il eut une nouvelle pensée et se figea. Narach avait-il remisé l'arme dans le Caveau de la Damnation ? Le vieux Maître des Secrets était rigoureux dans sa manière de ranger ses artefacts. Se pouvait-il qu'il ait laissé l'épée aux archives, afin de la cataloguer correctement plus tard ? Ou bien dans ses appartements ? Cette dernière hypothèse semblait peu plausible, mais la première...

Kenton avançait doucement dans les couloirs sombres, usant de sa vision magique pour se repérer. Il n'avait pas besoin de torche et enjambait les cadavres froids aussi facilement que les pierres délogées ou les carreaux décollés. Son esprit était concentré sur son objectif.

Lorsqu'il atteignit l'escalier descendant au niveau inférieur et aux archives, il s'arrêta et laissa sa vision pénétrer le sol, à ses pieds. Il vit sa propre chambre, dans laquelle il n'avait dormi qu'une demi-nuit avant la survenue du chaos, avant qu'Annev l'enferme. Et puis, il se tourna vers la chambre de Narach et examina les meubles austères du vieil homme : un lit, un coffre à vêtements, une petite table. Mais pas d'épée.

Les archives, à présent. Comme sa vision pénétrait les murs, Kenton sentit que la puissance morne du Caveau de la Damnation essayait de repousser sa vision magique, qui se renforçait comme il essayait de distinguer les objets les plus proches de la paroi. Il détourna les yeux, frustré de ne plus pouvoir les plisser, ni cligner des paupières.

Alors, il la vit : une longue table sur laquelle était exposé le glaive effilé. Un livre ouvert, un stylet et un encrier étaient posés à côté de l'artefact argenté.

Kenton descendit les marches deux à deux, sauta par-dessus les cadavres qui jonchaient le couloir, bondissant par-dessus le seuil de la salle des archives. Le flou noir du Caveau était presque palpable, là, mais Kenton n'y fit pas attention, dansant autour des rayonnages tombés pour attraper le glaive dans son fourreau, sur la table.

Dès que sa main se fut posée sur la poignée enrobée de tissu, il sentit la magie affluer en lui.

Je suis l'air qui coupe comme un couteau, semblait dire l'arme. *Je suis le vent et la pluie qui modèlent les montagnes et les collines. Ce glaive est un fourreau et je suis sa lame. Appelez-moi, et je suis à vous. Brandissez-moi, et j'apporterai la miséricorde à vos ennemis.*

Miséricorde... C'était son nom. C'était la manière dont l'arme se voyait. La lame elle-même n'était pas intelligente, mais la magie qui l'avait forgée – le *sang* qu'elle contenait – était vivante. De manière mystérieuse.

Kenton raffermit sa prise sur l'arme. *Je te brandirai*, promit-il. *Je suis à toi, et tu es à moi. Tant que tu seras dans ma main, nos volontés ne feront qu'une.*

Il eut un frisson comme le glaive répondait à ses pensées, étirant sa magie dans sa direction, agrippant son esprit aussi fermement qu'il tenait sa poignée. Tous les deux ne faisaient plus qu'un. Miséricorde lui appartenait.

Nous devons remonter à la surface, pensa Kenton en se demandant pourquoi il s'adressait à l'arme de cette façon, convaincu cependant que c'était la chose à faire. *Nous devons aller là où l'air est plus frais, où la pluie tombe, où le ciel peut embrasser ta lame.*

Le glaive vrombit dans sa main, en réaction, aurait-on dit. *L'air...*, parut-il lui souffler. *Suivons le chemin de l'air.*

Alors, Kenton le sentit – il le *vit* comme l'arme le percevait –, le courant d'air frais descendant de l'escalier, provenant d'une chambre inexplorée.

Suivez le courant d'air, chuchota le glaive. *Suivez la voix du Père du ciel, le chant du vent.*

Kenton se détourna de la table, brandit l'arme dans son fourreau devant lui, telle une baguette de divination argentée. La lame vibrait très doucement, l'âme métallique pressée de retrouver le vent de la surface. Et Kenton la suivit, comprenant qu'elle le guidait vers l'escalier. Son rythme cardiaque s'accéléra, et il s'engagea sur les marches avant de ressentir le déplaisir froid de la magie de la lame.

Suivez le vent, lui chuchotait-elle, lui enjoignant de redescendre l'escalier, de retourner vers le Caveau de la Damnation et les cachots de l'Académie.

Mais nous devons remonter.

Non, rétorqua Miséricorde. *Nous devons* sortir. *Le vent connaît le chemin.*

Kenton hésita, puis décida de faire confiance à Miséricorde, les bottes légères sur les marches dentelées. Lorsqu'il atteignit le palier desservant le Caveau de la Damnation, il sentit que le glaive le pressait de s'enfoncer dans les entrailles de l'Académie.

Kenton prit une profonde inspiration et descendit une volée de marches supplémentaire, ses pieds le conduisant lentement vers l'origine du courant d'air, au bas de la cage d'escalier, au-delà du couloir flanqué de cellules, jusqu'à une porte fermée adjacente à son ancien cachot. Il tendit la main et sentit le murmure doux d'un courant d'air sous la porte. Il faillit éclater de rire.

Appelant la magie du glaive, Kenton glissa la lame le long du chambranle de la porte et tailla dans le verrou. Il ouvrit le battant d'un grand coup de pied et découvrit l'origine du courant d'air : un tunnel grossièrement taillé dans le fond de la cellule conduisant vers la surface. Il ne l'avait pas repéré lorsqu'il était au niveau supérieur car le Caveau de la Damnation lui en masquait la vue.

Kenton s'agenouilla devant l'entrée du tunnel, la main droite sur la garde de Miséricorde, la gauche tâtant la terre noire et la pierre coupante. Quelqu'un ou quelque chose avait manifestement creusé ce tunnel. Il passa la tête dans le boyau, puis les épaules. Une odeur de poussière de roche ainsi qu'une autre, plus douce, d'argile emplirent ses narines. Il enfonça les doigts dans la terre, la sentit s'immiscer sous ses ongles, courba le corps vers le haut afin de permettre à sa vision magique de percer la masse minérale qui le surplombait. Le tunnel grimpait sur environ quatre mètres, mais il était obstrué par quelque éboulement de terre et de pierres. Kenton rampa dans le tunnel, Miséricorde pointée devant lui, lui ouvrant la voie, tandis que des cailloux lui éraflaient les genoux.

Lorsqu'il arriva devant l'éboulement, il appela la magie du glaive, étirant et modelant l'air qui habillait l'arme. Se guidant grâce au courant d'air, Kenton glissa la lame entre les pierres et entreprit de dégager le passage. Le travail était laborieux ; si le glaive ne perdait jamais son tranchant, il restait nécessaire de forcer pour l'enfoncer dans la roche. Par ailleurs, la lame courte était faite pour tailler et percer, non pas pour creuser et excaver. Après quelques minutes, il dut s'arrêter de creuser pour dégager les débris empilés devant lui, travaillant avec les mains, écartant la terre et jetant les pierres dans la cellule, en contrebas.

S'il faut que je creuse jusqu'en haut, je finirai par me tuer, pensa Kenton, amer, même si ce n'était pas forcément vrai. Il avait trouvé des vivres et de l'eau dans les réserves de l'étage supérieur ; pas assez pour une Académie pleine d'élèves et de professeurs, mais suffisamment pour permettre à un homme seul de survivre un an ou deux. Il ne mourrait pas de faim, ni de soif. Il n'étoufferait pas, l'air continuant de circuler en dépit des éboulements et des passages effondrés.

Attends une seconde, se dit-il en entreprenant de réunir davantage de débris. *Je peux voir à quelle distance se trouve la surface. Il me suffit de regarder.* Il s'en voulut d'avoir été bête et se tourna vers le fond du tunnel. Le Caveau de la Damnation lui bloquait partiellement la vue, mais comme il avançait lentement, sa magie se calibra et lui offrit très vite une vision claire du boyau qu'il était occupé à élargir : l'éboulement était moins important, plus court qu'il ne l'avait cru. Avec un peu de travail, il dégagerait le passage et grimperait jusqu'à la surface. Il sourit et se remit à quatre pattes, malgré ses genoux meurtris, attrapant une grosse brassée de terre, qu'il jeta dans la cellule vide. Lorsqu'il eut dégagé plus de terre, il usa de nouveau de Miséricorde, taillant dans la roche, créant un passage de section carrée.

Skrit! Il enfonça le glaive dans la pierre.

Skrit! Skrit! Skrit! Il découpa trois gros morceaux de roche.

Kenton posa Miséricorde et entreprit de dégager les gravats. Un minuscule rai de lumière – la lumière du jour – se refléta sur le métal de l'arme. Kenton retira une nouvelle brassée de débris, puis passa la tête et les épaules dans l'ouverture. Tordant son cou, il aperçut un croissant de lumière très lointain.

— Les dieux soient loués ! lâcha Kenton, usant de sa vision magique pour voir ce qui lui avait échappé jusque-là.

L'angle formé par le tunnel était abrupt, mais ne représentait pas un obstacle insurmontable. Il passait devant la cellule où Annev l'avait enfermé, puis contournait le Caveau de la Damnation, avant de longer les archives et de grimper jusqu'au niveau supérieur. Le tunnel débouchait à une trentaine de mètres de la tour de guet, sur le périmètre nord de Chaenbalu.

Il avait donc trouvé un chemin direct vers la surface. Il était presque parfaitement rectiligne et mesurait environ sept cents mètres de longueur.

Kenton se pressa, se hâta de dépasser la partie la plus étroite du boyau. La pierre rugueuse déchira sa tunique rouge de maître, mordit dans la chair, en dessous. Les battements de son cœur s'accélérèrent encore comme le passage étroit menaçait de lui clouer les bras le long du corps.

— Non, non, non ! gronda-t-il en se résolvant à reculer pour s'extirper du boyau.

Il brandit Miséricorde et tailla dans la pierre récalcitrante pour élargir le passage d'une trentaine de centimètres.

Skrit! La lame glissa dans la terre. *Skrit! S-Skrit!* Il se servit de l'arme comme d'un levier pour écarter une grosse pierre.

Skrit! Crac!

La terre gémit.

Soudain, le sol trembla au-dessus de lui.

— Putain de…

Une énorme masse de terre et de roche lui tomba dessus, lui cassant les côtes, vidant ses poumons de leur air, lui meurtrissant la tête, les bras et les jambes.

La lumière qui le surplombait disparut, et les yeux grands ouverts de Kenton ne furent plus rivés que sur les ténèbres froides de sa tombe souterraine.

Chapitre 9

Annev et Sraon marchaient dans les rues étroites de Banok, tête basse, un voile de silence suspendu entre eux.

— Je ne veux pas que Titus et Therin nous accompagnent à Luqura, finit par dire doucement Annev, réfléchissait à voix haute.

Sraon hocha la tête comme pour approuver tout ce qu'Annev n'avait pas verbalisé.

— Ce serait préférable, sans doute. Et les autres ?

— Fyn se débrouillera seul. Titus restera sûrement avec Maître Brayan, et je ne vois pas trop comment je pourrais me débarrasser de vous. Si vous êtes toujours partant, vous êtes le seul qui puisse réellement m'aider à retrouver Reeve.

— Oui, confirma Sraon, qui ne voyait rien à redire aux déductions d'Annev. Ça ne va pas plaire aux garçons, mais c'est la chose la plus sûre à faire. Si Brayan reste avec eux, tout devrait bien se passer. Je lui montrerai où se trouve l'atelier de Dolyn. À eux deux, ils devraient trouver de quoi occuper les garçons pendant notre absence.

— La chose qui me traque, quelle que soit sa nature, ne s'arrêtera pas lorsque je trouverai Reeve, et ce même si celui-ci parvient à retirer ma prothèse. (Il fit face au forgeron et plissa les yeux.) Je pensais les quitter pour toujours, Sraon. Je refuse de les mettre en danger.

— Je comprends, mais vous ne pouvez pas le leur dire comme ça. Surtout pas à Titus. Si vous essayez de les quitter pour de bon, ils refuseront, ils vous suivront à la trace. Promettez-leur de les retrouver une fois débarrassé de votre bras, et ils accepteront peut-être de vous attendre.

—Vous voulez que je mente à mes amis ?

—Ne soyez pas si présomptueux. Il se peut fort que le destin ou la providence vous ramène ici avant longtemps.

—Auquel cas ils seraient de nouveau en danger, me forçant à repartir.

—Je vous propose de tout leur expliquer, dans ce cas. Ils comprendront peut-être.

Annev rumina tout cela. Il pourrait les laisser et leur mentir, leur promettre de les retrouver à la fin de la semaine pour ne jamais les revoir, mais ils méritaient mieux que cela. Quitter Chaenbalu était l'occasion d'écrire sa propre histoire, et il n'avait pas envie de commencer sur un mensonge et une tromperie. Sodar s'y serait sans doute pris de cette manière, mais Annev ne voulait pas d'une vie basée sur des contre-vérités.

Repensant au prêtre mort, il baissa les yeux, les posa sur le gant de Sraon dissimulant sa main dorée. Et il se rappela ses paroles : « Il arrive que le*s mensonges protègent et que les vérités tuent. Si on te donnait le choix, que choisirais-tu ?* »

Annev connaissait la réponse, désormais. Ce qu'il voulait, c'était la *vérité*. Hors de question que quiconque influence ses décisions, qu'il fonde ses actions sur des informations incomplètes. Hors de question de se laisser manipuler. Il voulait connaître la vérité et les forces qu'il affrontait avant d'agir en conséquence. Cependant, avait-il le droit de choisir pour ses amis ?

Merde... Ce choix, Sodar l'avait fait avant lui : protéger ses amis en leur mentant – se protéger lui-même en dissimulant sa main – ou bien mettre Titus et Therin en danger en leur disant la vérité. Ce qui le mettrait en danger à son tour.

Ils marchèrent en silence vers la place du marché, et Annev fut incapable de trouver une réponse satisfaisante.

Il désirait être honnête avec ses amis, mais il suspectait Sraon d'avoir raison. Il ne servirait à rien de raisonner Titus ; rien ne dissuaderait le garçon de se joindre à son expédition.

Quand on parle du loup... L'intendant rondouillard émergea d'un groupe de gens et courut à leur rencontre.

— Annev, tu as vu ?! Il y a des jongleurs, des *Iluméens* ! Et des artistes comme je n'en avais jamais vu ! Il y a un forestier – un dresseur venu d'Alltara – et un diseur de vérité. Annev, sa peau et ses cheveux sont aussi blancs que du lait ! Et ses yeux ! Ils sont roses ! Tu imagines ? Viens voir !

Qu'est-ce qui se passe ? Annev n'eut pas à se poser la question longtemps car Titus désigna la foule, et il vit des couteaux tournoyer au-dessus des têtes agglutinées. Le spectacle se déroulait près de l'entrée sud du marché, et comme il s'en approchait, Annev vit un homme vêtu de cuir rouge jongler avec quatre couteaux, qu'il lançait très haut dans les airs. Jouant des coudes pour se faufiler dans la foule, il constata que l'artiste avait une bonne trentaine de lames sanglées autour des mollets, des bras, du torse et des cuisses.

Therin apparut subitement à côté d'Annev, qui n'avait même pas remarqué sa présence.

— Je peux le faire aussi, avec quatre couteaux, se vanta-t-il. Avec cinq, même !

Comme Therin parlait, l'homme en rouge sortit deux couteaux supplémentaires d'un bracelet en cuir pour jongler avec six lames.

— Euh ! fit Therin. J'avoue que là... Je me demande combien il compte en sortir comme ça !

Annev était tout aussi impressionné que son ami, même si les paroles de Titus résonnaient dans son esprit. *Un forestier alltaran... un diseur de vérité aux yeux roses et à la peau blanche.* Il se détourna du jongleur pour tenter de les localiser. Comme il ne les trouva pas, il s'intéressa de nouveau au jongleur : un bel homme, grand et blond, la peau hâlée, le visage anguleux, le physique musculeux. Cependant, son visage était strié de fines cicatrices blanches. Sa fine moustache rappelait à Annev Maître Ather, le Maître des Mensonges de l'Académie. En plus de son physique et de son apparence générale, sa manière de se mouvoir et de parler était bizarre. Annev avait l'impression de regarder un danseur et d'écouter un comédien réciter le texte d'une chanson familière. L'effet était hypnotique.

—C'est un égayeur iluméen, lui chuchota Sraon à l'oreille.

—Le fait qu'il soit étranger ne semble pas déranger la foule, lui fit remarquer le jeune homme.

—Non, les égayeurs sont généralement bien reçus, et Banok est bien plus cosmopolite que Chaenbalu. Même au village, les Iluméens étaient tolérés, considérés comme des amuseurs et non des menaces.

—Vous parlez de ma mère ?

Le forgeron acquiesça de la tête.

—Je la connaissais de réputation. Ç'a été un événement, lorsqu'elle a épousé votre père.

—Aegen, dit Annev sans lâcher le jongleur des yeux. Sodar m'a dit qu'elle s'appelait Aegen.

—Il paraît que c'était une excellente chanteuse. C'est un des talents des Iluméens : chanter des sorts ou des esprits, comme ils disent. Ils ont en eux la grâce des dieux. Ça se voit un peu chez ce type, dans la fluidité de ses mouvements. Les vêtements colorés sont une autre indication, tout comme les cheveux blonds, même s'il y a aussi beaucoup de Dariens aux cheveux clairs. En plus de chanter les sorts et de danser les auras, il y a autre chose, un détail qu'on voit chez cet homme…

Annev étudia l'artiste affûté, observa ses mouvements comme il faisait tournoyer les lames entre ses jambes pour les rattraper dans son dos.

—Son pendentif, reprit Sraon en se penchant plus près de lui. Vous voyez ce qu'il y a dessus ?

Annev plissa les yeux et avisa le médaillon en bronze suspendu autour du cou de l'homme. Il fit un pas supplémentaire, entrant presque dans le demi-cercle formé par la foule autour de l'artiste.

— Je vois qu'il est gravé, mais…

— Un dragon et un phénix, dit Sraon. Tesked, la première flamme de Lumea. Et Rogen, le dernier espoir de Lumea. Les deux sont des symboles de la foi iluméenne.

— Tesked le dragon et Rogen le phénix, murmura Annev, se rappelant des conversations qu'il avait eues avec Sodar. Vous avez aussi parlé de… d'égayeur ?

— Oui, les égayeurs sont des amuseurs, confirma Sraon dans un hochement de tête. Ce ne sont pas spécifiquement des Iluméens, même si nombre de ceux-ci deviennent chanteurs ou conteurs.

— En quoi sont-ils différents des bardes ?

— Vous voyez la différence entre un roi et un roturier ? Eh bien, c'est la même chose ! Les bardes chantent et racontent des histoires, il est vrai, mais vous avez très peu de chances de croiser un véritable barde hors de la cour d'un roi. Il existe des égayeurs de divers types : des jongleurs, des lanceurs de couteaux, des musiciens, des comédiens, des poètes. Celui-ci jongle, mais je suis certain qu'il a d'autres tours dans sa manche. Vu qu'il est iluméen, je parie mon œil unique qu'il chante ou qu'il a un instrument de musique rangé quelque part. Sans doute les deux.

Annev continua de regarder, et le forgeron lui donna une tape sur l'épaule.

— Vous et vos amis pouvez profiter du spectacle. Je vais parler de votre plan à Brayan, voir s'il a réussi à vendre notre grain. Aider Fyn à surveiller notre chariot, aussi. (Il montra le grand jeune homme posté à proximité de leurs provisions.) À Luqura ou Quiri, il y aurait forcément un voleur dans cette foule.

Annev cligna des yeux, porta la main à sa ceinture et s'empourpra. Sa pochette couleur mante religieuse et son contenu avaient disparu. Son estomac se serra comme il faisait mentalement l'inventaire de tout ce qu'il avait perdu : la lanterne phénix, la bannière de Breathanas, la traduction par Sodar du manuscrit de Speur Dún !

Une gêne intense s'empara de lui tandis que ses entrailles se liquéfiaient. Il avait rangé le sac sans fond dans la poche de sa tunique, là où il gardait son nécessaire à crocheter les serrures. Il tapota sa poitrine à hauteur de sa poche intérieure et comprit que ses biens si précieux étaient en sécurité. Il sourit, se sentit un peu bête, jetant un coup d'œil alentour pour s'assurer que personne n'avait remarqué son comportement étrange.

Sraon avait trouvé Brayan, qui était occupé à décharger les sacs de grain et de farine que le groupe avait récupérés dans les réserves de l'Académie. Juste à côté de lui, le forgeron discutait avec un gros homme vêtu d'un pantalon large en soie, qui faisait de grands gestes en direction d'un commerçant vendant des fruits, du fromage et du pain. Derrière le chariot, Fyn regardait le spectacle de loin, ne se souciant ni d'Annev, ni de leurs marchandises. Pendant ce temps, Titus et Therin avaient rejoint la foule de spectateurs formant un demi-cercle autour de l'égayeur. Fyn porta la main à la bouche en bâillant et se désintéressa de l'artiste, qui tourna sur lui-même et attrapa deux courtes épées dans son dos. Les gens applaudirent lorsque celles-ci rejoignirent les six couteaux qui tournaient déjà au-dessus de la tête de l'Iluméen.

Finalement, Fyn décida que le spectacle était digne d'intérêt.

— Bonjour ! lança l'égayeur en faisant scintiller ses dents blanches. Je m'appelle Kryss Jakasen, mais la plupart des gens m'appellent Pouce-rouge. Si vous vous demandez pourquoi, regardez mon spectacle jusqu'au bout et… aïe !

Le jongleur suça son pouce droit et rattrapa une dague de la main gauche.

Therin rit et chuchota à Titus :

— Il ne s'est pas vraiment coupé. Ces couteaux ne sont sans doute même pas affûtés.

— Ils ne sont pas affûtés, dites-vous ? lança le jongleur en se rapprochant des deux garçons en dansant. Je ne me suis pas réellement coupé, dites-vous ? Le meilleur artiste du monde, dites-vous ? Ah, si seulement c'était vrai !

Sans rater un seul pas de danse, l'homme essuya son pouce ensanglanté sur la joue de Therin, qui se frotta rapidement, provoquant les rires de la foule.

— Non, monsieur, je ne suis pas le meilleur du monde, mais je suis sûrement le plus honnête. Aïe !

Cette nouvelle blessure amusa les spectateurs, qui éclatèrent d'un rire enthousiaste lorsque le jongleur laissa avec le pouce gauche une traînée sur l'autre joue de Therin.

— Par le sang et les os ! jura le garçon en se nettoyant vigoureusement le visage.

— Je ne vous le fais pas dire, répondit l'artiste sans perdre le fil. J'ai ensanglanté beaucoup d'os dans la profession. Rattraper quelques couteaux n'est pas la partie la plus difficile de ce travail, cependant !

Ajoutant le geste à la parole, le jongleur se pencha en avant pour rattraper les deux courtes épées dans son dos et les ranger dans leurs fourreaux, le tout sans cesser de jongler avec ses lames plus petites. La foule applaudit à tout rompre, tandis qu'Annev se rappelait la mise en garde de Sraon et scrutait le rassemblement à la recherche de voleurs éventuels.

Il s'attendait à découvrir quelque jeune garçon vêtu de haillons – en tout cas de vêtements ordinaires –, aussi mit-il un peu de temps à identifier la complice de l'égayeur, qui se tenait entre leur chariot et la foule. Elle portait une robe orange vif et un châle jaune sur les épaules. Ses longs cheveux auburn étaient tressés en deux couettes qui lui tombaient sur la poitrine et se balançaient joyeusement comme elle se dirigeait vers la foule. L'ayant repérée, Annev la surveilla tout en regardant le spectacle du coin de l'œil.

Aucun signe du forestier, ni du diseur de vérité, en revanche, pensa-t-il, la description de Titus ayant piqué sa curiosité.

— Non ! poursuivait Pouce-rouge. Le plus dur, c'est de garder un rythme avec lequel on est à l'aise. La performance devient dangereuse lorsqu'un tiers vous impose une vitesse d'exécution.

Subitement, la femme en robe orange fendit la foule tout en sortant une flûte en bois de sous son châle. Comme elle tournait sur elle-même pour faire face aux spectateurs, Annev constata qu'elle avait sûrement le double de son âge, mais qu'elle était très belle. Lançant un regard à Pouce-rouge, elle porta la flûte à ses lèvres et se mit à jouer une mélodie douce et entêtante.

Calquant son rythme sur celui de la musicienne, le jongleur lança ses lames en l'air, en rangea deux, continuant de jongler plus lentement.

— Mesdames et messieurs, permettez-moi de vous présenter ma sœur… Luathas !

La femme s'inclina, tandis qu'un murmure grossissait dans la foule et que quelques personnes seulement applaudissaient avec méfiance. Et puis, elle accéléra un peu le tempo de son morceau. Pouce-rouge suivit le rythme, faisant décrire des paraboles plus petites à ses couteaux.

Mmh… Ce n'est pas une voleuse, finalement.

Annev garda donc un œil sur la foule, mais ne vit personne de suspect. Deux hommes, cependant, attirèrent son attention. Le premier portait une robe à capuche presque noire et avait les bras croisés dans des manches longues et amples. Annev crut discerner un éclair de peau blanche sous la capuche.

Le diseur de vérité, conclut-il. *Ce qui signifie que l'autre est le forestier.*

Le second type s'assit à l'écart de la foule, son armure de cuir clouté et ses bottes fourrées le distinguant des marchands et habitants réunis pour assister au spectacle. Il avait deux épées courtes sanglées dans le dos, ainsi que deux tonfas en bois à la ceinture. Le forestier s'agenouilla pour caresser la tête de ce qui ressemblait à une petite belette, à ses pieds, après quoi la créature fila à toute allure pour disparaître dans la foule. Personne d'autre ne parut la remarquer. Quant à Annev, il décida de regarder la suite du spectacle de l'égayeur et sa sœur.

C'est une Iluméenne, comme ma mère. Le cœur d'Annev se serra, alors qu'il n'avait jamais connu ses parents. Aegen devait avoir quelques années de moins que Luathas. Portait-elle le même genre de vêtements ? Avait-elle des traits similaires ? Annev regarda les doigts fins de la femme danser sur sa flûte, avant de chasser ces pensées moroses de son esprit.

— Heureusement pour moi, disait l'égayeur sans cesser de jongler, ma sœur n'a jamais été une bonne flûtiste. Incapable de jouer un morceau jusqu'au bout. Elle trébuche et s'arrête presque aussi souvent qu'elle souffle et joue.

Luathas ponctua son morceau d'une note suraiguë et assena un coup de pied dans le tibia de son frère. La foule rit de bon cœur, tandis que Pouce-rouge se coupait de nouveau un doigt et lâchait un juron. Therin fit quelques pas en arrière pour ne pas être pris à partie par l'artiste, provoquant de nouveau l'hilarité des spectateurs. Pouce-rouge sourit, essuyant cette fois son doigt sur le visage de sa sœur. Luathas lui lança un regard noir et joua de plus belle, ses doigts dansant sur son instrument.

L'enthousiasme des gens augmenta encore lorsque Pouce-rouge sortit une nouvelle paire de couteaux de ses bracelets. Luathas joua plus vite, et le jongleur prit une paire de lames sur sa poitrine, les lançant au-dessus de sa tête.

Plus vite, plus vite encore. Une nouvelle paire de lames. Puis une autre.

La foule ébahie entreprit de compter à haute voix les lames que l'homme faisait tournoyer dans les airs. Même Annev se joignit à elle. *Dix. Onze. Douze couteaux ? C'est impossible. Ça ne peut pas être vrai, si ?* Pouce-rouge accomplissait bien l'impossible. Les bras du jongleur bougeaient si vite qu'ils étaient à peine visibles, les éclairs argentés dessinant des arcs dans le ciel avant de retomber en tournoyant pour être rattrapés par les doigts agiles de Pouce-rouge.

Luathas jouait de plus en plus vite, les notes se mêlant en une harmonie magnifique. Pouce-rouge essaya de suivre le rythme, mais il était clair que le tempo était trop rapide, même pour le maître jongleur. Luathas finit avec une dernière fioriture, sa note finale se réverbérant sur la place du marché. Simultanément, Pouce-rouge donna un coup de talon, soulevant une planche, à ses pieds. Il la rattrapa et, avec une précision étonnante, récupéra tous les couteaux, qui tombèrent pointe la première et se fichèrent dans le bois. Lorsque la dernière lame fut plantée, le jongleur tourna la planche vers la foule pour lui permettre de compter les couteaux. Il y avait bien douze armes scintillantes et affûtées comme des rasoirs. C'était un triomphe. Pouce-rouge s'inclina et, ce faisant, retourna la planche, montrant les mots qu'il y avait inscrits : « Merci de votre générosité ! »

Chapitre 10

La foule applaudit comme Luathas produisait un sac de cuir et parcourait l'assistance en recueillant des pièces. Lorsqu'elle passa devant Fyn, Titus et Therin, les trois jeunes gens secouèrent la tête d'un air penaud. La femme les gratifia tous d'un sourire. Tandis qu'elle se rapprochait d'Annev, celui-ci s'apprêtait à secouer la tête comme ses camarades, lorsqu'il repensa au sac sans fond rangé dans sa poche intérieure.

— Un instant, dit-il comme la femme tournait les talons. J'ai peut-être quelque chose pour vous.

Annev plongea la main dans son sac magique à la recherche de quelques pièces. Trouvant quelque chose de métallique, il tendit le bras et fut aussi surpris que la femme par ce qu'il découvrit dans sa paume.

La pièce de cuivre était plus lourde qu'elle en avait l'air, ses contours étaient irréguliers, dentelés. Les faces en étaient usées, mais on reconnaissait le Bâton d'Odar séparant une mer agitée sous un ciel parcouru d'éclairs.

Annev déglutit comme elle prenait la pièce sans rien dire. Il avait vu cette pièce une fois auparavant. Sodar la lui avait montrée, et il savait ce que la flûtiste verrait lorsqu'elle la retournerait : une arme de guerre à mi-chemin entre le marteau de forgeron et la serpe flottant au-dessus d'une enclume fumante. La pièce avait presque cinq mille ans ; elle datait d'une période brève où Daroea et Terra partageaient la même monnaie.

Annev doutait que quiconque sur cette place serait capable de reconnaître la pièce et d'estimer sa valeur, et pourtant, la flûtiste à la chevelure auburn parut émue lorsqu'elle la frotta entre son pouce et son index. Elle leva son regard noisette embué de larmes vers Annev, étudiant les traits et contours de son visage. Soudain, elle écarquilla les yeux ; elle venait de comprendre quelque chose d'effrayant, semblait-il. Le souffle court, elle recula rapidement vers son frère. Pouce-rouge, qui avait rengainé ses armes, se rapprocha tranquillement de Luathas.

— Luathas ?

L'homme regarda successivement Annev et sa sœur, puis remarqua la pièce que celle-ci serrait dans sa main. Fronçant les sourcils, il lui ouvrit le poing et prit le disque de métal. Il en examina les deux faces, prit un air amusé et la montra à Annev.

— C'est vous qui lui avez donné ça ?

Annev hocha la tête. Le sourire de l'égayeur s'élargit. Il se lécha les lèvres, prêt à dire quelque chose, puis se ravisa, se tournant vers le chariot et les trois garçons qui se rapprochaient d'eux.

— Merci infiniment, finit-il par ajouter en serrant la pièce ancienne dans sa paume. Votre générosité vous honore.

— C'est juste une Roue de cuivre, rétorqua Annev en cherchant ses mots. Je doute qu'elle ait beaucoup de valeur.

Pouce-rouge scruta Annev de ses yeux bleus et troubles, puis prit la bourse en cuir des mains de sa sœur pour en montrer le contenu à Annev, qui plissa le front en la découvrant vide.

— Je ne sais pas si vous avez remarqué, jeune homme, mais nous sommes iluméens, expliqua-t-il en mettant la pièce abîmée dans la bourse. Les gens nous donnent rarement de l'argent, quelle que soit la qualité du spectacle.

— Ah…

À ce moment-là, Sraon et Brayan réapparurent. Ils avaient vendu leurs marchandises et, tout sourire, le forgeron faisait tinter une poignée de pièces dans sa main.

— Ce n'est pas énorme, mais ça devrait nous aider à payer notre droit d'entrée. (Il se tourna vers Pouce-rouge et Luathas, plissa les yeux.) Bonjour. Sacré spectacle. Vous avez beaucoup de talent, Maître Égayeur.

Il envoya une pièce de cuivre vers l'artiste, qui la rattrapa en vol et s'inclina de façon élaborée.

— Et vous n'avez rien vu, intervint Titus. Il a jonglé avec une douzaine de couteaux ! En même temps !

Therin et Fyn rejoignirent Titus. Fyn confirma d'un hochement de tête.

— C'était pas mal, c'est vrai, dit Therin en nettoyant ses joues avec de la salive. Je me serais passé du sang, cependant.

— Le sang ? s'étonna Sraon.

Pouce-rouge haussa les épaules en arborant un sourire espiègle.

— C'est le prix à payer, malheureusement, expliqua-t-il.

Il rendit la bourse à sa sœur, qui se remit à parcourir l'assistance, puis il leva les deux mains, montrant les centaines de fines cicatrices blanches qui zébraient ses doigts. Il pressa la chair de son pouce, faisant sortir une goutte de sang frais d'une blessure.

— Je m'appelle Kryss, reprit-il, mais on m'appelle Pouce-rouge pour des raisons évidentes.

Sraon riva son œil sur l'égayeur, puis lui tendit la main.

— Sraon Smith.

Pouce-rouge serra vigoureusement la main du forgeron, laissant une petite tache de sang sur le poignet de l'homme, qui avisa le point rouge et sourit.

— Pouce-rouge, avez-vous dit ? (Il regarda successivement le jongleur et sa sœur flûtiste en train de s'éloigner, avant de se tourner vers Brayan.) Maître Brayan ; Titus, Therin, Fyn et vous pourriez vous occuper de vous procurer des provisions pour la suite de notre voyage. Quelques fruits frais… peut-être de la viande séchée et du fromage. De quoi agrémenter tout ce panais !

Il donna une poignée de pièces à l'intendant massif.

— Avec plaisir, Maître Sraon. Les provisions, les fournitures et les comptes sont mes points forts. Venez, lança-t-il aux garçons. Je vais vous apprendre à négocier !

Titus applaudit en emboîtant le pas à Brayan. Les autres jeunes gens suivirent avec un enthousiasme plus mesuré. Fyn regarda Annev par-dessus son épaule en haussant un sourcil, mais ne dit rien.

— Kryss est-il le nom qui vous a été donné par votre clan ? demanda Sraon à Pouce-rouge.

— En réalité, je m'appelle Tesked, mais seule ma sœur m'appelle encore comme ça, répondit le jongleur dans un sourire un peu triste. En vérité, je préfère Pouce-rouge. C'est un nom sympathique, ce qui est un avantage dans la profession.

— Tesked ? répéta Sraon. Comme le premier *dracolum* ?

— Maître Smith, vous êtes un homme rare ! s'étonna Pouce-rouge dans un sourire franc. Un Darien qui connaît la culture iluméenne ! Dites-moi, comment se fait-il que vous en sachiez tant sur mon peuple ?

— J'ai été marchand d'esclaves, expliqua Sraon, plus sombre.

La joie de Pouce-rouge se dissipa subitement, et il se raidit comme son regard se posait alternativement sur Sraon et Annev.

— Vous l'avez été ? demanda-t-il, le visage plus dur et la main se posant machinalement sur un couteau.

— Dans ma jeunesse. Je suis né à Innistiul, mais je ne suis plus attaché à cette terre, ni ne considère plus ses habitants comme mes frères.

Pouce-rouge sembla se détendre un peu et retira la main de son arme. Les yeux baissés vers le sol, Sraon poursuivit :

— J'ai beaucoup discuté avec certains de nos captifs, qui m'ont beaucoup appris de leur culture – votre culture –, ce qui a fini de me convaincre de quitter Innistiul et ma famille. Quelques années plus tard, j'ai rencontré un prêtre appelé Sodar, qui m'a appris beaucoup de choses sur les Iluméens. Avec le temps, il m'a persuadé de rejoindre les Gardiens du Puits.

Le regard de Pouce-rouge s'illumina, toute dureté le quittant.

— Vous êtes un Dionaque de Tobar, alors ?

— Je ne suis pas un artisan – je ne possède pas le don –, mais je partage leur foi, expliqua-t-il à l'artiste qui hochait la tête. Et vous deux ? demanda Sraon en regardant Luathas, qui était revenue de sa quête. Possédez-vous la grâce de Lumea ?

— Pour ma part, oui, confirma l'égayeur. Mais elle n'est aucunement magique. Comme vous, je suis simplement un adepte de la foi. Un Gardien de la Flamme, non pas un Dionaque de Lasair. Ma sœur… (Pouce-rouge regarda furtivement Luathas, qui hocha presque imperceptiblement la tête.) … ma sœur possédait le don, mais elle a perdu sa voix lorsqu'un Seigneur de sang a attaqué notre famille. Elle ne chante plus les chansons de Lumea. Elle ne parle plus.

— Je suis navré de l'apprendre, répondit sincèrement Sraon. J'ai entendu le chant des Dionaques de Lasair, une fois, et c'est une expérience que je n'oublierai pas.

Pouce-rouge s'inclina.

— Un jour, la voix de Lumea résonnera de nouveau. Et peut-être celle de ma sœur, ajouta-t-il en posant la main sur l'épaule de Luathas, qui lui sourit. En attendant, elle se contente de sa flûte. J'en joue aussi, même si je préfère la harpe.

— Vous ne vous contentez donc pas de jongler avec des couteaux ? Ne vous l'avais-je pas dit, jeune homme ? demanda le forgeron à Annev.

—Je jongle et je danse. Je chante et je joue. Je raconte des histoires et je récite des poèmes aussi bien que les meilleurs égayeurs, mais ce n'est pas vraiment une vocation.

—Ah ? s'étonna Sraon. Et quel est donc votre art de prédilection ?

Pouce-rouge ramassa une besace posée à ses pieds et la mit sur son épaule en adressant un sourire de conspirateur au forgeron et à Annev.

—Vous comparez ma profession à un art, et je suis d'accord avec vous. Tout le monde n'est pas de notre avis. Cependant, je connais la vérité et je m'en vais la partager avec vous. (L'égayeur écarta les bras et les leva vers le ciel comme pour embrasser le monde et tout ce qu'il contenait.) Je suis Pouce-rouge, barde iluméen et égayeur à mes heures, chasseur de trésors du meilleur calibre. Je chasse les mythologies, les légendes et les grands récits, que je partage avec les gens à l'occasion de mes spectacles. Toutefois, je me passionne véritablement pour les histoires de trésors. (L'Iluméen continua de sa voix de baryton.) Qu'y a-t-il de plus poétique, en effet, qu'un conte, qu'une histoire de trésor ? Et si l'histoire de ce trésor est vraie, le trésor l'est aussi, et celui qui le trouve devient une partie intégrante de cette histoire et un trésor lui-même.

Sraon et Annev échangèrent un regard, et Luathas en profita pour donner un coup de coude dans les côtes de son frère. Le barde grimaça sans cesser de sourire.

—Je crains que vous nous ayez perdus, Maître Égayeur, dit Annev en se grattant l'oreille.

—Toutes mes excuses, Maître… ?

—Annev.

—Maître Annev. (L'artiste s'inclina bien bas.) Excellent. Notre bienfaiteur a un nom.

Sraon adressa un regard interrogateur à Annev, qui secoua la tête, n'ayant pas envie d'expliquer. Heureusement, Pouce-rouge poursuivit :

— Ce que je voulais dire, c'est que, si j'aime raconter des histoires, j'aime aussi être payé pour mon travail et, égayeur, cela ne paie pas beaucoup. La chasse au trésor, en revanche… c'est une activité parfois très lucrative.

— À condition de connaître les gens qui ont enfoui ces trésors, fit remarquer Annev en haussant un sourcil.

— Mais j'en connais des dizaines ! répondit le jongleur en riant. Moins de la moitié de ces histoires sont authentiques, cependant, et le reste vaut rarement la peine de se fatiguer. Mais, oui, je chasse les trésors qui valent le coup. (Il s'avança en regardant dans les yeux Annev, puis Sraon.) Puis-je vous demander qui dirige votre groupe ?

Le changement de sujet subit surprit Annev. Pour ce qui le concernait, le forgeron était clairement leur chef, mais en quoi cela concernait-il Pouce-rouge ? Pourquoi s'intéresser à leur groupe ? Si la question de l'artiste avait pris Annev par surprise, la réponse de Sraon l'étonna davantage.

— Je suis l'intendant du jeune Annev, mais c'est bien lui qui dirige notre groupe.

Pouce-rouge hocha la tête comme si c'était exactement la réponse qu'il attendait.

— Je sais que c'est inconvenant, compte tenu du fait que nous venons à peine de faire connaissance, commença-t-il en se tournant vers Annev, mais ma sœur, nos compagnons et moi voyageons vers…

— Attention !

Annev pivota sur ses talons et découvrit le diseur de vérité albinos près de leur chariot à moitié vide. Plus près encore, il y avait le forestier alltaran. Annev cligna des yeux et, soudain, le tonfa du forestier siffla juste devant son nez, comme sorti de nulle part.

Crac ! Quelque chose de petit et noir vola au-dessus de la tête d'Annev.

— Par les dieux ! jura Sraon en forçant Annev à se baisser. Restez au sol, jeune homme !

Le forgeron lui tomba dessus, mais Annev se releva rapidement. L'albinos se tenait à côté de lui avec Pouce-rouge et sa sœur mutique.

— Là ! s'écria l'égayeur. Dans cette allée !

Le groupe se retourna et Annev vit une silhouette disparaître dans une ruelle. Le forestier rengaina son tonfa et prit en chasse l'assaillant.

À côté d'Annev, l'albinos retira sa capuche, révélant une chevelure aussi blanche que sa peau lisse qui, ajoutée à son regard vif, suggérait qu'il avait approximativement le même âge que Sraon. L'homme se pencha pour ramasser quelque chose : un carreau d'arbalète. Il étudia la munition avec attention, avant de scruter Annev d'un regard rose intense.

— Vous êtes blessé, Maître Ainnevog ?

Au lieu de répondre, Annev se lança à la poursuite du forestier et de l'assassin raté, zigzaguant entre les tentes et les étals, entre les colporteurs et les chalands.

— Annev ! cria Sraon. Attendez !

Annev était déjà parti, cependant, ayant invoqué la magie de ses Bottes de Célérité. En quelques secondes, il plongea dans l'allée où le forestier avait disparu un peu plus tôt, apercevant celui-ci au moment où l'assassin s'engageait derrière une rangée d'étals avec l'Alltaran aux trousses. Annev faillit trébucher sur une grosse arbalète, qu'il laissa à terre, continuant à courir, rattrapant le forestier devant la muraille de Banok.

— Là ! lança l'homme en désignant des cabanons vendant des tapis tissés à la main et de belles tapisseries. Derrière ce rideau rouge !

Annev arriva devant le rideau avec trois mètres d'avance sur le forestier. Il l'écarta d'un seul coup et découvrit un mur de pierre.

— Où est-il passé ?

— J'aurais juré l'avoir vu se faufiler par là, se plaignit le forestier en inspirant profondément. Je sens son odeur.

Il était bien là. Il *devrait* être là. (L'étranger pressa son nez contre le mur, reniflant la pierre.) Je ne comprends pas. Il n'a pas pu disparaître dans le mur.

Annev leva les yeux vers le sommet de la muraille imposante, la main posée sur la pierre, et essaya de s'imaginer l'assassin l'escaladant sans se faire voir. Il jura.

Exactement comme Faith, pensa-t-il. *Volatilisé… À moins que l'assassin ait traversé le mur ?*

— Est-ce que ça va ?

Annev pivota sur ses talons et se retrouva face au forestier.

— Je vais bien. Je suis simplement furieux qu'il nous ait échappé.

— Vous n'êtes même pas essoufflé, remarqua l'homme. Très peu de gens, y compris parmi mes compatriotes, courent aussi vite que moi.

— Ah ! fit Annev. Je n'ai pas vraiment été plus rapide que vous… (Il hésita, se demanda s'il devait en dire plus, puis décida que le forestier était un homme de confiance.) Mes bottes sont enchantées.

— Euh… je vous demande pardon !

Le duo se retourna et découvrit un marchand transpirant, qui les considérait d'un regard assassin.

— Vous comptez l'acheter ? demanda celui-ci en montrant la tapisserie qu'Annev agrippait toujours dans sa main. Non ? Alors, foutez-moi le camp ! Vous faites peur à mes clients !

Annev en doutait, mais il obtempéra, et le forestier et lui s'en furent, empruntant le chemin qu'ils avaient pris à l'aller.

— Merci de m'avoir sauvé la vie, dit Annev en tendant sa main à l'étranger. Je m'appelle Annev.

— Heureux de faire votre connaissance, répondit l'homme en la lui serrant. Je suis Corentin, un Shalgarn d'Alltara, mais mes compagnons m'appellent Chat-fou.

— Chat-fou ? C'est un nom étr…

Annev remarqua les yeux de l'homme pour la première fois : ils étaient jaunes, avec une pupille verticale et ovale, comme celle des chats.

— Pas si étrange ! rétorqua le forestier.

— En effet, acquiesça Annev.

Le Shalgarn s'avança jusqu'à l'arbalète, la ramassa et l'offrit à Annev.

— Cette arme est-elle courante là d'où vous venez ? demanda-t-il.

La crosse était en métal, la corde en fil de fer tressé.

— Jamais vu une chose pareille, répondit Annev en étudiant l'arbalète. Il doit falloir une sacrée force pour l'armer sans assistance.

— Et elle doit coûter une belle somme, ajouta Chat-fou. C'est l'outil d'un maître assassin, à mon avis. Capable de transpercer une armure à une bonne distance.

— Comment avez-vous fait pour arrêter le carreau en plein vol ?

— J'ai bien failli le rater. Mes yeux et mes réflexes me confèrent un certain avantage. Un peu comme vos bottes.

— Vous parlez d'un… enchantement ?

— Une bénédiction, le corrigea Chat-fou. Mais l'effet est le même.

— Annev ! appela Sraon en traversant la place du marché en courant, tandis que le forestier et Annev émergeaient de la foule qui déambulait devant un alignement d'étals. Qu'est-ce qui vous a pris de courir comme ça ?

— Il m'a pris que quelqu'un a essayé de me tuer et que j'aurais bien aimé lui mettre la main dessus. (Annev tendit l'arbalète à Sraon.) Je me demande comment il a réussi à nous échapper. Nous l'avons poursuivi jusqu'au mur de la ville, où il s'est… volatilisé.

— Vous êtes blessé ? s'enquit Sraon en les entraînant vers leur groupe réuni autour du chariot.

— Non, répondit Annev. Le carreau ne m'a même pas éraflé.

— C'est un soulagement, commenta Pouce-rouge, et sa sœur hocha aussitôt la tête. Heureusement que Corentin et Jian étaient là, autrement, votre voyage aurait pu s'arrêter aujourd'hui.

— Jian ? répéta Annev en se tournant vers l'albinos à capuche. C'est vous qui nous avez prévenus ?

— En effet, Maître Ainnevog, confirma l'homme à la peau pâle en s'inclinant. Je l'avais prévu.

— Vous connaissez mon nom, continua Annev. Mon nom complet… alors que nous ne nous sommes jamais rencontrés.

L'homme pâle s'inclina de nouveau en suppliant du regard Pouce-rouge de lui venir en aide, mais Sraon prit la parole avant l'égayeur.

— Nous en étions à peine aux présentations. Notre pâle camarade s'appelle Jian Nikloss. C'est un Yomad originaire de Terra Majora.

Jian s'inclina une troisième fois, les mains jointes devant lui.

— C'est un plaisir.

— Maître Nikloss a le talent de percevoir ce qui échappe au commun des mortels, expliqua Pouce-rouge en vrillant sa moustache. Un don de prescience limité, si vous voulez. C'est un truc très populaire, dans les villages reculés, mais… je sens que Jian ne vous a pas montré toute l'étendue de son talent.

Annev dévisagea sans vergogne l'homme à la peau blanche, à la fois incrédule et méfiant.

— Vous voyez… le futur ? lui demanda-t-il.

Le Yomad fit un geste bizarre avec les mains et secoua la tête. Lorsqu'il parla, Annev remarqua son léger accent.

— Je vois sans voir réellement. J'ouvre une petite fenêtre pour observer le monde. Mais j'ai très peu de temps pour voir et entendre.

Annev essaya de comprendre.

—Votre magie vous a-t-elle dit comment je m'appelais et m'a-t-elle sauvé la vie ?

—Absolument, Maître Ainnevog, dit l'homme en s'inclinant.

Annev effleura les coutures de son gant de forgeron, tandis qu'un feu naissait dans ses entrailles. *D'abord Dolyn… puis les Iluméens, le Shalgarn et le Yomad. En une journée, j'ai rencontré les adorateurs de Cruithear, Lumea, Sealgair et Tàcharan. Ça ne peut pas être une coïncidence, d'autant que la sorcière m'avait dit que je serais pourchassé par les Jeunes Dieux. Quelqu'un, ici, doit avoir des objectifs secrets.* Annev fronça les sourcils en considérant le diseur de vérité, décontenancé par son apparence.

—Vous vous demandez si j'ai d'autres talents et, si oui, lesquels ? reprit Jian en souriant. J'ai de nombreux talents, dit-il sans laisser à Annev le temps de répondre. Je vois. Je parle. J'invoque. Avoir les trois en même temps est très rare.

—Vous parlez et vous invoquez ?

—Je parle à… (Jian chercha le bon mot.) Aux gens qui vont dans les terres saintes. Je les appelle et les entends. Parfois, ils parlent. Parfois, je parle.

—Vous parlez avec les morts ? tenta de comprendre Annev.

Jian fit de nouveau un geste bizarre et secoua la tête.

—Non pas les morts. Le *lumen* et le *quaire* vont dans les terres saintes. Ils vivent. Le *t'rasang* reste dans ce monde. Il meurt. (Il hésita.) Mais je parle aussi au *t'rasang*. Parfois, il répond.

Chat-fou se racla la gorge, et tous les regards se tournèrent vers lui.

—Je vous demande pardon, mais votre chef a admis me devoir la vie, lança-t-il en désignant Annev. Cette dette, je pourrais la recouvrer, mais j'ai déjà promis mon aide à ces deux Iluméens. (Chat-fou montra Pouce-rouge et Luathas.)

La dette est donc transférée. (Le forestier conclut sa phrase d'un hochement de tête, comme un juge assenant un verdict.) J'ai parlé.

— Une dette ? répéta Annev en regardant successivement Sraon et Pouce-rouge.

Le premier jura en marmonnant, tandis que le second gratta quelques poils de barbe sous sa lèvre inférieure.

— Chat-fou est shalgarn, expliqua Jian d'un ton sage. Ces dettes sont très communes en Alltara. (Il brandit son index.) Moi aussi, je vous ai sauvé. J'ai crié pour vous prévenir, et j'ai mis en garde Chat-fou contre des menaces venues du ciel.

— Vous aviez prévu ce tir d'arbalète, dit Annev en déchiffrant le darien énigmatique du diseur de vérité. Vous saviez qu'on allait m'attaquer et vous avez prévenu Chat-fou.

— Vous êtes un sage, acquiesça Jian en s'inclinant une fois de plus.

— Nous nous rendons à Luqura pour une mission de première importance, intervint Sraon. Nous ne pouvons pas nous permettre de prendre du retard à cause d'une dette bizarre et de coutumes étranges. Sauf votre respect, madame, ajouta-t-il en se tournant légèrement vers Luathas.

— Je ne suis pas sûr de comprendre, protesta Chat-fou en fronçant les sourcils. Vous ne parlez pas de vous dérober à vos obligations, j'espère ?

— Non, mais nous avons des engagements à tenir, tout comme vous avez les vôtres.

— Oui, oui, je comprends, approuva Chat-fou en regardant tour à tour Pouce-rouge et Jian Nikloss. Une faveur, alors. Il est possible d'échanger la dette contre une faveur. Vous pourriez nous offrir une récompense ? proposa-t-il à Annev.

Annev vit clair dans leur jeu. Tout était donc prévu depuis le début. *Encore une manière de m'avoir*, se dit-il, soupçonneux.

— Puis-je demander la nature de cette récompense avant que vous me la réclamiez ?

Pouce-rouge eut un sourire tout en dents.

— Vous pouvez ! lança l'égayeur. J'aimerais enrichir notre troupe de nouveaux membres !

Et de désigner son groupe…

— Je vous arrête tout de suite, intervint Sraon. Aucun d'entre nous ne rejoindra votre troupe. Nous avons notre propre mission à accomplir.

— Non, non ! s'amusa Pouce-rouge en agitant les mains devant lui. Nous sommes à la recherche de membres bien *spécifiques*. Mon ami yomad ici présent a même eu la vision de certains de leurs noms. Nous cherchons un Druide originaire de la Haie fertile et un Orvane appelé Dolyn, précisa-t-il en brandissant deux doigts. Nous sommes venus ici à la recherche de Dolyn, mais la magie de Jian n'est pas encore parvenue à le débusquer.

— Ma dette envers Chat-fou serait-elle remboursée si je vous aidais à trouver Dolyn ? demanda Annev.

— Peut-être bien, répondit Pouce-rouge d'un ton grave.

— Dolyn est une femme, dit Sraon. Et elle s'est absentée il y a quelques jours. Je doute qu'elle se joigne à vous. Elle a une forge dans le Quartier Doré, et son affaire marche très, très bien. Elle travaille principalement les métaux précieux, mais elle sait tout faire. Trouvez-la si vous voulez, mais n'évoquez pas ses origines devant tout le monde. Votre troupe est très cosmopolite, Maître Pouce-rouge, mais tout le monde, ici, n'apprécie pas forcément les étrangers.

Chat-fou chuchota quelque chose à l'oreille de son compagnon à la peau blanche, qui remit sa grande capuche grise pour dissimuler son visage.

— Vous avez raison, approuva l'égayeur. C'est la raison pour laquelle je demande votre aide. Vous voyez, le cinquième membre de notre groupe se trouve à Luqura, et les gens comme moi ne sont plus les bienvenus à la capitale.

—C'est le moins qu'on puisse dire, confirma Sraon en ajustant son cache-œil. Quand avez-vous visité Luqura pour la dernière fois, Maître Pouce-rouge ?

—À dire vrai, ce sera ma toute première visite, Maître Sraon ! répondit l'homme en souriant.

—Pour votre bien, je vous conseille vivement de reporter cette visite. D'y renoncer, même.

—Vous faites référence au commerce d'esclaves iluméens, une tradition importée du Nord, d'Innistiul.

—Tout à fait. Je n'ai pas mis les pieds à Luqura depuis un bon moment, mais j'ai entendu dire que l'influence du roi Cheng y a presque éclipsé celle du roi Lenka. J'appréhende ce qui risque de se passer à la mort du vieil homme, d'autant que le commerce de la ville est déjà entre les mains d'Innistiul. Entrez à Luqura, et vous risquez d'être capturé, marqué et vendu. (Il s'interrompit, regarda le forestier shalgarn aux yeux de chat et le diseur de vérité albinos aux yeux roses.) Le reste de votre troupe connaîtra peut-être le même sort, voire pire. Promenez-vous à découvert dans la rue, et vous disparaîtrez en un clin d'œil.

—Raison précise pour laquelle nous avons besoin d'une escorte, de quelqu'un pour assurer notre sécurité pendant que nous chercherons le dernier membre de notre troupe.

—Vous avez déjà eu votre récompense, Maître Pouce-rouge, contra Sraon en secouant la tête. Je vous ai dit où travaillait Maîtresse Dolyn, et je vous ai même prévenu qu'elle refuserait probablement votre proposition. Vous feriez mieux d'abandonner votre quête avant de faire courir un danger mortel à vos amis.

—C'est impossible, rétorqua l'égayeur en écartant les bras, paumes ouvertes.

—Dans ce cas, répondit Sraon en reniflant, je vous souhaite bon courage et bonne chance.

Chapitre 11

— Maître Ainnevog m'est toujours redevable, non ?

Tous les regards se tournèrent vers Jian, qui avait levé la main pour objecter doucement.

— Peut-être, concéda Sraon en se grattant le cache-œil, le front plissé. Qu'est-ce que vous voulez ?

— Aller à Luqura. Avec vous.

Le forgeron cracha.

— Jian, je viens de vous expliquer pourquoi ce n'était pas possible. J'ai même avoué avoir été marchand d'esclaves, ajouta Sraon en s'adressant à Pouce-rouge et Luathas. Cela ne dérange personne ?

— Vous ne comprenez pas, insista Jian. Ils restent ici. C'est moi qui pars.

— Ah…, fit le forgeron en lançant un regard désespéré à Annev. Ça risque de nous causer davantage d'ennuis.

— D'accord avec vous, acquiesça Annev en fixant d'un regard oblique leur peut-être futur compagnon de route yomad. Le non-respect de ce genre de dette peut-il nous causer encore plus d'ennuis ?

— Difficile à dire. Vous êtes superstitieux ?

— Pas spécialement, mais je serais enclin à faire une exception dans le cas de Jian.

— C'est sans doute sage compte tenu du fait qu'il sert le Dieu du Destin, regretta Sraon dans un soupir. (Il se pencha plus près d'Annev et poursuivit d'une voix à peine audible.) Je trouve quand même ça un peu convenu.

Annev s'apprêtait à répondre, puis se ravisa, levant l'index et se tournant vers Pouce-rouge et les autres.

— Excusez-nous, mais nous aimerions discuter en privé.

— Bien sûr, répondit le jongleur de couteaux.

Les deux groupes se séparèrent de quelques dizaines de pas.

— Qu'est-ce qui est convenu ? demanda Annev à Sraon, lorsqu'ils se furent suffisamment éloignés.

— Tout, répondit le forgeron, le visage dur et le regard sinistre. J'ai déjà été témoin de complots, de pièges de ce type. J'ai même participé à quelques-uns d'entre eux. Ils sont assez courants, dans l'Empire.

— Qu'est-ce qui est courant ?

— Le jeu, la *grosse arnaque*. C'est comme s'ils nous avaient choisis à l'instant où nous avons rejoint leur public. À l'instant où ils ont vu les provisions dans le chariot, plus précisément.

— Vous croyez qu'ils veulent nous voler ?

— Au moins. Réfléchissez. Pouce-rouge a marqué Therin de son sang pendant le spectacle. Sans doute pour désigner une victime. Et puis vous lui avez donné cette pièce, et il s'est alors intéressé à vous. Il a demandé qui était notre chef, et quelques minutes plus tard…

Sraon frappa dans ses mains devant le nez d'Annev. *Clac !* Du coin de l'œil, le jeune homme regarda Jian, Pouce-rouge et les autres.

— Vous pensez qu'ils avaient arrangé cette attaque ?

— Je me demande même s'il y en a eu une. Ce type – Chat-fou – aurait dû bouger à une vitesse folle pour stopper le carreau. Peut-être l'avait-il dans sa main depuis le début. Jian crie pour attirer notre attention, et là – *bam !* – le carreau passe au-dessus de votre tête. Comme par hasard.

Annev opina.

— Je n'ai jamais vu le visage de mon assaillant, et il est tout à fait possible que Chat-fou m'ait indiqué la mauvaise direction, près de la muraille. (Il se sentit bête.) Ils se sont bien moqués de nous. Et je parie que Luathas n'est même pas muette.

— Je suis sûr qu'elle lit sur les lèvres, en revanche, ajouta Sraon en tournant le dos à la femme. J'ai l'impression que cette troupe est exactement ce qu'elle semble être, à savoir une bande de saltimbanques et de charlatans, le genre de fripouilles qui profitent de la crédulité des gens de bonne volonté.

— J'ai bien failli me faire avoir.

— Nous ne sommes pas encore débarrassés d'eux. Cette histoire de dette nous lie à eux.

— Pourquoi ne pas refuser, tout simplement?

— Parce que…, hésita Sraon. Il est possible qu'ils ne mentent pas.

— Mais vous venez de dire que…

— Je sais, et je le pense toujours. Mais je me trompe peut-être – ce ne serait pas la première fois –, ce qui serait vraiment dommage dans ce cas précis.

— Pourquoi? Pourquoi ne pas partir du principe que vous avez raison?

— Comme vous le savez, j'ai pour le moins maltraité les Iluméens dans le passé, et je n'en suis pas fier. S'ils disent la vérité, s'ils ne sont pas une bande d'escrocs jouant un rôle, j'aimerais sincèrement les aider. Cela effacerait une infime partie de ma dette.

— Dans ce cas, agissons avec discernement. Jian – et lui seul – n'a qu'à venir avec nous. Il sera facile de l'avoir à l'œil. Il n'est pas impossible que nous le retournions et qu'il nous dise la vérité sur la petite entreprise de Pouce-rouge. À moins que celui-ci n'ait pas menti, auquel cas nous aiderions Jian à trouver la personne qu'ils cherchent.

Sraon réfléchit, puis hocha la tête.

— Entendu.

— Doit-on prévenir les autres de vos doutes?

—Non, je ne crois pas. L'un d'entre eux risquerait de vouloir arranger la situation à sa manière.

—Vous pensez à Fyn ?

—Certes, mais je voulais évoquer son cas avec tact.

—Le tact est inutile quand il s'agit de Fyn, dit Annev en se tournant vers l'égayeur. Faisons-leur part de notre décision.

—Oui, ne perdons pas de temps. Ils arrivent.

Annev avisa Brayan et les autres. Chaque garçon déposa une brassée de provisions dans le chariot, et puis l'intendant y lâcha de la viande séchée et des pommes. Fyn regardait Annev d'un œil soupçonneux.

—Maître Pouce-rouge, commença Annev lorsque Sraon et lui eurent rejoint la troupe de l'artiste. Qui est votre contact, à Luqura ?

—C'est une noble femme, un genre de chasseuse de trésors, elle aussi, répondit l'homme vêtu de cuir rouge.

—Vous connaissez son nom ?

—Plus ou moins. Mon ami à capuche l'appelle la Corneille ou le Freux noir. Soit Dame Destinée ne connaît pas bien ses corvidés, soit Jian s'y perd dans ses traductions.

—Pas du tout, intervint Jian sans lâcher le sol de ses yeux roses. Les noms sont des masques. Ils sont vrais, ils sont faux. Parfois elle est Corneille. Parfois elle est Freux. Elle porte différents noms, différents visages. Et puis, le Destin n'est pas une femme. Le Destin est le Dieu Tàcharan.

—Vous comprenez, maintenant, pourquoi je voulais emmener tout le monde ? demanda Pouce-rouge à Annev. Trouver le membre manquant de notre troupe est une chasse au trésor en soi, surtout si nous devons suivre le diseur de vérité.

Annev hocha la tête, se rappelant le langage énigmatique de Kelga dans la forêt de Brake et la manière dont Janak avait parlé des réponses de l'Oracle.

— Les prophéties ne sont pas toujours claires. Je ne leur fais pas vraiment confiance. Sauf votre respect, Maître Nikloss, ajouta Annev à l'intention de l'albinos.

Le diseur de vérité leva son visage encapuchonné. Il arborait un sourire en coin.

— Pas de problème. Le Destin est mon maître, mais c'est un seigneur cruel. Même pour moi, son visage reste masqué.

— Attendez, intervint Sraon en levant la main. Annev et moi sommes d'accord pour permettre à Maître Nikloss de se joindre à notre groupe. Ainsi, Annev remboursera sa dette. Nous ferons notre possible pour assurer sa sécurité à Luqura, mais il est hors de question que nous nous lancions dans une quelconque chasse aux fées. Maître Pouce-rouge, si vous ne connaissez pas le nom de votre contact, nous ne pourrons pas vous aider à la trouver. Vous nous comprenez, j'espère ? Luqura est la deuxième plus grande ville de l'Empire, et ces histoires d'oiseaux et de noble femme ne suffiront pas à…

— Je sais qui elle est, le coupa subitement Annev, aussi surpris que les autres de découvrir qu'il savait effectivement.

— Quoi ? s'étonna Sraon. Comment est-ce possible ?

Annev regarda furtivement Jian Nikloss, qui arborait toujours un sourire en coin entendu.

— Si je vous donne un nom, l'interrogea Annev, me confirmerez-vous qu'il s'agit bien d'elle ?

— Les noms sont des masques. Si le masque est bon, alors le nom l'est aussi.

La réponse cryptique du diseur de vérité ne surprit pas Annev. Dans la forêt de Brake, Crag avait essayé de rendre compréhensible son discours en usant de menaces et de talismans, mais cela n'avait pas vraiment marché.

Le Destin était et resterait énigmatique.

— Vous cherchez Sodja Rocas, la fille de la Maison Rocas, à Luqura. (Il se tourna vers Jian le diseur de vérité, qui opina du chef.) Sodja est également une voleuse et une tueuse sans pitié. (Il regarda successivement Jian, Luathas, Chat-fou et Pouce-rouge.) Pourquoi souhaitez-vous qu'elle rejoigne votre troupe ?

Il y eut un silence maladroit.

— Il y a une différence entre la volonté et le besoin, répondit l'égayeur, parlant une nouvelle fois à la place des autres. Un bon roi ne veut pas affliger son peuple d'impôts, mais il le fera en cas de besoin. Notre propre besoin est tout aussi important et requiert que nous trouvions cette Sodja – le Freux noir – afin qu'elle nous aide à résoudre une énigme.

— Et tout ça pour une part de trésor ! conclut Annev, moqueur.

Pouce-rouge n'en prit pas ombrage. Son regard, en revanche, brilla d'une passion recouvrée.

— Le meilleur des trésors, Maître Ainnevog. Le genre de trésor qu'on rencontre dans les histoires et qu'on se rappellera pendant des âges et des âges.

— De quel trésor parlez-vous ?

Pouce-rouge sourit, et son attitude assurée d'artiste de rue céda la place à un zèle religieux.

— Nous allons mettre un terme au Silence des Dieux !

* * *

— Je retire ce que j'ai dit, s'emporta Sraon en aidant de ses mains épaisses Brayan à sécuriser leurs provisions dans le chariot. Ce n'est pas un charlatan, un escroc. C'est un fou, un zélote !

— Ça n'explique pas l'épisode du carreau d'arbalète.

— C'est vrai, admit le forgeron. Je ne retire pas *tout* ce que j'ai dit. Ce sont certes des artistes de rue, mais aussi des zélotes, ce qui les rend plus dangereux que de simples voleurs. Ils ont un objectif, et ils ne reculeront devant rien pour s'en approcher.

— Vous parlez de qui ? demanda Therin, qui travaillait de l'autre côté du chariot.

— Aucune importance, jeune homme. Finissez plutôt de ranger ces provisions. (Sraon examina le chariot bien rangé et hocha la tête, satisfait.) Ça devrait nous permettre de tenir une semaine. C'est largement assez pour rejoindre la capitale.

— Brayan dit que nous y serons demain avant la tombée de la nuit, ajouta Titus à l'intention d'Annev. Nous aurions pu faire plus vite, avec des chevaux, mais bon… Il s'y est déjà rendu deux fois pour des missions de récupération.

— Il y a très longtemps, précisa Brayan en donnant de l'avoine sauvage à leur jument, caressant le cou de la bête après chaque poignée. Je pense que nous devrions camper hors des murs de la ville, demain soir. La capitale est grande, et la nuit n'est pas le meilleur moment pour apprendre à la connaître.

— Je suis d'accord, approuva Sraon. D'ailleurs, je disais justement à Annev qu'il serait peut-être préférable que certains d'entre nous restent à Banok.

— Quoi ? protesta Titus, le visage fripé par l'émotion. Séparés, nous serions encore plus vulnérables.

— Ceux qui resteraient courraient moins de risques que les autres. Et ils seraient probablement logés par mon amie Dolyn.

— Tu veux m'abandonner ici ? demanda un Titus peiné à Annev. Non, non, tu veux que Therin et moi t'accompagnions, forcément !

Annev regarda furtivement Therin, qui suivait leur conversation en mangeant une énorme pomme cannelle.

— Titus, répondit Annev, je n'ai envie d'abandonner personne…

— Bon, eh bien, nous sommes d'accord.

— … mais je n'ai pas le choix. Les routes ne sont pas sûres, la capitale non plus, et c'est en grande partie à cause de moi. (Il leva la Main de Keos légèrement surdimensionnée.) Dolyn, l'amie de Sraon, a essayé de me la retirer. Elle a essayé très fort, même, et elle a échoué. En plus, elle s'est fait mal.

— *Elle* s'est fait mal ? demanda Fyn, qui s'était tu jusque-là.

— Elle a été blessée à cause de moi, précisa Annev en lui lançant un regard noir. La prothèse l'a blessée parce que je n'ai pas été capable de la contrôler.

— Est-ce qu'elle est… morte ? s'enquit Therin en détachant un morceau de son gros fruit.

— Non ! Elle a simplement les mains brûlées… Enfin, c'est assez grave, vu qu'elle est forgeronne. C'est une raison supplémentaire pour que certains d'entre nous restent à Banok. Gwendolyn aura besoin d'aide en attendant que ses mains guérissent.

— Vous avez bien dit Gwendolyn ? demanda Brayan en se redressant brusquement. Gwendolyn Goldsmith ?

Sraon confirma d'un hochement de tête.

— Vous la connaissez ?

L'intendant haussa les épaules, tandis que ses joues rougissaient au-dessus de sa barbe.

— À peine, mais… oui. Elle m'a battu plusieurs fois au bras de fer.

Sraon lâcha un grognement entendu.

— Je viens quand même avec toi, Annev, déclara Titus, la mine ronde et résolue. Je ne t'abandonnerai pas, promis. Vous viendrez aussi, Brayan, n'est-ce pas ?

— Je ne suis pas sûr, répondit l'intendant en regardant d'abord Sraon, puis Titus. Annev et Sraon se débrouilleront bien en ville ; le forgeron y a passé plus de temps que moi. Et il semble que Gwendolyn ait besoin d'un coup de main.

— Annev aussi a besoin d'aide, rétorqua Titus en se tournant vers Therin. Tu viens toujours à Luqura, Therin ?

— Je reste avec vous deux, le rassura le garçon maigrichon en jetant son trognon. Jusqu'à ce qu'Annev nous crame tous, bien sûr.

Il rit de sa propre blague, mais il fut bien le seul.

— D’accord, acquiesça à contrecœur Sraon. Brayan, resterez-vous avec Dolyn ?

— Bien sûr. Il se peut que je puisse l’aider dans son travail, au contraire des garçons.

— Bien. Il nous reste une question à aborder. Quelqu’un va se joindre à notre petite expédition. Je parle de Jian Nikloss, de la troupe d’artistes de Pouce-rouge. Celui-ci a des choses à faire à Luqura, mais comme il ne peut s’y rendre lui-même, il y envoie Jian.

— Pourquoi faisons-nous ça ? intervint Fyn, les mains posées sur son ceinturon. Ne venez-vous pas de dire qu’il était dangereux de rester avec vous ?

— C’est un fait, lui répondit Annev.

— Je ne te le fais pas dire.

— Pendant que vous étiez avec Brayan, quelqu’un a essayé de me tuer, s’emporta Annev.

— Quoi ? lâcha Titus en jetant les rênes de la jument. Est-ce que ça va ? Qu’est-ce qui s’est passé ?

— C’est donc de ça que vous parliez tous les deux ? lança Fyn, comme s’il venait de découvrir quelque secret grivois. Qui était-ce ? Vous l’avez tué, au moins ?

— Fyn, le coupa Brayan, nous ne sommes pas à l’Académie. Les règles sont différentes, ici, et vous avez besoin de les apprendre. (Il se tourna vers Annev.) Qu’avez-vous fait ?

— En vérité, pas grand-chose. Le carreau est venu de là, expliqua-t-il en désignant l’allée, de l’autre côté de la place du marché. Nous l’avons pris en chasse, mais n’avons trouvé qu’une arbalète.

Il n’était toujours pas convaincu de la réalité de cet attentat, mais il suivit les conseils de Sraon et garda ses doutes pour lui.

— Mais pourquoi… ?

— As-tu vu… ?

— Comment est-ce que… ?

— Je vais bien. Tout va bien, les interrompit Annev en levant les deux mains. Je savais qu'on s'en prendrait à moi, mais je ne me doutais pas que ça arriverait avant la capitale. (Il avisa les mines incrédules de ses amis et jura dans sa barbe.) Vous vous rappelez les monstres qui ont attaqué Chaenbalu ? Quelqu'un les avait envoyés – des hommes ou des demi-dieux – afin de me tuer ou de me capturer. (Il attendit que l'information fasse son chemin.) La destruction du village ne les a pas arrêtés. Aujourd'hui, ils ont envoyé cet assassin armé d'une arbalète. Demain, ce sera peut-être des pommes de terre empoisonnées, une vieille femme avec un couteau, ou quelque diablerie insoupçonnée. (Il se tut de nouveau pour leur laisser le temps de constater sa sincérité.) Quand je saurai qui me poursuit, je m'occuperai d'eux. En attendant, j'ai des assassins aux trousses et la Main de Keos au bout du bras. Je ne peux même plus me gratter le nez ou le cul sans réfléchir avant.

Les compagnons d'Annev lui lancèrent un regard horrifié.

Bien. Ça les fera réfléchir un peu.

Therin ouvrit la bouche pour parler, aussitôt suivi par Fyn, mais Titus les devança.

— C'est décidé, alors : nous t'accompagnons tous les trois.

Fyn grogna et Therin ferma la bouche. Annev était sur le point d'objecter lorsqu'il sentit qu'on le tirait par le coude. Il pivota sur ses talons et découvrit l'étranger en robe à capuche gris foncé à l'extérieur du cercle de leur discussion.

Il ne se débarrasserait donc d'aucun d'entre eux.

— Je vous présente Jian Nikloss, dit-il, abandonnant l'idée de les convaincre. Vous êtes prêt, Jian ?

— Oui, Maître Ainnevog. (Il tapota un sac noir accroché à sa taille et un gros sac marin, sur son épaule.) Je n'ai pas de cheval, mais je marche vite.

— C'est l'Homme pâle ! s'écria Therin, les yeux écarquillés. Le fantôme aux yeux morts !

— Therin ! le coupa Sraon. Ne soyez pas irrespectueux.

— Non, non, Maître Cheng. (Le regard de Jian glissa vers le forgeron, avant de se poser sur le maigre avatar aux yeux écarquillés.) L'Avatar Therin a raison. Je suis l'Homme pâle. Je suis le Fantôme. J'ai d'autres noms, d'autres masques : Yeux morts, le Voyant, le Nécromancien, Liche-Moelle. Des noms qui ne sont pas offensants, même si celui qui les prononce me hait et ne sait pas ce qu'il dit. Ce sont mes noms. (Il regarda le reste du groupe.) Si je vous donne des noms, me craindrez-vous ? Me haïrez-vous ? Si je dis les vérités écrites sur votre visage, me cracherez-vous dessus ? (Il sourit, montrant des dents blanches comme de la craie.) Je ne dirai pas vos noms, rassurez-vous. Sauf si vous me le demandez. Sauf si Maître Ainnevog me le demande.

Titus et Therin échangèrent un regard, ne sachant ni l'un ni l'autre quoi conclure des paroles du diseur de vérité. Sraon ajusta son cache-œil, tandis que Fyn gardait les mains sur son ceinturon.

— Vous êtes donc le type qui va prendre ma place dans la caravane, finit par lancer Brayan, rompant le silence.

L'intendant serra dans sa paluche énorme la main blanche parcourue de veines bleues de l'étranger.

— Un nouveau nom ! répondit Jian en souriant. Merci infiniment.

— Euh… il n'y a pas de quoi. (Brayan regarda furtivement Sraon du coin de l'œil et finit par lâcher la main de Jian.) Bon, eh bien, je vais récupérer mon marteau d'armes et quelques provisions. Qu'en pensez-vous Sraon ?

Le forgeron hocha la tête.

— Vous allez directement chez Dolyn ?

— Oui. Arpenter ces rues à découvert me fait un drôle d'effet. J'ai tellement l'habitude de venir la nuit, de me cacher. (Il s'agita, soulevant ses épaules massives comme un ours embarrassé.) Je vais m'y faire, bien sûr. Occupez-vous bien de la jument, Titus. Vous êtes toujours maître intendant, après tout.

— Nous serons de retour dans une semaine, Brayan, répondit le garçon, les yeux humides. Nous ne serons pas longs.

— Bien sûr, acquiesça l'intendant, la gorge serrée. Une semaine, c'est très court. Et n'ayez pas peur de prendre votre temps. Je vous attendrai, conclut-il dans un sourire forcé.

— Vous trouverez Dolyn dans le Quartier des Artisans, Brayan. Si vous vous dépêchez, vous croiserez peut-être la troupe que Jian vient de quitter. Il semblerait qu'ils aient besoin de parler à la forgeronne.

— Ah, oui ? s'étonna Brayan en prenant son marteau et un sac dans le chariot. Le jongleur nous a donné un sacré spectacle. Je ne serais pas contre le revoir. Et sa sœur aussi… Jamais vu des doigts voleter si rapidement sur une flûte.

— Ouais, ça change de Nikum le charpentier ! remarqua Sraon en lui adressant un clin d'œil.

Dans le silence gêné qui suivit, Annev eut la désagréable sensation que tout le monde se donnait du mal pour ne pas le regarder. *Parce que je suis responsable de la mort de tous nos amis de Chaenbalu. Le fait que Nikum ait été tué par les* feurog *n'a pas d'importance. J'ai même combattu les monstres à ses côtés, mais ça ne change rien. Finalement, tout est ma faute. Les bébés dans la nursery de l'Académie. Les élèves et les femmes sages. Les fermiers, les maîtres, les anciens. Je suis responsable de tout…*

Au lieu de chercher leurs regards vides, Annev se tourna vers la porte sud de la ville, derrière Jian et le marché. La foule grouillante emplissait son champ de vision, chassant les souvenirs des destructions qu'il avait causées. Il cligna des yeux.

Cette fille, dans la foule… elle me dit quelque chose. Et puis il la reconnut.

Elle est de retour. Le fantôme est de retour !

— Par les couilles d'Odar ! s'écria Therin assez fort pour effrayer la jument. C'est Faith ! Titus, tu as vu ?

Le garçon agita la main vers la fille qu'Annev avait vue : une jeune femme blonde avec des taches de rousseur sur le nez, une robe en mauvais état, un paquet dans les bras. La lumière semblait la traverser car Annev voyait à travers elle le marché et les murs de Banok.

— C'est un fantôme, Therin ! couina Titus. Elle nous a suivis depuis la forêt !

— Et elle porte toujours ce bébé mort, remarqua Fyn en posant la main droite sur la garde de son épée.

— Est-ce qu'elle chante toujours ? demanda Therin, le regard rivé sur l'ombre qui se dirigeait vers eux.

— C'est une sorcière fantôme ! lâcha Fyn en dégainant son arme. Je parie qu'elle est en train de nous jeter un sort pour nous punir de sa mort.

— Sraon ! appela Annev en s'efforçant de contenir sa panique. Vous voyez ce que je vois ? Elle… luit ? Et on voit à travers elle.

Le spectre de Faith se tenait à quelques dizaines de pas, le regard distant, vide.

— Oui, jeune homme, acquiesça le forgeron, bouche bée. Je vois la même chose que vous.

— Comment est-ce possible ?

— Je ne sais pas, avoua Sraon en secouant la tête, le regard fixe.

Les vêtements de la fille étaient élimés, déchirés. Ses lèvres bougeaient comme elle marchait – comme elle titubait –, et il entendit les premiers échos d'une chanson familière.

Elle porte vraiment un bébé mort, pensa Annev, incapable de détourner les yeux. *Et elle chante la même chanson que dans la forêt. Triste et douce… sur les ténèbres et la lumière.*

Quelque part, de l'autre côté de la place, une femme cria et une jarre en terre cuite éclata par terre. Au même instant, la transe du groupe fut interrompue et le fantôme qui glissait vers eux disparut.

S'évanouit.

— Par Keos ! cracha Fyn. Ce fantôme va-t-il nous suivre jusqu'à la capitale ? Je croyais qu'on l'avait laissé dans cette forêt avec la magie de l'ombre.

Brayan avait le regard rivé sur l'endroit où se tenait le fantôme un instant plus tôt, les articulations toutes blanches autour du manche de son marteau. Il se lécha les lèvres.

— Bon… euh… je file. (Il secoua sa tête comme pour en chasser l'image du fantôme.) Je… À bientôt, Sraon.

— Bonne chance, Maître Brayan, dit le forgeron, l'œil fermé. Dites bonjour à Gwennie de ma part.

— Gwennie ?

— Ouais. Elle aime beaucoup.

Brayan hocha la tête d'un air absent, trop distrait pour réagir à la blague de Sraon.

— Oui, bon voyage à vous, Sraon.

Il s'en fut, le sac de provisions posé par terre, là où il l'avait lâché. Therin se hâta de le ranger dans le chariot.

— Bon, les garçons ! Nous allons devoir marcher à un bon rythme. Maître Nikloss, essayez de suivre la cadence, et dites-moi si vous avez besoin de monter en selle. Les garçons sont dans la force de l'âge, et il n'y a pas de honte à ne pas pouvoir les suivre.

— Merci, répondit Jian avec son accent bizarre, le regard rond et fixe. Vous aussi, vous êtes dans la force de l'âge ?

— Moi ? Oh, je fais de l'exercice avec eux, répondit Sraon en bandant son biceps massif. J'ai encore pas mal de souffle, mais il est vrai que mes jambes sont un peu lentes.

Jian fit la moue et eut un sourire espiègle.

— Mon corps tout entier est très lent, mais le Destin anime mes pieds. Je ne vous ralentirai pas.

Sraon se baissa pour ramasser les rênes de la jument, produisit un claquement de langue, et la bête se mit en marche, tirant le chariot et son contenu. Les garçons prirent position autour du convoi, Annev fermant la marche. Jian, dont les pieds ne faisaient aucun bruit sur la terre et les pavés, le rattrapa rapidement.

— Une très étrange vision, dit ce dernier lorsqu'ils furent sortis de l'enceinte de Banok. Qui était cette jeune femme ?

— Vous l'avez vue aussi ? La fille blonde à la robe déchirée ?

— Et l'enfant, ajouta Jian. Un pauvre bébé profondément endormi. Sans nourriture, il risque de mourir bientôt.

— Le bébé ? répéta Annev en manquant de tituber. Vous croyez qu'il est vivant ?

— Bien sûr, confirma Jian en changeant son sac d'épaule. J'ai le talent de parler aux esprits, vous vous rappelez ? Et l'enfant sera bientôt un esprit. La fille aussi, si elle ne dort pas très vite.

— Pouvons-nous l'aider ? Il doit y avoir un moyen de l'atteindre.

— Son chemin n'est pas le nôtre, répondit Jian en secouant la tête.

— Mais vous avez dit qu'elle risquait de mourir.

— Elle est au-delà de la mort, Maître Ainnevog. Elle est transcendée, et vos chemins ne se croiseront pas dans cette vie.

Annev échangea un regard résigné avec Therin. Faith était un fantôme – ils l'avaient tous vu –, et les mots de Jian ne les aidaient pas à comprendre la situation.

— J'aimerais tellement qu'elle soit toujours en vie, dit Therin d'une voix pleine de regret.

— Je sais, acquiesça Annev en lui posant la main sur l'épaule. Si je pouvais, je les ramènerais tous – tous les innocents qui ont perdu la vie lorsque les *feurog* ont attaqué et que l'Académie est tombée. Les enfants de la nursery, les acolytes…

Annev se tourna vers la porte de la ville comme si leur conversation pouvait invoquer une troisième fois la jeune femme, ramener son esprit dans l'éther. Il scruta le nuage de poussière soulevé par leur convoi, mais ne vit personne.

Comme il focalisait son regard sur la route, devant eux, il ne put se débarrasser de la désagréable sensation que les yeux morts de l'apprentie femme sage étaient rivés dans son dos et ne les lâcheraient pas.

Chapitre 12

Le soleil venait de dépasser son zénith lorsque Banok disparut dans leur sillage. Les rayons réchauffaient leur visage comme ils se dirigeaient vers l'ouest. Annev admirait les champs et les villages lointains qui ponctuaient le paysage, cherchant les premiers signes de la muraille de Luqura. Il n'avait vu la ville de loin qu'une seule fois. Ses parapets éclairés par des lanternes étaient à peine visibles depuis les plus hautes collines de la forêt de Brake. Il avait hâte de renouveler l'expérience.

Combien de temps s'était-il écoulé depuis ? Le dernier jour du Regaleus était un Septième Jour, le jour où Fyn, Kenton et lui étaient partis accomplir leur mission à Banok... Une éternité plus tôt. Moins de deux jours plus tôt.

Il avait enterré Sodar la veille. Il y avait moins de vingt-quatre heures, le vieil homme était en vie. Sodar était mort le premier jour du quatrième mois, à quelques jours de son demi-anniversaire.

Annev soupira profondément, encaissant un peu de la douleur provoquée par cette perte. Cette souffrance ne l'avait pas quitté, mais il avait fait son possible pour ne pas y penser, pour l'oublier comme une dent gâtée. Il craignait de la sonder, de découvrir sa profondeur. Peut-être la douleur se dissiperait-elle dans un mois ou un an, mais une journée n'était qu'un clignement d'œil. Chaque seconde qui passait était pleine d'une peine qu'il était incapable d'exprimer. Elle l'étouffait. Il était entouré d'amis et de compagnons de route, mais il était également seul. Sans Sodar, il se sentirait toujours seul.

Annev ralentit jusqu'à se retrouver derrière le nuage soulevé par le chariot. Il resta là, tandis que Jian marchait devant lui, sur le côté, comme s'il hésitait entre rejoindre Annev ou bien le duo formé par Therin et Titus. Il ralentissait et accélérait tour à tour.

Annev ne fit pas attention à lui. Ni au monde extérieur qui défilait. Les bruits de la route étaient comme étouffés, les conversations de ses amis distantes. Il se revit arpentant les sentiers de la forêt de Brake avec Sodar, ramassant des plantes et du bois pour le feu, installant des pièges. Il essaya de penser au vieil homme non pas comme il aurait voulu se souvenir de lui, mais comme il était vraiment. Pince-sans-rire, mais tellement sage. Toujours prêt à lui apprendre quelque chose, surtout quand Annev n'avait pas envie d'écouter. Le jeune homme savait qu'il trouverait la plupart des documents de Sodar dans le sac sans fond : sa traduction de Speur Dún, mais aussi les notes que le prêtre prenait sur les sujets – nombreux – qui l'intéressaient. Sans doute aucune des leçons du vieillard n'avait-elle disparu. Le moment venu, il trouverait ces notes et il apprendrait tout ce que Sodar désirait lui enseigner, il lirait tous ces documents, le moindre morceau de papier griffonné. En attendant, il s'agirait de découvrir le deuil, la plus difficile de toutes les leçons.

— Sodar, dit-il dans un souffle audible de lui seul. Je suis tellement en colère contre vous. Comment avez-vous pu mourir ? Vous devriez être ici, à m'expliquer à quel point je suis stupide sans avoir besoin de le verbaliser vraiment. Vous devriez être là à me remonter les bretelles, à me motiver… à me dire que vous êtes fier de moi.

Annev serra sa cape en écailles de dragon autour de lui, trouvant l'atmosphère trop fraîche, tout à coup, puis essuya une larme. Abaissant la main, il constata que Jian marchait de nouveau à côté de lui. Le silence du Yomad était déstabilisant.

— Il est difficile de dire au revoir, dit Annev.

Il ne se donna pas la peine d'expliquer. Si le diseur de vérité parlait vraiment aux esprits, il savait déjà.

— Vous le reverrez.

— Je vous demande pardon ?

— Votre ami au cœur puissant et aux mains ridées. Vous le reverrez.

Annev pinça les lèvres, en voulant à Jian de s'immiscer dans son chagrin.

— Je ne crois pas, Maître Nikloss. Sodar est avec le Père de toute chose, maintenant. Je ne le reverrai plus qu'en rêve ou dans la mort.

Jian rejeta sa capuche en arrière et hocha la tête d'un air pensif.

— J'ai entendu dire que les esprits visitaient parfois les Krosérans dans leurs rêves. J'ignorais que votre peuple vivait cette expérience aussi. L'avez-vous déjà vu ? En rêve ?

Annev secoua la tête, et Jian acquiesça, comme si c'était une réponse suffisante.

— Dans mon pays, les morts ne nous viennent pas en rêve. Nous les invoquons dans le monde physique. (Il désigna la route de terre, les arbres, les champs bruns.) Nos morts sont partout autour de nous. Nous nous entourons de la mort, qui nous apporte de la force.

— Mais vous ne voyez pas vraiment les morts ? Il reste dans l'au-delà ?

— Tàcharan n'est pas comme les autres dieux. Il n'est pas jaloux de ses trésors. Il les envoie à ses enfants. Nous parlons à nos morts, nous mangeons en leur compagnie. Ils ne sont jamais loin de nous.

— C'est... bien, dit Annev d'un ton neutre. Vos familles doivent être très grandes. Des fantômes partout... qui racontent des histoires ?

— Dans mon foyer, oui, mais c'est assez rare. La plupart des Yomads n'ont plus le talent, et ceux qui l'ont préfèrent cultiver sa moitié primitive.

— Sa moitié primitive ?

— La nécromancie. Au lieu de chérir ce que les morts ont à nous apprendre, ils manipulent ce que les morts ont laissé derrière eux. Ils sont sourds à nos ancêtres – ils n'entendent, ni ne voient les esprits –, aussi réduisent-ils leur corps en servitude. Les morts, qui devraient être révérés et adorés, sont devenus des serviteurs, des esclaves. (Jian baissa la tête et siffla entre ses dents.) L'équilibre est mauvais. Les esprits se plaignent des vivants, et les vivants craignent les morts. (Il inspira profondément.) Voilà pourquoi je voyage loin de chez moi. Les esprits me disent d'aller vers le sud, vers les anciens sanctuaires de Thoir Cuma et au-delà. À Shalgar, j'ai rencontré Corentin, qui avait eu la vision d'un Dragon de lumière lui disant de trouver deux Iluméens en Daroea de l'Ouest. Les esprits ont acquiescé aux paroles du dragon, aussi avons-nous trouvé Tesked et Luathas.

— Ah. Je comprends. (Annev sourit, n'ayant pas grand-chose à ajouter.) Vous aidez Pouce-rouge à mettre un terme au Silence des Dieux, alors ?

— Ç'a déjà commencé. Hier, il y a eu un incendie dans le ciel. Keos nous a parlé. Son cœur était plein de colère et de tristesse, et il a frappé ceux qui l'avaient réveillé. Comme l'avait prévu la prophétie.

— Vous pensez que le feu de midi d'hier a été allumé par Keos ?

— Le *feu de midi* ? Oui, c'est un très bon nom. Le feu de midi a parlé pour Keos.

— Ce que vous me dites là est extraordinaire, commenta Annev en serrant nerveusement sa main gantée dans son dos. Et vous dites que les esprits ont confirmé votre histoire ?

— Ce n'est pas la manière de faire des esprits, rétorqua Jian dans un sourire mince. Il leur arrive d'être perdus aussi, vous comprenez ? Ils commettent des erreurs, mais ils voient des choses que nous ne voyons pas. (Il riva sur Annev son regard rose incroyablement clair.) Comme Kelga voyait des choses ! Vous vous rappelez ? Elle possédait une touche de nécromancie, mais c'était surtout une Voyante.

— Kelga ?

— La sorcière de la forêt, la vieille bique de Brake. Elle aurait dû le voir elle-même, mais elle était aussi aveugle à ses passions que les nécromanciens de ma terre natale, dit-il, faisant presque grimacer Annev. Lorsqu'on s'ouvre aux esprits, leur message nous apparaît. Mais quand on rassemble tout son savoir, le Destin nous donne encore plus d'énigmes à résoudre.

— Vous connaissiez Kelga ?

— Non, pas dans la vie…

— Dans la mort ?

— Je ne suis pas mort, protesta Jian, donc je ne la connais pas dans la mort.

— D'accord, mais…

— Je connais Kelga parce que son esprit m'appelle. Elle souhaite votre mort et me chuchote des paroles sombres à l'oreille. Elle a beaucoup d'humour, vous savez ? J'essaie de ne pas rire par respect pour les morts, mais c'est une sacrée garce !

Annev renifla, surpris par le langage du diseur de vérité. Titus et Therin le regardèrent, et Annev agita une main agacée pour qu'ils se retournent.

— Ai-je dit quelque chose d'amusant ? s'étonna Jian en souriant de plus belle.

— Oui, confirma Annev en s'essuyant les yeux. Les autres ne comprendraient pas, mais vous avez raison : Kelga était une vraie garce.

— Kelga, la garce de la forêt !

Cette fois, Annev éclata de rire, et ses gloussements attirèrent l'attention de Fyn et Sraon. Il se prit la tête à deux mains et se secoua pour se calmer.

— On vous a déjà dit que vous étiez drôle, Jian ?

— On m'a déjà dit que j'avais un drôle d'air.

— Non, non. Je voulais dire… (Annev s'interrompit et le considéra d'un regard oblique soupçonneux.) Est-ce que vous vous moquez de moi ?

Jian joignit ses mains sur sa poitrine et s'inclina, ses cheveux blancs coupés au bol voletant dans le vent.

— Vous êtes un sage, Maître Ainnevog.

— J'en doute, contra Annev en souriant malgré lui. Donc, si j'ai bien compris, vous êtes un Voyant, mais vous pratiquez également un peu la nécromancie ?

— En effet. Au sein de mon peuple, cela fait de moi un Liche-Moelle. C'est extrêmement rare, d'où l'intérêt que me porte Maître Pouce-rouge.

Annev était décidé à poursuivre sur sa lancée.

— Est-ce que ça veut dire… Votre nécromancie… elle anime les choses mortes, n'est-ce pas ?

— Oui et non.

— D'accord, concéda Annev en changeant de tactique. Pourriez-vous utiliser votre nécromancie pour retirer la prothèse de quelqu'un ? Un faux bras ou une fausse jambe, par exemple ? Pourriez-vous obliger cette prothèse à vous obéir ?

— C'est une bien étrange question, dit Jian en réfléchissant et en grattant sa barbe de quelques jours. La nécromancie est apparentée à la magie des Modeleurs de pierre, ces vieux Terrans qui produisaient des golems avec de l'argile, du fer et de la terre. Les Yomads ont perdu ce talent, exception faite d'un de ses aspects.

— Lequel ?

— Le Golem de chair. Les Nécromanciens se servent des souvenirs stockés dans le corps pour lui rappeler comment il bougeait. Cela revient à ranimer le corps. Les os se raccrochent aux os. La chair à la chair. Le mort marche ou, plutôt, le *t'rasang* marche.

— Et si le Nécromancien voulait animer une prothèse ? Y parviendrait-il en utilisant le sang de la personne ?

— Vous parlez des pouvoirs d'un Seigneur de sang. Eux seuls peuvent manipuler le sang dans le corps d'un homme, et encore, s'ils disposent d'un canal direct.

— Laissez tomber, ce n'est pas grave, lâcha Annev dans un soupir.

— Vous vouliez sans doute me demander si ma nécromancie me permettrait de vous débarrasser de la Main de Keos. C'est bien cela ?

Annev sombra dans le silence.

— Oui.

— Mmh… Puis-je la voir ?

Annev regarda autour de lui pour s'assurer que personne ne les épiait et tendit le bras gauche. Et puis il desserra le poing et retira son gant de forgeron.

Elle était là : la Main de Keos.

Un ruban d'or blanc cerclait le poignet, scintillant dans la lumière du jour, réfléchissant les rayons du soleil. Les phalanges renforcées évoquaient la puissance, la force et l'autorité. C'était un gantelet en même temps qu'une main. Annev ne fit pas attention à l'enclume fumante, gravée au dos, s'intéressant pour la première fois à l'inscription en caractères minuscules et délicats qui l'entourait : « *Aut inveniam viam aut faciam.* » De l'autre côté, en caractères d'imprimerie bien plus gros, on lisait : « MEMENTO SEMPER. NUMQUAM OBLIVSCI. »

Jian l'examina bouche bée, ses yeux roses voletant entre les magnifiques arabesques et le texte. Il déglutit :

— Cet artefact… contient le sang d'un Dieu.

— Le sang de Keos.

— Il n'est… il n'est pas mort, dit Jian dans un frisson. Le sang est toujours vivant, à l'intérieur. Vous le sentez ? Les battements de cœur des Dieux. Ils sont forts. Je le sens. (Il fit mine de toucher la prothèse, s'arrêtant à quelques centimètres de sa surface dorée.) Non, Maître Ainnevog. La magie de la mort ne détachera pas cette main de votre corps. (Il expira longuement.) Même la mort ne la détachera pas. Cette magie me dépasse. Elle dépasse aussi mon Seigneur. Il est possible que seul Keos lui-même puisse la retirer, voire un Artificier extrêmement puissant.

— Un Artificier…, répéta Annev, abattu. Comme Urran.

— Précisément. Peut-être qu'un homme de son talent… Les miens vous seraient complètement inutiles. Je suis désolé, Enfant du Phénix.

Extrêmement déçu, Annev remit son gant.

— Vous vous rendez compte que vous appelez tout le temps les gens par des noms différents ?

— Pardon ?

— Vous nous affublez constamment de nouveaux noms. Vous venez de m'appeler « Enfant du Phénix », et tout à l'heure, vous avez appelé Sraon « Maître Cheng ». Vous vous en rendez compte ?

— Je ne le fais pas exprès. Pardonnez-moi si je vous ai offensé.

— Non, non, le rassura Annev en baissant son bras le long de son corps. Comme vous l'avez dit plus tôt, un nom n'est qu'un masque. Connaissez-vous mes autres noms ? demanda-t-il au diseur de vérité en le regardant du coin de l'œil.

Jian le scruta longuement.

— Me demandez-vous de pratiquer le Rituel du Baptême, Maître Ainnevog ? C'est quelque chose qu'on ne fait pas à la légère. Donner un nom à autrui peut avoir des conséquences dramatiques. Vous devez être certain de le vouloir.

Annev fronça les sourcils car il n'était pas sûr d'avoir compris la question.

— J'ai déjà été nommé par Kelga. Je me demandais si le Destin avait autre chose à m'apprendre.

— En général, le Destin parle d'une seule voix.

— Pas de prophéties, alors, regretta Annev en s'enveloppant dans sa cape.

— Je croyais que vous n'aimiez pas les prophéties, s'étonna Jian en souriant.

— Ce qui me dérange, ce ne sont pas les prophéties, mais le fait de ne pas savoir, de ne pas comprendre, l'idée que quelqu'un tire les ficelles. Ça me met en colère. Ça me donne envie de commettre une folie juste pour lui donner tort.

— Ah ! Je suis familier de ces émotions. Les Voyants disent qu'on parie le présent contre l'avenir.

— Je… je ne vous suis pas.

— Vous sacrifiez vos choix dans le présent afin de changer l'avenir. Si vous gagnez, vous avez sacrifié le présent. Si vous perdez, vous perdez tout. Vous ne pouvez combattre la prophétie, conclut-il d'un ton de regret. Vous pouvez la réinterpréter, la réimaginer, la remodeler, peut-être, mais vous ne pouvez pas la combattre. L'avenir ne peut être privé de son présent, et le présent est bâti sur ce qui a été.

— C'est ce qui me déplaît, justement ! C'est à croire qu'on ne peut rien changer, que notre route est déjà tracée !

— Vous pensez que ce n'est pas le cas ?

— Je trouve tout seul ma propre voie, confirma Annev en secouant la tête.

— Comme votre main.

— Hein ?

— Vous trouvez votre voie, ou vous la tracez, en somme. Vous choisissez votre propre route. Vous la trouvez, vous la créez, mais elle est à vous. Personne ne choisit pour vous, n'est-ce pas ?

— Oui, je suppose.

— Vous connaissez l'histoire de Chade Thornbriar, le Tisseur de vide ? C'est une longue histoire. Tragique. Peut-être vous la raconterai-je une autre fois. En résumé, fuir le Destin revient à fuir des versions futures de nous-mêmes. Après avoir porté de nombreux masques, de nombreux noms, nous devenons la chose que nous avons fuie.

— Et si le destin vous donne un nom terrible, mauvais ?

— Il faut l'accepter et tenter de comprendre sa nature.

— Et si le destin vous nomme le Fils de Sept Pères ?

— Le Fils de… ? (Jian ralentit, s'arrêta. Annev s'arrêta à son tour et vit les genoux de l'homme trembler sous sa robe.) Qui vous a appelé comme cela, Maître Ainnevog ? Un autre Voyant ?

— Kelga.

— Diantre, lâcha l'albinos en se léchant les lèvres et en se remettant à marcher d'un pas chancelant. Comme vous avez déjà été baptisé, je ne tenterai pas le Destin en vous baptisant de nouveau.

— Je comprends.

Après cela, ils marchèrent longuement sans rien dire. Annev finit par se lasser de ce silence et fut attiré par les rires de ses amis. Il pressa le pas pour rattraper le chariot et, cette fois, Jian ne le suivit pas.

* * *

Le soleil était en train de se coucher lorsque le groupe atteignit le sommet de la colline qui masquait jusque-là les murs lointains de Luqura. Ils s'arrêtèrent pour embrasser la vue.

La capitale était grande, bien plus grande qu'Annev l'avait cru.

Jusqu'à sa mission ratée à Banok, Annev n'avait connu que le petit village de Chaenbalu. La découverte de Banok lui avait ouvert les yeux sur le monde, et il s'était dit que Luqura devait être au moins cinq ou six fois plus grande.

La réalité dépassait tout ce qu'il avait imaginé. De très hauts murs entouraient la capitale, dont les fondations avaient été posées à l'extrémité nord du Vosgar. Une bonne douzaine de Banok auraient pu tenir dans ces murs, traversés par deux rubans argentés descendant des sommets enneigés du Vosgar jusqu'au niveau de la porte sud de la ville. Une des deux rivières s'écoulait vers l'ouest avant de virer vers le sud, tandis que l'autre émergeait au nord de la ville, avant de s'écouler vers le nord-ouest où, Annev le savait, elle atteindrait le distant royaume d'Odarnea et sa capitale religieuse, Quiri.

— Qu'est-ce que c'est grand !

— Oui, Therin. Et elle est belle dans le soleil couchant. Pas le temps de flâner, cependant. La nuit ne va pas tarder à tomber, et nous devons trouver un endroit sûr où camper, pas loin de la route. N'oubliez pas qu'il nous reste une journée de marche avant d'atteindre ces murs.

— Nous devrions continuer à marcher, contra Fyn, hypnotisé par la vue. Si nous gagnons du temps ce soir, nous arriverons avant la nuit demain.

— Nous en avons déjà discuté, Fyn, rétorqua Sraon en sortant sa hallebarde du chariot. Le soir n'est pas le meilleur moment pour se précipiter. Bandits et voleurs doivent être à l'affût de voyageurs trop pressés, de voyageurs ne surveillant pas leurs arrières et leurs flancs. Certains attendent peut-être que les gardes quittent leur poste – ce qui arrive souvent la nuit –, et nous serions alors sans défense. Ils nous attireraient avec leurs feux de camp, et on ne retrouverait même pas nos corps le lendemain matin.

— C'est vrai ? demanda un Titus terrifié. Les gens sont-ils si méchants, ici ?

— En général, non. La plupart des gens sont aidants, mais il m'est arrivé de voyager avec des personnes vraiment peu recommandables, aussi ai-je tendance à me méfier. Si vous êtes pressé, jeune homme, ajouta-t-il à l'intention de Fyn, rien ne vous empêche de partir devant et de camper seul. Peut-être même atteindrez-vous les portes avant qu'ils les ferment demain. Mais vous serez quand même contraint de camper sur la route, à la merci de bandits qui n'hésiteront pas à vous trancher la gorge. Je pense pour ma part que vous feriez mieux de rester avec nous. Par ailleurs, ce serait plus sûr pour nous aussi.

— Entendu, concéda Fyn en tirant sur ses tresses. Je me range à votre avis. Après-demain, de toute façon, je vous quitterai définitivement. Soit je trouverai quelqu'un qui sera disposé à s'offrir mes talents d'avatar… soit je les mettrai à profit pour mon propre compte et je ferai de cette ville mon terrain de jeu. (Il sourit, et ses yeux noirs brillèrent avec malice.) Luqura ne sait pas encore à quoi s'attendre. Pas vrai ? ajouta-t-il en donnant un coup de coude à Therin. Combien d'or peut-on voler en une seule nuit, hein ? Si tu pouvais t'introduire de nuit dans une boutique ou une belle demeure, qu'embarquerais-tu en premier ?

Therin écarquilla les yeux en réfléchissant à la question tout sauf rhétorique de Fyn.

— Je n'abuserais pas, répondit-il. Je prendrais juste de quoi jouer aux dés et aux cartes pendant la fin de semaine.

— Sûrement pas, les interrompit Sraon en scrutant la route. J'ai promis de vous trouver un travail honnête, et je viens de vous dire que nous étions pressés. Dépêchez-vous donc. Nous camperons près de ce ravin, en bas. De là, on devrait pouvoir surveiller la route sans craindre d'être pris à revers. Pas de feu. Juste vos lames et vos couvertures. (Il tira sur les rênes de la jument.) Hâtons-nous, jeunes gens.

Chapitre 13

Myjun arpentait la forêt de Brake comme un prédateur à la recherche d'une proie. Depuis qu'elle portait le Masque de la Maîtresse de Gevul, tout était plus viscéral, tout lui paraissait plus réel. Elle sentait le parfum riche de l'humus, les odeurs d'urine animale, de végétaux en train de se décomposer. Elle perçut la caresse douce de l'atmosphère et sut instinctivement qu'elle se trouvait sous le vent par rapport à sa cible. Elle entendit des gargouillis, au sud, et sut qu'elle était proche du cours d'eau qui alimentait le bassin du moulin de Chaenbalu. Elle voyait dans le moindre détail les arbres, les ombres et les choses circonspectes tapies derrière.

Plus que tout, cependant, Myjun avait mal. Son coude s'était remis en place et sa chair avait guéri, mais son corps souffrait encore de toutes les blessures qu'elle avait subies. Plus étrange encore : elle aimait cela. Elle en avait besoin, même. Elle craignait de perdre cette souffrance, d'être abandonnée par elle… de devoir endurer d'autres émotions… de devoir affronter la réalité de la mort de son père. Pis, il lui faudrait assumer le fait que son père, après lui avoir appris que la magie était mauvaise, qu'il fallait détruire tout ce qu'elle souillait, était lui-même porteur de cette souillure. Souillure qui l'avait touchée, elle aussi.

Elle ne pleurait plus son père. Elle le haïssait.

Annev l'avait trahie, lui aussi. Il avait dissimulé sa noirceur – sa difformité et sa magie –, et il avait tenté de l'ensorceler. Il s'était moqué d'elle. Par Odar, il voulait même l'épouser !

Pourquoi avait-il fait cela ? Elle aurait pu choisir n'importe qui, mais Annev avait gâché son avenir avec son charme et sa détermination. Pourquoi l'avait-il trompée ? Pourquoi elle ? Elle se sentait tellement bête. Il avait menti à tout le village. Sauf à ce prêtre adorateur de Keos. Comment avait-il osé lui faire du mal ? Comment avait-il osé s'imaginer pouvoir la courtiser, la mettre dans son lit, l'infecter avec sa magie ?

J'étais déjà infectée, se dit-elle en serrant plus fort le manche de son couteau de pierre. *L'immondice de mon père est en moi. Son sang souillé – sa magie – coule dans mes veines…*

Cette idée lui donna la nausée. Elle sentit ce sang collant sur ses paumes et ses doigts, et elle eut envie de vomir. La seule chose qui la distrayait était la morsure du couteau dans sa chair. *J'ai aggravé ma situation en mettant ce masque et en devenant l'apprentie d'un démon. Suis-je devenue pire que lui ?*

Non, elle ne pouvait pas, elle ne voulait pas accepter cela.

Elle courait entre les arbres, désormais, elle était sur la piste d'un animal. Elle reconnaissait son odeur, forte et musquée, et elle savait qu'elle gagnait du terrain. Comme elle courait, elle se débarrassa de ce qui restait de sa robe rouge, exposant sa combinaison, se libérant davantage.

Je le tuerai… comme il a tué mon père.

Un gros sanglier au poil hérissé jaillit d'un buisson, droit devant. Myjun lui fonça dessus sans se soucier de la taille de la bête, sans craindre pour sa propre sécurité. Elle ne savait pas comment elle allait le tuer – sa lame de pierre était bien modeste comparée à l'épaisseur de la peau de l'animal –, mais elle était certaine de parvenir à ses fins. Sa fureur était telle que rien ne l'arrêterait. Elle se battrait contre la bête, même si elle devait l'éventrer et répandre ses entrailles dans la forêt. Elle lutterait et finirait par la vaincre.

Conscient d'être pourchassé, le sanglier courait de façon chaotique, erratique. Ses énormes défenses taillaient dans les buissons et l'herbe haute comme une faux un champ de blé. La bête vira à gauche, traversa le cours d'eau paresseux, gravissant la berge opposée. Myjun bondit par-dessus la ravine et le ruisseau boueux, gagnant encore du terrain.

Je te tuerai, jura-t-elle en haletant sous son masque parfait. *Je te couperai la gorge pour boire ton sang. Comment as-tu osé prendre la fuite ?*

Le sanglier galopa encore plus vite, bien décidé à atteindre un bosquet d'ochromas. Myjun le suivit, convaincue de pouvoir rattraper l'animal dans la broussaille et les arbres denses. Comme elle courait, elle sentit une odeur de mort provenant de l'herbe. Elle avisa des os du coin de l'œil et s'arrêta en dérapant à l'extérieur de l'anneau d'arbres.

Qu'est-ce que je suis en train de faire ? se réprimanda-t-elle. *Des ochromas… Je vais me tuer !*

Dans le bosquet, le sanglier fit volte-face, pointant ses défenses incurvées vers Myjun. Il grommela et couina, grattant la terre avec la patte avant comme pour la défier d'approcher, inconscient de courir un danger.

Myjun garda sa position. Elle avait vu les os, à présent – les cadavres des créatures qui s'étaient aventurées dans ce taillis ombragé –, et elle se rappelait ce que son père lui avait dit, sa mise en garde. Heureusement, même si elle pourchassait sa proie, elle n'avait pas oublié de faire attention.

Elle s'était arrêtée juste à temps.

Devant Myjun, le sanglier recula sans la lâcher des yeux, ne remarquant pas la liane épaisse qui se déroulait lentement au-dessus de lui, ne voyant pas le codavora qui se tortillait juste au-dessus de sa proie.

Myjun siffla en avisant le reptile et fit quelques pas en avant. Le sanglier recula, tombant directement dans le piège du prédateur. Le serpent à collier se laissa choir sur le sanglier, s'enroulant aussitôt autour de son tronc et de son cou. Le porc hurla une dernière fois – un cri haut perché et effrayé –, tandis que le prédateur brun le serrait, vidant une dernière fois ses poumons.

Myjun leva les yeux vers les arbres, cherchant d'autres codavoras. Elle n'en vit pas, mais ils étaient là, à n'en pas douter, cachés au milieu des branches noueuses, qui attendaient qu'elle entre dans leur cercle de mort.

Le codavora. L'ouroboros. L'étrangleur. L'assassin silencieux de la forêt de Brake. Son père lui avait dit qu'il y avait des nids au sud de Chaenbalu, il lui avait décrit les bêtes, mais c'était la première fois qu'elle en voyait de ses yeux.

Myjun se détourna du bosquet et du festin du serpent, le couteau de pierre dans sa main ensanglantée. Elle avait manqué sa proie – sa chance de montrer sa valeur à Oyru –, et le serpent occupé aurait fait une cible trop facile. Son échec l'emplit de colère, de haine et d'un besoin d'arracher la gorge de la première créature qui croiserait sa route.

Elle s'arrêta néanmoins pour réfléchir. Myjun était une chasseresse, non pas une proie, et pourtant elle avait failli foncer tête baissée dans le piège d'un autre prédateur. Quelle erreur. Il lui faudrait être plus maligne, à l'avenir, plus prudente. Tuer une créature assez grosse pour impressionner Oyru nécessitait un peu de planification, non pas de la précipitation. Qu'avait-elle donc dans la tête ? Chasser un sanglier avec un couteau en pierre… C'était incroyablement, totalement idiot.

Une part d'elle-même refusait d'admettre son erreur. Une voix sinistre, à l'intérieur – sa propre voix –, n'était pas d'accord. *Tu es une chasseresse ! Tu n'attends pas qu'une proie te vienne, tu la pourchasses ! Tu ne te caches pas, tu traques, tu rattrapes et tu tues. Tu es la lame dorée. Le masque de la furie.*

Le masque.

C'était le masque, comprit Myjun. Il se repaissait de ses émotions, la poussait à agir inconsidérément, alors qu'elle aurait voulu garder les idées claires. Lorsqu'elle essayait de réfléchir, il la submergeait d'émotions : la douleur causée par l'hypocrisie de son père, par sa mort, la manipulation et la trahison d'Annev, son autodétestation. Tout cela l'emplissait de colère, de méchanceté et de malice, l'aveuglait et la poussait à agir de façon irrationnelle.

Cependant, le masque la rendait également plus forte. N'avait-elle pas senti sa puissance en courant après le sanglier ? Elle se revoyait sautant par-dessus le cours d'eau, filant entre les arbres. Le masque l'incitait à se concentrer sur sa souffrance, physique ou émotionnelle, et lorsqu'elle obtempérait, elle se sentait plus forte. Elle était plus rapide, plus alerte, plus consciente du monde qui l'entourait, prête à l'affronter.

Il l'avait presque tuée, toutefois.

Myjun prit une longue inspiration sifflante et se tourna vers le sud, ses pieds prenant la direction de la route de Brake. Au-delà s'étirait le Vosgar, une forêt sombre bien plus vieille et dangereuse que la forêt de Brake. Elle n'avait jamais franchi sa frontière, délimitée par la route commerciale qui reliait la capitale Luqura au royaume oriental de Lochland. La rumeur disait que des monstres vivaient dans cette forêt. Des créatures de Keos. Personne ne s'y aventurait, pas même les maîtres et les anciens. En tout cas, presque personne n'en était revenu.

Derrière le masque, Myjun se mordit la lèvre et goûta son sang. Elle pouvait y aller librement, à présent – personne de vivant n'aurait de raison de l'en empêcher –, mais elle hésitait.

Voulait-elle réellement entrer dans la forêt sombre ? Ou bien était-ce le masque qui la poussait ? Difficile de distinguer ses propres pensées de celles de l'artefact maudit, mais cela avait peu d'importance dans ce cas précis ; Oyru lui avait demandé de tuer quelque chose d'impressionnant pendant son absence, comme s'ils donnaient tous les deux le même sens à ce mot.

Myjun ressentait un besoin authentique de tester ses limites, de franchir ces frontières autrefois interdites. Elle n'était plus une apprentie femme sage. Elle n'était plus la fille du directeur qui s'empourprait pour un rien, ni l'adolescente aux yeux de biche qui aguichait les acolytes et les avatars. Elle était la femme au masque d'or. La fille d'un homme mort. L'apprentie maudite d'un assassin qui était plus démon qu'homme. Elle avait renoncé à son âme en échange d'une chance de tuer Annev, elle s'était donnée à Keos.

Elle était un monstre, comme tous ces gens qu'elle méprisait.

Le Vosgar l'appelait. Ce lieu de magie plein de monstres et de démons. Elle était l'une d'entre eux, désormais, non ? Sa place était là-bas. Ne méritait-elle pas de s'y trouver ?

Elle courait de nouveau. Rapidement, elle émergea de la forêt, traversa les ornières de la route, fonçant vers le sombre Vosgar et ses pins géants. Sa vision devint rouge et floue. Arrivée de l'autre côté de la route, sa respiration lui brûlait la poitrine. Comme si ses poumons étaient sur le point d'éclater, comme si elle se noyait dans une rivière de sang.

Elle s'enfonça dans les arbres, retirant les toiles d'araignée de son visage et de ses cheveux, tandis que ses poumons semblaient manquer d'air. Elle embrassa cette douleur, cependant, et elle courut, courut et courut encore. Le temps et la distance se perdaient dans le vert des feuilles persistantes, le noir de la terre et les collines ondulantes. Myjun entendit des animaux crier au loin, et elle vira instinctivement dans leur direction, son sang la poussant à avancer. La mettant au défi, provoquant également le masque.

Je suis un monstre, se répéta-t-elle, s'encourageant à presser le pas. *Je suis la mort dorée. Le couteau de l'ombre. L'apprentie du démon. La servante de Keos.*

Les cris des animaux s'intensifièrent, et elle comprit qu'ils la pourchassaient. Elle était entrée dans leur domaine, après tout. Soit elle représentait une menace, soit ils la dévoreraient. Dans tous les cas, elle ne leur échapperait pas. Moins d'une minute plus tard, ils la flanquaient, courant à son rythme comme s'ils la suivaient depuis qu'elle était entrée dans la forêt du Vosgar.

Les prédateurs et leur proie.

Un instant plus tard, Myjun reconnut l'odeur des loups – sinistre, sauvage, musquée –, une odeur de transpiration, de terre, inhumaine. Il y avait également un parfum de sang, dans l'air. Une trace de leurs anciennes proies. Il y eut un éclair derrière elle, et elle aperçut des yeux clairs et des dents blanches dans l'ombre.

Myjun accéléra, devançant légèrement les loups, mais ils avaient mémorisé son odeur, et ils la pourchasseraient jusqu'au bout.

Sauf que Myjun n'était pas une proie. Elle avait son couteau à la main – luisante et collante de sang –, et la double lame de pierre était solidement fichée dans sa chair. Elle hurla, pressée d'en découdre. Ils lui couraient après, mais ils ne comprenaient rien de sa nature. Elle rugit d'extase et de douleur, puis hurla pour les provoquer. Cette fois, les bêtes répondirent en grondant.

La prédatrice et sa proie.

Ils n'étaient plus très loin derrière elle. Ils avaient un plan et se rapprochaient d'elle, comme elle se rapprochait d'eux. Les battements de son cœur s'accélérèrent car elle attendait la confrontation avec impatience. Elle voulait vérifier laquelle, de leur férocité ou de la sienne, était la plus grande.

La douleur, dans ses poumons, atteignit de nouveaux sommets, et pourtant, elle avait moins de mal à respirer. Contre toute attente, la souffrance la rendait bel et bien plus forte. En dépit de l'épuisement, et bien qu'elle n'ait rien mangé ni bu depuis deux jours, elle se sentait raffermie.

Oui! exulta-t-elle. La douleur déferlait en elle, l'emplissant de puissance.

Plus elle courait, plus elle avait mal. Plus elle avait mal, plus elle se sentait vivre.

Un gros loup apparut à côté d'elle et voulut lui mordre le bras. Elle avait pressenti son attaque, cependant, et levé le coude juste à temps. L'énorme tête de la bête la dépassa.

Sans ralentir, Myjun bondit sur le dos de l'animal, lui agrippant le cou d'une main et lui tranchant la gorge de l'autre. Le loup gronda et gargouilla, stupéfait par sa rapidité. Il fit une dizaine de pas supplémentaires, trop bête pour comprendre qu'il était déjà mort, et s'effondra dans l'humus.

Myjun courait de nouveau, le couteau à la main, consciente de la présence du reste de la meute. Les monstres l'entouraient, désormais ; ceux qui l'avaient dépassée avaient fait demi-tour pour venir à sa rencontre. Dans un bond soudain, la jeune femme escalada un tronc tout proche. Deux gros loups la dépassèrent, ralentirent et voulurent revenir sur leurs pas. Un autre arriva sur le côté, les mâchoires claquant juste en dessous de Myjun, qui agrippait une branche.

La jeune femme ne ralentit pas et s'arrêta encore moins. Elle était toujours décidée à tuer. Comme les deux premières bêtes ralentissaient, elle sauta, usant de la branche comme d'un plongeoir, se jetant sur le monstre le plus proche. La taille des trois animaux la surprit, et elle modifia son plan en constatant qu'il ne s'agissait pas de loups ordinaires, mais de loups sinistres, de bêtes énormes et monstrueuses arrivant à la hanche d'un cheval, tout droit sorties d'un cauchemar ou d'un conte destiné à dissuader les enfants de venir voir le Vosgar de trop près.

Il ne s'agissait pas d'une fable, toutefois, et Myjun n'était plus une enfant. Sa lame de pierre tailla dans la face du loup avec toute la force conférée par sa chute, s'enfonçant profondément dans une de ses orbites. Myjun craignit même de devoir laisser son arme dans le crâne de sa proie. La terreur et l'adrénaline lui permirent de s'accrocher fermement à son couteau, cependant. Elle tomba sur l'animal, l'enserrant de ses jambes, le chevauchant dans les buissons. Le loup s'agita, se tordit dans tous les sens, hurlant de colère et de douleur. Tandis que Myjun montait la bête à moitié aveugle, d'autres mâchoires tentèrent de se refermer sur elle. Les autres loups la flanquaient, mordaient leur congénère, qui faisait des bonds pour la désarçonner. Serrant très fort la fourrure de la bête, Myjun sortit sa lame de son œil et l'enfonça dans son autre orbite. Ce coup-là fut fatal. La créature tomba sous elle, et la jeune femme eut tout juste le temps de se mettre en boule pour rouler sur le sol, le couteau ensanglanté à la main. Effaçant aussitôt la proie de son esprit, elle se releva, tandis que le reste de la meute lui tournait autour.

Le premier était un monstre blanc argenté aux crocs aussi longs que sa main et aussi affûtés qu'une dague. Un autre, gris et plus petit, l'accompagnait, qui hurlait, pleurant la perte de leurs congénères.

Myjun les surveillait du coin de l'œil car le dernier loup de la meute arrivait, courant avec cette même rage qui bouillonnait dans la poitrine de la chasseresse. Elle devinait, elle sentait qu'il s'agissait du chef. Le monstre aux yeux jaunes avait soif de sang.

Du sang de Myjun.

La jeune femme se retourna à temps pour voir la créature brun-noir bondir par-dessus un pin couché, ses dents blanc d'os dégoulinant de bave, d'une salive cramoisie. La bête plongea vers sa gorge, et Myjun donna instinctivement un coup de couteau vers le haut, lui transperçant la mâchoire inférieure, s'enfonçant jusque dans son cerveau. Les pattes du loup labourèrent le sol et ses dents claquèrent. Trop tard, Myjun se rendit compte que, pour bloquer l'attaque, elle avait levé l'autre bras, l'enfonçant profondément dans la gueule de l'animal.

De façon distante, à travers son propre cri, la jeune femme savait que son bras était blessé, que son coude ne tenait plus que par quelques filaments, os brisés et rubans de chair sanguinolents. Toutefois, cela n'avait pas encore d'importance. Tout ce qui comptait, c'était de tuer, de chasser. Au lieu de s'inquiéter, elle plongea le bras plus loin, trouva l'endroit, dans la gorge, où le couteau avait traversé la chair. Et elle tira sur la lame, sciant muscles et os.

La mâchoire de la bête se brisa, sa mandibule se disloqua.

Myjun tailla vers le haut, tranchant les tendons qui retenaient encore la mâchoire. Le loup gémit, faisant gargouiller du sang dans sa gorge, et Myjun scia dans la direction opposée, détachant complètement la mâchoire inférieure de l'animal, déversant une marée de sang. Le loup trembla avant de tomber sur la jeune femme, convulsant avant de rendre son dernier souffle.

Le bras libéré mais pendillant, Myjun se retourna pour faire face aux deux bêtes restantes. Ni l'une, ni l'autre n'avaient bougé, mais le plus petit avait cessé de hurler. Quelque chose de terrible brillait dans le regard du loup argenté, et Myjun se demanda s'il s'agissait de la femelle de la grosse bête noire qu'elle avait tuée plus tôt, la mère du petit gris.

La louve argentée hurla de nouveau. Il ne s'agissait plus d'impressionner leur proie car ses épaules n'étaient plus tendues pour l'attaque. Elle s'apprêtait à prendre la fuite. Myjun avait gagné ; les deux bêtes restantes allaient partir.

Quelque chose, cependant, avait toujours faim en elle. Quelque chose de douloureux et vigoureux à la fois, plein de haine et de malice. Elle avait soif de mort – de tuer –, et ses deux animaux s'en étaient pris à elle, l'avaient menacée, l'avaient pourchassée.

Ils méritaient de mourir.

Myjun fit un pas en direction de la louve argentée et de son louveteau. Il y avait dans son regard vert assez de haine et d'envie de mort pour rivaliser avec n'importe laquelle des créatures qu'abritait cette forêt.

Les loups sinistres se mirent à courir ; d'abord le louveteau, puis la louve.

Myjun s'avança, s'arrêta. Elle avait perdu tellement de sang qu'elle était prise de vertige. Et puis, il y avait l'intensité de la douleur.

Non, ce n'était pas cela. Plutôt l'absence de douleur. Un peu plus tôt, lorsqu'elle était aveuglée par sa faim de meurtre, la souffrance physique lui avait donné un sentiment d'invincibilité. Elle avait ignoré ses terribles blessures, se sentant pleine de la force de dix guerriers. Le défi avait disparu, cependant. Ses ennemis étaient vaincus, et la douleur n'était plus qu'un gémissement agaçant au lieu d'un rugissement furieux. Bientôt, elle fut capable d'une prise de conscience : son bras était détruit, arraché, brisé. Elle avait toutes les chances de le perdre.

Pour la première fois, elle osa le regarder. Esquilles blanches, chair luisante. Sa main était reconnaissable, elle, presque immaculée, mais l'avant-bras était à vif, ravagé. Elle l'examina, et un sentiment d'horreur enfla en elle.

Je vais être comme lui… je vais ressembler à Annev.

C'était terrible mais, d'une certaine façon, ce n'était que justice. Elle avait offert son âme à Keos, elle avait juré de servir ses serviteurs, et moins d'une journée plus tard, il l'avait marquée. Comme l'assassin l'avait promis.

Mais si Keos était son Seigneur noir, à présent, où était son aide ? Lui avait-il donné un coup de main en échange de son âme ?

Elle le maudit et le pria à la fois, et à son grand étonnement, Keos lui répondit : comme elle fixait du regard ce qui restait de son bras, les veines rouges et violettes commencèrent à s'étirer l'une vers l'autre, à se ressouder, stoppant son hémorragie. Des esquilles tombèrent, et ses os brisés s'alignèrent d'eux-mêmes. Sa chair sanguinolente recouvrit ses os blancs, ses fibres passant du vermillon, au bordeaux, puis au rouge amarante. Pâle et maculé de sang, le fourreau de peau glissa sur les muscles. La chair se recolla à la chair, et son bras se remit à pulser, rose et vivant. Entier.

Keos l'avait soignée.

Le masque maudit l'avait soignée.

Sa propre souffrance l'avait soignée.

Myjun se rendit compte qu'elle était tombée à genoux, stupéfaite par sa guérison miraculeuse. Elle serra le poing gauche, faisant fonctionner les nouveaux muscles de son avant-bras, puis elle se leva, émerveillée par cette bénédiction, par la malédiction qu'elle avait acceptée.

Son estomac gargouilla, et Myjun se rappela qu'elle n'avait pas mangé depuis des jours. Elle avait soif d'eau. Elle était affamée. Elle écouta les bruits de la forêt, de la nature sauvage qui l'entourait, l'embrassait. Comme l'eau froide du moulin de Chaenbalu, comme les ténèbres presque palpables des couloirs souterrains de l'Académie.

La forêt semblait retenir son souffle, attendre de voir ce que Myjun comptait faire. La jeune femme porta la main gauche à son masque, suivit du bout des doigts les contours de ses lèvres dorées. L'artefact était sans défaut. Insensible. Immuable. Elle effleura le bord de sa mâchoire, là où le métal s'arrêtait et la chair commençait. Elle essaya de retirer le masque, de découvrir sa bouche et ses dents, de se libérer du maudit objet pour boire et manger.

Le masque ne bougea pas. Ses courbes dorées s'accrochaient fermement à sa chair, inamovibles et imperturbables.

Tremblant d'impatience, Myjun glissa la pointe de pierre de son couteau sous l'artefact, l'enfonçant entre le menton de métal et sa gorge.

La douleur – elle sentit la lame lui traverser la peau, incapable de séparer sa chair du masque, en mesure seulement de l'écorcher.

Elle insista, coupant plus profondément sans se soucier de la blessure qu'elle s'infligeait. Elle n'avait d'autre choix que de retirer ce masque pour s'alimenter ; autrement, elle mourrait.

Un ululement de souffrance jaillit de ses lèvres sèches, se réverbérant sous la bouche dorée de la Maîtresse de Gevul. Myjun ne s'arrêta pas pour autant, enfonçant le couteau d'une main, essayant de soulever le masque de l'autre, la douleur alimentant sa tentative sanglante de se libérer de sa prison.

Son sang coulait dans son cou, dégoulinait sur ses épaules, sa poitrine et son ventre. Sa combinaison noire déchirée s'imbibait de liquide vital chaud et collant, recouvrant son corps, colorant sa peau.

Elle avait glissé la lame jusqu'à son front, et un vertige insupportable s'empara d'elle, suivi par un intense sentiment d'horreur. Le couteau de pierre lui parut soudain très lourd et lui échappa. Elle leva la main gauche pour la poser à côté de la droite, sur le masque. Une main pesante comme une brique, lente comme la mort de l'hiver. Elle s'imagina soulevant le masque, révélant son visage écorché, à vif, couvert de sang. Elle s'imagina le retirant puis rencontrant ses anciennes camarades Coshry et Faith dans la forêt, titubant dans leur sillage tandis qu'elles s'enfuiraient en la traitant de monstre. Myjun les imagina la maudissant, lui crachant dessus, la lapidant. Et puis elle s'imagina se libérant, sentit presque de l'eau s'écoulant dans sa gorge parcheminée. Cette pensée fit céder ses genoux sous son poids, mais ses doigts tirèrent de leur propre chef.

Le masque ne bougea pas.

Myjun enfonça ses doigts là où le couteau s'était frayé un passage un peu plus tôt, tâtant son visage écorché, essayant d'arracher le maudit artefact.

Les coupures, toutefois, étaient déjà guéries grâce au masque. Une terreur nouvelle enfla dans le ventre de la jeune femme, qui venait de comprendre la profondeur de sa malédiction : le Masque de la Maîtresse de Gevul ne la laisserait pas mourir, ne permettrait pas que la faim et la soif la détruisent. Elle serait affamée, elle serait assoiffée, elle se sentirait faible – la douleur, la peur de la faim et de la soif la mineraient constamment –, mais Myjun ne mourrait pas. L'artefact l'alimenterait grâce à sa propre souffrance, nourrirait son corps par un mécanisme magique et symbiotique pervers.

Une peur intense s'empara d'elle, qui se déversa à son tour dans le masque. Elle jura de colère, maudit la douleur, et le masque en profita. Sa magie se mêla à sa rage, et elle sentit une énergie nouvelle affluer en elle, lui donnant l'envie de chasser, de se battre et de tuer.

Alors, elle courut et elle chassa. Elle poursuivit les arrogants et les imprudents, tuant prédateurs sournois et monstres magiques. Elle massacra et elle s'extasia et elle emplit son ventre d'une odeur de sang et d'un goût de dévastation. Le crépuscule la rattrapa, mais elle ne cessa pas de courir, de chasser et de tuer. Une araignée rampante se laissa tomber sur elle, enfonçant ses crochets dans son biceps. Myjun lui planta son couteau dans la tête, lui coupa les pattes, le céphalothorax et l'abdomen. Un ours géant à la tête de lion et aux yeux de hibou se dressa devant elle lorsqu'elle entra dans sa grotte. Une demi-minute plus tard, elle avait éviscéré la bête, répandu ses entrailles sur le sol, avant de repartir sans se retourner sur le carnage qu'elle avait provoqué.

Elle rencontra des dizaines de keokum – des monstres mythiques nés de la main détruite de Keos –, et elle les tua tous, apaisant sa soif de sang. Comme elle massacrait ces bêtes, Myjun sentait que la violence calmait sa faim, que les jets de sang artériel étanchaient sa soif.

Enfin, presque.

La douleur continuait de la ronger, les besoins de la chair – manger et boire – étant profondément ancrés en elle, mais elle était désormais consciente de la force gagnée en renonçant à s'alimenter. Elle n'avait pas besoin de dormir, manger ou boire, seulement de faire mal, de chasser et de tuer.

La forêt était plus sombre, désormais, les arbres ressemblant à des ombres gigantesques tendant des bras noirs et des doigts osseux pour l'attraper. Myjun se pencha au-dessus d'un ruisseau et plongea ses mains rouges dans l'eau, l'odeur de mort et de sang se dissipant comme ses doigts se refroidissaient et s'engourdissaient. Elle éclaboussa son visage doré, diluant le sang séché sur le métal, et fut surprise par le goût de l'eau et du sang qui s'infiltra par les yeux du masque pour mouiller ses lèvres sèches. Elle décolla le couteau de pierre maculé de sang de sa main et le posa à côté d'elle pour se mouiller de nouveau le visage, jouissant du baiser inattendu de l'eau froide. Et puis elle recommença, sa langue goûtant avec délice le sel et le sang de sa main blessée mêlés à l'eau glacée.

En aval, quelque chose gronda dans les ténèbres, crissa avec une sauvagerie mystérieuse. La chose avait faim. Myjun tendit sa main soignée par la magie et prête à être entaillée de nouveau par la pierre affûtée comme un rasoir. Elle chercha le couteau, mais ne le trouva pas. Le grondement bizarre résonna de nouveau, plus près. Elle sentit subitement les battements de son cœur dans sa gorge : la douleur qui l'avait nourrie, la soif de violence qui avait augmenté ses sens et ses réflexes s'étaient estompées. Le réconfort apporté par l'eau fraîche lui avait fait perdre sa force. Elle se sentait molle, épuisée et elle avait froid.

Quelque chose de gros et vaguement reptilien avançait vers elle dans la pénombre. Le clair de lune se reflétait sur des écailles douces et luisantes révélant des os noueux, des piques et des cornes. Une grosse tête terminée par un museau pointu fouillait l'atmosphère, son cou flexible s'étirant comme un serpent, s'élevant à presque quatre mètres du sol. Lorsque la bête fut à une quinzaine de mètres, elle se cabra sur ses pattes puissantes, levant des griffes acérées et tortillant son corps sinueux. Ses muscles secs et bandés étaient parcourus de veines qui luisaient dans la nuit.

Myjun détacha à grand-peine son regard de l'animal pour chercher son arme perdue. Elle la repéra au bord de l'eau et l'attrapa à la hâte, son tranchant mordant dans sa chair d'une manière familière et réconfortante. Comme le sang se mettait à couler et la douleur à enfler, ses sens se réveillèrent.

Elle sentit la puanteur horrible du lézard – viande avariée et fer amer – et vit ses narines palpiter comme il percevait le parfum de son sang frais.

Une langue serpentine jaillit de la gueule du dragon, qui semblait trouver l'odeur de la jeune femme à son goût. Le monstre ouvrit grand la gueule pour hurler de défi et bondit dans les airs.

Chapitre 14

Le dragon effectua un bond de vingt mètres, divisant par deux la distance qui le séparait de Myjun. À l'instant où il retomba, il cracha un nuage de sang et d'acide, emplissant l'atmosphère d'une fumée âcre et arrosant la jeune femme. Instinctivement, celle-ci leva le bras pour protéger ses yeux du liquide brûlant, et recula comme de grosses gouttes de mucus puant lui recouvraient l'avant-bras, lui consumant la peau, fumant et bouillonnant tandis qu'il s'écoulait jusqu'à son coude et coulait par terre.

Bien. Emplis-moi de douleur que je te tue sans attendre.

Elle agita son bras blessé en direction de la créature, lui jetant au visage son sang et son propre mucus acide, mais le monstre ne le remarqua même pas. Il goûta une nouvelle fois l'atmosphère de sa langue gluante avant de bondir, la gueule grande ouverte.

Cette fois, Myjun était prête. Elle esquiva le dragon, plongea en roulant sur le sol, se réfugiant derrière un pin desséché tandis que le monstre essayait de l'asperger de son haleine acide. Une giclée de sang et de mucus atteignit l'écorce de l'arbre en crépitant. Myjun courut, bien décidée à prendre la bête de flanc pour l'éventrer.

Le dragon était trop rapide, cependant. Le temps que Myjun le contourne, il avait étiré son long cou pour l'intercepter, barrant la route jusqu'à son ventre. Le long museau de la bête heurta le flanc de la jeune femme, la projetant dans les airs. Myjun roula et se releva tant bien que mal comme le monstre ouvrait grand la gueule pour la croquer. Elle tailla avec son couteau de pierre, lui coupant le cuir aussi facilement que la fourrure de l'ours-hibou ou la carapace de l'araignée géante. Le dragon rugit et se cabra en essuyant son museau blessé.

La jeune femme vit une ouverture et saisit sa chance, plongeant sa lame dans l'abdomen du dragon en taillant vers le bas. Elle s'attendit à voir ses entrailles se déverser par l'ouverture, mais quelque chose résista à son couteau. Elle pivota sur ses talons tandis que la créature se laissait tomber pour l'écraser. Soudain, leurs yeux ne furent plus séparés que de quelques centimètres.

Le reptile cligna des paupières, ses pupilles verticales s'affinant tandis qu'il grondait de colère. Stupéfaite, Myjun vit la peau du monstre se réparer, la chair rouge de son museau se refermer, faisant disparaître la blessure qu'elle lui avait infligée quelques secondes plus tôt.

Malédiction.

La chair brûlée par l'acide de Myjun avait elle aussi commencé à se reconstituer, mais le processus était loin d'être aussi rapide que la guérison du dragon.

Double malédiction.

Myjun courut entre les arbres afin de mettre autant de distance que possible entre la bête et elle. Dans son dos, le monstre poussa un rugissement de défi, lui donnant quelques précieuses secondes d'avance. Les craquements terribles des arbres morts abattus annoncèrent le début de la poursuite, et la chasseresse devint la proie.

Myjun serra fort son couteau, dont la double lame pénétra profondément la chair de sa main, la rendant plus rapide et résistante. Elle traversa la forêt aussi vite que n'importe quel animal ou humain, le cœur battant au rythme de sa foulée. Atteignant le sommet d'une colline, elle sauta et tournoya entre les arbres, avant de rouler au sol et de reprendre sa course sans ralentir.

Dans son dos, le dragon grondait en écrasant tout sur son passage, vacarme qui informait la jeune femme de sa proximité. Ses pattes lourdes s'enfonçaient dans la terre, et Myjun bondit par-dessus un tronc couché, se faufilant dans un dense taillis. Deux battements de cœur plus tard, le dragon entra en collision avec un des arbres qu'elle venait de dépasser, le cassant net avant de prendre appui sur la souche pour se propulser en avant et gagner un peu de terrain.

Incapable de réfléchir, les émotions émoussées, Myjun courait. Le masque siphonnait sa douleur pour nourrir son corps. Elle se dirigea vers un amoncellement de rochers, à moitié consciente de n'avoir plus aucune chance de s'en sortir. Elle mourrait donc là.

Elle avisa un passage entre deux rochers ; un passage tout juste assez large pour accueillir son corps mince. Elle entra de profil dans la crevasse, les rochers rugueux lui éraflant les bras et les jambes comme elle tombait lourdement sur le sol. Une seconde plus tard, le dragon fonça sur les lourds rochers, son très long cou se repliant comme son museau échouait à se glisser dans l'ouverture. La bête rugit, poussa, tenta de forcer le passage en agitant la tête en tous sens et en faisant claquer ses mâchoires.

Myjun recula, s'éloignant des dents acérées du monstre, et roula dans quelque chose de rond, mou et collant. Un bourdonnement emplit son oreille comme elle se relevait du nid d'insectes qu'elle venait d'écraser. Des bestioles à la carapace noire la martelèrent en se percutant bruyamment, leurs pattes articulées et leurs mandibules essayant de l'agripper. La jeune femme cria tandis qu'elles la mordaient, des milliers de petites pinces lui déchirant la peau, se glissant sous ses vêtements, essayant de se faufiler sous son masque.

À l'extérieur, le dragon hurla en écartant sa grosse tête du passage et en frottant son museau de ses pattes munies de serres : les insectes noirs s'attaquaient à ses tissus les plus fragiles. Dans un rugissement, il toussa de l'acide et du sang, cracha un nuage de sérosité pour tenter de brûler les bêtes qui le harcelaient.

Dans sa cachette, Myjun criait elle aussi. L'essaim consommait son corps ensanglanté trop vite pour que le masque puisse le soigner. Elle se mit à genoux, tomba sur le côté. Le couteau en pierre lui échappa, tandis que les créatures mangeaient la chair de ses doigts et de sa paume. Elle voulut écraser les insectes voraces, mais les minuscules carapaces étaient incroyablement résistantes, ne cédant que lorsqu'elle les plaquait contre un rocher. Pour chaque insecte tué, dix sortaient du nid. Si elle n'avait porté le masque, elle serait déjà morte étouffée. Elle devait donc choisir entre sortir de la fissure pour affronter le dragon et être dévorée une bouchée minuscule à la fois.

Alors qu'elle s'apprêtait à fuir, le dragon gronda et abaissa son museau, soufflant un nuage acide dans la crevasse pour se débarrasser de la vermine qui le recouvrait. L'effet fut instantané : les insectes crépitèrent, claquèrent, éclatèrent littéralement, leurs têtes et leurs abdomens explosant. Un jus rouge aspergea la jeune femme, dont la chair déjà meurtrie brûla dans le nuage d'insectes morts et de mucus acide. Sous son masque d'or, elle ouvrit la bouche pour hurler, pour pousser un cri d'agonie et d'extase à la fois. Elle trembla, incapable de bouger ou de respirer, comme le nuage emplissait ses poumons, menaçant de l'étouffer et de la brûler de l'intérieur.

Le jet d'acide cessa lorsque le dragon recula. Sa salive fumante dégoulinait sur la roche, emportant sur son passage les insectes morts. Derrière ses paupières à moitié brûlées, Myjun vit que le dragon guérissait rapidement et qu'il avait entrepris de creuser sous les rochers ; l'un d'entre eux bougeait déjà. Malin et terriblement puissant, le monstre enfonça ses pattes aux longs doigts griffus dans la crevasse et tira, parvenant enfin à déplacer un des rochers, exposant le corps inerte et brûlé de Myjun.

Il ouvrit grand la gueule pour croquer sa proie.

Soudain la main de la jeune femme jaillit, et elle planta sa lame de pierre dans la mâchoire inférieure du dragon. Outré par cette ultime ruse, le dragon poussa un cri strident et la mordit de toutes ses forces, les pointes en ivoire de ses crocs s'enfonçant dans sa chair, lui transperçant la poitrine, les poumons, le ventre, les organes. La jeune femme cracha du sang comme le dragon la tirait hors de sa cachette et la secouait dans tous les sens telle une vulgaire poupée de chiffon, menaçant de lui briser la nuque, de lui casser le dos.

Sous son masque d'or, la souffrance de Myjun n'avait d'égale que sa frustration et sa peur. Ses bras étaient immobilisés par les mâchoires puissantes de la bête. Sans arme ni moyen de se libérer, la pression augmenta dans sa tête et sa poitrine, une claustrophobie intense, la rage du déni. Elle poussa un cri rauque et primitif, sentit une chaleur naître dans sa poitrine, ses poumons et sa gorge. Des couteaux apparurent dans ses mains – non pas des lames en pierre froide dénuées de manche comme celle qu'elle avait laissée dans la gueule du monstre, mais des armes d'un feu et d'une rage tangibles entre ses doigts ensanglantés et brûlés.

Avec une férocité comparable à celle du dragon, elle tailla dans le palais de la bête, enfonçant ses couteaux de plus en plus profondément, jusqu'à ce qu'elle la laisse tomber sur le sol de la forêt. Myjun tourna la tête et vit le reptile la fixer d'un regard noir. Cette fois, elle n'hésita pas. Avec toute la force qui lui restait, elle plongea ses lames de feu – le feu de l'âme – dans les pupilles du dragon, d'où jaillirent des éclairs de lumière.

Sans même un geignement, la créature de sept mètres s'écroula, et sa tête, au bout de son long cou, tomba sur le corps étendu de Myjun. Simultanément, les lames disparurent des mains de la jeune femme, leur feu s'étant éteint.

Myjun suffoqua sous l'animal mort. La tête rejetée en arrière, elle voyait la canopée sombre de la forêt et, au-delà, les étoiles scintillantes. Son corps devint tout léger, et sa conscience s'éleva vers les cieux et les branches. Elle ne bougea pas, cependant, elle resta là à regarder tandis que le ciel s'éclaircissait doucement. Sa vision changea, et les ombres qui l'entouraient parurent se muer en quelque chose de tangible. Un pied botté lui poussa le menton, et elle crut reconnaître la silhouette d'Oyru, les mains sur les hanches. Il n'eut pas le temps de dire quoi que ce soit car le monde, autour d'elle, devint subitement tout noir et silencieux comme une tombe. Les chants et les cris des petits animaux et des insectes se turent, tandis que les premiers rayons de lumière devinrent froids, noirs et infinis.

Chapitre 15

Bouger était douloureux. Gémir. Respirer. Tout faisait mal. Il était brisé. Le monde était brisé.

Kenton regardait la terre qui recouvrait ses yeux dénués de paupières. Impossible pour lui de la chasser en clignant des yeux, mais il constata que cela ne le dérangeait pas. Ses yeux de verre n'étaient pas le problème.

Le problème, c'était son corps. La pierre lui avait cassé quelque chose – plusieurs choses, même, vu la douleur –, mais il était incapable de bouger les membres pour les tester.

Il était pris au piège. Cloué sous une montagne de pierre et de terre.

Non, pensa-t-il. *Je ne veux pas mourir comme ça.*

Sa respiration était superficielle. Il parvenait à inspirer un petit filet d'air par les narines, les pierres qui s'étaient amoncelées autour de sa tête ayant formé une petite chambre.

Combien de temps tiendrait-il ? Combien d'air avait-il utilisé pendant qu'il était inconscient ? Combien lui en restait-il ? Il était déjà pris de vertige, ce qui n'était pas très bon signe.

Kenton calma les battements de son cœur et regarda dans le vague, usant de sa vision maudite pour voir à travers le voile de saleté qui recouvrait ses yeux de verre. Quelques secondes plus tard, il fut capable de distinguer la pierre qui l'empêchait de bouger la tête. Puis, ce qu'il y avait juste derrière.

Encore de la terre et des pierres. Le tunnel – le passage tout entier – s'était effondré. Kenton étira sa vision, lui permettant de pénétrer des dizaines de mètres de sol et de cailloux pour émerger à la surface. Il aperçut la lumière du soleil, l'ombre de la Tour nord, les arbres sombres de la forêt de Brake. Il voulut voir plus loin, mais cela ramena au premier plan la terre et les pierres qui l'entouraient.

Par les couilles d'Odar! Comment vais-je sortir de là?

Il ne pourrait pas se frayer un passage à mains nues, et il n'avait plus Miséricorde; l'épée lui avait échappé lorsque les pierres étaient tombées sur ses doigts et ses mains. Kenton essaya de bouger ses jambes meurtries, mais elles aussi étaient bloquées. Il ouvrit la bouche, mais de la terre s'immisça entre ses lèvres, menaçant de l'étouffer.

Il suffoquait.

Un sentiment de panique enfla dans sa poitrine. Son cœur martelait les parois de son thorax comme un animal sauvage essayant de sortir de sa cage.

Il allait mourir là. Il ne pouvait pas respirer. Le tunnel était bloqué. Il n'y avait pas d'air. Par Keos, il allait mourir. Comme sa panique augmentait, une chaleur intense engloba sa vision. La claustrophobie était palpable.

Non!

Kenton sentit le mot émerger de son cœur, manifestation de sa volonté, de sa rage, de sa force et de sa colère. Il fit taire ses pensées et ses peurs, répondant aux ténèbres.

Non! cria-t-il de nouveau, plein de défi. *Je ne mourrai pas ici. Je ne serai pas enterré vivant, oublié de tous. Pas ici, pas maintenant. Jamais.*

Non!

Ses pensées rugissaient dans le silence, qui leur répondait. La terre qui lui couvrait les yeux et la peau n'était plus fraîche et douce. Il aurait voulu crier, mais préféra garder la bouche fermée. Il n'avait pas envie qu'elle se remplisse de nouveau de terre.

Annev, petit fumier. Quand je sortirai de là, je te traquerai, je te jetterai dans une fosse et je te lapiderai, je briserai le moindre de tes os, je te recouvrirai entièrement de pierres.

Kenton n'était pas dupe, cependant. C'était le rêve d'un homme mort, il le savait. Même si sa colonne vertébrale n'était pas cassée, il était pour ainsi dire paralysé, immobilisé. Il était à peine capable de bouger les doigts.

Mais il en était capable quand même. C'était déjà cela. Il n'était pas paralysé, comme il l'avait d'abord craint. Il bougea encore les doigts, déplaçant un peu de terre, et quelque chose de froid et métallique lui effleura la peau. Une voix lui parla, la voix d'un sang magique à demi-conscient.

Je suis l'air, murmurait-elle. *Je suis le couteau qui gaine l'épée.*

Le coin de la bouche de Kenton se souleva. Il avait trouvé l'épée, il ne l'avait pas perdue. Ses doigts se tortillèrent dans la terre et trouvèrent la poignée enveloppée de toile.

Une pierre bougea, et la main de Kenton se referma sur l'arme.

Salut, Miséricorde.

Il tenta de la libérer, mais elle était coincée. Il se concentra sur sa magie, la focalisa sur le fil de l'épée, en fit une lame capable de tailler dans la pierre.

Doucement, doucement. Il ne faudrait pas causer un nouvel éboulement. Il aurait pu en rire. Que pouvait-il lui arriver de pire ? Quel sort les Dieux lui avaient-ils réservé ?

Comme pour lui répondre, le tranchant magique de l'épée fut libéré de sa prison et pivota pour tailler dans la pierre qui l'immobilisait. Tout autour de Kenton, les cailloux bougèrent, le gros morceau qui lui immobilisait le front glissant sur sa bouche et son nez. Il écarquilla les yeux. Le mince filet d'air qu'il respirait était interrompu.

Il fut pris de terreur. Il se secoua, s'agita, serrant Miséricorde de toutes ses forces, bougeant le poignet d'avant en arrière, taillant dans la terre et la pierre. Il secoua ses jambes, réveillant des douleurs insoupçonnées, délogeant quelques pierres autour de ses mollets et de ses chevilles. Un trou se forma derrière et en dessous de lui, lui donnant plus de place pour bouger, et il recula afin de s'extirper de sous la pierre qui l'étouffait. Ce faisant, il s'entailla le nez et les lèvres.

Mais Kenton s'en moquait. Il libéra sa lèvre supérieure, puis sa bouche tout entière, lui permettant de cracher enfin la terre qui le suffoquait. Et il respira enfin ! Jamais l'air ne lui avait paru si sucré, si bon, en dépit de sa langue maculée de sang et de poussière, en dépit du kilomètre de merde qui le surplombait.

C'était formidable, mais son épreuve n'était pas terminée. Il avait le nez écrasé, et sa tête restait coincée. Il cria, se sentant impuissant, claustrophobe.

Il était prisonnier.

— Noooon ! hurla-t-il dans les ténèbres, luttant pour libérer ses bras et son visage.

La grosse pierre glissa de deux centimètres, pénétrant plus profondément dans sa peau, l'écrasant. Il entendit les craquements du cartilage de son nez cassé et poussa un nouveau cri inarticulé, primitif.

Kenton lutta de toutes ses forces contre la terre qui l'entravait. Il tenait Miséricorde à deux mains, lui demandait de l'aider, de briser ses chaînes avec sa magie. Un ululement féroce lui déchira la gorge comme il libérait son bras et tirait la lame magique à travers la roche. Ayant très peu de place pour manœuvrer, il tourna la poignée entre ses doigts, tailla dans la pierre qui lui écrasait le visage et, penchant la tête en arrière, parvint à libérer ce qui restait de son nez. Ne lui laissant pas le temps de se réjouir, le morceau de roche bougea de nouveau, le bord dentelé lui entaillant le crâne, crevant ses yeux de verre.

— Aaaah !

Kenton s'attendit à ce qu'ils éclatent – il était certain qu'ils éclateraient –, et pourtant les globes magiques qui avaient remplacé ses yeux tinrent bon.

Odar soit loué, pensa-t-il en prenant une profonde inspiration.

Le Dieu de l'Eau du ciel ne l'entendit pas car, quelques secondes plus tard, la pierre glissa de nouveau, enfonçant ses yeux encore plus profondément dans son crâne.

La souffrance était terrible, telle une montagne descendant lentement sur sa tête. La mort elle-même. Une pression colossale se forma dans sa boîte crânienne, comme il enrageait sous les assauts de la roche et de la gravité. Il hurla, crachant de la terre et du sang, et si son cri était inarticulé, les mots résonnèrent en lui :

Pas… comme… ça !

Débordant de rage, Kenton se concentra sur sa vision magique et parvint à canaliser la pression derrière ses yeux. Il fixa du regard la pierre qui l'écrasait – il la fixa d'un regard aussi dur que la roche elle-même –, et un faisceau jaune clair jaillit des globes de verre, oblitérant le bloc qui le comprimait. Des fragments brûlants et liquides éclaboussèrent son visage et son cou, mais la tête ainsi que les bras de Kenton étaient enfin libérés, aussi put-il abaisser Miséricorde le long de son corps. L'arme enchantée traversa la roche, avant de se retrouver dans le vide. Pierres et cailloux se déversèrent sous Kenton, qui les suivit bientôt. Pendant une seconde entière, il flotta dans les airs et, subitement, le sol vint à sa rencontre. Kenton leva les bras pour se protéger des pierres et de la terre qui tombaient sur lui.

Lorsque la pluie minérale cessa, il retira doucement ses mains tremblantes de son visage. Il était étendu sur le dos, la tête tournée sur le côté, tandis qu'un nuage de poussière emplissait le petit espace. Un espace à l'éclairage iridescent familier.

Par les dieux, non ! Je ne suis quand même pas de retour ici !

Et pourtant… Dans sa tentative désespérée d'échapper à une mort atroce, Kenton s'était frayé un chemin jusqu'à la cellule d'Annev.

Il était revenu à son point de départ.

Il se mit à rire. C'était une blague. Les Dieux lui avaient joué un mauvais tour. Toutes ces recherches, cette exploration, cet éboulement quasi fatal pour finir là. Encore une fois. Ses yeux s'emplirent de larmes, mais il se surprit à rire encore plus fort. Cela faisait mal – dans sa chute, il avait fini de briser ses côtes fêlées –, mais il ne pouvait s'arrêter de rire par saccades, et ses éclats de voix se réverbéraient sur les murs qui l'entouraient.

Je deviens fou. Un mécanisme s'est cassé dans ma tête, et je deviens complètement cinglé.

Comme le nuage de poussière retombait en même temps que son rire, Kenton s'émerveilla des progrès faits par sa vision depuis qu'il avait quitté la cellule la première fois. Il n'avait aucun mal, à présent, à voir dans les cellules adjacentes ; c'était presque instinctif. Il avisa la trappe rouillée, au sommet des marches.

Ma vision… le feu magique que je viens d'invoquer… Pourrais-je m'en servir pour entrer dans le Caveau ? C'était une question légitime, mais Kenton rechignait à expérimenter avec quelque chose d'aussi volatile, en particulier dans les sous-sols d'une Académie menaçant de l'ensevelir.

Je ne sais même pas comment je l'ai invoqué. Je ne suis pas certain de vouloir recommencer. Il scruta le plafond et gronda lorsqu'une barrière noire bloqua sa vision magique.

Je ne vois toujours pas dans le Caveau de la Damnation. On y trouve sûrement des centaines d'artefacts qui me seraient très utiles pour sortir d'ici. Des armes telles que Miséricorde…

L'épée. Kenton avait brièvement oublié l'arme.

Sans se soucier de ses côtes cassées, de son visage et de ses jambes blessés, il roula hors du tas de gravats et rampa dans la terre et les pierres. Il se figea et se réprimanda : il n'avait pas besoin de chercher ; il lui suffisait de regarder.

Et elle était là, ensevelie sous un monticule de débris, au pied des marches en pierre sculptée. Kenton dégagea rapidement l'arme, dont il sentit les picotements familiers de la magie.

Je suis Miséricorde. Je suis l'air. Je suis…

— Oui, je sais tout ça.

Kenton renifla en se rendant compte qu'il avait parlé à l'épée. *Si je ne trouve pas rapidement une façon de sortir d'ici, je vais vraiment devenir fou.* Malgré l'épuisement et les souffrances physiques abominables, il gravit péniblement les marches. Une fois au sommet, il prit le temps de se reposer avant d'invoquer la magie de l'épée afin de lui donner un tranchant surnaturel. L'artefact lui répondit, sa magie pulsant dans sa main. Kenton leva l'arme vers la trappe fermée. Un mince filet de lumière liquide s'écoulait d'un coin de l'ouverture. Il la regarda très brièvement, préférant ne pas insister, craignant d'avoir les mêmes visions spectrales que la première fois.

Il se concentra sur la pierre entourant la vieille trappe et guida la lame de Miséricorde jusqu'à ce que son fil invisible trouve un interstice entre la roche et le métal. Il sentit la lame d'air compressé glisser dans le métal rouillé aussi facilement que de l'acier dans de la soie. Le fer se tordit et s'écailla comme il enfonçait Miséricorde dans le Caveau jusqu'à la garde. Il agrippa la poignée à deux mains, se préparant à scier la trappe, puis se ravisa, posa la main gauche sur un quillon. Saisissant en esprit la magie de Miséricorde, Kenton continua de tirer l'arme le long du périmètre de la trappe. Le métal crissa, les barres, les plaques et les gonds en métal se tordirent, finissant par céder. Au même moment, un tremblement secoua la terre et la cellule – l'Académie tout entière –, qui semblait menacer de s'écrouler. Il y eut un craquement. Une fissure apparut sur le mur de droite, qui serpenta jusqu'au sol, puis jusqu'aux marches de pierre, qui éclatèrent.

Kenton libéra son épée et leva le bras pour se protéger les yeux des débris qui chutaient du plafond. Il voyait à travers sa chair, cependant, et constata que la trappe était entrouverte. La terre trembla de nouveau, et la fissure dans le mur s'ouvrit, devenant aussi large que sa taille. De la terre et des débris tombèrent, et Kenton tituba en arrière, s'écroula. Le vacarme et les secousses se poursuivirent tandis qu'une grande quantité de terre se déversait dans la cellule, menaçant de l'ensevelir. Miséricorde à la main, Kenton se mit à genoux, tandis que le sol se soulevait sous lui, se fissurait au point de révéler la cellule du dessous. Un morceau de plafond se détacha, lui tombant sur l'épaule, et le jeune homme comprit que, faute d'une réaction de sa part, il serait enterré vivant une seconde fois. Il se releva à la hâte, et bondit instinctivement vers les plus hautes marches conduisant à la trappe.

Tandis que les murs tremblaient, que les pierres bougeaient et se détachaient autour de lui, Kenton enfonça son épée derrière la trappe, brisant son dernier gond, provoquant la chute de la porte rouillée dans le trou, en dessous. Il se hissa dans l'ouverture, souleva ses jambes et ses pieds dans la salle luminescente. Le souffle court, il regarda autour de lui, à l'affût de destructions supplémentaires, mais la cacophonie et le tumulte lui paraissaient lointains, désormais. Dans cette nouvelle salle, les tremblements étaient à peine perceptibles.

Roulant sur le dos, il inspira par saccades douloureuses entre ses dents serrées, grognant à cause de ses côtes cassées. Il s'intéressa alors plus sérieusement à ce qui l'entourait. Une lumière iridescente mille fois plus puissante que celle de la cellule éclairait la salle. Il remarqua alors les rayons irisés provenant du centre de la chambre – aussi brillants qu'un phare une nuit sans lune –, regarda comme la lumière changeait de couleur. Rouge, violet, bleu… Les couleurs de l'arc-en-ciel lui baignèrent le visage tandis qu'il avisait avec stupéfaction les rangées d'étagères sous le dôme de la chambre.

Il était enfin entré dans le Caveau de la Damnation.

Les grondements et craquements, en dessous, cessèrent subitement. La terre ne tremblait plus, et il ne risquait plus d'être enseveli vivant.

Pas seulement parce que le sol avait cessé de trembler, cependant. Il le sentait, il le savait. Instinctivement. Comme il utilisait l'épée d'Annev, comme il comprenait l'usage et l'intention de tous les artefacts qu'il touchait.

Le Caveau lui-même était un artefact, une chambre enchantée conçue pour dissimuler et protéger des objets maudits, souillés par la sorcellerie, le sang et la magie. Tout pourrait s'effondrer autour de Kenton, sauf ces murs. Dehors, il était un monstre balafré ; ici, les yeux des Dieux et des hommes étaient incapables de le voir, comme lui était incapable de les voir. Un profond sentiment de solitude le frappa, une consolation qu'il n'avait jamais demandée, ni voulue, mais qui lui apporta néanmoins la paix. Comme il baignait dans la lumière magique changeante de la chambre, Kenton accepta la perverse réalité : il n'avait jamais eu sa place à l'Académie. Sans le savoir, il était l'incarnation de ce que celle-ci combattait, un vaisseau de la magie. Quelle ironie ! Ce caveau qu'il avait toujours cherché à éviter était devenu son refuge.

Entouré d'artefacts maudits, Kenton se sentait enfin à sa place. Il avait toujours fait semblant d'être comme les autres acolytes et avatars, mais il avait bien plus en commun avec ces outils – ces artefacts magiques semi-intelligents – qu'avec ses soi-disant pairs. Ces reliques ne le jugeraient jamais, ne le rejetteraient pas. Elles ne l'aimeraient jamais non plus, mais ce ne serait pas une réelle perte. Kenton était un monstre. Il en avait désormais l'apparence. Lèvres fendues et nez cassé. Yeux dénués de paupières, cicatrices. Peut-être y aurait-il dans cette salle des potions pour guérir les premiers, mais les dernières seraient toujours avec lui. Il effleura doucement les cicatrices de ses pommettes, rugueuses comme du cuir dur autour de ses yeux flamboyants.

Kenton était un keokum, désormais. Un monstre. Une chose à craindre et à haïr qui portait la marque de Keos. Plus vite il l'accepterait – plus vite il cesserait de se considérer comme l'un d'eux –, mieux ce serait pour lui. Les derniers changements – son visage et sa maudite magie – avaient cristallisé quelque chose en lui.

Au diable Tosan et l'Académie. Ils doivent tous être morts, de toute façon… Ils sont morts, et moi, je vis. Aucune de leurs règles n'a pu les sauver.

Les règles… Elles lui semblaient tellement bêtes, *a posteriori*. Se battre pour réussir le Test du Jugement, pour devenir avatar, puis maître. En dépit de sa réussite, de son succès, de son moment de triomphe, Tosan avait essayé de le mettre au placard, le condamnant à servir dans le Caveau un Maître Narach décrépit. Ces fumiers étaient tous partis, à présent – ils étaient morts ou avaient fui –, et Kenton ne leur devait plus rien.

Et Myjun ? Kenton avait vu très peu de traces des femmes sages et de leurs apprenties. Se pouvait-il qu'elles aient échappé à la destruction de l'Académie ?

Il n'en savait rien. Le cas échéant, Myjun avait peut-être sauvé sa peau, et si elle vivait, elle n'était plus sous l'emprise d'Annev. Elle l'avait rejeté. Peut-être Kenton pourrait-il…

Non. Annev avait gâché cela aussi. Même si elle était vivante, elle ne voudrait pas de lui. De son visage couvert de cicatrices. Annev l'avait condamné et maudit, comme il s'était condamné et maudit lui-même. Si elle avait su qu'il était prisonnier dans les sous-sols de l'Académie, Myjun au cœur inconstant l'aurait laissé pourrir dans sa cellule sans aucun scrupule.

Maudits soient-ils.

Kenton serra les dents. Il détestait Annev d'avoir révélé la réalité, de l'avoir privé de ses rêves et espoirs. *Que Keos le brûle vif.* Si leurs routes se croisaient de nouveau, il montrerait à ce *kraik* manchot de quoi il était capable. Pour cela, cependant, Kenton devrait d'abord sortir de l'Académie, ce qui impliquait d'embrasser complètement la magie qu'il avait si longtemps rejetée.

Il s'assit et inhala l'air vicié du Caveau, sa langue se tordant à cause du goût doux-amer de la magie. Il lui rappelait celui du sang, du cuivre et des betteraves à sucre fermentées. Il sentit son écho pénétrer ses os, pouvoir à la fois vaste et ancien. Il repéra sa source au centre de la salle : un bassin débordant de liquide doré émettant une lumière arc-en-ciel. Même avec ses yeux naturels, il aurait vu la magie qui saturait l'atmosphère. Cette magie lui apparaissait sous la forme d'une vapeur, qu'il suivit jusqu'à la fontaine lumineuse. Il y avait des encoches dans le périmètre de cette dernière, d'où partaient des canaux radiaux qui s'éloignaient vers les parois du dôme.

Kenton ne comprenait pas les glyphes et les symboles aussi bien que Tosan et Narach, il était incapable de réciter les écritures aussi facilement qu'Annev et Sodar, mais il avait un talent pour percevoir les subtilités de la magie qui l'entourait. Il l'avait toujours eu, mais il avait toujours caché son aptitude aux anciens de l'Académie. Il avait même tenté de se convaincre lui-même que ces murmures n'étaient pas réels, qu'il imaginait la pseudo-intelligence des artefacts qu'il prenait dans ses mains.

Ce mensonge ne l'avait jamais convaincu, cependant. Les bourdonnements et vrombissements de la magie pouvaient être puissants ou doux, aigus ou graves, mais ils étaient tous différents, communiquant un rôle et une intention uniques. Les artefacts ne lui parlaient pas vraiment – pas avec des mots –, mais c'était tout comme. Il sentait les vibrations de leurs voix, autour de lui. Concentrées et précises. Il avait appris à ne pas y faire trop attention. Comme il se tenait au cœur du Caveau, cependant, il sentait les tambours de la magie dans son crâne comme jamais auparavant. La voix de la chambre se réverbérait en lui, révélant son rôle.

Dissimuler. Protéger.

Kenton suivit du regard les canaux de liquide blanc doré s'éloignant du bassin magique, alimentant une matrice souterraine de leur lumière arc-en-ciel. Il était incapable de voir à travers les murs du Caveau, mais il en savait assez pour deviner où conduisaient les canaux : aux pierres levées tout autour de Chaenbalu. Les douze ruisseaux étaient équidistants, pointaient vers les cardinaux, les intercardinaux et les ordinaux. S'il parvenait à sortir de cette chambre, Kenton supposait que les rayons lumineux le conduiraient chacun à une pierre levée, le liquide magique vrombissant sous la surface de la terre, sa musique correspondant à ce qu'il ressentait dans le Caveau.

Dissimuler. Protéger.

Kenton avait senti ce pouvoir deux jours plus tôt, près du périmètre ouest du village, l'attraction étrange de la magie émanant de la pierre érodée. Il n'y avait pas fait attention, à ce moment-là, focalisé qu'il était par sa mission à Banok, avec Annev et Fyn. Il s'était demandé si ses compagnons de route l'avaient senti aussi. Il ne leur avait pas posé la question, de crainte de révéler son affinité avec la magie. Cette fois, il embrassa cette résonance, et il sentit la magie de la salle l'envelopper.

Kenton se détourna du bassin central pour s'intéresser à ce qui l'entourait, peinant à appréhender l'immensité des trésors réunis là. Il claudiqua vers l'étagère la plus proche et constata qu'elle abritait des flacons ambrés emplis d'un liquide lumineux totalement différent de celui qui débordait au centre de la chambre. Il examina les bouteilles de plus près, sa vision modifiée par l'*aqlumera* lui permettant de voir ce qui aurait échappé à des yeux humains : un mélange alchimique capable de soigner le corps et d'éclairer l'esprit. Il en eut l'intuition avant de voir la lueur de magie qui flottait au milieu de chaque flacon.

Du sang, pensa Kenton. Il n'y avait pas de tache écarlate, ni de traînée rouge, rien à sentir ou goûter, aucun moyen de confirmer ce que ses yeux et son instinct lui disaient, et pourtant, il était sûr d'avoir raison. Il savait également que ce sang était spécial : c'était celui d'un Terran ayant possédé le pouvoir de se guérir à une vitesse extraordinaire. Kenton toucha une des bouteilles et sentit la magie qui lui répondait.

Vous êtes meurtri, mais je puis vous soigner. Buvez-moi. Devenons un. Rappelez-moi qui j'étais, ce que je fus.

Sans se rendre compte de ce qu'il faisait, Kenton attrapa le flacon, le déboucha et porta le liquide orange doré et trouble à ses lèvres.

Qu'est-ce que je fais? se demanda-t-il. *Cette chose pourrait bien me tuer. Par les cinq enfers, pourquoi prendrais-je le risque de la boire ?*

Mais il savait ce qu'il y avait dans ce flacon : du sang – le sang d'un Inquisiteur. Cette dernière pensée était à la fois la sienne et celle de la bouteille ambrée.

Je vous soignerai, chuchota la magie. *Laissez-moi vous montrer de quoi je suis capable.*

Kenton pencha doucement la bouteille, fit couler le liquide entre ses dents et sur sa langue. Il déglutit, sentit la substance huileuse dans sa gorge. Il toussa, il s'étouffa, il crachota, mais il avala tout.

Ç'avait un goût de cendres, de peau d'orange et de safran, et cela brûlait un peu. Comme le liquide recouvrait les parois de son gosier, sa chaleur se propagea dans tout son corps en même temps qu'une sensation d'ivresse. Son nez le picota, et il sentit que l'essence magique agissait dans son cartilage écrasé. Le feu atteignit ensuite ses côtes cassées, et une déferlante d'agrumes brûlants et de vin au miel fumant emporta sa douleur. Il inspira, la douleur de son flanc s'étant volatilisée, les blessures de ses jambes et de ses bras ayant disparu, et il sourit.

— Diantre, ça fait du bien.

Il fit claquer sa langue, essayant de sentir de nouveau le goût de la magie, mais celui-ci n'était plus là.

C'est curieux, pensa-t-il en saisissant un autre flacon.

Je peux vous soigner, murmura le sang magique, tellement puissant. *Je diluerai les poisons, réparerai vos blessures. Pour cela, vous devez simplement me goûter…*

Kenton reposa le flacon sur le rayonnage avec méfiance. Se désintéressant du sang, il regarda l'étagère suivante et avisa un assortiment de bouteilles et de fioles de verre emplies de poudres, de liquides translucides ou d'huiles visqueuses. Il effleura un flacon plein d'une vapeur verte tourbillonnante, dans laquelle il plongea le regard.

Mourez.

La voix qui n'en était pas une semblait pulser dans le fond de son esprit.

Expirez, chuchotait-elle. *Cessez.*

Résonna alors une seconde voix, dont le rythme des pulsations était tout à fait différent du premier. *Croissez*, semblait-elle dire. *Propagez-vous… étendez-vous.*

C'était une conversation, comprit-il. Deux sangs magiques discutaient, inspirant la magie de l'autre. Comme il écoutait, Kenton eut la vision de spores vertes se propageant dans ses poumons, leur essence l'étouffant. Le tuant.

Il reposa la fiole et eut un frisson, se demandant si être enterré vivant l'avait rendu fou. Les voix n'étaient pas réelles. Aucun son audible ne provenait des artefacts, dont il connaissait et comprenait cependant l'usage. Les artefacts communiquaient avec lui à un niveau primitif. Kenton toucha une autre bouteille, pleine d'une poudre grise, se concentrant sur une sensation dont il était certain qu'elle viendrait.

Rien.

Pas de sensation. Pas de pulsation magique.

Kenton baissa les yeux, sa vision magique plongeant dans les profondeurs de la bouteille. Dans son esprit, une porte semblait avoir été ouverte.

Touchez-moi, murmurait la poudre grise dans les interstices de son crâne. *Touchez-moi… et ne touchez rien. Frottez-moi sur votre peau – permettez-moi de devenir votre peau – et je vous protégerai. Vous ne sentirez rien. Touchez-moi et laissez-moi être la dernière chose que vous sentirez.*

Ferné, pensa Kenton en goûtant la magie sur sa langue. *Autrefois, vous étiez ferné.*

Oui, acquiesça la poudre, sa magie palpitant dans sa main. *Je suis ferné et vous le deviendrez aussi si vous me touchez… touchez-moi…*

Kenton reposa le flacon de poudre grise sur son étagère. Il comprenait, à présent. Il savait quoi chercher. Un sourire satisfait souleva le coin de ses lèvres comme il tendait la main vers une des bouteilles de liquide ambré.

Buvez-moi, murmurait le sang magique. *Laissez-moi vous soigner. Je peux…*

Inquisiteur, pensa Kenton, goûtant le mot sur le bout de sa langue. *Vous étiez un Inquisiteur terran. Votre magie soigne.*

Oui ! cria le flacon, sa magie palpitant avec l'euphorie de sa hâte. *Buvez-moi !* supplia-t-il. *Rappelez-moi qui j'étais autrefois.*

Le sang, comprit Kenton. Il y avait une goutte de sang humain dans chacun de ces artefacts. Il n'écouta pas la voix dans sa tête et reposa le flacon. La voix devint instantanément plus faible, mais resta audible. Tant que son regard était posé sur la bouteille, sa voix lui parvenait.

Pourquoi ne l'avait-il pas remarqué plus tôt ? Était-il aveugle à ce point ? Ou bien sa vision magique lui avait-elle ouvert de nouvelles portes ? Le regard rivé sur le sommet de la voûte, il mit la main sur la poignée de Miséricorde qu'il avait posée contre l'étagère et écouta.

Je suis l'air, sembla chuchoter la lame d'une voix douce. *Je suis la magie qui enveloppe l'épée…*

Kenton grogna. *Je suis donc capable de sentir la magie de l'épée sans la regarder… Mais pas celle de l'élixir. Pourquoi ?* N'ayant pas la réponse à cette question, il posa les yeux sur l'arme, étudiant son tranchant. La pulsation de la magie était violente dans sa tête ; elle criait presque.

Ah ! Les yeux amplifient mes aptitudes. Toucher l'artefact m'aide à me concentrer sur la magie. Regarder l'artefact pendant que je le touche fait que la magie me hurle dans la tête. Il se concentra, scruta le métal argenté, et il fut presque capable de voir l'air miroitant comprimé autour de la lame : rose et bleu, affûté comme un rasoir. Plus affûté encore. Il essaya de deviner quel sang avait été utilisé pour forger l'artefact et se déconcentra. Il réessaya, examinant l'acier avant de préférer regarder dans le vague. Sa vision bascula, glissa dans un nouveau spectre de lumière et de couleurs.

Qu'étiez-vous ? demanda Kenton. *Qui étiez-vous ?*

Je suis le Porteur de bouclier, lui répondit l'épée. *Je comprime l'air. Je protégeais Sodar. Désormais, je vous protégerai.*

Sodar ? L'esprit de Kenton tournait à plein régime. *Vous étiez l'arme de Sodar… et le vieil homme vous a donnée à Annev.*

L'épée vibra pour confirmer son hypothèse.

C'est incroyable, pensa une nouvelle fois Kenton. L'épée était-elle intelligente ? Avait-elle un esprit ?

Je suis Miséricorde, pulsa l'arme en essayant de lui répondre. *Je suis l'air et la glace. Je suis le fil de la lame de rasoir. Je suis le sang du Porteur de bouclier.*

D'accord, pensa Kenton. *Elle est semi-intelligente, alors.* Le sang utilisé pour forger l'artefact se rappelait ce qu'il avait été ou qui il avait été. Oui, cela semblait logique.

Kenton reposa l'épée contre l'étagère, ses yeux se détachant de la lame, tandis que sa vision restait dans ce lieu étrange et flou où la magie brillait comme un feu. Il embrassa ainsi du regard la myriade d'artefacts attendant placidement sur les milliers d'étagères de la chambre. Et il en eut le souffle coupé.

L'Amulette de Forme incorporelle.

Les Gantelets d'Indomptabilité.

Les Bottes d'Immobilité.

La Ceinture de Force.

Le Bandeau de Malice.

La chambre pulsait des murmures de toute cette magie, de susurrations silencieuses de besoins et de promesses de pouvoir.

Portez-moi. Tenez-moi. Buvez-moi. Brandissez-moi. Cassez-moi.

Je vous réchaufferai. Je vous rendrai silencieux. Je vous rendrai fort.

Je vous montrerai le chemin. Je stopperai leurs flèches.

Je vous soustrairai à leur regard. Je vous protégerai de leurs mensonges.

Utilisez-moi. Prenez-moi. Goûtez-moi.

Rappelez-moi qui je suis… qui je fus autrefois.

Vous et moi, devenons un.

Kenton grimaça, submergé par les voix silencieuses. Il regarda le sol, et sa vision revint dans le monde réel. Il posa ses doigts sur ses tempes et releva doucement les yeux vers le contenu du Caveau.

Voilà comment il s'échapperait. Comment il aurait sa revanche. La solution était là, à un pas de lui, sur une de ces étagères. Tout autour de lui étaient rangés les artefacts de la damnation, et Kenton comprenait chacun de leurs secrets.

Deux jours plus tôt seulement, Tosan l'avait convoqué dans son bureau pour le nommer Maître des Malédictions, ce qui était une insulte et une condamnation. Comme il examinait le trésor magique qui l'entourait, Kenton trouvait ce titre plutôt valorisant.

Les maîtres et les anciens l'avaient abandonné, et Kenton les ferait payer.

Pour commencer, cependant, il traquerait Annev et il apprendrait au Maître des Chagrins le véritable sens de son nom.

Chapitre 16

Pour évaluer le contenu du Caveau de la Damnation, Kenton prit son temps. Il ne se contenta pas d'attraper la première baguette noire, ni les premiers gants magiques aperçus. Il passa tous les artefacts en revue. Ceux qui l'intéressaient étaient les meilleurs et les plus utiles, à condition qu'ils soient transportables, faciles à ranger, qu'ils ne le ralentissent pas. Même après avoir trouvé la Ceinture de Force, il choisit d'être raisonnable dans sa sélection.

Jusqu'à ce qu'il tombe sur la Cape des Secrets.

Cette cape était une merveille. Dès qu'il l'eut vue, il sut qu'il devait l'avoir, la toucher, déballer les secrets qu'elle abritait. Le tissu était noir, lisse comme de la glace en train de fondre et presque aussi glissant. Même sa vision magique avait tendance à déraper sur le matériau, comme si ses fibres contenaient des filaments d'ombre. *Je vous dissimulerai. Je protégerai vos secrets. Enveloppez vos fardeaux dans mes replis. Cachez vos lames dans mes poches. Et vos jouets. Et vos poisons. Vos mensonges et vos tromperies. Donnez-les-moi tous ; ils seront en sécurité. Je les cacherai de la lumière, je les dissimulerai aux yeux du monde, et vous marcherez sans être aucunement gêné par leur présence.*

Quand il eut passé la cape autour de ses épaules, elle lui révéla d'autres secrets : *J'ai vu le monde et je connais ses secrets. Si vous le souhaitez, je peux vous les montrer, vous montrer le chemin de leur domaine… de leurs cachettes.*

C'était un piège, le subterfuge que la cape avait utilisé pour ensorceler son ancien propriétaire, avant de l'abandonner dans le vide au-delà de ce monde. Il sentait la hâte du vêtement, qui tentait de l'attirer vers ses plus noirs secrets, dans les replis de sa toile. Il en aperçut même quelques-uns, des mondes d'ombre, des domaines oniriques, des terres de cauchemar. Si Kenton s'enveloppait dans la Cape des Secrets et qu'il exprimait le désir de se rendre dans l'un de ces endroits, la cape l'y emmènerait et l'y abandonnerait. Un secret de plus caché dans ses profondeurs, un propriétaire de plus abandonné dans le vide.

Kenton ne mordrait pas à l'hameçon.

— Votre magie, dit-il à voix haute. Elle est krosérane… C'est la magie des Tisseurs de vide ?

Le vrombissement de la magie de la cape se fit hésitant. Pouvait-elle l'entendre ? Kenton en doutait, mais il continua de parler.

— L'homme qui vous a fabriquée – dont vous contenez le sang – manipulait le tissu de ce monde. Il se servait de cette aptitude pour se déplacer entre ces endroits, n'est-ce pas ?

La magie vibra autour de ses épaules, transmettant à ses sens une description du sang magique de l'artefact, de la personne à qui il avait appartenu : douce et sensuelle, intelligente et rusée.

Une femme, comprit Kenton. *À la chevelure noire comme la nuit et à la peau blanche comme la lune.* Elle rappela à Kenton une autre femme : plus jeune, presque aussi belle et non moins dangereuse.

Sodja Rocas. Qui avait volé la Baguette de Compulsion que Fyn, Annev et lui s'étaient donné tellement de mal pour voler à Janak Harth. Elles étaient étrangement liées. Kroséranes toutes les deux ? Oui, c'était bien cela. Les deux femmes étaient kroséranes. Des adoratrices de Dorchnok, le Dieu des Ombres. La quantité d'informations sur le monde et sa magie qu'il obtenait en écoutant les murmures de l'artefact était stupéfiante.

Intéressant. Kenton examina les fibres de sang magique incorporées dans la trame de la cape et lut en elles comme dans un livre imprimé.

Oh oui ! cette cape abritait énormément de secrets. Kenton mit la main dans une poche située à hauteur de son coude et en sortit une mince baguette noire.

De l'ébène. Étonnamment flexible. Aussi longue que son avant-bras et ornée de nombreuses runes couleur fer qui brillaient dans la lumière magique de la chambre. Kenton examina les symboles et sourit de nouveau.

La Baguette du Vide. La magie de l'artefact résonna dans sa tête. Si la Cape des Secrets était la porte d'un autre monde – un piège pour les moins circonspects –, alors cette baguette était sa clé. Tant qu'il aurait cette baguette en sa possession, il pourrait entrer sans risque dans les mondes contenus dans la cape et en sortir à sa guise.

Kenton gloussa. Puis il rit d'une voix puissante, qui se réverbéra longuement sous la voûte. Il se sentait réellement plus léger, comme si la cape l'avait soulagé de ses fardeaux. Finalement, il n'avait pas besoin de choisir avec soin les artefacts qu'il emporterait car la cape contiendrait tout ce qu'il souhaitait. Il n'avait pas à craindre non plus de rester coincé entre les murs de l'Académie car il porterait la porte sur ses épaules et tiendrait la clé dans sa main. Il commença à fourrer sans discernement des artefacts dans ses poches, ne s'interrompant que très brièvement pour mémoriser leur usage : un gant capable de deviner les émotions de la personne qu'il touchait, un tome contenant une centaine de bibliothèques et des dizaines de milliers de livres oubliés, une mince clé capable d'ouvrir n'importe quelle serrure, une paire d'anneaux qui soumettrait à la volonté du second le porteur du premier. Kenton mit donc le second à son doigt et rangea le premier dans sa poche, à portée de main.

Alors, il repéra l'Anneau de Souvenance. Il s'en saisit, confirma sa fonction et le glissa au majeur de sa main gauche. Ses pensées commencèrent aussitôt à se cristalliser, l'anneau mémorisant toutes ses réflexions et impressions. Il sourit. Il n'aurait plus de choix difficile à faire ; il lui suffisait d'étudier chacun des artefacts qui l'entouraient, de mémoriser leur magie et de les stocker dans les replis infinis de sa cape. Il hésita en arrivant devant une jarre en terre cuite apparemment trop grosse pour entrer dans la plus grande de ses poches. Cependant, il ne mit pas longtemps à comprendre qu'il lui suffisait d'envelopper l'objet dans le tissu et de formuler le souhait qu'il disparaisse. La jarre parut effectivement se volatiliser, avalée par la cape, qu'il put remettre sur ses épaules.

Comment la récupérer ? Il ne l'avait pas rangée dans une poche spécifique. Il médita sur la question, avant de découvrir qu'il n'avait qu'à faire claquer le tissu de la cape pour faire réapparaître l'objet à ses pieds. C'était aussi facile que de respirer. Un nouveau claquement, et la jarre disparut.

Je ne vais plus pouvoir m'en passer !

Après cela, très peu d'artefacts n'attirèrent pas l'attention de Kenton. Il vida des étagères entières dans le vide entourant ses épaules. Des sacs et des bouteilles. Des habits et de l'or. Des bijoux et des armes. Il s'arrêta devant une épée plus grande que lui et haussa les épaules. Il n'était pas obligé de tout prendre ; il se contenterait de *presque* tout. Il choisit de garder à portée de la main les artefacts les plus petits et utiles : une puissante Amulette de Régénération, dont l'énorme grenat contenait le sang d'une dizaine d'Inquisiteurs ; les Bottes de Silence capables d'envelopper le corps tout entier de Kenton dans un voile dénué de bruit. Il trouva un pantalon taillé dans la peau d'une panthère noire et l'enfila, profitant de la grâce et de la célérité de l'animal, mais aussi du garde-forestier shalgarn auquel elle était liée. Il se sentit courageux et malin, fort et rapide. Ses pensées étaient claires, son corps vigoureux et consistant.

Kenton jeta un coup d'œil circulaire sur le reste du contenu du Caveau. Il n'avait pas pris le cinquième des artefacts stockés là, et pourtant, il avait mis dans sa cape de quoi remplir une dizaine de chariots.

— Ça suffira, dit-il aux artefacts restants comme s'ils étaient une assistance silencieuse et calme, un groupe de prisonniers attendant d'être libérés.

Oui, ce serait bien suffisant. En cas de besoin, rien ne l'empêcherait de revenir.

Kenton mit sa capuche noire, se voûta, s'étira, serrant la cape sombre autour de son corps. Le monde lui avait fait du mal. Les maîtres et les anciens de l'Académie l'avaient persécuté. L'Ancien Tosan s'était moqué de lui. Annev l'avait maudit.

Ils paieraient tous.

Les artefacts qu'il avait pris dans le Caveau de la Damnation – des artefacts que les maîtres et les anciens avaient mis des générations à localiser, voler et stocker –, ces artefacts réapparaîtraient pour les hanter. Ce serait son rôle, désormais, car il n'était plus le Maître des Malédictions, mais bien le Seigneur de la Damnation.

Comment vais-je m'y prendre pour sortir de cette prison, maintenant ? Vais-je utiliser ma cape, ma porte magique, ou bien creuser un tunnel jusqu'à la surface ? Cette dernière solution serait plus aisée à présent qu'il avait tous ces artefacts si utiles en sa possession. Utiliser la cape serait infiniment plus simple, évidemment, mais cette simplicité le rendait méfiant. De fait, l'artefact semblait vouloir emprisonner des gens dans son vide magique, aussi Kenton rechignait-il à l'utiliser.

Le jeune homme posa la main sur la garde de Miséricorde, dont la voix magique était étouffée par le gant qu'il portait désormais à la main droite. Il pivota sur ses talons, se tourna vers l'entrée du Caveau, regardant en silence son énorme porte en bois-de-fer. Frottant sa barbe de trois jours, il invoqua la mince clé qu'il avait trouvée plus tôt. Il se rapprocha de la porte et examina la serrure cylindrique. Son instinct lui disait que la clé ne fonctionnerait pas, mais il se devait d'essayer. Comme il s'en doutait, la clé était conçue pour ouvrir des serrures ordinaires, non pas leurs pendants magiques. Il la rangea dans une poche de sa cape et se tourna vers un autre coin de la chambre, sa vision magique transperçant les rayonnages pour se focaliser sur l'ouverture par laquelle il était arrivé. Il pourrait repartir par là, mais… il n'avait pas vraiment envie de retourner dans cette maudite cellule. Si une réplique devait lui faire tomber le Caveau de la Damnation sur la tête, les artefacts qu'il transportait dans la cape l'empêcheraient peut-être d'être écrasé, mais le risque de suffoquer ne serait pas négligeable. À quoi bon être en vie sous des centaines de tonnes de roche ?

Comme il réfléchissait à une alternative, Kenton se surprit à examiner le filet de liquide luminescent qui s'écoulait jusqu'à sa cellule, en dessous. Il avisa le canal craquelé taillé dans le sol du Caveau, d'où s'échappait le liquide, puis retourna vers le bassin central de lumière arc-en-ciel. Il remarqua que les rayonnages radiaux abritant les artefacts se trouvaient à environ quatre mètres de la fontaine.

Jusque-là, Kenton s'était délibérément tenu à l'écart du bassin, dont le spectacle seul l'emplissait d'un sentiment de terreur. Cette terreur s'était largement émoussée à présent qu'il était équipé de tous ces artefacts, aussi s'avança-t-il avec circonspection vers le périmètre de la fontaine. Il jeta un coup d'œil au liquide, se penchant par-dessus le muret, comprenant pour la première fois ce qu'il voyait.

Il s'agissait d'un puits, un puits profond débordant d'un liquide magique lumineux et multicolore. Le bassin en pierre lui arrivait à hauteur de hanche. Il n'y avait pas de seau ni de corde pour puiser la substance lumineuse, mais la surface du liquide était dangereusement proche, quelques centimètres sous le sommet du muret. Il aurait pu en prendre dans la paume de sa main.

Kenton fit un pas supplémentaire et se pencha franchement par-dessus le muret, se laissant éblouir par les lumières et les couleurs. La magie était translucide, aussi Kenton voyait-il le puits s'enfoncer dans les profondeurs de l'Académie, jusqu'à une grotte souterraine. Hypnotisé par la lumière colorée, il se laissa captiver par l'aura de la magie qui émanait des profondeurs.

L'Aqlumera.

La combinaison mythique de *quaire*, de *lumen* et de *t'rasang* n'était pas censée exister. C'était un symbole de potentiel illimité. Une légende et un mensonge. Le matériau impossible dont étaient constitués les Dieux et le monde. Kenton n'avait donné aucun crédit au mythe et n'avait pas deviné la nature du liquide qu'Annev lui avait jeté au visage, mais à présent qu'il se tenait devant ce puits, il lui était difficile de ne pas voir la réalité en face.

La grotte qui se trouvait loin en dessous de lui crépitait de feu et de glace. Un prisme réfléchissant d'infinis chemins vers l'avenir. Un instant plus tard, il parut bouillonner de vie et de mort, de croissance et de décrépitude, de stagnation et de régénération. La terre et le métal. L'air et l'eau. La lumière et le feu. Le liquide semblait en vie ; il semblait savoir où il s'écoulait.

Il était bel et bien vivant. Au milieu des courants de magie, Kenton distinguait les esprits des morts et des non-nés. Les visages des enfants et des bébés qui avaient quitté ce monde trop tôt, ceux, grimaçants et fripés, des vieux qui avaient péri dans un lointain passé. Ils nageaient dans cette magie, y étaient prisonniers. Plus Kenton regardait, plus il avait l'impression que ces gens… étaient la magie. Comme si le liquide blanc doré et la lumière arc-en-ciel qu'il émettait étaient constitués de leurs âmes. Les esprits semblaient flotter devant lui, coincés entre ce monde et le suivant. Kenton était hypnotisé…

Soudain, un visage s'éleva de ce marasme, recouvra des contours bien nets, une silhouette : l'esprit d'un homme grand et mince au visage sévère et au bouc soigneusement taillé.

L'Ancien Tosan.

Dans un grognement et un gémissement, le spectre tendit les bras vers Kenton, émergeant de l'*aqlumera* pour l'attraper. Trop rapide, il plongea dans les yeux de Kenton, l'emplissant d'une crainte glaciale, de désespoir et de colère.

Vous ! siffla l'esprit dans le crâne de Kenton.

Tosan ? Kenton s'éloigna précipitamment du puits. *Qu'est-ce que…*

Vous pratiquez la magie, Maître Kenton, poursuivit Tosan. *Comme ce maudit keokum d'Ainnevog. Vous vous cachiez parmi nous depuis le début. Sous mon nez !*

Comment faites-vous ça ? protesta Kenton en heurtant un rayonnage, dans son dos. *Comment pouvez-vous être dans ma tête ?*

Comment ? J'étais censé vivre la même expérience que Bron Gloir. J'étais censé prendre possession du corps de la personne la plus proche de moi après en avoir chassé l'âme. Au lieu de quoi je me retrouve prisonnier là-dedans avec vous.

C'est Annev qui a fait venir ces monstres de métal au village ? demanda Kenton. *Ce sont eux qui vous ont tué ? J'ai cherché, mais je ne vous ai pas trouvé parmi les morts.* Kenton sentait que l'esprit cherchait dans ses souvenirs, fouillait à la manière du Maître de la Monnaie triant ses pièces de cuivre. Il sursauta et se libéra de l'emprise spectrale de Tosan.

Le rire sec et plein de mépris du directeur résonna dans son crâne. *Vous aimiez ma fille, Maître Kenton ? Comme ce maudit rejeton de Keos. Vous aussi, vous désiriez la souiller… Heureusement, les Dieux ont jugé opportun de l'arracher à ce monde. Jamais vous n'aurez l'occasion de la souiller, et elle ne verra jamais le monstre que je suis devenu.*

Myjun, pensa Kenton, à peine capable de réfléchir de façon cohérente. *J'espérais qu'elle… qu'elle s'en était sortie. Comment est-elle morte ?*

Une vision apparut dans son esprit : à travers les yeux de Tosan, il vit Annev lever une main dorée aussi brillante que le soleil. Myjun se tenait à côté de Tosan, agrippant sa robe ornée de chevrons. Elle était terrifiée pour son père et elle. Annev hurla, et un cylindre de feu jaillit de sa paume vers Tosan, avant de ralentir brutalement comme Kenton freinait le défilement de ces souvenirs. Il eut donc le temps de sentir la chaleur se déverser dans le bras tendu de Tosan, faisant fondre ses doigts, son anneau en or, sa main et son bras tout entier. Myjun essayait de fuir lorsqu'elle fut rattrapée par le feu. Elle pivota sur ses talons, fut projetée en arrière… Alors, les yeux de Tosan s'emplirent de l'éclat orangé de sa propre immolation. Son corps brûla et son esprit fut emporté comme une feuille morte. Complètement désorienté, l'ancien se sentit attiré vers le bas, aspiré par le Caveau de la Damnation.

Ce n'était pas supposé se passer comme ça, gronda Tosan dans la tête de Kenton. *Mon âme devait être transférée dans un autre corps. J'étais censé tromper la mort, non pas être aspiré par ce puits. Je suis prisonnier de la Damnation, de cette fosse. Le rituel n'a pas fonctionné. Je ne sais pas… Il a fonctionné pour Bron Gloir, mais celui-ci était un Arpenteur d'esprit…*

Le directeur sombra dans le silence, tandis que l'estomac de Kenton se mettait à bouillonner.

Annev a tué Myjun, pensa-t-il. *Et je n'étais pas là pour l'en empêcher.*

Vous n'auriez pas pu la sauver, affirma Tosan. *Aucun d'entre nous ne l'aurait pu. Sa magie – la maudite Main de Keos –, personne ne peut la contrer. Elle m'a arraché à mon corps, elle a arraché Myjun à ce monde. Il l'a tuée comme un démon furieux, Keos incarné.*

Un feu enfla dans les entrailles de Kenton, l'emplissant de fureur.

Annev avait tué Myjun. Il l'avait manipulée, avait volé son cœur, puis l'avait assassinée lorsqu'elle l'avait rejeté.

Je le détruirai. Je retournerai contre lui tout ce qu'il chérit. Je détruirai tout ce qui lui apporte de la joie. Je ferai de sa vie une succession de malheurs jusqu'à ce qu'il supplie la mort de le délivrer de son enfer personnel. Juste avant de le tuer d'une manière particulièrement lente et douloureuse, je lui révélerai l'identité de l'architecte de ses tourments. Il me suppliera de l'achever, mais sa fin sera longue à venir. Sa fin…

… Sa fin ne viendra pas de votre main.

Les rêves de vengeance de Kenton se heurtèrent à la voix froide de Tosan. *Vous ne ferez aucun mal à Ainnevog car c'est moi qui le châtierai. Je le jugerai, et je ferai tout cela en utilisant votre corps. Votre présence ne sera pas requise.*

Une fois de plus, Kenton sentit les serres de Tosan s'enfoncer dans son esprit, le repoussant, l'éloignant de son enveloppe charnelle. Le jeune homme essaya de résister, mais c'était comme saisir de l'eau. Impossible de s'accrocher à son corps, de résister à la force implacable qui l'en éloignait. Il sentit quelque chose se déchirer en lui, reconnut la volonté furieuse de Tosan, qui dissociait son corps et son esprit. Son identité, sa psyché… Elles semblaient s'écouler entre ses doigts.

Simultanément, une autre force l'attira, aspira son âme dans un oubli lointain et apaisé.

L'*aqlumera*, comprit Kenton comme son esprit tentait de résister à la force séductrice. À l'opposé des coups précis et des attaques directes de l'esprit du directeur, la magie émanant du puits déferlait sur Kenton en vagues rythmées, érodant sa singularité, l'attirant lentement vers le liquide lumineux. Il entendit les voix désincarnées des morts suppliant qu'on leur donne une autre chance, l'appelant depuis l'*aqlumera*. Et il compris qu'il joignait sa voix aux leurs. Il lutta pour rester sur place, pour résister à la pression féroce de Tosan, à l'attraction incessante de l'*aqlumera*.

Cela ne servit à rien. Kenton mourait, et l'esprit désincarné du directeur prenait possession de son corps.

Deuxième partie

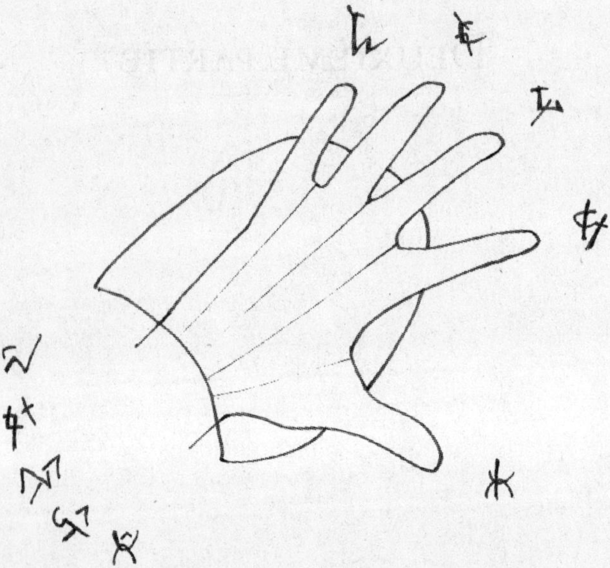

Je ne reconnais pas ici la volonté d'Odar. Je ne suis pas sûr d'avoir jamais réellement entendu sa voix… et pourtant, j'ai le sentiment qu'il approuverait ma décision. User des outils de Keos contre ses serviteurs et lui me procure une joie véritable. J'ai donc décidé de reprendre très sérieusement les études […]

* * *

J'avoue ressentir une certaine excitation lorsque je me confronte à la magie qui me souille. Je ne crois pas que Keos, Lumea ou Odar lui-même m'appelle. La magie semble avoir une vie propre, indépendante des Dieux et des hommes. Sous la souillure de Keos, je perçois la promesse de la vie et la certitude de la mort. Elles sont plus grandes que nous tous. Parfois, je me sens aspiré par la magie, je suis à peine capable de lui résister. Je la sens qui m'appelle en ce moment même, mais je me trouve plusieurs étages au-dessus de cette maudite magie comme je compose ces phrases […]

* * *

Le texte les appelle les Modeleurs de terre, et si les noms et la corruption qu'ils représentent m'importent peu, celui-ci est lié à un autre terme de légende qui a attiré mon attention : je parle de l'hybride iluméen-terran appelé « Modeleur d'âme », qui semble avoir beaucoup en commun avec les hybrides ildari baptisés « Arpenteurs d'esprit ».

D'après le texte, les Modeleurs d'âme et les Arpenteurs d'esprit sont capables de tromper la mort elle-même. Le livre reste vague sur les détails, et il est bien trop tôt pour que je tire mes propres conclusions, mais j'émets l'hypothèse que les Modeleurs d'âme sont capables de transférer leur âme dans un nouveau vaisseau au moment de leur mort. Cela rappelle évidemment les récits mythiques des aventures de Bron Gloir… cependant je dois me rendre à l'évidence : les preuves sont bien là. J'ai bien l'intention de comprendre comment pareil prodige est possible, et l'histoire de Bron Gloir pourrait me donner des pistes de recherche. Si je parviens à découvrir ce secret, ce sera extrêmement bénéfique à l'Académie […]

* * *

L'histoire de Bron Gloir est pleine de promesses. J'ai envoyé Duvarek au nord, mais j'ai peu d'espoir qu'il nous revienne avec des trouvailles de valeur. Trop de temps s'est écoulé depuis le rite de Bron Gloir et la dissolution de son ordre maudit. Néanmoins, si des archives existent, elles se trouvent forcément dans ce caveau ou dans les ruines de Speur Dún […]

* * *

Je suis tellement proche du but. J'ai traduit le moindre mot de cet ouvrage de magie noire rongé par les mites, et force m'est de conclure que la recette de l'Élixir est incomplète. Heureusement, la copie grossière des fresques de Speur Dún réalisée par Duvarek a apporté quelques éclaircissements sur le rite – celles-ci semblent d'ailleurs confirmer la mythologie de Bron Gloir –, mais il me manque quelque chose. La transmutation des Modeleurs d'âme requiert un ingrédient différent de celle des Arpenteurs d'esprit.

J'ai testé plusieurs éléments sans jamais obtenir une décoction crédible. Je suis dans une impasse. Je n'ai pas du tout envie d'interrompre ces recherches effrénées–je suis si près du but!–, mais je me sens obligé de le faire. Peut-être pourrais-je prouver mon dévouement et la justesse de mon entreprise à Odar, qui me donnerait alors la réponse [...]

* * *

Du venin de serpent à collier! Ses propriétés sont mutatives. Mystérieuses. Keokum? Peut-être sera-t-il le catalyseur qui permettra de percer l'énigme du sort d'immortalité de Bron Gloir. Des tests sont nécessaires [...]

* * *

Je crois que je l'ai. L'Élixir... il résonne avec le son et le timbre de la magie profonde. Le venin était la clé comme je le soupçonnais. Manque l'ingrédient final: le sang provenant d'un sacrifice humain.

J'hésite, je l'avoue volontiers. Impossible d'essayer sans mettre ma vie en danger. S'il n'y a pas d'autre façon de mettre au jour le secret de l'immortalité, je ne pratiquerai le rituel que dans des circonstances particulières, que lorsque surviendra une crise. En attendant, je serai contraint d'avoir toujours sur moi l'Élixir préparé. Ainsi, je serai prêt lorsque les circonstances imposeront que je prenne le risque ultime. Nul doute que l'opportunité se présentera. Pourquoi, autrement, Odar aurait-il fait couler dans mes veines deux sangs différents, terran et iluméen? Non, ma mission est forcément de résoudre l'énigme de l'Élixir en accord avec la volonté du Père de toute chose [...]

* * *

Le baron Harth a capturé Duvarek, et Keyish confirme que le Maître des Ombres est ensorcelé par la Baguette de Compulsion. Il semble que j'aie sous-estimé l'infirme… mais peu importe.

J'envoie Ainnevog s'occuper du marchand. Il a prouvé sa loyauté envers l'Académie en exécutant le colporteur, et il a trouvé et tué Kelga, que je cherchais depuis tant d'années. Les Avatars Fyunai et Kenton l'accompagneront. L'ironie de la situation ne m'aura pas échappé. Il n'y a pas, à Chaenbalu, âme plus volontaire et capable de résister à l'influence de la Baguette de Compulsion que ces trois-là. Myjun mise à part, bien sûr, mais ma fille n'a pas été moissonnée, et je lui épargnerai ces épreuves tant que ce sera possible.

Je ne puis qu'espérer que son cœur la maintiendra loin de tout danger car je n'imagine pas perdre Myjun comme j'ai perdu Lana. Je maudirais le monde lui-même et vendrais mon âme à Keos pour protéger ma fille […]

Extraits du journal de l'Ancien Tosan

Chapitre 17

Après une journée supplémentaire de marche tranquille et quelques pauses pour se restaurer, Annev et ses compagnons arrivèrent devant les murs de Luqura à l'heure où ils avaient installé leur campement la veille. Cette fois, Titus et Sraon prirent le premier quart de garde, Therin et Fyn le second. Malgré les mises en garde de Sraon sur la présence de bandits dans les collines – ou peut-être grâce à elles –, rien de fâcheux ne se produisit. Pour le troisième tour de garde, Therin réveilla Annev en le secouant et s'endormit avant même que celui-ci eût le temps d'émerger de sa couverture.

Annev secoua la tête, incrédule, avant de remarquer que Fyn se tenait au-dessus du diseur de vérité endormi. Annev rejoignit le jeune maître d'armes en s'enveloppant dans sa cape.

— Des ennuis ?

— Il est laid, n'est-ce pas ? demanda Fyn en désignant Jian du menton.

— Ce n'est pas sa faute, Fyn, rétorqua Annev en fronçant les sourcils. Certaines personnes naissent comme ça.

— Ouais. En tout cas, s'il était né dans notre village, il n'aurait pas duré une semaine. C'est quand même étrange. Voir des gens comme ça – d'un certain âge – qui n'ont pas été éliminés… Ça fait réfléchir.

— C'est-à-dire ?

— Qu'y a-t-il de vrai dans ce qu'on nous a enseigné ? Et qu'y a-t-il de faux ? (Il mima une balance avec les mains.) Si des gens comme lui – apparemment pas plus dangereux que Titus – peuvent se promener librement, peut-être avons-nous eu tort de les tuer. (Il abaissa ses mains.) Tu es un genre d'exception aussi, non ? Il te manque un bras, après tout. Ils auraient dû t'éliminer il y a longtemps… mais ils ne l'ont pas fait, et rien de mauvais ne s'est produit. Tu as grandi avec nous, tu as été formé, tu as vécu au village. Seuls les quelques derniers jours ont été complètement fous. Du coup, ça fait réfléchir aussi. Tu trouves ça bizarre ?

— Non, pas du tout.

Fyn hocha la tête d'un air satisfait.

— Je n'ai jamais vraiment aimé les maîtres, ni les anciens. Ou plutôt, j'appréciais la structure, le fait d'y avoir une place, d'être au sommet de la pyramide, mais tu avais raison de questionner nos enseignements. Aucun d'entre nous ne les trouvait légitimes, à dire vrai, mais que pouvions-nous faire ? (Il se gratta la tête.) Je n'aurais probablement pas dû m'en prendre à toi.

— Fyn, serais-tu en train de… t'excuser ?

Le colosse se tint bien droit et eut un reniflement méprisant.

— Sûrement pas ! Frimeur comme tu es, tu as mérité toutes les branlées que je t'ai administrées. (Il fanfaronna, puis redevint pensif.) Je me disais juste que ce serait différent, en ville. Toutes ces règles qu'on nous obligeait à suivre, à l'Académie… elles n'ont pas cours, ici. Les gens sont différents, en ville. Ils pensent différemment. On risque d'avoir du mal à trouver notre place.

— Je me fiche de trouver ma place, répondit Annev en haussant les épaules. J'ai bien l'intention de me la créer, comme je l'ai toujours fait.

— Ouais, acquiesça Fyn en fixant Annev de ses yeux plissés. Évite simplement de tout faire péter la première semaine. Laisse-moi le temps de m'installer un peu.

— Je ne te promets rien !

— Merde… (Fyn donna un coup de poing dans l'épaule d'Annev.) Bon, je vais me coucher. (Il s'assit sur sa couverture et commença à défaire ses bottes.) Je te laisse réveiller notre bonhomme de neige. Ses yeux roses me fichent la trouille.

Il tira sa couverture au-dessus de son menton et se retourna.

Annev arpenta le campement pendant une minute en regardant successivement ses compagnons de route, s'attardant sur Fyn. La poitrine du jeune homme se soulevait régulièrement dans une imitation quasi parfaite du sommeil. Annev sourit en s'amusant de la facilité avec laquelle la brute qui le harcelait depuis sa plus tendre enfance était devenue son ami, ou presque. Son regard glissa jusqu'aux murailles de la ville faiblement éclairée et endormie. Des torches vacillantes marquaient l'emplacement des gardes, et quelques modestes feux de camp brûlaient devant les portes. Annev espérait que Sraon avait exagéré lorsqu'il avait parlé de bandits molestant des voyageurs autour de ces feux, mais c'était impossible à dire dans les ténèbres. Il n'entendit aucun cri, cependant, et Fyn n'avait rien remarqué non plus pendant son quart, aussi Annev préférait-il se dire que tout le monde était en sécurité.

Entendant quelque chose bouger derrière lui, il se retourna et vit que Jian Nikloss était réveillé. Le Yomad cligna de ses yeux roses qui réfléchissaient le clair de lune, et répondit au salut de la tête que lui adressait Annev, s'extirpant de ses fourrures pour le rejoindre dans la lumière de l'aube naissante.

— Nous devrions monter plus haut sur la colline, dit Annev. De là, il sera plus facile de surveiller le camp et la route à la fois.

Jian ne répondit pas, mais suivit Annev comme celui-ci s'éloignait juste assez pour ne pas déranger leurs amis endormis. Le regard d'Annev se posait alternativement sur la route par laquelle ils étaient arrivés, les parapets entourant la ville et les ténèbres enserrant le camp.

— Vous devriez savoir que ce que vous avez dit à votre ami est faux, commença Jian.

— Ah ? Vous étiez réveillé ? (Annev gloussa intérieurement comme l'homme hochait la tête.) Que lui ai-je dit ? Où me suis-je trompé ?

— Vous avez dit que ceci… (Jian désigna la peau blanche de son visage, ses yeux roses.) … n'était pas mon choix. Ce n'est pas vrai. (Le diseur de vérité passa une main pâle dans ses cheveux, dont il arracha une mèche aussi sèche que de la paille, qu'il éparpilla sur le sol.) Je n'ai pas toujours été touché par la mort. Lorsque j'avais votre âge, j'avais les yeux marron, les cheveux noirs et la peau foncée. Les choses ont changé lorsque j'ai commencé à pratiquer la magie. Ma peau s'est éclaircie, mes yeux sont devenus rouges, puis roses. (Il haussa les épaules.) C'est ce qui arrive aux Terrans qui utilisent la magie. Même aux Néoterrans adorateurs des Jeunes Dieux. Notre peau change. Nos yeux changent. Parfois, notre sang et nos os changent.

— Je… je l'ignorais avant de rencontrer Dolyn. Elle avait une pièce en cuivre dans le cou, mais je n'ai pas tout de suite compris pourquoi. (*La marque de Keos*, pensa involontairement Annev.) Et c'est pareil pour tout le monde ?

— Parmi les miens ? Non. J'ignore ce qu'il en est des autres tribus, mais les Voyants de Terra Majora changent rapidement. La peau blanche, les yeux rouges, blancs ou noirs sont assez fréquents, mais certaines transformations peuvent être plus extrêmes.

— Extrêmes comment ?

Jian eut un sourire totalement dénué de joie.

— Les Nécromanciens manipulent les élémentaires, aussi leurs changements sont-ils plus primitifs. Ils reflètent les formes qu'ils ont choisies. Les Arpenteurs d'os, par exemple, sont squelettiques. Les Arpenteurs de chair finissent par ressembler aux morts qu'ils réveillent, scabreux et sales. (Il eut un frisson, les yeux mi-clos.) Quand je suis contraint de faire marcher les morts, je n'utilise que les morts de fraîche date, ceux dont la transition a été paisible. Rien de pourri, de décomposé. Je ne m'intéresse ni à la chair furieuse, ni aux esprits qu'il vaut mieux laisser là où ils sont.

— Pourquoi me dites-vous tout ça, Jian ? s'étonna Annev.

— Parce que j'ai fait une longue route pour vous parler.

— Je croyais que vous étiez parti vers le sud pour rencontrer Pouce-rouge et Luathas ?

— J'ai dit que j'avais ressenti le besoin de quitter ma terre pour trouver des réponses. Arrivé dans le Sud, j'ai croisé la route du forestier et des Iluméens, et j'ai compris que leurs objectifs se rapprochaient des miens. Les prophéties, cependant, ne disaient pas que j'allais faire leur connaissance. J'étais à la recherche du Vaisseau, du porteur de la Main de Keos, car les esprits m'avaient dit qu'il allait apporter le changement dans mon pays.

Cela ne plut pas du tout à Annev.

— J'ignore ce que vous ont dit les esprits, mais il est hors de question que je me rende à Terra Majora, où que cela se trouve. Beaucoup de gens très bizarres me cherchent – et veulent m'utiliser –, mais je n'ai pas l'intention de jouer leur partition.

— Mmh… Peut-être suis-je dans l'erreur.

— Mais vous ne pensez pas l'être. Vous n'auriez pas traversé la moitié d'un continent, vous n'auriez pas insisté pour nous accompagner si vous n'aviez été sûr de vous.

— Quatre continents, en réalité : le Daroea de l'Ouest, le Daroea oriental, Terra Minora et Terra Majora. Le monde est vaste.

— Eh bien… Vous parlez d'un très long voyage.

— Au bout duquel je vous ai trouvé. Le Maître des Chagrins, le Vaisseau de Keos. Le Sauveur et le Destructeur. Je ne l'aurais pas cru si je ne vous avais vu de mes propres yeux. Hier, sur la place du marché, je n'étais pas encore sûr. Et puis, vous m'avez montré votre main dorée. (Il poussa un soupir satisfait.) J'espère que je serai à vos côtés lorsque vous brûlerez la pourriture qui recouvre ma terre natale. Ce sera un grand jour.

Annev grimaça, mal à l'aise.

— Je ne brûlerai rien du tout. J'ai l'intention de me débarrasser de ça, dit Annev en levant sa main gantée. Je le ferai dès que j'aurai trouvé mon contact, à Luqura. Après, je prendrai mes jambes à mon cou et je filerai loin, très loin de ces maudites prophéties.

— Vous n'aiderez pas mon peuple ? s'enquit Jian, dont le sourire vacillait.

— Je ne connais pas votre peuple, protesta Annev en levant les deux mains dans un geste d'impuissance.

— Voilà pourquoi je vous parle de lui.

— Des gens vivent à l'autre bout du monde, enchérit Annev en secouant la tête, emphatique. Je n'ai rien contre eux, mais je ne les aime pas spécialement non plus. Je n'ai aucune raison de traverser quatre continents pour les détruire ou au contraire leur venir en aide. Et même si j'en avais, je n'en ai pas envie !

Jian prit le temps de réfléchir. Dans son dos, Annev voyait le soleil rosir à l'est.

— Vous êtes un peu comme Chade Thornbriar, finit par reprendre le diseur de vérité. Vous emprunterez votre propre voie, mais cela ne vous empêchera pas d'arriver là où le Destin l'a décidé.

— Personne ne décide pour moi, rétorqua Annev dans un sourire pincé. J'ai mon libre arbitre. Le Destin finira par le comprendre.

— Et s'il refuse ? S'il continue de se mêler de vos affaires ?

— Je trouverai l'endroit où il dort, je forcerai sa porte et je lui fourrerai ses maudites prophéties dans le…

Jian éclata de rire.

— D'accord, d'accord ! Excellent ! Faites ! Faites-le et vous verrez ! Nous verrons tous si le Destin apprécie ce genre de traitement ! Ha-ha !

Annev fixa du regard l'étrange homme pâle, se demandant ce que signifiait son rire. Il se frotta la mâchoire, gratta sa barbe naissante et se dit qu'il lui faudrait trouver un rasoir à Luqura. Il regarda de nouveau derrière Jian, tandis que les premiers rayons du soleil perçaient le ciel.

— Venez, dit-il en donnant une tape sur l'épaule de son compagnon. Il est temps de réveiller les autres et d'aller voir si le Destin nous réserve quelque chose à la capitale.

— Ha-ha ! Le cas échéant, vous vous occuperez de ses fesses ! Hé-hé !

— Nous verrons, nous verrons.

Chapitre 18

— Ça fera une Lune…

— Combien ?!

— … et six Roues de cuivre.

— C'est beaucoup trop. Si je voulais me faire dépouiller, je serais resté à l'extérieur des murs de la ville.

— Il n'est pas trop tard pour ça. Suivant !

— Attendez, attendez ! C'est une pièce de cuivre par famille ! Je ne suis pas un étranger. Je connais la loi !

Le garde regarda furtivement Jian, dont le visage était dissimulé dans l'ombre de sa capuche. Il étudia les cheveux blonds de Titus, les tresses brunes et sales de Fyn, puis la peau basanée de Sraon. Il secoua la tête.

— Si vous êtes de la même famille, moi, je suis votre oncle. Suivant !

— Attendez ! cria Sraon à l'intention des citoyens en colère qui essayaient de lui passer devant.

Le forgeron se détourna de la queue et repoussa sans le regarder un jeune homme de seize ans qui tentait de le bousculer. Il plongea la main dans le chariot, souleva un sac de pommes et de pain rassis, récupérant un parchemin.

— Je voulais dire que ceux-là sont ma *propriété*, lança-t-il en agitant le document. Voilà ce que je voulais dire, et si vous prenez sur vous de collecter des taxes sur ces esclaves, je vous mets la Guilde sur le dos.

Le garde survola le document en reniflant.

— Ça fera quand même une Lune pour le chariot.

— Le chariot est à moitié vide ! Et je suis ici pour acheter, pas pour vendre !

— Dans ce cas, donnez-moi une Lune et disparaissez. Suivant !

— Attendez ! (Le forgeron grommela et entreprit de compter ses pièces, sur sa paume.) Deux Bâtons d'argent et… deux Écus.

— Quatre Écus.

— Trois !

— Entendu. Suivant !

Le garde prit les pièces dans la main de Sraon, et le groupe se faufila par une petite porte taillée dans la poterne de la Porte des marchands est. Un second garde fit passer le chariot par l'entrée principale, et le forgeron fut contraint de se délester d'une quatrième pièce de cuivre pour le récupérer.

— Quelle bande de voleurs ! Comment les fermiers peuvent-ils se permettre de venir tous les matins vendre leurs marchandises ?

— Je croyais que vous étiez déjà venu…, dit Fyn en avisant la foule, méfiant et impressionné à la fois.

— Absolument, et chaque fois, j'ai eu du mal à garder mes dents. (Il tapota son cache-œil.) Au moins n'ont-ils pas taxé nos armes. Je dis ça parce que je les ai déjà vus le faire. Des voleurs et des assassins, tous ! Venez. On ne traîne pas dans les alentours des portes à moins de vouloir se faire dépouiller.

Le groupe s'engagea dans une rue large, avançant de façon irrégulière, les uns s'arrêtant par moments pour attendre les autres.

— Jamais je n'avais vu autant de gens de toute ma vie ! s'émerveilla Therin. Regardez comment ils sont habillés !

Annev était lui aussi impressionné par la diversité des tenues et les ornements étranges que tout le monde arborait, accrochés aux ourlets de leurs pantalons ou aux manchettes de leurs robes ou de leurs vestes. Une femme arborait des clochettes de métal, son compagnon des boules en bois qui s'entrechoquaient. Un homme en costume beige moulant portait un minuscule carillon, dont les minces tubes de métal tintèrent lorsqu'il salua de la main un chariot qui le dépassait. Le vacarme était assourdissant, et Sraon se hâta de dépasser ces gens, le regard rivé sur la route devant lui, les doigts refermés sur sa bourse et sur les rênes de la jument.

— Annev et Fyn, surveillez le chariot. N'hésitez pas à démolir quiconque serait assez stupide pour fourrer sa main dedans. Maître Nikloss, laissez votre havresac dans le chariot ; vous risqueriez de vous le faire arracher.

À peine eut-il le temps de terminer sa phrase qu'un petit garçon hardi d'environ sept ans s'avança jusqu'au chariot et se mit sur la pointe des pieds pour attraper un sac de provisions sous le nez de Therin. Annev cria, se hâta de contourner le chariot, mais le voleur avait déjà disparu dans la foule avec tout leur pain et leur fromage.

— Désolé, s'excusa Therin, l'air penaud. Il y avait une femme avec un serpent – très gros, marron, noir et rouge. Je vous jure qu'on reconnaissait la silhouette d'un rat, dans son estomac ! Un rat aussi gros que ma tête ! Jamais vu un truc pareil !

— Restez concentrés ! gronda Sraon en scrutant la foule. Ne vous laissez pas distraire par toutes les choses étranges que vous verrez, les gens bizarres. Certains seront même nus. Et tout ça pour faciliter la tâche des pickpockets.

— Vous avez dit *nus* ? s'étonna Therin en regardant autour de lui avec intérêt. J'ai raté ça !

— J'ai dit restez concentrés !

— Où allons-nous ? s'enquit Annev lorsqu'ils quittèrent enfin l'artère très fréquentée.

— Reeve nous attend normalement dans le Vieux Bas-Quartier, près des docks de la rive sud du fleuve, dans un établissement appelé la *Coupe sans fond*. Nous passerons la nuit là-bas. J'imagine qu'il n'y sera pas avant tard ce soir, donc je suppose que nous avons le temps de nous occuper d'abord des affaires de Jian. Nous allons vers le sud et le Haut-Quartier. La majeure partie de la noblesse habite là, aussi aurons-nous de grandes chances de trouver cette fameuse *Raven*, la Corneille, le Freux noir.

—Sodja Rocas, dit Annev en secouant la tête. Oui, ce serait logique. Si elle accepte de suivre Jian…

—Ils pourront retourner à Banok sans nous, la dette sera remboursée, le problème résolu.

—Fantastique.

Ils bifurquèrent dans une ruelle pavée, prenant la direction générale du sud et des contreforts tapissés de pins du Vosgar. Fyn se rapprocha d'Annev et l'interrogea à voix basse :

—Qui est Sodja Rocas ?

—Tu ne te rappelles pas ? Nous avons croisé sa route dans le palais de Janak. (Comme Fyn semblait perplexe, Annev comprit.) Ah, oui ! Tu avais perdu l'ouïe en détruisant la chaise roulante de Janak. (Fyn hocha la tête, légèrement irrité.) Tu te rappelles la voleuse de la Baguette de Compulsion ?

—Bien sûr. L'unique fois de ma vie où je me suis fait dépasser par une fille.

Annev essaya de ne pas lever les yeux au ciel – les apprenties femmes sages avaient été meilleures qu'eux lors de l'épreuve de la nef – et préféra ne pas répondre.

—Il s'agissait de Sodja. De la Maison Rocas, ici, à Luqura. C'est une noble, Fyn. Sa famille est très proche du trône.

—Pourquoi la cherchons-nous ? Pour récupérer cette baguette ?

—Pas exactement. Jian veut la recruter pour une chasse au trésor orchestrée par Pouce-rouge.

—Un trésor ? répéta Fyn en haussant un sourcil intrigué. Pourquoi ne m'a-t-on rien dit ?

—Parce qu'il n'est pas question d'or ou d'argent. Enfin, je ne crois pas. Pouce-rouge a parlé de mettre un terme au Silence des Dieux. Ayant déjà bien assez de problèmes avec les Dieux, je préfère éviter de les réveiller.

— D'accord, rendons-lui visite, acquiesça Fyn avant de faire une pause. Tu crois qu'elle sera contente de nous voir ? La dernière fois que vous vous êtes vus, elle a voulu te poignarder, et puis elle t'a enchaîné à un cadavre dans un bâtiment en train de brûler ! (Il gloussa en se remémorant ces événements, avant de reprendre son sérieux.) Que s'est-il vraiment passé, là-bas ? Kenton était censé te délivrer, mais il m'a raconté que le toit s'était effondré sur toi ou que tu avais été brûlé vif, je ne sais plus trop. J'ai trouvé ça bizarre, mais je me suis dit qu'il s'était débarrassé de toi.

— C'est gentil à toi de t'être soucié de mon sort, dit Annev sans répondre aux interrogations de Fyn, en regardant autour de lui. Qu'as-tu décidé ? Combien de temps comptes-tu rester avec nous ?

— Mmh… Votre histoire me semble intéressante. Je ne serais pas contre revoir une fois cette Sodja Rocas, à condition de ne pas finir avec une lame entre les côtes. Je reste pour l'instant, histoire de voir comment ça se passe.

— Je pourrai compter sur toi en cas de pépin ? Au cas où des lames essaieraient de s'introduire entre mes côtes ?

— Oui, pourquoi pas.

Le groupe emprunta la route qui séparait le Quartier des Artisans du Quartier des Marchands jusqu'à un virage à droite en angle droit. Au lieu de suivre l'artère principale, Sraon préféra zigzaguer avant de prendre la direction du large cours d'eau qui coupait la ville en deux.

— Pourquoi nous dirigeons-nous vers le nord ? demanda Annev en essayant de se repérer.

— Nous devons traverser le fleuve de l'est d'abord. Il s'agit de la Tocra du nord, qui coule vers Quiri. Pour emprunter le pont principal, il faut payer des droits exorbitants. Ce petit détour fera du bien à notre bourse. Le Quartier du Fleuve est aussi l'endroit où stationnent les bateaux qui restent à quai pendant de longues périodes.

Annev opina du chef comme l'atmosphère se chargeait d'une odeur d'entrailles de poisson et que les tenues élégantes et complexes cédaient la place à des habits plus simples et des blouses tachées. Là où la rivière décrivait un méandre, des groupes de travailleurs chargeaient ou déchargeaient des skiffs, des bateaux et des radeaux. Sraon les conduisit dans une zone où des hommes encore plus nombreux chargeaient des chariots. Il arrêta la jument et entreprit de vider leur charrette.

— Sanglez vos armes et remplissez vos sacs. Nous mettrons le reste sur la jument.

— Vous comptez laisser le chariot ici ?

— Oui. Il nous ralentit, et nous ne sommes pas autorisés à le vendre. Si les gardes me surprenaient en train d'essayer de le refourguer, je serais emprisonné et condamné à payer une amende dont le montant dépasserait à coup sûr la valeur du chariot.

— Dans ce cas, pourquoi l'avons-nous amené jusqu'ici ? s'enquit Annev, perplexe. Vous avez payé au garde au moins une Lune entière pour passer avec le chariot. Nous aurions pu nous en débarrasser plus tôt et économiser un peu d'argent.

— C'est ce que nous avons fait, croyez-moi.

— Comment ?

— Les gardes ont pour ordre de ne pas laisser entrer les pauvres. Présentez-vous à la porte avec vos seuls vêtements et un sac, et vous paierez des droits d'entrée encore plus importants. Des taxes sur le tourisme, des taxes municipales, des taxes routières, un droit d'entrée pour la capitale. (Il cracha par terre.) Présentez-vous à la porte avec un chariot, et vous échappez à la plupart d'entre eux.

Annev se gratta le menton, ne comprenant toujours rien au fonctionnement de cette ville.

— D'accord, mais pourquoi doit-on laisser le chariot ici ?

— Pour entrer dans le Haut-Quartier avec un chariot, il faut avoir une licence de marchand.

— Une licence de marchand ? répéta Fyn, écœuré. Nous sommes dans une maison de fous, ma parole. Pour cracher, il faut un permis aussi ?

— Non, mais cracher dans le Haut-Quartier est interdit sous peine d'amende, alors faites tous très attention. Comportez-vous comme des paysans, et vous finirez avec le bois flotté.

— Le bois flotté ? s'étonna Therin en se grattant le nez.

Sraon désigna les nombreux fragments de bois emporté par le cours d'eau.

— Certaines personnes choisissent de transporter leurs marchandises sur des radeaux de fortune pour économiser la location d'une embarcation digne de ce nom.

Annev s'arrêta pour regarder des hommes extraire de l'eau de longs fragments de bois.

— Personnellement, je ne prendrais pas ce genre de risque, poursuivit le forgeron. Le matériel de piètre qualité ne dure pas très longtemps, en ville.

À peine Sraon eut-il le temps de terminer sa phrase qu'Annev vit la rivière rejeter sur la rive des sacs de chanvre déchirés, des fragments de bois clair et les cadavres horriblement boursoufflés des membres d'équipage du radeau disloqué.

Sraon les conduisit jusqu'à une des nombreuses passerelles qui enjambaient le cours d'eau, et commença aussitôt à négocier le prix du passage. Une fois de plus, un Annev incrédule vit le forgeron dénouer le cordon de sa bourse. Un fonctionnaire hocha la tête en recomptant les pièces et fit signe à deux colosses de s'écarter pour laisser passer Sraon, la jument et les garçons, qui se hâtèrent de traverser le pont de corde, dont les planches se balançaient sous leurs pieds. La jument fut d'abord récalcitrante, mais Sraon et Fyn furent rapides à la flanquer pour l'empêcher de voir autre chose que les planches sous ses sabots. Lorsqu'ils furent au milieu de la passerelle, Titus montra l'horizon nord-ouest de la ville, et ils s'arrêtèrent pour regarder les dizaines de passerelles identiques qui enjambaient le cours d'eau. En se retournant, Annev découvrit une autre rivière qui s'éloignait de la ville, son courant transportant des biens vers l'ouest et l'océan, et vers le sud et la moitié inférieure de l'Empire. D'après Sraon, un canal doté d'une écluse reliait les deux cours d'eau – permettant aux biens transportés vers l'ouest d'être transférés vers le nord, et *vice versa*–, mais Annev ne le voyait pas.

— Où est l'écluse ? demanda-t-il en scrutant le paysage. Les deux fleuves ne sont-ils pas reliés ?

— J'ai oublié de vous dire ! s'amusa Sraon. Le canal est souterrain. Il y a quelques centaines d'années, un canal a été creusé entre le Vieux Quartier et le Bas-Quartier, mais le commerce, dans les rues, en a beaucoup souffert. Les autorités ont donc décidé de le couvrir.

— Vous voulez dire qu'un canal passe sous ces rues ? demanda Therin en écarquillant les yeux.

— Absolument.

— Assez large pour accueillir des bateaux ? Même des galions ?

— Je doute que vous connaissiez la différence entre un galion et une galère, répondit Sraon en haussant un sourcil, mais si ces dernières sont pourvues de mâts assez courts, oui. Il y a tout un réseau de tunnels, sous ces rues, pour faciliter le commerce. Les gens ne l'utilisent pas – à part les riches qui ont les moyens de s'offrir le passage et quelques bandits qui profitent du système –, mais le canal en fait partie. Comme la plupart des gens, nous nous contenterons de nous déplacer à la surface.

— Ceci est la Tocra du nord, dit Annev en désignant l'eau sous leurs pieds. Et là-bas, c'est la Tocra du sud ?

— Oui, ce sont les plus grands atouts de Luqura, acquiesça Sraon. Tout le monde paie pour transporter des marchandises à contre-courant jusqu'à la ville, tandis que les deux cours d'eau permettent d'exporter facilement. D'où l'expression : « Luqura aspire l'or et recrache l'eau. »

Annev embrassait le paysage du regard en réfléchissant à la complexité de ce système lorsque le fonctionnaire, dans leur dos, leur cria de se dépêcher pour ne pas surcharger le pont. Le groupe obtempéra, se retrouvant bientôt sur la rive ouest, où des dockers s'affairaient tout autant que leurs confrères de la rive est. Ils bifurquèrent vers le sud, où Annev avisa une nouvelle fois les signes de disparités économiques entre quartiers, les travailleurs du Quartier du Fleuve s'activant à leur droite, les citoyens plus aisés du Quartier des Marchands se promenant à leur gauche. Lorsqu'ils eurent atteint une grande place située au cœur de la cité, Sraon les précéda dans les ruelles du Quartier des Marchands, où ils commencèrent à gravir les doux coteaux menant aux nobles demeures du sud de la ville. À mesure qu'ils progressaient, les blouses des hommes se firent plus robustes, les robes des femmes plus délicates, les peintures des façades plus soignées. Même les rues étaient plus propres.

— Nous approchons du Haut-Quartier, les informa Sraon en désignant les arbres parfaitement taillés qui flanquaient la chaussée. Il y aura moins de travailleurs et plus de gardes, dans les parages, aussi faites plus attention à votre langage et à l'endroit où vous mettez les pieds qu'à votre bourse. Ne gênez pas la circulation des voitures, mais restez à l'écart des chemins réservés à la noblesse. En fait, restez dans le caniveau, gardez la tête basse et regardez droit devant vous. Personne ne devrait nous ennuyer pour l'instant. (Il s'interrompit quelques secondes.) Maître Nikloss, pourriez-vous chevaucher la jument pendant quelque temps ? Ça fera moins de monde sur la chaussée. Therin, prenez les rênes.

Ils firent ce que le forgeron leur disait, Sraon passant devant, Fyn et Annev fermant la marche. Titus marchait juste derrière Sraon, agrippant de ses phalanges blanchies les rebords de son bocle orné d'un éclair embossé. Venaient ensuite Therin et Jian, le premier ne pouvant s'empêcher de regarder tout autour de lui, le second chevauchant la jument, la tête et le visage dissimulés par sa capuche grise.

— Où sont passés tous les gens ordinaires ? demanda doucement Therin lorsqu'ils eurent parcouru environ un kilomètre et demi. Les marchands et les mendiants. Il n'y en a pas du tout depuis la dernière rue. Comme si un mur les empêchait d'aller plus à l'ouest.

— Et puis, les ornements bizarres sont de retour, fit remarquer Fyn.

— Nous venons d'entrer dans le Haut-Quartier, expliqua Sraon en regardant des deux côtés de la chaussée. Un mendiant qui traînerait dans les parages serait immédiatement arrêté et emprisonné comme un voleur, à moins que les gardes décident de le laisser filer pour le rattraper, le passer à tabac et le balancer dans l'eau.

— Cet endroit est dangereux pour nous ? s'enquit Therin, solennel.

— Oui.

— Dans ce cas, que faisons-nous ici ?

— Avec sa peau blanche, sa capuche et la jument, Maître Nikloss peut passer pour une aristocrate de basse extraction. Je devrais d'ailleurs l'appeler *Maîtresse* Nikloss. Titus et vous pourriez être ses pages, tandis que les Maîtres Annev et Fyn seraient des mercenaires engagés par mes soins pour assurer la sécurité de ma maîtresse. Si quelqu'un nous arrête, voilà ce qu'on prétendra. Jian n'aura pas besoin de parler ; je suis là pour parler à sa place. En plus, nous n'avons même plus besoin de marcher dans le caniveau. Si on nous arrête, nous demanderons la direction de la propriété des Rocas. Nous n'aurons qu'à dire que nous sommes des connaissances de Lady Sodja. Ça devrait convaincre un garde raisonnable. Ce bocle ne nous sera pas utile, en revanche, lança-t-il à Titus. Donnez-le-moi. Je vous le rendrai quand nous retournerons dans le Bas-Quartier.

Ils marchèrent encore un kilomètre et demi, ne s'écartant qu'à une reprise pour laisser une voiture passer sans effrayer la jument. Therin tint fermement les rênes, cependant, comme ils s'enfonçaient dans le cœur du Haut-Quartier. Ils arrivèrent sur une large place au centre de laquelle se dressait une grande fontaine finement ouvragée, et Sraon s'arrêta pour se repérer. Quelques dizaines de mètres plus loin, un dandy vêtu d'une chemise à jabot jouait du luth pour une dame portant une robe en soie colorée, dont l'ourlet était orné de perles blanches. Derrière la fontaine, un homme au crâne rasé, à la moustache huilée et à la veste superbement brodée vantait les mérites de trois esclaves iluméens, des artistes, des contorsionnistes, des danseurs et des chanteurs, d'après lui.

— La passion de Lumea coule en eux comme la lumière du soleil ramenée à la vie par un rubis taillé par un maître joaillier. Aucun esclave ordinaire n'est leur égal. Aucun simple courtisan ne possède leur grâce et leur beauté. Entendez-les, *voyez*-les. Laissez leur chant raviver la flamme de votre cœur, laissez leurs caresses allumer un incendie dans votre entrejambe ! (Il sourit à un noble qui venait de s'arrêter pour regarder de près le plus jeune des trois esclaves.) Monsieur a l'œil ! Excellent, excellent ! Vous possédez un concubin, monseigneur ? Non ? Ah, on ne connaît pas la vraie passion tant qu'on n'a pas eu la joie de coucher avec un vrai sauvage iluméen.

— Bien…, reprit Sraon en se désintéressant du marchand d'esclaves. La route qui part des nénuphars, là, mène directement au palais du roi Lenka. Quelques-unes des plus grandes familles ont leurs propriétés là-bas – d'énormes maisons avec des hectares de terre –, alors que les autres possèdent de plus petits manoirs dans les rues transversales. (Sraon regarda successivement Annev et Jian.) Vous avez une idée de la richesse ou de l'influence de cette Lady Sodja ?

— Je ne possède pas ces informations, Maître Cheng, répondit Jian en levant son visage encapuchonné vers le forgeron borgne. Mais je suppose que votre ami, lui, saura. Il arrive.

Jian baissa la tête, et ils se tournèrent pour voir un vendeur d'esclaves contourner la fontaine. Le regard de l'homme s'illumina lorsqu'il reconnut Sraon.

— Lord Cheng ! Mais c'est incroyable ! Que fais-tu donc à Luqura ?

Sraon sursauta, puis éclata de rire.

— Farthinand Caldaren ! Vieux coquin ! Je te retourne la question ! La dernière fois que j'ai entendu parler de toi, tu essayais d'embobiner une de mes cousines, la grosse Emeralda, je crois !

Le vendeur d'esclaves se vrilla une moustache en se tamponnant le front avec un mouchoir parfumé.

— C'était il y a bien longtemps, Sraon ! Où étais-tu passé ? J'ai fini par choisir un fruit accroché à une branche basse, une femme de Luqura cherchant à développer les intérêts de sa famille sur l'île. Et plus jolie, aussi. Et une vraie furie au lit ! Mais pas aussi passionnée que ces Iluméens, évidemment ! Madame, ne soyez pas timide ! lança-t-il à une cliente potentielle. Venez tâter ces muscles. Vous voyez ? Fermes, forts ! Il vous amusera, votre fille et vous, je vous le garantis. Et quelle endurance ! Des doigts puissants, musclés à force de jouer de la harpe. Ils ont leurs papiers de stérilisation, évidemment. Tout est cicatrisé, vous pourriez profiter d'eux tout de suite. Non ? Pas intéressée ? Une autre fois, peut-être. (Il attendit que la vieille femme et son serviteur ne puissent plus l'entendre pour se retourner vers Sraon.) Qu'est-ce qui t'amène à Luqura ? Où étais-tu passé pendant tout ce temps ? Tu n'es plus le mulet de cette hérétique, j'espère ?

— Non, non. J'ai ouvert une forge à Banok, puis je me suis installé plus au sud quand la concurrence est devenue trop rude. Tu me connais. Je n'ai jamais aimé les conflits.

Farthinand rit de bon cœur, d'un rire grave et guttural qui secoua sa veste brodée, exposant ses tétons bruns.

— Sraon, tu es un véritable pourvoyeur de conflits. (Il secoua la tête, agitant sa moustache.) Tu devrais revenir dans le Nord. Je connais des gens qui seraient très heureux de te revoir.

— Et j'en connais bien d'autres qui préféreraient ne jamais me revoir.

— Je n'en doute pas. L'Illustre roi Cheng, quatrième du nom, était un bel enfoiré. Le roi Cheng cinquième du nom est plus magnanime, apparemment. Il commerce davantage avec les terres du Sud et protège nos intérêts dans le Nord. Les gens en sont contents. L'or afflue à Innistiul comme une rivière grossit après un orage. Tu t'en sortirais très bien, là-haut. Et tu n'es pas très loin du trône non plus.

— Ça suffit, l'arrêta Sraon en levant la main. Tu sais très bien pourquoi je suis parti. (Il lança un regard oblique à Annev.) Bref, je ne suis pas venu pour reconstruire de vieilles amitiés, et je ne parle pas de la compagnie ici présente. Je cherche la propriété des Rocas. (Sraon désigna du pouce Jian, assis le dos bien droit sur la jument, jouant à la perfection son rôle de noble femme.) Maîtresse Nikloss doit rencontrer une des membres de cette famille, une certaine Sodja.

— Ah, je vous conseille d'aller voir la Matrone Tiana, dans ce cas. Il faut prendre la Route royale. Vous reconnaîtrez sa propriété à ses cerisiers ; elle est la seule à en avoir. Mais faites bien attention. (Il poursuivit à voix basse, obligeant Annev à tendre l'oreille pour l'entendre.) Tiana tient les couilles du roi Lenka dans ses mains, alors, évitez de l'emmerder. Tu te rappelles Phoeba Anabo ? La jeune femme aux cheveux noirs qui te faisait de l'œil chaque fois que tu passais à la cour ?

— Ouais, je me rappelle, concéda Sraon, mal à l'aise.

— Eh bien, le roi Cheng a fait d'Anabo sa consule auprès du roi Lenka il y a cinq ans. Désormais, c'est elle qui dirige le commerce d'esclaves légal à Luqura – avec la famille Rocas –, donc évite de marcher sur les pieds de qui que ce soit.

— J'y penserai, acquiesça Sraon en clignant de son œil unique. Merci, Frani. J'ai toujours pu compter sur toi.

— Bien sûr ! Peu importe le sens du vent, tu pourras toujours compter sur ton vieil ami Frani. Quand tu auras fini ton travail, passe me voir dans le Quartier des Marchands. Je te présenterai ma femme Magatha.

L'homme donna une tape dans le dos de Sraon, se pencha vers son oreille, murmurant une blague qui fit glousser le forgeron à la peau olive. Ils se serrèrent la main en s'agrippant le poignet et se séparèrent.

— Un vieil ami ? demanda Annev comme ils dépassaient la fontaine dans laquelle dansaient des statues de créatures marines.

— Oui. J'ai rencontré Frani dans le temps, quand je n'étais même pas assez vieux pour me raser. Nous étions encore plus proches que des parents. Des frères de sang, quoi. Et puis, nous avons emprunté des chemins différents.

— Il a dit que vous étiez apparenté au roi…

— Oui, de très loin, concéda Sraon en se mordant la lèvre. Et on ne s'aime pas beaucoup. La politique des Cheng à Luqura ne me concerne pas, et ma présence ici ne les intéresse pas. Bref, gardez ça pour vous et appelez-moi Sraon Smith. Nous nous en porterons mieux.

Ils s'engagèrent sur la Route royale et s'écartèrent du chemin d'un groupe de nobles femmes de haute extraction entourées de leur entourage. Sept cents mètres plus loin, ils passèrent devant deux gardes qui saluèrent Sraon de la tête et ne les arrêtèrent pas. Les hautes maisons cédèrent la place à des jardins fleuris et des vergers parfumés. Des portails peints et surmontés de piques en fer apparurent le long des allées, tandis que les pavés cédaient la place à des dalles colorées. Loin devant, dans la direction des collines du Vosgar, un château scintillant se dressait au sommet d'une falaise face un dernier méandre de la rivière.

— Le palais du roi Lenka, dit Sraon en se tapotant le front. Le Joyau de la Grande Luqura. Le Carrefour de l'Empire. (Il gloussa.) Techniquement, le Carrefour est plutôt le canal souterrain, voire la place crasseuse située en bordure du Quartier des Marchands. Mais les nobles n'aiment pas qu'on le leur rappelle. Ceci… (Il désigna le palais sur sa falaise d'un grand geste du bras.) … ceci constitue une image bien plus grandiose.

— Des cerisiers, annonça Annev en indiquant un verger situé entre la Tocra du sud et la Route royale.

De minuscules fleurs voletaient dans le vent, portées par la brise et la promesse du printemps. Les pétales filaient au-dessus de la route, décrivaient des spirales roses autour des pattes de la jument.

Tous les cent pas environ, la silhouette d'une corneille était visible, découpée dans la clôture entourant la propriété. Sept cents mètres plus loin, un passage s'ouvrait, menant à la demeure. Sraon se racla la gorge.

— Maître Nikloss, pensez-vous pouvoir vous débrouiller seul à partir d'ici ?

— J'aurai besoin de votre assistance pour arriver jusqu'à Lady Rocas.

— D'accord, acquiesça le forgeron en ajustant son col et en se frottant le cou. Titus, je vous propose de reprendre votre bocle et de rester vigilant jusqu'à ce que nous en ayons terminé.

Ils se dirigèrent vers le manoir, les fleurs de cerisier tournoyant autour d'eux tel un cyclone parfumé. Les sabots de la jument cliquetaient sur les dalles comme ils passaient devant les rangées de cerisiers ; il y en avait des acres et des acres, qui s'étiraient jusqu'à la demeure, emplissant le paysage de pétales virevoltants.

Quelque part, tout près, un gong grave retentit, résonnant longuement. Les pétales semblèrent se séparer devant eux, révélant le portail du manoir.

Ils étaient arrivés devant l'entrée de la demeure fortifiée, dont la porte se trouvait à seulement un jet de pierre de la clôture en fer. Ils étaient tous hypnotisés par la silhouette de corneille découpée dans le métal. Sraon frappa. Le coup résonna, faible, creux, impuissant. Le forgeron frappa de nouveau, plus fort. Encore une fois, le bruit mourut dans le vent. Il se racla la gorge.

— Bonjour ! (Il frappa une troisième fois.) Bonjour ! Y a-t-il…

Le gong retentit de nouveau. Le bruit sonore semblait s'être rapproché. Lorsqu'il eut fini de mourir, une voix le remplaça :

— Qu'est-ce que c'est ? Qui est là ? Pyodr, attendez-vous des invités ? (La voix était nasale, grave et avait quelque chose de geignard, qui agaça aussitôt Annev.) Pyodr ! appela la femme. Vous attendez quelqu'un ?

— Non ! répondit une voix masculine, mais bizarrement plus aiguë que celle de la femme.

— Quoi ?

— NON !

— Eh bien, envoyez donc ce maudit valet répondre…

La porte s'ouvrit sur un gentilhomme corpulent vêtu d'un gilet taché et d'un pantalon noir. Il plissa les yeux en les découvrant derrière le portail et cria :

— Daunia ! Qu'est-ce donc que cela ? (Il se tourna vers les inconnus.) Qui êtes-vous ? Appartenez-vous à la Guilde des Marchands d'esclaves ? (L'homme mit la main en coupe autour de sa bouche et lança en direction du verger :) Daunia, nous avons des invités !

— Des invités ? Mais qui ? (Une femme au visage pincé vêtue d'une robe noire émergea d'un tourbillon de fleurs. Elle s'appuya contre la maison comme pour reprendre son souffle.) Qu'est-ce donc que cela ? couina-t-elle, offusquée par leur seule présence. Vous n'êtes pas ici pour procéder à un retrait, j'espère ? Je leur ai dit cent fois que s'ils voulaient procéder à un retrait, ils devaient l'organiser avec Tiana – ou Ketrit si Tiana n'est pas disponible. Ce n'est pas comme si la clé était suspendue à un crochet et le registre posé sur un meuble dans l'entrée.

Elle examina le groupe en plissant le nez comme si leur odeur lui était insupportable.

— Nous n'appartenons pas à la Guilde, répondit Sraon pour être entendu de la femme et de l'homme. Et nous ne sommes pas non plus venus procéder à un… retrait. À qui ai-je l'honneur de m'adresser ? demanda-t-il en désignant le couple étrange d'un geste vague de la main.

La femme obèse – Daunia – fronça les sourcils, son visage ridé devenant encore plus acide. Pyodr, lui, eut un grand sourire, qui n'éclaira jamais son regard, cependant. Il claqua des doigts, et une jeune femme apparut derrière lui, un trousseau de clés à la main. Comme la servante se précipitait vers le portail, Pyodr s'avança, tendit le bras, puis le replia sur sa poitrine pour s'incliner légèrement.

— Pyodr Saevor. (Il avait un léger accent et faisait la moue en parlant.) Et vous êtes… ?

— Sraon Smith. (Le forgeron s'inclina à son tour, tandis que le portail s'ouvrait.) Ma maîtresse, ici présente, dit-il en désignant Jian, demande une audience avec Lady Rocas. Est-elle chez elle ?

La grosse femme fit quelques pas hésitants.

— Vous ne pouvez pas venir sans invitation et espérer être reçus ! Qui est votre maîtresse ? Où sont les gardes ? Allez-vous-en !

— Taisez-vous donc, Daunia. Ils se sont annoncés, non ? Cessez de vous comporter comme si vous étiez la dame de la maison. (Il fit signe à Sraon et aux autres.) Entrez, je vous prie. Ne faites pas attention à mon épouse. Elle est censée faire sa *promenade* quotidienne ! ajouta-t-il plus fort en direction de la femme.

— Tu parles ! rétorqua-t-elle en rejoignant son époux et en agitant les mains devant elle comme si elle pataugeait dans les fleurs blanches. Ces maudits cerisiers ! (Elle cracha dans les pétales.) S'ils n'avaient coûté aussi cher à transporter jusqu'ici, je les arracherais tous !

— Touchez à une branche de ces arbres, et Tiana vous pèlera la peau des fesses. (Il fit un signe de tête à Sraon sans se départir de son sourire pincé.) Vous collaborez avec la Matrone Tiana ? Elle vous attend ?

— Pas exactement, répondit le forgeron en examinant le portail ouvert, comme s'il hésitait à entrer. En vérité, nous sommes ici pour rencontrer la *jeune* Lady Rocas, Lady Sodja.

— Sodja ? répéta Pyodr comme s'il entendait ce nom pour la première fois. (Il se tourna vers sa femme en plissant les yeux d'un air entendu.) Daunia ! appela-t-il d'un ton exagérément doucereux. Quand avez-vous vu Lady Sodja pour la dernière fois ?

Daunia lâcha un cri à mi-chemin entre l'éclat de rire et le gloussement offensé.

— *Sodja ?* demanda-t-elle comme si ce nom avait un sens caché. Eh bien, je ne sais pas, Pyodr. (Elle s'arrêta à hauteur de la servante, son corps massif bloquant le passage. Elle examina le groupe de ses petits yeux de cochon, scrutant particulièrement Jian.) Je n'ai pas vu Sodja depuis une *éternité*, Pyodr. Nous la cherchons justement, n'est-ce pas ?

— C'est le moins qu'on puisse dire, renchérit l'homme en trottant pour rejoindre son épouse. Depuis des mois, précisa-t-il en coinçant les pouces dans sa veste. Nous sommes très inquiets, d'ailleurs. L'avez-vous vue, ces derniers temps ?

Annev perçut sa question comme une menace. Sraon ressentit apparemment la même chose car il regarda brièvement Jian et Annev avant de secouer la tête.

— Je crains que non. Ma maîtresse espérait la trouver ici. Elles doivent discuter affaires.

— Ah… (Daunia tourna les talons et s'en fut vers la demeure.) Si vous avez des problèmes à régler avec cette chienne, eh bien, vous n'êtes pas les seuls.

Et de claquer la porte dans son dos, laissant Pyodr et la servante dehors. Monsieur Saevor renifla comme la jeune servante allait rouvrir la porte.

— N'en veuillez pas à mon épouse, dit Pyodr entre ses dents serrées. Elle est l'héritière d'un sang très ancien, expliqua-t-il assez fort pour qu'elle l'entende de l'intérieur. Ancien et un peu rance, sans doute.

Il regarda par-dessus son épaule : d'abord vers la porte, puis vers une fenêtre du premier étage. Annev suivit son regard et avisa une silhouette sombre derrière les rideaux gris vaporeux.

L'homme leur refit face et reprit comme s'il n'avait rien vu.

— Si jamais vous croisez la route de Lady Sodja, nous serions extrêmement heureux de savoir où elle est et ce qu'elle fait. Sa mère se désespère de s'entretenir avec elle d'un sujet très urgent. (Il se lécha les lèvres en regardant successivement les membres du groupe.) Il y a… euh… (Il s'éclaircit la voix.) Si vous parveniez à ramener la jeune femme chez elle, la Matrone Tiana a promis une récompense substantielle. (Il avait prononcé cette dernière phrase comme s'il lisait un script, sans la moindre trace de tendresse ou d'émotion. Il sourit une dernière fois.) Bonne journée à vous.

Sans laisser à Sraon le temps de répondre, il tourna les talons en claquant le portail, remonta les marches de la demeure et referma la porte, disparaissant avec la servante. Un battement de cœur plus tard, la clé tourna dans la serrure, et il y eut un « *clic !* » sonore.

Chapitre 19

— Je suis navré, Maître Nikloss, dit Sraon comme ils retournaient vers la Route royale. Ce n'est pas une manière très satisfaisante de rembourser une dette, mais je ne vois pas ce que nous pourrions faire de plus.

— Vous ne voyez pas car l'avenir n'est pas une pierre fixe et immuable. Le futur est une rivière. Sa direction est connue, son lit est creusé, mais il change dès lors que nous entrons dans ses eaux.

— Ce n'est pas ce que vous m'avez dit sur la route, hier, intervint Annev, qui marchait à côté de la jument de Jian. Vous avez dit qu'un homme ne pouvait pas échapper à son destin.

— En effet, confirma Jian en retirant sa capuche, profitant de l'absence de gardes pour laisser ses cheveux blancs coupés au bol flotter dans le vent. Le destin nous retrouve souvent sur la route que nous avons prise pour tenter de l'éviter.

— Que pouvons-nous conclure des événements d'aujourd'hui ? Étaient-ils inévitables ? Aurions-nous dû nous tenir à l'écart de la demeure des Rocas ?

— Non. C'est le Destin qui nous a fait venir jusqu'ici, et il conduira Sodja Rocas à nous. À vous. (Il désigna Annev et les autres.) Je resterai avec vous jusqu'à ce que son visage m'apparaisse. Alors, je lui proposerai de se joindre à la quête de Pouce-rouge, et elle acceptera.

— Pourquoi ?

— Parce qu'elle n'a pas le choix. Parce que son destin est lié à celui des Iluméens et que leurs objectifs sont similaires. Parce que son destin est lié à vous et à vos compagnons.

— Nos destins seraient donc liés à celui de Pouce-rouge ? s'enquit Annev en lançant à Sraon un regard soupçonneux.

— Évidemment, confirma Jian en haussant ses sourcils blancs. Cela a toujours été le cas. N'est-ce pas clair ? La pièce que vous avez donnée à Pouce-rouge. La dette envers Maître Corentin et moi. Ce voyage à Luqura. Tout ceci est votre destin, conclut-il en désignant les propriétés alignées sur la Route royale.

— Bien, intervint Fyn en se joignant à leur conversation. Vous parlez pour ne rien dire, alors que nous venons de perdre la moitié de la journée et que le forgeron dépense notre argent comme de l'eau un jour de lessive. J'ai dit que je restais avec vous pour trouver cette Sodja Rocas, mais il semblerait que votre projet soit compromis, donc… Vous avez dit que vous connaissiez des gens prêts à payer pour s'offrir les services d'un avatar, lança-t-il à Sraon. D'après ce que j'ai observé, Luqura est pleine d'argent, dont je n'ai pas vu la couleur, exception faite des pièces que vous avez dispensées sans réfléchir. Allez-vous tenir parole, ou bien vais-je devoir me débrouiller par moi-même ? demanda-t-il en remettant son ceinturon.

— J'ai bien l'intention de tenir parole, Maître Fyn, mais si vous préférez tenter votre chance seul, rien ne vous empêche de partir tout de suite. Vous avez peut-être remarqué que cette ville possède des coutumes étranges ? Il est tellement facile de contrevenir à la loi, de commettre des crimes sans même s'en rendre compte. Et je ne parle pas des conséquences…

— Je n'ai pas l'intention de contrevenir à la loi par accident.

Sraon eut un sourire carnassier.

— Dans ce cas, il existe toute une vie souterraine, à Luqura, dont vous allez devoir apprendre les règles. Je parle de la Guilde des Mendiants, de la Guilde des Voleurs, de la Guilde des Assassins. Même les putains ont un syndicat, mais je doute que vous cherchiez à vous lancer dans le métier.

— Comment pouvez-vous savoir tout ça ?

Sraon gratta son orbite vide, sous son cache-œil.

— Il fut un temps où le marché des esclaves était clandestin, à Luqura. Les hommes d'Innistiul vendaient leurs marchandises au marché noir, dans les taudis de la ville. Nous connaissions les bas-fonds de Luqura. Depuis, certains de ces marchés sont devenus licites… mais pas tous.

Cette explication sembla calmer Fyn.

— Je vais rester avec vous pendant quelque temps, dans ce cas, mais vous devrez très vite me présenter les gens dont vous avez parlé. Aujourd'hui.

— Nous serons bientôt de retour dans le Quartier du Fleuve, dit Sraon qui lui tournait déjà le dos. De là, le chemin est direct vers le Bas-Quartier et le Quartier des Cendres.

— Le Quartier des Cendres ? répéta Therin. Qu'est-ce que c'est ?

Le forgeron s'arrêta au milieu de la rue et traça un trait dans les airs avec l'index.

— Nous sommes dans le Haut-Quartier, n'est-ce pas ? expliqua-t-il. Il n'y a rien, ici, à part les demeures de la noblesse et le palais du roi. Au-dessus, vous avez le Quartier des Marchands et le Marché ouvert. Tout autour, vous avez le Quartier du Fleuve, qui comporte le Quartier du Fleuve supérieur et le Quartier du Fleuve inférieur. La majeure partie de ces derniers sont tout à fait fréquentables ; les capitaines de bateau, ouvriers et autres dockers vivent dans le Quartier du Fleuve inférieur. Éloignez-vous un peu trop de ces contreforts, et vous vous retrouvez dans le Bas-Quartier.

— Vous parlez de la limite nord ou ouest de la ville ?

— Les deux. Le Nouveau Bas-Quartier se trouve au nord, et on y croise la petite noblesse. Le Vieux Bas-Quartier recouvre l'ouest de la ville. Il s'étend jusqu'au canal, aussi beaucoup de marins aiment s'y installer. Les logements y sont bon marché. Les gardes y interviennent très peu ; ils préfèrent laisser les locaux se débrouiller seuls.

— Le genre d'endroit où je suis comme un poisson dans l'eau, intervint Fyn, le regard brillant.

— À n'en pas douter. Il est assez aisé de trouver du travail dans le Bas-Quartier, surtout quand on possède des talents spéciaux et qu'on n'est pas trop regardant sur la nature de la tâche à accomplir.

— Et le Quartier des Cendres ? demanda Therin. C'est le pire de tous ?

Sraon acquiesça de la tête et leur fit signe de le suivre.

— Il y a un siècle, un incendie terrible a ravagé le Vieux Bas-Quartier. Beaucoup d'entrepôts ont brûlé, et il y a eu des milliers de morts. La ville s'en est lavé les mains. La reconstruction lui aurait coûté trop cher. Et puis ç'aurait été trop dangereux. Sous-entendu pour les marchands et les nobles. Des terres ont donc été libérées pour les gens ordinaires. Sans impôts, ni loyer à payer, ce qui n'est pas rien dans une ville comme Luqura. Les pauvres s'y sont installés en masse. L'endroit est très dense, désormais, crasseux, dangereux, anarchique. On y risque véritablement sa vie.

— C'est assurément le pire de tous les quartiers de la ville, conclut Therin.

— Au milieu du Quartier des Cendres, ajouta Sraon en levant l'index, en son cœur, vous trouverez l'endroit où ont été entassés tous ces cadavres brûlés : l'Ossuaire. Là, on a le pire du pire. Il y avait trop de gens à inhumer et pas forcément la volonté de le faire, alors on les a entassés. Un pâté de maisons tout entier a été transformé en charnier. Seuls les fous acceptent de vivre dans ces parages. Je parle des *vrais* criminels, si vous voyez ce que je veux dire. Non pas des gens peu recommandables qui constituent des guildes et votent des règles pour déterminer qui peut être délesté de sa bourse, mais des maniaques, des nécrophiles, des sorcières, des fous. (Il secoua la tête.) On ne se rend dans l'Ossuaire que lorsqu'on n'a pas le choix. Que lorsque quelqu'un ou quelque chose nous force à y aller. (Il réprima un frisson.) Bref, je vous conseille vivement de rester loin de cet endroit, jeunes gens. Ne vous aventurez pas dans le Quartier des Cendres, et encore moins dans son Ossuaire.

—Je regrette que Maître Brayan ne soit pas ici avec nous, dit un Titus tout pâle en se tournant vers Annev.

—Oui, Maître Brayan était là pour protéger vos arrières, rétorqua Sraon, mais nous avons Maître Fyn et Maître Annev, désormais, et je ne suis pas un empoté. (Le forgeron soupira.) De toute façon, nous nous rendons à l'ouest du Quartier du Fleuve supérieur, dans un bel établissement appelé la *Coupe sans fond*.

—Vous y êtes déjà allé ? lui demanda Fyn en lui lançant un regard oblique.

—Non, mais le vieux fermier Gribble en parlait souvent. Il disait qu'il fallait demander un certain Tukas. Et si tout se passe comme prévu, Tukas enverra quelqu'un chercher Reeve à Quiri.

—L'ami du prêtre qu'Annev est censé rencontrer, précisa Fyn.

—L'ami de *Sodar*, le corrigea Sraon en levant la main pour empêcher Annev de prendre la parole. Oui, et Reeve est un genre de prêtre lui-même. Il connaît un peu de magie darienne.

—Vous voulez dire que sa magie ne lui vient pas d'artefacts ? s'étonna Titus en écarquillant les yeux. C'est un vrai mage, alors ? Comme ceux dont on parle dans les histoires ?

—Sodar était un vrai mage aussi, Titus, s'amusa Sraon. Comme ceux dont on parle dans les histoires.

—Oui, sans doute, mais je… je n'ai jamais pensé à lui en ces termes.

—C'est ce que Frère Sodar voulait, justement. Reeve est différent. À en croire Sodar, c'est une célébrité au sein de leur Ordre. Il possède plus de magie que trois frères réunis, ce qui n'est pas surprenant pour un grand-prêtre.

— Reeve est le chef de la fraternité de Sodar, alors ? s'enquit Titus. Il n'y a personne au-dessus de lui ?

— Personne à part Odar lui-même, et bonne chance si vous voulez tenter d'obtenir une audience avec lui. (Sraon sourit.) J'ai rencontré Reeve une ou deux fois. C'est un type bien. Pas aussi sympa que Sodar, évidemment, mais très intelligent. Il sait ce qui fait tourner le monde. Le problème, c'est qu'il n'est pas très sociable. En tout cas, il ne l'était pas à l'époque où je vivais à Quiri.

— Je connais ce Reeve, commenta Jian en hochant la tête. Et Pouce-rouge le connaît aussi. Je suis sûr qu'il aura envie de s'entretenir avec lui.

— Sauf votre respect, Maître Nikloss, vouloir n'est pas synonyme de pouvoir. Le Dionaque Reeve est un homme très occupé. Il n'aura pas de temps à consacrer à vos chasses au trésor excentriques.

— Certes, Maître Cheng, mais le Destin a le pouvoir de changer nos priorités. Mettre un terme au Silence des Dieux nécessitera l'intervention d'un serviteur de chaque Dieu. D'un serviteur béni. Comme moi, précisa-t-il en se tapotant la poitrine avec l'index. Je suis un Liche-Moelle, un Voyant *et* un Nécromancien. C'est très rare au sein de mon peuple, mais nécessaire pour accomplir les desseins du Destin. Maître Corentin est un Shaman, un Maître des bêtes *et* un Change-peau, ce qui est également très rare. Et cette Lady Sodja est très spéciale aussi. Krosérane de naissance. Une servante de Dorchnok. Elle possède le talent d'une Faiseuse d'ombres et celui, très rare, d'une Tisseuse de vide. À Krosera, il n'y en a plus depuis des siècles. Pouce-rouge ne pourra trouver la Dame noire – le Freux noir – que s'il rend visite à cette branche distante.

Annev et Fyn échangèrent un regard inquiet. Ils avaient vu Sodja dans le palais de Janak, une jeune femme agile vêtue de noir et de gris, et dont les habits, bien que taillés dans un tissu d'excellente qualité, avaient l'apparence de haillons. Sa tenue et sa manière de se mouvoir avaient rappelé à Annev Oyru, mais la ressemblance s'arrêtait là. Pratiquait-elle la magie de l'ombre comme l'assassin ? Annev ne le pensait pas. En tout cas, il ne l'avait pas vue s'en servir dans le bureau de Janak. Elle savait si bien se battre et elle était tellement maligne qu'elle avait réussi à prendre la Baguette de Compulsion à Fyn et à neutraliser Annev sans user d'aucune magie.

Mais elle m'a mis cette maudite entrave, se dit Annev en se rappelant la manière dont il avait perdu sa première prothèse. *Elle n'y serait pas parvenue sans magie.*

— Jian, commença-t-il en lançant un regard à Fyn. Vous affirmez que Sodja Rocas maîtrise la magie de l'ombre ?

— Absolument, Maître Ainnevog.

— Cela signifie-t-il que sa famille possède cette magie ? Les gens que nous avons vus tout à l'heure… ils ne m'ont pas semblé…

— La mère de Sodja possède une souche dormante de magie de Tisseuse de vide, expliqua Jian en faisant la moue. Une souche étouffée par la consanguinité de la famille Saevor. Le père de Sodja, en revanche… Il possède le sang d'un Faiseur d'ombres, un sang fort et vibrant. Lorsque les deux se sont unis, la vieille magie s'est réveillée. M'est avis que les frères et sœurs de Sodja possèdent le même talent, mais il me faudrait les goûter pour en être certain.

— Les goûter ? demanda Titus dans une grimace.

— Leur sang, oui, acquiesça Jian comme si c'était évident, avant de remettre sa capuche.

Fyn se rapprocha d'Annev et lui murmura à l'oreille :

— Ne te retourne pas, mais nous sommes suivis. Il y a quelque chose – quelqu'un – dans le verger.

— Depuis combien de temps ? l'interrogea Annev en se retenant à grand-peine de regarder par-dessus son épaule.

— Depuis que nous avons quitté la propriété, répondit Fyn en désignant la rangée de cerisiers qui marquait la fin de la propriété des Rocas. On voit des fleurs projetées dans les airs, comme si quelqu'un courait ou sautait entre les arbres.

— Où est ce quelqu'un, maintenant ? demanda Annev qui s'en voulait de ne rien avoir remarqué lui-même.

— Il ou elle avance parallèlement à nous. Je crois que l'objectif est de nous dépasser discrètement. Garde un œil sur le verger ouest.

Annev fit ce que Fyn lui demandait, examinant du coin de l'œil les longues rangées de pêchers en fleur emplissant la propriété suivante. Au début, il ne vit rien, mais comme ils passaient devant des fruitiers divers, il repéra un éclair vert-brun entre les troncs, suivi par un nuage de fleurs blanches. Il tourna la tête vers ce mouvement, mais celui-ci s'arrêta aussitôt.

— Là, lança-t-il. Mais je ne vois plus rien.

Ils continuèrent à avancer, Therin essayant d'effrayer Titus avec les horreurs qu'ils risqueraient de rencontrer dans le Bas-Quartier. Sraon ponctuait leurs folles spéculations en leur rappelant que le Quartier des Cendres et l'Ossuaire se trouvaient dans le coin nord-ouest de la ville, tandis que la *Coupe sans fond* était au sud. Therin ne l'écoutait pas, cependant, décrivant des goules carbonisées, des cannibales maculés de suie, des nécromanciens couverts de sang. Le forgeron se racla la gorge en entendant cette dernière partie, et Therin finit par se rendre compte que Jian souriait en les regardant du haut de la jument, ses yeux roses scintillant, amusés.

— Je… euh…

Therin chercha de l'aide autour de lui, mais n'en trouva pas. Enfin, Jian le sauva.

— Vous avez raison de craindre les Nécromanciens, Avatar Therin, car ceux dont le métier est la mort valorisent rarement la vie.

— Mais… euh… n'êtes-vous pas…

— Oui, je suis un Nécromancien.

— Vous n'êtes… je veux dire… vous n'êtes pas très effrayant. Enfin, si, vous faites peur. Peau pâle. Yeux roses. C'est bizarre, c'est vrai, mais à part ça… Enfin, je ne sais pas.

Jian hocha la tête.

— Et si mes lèvres étaient couvertes de sang ? Si j'étais accompagné de non-morts, d'esclaves désireux de me servir, me craindriez-vous ?

— Euh…

— Je le crois. Je le sais. Comprenez, Avatar Therin, que la mort et la vie me sont également précieuses. Je ne prends pas facilement la vie, ni ne recours facilement à ceux qui ont basculé dans le domaine des esprits. La vie et la mort doivent toutes les deux être respectées.

Annev suivait la conversation d'une oreille, tout en observant les mouvements dans le verger, à sa gauche. Il était presque certain, désormais, que la personne qui les épiait les avait dépassés car il ne voyait plus de nuages de pétales tournoyants. Les propriétés qui les flanquaient à présent étaient plus petites, moins impressionnantes, tandis que les dalles colorées avaient cédé la place à de simples pavés. Des voitures circulaient de nouveau sur la chaussée, et les gardes de la ville qui patrouillaient commençaient à les regarder de travers. Jian serrait sa capuche autour de son visage, jouant à la perfection le rôle d'une aristocrate accompagnée de son escorte. Ils étaient presque revenus sur la place à la fontaine lorsque quelqu'un les arrêta. Non pas les gardes de la ville, mais un homme obèse vêtu d'un gilet en cuir ouvert aux poches festonnées de lourdes chaînes en or et de pierres précieuses massives. D'autres chaînes reliaient ses tétons percés à ses narines et à sa lèvre inférieure.

— Quelle est donc cette racaille accompagnant une esclave iluméenne à cheval ? cria-t-il en agitant ses bras nus pour attirer l'attention des nobles et des gardes du quartier.

Des rebelles, à n'en pas douter ! Voyez comme ils dissimulent leur visage. Comme ils portent leurs armes à la vue de tous sans se soucier de nos us et coutumes !

Annev fronça les sourcils en remarquant que l'homme était équipé d'un cimeterre et d'une paire de dagues ornementales. L'inconnu ouvrit en grand sa veste et effleura le manche d'une de ses dagues en caressant du pouce la chaîne suspendue à sa chair. Annev se demanda comment il pouvait espérer se défendre avec ces trous dans la peau, et puis il remarqua les guerriers rassemblés derrière l'obèse, des brutes habituées à la violence. Comme le gros homme, ils étaient grands, musclés et armés de cimeterres. En revanche, ils n'étaient pas encombrés de chaînes et d'ornements superflus, arborant plutôt des tatouages et, sur l'épaule droite, des marques laissées au fer rouge représentant un chat sauvage et un deux-mâts.

Sraon s'avança, le visage aussi sombre qu'un nuage d'orage.

— Vous osez appeler racaille la Maison royale Cheng ? aboya-t-il. À genoux, marchand d'esclaves !

L'homme aux chaînes sembla hésiter.

— Je vous demande pardon ?

— Vous ne m'avez pas entendu, peut-être ? *À genoux !*

D'un geste rapide et fluide, Sraon se saisit du cimeterre de l'homme. Les gardes qui s'apprêtaient à intervenir se figèrent.

— Cet homme a insulté la Maison royale Cheng ! J'exige des excuses immédiates ou je lui arrache la langue !

Les gardes de la ville se regardaient, apparemment convaincus d'être face à un fou. Les soldats d'Innistiul, pour leur part, ne semblaient pas surpris par la demande de Sraon. Aucun d'entre eux ne dégaina son épée.

— Votre Altesse, commença un garde. Toutes les coutumes d'Innistiul ne sont pas honorées ici. Si vous avez des choses à reprocher à cet homme, vous devez vous plaindre auprès de la Haute Cour ou d'un magistrat local.

— Ou du consulat, ajouta Sraon en se redressant. Comme il s'agit d'une dispute entre maisons esclavagistes, il me semble approprié de prévenir la Consule Anabo.

— Ce serait… normal, effectivement.

— À moins que cet homme accepte de nous présenter ses excuses et retire son accusation. Alors, il gardera sa langue et nous pourrons reprendre notre route.

— Que… Comment pouvez-vous savoir qui je suis ? bafouilla l'homme obèse.

— Elar Kranak, Deuxième Dan, Noble Seigneur d'Innistiul.

Le marchand d'esclaves en resta bouche bée.

— Je… Comment le savez-vous ?

— Je suis Sraon Cheng, Premier Dan, Archonte d'Innistiul. (Il tapota la mâchoire de l'homme avec le cimeterre.) Maintenant, à genoux, et excusez-vous, sinon, j'enverrai ces gardes quérir Madame la Consule. Et vous savez très bien comment cela se terminera.

Sraon tira la langue et la mordit. Elar devint tout pâle et tomba à genoux.

— Je suis désolé, euh… Archonte Cheng. Pardonnez-moi. On m'a dit que vous étiez quelqu'un d'autre. (Il regarda furtivement Jian, sur la jument, puis baissa les yeux.) Cette… étrangère que vous escortez. Puis-je vous demander…

— Certainement pas. (Sraon jeta le cimeterre par terre, aux pieds d'Elar.) J'accepte vos excuses et j'espère que votre tribut ne tardera pas à arriver dans nos coffres. J'en informerai le Magistrat Bliven. Dix solari devraient suffire.

Elar se figea, puis se releva.

— Oui. Bien sûr, Archonte Cheng. Vous êtes très généreux.

Sraon passa devant l'homme en donnant une pichenette dans la chaîne en or accrochée à son téton gauche et à son nez.

Le marchand d'esclaves siffla de douleur, mais ne dit rien, tandis que le reste du groupe suivait en silence le forgeron de l'autre côté de la place vers le Quartier du Fleuve supérieur.

Chapitre 20

Myjun se réveilla pour découvrir qu'Oyru était agenouillé à côté d'elle. Elle avisa un monticule de bandages noirs maculés de sang.

— Où suis-je ? s'enquit-elle, le masque contenant ses émotions.

— Au sud de la forêt de Brake. À un kilomètre et demi d'un village appelé Hentingsfort.

— La forêt de Brake, gronda Myjun. J'étais au Vosgar… à l'ouest.

— En effet, mais maintenant, tu es ici.

— Mais… le dragon ?

— Bonne question. J'ai trouvé ton couteau – ce qu'il en restait – mais je ne crois pas que tu aies tué le monstre avec.

— Il est mort, alors.

Elle essaya de se détendre, mais la douleur était trop grande. Elle se força à se relever, et si cela fut encore plus douloureux, elle se sentit néanmoins plus forte.

Elle repensa au dragon, à ses mâchoires se refermant sur elle. Elle toucha son ventre et fut brièvement surprise de n'y trouver aucune plaie, aucune cicatrice.

— Je l'ai tué, chuchota-t-elle.

— Oui.

— Et il… m'a tuée.

— Presque, ajouta Oyru en se levant. Le masque a tenté de te soigner, mais les blessures étaient trop importantes et sa magie trop lente. Ton âme est entrée dans le domaine de l'ombre, prête à s'envoler pour le Monde des Esprits. Au lieu de quoi, j'ai emporté ton corps physique dans le domaine de l'ombre pour réunir les deux, avant de te ramener dans le monde physique. Réparée. Complète.

— Comment est-ce possible ?

Du bout des doigts, Oyru caressa ses tempes et son front dorés.

— La puissance du masque n'était pas suffisante pour te soigner, et pourtant, ton corps a survécu en l'absence de ton esprit. Quelque chose d'autre, une autre puissance, était à l'œuvre, enchérit-il en tapotant le masque du bout du doigt. Comme tu étais inconsciente, j'ai usé des ombres pour t'examiner et j'ai trouvé un morceau d'or fiché près de ton œil.

Myjun fit glisser ses doigts sur l'arête de son nez, autour de son œil gauche, jusqu'à sa tempe.

— Du métal ? Dans ma tête ?

— Oui, confirma Oyru dans un hochement de tête. Il contient le sang d'un Inquisiteur terran. Sais-tu comment cet éclat s'est retrouvé dans ta chair ?

Myjun se rappela la manière dont son père s'était dressé entre Annev et elle, visant le keokum avec la Baguette du Feu infernal. Elle se remémora son sentiment d'horreur lorsque Annev s'était déchaîné sur Tosan, enveloppant son corps de flammes liquides et d'une rage démoniaque. Elle avait reçu en plein visage des morceaux noircis de la main et du bras de son père, et elle se souvenait de la douleur atroce, les brûlures causées par le feu sanglant et le métal liquide provenant de la bague fondue de Tosan. Annev l'avait scarifiée – il l'avait *ruinée* –, et il l'avait fait tomber dans un gouffre, où les monstres qui avaient détruit le village l'avaient torturée.

— J'ai été blessée quand les monstres m'ont capturée, expliqua-t-elle d'une voix étouffée par la haine. Ils ont fait quelque chose à mon visage, ont versé quelque chose dessus.

— De l'*aqlumera*, dit Oyru d'un ton neutre. De la magie liquide. Elle t'a soignée et maudite à la fois. Le sang de l'Inquisiteur, en revanche, est venu d'ailleurs.

— Mon père, dit-elle en se rappelant sa malédiction et la honte qu'elle lui inspirait. Il pratiquait la magie.

— Non, c'est différent. Tu as un artefact dans le crâne, et il augmente le pouvoir de guérison du masque. (Il la regarda fixement de ses yeux semblables à des étangs une nuit de nouvelle lune.) D'où vient cet artefact ?

— La bague en or de mon père, répondit-elle comme la vérité la frappait subitement. Mon père affirmait qu'Odar lui avait donné la possibilité de sentir lorsque les autres mentaient, mais sa bague était peut-être un artefact... Il la portait quand Annev l'a tué.

— Utilisait-il cette bague pour se soigner ?

— Je ne sais pas, répondit Myjun en ravalant sa bile. (Parler de son père, de son hypocrisie, de son sang maudit lui donnait envie de vomir.) Mon père croyait que seuls ceux qui ont un cœur pur et de la volonté pouvaient utiliser des artefacts. Il disait que lui seul, le directeur de l'Académie, savait s'en servir avec prudence et piété. (Elle eut envie de rire, mais montra les dents à la place.) C'était un hypocrite prétentieux.

Elle cracha sans salive, car elle avait intégré désormais le fait qu'elle portait un masque.

— Cette bague contenait un sang magique, affirma Oyru sans faire attention à sa colère. Et il se peut que l'*aqlumera* ait augmenté son pouvoir.

— Et le masque... ?

— L'a augmenté encore. J'ignore quelle était ta puissance avant ta scarification, mais la combinaison de l'anneau de l'Inquisiteur, de l'*aqlumera* et du masque a fait de toi quelque chose... d'exotique. D'inattendu.

— Un monstre, comme vous.

— En quelque sorte.

— Ça ne m'a pas empêchée de mourir, se moqua-t-elle.

— Tu n'étais qu'à moitié morte, et c'est une expérience que je connais. (Il regarda les champs à sa gauche, la forêt de Brake à sa droite.) Tu n'aurais pas dû être capable de tuer le dragon, surtout avec sa capacité de guérison supérieure. Je suis impressionné. (Il se focalisa de nouveau sur Myjun.) Il est temps de procéder à un nouveau test. À trois tests, plutôt.

Il agita les doigts, tourna le poignet, faisant apparaître un morceau de tissu ensanglanté dans sa main.

— J'ai enlevé un fermier de la région et je l'ai caché tout près. Ceci lui appartient. Retrouve-le, dit-il en lançant le chiffon à Myjun.

— Et après ?

Myjun porta le tissu à son nez et inhala. Même derrière le masque en or, elle reconnut l'odeur – presque le goût – du sang. L'arôme cuivré de la rouille. L'amertume de fer de la vie… et de la mort.

— Trouve d'abord le fermier. Après, tu devras le faire parler.

— Quelles questions pourrais-je poser à un stupide fermier ?

— Tu le sauras quand tu le trouveras.

— Et le troisième test ?

— Je t'ai réservé quelque chose de spécial. Quelque chose qui pourrait expliquer ta victoire face au dragon.

Myjun plissa les yeux. Sa combinaison était imbibée de sang, en lambeaux. Son corps était guéri, mais la faim et la soif qui la tenaillaient lorsqu'elle courait dans le Vosgar s'étaient réveillées. Elle était affamée, elle avait besoin d'énergie… de souffrir.

— Je trouverai le fermier.

Chapitre 21

Myjun étudia l'homme attaché à une chaise, le visage tuméfié, le scalp ouvert et ensanglanté, les épaules, les côtes et les bras meurtris. Le parfum chaud et collant du sang lui donnait la nausée et horriblement faim. Le désir de sentir de la chair brûlante et juteuse entre ses dents la faisait trembler. Jamais elle n'avait eu autant envie de viande. Quelque chose dans l'odeur de la chair crue réveillait un instinct primaire.

Depuis qu'elle avait tué les loups sinistres, elle savait qu'il existait un autre moyen d'apaiser sa faim. Elle avait ressenti une menue satisfaction, un apaisement, et sa certitude s'était renforcée comme elle chassait les autres monstres du Vosgar.

Myjun avait besoin de tuer.

Le nier serait revenu à refuser de manger. La magie du masque canalisait les affres de la faim dans sa propre substance, mais cela lui faisait l'effet d'un bouillon alors qu'elle avait envie de viande rouge. Le besoin de tuer était intense, qui la tentait avec la promesse d'une force volée. Myjun savait qu'elle n'était pas un Vampire, mais elle ne pouvait nier qu'elle devenait un monstre.

Les bras et les jambes du fermier étaient entravés par de la corde d'ombre, dont les fibres de néant étaient aussi solides que l'acier. L'homme était bâillonné avec l'autre moitié du tissu qu'Oyru avait donné à Myjun pour le traquer, et lorsque la jeune femme jeta celui-ci par terre, le fermier se concentra sur les ombres où elle était tapie. Il scruta les ténèbres, ne s'arrêtant que lorsqu'il reconnut l'éclat de son masque en or maculé de larmes de sang. Et il pleura à son tour. Ses larmes dégoulinèrent sur ses joues, pénétrèrent sa barbe blanche de quelques jours. Il sanglota, ses épaules se soulevant, et un sentiment de dégoût enfla dans le ventre de Myjun.

Cette créature n'était pas humaine. Elle le voyait clairement, désormais ; ce fermier lui était inférieur, comme la proie était inférieure au chasseur.

— Que… qu'est-ce que vous voulez ? bredouilla-t-il.

Myjun l'observa tandis que les ombres s'allongeaient dans la grange. Des poules caquetaient à l'extérieur, et un cheval hennissait dans une écurie voisine. Elle reconnut l'odeur d'une vache laitière aux mamelles pleines. L'homme sanglota de nouveau. Elle garda le silence. En vérité, elle n'avait pas de réponse à lui donner, et même si elle en avait eu une, elle l'aurait gardée pour elle.

Elle haïssait sa faiblesse, le haïssait de lui rappeler sa propre faiblesse.

— Trouve où se cache sa famille.

Myjun savait qu'il viendrait, elle avait senti sa proximité, non pas vraiment une présence physique, mais presque.

— Demandez-lui vous-même.

Les mots étaient comme des ulcères dans sa bouche. Ses lèvres étaient sèches, craquelées.

— Non, refusa Oyru en se matérialisant à côté d'elle. Il s'agit de ton deuxième test.

Myjun émergea des ténèbres et se positionna dans un carré de lumière provenant du grenier ouvert de la grange.

— Dites-moi où se trouve votre famille, siffla-t-elle.

— Je n'ai pas de famille. Je suis seul.

Son visage était couvert de poussière, ses pommettes étaient violettes et noires dans les ténèbres.

— Je ne vous crois pas. Où se trouve votre famille ? répéta-t-elle.

— Partie.

— Partie où ?

Elle sentait la température monter derrière son masque. Elle perdait patience.

— Ils sont partis, dit l'homme d'une voix chevrotante. Je vous en prie. Ne leur faites pas de mal.

Myjun l'étudia, attendant de voir si la magie, en elle, réagirait aux mots du fermier. Elle ne ressentit rien, cependant, et elle retourna la frustration causée par cet échec contre l'homme.

— Vous mentez, lui dit-elle en se rapprochant de lui. Vous essayez de les sauver – de les *protéger* –, mais vos mensonges ne font que les mettre en danger.

— S'il vous plaît, laissez-moi partir. Je n'ai rien fait de mal !

— Ça m'est égal, rétorqua Myjun en se surprenant à dire ce qu'elle pensait. Que vos mains soient couvertes du sang de milliers de femmes et d'enfants m'indiffère totalement.

— Mais je ne…

— Vous pourriez très bien être le plus grand saint de cette terre, que cela ne me ferait ni chaud ni froid. Je me fiche même que vous soyez un bon père et un mari aimant. (Elle se pencha au-dessus de son oreille et ajouta dans un murmure.) Je m'en fiche.

— Dans ce cas, pourquoi me faites-vous ça ? bredouilla le fermier. Pourquoi voulez-vous savoir où ils sont ?

Myjun renifla. Elle lui avait posé la question parce que Oyru le lui avait demandé, et cela la mettait mal à l'aise. Pourquoi l'assassin voulait-il savoir où se trouvait la famille du fermier ?

— Dites-moi où ils sont, insista-t-elle, où je vous vide comme un poisson et j'accroche vos entrailles aux arbres pour qu'ils les voient à leur retour.

— Non ! S'il vous plaît… ma femme… mes enfants…

Elle se tourna vers Oyru, désigna avec dégoût la créature geignarde attachée à sa chaise.

— À quoi bon tout ceci ?

— T'a-t-il dit la vérité ?

— Il ne m'a rien dit du tout.

— Dans ce cas, c'est un échec. Tu l'as traqué. Maintenant, sens l'odeur de la vérité et débusque-la.

— Ce n'est pas la même chose, gronda-t-elle.

— Essaie plus fort. Découvre la vérité.

Myjun regarda fixement la silhouette sombre du mage. *Découvrir la vérité…*, pensa-t-elle comme sa colère contre les deux hommes enflait. *Maudits soient-ils. J'arracherai la vérité à son cadavre.* Elle refit face au fermier, les yeux verts étincelants.

— Dites-moi où ils sont, le pressa-t-elle d'une voix presque aussi froide que celle de l'assassin. Et je vous laisserai partir.

— Pour… pourquoi faites-vous ça ?

Elle agrippa la gorge de l'homme, suivit de l'ongle les contours de sa mâchoire, sa jugulaire.

— C'est moi qui pose les questions. Dites-moi… Dites-moi comment s'appelle la vache.

— P… pardon ?

— Pas de question ! s'écria-t-elle en lui griffant le visage. Dites-moi comment s'appelle votre vache.

— G… G… Gertie. Elle s'appelle Gertie.

— Gertie, répéta Myjun, sentant qu'il disait la vérité. C'est un joli nom. Je vous crois… ?

— Dav… David. Je m'appelle David, mais les gens m'appellent le Vieux Davey.

— Le Vieux Davey, répéta Myjun. (Cela lui semblait plausible, probable, même si elle ne savait pas pourquoi. Une intuition. Ou bien était-ce la magie ?) Êtes-vous marié, Vieux Davey ?

— Oui.

La vérité, encore. Elle commençait à comprendre.

— Et vous avez des enfants.

— Oui.

— Merci pour votre honnêteté, Davey. Je déteste quand les gens me mentent. Ce n'est pas très bon pour eux. Vous comprenez ?

— Je comprends.

Il semblait s'être calmé ; les réponses venaient plus facilement.

— Excellent. Et leurs noms, Davey.

— Sam, Palmer, Little Deidre… et Dawn.

C'est vrai, pensa-t-elle, même si elle regrettait de ne pas comprendre d'où lui venait cette certitude. *Il est temps de passer à des questions plus difficiles.*

— Par les dieux, ce ne sont que des enfants, dit le fermier d'une voix fragile et de nouveau suppliante. Ils n'ont rien fait. Et je n'ai rien fait non plus !

— Chut, fit-elle en posant son index sur les lèvres de l'homme. (Suivant son intuition, elle poursuivit.) Dites-moi, Davey, cette famille que vous aimez tant… l'avez-vous sauvée, ou bien vous a-t-elle abandonné ? S'est-elle enfuie quand mon compagnon d'ombre est venu vous chercher ?

— Comment savez-vous tout ça ? demanda le fermier en s'affaissant. Qui êtes-vous ?

Myjun le gifla. Durement. La tête de Davey fut projetée en arrière, ses yeux roulèrent dans leurs orbites.

— C'est moi qui pose les questions ! Oubliez-le encore une fois, et je commencerai à éparpiller vos boyaux dans cette grange, compris ?

— Oui, oui ! Par les dieux ! Par Odar le Miséricordieux ! S'il vous plaît, oui !

— Bien, ronronna-t-elle. Vous voyez, dire la vérité est extrêmement facile.

— Oui, acquiesça-t-il, sa tête roulant comme s'il était ivre de terreur. Oui, oui. Mon Dieu, je vois.

— Je crains que votre dieu vous ait abandonné, Davey. Je suis ici, heureusement, et je suis bien réelle. (Elle se pencha au-dessus de lui, son masque ne se trouvant plus qu'à quelques centimètres du visage du fermier.) Maintenant, dites-moi la vérité. Où se trouve votre famille ?

L'homme hésita – juste un instant –, puis secoua la tête.

L'intuition de Myjun hurlait dans sa tête. *Il sait exactement où ils sont*. C'était une évidence. Elle le voyait clairement, elle sentait quand il mentait.

— Dites-moi où vous les avez envoyés ! Dans quelle ferme se cachent-ils ? Chez quelle tante se terrent-ils ?

Davey écarquilla les yeux, mais ne dit rien.

Son silence l'énerva davantage. Elle attrapa des ciseaux à laine, fit un pas en arrière et coupa net un doigt de sa main gauche. Comme il hurlait, elle lui en coupa d'autres. *Snip ! Snip ! Snip !* Quatre doigts. Maintenant, ses larmes et la douleur l'étouffaient. Myjun le regarda fixement ; sa colère restait brûlante, sa rage n'avait pas fini d'enfler.

— Dites-moi. Et si vous mentez, je vous couperai les doigts de l'autre main. (En dépit de tout le sang, la voix de Myjun restait parfaitement neutre.) Où sont-ils partis ?

— Chez ma sœur, pleura-t-il. À Hentingsfort. Par les dieux, ayez pitié.

Myjun fronça les sourcils et se concentra. L'homme avait dit la vérité, mais pas *toute* la vérité. Il semblait manquer quelque chose. Mais quoi ? Une vérité et un mensonge, peut-être ? Elle ravala sa colère à temps pour se retenir de lui ficher les ciseaux dans la gorge, puis se ressaisit et le força à la regarder dans les yeux.

— Vous mentez.

— C'est la vérité, je vous le jure !

Faux. Quelque chose, chez l'homme – une lueur terne qui palpitait lorsqu'il parlait –, lui faisait croire qu'il mentait. Elle serra les dents et secoua la tête.

— Ils sont avec la… sœur de votre femme décédée Charlyn, mais ils ne sont pas à Hentingsfort. Ils sont à l'est… sur la route de Brake.

— Sorcière, lâcha l'homme d'une voix étranglée. Vous n'êtes qu'une sorcière ! Qu'est-ce que ça peut vous faire ? Que nous voulez-vous ?

Elle prit son élan et plongea les ciseaux dans le cou du fermier – ou plutôt l'aurait fait si Oyru n'avait agrippé son poignet au dernier moment, sauvant la vie de l'homme.

— Il a menti ! siffla-t-elle en libérant son bras. Et il m'a désobéi !

— Le masque te pousse à agir sans réfléchir. Tu dois contrôler tes émotions.

Elle aurait voulu enfoncer les ciseaux dans le visage de l'assassin, au lieu de quoi elle fit cesser les tremblements de sa main et se tourna vers le fermier.

— Pourquoi vous soucier de lui ? Il n'est rien. Il est moins que rien.

— Comment sais-tu pour Charlyn et Hentingsfort ?

— Je l'ignore, avoua Myjun en hésitant.

Oyru la scruta pendant quelques secondes, puis hocha la tête.

— Comment peux-tu dire qu'il a menti ?

— La lumière, répondit-elle sans réfléchir. Elle palpitait autour de lui.

— La lumière était-elle là avant qu'il mente ?

— Je ne sais pas. (Elle prit le temps de réfléchir.) Oui, sans doute, mais je ne l'avais pas remarquée.

— Regarde-le de nouveau et dis-moi ce que tu vois.

Myjun examina le fermier pâle, presque blanc, à la main mutilée gouttant sur le sol de la grange. Si on ne s'occupait pas de ses plaies, il se viderait de son sang. Elle se reprit – il lui avait menti, après tout – et, alors qu'elle s'apprêtait à détourner les yeux, remarqua une lueur colorée autour de lui, une silhouette qu'elle avait prise pour un halo créé par la lumière du jour perçant le plafond. Elle se concentra, plissa les yeux pour la voir… mais il n'y avait rien à voir. Il s'agissait d'une simple impression, d'une aura observable non pas avec les yeux mais avec… autre chose. Qu'elle ne comprenait pas.

— Il luit. Il est entouré d'un genre d'aura.

— Décris-la.

— Elle est jaune. Voire banche. Elle est striée de rouge et de rose. Du sang.

— Et quand il a menti ?

Elle se creusa la tête. Elle n'avait pas vraiment vu de couleurs. Elle les avait senties. Et qu'avait-elle senti, à ce moment-là ? À quoi cela lui avait-il fait penser ?

— Elle n'était pas noire… ni violette. Quelque chose entre les deux.

— Tu possèdes le talent de l'auramancie, dit Oyru dans un hochement de tête. Pour ma part, je ressens l'inverse. C'est le contraire de la magie de l'ombre ; les ténèbres et la lumière.

— Et ?

— Et…, poursuivit Oyru en se matérialisant doucement, son visage gagnant en substance, sa tête flottant dans le noir. Cela veut dire que tu es Auramancienne, Chevaucheuse d'âme et – si l'on en croit le sort que tu as réservé au dragon – Chanteuse de lame. C'est une combinaison rare. Très rare, avec un père à moitié iluméen. Il y a de fortes chances que tu possèdes le quatrième talent iluméen, que tu sois Lanceuse de lumière. Tu ne devrais avoir aucune difficulté à l'exécuter avec ta magie, conclut-il en désignant le fermier.

— Quelle magie ? protesta Myjun.

— Tu as invoqué le feu de l'âme pour tuer le dragon. Tes lames lui ont brûlé les yeux. Grâce aux talents iluméens, tu as le pouvoir de générer du feu, des lames de lumière, de lancer des éclairs. Tu peux tordre la lumière – devenir invisible – ou encore la réfléchir pour créer des illusions. Certaines de ces techniques seront difficiles à maîtriser, tandis que d'autres viendront naturellement. En étant mon apprentie, cependant, tu les maîtriseras toutes.

— Je ne peux rien faire de tout ça, rétorqua Myjun, le regard plongé dans celui de l'assassin. Rien du tout. En plus, ajouta-t-elle sans une once d'affect, votre fermier est mort. Vous l'avez laissé se vider de son sang.

— À moitié mort ne signifie pas complètement mort, la corrigea Oyru en secouant la tête.

Sur ce, il plongea la main dans la poitrine du Vieux Davey et lui agrippa le cœur. L'homme écarquilla les yeux et poussa un cri comme s'il venait de faire un cauchemar, alors que, bien au contraire, il s'était réveillé dans un cauchemar, et Oyru n'avait aucune intention de le laisser partir.

L'Ombre ressuscitée libéra sa main et désigna le fermier terrifié, tandis que le sang qui s'écoulait des doigts mutilés de l'homme formait une flaque à ses pieds.

— Tue-le en usant de ta magie, ordonna-t-il. Choisis : le feu de l'âme, les flammes, les éclairs. Peu importe, mais fais-le.

— C'est le troisième test ?

— Oui.

— Bien, acquiesça Myjun en reniflant.

Elle se rapprocha du fermier, dont les paupières étaient en train de se refermer, et gifla violemment son visage parcheminé. Il rouvrit les yeux et lui cracha dessus. Dans une réaction de rage, elle lui agrippa la gorge.

— NON !

Myjun se figea, surprise par l'intensité de la voix d'Oyru. L'apathie froide qui caractérisait le discours de l'assassin avait cédé la place à une colère perçante, qui disparut cependant aussi vite qu'un orage d'été. La froideur était de retour, plus intense et glacée.

— Ne le *touche* pas. Concentre sur lui ta colère et ta frustration, la douleur et le feu. Frappe-le. Brûle-le.

Myjun regarda le fermier mourant au visage livide, au corps mou et immobile. Elle était un peu en colère contre lui ; il lui inspirait du dégoût et de la haine, mais sa rage s'était estompée à mesure que la vie de Davey se terminait.

Elle ressentait de la frustration, cependant, une minuscule fleur de haine alimentée par son incapacité à le tuer, par le fait qu'elle n'était pas autorisée à l'étrangler. Elle était furieuse contre Oyru, elle lui en voulait de croire qu'elle était capable de faire ce qu'il exigeait. De la forcer à lui obéir.

Et pourtant… elle avait déjà fait ce qu'il lui demandait. Elle essaya de se rappeler comment, d'extraire ce souvenir. Du sang et des griffes. Des crocs et des écailles. Des insectes lui rongeant la peau, un sang acide giclant de la gueule du dragon. La brûlure, la douleur, la frustration et la colère, comme ses mâchoires se refermaient sur elle, la transperçant. Myjun chercha profondément, s'immergea dans la souffrance du moment. Ce moment où elle aurait voulu mourir, où elle vécut cependant.

Elle hurla à s'en déchirer la gorge. Elle cria et cria encore…

Une lumière apparut dans sa main – de minuscules flammes, blanches et incandescentes –, puis s'évanouit. Myjun avait le souffle court et sa voix était rauque d'émotion.

— Magnifique, murmura Oyru, qui se dressait de nouveau dans les ténèbres. Absolument superbe.

— À quoi bon ? aboya-t-elle. Une étincelle inutile.

— Pas du tout.

Oyru désigna le fermier, qui avait de nouveau sombré dans le silence et perdait toujours son sang, quoique de moins en moins.

— Essaye de prendre sa douleur et sa peur, de t'en servir pour alimenter ta magie.

— Je ne…

Myjun scrutait le fermier, voyait son aura perdre rapidement en intensité.

Pouvait-elle le faire ? Elle savait que la douleur alimentait son masque, la rendait plus forte, plus rapide, mais était-elle capable de voler cette douleur, ces émotions à autrui ? De faire de *leur* souffrance *sa* force ? Une étincelle s'alluma en elle, son intensité nourrie par la possibilité, par le besoin d'essayer…

De briser. De brûler.

Myjun tendit la main vers le fermier mourant, permettant à ses émotions de se nourrir des siennes. C'était facile ; bien plus que prévu. L'aura de l'homme pela, et il écarquilla les yeux, le visage encore plus horrifié que durant l'interrogatoire.

Il hurla, terrifié.

— Qu'est-ce que vous faites ?

Rage. Douleur. Frustration. Dégoût. Haine. Toutes les émotions de l'homme étaient désormais siennes, canalisées en elle, la renforçant, et comme son pouvoir grandissait, la peur de Davey enflait. Terreur. Souffrance. Peur. Agonie. Désespoir. Une boucle infinie qui alimenta l'étincelle, fit naître une flamme, qui trouva sa place dans ses bras, se condensa, prenant la forme de deux pointes de lumière qui jaillirent de ses paumes : des lames blanches d'esprit pur, une aura d'émotion et de feu, de lumière et d'énergie. Les lames devinrent des dagues, des épées. Elle se rendit compte qu'elle criait, évacuant sa douleur d'une voix rauque et intense, aiguë et perçante comme une arme. Le Vieux Davey cria aussi, le visage pâle empli d'une terreur aussi pure que sa haine.

Elle frappa, le feu de son âme formant des cisailles qui détachèrent la tête du fermier de ses épaules. Sa peau brûla comme elles entraient dans sa chair, ses yeux s'enflammèrent comme une lumière d'un autre monde lui jaillissait par la bouche.

La souffrance qui emplissait le corps de Myjun, la faim qui pénétrait son âme cédèrent subitement la place à un sentiment de plénitude. La sensation la surprit, éveillant ses sens à un monde devenu terne sous les souffrances infinies.

Elle n'avait pas faim. Elle n'avait pas soif. Elle débordait de vie, elle se sentait pleine ; elle avait pris une vie, en avait gagné une. En dessous, elle ressentait toujours l'influence du masque – le besoin de souffrance et la malice qui l'accompagnait –, mais d'une manière distante, émoussée par l'euphorie du moment.

Et soudain, la vie, la joie, l'excitation disparurent. Sa faim et sa soif étaient toujours contenues, mais à l'intérieur d'un vide, un énorme gouffre de besoins. Elle ressentait également une faim nouvelle, que l'eau et la nourriture n'auraient pu satisfaire.

— Tu aurais pu être Lame d'âme, je crois – Chevaucheuse d'âme et Chanteuse de lame –, mais l'*aqlumera* et la bague de l'Inquisiteur ont souillé ta magie, en ont fait quelque chose de nouveau. Quelque chose de magnifique. Tu ne chantes pas des sorts. Tu es… Hurleuse d'âme.

Un sourire étrange souleva les lèvres d'Oyru, une émotion tellement incongrue qu'elle donna envie de vomir à Myjun.

— Une Hurleuse d'âme. Tu as peut-être du mal à tordre la lumière et à chevaucher les âmes – tu n'es pas complètement iluméenne –, mais ces contours irréguliers, cette rugosité, cette puissance brute… (Il eut un sourire carnassier.) Oh, oui ! Tu es mon petit couteau bien affûté. Mon Oraqui ensanglantée.

Derrière eux, la carcasse de l'homme mort bascula en avant, la peau et les os aussi secs et cassants que du charbon. Lorsque son enveloppe charnelle sans âme heurta le sol, il y eut un éclair de lumière très bref, un soupir doux, puis le silence.

— Viens, lança Oyru sans perdre un instant. Les gens d'Hentingsfort nous attendent.

— Qu'y a-t-il à Hentingsfort ?

Myjun aurait pu poser la question plus tôt, mais ses sentiments flottaient sous le souvenir de son festin récent. Elle en voulait davantage – plus de sang, plus de mort, plus d'âmes à aspirer. Elle en avait tellement besoin, comme une maîtresse de son amant, un mendiant de nourriture.

— Un nouveau test, répondit Oyru en se dirigeant vers la porte. Le dernier avant que je te conduise au-delà de Reocht na Skah et le cœur du domaine de l'ombre.

— Vous allez m'emmener dans… l'ombre ?

L'assassin la précéda dehors, dans la lumière du soleil, puis dans l'ombre profonde de la forêt de Brake.

— Oui, mais nous allons d'abord à Hentingsfort. Tu découvres à peine tes pouvoirs, et les ombres sont bien plus dangereuses qu'un vieux fermier attaché à une chaise. Hentingsfort est un village, avec son Conseil et sa milice. Cela représente quelques centaines de personnes.

— Que ferons-nous, une fois là-bas ?

— Nous battre et tuer, évidemment. Nous nous repaîtrons des âmes faibles. Nous boirons les ténèbres et la lumière.

Myjun eut un frisson. Elle avait hâte de retrouver le goût du sang et l'excitation de la chasse. Elle se nourrirait de la mort. Elle étancherait sa soif inextinguible et satisferait sa faim insatiable. Elle trembla en y pensant et suivit l'assassin dans les bois.

Chapitre 22

L'esprit de Tosan combattit Kenton, aussi précis et tenace qu'un maçon taillant un bloc de pierre. En même temps, Kenton sentit des fragments de lui-même disparaître, balayés, couler dans les profondeurs de l'*aqlumera*. Il était désorienté, comme s'il tournait dans un abîme.

Il essaya d'attraper quelque chose, de se raccrocher à son amour pour Myjun, à sa haine d'Annev. Un instant plus tard, Tosan apparut au-dessus de lui, et ils luttèrent alors au bord de quelque vide spirituel.

— Ma fille est morte ! criait l'ancien directeur en le poussant vers l'oubli. Si vous aviez laissé Annev dans sa cellule… (Une poussée.) … elle serait toujours en vie !

Une autre poussée.

L'esprit de Kenton était au bord de l'*aqlumera*. Il s'éloignait de plus en plus de lui-même et sentait ses sentiments et ses souvenirs de Myjun s'estomper, disparaître.

Tosan poussa de nouveau, manquant de peu de le faire basculer dans la gueule béante de l'abîme.

— J'ai cru que vous l'aviez aidé, que vous aviez libéré ce monstre de sa cellule, et puis j'ai compris que vous n'étiez qu'un incapable. Incapable de vous sauver, de protéger ma fille. (Une poussée.) Vous êtes aussi responsable que lui de sa mort !

Tosan le frappa assez durement pour le secouer en profondeur, mais Kenton s'accrochait à son amour et à sa haine, il agrippait férocement sa vie et le contrôle de son corps et, ce faisant, il apprit à contre-attaquer. Enchevêtré avec les pensées de l'homme, Kenton apprit à reconnaître ses doutes et ses craintes, ses faiblesses, les choses qu'il aimait et voulait à tout prix protéger. L'ancien directeur se souciait de très peu de choses ; sortaient du lot sa fille et l'Académie.

— Vous n'avez pas été capable de protéger l'Académie ! tonna Kenton. Vous nous accusez, Annev et moi, de sa destruction, mais c'est vous qui avez frappé le premier. C'est votre magie – la Baguette du Feu infernal – qui a mis le feu aux poudres. Tout le monde, à Chaenbalu, est mort par votre faute !

— Non ! se défendit Tosan en vacillant. C'est ce garçon ! Le keokum manchot m'a pris tout ce que j'aimais ! Et il vous en a privé, vous aussi !

Kenton avait le plus grand mal à garder le contrôle de son corps. Annev avait détruit sa vie, c'était un fait, mais Tosan était responsable aussi. Et Kenton s'était retrouvé enfermé dans cette cellule, dans l'incapacité d'intervenir. Tosan, lui, était à la surface, où se déroulait la bataille contre les monstres. Il avait essayé de protéger sa fille, et il avait réussi… jusqu'au moment où il s'en était pris à Annev.

Kenton repéra la plus grande faiblesse de Tosan, son secret le plus terrible. Cette prise de conscience le frappa comme un éclair.

— Vous l'avez laissé la tuer…

Tosan tituba, secoué, et ils se retrouvèrent sur un pied d'égalité.

— Non, j'ai essayé de la sauver ! Vous n'étiez même pas là ! (Le directeur se saisit de la psyché de Kenton, tentant de reprendre le contrôle de la situation.) Je suis mort en essayant de la protéger !

— Je lis dans vos souvenirs, Tosan. Vous pensiez qu'Annev ne s'en prendrait pas à vous tant que Myjun serait à vos côtés. Vous vous êtes servi d'elle comme d'un bouclier, et elle en est morte !

Tosan vacilla encore, se mit à douter, perdant ses certitudes, et Kenton en profita pour le pousser très fort. L'esprit vengeur bascula en arrière vers le vide de l'*aqlumera*.

—*Non!*

Il était trop tard, cependant. Kenton se débarrassa du vieil homme, l'éjectant de son corps, et l'esprit de Tosan culbuta dans l'abîme magique. Son essence fut avalée par le liquide magique.

Kenton prit une inspiration saccadée. Il avait recouvré le contrôle de lui-même. Il était en vie, mais des parties de sa psyché avaient été fendues, brisées, éparpillées durant son combat contre Tosan. Kenton s'était accroché au plus important, aux aspects de lui-même qu'il jugeait fondamentaux, aux choses qui l'ancraient dans la réalité, mais certains détails avaient disparu, aspirés par le vide de l'*aqlumera*. Il essaya de se rappeler les noms de ses poisons favoris, de ses armes de prédilection, de ses camarades de l'Académie, mais tout était flou. Il aimait se battre avec un tachi, se souvenait-il étrangement, mais il n'aurait su dire s'il avait une couleur ou un plat préféré.

Comme Kenton reprenait calmement ses esprits, il trouva des fragments de souvenirs qui ne lui appartenaient pas. Ses souvenirs d'Annev et de Myjun étaient toujours là, quoique teintés d'un sentiment plus patriarcal. Ses impressions de l'Académie étaient empreintes d'une certaine possessivité, et des salles dans lesquelles il n'était jamais entré lui étaient désormais familières.

Kenton s'allongea sur le dos, ses yeux de verre brûlants fixant sans le voir la voûte de la chambre. Avec circonspection, il s'assit, se leva pour se dresser une nouvelle fois devant le bassin d'*aqlumera*. Cette fois, il ne scruta pas ses profondeurs ; pas question de tenter le destin, ni de donner une nouvelle chance à Tosan de prendre possession de lui. Kenton plongea la main dans la Cape des Secrets et en sortit une longue écharpe noire, un artefact qui conférait de l'autorité à son porteur, qui donnait aux gens l'envie de le suivre. Il l'enroula autour de sa tête et la noua par-dessus ses yeux sans paupières, espérant qu'elle lui offrirait une certaine protection en cas de nouvelle attaque contre son âme. Elle ne gênait aucunement sa vue surnaturelle, en revanche, aussi Kenton pivota-t-il sur ses talons et se dirigea-t-il vers la trappe.

Il me faut essayer encore une fois. La cape est trop risquée, mais, avec tous ces artefacts, je devrais trouver un moyen de sortir d'ici.

Kenton contourna avec circonspection les pierres tombées et rochers cassés pour retourner à la porte de sa cellule, se désintéressant du tunnel effondré qu'il avait creusé avec Miséricorde. Une fois sorti de sa cellule, il reprit son exploration des passages souterrains de l'Académie en espérant trouver une voie inconnue conduisant vers la surface. Il avait peu d'espoir, mais après avoir erré quelques minutes dans les ténèbres, sa vision affûtée lui permit de trouver de nouvelles sections de tunnels. Il se laissa guider dans les virages par son instinct ; d'abord prudemment, puis avec une confiance renouvelée, comme s'il connaissait ces passages. Après un moment de réflexion, il comprit : il les connaissait effectivement car ils appartenaient à la mémoire de Tosan, à un fragment de psyché abandonné par inadvertance par l'Aîné des Anciens.

Le fumier égoïste, pensa-t-il pour la énième fois. *Essayer de tromper la mort en me volant mon corps… ma vie.* Il renifla en goûtant l'ironie de la situation. *Et maintenant, je me sers de ses souvenirs pour m'échapper.* Il sourit, puis se rappela que Myjun était morte, que c'était Annev qui l'avait tuée. Cela raviva sa tristesse et sa rage, même si ses sentiments étaient un peu émoussés. Kenton ne se sentit plus lui-même, et il craignait les conséquences à long terme de son altercation avec Tosan.

C'était le crépuscule lorsque Kenton émergea enfin, guidé par la mémoire de Tosan. Un feu de camp brûlait entre le puits du village et les écuries de l'Académie. Un groupe d'hommes y discutait, et Kenton ne fut pas long à reconnaître les voix de Maître Carbad, de l'Ancien Denithal et de ceux qui avaient survécu parmi les enseignants de l'Académie.

Kenton les observa en silence en hésitant entre les rejoindre et quitter discrètement Chaenbalu, pour toujours. Comme il écoutait, cependant, un plan se forma dans son esprit, un stratagème qui impliquait l'utilisation des souvenirs de Tosan et qui augmenterait ses chances de prendre sa revanche.

* * *

Edra surveillait les hommes hagards entourant le feu de camp. En plus de constituer un groupe pitoyable, ils n'arrêtaient pas de se chamailler. *Comme une meute de chiens se battant pour un os. Mais cette soupe a perdu sa saveur.*

Le Maître d'Armes contempla les ruines de l'Académie. Sa maison. Avec ses hautes tours grises et ses solides portes en bois, elle avait été plus qu'une bâtisse : pour les bébés qui franchissaient ses portes, elle était une nursery ; pour les garçons qui y étaient formés, elle était à la fois une école et un sanctuaire ; pour les hommes qui avaient survécu à leur entraînement et accomplissaient des missions de récupération, elle était un foyer confortable. Un ami familier. La seule constante d'une vie difficile.

L'Académie avait été cassée en deux en quelques secondes, démolie, fondue, réduite à l'état de scories et de cendres. De sa gloire passée ne subsistait qu'une coquille écrasée. Des vitraux qui rivalisaient avec ceux des cathédrales de Luqura, il ne restait rien. Les salles sombres et familières et les couloirs étroits s'étaient effondrés, formant un dédale de tunnels impénétrables ; Edra le savait car il avait essayé de s'y aventurer. L'Académie était une tombe, une crypte accueillant ses frères tombés au combat et les monstres qui avaient envahi le village.

Edra eut un frisson en se rappelant leurs corps grotesques. Des sauvages, des morceaux de métal tordus intégrés à la chair, des gourdins en pierre à la place des bras, des dents affûtées comme des lames de rasoir. Il sentit sa bile lui monter dans la gorge comme il se rappelait les cadavres entremêlés de ses amis et de ses ennemis. Membres cassés, torses ouverts, visages écrasés. Plus d'une fois, il s'était baissé pour déplacer une pierre gênant son passage, avant de constater qu'il s'agissait en réalité d'un membre coupé.

L'exploration avait été dangereuse. Lorsqu'il progressait une torche à la main, il ne pouvait tenir que quelques minutes avant de devoir sortir pour respirer ; sans lumière, toutefois, il était presque impossible de se repérer dans ce labyrinthe de pierres écroulées. Certains passages s'avéraient être des culs-de-sac. D'autres décrivaient des spirales ascendantes. Parfois, le sol se mettait à trembler – conséquence de la bataille terrible qui avait opposé l'Ancien Tosan à Annev –, et les passages se modifiaient, ou bien s'affaissaient complètement.

La maison d'Edra, le seul endroit où il se sentait en sécurité et en paix, était devenue un piège mortel.

— Nous aurions dû partir. Cet endroit est aussi mort que ceux qui l'habitaient. Vous dites n'importe quoi Carbad.

Edra leva les yeux vers Ather, le mince Maître des Mensonges, et hocha la tête d'un air approbateur. Les mots de l'homme entraient en résonance avec ses pensées. C'étaient même les premières paroles sensées qu'il entendait de la part du groupe d'anciens maîtres.

Malheureusement, Maître Carbad refusa d'entendre raison.

— Il faut reconstruire, Maître Ather. Pour le bien de l'Ordre, le Caveau de la Damnation doit être excavé, ses fondations doivent être rebâties, ses murs érigés de nouveau.

(Le Maître des Opérations serrait dans ses mains sa robe tachée de cendres.) L'Académie doit renaître.

— C'est impossible, rétorqua Murlach, le Maître de l'Ingénierie. Les fondations sont instables. L'Académie a été construite au-dessus d'une grotte il y a des siècles de cela, et cet imbécile a tout cassé. (Il passa sa main dans ses cheveux noirs et graisseux, découvrant la mèche blanche qui lui était apparue sur le front.) Si l'Académie doit être reconstruite, il est préférable de le faire sur des fondations stables – de préférence très éloignées d'ici – et non pas au-dessus d'un gouffre qui risquerait de l'avaler à chaque instant.

L'Ancien Denithal secoua la tête.

— Nous ne pouvons pas bâtir l'Académie ailleurs. Le Caveau de la Damnation est unique. Il protège les artefacts de toute velléité de détection ; c'est la raison pour laquelle l'Académie a été construite ici ! L'*aqlumera* est certes instable, mais elle est irremplaçable. Il est impossible de construire une autre Académie, et je ne parle pas d'un autre Caveau.

— Raison pour laquelle nous devons rester, déclara Carbad en intervenant de nouveau dans la conversation. Je suis certain que Maître Murlach, ingénieux comme il est, parviendra à excaver les installations en toute sécurité.

— Même si c'était possible, j'aurais besoin de centaines de travailleurs pour dégager les fondations, lâcha Murlach. Nous n'avons pas les ressources pour…

— Nous les trouverons, aboya Carbad en s'empourprant. Il est possible de faire venir des gens de Banok et de Luqura pour les *forcer* à travailler. Nous pouvons faire venir des fermiers et leurs familles, les arrachant à leurs champs, les obligeant à faire des travaux de terrassement…

— Vous êtes fou…

Tous les yeux se tournèrent vers Aog, le Maître du Châtiment taciturne. En dépit de sa stature imposante, l'homme au visage figé, minéral, avait toujours été calme et solitaire. En tant que bourreau *de facto* de l'Académie, il avait l'habitude de faire taire autrui avec une indifférence totale. Depuis la destruction de l'Académie, il n'avait pas prononcé un mot. Edra trouva logique qu'il prenne la parole à ce moment-là pour dire tout haut ce que les autres pensaient tout bas.

Carbad bafouilla, désireux d'objecter, incapable de trouver les mots. Edra sourit. L'ancien toutou de Tosan était habitué à avoir le dernier mot, et il ne s'attendait certainement pas à être contredit par Aog.

— Un homme décapité est un homme mort, expliqua Aog en désignant les ruines d'un mouvement de la tête. Tosan est mort. L'Académie aussi.

— Je peux prendre la place de Tosan. Je gérais déjà l'Académie et le village, et j'ai été l'assistant de l'Ancien Windsor pendant près d'une décennie !

Assis tout près du feu, Denithal s'énerva à son tour et se leva.

— Vous n'êtes même pas un ancien, Carbad, et encore moins l'Aîné d'entre eux ! Si quelqu'un doit remplacer Tosan, c'est bien moi !

Edra cracha dans le feu, attirant tous les regards. Sans s'en rendre compte, il avait posé la main sur la garde de son épée, à sa hanche.

— Ça suffit ! tonna-t-il en lâchant son arme, dont le contact était pourtant réconfortant. (Il sentit les veines de son cou ressortir, ses mâchoires se serrer, et il tenta de se détendre. Il avait envie de se battre, mais ce combat n'était pas sien.) Nous ressassons les mêmes arguments depuis deux jours, et vous n'avez apparemment pas envie que cela s'arrête. (Il pointa un index accusateur vers Denithal.) Vous êtes deux fois plus âgé que nous autres, Den. Vous aviez vingt ans de plus que Tosan. Si vous n'avez pas été nommé Ancien avant des années, c'est parce que vous êtes *alchimiste*. Vous n'êtes pas un chef. Personne ne vous a demandé d'en devenir un, et d'ailleurs personne ne veut vous suivre. Occupez-vous de vos potions et cessez de faire comme si nous nous souciions de ce que vous pensez.

Denithal fulmina et se frappa les cuisses en cherchant quelque chose à rétorquer, mais Edra avait dit vrai, et il le savait.

Edra n'avait pas terminé. Il se tourna vers Carbad et, voyant son sourire satisfait, le gifla. Les yeux écarquillés, le Maître des Opérations porta la main à sa bouche ensanglantée.

— Comment osez-vous... ?

Edra le frappa encore. Cette fois, Carbad garda la bouche fermée, mais son regard brûlait de haine. Edra hocha la tête.

— Aog a raison. L'Académie est morte, et vous êtes un idiot, Carbad. Nous ne pouvons pas reconstruire. Nous ne pouvons même pas récupérer les artefacts dans le Caveau. Même si nous réussissions à l'atteindre, que ferions-nous ? Échanger des artefacts contre de la nourriture et de l'or à Luqura, alors que nous avons passé notre vie à les rassembler et à les protéger ? (Il poussa un profond soupir.) Chaenbalu est mort, répéta-t-il. Brayan a eu raison de partir à Luqura, et je regrette de n'avoir pas eu la présence d'esprit de le suivre. (Il regarda successivement les six hommes assis autour du feu, vit Der, Ather et Murlach hocher la tête. Aog se passait la main sur son crâne chauve, laissant le silence parler pour lui.) Nous sommes d'accord, donc.

— Pas tout à fait.

Edra haussa des sourcils étonnés. Il se retourna, prêt à faire taire quiconque avait eu l'outrecuidance de le contredire, et puis il vit l'homme émerger des ruines de l'Académie. Le nouveau venu portait une longue robe couleur de cendres et de nuages d'orage, ainsi qu'une cape noire et un tissu autour des yeux. Un grand nombre de bijoux ornaient son cou, ses avant-bras, ses mains gantées. Edra avisa plus particulièrement une amulette constituée d'or et de rubis. Comme le personnage se rapprochait d'eux, Edra ne put s'empêcher de lui trouver quelque chose de familier. Sa démarche…

— Tosan ? appela Edra en faisant un pas vers l'homme qui émergeait des gravats de l'Académie.

Le soleil se couchant derrière sa tête, Edra mit quelque temps à le reconnaître.

— Kenton ?

Le Maître des Malédictions nouvellement nommé zigzaguait entre les pierres, et lorsque ses yeux aveugles se posèrent sur Edra, celui-ci sentit son sang se glacer. Quelque chose avait changé. Edra cligna des paupières, essayant de chasser le froid qui s'était emparé de lui à la vue du jeune homme.

— Nous vous croyions mort. Nous avons fouillé les décombres à la recherche de survivants, mais…

— Mais vous ne m'avez pas trouvé, le coupa Kenton en examinant le Maître d'Armes de la tête aux pieds, comme s'il voyait à travers le tissu qui lui couvrait les yeux.

Edra eut un frisson. Le jeune homme avait-il grandi ? Pourquoi était-il si intimidant ? Et qu'était-il arrivé à ses yeux ?

— Oui, répondit-il doucement. Cela fait deux jours que l'Académie est tombée. Nous avons fouillé, mais… nous sommes apparemment les seuls survivants. Nous discutions justement de la suite des événements.

— Vous débattez depuis deux jours, gronda Kenton en parvenant à lancer des regards noirs aux sept hommes en dépit de ses yeux bandés. Vous êtes assis à ne rien faire depuis deux jours.

Maître Carbad tituba en avant, apparemment décidé à résister à Kenton, alors qu'il s'était écrasé devant Edra.

— Pour qui vous prenez-vous ? Si vous n'êtes plus acolyte, c'est uniquement parce que les véritables maîtres étaient trop soûls pour aller chez Janak, mission que vous avez ratée de toute façon. Tosan vous a nommé Maître des Malédictions car il ne savait pas quoi faire de vous. (Il s'interrompit, subitement horrifié.) C'est comme ça que vous avez trouvé ces vêtements, ces bijoux ? Vous avez pillé le Caveau ?

Edra se posait la même question. Kenton semblait vêtu de la tête aux pieds d'artefacts maudits. Il se lécha les lèvres en réfléchissant à la dangerosité potentielle du jeune homme.

Comme s'il avait lu dans ses pensées, l'ancien Maître des Malédictions leva doucement les mains et retira son bandeau. Edra en resta bouche bée, Carbad tituba en arrière, marchant sur sa robe. En lieu et place d'yeux, des langues de feu arc-en-ciel brûlaient dans le crâne du jeune homme, lui donnant l'apparence d'un ange et d'un démon. Les globes brûlants qui emplissaient désormais ses orbites transperçaient Edra, voyaient dans son âme.

Par Keos, pensa-t-il en se mordant la joue pour ne pas jurer à voix haute. *Le garçon est un fantôme… ou un démon ? Il est comme les spectres qui ont attaqué le village.* Comme il regardait Kenton, les flammes qui dansaient dans ses globes oculaires passèrent du rouge orangé au noir violacé. Edra déglutit.

Le jeune homme toisa successivement les hommes regroupés autour du feu, leur rendant leur animosité, les défiant.

— Oui, j'ai pillé le Caveau, et vous devriez faire la même chose. Tous autant que vous êtes. Enfin, sauf vous, Maître Carbad. Vu que vous n'avez aucune affinité avec la magie, vous ne m'êtes d'aucune utilité.

— Quoi ? Bien sûr que je n'ai aucune affinité avec la magie ! Comme nous tous ! Nous ne sommes pas de sales keokum !

Kenton désigna Edra, Denithal et les autres maîtres. Mais pas Carbad.

— Chacun de ces hommes possède de la magie, mais n'en est pas forcément conscient. Je la vois qui brûle en eux. Elle a modelé leurs aptitudes naturelles, les a poussés à endosser le rôle qui est aujourd'hui le leur. Furtivité, tromperie, ingénierie, alchimie, armes… (Il s'attarda sur Aog.) Et administration de la mort.

Edra examina d'un regard plissé l'ancien Maître des Malédictions, essayant de concilier le souvenir d'un jeune homme discret avec l'expérience de cet homme si sûr de lui. Il avait des cicatrices là où Maître Ather l'avait frappé, mais ne cherchait plus à les cacher derrière ses longs cheveux noirs. Au contraire, il les exhibait. Ainsi que ses yeux.

Il était bien différent du jeune homme dont Tosan avait confié la formation à Maître Narach. Il était plus fort, et il en était conscient. *Ces yeux…*, pensa-t-il en se détournant de son regard surnaturel. *C'est un peu comme se rendre compte que les flammes d'une fournaise soutiennent votre regard.*

— Vous pouvez tous m'être utiles, reprit Kenton en désignant les maîtres et anciens circonspects. Je peux vous rendre plus puissants, tellement plus puissants. J'ai reçu des dons… (Il montra ses yeux.) Je vois la magie sous toutes ses formes. Je comprends les artefacts comme Maître Narach aurait rêvé de le faire, et je peux utiliser cette aptitude pour vous donner les outils qui vous permettront d'accomplir votre mission.

— De quelle mission parlez-vous, Maître Kenton ? demanda un vieux Denithal au visage fripé apparemment intéressé par la proposition du jeune homme. Notre mission était de trouver les artefacts maudits pour les stocker dans un caveau oublié de tous. Comment utiliser ces mêmes artefacts pourrait-il nous aider à poursuivre la mission de l'Académie ?

— Comme vous l'avez dit, l'Académie est morte. (Kenton tourna son regard de feu vers l'alchimiste.) Sa vocation, bien qu'admirable, l'est également. Il ne sera plus question de débusquer des artefacts pour les enfermer dans le Caveau de la Damnation. Par ailleurs, il n'est plus possible de vivre ici.

— Que nous suggérez-vous, dans ce cas ?

Kenton fit glisser son index sur les cicatrices de son visage.

— L'Académie était une entreprise défensive. Nos prédécesseurs espéraient combattre la magie en dissimulant ses outils dans les entrailles de la terre. C'était pure folie. Voyez où cela nous a menés, lança-t-il en montrant les ruines de Chaenbalu, les fissures ouvertes dans le sol, les cadavres calcinés. Un Fils de Keos a invité des monstres dans notre maison. L'a détruite. L'a brûlée. Un seul garçon a fait cela, et nous n'avons pas été capables de l'arrêter.

Edra regarda les autres maîtres et vit que Der et Murlach opinaient du chef. Denithal et Ather semblaient soupeser les paroles de Kenton, tandis qu'Aog était inexpressif. Edra, pour sa part, s'inquiétait de plus en plus. *Comment sait-il pour Annev et Tosan ? Kenton était dans l'enceinte de l'Académie lorsque les combats ont commencé. Il n'a pas pu assister à la mort de Tosan, et pourtant… il sait. J'ignore comment c'est possible, mais il sait.* Edra déglutit. Plus question de balayer d'un revers de la main le retour de l'ancien Maître des Malédictions. L'avatar qu'ils avaient envoyé dans la salle des archives pour qu'il y soit oublié avait émergé en homme des ruines de l'Académie. Kenton n'était plus le même, et les changements ne se résumaient pas à sa tenue et à ses yeux de feu.

— Annev m'a attaqué avec sa magie lorsqu'il s'est échappé de sa cellule, poursuivit Kenton, le regard assassin. Il a pris mes yeux, m'a maudit…, expliqua-t-il en désignant l'incendie qui brûlait dans ses globes oculaires. Mais je compte retourner cette malédiction contre lui. Je le traquerai et lui ferai payer pour ce qu'il nous a fait… pour ce qu'il a fait à Myjun…

Il avait prononcé la fin de sa phrase si bas, qu'Edra ne fut pas certain de l'avoir comprise. Le garçon avait baissé la tête, comme pour sonder les profondeurs du sol. Soudain, il releva les yeux vers son auditoire captif.

— Le Caveau de la Damnation a échoué, aussi nous revient-il, à nous – survivants parmi les maîtres –, de contenir les malédictions autrefois enfermées ici. Pour réparer ces échecs, nous devons embrasser nos propres malédictions.

Kenton plongea la main dans sa robe et en sortit six amulettes ornées de rubis, répliques de la sienne – quoique plus petites –, qu'il distribua aux hommes autour du feu. Mais pas à Carbad, ce que le Maître des Opérations ne put que remarquer.

— Vous m'accompagnerez dans le Caveau, où je vous armerai. (Il donna son amulette à Edra.) Lorsque vous serez correctement équipés, nous scellerons cette tombe et partirons à la recherche du Fils de Keos qui a apporté la destruction à Chaenbalu.

— Vous dites que nous possédons de la magie ? l'interrogea Murlach en soupesant son amulette.

— Vous avez une affinité pour la magie, oui.

— Ne sommes-nous pas maudits, dans ce cas ?

— C'est de la folie ! s'emporta Carbad. Vous n'avez aucune autorité sur nous ! Comment osez-vous dire que nous devons… quoi ? Vous servir ? Vous *suivre* ? ajouta-t-il d'un ton moqueur. Imbécile ! Regardez donc ses yeux ! enjoignit-il aux autres. C'est un Fils de Keos, et il vous invite à pactiser avec le Dieu du Sang et des Os !

Edra pencha la tête sur le côté pour écouter Carbad avec attention. Il n'aimait pas le Maître des Opérations donneur de leçons – toujours trop sec, trop raide –, mais ses paroles étaient de bon sens. Il était effectivement possible que Kenton ait pactisé avec Keos. D'où ses yeux.

Kenton, en revanche, ne paraissait aucunement déstabilisé par les arguments de Carbad. Il se rapprocha tranquillement de lui et posa deux doigts légers sur son cou. Le maître écarquilla les yeux, ouvrit grand la bouche et tomba en arrière, raide mort.

— Par Keos, chuchota Edra.

— Oui, acquiesça le jeune homme en se tournant vers lui. J'ai effectivement été touché par Keos, et c'est ce toucher qui me permet d'utiliser les artefacts. Il me rend plus fort. Lui était faible, ajouta-t-il en montrant Carbad d'un geste dédaigneux. Il s'est montré incapable de protéger le village et a mérité sa damnation. Vous avez tous été touchés par Keos ! Vous êtes aussi maudits que moi, mais avec cette malédiction vient la capacité d'utiliser les artefacts. Et la force.

Il ouvrit sa robe grise, prit une dague blanc d'os à sa ceinture, dont il fit glisser la lame sur sa paume ouverte, déroulant une traînée de sang. Il montra aux cinq hommes la blessure qui, au bout de quelques secondes, commença à se refermer. Sous le regard médusé des survivants, Kenton plaqua la dague contre sa paume ensanglantée mais soignée. Un battement de cœur plus tard, de minces veines rouges palpitaient dans la lame, qui aspira le sang qui lui couvrait la main.

— Par les os, jura Der.

Le Maître de la Furtivité au visage basané se gratta la barbe, hypnotisé par la magie. Il examina le pendentif dans sa main, se tourna vers l'Académie détruite. Et puis il haussa les épaules et passa l'amulette autour de son cou.

— Je prends le risque, conclut-il.

Kenton s'inclina légèrement et regarda les autres. À son tour, Ather mit lentement l'amulette, et personne n'objecta. De l'autre côté du feu, Aog étudia le rubis en forme de larme sur sa chaîne en or, qu'il suspendit à son cou. Murlach fit de même, bientôt imité par un Denithal peu convaincu. Tous les regards se focalisèrent sur Edra, qui poussa un soupir.

— Cela ne changera pas grand-chose, de toute façon, lâcha-t-il en lançant un dernier regard au cadavre de Carbad, avant de passer l'amulette au-dessus de sa tête.

— Absolument, approuva Kenton, un sourire léger sur le visage. (Il remit le bandeau sur ses yeux, ce qui, au grand étonnement des autres, ne l'empêchait pas de voir.) Nous sommes les Fils de la Damnation, et aucun possesseur de magie ne se dressera en travers de notre chemin. Notre objectif n'est pas de confisquer la magie, mais bien de l'oblitérer. De détruire les artefacts et tous ceux qui les utilisent. De convertir ou d'éliminer ceux qui partagent notre malédiction. Ce sera notre rédemption, et ce qui nous permettra de retrouver et de détruire Annev. Suivez-moi, conclut-il en se dirigeant vers les ruines de l'Académie.

Edra emboîta le pas au Maître des Malédictions. Suivre quelqu'un d'aussi jeune, quelqu'un qui avait été son élève, lui fit un drôle d'effet, mais ce garçon – cet homme – lui faisait peur. Jusque-là, Edra ne se sentait pas particulièrement maudit ; désormais la damnation lui semblait promise.

— Keos nous emporte, marmonna-t-il dans sa barbe comme ils s'enfonçaient tous dans les entrailles de l'Académie effondrée.

Chapitre 23

La *Coupe sans fond* était plus ou moins comme Sraon l'avait imaginée. Des travailleurs du Vieux Bas-Quartier et du Quartier du Fleuve étaient attablés devant leur déjeuner ou leur boisson, se sustentant avec un enthousiasme proche de celui d'un maître avatar un jour de fête. Et puis Sraon avait surpris tout le monde en produisant une poignée de piécettes pour payer de la nourriture et des boissons.

— Je dois trouver une écurie pour la jument, ainsi que notre contact, dit-il en guise d'explication. Vous êtes tous adultes. Attablez-vous et commandez quelque chose. Maître Nikloss, je vais vous demander de garder un œil sur les garçons. Essayez de les empêcher de s'attirer des ennuis pendant cinq minutes.

— Je croyais que nous étions des adultes ! protesta Therin en acceptant les pièces.

— Exactement, et c'est la raison pour laquelle vous veillerez sur Maître Nikloss en retour. Ne laissez personne l'importuner. Je devrais trouver une écurie très vite. Pour Tukas, cela risque d'être plus long. Vous vous sentez capables de vous débrouiller seuls ?

Ils hochèrent tous la tête : Titus avec le sérieux d'un garçon bien décidé à faire ce qu'on lui demandait, Fyn et Therin avec l'air de ceux qui n'en feront qu'à leur tête. Comme s'ils avaient prévu un autre usage pour leur argent. Annev jeta un coup d'œil circulaire sur la salle, avisa des dockers en train de jouer aux cartes et supposa que ses amis s'empresseraient de se joindre à eux dès que le forgeron aurait tourné le dos.

—Nous les aurons à l'œil, dit Annev comme les deux garçons s'en allaient déjà jouer leurs pièces de cuivre. Combien nous reste-t-il d'argent ?

—Il ne faut pas aborder ce sujet en public, répondit Sraon en posant l'index sur ses lèvres.

—N'avez-vous pas dit que c'était un endroit sûr pour les Dionaques ? demanda Annev à voix basse.

—C'est l'endroit où nous serons évalués. Pour rencontrer les Dionaques de Tobar, il faut venir ici et dire les bonnes choses aux bonnes personnes – à Tukas, voire à un de ses agents. Si nous satisfaisons leurs attentes, nous serons conduits à ce fameux lieu sûr. Et nous n'aurons plus à payer pour le gîte et le couvert en attendant que Reeve montre le bout de son nez.

—Combien de temps cela prendra-t-il, à votre avis ?

—Je dirais deux semaines. Peut-être plus, peut-être moins. Tout dépendra de la vitesse à laquelle Tukas transmettra notre message à l'Enclave. Et du temps qu'il faudra à Reeve pour se libérer de ses obligations politiques. Ce sera la partie la plus problématique, m'est avis.

—Nous n'allons pas passer la nuit ici, alors ?

—Non, à moins qu'il soit arrivé quelque chose de grave à Tukas. Si c'est le cas, nous devrons partir de toute façon.

—D'accord. Je vous commande quelque chose ? demanda Annev en brandissant ses pièces.

—Occupez-vous de vous, Maître Annev, répondit Sraon en secouant la tête. Permettez-moi de vous donner un conseil de voyageur : ne ratez jamais une occasion de reposer vos yeux, de remplir votre estomac ou de vider votre vessie, car vous ne savez pas quand se présentera la suivante.

—Entendu, acquiesça Annev en souriant. Mais ne tardez pas trop. À mon avis, Therin et Fyn ne seront pas longs à s'attirer des ennuis.

— Et je commence à changer d'avis au sujet de Maître Nikloss.

— C'est-à-dire ?

Regardant par-dessus son épaule, il vit que le diseur de vérité avait rejoint Therin et Fyn à la table de jeu. Les dockers semblaient amusés par le trio. Ils riaient et échangeaient des blagues à voix basse, ce qui ne les empêcha pas d'accepter l'argent des nouveaux venus et de leur distribuer des cartes. Annev secoua la tête et fit signe à Sraon de partir.

Pendant ce temps, Titus avait trouvé une table libre et collante de bière. Il appela Annev, et tous les deux s'installèrent, commandant à une serveuse à l'allure maternelle une assiette de poulet rôti aux navets frits. Therin arriva en même temps que la nourriture et avoua qu'il avait déjà perdu son argent. Non pas au profit des dockers, mais à celui de Nikloss.

— C'est à croire qu'il voyait mes cartes avant moi, se plaignit-il en fourrant dans sa bouche un morceau de navet.

— Où avez-vous appris à jouer aux cartes, tous les deux ?

Therin regarda Titus, qui éclata de rire.

— Nous jouions aux cartes presque toutes les nuits, dans le dortoir. Enfin, les soirs où les maîtres ne nous avaient pas pris tous nos jeux.

— Et vous jouiez quoi ?

— Des faveurs, surtout. Des corvées et des gages. En général, nous n'avions pas d'argent, mais quand ça arrivait, c'était génial. (Il vola un peu du poulet de Titus.) L'argent, ça va, ça vient, pas vrai ?

Annev ne voulait pas entrer dans cette discussion. Il lui restait une pièce de cuivre, et il n'avait aucune envie de la dépenser inconsidérément. Il regrettait son allocation de maître avatar, mais il avait perdu cet argent – ou bien le lui avait-on volé – lorsqu'on l'avait mis en cellule. Fyn, lui, avait certainement toujours son argent, regretta-t-il. Il le déplorait d'autant plus que Fyn semblait se débrouiller très bien à la table de jeu.

Pour s'occuper, Annev produisit le sac sans fond de Sodar et entreprit de le fouiller dans l'espoir d'y dégotter quelque chose d'intéressant. À sa grande surprise, il trouva neuf lances et deux étoiles de cuivre, trois bâtons et une lune d'argent. Cela améliora considérablement son humeur, et il se demanda quels trésors contenait son sac.

Annev lâcha les pièces dans le sac et chercha les textes de Speur Dún. Il les trouva très vite, mais se désintéressa aussitôt des traductions arides de Sodar, malgré leur origine terrane, malgré leur contenu théologique crucial, quoique déprimant. Voir l'écriture de son mentor le démoralisa un peu.

Annev replongea la main dans le sac et en sortit d'autres documents, dont il constata avec étonnement qu'ils avaient été écrits par quelqu'un d'autre. Il reconnut néanmoins des corrections ou *addenda* rédigés par Sodar.

Qu'est-ce que c'est? Il se demandait quelle force lui avait mis ces documents particuliers dans la main. Ces derniers temps, il pensait souvent à l'archer de Banok, dont il spéculait qu'il était peut-être un Siänar, un des six assassins d'élite de Keos. Oyru avait été l'un d'entre eux, après tout, et Sodar lui avait dit qu'il y en avait d'autres.

Effectivement, le texte qu'il avait entre les mains mentionnait plusieurs fois les Siänar. Si l'identité de son auteur lui était inconnue, les corrections en pattes de mouche de Sodar étaient facilement reconnaissables.

Annev se tourna vers Jian et Fyn et constata qu'ils étaient toujours occupés à jouer. Therin et Titus étaient absorbés par leur repas et leur conversation. Satisfait, Annev s'intéressa aux mystérieux documents.

« Mes lectures suggèrent que les Six s'associent rarement et se tolèrent tout juste. Il leur arrive de collaborer pour attraper un ennemi commun, mais c'est très peu courant.

J'ai la conviction que Dortafola communique aux Six la volonté de Keos, et je suspecte les serviteurs du Vampire d'opérer sans l'aval de la théocratie terrane, laquelle est soumise au Dieu-roi Neruacanta… »

Annev passa directement à la page suivante.

« *Shachran est bien l'un des membres vivants des Six. C'est remarquable en ce sens qu'il s'agit d'un Darien ayant réussi à pervertir sa connexion raciale avec le* quaire *afin d'invoquer les non-morts. J'ignore comment cela est possible, cette souillure n'étant normalement présente que chez les sorciers yomads. Shachran semble bel et bien avoir trouvé un moyen de subvertir les Lois du sang magique.* »

Et Sodar avait ajouté :

« *De la magie qui se joue de l'hérédité ! J'en parlerai à Reeve la prochaine fois qu'il critiquera mes études.* »

Annev sourit en repensant à Sodar le rebelle. *Même parmi les Dionaques de Tobar, il doutait de ce que les autres tenaient pour acquis. Il ne prenait rien pour argent comptant. Jamais.* Le sourire du jeune homme s'élargit comme il prenait conscience que sa propre obstination était le fruit d'une vie passée à côtoyer le vieux prêtre.

Il survola la suite, notamment des notes sur Oyru, l'Ombre ressuscitée, décrit d'une manière qui rappela à Annev sa confrontation avec l'assassin. Il y était également question d'une apprentie, ce que le jeune homme trouva bizarre. Il lut avec une plus grande attention un passage sur Mollah la Sorcière chuchotante, dont Sodar pensait qu'elle était sans doute une Lanceuse de lumière et Auramancienne iluméenne. Puis venait le Mendiant sans visage, qui avait le pouvoir de se mêler à la populace sans se faire remarquer.

« Les carnets de Dortafola ne disent que ceci à son sujet : "Voyageant léger à travers Narj [sic] ai trouvé un homme pendu à un arbre. Inconscient, mais pas mort. L'ai libéré et ranimé. A refusé de donner son nom et parle très peu. Très calme… L'homme de Narj a accepté mon offre de rejoindre les Siänar. Peut-être se révélera-t-il utile." »

Le Mendiant sans visage, pensa Annev, *Mollah la Sorcière chuchotante et Shachran le Nécromancien. Avec Oyru, ça fait quatre Siänar.* Il tourna une autre page. *« Bratóg Langue-noire pourrait être le cinquième. Il en reste donc un… »* Annev survola le reste du document, mais ne trouva rien de plus sur les Siänar et une seule note supplémentaire écrite de la main de Sodar :

« Saltair l'Homme lézard. Un des keokum inférieurs. Œuvre comme mercenaire à Odarnea, Innistiul et en Ilumea occidentale. Reeve l'a croisé quelques fois. Il le décrit comme un traqueur et un combattant compétent. Des écailles noires qui peuvent changer d'apparence en fonction de l'environnement. Morsure venimeuse. Carnivore. Porte une robe à capuche lorsqu'il voyage en ville. Boiterie prononcée. Particulièrement dangereux dans l'eau et la forêt. Peut-être pas totalement loyal à Dortafola… ? »

Le manuscrit se terminait de cette façon.

Annev avait le regard dans le vague, et son estomac était noué à l'idée qu'un de ces monstres puisse être à sa recherche : une sorcière séductrice et cracheuse de feu, un vieux nécromancien, un homme lézard, un étranger sans visage. Et puis il y avait le Yomad, Bratóg Langue-noire, dont le manuscrit parlait très peu. À moins qu'Oyru cherche à finir le travail commencé à Chaenbalu.

Merde, pensa Annev en se sentant soudain paranoïaque. Six assassins, six serviteurs du Vampire Dortafola, qui servait Keos. Quelle était la probabilité qu'un des six ait été l'archer de Banok ? Maintenant qu'il en savait un peu plus sur eux, il jugeait que c'était très peu probable. Peut-être le Mendiant – l'homme de Narj –, même si l'attentat avait été un travail d'amateur.

Qui avait ordonné cette attaque ? Qu'est-ce qui l'avait précipitée ? Sraon avait-il vu juste lorsqu'il avait accusé les Iluméens d'avoir tout organisé pour gagner sa confiance ? Annev n'en savait rien, et les notes de Sodar au sujet des Siänar ne l'aidaient pas à y voir plus clair. Il rangea les documents dans le sac de Sodar, tira sur la cordelette, puis se figea.

Les artefacts, pensa-t-il. *Ceux que j'ai volés dans le Caveau. Je n'ai jamais pris le temps de les étudier.* Il replongea la main dans le sac, subitement pressé d'examiner ces trésors à moitié oubliés. Quelques secondes plus tard, il produisit les quatre objets : un simple anneau en cuivre, un autre sculpté pour ressembler à deux serpents or et argent entremêlés, un mouchoir arachnéen et une baguette en bois d'aspect ordinaire. Annev posa les quatre artefacts sur la table, puis prit le mouchoir dans sa main pour essayer d'en percevoir la magie.

Il respira lentement et se concentra. Comme il inhalait, il perçut un parfum floral – des roses ? des fleurs de cerisier ? –, mais l'odeur disparut très vite. Il porta avec curiosité le mouchoir à son nez et inspira. *Un bouquet de fleurs. Plein de fleurs différentes.* Il huma de nouveau, emplissant ses poumons d'air parfumé, puis expira. Il se sentit revigoré – le parfum floral couvrait la puanteur de la taverne –, mais ne reconnut aucune autre magie dans l'artefact. Il retourna le mouchoir pour en étudier la trame et remarqua que de minuscules runes représentant l'air, l'eau et le *quaire* avaient été brodées tout autour.

Vanité, se dit-il. Un aristocrate avait demandé à un Artificier de lui confectionner un mouchoir parfumé. Il pouffa. *Vanité pure et stupide.*

Annev rangea le mouchoir dans le sac et s'intéressa à l'anneau de cuivre. Il était lourd, dénué de tout ornement, assez grand pour être passé à l'index. Posé sur la paume de sa main, cependant, il ne trahissait rien de sa magie. N'ayant d'autres moyens de savoir, il prit son courage à deux mains, saisit l'anneau de sa prothèse gantée et, lançant un dernier coup d'œil à Therin et Titus, passa la bague à son index droit.

La vue d'Annev se brouilla aussitôt, vira au rouge. Il cligna des paupières comme des taches écarlates flottaient devant ses yeux, tandis que le monde se mettait à palpiter au rythme des battements des cœurs présents dans la salle. Stupéfait, Annev se tourna vers Therin et Titus, oubliant même de retirer l'anneau de son doigt. Et puis, il remarqua les cœurs de ses amis, battant à des rythmes différents. Celui de Titus était rapide comme il écoutait Therin, dont le cœur pulsait régulièrement et doucement, sauf quand il s'empressait d'attraper un morceau de poulet dans l'assiette d'Annev. Le regard de Therin était rivé sur Titus, et pourtant, Annev vit son cœur battre plus vite comme il était pris sur le fait. Simultanément, Annev remarqua que ses sens étaient plus affûtés. Il sentait le romarin parfumant les navets, le poulet rôti, la mauvaise haleine de Therin, la sueur de Titus. Il se concentra sur ces deux dernières odeurs, faisant plus que les sentir, goûtant l'atmosphère. Le musc de Fyn lui picotait la langue et le nez, et il sut sans avoir besoin de se retourner que le jeune homme quittait la table de jeu.

Annev déglutit, déstabilisé par la brume de sang qui semblait emplir la salle. Avec un malaise grandissant, il retira l'anneau de son index et le lâcha dans le sac. Aussitôt, le monde redevint normal. Il poussa un soupir de soulagement audible, et les bouillonnements de son estomac se calmèrent. Peut-être, conclut-il, n'était-ce pas le meilleur moment pour examiner ces artefacts. Cette tâche nécessitait calme et intimité. Ne lui laissant pas le temps de tout ranger, cependant, Fyn et Jian s'assirent de part et d'autre de lui.

— Il triche, affirma Fyn en désignant le Yomad. J'aurais dû gagner la dernière partie – j'avais une main gagnante –, mais il a relancé.

— Moi aussi, j'avais une main gagnante, remarqua Jian en levant le doigt. J'avais le choix entre passer ou relancer.

— Et il a relancé et relancé encore. À la fin, je n'avais plus rien ! conclut Fyn en donnant un coup sur la table. Et il a fini par vider les poches de tous les dockers. (Il secoua la tête.) Faites attention à vous, Jian. Il y a de fortes chances que, tout comme moi, les dockers aient l'impression que vous avez triché.

Le Yomad à la peau pâle s'empressa de remettre sa capuche, mais Annev eut le temps de voir un sourire en coin étirer ses lèvres roses.

— Veuillez me pardonner, Maître Fyunai. C'est la première fois que je m'essaie à ces jeux de hasard. Ils ne sont pas très populaires en Terra Majora. Étais-je censé perdre ?

— Vous avez le droit de gagner, évidemment, expliqua Fyn, mais pas trop facilement, ni trop souvent, autrement, les gens ne voudront plus jouer avec vous. Pis, ils risquent de vouloir récupérer leur argent.

— Je devrais donc rendre ces pièces à nos amis. Cela soulagerait leur âme, je suppose.

Fyn se donna une claque sur le front et fit glisser sa main jusqu'à sa bouche en secouant la tête.

— Expliquez-lui, vous, lança Fyn à Titus, Therin et Annev. Moi, je vais me chercher un truc à boire.

— Je croyais que tu avais tout perdu ? s'étonna Therin, l'air maussade.

— Je ne suis pas un idiot, rétorqua Fyn en reniflant. Je garde toujours le minimum vital.

Therin grogna une réponse en essayant de voler un morceau de navet. Cette fois, Annev lui donna une tape sur la main, que Therin retira en prenant un air faussement offensé.

— Maître Ainnevog, commença Jian en effleurant de ses doigts blancs les deux objets posés sur la table. Quels sont ces trésors ? Je perçois de la magie yomade.

— Mmh… ? fit Annev en regardant la baguette en bois et l'anneau aux serpents.

Il saisit le second, examina le serpent argenté et son jumeau doré ; ils étaient entremêlés et se mordaient la queue.

— Codavora, dit-il en se rappelant la description faite par Tosan des serpents à collier.

— Ouroboros, acquiesça Jian. Puis-je le voir ? demanda-t-il en tendant la main.

Annev posa l'artefact sur la paume du Liche-Moelle. Jian le retourna dans tous les sens, frotta le métal.

— Oui, dit-il en le rendant à Annev. Il y a une connexion dans le serpent argenté, mais elle n'est pas très forte. Comme un anneau de prophétie, mais en moins puissant.

— Un anneau de précognition ?

— Oui, c'est le mot. La magie… elle vous poussera sur le chemin de votre destinée.

— Vous pourriez être plus précis ?

— Elle vous mettra sur la voie que le Dieu du Destin a choisie pour vous.

— Pas sûr que cela me plaise, protesta Annev en fronçant les sourcils. Je ne veux pas que le Destin me contrôle, qu'il s'appelle Tàcharan ou qu'il ait un autre nom.

— Bien sûr, Maître Ainnevog, mais l'objet se contentera de murmurer ce qui arrivera bientôt. C'est moins une question de Destin que de… (Il agita les doigts dans les airs comme pour faire apparaître le mot.) De fils ? D'incitations ? Je ne connais pas le mot, dans votre langue, mais mettez l'anneau, je vous prie. Il n'y a rien de tel que l'expérience.

Annev s'exécuta à contrecœur, enfilant doucement l'anneau à son auriculaire droit. En dépit de ses dimensions, sa prothèse dorée était étonnamment agile, manipulant le petit anneau avec une grande facilité. Annev attendit, mais ne sentit rien.

—Qu'est-ce que… Que suis-je censé ressentir ?

—Le futur, répondit Jian comme si c'était évident. Essayez ! l'encouragea-t-il en mettant sa main dans son dos. Combien de doigts ?

Therin se pencha en avant, regarda dans le dos de Jian, puis adressa un hochement de tête d'encouragement à Annev.

—Euh, je ne sais pas, hésita Annev. Je devrais ?

—Devine !

—Euh… peut-être trois ?

Therin écarquilla les yeux et hocha la tête de concert avec Jian.

—Excellent, Maître Ainnevog. L'anneau vous a encouragé, vous voyez ?

—Il ne m'a rien dit du tout. J'ai eu de la chance.

—Oui ! s'enthousiasma Jian en lui donnant une tape sur l'épaule. C'est le mot que je cherchais. La *chance*. C'est un Anneau de Chance.

—Vous en avez déjà vu ? s'étonna Annev.

—Ils ne sont pas communs, mais oui. L'argent abrite la magie qui permet de voir sans voir. Il dispense un sentiment d'avenir, et c'est une magie de sang yomad. L'autre serpent, poursuivit-il en désignant le reptile doré, contient habituellement le sang d'un Iluméen, qui aide à inspirer des sentiments positifs ou à percevoir les sentiments d'autrui.

Titus et Therin se tournèrent vers Annev, le premier avec un sentiment de respect mêlé de crainte, le second avec convoitise.

—Je peux te l'emprunter ? demanda Therin d'une voix pleine d'envie.

— Pas pour l'instant, regretta Annev en retirant l'anneau pour le ranger dans son sac. Ces artefacts viennent du Caveau de la Damnation – je les ai récupérés lorsque j'essayais de m'échapper de ma cellule –, et je ne suis toujours pas certain de savoir à quoi ils servent.

— Jian vient de nous dire à quoi sert l'anneau ! protesta Therin en haussant un peu le ton. Tu as un anneau *porte-bonheur* ! Tu devrais en faire profiter les autres ! Tu as récupéré plein d'artefacts, dans le Caveau, et je n'ai besoin de cet anneau que pour faire une dernière partie. C'est tout, je le jure.

— Non, répéta Annev en mettant également la baguette en bois dans le sac, qu'il referma bien avant de le ranger dans la poche intérieure de sa tunique. La magie est parfois… imprévisible. Nous ne devrions pas expérimenter ici.

— D'accord, grommela Therin, mais je ne serais pas contre un petit coup de pouce, la prochaine fois. (Soudain, il écarquilla les yeux.) Eh ! Attendez une seconde ! Jian, avez-vous usé de votre magie, pendant la partie de tout à l'heure ? Vous *saviez* quelles cartes on nous distribuait ?

— Est-ce interdit, Avatar Therin ? demanda Jian en fixant la table du regard. Je découvre vos jeux de hasard, et je pensais que c'était justement l'objectif : deviner les cartes des adversaires et relancer quand on a la meilleure main ? (Il regarda successivement Titus et Annev, s'empourpra.) Ai-je fait quelque chose de mal, Maître Ainnevog ? Intendant Titus ?

Les jeunes gens échangèrent un regard, Therin fronçant les sourcils, Titus et Annev se retenant d'éclater de rire. Fyn réapparut à ce moment-là, une chope de bière à la main, et s'assit lourdement. Il remarqua l'expression de ses camarades.

— J'ai raté quelque chose ? les interrogea-t-il en portant la chope à ses lèvres.

— Il a triché, expliqua Therin en désignant Jian. Aux cartes.

— Il a avoué ? s'étonna Fyn, le sourcil haussé.

— Oui !

— Jian, vous avez admis avoir triché ? demanda Fyn, solennel.

— Oui, Maître Fyunai. Je m'excuse. Je n'avais pas compris les règles du jeu.

— La première règle de ce jeu, Jian, est de ne jamais – *jamais* – avouer qu'on a triché.

— Mais… pourtant… j'ai triché, non ?

— Ça dépend, répondit Fyn. Oui et non. Si on me demande mon avis, tricher fait partie du jeu.

— Attends ! intervint Therin, de plus en plus sombre. Tu as triché aussi ?

— Je ne triche jamais ! s'offusqua Fyn.

— Tu viens de dire…

— Que je ne triche jamais, le coupa Fyn en levant sa chope. Et Maître Nikloss non plus, d'ailleurs. N'est-ce pas Jian ?

— Je ne sais pas, dit le diseur de vérité en enfouissant son visage dans ses mains. J'ai peur que l'Avatar Therin ait raison.

— Non, contra Fyn en posant une main sur l'épaule de Jian et l'autre sur l'argent que le Yomad avait gagné, sur la table. Nous ne trichons *jamais*, mais lorsque ça nous arrive, nous ne l'admettons pas.

Fyn adressa un clin d'œil à Jian, qui pencha la tête sur le côté, n'ayant pas compris le message du jeune homme. Et puis il regarda sur la table et constata qu'une partie de ses gains avait disparu. Il sourit.

— Ha ! Je vois, oui ! Très intelligent. Le jeu continue après que les cartes ont été jouées. Très bien ! Excellente leçon, Maître Fyunai.

Annev ne put que rire en secouant la tête. Il poussa son plat à moitié mangé vers Therin.

— Mange le reste. Et vite. Sraon est revenu.

Il se leva et alla à la rencontre du forgeron.

— Comment ça s'est passé ? s'enquit Annev, que l'air sombre de Sraon inquiétait.

— Je me suis occupé de la jument, mais j'ai passé un temps infini à chercher Tukas.

— Vous n'avez pas réussi à contacter les Dionaques, alors ?

— C'est la bonne question, effectivement. J'ai parlé à quelques personnes intéressantes, et j'ai utilisé les mots de passe que je connaissais. Personne n'a réagi, toutefois. Je n'ai reçu aucune réponse correcte. J'avais l'impression d'être à moitié fou, impression sans aucun doute partagée par les gens à qui j'ai parlé. C'est une expérience que je ne suis pas pressé de renouveler, conclut-il en se mordillant la lèvre.

— Vous croyez qu'il est arrivé quelque chose à Tukas ? Ou à l'Ordre ?

— Peut-être bien, admit-il en se caressant le menton. Mais pas forcément. Dans tous les cas, nous allons devoir attendre un sort, attendre également que l'Ordre envoie quelqu'un à notre rencontre. Il n'est pas impossible qu'ils veuillent vérifier notre identité.

— N'est-ce pas le rôle des mots de passe ?

— En effet, confirma Sraon, l'air inquiet. Je vois que vous ne vous êtes pas attiré d'ennuis…

— Plus ou moins, répondit Annev à voix basse. Il n'est pas impossible que Maître Nikloss ait battu une tablée de dockers en trichant aux cartes. Pas de conséquences pour l'instant, cependant.

— Vraiment ? s'étonna Sraon avec un sourire en coin. Cet homme est décidément plein de surprises. Vous pourriez me commander quelque chose à manger ? demanda-t-il à Annev en lui mettant deux pièces de cuivre dans la main. J'ai mal aux pieds et j'ai hâte de m'asseoir.

— Bien sûr. Je reviens tout de suite.

Annev trotta vers le comptoir et fit signe à la femme qui leur avait servi le poulet et les navets frits. Celle-ci était occupée avec un autre client, cependant, aussi Annev attendait-il devant le bar lorsqu'un homme aux cheveux foncés apparut à côté de lui.

— Pas facile d'attirer l'attention, dans cette ville, lança l'homme.

Annev grogna une réponse, à la fois distrait et désintéressé. Instinctivement, il porta la main à sa bourse vide et tourna le dos à l'homme.

— Il arrive que la personne qu'on cherche se trouve juste devant nous, qu'elle nous hurle dans l'oreille, même, et qu'on ne la reconnaisse pas.

Annev pivota sur ses talons pour examiner l'étranger. L'homme d'âge mûr avait les cheveux noirs, les yeux marron et la posture tout à fait ordinaire.

— Tukas ? demanda Annev en étudiant la réaction de l'inconnu.

Le soulagement de celui-ci fut manifeste.

— J'ai cru comprendre que vous vouliez rencontrer un membre de… la famille ?

— Oui, répondit Annev, qui devinait ce que l'homme voulait dire. Il n'est pas loin d'ici ?

— Par chance pour vous, il est toujours dans la capitale. Avant de vous conduire au refuge, je dois m'entretenir avec notre ami commun. Dites à vos amis de se dépêcher, ajouta-t-il en désignant la tablée de Sraon.

Sur ce, il se laissa glisser de son tabouret et se dirigea vers la porte. Annev le suivit du regard en se disant que ce type avait décidément quelque chose de bizarre. Soudain, Sraon posa sa main calleuse sur son épaule.

— Tout va bien, Annev ?

— Je… je crois. (Il essaya de sourire.) Je crois que je viens d'échanger quelques mots avec Tukas.

— Quoi ? Ici ? s'étonna Sraon en se retournant pour scruter la foule. Où est passé cet enfoiré ? Et pourquoi ne m'a-t-il pas parlé à *moi* ?

— Il vient de sortir pour aller chercher Reeve.

— Reeve est ici ? À Luqura ?

— C'est ce qu'il a dit. Je lui ai demandé s'il était à la capitale, et il m'a répondu que oui.

— C'est… bizarre.

— En effet… Vous ne pensiez pas qu'il serait là avant une bonne semaine, mais Tukas vient de dire…

— À quoi ressemblait cet homme, Tukas ?

— Il n'avait rien de particulier, répondit Annev dans un haussement d'épaules. Stature moyenne, peau hâlée, l'air… ordinaire. Rien de particulier.

— Ses cheveux ? Sa barbe ? Est-ce que… Attendez… (Le regard de Sraon s'éclaira et se focalisa sur la porte de l'établissement.) Tukas a dit qu'il allait chercher Reeve ?

— Oui. Enfin, il me semble, confirma Annev en se tournant vers la porte.

— Je crois que je viens de le trouver.

Annev plissa les yeux en considérant les deux hommes qui venaient d'arriver. Aucun d'entre eux ne ressemblait à Sodar. Au lieu d'un personnage à l'allure de prêtre en robe bleue, venait d'apparaître un mendiant au crâne rasé, suivi d'un marchand d'esclaves d'Innistiul.

— Qui ça ? demanda Annev, incertain.

— Il vient vers nous.

Annev les suivit du regard en se demandant lequel des deux hommes était Reeve. Le marchand d'esclaves fixa Annev et Sraon d'un long regard noir, avant de changer de direction et de s'éloigner.

Le mendiant en haillons continua d'avancer vers eux. Il puait l'urine et les excréments. Une barbe épaisse dissimulait la majeure partie de son visage, et il marchait à l'aide d'une canne grossièrement taillée. À la vue de ses ongles dégoûtants, Annev eut un mouvement de recul.

Le mendiant continuait d'approcher, cependant. Il considéra Annev et Sraon d'un œil torve avant de bifurquer vers le bar.

— Un whiskey, dit le type d'une voix éraillée. Un petit verre d'eau de feu.

— Eh ! s'emporta le barman. Qu'est-ce que je t'ai dit, la dernière fois ? Dégage ta carcasse dégueulasse d'ici !

Le mendiant ne bougea pas. Subitement, son corps devint tout mou et son visage totalement inexpressif. Le barman jura et mit la main sous le comptoir – pour attraper une arme, pensa Annev.

À sa grande surprise, Sraon rejoignit l'homme puant et lui demanda :

— Êtes-vous venu pour le feu ou pour l'eau ?

L'homme aux yeux bleus regarda à travers son rideau de cheveux sales et gras.

— Pour l'eau, répondit-il, le regard brillant. De l'air pur et de l'eau fraîche.

Le regard noir, le barman produisit un gourdin.

— Arrête d'emmerder mes clients ou bien je…

— Tout va bien, voisin. Notre ami s'en ira tout seul dès que nous aurons eu une petite conversation. (Sraon lâcha une pièce de cuivre sur le comptoir sans quitter le mendiant des yeux.) Pourquoi ne serviriez-vous pas quelque chose de bon marché à notre ami ?

Le barman marmonna des grossièretés dans sa barbe et empocha la pièce.

— Vous connaissez l'Eau du ciel ? demanda Sraon à l'homme, qui hocha la tête une fois. Pourrions-nous vous accompagner afin d'échanger nos eaux ?

Un petit sourire apparut au milieu de la barbe broussailleuse de l'inconnu.

— Il est bien de partager les bienfaits d'Odar, chuchota l'homme en haillons avant de lui adresser un clin d'œil. Venez. Je vais vous conduire dans un endroit sûr.

— Vous attendez-vous à ce que la situation dégénère ? l'interrogea Sraon, circonspect.

— J'allais vous poser la même question, répondit l'homme en indiquant la porte.

Annev se retourna au moment où réapparaissait le marchand d'esclaves, accompagné d'Elar Kranak, l'homme que Sraon avait affronté sur la place à la fontaine. D'autres marchands d'Innistiul entrèrent et se dispersèrent dans la salle, escortés par les gardes armés de Kranak. Sraon jura et pivota sur ses talons, fuyant le regard scrutateur du marchand d'esclaves.

— Je parie mon œil valide qu'il n'est pas venu ici par hasard, marmonna-t-il à Annev. Allez vite chercher les autres, mais tâchez de faire ça discrètement. Et sortez par la porte de derrière. Emmenez notre ami et retrouvons-nous aux écuries. Ne vous séparez pas.

Sraon se leva et se dirigea vers l'arrière de l'établissement d'une démarche tranquille. Annev attendit une demi-minute, son attention partagée entre le forgeron en train de s'éloigner, le mendiant crasseux à côté de lui et ses camarades attablés.

— Vous devez être le garçon de Sodar, lança l'inconnu avec une étincelle bizarre dans les yeux. J'ai beaucoup entendu parler de vous. En bien.

— Et vous êtes… ?

— Ne l'avez-vous pas deviné ?

Annev l'avait deviné, en effet, mais il aurait préféré se tromper. Cette épave puante… Il ne s'attendait pas du tout à cela. Le mendiant lui sourit, découvrant ses dents vertes d'un air amusé, et le jeune homme sut qu'il ne s'était pas trompé.

— Vous êtes Reeve, dit-il comme son estomac bouillonnait. Le Grand-Prêtre des Dionaques de Tobar.

— C'est tout à fait exact, confirma l'homme dont le sourire s'élargit, révélant une molaire manquante.

Chapitre 24

À ce moment précis, Elar désigna d'un bras épais la table où étaient installés Jian, Fyn, Titus et Therin. Ses hommes se mirent en branle en échangeant des signes dans un langage connu d'eux seuls.

— Il faut partir d'ici, chuchota Annev. (Il fit un pas en direction de la table, puis se tourna vers Reeve, qui n'avait pas bougé de son tabouret.) Je suppose que vous n'avez pas un truc pour nous faire sortir d'ici sans dommage…

Comme Annev parlait, le barman revint avec un bol d'eau, qu'il fit glisser sur le bar, en renversant une partie devant Reeve. Celui-ci trempa un doigt dedans, et son regard bleu s'illumina.

— Mon garçon, dit le prêtre en traçant un glyphe sur le comptoir, j'ai bien d'autres choses que des trucs dans mon escarcelle. Rassemblez vos amis. Je me chargerai de quiconque essaiera de vous arrêter.

Annev fit ce qu'on lui demandait ; s'il n'avait pas réellement confiance dans les capacités du prêtre, il était pressé de sortir d'ici. Il atteignit la table de ses amis quelques secondes avant les marchands d'esclaves d'Innistiul.

— Il faut partir, dit-il à voix haute. On file par la porte de derrière. Tout de suite.

Titus et Fyn étaient déjà debout. Jian les imita une demi-seconde plus tard, bientôt suivi par Therin.

— Qu'est-ce qui se passe ? geignit ce dernier en se hâtant d'attraper de la nourriture dans leurs assiettes. On ne va pas vraiment partir, si ? (Alors, il remarqua les marchands d'esclaves qui se dispersaient pour les encercler et se figea, un os de poulet suspendu devant la bouche.) Oh !

— Vite ! cria Annev en soulevant une chaise pour la lancer sur le marchand le plus proche.

Fyn, qui avait eu la même idée que lui, jeta sa chaise et celle de Therin sur les combattants en approche. Titus se précipita vers la porte de derrière, suivi par Jian qui, dissimulé sous sa capuche, serrait sa robe autour de lui.

— Par le sang et la crasse ! jura Therin comme un homme essayait de l'agripper.

Il écrasa un os de poulet et des navets frits sur le visage de l'homme, puis saisit un broc, qu'il lui cassa sur le crâne. Un autre combattant d'Innistiul prit aussitôt la place du premier, mais Therin courait déjà vers la porte, rejoignant Titus et Jian.

— Ces hommes sont des évadés ! beugla Elar, dont la silhouette massive obstruait l'entrée de la taverne. Avec la permission des rois Cheng et Lenka, ils sont désormais ma propriété, esclaves de la Maison Kranak.

Alors qu'ils préféraient jusque-là ne pas se mêler de cette bagarre, nombre de clients de l'établissement semblèrent se raviser.

— Je promets une pièce d'or à quiconque me ramènera un de ces garçons !

Subitement, la moitié des clients se leva en renversant chaises et tables pour se précipiter vers Fyn et Annev. Le groupe de dockers qui avait perdu beaucoup d'argent en jouant contre Jian et Fyn fut le plus rapide, essayant de saisir ce dernier par-derrière. Fyn repoussa ses deux premiers adversaires, mais la plupart des dockers étaient aussi costauds que lui, aussi ne bénéficiait-il pas de son avantage habituel. Annev repoussa un homme avant de lui donner un coup de poing sur le côté de la tête, mais alors un autre type l'agrippa par-derrière et lui fit une clé de bras, l'obligeant à se mettre à genoux.

En rugissant, Annev tira sur sa prothèse, laissant son gant de forgeron dans la main de l'agresseur, avant de le prendre par le mollet et de lui briser le tibia, l'écrasant avec une force telle que des esquilles d'os blanc lui transpercèrent la peau. L'homme s'écroula en hurlant, et Annev lui assena un coup de poing métallique sur la tête. Du sang et de la chair jaillirent par la bouche et le nez de sa victime, dont la moitié du visage était écrasée.

Annev jura, choqué par la puissance de son artefact. Il n'avait pas le temps de regretter sa brutalité, cependant, et se retourna pour cogner un des deux dockers qui tenaient Fyn. Le type essaya d'esquiver, offrant à Fyn la possibilité de libérer son bras, qu'il mit aussitôt à profit pour s'armer d'une de ses masses avant de l'abattre sur l'homme qui le tenait toujours. Le docker tomba, son sang gargouillant dans sa bouche. Son camarade préféra s'éloigner, permettant à Fyn de décrocher sa seconde masse.

— On se croirait de retour chez Janak, lança le jeune homme hors d'haleine et tout sourire.

— Ouais, acquiesça Annev qui hésitait à dégainer sa flamberge. Ces gens-là ne sont pas ensorcelés, cependant. Ce sont des serviteurs et des travailleurs. Je n'ai pas envie de les tuer !

— Il faut choisir entre tuer et être tué, rétorqua Fyn en faisant tournoyer sa masse sanglante. Ç'a toujours été la règle.

Ils reculèrent de concert vers la porte de derrière, Annev gardant sa main sur le pommeau de son arme.

Les marchands d'esclaves avancèrent en dégainant leurs cimeterres, au contraire des dockers, qui semblaient penser que le jeu n'en valait pas la chandelle.

Reeve apparut soudain entre Fyn et Annev, une bouteille d'alcool à la main. Il la retourna et traça rapidement une rune dans les airs avec le liquide en train de s'écouler.

— *Reo-amais-amaisect-amas!*

Le liquide resta suspendu devant lui, figé par les mots magiques de Reeve, avant de tinter comme du verre cassé et de tomber sur le sol.

Un nuage de brume dense se forma, enfla pendant quelques instants avant de se transformer en une couche de givre. Un battement de cœur plus tard, un vent glacial se leva qui fouetta clients et marchands d'esclaves, charriant de minuscules aiguilles de glace.

— Vite ! s'écria Reeve en entraînant les deux garçons à sa suite par la porte de derrière, puis dans une ruelle sombre.

À cinq mètres de là, Sraon, Therin et Jian attendaient à côté de la jument sellée. Titus chevauchait l'animal, agrippant fermement le pommeau de la selle.

— Suivez-moi ! intima Reeve en dépassant le forgeron et le diseur de vérité d'un pas assuré. Dépêchez-vous !

Ils coururent vers le nord, leurs bottes martelant les pavés comme ils traversaient le Vieux Bas-Quartier, Reeve ouvrant la marche et bifurquant au dernier moment dans des allées transversales. Annev commençait à se dire qu'ils étaient en sécurité lorsqu'une silhouette monstrueuse couverte de plaques noires sauta d'un toit et bloqua le passage.

Reeve poussa un cri de surprise, mais n'hésita pas à lancer une attaque magique contre le personnage, le projetant au-dessus de la ligne des toits dans un tourbillon d'air et d'éclairs crépitants.

— Waouh ! s'exclama Therin sans s'arrêter de courir. Vous avez vu ça ?

Ils poursuivirent leur route en s'attendant à rencontrer d'autres embuscades. Le temps semblait s'étirer à l'infini comme ils suivaient le prêtre dans des ruelles de plus en plus décrépites. Cinq minutes devinrent dix minutes, puis vingt ; désormais, ils étaient presque certains d'avoir semé leurs poursuivants. Lorsqu'ils passèrent devant des bâtiments brûlés, Titus chuchota, du haut de sa selle :

— Ce ne serait pas le *Quartier des Cendres* ?

— Oui, confirma Reeve. Nous sommes tout près de notre refuge. Taisez-vous, maintenant !

Ils ralentirent comme le prêtre les conduisait dans un immeuble en très mauvais état, à peine plus qu'une ruine, dont les poutres étaient réduites à l'état de charbon. Titus mit pied à terre et tira la jument entre les gravats et les carcasses d'autres immeubles, passant devant des feux de camp autour desquels se pressaient des sans-abri, s'enfonçant dans l'ombre d'une ancienne cordonnerie.

— Laissez la jument ici, dit Reeve en entreprenant de décharger la bête. Elle est trop facilement reconnaissable.

Sraon acquiesça de la tête et finit de récupérer leurs affaires. Alors, ils purent tous dire au revoir à l'animal, qui les suivait depuis Chaenbalu.

— Au revoir, jument, dit Titus en frottant le nez du cheval, le regard humide. Peut-être nous retrouveras-tu avant que nous repartions.

— C'est bien possible, mentit Annev.

Ils se trouvaient dans une partie pauvre de la ville, et les visages durs qu'ils voyaient derrière les fenêtres appartenaient à des gens probablement plus enclins à manger une jument qu'à la monter.

Le prêtre à l'odeur insoutenable les emmena loin de l'animal, dans une allée étroite, puis dans un tunnel sombre. Ils marchèrent dans les ténèbres pendant plusieurs minutes, les bruits de leurs pas se réverbérant sur les murs. Finalement, ils tournèrent un coin et Reeve poussa une porte en fer rouillé, leur permettant d'émerger dans la lumière déclinante de l'après-midi finissant.

— Nous y sommes presque, promit le prêtre en s'engouffrant dans un taudis adossé à une bâtisse plus grande, dont la lourde porte d'entrée en chêne était verrouillée.

— Est-ce que c'est un… presbytère ?

— C'en était un, confirma Reeve en montrant un lit pourri et quelques meubles cassés. Et ça, c'était mon église.

Il renversa ce qui restait de la bouteille de bière qu'il tenait toujours, trempant ses doigts dans l'alcool. Comme le liquide dégoulinait sur sa main, il dessina un glyphe grossier sur la porte de l'église, chuchotant quelque chose au bois noir de suie. Il y eut un bruit sourd, et un nuage de cendres se forma autour de la porte. L'homme crasseux frotta sa tonsure et tourna la poignée, poussant la porte déverrouillée.

— Nous y sommes. Entrez.

Sraon passa le premier, suivi par Titus, Therin, Fyn et Jian. Annev entra en dernier, Reeve verrouillant la porte dans leur dos, les enfermant dans l'édifice sec et gris-brun.

* * *

— Alors, Sodar est réellement mort, commença Reeve, les yeux mouillés.

— Oui, confirma Annev, qui avait également du mal à contenir ses émotions.

Une bougie brûlait sur un autel noirci, dans un coin de la salle ; la moitié du suif qui la constituait avait fondu. À l'extérieur, les ombres s'étaient allongées, l'après-midi cédant la place au crépuscule, puis à la nuit.

— Vous n'êtes pas venu à cause de la lettre de Sodar, dit Annev, qui avait recouvré sa voix. Mais parce que vous avez perdu le contact avec Arnor.

Reeve opina du chef. Depuis leur arrivée dans le refuge, le prêtre s'était transformé. Il s'était lavé, avait revêtu une robe bleue. Il avait même trouvé un rasoir pour se tailler un bouc élégant et raccourcir ses cheveux hirsutes autour de sa calvitie. Le changement soulagea Annev, le prêtre se conformant désormais à l'idée qu'il s'était faite de lui. Il paraissait bien plus jeune que Sodar, en revanche.

— Je savais qu'Arnor aurait le plus grand mal à convaincre le vieil homme, expliqua Reeve, le visage sévère et bien plus anguleux qu'Annev le pensait. J'espérais simplement que sa visite attendrirait Sodar, me permettant de finir le travail plus tard. J'ai pris la route quelques jours après qu'Arnor a quitté Quiri. Je me suis arrêté à Ankyr pour rencontrer un autre de nos contacts civils, avant de venir ici pour voir Tukas et Keezel. Ni l'un ni l'autre n'avait des nouvelles d'Arnor, et alors… Keezel a disparu. Elle était mon contact dans la partie est de la ville, dans le Quartier des Marchands, aussi Tukas et moi avons passé quelques jours à essayer de la retrouver. (Le prêtre fronça les sourcils, son regard azuré devenant aussi sombre qu'un nuage d'orage.) Tukas a disparu pendant les recherches, raison pour laquelle je n'ai jamais reçu la lettre de Sodar. Tukas n'était pas là pour la recevoir de notre contact à Banok.

— Le fermier Gribble, dit Sraon en hochant la tête. Il y a de fortes chances que la lettre soit toujours en sa possession.

— Effectivement.

— Attendez, intervint Annev. Si Tukas a disparu, à qui ai-je parlé dans la taverne ? Ne s'agissait-il pas de votre messager ?

— Il n'y avait pas de messager, contra Reeve en échangeant un regard inquiet avec Sraon. C'est la chance qui m'a conduit à la taverne aujourd'hui, même si j'y suis passé régulièrement ces derniers temps. À quoi ressemblait ce messager ?

— Il était… C'était Monsieur Tout-le-monde. Taille moyenne, châtain clair, peut-être foncé… (Annev fouilla sa mémoire, mais ne parvint pas à se rappeler le visage de l'homme qui l'avait approché.) C'est très flou dans ma tête. Je ne sais même plus ce qu'il m'a dit, à part qu'il allait chercher Reeve.

— À moins qu'il soit plutôt allé chercher Elar Kranak, proposa Sraon en plissant les yeux.

— Ça semble logique, effectivement, concéda Annev.

Il fronça les sourcils car quelque chose le dérangeait. Il venait d'apprendre l'existence d'un Siänar capable de passer inaperçu dans la foule. Se pouvait-il qu'Annev l'ait rencontré sans le savoir ?

— Eh bien, intervint Fyn en interrompant sa réflexion, je suis heureux que ça vous semble logique parce que, moi, je n'y comprends rien du tout. Pour commencer, pourquoi le prêtre s'est-il présenté à nous avec l'apparence d'un mendiant puant comme une garde-robe pourrie. Et puis – par les cinq enfers ! – que s'est-il donc passé dans cette taverne ? (Il se leva et pointa Reeve du doigt.) Avez-vous congelé ces gens ? Sont-ils morts ?

— C'est juste du givre, expliqua le prêtre. Je doute qu'il ait tué qui que ce soit. Quant à mon apparence… (Il se tourna furtivement vers ses haillons puants et ses boucles de cheveux, dans un coin de la chapelle.) Le voyage a été long et difficile. Beaucoup de gens étaient à mes trousses. On a moins tendance à chercher qui se cache derrière une barbe épaisse quand celle-ci à une odeur de crottin. (Il sourit et renifla son poignet.) Peut-être ai-je légèrement exagéré.

— Non, le défendit Sraon. C'était parfait. La taverne grouillait d'espions, de gens qui vous cherchaient. Et nous cherchaient aussi. J'aurais dû me douter de quelque chose.

— Vous ne pouviez pas savoir, lui dit Reeve en posant la main sur son épaule. Il y a deux jours seulement, j'étais aussi ignorant que vous. (Il poussa un soupir.) Je suis heureux que vous m'ayez trouvé, même si c'était pour m'annoncer la triste nouvelle de la disparition de Sodar. De tous les prêtres, il est le dernier auquel j'aurais imaginé survivre.

Le silence se fit et se prolongea comme chacun faisait ce qu'il avait à faire. La nuit était tombée, et les bruits différents, à l'extérieur, témoignaient d'un changement d'humeur chez les habitants du Quartier des Cendres. Au lieu des bruissements des voyous arpentant discrètement les ruelles, résonnaient les cris de bagarres en train d'éclater. Il y eut un hurlement, et puis les ruelles redevinrent silencieuses.

— Pensez-vous pouvoir m'aider à retirer la Main de Keos ? demanda finalement Annev.

Reeve se gratta le menton comme s'il s'attendait à y trouver une barbe longue, puis renonça.

— Je peux essayer, en tout cas. Permettez-moi d'y jeter un coup d'œil.

Annev entreprit de retirer son gant de forgeron. Comme il découvrait progressivement son avant-bras, une lueur d'une intensité comparable à celle de la bougie vacillante emplit la chapelle. Bouche bée, Reeve examina l'artefact avec attention.

— Remarquable, dit-il en scrutant les gravures dans le métal. Elle est exactement comme dans mes souvenirs.

— Vos souvenirs ? s'étonna Titus, perché sur un banc. Vous l'aviez déjà vue ?

— Absolument. Sans doute au même endroit que Sodar.

— Sodar ? demanda Annev en se mordant la langue. Je ne la lui ai jamais montrée.

— Il l'aurait reconnue. Nous étions tous les deux présents lorsque Keos a perdu. Nous l'avons vu mourir. Nous avons vu son marteau et sa main dorée tomber. Le marteau a été confié aux Chevaliers d'Halcyon en même temps que les autres *diamagi* – le Bâton d'Odar et la Flûte de Lumea –, tandis que notre ordre a conservé la Main de Keos. Elle était en sécurité chez nous jusqu'à ce que le Gardien de la Main disparaisse. Depuis, nous n'avons cessé de sombrer. Nous avons perdu des artefacts, perdu des gens… (Il secoua la tête.) Mais ce sont mes problèmes, le vôtre étant de retirer cette prothèse. Tendez le bras, Annev, intima-t-il au jeune homme en lui montrant sa paume.

Annev s'exécuta et retint sa respiration en posant la Main de Keos sur les paumes de l'Archidionaque de Tobar. Le prêtre en robe bleue suivit du bout des doigts les filigranes et arabesques qui ornaient le métal. Il retourna la prothèse et lut les inscriptions gravées des deux côtés de la main. Il toucha la paume, plia ses doigts. Il gratta les articulations renforcées et le bracelet en or blanc.

— Sentez-vous mes doigts ?

— Je sens tout, répondit Annev. Mais c'est un peu différent de ma vraie main. J'ai un peu l'impression de porter un gant ou un gantelet… mais qui n'entraverait pas mes mouvements. Le métal doré est sensible, comme la peau – plus sensible, d'une certaine façon –, mais épais et dur. Un peu comme un cal. Je sens la texture du métal, mais je sens également mon sang qui circule sous la surface. Et puis, la prothèse est très agile, pas du tout maladroite.

— Et votre prothèse, celle que Sodar avait obtenue pour vous. Que lui est-il arrivé ?

— Elle a été perdue. Elle a brûlé dans un incendie.

— Je vois. (Reeve examina la jointure entre la peau rose et le bras en métal.) Il est vraiment remarquable. Un artefact forgé par le Dieu de l'Artisanat.

— Vous parlez de Keos, interjeta Fyn. C'est Keos qui l'a fabriqué.

— Correct.

— C'est la première fois que j'entends cette appellation : *Dieu de l'Artisanat*.

— Il a porté de nombreux noms – Dieu de l'Art, Dieu de la Création, Dieu des Hommes –, qui sont tous tombés dans l'oubli, surtout dans notre peuple. Désormais, on n'entend plus parler que du Dieu déchu – Dieu de la Guerre, Dieu du Sang de la terre. Keos est tout cela. Enfin, il l'était quand il était en vie.

— Vous croyez que Keos est mort ? demanda Annev d'un ton neutre.

Reeve acquiesça de la tête, lentement et régulièrement.

— Oui, je le crois. Au contraire de Sodar, bien sûr. Nous avions beaucoup de désaccords. Sodar était un homme de qualité. Il nous manquera beaucoup, à l'Ordre et à moi. (Reeve lâcha la prothèse et se caressa la barbe.) Pour ce qui est de votre bras… je vais avoir besoin de vos fluides.

— Mes quoi ?

— Vos fluides. Sang, salive, larmes. Même votre urine pourrait nous être utile.

Annev écarquilla les yeux, tandis que Therin éclatait de rire.

— Vous voulez sa pisse ? Annev, tu vas lui donner ta pisse ? C'est dégoûtant !

Reeve s'éclaircit la voix.

— Au contraire de Sodar…, reprit-il, un léger grondement dans la voix, … mes études se sont concentrées sur l'articulation de glyphes en usant du *quaire*, de l'Eau du ciel. Je vais avoir besoin de dessiner des glyphes sur votre bras, et je pourrais utiliser de l'eau, mais comme la prothèse est reliée à votre corps, le sort sera infiniment plus puissant si j'utilise vos propres fluides. Bien sûr, tout ceci est très théorique. Si je le pouvais, je demanderais à un Artificier terran de vous aider. Je serais bien incapable d'en trouver un, cependant. C'est peut-être mieux comme ça ; il risquerait de vous tuer pour vous délester de ce bras. C'est une partie importante de leur religion, vous savez. Presque aussi importante que le Marteau – plus importante, d'une certaine manière. (Il lécha ses lèvres gercées.) Je pourrais essayer de vous séparer de l'artefact en supprimant le vide qui le colle à votre chair. Cela devrait être assez facile, mais cet artefact n'est pas tout à fait ordinaire. Il est relié à votre avant-bras d'une manière qui va bien au-delà de la chair et du sang.

— Dolyn a dit la même chose.

— Dolyn ?

— Une amie forgeronne, répondit Sraon en levant la main. Elle vit à Banok. C'est une Orvane – une Néoterrane, une femme de qualité – Maîtresse Forgeronne.

— Vraiment ? s'étonna Reeve, la mine totalement neutre. Quel hasard. En l'absence d'Artificier, une Maîtresse Forgeronne aurait été un très bon choix. Que s'est-il passé ?

— Eh bien…

— Elle s'est brûlé les mains, intervint Annev. Ou bien est-ce moi qui les ai brûlées. Elle a été brûlée, et j'ai bien failli faire exploser son atelier.

— Je… vois.

— Par les couilles d'Odar, Annev ! s'exclama Fyn en s'éloignant de la prothèse lumineuse. Quand vas-tu nous raconter cet épisode ? Tu as failli *faire exploser son atelier* ? Comme tu as détruit l'Académie ? Et la moitié de Chaenbalu ?

— Mmh… Cela risque d'être plus compliqué que prévu, marmonna Reeve en se passant la langue sur les dents. Peut-être devrions-nous attendre. Apparemment, la main ne vous fait pas grand mal, et je préférerais attendre d'avoir les ressources de l'Enclave avant de tenter quoi que ce soit.

— Vous voulez m'emmener à Quiri ?

— Oui.

— J'aimerais autant… éviter.

— Je crains que cela soit nécessaire, Annev. En dépit de mes aptitudes, il y a peu de chances que je parvienne à vous retirer cette prothèse sans le concours d'un autre artisan. Je comptais essayer, mais si une Maîtresse Forgeronne a échoué… (Reeve secoua la tête.) Il est plus sûr de vous emmener à l'Enclave. Les autres Dionaques nous aideraient, augmentant considérablement nos chances de succès.

— Alors, c'est tout ? Il faut attendre d'arriver à Quiri pour réessayer ?

— Une dernière chose pourrait nous aider à réussir.

Annev grimaça, craignant que Reeve ait gardé le pire pour la fin.

— Je vous écoute…

— Vous connaissez l'histoire de Bron Gloir ? demanda Reeve en les regardant à tour de rôle.

— Bron Gloir ? s'anima Titus. Bien sûr ! C'était la meilleure des histoires que nous racontait l'Ancien Benifew. L'Homme aux Mille Visages. Le dernier des Chevaliers d'Halcyon ! Tout le monde connaît cette histoire !

Annev regarda successivement Titus et Reeve.

— Sodar m'a dit que Bron existait, dit-il lentement. Qu'il était toujours vivant. Qu'il protégeait l'Oracle, que c'était la mission spéciale que lui avait confiée l'Ordre.

— Quel Oracle ? s'enquit Fyn en fronçant les sourcils. Quelle mission ? Qu'est-ce que c'est que cette histoire ?

— Je t'expliquerai plus tard, le fit taire Annev en agitant la main.

— Est-ce que ç'a un rapport avec Jan…

— Plus tard, Fyn ! s'emporta Annev en lui faisant les gros yeux.

Le colosse soutint son regard et, les poings serrés et la colère contenue, se rassit.

— Pourquoi avez-vous parlé de Bron ? demanda Annev à Reeve.

— Vous l'avez dit. Bron a l'Oracle, mais il ne fonctionne plus normalement depuis quelques siècles. Autrefois, il répondait aux questions quelles qu'elles soient, et puis il a commencé à sélectionner les gens auxquels il répondait. Il y a environ un siècle, il a déclaré qu'il ne répondrait plus qu'à cinq personnes. (Il leva la main pour les énumérer en les comptant sur ses doigts.) L'Homme aux Mille Visages, le Guerrier infirme, le Doré, le Chef maudit, le Vaisseau de Keos. (Il se racla la gorge.) Bron est évidemment l'Homme aux Mille Visages. Nous ne connaissions pas les autres, et comme il était hors de question de permettre à un vaisseau de Keos de contrôler l'Oracle, Bron s'est caché. Cette main dorée, cependant…, poursuivit-il en désignant la prothèse, … fait de vous le Vaisseau de Keos. Vous ne le servez pas – vous n'êtes pas véritablement un Fils de Keos –, mais vous portez sa main, vous abritez son pouvoir.

— Vous pensez que l'Oracle acceptera de me parler ?

— Oui. Ce qui signifie que vous pourrez lui demander comment retirer votre main.

— Cet Oracle, à quoi ressemble-t-il ? s'enquit Annev en se tournant vers Fyn.

— L'Oracle ? C'est un djinn ou un sylphe. Tout en air ou en eau, mais avec un esprit digne des dieux.

— Oui, j'en ai entendu parler, mais je voulais savoir ce qu'il *habitait*. Où vit l'Oracle ? Je suppose que si Bron Gloir le protège, c'est qu'il est contenu dans un genre vaisseau, de talisman.

Reeve fixa longuement Annev d'un regard impénétrable.

— Bien sûr. L'Oracle a eu de très nombreuses demeures au fil des millénaires. Dernièrement, il était abrité dans une lampe en laiton.

La lampe de Janak. Annev se demanda si Fyn avait compris, lui aussi, mais le jeune homme était abîmé dans l'examen des sorties de la chapelle. Annev se lécha les lèvres, hésitant à tenter sa chance. S'il voyait juste, alors l'Oracle se trouvait dans les ruines de Chaenbalu, ce qui impliquait que Janak Harth ait volé la lampe à Bron Gloir dans un passé récent. Était-ce possible ?

— Savez-vous où se trouve l'Oracle en ce moment ?

— Avec Bron, je suppose.

— Certes. Mais où se trouve Bron ? Vous savez comment le trouver ?

Reeve écarta les bras et agita la tête.

— C'est compliqué. Bron est difficile à suivre. Il a mille visages, il peut devenir n'importe qui. (Reeve lâcha un gloussement sec, amer.) Il ne se manifeste qu'une fois par an, juste avant le Regaleus. C'était le week-end dernier – et c'est une des raisons pour lesquelles je suis resté à Luqura –, mais je ne l'ai pas vu. Je n'ai même pas entendu parler de lui.

— Bron a disparu aussi, alors. Comme Tukas et Keezel – et Arnor. Comme tous les autres membres de votre Ordre.

— Vous avez entendu Arnor parler à Sodar ? l'interrogea Reeve en le regardant durement.

— Oui. Je suis au courant de toutes vos intrigues. De la rébellion qu'il a fallu étouffer. L'Ordre est en train d'imploser.

— La situation est stabilisée.

— Vous croyez ? Vous avez perdu Tukas et Keezel en ville, et Bron semble s'être volatilisé aussi. On a connu mieux, en matière de stabilité.

— Annev, intervint Sraon, un ton de reproche dans la voix. L'Archidionaque est ici pour nous aider. Ne lui manquez pas de respect.

— Je veux la vérité, insista Annev, qui n'avait pas l'intention de demander pardon. Sodar avait beaucoup de secrets, et il m'a abreuvé de nombreux mensonges. Je sais que c'était pour mon bien – et je lui serai à jamais reconnaissant –, mais j'avais du mal à lui faire confiance. Qu'est-ce qui me dit que vous êtes différent ? accusa-t-il en pointant Reeve du doigt. Comment savoir si je peux avoir confiance en vous et en l'Ordre ?

— Vous voulez la vérité, Annev ? Eh bien, vous ne pouvez pas.

— Pardon ?

Reeve se racla de nouveau la gorge.

— Vous ne pouvez pas avoir confiance dans l'Ordre. Nous avons fait notre possible pour éradiquer les éléments responsables des dissensions, mais des gens continuent à disparaître. Impossible de se fier à un seul d'entre nous. Voilà pourquoi je voulais tant que Sodar revienne. Je savais que lui était digne de confiance et que, en dépit de nos désaccords philosophiques, il aurait agi pour le bien de l'Ordre. Grâce à lui, d'autres nous auraient ralliés. Sa présence, ajoutée à la vôtre, aurait permis d'inverser la tendance. Nous aurions recruté de nouveaux membres, retrouvé les disparus… Vous vous seriez formé auprès de nous, seriez devenu l'un des nôtres.

Il se tut, hésitant à en dire plus.

— Annev, si aller à Quiri peut te permettre de te débarrasser de la main, et si ça peut aider Reeve dans le même temps, il faut le faire, proposa Titus.

Annev fixa du regard son ami, avant de se tourner vers Reeve.

— Que voulez-vous d'eux ? Ils ne possèdent aucune magie. Ils ne peuvent pas devenir Dionaques.

— Cela reste à démontrer, contra Reeve d'un air pensif. Sodar m'a dit que les acolytes et avatars de Chaenbalu ont des aptitudes extraordinaires, des talents difficiles à expliquer sans un potentiel magique inexploité. Selon lui, la magie était extrêmement courante parmi les élèves et les maîtres. L'impossible était monnaie courante, en quelque sorte. (Reeve scruta les amis d'Annev.) Je vous soupçonne de posséder tous les trois une touche de sang magique, même si j'en ignore la nature. L'Enclave pourrait vous aider à identifier votre talent et à le développer.

— Attendez, attendez…, le coupa Therin. Vous voulez dire que nous pourrions apprendre à pratiquer la *vraie* magie ?

— Nous n'allons pas apprendre de magie, Therin, mais aider Annev.

Reeve leur sourit, et Annev sut que le grand-prêtre avait gagné la sympathie de Titus, et sans doute celle de Therin. Pour Fyn et lui-même, c'était une autre histoire.

— Je… je ne sais pas, Reeve, dit-il. J'ai besoin de réfléchir. (Annev s'interrompit, subitement conscient de l'absence du diseur de vérité.) Où est passé Jian ? lança-t-il, surpris que personne n'ait remarqué son absence.

— À l'étage, répondit Sraon en désignant un escalier en bois noirci par le feu. Il a dit qu'il avait besoin de méditer ou quelque chose comme ça. Je l'ai mis en garde contre la fragilité du plancher, mais il s'est contenté de sourire à sa manière énigmatique et a répondu qu'il se tiendrait à l'écart du danger. Pour ce que j'en sais, il est toujours là-haut. Vous voudriez lui parler en privé, j'imagine ? conclut-il en considérant Annev de son regard plissé.

— S'il peut réellement voir l'avenir, chuchota Annev en se penchant vers lui, je ne serais pas contre entendre son opinion sur ce voyage à Quiri.

— Vous avez confiance en lui ?

— Non, mais j'ai besoin d'une perspective différente, d'étudier les options possibles avant de prendre une décision.

— Vous devriez surtout dormir un peu, conseilla Sraon, le front barré d'une ride. En fait, nous devrions tous dormir un peu, ajouta-t-il plus fort. Inutile d'allumer une autre bougie. Les derniers jours ont été longs et difficiles.

Titus illustra son propos en bâillant, bientôt imité par Therin. Cela fit rire le forgeron grisonnant.

— Choisissez-vous un banc, jeunes gens. Reposez vos yeux. Je prends le premier tour de garde.

Therin grommela quelque chose, mais n'en suivit pas moins Titus à l'autre bout de la chapelle pour récupérer son duvet. Un sourire en coin aux lèvres, Sraon se tourna vers Fyn. Celui-ci soutint d'abord son regard sans bouger, puis leva les yeux au ciel et alla rejoindre ses camarades.

Sraon s'apprêtait à dire quelque chose à Annev, mais se ravisa.

— J'ai appris à connaître ce regard, mon garçon, dit-il finalement en montrant les marches noircies. Allez-y. Si c'est assez sûr pour lui, je suppose que vous pouvez y aller aussi. Mais faites attention, et testez le plancher avant d'avancer.

Annev gravit l'escalier brûlé.

Chapitre 25

— Maître Nikloss ? appela Annev en émergeant au premier étage.

Il scruta les ténèbres en faisant glisser ses pieds sur le plancher, à l'affût du moindre craquement.

— Je suis ici, Maître Ainnevog.

La voix venait du cœur des ténèbres, mais elle était étouffée en dépit de sa proximité. Annev tendit les mains devant lui et rencontra un mur. Il tourna un coin et découvrit Jian assis en tailleur sur le sol, devant un symbole étrange dessiné dans la cendre. Annev s'avança doucement afin de ne pas abîmer le dessin, qu'il ne distingua clairement que lorsqu'il se tint derrière le diseur de vérité.

— Est-ce la Main de Keos ?

Jian hocha la tête, sa peau pâle parfaitement visible dans le noir.

— En effet, mais il ne s'agit pas de la main que vous portez en ce moment. Plutôt de celle qui fut perdue.

Annev étudia le dessin avec attention en s'asseyant à côté du Yomad. Profitant de la lumière émise par sa prothèse, il examina les cinq paires de symboles tracés près de chacun de ses doigts.

— On dirait du darien ancien, dit-il. Mais pas tout à fait. Je n'arrive pas à les déchiffrer.

— Ce sont les symboles des Jeunes Dieux et de leurs serviteurs. Chaque doigt représente un Dieu. Tàcharan se tient à l'écart des autres, expliqua-t-il en désignant le pouce.

Il est le Dieu de ce qui pourrait être. C'est grâce à lui que je vois ce qui ne peut être vu.

Annev étudia la main soigneusement dessinée et les dix symboles qui l'ornaient.

— Vous avez parlé de serviteurs. Les doigts représentent les Jeunes Dieux, les glyphes sont… leurs mages, les artisans qui les servent ?

— Exactement. (Jian désigna deux symboles, le premier à l'extrémité, l'autre à la base du pouce.) Nécromancien et Voyant. Tous les deux servent Tàcharan.

— En tant que Liche-Moelle, vous êtes les deux…

Annev ouvrit la bouche pour poser une question, mais devina la réponse. Étudiant les symboles, il dessina un nouveau glyphe entre les deux autres, combinaison des symboles représentant le Nécromancien et le Voyant. Lorsqu'il eut fini, le diseur de vérité pinça les lèvres.

— Vous êtes sage.

— J'ai étudié les glyphes et les runes, expliqua Annev dans un haussement d'épaules. Je ne sais pas les utiliser, mais je les comprends. Ce n'est pas très différent du darien ancien.

Ils restèrent assis en silence dans la lueur émise par la prothèse du jeune homme.

— Jian, pouvez-vous me parler de mon avenir ?

— Mmh…, fit l'albinos en réfléchissant. Hier, vous maudissiez les prophéties, et aujourd'hui…

— Aujourd'hui, je suis à un carrefour, le coupa Annev en fronçant les sourcils dans les ténèbres. J'ai besoin de conseils. J'ai besoin de savoir ce qui adviendra si je pars avec Reeve.

— Et vous croyez que je peux vous le dire.

— Je me trompe ?

— Je peux prédire l'avenir, Ainnevog de Breth, mais vous ne le comprendrez pas forcément. La prophétie est une lame à double tranchant, pleine de détails susceptibles d'advenir. Les chemins sont nombreux, les certitudes rares. Les prédictions sont ambiguës, forcément. (Les lèvres délicates de Jian formèrent un sourire étrange.) Quand il s'agit de l'avenir, il m'est impossible de parler clairement, même si c'est mon désir ; vous devez en être conscient.

Annev repensa aux énigmes de la sorcière de la forêt. Même sous la menace, la parole de Kelga était restée cryptique.

— Je comprends, Jian. J'ai quand même besoin de réponses, et je pense que vous pouvez m'en donner.

Le diseur de vérité plongea longuement son regard dans celui du jeune homme.

— Êtes-vous prêt à sacrifier votre sang pour ce savoir ? Je vais devoir le goûter pour vous offrir une prédiction fiable.

— Oh…, hésita Annev. Je trouve ça… bizarre.

— Le sang est le *t'rasang*. Le métamétaphysique.

Jian dessina un autre symbole sous celui d'Annev. Le jeune homme le reconnut.

— C'est le symbole de l'*aqlumera*.

— Exact. Et ceci… (Jian traça le symbole du *t'rasang* juste au-dessus de l'*aqlumera*.) Ceci est le symbole du sang. Il combine la chaleur de la lumière du feu, qui emplit nos corps de chaleur. Le liquide de l'Eau du ciel, qui coule dans nos veines. L'essence de notre être, notre chair métaphysique. Quand un Voyant consomme le sang d'une personne, il aperçoit cette essence. Il prévoit et prédit.

— Il a un avant-goût de l'avenir ? demanda Annev, taquin.

Jian cligna des yeux, impassible, puis sourit d'un sourire sincère, qui montra ses dents.

— Oui, Maître Ainnevog. L'avant-goût ! Excellente observation !

Le sourire d'Annev vacilla.

— Vous avez besoin de mon sang pour… obtenir cet avant-goût, pour prédire ? C'est logique, finalement.

Il examina les symboles, sur le sol, posa les yeux sur son arme. Qu'il entreprit de dégainer.

— Permettez-moi, Maître Annev. (Le Yomad sortit une fine dague de sa robe. Elle était affûtée comme un rasoir, effilée comme une aiguille.) Je ferai très attention à votre *t'rasang*.

Annev serra les dents, tendit sa main droite, paume vers le haut. Le Liche-Moelle la retourna et la lame tailla avec précision dans la chair du jeune homme, à la base du pouce. Annev siffla, eut un mouvement de recul instinctif, mais Jian avait déjà posé les lèvres sur la blessure pour sucer son sang. Annev grimaça de dégoût, et puis sa mâchoire inférieure se décrocha…

Dans la lumière modeste de la prothèse, il vit des veines rouges à la surface de la peau blanc neige de l'albinos. Des branches écarlates se formèrent aux coins des lèvres de Jian, se propagèrent sur ses joues, son cou, sa gorge. Lorsqu'elles atteignirent ses yeux, un nuage transparent jaillit en spirale de ses pupilles, recouvrant ses iris rosés, leur donnant une couleur laiteuse. Le résultat était déstabilisant, rappelant d'une manière désagréable le regard de la sorcière de la forêt.

Jian continua de sucer le sang d'Annev, pour un résultat à la fois sensuel et grotesque. Le jeune homme était sur le point de retirer sa main lorsque le diseur de vérité s'arrêta et se redressa, le regard perdu dans le vague, une goutte de sang coulant du coin de ses lèvres rouges.

— Que voulez-vous savoir, Fils de Sept Pères ?

Kelga lui avait donné le même nom, mais Annev préféra ne pas y penser. Il ravala sa bile et se força à parler.

— Dites-moi… (Les questions qu'il se retenait de poser affluèrent d'un seul coup.) Dois-je me rendre à Quiri avec Reeve ? Dois-je rejoindre l'Ordre des Dionaques de Tobar pour reprendre ma formation ? Reeve est-il capable de retirer la Main de Keos ?

Peut-être était-ce trop ? Il craignit d'avoir enfreint quelque règle fondamentale.

S'il avait offensé le Liche-Moelle, cependant, celui-ci n'en laissa rien paraître. Jian entrouvrit les lèvres comme pour répondre. Subitement, il focalisa son regard laiteux sur Annev, les lèvres humides de sang frais.

— Vous apprendrez la vérité des choses si vous vous rendez à Quiri, mais elle ne vous satisfera pas, et vous ne rejoindrez pas les Dionaques de Tobar. (Et puis il ajouta, alors qu'Annev était sur le point de l'interrompre.) Le Grand-Prêtre de Tobar peut retirer la Main de Keos, mais il ne le fera que si le Vaisseau l'aide d'abord.

— Si je l'aide ? Mais comment ?

— Trouvez le Premier Dracolum, rejoignez les fragments de la Main brisée et forgez l'Épée de Recherche. Vous devrez dire à Reeve comment récupérer le Bâton d'Odar, et il vous aidera.

Annev étouffa un éclat de rire, n'en croyant pas ses oreilles.

— Et c'est tout ? Il suffira de trouver les Artefacts perdus des Dieux ?

Il rit nerveusement.

— Non, répondit Jian d'une voix neutre, dépourvue d'émotion. Vous devrez faire le ménage dans sa maison, trouver l'Homme aux Mille Visages et récupérer l'Oracle d'Odar.

Annev ne savait plus quoi dire. Il aurait voulu rire de nouveau, mais Jian était tellement sérieux et les quêtes qu'il avait énumérées semblaient tellement impossibles. Au lieu de quoi il agrippa sa blessure et se prépara à poser la question dont il appréhendait le plus la réponse.

— Qui me pourchasse… et pourquoi ?

Jian regarda dans le vague et se lécha les lèvres, savourant le sang. Les réponses étaient hésitantes, désormais, comme si le diseur de vérité avait des difficultés à articuler ses visions.

— Les Siänar chassent le Vaisseau pour leur maître. Le Dieu-roi terran, le Dieu des Minéraux et le Dieu du Destin veulent usurper le pouvoir du Dieu déchu en prenant le contrôle du Vaisseau. Ou en le détruisant.

— Et je suis le Vaisseau ? demanda Annev d'une voix chevrotante.

— Le Dieu de l'Ombre et le Premier Vampire voudraient retourner le Vaisseau contre lui-même. S'ils réussissent, vous deviendrez un esclave des Terrans, vos amis vous condamneront, votre nom sera le plus maudit de tous, et vous ne connaîtrez la joie que lorsque vous embrasserez la Mort.

La respiration de Jian était devenue difficile, et les nuages blancs, dans ses yeux, commençaient à se dissiper. Sous sa peau, les veines rouges reculaient aussi.

— Attendez ! protesta Annev, qui sentait que le Voyant ne parlerait plus. J'ai besoin de savoir ! Pourquoi Janak Harth et les *feurog* étaient-ils après moi ? Qui était l'archer de Banok ?

— Des outils, répondit Jian en secouant la tête. Des outils et d'anciens outils de Cruithear.

— Qu'est-ce que ça veut dire ?

Jian cligna des yeux. Son visage était d'une pâleur fantomatique, tandis que les volutes laiteuses disparaissaient de ses iris. Il tomba en arrière, s'écroula presque.

— Jian, est-ce que ça va ? l'interrogea Annev en le rattrapant.

Le diseur de vérité hocha la tête.

— Le *t'rasang* est épuisé, dit-il d'une voix extrêmement faible et éraillée. Je suis allé trop loin, je crois.

— Je suis désolé, Jian. Je ne vous demanderai plus rien.

L'homme frêle tremblait. Il hochait la tête, était secoué par des convulsions et toussait à la fois.

— J'avais peur de vous nommer et j'avais raison. J'ai joint mon destin à celui du Messager.

— Le quoi ?

— La prophétie le dit : « Pour l'honneur de Son Nom, le Messager demandera la miséricorde et l'obtiendra. » Mon destin est désormais lié au sien… La Mort vient me chercher… Je devrais me préparer, m'assurer qu'elle ne prendra pas plus que ce qui lui revient. (Il eut un sourire léger.) Ne vous en faites pas, Maître des Chagrins. Je vous protégerai.

Annev refusait de se contenter des sombres paroles du diseur de vérité, mais… Subitement, un cri résonna au rez-de-chaussée, et le sang du jeune homme se figea.

— Sraon, Annev ! Il y a un homme mort, en bas !

Chapitre 26

— Qui est-ce ? demanda Annev comme ils se rassemblaient autour du cadavre.

Therin l'avait trouvé tandis qu'il cherchait un endroit où se soulager ; le corps était tombé d'un petit placard dont il avait ouvert la porte. Difficile de dire depuis combien de temps l'homme était décédé ; il n'y avait pas d'odeur désagréable, ni de signes manifestes de décomposition. Des morsures étaient visibles sur son épaule, dans son cou, sur sa cuisse recouverte d'un sang noir et violacé. Les yeux de l'homme étaient jaunes.

— C'est Tukas, annonça Reeve en fronçant les sourcils.

Il écarta l'épaisse chevelure blonde du défunt et tenta de lui fermer les paupières, mais ses muscles étaient trop rigides. Le mort les fixait du regard, le visage grimaçant figé dans un rictus de douleur.

— Que croyez-vous qu'il lui soit arrivé ? finit par l'interroger Sraon. Ces marques… On dirait qu'il a été mordu par un animal.

— C'est un message qui signifie que nous ne sommes pas en sécurité ici, confirma Reeve en hochant la tête. Ni les Dionaques, ni les civils. Ni dans l'enceinte du refuge, ni dans la rue.

— Nous devrions partir, intervint Titus, qui hésitait entre rassembler ses affaires et se cacher dans un coin. Nous devrions filer tout de suite !

— C'est ce qu'ils voudraient. Ils veulent nous faire peur. C'est la raison pour laquelle ils ont laissé Tukas ici au lieu de nous tendre une embuscade, affirma Reeve, le visage dur. Pas de signes de lutte, ni d'empreintes dans la cendre. Ils l'ont déposé là, comme un meuble, pour nous montrer que le refuge n'en est pas un. (Il se tut pendant quelques secondes.) Votre ami a raison, Annev. Nous devons partir.

— Pour rallier l'Enclave ?

Depuis sa conversation avec Jian, il appréhendait l'idée même de cette Enclave.

— Oui. Nos alliés vous aideront, et le talent de vos amis sera testé. Peut-être même pourront-ils commencer leur formation.

— Ça veut dire apprendre à pratiquer la magie ? s'enquit Therin, sceptique. Il y a trois jours, nous étions à Chaenbalu, où on nous enseignait les dangers d'une magie malfaisante, et maintenant vous voudriez que nous apprenions à la pratiquer ?

— Plus ou moins, oui.

— Ah… d'accord.

— Quelqu'un a-t-il vu Jian ? demanda Annev.

Le diseur de vérité était descendu avec lui, mais il semblait s'être volatilisé.

— Oui, répondit Sraon. Il est… (Le forgeron se retourna.) Enfin, il était là il y a un instant.

Il se dirigea vers la porte de la nef, en testa la poignée, puis poussa la porte du presbytère, qui se révéla ouverte.

Reeve se détourna du glyphe qu'il avait tracé sur le front de Tukas.

— Cette porte devrait être fermée. J'avais placé une protection… (Il regarda Titus et les autres.) Rassemblez vos bagages et oubliez ce spectacle macabre.

Titus ne se fit pas prier, tandis que Therin et Annev continuèrent à regarder avec intérêt.

Le grand-prêtre marmonna une prière rapide, puis chuchota un mot à l'adresse du défunt. En un instant, toute l'humidité contenue dans le corps de Tukas s'évapora. Sa peau se craquela et s'envola, puis ce fut au tour de ses muscles et de ses os. En une seconde, le corps pétrifié fut réduit à l'état de terre et de poussière.

— Par les enfers, lâcha Therin dans un souffle.

— Quoi ? demanda Titus en pivotant sur ses talons.

— Le corps de Tukas avait commencé à se décomposer, expliqua Reeve. Le processus, cependant, était ralenti par une toxine ou un poison. Je l'ai relancé et accéléré. Je ne pouvais pas le laisser comme ça, mais je n'avais pas le temps de l'inhumer. Où est passé le Yomad ? Il n'a pas pu partir !

— Il n'est ni ici, ni à l'étage, et la porte du presbytère est ouverte.

— Mais, la protection… (Reeve marcha à grands pas vers la porte et jura.) Le glyphe a été brisé. Il s'est échappé.

— Échappé ? répéta Titus, de plus en plus apeuré. Était-il prisonnier ?

— Non pas prisonnier, jeune homme, dit Sraon en regardant Reeve du coin de l'œil. Mais c'est un étranger, un Terran. Enfin, un Néoterran, mais c'est pareil. Je n'étais pas sûr de pouvoir lui faire confiance, aussi Reeve avait-il mis en place une protection, une barrière.

— Si c'est un ennemi, nous sommes en danger, conclut le Dionaque. Faites vos bagages. Nous quittons la ville tout de suite et prenons la route de Quiri.

— Pas moi, contra Fyn. (Il avait rangé son sac et son duvet, préparé ses armes.) Je reste à Luqura.

Sraon et Therin le fixaient avec étonnement, tandis que Reeve et Annev hochaient la tête.

— Comme vous voudrez, mon garçon, mais je vous encourage à quitter le refuge.

— Je ne suis pas idiot.

— Tant mieux. Peut-être même survivrez-vous à la première semaine.

Fyn fit comme s'il n'avait pas entendu et se tourna vers Annev.

— Tu pars vraiment avec lui ? Il te force un peu la main.

— Oui, je crois. Je ne suis pas sûr, mais… oui, je pars avec lui.

— C'est l'heure de se dire au revoir, dans ce cas.

— Sans doute.

Fyn arbora un air bizarre, mais redevint rapidement lui-même.

— Essaie de ne pas cramer d'autres villages.

— Je ne te promets rien, répondit Annev, qui ne parvint pas tout à fait à se retenir de rire. Qu'est-ce que tu as prévu de faire ?

— Pas grand-chose, avoua Fyn avec détachement. Dans tous les cas, ce sera mieux que te suivre ou rester cloîtré à l'Académie.

— Moi qui croyais que tu adorais l'Académie.

— Tu plaisantes ! Annev, personne n'aimait l'Académie. C'est la raison pour laquelle nous te haïssions tous. Tu rentrais chez toi tous les soirs ! Tu avais ton intimité ! (Il renifla.) On s'accommodait de notre sort. On espérait obtenir le droit de quitter ses murs – pour une mission de récupération ou autre. Bref, la destruction de l'Académie est une des meilleures choses qui soit arrivée dans ma vie.

Annev ne savait pas quoi répondre à cela. Il y avait des gens dans l'enceinte de l'Académie lorsque celle-ci s'est écroulée – il avait leur vie sur la conscience –, aussi Annev avait-il du mal à croire que la destruction de l'institution avait fait plaisir à certains.

— Bon, eh bien, au revoir et bonne chance, dit-il d'un ton hésitant.

— Tout pareil.

Annev tendit la main, mais regretta son geste lorsque Fyn la regarda sans réagir, comme s'il ne comprenait pas. Après plusieurs battements de cœur, il la saisit et la serra.

— On se reverra, Annev.

Annev lâcha la main de Fyn et, à ce moment précis, vit quelque chose bouger dans un coin de son champ de vision. Il se retourna… mais il n'y avait rien. Titus et Therin rangeaient leurs affaires – Annev n'avait jamais déballé les siennes –, tandis que Sraon discutait avec Reeve, la main posée sur sa hallebarde.

Un sentiment d'urgence flottait dans l'air, mais il ne remarqua rien d'anormal.

Fyn ramassa ses affaires et se dirigea vers la sortie en regardant une dernière fois par-dessus son épaule pour…

— Par les cinq enfers, qu'est-ce que… ?

Il y eut un grondement grave au-dessus de la tête d'Annev, qui noya tout bruit et toute pensée. Quelque chose de lourd tomba sur le sol, un corps recouvert d'écailles noires et luisantes dans la quasi-obscurité, presque invisible jusqu'à ce qu'un nuage de cendres se soulève et que la créature adapte son camouflage aux volutes grises. Sous le regard stupéfait d'Annev, la queue fine et pareille à un fouet frappa Reeve, le projetant en arrière. Un instant plus tard, la bête tendit le cou et referma ses mâchoires sur l'épaule de Sraon, qui tentait de lever sa hallebarde.

En une fraction de seconde, Annev comprit ce qui les attaquait, ce qui avait tué Tukas, ce qui les suivait depuis le verger des Rocas…

C'était Saltair le Siänar, l'homme lézard.

Titus hurlait, Fyn s'efforçait de décrocher ses armes, mais Therin avait été plus rapide. Il sortit une dague de son ceinturon et frappa la créature, mais la lame ne fit que glisser sur son dos, attirant néanmoins son attention. Therin jura, recula, sautant derrière le banc le plus proche. Un instant plus tard, le monstre fonça dans le bois carbonisé et brisa le banc en se débarrassant de la magie qui camouflait ses écailles noires.

Annev dégaina sa flamberge, dont le feu révéla enfin le monstre qui leur faisait face. Il était plus grand que Brayan – sans doute dépassait-il les deux mètres dix –, avait des épaules larges et énormes, un torse musculeux et un bassin très étroit. Ses bras et ses jambes étaient hypertrophiés, recouverts d'écailles qui brillaient dans la lumière des flammes. Les quatre doigts de ses mains étaient terminés par des griffes crochues, et son cou allongé soutenait une tête semblable à celle d'un dragon, à mi-chemin entre la grenouille, le serpent et le crocodile, mais avec une touche déstabilisante d'humanité qui la rendait encore plus horrible.

Saltair goûta l'atmosphère avec sa longue langue fourchue et tourna la tête vers Annev.

— *Vaissseau…*, siffla-t-il, ses dents pointues s'entrechoquant comme il peinait à prononcer le mot. Ne *ressistez* pas.

Rétribution, l'épée de feu d'Annev, jaillit en crépitant en direction de la tête de l'homme lézard. Le monstre esquiva en se penchant en arrière, tandis que sa queue s'enroulait autour de la cheville du jeune homme, le faisant tomber. Fyn bondit en brandissant bien haut ses masses cannelées, mais une déflagration assourdissante retentit soudain, soufflant un mur de la chapelle. Les garçons se retrouvèrent à terre, et Annev vit le grand-prêtre et le forgeron rouler à travers le trou dans le mur jusqu'à la ruelle, à l'extérieur. Incrédule, le jeune homme regarda Reeve se relever et soulever Sraon sur son épaule, comme si le forgeron n'était pas plus lourd qu'une plume, et disparaître dans les ténèbres sans un regard pour les garçons, dans son dos.

Il nous abandonne. Ce fumier nous abandonne.

Saltair s'était déjà relevé et embrassait le décor du regard, avisant le trou.

— Pas d'embrouilles ! siffla l'homme lézard en semblant mâcher chaque mot. Le ffffaux prêtre est parti. Sssuivez-moi.

Therin tirait Titus vers l'ouverture dans la paroi effondrée, l'encourageant à se presser en silence, mais le jeune garçon résistait, horrifié par le spectacle du keokum monstrueux se dressant devant Annev. Ce dernier croisa discrètement son regard et lui fit signe de s'enfuir, faisant un pas en avant pour distraire leur assaillant.

— Vous vous appelez Saltair et vous devriez prendre la poudre d'escampette, menaça-t-il en retirant son gant de forgeron.

La prothèse brilla comme un phare dans la pénombre. Annev serra le poing devant lui comme s'il tenait un bocle et brandit la flamberge, dont les flammes projetaient des ombres dansantes sur les murs.

L'humanoïde rejeta la tête en arrière et éclata d'un rire sec et rauque comparable au bruit qu'auraient fait ses griffes sur une ardoise.

— Saltair ne fffuit jamais. Il fffait fffuir ses victimes.

Alors il sourit, ouvrant grand la gueule pour révéler des rangées de dents effilées comme des aiguilles.

— Comme nous ne comptons pas rester ici… vous allez devoir nous courir après.

Annev et Fyn commencèrent à reculer vers la porte du presbytère. Saltair fit un pas dans leur direction. Dans son dos, Titus et Therin se faufilaient en silence dans le trou.

En position de combat, Annev recula encore. Comme la Main de Keos brillait plus fort, l'homme lézard se protégea les yeux avec l'avant-bras. Dans le fond de la chapelle, Therin aidait Titus à sortir dans la ruelle. Alors qu'il était presque dehors, le garçon au visage rond glissa sur une pierre et tomba, disparaissant d'un seul coup de l'autre côté. Saltair pivota sur ses talons et tourna légèrement sa tête dépourvue d'oreilles externes pour localiser l'origine du bruit. Annev et Fyn en profitèrent pour se précipiter dans le presbytère en ruine et sortir dans la rue, où ils coururent à en perdre haleine. Un rugissement résonna derrière eux comme l'homme lézard se frayait un chemin au milieu des bancs d'église pour les prendre en chasse.

— Par là ! cria Annev, qui espérait rejoindre Therin et Titus.

— Pas question ! contra Fyn en partant dans la direction opposée. Nos chemins se séparent ici, tu te rappelles ?

La boule au ventre, Annev s'arrêta pour regarder son camarade s'éloigner, avant de se résoudre à contourner la chapelle tout seul dans l'espoir de retrouver les autres. Un instant plus tard, il entendit l'homme lézard émerger dans la ruelle, sa silhouette monstrueuse bondissant du presbytère pour marteler les vieux pavés de ses pieds lourds pourvus de longs orteils. Jetant un coup d'œil par-dessus son épaule, Annev vit que Saltair l'avait repéré, et bifurqua dans une allée transversale. Il n'avait pas le temps de rejoindre ses compagnons. Par ailleurs, il valait mieux pour eux qu'il éloigne le monstre.

Derrière lui, l'homme lézard bondit et atterrit sur le mur d'un autre édifice détruit par le feu. Les pierres s'effritèrent et le mur s'affaissa, mais Saltair était déjà reparti dans les airs, ses jambes puissantes le propulsant sur un toit situé devant Annev.

— Par le sang et les cendres ! jura le jeune homme en dérapant pour retourner dans un passage crasseux qu'il venait de dépasser.

Il n'avait pas de plan et s'aidait de sa prothèse et de sa flamberge pour éclairer la chaussée. Il s'engagea dans une autre ruelle et se retrouva sur une voie plus large, où ses Bottes de Célérité lui permirent de distancer Saltair. Il bifurqua au dernier moment dans une allée et plongea dans un passage étroit séparant deux entrepôts, où il se figea. Comme son sang pulsait dans ses oreilles, il se surprit à espérer : se pouvait-il qu'il ait réussi à perdre l'homme lézard dans le dédale du Quartier des Cendres ?

Un craquement lourd résonna à la droite d'Annev qui, levant la tête, découvrit que Saltair le regardait du sommet du bâtiment voisin.

Les flammes, comprit-il. Elles lui permettaient de voir les obstacles qui lui barraient la route, mais elles facilitaient aussi énormément la tâche de son poursuivant. Annev éteignit le feu magique de son arme, qu'il rengaina. Au prix d'un effort considérable, il réussit à diminuer la luminosité de la Main de Keos. À la diminuer seulement. Ses yeux mirent quelques longues secondes à s'adapter à la pénombre. Le passage était trop étroit pour le monstre aux épaules larges, ce dont le jeune homme se félicita. Écoutant les pas lourds de Saltair, au-dessus, il repéra une porte, un peu plus loin. Comme elle était fermée, il se jeta contre le bois noirci mais, en dépit de son apparente fragilité, la porte tint bon. Serrant le poing de Keos, il donna un coup dans les planches, qui éclatèrent. Annev entra dans le bâtiment caverneux et se figea ; Saltair était-il sur le toit ?

Une seconde passa.

Puis cinq.

Puis dix.

Boum ! Quelque chose de lourd atterrit sur le toit, loin devant.

Annev contint un sourire sinistre et retourna dans le passage, ses bottes le transportant à grande vitesse jusqu'à son extrémité. À partir de là, il s'éloigna de Saltair aussi vite que possible, tout en s'évertuant à faire le minimum de bruit.

Il avait dû parcourir environ sept cents mètres, faisant délibérément des détours par quelques ruelles transversales, lorsqu'il se réfugia doucement sous l'auvent d'une boutique abandonnée. Il avait le souffle court à cause de l'afflux d'adrénaline et non de l'effort physique qu'il avait fourni, et ses mains tremblaient. Il prit une profonde inspiration et tenta de se calmer.

Jian est parti. Il s'est éclipsé avant que ça dégénère. Reeve a emmené Sraon ; j'imagine qu'ils sont tous les deux en sécurité. Fyn a filé de son côté, et puis, il est capable de se débrouiller seul. Il restera caché. Peut-être retournera-t-il dans le Bas-Quartier. Quant à Therin et Titus…

Annev jura. Dès qu'ils s'estimeraient hors de danger, ses amis partiraient à sa recherche, c'était une certitude. Therin hésiterait, Titus serait terrorisé, mais leur loyauté serait plus forte que tout.

Ils vont se faire tuer. J'aurais dû les obliger à rester à Banok avec Brayan. Ç'aurait été préférable, et de loin.

Et si ses amis avaient retrouvé Reeve et Sraon ? Le Dionaque pratiquait la magie, et Sraon savait se battre, à condition qu'il ne soit pas trop sérieusement blessé. Ils s'en sortiraient très bien.

Ils risquaient cependant de croiser la route de Saltair. Ou de pénétrer dans l'Ossuaire…

Par Keos, Annev détestait ne pas savoir. Il n'avait aucun moyen de rejoindre ses amis à moins de faire demi-tour et de prendre le risque de se retrouver nez à nez avec Saltair. Et puis, il n'avait aucune idée de l'endroit où ils se trouvaient.

Quelque chose pouvait l'aider à localiser Therin et Titus dans les ténèbres crasseuses du Quartier des Cendres. Quelque chose pouvait même l'aider à deviner dans quelle direction ils étaient partis.

Étouffant un juron, il plongea la main dans le sac sans fond et en sortit l'anneau de cuivre, ainsi que l'Anneau de Chance. Il les mit à son index et à son auriculaire, comme il l'avait fait dans la taverne, et ses sens s'embrasèrent.

Comme la première fois, sa vision était brumeuse et rouge, même si l'effet était moins intense – peut-être parce qu'il n'y avait personne à proximité. Scrutant les ténèbres, il distinguait les cœurs battants des habitants cachés du Quartier des Cendres : un ivrogne gisant dans une ruelle, une famille constituée de trois adultes et deux enfants dans une bâtisse toute proche. Grâce à l'anneau, il sentait leur proximité, le goût de leur sang, de leurs angoisses, de leurs peurs. Les sensations induites par l'anneau de cuivre lui retournèrent l'estomac, mais lorsqu'il prit une profonde inspiration, il reconnut les parfums qu'il espérait trouver : une transpiration musquée, des corps non lavés, le goût ferreux et étrangement familier du sang.

Annev sentait où Therin et Titus étaient partis ; il le sentait pratiquement sur le bout de sa langue. Ils marchaient doucement vers le nord et la puanteur de mort de l'Ossuaire. Pis, Annev perçut l'odeur épicée des marchands d'esclaves d'Innistiul à la tête desquels avançait leur maître, Elar. Il n'eut pas le temps de maudire la malchance de ses amis, car il reconnut également l'odeur des tresses sales de Fyn et la touche métallique de la peau foncée de Sraon. Fyn semblait se diriger vers le nord-ouest et la position actuelle d'Annev, tandis que Sraon titubait vers le sud. Il sentit également le goût du sang du forgeron, dont la blessure était souillée par le venin de Saltair.

Du poison ! Combiné au sang de Sraon. Il en ressentait presque l'acidité, la puissance… la proximité.

Mais où était passé Jian ? Annev essaya de flairer le nécromancien terran, mais son odeur était trop difficile à distinguer, trop subtile et étrangère.

A-t-il prévu l'attaque et s'est-il enfui sans se donner la peine de nous prévenir… ou bien nous a-t-il simplement trahis ?

Annev se figea, l'attention subitement focalisée sur la brume qui l'entourait, sur les pulsations lentes de la créature à sang froid qui le traquait, essayant de le prendre à revers en passant par une allée transversale. Son instinct lui commanda de courir, de se cacher dans les ténèbres en comptant sur ses bottes pour semer son ennemi, mais Saltair ne renoncerait pas et userait de son odorat reptilien pour le localiser, comme lui avait localisé ses amis.

Il posa la main droite sur la flamberge, à sa hanche. Il avait une forte envie de décrocher Casseur de dents de son dos, au lieu de quoi il attendit. Il se concentra sur la magie de l'anneau en cuivre, qui amplifiait ses sens, avant de puiser dans la magie de la bague aux codavoras. Il ne savait pas vraiment comment procéder, mais il tenta de se détendre tout en pensant au fait que Saltair l'approchait par le flanc. L'homme lézard se préparant à bondir dans les airs, dépliant ses jambes puissantes pour lui assener un coup de pied à la tête…

Un instant plus tard, la fiction devint réalité. Le keokum sauta hors de sa cachette sombre, jambes tendues. Annev lui fit face, flamberge à la main. Juste avant le choc, le jeune homme ferma les yeux et força Rétribution à s'embraser, à briller de flammes blanches. Saltair siffla et leva les mains pour couvrir ses yeux plissés. Annev esquiva le coup de pied et tailla dans la cuisse de l'homme lézard. Le métal incandescent rencontra les écailles noires, la lame ondulée brûlant et découpant la chair simultanément avec force étincelles. Saltair hurla et s'écrasa contre un mur. Annev pivota sur ses talons, la flamberge tendue devant lui.

Invoquant une flamme bleue, encore plus chaude, il voulut transpercer le Siänar, mais celui-ci parvint à écarter la lame d'un grand coup de griffes. De son autre main griffue, le monstre essaya d'agripper la poitrine d'Annev, mais celui-ci bloqua l'attaque grâce à la Main de Keos, qui illumina les ténèbres d'un éclat doré. Il tenta de saisir le bras de Saltair, de le briser comme il avait brisé le tibia du marchand d'esclaves, à la *Coupe sans fond*, mais le Siänar était trop rapide, et sa queue balaya les pieds du jeune homme, qui se retrouva au sol. Le monstre attaqua, plongea en tournant la tête de façon à mordre Annev à l'épaule.

Le jeune homme cria en voyant les crocs luisants se refermer pour transpercer la cape en écailles de dragon. L'artefact résista, même si la pression exercée par les mâchoires du monstre fut horriblement douloureuse. S'en remettant à la protection de l'artefact, Annev abattit son poing en or sur le crâne de l'homme lézard. Saltair fut projeté en arrière, mais plusieurs de ses dents restèrent accrochées à la cape. Annev se releva à la hâte en se méfiant de la queue de son adversaire.

L'homme lézard roula et se redressa, sa silhouette monstrueuse se dépliant comme il sifflait de défi. Annev brandissait sa flamberge et usait de sa prothèse comme d'un bouclier. Saltair avisa les deux artefacts, ses yeux plissés se focalisant alternativement sur les flammes de Rétribution et la lueur étrange émise par la Main de Keos. Il changea alors d'attitude.

— Pourquoi nous battre ? articula difficilement la créature. Venez avec moi. Laissssez vos amis et le fffaux prêtre.

— Il me semble que nous avons déjà eu cette conversation, rétorqua Annev sans lâcher des yeux la queue en mouvement de son adversaire. Je ne viendrai pas avec vous, ni ne laisserai mes amis.

— Vous les avez déjà laissssés. Vous êtes l'Élu. Eux sssont morts ou le ssseront bientôt. Laissssez-les… et venez avec moi.

— Que je vienne où ? s'enquit Annev en essayant de prévoir la prochaine attaque de Saltair.

Soudain, il pensa à l'auvent déchiré de la boutique et un plan lui apparut.

— Cccela dépend ! répondit le keokum dans un sourire tout en dents pointues.

— Cela dépend de quoi ?

— Dortafola acceptera-t-il de donner plusss que la famille Rocasss ?

La bête bondit, sa queue fouettant les airs en direction de la main droite du jeune homme et de sa flamberge. Annev para le coup avec la Main de Keos et tailla dans la queue de Saltair avec Rétribution.

La lame blanc-bleu grésilla contre les écailles noires, amputa d'un mètre de chair le corps de l'assassin. Le monstre tendit le bras vers la gorge d'Annev, ses griffes crochues lui arrachant des lambeaux de peau juste avant que le keokum titube en arrière, déséquilibré par la perte d'une partie de sa queue. Tandis que sa gorge le brûlait, Annev donna un coup d'épée dans l'auvent, au-dessus d'eux. La toile noire de suie tomba sur l'homme lézard, et le jeune homme la transperça, coupant net un des bras du monstre.

Dans un énorme rugissement de frustration et de douleur, Saltair sauta et atterrit sur le toit de la boutique, échappant à un coup sans doute mortel. Comme il grondait de nouveau, la toile de l'auvent brûlé retomba dans la ruelle. Annev écouta, craignant une nouvelle attaque, au lieu de quoi il entendit le keokum s'éloigner sur les toits de la ville, ses couinements reptiliens diminuant avec l'odeur de son sang froid et de son venin acide.

Chapitre 27

Annev était plongé dans une brume très épaisse, rouge et palpitante. Il rengaina son arme et se plaqua la main sur la gorge. Son sang coulait abondamment entre ses doigts. *Je me vide de mon sang. Vite.*

Par Keos, il allait mourir là.

Non, pensa-t-il en cherchant le sac sans fond. *Le bandage… Je peux arrêter l'hémorragie.* Usant de sa prothèse, Annev sortit le sac de sa tunique et y plongea ses doigts maladroits et massifs, cherchant, cherchant. Il pinça un mince morceau de tissu entre son pouce et son index et tira avec circonspection sur les haillons de sa vieille Chemise de Régénération.

Les dieux soient loués.

Annev s'appuya lourdement contre la boutique ; il avait l'impression de ne plus être dans son corps. Il avait les idées claires, mais se sentait extrêmement fatigué et faible. Très laborieusement, il enroula les haillons autour de son cou et parvint à les nouer sur sa gorge.

L'effet fut instantané. Annev sentit la chair se réparer sous le bandage de fortune taché de sang. Et puis, il était plus alerte, il n'avait plus froid, et la brume opaque obstruant son champ de vision commença à se dissiper, cédant la place au brouillard transparent qui baignait le Quartier des Cendres d'écarlate et de vermeil.

Annev compta dix respirations lentes. Il était en vie. Saltair s'en était tiré, mais Annev était bel et bien en vie.

Sa respiration se stabilisa, et les battements de son cœur s'accélérèrent.

Titus et Therin, se rappela-t-il. *Ils vont tomber dans les griffes des marchands d'esclaves!* Occupé qu'il était à préserver sa propre vie, il avait oublié ses amis. Annev se concentra sur la magie de son anneau en cuivre et les chercha de nouveau, s'efforçant de sentir où se situaient ses camarades.

Là. Ils se trouvaient à quelques pâtés de maisons, au nord-ouest. Annev commença à courir dans leur direction ; d'abord d'un pas incertain, mais ses Bottes de Célérité lui permirent rapidement de prendre de la vitesse, de filer comme une flèche. Il remarqua que sa respiration restait lente et régulière, en dépit d'une débauche d'énergie à la hauteur de la célérité de ses bottes.

C'est la chemise, pensa-t-il en se rappelant l'avoir portée lorsqu'il se battait contre les *feurog*, à Chaenbalu. *Elle accélère la guérison et donne de l'énergie. J'avais oublié.* Il trouva subitement risqué de retirer son bandage, même s'il allait beaucoup mieux, et préféra continuer de courir sans ralentir, ni se fatiguer. Il se retrouva vite dans l'Ossuaire, où la puanteur de mort et de décomposition était insupportable. Les pulsations de vie révélant la présence des habitants du Quartier des Cendres avaient faibli, et seules étaient perceptibles celles des silhouettes sombres se mouvant dans les ombres de l'Ossuaire. Annev ne s'intéressa pas à elles, cependant, comme il se précipitait vers ses amis et le cœur de cet endroit sinistre.

Une minute plus tard, il atteignit un énorme entrepôt recouvert de textes cryptiques et de symboles qu'il ne reconnut pas. Devant l'entrée principale, il y avait un empilement d'ossements disparates ; la plupart étaient anciens, blanchis par le passage du temps et les charognards, mais certains paraissaient avoir été arrachés à leurs propriétaires cette nuit même. Annev s'efforça de ne pas y penser et se concentra sur l'intérieur de l'entrepôt.

Titus et Therin étaient là, le cœur battant à tout rompre dans la poitrine. Le duo se tenait à l'intérieur d'un énorme anneau de… quelque chose. Quelque chose de vieux qui puait la mort. Le jeune homme suivit un courant d'air et trouva un trou dans la paroi. Il jeta un coup d'œil dans la pénombre, la vision augmentée par l'anneau magique, et il vit immédiatement ce que son nez n'était pas tout à fait parvenu à identifier.

Des os… des cadavres. Un mur de morts mesurant près d'un mètre soixante-dix de hauteur, un ouvrage constitué de ceux qui avaient péri durant le grand incendie, et de ceux qui étaient morts depuis. Comme Annev utilisait la magie de l'anneau en cuivre, il perçut une autre odeur familière, une odeur qu'il appréhendait de reconnaître : Elar Kranak et sa vingtaine de marchands d'esclaves d'Innistiul. Il s'éloigna du trou et transperça le mur de l'entrepôt du regard, se focalisant sur les pulsations de leurs corps vibrant de sang et de chaleur.

Il y avait autre chose, un parfum vague, mais familier. Frais et froid. Annev essaya de localiser l'origine de l'odeur, de comprendre la nature de son sang, mais elle était bien trop légère.

Jian ? Était-il là, à aider Elar et ses compatriotes ? C'était difficile à dire car il n'était pas très familier de l'odeur du diseur de vérité, mais il craignait d'avoir raison.

Annev se reprit et mit à profit ses autres sens. Il n'entendait rien ; les occupants de l'entrepôt étaient trop éloignés. Si son anneau améliorait ses sens, son ouïe restait insuffisante. En revanche, il fut capable de les *goûter*. Les épices piquantes d'Innistiul, la sueur salée des marchands d'esclaves excités. Étant donné leur proximité avec Therin et Titus, Annev était convaincu que ses amis étaient prisonniers, et pourtant, la majeure partie des esclavagistes semblaient inquiets. Pourquoi ? Parce qu'ils se trouvaient dans un hangar plein de cadavres. Ou bien y avait-il autre chose ?

Annev prit son courage à deux mains et remit doucement son gant de forgeron sur sa prothèse, étouffant sa lumière. Et puis il dégaina Rétribution en empêchant ses flammes de s'allumer avant qu'il soit prêt.

Subitement, il se souvint de la manière dont il avait déjà utilisé l'arme, il essaya d'imaginer des flammes invisibles, fantomatiques… rouge très foncé. Avec circonspection, il transmit sa pensée à l'artefact, qui vrombit doucement, émettant magie et chaleur. Avec l'aide de l'anneau de cuivre, Annev voyait en creux les flammes intenses qui entouraient l'épée grâce à l'effet qu'elle produisait sur la brume tourbillonnante qui l'enveloppait. Ces flammes étaient parfaitement invisibles à l'œil nu. Soulagé, il décrocha Casseur de dents de son dos et le fixa à son avant-bras gauche.

Je suis aussi prêt que possible, se dit-il, effrayé malgré sa magie. Parviendrait-il à libérer Therin et Titus ? Pourrait-il attaquer les marchands d'esclaves sans mettre ses amis en danger ? Il n'en savait rien – il n'avait pas de plan –, mais il avait une vague idée de ce qui risquerait de se passer à l'intérieur. Comme il y pensait, l'idée se développa dans son esprit. Et devint une prémonition.

L'anneau codavora, pensa-t-il avec soulagement. *Jian a dit qu'il me donnerait des aperçus de l'avenir.* Il se concentra sur son espoir de sauver ses amis et laissa ce sentiment pénétrer la bague, ouvrant son esprit à ce qui adviendrait dans l'entrepôt.

Des gardes patrouillant autour du vaste espace, leurs torches éclairant le décor dans le cas où quelqu'un se manifesterait. Elar se tenant au centre de l'entrepôt, entouré de ses soldats, tandis qu'il interrogeait Titus et Therin au sujet des intentions d'Annev, Sraon et du reste de leur compagnie… Annev avait perçu tout cela. Les garçons ne parleraient pas beaucoup, aussi Elar les torturerait-il. D'abord la douleur et l'humiliation, puis le défigurement et, enfin, la mort.

Annev interviendrait, cependant. Il taillerait une nouvelle entrée de l'autre côté du bâtiment, dans lequel il s'introduirait sans se faire voir. Il y avait des morts empilés dans tous les coins. Annev ne ferait pas attention à eux et se précipiterait vers le cercle de cadavres situé au centre de hangar, au milieu duquel se trouvaient les vivants. Il se jetterait sur le groupe d'esclavagistes, deviendrait un véritable tourbillon de mort…

Et Elar décapiterait ses amis.

Annev réessaya. Il foncerait d'abord sur Elar, il décapiterait le marchand d'esclaves, puis libérerait ses amis et…

Les soldats d'Innistiul le tailleraient en pièces.

Annev songea à une attaque furtive. Il contournerait la chambre, créerait des diversions pour attirer les gardes et les tuer un par un. Une torche s'éteindrait, et Elar enverrait quelqu'un s'assurer que tout était normal. Une seconde torche s'éteindrait, et l'esclavagiste se sentirait menacé. Il confierait la surveillance des prisonniers à quelques hommes, ordonnerait qu'on allume d'autres torches. Annev vit Elar diviser sa troupe en trois groupes : le premier pour surveiller Titus et Therin, les deux autres pour faire le tour de l'entrepôt. Annev se cacherait parmi les morts, passerait entre les deux patrouilles pour attaquer Elar par-derrière. Celui-ci se retournerait juste à temps pour voir arriver le coup qui le tuerait. En constatant la mort de leur maître, les gens d'Innistiul s'en prendraient à Annev. Et ils mourraient. Annev libérerait ses amis, qui réussiraient à se défendre pendant que lui combattrait les soldats restants. Il recevrait une blessure au bras, mais il continuerait de se battre. Les dix soldats ne seraient plus que huit, puis sept. Une autre blessure, à la jambe cette fois. Une épée traverserait sa défense et l'atteindrait à la poitrine. Il entendrait crier, trop tard…

Les deux gardes portant des torches avaient tranché la gorge de Titus. Therin avait poignardé le premier homme dans le cœur, mais le second lui avait fendu le visage en deux.

Quel que soit le scénario, ses amis mouraient, et lui aussi.

C'était sans espoir.

Annev se laissa glisser par terre, le dos contre le mur de l'entrepôt, le regard perdu dans le vague. Il ne les sauverait pas. À travers la brume rouge, il vit qu'Elar avait sorti un cimeterre, dont il menaçait Titus et Therin. L'homme tapota la poitrine de ce dernier, y faisant apparaître des perles écarlates.

Therin saignait. Titus devait être en train de pleurer. Ils étaient tous les deux terrifiés et se demandaient pourquoi Annev, Sraon et les autres les avaient abandonnés. Annev était assis, comme paralysé.

Une main lourde tomba sur son épaule. Annev ravala un juron et se retourna, prêt à tuer, lorsqu'il découvrit le visage souriant de Fyn.

— Fyn ! chuchota-t-il. Qu'est-ce que tu fais ici ?

— Je t'ai suivi, idiot.

— Mais comment ? Pourquoi ?

Le colosse haussa les épaules et s'empourpra.

— Je… je ne voulais pas partir avant d'être sûr que tout le monde s'en était sorti. C'est tout.

— Odar te bénisse, Fyn. Titus et Therin ont besoin de ton aide.

— Ils sont là-dedans ?

— Ouais. Tu te rappelles Elar, le marchand d'esclaves ? Il les a attrapés. Lui et ses maudits soldats.

Fyn poussa un long soupir.

— Tu as tué l'homme lézard ?

— Je l'ai blessé. Je lui ai coupé un bout de queue et un bras. Il se pourrait qu'il revienne, mais ça m'étonnerait.

— Tu crois qu'il travaille avec les marchands d'esclaves ? l'interrogea Fyn.

— Honnêtement, je n'en sais rien. On posera la question à Elar quand ses hommes seront morts.

— D'accord. Combien sont-ils ?

— Une bonne vingtaine. Et il faudra faire très vite. Ils sont en train de les torturer.

— Tu as un plan ?

Annev réfléchit, repensa à son dernier scénario.

— Je crois que ça va marcher. En tout cas, je n'ai pas d'autre option.

— Tu me mettras au parfum au fur et à mesure, conclut Fyn en dégainant son fauchon.

Chapitre 28

Annev entra discrètement dans l'entrepôt plongé dans les ténèbres, évitant facilement les gardes portant des torches. Derrière lui, Fyn partit dans la direction opposée, le fauchon dans la main droite, une dague dans la gauche. Annev le voyait grâce à son anneau en cuivre, ce qui lui permettait de calquer son allure sur celle de son ami. De concert, ils longeaient les murs de l'entrepôt, se dirigeant vers les porteurs de torches les plus proches.

Au centre du vaste espace, un cinquième garde tenait une torche au-dessus des amis d'Annev, éclairant également les autres soldats et Elar Kranak. Titus suppliait leur tortionnaire de les libérer.

— … vous avons tout dit ! Je vous en prie ! Nous avons aidé Jian à entrer en ville. Il avait besoin de l'aide de Sodja Rocas – lui et ces Iluméens de Banok –, mais ils n'ont pas dit pourquoi. Vous devez nous croire ! Personne ne nous a rien dit !

— Oh, je vous crois ! répondit Elar en jouant avec la chaîne accrochée à son nez. Je suis sûr que vous ne me mentiriez pas.

— Nous ne mentirions pas ! s'écria Therin, les joues ruisselantes de larmes.

Titus acquiesça, et le capitaine marchand d'esclaves sourit en faisant danser la pointe de son cimeterre sur la poitrine de Therin. Soudain, il posa la lame à plat sur la peau du jeune homme et lui coupa le téton. Therin hurla.

— Pourquoi ? sanglota Titus. Pourquoi vous faites ça !?

— Parce que la douleur fait réfléchir, répondit Elar en essuyant son arme sur la tunique de Therin. Parce que votre ami Sraon Cheng m'a humilié devant la noblesse de Luqura. Et… (Il rengaina son cimeterre et prit un morceau de fer chauffé au rouge des mains du porteur de torche.) … parce que je le peux.

Elar pressa le fer rouge – sa marque de propriétaire – sur le torse de Therin. Le garçon maigrichon cria, et ses jambes flageolèrent, mais les hommes le soulevèrent par ses mains entravées, le maintenant debout.

La colère d'Annev montait, le propulsant à travers l'entrepôt, si bien qu'il se retrouva juste derrière le premier garde. De l'autre côté du hangar, il vit Fyn faire de même, agripper un soldat et le tuer. Les flammes de la torche vacillèrent, mais Fyn rattrapa celle-ci avant qu'elle tombe par terre, ce qui lui permit de prendre la place du garde dans le cercle de soldats en train de patrouiller.

Annev passa à l'action. Il tendit la main vers la torche et, simultanément, enfonça son épée dans le cou du garde. Il aurait pu être un peu plus silencieux – il aurait pu donner un coup de couteau entre les côtes de l'homme, comme le lui avaient appris les Maîtres Edra et Duvarek –, mais il était trop en colère pour être circonspect, trop indigné. Heureusement, le bruit de la tête tombant sur le sol et du sang giclant du cou du soldat fut noyé par les cris de ses amis.

Annev porta la torche jusqu'au coin de l'entrepôt le plus proche, où il l'enfonça dans l'orbite d'un crâne ricanant. Et puis il s'éloigna en trottant, redevint une ombre parmi les ombres, passant d'un point aveugle à l'autre, zigzaguant entre les soldats. Lorsqu'il ne fut plus qu'à quelques mètres du porteur de la torche centrale, il vérifia que Fyn l'avait imité de l'autre côté du hangar. Et il attendit.

— Que Keos me brûle…, lança un des gardes. Eh, Mik ! Tu as posé ta torche ? Riles ?

— Je suis ici, répondit Riles en agitant sa torche. Hollett a posé la sienne aussi.

— Qu'est-ce que vous foutez ? beugla Elar en s'éloignant de Therin. Ce n'est pas le moment de pisser !

Comme personne ne répondait, Elar rendit le fer rouge à un de ses hommes et fit signe à d'autres – pas assez nombreux au goût d'Annev – d'aller voir ce qui se passait.

Il en reste donc une douzaine dans le cercle de morts, pensa-t-il. Son cœur battait à tout rompre dans sa poitrine. *Même avec Fyn, je ne sais pas si nous pourrons en tuer douze*. Annev utilisa l'anneau et vit Elar se rapprocher de Titus et Therin, le cimeterre dégainé, prêt à frapper. Il n'avait pas besoin d'en voir davantage ; il savait comment cela se terminerait. Il devait passer à l'action en espérant que Fyn ferait sa part du travail.

Annev courut et bondit, atterrissant au milieu du cercle de morts au moment où les gardes trouvaient leurs camarades tués. Ils sonnèrent l'alarme et Elar leva son cimeterre. Annev esquiva le coup de sabre d'un soldat tout proche et tendit sa flamberge, interceptant l'arme du capitaine avant qu'elle atteigne le cou de Titus. L'homme grogna de frustration.

— Il est ici ! Capturez-le si vous le pouvez ! Tuez-le si vous n'avez pas le choix !

La douzaine d'hommes qui faisait face à Annev se retourna, surprise par l'apparition de Fyn, qui enfonça son fauchon et sa dague dans le cou de deux adversaires. Les soldats qui maintenaient Therin debout le lâchèrent pour se joindre à leurs camarades, mais Annev abattit Casseur de dents dans le visage du premier et fit décrire un arc de feu à Rétribution. Le métal tailla dans les yeux du second soldat, et Annev fit enfler les flammes fantomatiques de sa flamberge, qui brillèrent d'un éclat blanc. Le garde tomba en arrière, aveugle et brûlé, et Annev pivota sur ses talons pour stopper le sabre d'un troisième homme – celui qui tenait encore le fer chauffé au rouge. Le cimeterre se coinça dans Casseur de dents, permettant à Annev de le briser. Le marchand d'esclaves gronda et parvint à brûler le flanc du jeune homme avec le fer rougi. Annev hurla entre ses dents serrées. De leur côté, Titus et Therin avaient récupéré des armes, ce qui permit à ce dernier de donner un coup de cimeterre dans le cou de l'assaillant d'Annev. Le marchand d'esclaves tomba en avant, la lame enfoncée dans la colonne vertébrale, rejoignant le cercle de cadavres.

Derrière Annev, l'homme qui avait reçu un coup de bouclier se releva et tenta de tailler dans les jambes du garçon. Ayant prévu l'attaque, cependant, celui-ci esquiva en tournant sur lui-même et enfonça les pointes de Casseur de dents dans la poitrine d'un autre adversaire. Titus trancha la gorge du premier homme avec sa dague, et les quatre garçons se regroupèrent.

Dans la confusion générale, Elar avait escaladé le mur de cadavres pour s'échapper. Fyn avait tué deux autres hommes d'Innistiul, si bien qu'il y avait sept morts de plus à l'intérieur du cercle. Cinq combattants leur faisaient toujours face, le cimeterre à la main, et il y en avait au moins deux fois plus à l'extérieur du cercle, Elar compris.

—Imbéciles ! criait celui-ci. Autant vous couper la gorge vous-mêmes. Quand je vous aurai sous la main, je vous écorcherai vifs ! Tant pis pour Tiana et son monstre lézard. Le marteau et l'enclume ! Maintenant ! ordonna-t-il à ses hommes, qui entreprirent de gravir le mur de cadavres pour rejoindre leurs camarades à l'intérieur du cercle.

Merde, pensa Annev en serrant les dents car sa brûlure au flanc était douloureuse. Therin ne se portait pas mieux, Elar lui ayant infligé deux blessures. Annev essaya d'imaginer une manière de sortir de ce pétrin, mais tous ses scénarios se terminaient par leur mort à tous les quatre.

Non, il y a une façon de s'en sortir. La vision lui vint d'un seul coup. Il se vit serrer le poing, vit son gant de forgeron se mettre à fumer comme le feu enveloppait la Main de Keos. Il vit les hommes d'Innistiul hésiter, comprendre qu'ils faisaient face à leur propre mort. Titus regardait Annev avec espoir, tandis que Fyn et Therin reculaient. La boule de feu grossissait, enveloppait Annev, puis ses amis. Titus fondait, devenait un tas de cendres. Therin hurlait. Elar criait à ses hommes d'attaquer, comme un incendie avalait le monde…

… et quand tout était terminé, le Quartier des Cendres n'était littéralement plus que cela : un tas de cendres au centre duquel se dressait un Annev indemne, mais brisé. Il vivrait, mais ils mourraient. C'était la seule échappatoire possible.

Il serra le poing et pleura. Il ne voulait pas, mais il essaierait quand même. Il ferait son possible pour le contrôler. Lorsque l'émotion eut grossi en lui, il la transmit à la Main de Keos. Des volutes de fumée s'élevèrent dans l'entrepôt.

Brûle-les tous.

Annev leva le poing au moment où les hommes d'Elar se mettaient à crier. Il ferma les yeux, refusant de voir sa trahison dans le regard de Titus. Puis il se figea. Ces cris, il ne les avait pas entendus dans sa prémonition. Annev ouvrit les paupières et découvrit, horrifié, que les hommes d'Elar s'enfonçaient dans le mur de cadavres. Des ongles sanglants et des doigts osseux déchiraient leur chair, dénudant tibias et fémurs comme les marchands d'esclaves coulaient dans le monceau de morts.

Dans le dos d'Annev et ses amis, les hommes les plus proches des cadavres étaient mis au sol par un tourbillon de mâchoires et de doigts avides.

Titus hurla. *Fyn* hurla. Les quatre garçons se rapprochèrent. Annev sentit la chaleur dans sa paume diminuer comme une terreur intense l'agrippait.

— Fuyez !

Annev se tourna vers la voix – celle de Jian – et avisa la silhouette du nécromancien dans un coin du hangar. Les ténèbres l'enveloppaient, mais la magie de l'anneau de cuivre illuminait des contours de chair gris rosé quasi invisibles, comme s'il était déjà mort.

— Fuyez ! répéta le Yomad, sa voix faible à peine audible derrière les cris des marchands d'esclaves. Ainnevog de Breth ! Fuyez ! Emmenez vos amis loin d'ici ! Votre destin n'est pas de mourir ce soir !

Tandis que Jian parlait, l'anneau de cadavres bougea à proximité d'Annev. Des mains et des pieds squelettiques s'écartèrent, créant un passage.

— Filez ! lança Annev en couvrant la retraite de ses amis.

Fyn passa le premier, se faufilant dans l'ouverture, aussitôt imité par Therin et Titus. Annev ferma la marche, suivi par les soldats d'Innistiul restants. À peine eut-il émergé du cercle de morts, que celui-ci se referma sur deux de ses poursuivants, dont les visages disparurent dans une mer de mort.

— Par ici ! s'écria Fyn en guidant Therin et Titus vers la sortie.

Annev se tourna vers Jian. Elar et ses deux derniers porteurs de torches se tenaient entre lui et le Yomad, désormais éclairé par les flammes dansantes.

— Jian ! appela-t-il, tandis que ses pieds le portaient vers le diseur de vérité albinos. Venez avec nous !

— Non, Maître Ainnevog ! Mon voyage se termine ici, et je ne tromperai pas la mort.

— Vous n'êtes pas obligé de mourir, Jian !

Des squelettes se levèrent aux quatre coins de l'entrepôt, les bras tendus. À leur vue, Annev se figea, puis recula doucement vers le trou qu'il avait pratiqué dans la paroi. Elar et ses deux hommes eurent la même idée et prirent la direction de la sortie, mais un mur de *nechraict* s'éleva autour d'eux, les enfermant. Jian, cependant, resta à sa place, de l'autre côté du hangar.

— Maître Nikloss ! cria encore Annev, qui ne comprenait pas.

Alors, il la vit : à travers la brume rouge de son anneau de cuivre, il aperçut la silhouette monstrueuse qui se laissa tomber des poutres qui les surplombaient, ses pieds munis de longues griffes se fichant dans le dos du Liche-Moelle. Jian s'écroula sous le poids du keokum, dont l'énorme bouche se referma sur sa tête, la détachant de son corps. Les non-morts qui entouraient Elar et ses hommes s'affaissèrent comme si leurs fils magiques avaient été coupés.

Saltair recracha la tête de Jian vers Annev. Dans les flammes crépitantes des torches, le jeune homme avisa le bras et la queue coupée de l'homme lézard ; les deux étaient en train de repousser, cependant, la chair nouvelle se couvrant d'écailles noires et luisantes. La queue avait presque recouvré son apparence normale, de même que le bras. Seule sa main présentait des doigts crochus encore fins et délicats.

— Par Keos !

L'homme lézard poussa un rugissement de défi.

Annev recula en levant sa flamberge et son bouclier devant lui en anticipation d'une attaque. Elar et ses soldats lui firent face au moment où Saltair bondissait, ses longues jambes le propulsant dans les airs.

Une lance de glace scintillante jaillit au-dessus de la tête d'Annev et frappa le monstre, sa pointe se cassant sur ses écailles noires, le projetant en arrière.

Tandis qu'Annev écarquillait les yeux, une main lourde se posa sur son épaule et l'obligea à se retourner.

— Reeve !

— Suivez-moi, jeune homme, répondit l'homme dans une grimace. Je n'ai pas assez de *quaire* pour transpercer l'armure de ce monstre, et Sraon est gravement blessé.

Sraon ! Saltair l'a mordu ! Reeve se précipita vers la sortie, et Annev lui emboîta le pas. Une fois dehors, le grand-prêtre cracha sur le mur et dessina un glyphe avec sa salive. Et puis, il marmonna quelque chose dans sa barbe, et l'ouverture dans le mur miroita, réfléchissant le clair de lune.

— Un bouclier d'air, expliqua-t-il en tirant Annev par le bras. Il ne tiendra pas très longtemps.

— Attendez ! protesta Annev en se libérant de son étreinte. Vous avez vu Titus, Therin et Fyn ?

— Ils sont avec Sraon. J'ai dû retourner chercher la jument pour attacher Sraon à la selle avant de partir à votre recherche.

Une colère sourde enfla dans le ventre d'Annev, remplaçant le soulagement ressenti en apprenant que ses amis étaient en sécurité.

— Vous nous avez abandonnés !

— Peut-être êtes-vous le garçon de Sodar, rétorqua Reeve dans un haussement d'épaules, mais je ne vous connais pas, et vous ne me connaissez pas non plus. J'ai dû choisir entre sauver la vie d'un homme et *peut-être* retrouver ses amis perdus. Vous pensez que j'ai fait le mauvais choix ? Auriez-vous abandonné Sraon ? demanda-t-il, l'air féroce.

— Je… je ne sais pas.

— Cette hésitation nous aurait coûté la vie à tous, conclut Reeve en poussant Annev devant lui. Il est parfois nécessaire de faire des choix difficiles. Quoi que vous fassiez, des gens risquent de mourir, et il faut l'accepter. Même lorsque ces gens sont vos amis.

— Nous étions promis à une mort certaine, rumina Annev.

— Certes, mais je suis revenu vous chercher, non ? rétorqua Reeve, l'air sinistre.

Annev n'avait rien à répondre à cela, aussi laissa-t-il Reeve le guider dans le dédale du Quartier des Cendres. Sa conscience le travailla, cependant, et il se rappela les moments qui avaient précédé l'intervention de Jian. Était-il furieux contre Reeve ou contre lui-même ?

Je les aurais tous tués. J'aurais brûlé le Quartier des Cendres et tous ses habitants. J'étais sur le point de le faire, mais Jian nous a sauvés. Il s'est sacrifié pour nous.

Annev ne comprenait pas son geste. Alors même que le Yomad était capable de voir l'avenir, il avait choisi de donner sa vie pour les sauver, ses amis et lui. Quatre étrangers qu'il connaissait à peine.

Il savait que j'étais à deux doigts de détruire la ville, pensa Annev en se rappelant ce que lui avait dit le diseur de vérité : « *Je devrais me préparer, m'assurer que la Mort ne prendra pas plus que ce qui lui revient.* »

Ce n'est pas nous, qu'il a sauvés, comprit le jeune homme. *Il a vu que j'étais prêt à tuer tout le monde, alors il s'est sacrifié pour nous sauver tous.* Ce fut une prise de conscience difficile. Annev lui était donc doublement redevable.

— Là-bas, dit Reeve en lui montrant une ruelle transversale. Ils devraient être juste devant nous.

Ils trottèrent vers la porte nord-ouest de la ville, Annev prenant soin de ne pas révéler les pouvoirs de ses bottes et de son bandage ensanglanté. Il repensa à ses autres artefacts, s'étant habitué à la brume rouge colorant sa vision. Il retira l'anneau de son index, et le monde devint subitement terne et étroit. À contrecœur, il rangea le bijou dans sa poche, mais choisit de garder l'anneau codavora doré et argenté. Sa magie s'était révélée inestimable et moins inquiétante que la brume rougeâtre de l'anneau en cuivre.

Un Anneau d'Inquisiteur… Le nom avait inopinément jailli de son subconscient. L'avait-il entendu quelque part ? Sa magie était indéniablement terrane, et ses propriétés résonnaient avec ce qu'il savait des Seigneurs de sang. Cependant, Annev ne se rappelait pas avoir entendu, ni lu ce nom auparavant, et cela le tracassait plus qu'il ne voulait l'admettre.

Ils approchaient du mur ouest de la ville, où la Tocra du nord passait devant le corps de garde.

— Ils n'ouvriront pas le trafic piéton avant le lever du jour, mais ils laissent passer les bateaux. Nous prendrons le premier radeau de passage. S'il le faut, nous débarquerons à Ankyr pour prendre un bateau plus rapide.

— La Tocra conduit-elle jusqu'à Quiri ?

— Pas tout à fait. Elle se jette dans l'océan, d'où nous rallierons la crique de Helmstook, qui sert de port à Quiri.

— Arriverons-nous là-bas à temps pour sauver Sraon ?

Un soupçon de crainte perça l'assurance de surface de Reeve.

— Je ne sais pas. Ce maudit keokum lui a injecté un poison. J'ai fait mon possible pour le soigner, mais Sraon aurait de bien meilleures chances de survie dans l'Enclave.

— Merci, dit Annev avec un enthousiasme mesuré. Si vous n'aviez pas agi si vite, Sraon serait sans doute mort à l'heure qu'il est.

Reeve opina du chef et ralentit.

— Les voici, annonça-t-il en désignant un groupe rassemblé autour des torches des docks.

Annev courut rejoindre ses amis. Il embrassa Titus, voulut serrer dans ses bras Therin, qui résista.

— Je ne suis pas près d'embrasser qui que ce soit, expliqua le jeune homme en désignant son torse ensanglanté. Le pire, c'est que j'ai été marqué au fer rouge ! Toi aussi, on dirait..., ajouta-t-il en regardant le flanc d'Annev.

— Ouais. Ce fumier m'a eu juste avant que je lui règle son compte. Nous allons devoir cacher ces marques sous des bandages, sauf à prendre le risque de passer pour des esclaves en fuite.

Annev dénoua l'artefact qui lui enserrait le cou. Sans prendre le temps de s'expliquer, il appliqua le tissu sur la peau de Therin. Le garçon poussa un cri, jura, puis jura de nouveau lorsque son camarade retira le tissu, révélant une cicatrice luisante là où Elar lui avait coupé le téton.

— Tu l'as guéri ! s'exclama Therin en tâtant doucement la peau fine et plissée.

Au lieu de répondre, Annev appliqua le tissu sur l'autre blessure de son ami, où une nouvelle cicatrice remplaça la vilaine brûlure. Therin siffla entre ses dents, puis frotta le sang qui lui couvrait la poitrine en secouant la tête, incrédule.

— Voilà qui est mieux, s'amusa-t-il en effleurant sa nouvelle cicatrice en forme de voilier. Ce serait encore mieux si tu pouvais me débarrasser de cette marque d'esclave, mais je ne me plains pas ! Je n'ai plus mal !

Annev se rendit alors compte qu'il n'avait pas soigné sa propre blessure. Il posa donc le tissu contre la brûlure en serrant les dents. Immédiatement, il sentit les effets de la magie. Lorsqu'il fut guéri, il nettoya le sang, révélant du tissu cicatriciel parfaitement sain. La marque était toujours visible, mais au moins ne le faisait-elle plus souffrir.

Il se précipita ensuite vers la jument noire et l'homme couché sur son dos.

— Sraon ?

Annev posa les doigts sur le cou de l'homme et se figea. Il ne sentait pas son pouls. Sraon était-il mort ? Le jeune homme retint son souffle et se concentra, priant pour sentir quelque signe de vie sous ses doigts.

Il y avait quelque chose. Sraon vivait, mais son pouls était très faible, à peine perceptible. Annev examina la morsure, sur son épaule, avisa ses contours tachetés, violets virant au noir. Il souleva les paupières de la victime, constata que les blancs de ses yeux commençaient à jaunir à partir des coins.

— N'appliquez pas ce tissu sur sa blessure ! intervint Reeve, voyant ce qu'Annev avait derrière la tête. Il risquerait de sceller le poison sous la peau. Le venin a déjà desséché la morsure.

— Vous avez raison, concéda Annev en enroulant le tissu autour de son cou. Je ne le toucherai pas.

— Bien. Vous savez si des radeaux ou des bateaux doivent partir bientôt ? demanda l'homme à Fyn.

— Pas sûr que ce soit l'embarcation idéale, mais le patron des docks nous a dit qu'un navire de marchand d'esclaves doit lever l'ancre d'ici une heure. Il est en partance pour Innistiul. C'est bien au nord d'ici ?

— En effet, confirma Reeve, l'air sombre. En général, ils sont bien équipés. Et rapides. Je comprends que vous hésitiez, conclut-il en les regardant tour à tour, mais ce bateau est notre meilleure chance de sauver Sraon.

Titus et Therin regardèrent Annev, qui se tourna vers le forgeron mourant.

— Nous le prendrons, dit-il.

— Sage décision. Je vais organiser tout cela.

Le grand-prêtre laissa Annev et ses amis pour trouver le chef des docks.

— Qu'est-ce que vous en pensez ? demanda Annev aux autres.

— On va faire avec, répondit Therin. Je compte passer un minimum de temps sur le pont, en tout cas. Pas trop envie de fréquenter ces gens.

— Ça ira, Annev, ne t'en fais pas, promit Titus. Il faut tout faire pour sauver Sraon.

— Fyn ?

— Tu sais que je reste, répondit le garçon en secouant la tête. Nous en avons déjà parlé et nous sommes déjà dit au revoir.

— Je pensais que tu avais changé d'avis, soupira Annev.

— Non. (Fyn se tourna vers la jument et le forgeron inconscient.) J'espère que ça va s'arranger pour lui. Bonne chance avec ce trou du cul, ajouta-t-il en désignant Annev de la tête.

Therin renifla et Titus sourit.

— Nous prendrons soin les uns des autres, promit Annev. Je suis heureux que Reeve ait sauvé Sraon, mais je crois que nous avons tous appris à nous méfier de lui. Il fera ce qu'il jugera bon pour lui et pour son ordre, et je ne crois pas que nous figurions très haut sur la liste de ses priorités.

Fyn acquiesça en grognant.

— En tout cas, bonne chance. Si vous revenez à Luqura, passez me voir.

— Où ça ? demanda Titus. Tu as des plans ?

— L'Académie nous a appris à voler et à tuer, et cet endroit regorge d'argent et d'or, expliqua Fyn en désignant du bras la ville en train de se réveiller. Je compte bien me servir.

— C'est un programme prometteur, commenta Therin.

— N'espère pas te joindre à moi. Annev, en revanche… On a toujours besoin d'un lieutenant fiable.

— Je n'ai aucune envie de me joindre à ta caravane, et je ne souhaite pas non plus que tu te joignes à la mienne, dit Annev en souriant malgré lui. Therin a raison. Je ne connais pas bien Luqura, mais je pense que tu vas bien t'amuser, ici. (Il se rapprocha de Fyn et ajouta à voix basse.) Prends garde à toi. Saltair, l'homme lézard, est toujours en vie. Il a tué le Nécromancien juste avant que nous nous échappions.

— Par Keos…

— Ses membres ont… repoussé. J'ai vu sa queue et sa nouvelle main. Si jamais tu croises sa route, prends tes jambes à ton cou.

— Entendu, acquiesça Fyn en lui donnant une tape dans le dos. Fais ce que tu as à faire dans le Nord et prends soin de ces deux idiots.

Le jeune homme tourna les talons et s'en fut. Le voir ainsi s'éloigner fit mal à Annev, mais Reeve était déjà de retour, l'empêchant de ruminer ses sentiments.

— Alors comme ça, il a décidé de rester en ville ? Ça nous fera un passage de moins à payer. Prenez la jument. Le docker va nous montrer le bateau.

— Vous connaissez le nom du capitaine ? s'enquit Annev, qui venait d'avoir une prémonition.

— Pourquoi, vous connaissez beaucoup de marchands d'esclaves d'Innistiul en dehors de ceux qui ont essayé de nous tuer ?

Annev secoua la tête.

— Seulement un. Un ami de Sraon.

— Et comment s'appelle-t-il ? demanda Reeve en haussant un sourcil.

— Farthinand Caldaren. Sraon l'appelle Frani.

Le grand-prêtre cligna des yeux, puis sourit. Puis il rit.

— Ça alors, si ce n'est pas une coïncidence… Le docker a parlé d'un certain Caldaren. Nous avons de la chance. Le destin, sans doute…

Annev regarda sa bague codavora, à son doigt, et repensa à la prophétie du diseur de vérité. Jian lui avait conseillé de ne pas chercher à fuir son destin. Il fronça les sourcils en se remémorant le sacrifice ultime du Yomad. Il était heureux de pouvoir naviguer vers le nord dans le bateau de Frani, mais il ne pouvait s'empêcher de se dire que le destin était parfois trop dur avec lui.

Chapitre 29

Myjun rayonnait d'une énergie et d'une vitalité indescriptibles, de puissance et de détermination. Elle était une lumière dans les ténèbres, une bougie dans la nuit. Elle brûlait avec l'intensité de toutes les âmes d'Hentingsfort – les hommes, les femmes et les enfants – et s'enveloppait de leur aura, cape contre le vent, couverture la protégeant de la nuit. Elle porta la main à son masque, dont le métal lisse était maculé du sang d'une centaine d'âmes ou plus. Elle s'était battue, elle avait tué et gagné. Elle s'était nourrie de vie, emplie de sa force, et elle brillait comme un phare dans la tempête.

Sauf que la tempête, c'était elle. Elle était la mort que tous les hommes craignaient, le spectre qui ne faisait pas de quartier, n'avait ni remords, ni pitié.

— Tu es… radieuse.

Les mots d'Oyru furent perdus dans le feu qui l'emplissait.

— Je suis la mort lumineuse, dit-elle en ayant l'impression de se tenir au milieu d'un tourbillon.

— La mort lumineuse, répéta-t-il. La Femme dorée. (Il la fixa jusqu'à ce qu'elle se retourne et que leurs regards se croisent dans le vide.) Tu es ma belle Oraqui et tu es prête à me rejoindre dans les ténèbres.

Les paroles de l'assassin pénétrèrent lentement la brume de son euphorie, et elle cligna des paupières, le flux enivrant d'émotions se tarissant, tandis que le monde se solidifiait autour d'elle.

Le sang et les cendres. La mort et la décomposition. Le feu et la fumée. Hentingsfort n'était plus qu'une coquille vide, comme le Vieux Davey après que son âme eut été consumée par ses lames. Elle scruta le village, mais ne vit rien, ne ressentit rien. Elle essaya de se concentrer, de se rappeler comment elle était arrivée là, pourquoi elle avait tué, pourquoi elle avait *voulu* tuer.

Ainnevog. Il faut que je trouve et que je tue Annev.

Myjun cligna de nouveau des yeux, comme si cela pouvait suffire à dissiper la brume, dans son esprit.

— Je ne veux pas, croassa-t-elle en se retenant de crier. Je ne veux pas…, répéta-t-elle, la voix plus claire, … vous accompagner dans les ténèbres. Vous m'avez promis de m'aider à trouver et à tuer Annev, et je ne le trouverai pas là-bas.

— Et j'ai tenu ma promesse, je t'ai aidée. Je t'ai révélé ta force, je t'ai permis d'affûter tes armes. Je t'ai montré ton potentiel. (Il leva l'index.) Mais pas tout ton potentiel. Ces gens, ce village. Ce n'était rien. Une menue réussite vite oubliée. Ces gens étaient faibles. Le domaine de l'ombre est tout à fait différent. C'est un milieu difficile, et ses habitants sont dangereux. Tu devras y parfaire tes aptitudes, t'y renforcer.

Myjun examina le carnage qui l'entourait, les corps brisés, les maisons incendiées, la fumée et le massacre. Elle avait fait tout cela. Avec Oyru. Ensemble, ils étaient entrés dans le village, avaient traqué ses habitants, l'avaient nettoyé de toute vie. Ils les avaient tués avec une frénésie effrayante.

Et elle avait aimé cela. Elle avait adoré, même. En avait joui.

— Annev n'est pas là-bas, répéta-t-elle d'une voix de plus en plus mauvaise, furieuse. Je ne repousserai pas ma vengeance davantage.

— Tu auras ta vengeance et plus encore, je te le promets. Mais d'abord, tu dois terminer ton entraînement.

— Je me suis déjà entraînée, non ? C'était la raison d'être de tous ces tests ! (Elle aurait crié si elle avait eu de la voix, mais il ne lui en restait plus depuis qu'elle avait invoqué le feu de l'âme.) Ma formation est terminée, conclut-elle dans un murmure.

— Ta formation, rétorqua Oyru avec une intensité qui surpassait celle de la jeune femme, ne fait que commencer. Tu te crois dure ? Intelligente ? Forte ? (Il secoua la tête.) Tu es une enfant, dont je ferai une guerrière.

— Qu'est-ce que le domaine de l'ombre ? l'interrogea Myjun en plissant les yeux. Qu'y a-t-il de si important, là-bas, pour que vous souhaitiez m'y emmener ?

— C'est un simple moyen de parvenir à nos fins. J'ai besoin de temps pour te former, et le temps s'écoule différemment, là-bas. Plus on se rapproche de Reocht na Skah, plus le temps s'écoule lentement dans le monde réel. Par ailleurs, le domaine de l'ombre est voisin du Monde du Rêve. Les rêves et cauchemars sont un lieu idéal pour t'entraîner et parfaire ta magie. Contre l'ombre et la lumière que nous possédons tous les deux, les armures et l'acier y sont inutiles. Il y a aussi une raison pratique, cependant. On se déplace bien plus vite à travers le Monde des Ombres, ce qui est nécessaire si nous voulons atteindre à temps la forêt de bois-de-fer d'Alltara.

— Alltara ? répéta Myjun en faisant la moue. C'est de l'autre côté du monde. Au-delà du vieil Empire darien et des paysages maudits de Nouvelle Terra. C'est à des semaines de navigation. Des mois, même.

— Nous irons à pied. Nous marcherons et de nombreux jours s'écouleront, voire une année entière. Et pourtant, nous voyagerons plus vite que n'importe quel navire.

— Vous me demandez d'attendre un an avant de tuer Annev ? Non.

— Celui que tu appelles Ainnevog – Annev – représente une grande menace. Il m'a battu, et je suis bien plus dangereux que toi. Ensemble, nous parviendrions peut-être à le défaire, mais je refuse de courir le risque. Sur le chemin d'Alltara, je te montrerai comment générer une armure aussi solide que l'acier et légère que ta peau. Soit tu m'accompagnes, soit je stoppe ton entraînement ici et maintenant.

—Que ferais-je d'une armure, puisque je guéris de mes blessures ?

—La guérison ne remplace pas la protection. Il est toujours préférable d'éviter d'être blessé, leçon que tu aurais dû apprendre lors de ta confrontation avec le dragon. Un coup d'épée dans le cœur te tuerait, et on ne guérit pas d'une décapitation ou d'un écartèlement.

Myjun pensa au faux bras d'Annev, à l'horreur qui s'était emparée d'elle lorsqu'elle l'avait découvert. Il était absolument hors de question qu'elle souffre d'un sort similaire. Si elle était un monstre, désormais, elle avait mis le Masque de la Maîtresse de Gevul pour *cacher* ses cicatrices. Si par malheur elle perdait un bras… Elle serait affreuse. Handicapée. *Amoindrie.*

—Je ferai tout ce qu'il faudra pour accomplir ma vengeance, même vous suivre dans les ombres.

—Je n'en doutais pas.

* * *

La mare d'ombre, au bord de la clairière, était aussi noire que la nuit et immobile qu'un miroir. Myjun plongea son regard dans le noir d'encre comme une nausée tumultueuse enflait dans son estomac.

—Entres-y, dit Oyru d'un ton presque révérencieux. Franchis cette barrière vivante, et nous attaquerons l'étape suivante de ta formation.

Myjun fit un pas en avant en scrutant les ténèbres liquides.

—Qu'est-ce que…

Il la poussa du bout des doigts, ce qui suffit à la faire entrer dans le bassin. Les ténèbres clapotèrent autour de ses mollets, froides et impitoyables. Soudain, le sol devint meuble sous ses pieds, perdit de sa substance. Elle tenta de bouger, de sortir de la mare, mais quelque chose l'attirait dans les ténèbres. Elle baissa les yeux, vit des tentacules s'enrouler autour de ses cuisses – tirant et tordant –, et elle se mit à hurler, invoquant ses lames. Des étincelles apparurent dans ses mains… mais la magie ne s'embrasa pas, le feu de l'âme crachotant et s'éteignant. Des mains émergèrent de la mare, l'agrippèrent ; il y en avait tant qu'elle ne pouvait toutes les repousser, qu'elles l'attiraient inexorablement dans les profondeurs des ténèbres. Son regard se riva sur Oyru – elle se sentait à la fois trahie et apeurée –, mais l'assassin lui rendit un regard impitoyable, tandis que les eidolons la saisissaient par les épaules, l'attiraient, la noyaient dans des ombres si épaisses qu'elle n'arrivait plus à respirer.

Myjun se retint de hurler, de tousser, de se battre. Elle scruta les ténèbres, incapable de dire si ses yeux étaient ouverts ou non. Elle attendit que ses poumons la brûlent, que le besoin de respirer devienne insupportable.

Rien.

Myjun se tenait dans le vide, luttant contre des ombres qui désiraient la dévorer, entourée par des démons qui lui agrippaient le cœur, le corps, l'esprit, essayant de voler l'étincelle qui vivait en elle.

Et elle les repoussa. Elle s'accrocha à ce feu en elle, et s'en servit comme d'une arme, l'utilisa contre les monstres qui essayaient de la posséder, les faisant se recroqueviller, aveuglés par l'intensité de cette flamme. Myjun s'enhardit. Elle sentit la température monter dans sa poitrine, sa colère grossir. Elle les repoussa en sentant la force de son esprit, l'esprit qui avait combattu le dragon de sang, qui l'avait vaincu.

Myjun ne mourait pas, elle ne se noyait pas. Elle vivait au milieu d'une mer de ténèbres. Les monstres l'agrippaient, essayaient de l'attirer, lui hurlaient au visage. Et elle hurla au leur. Des lances de lumière jaillirent de sa bouche, réduisant les ombres à l'état de lambeaux de rêves, de souvenirs dissous.

Lorsque sa voix se brisa, la lumière brilla, vive, dans ses paumes. Ses lames du feu de l'âme, blanches et brûlantes, crépitantes de vie, illuminèrent les ténèbres.

Oyru la regarda se battre depuis les ombres, au-delà de la lumière, son profil clignotant comme les ombres l'enveloppaient, constituant les plaques d'une armure. Ses lèvres grises esquissèrent un sourire. Les ténèbres se solidifièrent autour de ses mains, s'étirant tandis qu'il modelait le néant, fabriquait des flissas noires. Il pinça le tissu qui lui entourait le cou, le souleva pour couvrir la moitié inférieure de son visage, tandis que Myjun tenait difficilement les ombres à distance.

— Bienvenue dans le domaine de l'ombre, Femme dorée. Tu es désormais *tabibito* – l'Arpenteuse des plans. Tu n'es pas mon égale… mais tu n'es plus mon apprentie. Marche à mes côtés, et nous braverons les ténèbres ensemble.

Chapitre 30

Kenton étudia les hommes qui se tenaient au garde-à-vous dans la lumière iridescente qui emplissait le Caveau de la Damnation. Les maîtres et anciens de l'Académie n'étaient plus seulement vêtus de simples robes écarlates et noires, mais équipés de magies puissantes et diverses adaptées à leurs aptitudes, à leur talent, à leur sang. Maître Der et l'Ancien Denithal sortaient du lot : l'ex-Maître de la Furtivité était invisible au milieu des linceuls de brume noire qui voletaient autour de lui, tandis que l'alchimiste de l'Académie avait opté pour une sobre tunique blanche et un masque qui le protégeaient contre les liquides magiques, les poudres et boissons qu'il transportait sur lui. Certains de ces élixirs conféreraient à Denithal une vitesse et une force inhumaines – d'autant plus surprenantes compte tenu de son physique –, tandis que d'autres décoctions lui permettraient d'emprisonner, d'endormir ou de tuer les infortunés qui s'en prendraient à lui.

Et Denithal était le moins puissant des cinq hommes dont Kenton avait fait ses Fils de la Damnation. Avec son armure, le grand Aog était désormais tellement imposant que Kenton se demandait s'il parviendrait à se faufiler dans les tunnels effondrés de l'Académie. Maître Murlach, Maître de l'Ingénierie, avait quelque chose de surnaturel au milieu de sa collection de mécanismes vrombissants, de câbles cliquetants, de pinces claquantes. Kenton l'avait équipé en premier, et le temps de doter les quatre autres, Murlach avait apporté des dizaines de modifications et d'ajustements à ses artefacts. Des changements trop nombreux pour que Kenton les retienne tous ; le sujet ne l'intéressait pas, de toute façon. Il avait donc ses pions, des soldats dans la guerre qu'il mènerait à Annev. Des consommables. Kenton aurait besoin d'eux car il avait vu dans les souvenirs de Tosan la puissance destructrice de cette maudite main en or. Il avait donc besoin de leurs aptitudes, de leurs talents, de leur expérience et de leur nombre.

Et pourtant, il les haïssait. Il détestait le grincheux Denithal et ses potions de lâche. Il méprisait Murlach, ses doigts agiles et ses pièges dangereux. Il enviait Der et Edra d'avoir été si proches de son ancien mentor, Maître Duvarek. Et Kenton haïssait plus encore Ather, à cause duquel il arborait une cicatrice, crime qui lui vaudrait un jour une mort douloureuse. Kenton se moquait complètement de ce qui arriverait à ses hommes ; il ne donnerait pas une pièce en cuivre pour les sauver. Tout ce qu'il voulait, c'était qu'ils l'aident à trouver et à tuer Annev. Lorsqu'il aurait eu sa revanche, lorsqu'il aurait fait payer à Annev le vol de Myjun, puis sa mort, il en finirait avec Ather et les maîtres qui avaient survécu au massacre.

Kenton serait patient, cependant, il feindrait d'être l'allié des cinq hommes. Il avait fait la même chose avec Annev, Titus et Therin, puis avec Fyn et sa bande. Ils étaient peu nombreux à rechercher l'amitié de Kenton, et encore moins nombreux à l'obtenir. Maître Duvarek avait peut-être été le seul, mais Maître Tosan avait ordonné à Kenton de le tuer…

Je ne dois rien à ces hommes. Eux, en revanche, me sont redevables. Ils seront les outils de ma vengeance sanglante. Il avait fait en sorte de les avoir sous son contrôle. Les six amulettes magiques soigneraient leurs porteurs. Elles permettraient également à Kenton de lire dans leurs pensées et de les localiser. D'autres artefacts feraient en sorte que les Fils de la Damnation obéissent à sa volonté. Les plus puissants d'entre eux étaient les anneaux de sujétion, dont il avait donné un exemplaire à Maître Aog. L'anneau esclave brillait d'un éclat terne sur la main gauche du Maître du Châtiment, et Kenton sourit, sachant qu'il pourrait prendre le contrôle du tueur imposant quand bon lui semblerait. Tout de suite, peut-être…

— Quels sont vos ordres, seigneur ?

Le sourire de Kenton s'élargit. Les mots choisis par Aog inciteraient les autres à se soumettre davantage.

C'était presque trop facile.

— Nous irons d'abord à Banok. C'est l'unique ville qu'Annev connaît un tant soit peu, et c'est aussi la plus proche de Chaenbalu, il y a donc de fortes chances qu'il s'y rende.

— Ce serait logique, en effet, acquiesça Ather d'une voix traînante en caressant sa fine moustache avec son Gant de Persuasion.

L'accessoire en soie bleu pailleté était loin d'être aussi puissant que la Baguette de Compulsion que Kenton avait essayé de voler à Janak, mais il conférerait à l'ancien Maître des Mensonges une influence considérable sur les personnes qu'il toucherait. Exception faite de Kenton, évidemment.

— Bien, dit Kenton dont l'envie d'étrangler l'homme grandissait chaque seconde. Ne perdons pas de temps, dans ce cas.

— Un petit détail me chiffonne, néanmoins, ajouta Ather comme s'il n'avait pas entendu Kenton.

— Lequel ?

Ather désigna le bassin d'*aqlumera*, au centre de la chambre.

— Pourquoi laissons-nous cela ici ? Hors du village, une once de ce liquide pourrait faire de nous des rois. Pourquoi le laisser et prendre le risque que quelqu'un d'autre le découvre ?

— Nous n'allons pas nous contenter de le laisser, expliqua Kenton. Nous allons sceller le Caveau en détruisant les tunnels. Personne ne pourra trouver le village, à part ceux qui y vécurent autrefois, et ils seront dans l'incapacité d'atteindre le Caveau de la Damnation.

— Oui, c'est justement la partie du plan qui me dérange, rétorqua Ather d'une voix aussi lisse que de l'huile sur une flaque d'eau. Laisser un tel trésor sous des tonnes de terre et de roche, c'est quand même… déplorable. Nous ferions mieux d'en prendre un peu et – pourquoi pas – de nous en servir.

La patience de Kenton s'épuisait rapidement.

— Je vous ai dit que ce liquide était dangereux. Si vous vous en approchez – si vous le regardez d'un peu trop près –, vous mettrez votre âme en péril.

Les autres maîtres parurent impressionnés par son explication. Même Denithal l'alchimiste hocha la tête d'un air approbateur. Ather, cependant, ne paraissait pas convaincu.

— Oui, sans doute. (Il se rapprocha de Kenton, posa une main gantée sur son épaule et fixa du regard son visage, comme si le jeune homme n'avait pas les yeux bandés.) Nous devrions quand même remplir quelques fioles de ce liquide, vous ne croyez pas ?

— Non, répondit Kenton en baissant son bandeau pour permettre au maître de voir l'incendie qui brûlait dans ses yeux. Ce ne serait pas du tout une bonne idée.

Ather grimaça, son cœur battant fortement dans les oreilles de Kenton comme il ôtait sa main et la laissait pendre le long de son corps.

— Vous avez raison. Il est temps de remonter, dans ce cas.

— Bien, dit Kenton comme l'homme se retirait à l'arrière du groupe. Quelqu'un d'autre ?

Edra leva lentement la main.

— Je vous écoute.

— Vous comptez partir ce soir ? Il fait déjà bien noir… Peut-être serait-il plus sage de passer la nuit ici et de se mettre en route demain matin. Enfin, je ne sais pas ce que vous en pensez…

— Excellente suggestion, répondit Kenton en hochant la tête. Nous camperons ici et partirons au lever du jour.

Sur ce, il quitta la chambre sans interroger les autres. Après tout, il savait ce qu'ils avaient tous dans la tête. Il n'avait pas besoin de les surveiller. Il était plus important qu'ils le craignent – et apprennent à lui obéir –, ce qui n'arriverait pas si Kenton se montrait trop à l'écoute de leurs conseils.

Lorsqu'ils furent à la surface, il se tourna vers l'ouest, vers Banok et la forêt. Sa vision surnaturelle lui permit de voir dans le noir et de transpercer la pénombre des bois, mais la distance entre Banok et Chaenbalu était trop importante, même pour lui. Bientôt, cependant, ils seraient sur la piste d'Annev, ce qui lui emplit le cœur de joie.

— Bonjour, Maître Kenton.

Le jeune homme pivota sur ses talons, focalisant son regard de feu sur la dernière personne qu'il s'attendait à croiser là.

— Maîtresse Femme sage Kiara, dit-il plus pour lui-même que pour la saluer. Je croyais que… Les autres femmes sages sont-elles avec vous ? Ont-elles survécu ?

— Malheureusement non. (La femme aux cheveux gris se tourna à son tour vers l'ouest, comme pour essayer, elle aussi, de voir au-delà de la forêt.) Je suis la seule survivante de notre cercle. Je suis également la dernière Fiancée du Destin et la seule personne qui sache ce qui s'est passé le soir où vous avez été emprisonné dans les sous-sols de l'Académie.

— Que savez-vous ? l'interrogea Kenton, dont le sang se glaçait.

— Je sais énormément de choses, Maître Kenton. Des secrets que votre ancien directeur ne vous aurait jamais révélés. Pas même après sa tentative de possession…

Kenton fixa la femme d'un regard incandescent, mais elle ne daigna même pas se retourner.

— Je vois que vous connaissez aussi certains de mes secrets, gronda-t-il d'une voix intense. (Il scruta son profil sans âge.) Que voulez-vous de moi ? lui demanda-t-il. Si vous savez tout cela, pourquoi êtes-vous restée cachée ? Et pourquoi avoir finalement décidé de vous présenter devant moi ?

Cette fois, la maîtresse femme sage lui fit face, le regard aussi froid que de l'acier en hiver.

— Vous comptez trouver et tuer un garçon appelé Ainnevog, n'est-ce pas ?

— En effet.

— Pourquoi ?

— Parce qu'il… (Il la regarda longuement.) Vous connaissez déjà la réponse, je crois.

— Oui, mais je préférerais que vous l'articuliez pour m'assurer que vous la connaissez aussi.

Kenton la fixa de son regard de feu, avant de renouer son écharpe noire sur ses yeux.

— Il me faut le tuer…, expliqua-t-il d'une voix à peine plus audible qu'un murmure, … parce qu'il m'a volé Myjun, avant de la tuer.

— Vous la croyez donc morte.

— Comme il n'a pas pu l'avoir – Myjun l'a repoussé lorsqu'elle a appris pour son bras –, il l'a tuée.

— Qui vous l'a dit ?

— Je l'ai vu à travers les yeux de Tosan, et les maîtres me l'ont confirmé. Ils l'ont vue se faire balayer par les flammes et avaler par la terre. Ils ont vu Annev l'enterrer vivante. (Sa gorge se serra, mais il parvint à terminer sa phrase.) Annev doit mourir, conclut-il avec détermination et calme. Il le mérite. Il a menti à l'Académie, il…

— Soyez honnête, Kenton. Vous vous fichez pas mal de l'Académie. Moi aussi, à dire vrai. C'est la raison pour laquelle nous avons fait venir les *feurog*. Pour la purifier par le feu. Et éliminer tous les témoins. Vous comprenez, j'en suis sûre.

—Vous ? Les *feurog* ?

—Oui, mon garçon. Vous suivez, j'espère ? Je parle de ces monstres terrifiants et difformes, avec des membres rocheux et métalliques ? Les *feurog* sont le fruit d'une expérience ratée par Cruithear. Il les a abandonnés, mais nous en avons fait bon usage. Ils sont notre armée secrète. Lorsque nous avons découvert qu'Annev était… ce qu'il est… nous avons ouvert les tunnels et appelé les *feurog* pour qu'ils purifient le village.

—Vous…, lâcha Kenton dans un souffle. Vous… et les femmes sages. Vous avez tué tout le monde ? Vous avez assassiné les villageois et détruit l'Académie ?

—Grâce aux *feurog*, oui. Nous avons euthanasié la dernière moisson. C'est triste, bien sûr, mais les abandonner dans l'Académie aurait été pire. Ils auraient geint et pleuré en attendant de mourir de froid, de soif et de faim. (Elle fit la moue et secoua la tête.) Non, nous avons bien fait. Évidemment, toutes les femmes sages n'étaient pas d'accord avec notre cabale, aussi avons-nous dû les tuer aussi.

Elle haussa les épaules comme si l'élimination de ses collègues était un simple incident. Du lait renversé à l'heure du thé.

—Vous avez tué des bébés… puis les autres femmes sages. Pourquoi ?

—Parce que, sinon, elles nous auraient tuées ! Elles ont essayé, d'ailleurs, lorsque la vérité a éclaté. Cette maudite apprentie – mon assistante, Faith – nous a causé beaucoup d'ennuis inutiles. De nombreuses morts auraient pu être évitées.

—Pourquoi… pourquoi me racontez-vous tout cela ?

—Parce que vous êtes le Chef maudit. Parce que vous comptez pourchasser le Vaisseau, et que je ne puis le permettre.

—Le Vaisseau, répéta Kenton en plissant les yeux. Vous voulez dire Annev.

— Tout à fait.

— Vous me demandez d'épargner Annev ? (Kenton partit d'un rire sec comme la femme sage acquiesçait de la tête.) Vous êtes complètement folle. Après avoir détruit le village et tué vos collègues, vous me demandez d'épargner Annev ? (Son rire mourut comme un roseau fané.) J'ai juré de le tuer, et les anciens maîtres de l'Académie m'aideront dans ma tâche.

Kiara se tourna vers le tunnel de Kenton.

— J'ai l'impression qu'ils vous entraveront plus qu'ils ne vous aideront, mais vous n'avez pas l'habitude de commander. Vous êtes le Chef maudit, après tout, conclut-elle dans un haussement d'épaules.

— Vous n'allez pas tenter de m'arrêter ?

— Si, bien sûr. Pas en vous combattant, cependant. Je suis venue tenter de vous convaincre.

— Vous perdez votre temps, sans compter que vous avez commis l'erreur de me montrer votre main. Vous auriez dû rester cachée, vous auriez dû fuir ce chaos, ajouta-t-il en désignant le village détruit d'un geste ample du bras. Quand les Fils de la Damnation et moi partirons demain matin, je raserai l'Académie jusqu'aux fondations, je terminerai le travail commencé par Annev. Et puis nous le traquerons et le tuerons.

— Rien ne pourrait vous faire changer d'avis, j'imagine ?

— Rien, confirma-t-il d'un ton glacial.

— Pas même d'apprendre que Myjun n'est pas morte ? Je pourrais vous la montrer…

Kenton fixa la maîtresse femme sage d'un regard dont l'intensité diminua avant d'augmenter brutalement. Il pencha la tête sur le côté en la scrutant.

— Vous… dites la vérité. Vous en êtes convaincue, en tout cas.

— Vous pouvez juger par vous-même.

Kenton regarda successivement la femme aux cheveux gris et l'entrée de son tunnel. Il entendait les maîtres et anciens discuter des artefacts à emporter.

— Qu'ils partent devant pour installer votre campement. Confiez les rênes à Aog et usez de votre anneau pour le commander à distance.

— Vous êtes au courant pour l'anneau… (Il secoua la tête et eut un sourire en coin.) Vous connaissez apparemment tous mes secrets.

— Pas tous, mais la plupart. Tàcharan, le Dieu du Destin, offre certains avantages aux Fiancées du Destin. Je parle d'une certaine sagacité.

— Vous voyez dans l'avenir, n'est-ce pas ?

— Des fragments, seulement. Des visions. De vieilles énigmes auxquelles on donne un sens nouveau. Il m'arrive d'avoir des prémonitions ou de recevoir des encouragements. Les révélations d'une clarté parfaite sont extrêmement rares.

— Vous avez un exemple ?

— Par exemple, je me suis vue venir vous voir pour vous convaincre de remettre votre vengeance à plus tard.

— Et Myjun ?

— Venez avec moi, Maître Kenton. Suivez-moi dans les mares d'ombre de la forêt de Brake, et je vous montrerai que Myjun est bel et bien en vie. Pour l'instant. À moins que vous soyez prêt à lui venir en aide quand elle aura besoin de vous.

Kenton s'imagina cette réunion impossible, qu'il aurait tellement voulu vivre.

— Elle n'aimerait pas du tout ce que je suis devenu. (Il effleura le cuir dur de ses joues, les sphères de ses yeux.) Elle me prendrait pour un démon, elle s'enfuirait.

— La jeune fille que vous avez connue autrefois s'enfuirait, mais… qui peut présager des réactions d'un monstre ? demanda-t-elle en écartant les bras.

Avec ses yeux magiques, Kenton étudia l'âme de l'ancienne maîtresse femme sage de l'Académie. Il n'y décela aucune tromperie, mais il resta circonspect.

— Très bien, Maîtresse Kiara. Montrez-moi vos secrets.

Chapitre 31

Kenton plongea son regard dans les profondeurs de la mare d'ombre et observa les images. Dans les ténèbres, il vit deux personnes – un homme et une femme – marchant côte à côte. Toutes les deux étaient vêtues de haillons noirs. L'homme était également équipé d'une armure noire et portait un voile de la même couleur sur la moitié inférieure du visage. La femme, elle, n'avait pas d'armure, mais son visage était dissimulé derrière un délicat masque d'or. Kenton la regarda se déplacer – sa façon de marcher et de s'arrêter pour examiner le monde qui l'entourait – et il la reconnut immédiatement.

— Où est-elle ? demanda-t-il, le regard intense.

— Tout près, mais aussi très loin… Elle est entrée dans le domaine de l'ombre, un plan d'existence superposé au nôtre, mais lointain et très étrange.

— Comme le Monde des Esprits ?

— Ils sont similaires, mais le Monde des Esprits est plus lointain encore.

— Elle est morte, alors.

— Non. (Kiara agita la main au-dessus de la mare, et les ténèbres bougèrent, formant des disques gris superposés, dont certains étaient foncés et d'autres clairs.) Nous habitons un domaine physique dominé par les Dieux anciens et les Jeunes Dieux des Plantes, des Minéraux et des Animaux. (Kiara agita de nouveau la main, et un disque blanc se détacha des autres en tournoyant.) Trois autres plans d'existence se superposent au nôtre : le plan de l'ombre, le Monde du Rêve et le Monde des Esprits. Nos actions ici projettent des ombres, des silhouettes de réalité dans le domaine de l'ombre. Lorsque nous dormons, notre conscience touche le Monde du Rêve. Lorsque nous mourons, notre esprit se rend dans le Monde des Esprits.

Trois disques gris émergèrent de la mare d'ombre ; ils se chevauchaient et chevauchaient également le disque blanc.

— Les trois facettes de notre âme – l'intellect, le corps et l'esprit – convergent ici et nous ancrent dans le domaine physique, mais il est possible de voyager dans les autres plans, à condition d'avoir une connexion spéciale avec l'Eau du ciel, le Sang de la terre ou le Feu de la lumière.

— Myjun se trouve-t-elle physiquement dans le domaine de l'ombre ?

— Oui.

Kiara fit réapparaître l'image floue de la femme au masque d'or marchant avec l'homme à l'armure noire.

— Pourquoi ?

— Certains secrets restent des secrets, répondit-elle. Mais… (Elle leva l'index.) … je puis vous donner trois informations vitales. Un : Myjun reviendra dans notre monde dans moins d'un an, et elle émergera de cette mare précise. Deux : elle reviendra pour traquer Annev. Trois : si vous n'êtes pas là pour la stopper – pour la *sauver* –, elle sera tuée.

Kenton regarda fixement Kiara, incapable de comprendre ce qui la motivait. Si elle mentait, c'était un mensonge très élaboré, un mensonge qui lui imputait la responsabilité de la destruction de Chaenbalu. Si elle disait vrai…

— Pourquoi me dites-vous tout cela ?

— Parce que votre mission actuelle risque de compromettre la mienne. Vous avez l'intention de trouver et de tuer Annev. Moi, je souhaite utiliser le Vaisseau, j'ai donc besoin de lui vivant. Il se peut que nos désirs soient parallèles, désormais. Vous vouliez vous venger car vous croyiez qu'Annev avait tué la fille du directeur – la jeune femme que vous aimez –, mais celle-ci est vivante, ce qui change tout.

La pénombre empêchait la maîtresse femme sage de voir ses joues rouges, ce dont Kenton se félicitait. Il se demanda combien de personnes, parmi les apprenties et les femmes sages, étaient au courant de la brève relation qu'il avait eue avec Myjun.

Ça n'a plus aucune importance. Si j'en crois Kiara, elles sont toutes mortes… et Myjun est vivante.

— Peut-être. Mais vous dites que Myjun ne reviendra que dans un an, ce qui me donne bien assez de temps pour trouver Annev.

— Moins d'un an. Et vous n'avez pas besoin de trouver Annev. Il reviendra de son propre chef.

— Pourquoi attendre si je peux le trouver plus tôt ?

— Si Annev ne revient pas, alors Myjun ne reviendra pas non plus, répondit-elle en secouant la tête. Et vous la perdrez pour toujours.

Kenton porta la main à la dague en os, à sa hanche. Il avait une terrible envie de tuer cette femme, non pas seulement parce qu'elle le manipulait, mais aussi parce qu'elle avait détruit le village, l'Académie et tout ce qu'elle représentait. Tout ce pour quoi Kenton avait travaillé. D'une certaine manière, elle était responsable de tout : de l'évasion d'Annev, de la perte de ses yeux, de la mort de Myjun. Elle avait fait venir les monstres ; leur attaque avait éloigné Tosan, et Kenton s'était retrouvé seul avec Annev.

Non. Kenton avait choisi de rester dans cette cellule. Il avait laissé Annev le provoquer, puis l'aveugler. Il retint donc sa main.

— Alors j'attends Annev quelques semaines, des mois, peut-être une année. Et après ? De quoi suis-je censé sauver Myjun ?

— De la mort. Des ombres. D'elle-même.

— De l'homme qui l'accompagne ? demanda-t-il en fronçant les sourcils.

— Il n'est qu'à moitié un homme. Il est une ombre ressuscitée, et il est son maître.

— Son maître ? Myjun n'a pas de maître, affirma-t-il, la lèvre retroussée.

— Elle est sa captive. Et elle est aussi prisonnière d'elle-même. Voilà pourquoi elle a besoin que vous la sauviez, et non que vous traquiez Ainnevog. Vous comprenez ? Si elle le tue, elle sera tuée aussi. Si vous le tuez, vous ne la reverrez plus jamais.

— Elle n'aura pas forcément envie de me voir, et elle ne voudra peut-être pas être sauvée.

— Il est des mystères que nous devons résoudre par nous-mêmes.

— Sans doute… Pourquoi avez-vous tellement besoin d'Annev ? Pour quelle raison vous et vos Fiancées du Destin avez détruit Chaenbalu ?

— Vous ne semblez pas me tenir trop rigueur du rôle que j'ai joué dans cette destruction, lui fit-elle remarquer dans un sourire en coin.

— Je n'aimais pas spécialement les gens qui vivaient ici, et eux ne m'appréciaient pas non plus, expliqua Kenton. Disons que je ne me soucie pas plus d'eux maintenant qu'ils sont morts. La seule personne qui comptait pour moi se trouve dans le domaine de l'ombre. (Kenton baissa les yeux vers la mare et les images qui y flottaient.) Si ça peut sauver la vie de Myjun, je jouerai votre partition.

— Nos chemins sont donc parallèles pour le moment, conclut Kiara. Tant que vous resterez ici avec moi, je pourrai vous montrer où se trouve Myjun. Vous saurez quand elle sera sur le point de rentrer.

— Qu'en est-il de votre chemin, maîtresse femme sage ?

Kiara agita la main au-dessus de la mare d'ombre, faisant disparaître l'image de Myjun et de son maître.

— Pendant des décennies, les moissons nous ont permis de trouver des bébés possédant un potentiel magique et de les ramener à l'Académie. Quoi ? Vous pensiez qu'Annev et vous étiez les seuls ? demanda-t-elle en s'amusant de sa surprise.

— Pourquoi ?

— À l'origine de tout, il y a la peur, reprit-elle en soupirant et en secouant la tête. L'Académie a été fondée il y a de nombreux siècles par une secte de prêcheurs convaincus que le clergé était corrompu et que la magie – artefacts compris – était mauvaise. Elle persécutait ceux qui ne pensaient pas comme elle, jusqu'au jour où elle a décidé de s'installer au cœur de la forêt de Brake. En partant, elle a volé de nombreux trésors de l'Église, dont des artefacts de légende tels que la Main de Keos. Les hérétiques pensaient qu'il était de leur devoir de surveiller ou de détruire pareille magie. Ironie du sort, ils ont élu domicile à Chaenbalu, où se trouve une formidable fontaine d'*aqlumera*.

— Le Caveau. Vous parlez du liquide dans le Caveau.

— Effectivement. Le Caveau a été construit au-dessus de la fontaine, l'Académie au-dessus du Caveau. Son rôle était d'entraîner de jeunes fanatiques à voler des artefacts pour les stocker. Tous les fondateurs, cependant, n'étaient pas de vrais croyants. Pomela Witsom, par exemple, était une Fiancée du Destin qui croyait en une prophétie annonçant l'avènement d'un Vaisseau de Keos parmi ces hérétiques. Elle les a donc rejoints, a épousé l'Ancien Cornett, le futur premier directeur de Chaenbalu. Elle-même en est devenue la première femme sage. Officiellement, Pomela avait la responsabilité de la livraison d'enfants à l'Académie et au village. Puis elle a entrepris de former d'autres femmes sages censées *sauver* des enfants non souillés. Des sages-femmes, d'abord, mais Pomela a rapidement trouvé des candidates douées elles-mêmes de magie. Quelques-unes lui ressemblaient, des prêtresses yomades au physique darien, des Fiancées du Destin. Les autres sont arrivées au compte-gouttes pour être endoctrinées.

— Endoctrinées, répéta lentement Kenton. Elles ont toutes rejoint votre culte, alors ?

Kiara le regarda fixement, lui faisant presque les gros yeux.

— Celles qui possédaient trop peu de magie ou qui n'avaient pas assez de bon sens sont restées femmes sages. Par notre travail, nous nous sommes progressivement débarrassées de celles qui n'avaient pas de magie. Celles dont la mission était de confisquer la magie – celles qui la haïssaient avec le plus de ferveur – étaient également celles qui avaient le talent, le sang.

— C'est pervers, commenta Kenton en réfléchissant. Êtes-vous une orpheline darienne ou une infiltrée de la Nouvelle Terra ?

Cette fois, Kiara lui lança un regard assassin.

— Je suis une Yomade de la Nouvelle Terra.

— N'avez-vous pas toutes été volées dans des villages dariens, comme les avatars ?

— Dans chaque moisson, il y avait quelques enfants d'Alltara et de la Vieille Terra pour entretenir la vigueur du vieux sang et s'assurer du sérieux de nos recherches. Personne n'imaginait que le Vaisseau naîtrait à Chaenbalu, et d'une mère iluméenne, en plus… Les prophéties ne sont pas toujours évidentes à comprendre. Nous voyons certes le futur, mais il est flou.

— Raison pour laquelle vous avez mis tant de temps à comprendre qu'il s'agissait d'Annev.

— Il y a aussi eu l'intervention de ce prêtre, Sodar.

Kenton étudia la maîtresse femme sage, sa chevelure grise, son regard perçant. Elle ne lui avait toujours pas révélé ce qu'elle comptait faire d'Annev, et il se sentait d'humeur à découvrir ce petit secret. Si elle disait vrai – si Myjun était en vie et qu'elle avait besoin de son aide –, il n'avait aucune raison de partir. Il avait toujours la possibilité d'envoyer les Fils de la Damnation à la recherche d'Annev. Sa liaison avec leurs amulettes le tiendrait au courant de leurs agissements, lui permettant de rester ici et de veiller sur Myjun via la divination de Kiara.

Jusqu'au jour où il n'aurait plus besoin de la femme sage.

— Très bien, maîtresse femme sage. J'épargnerai Annev… pour le moment. En échange, j'aimerais que vous m'en disiez davantage sur votre ordre, ces Fiancées du Destin. Dites-moi qui elles sont, où elles sont et pourquoi elles existent.

— Mmh… et vous ne ferez aucun mal à Annev ? Ni directement, ni indirectement ?

— Tant que Myjun vivra et que vous pourrez me la montrer.

— Marché conclu.

La femme grise tendit la main. Kenton hésita un instant, puis la serra. Autour d'eux, l'air parut trembler. La magie de son regard s'intensifia, et pendant un instant, la main qu'il tenait ressembla à celle d'un squelette de feu.

Troisième partie

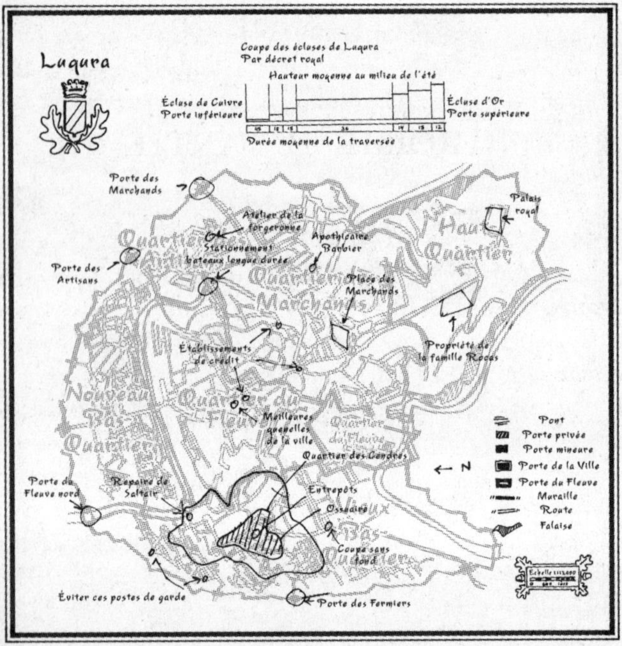

Luqura
Coupe des écluses de Luqura
Par décret royal
Hauteur moyenne au milieu de l'été
Écluse de Cuivre
Porte inférieure
Écluse d'Or
Porte supérieure
Durée moyenne de la traversée
Porte des Marchands
Atelier de la forgeronne
Palais royal
Haut Quartier
Stationnement bateaux longue durée
Apothicaire Barbier
Porte des Artisans
Place des Marchands
Établissements de crédit
Propriété de la famille Rocas
Nouveau Bas Quartier
Meilleures querelles de la ville
Quartier du Fleuve
Pont
Porte privée
Porte mineure
Porte de la Ville
Porte du Fleuve
Muraille
Route
Falaise
Quartier des Cendres
N
Porte du Fleuve nord
Repaire de Saltair
Entrepôts
Ossuaire
Coupe sans fond
Éviter ces postes de garde
Porte des Fermiers

L'origine des Six est entourée d'une aura de mystère, mythologique. Ces histoires – impliquant des monstres, des traîtres, des keokum commandés par l'impitoyable Vampire Dortafola – sont souvent très exagérées, même s'il arrive que la réalité dépasse la fiction.

Le cas de Valdemar Kranak est souvent mal interprété. Il fut le premier Darien à abandonner la prêtrise et l'enseignement pour soutenir les plans de Dortafola et de ses Siänar. D'après les archives disponibles, Kranak naquit vers la fin de l'Âge des Rois et fut élevé pour devenir Dionaque de Tobar. Il créa l'alliance des sans-âge avec un prêtre terran inconnu au tournant du siècle et profita de son ancienneté à l'Université de Neven nan Su'ul pour devenir Maître du Premier Ordre. D'après la rumeur, Kranak briguait le poste d'Archilecteur, mais ne l'obtint pas du fait de sa proximité avec les savants terrans. Si c'est vrai, cela peut expliquer sa trahison ultérieure de l'université et de la ville… mais laissons ces hypothèses non fondées à des savants de moindre qualité.

En revanche, le rôle joué par Valdemar Kranak dans la destruction de l'université, de Neven nan Su'ul et de la province de Gorm Corsa ne fait aucun doute. Les propagandistes terrans ont tenté de dépeindre Kranak comme un intellectuel bienveillant ultérieurement démonisé par les Chevaliers d'Halcyon, mais les archives publiques et les témoins oculaires disent qu'il a grandement contribué à faire entrer les Seigneurs de sang terrans dans la ville, précipitant le retrait de l'Empire darien de Gorm Corsa et du reste de la Daroea orientale (aujourd'hui Nouvelle Terra). Il semblerait que Kranak ait commencé par agiter la population étudiante vers le début du Troisième Âge. † Ayant gagné le soutien des éléments les plus radicaux de l'université, il donnait des cours du soir dans lesquels il mettait en doute la véracité de certains livres d'histoire darienne déjà questionnés par des savants terrans. Le contenu de *ses enseignements devint de plus en plus occulte ; il affirmait notamment que Neven nan Su'ul avait été fondé par les Terrans et non les Dariens. Comme les Terrans progressaient vers l'ouest, s'installant au-delà de Terra Majora et en Daroea orientale, les enseignements de Kranak furent à l'origine de disputes très violentes avec d'autres maîtres.*

Il est difficile de déterminer si les enseignements de Kranak ont alimenté la propagande terrane, mais les archives qui nous sont parvenues semblent confirmer que le maître a été présenté devant l'Archilecteur Gale-Dana'y, qui lui a ordonné de cesser de compromettre la doctrine de l'Empire. Kranak cessa donc de donner ses cours du soir, mais fut suspendu lorsqu'il fut découvert qu'il continuait de réunir des étudiants pour faire avancer sa propagande proterrane.

De retour à l'université après sa période de suspension, Kranak était apparemment devenu un autre homme. Ses cours étaient dénués de contenu subversif, et on l'entendit même désavouer complètement le gouvernement terran. Un changement remarquable, ce qui ne l'empêcha pas de trahir par la suite. De nombreux savants, dont ma collègue Alice Quenby, pensent que Kranak a été approché par Dortafola, qui l'a invité à rejoindre ses futurs Siänar. C'est un argument convaincant car la création des Siänar coïncide avec la période de suspension de Valdemar Kranak.

« Les Siänar », *Histoire complète de Luquatra*,
par Kyartus Gairm

† Kash Mikla, survivant de la destruction de Neven nan Su'ul, prétend avoir vu Kranak mener une charge de cavalerie contre les étudiants de l'université (on sait aujourd'hui qu'aucune monture n'a été utilisée durant le siège de la ville et l'exode subséquente de ses citoyens) ; a contrario, *on lit dans le poème populaire « La Veille de la chute » que Kranak était un savant dont « l'amour des masses apporta la mort dans ses classes lorsque les* nechraict *sortirent de leur tombe », suggérant que la nécromancie a joué un rôle important dans la destruction de la ville. Enfin, Crystal Gooden – une de mes estimés collègues de Southmarch – suggère que Kranak a usé de magie noire terrane pour infiltrer et attaquer l'université, et que c'est la raison pour laquelle il fut ultérieurement baptisé « l'Ombre ». Je pense pour ma part que ce surnom lui venait de sa capacité à arpenter les couloirs de l'université dans un silence absolu (à la manière d'un Briseur de souffle).*

Chapitre 32

Fyn attrapa une pomme sur l'étal d'un marchand et, sans ralentir, continua d'arpenter la promenade du Quartier du Fleuve, voie large surplombant le canal qui reliait les deux cours d'eau de Luqura. Le commerce était florissant dans cette partie de la ville et les gardes omniprésents, mais les occasions de se remplir les poches étaient bien plus nombreuses que celles de se faire attraper. Dans les Quartiers des Marchands et des Nobles, il y avait bien trop de gens pour surveiller les étals, bien trop d'épées pour protéger la bourse des riches. Fyn avait cru remarquer que les manoirs étaient vulnérables, aussi entretenait-il l'idée de cambrioler les demeures cossues de nuit et de détrousser les gens plus modestes le jour. Les habitants du Quartier des Cendres avaient tendance à transporter leurs biens les plus précieux sur eux, leurs taudis brûlés étant ouverts aux quatre vents.

Fyn avait besoin d'une base arrière et d'un gang pour accélérer son acquisition de richesse et de pouvoir. Il était facile de prendre possession de territoires dans le Quartier des Cendres – ils étaient gratuits à condition de savoir les défendre –, aussi avait-il passé la majeure partie des deux premiers jours à sillonner le Bas-Quartier à la recherche d'un quartier général. Il avait trouvé un coin prometteur suffisamment éloigné de l'Ossuaire et à quelques pâtés de maisons seulement d'une partie non brûlée du Bas-Quartier.

Il lui restait à choisir un appartement lorsqu'il sentit que quelqu'un l'approchait par-derrière. Peut-être même étaient-ils plusieurs.

Au lieu de s'enfuir, Fyn mangea tranquillement sa pomme en marchant dans la rue jonchée d'ordures. Il se glissa dans la première impasse, sachant que ses poursuivants n'étaient pas loin derrière. Il se cacha dans l'ombre et vérifia ses armes en attendant la survenue de l'attaque. Il n'eut pas à patienter longtemps.

Six voyous arrivèrent, leur chef marchant devant, flairant une odeur de sang.

— C'est le gars que vous avez vu hier ? demanda le plus grand d'entre eux.

Il était armé d'une matraque qui ressemblait à un rouleau à pâtisserie usé et arborait un visage juvénile en dépit de son imposante carrure.

— Chut ! siffla le chef en scrutant la pénombre. Ne l'effraie pas, Siege.

— Qu'est-ce que ça peut faire ? demanda une femme au moins aussi massive que l'homme, armée de ce qui ressemblait à une gaffe.

Deux des trois personnages qui n'avaient pas parlé passèrent devant pour explorer l'impasse et peut-être débusquer Fyn, tandis que le dernier resta en arrière pour surveiller l'entrée de la ruelle.

Fyn avait déjà repéré cette impasse la veille, et il savait que sa configuration lui permettrait de les prendre par surprise. Il sourit depuis sa position en surplomb et contourna les voyous en silence, approchant du type qui faisait le guet.

Arrivé au milieu de l'impasse, Siege couina comme un collet se resserrait autour de ses chevilles et que ses jambes se dérobaient sous lui. Au même moment, Fyn tira sur une corde cachée, faisant tomber un sac plein de briques sur la femme à la gaffe, l'obligeant à lâcher son arme, lui faisant peut-être perdre connaissance.

— C'est un piège ! beugla le chef en se précipitant vers la sortie. Quinn ! Way ! Prenez Siege et Poli, et fichons le camp de…

Fyn frappa l'homme derrière la tête et le fit tomber sur le corps inerte du guetteur.

— Fisher, c'est bien ça ? demanda Fyn en se penchant au-dessus du personnage. La Terreur de Tumbledown, le Serpent des Cendres du Sud.

Il partit d'un rire sec et donna un grand coup de pied dans l'entrejambe de l'homme.

— Aïe ! s'écria celui-ci en se pliant en deux.

Fyn leva des yeux froids vers le fond de la ruelle, où il croisa le regard de la dénommée Quinn, qui aidait Poli à sortir de sous son tas de briques. Siege s'était presque libéré de son collet et cherchait son gourdin, qui avait roulé quelque part lorsqu'il était tombé. Pendant ce temps, le sournois de la bande – Way – avait sorti un couteau de sa poche et avançait lentement vers Fyn.

— Tu aurais dû me le lancer dans le dos pendant que je mettais un coup de latte à Fisher. Tu ne l'as pas fait, d'où je conclus que tu ne sais pas lancer, que tu n'as pas l'intention de tuer ou que… tu as une trouille bleue.

— Je n'ai absolument pas peur d'une crotte d'oiseau comme toi, répondit Way en continuant d'avancer. Tu as… quoi ? Douze ans ? Je suis sûr que tu n'as même pas de poils aux couilles.

— Entre les miennes et les siennes… (Il assena un coup de pied dans la tête de Fisher, lui faisant perdre connaissance.) … je préfère les miennes, poilues ou non.

— Tu as la langue bien pendue, je trouve.

— Monsieur est observateur. Bon, si on parlait sérieusement, poursuivit Fyn en désignant le couteau du menton. Tu le lances ou je te l'arrache des mains ?

Le petit homme ricana, mais s'assura néanmoins que Siege et les autres le couvraient.

— Je crois que je vais attendre que tu prennes tes jambes à ton cou pour te le lancer dans le dos.

— Tu manquerais ta cible et je n'ai pas l'intention de m'enfuir.

— Nous sommes nombreux, tu as remarqué ? Poli a une belle allonge, avec sa gaffe, et je ne te conseille pas de t'en prendre à Sigs. Il a l'air sympa, comme ça, mais c'est un tueur. Tu as vu ses bras ? Un vrai bœuf ! Il pourrait écraser ton crâne comme un œuf.

Fyn remarqua que l'homme n'avait pas mentionné Quinn, qui escaladait le bâtiment de droite pour tenter de le contourner.

Bande d'amateurs.

— Un bœuf n'a pas de bras, abruti, et vous commencez à m'emmerder.

Il jeta son trognon de pomme au visage de l'homme au moment où Quinn bondissait de l'ombre. Il s'attendait à un lancer de couteau, un coup de marteau ou de hachette – il avait vu la bande s'en servir durant la journée et demie qu'il avait passée à la surveiller –, mais Quinn le surprit avec une paire de gants terminés par de longues griffes semblables à celles d'un ours. *Tekko-Kagi*, se dit-il en esquivant l'attaque. *Très intéressant.* Quinn frappa de nouveau, et Fyn fit un pas de côté, mettant la jeune femme entre Way et lui. Lorsqu'elle attaqua une troisième fois, il entra dans sa garde, lui agrippa le poignet et la fit rouler sur sa hanche. Les pieds de la petite femme quittèrent le sol comme Fyn la faisait tourner, la main griffue tendue vers Way. Celui-ci jura, recula et tenta un nouvel angle d'attaque. Cette fois, Fyn jeta Quinn sur Way, les faisant choir tous les deux.

— À partir de maintenant, vous travaillez tous pour moi, dit Fyn, qui n'était même pas essoufflé. Votre contrat avec Fisher est arrivé à son terme.

— Va te faire mettre ! rétorqua Poli en le menaçant de sa gaffe. Je vais te vider comme un poisson, gamin. Tu ne vas pas t'en tirer comme ça ! Tu m'as fait tomber un putain de sac de briques sur la gueule !

Au lieu de répondre, Fyn se baissa et sortit une petite bourse de la tunique de Fisher. Il la soupesa avant de la jeter à Siege.

— C'est quoi, votre part du butin ?

— On applique la règle du quart, répondit Siege en regardant la bourse avec un mélange d'envie et de méfiance. (Son rouleau à pâtisserie disparut dans sa tunique.) Un quart pour nous, trois quarts pour Fisher. Il dit que c'est pour la Guilde, pour avoir le droit de bosser dans la rue.

— Elle est bien bonne, celle-là ! se moqua Fyn. Qui d'autre est dans le coup ? Les gardes de la ville ? La Guilde des Voleurs ?

— Il n'y a qu'une guilde qui compte, intervint Poli en abaissant sa gaffe. La Guilde des Marchands d'esclaves.

— Tu n'es pas d'ici, hein ? demanda Quinn.

— Alors que toi… Où est-ce que tu as trouvé ça ? l'interrogea-t-il en désignant du regard les Tekko-Kagi. Tu les as fabriqués ? Ou bien volés ?

Pour toute réponse, la femme siffla, ses longs cheveux noirs lui masquant la moitié du visage.

— Il n'est clairement pas d'ici, dit Way en donnant une tape sur l'épaule de Quinn. Tu n'es jamais allé dans les Fosses ? lança-t-il en étudiant Fyn. Ils en équipent souvent les combattants. Ça leur donne l'air féroce.

— Sauf qu'ils ne savent pas les utiliser, remarqua Quinn.

— Et toi ?

La femme hocha la tête, les mains griffues croisées sur la poitrine. Fyn surveilla le langage corporel du groupe, à l'affût d'une nouvelle attaque.

— Tu es Quynh-Chi, même si tout le monde t'appelle Quinn. Je dirais que tu es krosérane. Tu es arrivée ici comme esclave ?

La femme ne répondit pas, mais elle mit les bras le long de son corps.

— Ford Siegeman, poursuivit Fyn. Siege ou Sigs. Tu faisais quoi avant que Fisher t'accueille dans son gang ? Tu travaillais dans une boulangerie ou un truc comme ça ?

— Poli et moi, on bossait dans les docks, expliqua Siege en souriant. J'aime bien cuisiner, remarque. Tu connais la pizza ? C'est de la cuisine darterrane. Délicieux !

— Qui sait, peut-être que tu m'en prépareras un jour ?

— Eh ! trouve-moi un four et les bons ingrédients, et je t'en fais une dizaine !

— C'est quoi, de la cuisine darterrane ?

— Darienne et terrane, répondit Way en se tapotant le torse avec le pouce. Je suis darterran. David Sanhueza. On m'appelle Way.

— J'avais compris. Il paraît que tu aides Fisher à entrer dans les endroits qui l'intéressent.

— Il paraît, concéda l'homme en haussant les épaules. Depuis combien de temps nous suis-tu ? Et qu'est-ce que tu nous veux ?

— Depuis pas mal de temps. Et je veux être votre nouveau chef.

Quelques-uns d'entre eux échangèrent un regard, d'autres baissèrent les yeux vers Fisher, qui commençait à s'agiter. Siege soupesa la bourse en réfléchissant.

— Pourquoi te suivrait-on ? (Il étudia les masses, le fauchon et les autres armes sanglées au corps de Fyn.) C'est vrai que tu es impressionnant, avec toutes ces lames, mais tu as la moitié de l'âge de Fisher.

— J'ai vingt ans, mentit Fyn. S'il a plus de quarante ans, il est largement temps qu'il cherche un boulot plus calme.

— Tuez-le ! toussa Fisher en se mettant à quatre pattes. Arrêtez de discuter et tuez-le !

— Ils pourraient essayer, intervint Fyn sans se donner la peine de le regarder. À moins que je leur dise où tu planques le pognon que tu réserves soi-disant à la guilde.

Poli fronça les sourcils et raffermit sa prise sur sa gaffe.

— C'est vrai, ça, Fisher ?

— Il ment ! (L'homme se releva tant bien que mal, sortit un couteau de boucher de sa veste et l'agita en direction de la bande.) Vous savez bien que Neldon vérifie les comptes. Il vous l'aurait dit, s'il avait vu un problème !

— Vraiment ? demanda Way en se rapprochant de son chef. Neldon est un membre de ton ancienne équipe. Peut-être qu'il est dans le coup avec toi. On pourrait lui poser la question, mais il n'a pas l'air de vouloir se réveiller. (Il désigna le guetteur inconscient, puis demanda à Fyn :) Tu l'as tué ?

— Je ne tue pas les gens qui font leur boulot. Même quand ils sont mauvais.

— Qu'est-ce que ça veut dire ? s'emporta Fisher en faisant un pas vers Fyn.

— Les gens parlent, Fisher. (Fyn bluffait. Il n'était à Luqura que depuis quelques jours, ce qui n'était pas assez pour recueillir des informations sérieuses. Il avait l'impression d'avoir trouvé un filon, cependant.) Attendons que Neldon se réveille. Il vous expliquera ce qui est arrivé à l'ancienne équipe. Après ça, je suis sûr que vous n'aurez plus envie de le suivre.

Fisher chargea, son couteau de boucher à la main. Fyn lui attrapa le poignet et, profitant de son élan, le fit tournoyer en guidant la lame vers les côtes et la propre cage thoracique de son assaillant. L'homme chauve toussa, les yeux écarquillés, comme un sang chaud jaillissait, abondant, de son torse, sa chemise effilochée virant rapidement au rouge. Fyn le lâcha, et Fisher tomba à genoux en crachant du sang. Il s'effondra, et le reste de la bande contempla, bouche bée, le cadavre de son chef mort.

— Personnellement, je pense que trois choix s'offrent à vous, reprit Fyn en s'éloignant du corps secoué de spasmes. Un : vous m'attaquez maintenant, et quand je vous aurai tous tués, je partirai à la recherche d'une nouvelle bande. Deux : vous venez avec moi, et je vous ferai gagner plus de pognon que vous n'en avez jamais vu.

— Et la troisième option ? demanda Way, qui agrippait sa dague.

— Trois : vous filez. Pour le moment. De mon côté, je trouve une nouvelle bande et je commence à agrandir mon territoire. Mais on finira par revenir à la première ou à la seconde option. Soit vous me rejoignez maintenant et vous serez justement récompensés, soit je bâtirai un empire sur vos cendres.

Siege et Poli échangèrent un regard, et Fyn sut qu'il avait gagné leur confiance. Way suivrait la majorité – il semblait du genre circonspect –, et Neldon ne voterait pas car il était inconscient. Restait Quinn. Fyn la toisa, et elle soutint son regard en se mordant la lèvre et en tournant furtivement ses yeux en amande vers ses masses.

— Des parts égales pour chaque membre de la bande ?

— Non. Trois parts pour moi, une part et demie pour mon bras droit et une part pour les autres.

— Qui sera le bras droit ?

— L'un d'entre vous, j'imagine. Vous déciderez vous-mêmes lequel est le plus digne de confiance.

— Neldon, dit Siege, et Poli acquiesça de la tête.

— Le guetteur ? s'étonna Fyn, sceptique.

— C'est notre soigneur, expliqua Way en rengainant son arme. Autrefois, il était savant, docteur. Quelque chose comme ça. Il a connu des moments difficiles, et puis il s'est retrouvé dans le Quartier des Cendres avec nous.

— Il sait se battre ?

— En cas de besoin, il sait donner des coups de poing. Pour les boulots plus importants, il possède une manubaliste terrifiante. Mais il tient surtout les comptes. Il nous soigne quand on est blessés. Et il parle avec la Guilde quand Fisher n'a pas le temps.

— Bien, dit Fyn en frottant ses mains sur son pantalon. Neldon, donc. Sur mes trois parts, j'en mettrai une dans un coffre pour financer les boulots plus importants.

— Et pour la guilde ? demanda Quinn.

— Quoi, la guilde ? Ils n'ont qu'à aller se faire pendre.

Les quatre bandits se regardèrent et rangèrent leurs armes. Quinn rit, cracha et alla voir comment allait Neldon. Fyn les observa successivement et se dit que quelque chose lui échappait.

— Tu ne comprends pas, intervint Way en s'avançant vers Fyn, qui décida préférable de surveiller les mains de l'homme. La guilde contrôle presque tout ce qui se passe dans le Quartier des Cendres, dans les sous-sols et l'Ossuaire. Même dans le Bas-Quartier et le Quartier du Fleuve. Partout sauf dans le Quartier des Marchands et le Quartier des Nobles, et encore, ça risque de changer bientôt. Si tu contournes la guilde, elle te met les Surveillants sur le dos. (Il secoua la tête.) Tu peux t'accrocher à tes parts et tes illusions. Personne ne double la guilde.

Le reste du groupe passa devant Fyn, qui comprit qu'il était en train de les perdre. Il lui fallait trouver quelque chose à dire, et vite.

— Vous connaissez l'homme lézard qui travaille pour la guilde ? C'est un genre de keokum ? Mon ancienne équipe et moi, nous l'avons presque tué.

Le gang se figea. Siege aidait Neldon à se relever doucement.

— Tu racontes n'importe quoi, dit Quinn d'une voix rauque. Personne ne double la guilde, et personne ne peut survivre à une rencontre avec Saltair.

— Renseignez-vous. On lui a coupé la queue et une main. Peut-être même qu'on peut les retrouver. Il paraît qu'elles vont repousser, mais on lui a quand même fait très mal. Réfléchissez, dit-il en se passant la langue sur les dents. Si vous voulez vous joindre à moi, retrouvez-moi ici dans trois jours, et je vous parlerai de mon plan.

Le gang s'en fut, Neldon titubant difficilement entre Siege et Poli. Way tarda à leur emboîter le pas, examinant les armes de Fyn, ses vêtements et son visage.

— Dans trois jours ? demanda-t-il, la tête penchée sur le côté.

— Ouais.

— Et tu as un plan ?

— Absolument.

Way lâcha un grognement.

— Tu as un nom ?

— Fyunai. Mais tout le monde m'appelle Fyn.

— Fyn, répéta-t-il en goûtant le nom. Fyn le craint… Fyn le fatal… (Un sourire étrange lui souleva le coin des lèvres.) Je me renseignerai sur Saltair. Si ce que tu dis est vrai, alors tu peux compter sur moi.

Fyn s'inclina, comme l'homme disparaissait, rejoignant son groupe. Lorsqu'il fut seul, Fyn poussa un profond soupir, posa les yeux sur le cadavre de Fisher et vomit.

Ce n'était pas la vue du corps, ni un éventuel sentiment de culpabilité ; de son point de vue, l'homme l'avait bien cherché. Fyn avait rendu son déjeuner parce qu'il ne savait pas quoi faire avec la Guilde des Marchands d'esclaves et son emprise sur la vie souterraine de Luqura. Il avait exactement trois jours pour trouver un plan. Il regrettait presque qu'Annev ne soit plus en ville.

Presque.

Fyn s'essuya la bouche et s'appuya contre le mur. Quelque chose bougea dans un coin de son champ de vision. Il releva la tête et avisa un masque de corneille noire au regard rivé sur lui.

Une envoyée de la Guilde des Marchands d'esclaves ? se demanda-t-il en repensant aux Surveillants dont avait parlé Way. Si elle travaillait pour la guilde, rien ne l'indiquait. Elle pencha la tête sur le côté, le salua avec deux doigts et retira son masque.

— Par l'enfer !

La femme vêtue de noir s'éloigna en dansant sur les toits et disparut.

Fyn la regarda filer, incrédule. Il ne comprenait pas pourquoi elle le suivait, surtout après avoir volé la Baguette de Compulsion dans la demeure de Janak. Il avait cependant le sentiment qu'il reverrait Sodja Rocas dans un avenir proche, perspective qu'il ne trouvait pas forcément totalement déplaisante.

Chapitre 33

Les étoiles brillaient dans le ciel comme Sodja marchait au milieu des cerisiers entourant la propriété familiale. Elle émergea du verger et se dirigea vers un bassin où nageaient des arowanas, les scintillements d'or et de cuivre de leurs écailles sous la surface de l'eau lui rappelant les flammes qui avaient dévasté le bureau de Janak lorsqu'elle s'était enfuie avec la Baguette de Compulsion. Sodja toucha la baguette dans sa poche, froide, fine et lourde, et elle repensa à sa rencontre avec les trois voleurs responsables de l'incendie. Six jours s'étaient écoulés depuis. Quatre jours depuis que les voleurs de la forêt de Brake étaient arrivés à la capitale pour la chercher.

Sodja savait très peu de choses sur l'organisation qui avait envoyé ces hommes. Ses membres étaient supposés être des adorateurs d'Odar, même si Sodja ne voyait pas en quoi la confiscation d'artefacts magiques pouvait bénéficier au Dieu de l'Eau du ciel. Les frères aînés de Sodja, Ketrit et Rista, avaient rencontré des membres de ce culte en réglant quelques affaires familiales à Luqura, et Rista avait capturé et interrogé un des voleurs, qui n'avait pas survécu longtemps au traitement de son frère.

Les trois adeptes que Sodja avait rencontrés étaient à peine plus que des enfants, même si le plus musclé de la bande – le garçon aux tresses – paraissait un peu plus vieux. Peut-être même avait-il son âge. Sodja sourit en repensant à la façon déplorable dont il avait tenté de suivre sa trace.

Il avait fait montre d'une colère adorable lorsqu'elle avait utilisé sa magie pour disparaître sous ses yeux. Il avait égrené un chapelet de jurons tellement inventif qu'elle avait été tentée de réapparaître pour lui permettre de la pourchasser encore un peu.

En plus, il n'était pas vilain.

Elle avait cru, à ce moment-là, qu'elle ne le reverrait plus jamais, qu'il retournerait dans la forêt de Brake en dépit du fait qu'elle avait révélé son nom aux garçons, qu'elle les avait même encouragés à s'en prendre à sa famille. Leur arrivée sur les marches de la demeure familiale avait été un rebondissement bienvenu.

Toutefois, ils n'avaient pas insisté, ce qui l'avait désagréablement surprise. En dépit de ses efforts, la famille Rocas n'avait même pas été dérangée. C'était tellement frustrant. Tourner de nouveaux ennemis et d'anciens alliés contre sa famille… pour rien. Sodja était en train de se demander si cela valait la peine de les suivre hors du Haut-Quartier lorsque Saltair était sorti du manoir pour se lancer à leur poursuite, prenant la décision à sa place. Sodja l'avait filé jusqu'au Quartier des Cendres, où il était passé à l'attaque. Elle l'avait vu chasser le garçon à la main dorée – celui qu'elle avait abandonné dans le bureau de Janak, promis à une mort certaine. Le garçon avait fini par vaincre Saltair, puis le marchand d'esclaves Kranak.

Ce renversement avait été incroyable – exactement ce que Sodja avait espéré –, même s'il soulevait énormément de questions. Les garçons travaillaient-ils toujours pour leur culte ? Le garçon à la main dorée avait-il perdu son bras dans l'incendie de la maison de Janak, et où avait-il trouvé cette prothèse à la puissance obscène ? Dans la collection de Janak ? Sodja aurait cherché des réponses, mais le jeune homme manchot et ses compagnons avaient disparu de l'Ossuaire, ne laissant que des cadavres dans leur sillage… et abandonnant le joli garçon aux cheveux tressés, dont les actions suggéraient qu'il n'avait aucune intention de rejoindre ses camarades. Il paraissait vouloir s'installer à Luqura.

Une nouvelle énigme.

Elle envoya un coup de pied dans le bassin des dragons à écailles. Des poissons rouge doré scintillèrent dans l'eau. Elle soupira. Il était tard et elle devait terminer sa mission avant le réveil des serviteurs et l'arrivée de nouveaux gardes. Sodja dépassa le cinquième bassin et atteignit la longue haie séparant le verger et les bassins ornementaux du jardin situé derrière le donjon de la famille.

Il faisait noir – l'aube était encore loin –, et pourtant, comme elle se dirigeait vers l'arrière de la demeure, Sodja n'avait aucun mal à percer les ténèbres, voyant les allées conduisant aux marches de la maison. Le domaine de la famille Rocas avait la forme d'une part de fromage dont on aurait croqué un coin ; il était étroit à l'avant et s'élargissait dans le cœur du Haut-Quartier de Luqura. Comme on s'éloignait de l'entrée de la demeure, le jardin s'évasait et donnait sur la haie qui ceignait le verger cultivé par la famille.

Sodja scruta la rue, constata qu'aucune voiture ne s'était garée devant la demeure durant la nuit. Bien. Pas de visiteur de minuit, ni de marchand d'esclaves pressé d'exprimer ses doléances. Tout serait sans doute calme à l'intérieur ; il n'y aurait pas de mauvaise surprise, même si Sodja s'enorgueillissait de s'attendre constamment au pire. Question de conscience professionnelle.

La jeune femme se détourna de la porte d'entrée et planifia le parcours d'escalade qui la conduirait au balcon de la chambre de sa mère, dans un coin de la maison. La base du donjon était constituée de pierres taillées faciles à gravir, mais Sodja fit un pas vers la paroi et s'arrêta.

À l'extrémité opposée de la demeure, elle avisa une grande chandelle de suif allumée dans une chambre située au-dessus d'un grand treillis en métal. Le cœur brûlant, elle tourna le dos au balcon et se dirigea vers la fenêtre.

Un rosier était accroché au treillis. Il n'avait pas été taillé depuis des années, cependant, et ses épines étaient sèches et peu dangereuses. Comme elle grimpait, le métal rouillé familier grinçait sous son poids, et la plante desséchée se cassait sous son toucher. Lorsque Sodja eut atteint la fenêtre, elle mit la main dans son chemisier et en sortit un outil à crocheter avant de s'immobiliser pour écouter. Une forte voix féminine résonnait à l'intérieur.

— Absence. Périphérie. Ombres. Fumée et vapeur. Ce qui est fait sera défait.

Sodja connaissait cette litanie. Elle rangea son outil et donna une poussée sur la fenêtre. Un sourire naquit sur son visage comme le battant pivotait vers l'intérieur.

Dans la chambre, une chandelle unique projetait des ombres dansantes sur les murs et éclairait les mouvements fluides de la vieille femme assise devant elle. Même si ses yeux étaient flanqués de pattes-d'oie profondes, même si son menton n'avait plus sa fermeté d'antan, Sodja percevait sa beauté passée : des pommettes hautes, un nez mutin au milieu d'un visage en forme de cœur, une chevelure noir corneille striée de mèches grises. Elle avait les yeux fermés, mais s'ils avaient été ouverts, ils auraient été magnifiques, gris, en amande. Sodja fit un pas en avant et s'inclina respectueusement.

— Bonjour, grand-mère.

La femme assise devant la bougie inclina légèrement la tête dans sa direction. Elle n'ouvrit pas les yeux, cependant, ni n'adressa la parole à sa petite-fille. La matriarche de la famille Rocas baissa de nouveau la tête et reprit sa litanie.

— L'os de mon os. Mon ombre. Le sang de mon sang. Ton ombre. Absence. Périphérie. Marche et sois libre.

Comme Bella parlait, ses doigts précautionneux guidaient une aiguille en os et un fil noir dans la trame d'un carré gris et noir usé posé sur ses genoux.

Sodja la regarda pour la énième fois depuis quatre mois. La nuit comme le jour, la vieille femme cousait des morceaux de tissu en bredouillant ces paroles incompréhensibles. Il fallait la forcer à manger et à boire, et Sodja avait constaté à maintes reprises que les domestiques ne se donnaient pas cette peine. Des coupes d'eau croupie et des bols de nourriture non consommée s'accumulaient à côté du lit, au grand bonheur des mouches et autres vermines. Sans les visites nocturnes que Sodja lui rendait régulièrement, Bella serait morte depuis longtemps.

« Si la vieille veut se laisser mourir de faim en cousant ses torchons, avait dit Tiana, grand bien lui fasse. »

Cela avait fait rire Rista – comme la cruauté en général –, tandis que Ketrit était resté silencieux. Cela ne l'avait pas surprise non plus. Le frère aîné de Sodja parlait peu, et si ses visites à leur grand-mère étaient moins fréquentes que celles de Sodja, il continuait de la voir de temps en temps.

Désormais, Sodja devait rendre visite à Bella en secret. Depuis qu'elle s'était enfuie de la maison – depuis qu'elle avait découvert le registre et les secrets de sa mère –, elle n'avait plus le droit de voir sa grand-mère en plein jour. Cela faisait deux mois, et Sodja s'étonnait que personne ne se soit encore demandé comment Bella pouvait être encore en vie, alors que ni les domestiques, ni les membres de la famille ne s'occupaient d'elle. Comme en témoignait l'odeur âcre de son pot de chambre. Chaque groupe devait supposer que l'autre s'occupait de la grand-mère en secret, car personne ne se demandait comment les plats disparaissaient chaque nuit ou qui vidait son pot de chambre. Sodja ne pouvait pas passer tous les jours, il est vrai, mais elle faisait de son mieux et, jusque-là, elle ne s'était pas fait attraper. La jeune femme poussa un soupir et suivit l'odeur du pot débordant d'excréments.

Cela lui faisait mal de repenser à l'ancienne Bella, une femme pleine d'énergie et forte qui contrôlait les tendances de Rista et obligeait Tiana à rester à sa place. Depuis la mort de grand-père Gadish, toutefois, elle n'était plus la même. Vintan était mort l'année suivante. Le décès de son père avait profondément affecté Sodja, et il avait fini de briser Bella.

Cette obsession pour la couture et ces litanies étaient récentes, cependant. Personne ne savait d'où venaient ces morceaux de tissu, mais depuis qu'ils s'étaient matérialisés dans sa chambre, ils n'avaient pas quitté les mains de Bella. Elle reprisait, cousait, tissait. Reliait les gris aux noirs, les noirs aux noirs encore plus foncés. Ce spectacle était déstabilisant – celui d'une femme si digne et fière transformée en recluse bredouillante du jour au lendemain –, mais le pire, c'était qu'elle travaillait les yeux fermés. Le jour comme la nuit, elle travaillait au toucher. Comme pour illustrer cette pensée, les minces doigts de Bella lâchèrent son aiguille en os sur ses genoux et attrapèrent un bout de fil noir posé sur la table à côté de la bougie. Celui-ci était aussi fin que de la soie d'araignée, et pourtant, la vieille femme le passa à travers le chas de l'aiguille sans aucune difficulté et reprit son travail en chantant :

« *Protecteur de la vérité. Gardien des mensonges. Repousse la lumière.*
Assombris le ciel.
Absence. Périphérie. Ombres. Fumée et vapeur.
Ce qui est défait sera refait.
L'os de mon os. Mon ombre. Sang de mon sang.
Ton ombre.
Absence. Périphérie. Marche et sois libre.
Protecteur de la vérité. Gardien des mensonges. Renforce cette ombre.
Affûte son regard.
Absence. Périphérie. Ombres. Fumée et vapeur.
Ce qui est fait sera défait.
L'os de mon os. Mon ombre. Sang de mon sang.

Ton ombre.

Absence. Périphérie. Marche et sois libre. »

Tandis que la femme recommençait sa litanie depuis le début, Sodja sortit respectueusement de la chambre, le pot de chambre dans les bras. En se tenant d'une main, elle descendit en silence sur le treillis, alla vider le pot dans le verger, puis le remonta dans la chambre de sa grand-mère. À son retour, la vieille femme était assise dans son coin, silencieuse, les mains jointes sur les genoux, les paupières toujours closes. Sodja regarda successivement sa grand-mère et son ouvrage. Elle traversa la chambre et posa une main sur les paumes de Bella. Avec son autre main, elle saisit la coupe d'eau la plus proche et la porta aux lèvres parcheminées de la femme.

Pendant quelque temps, Bella ne réagit pas, l'eau lui mouillant simplement les lèvres. Une minute passa, puis deux. Enfin, sa grand-mère entrouvrit la bouche et laissa l'eau tiède couler dans sa gorge. Elle déglutit, toussa. Elle déglutit encore. Sodja lui glissa un morceau de pomme brune entre les dents, mais celui-ci resta suspendu quelques secondes avant de tomber par terre.

— Vous n'avez pas faim ? murmura Sodja, le cœur endolori, en se demandant combien de temps elle survivrait en s'alimentant de la sorte.

Bella ne dit rien, n'ouvrit même pas les yeux. Elle semblait s'être endormie sur sa chaise, mais sans doute n'était-ce pas le cas. Sodja attendit. Écouta. Peut-être sa grand-mère appréciait-elle sa compagnie. Peut-être savait-elle que Sodja s'occupait d'elle alors que les autres l'avaient abandonnée. Si c'était le cas, Bella n'en laissa rien paraître. Elle était assise en silence, ses mains noueuses tenant celles de Sodja pendant quelques minutes. Soudain, elles les lâchèrent, et la vieille femme reprit son ouvrage et se remit à psalmodier.

— Protecteur de la vérité. Gardien des mensonges. Repousse la lumière. Assombris le ciel.

Sodja descendit la vaisselle sale dans les quartiers des domestiques, avant de remonter à l'étage et de se diriger vers son objectif originel : la chambre de la Matrone Tiana. Exception faite du temple, c'était l'endroit le plus sûr de la demeure. Tiana gardait sans doute ses registres financiers dans le coffre, mais Sodja connaissait suffisamment bien sa mère pour savoir qu'elle ne se séparait jamais de son registre personnel. Autrement, elle n'aurait pas pu promettre à la Guilde des Marchands d'esclaves que leurs comptes étaient en sécurité. Ainsi, le temple de la famille Rocas servait-il de banque aux esclavagistes d'Innistiul.

C'était la seule preuve dont Sodja disposait de la responsabilité de sa mère dans la mort de Vintan Rocas, son père.

Quelques mois plus tôt, elle avait ouvert les registres financiers de sa mère et découvert quelque chose qui lui avait mis la puce à l'oreille. Au début, elle n'avait pas compris, mais à mesure qu'elle tournait les pages et lisait les notes de sa mère, la situation était devenue claire : Tiana Rocas et la Guilde des Marchands d'esclaves s'étaient mises d'accord pour écarter définitivement Vintan et la Guilde des Voleurs de la vie politique de la capitale. Vintan avait déjà renoncé à son poste de Maître Voleur de la guilde, cédant la place à son lieutenant Tymmit Blank, mais cela n'avait pas suffi à la Matrone Rocas et aux esclavagistes. Tiana avait insisté pour que la mort de son époux figure dans leur arrangement. Blank et ses autres lieutenants furent tués aussi, et la Guilde des Voleurs chassée de la capitale. La mère de Sodja avait été payée pour organiser tout cela.

Tout était là dans le registre : les archives de leurs échanges de messages, la liste des paiements effectués et des dettes contractées, les reçus, les dépôts. Tiana avait gardé une trace de tout, son instinct de commerçante prenant le dessus sur la prudence, et elle avait été grassement récompensée. Le coffre du temple de Dorchnok était plein à craquer, et la Guilde des Marchands d'esclaves avait pour ainsi dire pris le contrôle de la ville. La santé du roi Lenka étant fragile, et en l'absence d'héritier, Tiana était bien placée pour briguer le trône de la Grande Luqura.

À moins que Sodja mette la main sur le registre qu'elle avait bêtement abandonné lorsque sa mère l'avait surprise en train de le consulter. Tiana lui avait arraché le maudit livre des mains, et Sodja avait rapidement fui la demeure familiale. Elles avaient toutes les deux commis l'erreur de laisser l'autre filer. Désormais, Tiana cherchait à réduire Sodja au silence, et Sodja cherchait à retrouver le registre afin de révéler à toute la capitale le marché conclu entre la famille Rocas et Innistiul. Ainsi, elle compromettrait les ambitions royales de sa mère et, avec un peu de chance, minerait les bases de l'emprise grandissante d'une puissance étrangère sur le trône de Luqura.

Sodja se dirigea vers la chambre de sa mère, le cœur battant à tout rompre. Alors qu'elle s'apprêtait à saisir la poignée, un frisson la parcourut, et elle se retourna pour découvrir que Ketrit se tenait derrière elle dans le couloir.

— Salut, sœurette.

Sodja attendit une respiration, puis deux.

— Est-ce que tu vas appeler les gardes ?

— Le temps qu'ils arrivent, tu ne serais plus là.

— À moins que tu m'attrapes avant.

— C'est vrai. Il n'est plus là, tu sais ? dit-il en désignant la porte. Elle s'attend à ce que tu tentes de le voler.

— Des pièges ?

Ketrit hocha la tête.

— Pourquoi continues-tu de venir ?

— Pourquoi ne m'en empêches-tu pas ?

— Pour notre grand-mère. Les autres sont trop bêtes pour l'avoir compris, mais moi je sais que tu lui rends visite. Je t'ai même couverte plusieurs fois.

— Mais pourquoi ? Pourquoi ne pas avoir prévenu Rista ; il m'aurait tendu une embuscade et mis fin à tout ceci.

— Je te l'ai dit, pour Bella. On dirait que tes visites lui font du bien. Lui en faisait, en tout cas. Ces dernières semaines, je ne vois plus trop de différences. Je crois que… Peut-être que c'est sa manière de nous faire comprendre qu'elle est prête à partir.

— Tu ne penses quand même pas que…

— Si, je le pense. J'aime grand-mère Bella, Sodja. Peut-être pas autant que toi, mais je me soucie d'elle. Je la fais manger. Je passe la voir plusieurs fois par jour, mais c'est ma limite. Je ne viderai pas son pot de chambre, ni ne m'occuperai d'elle à plein temps. Et je ne me dresserai certainement pas entre mère et elle. (Il renifla, regarda sa sœur de la tête aux pieds.) Tiana voulait que je t'épouse. Comme oncle Pyodr a épousé tante Daunia.

Sodja baissa les yeux, sachant que Ketrit n'avait qu'à moitié raison. Comme tous les Saevor, Tiana mettait un point d'honneur à préserver la pureté de son sang kroséran ; Sodja n'avait jamais été promise à Ketrit, cependant. Son frère était supposé être un noble sacrifice, celui qui se marierait dans la famille royale et permettrait à la famille de prendre le pouvoir.

— Ne t'en fais pas, reprit Ketrit en sentant le malaise de Sodja. Tu n'es pas mon genre.

— Tu ne fantasmes pas sur ta sœur ?

— Je ne fantasme pas sur les femmes.

Sodja réfléchit. Elle avait remarqué que son frère était très difficile en matière de relations amoureuses et elle avait deviné ses préférences sexuelles, mais c'était la première fois qu'il se confiait à elle. Elle se demanda ce qui avait changé pour qu'il s'ouvre ainsi à elle.

— Tu l'as dit à mère ?

— À quoi bon ? Elle a les yeux rivés sur la couronne, et elle continuera à mettre des femmes nobles dans mon lit jusqu'à ce que j'en féconde une.

Il n'avait pas tort. Il savait pertinemment ce que Tiana avait prévu pour ses deux plus jeunes enfants.

— Tu devrais venir avec moi, protesta Sodja en essayant de le convaincre. Te battre à mes côtés.

— Non, répondit Ketrit dans un soupir las. Nous savons tous les deux comment cette histoire se terminera. Tiana obtiendra ce qu'elle veut et détruira quiconque se dressera sur son passage. (C'était une mise en garde, voire une menace.) En plus, il y a des avantages à être sur le trône. Dans une décennie ou trois, mère passera peut-être dans l'ombre, et je prendrai sa place.

— À moins que tu meures jeune et que Rista te supplante.

— C'est vrai, mais je suis prêt à tenter ma chance.

Sodja se retourna car tout ce qui avait besoin d'être dit l'avait été. Ketrit avait choisi son camp, et si sa position était précaire, il avait décidé de s'y accrocher. Du coin de l'œil, elle regarda la porte de la chambre de leur mère. Elle avait toujours envie de trouver ce registre, mais elle savait que son frère l'en empêcherait. Sans doute n'avait-il pas menti au sujet des pièges, ni même de l'absence du registre, ce qui rendait cette conversation encore plus déroutante.

— Sodja…

Elle lui fit face, surprise par l'intensité de sa voix.

— Ne reviens plus. Plus jamais.

Sodja étudia la douleur sur le visage de Ketrit. Cela lui avait-il coûté de prononcer cette phrase ? Comme elle se retournait vers la chambre de leur grand-mère, elle sut ce qu'elle allait répondre. Ils le savaient tous les deux.

— C'est impossible, et tu le sais. Bella a besoin de moi, et j'ai besoin de ce registre.

— Dans ce cas, prépare-toi à être accueillie comme il se doit la prochaine fois que tu escaladeras ce treillis. Mère n'est pas au courant de tes visites nocturnes, mais elle finira par comprendre, et je ne pourrai pas te couvrir indéfiniment.

En fait, non. Je ne te couvrirai plus. À partir de maintenant, tu es seule.

— Toi aussi.

— On dirait bien.

Elle retourna vers la chambre de sa grand-mère, décidée à partir comme elle était venue, puis elle se figea, la main sur la poignée.

— Et Bella ? Que lui arrivera-t-il quand je partirai ?

— Comme nous, elle sera seule.

Sodja fit volte-face, ses véritables émotions traversant son stoïcisme de façade.

— Ketrit, s'il te plaît. Elle mourra si personne ne s'occupe d'elle.

— Elle ferait bien de se rappeler comment s'occuper d'elle-même. (Ses joues normalement pâles étaient devenues rouges de colère. Enfin.) Elle nous a abandonnés, Sodja ! Comme père et grand-père ! Seule son enveloppe charnelle est avec nous. Avant, elle nous défendait, elle se battait pour nous. Maintenant, nous devons nous débrouiller seuls. Il est grand temps, d'ailleurs.

— Elle va mourir, répéta Sodja, ne sachant quoi dire d'autre.

— Laissons-la mourir. Laissons le passé disparaître avec elle. J'ai l'intention de me concentrer sur l'avenir, et je te conseille vivement de faire de même. (Ses joues avaient recouvré leur pâleur, et il lui tourna le dos.) Ne reviens pas, Sodja. Ou je t'enterrerai avec notre passé.

Chapitre 34

Farthinand Caldaren se révéla un allié précieux, conduisant Sraon et ses amis à Quiri sans faire aucune escale et ne leur demandant aucun paiement.

— Sraon Cheng m'a sauvé la vie plus d'une fois, expliqua-t-il en vrillant son épaisse moustache noire. Je m'estime chanceux d'avoir eu l'occasion de rembourser un peu ma dette.

En dépit de la cordialité de l'homme, Titus et Therin passèrent le plus clair de leur temps sous le pont, loin des matelots et des gens d'Innistiul. Annev resta avec eux pour les aider à récupérer des tourments qu'ils avaient subis, mais il ne les obligea pas à en parler. Durant un de leurs longs silences, il sortit un jeu de cartes emprunté à un marin et demanda à ses amis de lui apprendre. Après cela, ils passèrent beaucoup de temps à jouer et à s'inquiéter pour Sraon, qui se réveilla deux fois pendant la traversée de deux jours, mais ne parut pas conscient de leur présence.

Lorsqu'ils arrivèrent enfin à Quiri, Annev monta sur le pont et fut accueilli par l'odeur piquante de l'eau de mer et une forte humidité qui lui rappela à quel point il avait besoin d'un bain. Ils avaient parcouru près de soixante lieues pour atteindre Quiri, et s'ils avaient profité d'un vent favorable du début à la fin, cela ne suffirait peut-être pas pour sauver Sraon. Le blanc de ses yeux était presque entièrement jaune, désormais, et ses blessures avaient viré du violet au noir. Même les veines, sous sa peau, commençaient à noircir.

Annev savait que le forgeron serait mort une dizaine de fois si Reeve ne s'était pas occupé de lui, mais les effets de la magie du Dionaque s'estompaient de jour en jour.

Ils étaient donc arrivés à Quiri, une cité-État plus petite, mais plus vieille de plusieurs siècles que Luqura. Sodar lui avait parlé de la capitale de l'Empire darien, du Saint-Siège du Souverain pontife. L'Enclave des Dionaques de Tobar se trouvait là aussi, mais l'Église et ses leaders fanatiques ne savaient rien de ses membres et de leur magie interdite.

Le royaume d'Odarnea était comme Chaenbalu, mais en plus grand, avec ses fermiers et paysans labourant des terres périphériques, ses directives distribuées par le Saint-Siège, dont la structure ressemblait énormément à celle de l'Académie. Les enseignements hérétiques de Sodar et sa pratique secrète de la magie faisaient également penser aux Dionaques et à leur Enclave. Même les lignes familières et l'architecture de l'Académie semblaient se refléter dans les dômes des nombreuses cathédrales de Quiri, avec leurs voûtes d'ogives et leurs arcs-boutants. On aurait dit que le village avait été agrandi pour remplir un royaume tout entier. Annev ne savait pas trop quoi en penser. Il avait quitté Chaenbalu pour trouver de l'aide, mais également son propre chemin. Les réponses à ses questions, cependant, semblaient se trouver sur la route que Sodar avait tracée pour lui.

— Je ne me laisserai pas commander par ces gens, murmura Annev en se rappelant la raison de sa venue. Je ne me laisserai pas avoir par leurs intrigues politiques et leurs prophéties. Je suis ici pour soigner Sraon et pour me débarrasser de la Main de Keos, c'est tout.

Il n'avait pas oublié les mots de Jian, cependant : « *Le Grand-Prêtre de Tobar peut retirer la Main de Keos, mais il ne le fera que si le Vaisseau l'aide d'abord.* »

— Nous sommes arrivés à Quiri, lança Therin en rejoignant Annev à la proue du bateau.

— Oui, confirma celui-ci en se tournant vers son ami au regard émerveillé. Tu te vois toujours vivre ici ?

— Eh, ça ne peut pas être pire que l'Académie ! Tu me diras, c'est ce que je pensais aussi de Luqura, jusqu'à ce que ce cinglé me coupe le téton.

— Oui, je suis vraiment désolé, regretta Annev en grimaçant.

— Ne t'en fais pas, le rassura Therin avec son enthousiasme habituel. Je n'en avais pas grand usage, et puis, ton bandage magique m'a guéri très vite. (Il gloussa.) Si ça ne te dérange pas, j'aimerais quand même garder l'autre !

— Sraon est-il prêt ? demanda Titus en les rejoignant.

— Ouais. On vient de le charger sur la jument. Maître Reeve discute avec le capitaine Frani. Dès qu'ils auront terminé, nous mettrons pied à terre.

— Je suis tellement heureux qu'il ait sauvé cette bête. Depuis le temps qu'elle est avec nous, nous devrions lui donner un nom. Que pensez-vous de Willow ?

— Ça me plaît, acquiesça Therin.

— Allons chercher Willow, dans ce cas. Chaque minute que nous perdons ici pourrait être fatale à Sraon.

Malgré les encouragements d'Annev, les marins mirent dix bonnes minutes à amarrer le bateau et à installer la passerelle. La compagnie dit au revoir au capitaine Frani, puis emboîta le pas à Reeve sur la jetée, vers le cœur de la ville. Annev fut choqué par la taille des bâtiments, la plupart atteignant la hauteur de ceux de Banok ou Luqura, certains faisant même trois ou quatre étages. Quand on ajoutait à cela les rues sinueuses, il était extrêmement difficile de voir au-delà des bâtisses qui les entouraient directement. Cela rendait Annev claustrophobe, au contraire de Chaenbalu ou Luqura. Même à Banok, où les maisons étaient si proches les unes des autres qu'on pouvait faire la tour de la ville en sautant de toit en toit, il y avait des artères larges et des places d'où il était possible de voir le reste de la ville. Rien de tout cela ici, et Annev se perdit rapidement dans les ruelles pavées, à l'ombre des hautes structures gothiques.

— Où se trouve donc cette fameuse Enclave ? demanda-t-il à voix basse au grand-prêtre.

— Chut ! fit Reeve en posant l'index sur ses lèvres. Il ne faut pas en parler en ville. Il y a un chemin, mais il est secret et gardé.

— Vous allez nous bander les yeux ?

— Rien d'aussi trivial, s'amusa Reeve. Vous m'avez vu invoquer l'Eau du ciel, n'est-ce pas ? Eh bien, pour préserver nos secrets, je vais utiliser le *quaire*.

— Je croyais que c'était la même chose, que le nom seul était différent.

— C'est la même chose, mais pas tout à fait.

— D'accord…, acquiesça Annev. Quel rapport avec… cet endroit où nous nous rendons ?

— L'Eau du ciel, expliqua Reeve avec le ton d'un professeur, correspond aux éléments physiques que sont la glace, l'eau et l'air. Quand on parle de ce qui est métaphysique, cependant – de l'*esprit* et de la *volonté* –, nous préférons le terme de *quaire*, lequel peut être manipulé pour lire les pensées d'autrui. Pour *siphonner* ces pensées, aussi. Pour vous faire oublier ce que vous avez vu ou vous convaincre que vous n'avez rien vu du tout.

Annev pensa immédiatement à la Baguette de Compulsion, qui permettait à son utilisateur d'imposer sa volonté sur autrui. Il s'agissait d'une baguette noire, d'une mauvaise chose utilisée pour réduire les gens en esclavage. Reeve était-il en train de lui dire que les Dionaques avaient la même aptitude sans avoir besoin d'un artefact ? L'idée le fit frissonner.

— C'est d'une importance vitale, poursuivit Reeve, car notre chemin n'est pas dissimulé par des tunnels secrets ou des brumes magiques. Il est caché à la vue de tous, en quelque sorte, sous le nez de ceux qui veulent le plus le trouver. (Ils s'arrêtèrent, et Reeve désigna une magnifique cathédrale surplombée de hautes spires et de gargouilles effrayantes.) Ceci est le Saint-Siège de l'Église d'Odar, expliqua-t-il, le regard scintillant dans le soleil du matin. Le Souverain pontife Medur vit là avec les plus fanatiques de ses évêques, grands-prêtres et inquisiteurs.

— Des inquisiteurs ? répéta Annev, impressionné. Je croyais qu'il s'agissait de mages terrans.

— Il y a quatre types de mages terrans : les Seigneurs de sang, les Inquisiteurs, les Modeleurs de terre et les Artificiers. Les inquisiteurs qui habitent ici sont appelés les Chercheurs, et ils ne possèdent aucun sang susceptible de les aider dans leurs interrogatoires. Ils doivent se contenter d'outils plus sinistres pour obtenir des confessions et trouver des réponses. Ce n'est pas joli à voir. J'espère que vous ne croiserez jamais leur route.

Annev se tourna vers ses amis, qui tenaient Sraon sur la selle de Willow. Il avait l'impression de les guider vers le danger et non la sécurité.

Comme s'il avait perçu son inquiétude, Reeve désigna le bâtiment, dans leur dos. Ils s'étaient arrêtés devant un mur plat constitué de blocs uniformes de granit, dont Annev découvrit soudain qu'il était percé d'une porte en fer ceinte d'une arche ornée de glyphes mystérieux.

— Mais comment ? s'étonna le jeune homme.

— Grâce à la lecture de glyphes et au *quaire*, répondit Reeve en frappant à la porte. Quand on se tourne vers la porte, on voit les symboles gravés au-dessus de l'arche et on oublie tout d'un seul coup. Au lieu d'une porte en fer, on croit avoir vu des blocs de granit. Au lieu d'une entrée, on voit une impasse. La magie empêche les non-initiés de trouver notre foyer et assure la sécurité de nos frères.

— Mais je vois la porte, désormais.

— Parce que je vous le permets, parce que j'ai retiré le voile de non-vision de devant vos yeux. Malgré cela, sans notre assistance, vous ne garderez aucun souvenir de la porte et de ses runes.

Annev grogna en repensant à la Baguette de Compulsion et à son fonctionnement.

— Donc nous pouvons entrer, mais qu'arrivera-t-il lorsque nous repartirons ? Pourrons-nous retrouver la porte ?

— Pas sans mon aide. Trouver la porte implique de se rappeler les Runes d'oubli, chose qu'on ne vous enseignera pas à moins que vous deveniez Dionaque.

— Les runes agissent comme une clé – une clé mentale – que vous ne donnez qu'aux membres de l'Ordre.

— Précisément. Vous êtes très intelligent, Ainnevog.

Annev accepta le compliment et Reeve ouvrit la porte en fer. Un moine au crâne rasé apparut qui les accueillit dans l'Enclave.

Chapitre 35

— Je vous présente le Dionaque Leskal, lança Reeve en détachant Sraon de la jument. Je lui ai expliqué que nous étions pressés, et il sait qui vous êtes.

— Quoi ? s'étonna Therin d'une voix aiguë. Quand ? Comment ?

Reeve se tapota la tempe en arborant un air sardonique.

— Nous communiquons grâce au *quaire*, jeune homme. Par télépathie. (Il se tourna vers le Dionaque chauve, un homme musculeux aux épaules rondes, au visage sévère et à la barbe épaisse et tressée.) Frère Leskal, les préparatifs pour Sraon sont-ils terminés ?

— Nous sommes prêts, Frère Reeve. Nous prendrons grand soin de lui.

Leskal s'avança vers Sraon, mais au lieu de le prendre dans ses bras ou sur son épaule, il sortit des replis de sa robe un épais morceau de bambou fermé par un bouchon. L'autre extrémité du tube était terminée par une brosse en crin de cheval, et comme Annev l'observait, l'homme se baissa pour dessiner un glyphe avec de l'eau. Leskal murmura quelques mots en darien ancien, et le glyphe s'évapora, se transformant en disque d'air translucide. L'homme posa rapidement Sraon dessus et le fit flotter sous les arches du couloir, l'éloignant de Reeve et du reste du groupe.

Titus et Therin en restèrent bouche bée.

— Vous avez vu ça ? s'écria Therin. C'était incroyable !

— Waouh ! souffla Titus. Est-ce le genre de magie qu'on va nous enseigner, Maître Reeve ?

Un autre prêtre en robe émergea d'une salle voisine et emmena la jument sans rien dire dans un couloir transversal.

— Peut-être. Mais s'il vous plaît, appelez-moi Dionaque Reeve ou simplement Frère Reeve. Nous ne nous appelons pas *Maître*, ici, car le seul véritable maître est le Père de toute chose.

Annev se demanda si les Dionaques inséraient des leçons de théologie dans leurs cours de magie et de verbalisation de glyphes. Sodar lui avait appris les bases de la foi darienne, aussi connaissait-il des centaines de vieux glyphes et runes dariens. S'il choisissait de rester et de suivre les enseignements de l'Ordre, il aurait probablement un an d'avance sur ses camarades. Il serra son poing doré. Il n'était pas venu jusqu'ici pour apprendre.

— Où le Frère Leskal emmène-t-il Sraon ? demanda Annev comme ses amis et lui suivaient Reeve dans un long couloir.

— Frère Leskal est le chef des Porteurs de bouclier. Il va aider Sraon avec le concours des chefs des Briseurs de souffle et des Arpenteurs d'esprit, les Dionaques Holyoak et Honeycutt. Ce dernier devrait pouvoir neutraliser et purger le poison de son corps. Holyoak surveillera son état mental et s'assurera que son cerveau n'a subi aucun dommage irréversible.

— Vous croyez que le risque existe ? s'inquiéta Annev.

— C'est malheureusement plus que probable, confirma Reeve, l'air sombre. Le poison de Saltair a affecté la capacité de réflexion et la mémoire de Sraon. Lorsque j'ai testé son esprit durant le voyage, Sraon ne se rappelait plus qui il était. Et il ne se souvient plus de nous. Ne vous alarmez pas trop, cependant. Nous avons déjà eu des cas similaires et avons l'habitude de soigner le cerveau. Les soins mentaux sont notre spécialité, en quelque sorte.

— Vous connaissez bien ce venin, dit Annev en ralentissant et en pensant aux Dionaques de Tobar disparus. Saltair a-t-il déjà attaqué votre Ordre ?

— Non pas l'Ordre, mais nos alliés, nos contacts à Luqura et Quiri. Ceux que nous avons traités ont fait l'expérience de fugues similaires, même si leurs blessures étaient moins profondes. Sraon a reçu une dose mortelle de venin, d'où le besoin que nous avions de nous hâter. Débarrassons-nous d'abord du poison, puis le Dionaque Holyoak tâchera de voir si le *quaire* de Sraon a été affecté de façon permanente.

— Et si jamais…

— Alors Sraon n'aura aucun souvenir de son passé et ne sera peut-être plus en mesure d'en constituer de nouveaux. Dans le pire des cas, il pourrait perdre ses facultés mentales et le contrôle de ses fonctions corporelles. Il redeviendrait un enfant, incapable de s'occuper de lui-même, de réfléchir.

— C'est terrible, commenta Titus, horrifié.

— En effet, confirma Reeve. Je reste optimiste, mais on ne sait jamais. La Dionaque McClanahan est déjà parvenue à guérir des blessures très graves et à rendre la majeure partie de leurs souvenirs à certains patients. McClanahan est à la tête des Créateurs de tempête, c'est une femme très talentueuse. (Le grand-prêtre s'arrêta au milieu du couloir en avisant la mine étonnée d'Annev.) Sodar vous a parlé des quatre castes de la magie darienne, n'est-ce pas ? C'est incroyable ! s'exclama l'homme comme Annev secouait la tête. En presque deux décennies, il n'a pas été fichu de vous enseigner les bases !

— Ce n'est pas vrai, contra Annev, sur la défensive. Sodar m'a appris beaucoup de choses sur la magie, mais je ne la pratique que depuis une semaine.

— Des méthodes d'enseignement plus *orthodoxes* auraient peut-être permis d'accélérer le processus.

— Il m'a aussi appris à lire et écrire, insista Annev comme le rouge lui montait aux joues. Et à me battre. Il m'a appris la théologie, le *Livre d'Odar* et…

— Il vous a appris à réparer vos vêtements, à cuisiner et à lacer vos bottes, oui. Pour ce qui est de la magie, cependant, il ne vous a pas rendu service. Vous ne comprenez pas la différence entre le *quaire* et l'Eau du ciel. Vous ne savez rien des quatre castes dariennes et de ce qu'elles font. Sodar vous a-t-il seulement appris à nommer les glyphes ?

— Oui, répondit un peu trop vite Annev.

— Nous verrons bien. (Reeve désigna de la tête Titus et Therin qui, quelques pas en arrière, essayaient de se faire discrets.) Et vous deux ? Avez-vous appris quelque chose d'utile à l'Académie ?

— À crocheter des serrures ? proposa Therin.

— Et vous, Titus ? Un peu de magie, peut-être ?

— On nous a appris qu'elle était mauvaise.

— Vous commencerez par les bases, dans ce cas. Lorsque l'état de Sraon sera stabilisé, votre talent sera testé. Si vous n'en avez pas, nous ne perdrons pas de temps à vous former.

— S'ils n'en ont pas, vous les chasserez ? s'enquit Annev, qui s'inquiétait pour ses amis. Vous allez leur effacer la mémoire ?

Reeve le regarda durement.

— Vous croyez que c'est ce que nous faisons ici ? Avons-nous fait subir ce sort à Sraon lorsque Sodar nous l'a amené ? Ou à Tukas et Keezel ? Non ! Nous leur avons enseigné les mêmes principes qu'à nos frères et sœurs et nous leur avons donné un foyer. Beaucoup d'entre eux sont devenus nos yeux et nos oreilles dans tout l'Empire, des atouts précieux par les temps qui courent.

— Un métier dangereux, aussi.

— C'est vrai, reconnut Reeve en soutenant son regard. Chaque profession a ses risques, mais aucune cause n'est plus noble, ni plus nécessaire que la nôtre.

Annev tint sa langue, alors qu'il voyait bien trop de points communs entre la philosophie des Dionaques de Tobar et celle de l'Ordre des Anciens de Chaenbalu. Des vieillards hypocrites convaincus de l'importance de leur mission. Le genre de personnes souvent capables de sacrifier autrui pour faire avancer leur agenda. Exactement comme l'Ancien Tosan, voire comme Sodar. Toutefois, Annev n'avait pas l'intention de répéter ses erreurs passées.

— En quoi consiste le test ? demanda-t-il en se rappelant ceux que lui imposait Sodar, tels que la manipulation du sac sans fond, le dessin de glyphes et leur activation.

Reeve aurait sans doute des méthodes similaires, même s'il jugeait peu orthodoxes celles de Sodar. Peut-être les tests de l'Enclave permettraient-ils à Annev de mieux se comprendre, d'appréhender différemment sa magie. Peut-être qu'on lui expliquerait pourquoi il avait tant de mal à pratiquer la magie darienne.

— Trois facteurs déterminent l'aptitude d'un candidat à utiliser le talent : le sang, l'art et l'artisanat. Vous êtes né avec le sang : le don d'un parent ou un hybride des deux parents. Impossible de tester votre sang directement, cependant, car cela nécessiterait de la magie terrane, aussi observerons-nous votre art et votre artisanat.

— Ne s'agit-il pas de la même chose ?

— Pas exactement. L'art est votre aptitude innée à utiliser le talent. Les Iluméens disent qu'on ne peut pas réellement enseigner l'art. Ce n'est pas une série de règles, ni une série de faits ; l'art vient de l'esprit, il est intuitif, créatif. Si on ne peut pas l'enseigner, on peut quand même le tester, et c'est la raison pour laquelle on parle de talent. Car il est question de votre personnalité et de votre esprit. Ajoutée à votre ascendance, l'évaluation de votre talent nous permettra de déterminer si vous pouvez devenir un bon Dionaque.

» *A contrario*, l'artisanat peut être appris et enseigné. Par exemple, il se peut que vous ayez le talent, mais je doute que vous sachiez vous en servir correctement. L'instruction peut corriger cette lacune, elle peut vous aider à affûter vos aptitudes, et elle est l'objectif principal de l'Ordre : la poursuite de la connaissance et son application.

Cet exposé impressionna Titus et Therin. Ils arrivèrent dans une grande salle emplie de tables et de chaises. Quelques prêtres en robe bleue y étaient installés, certains lisant, d'autres écrivant, mais personne ne parlait. Régnait donc un silence étrange qu'Annev n'avait pas envie de briser.

— Pourquoi les enseignements de Sodar étaient-ils si différents ? chuchota-t-il, mal à l'aise.

— Pour plusieurs raisons. Votre sang ne faisait aucun doute car il connaissait votre arbre généalogique.

— Du côté paternel, peut-être. Ma mère était iluméenne. Pourquoi ne pas m'avoir enseigné la magie iluméenne ?

— Je m'étonne qu'il ne l'ait pas fait, dit Reeve en haussant le sourcil. Aurait-il suivi mon conseil ?

— Vous voulez dire que… c'est vous qui lui avez demandé de ne pas me prodiguer cet enseignement ?

Reeve opina du chef et les guida hors de la salle de travail.

— L'étude de magies différentes entraîne la dilution du talent, surtout quand les domaines sont proches. Sodar le sait : il a beaucoup étudié, mais n'a jamais accumulé autant de pouvoirs que d'autres Dionaques. J'ai une affinité avec les quatre castes dariennes, mais j'ai choisi de concentrer mes études sur le port de bouclier. Ce qui signifie que je suis en mesure de compresser l'Eau du ciel, de former des boucliers d'air, des lames de glace, ce genre de chose. C'est principalement une école martiale. Les autres castes sont plus difficiles pour moi.

— Les castes dariennes ? Vous voulez dire… les Arpenteurs d'esprit, les Briseurs de souffle, les Porteurs de bouclier et les Créateurs de tempête ?

— Correct, acquiesça Reeve en les précédant dans un escalier. Tout comme Arnor, Sodar était un Briseur de souffle. Un maître de la furtivité et du subterfuge, entre autres choses. Arnor est devenu un de nos meilleurs Briseurs de souffle.

Sodar… (Reeve haussa les épaules.) Il s'est concentré sur diverses tâches, notamment la protection de votre lignée. Malgré une avance de plusieurs siècles, il n'a jamais développé le même talent qu'Arnor. Sodar était certes versatile, mais pas particulièrement talentueux, pas au sens traditionnel du terme.

— Vous lui avez donc demandé de limiter ses enseignements à la magie darienne.

— Oui. Sauf que je n'avais pas prévu qu'il ne vous donnerait pas de bases théoriques solides.

Reeve s'arrêta devant une porte en bois, frappa deux fois et ouvrit.

— Bienvenue parmi nous, Frère Reeve, lança une voix joyeuse, dont le propriétaire sortit de derrière un pupitre dressé devant un tableau noir.

Face au pupitre, il y avait une rangée de cinq bureaux. Le décor rappelait beaucoup l'Académie.

— Bonjour, Frère McClanahan, répondit Reeve en entrant dans la pièce. Heureux d'être rentré à la maison.

— McClanahan ? répéta Therin en se rapprochant avec circonspection d'un des pupitres. Je croyais qu'il s'agissait d'une…

Le Dionaque éclata de rire, posa sa craie et se frotta les mains.

— Vous parlez de Misty, mon épouse. Une Dionaque très talentueuse. Oui, Therin, les Dionaques ont le droit de se marier.

Le jeune homme regarda le Dionaque avec des yeux ronds.

— Tym ne peut pas s'empêcher de frimer, s'amusa Reeve en posant la main sur l'épaule de son collègue. C'est un Arpenteur d'esprit qui a la fâcheuse habitude de lire les pensées des gens sans même s'en rendre compte.

— Je n'irais pas jusque-là car il me faut tout de même fournir un petit effort pour y parvenir, mais il est vrai que c'est une mauvaise habitude. J'aime entendre ce qui se trame autour de moi, et certaines pensées sont plus fortes que d'autres. (Il adressa un clin d'œil à Therin.) Comme votre amie blonde de Chaenbalu, Faith, c'est bien ça ? (Il gloussa.) Ne vous en faites pas, je sais garder un secret.

— Bien au contraire ! chuchota Reeve en se penchant vers l'oreille d'Annev.

— Mais pas du tout ! (L'homme souriait toujours, aussi Annev comprit-il qu'il s'agissait d'un genre de blague.) Bref, d'une manière générale, tâchez de contenir vos pensées lorsque vous venez dans cette salle.

— De les contenir ? répéta Annev.

— Oui. Certaines pensées sont des murmures, d'autres des cris, comme lorsqu'on parle à voix haute. La majeure partie de nos discours ont lieu ici, toutefois, précisa-t-il en se tapotant la tempe, l'air subitement pensif. Votre petite amie est-elle un *fantôme* ?

— Ce n'est pas ma petite amie ! protesta Therin en s'empourprant. Et elle… elle est morte.

— Oh, je suis vraiment navré, mon garçon. (Il hésita.) C'est quand même bizarre de penser à elle comme ça…

Reeve se racla la gorge pour attirer l'attention, épargnant un nouvel embarras à Therin.

— Frère McClanahan administrera vos tests de talent. Dès qu'il le pourra, chacun des chefs de caste évaluera votre personnalité.

— Ce sera l'occasion de rencontrer Misty ! intervint Tym en souriant de nouveau. Je suis tellement excité. Cela fait des années que nous n'avons pas accueilli de nouvelles recrues ! Excellent, excellent. (Il regarda successivement les trois garçons, un scintillement espiègle dans l'œil.) Je parie que vous êtes un Créateur de tempête, dit-il à Therin. Beaucoup de pensées très intenses. Cela facilite leur insertion dans l'esprit d'autrui. (Il se tourna vers Titus.) Quant à vous…

tellement calme et attentif. Je parie mes dents que vous êtes un Arpenteur d'esprit.

— Vous êtes un Arpenteur d'esprit aussi, remarqua Annev dans un sourire en coin, et vous ne semblez pas très calme.

Tym s'esclaffa et lui donna une tape dans le dos, laissant une marque de craie sur sa cape.

— Il a l'esprit rapide, hein ? Et l'air martial, avec son bandage ensanglanté et sa cape rouge. Un Porteur de bouclier, très certainement. (Il frappa dans ses mains, produisant un nuage de craie.) Ce ne sont que des conjectures, évidemment. Je me trompe plus d'une fois sur deux, mais j'aime bien tenter ma chance. Cela m'amuse, et cela fait bien longtemps que je n'ai testé personne ! (Il secoua la tête.) Installez-vous donc. Il est temps de commencer.

Chapitre 36

Les garçons s'agitaient sur leur siège pendant que Frère Tym terminait de dessiner. Annev étudia les dessins. On aurait dit des runes, voire des pictogrammes, mais ils ne lui étaient pas du tout familiers. Au lieu de lignes bien droites et d'angles géométriques, Tym coloriait avec de la poussière de craie des cercles symétriques et des boucles superposées. Lorsqu'il eut terminé, il posa sa craie et se tourna vers les garçons.

— Bien, dit-il en joignant ses mains. Que voyez-vous ?

— De la craie ?

— Maître Annev est un esprit pratique. Mais dites-moi, à quoi ressemblent ces traces de craie ?

— À une tache, répondit Therin en levant à moitié la main. Comme quelque chose que j'aurais renversé sur ma chemise.

— Très bien, mais cherchons plus loin. Quelles images voyez-vous dans cette tache ? Quelle histoire celle-ci raconte-t-elle ?

Titus leva timidement la main.

— On dirait deux personnes en train de discuter. Un homme et une femme.

— Bien ! Très bien, Frère Titus. Autre chose ?

Titus se tourna vers Reeve, qui se tenait debout dans le fond de la salle, puis vers Annev. Tym agita le doigt.

— Ne les regardez pas. Regardez en vous-même. Il n'y a pas de mauvaise réponse. Dites-moi ce que *vous* voyez.

Titus se concentra sur les traces de craie.

— L'homme est furieux, et la femme… pleure. Il y a quelque chose entre eux, un liquide, peut-être une boisson. Du thé, je crois. Ils ne se disputent pas à son propos, mais ils tiennent tous les deux la tasse. Il y a de la vapeur, aussi.

— D'où vient-elle ?

De la tasse de thé, se serait attendu à entendre Annev, au lieu de quoi Titus les surprit tous :

— La vapeur provient d'eux, des larmes de la femme et de la colère de l'homme. Elle flotte entre eux comme un nuage.

Tym et Reeve échangèrent un bref regard, et Annev comprit que quelque chose d'important était passé entre eux.

— Très bien, Frère Titus. Et vous, Therin, que voyez-vous ?

— Je ne vois rien de tout ça ! répondit celui-ci en riant. Sauf peut-être la fumée, la brume.

— Et d'où vient-elle ?

Therin fixa le tableau d'un regard pensif.

— Je ne suis pas sûr. Peut-être y a-t-il quelque chose derrière la brume. Un truc caché.

— Pouvez-vous essayer de deviner ce qui la produit ?

— Peut-être une personne, tenta Therin en secouant la tête. Je ne sais pas.

— Merci quand même. Et vous, Annev ?

Annev scruta le tableau à son tour, essayant de trouver un sens aux motifs tracés à la craie, à leur symétrie. Il y vit de la beauté, mais une beauté abstraite. Il distinguait une variété de teintes, de densités de craie, mais celles-ci ne racontaient aucune histoire. Il voyait de la craie, et rien d'autre. Comme il regardait et réfléchissait, un silence gênant s'installa. Il songea un instant à inventer une histoire semblable à celle de Titus, mais renonça, se doutant bien que Frère Tym se rendrait compte du subterfuge. Alors, il dit la vérité.

— C'est juste un dessin à la craie.

— Mmh… Un dessin à la craie ? Intéressant…

Annev s'agita sur sa chaise, se sentant de plus en plus bête à mesure que les secondes défilaient. Frère Tym croisa les bras et se tapota la lèvre inférieure avec le pouce.

—Très intéressant, conclut-il avant de se retourner pour effacer son dessin à main nue. (Quand le tableau fut presque propre, il fit face à Annev.) Et maintenant ?

Annev regarda, remarqua la symétrie brisée, les lignes floues. Il n'y avait rien, là, à part un fantôme de l'ancienne image, et pourtant… Cette fois, Annev vit quelque chose qu'il n'avait pas remarqué lorsque les contours étaient nets et les formes parfaitement coloriées.

—Je vois…

Il s'interrompit avec le mot sur le bout de la langue. Un coup d'œil rapide à Tym et Reeve lui confirma qu'ils avaient entendu sa pensée.

—Qu'est-ce que tu vois ? lui demanda Therin.

—Du sang, répondit-il. Je vois une mare de sang sombre.

Annev pensa à Cenif, à l'animal mutilé que Crag et lui avaient trouvé dans la forêt de Brake. Il pensa au *feurog* tombé sous ses coups d'épée comme il essayait de protéger Sodar. Il songea aux gardes morts qu'il avait combattus dans le palais de Janak, aux marchands d'esclaves qu'il avait tués à Luqura pour sauver Therin et Titus.

—Du sang… et des cendres, précisa-t-il comme s'il s'agissait d'un juron.

À sa gauche, Therin avait du mal à contenir son hilarité, tandis que Titus semblait sonné.

—Intéressant, répéta Tym. Très, très intéressant.

Il se tourna vers Reeve, et une conversation silencieuse eut lieu entre les deux Dionaques. Reeve hocha la tête, et Tym se retourna vers Annev.

—Frère Reeve va continuer à tester Therin et Titus, ici, expliqua-t-il. Nous, nous allons dans une autre partie de l'Enclave.

Annev ne pouvait s'empêcher de se dire que ses amis avaient réussi leur test, alors que lui avait échoué. C'était absurde – Annev avait étudié avec Sodar pendant des années, alors que Therin et Titus ne connaissaient rien à la magie –, mais peut-être était-ce un problème. Sodar lui avait enseigné l'*artisanat*, tandis que Therin et Titus possédaient peut-être l'art. Si ses deux amis avaient une sensibilité innée pour la magie, ils réussiraient là où lui ne pourrait qu'échouer.

Je n'ai jamais pratiqué la magie darienne, se dit-il en se rappelant ses rencontres avec divers artefacts et ses tentatives de nommer les glyphes. *Je connais toutes les runes et les mots de pouvoir… mais je n'ai jamais pu les faire fonctionner de concert. J'avais un artefact, en revanche. Depuis toujours.* Un frisson lui parcourut l'échine.

Peut-être n'aurait-il pas un an d'avance sur ses camarades. Peut-être leurs aptitudes excéderaient-elles les siennes, peut-être leur étaient-elles déjà supérieures.

— Venez, Frère Annev. Il y a de nombreuses manières de tester le talent.

* * *

Annev regarda dans le puits, se sentant oppressé par ses parois rugueuses. Frère Tym et lui avaient descendu deux étages et traversé un long couloir conduisant à la minuscule pièce qui contenait la source d'eau principale de l'Enclave.

— Il y a une citerne sur le toit pour l'eau de lessive et la toilette, avait expliqué Tym en ouvrant la porte. Le puits nous fournit de l'eau potable, et c'est une source pure d'Eau du ciel.

Annev s'était penché au-dessus de l'eau à contrecœur, avisant son reflet environ quatre mètres plus bas.

— Que suis-je censé faire ?

Frère Tym sortit de sa tunique une brosse en bambou identique à celle de Frère Leskal, puis fit le tour du puits en traçant sur la pierre les glyphes représentant le *quaire*, l'air, la glace et l'eau.

—Tendez le bras au-dessus du puits et dites-moi ce que vous ressentez.

Annev obtempéra, faisant d'abord le tour du puits, se sentant un peu bête de se laisser tester. Cela lui rappelait les tests que lui faisait subir Sodar à Chaenbalu : les mêmes attentes, suivies des mêmes échecs, des mêmes déceptions.

Cette fois, ce serait différent, se dit-il. Annev savait qu'il possédait de la magie, qu'il avait un talent. Simplement, il ignorait lequel.

Il tendit le bras et attendit jusqu'à en avoir mal aux muscles, jusqu'à ce que le sang se refroidisse au bout de ses doigts.

—J'ai la main engourdie, s'excusa Annev en abaissant son bras. Je n'ai rien senti.

—Pas tout à fait, le corrigea Tym. Vous avez dit que votre main était engourdie. Votre peau était-elle froide ? Ce pourrait être le signe d'un Porteur de bouclier, capable de modeler la glace. (Il s'interrompit.) Mais vous ne me croyez pas. Vous pensez que votre main est devenue froide parce que nous sommes dans un sous-sol humide et que le sang a cessé de circuler dans vos doigts.

Annev grimaça, surpris de la précision avec laquelle Tym avait décrit ses pensées. Même Tosan n'avait pas été capable d'en faire autant, alors qu'il avait un anneau détecteur de mensonges.

Comme l'anneau de cuivre que j'ai trouvé dans le Caveau, pensa-t-il.

—Un Anneau d'Inquisiteur ? dit Tym, interrompant son flot de pensées. Très intéressant. Et vous avez réussi à l'utiliser ? (Il se tut, leva la main.) Désolé, vous ne l'avez pas dit, mais… (Il se passa la langue sur les dents.) Un jour, j'aimerais que vous me le montriez. Nous voyons très peu d'artefacts à Odarnea, l'Église détruisant la moindre trace de magie. Un caveau rempli d'artefacts… C'est incroyable.

Il plongea le regard dans le puits, fixa le reflet d'Annev dans l'eau.

— Toujours rien ? Ce n'est pas grave. Vous avez choisi cet endroit précis pour une raison particulière ? lui demanda Tym en désignant la base du puits.

— Non, répondit Annev en regardant autour de lui et en essayant de se rappeler quel glyphe le prêtre avait peint à cet endroit du puits. Quel glyphe avez-vous tracé ici ?

— Aucun, répondit le Frère Tym en tapotant le muret à quatre endroits différents. J'ai tracé les glyphes là. De votre côté, il n'y a rien.

— Je ne vous ai rien appris d'utile, alors ? regretta Annev, les épaules tombantes.

— Bien au contraire, le corrigea Tym en agitant l'index avec enthousiasme. Il arrive que *rien* soit *quelque chose*. Vous avez marché autour du puits avant de tendre le bras. Vous avez pris position entre les glyphes, aussi loin d'eux que possible.

— Ah…

Tym opina du chef.

— Si vous vous étiez contenté de vous avancer jusqu'au puits, vous vous seriez retrouvé devant le glyphe du *quaire*. Il semblerait que vous ayez choisi de vous tenir où vous êtes et d'éviter les glyphes.

Vraiment ? Il ne s'en souvenait pas, mais c'était possible. Il n'avait pas vraiment fait attention à Frère Tym lorsque celui-ci traçait ses symboles, lesquels s'étaient évaporés au moment où il avait tendu le bras. Annev ne connaissait pas du tout la position des quatre glyphes.

Était-ce un hasard ? Ou pas du tout ?

— Remontons, proposa l'homme en recoiffant en arrière ses cheveux bruns en désordre. Nous allons monter sur le toit pour voir ce qui se passe si vous en sautez.

— Si je *quoi* ?

Le Dionaque lui adressa un sourire sincère.

— C'était une blague. Nous ne sommes pas tous aussi barbants que Frère Reeve. Suivez-moi. Je vais vous présenter à Misty. Les autres frères n'ayant pas besoin de ses services pour l'instant, elle m'aidera à tester votre *quaire*.

— Cela signifie-t-il que Sraon va mieux ?

— Leskal et Honeycutt ont extrait le poison, expliqua Tym, la tête penchée sur le côté, comme s'il écoutait quelque chose. Et Frère Holyoak dit qu'il n'y a pas de dommages permanents. Il ne sera pas forcément redevenu lui-même lorsque vous le reverrez, mais il devrait recouvrer ses facultés et sa mémoire.

Annev poussa un soupir de soulagement. Il était tellement inquiet pour son ami qu'il n'avait pas la tête à être testé. À présent qu'il le savait sain et sauf, il aurait peut-être moins de mal à se concentrer. Et il avait envie de savoir s'il était capable ou non de nommer quelques glyphes.

— Quand pourrai-je le voir ?

— Lorsque nous aurons parlé à Misty. Reeve est avec Sraon en ce moment même, et les autres chefs de caste sont avec Therin et Titus. Lorsque nous aurons fini avec Misty, Sraon devrait être en mesure de vous recevoir.

— Merci, répondit Annev avec un énorme soulagement. Je suis prêt.

* * *

Annev plongea les yeux dans le regard vert clair de la femme en essayant de ne pas penser à Myjun.

— Concentrez-vous sur ce qu'elle tente de vous dire, déclara Tym, pas sur sa beauté.

Annev s'empourpra, tandis que Misty donnait un coup de coude dans les côtes de son époux.

— Arrête ! Tu le déconcentres ! Mais merci quand même, ajouta-t-elle en souriant à Annev.

— Mais je n'ai rien…

— Vous n'avez rien dit, mais vous l'avez pensé très fort. Lorsque vous aurez un peu plus d'expérience, nous vous apprendrons à contenir vos pensées. Je n'ai même pas eu besoin d'écouter pour entendre. Contrairement à certains…, ajouta-t-elle en se tournant vers Tym. (Misty envoya son mari à l'autre bout de la salle.) Annev, je vais projeter mes pensées autour de vous, tout près de vous. Elles flotteront dans les airs, attendant d'être attrapées, en quelque sorte. Concentrez-vous. Fermez les paupières si vous en ressentez le besoin, et focalisez-vous sur vos sensations. Quelles pensées entrent dans votre esprit ?

Annev ferma les yeux et essaya de se concentrer, mais la mort de Myjun l'obsédait toujours, et il se sentit incapable de penser à autre chose. Il rouvrit les paupières et découvrit que Misty et Tym le regardaient tous les deux avec une profonde tristesse.

— Ça ira, leur dit-il, mal à l'aise. Elle n'était pas… Elle ne m'aimait même pas. Enfin, pas vraiment. Elle a failli me faire tuer, et Sodar est mort à cause de…

À cause de moi, pensa-t-il. *Parce que j'ai été trop bête pour l'écouter, parce que j'étais obsédé par quelqu'un qui se moquait éperdument de moi.* Annev se mordit la lèvre, se maudissant d'avoir pensé si fort. Il regarda ses mains, incapable de croiser le regard des deux Dionaques.

— Je suis désolée, lui dit Misty. Peut-être devrions-nous essayer quand vous aurez l'esprit plus clair.

Annev hocha la tête, heureux de pouvoir profiter d'un sursis.

— Oui. Peut-être plus tard.

— Venez, lui dit Tym en lui tapotant l'épaule. Titus et Therin sont au-dessus. Vous pourrez leur parler pendant que Reeve et les autres installeront Sraon dans sa chambre.

* * *

— Un Briseur de souffle naturel, lança Honeycutt, le visage exprimant une grande fierté. Des instincts étranges. Quand il connaîtra les mots et les glyphes, sa progression sera fulgurante. Je pense qu'il sera Dionaque avant la fin de l'année.

Therin jubilait intérieurement, n'étant pas habitué aux compliments.

— Et le jeune Titus ! s'enthousiasma à son tour Holyoak. Ce garçon est doué, et pas seulement pour arpenter les esprits. Des instincts fantastiques ! Je soupçonne fortement un talent hybride. Des années et des années que je n'en avais pas vu. Dire que nous allons peut-être accueillir un autre dualiste dans nos rangs ! Où Reeve a-t-il trouvé ces jeunes garçons ? Y en a-t-il d'autres comme eux ?

Annev eut un sourire forcé, son incapacité à pratiquer la magie darienne étant rendue encore plus embarrassante par le succès de ses amis.

— J'ai fait bouger une pièce sur une table ! dit soudain Therin. Annev, c'était… génial ! Frère Honeycutt a dessiné un symbole et m'a dit comment le nommer, et… la pièce a bougé ! C'était incroyable !

— Frère Holyoak me parlait, expliqua Titus, mais pas avec la voix. Je l'entendais, je le sentais dans ma tête. Apparemment, il n'essayait même pas spécialement. J'arrivais à extraire ses pensées tout seul. (Il secoua la tête, pleurant presque de joie.) Annev, cet endroit est fantastique. (Il s'interrompit, changea d'expression.) On dirait que ça ne s'est pas super bien passé pour toi.

Par le sang et les cendres brûlantes. Lui aussi va pouvoir lire dans mes pensées, maintenant ? Tous mes amis sont-ils des prodiges ? Annev ne se départit pas de son sourire, mais les Dionaques présents dans la salle tournèrent un regard peiné vers lui. Frère Tym grimaçait, les mains levées, prêt à se boucher les oreilles, tandis que le Dionaque Holyoak fronçait les sourcils.

—Eh bien…, intervint Reeve en s'éclaircissant la voix. Le moment est peut-être venu de rendre visite à Frère Sraon.

—Si ça ne vous dérange pas, j'aimerais continuer à tester le Novice Titus, dit Holyoak en se remettant à sourire. Il a un véritable talent – il a l'art et le sang –, et j'aimerais voir s'il maîtrise également l'artisanat.

—Pas de problème, répondit Reeve. Il est de toute façon préférable de limiter le nombre des visiteurs. Contentez-vous de la télépathie et de la lecture de pensée pour l'instant. Il n'est pas encore question d'arpenter un esprit, entendu ? Je sais que Titus est talentueux, mais il convient de lui fournir des défenses solides avant de le mettre en danger. Vous préférez peut-être continuer à travailler avec le Novice Therin ? demanda-t-il à Honeycutt.

—Bien sûr, Frère Reeve. Pensez-vous que Frère Leskal voudra revoir Therin ? s'enquit l'homme en caressant son menton pointu.

—Non, aucun des deux garçons n'est un Porteur de bouclier, mais nous avons bon espoir pour Annev ; il a l'allure d'un combattant. Il aimerait voir Sraon d'abord, cependant. (Il salua de la tête Frère Tym et la Dionaque McClanahan.) Merci d'avoir travaillé avec Annev. Vous pourrez reprendre demain, je pense.

La femme à la chevelure rousse et son époux au visage rond s'inclinèrent, tandis que Reeve escortait Annev hors de la salle.

Chapitre 37

Les Dionaques avaient installé Sraon à l'autre bout de l'Enclave dans une chambre dotée d'une fenêtre donnant sur le nord de la ville et sa campagne, au-delà. D'après Reeve, c'était la chambre de Sraon quand il était novice, il y avait de cela plusieurs décennies.

— Il avait environ votre âge quand il s'est présenté à nous. Il venait de débarquer d'Innistiul et en avait assez du commerce des esclaves. Il avait hâte de commencer une autre vie et de cultiver une nouvelle foi. (Reeve soupira.) C'est un homme mûr désormais. Nous avons sans doute l'air d'avoir le même âge, tous les deux, mais pour moi, il sera toujours ce garçon d'Innistiul aux yeux grands ouverts.

Comme les cellules des novices se trouvaient au dernier étage, ils gravirent une troisième volée de marches. Annev craignit de croiser ses amis, mais Therin et Titus poursuivaient leur entraînement à l'étage en dessous. Il avait des sentiments mitigés à ce sujet. D'un côté, il était content pour eux, surtout après des années passées à subir les maîtres de Chaenbalu. Être traités justement et considérés comme des prodiges était un changement appréciable, mais Annev devait avouer que cela lui faisait mal. Il n'était pas habitué à être le moins talentueux des trois. Il se sentait tout petit, un moins que rien, alors qu'il s'était battu bec et ongles pour prouver à l'Académie qu'il avait de la valeur. Et il s'enorgueillissait d'être le diacre de Sodar en plus d'un acolyte. Mais le monde était sens dessus dessous : Annev restait dans la vallée, tandis que Therin et Titus gravissaient les plus hauts sommets.

C'est complètement débile, se réprimanda-t-il. *Je ne suis pas ici pour étudier avec les Dionaques. Je suis venu pour Sraon, pour qu'on m'aide à retirer cette maudite main. Dès que ce sera fait, je partirai.*

C'était un bon plan, mais Annev s'inquiétait pour ses compagnons. Devrait-il les abandonner ici ? Les ramener à Banok et à Brayan ? Il ne savait pas. Lorsqu'il devait partir pour Luqura rencontrer Reeve, déjà, il ne voulait pas les emmener, pressentant qu'ils représenteraient une responsabilité trop grande. Là, à Quiri, ils avaient apparemment un avenir, même si l'Ordre ne manquerait pas de les mêler à ses intrigues et politiques. Quand on considérait le rythme des disparitions des membres de l'Ordre, depuis quelque temps, cela ne semblait pas forcément une bonne idée.

Je ne suis pas responsable de leurs vies, se rappela-t-il. Ils n'étaient plus à Chaenbalu, et ils étaient traités en adultes, ici. Si Titus et Therin voulaient rejoindre l'Ordre, Annev ne pourrait pas les en empêcher. Ni ne le voudrait. Cela le mettrait dans la catégorie de Sodar ou des Dionaques de Tobar, ce qui était hors de question.

Reeve poussa une porte, et Annev avisa immédiatement une meurtrière et un mâchicoulis surplombant la rue. L'Enclave était donc une forteresse, voire un château. Les salles avaient été transformées, depuis, et la ville semblait avoir oublié sa présence. Si proche du Saint-Siège, et pourtant invisible. La porte s'ouvrit davantage, révélant un homme à la peau basanée et transpirant étendu sur un lit.

— Annev, croassa Sraon en essayant de s'asseoir. Heureux de vous revoir.

Annev se précipita vers l'homme et le serra dans ses bras jusqu'à ce que le forgeron lui demande de le lâcher.

— Désolé, s'excusa le jeune homme.

—Non, non, le rassura Sraon en toussant. Ça ira. Faites attention à mon épaule, c'est tout. Cette saloperie de keokum a les dents pointues. Peut-être même en a-t-il abandonné quelques-unes dans ma chair.

Il y eut un moment de silence gêné, et Reeve se racla la gorge.

—Je vais vous laisser le temps de parler, tous les deux. Mais pas trop longtemps. Sraon a besoin de repos, et le Dionaque Leskal nous attend.

L'Archidionaque sortit dans le couloir et referma la porte.

—Les autres vont bien ? demanda Sraon. Les frères qui se sont occupés de moi ne m'ont pas dit grand-chose.

—Ils vont bien. Elar Kranak, le marchand d'esclaves, a coupé un peu de la peau de Therin, et Fyn a choisi de rester à Luqura. Titus et Therin m'ont suivi dans le Nord. Les Dionaques sont en train de les tester.

Sraon grogna, l'air amer.

—Je n'ai jamais aimé la gueule de cet Elar. Je savais qu'il était mêlé à quelque chose de louche. La manière dont il nous est tombé dessus sur cette place… Et notre albinos, le diseur de vérité ?

—Jian Nikloss…, dit Annev en se sentant subitement coupable d'avoir si facilement oublié le sacrifice du Yomad.

Il ne le connaissait certes pas depuis très longtemps, mais Jian s'était sacrifié pour eux. Et puis, Annev le trouvait sympathique. L'avoir oublié si vite lui faisait l'effet d'une trahison.

—Euh… il ne s'en est pas sorti.

—Ah.

Annev faillit en dire plus, avouer que sans l'intervention du diseur de vérité, il aurait rasé le Quartier des Cendres tout entier, tué tout le monde, Sraon et ses compagnons inclus. Au lieu de quoi il se mordit la langue – lâche qu'il était – et laissa le souvenir de l'homme dans l'ombre, à moitié oublié.

— Je suis vraiment désolé, jeune homme. Si cette créature ne m'avait pas attaqué, si j'avais eu le temps de lever ma hallebarde… (Il leva la main dans un geste de supplication.) Je vous ai laissés tomber. Je suis navré.

— Non, contra Annev en reculant un peu. Vous nous avez permis d'atteindre Luqura, de survivre aux soldats et aux bandits, de passer les portes de la ville. Sans vous, nous n'aurions jamais pu ne serait-ce qu'approcher la ville.

— Oui, acquiesça Sraon. Sans doute seriez-vous en train de guerroyer à Borderlund, à l'heure qu'il est. (Il eut un sourire forcé.) J'imagine que vous vous en sortiriez bien. Mais vous êtes dans l'Enclave, désormais, et Frère Reeve et les autres s'occuperont bien de vous. J'ai tenu la promesse que j'avais faite à Sodar.

Annev hocha légèrement la tête, n'étant pas tout à fait du même avis que Sraon. Le forgeron semblait croire qu'Annev voulait rejoindre l'Ordre, et le jeune homme n'avait pas le cœur à le contredire.

— Je vois que vous avez toujours votre prothèse.

Annev leva son gant de forgeron et fléchit ses doigts métalliques.

— Oui. Tout le monde était occupé à sauver la vie d'un vieux forgeron, je crois.

— Vieux ! protesta Sraon. Vous devriez regarder autour de vous, jeune homme. La moitié des gens ici ont les cheveux gris, et même les autres sont plus âgés que vos arrière-arrière-grands-parents. Voyez Reeve ! Il est plus vieux que Sodar ! Vous le saviez ?

— Non, avoua Annev. Il a dit qu'il avait déjà vu la Main de Keos une fois, à la bataille de Vosgar, mais je pensais qu'il était plus jeune que Sodar. Il a l'air plus jeune, en tout cas.

— Vous n'êtes pas le premier à le dire. Quand vous rejoignez le conseil des sans-âge, vous cessez de vieillir, mais vous ne rajeunissez pas. Sodar est un des derniers à avoir rejoint le conseil, et il était déjà vieux. Reeve était un des premiers, et il est plus vieux que vieux. C'est difficile à croire, mais il était déjà là à l'époque du Premier Âge.

Annev essaya de calculer l'âge de l'homme : il avait quelques siècles de plus que Sodar, certainement, et devait avoir entre quatre et cinq mille ans. Un ou deux siècles ne faisaient aucune différence.

— Sont-ils immortels ? demanda Annev, se rendant aussitôt compte de sa bêtise. Ils peuvent mourir, bien sûr – Sodar est mort –, mais, je veux dire… Comment peut-on être si vieux ? Avec toutes ces guerres, ces batailles, il devrait être mort depuis longtemps.

— La plupart des sans-âge sont morts. J'imagine que Reeve est particulièrement prudent.

Annev acquiesça de la tête, se rappelant la manière dont Reeve avait pris ses jambes à son cou dès que la situation avait dégénéré. Il avait certes sauvé la vie de Sraon – et il était revenu les chercher –, mais il n'en demeurait pas moins qu'il avait d'abord voulu sauver sa peau. Annev ne devrait pas oublier ce détail, ni attendre constamment l'aide de l'Archidionaque. Il était fort à parier que l'homme les abandonnerait dès que cela sentirait le roussi.

On frappa à la porte comme si Annev avait fait apparaître l'Archidionaque par la pensée. Lorsque la porte s'ouvrit, cependant, elle révéla le Dionaque Leskal.

— Frère Sraon, vous devriez vous reposer. On va vous servir votre repas, après quoi vous dormirez. (Le Dionaque chauve à la mâchoire carrée s'adressa alors à Annev.) Suivez-moi. Nous discuterons pendant que vous mangerez. Il faudra boire beaucoup d'eau pour s'entraîner à nommer les glyphes.

Annev craignait d'échouer une fois de plus, mais il fit bonne figure pour le forgeron.

— Reposez-vous, Sraon. Je vous rendrai visite plus tard.

— Ne vous en faites pas pour moi, jeune homme. Rejoignez vos amis et montrez-leur quelle magie sommeille en vous. Vous n'avez plus besoin de la cacher.

Il sourit comme si cela pouvait aider Annev. L'estomac du garçon bouillonnait, cependant. Annev déglutit, agita la main en signe d'au revoir, avant de suivre le chef des Porteurs de bouclier dans le couloir.

* * *

Le Dionaque Leskal tira sur sa barbe tressée, le visage fripé encadré par d'épaisses moustaches.

— Vous devez le vouloir. Imaginez ce que vous désirez voir se produire, puis manifestez cette volonté à travers des mots. Concentrez-vous sur un point et imaginez l'Eau du ciel se contractant autour de lui. Se pressant, se condensant en un plan d'air ou une lame d'eau.

— Lequel dois-je imaginer ? L'air ou l'eau ?

— Peu importe. L'élément compte moins que l'action.

— Savoir ce que je dois comprimer m'aiderait, protesta Annev en dansant d'un pied sur l'autre.

— Faites comme vous voulez, mais je vous conseille de penser simplement à l'Eau du ciel, à quelque chose d'amorphe et de malléable à volonté. Si vous êtes un Porteur de bouclier, vous découvrirez peut-être que vous avez une affinité pour l'un plus que l'autre – la glace, l'air ou l'eau –, mais il s'agira d'Eau du ciel dans tous les cas. Si vous devenez un Porteur de bouclier, vous aurez peut-être moins de mal à créer de la brume ou du brouillard, mais c'est un mouvement d'*expansion* que vous travaillerez avec le Frère Honeycutt.

— Ça tire, ça pousse ou ça presse ? protesta Annev, le front plissé.

Leskal essuya lentement sa bouche et ses moustaches humides. Cela faisait presque une heure qu'ils se tenaient sur le toit de l'Enclave. Le Dionaque avait les aisselles trempées de transpiration car la chaleur et l'humidité de Quiri étaient oppressantes.

— Tirez ou poussez si vous voulez, mais vous n'êtes pas au centre du processus. (Il désigna l'air et le ciel, les nuages et l'humidité invisible qui s'accrochait à leur corps.) Collectez l'Eau du ciel autour de vous, compressez-la en quelque chose de compact et aiguisé. Une lame ou une balle, un plan ou une sphère. Quelle que soit la forme, concentrez-vous sur cette image et appariez-la avec le glyphe que nous venons de tracer. Prononcez le mot et lâchez votre volonté.

Annev inspira, emplit ses poumons d'air pour parler, puis se ravisa, de plus en plus incertain.

— Ne devrions-nous pas utiliser une rune plus spécifique ? Je veux dire… c'est juste le symbole du *quaire*. J'ai le sentiment que j'aurais plus de succès si je traçais le glyphe du bouclier ou du mur. Ou bien le symbole de l'air, de l'eau, voire de la glace ?

Il désigna l'ellipse déformée qu'ils avaient dessinée ensemble avec les brosses en bambou. Le symbole commençait déjà à s'estomper, l'eau s'évaporant rapidement dans le soleil puissant et la chaleur intense.

— Non, rétorqua Leskal, le visage tel un masque de patience. Ce n'est pas nécessaire à ce stade. Ce qui importe, c'est de développer votre volonté et le bon état d'esprit.

Annev fixa du regard les quelques gouttes d'eau restantes, le glyphe s'étant presque complètement évaporé.

— Et si nous utilisions du sang ou de la salive ? Ils s'évaporeraient moins vite – surtout le sang –, et nous ne serions pas contraints de dessiner les glyphes sur le sol.

Les larges épaules de Leskal s'affaissèrent. Il fixa Annev d'un regard dur, s'avança et, d'un geste sec et précis, effaça le symbole du bout du pied.

— *Brúigh !*

L'air autour d'eux devint tout sec comme l'humidité qu'il contenait se rassemblait, se comprimait en une sphère liquide. Annev sentit les poils de ses bras se dresser tandis que sa transpiration s'évaporait, disparaissant dans la boule d'eau qui flottait entre eux. La sphère planait devant lui, tournait sur elle-même.

— *Brúigh!*

La boule s'aplatit soudain, forma un disque d'environ une coudée de diamètre.

— *Brúigh!*

Le disque s'enroula tel un parchemin transparent et prit la forme d'un cône, d'une pointe, d'une lance de glace.

— *Brúigh!*

La glace se craquela, se décomposa en échardes scintillantes, qui reprirent l'aspect d'une plaque d'eau. Non, ce n'était pas de l'eau, mais de l'air. Grâce à un seul mot, Leskal avait transformé une dague de glace en mur d'air. Annev tendit le bras, posa la main sur le bouclier et fut surpris par sa solidité. Il s'appuya dessus, pesa de tout son poids. Leskal haussa un sourcil. Soudain, la main d'Annev transperça le mur et le jeune homme tomba presque tête la première.

Le chef des Porteurs de bouclier le rattrapa, sa patience s'étant évaporée en même temps que le mur d'Eau du ciel.

— Ça suffira pour aujourd'hui. J'ai besoin de m'hydrater avant de poursuivre, et je ne suis pas sûr que cela fasse une différence.

Il congédia Annev d'un geste dédaigneux.

Chapitre 38

Myjun regarda le cercle gris et flou qui flottait au-dessus de l'horizon. Son centre était noir comme la nuit, alors que son périmètre brillait d'un éclat incandescent qui rappelait celui d'une étoile. Lorsqu'il s'éleva, le disque diffusa une lumière grise et terne qui effaçait certaines ombres et en adoucissait d'autres.

— Qu'est-ce que c'est ?

L'assassin et elle voyageaient depuis des jours dans un paysage de roche grise monotone, mais Myjun commençait à remarquer des récurrences. Le disque gris était la plus évidente. Il y avait également un changement dans la texture des pierres, ainsi qu'une montée à peine perceptible sur leur droite, qui disparaissait dans une brume épaisse.

— C'est l'Œil de Dorchnok, répondit Oyru sans même regarder. Un reflet du soleil dans le domaine de l'ombre. Il marque le passage du temps dans ce monde.

— Nous marchons donc depuis trois jours sans nourriture, ni repos.

— Tu peux parler de jours si tu veux, mais les choses sont différentes, ici.

— Comment doit-on dire, alors ?

Oyru leva la main pour désigner le disque gris clair suspendu dans le ciel sans étoiles.

— L'Œil de Dorchnok marque l'anté-ombre, ce que tu appellerais le jour, même s'il s'agit plutôt d'un déclin des ombres. Lorsque l'Œil n'est plus dans le ciel, c'est l'ombre, la nuit. Cinq ombres se succéderont ici contre une seule journée dans ton monde. Dans trois ombres supplémentaires, nous arriverons à la première étendue morne. C'est là que notre chasse débutera.

Myjun embrassa du regard le paysage terne et sombre et ricana.

— Une étendue morne ? Mais ce monde tout entier est une étendue morne ! Pas de terre, pas de plantes, ni d'animaux. Comment faites-vous pour vous repérer, d'ailleurs ?

— En suivant l'Œil de Dorchnok. Il descend derrière nous, ce qui signifie que nous marchons vers l'est.

— Même si le paysage ne change pas, nous nous rapprochons d'Alltara ?

— Dans ton monde, les ombres manquent de véritables dimensions, expliqua-t-il en hochant la tête. Le Monde de l'Ombre est peu différent. Les choses semblent avoir plus de profondeur car les ombres ont de la profondeur, mais elles sont plates la plupart du temps. Ce monde n'est qu'un écho de la vie. Un parallèle désolé du monde physique.

— Il n'y a donc rien à chasser, ici, et nous n'allons nulle part.

Quelque chose changea dans l'expression d'Oyru. De l'agacement ? De l'amusement ? Comme s'il portait lui aussi un masque. Toutefois, Myjun déchiffrait de mieux en mieux les subtilités de ses postures.

— Les étendues mornes sont des points de repère bien réels. Elles sont comme les mares d'ombre de la forêt de Brake, sauf qu'elles conduisent au monde suivant, au Monde du Rêve.

Myjun considéra le paysage en plissant les yeux. Elle essaya d'imaginer une fosse noire où se terreraient des monstres. Dans ce vide uniforme, cependant, l'idée semblait impossible.

— Il n'y a rien, ici.

— Bien au contraire, et dans quatre clignements de l'Œil de Dorchnok, tu le verras de tes propres yeux. La terreur faite chair, des cauchemars vivants.

— Les démons de l'ombre.

— Leur véritable nom est *eidola* ou eidolons. Ils se cachent dans les fissures de ce monde et se repaissent des rêves des hommes et des femmes afin de gagner de la *somnumbra*, la force vive qui nous permet de subsister dans ce monde. Mais les rêves d'autrui sont sans saveur et dangereux. Il vaut mieux méditer.

— La méditation, dit Myjun avec dégoût. Pourquoi ne pas se nourrir comme le font ces monstres ?

— Parce que ce n'est pas simple et que nous ne sommes pas des monstres. Les *eidola* mangent les rêves des vivants parce qu'ils ne vivent pas eux-mêmes. Comme nous vivons, nous rêvons. Nous n'avons pas besoin de capturer les ombres des pensées d'autrui. Mangerais-tu les excréments d'un autre être humain ? Respirerais-tu l'air d'un autre ? Pour eux, c'est la vie car ils n'ont pas de vie à eux ; pour nous, c'est du poison.

— D'accord, concéda Myjun. Quand allons-nous méditer dans ces terres pleines de monstres ?

— Bientôt, répondit Oyru en se tournant vers le disque gris qui commençait à disparaître derrière l'horizon.

Ils reprirent leur longue marche, mais seules quelques minutes passèrent avant que l'assassin brise de nouveau le silence.

— Le domaine de l'ombre a tendance à étouffer l'esprit. Sens-tu ses effets sur toi et tes pouvoirs ?

Myjun prit le temps de réfléchir.

— Je crois. Je suis pleine de colère, mais d'une colère différente. La douleur n'est plus aussi vive. J'ai l'impression d'être moins… impulsive ? (Oyru acquiesça comme s'il comprenait.) Le masque n'a pas changé ; l'artefact est le même, évidemment. Vous croyez que ses capacités seront affectées ?

—Nous le découvrirons lorsque nous arriverons à destination.

Myjun fit la moue et caressa sa joue dorée.

—Oui, sans doute.

Ils marchèrent pendant une heure environ, même s'il était difficile de mesurer le temps dans ce décor onirique. Lorsque l'Œil de Dorchnok eut complètement disparu, les ténèbres devinrent plus profondes. L'assassin se retourna et lui fit signe de s'arrêter.

—Assieds-toi, tabibito. Nous allons méditer.

Ils restèrent longtemps assis en tailleur, les yeux fermés. Toutes les quelques minutes, Oyru l'instruisait de vider son esprit, de faire le vide en elle ou ce genre d'idioties spirituelles. Chaque fois, cependant, Myjun s'efforçait d'obéir. Chaque fois, elle restait assise, les yeux fermés. Le temps s'écoulait si lentement. Elle écoutait le rythme de la respiration d'Oyru, tentait de ralentir la sienne, en vain. Elle était agitée. Énervée. Elle essaya de ne pas penser au temps perdu. À respirer. À rester assis. À méditer. À ne rien faire.

Quelle perte de temps!

—Vide ton esprit, tabibito. Deviens le noyau du Monde du Rêve et laisse la somnumbra te saturer.

Inutile. Futile.

Les pensées de Myjun tourbillonnaient autour d'elle… et elle se sentait de plus en plus fatiguée. Extrêmement lourde, aussi, et sur le point de s'endormir.

—Ne dors pas, la mit en garde Oyru, sa voix l'empêchant de sombrer. Le sommeil est le chemin du Monde du Rêve. Contente-toi de *méditer*. C'est tout ce dont ton corps a besoin.

—J'*essaie*, mais c'est tellement…

Inutile. Ridicule.

—Deviens le vide, répéta Oyru pour la centième fois. Ton aura te trahit. Ton esprit est contrarié.

—Bien sûr qu'il est contrarié! s'emporta-t-elle en ouvrant grand les yeux. Au lieu de traquer Annev, nous sommes assis dans un des Cinq Enfers, et un démon me murmure à l'oreille !

— Viens, reprit Oyru, impassible. L'ombre se dissipe, et l'Œil de Dorchnok commence à se rouvrir. Nous réessaierons lorsque tu seras moins distraite.

Le même programme se répéta trois fois – trois antéombres –, et la veille de la troisième ombre, Myjun n'eut plus du tout de patience.

— Je n'y arrive pas ! Le masque me gêne !

— Tu dois y arriver, insista Oyru sans se donner la peine d'ouvrir les yeux. Si tu n'es pas capable de te mettre dans un état méditatif, tu n'absorberas pas assez de somnumbra, ton corps et ton esprit se flétriront et mourront.

— La *somnumbra*, répéta la jeune femme, goûtant l'amertume du mot. Je ne la vois pas. Je ne la sens pas, ni n'en distingue le goût. Et si je l'avais déjà absorbée ?!

— Bien sûr que tu l'as absorbée.

— Pourquoi perdons-nous tout ce temps, dans ce cas ?

Oyru expira longuement. Il ne soupira pas vraiment, n'étant jamais démonstratif, mais l'effet fut similaire dans cet endroit où le moindre mouvement, la plus petite action semblait chargée de sens.

— Parce que tu n'en as pas reçu assez. Ton corps absorbe de la somnumbra chaque fois qu'il se trouve dans le domaine de l'ombre, mais cela ne suffit pas. Voilà pourquoi tu dois te reposer. Voilà pourquoi tu dois apprendre à méditer.

Myjun ferma les paupières et essaya de trouver son centre, quelle que soit sa nature. Elle trouva de la colère, un serpent de haine et de venin se tortillant dans les flammes. Son instinct la poussa à s'accrocher à ce feu, à l'alimenter, mais Oyru lui demanda de le lâcher. Il convenait de prendre conscience de la présence de ces émotions… avant de s'en détourner.

— La douleur me rend plus forte. Je devrais l'embrasser !

— Non. Car, alors, c'est elle qui te contrôlerait, et ce serait le contraire de la force.

Myjun gronda, mais n'ouvrit pas les paupières. C'était toujours pareil. Chaque ombre, Oyru la forçait à s'arrêter pour méditer lorsque les ombres étaient à leur zénith et que le disque gris de l'Œil de Dorchnok avait disparu derrière l'horizon. Au lieu de dormir, ils reposaient leur corps et calmaient leur esprit, permettant à la somnumbra de les pénétrer. En théorie.

Pourquoi suis-je incapable de le faire ? Pourquoi ne puis-je passer outre le masque ? Elle avait appris à détester les nuits dans le domaine de l'ombre, tant elle était frustrée par son inefficacité, par son incapacité à absorber la vitalité qui leur permettait de survivre dans cet endroit effrayant.

— Je me détends, affirma-t-elle en faisant l'effort conscient de desserrer les dents et de relaxer ses muscles. Je calme mon esprit et mon corps. Mes pensées.

— Ce n'est pas vrai, rétorqua Oyru, assis face à elle, les yeux clos. Mais tu fais des progrès.

— Qu'est-ce que vous en savez ? lui demanda-t-elle, méprisante, en entrouvrant légèrement les yeux.

— Je suis en accord avec les ombres et leur énergie. Quand mon esprit est calme, je vois l'incendie qui fait rage dans le tien. Ton esprit est plein de doutes et d'indécisions. C'est le contraire du vide. Le chaos.

En dépit de sa colère, Myjun ne put qu'admettre la réalité.

— Je ne doutais pas de moi dans le monde physique, se justifia-t-elle avec agacement.

— Tu doutais bel et bien de toi, mais ces doutes étaient noyés sous la colère et la magie du masque. À présent que sa magie est affaiblie, tu les entends. Ils ont toujours été là. Désormais, tu dois en prendre conscience.

— Je les rejette.

— Oui.

Myjun fixa d'un regard furieux le démon assis en face d'elle, vêtu de ses haillons noirs, presque invisibles dans la pénombre.

— Vous voudriez que je trouve le vide en moi, marmonna-t-elle, mais je ne le sens pas. Je le comprends à peine. Peut-être qu'avec quelques instructions…

Oyru ouvrit subitement les yeux.

— Je vois que cela te tracasse. Permets-moi d'expliquer : ton âme est constituée d'un esprit, de pensées, d'un corps, lesquels doivent être nourris pour être maintenus en vie. L'esprit se nourrit des choix que tu lui présentes, il doit être remis en question. Sans cette remise en question, l'esprit s'atrophie. De même, tes pensées se dessèchent si elles sont incapables de créer ou de considérer de nouvelles idées. Après cela, ton âme a besoin de temps pour se reposer et digérer ce que tu as consommé. D'où la méditation et le repos, qui génèrent la somnumbra, l'énergie cognitive. Ton corps tire son énergie de la nourriture… mais ton âme a besoin de la somnumbra.

— Mais pourquoi méditer ? Pourquoi ne pas dormir, simplement ?

— Le sommeil nous amène trop près du domaine cognitif, du Monde du Rêve. Nos pouvoirs sont moindres, là-bas. Il se pourrait même que nous soyons incapables d'en revenir.

— Méditation, donc.

— Oui.

Myjun ferma les paupières et réessaya de se concentrer, ses poings se serrant et se desserrant tour à tour comme elle s'efforçait de se détendre. Son front se plissa, et lorsqu'elle rouvrit les yeux, elle découvrit un semblant de sourire sur les lèvres d'Oyru. Un semblant seulement, mais ce sourire était tellement inhabituel qu'il avait l'effet d'un éclat de rire.

— C'est difficile, magicien, mais je ne suis pas un demi-démon, comme vous. Si j'étais dans le monde physique, je me débrouillerais mieux.

— J'en doute, contra Oyru. Nous récupérons plus de somnumbra, ici. Cinq fois plus, du fait que le temps s'écoule cinq fois plus vite.

— Cinq fois, répéta Myjun. Ce ratio est-il toujours le même ?

Oyru secoua la tête.

— Dans certaines parties du Domaine de l'Ombre, comme Reocht na Skah, la disparité est plus grande ; elle augmente à mesure qu'on se rapproche du Cœur du Vide. En son centre, mille années peuvent passer en une seule journée.

— C'est impossible, cracha Myjun, pleine de haine. On mourrait.

— En un sens, oui. La mort est une transition vers le Monde des Esprits, et ce monde touche le centre de Reocht na Skah. C'est l'endroit du passage, le lieu où le temps tel que nous le connaissons cesse d'exister pour devenir… l'éternité. C'est aussi pour cela que le Cœur du Vide touche tous les domaines. Il fonctionne comme un carrefour entre les Terres des Dieux. Dans le monde physique, il se manifeste comme un bassin de lumière physique, un puits de luminescence liquide.

— De la lumière liquide ? Comme celle que les *feurog* m'ont versée sur le visage ?

— L'*aqlumera*, acquiesça Oyru. La fontaine est une extension du Cœur du Vide. Elle se manifeste différemment dans chaque monde, et elle est très, très dangereuse.

— Comment se manifeste-t-elle ici ?

— Nous sommes dans le Monde de l'Ombre, expliqua l'assassin dans un haussement d'épaules. Pour une ombre, la lumière est…

— La mort ?

— Oui. C'est une fontaine de vie, une source de magie, mais son essence est si pure qu'une ombre ne peut la supporter. C'est la raison pour laquelle le centre de Reocht na Skah est appelé le Cœur du Vide. Rien ne vit là-bas. Rien ne marche, ni ne chasse là-bas. Même les étreintes du temps n'ont pas cours là-bas. Seuls les esprits peuvent traverser le Cœur du Vide car ils participent de son flot. Ainsi, ils entrent dans le Monde des Esprits.

— J'ai hâte de traverser Reocht na Skah pour atteindre Alltara, gronda Myjun, sarcastique.

— Nous passerons à côté, la rassura Oyru. Reocht na Skah se trouve en Takarania, près de la demeure des trolls des montagnes d'Alltara, où pousse le bois-de-fer, où tu forgeras ton armure. Passer en bordure du domaine de l'ombre te permettra de gagner des années d'expérience. Tu pourrais passer une vie entière là-bas, et quelques mois, voire quelques semaines seulement s'écouleraient dans le monde physique. Pendant ce temps, je pourrais faire de toi mon égale. Avec tes nouveaux talents, tu pourrais même me surpasser.

— Je n'ai pas envie de passer un jour supplémentaire en votre compagnie, alors une vie entière… Vous vous arrangeriez pour émousser ma colère. Vous feriez en sorte de ne pas tenir votre promesse.

— Il n'est pas question de calmer ta colère, la rassura Oyru en brandissant l'index. Tes passions sont plus faibles, ici, mais le Masque de la Maîtresse de Gevul ne te permettra pas d'oublier ta haine. Toutefois, je ne laisserai pas ta haine te contrôler. Tu dois à tout prix apprendre à dominer tes passions. À les harnacher. Les maîtriser ici te rendra plus forte là-bas. Tu comprends ?

Myjun comprenait, mais elle n'était pas sûre d'être d'accord. Ses émotions l'avaient déjà nourrie, mais elle craignait que sa colère se refroidisse excessivement dans ce monde. Elle avait tout abandonné pour suivre ce démon. Ne lui restaient plus que sa haine et sa promesse de vengeance. Si on les lui prenait, il ne lui resterait rien. Sa beauté n'était qu'un lointain souvenir. Son père était mort. Son âme appartenait à un démon, serviteur de Keos. Et tout cela pour quoi ?

Les mots d'Oyru la rongeaient comme une condamnation à mort. Une vie entière ? Myjun refusait de supporter ce semi-homme si longtemps. Elle finirait par s'enfuir ou le tuer.

Myjun découvrit cependant qu'elle était patiente, surtout depuis qu'Oyru lui avait appris à contrôler ses pouvoirs. Elle n'avait pas besoin de lui faire part de sa décision. Elle profiterait de ses enseignements, de tout ce qu'il avait à offrir, et puis elle traquerait Annev toute seule.

— Combien de temps s'écoulera-t-il dans le monde physique pendant notre voyage ?

— Si tout se passe comme je l'ai prévu, nous mettrons au moins un mois à atteindre Alltara. Peut-être faut-il compter trois mois pour l'aller et le retour. Cela dépendra du temps qu'il nous faudra pour rallier Reocht na Skah et de la fréquence de tes retours dans le monde physique.

— Quels retours ?

— Ton corps physique ne peut se contenter de somnumbra. Tu auras besoin d'étancher ta soif en faisant couler le sang de tes ennemis et de te rassasier en détruisant la vie, et il n'y a ni sang, ni vie ici. Ces retours me permettront également de jauger tes progrès, de mettre en évidence les failles de ta formation.

Myjun pinça les lèvres, sinistre.

— Bien. Il semblerait que je n'aie pas le choix, aussi ferons-nous ce que vous voulez. Mais n'essayez surtout pas de me tromper. Je boirai le sang d'Annev avant que six mois se soient écoulés dans le monde physique. Sa vie m'appartient, et vous m'avez promis de m'aider dans mon entreprise.

— Je tiendrai ma promesse, tu as ma parole. Maintenant, oublie ton corps et tes émotions. Concentre-toi sur le chaos qui t'entoure, mais ne le laisse pas te toucher. (Il riva son regard glacial sur elle.) Fais-le tout de suite et n'oublie pas : nous devons rassembler toutes nos forces pour la prochaine ombre… et la partie de chasse qui commencera dès que nous aurons atteint l'étendue morne.

Myjun ferma les paupières. *La chasse.* Elle comprenait le concept, elle pouvait se concentrer dessus. Elle tourna son regard vers l'intérieur et médita sur la bataille à venir.

Chapitre 39

Cela faisait deux jours déjà, et les Dionaques avaient plus ou moins renoncé à voir Annev nommer un glyphe. Frère Tym et la Dionaque McClanahan étaient les seules exceptions. Annev avait revu Misty une fois, et s'il avait échoué à communiquer par télépathie, Tym et elle avaient jugé important de l'aider à calmer ses pensées et à protéger son esprit contre les intrusions.

— Vous n'avez pas besoin d'être Dionaque pour protéger votre esprit, avait expliqué Misty après un nouvel échec avec les glyphes. Votre esprit vous appartient, et les gens qui essaient d'implanter leurs pensées dans votre tête sont comme des paysans essayant de cambrioler votre château. Si vous les laissez faire, ils peuvent vous submerger, mais les murs et les défenses sont à vous. Personne ne peut entrer à moins que vous soyez complaisant ou que vous les invitiez. Et même alors, vous devez pouvoir les expulser à votre guise.

— Je ne suis pas sûr que cette analogie m'aide, remarqua Annev en jouant avec un petit pain.

— Vraiment ?

— Les pensées des gens errent, dit Annev en regardant Tym croquer bruyamment dans une pomme. Elles ne sont pas fixes, vous ne pouvez pas les attacher à un poteau, et on ne peut avoir qu'une idée à la fois. Cela fait un seul garde, un protecteur unique pour tout un château.

— Il a raison, Misty, intervint Tym en déglutissant. Tu t'y prends comme une Créatrice de tempête essayant de pénétrer un palais intérieur, alors qu'il vaudrait mieux lui apprendre à… (Il agita sa pomme devant lui.) … à attraper un oiseau soûl en plein vol.

— Tu te trompes, Tym. Complètement.

Tym sourit, les yeux grands ouverts et faussement innocents, puis il ouvrit la bouche pour croquer dans sa pomme, mais Misty la lui arracha de la main.

— J'ai une meilleure analogie, dit-elle en montrant la pomme à Annev. Imaginez que ceci est une idée – une pensée –, que mon époux mâche bruyamment. D'aucuns diraient d'une manière *grossière*. (Du coin de l'œil, elle regarda Tym, qui haussa les épaules en s'essuyant la bouche, l'air espiègle.) S'il le voulait, Tym pourrait probablement manger cette pomme un peu plus discrètement. Nous l'entendrions parce que nous sommes proches de lui, mais s'il faisait très attention, il passerait presque inaperçu.

Misty rendit le fruit à Tym, qui s'inclina devant la démonstration de son épouse.

— Protéger mes pensées revient à mâcher la bouche fermée, dit Annev.

Il prit un morceau de pain et le mit dans sa bouche, le mâchant lentement. Tym acquiesça de la tête.

— Il y a une autre manière de faire, expliqua l'homme en frottant ses mains collantes. Imaginez que vous êtes à un banquet. Tout le monde discute très fort. Tout le monde mange et boit. Il y a beaucoup de bruit. Vous auriez du mal à entendre votre propre voix, et je ne parle pas de la personne qui vous demande le sel. Votre esprit est un peu pareil. Faites en sorte d'être entouré de pensées et d'idées inutiles, voire contradictoires, et personne ne pourra les comprendre.

— Au cas où vous ne l'auriez pas remarqué, c'est la technique préférée de Tym. Il ne se contente pas de garder ses pensées pour lui, il adore déstabiliser les gens avec des idées superflues.

Tym sourit et jeta le trognon par-dessus son épaule.

— Je plaide coupable !

Annev commençait à comprendre. Il prit un autre morceau de pain et mâcha la bouche fermée, essayant de faire la même chose avec son esprit.

— Bien ! s'exclama Misty, le regard vert scintillant. J'entends à peine vos pensées, maintenant. Tym ?

Elle mit un bras autour des épaules de son mari.

— Je l'entends, répondit-il en plissant les yeux, mais j'ai du mal à comprendre. J'ai l'impression qu'il a peur que tu lui fourres quelque chose dans l'oreille, conclut-il en se tournant vers son épouse.

— Non ! protesta Annev en sentant le rouge lui monter aux joues et en regardant successivement l'homme et la femme. Je me demandais comment je pouvais être certain que mes pensées m'appartenaient. Comment être sûr que quelqu'un n'est pas en train de les manipuler.

— Il pose de bonnes questions, remarqua Tym en se tournant vers Misty.

— En effet, confirma la Dionaque en lançant un regard oblique à son mari et en avisant le trognon, par terre. Forcer quelqu'un à entendre des pensées qui ne lui appartiennent pas n'est pas chose aisée. Comme dans la vraie vie, vous avez plus de chances de faire changer d'avis à quelqu'un si cette personne ne rejette pas d'emblée l'idée que vous essayez de lui implanter.

Elle fit un signe de tête à Tym, qui se tourna vers le trognon en fronçant les sourcils, puis se baissa pour le ramasser.

— C'est Misty qui vous a obligé à faire ça ? s'étonna Annev en haussant un sourcil.

— Misty ? Bien sûr que non ! Je me suis simplement dit que quelqu'un allait devoir nettoyer et que… (Il se tourna vers sa femme et resta bouche bée.) C'est toi qui as fait ça ? Petite sirène vicelarde ! (Il leva le trognon vers sa bouche, se figea.) Tu voudrais que je le mange, en plus ?

Il poussa un grognement de dégoût et jeta le trognon au loin.

— Vous voyez ? reprit Misty en souriant. Un petit encouragement, et la personne pensera que votre idée était la sienne – parce qu'elle l'était partiellement –, mais poussez trop vite et trop fort, et elle résistera. Dès l'instant où le sujet est conscient de votre volonté d'envahir son esprit, cela devient beaucoup plus difficile. Il est toujours possible de tenter une attaque frontale et massive, mais vos chances de succès sont plus importantes si vous distrayez d'abord la personne avec quelque chose d'anodin…

Annev se tourna vers Tym, dont le nez commençait à le démanger. L'homme se gratta, se frotta les deux narines.

— … après quoi vous pourriez frapper fort.

La main de Tym jaillit soudain, et il se gifla. L'homme glapit et faillit tomber de sa chaise.

— Misty ! protesta-t-il en massant sa joue endolorie. Ce n'est pas juste. (Annev rit malgré lui.) Je croyais qu'une bête rampait dans mon nez !

Misty sourit aussi, et puis ils éclatèrent de rire tous les trois.

— D'accord, d'accord, dit Annev lorsqu'il eut repris son souffle. Mais comment Tym aurait-il pu vous empêcher de faire ça ? Et cette histoire de château et de soldats arpentant ses murailles ?

— Eh ! fit Tym dans un haussement d'épaules. Je suis une cible facile car j'ai l'habitude d'inviter les pensées d'autrui dans mon esprit. Et Misty est une brute habituée à entrer dans ma tête.

— Pas du tout.

— Oh, que si ! (Il lui tira la langue, puis se gratta le nez.) Misty, tu illustres mon propos. (Ses démangeaisons cessèrent d'un seul coup.) C'est très simple, Annev. Gardez vos pensées pour vous et protégez-vous des esprits trop compatissants. Examinez chacune des pensées qui vous arrivent et déterminez si elles vous appartiennent. Si vous leur faites confiance. Quand on se connaît bien, personne ne peut traverser nos défenses.

Annev réfléchit à tout cela en repensant à la manière dont Janak avait utilisé la Baguette de Compulsion sur ses amis et lui. Son action avait été très subtile, et le jeune homme avait facilement été leurré.

— Moins fort, moins fort ! l'instruisit Tym en se tapotant la tempe.

Annev fronça les sourcils et se rendit compte qu'il avait projeté ses dernières pensées.

— Afin de garder vos idées pour vous, éloignez-vous d'elles, poursuivit Tym. Gardez-les trop près de vous, et les gens comprendront que vous protégez quelque chose. Vous attirerez l'attention. Gardez tout à distance, et il deviendra très difficile de voir les arbres au milieu de la forêt. Vous comprenez ?

Annev hocha la tête, prenant ses distances avec les émotions et souvenirs liés à l'épisode du donjon de Janak. Il se concentra sur la Baguette de Compulsion, puis sur les baguettes stockées dans le Caveau de la Damnation. Il pensa à la baguette en bois non identifiée qu'il avait dans la poche, et sa respiration ralentit. Il chevaucha la vague de pensées, se souvint des baguettes, notamment de celles qu'il avait vues les semaines passées.

— Excellent, commenta Tym en souriant. Du bruit et que du bruit. Je ne comprends rien.

Annev lui retourna son sourire au moment où la Baguette du Feu infernal de Tosan lui revenait en mémoire. La baguette qui avait tué Sodar.

— Mon pauvre garçon…, dit Tym, dont le sourire avait disparu.

— Je crois que nous devrions le laisser un peu, mon cher, intervint Misty en posant une main couverte de taches de rousseur sur l'épaule de son époux.

Ils se levèrent, et Tym adressa à Annev un regard compatissant.

—Nous nous reverrons demain, Annev. En attendant, continuez de vous entraîner.

Le jeune homme les regarda s'éloigner. Quand ils eurent quitté la cantine, il écrasa le petit pain roulé dans son poing et le lança au loin. Le projectile décrivit un arc sous les voûtes en se dirigeant vers l'entrée opposée. Au moment où il retombait, la porte s'ouvrit sur Titus et Therin, ce dernier recevant le petit pain sur la poitrine.

—Qu'est-ce que… ? Annev ! Bien visé !

Annev soupira, résigné à être une fois de plus humilié involontairement par ses amis lors d'une nouvelle conversation sur la magie.

—Comment se passent vos cours ?

—Bien, répondit Therin, les mains jointes dans le dos.

—Très bien, lança Titus au même moment. Tout se passe très bien.

—Très bien ?

—Ouais.

Le silence était inconfortable, gênant. Il ne les avait pas revus depuis sa dernière crise de colère mentale. Leurs chambres n'étaient même pas voisines ; Titus et Therin étaient installés à l'étage des novices avec Sraon, tandis que la chambre d'Annev était au sous-sol. Une chambre d'invité, car aucun Dionaque ne l'avait pris sous son aile. Sa routine commençait à être ennuyeuse ; il n'avait nulle part où aller, ni rien à faire, tandis que ses amis étaient trop occupés pour lui consacrer du temps.

—Super, conclut Annev en tournant les talons pour s'en aller. À plus tard, alors.

—Attends, Annev, l'interpella Titus en le rattrapant par la manche. Je suis désolé qu'on n'ait pas pu se voir davantage mais, avec les cours qui se succèdent, c'est à peine si on a le temps de dormir.

— Ah…, fit Annev, envieux de l'attention dont ils bénéficiaient et embarrassé d'être envieux. C'est… génial. J'imagine que ça se passe idéalement pour vous.

— Notre progression a ralenti, répondit Therin en faisant rouler ses épaules. Au début, ils étaient tous ravis des résultats de nos tests, et puis ils se sont mis en tête de nous enseigner des trucs. Et je parle des chefs des castes ! Réussir à faire quoi que ce soit avec le *quaire* est devenu très difficile.

— Je suis complètement nul avec l'Eau du ciel, enchérit Titus avec un sourire en coin. Je suis incapable de créer un minuscule souffle de vent ou une simple goutte d'eau.

— Ah…, fit de nouveau Annev, qui se sentait un peu mieux. J'ai déjà vécu ça, ajouta-t-il avec un sourire sincère. Tu te débrouilles toujours bien avec Frère Holyoak, en revanche ? (Titus hocha la tête avec enthousiasme.) Et avec la Dionaque McClanahan et les Créateurs de tempête ? Elle est gentille, et j'imagine que tu as moins de mal avec le *quaire* qu'avec l'Eau du ciel.

— J'arrive à capter des pensées et sentir ce que les autres ont dans le crâne, répondit Titus en secouant la tête. Par contre, je n'arrive pas à pousser des pensées ou à influencer autrui.

Annev ressentit une nouvelle vague de soulagement.

— Et toi, Therin ? Ça se passe mieux, avec le Dionaque Leskal ?

— Un peu. Condenser l'Eau du ciel et l'étirer sont deux choses différentes. En ce moment, je m'entraîne à faire flotter une goutte d'eau dans les airs en comprimant l'Eau du ciel autour d'elle. La plupart du temps, je finis par nous asperger de brume, mais j'ai réussi à la faire flotter pendant une demi-seconde ce matin.

— C'est génial, le félicita Annev, impressionné. Et avec la glace ?

— Par les enfers, non. Honnêtement, je pense que je ne serai jamais capable de travailler avec l'eau, juste avec l'air qui l'entoure. Je préfère de loin mes cours avec Frère Honeycutt. On a réussi à créer des bulles de bruit en usant de poches vidées de leur air. C'est incroyable ! Elles éclatent en se remplissant d'air !

— Des explosions ? demanda Annev, subitement méfiant.

— Oui ! Regarde !

Therin cracha sur la table la plus proche et entreprit de dessiner un glyphe.

— Therin ! le réprimanda Titus. Nous ne sommes pas censés pratiquer en dehors des cours. C'est dangereux. Si les Dionaques t'attrapent, tu seras privé de leçons pendant une semaine.

Therin hésita, puis haussa les épaules en essuyant sa salive.

— Bref, tu vois ce que je veux dire. Dans quelques jours, il m'apprendra à générer des bulles autour de mes chaussures pour marcher en silence. Tu imagines, si on avait su faire ça à l'Académie ? Toutes ces leçons de furtivité avec Maître Der ? (Il gloussa.) La magie rend les choses tellement plus faciles.

— J'aurais plutôt dit le contraire… (Le sourire de ses amis vacilla, et Annev comprit qu'il avait dit ce qu'il ne fallait pas.) Mais c'est super, s'empressa-t-il d'ajouter, espérant améliorer l'ambiance. Je suis heureux que vous vous débrouilliez tous les deux si bien.

— Ouais, intervint Therin. Et pour toi, ça se passe bien aussi ?

— Plutôt. Pour ma prothèse, Reeve en est toujours au stade des recherches. Quand il sera prêt, il demandera aux autres Dionaques de l'aider à me la retirer.

C'était ce que l'homme lui avait dit, en tout cas, mais Annev suspectait l'Archidionaque d'être occupé à autre chose et de gagner du temps, espérant que le garçon se découvre un talent pour nommer les glyphes et décide de rester. Ils avaient tous les deux été déçus par son manque de progrès et n'avaient pas discuté depuis ce premier jour ponctué d'échecs.

— Bien, dit Therin en hochant la tête. On se revoit bientôt ?

— Oui.

— Au revoir, Annev.

Il les laissa dans la cantine, préférant abréger ce moment, et se retrouva seul dans le couloir avec nulle part où aller. Il avait vu Sraon juste avant le déjeuner, avant de croiser la Dionaque McClanahan et son époux. Annev décida donc de retourner dans sa chambre, au sous-sol, ce qui impliquait de traverser la bibliothèque, la grande salle emplie de tables qu'il avait vue lorsqu'il était arrivé dans l'Enclave. Quelques Dionaques y étaient installés, lisant ou recopiant soigneusement des manuscrits. Le silence y était toujours aussi impressionnant que la première fois, mais Annev soupçonnait les frères de communiquer par télépathie.

Traversant la salle, Annev eut l'idée de compter les visages qu'il reconnaissait. À part Reeve, Frère Tym et les quatre chefs de caste, il croisait normalement une grosse dizaine de Dionaques et cinq ou six Compagnons Dionaques. La bâtisse était grande – presque aussi vaste que l'Académie – et comportait de très nombreuses salles vides. Il se demanda si les autres Dionaques étaient en voyage ou si les gens qu'il voyait étaient ce qui restait de l'Ordre. Arnor avait dit à Sodar qu'il restait quelques centaines de Dionaques, dont une cinquantaine de sans-âge. Des chiffres très éloignés de ce qu'Annev avait vu dans l'Enclave. Il décida de poser la question à Reeve lorsqu'il le reverrait.

Arrivé devant sa cellule, il se figea, remarquant que sa porte était entrouverte alors qu'il était certain de l'avoir fermée. Inquiet et circonspect, il la poussa doucement pour regarder à l'intérieur. Il ne constata aucun désordre, mais retira doucement son gant de forgeron pour éclairer la pièce sombre.

Rien n'avait bougé. Il ne nota rien d'étrange, rien d'inhabituel. Annev grogna, soupçonneux, et vérifia les artefacts qu'il avait pris dans le Caveau. La cape en peau de dragon était roulée dans un coin, ses écailles rouges plates et parfaitement ordinaires dans la lueur de sa prothèse. Il prit le sac sans fond de Sodar et le fouilla, ne s'arrêtant que lorsqu'il eut vérifié que tout ce qu'il y avait mis était toujours là. Rassuré, il entreprit de tout remettre dedans, mais se figea lorsque vint le tour de la baguette en bois. Annev la brandit en pensant à sa magie, puis se souvint qu'il portait toujours l'Anneau de Chance. L'objet pouvait-il l'aider à identifier la baguette ? Il en doutait, mais peut-être lui donnerait-il des indices sur la manière dont elle devait être utilisée.

Annev serra l'objet dans sa main droite et le mit en contact avec l'anneau codavora, espérant que celui-ci augmenterait ses chances d'identifier l'artefact. Il s'imagina invoquant sa magie.

Rien.

Il ouvrit la main et visualisa la baguette tournoyant sur sa paume pour se pointer vers… quelque chose ? Vers lui ?

La baguette ne bougea pas.

Il soupira, ses échecs à nommer les glyphes le faisant toujours souffrir, mais là, c'était différent. Annev savait comment utiliser les artefacts. Il était même plutôt bon dans le domaine, alors pourquoi était-il incapable d'utiliser cette baguette ? En quoi était-elle différente ?

Comme il l'examinait, son attention fut attirée par sa prothèse. Depuis Luqura, il avait été incapable de se détendre réellement, de lâcher la bride à ses émotions. Il s'inquiétait trop de ce qui risquerait d'arriver accidentellement s'il perdait le contrôle de la Main de Keos, et peut-être cela l'empêchait-il d'accéder à sa magie. Et s'il se détendait juste un peu ? Juste assez pour utiliser la magie de l'anneau codavora… et peut-être identifier la baguette ? Il pourrait y arriver sans se laisser submerger par ses émotions, n'est-ce pas ?

Annev prit une profonde inspiration et referma sa main droite, s'imaginant en train de quitter sa chambre, retournant à la cantine. Titus et Therin étaient là, qui déjeunaient. La baguette pointait subitement vers Therin, qui se mettait à saigner du nez. Dans sa vision, Therin se levait brusquement en se tenant le nez et en l'insultant.

Dans ce scénario imaginaire, Annev prenait tout avec détachement. Au lieu de réagir, il passait la Main de Keos dans le sang de son ami pour en collecter quelques gouttes, qu'il portait à ses lèvres… pour les goûter ? Non. Cette idée lui répugnait. Annev ne voulait pas de ce sang… la baguette, si. L'artefact désirait goûter le sang de Therin, le sang de quiconque possédait un talent. Le plus puissant possible.

Annev cligna des yeux, la concentration brisée, mettant fin à sa vision. Il resta assis dans la semi-obscurité de sa cellule à regarder la baguette en bois, dans sa main, une baguette magique assoiffée du sang de gens possédant un talent pour la magie.

La vérité de l'artefact le frappa soudain. Il en resta bouche bée et faillit le lâcher. La fonction de la baguette lui apparaissait avec une clarté aveuglante. Sa fonction et son nom. Des picotements montèrent de sa prothèse jusque dans son coude. Il se lécha les lèvres et posa soigneusement la Baguette d'Artificier sur son oreiller.

Je suis nul en magie darienne, se dit-il en refermant la porte de sa chambre. *Et personne ici n'a été capable de retirer ma prothèse. Mais peut-être que…* Il reprit la baguette et la retourna dans ses mains. *Peut-être pourrais-je m'aider tout seul…*

Dolyn et Reeve lui avaient dit tous les deux que sa meilleure chance de retirer la Main de Keos était de trouver un Artificier comme Urran, mais ce n'était pas possible dans l'Enclave. Peut-être n'était-ce pas possible tout court. Mais en utilisant la baguette d'un Artificier ? Les effets seraient les mêmes, assurément. S'il apprenait à s'en servir, s'il découvrait ses pouvoirs et apprenait à les contrôler, il pourrait utiliser la Baguette d'Artificier pour résoudre ses propres problèmes.

Elle a besoin de sang, pensa-t-il en se remémorant sa prémonition, *mais pas de mon sang.* Dans sa vision, la baguette avait été attirée par le sang d'un artisan. Mais pourquoi ? Pour lui permettre de retirer sa maudite main ou de forger un nouvel artefact ?

Annev l'ignorait. L'idée de créer un artefact original lui plaisait, en particulier après les succès de ses amis, mais son objectif premier restait de retirer la Main de Keos. Si cela impliquait de voler le sang d'autrui, il le ferait, mais ce n'était peut-être pas nécessaire.

*Dolyn a dit que le sang d'une personne était comme de l'*aqlumera *car il contenait* quaire, lumen *et* t'rasang. *Voilà pourquoi il est nécessaire au travail de l'Artificier.* Il fronça les sourcils et réfléchit. *Je vais devoir expérimenter. Si j'arrive à utiliser la baguette sans avoir à prendre le sang et le talent d'autrui, tant mieux. Sinon…*

Sinon, il lui faudrait se montrer créatif et trouver un moyen de se procurer du liquide vital.

Chapitre 40

Fyn pensait avoir besoin de trois choses. Tout d'abord, il devait convaincre l'équipe des Cendres qu'il se battrait pour ce qu'il voulait et qu'il s'efforcerait d'être juste s'ils le suivaient. C'était de la tactique de chef de bande classique, et il avait fait un grand pas en avant en éliminant leur ancien leader, en leur prouvant qu'il pouvait être le nouveau. En leur promettant des parts presque égales, il se laissait la possibilité de différer la récompense, une fois sa position de chef renforcée. Ce serait une manière efficace de repousser le remboursement de sa dette. Ses créanciers finiraient certes par venir frapper à sa porte. *Mais chaque chose en son temps…*

Ensuite, il lui faudrait trouver une manière intelligente de régler le cas de Saltair et d'éliminer toute interférence de la Guide des Marchands d'esclaves. Ce serait assurément le plus compliqué de ses défis, et Fyn n'avait pas la moindre idée de la façon dont il s'y prendrait. Heureusement, il lui restait une journée pour réfléchir, et il avait confiance : une idée ne manquerait pas de lui venir.

Enfin, Fyn aurait besoin d'une victoire pour bâtir sa réputation, et vite, car personne n'avait entendu parler de ses exploits passés. Il avait impressionné la bande en prétendant être à l'origine des blessures de Saltair et en réglant son compte à Fisher, mais il ne pourrait pas se contenter d'empiler les cadavres pour prouver qu'il était un chef naturel. Il lui faudrait mettre des fonds sur la table – quelque chose de tangible, et non pas seulement des armes et des meurtres –, mais également trouver une base.

Dans l'idéal, il trouverait une planque préexistante abritant déjà un joli pactole. Une planque discrète et relativement sûre, sinon, à quoi bon ? Et comme si le défi n'était pas déjà de taille, il lui faudrait y parvenir sans attirer l'attention de Saltair ou de la Guilde des Marchands d'esclaves.

Plus Fyn y pensait, moins l'entreprise lui paraissait réalisable. Il lui faudrait faire des recherches, effectuer des reconnaissances et rassembler une équipe autour de lui pour saisir l'endroit choisi.

Sauf que le but de toute cette opération serait justement de réunir une équipe… Il avait besoin d'une planque pour convaincre l'ancienne bande de Fisher qu'il pouvait être un bon chef, planque qu'il ne risquait pas d'investir tout seul…

Le serpent se mordait la queue. À force de réfléchir et de ne pas trouver de solution raisonnable, Fyn avait mal à la tête. Le deuxième jour, cependant, il se rendit compte que la réponse était sous son nez : son équipe, il l'avait déjà, à condition de lui présenter un plan viable. S'ils l'aidaient à prendre la planque qu'il aurait choisie, il atteindrait tous ses objectifs d'un seul coup. Mieux encore, il savait à qui appartenait la planque qu'il convoitait. En revanche, il ignorait où elle était située exactement. Fyn avait désespérément besoin d'informations : sur la ville et ses leaders, sur ses politiques et leurs liens avec la Guilde des Marchands d'esclaves. Étant nouveau à Luqura, il n'avait pas d'amis capables de l'aider, mais il avait un ennemi, un ancien adversaire à qui il comptait rendre une petite visite.

Après deux jours de réflexions et de tergiversations, le jeune homme était de retour sur les toits du Quartier des Cendres à la recherche de la femme qui lui avait échappé à Banok. Il ne pensait pas être capable de la retrouver, mais il espérait l'attirer en revenant sur les lieux de leur dernière rencontre. Il était assis depuis quelques heures à attendre que l'après-midi touche à sa fin, que le crépuscule cède la place à la nuit, lorsqu'une voix familière résonna depuis un toit voisin.

— Salut.

— Lady Rocas, répondit Fyn en se tournant vers la jeune femme masquée. J'espérais vous revoir. Vous vous occupez bien de mon artefact, au moins.

Sodja retira son masque noir de corneille et arbora un sourire en coin suffisant.

— Je ne vois pas de quoi vous parlez.

— Une opération délicate. J'ai bien failli y laisser ma peau.

— Dire que vous avez fini par vous faire chiper votre bien, fit-elle mine de regretter. Je crois qu'il vaut mieux que j'en assure la protection.

— Je ne suis pas venu le récupérer.

— Vous êtes sûr ? s'étonna-t-elle, le front barré d'une ride soupçonneuse.

— Absolument.

— Pourquoi me recherchiez-vous, dans ce cas ? Pourquoi avoir cherché et trouvé ma maison ?

— Votre *ancienne* maison. Vous n'y avez pas mis les pieds depuis des mois, et votre famille semblait pressée d'avoir de vos nouvelles.

— Cela ne vous regarde pas.

— Sans doute. Et cette chose lézard qui nous suivait ?

— Je n'ai rien à voir avec elle.

— Ah bon ? C'est bizarre, ce monstre nous a attaqués juste après que nous avons visité votre propriété. D'ailleurs, je suis à peu près sûr qu'il nous a suivis à travers le verger.

— Je vous l'ai dit, je n'ai rien à voir avec lui.

— Il est bien lié à votre famille, en revanche.

— Si vous en veniez au fait, jeune homme, lui proposa-t-elle en plissant les yeux.

— Pour votre gouverne, je m'appelle Fyn. (Il prit une profonde inspiration, prêt à dire quelque chose, mais se ravisa et poussa un long soupir.) Écoutez, je ne suis pas venu régler mes comptes. J'ai seulement... besoin de votre aide.

Sodja le regarda fixement, décontenancée, puis elle rejeta la tête en arrière et éclata d'un rire riche, sonore, rauque et plein de promesses.

— Je vous vole ! gloussa-t-elle. Vous m'insultez ! Et maintenant, vous me demandez de l'aide ? C'est difficile à croire.

— Que savez-vous de la Guilde des Marchands d'esclaves ? l'interrogea Fyn, ne se laissant pas distraire.

Sodja se calma et plissa une nouvelle fois les yeux, soupçonneuse.

— Pourquoi ? Vous travaillez pour eux ?

— Bien au contraire. Je dois les éviter – les neutraliser, même – sauf que je ne connais ni la ville, ni ses arcanes politiques. Alors que vous...

— Effectivement. Les gens qui les connaissent aussi bien que moi, en ville, se comptent sur les doigts de la main.

— Je vous écoute...

— Non, non, non ! Dites-moi d'abord ce que vous faites ici.

Fyn hésita. Il ne voulait surtout pas trop en dire.

— Vous savez que je viens d'une académie située dans la forêt de Brake ? (Comme elle hochait la tête, il ajouta :) Elle n'existe plus. Il n'en reste rien. Ni les murs, ni les gens.

Le sourire de la jeune femme vacilla.

— Janak ? Je ne... Je suis désolée.

Fyn la regarda basculer son poids d'un pied sur l'autre, gênée, inquiète. Elle ne lui disait pas tout. Comme si elle se sentait responsable, ce qui n'était pas possible. Annev et ces monstres avaient détruit le village, non pas Sodja, évidemment. Mais pourquoi semblait-elle penser le contraire ?

— Non, finit-il par répondre. Janak se préparait à attaquer le village, mais lorsqu'il est mort, les gens qu'il avait ensorcelés ont été libérés de son emprise. Il n'a rien à voir dans cette destruction.

— D'accord, acquiesça Sodja, manifestement soulagée. Mais qui, alors ?

— Je ne suis pas sûr. Ç'a un rapport avec un de mes compagnons. Celui que vous avez enchaîné à un cadavre et laissé pour mort.

Encore une fois, le remords.

— J'ai vu ce qui est arrivé à sa main. Vous vous en fichez sans doute, mais je suis désolée.

Fyn scruta la jeune femme mystérieuse. C'était une tueuse, une assassine froide, et pourtant, elle s'excusait pour la main d'Annev, alors qu'elle n'était pour rien dans son handicap. Pourquoi ? Qu'est-ce que cela pouvait lui faire ?

— Que faisiez-vous dans le palais de Janak ? Vous ne vous êtes pas déplacée pour cette seule baguette, je suppose.

— J'ai volé la baguette parce que je connaissais sa puissance, mais aussi parce que ma famille avait aidé Janak à se la procurer, expliqua-t-elle en regardant la rue, en contrebas.

Elle inspira profondément, retint son souffle, hésitant à parler. Fyn attendit patiemment et écouta.

— Que savez-vous de Janak ? lui demanda-t-elle.

— Pas grand-chose, admit-il. Je savais qu'il était marchand – un marchand important – et qu'il possédait un artefact que l'Académie voulait récupérer.

Sodja approuva, apparemment satisfaite.

— Le baron Harth était un membre influent de la Guilde des Marchands d'esclaves, un allié de ma famille. Mon ennemi, donc. En lui faisant du mal, je voulais les toucher. Il était leur contact principal à Banok, leur intermédiaire pour commercer avec le Borderlund et le Lochland. Ma famille l'avait mis en contact avec… quelqu'un de puissant… et comptait se servir de lui pour trouver votre village et ses trésors.

— Par les bâtons d'argent, jura Fyn. C'était plus compliqué que je l'imaginais.

— Et donc facile à compromettre. Il suffisait de s'emparer de la baguette pour empêcher Janak de détruire votre village, au grand dam de ma famille et de la Guilde des Marchands d'esclaves.

— Par les os sanglants ! jura-t-il de nouveau. Nous pensions… nous étions convaincus d'être en sécurité. Nous étions convaincus que personne ne connaissait l'existence de Chaenbalu.

— Au début, il n'y avait que des rumeurs. Certains parlaient de voleurs, de fanatiques religieux dans la forêt de Brake. Jusqu'au jour où Janak a fait savoir qu'il avait localisé votre village. Voilà pourquoi je supposais qu'il était responsable de sa destruction.

— Il n'était pas directement impliqué, mais je commence à me dire que la vérité est peut-être plus complexe.

— Vous pensez aussi à la nouvelle main de votre ami ? l'interrogea-t-elle, le prenant au dépourvu.

— Que savez-vous à ce sujet ?

— J'ai raison, n'est-ce pas ? Cette prothèse lumineuse… elle est liée à cette histoire.

— Oui, confirma Fyn en hochant la tête. Quand l'avez-vous vue ?

— J'ai suivi Saltair jusqu'aux entrepôts et je l'ai vu juste avant que les *nechraict* se réveillent pour tuer tout le monde. (Elle eut un frisson.) Vous auriez une explication ?

— Nous nous sommes fait un ami à Banok, expliqua Fyn. Un nécromancien. Il ne s'en est pas sorti, malheureusement. (Il ne savait toujours pas quoi penser de l'étrange albinos.) J'imagine que vous avez vu la fin de l'histoire. Saltair est toujours vaillant, et mes amis sont partis. Pour survivre dans la capitale, j'ai besoin de savoir contre quoi je me bats. (Il plongea son regard dans celui de Sodja.) Si vous voulez vous rendre service, commencez par m'aider. Je suis un ennemi de Janak, de votre famille et de la Guilde des Marchands d'esclaves. Dites-moi ce que j'ai besoin de savoir, et il se pourrait que je sois en mesure de vous aider.

Sodja se perdit dans la contemplation du paysage désolé du Quartier des Cendres.

— Quatre personnes contrôlent la guilde. Il y a Dante Turano, qu'on appelle Monsieur Loyal. Il contrôle la Ville souterraine, y compris les combats de gladiateurs, qui brassent énormément d'argent. Autrefois, il était soumis à la Guilde des Voleurs, que celle des Marchands d'esclaves a mis à la porte de la ville.

— Les combats de gladiateurs, répéta Fyn, pensif. Les Fosses. J'en ai entendu parler.

— Dante trouve une bonne partie de ses combattants dans le Quartier des Cendres : des mendiants, des voyous, des pauvres bougres capturés par les Surveillants. Tous se retrouvent dans les Fosses. Les Surveillants de la ville s'accommodent de ces combats, ne serait-ce que parce qu'ils régulent la population de vermine du Bas-Quartier.

— C'est dégoûtant.

— En effet. Ensuite, il y a Braddock Whalen, le Maître de Guilde. Il protège les intérêts de la Guilde des Marchands d'esclaves à Luqura, mais il obéit à la Consule Phoeba Ondina Anabo. C'est officieux, bien sûr.

— À qui ?

— À l'ambassadrice du roi Cheng. Anabo représente Cheng et son autorité.

— Monsieur Loyal. Le Maître de Guilde. La Consule Anabo. (Fyn les compta sur ses doigts.) Et le quatrième ?

— La financière de toutes les opérations effectuées par Innistiul dans la Grande Luqura, la Matrone Marquise Tiana Rocas.

— Rocas ? Vous voulez dire…

— Ma mère.

— Par les couilles d'Odar. C'est de plus en plus compliqué. (Il s'interrompit pour réfléchir.) Pourquoi la Guilde des Marchands d'esclaves a-t-elle recours à votre famille plutôt qu'à un établissement bancaire ?

— Parce que les banques de Luqura facturent exagérément le moindre de leurs services : prêts, dépôts, billets à ordre, change. Elles prennent leur part partout, tout le temps, aussi le meilleur moyen de conserver votre argent est-il de trouver une banque étrangère autorisée à travailler dans la Grande Luqura. Pour en avoir le droit, cependant, votre famille doit avoir une majorité de sang étranger et diriger un commerce légitime au-delà de l'Empire darien. Elle doit aussi appartenir à la paierie et être installée à Luqura depuis au moins deux cents ans.

— Cela fait beaucoup de conditions.

— C'est fait exprès. Nombre de familles remplissent les deux premières conditions, mais remplir la première et la troisième en même temps est rare car elles ont tendance à s'exclure. Très peu de vieilles familles de la noblesse de Luqura ont du sang étranger, et il n'y en a qu'une parmi elles qui soit installée en ville depuis plus de deux siècles.

— La Maison Rocas.

— Nous sommes le seul établissement financier étranger autorisé à travailler dans la Grande Luqura, aussi le roi Cheng et la Guilde des Marchands d'esclaves ont-ils directement affaire à ma mère. Tiana leur donne les taux d'intérêt qu'ils demandent, et eux lui confient des montagnes d'or. Et il y a mieux que ça.

— Éclairez ma lanterne.

— La famille Rocas est soutenue politiquement par la Guilde des Marchands d'esclaves…

— Qui est étrangère aussi ?

— Non. Les marchands d'Innistiul sont étrangers, bien sûr, mais la guilde est sous la protection de la paierie.

— Comme les Rocas sont une famille de la vieille noblesse, elles se rendent mutuellement service… Attendez une minute !

Je sais ce que vous allez dire ! Le roi Lenka est malade, n'est-ce pas ?

— Depuis des années, oui.

— Et il n'a pas d'héritier, ce qui signifie que les nobles de la ville espèrent récupérer le trône ; un trône dont ils ignorent qu'il a déjà été acheté.

— Et ceux qui l'ont compris…

— … font la queue pour lécher le cul de votre mère.

— Exactement. C'est la raison pour laquelle je me suis attaquée à Janak. Sans son soutien et la Baguette de Compulsion, ils vont avoir des problèmes.

— Pourquoi ?

— Janak était censé consolider leur influence dans la moitié orientale de la Grande Luqura – dans des endroits comme Corlin et Hentingsfort, généralement très éloignés des magouilles politiciennes de la capitale – jusqu'à ce que votre village apparaisse sur la carte et que Janak décide de modifier le plan. (Elle s'interrompit et secoua la tête.) La situation s'est compliquée, mais la mort de Janak et la disparition de la Baguette de Compulsion n'empêcheront pas ma mère et ses alliés de prendre possession du trône. (L'expression de Sodja se radoucit.) Quel souci avez-vous avec la guilde ?

— Mon souci, c'est que tout le monde dans cette ville se pisse dessus en essayant de faire plaisir à ces fumiers. Apparemment, on ne peut pas lever le petit doigt et manger un morceau sans avoir leur permission. Qu'en dites-vous ? C'est une exagération ? demanda-t-il en haussant un sourcil.

— Pas vraiment.

— Eh bien, ce n'est pas ma manière de fonctionner. J'ai l'intention de constituer un gang afin de glaner un peu de ce pognon et de ce pouvoir.

Sodja prit un air d'abord compatissant, puis paternaliste.

— On dirait que vous n'avez rien écouté. (Elle sauta sur son toit et marcha vers lui sans le lâcher des yeux.) La Guilde des Marchands d'esclaves s'est immiscée dans tous les aspects de la vie de la capitale, et son influence se fait sentir dans d'autres parties du royaume. L'aristocratie dépend du travail des esclaves. Les citoyens comptent sur les combats de gladiateurs pour les divertir. Les gardes de la ville – mal payés – attendent les pots-de-vin qui les empêchent de basculer dans le camp d'en face. Petit à petit, la guilde a souillé Luqura pour en faire une réplique d'Innistiul. Ne lui reste plus qu'à installer un nouveau monarque sur le trône à la mort de Lenka. Vous ne pouvez pas la combattre frontalement. Essayez, et les Surveillants s'occuperont de vous.

— J'ai entendu parler de ces Surveillants. Qui sont-ils ? Que sont-ils ?

— Ils sont les yeux de la guilde, et ils peuvent être n'importe qui. En général, ils ne portent pas d'uniforme. Ils peuvent être un noble de la cour ou bien un mendiant dans la rue. Certains d'entre eux viennent d'Innistiul, d'autres sont des gens du cru. D'autres encore sont… différents.

— Comme Saltair ?

— Saltair est un mercenaire, confirma-t-elle en hochant la tête. Il travaille pour plusieurs employeurs, dont le roi Cheng, ma mère et la guilde, qui l'envoie châtier quiconque tente de la doubler.

— Je comprends, dit Fyn en se mordillant la lèvre inférieure. Avant de s'en prendre à la guilde, il est préférable d'éliminer d'abord l'homme lézard.

— Probablement.

— J'imagine qu'il a une planque, un endroit où dormir et cacher l'argent qu'il gagne.

— Une grosse partie de cet argent reste à la banque, mais… oui. Je suis sûre qu'il a une cachette et de l'argent dedans.

— Sauriez-vous où se trouve cette cachette ?

— Disons que j'ai quelques pistes, dont quelques-unes plutôt bonnes.

— Parfait. Bienvenue dans mon équipe.

Sodja ricana.

— Premièrement, c'est vous qui devriez me demander de vous prendre dans *mon* équipe. Deuxièmement, je ne cherche pas d'équipe. Je ne veux ni en rejoindre, ni en constituer une.

— Pourquoi ? Vous êtes clairement en conflit avec votre famille, qui n'a pas hésité à envoyer un homme lézard assassin à votre recherche. Le même mercenaire qui nous a traqués, mes amis et moi. J'ai l'impression que vous avez au contraire d'excellentes raisons de travailler en équipe.

Les yeux gris de Sodja scintillèrent comme elle se rapprochait de lui.

— Une alliance de circonstance ?

— Pourquoi pas ?

— Vous êtes sûr de n'avoir aucune autre raison de vouloir mon aide ?

Fyn sourit, le cœur battant à tout rompre dans la poitrine.

— Il y en a bien une ou deux autres…, confirma-t-il.

— Comme ? l'encouragea-t-elle en se léchant les lèvres d'un air coquin.

Il vint tout près d'elle et sentit quelque chose glisser sur son ventre. Baissant la tête, il avisa une lame de couteau posée contre ses côtes.

— Ce n'est pas très gentil, ça.

— Je n'ai jamais prétendu être gentille.

Il se pencha vers elle et l'embrassa quand même. La pointe en métal traversa sa chemise et lui entailla le ventre. Sodja lui mordit la lèvre jusqu'au sang, mais elle n'enfonça pas davantage son couteau et ne repoussa pas le jeune homme.

— Je ne suis pas gentil non plus, murmura-t-il. Parfois, il faut savoir prendre des risques.

— Oui, lâcha-t-elle dans un souffle, cherchant ses mots. Sans doute.

— Il faut qu'on trouve une chambre.

— Quoi ?

— Un endroit calme. Assez grand pour six ou sept personnes.

— Je ne… (Elle se figea, resserrant son étreinte sur le manche de son couteau.) Ah, vous voudriez que je trouve un lieu de réunion pour votre bande. Je croyais… Non, laissez tomber.

— Je vous ai prévenue, lança Fyn en souriant de toutes ses dents. Je ne suis pas gentil !

Chapitre 41

— Tu es fou ! s'emporta Neldon en se levant, en secouant la tête et en se tordant les mains. Traquer Saltair, trouver sa planque ? Et le tuer ? Tu es complètement cinglé !

— Pourquoi ? protesta Fyn. Ce n'est pas plus fou que de donner trois quarts de vos revenus à la Guilde des Marchands d'esclaves chaque semaine. Ce ne serait pas très différent de ce que vous faites au quotidien !

Ils se tenaient tous les sept dans un bâtiment délabré qui accueillait autrefois une boulangerie, un endroit difficile à défendre, mais suffisamment discret pour une réunion de ce genre. Fyn l'avait choisi car il se trouvait sur Tumbledown Street, un territoire sûr pour les voyous qu'il espérait débaucher. Sodja avait approuvé son choix, mais uniquement après avoir fait le tour du quartier pour s'assurer de l'absence de gardes. Il n'y avait donc personne alentour, ce qui était heureux car Neldon avait du mal à parler à voix basse lorsqu'il était agité.

— *Pourquoi ?* répéta l'infirmier de la bande en faisant les cent pas. Parce que c'est une saloperie de keokum de plus de deux mètres capable de nous flairer à un kilomètre de distance. Parce que sa salive est venimeuse, qu'il a des dents en lames de rasoir et qu'il est capable d'éclater des crânes à main nue. Par Keos ! Ils m'ont dit que tu étais malin, mais il n'y a rien de malin dans ton plan. Tu es cinglé, c'est tout !

— Nous savons où il se terre, insista Fyn sans se laisser abattre par la diatribe de Neldon. Nous savons à quel rythme il se rend dans sa cachette et comment elle est sécurisée. Il n'a pas de gardes autour de lui. On pourra l'avoir dans son sommeil. Ou bien empoisonner sa nourriture et son eau pendant son absence et venir terminer le travail quand il sera malade.

— Tu es sourd, ma parole ! Il n'est pas sensible aux poisons ; son corps en fabrique ! On ne peut pas le tuer.

— Vous avez la trouille, intervint Sodja, assise dans l'ombre. Et c'est bien normal, sauf que vous ne savez pas de quoi vous parlez. Vous décrivez une créature de légende, un mythe. Saltair est un monstre, pas un dieu.

— *Saltair est un morceau de la Main brisée de Keos !* affirma Neldon, qui secouait toujours la tête. Il est ce qui se rapproche le plus d'un dieu dans cette ville. Et il est tout en griffes, en venin et en mort. Débusquez-le, et vous êtes morts. Et ne comptez pas sur moi pour vous remettre sur pied.

— Vous ne savez vraiment pas de quoi vous parlez, répéta Sodja en se mettant debout.

— Excusez-moi, dit Poli en levant la main. Qui est cette fille, et qu'est-ce qu'elle fait là ?

— C'est vrai, ça, enchérit Siege en croquant dans un fruit à la peau épaisse. On a raté les présentations ?

— C'est vrai, concéda Fyn. Je vous présente S…

— *Raven*, le coupa Sodja. Je m'appelle Raven, et j'ai travaillé avec Saltair, autrefois. Je sais qu'il n'est pas invincible parce que j'ai bossé et combattu avec lui. Je l'ai vu avoir mal. Je l'ai vu saigner. Il est aussi mortel que nous, et je peux vous conduire jusqu'à lui.

Le silence se fit, et même Neldon sembla soupeser les mots de la jeune femme.

— Tu as dit que ses membres repoussaient, finit par dire Way en arrangeant un puzzle de dalles en bois, à ses pieds. Mais ça prend combien de temps ?

Fyn essaya de se souvenir de ce qu'Annev avait dit.

—Après sa rencontre avec mon ancienne équipe, son bras et sa queue ont mis une heure environ à repousser.

—Que leur est-il arrivé ? s'enquit Neldon. Saltair les a tués ?

—Non, ils ont tous survécu et sont partis pour Quiri. Luqura n'était pas faite pour eux.

—S'il nous faut plus d'une heure pour le tuer, reprit Way en grognant, c'est qu'on est déjà morts ! Et vous croyez qu'on le trouvera dans son trou ? interrogea-t-il Sodja en la pointant du doigt. Et qu'on pourra s'y installer tous les sept quand on lui aura réglé son compte ?

—Ce n'est pas un trou. Les gens s'imaginent qu'il vit dans une grotte, dans un endroit aussi monstrueux que lui, mais c'est simplement le sous-sol d'un immeuble. Il a pris possession de plusieurs étages et a créé des tunnels reliés à d'autres bâtiments du Quartier des Cendres. La plupart sont bloqués, mais il continue d'en utiliser quelques-uns.

—Ça veut dire…, poursuivit Fyn, … qu'on peut attendre qu'il rentre dans sa planque pour fermer toutes les issues. Il sera coincé dans un espace confiné où il ne pourra ni courir, ni sauter. Il ne sera pas en position de force. Dans les tunnels, sa taille et sa masse seront des désavantages.

—Est-on obligés de le combattre ? s'enquit Siege. Je veux dire, le poison ne fonctionnerait pas, mais… pourrait-on l'affamer ou quelque chose comme ça ?

—Je suis presque certaine qu'il a des réserves de nourriture, répondit Sodja. En tout cas il a de l'eau. Bref, l'attente serait bien trop longue, d'autant qu'il faudrait surveiller tous les tunnels. Non, ce serait trop risqué.

—Mais c'est une bonne idée, remarqua Fyn en désignant Siege. Nous avons passé en revue les différentes options, et nous pensons que la meilleure solution est de bloquer les tunnels et de l'enfumer.

—L'enfumer ? répéta Siege. On allumerait un feu et on attendrait, en somme ?

— Plus ou moins.

— Une seconde, intervint Quinn pour la première fois. Ce n'est pas si facile. On ne peut pas simplement envoyer de la fumée dans un tunnel.

— Et pourquoi pas ? lui demanda Siege en croquant dans son fruit.

— Parce que la fumée s'élève, bande d'idiots. Il faudrait trouver un tunnel sous son repaire et laisser la fumée monter, ce qui implique de garder au moins un tunnel ouvert pour faire un appel d'air.

— C'est exact, confirma Fyn en adressant un hochement de tête à la jeune femme aux cheveux noirs.

À présent qu'il les avait toutes les deux sous les yeux, il voyait à quel point elle était différente de Sodja. Elles avaient toutes les deux la peau pâle, les cheveux foncés, elles étaient fines et sèches. Les similitudes s'arrêtaient là, cependant.

Sodja ramassa un morceau de bois noirci, le testa sur le mur le plus proche, puis entreprit de dessiner le plan dont Fyn et elle avaient discuté.

— On fermera tout sauf le tunnel du haut et le tunnel du bas – l'entrée de devant et celle de derrière. On allume un feu en bas et on attend que la fumée monte dans la planque.

— Comme dans un conduit de cheminée ! approuva Siege.

— Exactement. Lorsque l'équipe de l'entrée supérieure sentira l'odeur de fumée, elle pourra sceller son tunnel pour emprisonner Saltair à l'intérieur. Et quand la fumée sera suffisamment épaisse, l'équipe du bas scellera son tunnel pour laisser Saltair suffoquer. Et voilà, conclut-elle en les regardant tour à tour.

— Combien y a-t-il de tunnels ? demanda Way, qui s'amusait toujours avec ses morceaux de bois.

— Sept, répondit Sodja en dessinant un nouveau schéma sur le mur. Dont quatre scellés de l'intérieur par Saltair. Nous devrons évidemment les bloquer aussi de l'extérieur. Les trois autres sont plus ou moins comme je les ai décrits. Une entrée principale donnant sur la surface, une sortie reliée à la ville souterraine et une sortie de secours.

— Où se trouve-t-elle ? voulut savoir Way.

— Elle donne sur la Tocra du nord. Impossible d'accéder au repaire de Saltair par là à cause du courant, mais elle fait un excellent moyen de s'échapper, à condition de retenir sa respiration assez longtemps pour ressortir de l'autre côté.

— Et comment prévoyez-vous de sceller ces tunnels ? les interrogea Neldon, toujours un peu sceptique. Nous ne sommes pas ingénieurs. En essayant de provoquer un éboulement, vous risqueriez de nous enterrer vivants ou de nous noyer.

— On procédera comme des maçons : brique par brique, expliqua Fyn. (Il prit un autre morceau de charbon et noircit les deux sorties dessinées par Sodja.) On transportera des pierres dans les tunnels et on les assemblera avec du mortier. Pour les quatre premiers, ce sera facile parce qu'on pourra prendre notre temps.

— Et les trois autres ?

— Pour celui du haut, on provoquera un éboulement. La gravité sera de notre côté, et nous pourrons rester à l'extérieur. Le niveau inférieur sera bloqué par un incendie ; nous pourrons d'ailleurs remplir toute la longueur du tunnel de goudron et de matériaux inflammables. Il y a peu de chances qu'il veuille s'enfuir par là, mais s'il essaie, sa progression sera ralentie, il se brûlera et respirera des fumées toxiques. Il sera facile à achever dans ces conditions.

— Et la rivière ? demanda Quinn. Qu'est-ce qui l'empêchera de s'enfuir à la nage ?

— Vous sauriez fabriquer un filet de pêche ? demanda Fyn en se tournant vers Siege et Poli.

— Moi, oui, répondit Poli en souriant. Pour Siege, ce n'est pas sûr. Pas tout seul, en tout cas.

— C'est pas vrai ! protesta le colosse. Enfin, si, mais tout le monde n'est pas obligé de le savoir.

— Bien, reprit Fyn. Tu aideras Poli. On va se procurer des chaînes et des câbles, et vous nous confectionnerez un filet assez solide pour capturer un homme lézard. Si on ne réussit ni à le brûler, ni à le noyer, on lui coupera la tête.

— Je crois qu'on peut y arriver, commenta Poli en échangeant un regard espiègle avec Siege.

— Parfait. Pendant que vous vous occuperez du filet, nous scellerons les tunnels.

— Attends, attends ! le coupa Neldon en levant la main. Admettons que ce plan complètement fou fonctionne. Admettons que nous tuions Saltair et que nous prenions possession de sa planque. Admettons même que celle-ci soit toujours vivable. Et après ?

— Eh bien, nous serons hors de portée de la Guilde des Marchands d'esclaves et profiterons du pactole de Saltair. On sera riches, protégés et bien cachés.

Neldon ne semblait pas convaincu, mais Siege lui donna une grande tape dans le dos.

— Tu vois, Ned, je t'avais dit qu'il était malin !

— Ils nous trouveront, affirma Neldon en repoussant son ami. Les Surveillants nous trouveront. Même si nous tuons Saltair, même si nous nous installons dans son repaire, la Guilde des Marchands d'esclaves nous cherchera. Elle enverra ses meilleurs gardes, s'il le faut. Eux nous trouveront, et alors, ce sera terminé. On nous donnera à manger aux poissons, et la vie reprendra son cours comme si de rien n'était.

— Quel pessimisme ! se moqua Siege en posant son bras massif sur les épaules du savant-médecin. Il faut savoir prendre des risques, Ned, ou bien on continuera de payer des cotisations à la guilde quand on aura cinquante ans !

— *J'ai* cinquante ans.

— Eh bien, justement !

Neldon prit une profonde inspiration.

— Je suis sûr que je vais le regretter. Mais vous pouvez compter sur moi.

— Excellent, approuva Fyn en tapotant le dessin, sur le mur. Nous avons des murs à monter, un filet à tisser et un lézard à capturer.

Chapitre 42

Myjun se tenait au bord du précipice et contemplait un vortex chaotique. À ses pieds, une mer d'ombre s'agitait dans une danse éternelle de vie et de mort, de meurtre et de désordre, de sexe et de séduction. Les acteurs étaient principalement des hommes et des femmes, mais elle avisa aussi des enfants et des animaux, des monstres et d'autres créatures intelligentes dont elle ne connaissait pas le nom.

Si l'enfer avait une porte, elle l'avait sous les yeux.

— Ce sont les rêves des gens ? Ces viols, ces assassinats, cette violence ?

— Oui. Tu comprends maintenant pourquoi j'ai parlé de poison.

Myjun frissonna. Elle ressentait une émotion qu'elle avait presque oubliée depuis qu'elle avait mis ce masque. Honte ? Dégoût ? Embarras ? Des sentiments qui lui étaient étrangers, désormais, comme si ses émotions avaient été changées en haine, et peut-être était-ce le cas. Son estomac se noua et elle eut la nausée.

— Ce n'est pas l'humanité. Ce n'est pas la vie.

— Correct. C'est l'*ombre* de la vie. Ce sont juste des impressions, des rêves, des souvenirs, non pas la réalité. Ceux qui sont capables de quitter le Monde du Rêve ressemblent à des cauchemars. Seuls les rêves qui se concentrent sur la vie et la mort peuvent combler le fossé qui existe entre le Monde du Rêve et le domaine de l'ombre, où les *eidola* atteignent leur plein potentiel.

— Vous voulez dire qu'ils se repaissent de nos cauchemars, de nos peurs et émotions ?

— Non pas seulement de nos cauchemars, précisa Oyru en hochant la tête. De nos désirs secrets, aussi, de nos pulsions interdites, de pensées noires et d'actes encore plus noirs. Ils sont attirés ici depuis le Monde du Rêve et attirent les *eidola* à eux. Ils ont tellement besoin de vie, qu'ils en sucent le plus petit morceau de moelle. Ils s'emplissent de douleur, revivent les cauchemars, goûtent une fraction de la vie qu'ils n'ont pas.

— Et nous sommes venus jusqu'ici pour les tuer ?

— Oui.

— Bien. Comment ?

— Vois comme ils sont constitués de néant, et pourtant, ils s'entre-tuent à coups de dents, de griffes, de serres, expliqua Oyru en montrant le gouffre. (Il leva le bras, et une lance de vapeur noire se forma dans sa main, se solidifia en une arme cruelle à la lame obsidienne moitié moins longue que le manche.) Ce qiang aussi est constitué de néant. Tout comme mon armure. (Il tapota la carapace d'ombre avec la pointe de son arme.) Ce sont des éclats de vide. Des ombres faites substance. Comme les *eidola*, elles fendent, elles percent, elles coupent. Elles sont fumée et acier, vide et vapeur. Elles ne sont pas réelles, mais elles sont les échos du monde réel, elles mordent. Dans ce monde, les lames constituées de néant se repaissent de la force vitale des êtres vivants qu'elles touchent. Et elles sont aussi affûtées que n'importe quelle arme forgée dans le monde physique.

Pour illustrer son propos, Oyru passa la pointe de son qiang sur son torse, creusant une entaille profonde dans une plaque de vide.

Myjun acquiesça de la tête.

— Comment puis-je les combattre ? Me donnerez-vous une de vos lames ?

— Non. Je le pourrais dans le monde réel en sacrifiant un peu de ma somnumbra. Ici, tes constructions t'appartiennent.

Elles doivent venir de ton esprit ou – dans ton cas précis – de ton âme. Essaie d'invoquer le feu de l'âme. Tes lames ne fonctionneront peut-être pas, ici, ou elles fonctionneront différemment… à condition que tu puisses les invoquer.

Myjun détourna son attention des eidolons grouillants et focalisa son regard vers l'intérieur. Sa colère était toujours là, de même que sa souffrance, mais aucune de ses émotions ne monopolisait plus sa concentration. Elle se drapa dans ces émotions, les embrassa, les canalisant vers ses mains.

Une faible lueur apparut dans ses paumes… puis disparut.

— Tu es une Hurleuse d'âme, tabibito. La clé de ta puissance réside dans ton esprit, dans ta *voix*.

— Brûlez en enfer.

— N'y sommes-nous pas suffisamment près ? demanda Oyru en désignant la fosse.

Myjun examina les monstres qui arpentaient le gouffre très large. Le fossé était vaguement ovale, avec des parois s'enfonçant progressivement dans les ténèbres. Le terrain, tout autour, étant légèrement surélevé, il était impossible de voir de loin la cicatrice dans le paysage morne et gris. Il y avait des indices, cependant : des eidolons gris s'agitant dans et autour de la crevasse, les cris inarticulés qui résonnaient en contrebas. Oyru les avait conduits jusque-là en ligne droite, sans jamais dévier de sa trajectoire, comme s'il était lui-même attiré par le gouffre, exactement comme les eidolons. Myjun contemplait la masse grouillante d'ombres, leur inhumanité désagréablement familière. Elle sentit son corps trembler. Sa poitrine se secoua et elle ouvrit la bouche, poussant un hurlement de frustration et de colère, de douleur et de dégoût. Quelque chose vacilla devant elle – une étincelle ou une flamme –, puis plus rien.

— Intéressant, dit Oyru. Tu as une affinité pour le lancer de lumière, on dirait, mais ton aptitude à la modeler sera limitée, ici. (Il regarda dans le gouffre, puis de nouveau Myjun.) Les *eidola* n'ont pas d'âme à chevaucher, aussi t'est-il impossible d'augmenter ta puissance en te nourrissant de leurs émotions. Tu devras canaliser ta magie sans chevaucher d'âme.

— Comment ? s'enquit Myjun en goûtant l'amertume de sa question.

— Comme tu as combattu le dragon.

Myjun repensa à son combat contre le dragon dans la forêt du Vosgar, une éternité plus tôt. Elle n'avait pas d'arme, elle était blessée, et lorsque le monstre avait refermé ses mâchoires sur elle – quand elle était à deux doigts de perdre la vie –, elle avait trouvé son pouvoir et l'avait canalisé, générant des lames.

— Il a failli me tuer, dit-elle d'une voix grave et rauque en se rappelant la douleur. J'étais à moitié morte. J'avais tellement mal, j'étais désespérée… et furieuse. Je m'en voulais, j'en voulais à la vie, j'en voulais à mon père et je regrettais de n'être plus en mesure de le punir pour ce qu'il m'avait pris.

— Ton père ?

— Annev ! protesta Myjun. Je voulais dire Annev ! Il a tué mon père. Il m'a menti… il m'a *embarrassée* et il a détruit ma vie.

— Ta bataille contre le dragon a réveillé ton désespoir. Panique, peur, douleur. Ce sont tes armes. Plus que les autres, cependant, tu dois utiliser la douleur. Chaque coup que tu reçois te rend plus forte. Plus audacieuse, aussi. Accepte-le. Embrasse-le. Tu as du mal à invoquer le feu de l'âme loin des dangers de la fosse. Pour attiser tes flammes, tu dois te jeter dans le feu.

Myjun n'hésita pas, cette fois. Elle sauta dans le gouffre, se jeta sans réfléchir dans le tourbillon de violence grise et noire. Quelque chose voulut l'attraper, aussi tournoya-t-elle dans les airs, rebondissant sur un rocher, comme le monde virevoltait autour d'elle. Lorsqu'elle s'immobilisa, elle constata qu'elle avait descendu la moitié de la paroi en terrasses. La jeune femme regarda successivement la gueule grinçante des eidolons dans le fond du gouffre et les milliers d'ombres qui bloquaient désormais le chemin de son retour à la surface.

— Je n'arrive pas à invoquer mes lames ! s'écria-t-elle comme des étincelles naissaient et mouraient dans ses mains.

— Improvise !

L'assassin désigna les eidolons qui commençaient à l'entourer, leurs silhouettes affûtées s'agitant tout autour du halo de lumière produite par ses mains. Myjun essaya de faire des lames de ses flammes, de condenser ces dernières dans un matériau capable de tailler, d'estropier, de tuer. Les flammes crachotaient, s'intensifiaient un instant avant de s'éteindre presque.

Un des eidolons les plus proches – une étrange chose aux bras démesurés, claudicante, au visage plat et aux yeux noirs comme la nuit – se dirigea vers elle. Myjun leva la flamme pour le menacer. L'eidolon voulut se saisir du feu, glapit de douleur en retirant ses doigts, revenant aussitôt à la charge, ses griffes acérées lui tailladant le poignet. La jeune femme couina, fit un bond en arrière, tandis que sa flamme enflait. Percevant sa faiblesse et attirés par la lumière, les autres eidolons convergèrent vers elle.

— Le feu de ton âme en attirera d'autres, cria joyeusement Oyru, au-dessus. Et ton sang encore d'autres !

— Aidez-moi ! hurla Myjun comme des dents et des ongles s'enfonçaient dans sa chair.

Des mains grises et des membres translucides s'enroulèrent autour de sa poitrine et de son cou. L'étouffant. La tuant.

— Débrouille-toi, dit Oyru, impitoyable, au bord du précipice. Utilise cette étincelle. Trouve ta flamme.

La bouche d'un eidolon claqua sur son masque, ses dents grinçant sur le métal doré qui lui protégeait le visage. Des ombres scintillantes tournoyaient autour d'elle telles des étoiles pâles dans un ciel soûl, et elle sentit son sang chaud s'écouler par des dizaines de coupures. Un autre monstre lui déchira la cuisse, ses doigts écartant sa plaie.

Des dents, encore. Des griffes. La panique. Elle allait mourir. Elle allait vraiment mourir.

Un hurlement primitif jaillit de sa gorge, et un cône de feu transperça l'eidolon qui la surplombait. Le démon fut projeté en arrière, le visage ruiné, fumant. Myjun fléchit ses doigts, ses mains sanglantes agrippant les créatures qui l'entouraient. Elle se tortilla, cria, et le feu de son âme s'alluma dans ses paumes, les flammes blanches détruisant les mâchoires des démons qui l'attaquaient. Lorsqu'elle referma ses doigts, elle sentit des lames désormais familières se former dans ses paumes. S'en remettant à son instinct, elle glissa et tailla, elle coupa dans tous les sens. Les lames blanches pénétraient les ombres, les séparaient, les brûlaient… les consumaient. De façon distante, la jeune femme sentait que son masque essayait de la soigner, mais les blessures qu'elle subissait étaient trop importantes pour sa magie.

Myjun s'en moquait. Elle pela les eidolons qui l'enveloppaient, poignarda, tailla, trancha en tournant sur elle-même. Les eidolons s'affaissaient dans des scories d'ombre, leurs constituants se désintégrant, devenant fumée, limon et cendres.

Un énorme eidolon avec un corps d'araignée et un visage de petite fille lui sauta dessus, ses pattes lui clouant les bras le long du corps, enveloppant la jeune femme dans un cocon de soie et d'acier. La fillette-araignée cligna de ses yeux d'eidolon – froids, noirs et vides –, et sa bouche s'ouvrit pour révéler deux longs crocs luisants de venin. Elle tenta de mordre Myjun, mais la jeune femme hurla, faisant fondre son visage spectral, le réduisant à l'état de graisse grise et de goudron bouillonnant. Elle se libéra de l'étreinte du monstre et tomba du rebord, passa par-dessus une chose minérale munie de bras qui essaya de l'agripper mais n'y parvint pas.

Elle roula sur deux terrasses successives, atterrit sur une troisième, les bras toujours cloués le long du corps.

Elle ne pouvait pas bouger, parvenait à peine à respirer, et les monstres continuaient d'affluer. Elle pensait avoir atteint le fond du gouffre ou n'en être pas très loin, mais elle ne voyait rien au-delà de la masse de corps gris et noirs. Elle était meurtrie, ensanglantée, brisée. Elle voulut trancher la soie qui l'emprisonnait avec ses lames blanches, mais c'était impossible. Elle cria de nouveau, un faisceau de lumière jaillissant de sa bouche, oblitérant deux monstres tout proches.

C'était trop. Ils étaient trop nombreux, et elle était immobilisée. Une pince épaisse lui agrippa la gorge, lui écrasa les voies respiratoires. Les lames blanches, dans ses mains, crachotèrent, disparurent. D'autres monstres affluèrent.

Une paire de bottes apparut silencieusement à côté d'elle. Leurs dimensions et leur forme paraissaient appartenir à un autre monde dans cette mer de gris ternes et de noirs mats. Une lance obsidienne lui passa devant le visage, et la lourde pince tomba dans un nuage de chitine et d'os fumants. Elle sentit alors le qiang noir contre ses côtes, et elle fut libérée de ses entraves. Oyru glissa un bras sous elle et la souleva. Myjun eut envie de l'embrasser et de le poignarder à la fois.

— Invoque tes lames, ordonna l'Ombre ressuscitée, son qiang mordant déjà dans le cou d'un autre eidolon.

Myjun essaya. Elle hurla dans les ténèbres denses, imaginant un nouveau faisceau de lumière qui balaierait la horde d'ombres ; sa voix brisée mourut dans le noir, cependant. Des tentacules noirs sortirent de nulle part et s'enroulèrent autour des poignets et des chevilles de l'assassin. Une énorme créature pourvue d'ailes de chauve-souris et d'un corps d'ours abattit son poing sur la lance d'Oyru, la brisant en plusieurs morceaux. Et puis il l'écrasa sur le visage de l'assassin, faisant jaillir de la fumée noire et du sang rouge de son orbite défoncée.

Du sang. Du vrai sang. Oyru n'était donc pas invincible.

D'autres mains attrapèrent Myjun par les bras et par la taille ; certaines étaient humaines, d'autres sauvages, mais toutes étaient démoniaques. Elles étaient trop nombreuses et puissantes. Myjun vit Oyru tomber sous les ailes noires de son assaillant et se retrouva seule au centre de la fosse, les ombres infernales convergeant toutes vers elle.

Myjun ne cria pas.

Elle ne bougea pas.

Elle se concentra sur le sang qui s'échappait de son corps par ses nombreuses blessures, sentit sa chaleur dans ses artères. Elle sentit l'étincelle en elle, l'aura qui consumait son âme, qui était son âme. Elle retint ce feu, elle attendit qu'il la remplisse, que quelque chose s'épanouisse en elle.

Elle ne cria pas. Elle ne hurla pas. Elle lâcha un simple gémissement, un cri de défaite étouffé, un geignement nostalgique. Un marmonnement de défi, aussi. En son cœur, au centre de la frustration et de la douleur, un fil refusait de se casser. Car même si elle devait mourir là, elle n'était pas résignée à subir son sort. Elle préférerait laisser son feu intérieur la consumer.

Subitement, Myjun s'embrasa de l'intérieur. Un éclair blanc sortit de sa poitrine, la pointe en fourche de sa langue mettant le feu à son sang et se propageant dans les centaines de mains qui l'agrippaient. Une nouvelle fourche, et les langues blanches se multiplièrent, électrocutant les eidolons gris. Les monstres qui l'agrippaient explosèrent. Leurs visages émaciés se tordirent, leurs traits inhumains se contorsionnèrent avant de disparaître dans un nuage de cendres gris-noir. Des ramifications encore, des arcs ondulant autour d'elle parcourant chaque étage, chaque terrasse de la fosse, consumant la rangée suivante d'eidolons. L'incendie se propagea, et Myjun se tenait en son centre. Les eidolons hurlèrent, puis se turent définitivement.

Un nuage de cendres et de vapeur flottait dans l'atmosphère, comme le disque gris de l'Œil de Dorchnok s'élevait doucement au-dessus de l'horizon. Myjun était étendue dans le fond du gouffre, elle n'avait plus d'énergie ; sa tête reposait sur le torse d'Oyru. Comme l'anté-ombre se levait, elle glissa dans une transe méditative, oublieuse de ses blessures, concentrée sur la respiration régulière de l'Ombre ressuscitée.

Chapitre 43

Caressant la barbe courte qui ornait sa mâchoire, le Dionaque Honeycutt examinait Annev de derrière ses lunettes rondes.

— Les glyphes d'eau ne sont pas permanents, dit-il en regardant successivement le visage du jeune homme et la Main de Keos gantée. Ils sont un point focal – un outil qui nous aide à diriger notre volonté –, mais pour vous, ils sont peut-être une source de distraction.

— De distraction ? répéta Annev en s'agitant sur sa chaise.

Ils étaient installés dans les appartements privés de l'homme, dont trois des quatre murs étaient tapissés de vieux livres et de rouleaux de parchemin.

— Je croyais que les glyphes étaient essentiels aux sortilèges.

— Pas du tout. Comme je vous l'ai dit, ils sont utiles pour invoquer la bénédiction d'Odar, mais ils ne sont pas essentiels. N'avez-vous pas vu les autres nommer les glyphes sans dessiner des runes ?

Annev se rendit compte que oui. La semaine passée, durant une leçon avec Leskal, il avait vu le chef de caste effacer un glyphe avant de compresser l'Eau du ciel pour obtenir de l'air, de l'eau et de la glace. Leskal n'avait pas pris le temps de dessiner un nouveau glyphe, et Annev était trop obsédé par son propre échec pour se demander comme l'homme avait procédé.

— Vous parlez mieux le darien ancien que la moitié des Dionaques, poursuivit Honeycutt en se caressant la barbe, mais ce savoir ne vous a pas aidé. Peut-être même vous entrave-t-il.

Annev regardait fixement les lignes mouillées qu'il avait soigneusement tracées sur la table en pierre, le symbole de l'eau étant toujours visible.

— Donc ce n'est pas fondamental, je ne suis pas obligé de tracer les symboles.

— La plupart des Dionaques découvrent leurs aptitudes bien avant de connaître tous les glyphes. Nous commençons par un glyphe générique et nous en remettons à notre force de volonté en attendant d'apprendre les runes précises qui enrichiront notre magie. Laquelle pourra toujours être affinée plus tard. Vous êtes un cas particulier, cependant, ajouta-t-il en levant l'index. Vous avez la tête pleine de darien ancien, mais vous n'avez pas encore renforcé votre esprit et votre volonté. Votre savoir vous tire vers le bas. (Honeycutt effaça le glyphe, laissant des gouttelettes d'eau sur la table.) Concentrez-vous sur ce que vous désirez. Imaginez que l'eau se sépare, qu'elle s'étire. Imaginez qu'elle emplit la pièce de brume et de vapeur. Arrivez-vous à la visualiser ?

— Je crois, hésita Annev. Que dois-je faire, maintenant ? Nommer le glyphe ?

Cette fois, ce fut au tour de Honeycutt de réfléchir.

— Pas encore. Pensez au résultat que vous voulez obtenir, mais concentrez-vous sur quelque chose de petit et précis, de fin comme une aiguille. Une pointe de concentration poussant votre *quaire* dans cette pièce, imposant votre volonté sur le monde.

Annev s'accrocha à cette idée. Il laissa de côté les mots de pouvoir et les glyphes, imagina que sa volonté était une extension de lui-même, repensa au jour où il avait activé Miséricorde pour la première fois, coupant un coin de la table de Sodar. Il concentra cette volonté, la glissa avec circonspection dans la pellicule d'eau qui couvrait la table. Annev sentit une secousse violente dans sa poitrine, et la chambre tressauta, souleva Honeycutt de sa chaise.

— Les dieux soient damnés ! jura l'homme en arrangeant sa robe et se tapotant la poitrine. Qu'avez-vous fait ?

— Je ne sais pas ! se défendit Annev en levant les deux mains. J'espérais que vous me le diriez !

Honeycutt passa un doigt sur la table encore humide.

— Rien ne semble avoir changé, dit-il en se frottant la bouche et les joues. On aurait dit… Qu'avez-vous imaginé ? s'enquit-il en regardant successivement la table et Annev.

— Vous avez parlé d'étendre l'Eau du ciel de votre chambre, expliqua Annev dans un haussement d'épaules. J'ai donc imaginé que j'étais au centre de la pièce, enfermé dans une bulle, dont j'écartais les parois. Mais elles me résistaient. Chaque fois que je poussais, elles revenaient à leur position initiale. J'avais beau forcer, rien n'y faisait.

— Qu'est-ce qui a changé ?

— Je ne sais pas, avoua Annev en réfléchissant. J'étais toujours en train de pousser quand la bulle a… éclaté. Tout est sorti d'un coup : l'air, la force que j'exerçais sur les parois. Tout. La chambre a tremblé à ce moment-là. Ai-je… *nommé* un glyphe ? demanda Annev en se tournant vers Honeycutt.

— Honnêtement, je l'ignore. Je pense plutôt que vous avez verbalisé votre volonté, ce qui est une variante de la verbalisation de glyphes. (Il s'interrompit un instant.) Vous dites que votre énergie vous a échappé ?

— Plus ou moins. Je poussais sur la bulle, et toute la force était confinée à l'intérieur. Lorsqu'elle a éclaté, j'ai eu l'impression qu'on tirait un tapis sous mes pieds. Toute mon énergie a été libérée d'un seul coup.

— Vous sentez-vous vidé ? Fatigué, assoiffé ?

Annev réfléchit avant de répondre.

— Non. Je me suis senti désorienté et un peu frustré… mais c'était différent de ce que les maîtres et vous avez décrit.

Je n'ai pas l'impression d'avoir perdu quoi que ce soit ; mon *quaire* est le même.

— Décrivez-moi ce que vous avez ressenti.

— C'était comme… tourner une clé dans une serrure, articula lentement Annev. Quelque chose a bougé, quelque chose a changé, avant de s'enclencher.

Il avait ressenti la même chose dans le passé en utilisant des artefacts – et en essayant de manipuler la Baguette d'Artificier –, mais comme il ne voulait pas révéler ce secret au Dionaque, il préféra garder ces détails pour lui.

— Vous sentez-vous *changé* ?

Annev se toucha le torse, serra les poings, plia les bras, regarda autour de lui et hocha la tête.

— Vous connaissez cette sensation… quand vous vous entraînez au combat, que vos muscles sont fatigués, mais également plus forts…

— Oui.

— Eh bien, je ressens la même chose, mais d'une manière plus subtile. Je n'ai pas mal, mais quelque chose est… différent.

— Est-ce une bonne ou une mauvaise chose ?

— Plutôt bonne, je crois.

Le Dionaque grogna.

— Annev, ce que vous venez de décrire est extrêmement inhabituel, très différent de la verbalisation de glyphes ou même de votre volonté.

— Et… c'est une bonne chose ?

— Pour être tout à fait honnête, je ne sais pas. Si c'est lié à cette prothèse terrane, pas forcément, mais peut-être que…

— Peut-être que quoi ?

Honeycutt se passa la langue sur les dents.

— Vous savez, j'ai beaucoup étudié la magie terrane ; c'est rare dans la confrérie, aussi ne m'en suis-je jamais vanté. (Il sourit.) Bref, votre talent… a quelque chose de terran, ce qui est étrange vu que vous n'avez pas de sang terran.

— Qu'en concluez-vous ?

—Annev… il se pourrait que vous soyez un keokum. Je ne dis pas que vous avez été créé par la Main de Keos, mais les mêmes lois magiques s'appliquent peut-être.

—Je ne suis pas un keokum, protesta Annev en se redressant.

Le Dionaque leva les deux mains, sur la défensive.

—Je n'ai pas dit que vous en étiez un. Enfin, pas exactement. Je voulais simplement dire que votre magie ne fonctionne pas d'une manière orthodoxe, ce qui fait techniquement de vous un keokum. Ce n'est pas nécessairement une mauvaise chose. Cela signifie simplement que les règles typiques de la magie ne s'appliquent pas à vous. (Il fronça les sourcils.) Il est sans doute préférable de ne pas en parler aux autres Dionaques. Pas pour l'instant, en tout cas. Leskal et Holyoak ne sont pas aussi ouverts d'esprit que moi. McClanahan et l'Archidionaque Reeve non plus, d'ailleurs. N'en parlez pas non plus à vos amis ! Le Novice Therin ne sait pas garder les secrets, et celui-ci devrait en rester un.

Annev acquiesça de la tête, alors qu'il n'était pas sûr d'être d'accord. En règle générale, il n'aimait pas les secrets – il avait appris à l'Académie que les vérités les plus longtemps dissimulées étaient les plus difficiles à dire –, même s'il avait gardé pour lui ses expériences avec la Baguette d'Artificier. En comparaison, cet autre secret était insignifiant. Inoffensif. Il vaudrait certainement mieux que les autres ne le prennent pas pour un keokum. De même, Annev savait que les Dionaques ne comprendraient pas qu'il essaie de se procurer un peu de leur sang, aussi la discrétion semblait-elle de mise.

—Je n'en parlerai à personne… mais j'ai besoin que vous m'en disiez davantage, que vous m'aidiez à comprendre ce que j'ai fait.

—Je n'ai pas grand-chose à vous dire. Vous avez imposé votre volonté sur le monde, Annev. Et sans utiliser de *quaire*. En vérité, je crois que vous avez utilisé le *t'rasang*. (Annev ouvrit la bouche pour protester, mais le chef de caste l'interrompit.) Je dois aller déjeuner avec le Dionaque Leskal, mais j'aimerais reprendre cette conversation demain, si cela vous va.

— Bien sûr, répondit Annev en ravalant sa déception, tandis que Honeycutt se levait. Vous voulez que je vous accompagne ?

— Non, je suis censé aller le chercher dans ses quartiers. Mais vous devriez passer devant et aller déjeuner.

Annev s'inclina et prit la direction des cuisines en ruminant les paroles de Honeycutt. Une fois sur place, il prit un bol de soupe des mains du Dionaque Webb, un vieux Porteur de bouclier au physique aussi imposant que celui du Dionaque Leskal. Et puis il alla s'installer dans la grande salle à manger, où il trouva Therin et Titus. Ce dernier lui fit signe de les rejoindre.

— Elle n'est pas aussi bonne que celle de Maître Sage, pas vrai ? dit Titus en trempant son pain dans le bouillon tiède.

— Ni même aussi bonne que le potage de Sodar, reconnut Annev en poussant une chose grise qui flottait dans son bol.

— Mais c'est de la nourriture, remarqua Therin en mâchant, et c'est gratuit. Et on n'a même pas besoin de faire la vaisselle ! C'est quand même mieux qu'à l'Académie !

— Qui la lave, alors ?

— Le Dionaque Webb, répondit Titus. Il nomme quelque glyphe et lave la vaisselle avec l'Eau du ciel.

Annev croqua dans la bouillie grise, mâcha, décida qu'il ne s'agissait pas d'une pomme de terre. Peut-être même n'était-ce pas un légume.

— Comment se passent les cours ?

— Très bien ! s'enthousiasma Titus. J'ai mémorisé tous les glyphes et mots de commandement de base. Les chefs de caste disent que je gère très bien mon *quaire*.

Cela fit rire Therin.

— C'est leur manière de dire que tu n'es pas très puissant. Tu es trop lent, trop prudent. Moi, j'ai réussi à faire flotter de l'eau, aujourd'hui, se vanta-t-il en se tapotant le torse avec le pouce. Et pas juste une goutte, hein ! Une coupe entière !

— Comment ? l'interrogea Annev en repensant à son cours avec Honeycutt. Comment concentre-t-on la pression pour faire flotter quelque chose, surtout de l'eau ?

— C'est difficile, confirma Therin en mâchant quelque chose de dur. Leskal peut le faire quasi indéfiniment, mais ça s'explique par le fait que les Porteurs de bouclier sont capables de condenser l'Eau du ciel de la manière qu'ils choisissent et pendant le temps qu'ils veulent. En tant que Briseur de souffle, j'étends constamment l'Eau du ciel, aussi dois-je maintenir une pression élevée tout le temps. Un peu comme si j'avais une soucoupe pleine d'eau sur la tête, tu vois ?

Annev médita cette piètre analogie, essayant de deviner ce que Therin voulait dire et se demandant s'il aurait pu expliquer les choses plus efficacement.

— Et si tu essayais de compresser l'eau contre un mur, par exemple ?

Therin réfléchit en se curant une dent creuse.

— Mmh… Ça serait plus facile, mais j'enverrais l'eau dans tous les sens.

— Et si tu modelais la manière dont l'air s'étire, si tu lui donnais la forme d'un bol ou d'un cône… au lieu d'une soucoupe ? En poussant l'air dans deux directions, tu pourrais contenir l'eau sans tout éclabousser.

— Ouais, c'est une bonne idée, approuva Therin en hochant la tête. (Il mordit dans un morceau de pain et poursuivit en crachant des miettes.) Je m'étonne que tu ne fasses pas de progrès avec les Dionaques, Annev. Normalement tu comprends tout très vite.

— En plus, tu connais déjà les mots et les symboles, intervint Titus. Je les étudie tous les soirs afin de pouvoir commencer à arpenter les esprits avec Frère Holyoak.

— Je croyais que tu arpentais déjà les esprits.

— Non, je lis les pensées. Arpenter les esprits est beaucoup plus difficile. Dangereux, aussi. Le Dionaque Holyoak dit que c'est comme ouvrir la porte d'un esprit pour entrer dedans. On ne peut pas forcer les gens à faire des choses à la manière des Créateurs de tempête, mais on peut consulter d'anciens souvenirs, y compris ceux que le sujet croit avoir oubliés définitivement. (Titus regarda par-dessus son épaule, puis se pencha vers Annev.) Frère Holyoak dit même qu'on peut repartir avec ces souvenirs sous le bras.

Annev regarda Therin, qui semblait aussi étonné que lui.

— Repartir avec ? Mais comment ?

Titus fit le geste d'attraper quelque chose dans les airs et de le mettre dans sa poche.

— Attends, reprit Annev, tu veux dire qu'il est possible de prendre les souvenirs d'une personne pour les faire tiens ? Et donc d'effacer la mémoire de cette personne ?

Titus haussa les épaules en regardant nerveusement autour de lui.

— Je crois. C'est ce que m'a expliqué le Dionaque Holyoak. Et tout ça en manipulant le *quaire*.

— Pourquoi ferait-on une chose pareille ? l'interrogea Annev en frissonnant. Et pourquoi Holyoak te révélerait-il ces secrets ?

— Il paraît que le sujet pourrait tomber au Test d'Ascension. Pour passer compagnon.

— Parce que tu vas déjà être promu ? demanda Annev, stupéfait. Mais… nous sommes arrivés il y a une semaine !

— Je vais être testé aussi, dit Therin en grimaçant et en évitant le regard de son camarade. On nous a prévenus hier soir.

— Vous ne serez donc plus novices, mais… compagnons ?

Titus acquiesça.

— Mais, votre magie… Elle n'est pas encore assez développée. Vous venez de commencer !

— Oui, admit Therin, mais il ne faut pas tant de temps que ça pour mémoriser quelques glyphes et mots, et on connaît déjà les bases. Par ailleurs, si on rate le test, on restera novice pendant un mois de plus avant d'être testé de nouveau.

— Un mois, répéta Annev en secouant la tête. Et nous ne sommes là que depuis une semaine. (Il releva les yeux vers ses amis, soudain soupçonneux.) Ils vous ont déjà parlé des objectifs à atteindre pour devenir Dionaques ?

— Eh bien…, hésita Titus.

— Ouais, confirma Therin. (Il avala une gorgée de soupe, grimaça, puis lâcha sa cuillère dans son bol.) Pour commencer, il faut que Titus apprenne à arpenter les esprits. Quant à moi, je dois faire mes preuves dans les quatre techniques des Briseurs de souffle. Si j'arrive à en maîtriser une et à en pratiquer vaguement deux autres, je deviendrai compagnon.

— Quelles sont ces quatre techniques ?

— Le passage de l'eau à la brume, énuméra Therin, les bulles de son, les bulles d'air et les bulles de vide. (Il sourit.) Ça fait beaucoup de bulles. Elles ne sont pas toujours rondes, mais on parle toujours de bulles.

— C'est quoi, une bulle de vide ? lui demanda Titus.

— Une sphère ne contenant ni air, ni eau.

— N'est-ce pas simplement une bulle de bruit ?

— Non, parce qu'on peut entendre à l'intérieur d'une bulle de bruit. Respirer aussi. Une bulle de vide ne contient pas d'air, aussi est-elle complètement silencieuse à l'intérieur et à l'extérieur. Et une fois qu'on en a chassé toute l'Eau du ciel, les choses s'agglutinent.

— Elles s'agglutinent ?

— Oui ! Honeycutt m'en a fait la démonstration avec un morceau de bois. Il l'a enveloppé dans une bulle de bruit et l'a fait tomber, et je n'ai rien entendu. Et quand il l'a maintenu contre un mur entouré d'une bulle de vide, il est resté là. Comme s'il flottait, sauf que je ne pouvais pas le bouger.

(Il sourit.) Je me suis entraîné, mais je n'y arrive pas encore tout à fait. C'est à cause de la forme de mes bulles.

— Et tu as appris tout ça en une semaine ?

— Oui. J'ai bien l'impression que Titus et moi sommes un peu spéciaux. Frère Zayas dit qu'il est Compagnon Créateur de tempête depuis presque deux ans et qu'avant ça, il a été novice pendant cinq ans. (Therin grimaça.) Je deviendrais fou si je devais étudier les glyphes pendant si longtemps.

— Je suis sûr que tu te débrouillerais bien, commenta Titus en reposant son bol. Notre formation d'avatar a duré une décennie et demie. Quelques années à étudier la magie, ce ne serait pas la mer à boire.

— Vous allez donc passer vos tests dans – quoi – trois mois ? Un an maximum ?

— Deux semaines. C'est ce qu'a dit Leskal, en tout cas. (Therin se leva.) Je pratique déjà trois des quatre techniques des Briseurs de souffle, mais j'ai besoin d'en maîtriser une pour passer compagnon. Les bulles de vide sont compliquées, donc je vais me concentrer sur le son ou la brume.

— Tu devrais choisir la brume, intervint Titus. Tu commences à être vraiment bon.

— Ah oui ? s'étonna Annev en se tournant vers Therin. C'est vrai ?

Le garçon maigrichon sourit et trempa un doigt dans sa soupe.

— Therin…, chuchota Titus. Nous ne sommes pas censés faire ça en dehors des cours.

— Ne t'inquiète pas, le rassura Therin en dessinant un glyphe sur la table. Il n'y a personne, ici. Et puis, personne ne nous dirait rien, de toute façon.

Titus se mordit la lèvre, s'agita, mais n'insista pas. Therin se pencha au-dessus de sa soupe, suspendit une main au-dessus de son bol, l'autre au-dessus du glyphe.

— *Ceò*, murmura-t-il, les yeux mi-clos.

Une épaisse brume se forma et s'éleva du bol de soupe grise, déroulant des vrilles tout autour. Annev écarquilla les yeux. Il sentait la vapeur dans l'air, la voyait s'épaissir, l'empêchant de distinguer ses amis de l'autre côté de la table. Il se pencha en arrière, faisant sortir sa tête de la bulle, ce qui lui permit d'appréhender ses contours et les tourbillons de brume blanche, à l'intérieur. Un instant plus tard, la bulle éclata et le nuage se dissipa.

— Tu vois ! lança Titus en essuyant son nez et ses joues humides. Il est bon, hein ?

Annev hocha la tête, trop choqué pour parler.

Durant toutes les années passées à se former avec Sodar, il n'avait jamais vu le prêtre faire quelque chose de ce genre. Alors qu'il savait désormais que Sodar avait été un Briseur de souffle, comme Therin.

Cela voulait-il dire quelque chose ? Sodar lui avait-il caché l'étendue de ses pouvoirs ? Ou bien, comme le lui avait dit Reeve, Sodar avait-il été un Dionaque de puissance modeste. Modeste, peut-être, mais il pratiquait une grande variété de magies, dont les sortilèges iluméens. Annev ignorait comment c'était possible sans une goutte de sang iluméen. Il se rappelait également la manière dont Sodar usait de sa magie pour allumer des lampes et réchauffer ses plats, aptitude que ne semblaient pas avoir les Dionaques de l'Enclave. À sa manière, finalement, Sodar avait été le plus petit et le plus grand de sa confrérie.

Comme Annev réfléchissait, il vit un filet de sang couler de la narine gauche de Therin. Il prit une serviette et la pressa contre le nez de son ami.

— Mais qu'est-ce que tu fais ? demanda Therin en inspectant la serviette. Ah… zut. Je me suis desséché le nez, encore une fois.

— Tu as poussé trop fort, remarqua Titus. Je te l'avais dit. Nous ne devrions pas pratiquer sans supervision.

— Ça ira, le rassura Therin. Vous oubliez que je saignais régulièrement du nez quand on s'entraînait au combat à l'Académie. C'est moins grave, aujourd'hui. Au moins, je n'ai plus de migraines.

— Tiens, lui dit Annev en lui tendant une serviette propre et en prenant la sale pour la fourrer dans sa poche. Je m'occupe de ça. (Au même moment, il vit Reeve passer devant la cantine.) Excusez-moi, lança-t-il en se levant de sa chaise. Ça fait des jours que je veux parler à Reeve et qu'il m'évite.

Titus et Therin le saluèrent de la main. Annev courut pour rattraper le chef de l'Ordre.

— Dionaque Reeve ! Attendez ! Frère Reeve !

L'Archidionaque atteignit l'extrémité du couloir et parut vouloir disparaître derrière le coin. Les bottes magiques d'Annev, cependant, lui permirent de le rattraper et de le prendre par le coude. Reeve s'arrêta brusquement, surpris.

— Frère Annev ! C'est… inattendu. En quoi puis-je vous aider ?

— Cela fait des jours que j'essaie d'avoir une conversation avec vous ! Chaque fois que je frappe à votre porte, vous êtes absent. Chaque fois que je vous croise dans les couloirs, vous avez un rendez-vous urgent ou une réunion. J'en ai assez d'être baladé de la sorte.

— Annev…, commença Reeve avec une grande lassitude. Je suis un homme occupé. La direction de l'Enclave demande beaucoup de temps et d'énergie. S'il s'agit de votre prothèse, sachez que j'étudie la question et que je ne tenterai rien tant que je craindrai pour votre sécurité et celle de l'Enclave.

— Parce que vous pensez qu'elle n'est pas dangereuse pendant que je la porte ?

— Que voulez-vous dire ? s'enquit Reeve en haussant un sourcil.

— Je veux dire que Jian Nikloss s'est sacrifié pour que je ne détruise pas mes amis, ni ne rase le Quartier des Cendres de Luqura. Il y a deux nuits de ça, je me suis réveillé dans une chambre enfumée parce que j'avais oublié d'enfiler mon gant et que ma main avait mis le feu à ma literie. Chaque minute que je passe à porter cette prothèse est une minute dangereuse pour votre Ordre. Nous ne savons pas comment cette prothèse fonctionne, et j'ai peur de détruire ce bâtiment tout entier, de brûler tout le monde à l'intérieur et de raser la moitié de Quiri par inadvertance.

Reeve le fixa du regard, le teint gris.

— Vous auriez dû m'en parler plus tôt, Frère Annev. Je croyais que ces incidents ne s'étaient pas reproduits depuis Banok, que vous vous étiez adapté aux… circonstances. Ce que vous me dites est inquiétant.

— Oui, confirma Annev d'une voix à peine audible. J'ai essayé d'être patient, j'ai essayé de m'entretenir avec vous en privé, mais…

— Mais je vous ai évité. Vous avez raison, je suis responsable. Toutefois, je n'avais pas grand-chose de nouveau à vous dire, ni de bonnes nouvelles.

— Mais vous avez quand même du nouveau ?

— Oui, acquiesça l'homme en hochant la tête. Cela concerne principalement Bron Gloir et la localisation de l'Oracle. Apparemment, Bron voyageait à l'est de Luqura lorsqu'il a disparu.

— Quel rapport avec ma prothèse ? demanda Annev en fronçant les sourcils.

— Cela concerne l'Ordre tout entier, contra Reeve en soutenant son regard. Il est essentiel que nous trouvions Bron et récupérions l'Oracle, mais c'est encore plus important pour vous.

— Pourquoi ?

— Parce que je crois que l'Oracle vous parlera. Comme je l'ai déjà dit, je crois que vous êtes le Vaisseau mentionné dans la prophétie. Si l'Oracle accepte de vous parler, il vous dira peut-être comment retirer la Main de Keos.

Annev étudia le grand-prêtre. Il avait l'impression que Reeve lui cachait quelque chose. Et cela avait un rapport avec Bron Gloir et l'Oracle.

Même si ses soupçons étaient justifiés, cependant, il savait quelque chose que le grand-prêtre ignorait : Janak Harth avait très probablement volé l'Oracle à Bron, et la lampe qui le contenait devait être enfouie sous les ruines de l'Académie, à Chaenbalu.

Comme il se demandait ce qu'il devait ou non révéler à Reeve, celui-ci plissa les yeux.

— Vous savez quelque chose, n'est-ce pas ?

Annev hésita. Ne risquait-il pas de contrecarrer ses propres plans en gardant ces secrets ? Alors qu'il était sur le point de répondre, un Dionaque émergea dans le couloir et se dirigea vers la cantine. Annev suivit du regard l'homme qui s'éloignait et se racla la gorge.

— Peut-être devrions-nous poursuivre cette conversation dans vos quartiers, proposa-t-il.

— Suivez-moi…

Chapitre 44

— Je n'arrive pas à croire que vous ne m'ayez pas dit tout cela plus tôt, lança Reeve en faisant les cent pas dans son petit bureau dépourvu de fenêtre.

— Pour vous dire la vérité, je n'étais pas sûr de moi, avoua Annev en marchant lui aussi dans la pièce austère et en examinant les affaires de Reeve. Oracle ou pas ? Sodar ne me l'avait jamais décrit, et Janak ne l'a mentionné que lorsque son visage était en bouillie, qu'il était à moitié mort.

— Janak était probablement le Guerrier infirme, une des cinq personnes auxquelles l'Oracle acceptait de parler. (Reeve se passa la main dans les cheveux, incrédule.) Je n'arrive pas à y croire, je n'aurais jamais cru cela possible. Harth a forcément reçu de l'aide pour capturer Bron et s'emparer de l'Oracle. Par les enfers, des armées entières ont été incapables d'arrêter Bron ! (Il s'affaissa sur une chaise à côté de l'âtre froid et leva les yeux vers Annev.) Vous et moi allons devoir retourner à Chaenbalu.

Annev secoua vigoureusement la tête.

— Je *suppose* seulement que l'Oracle est toujours là-bas !

— Où pourrait-il être, autrement ?

— De toute façon, je ne veux pas y retourner.

— Nous en avons besoin pour retirer votre main ! Annev, vous devez venir avec moi. Vous êtes une des rares personnes vivantes en mesure de contourner le cercle de protection de Chaenbalu.

— Titus et Therin connaissent le chemin. Fyn et Brayan aussi. Pour ce que j'en sais, Brayan nous attend toujours à Banok.

— Nous le prendrons en chemin ! Vous le retrouverez lorsque nous nous arrêterons à Banok pour fouiller le palais de Janak Harth à la recherche d'indices concernant Bron.

— Et si Bron était mort ? Avez-vous songé à cette éventualité ? Par ailleurs, je suis quasiment certain qu'il ne reste rien du palais de Janak.

— Je puis vous assurer que Bron n'est pas mort, promit Reeve avec un sourire en coin. Peut-être le regrette-t-il lui-même, mais il est bel et bien vivant.

— Les légendes sont vraies, alors ? Les changements de forme, les mille visages…

Le prêtre lâcha un éclat de rire sec.

— Les légendes sont plus fades que la réalité, assurément. Bron lui-même en est à l'origine. Il n'aime pas qu'on parle de lui comme d'un monstre – un démon qui se repaît de votre âme pour habiter votre corps –, aussi s'arrange-t-il pour changer au moins un peu les histoires, pour les rendre moins effrayantes et plus héroïques.

— Vraiment ? Comment ?

Un sourire contenu souleva le coin des lèvres de Reeve.

— Vous avez entendu les *Mille Vies de Bron Gloir* ?

— Bien sûr. C'est l'histoire préférée de Titus.

— Eh bien, cette histoire, c'est Bron lui-même qui l'a écrite.

— Mais non, protesta Annev. C'est Gerhalt Stern qui l'a écrite il y a deux cents ans. En plus de la plus belle poésie de cet Âge.

— Je transmettrai le compliment à Gerhalt la prochaine fois que je le croiserai, s'amusa Reeve en souriant plus franchement.

— Vous voulez dire que Gerhalt Stern est Bron Gloir ? s'offusqua presque Annev en écarquillant les yeux. (Il secoua la tête, incrédule.) Est-il quelqu'un d'autre de notable ? Chade Thornbriar, peut-être ?

— Que savez-vous de Thornbriar ? demanda subitement Reeve.

— Par les couilles d'Odar ! Vous plaisantez ? Se peut-il qu'ils soient tous la même personne ?

— Ils ne sont pas la même personne, répondit le prêtre en grimaçant. Si Bron Gloir est une tragédie sans fin, alors Chade Thornbriar est une plaisanterie sans fin. Une plaisanterie sans goût et qui ne m'amuse guère.

Annev grogna et nota mentalement de se renseigner sur ce Thornbriar plus tard.

— Reeve, dès le départ, j'ai été très clair : j'ai accepté de vous aider uniquement parce que je pensais que vous arriveriez à me débarrasser de cette maudite main. Si vous n'en êtes pas capable, il vaudrait sans doute mieux que je parte avant de causer une tragédie.

— C'est justement de cela qu'il est question, rétorqua le prêtre en se levant. J'ai besoin de l'Oracle pour vous aider. J'ai besoin de m'assurer qu'il ne vous arrivera rien – qu'il n'arrivera rien à l'Enclave – avant de tenter quoi que ce soit.

— Je suis désolé, mais ça ne me convainc pas ! contra Annev, qui avait le plus grand mal à ne pas hausser le ton. Je n'ai pas besoin de magie pour voir que vous voulez l'Oracle pour vous et non pour m'aider. Vous n'avez même pas essayé de retirer ma prothèse ! Aucun d'entre vous n'a tenté sa chance !

— Vous êtes arrivé il y a une semaine seulement…

— Une semaine interminable. Titus et Therin se préparent déjà à passer les tests qui leur permettront de devenir compagnons. Tout va tellement vite, comme par hasard…

— Que sous-entendez-vous ? Vous croyez que nous voulons lier vos amis à l'Ordre pour… pour quoi, au juste ? Pour que vous vous sentiez obligé de rester et de nous aider ?

— Vous l'avez dit, répondit Annev en haussant les épaules. C'est l'impression que ça donne, c'est le moins qu'on puisse dire. (Reeve voulut protester, mais Annev l'interrompit en levant l'index.) Je ne dis pas que votre aide ne nous a pas été précieuse, ni que les autres Dionaques nous ont maltraités.

— Que dites-vous, alors ?

— Je n'aime pas qu'on me force, je n'ai pas envie de me sentir obligé de vous aider à cause de mes amis.

— Je comprends. (Reeve se dirigea vers la porte et l'ouvrit.) Je pensais naïvement que votre fidélité à Sodar suffirait, mais je me suis trompé.

— Ma fidélité à Sodar n'a rien à voir avec vous.

— Dans ce cas, l'Ordre des Dionaques de Tobar ne vous doit rien non plus. (Reeve désigna la sortie.) Bonne journée à vous, Frère Annev. Faites-moi savoir si vous décidez de rester avec nous plus longtemps. Le cas échéant, nous vous installerons au niveau le plus bas. Je crois savoir que les lits, en bas, sont moins inflammables.

Et de montrer la porte ouverte une dernière fois.

Annev commença à sortir, sentant sa colère monter. Soudain, il se figea en reconnaissant une chaleur familière enfler dans sa prothèse. Reeve le fixa d'un regard surpris, puis posa les yeux sur son gant de forgeron.

— Je vais retourner à Chaenbalu, lâcha Annev.

— Quoi ? s'étonna Reeve.

— J'ai dit… que j'irai. Je vais récupérer l'Oracle. Je vous aiderai à mettre de l'ordre dans votre maison. Nous pourrons nous arrêter à Banok et chercherons Bron Gloir si vous le souhaitez.

— Vraiment ? Pourquoi ce changement subit d'attitude ?

— Parce que je n'aurai pas d'existence normale avec cette arme attachée à mon corps. Je ne peux pas simplement espérer que ce qui est arrivé à Chaenbalu ne se reproduira plus, parce que ça se reproduira forcément. Sans votre aide, c'est une certitude.

Comme il parlait, une volute de fumée s'éleva de son gant. Reeve remarqua l'odeur et renifla en étouffant un juron.

— Oui, dit-il d'un ton faussement calme. Je comprends. Et merci.

— Néanmoins…, reprit Annev en regardant le grand-prêtre dans les yeux. Vous auriez pu essayer de m'aider – vous pourriez essayer maintenant –, mais vous avez choisi d'attendre d'avoir l'Oracle. Vous ne me laissez pas le choix, aussi si un incident devait survenir pendant mon attente, vous seriez le seul responsable.

— Dans ce cas, vous vous installerez bel et bien au dernier sous-sol, et je m'arrangerai pour que vous y soyez seul, répondit Reeve d'une voix glaciale.

Il désigna la sortie d'un mouvement de la tête, et Annev s'en fut aussitôt en claquant la porte.

— Connard, jura le jeune homme en regrettant déjà sa décision de rester.

Il s'était rappelé la prophétie de Jian, mais cela ne le consolait pas vraiment. Le Voyant l'avait prévenu que Reeve ne l'aiderait que s'il aidait l'Ordre d'abord. Annev s'était donc résolu à aider le grand-prêtre à trouver l'Oracle en échange de son aide ultérieure. Il n'avait pas le choix, et maudire son destin ne servait à rien.

Le jeune homme atteignit l'escalier et, machinalement, monta les marches vers la chambre de Sraon, sentant sa colère diminuer rapidement. Il frappa à la porte du forgeron, prit une profonde inspiration, frappa de nouveau, plus doucement.

— Qui est-ce ? demanda Sraon.

— Votre monstre à un bras préféré.

— Qui ça ?

Annev poussa la porte et trouva Sraon assis torse nu sur une chaise à côté du mâchicoulis. Il se pencha en arrière, s'éloignant de l'embrasure, et plissa les yeux.

— Qui êtes-vous ?

— Très drôle, répondit Annev en s'asseyant lourdement sur le lit de Sraon. Je sors tout juste du bureau du Dionaque Reeve. Cet homme m'énerve comme aucun autre !

Le forgeron le fixait d'un regard confus.

— Le Dionaque Reeve ?

— Oui. Il m'évitait depuis des jours, mais j'ai enfin réussi à le coincer. Et il a tout fait pour que je me sente coupable et que j'accepte de l'aider à trouver Bron Gloir et l'Oracle.

— Bron Gloir…, marmonna Sraon d'un air distrait. Vous partez à la recherche de Lord Gloir, alors ?

— Hein ? Mais non ! Vous n'écoutez rien, ma parole ! Il n'a aucune intention de m'aider à retirer ma main. Il gagne du temps et espère m'enchaîner à…

— Par les cinq enfers, pourquoi voudriez-vous retirer votre main, jeune homme ?

Annev scruta le visage de l'homme, remarquant pour la première fois ses yeux injectés de sang et son air hagard.

— Sraon, est-ce que ça va ?

Le forgeron balafré secoua la tête.

— Je cherche, je cherche, mais je n'arrive pas à retrouver ma chemise. Qui êtes-vous, au juste ? demanda-t-il en relevant les yeux vers Annev.

Le sang d'Annev se glaça et son cœur battait à tout rompre.

— C'est moi… Annev.

— Franchement, jeune homme, ce nom ne me dit rien.

— Vous parlez d'Annev… ou de Sraon ?

— Je ne connais ni l'un, ni l'autre, avoua l'homme en regardant dans le mâchicoulis. Je suis complètement desséché. Vous savez où je peux trouver un peu d'eau ?

Annev hocha la tête en reculant vers la sortie.

— Je vais vous en chercher tout de suite.

— Merci beaucoup, jeune homme ! répondit le forgeron en souriant.

Chapitre 45

— Les régressions de ce genre sont alarmantes, mais relativement communes, dit Misty en posant une main rassurante sur l'épaule d'Annev.

Ils se tenaient dans la bibliothèque, et une journée entière s'était écoulée depuis qu'Annev avait trouvé Sraon dans son état de fugue. Depuis, le forgeron était retourné dans le sanatorium de l'Enclave, où l'Archidionaque Reeve s'occupait personnellement de lui. Ne possédant aucune magie susceptible d'être utile au patient, Annev avait proposé d'aider Misty et Tym à rassembler le peu de connaissances que l'Ordre avait accumulées au sujet de l'homme lézard et de son venin.

— Elle a raison, confirma Tym en prenant un volume usé sur une étagère. Enfin, elle a raison pour ce qui est des gens mordus par Saltair. Quelque chose dans son venin entrave les réactions normales du corps. Il commence par vous paralyser – l'esprit et le corps – avant de pénétrer plus loin. Le venin étouffe la douleur et empêche la plaie de suppurer, aussi la plupart des gens ne s'en occupent pas, pensant qu'elle est guérie. (Il posa le livre devant Annev.) C'est ce que veut Saltair. Alors, son venin commence à agir sur l'esprit. Il attaque la mémoire, rend vulnérable à la suggestion. (Il tourna quelques pages, en tapota une emplie d'une écriture élégante.) Une de nos Dionaques, Heida Topolski, infiltrait la famille royale d'Innistiul lorsque Saltair l'a mordue.

Heureusement, une novice l'accompagnait et a consigné tous les effets de la blessure et du venin.

— Qu'est-il arrivé ? s'enquit Annev en examinant la page.

— Au début, rien, répondit Tym. Topolski n'allait pas bien, et puis son état s'est amélioré. Elle a participé à des bals et banquets, jusqu'au jour où elle a commencé à oublier qui elle était. La novice s'est efforcée de lui rafraîchir la mémoire, mais Heida avait oublié trop de vieux souvenirs. Elle était convaincue d'être une Matrone originaire d'Odarnea orientale.

— Et quand la novice essayait de lui rappeler sa véritable mission, expliqua Misty, Heida se mettait en colère. Elle ne se souvenait ni de sa mission, ni de sa magie. Elle avait même oublié l'Enclave. Les murmures de la cour et les intrigues avec la famille Cheng étaient devenus son monde.

— Qu'est-il arrivé à la novice ?

— Elle a essayé de l'aider, de soigner l'esprit de Heida pendant son sommeil grâce à sa magie de Créatrice de tempête. Elle s'est fait attraper, cependant, et Topolski elle-même l'a accusée de sorcellerie. La jeune femme s'est enfuie avant de rentrer à l'Enclave sans la Dionaque.

— Et elle est toujours là-bas ? À la cour du roi Cheng ?

— La dernière fois que j'ai vérifié, oui, confirma la Dionaque McClanahan. La famille royale la sort parfois pour des banquets. Ils l'installent et la font manger avec eux comme un animal de compagnie. Et tout le monde se moque d'elle, conclut Misty en secouant la tête de dégoût.

Annev étudia la page une nouvelle fois, releva subitement la tête.

— La novice, c'est vous ! Vous êtes l'auteure de ce volume !

— C'était il y a presque dix ans, répondit Misty en souriant. Heureusement pour Sraon, reprit-elle en tapotant la page, le poison a été évacué de son système. Dans le cas de la Dionaque Topolski, les effets de ma magie étaient défaits par le venin toujours présent dans son corps. Je ne pouvais pas la soigner à moins de la ramener à l'Enclave, ce qui était impossible sans sa coopération. (Elle posa les yeux sur son livre, qu'elle referma d'un seul coup.) Je n'ai pas sauvé Heida, mais je vous promets que nous sauverons Sraon. Il finira par recouvrer la mémoire, même si sa stabilisation prendra quelques semaines de plus.

Quelques semaines... Annev repensa à ses plans : d'abord trouver l'Oracle afin de retirer la Main de Keos. Comme Reeve soignait personnellement Sraon, leur départ était différé. *Ce qui signifie que je serai toujours là quand Titus et Therin passeront leur Test d'Ascension.* Ç'aurait pu être pire ; Annev était curieux de voir comment ses amis se débrouilleraient, et il comptait bien les soutenir en dépit de ses propres échecs. Être retardé ne lui faisait pas plaisir, cependant, et il n'aimait pas non plus être redevable à Reeve et l'Ordre.

En même temps, se dit-il en serrant l'artefact dans sa poche, *quelques semaines supplémentaires me permettront de tester encore la Baguette d'Artificier et de collecter quelques échantillons de sang.* Il en avait déjà deux : l'un provenant du Dionaque Leskal, avec qui il s'était entraîné au combat, l'autre de l'hémorragie nasale de Therin, la veille. Annev avait expérimenté avec les deux, mais n'avait fait aucun progrès, ne parvenant pas à débloquer les secrets de la Baguette d'Artificier.

J'ai du sang de Porteur de bouclier et de Briseur de souffle, pensa-t-il, *mais ceux-là ne manipulent que l'Eau du ciel.* Peut-être était-ce la raison de ses échecs répétés. Peut-être avait-il besoin d'un autre type de sang. Après sa conversation avec Honeycutt, Annev avait conclu que le sang terran était plus facile à manipuler avec la Baguette d'Artificier, sauf qu'il n'y avait aucun Terran dans l'Enclave. Ce qui signifiait qu'il devait concentrer ses recherches sur la magie et le sang dariens.

Frustré, Annev soupira. Pour faire fonctionner la baguette, il aurait sans doute besoin d'une connexion avec les quatre vocations, y compris la métaphysique. Le cas échéant, il lui faudrait obtenir un échantillon de sang appartenant à une personne capable de manipuler le *quaire*. Annev se tourna vers ses deux compagnons, l'Arpenteur d'esprit et la Créatrice de tempête, et réfléchit à un moyen de leur demander un peu de leur sang.

Tym le regardait fixement.

Zut, se dit Annev en pensant trop tard à ses barrières mentales. Il s'efforça de contenir son esprit, de penser à autre chose qu'à son besoin pervers de récupérer leur fluide corporel.

—Je devrais y aller, dit-il en se levant.

—Attendez, l'arrêta Frère Tym en posant la main sur son bras. Annev, avez-vous besoin de quelque chose ?

—Je… (Il regarda le couple, les deux seules personnes à avoir eu un comportement amical depuis son arrivée dans l'Enclave.) Ce n'est rien, répondit-il en s'empourprant.

—De quoi a-t-il besoin ? s'enquit Misty en rangeant son livre à sa place. Cela a-t-il un rapport avec la guérison de Sraon ?

Annev hésita. Son projet pourrait-il d'une manière ou d'une autre aider Sraon ? Il n'avait pas décidé de la fabrication d'un artefact spécifique ; il avait commencé par essayer de retirer son bras, et comme cela n'avait pas marché, il s'était mis à expérimenter au hasard mais n'avait pas beaucoup avancé car il lui fallait plus de sang, et il ignorait comment il s'y prendrait une fois qu'il en aurait récupéré. Plus il expérimentait, plus il était convaincu que la baguette avait besoin de sang pour fonctionner, cependant.

Maintenant qu'il y pensait, il se demandait si ses échecs répétés n'étaient pas la conséquence d'un manque d'objectif précis. Il avait été extrêmement concentré lorsqu'il avait tenté de retirer la Main de Keos, mais pas lorsqu'il avait essayé de fabriquer quelque chose de nouveau. Avec le sang de Tym et Misty, il réussirait peut-être à créer quelque chose pour aider Sraon. Les blessures du forgeron étaient surtout psychologiques après tout; aussi, pour lui venir en aide, Annev devrait-il accéder à ses souvenirs pour l'aider à se rappeler qui il était.

— Oui, s'empressa-t-il de répondre avant de changer d'avis. Je crois que ça pourrait aider Sraon.

— De quoi s'agit-il? Que pouvons-nous faire pour vous?

Annev les regarda successivement et se sentit rougir.

— Je… j'ai besoin d'un peu de votre sang.

— Vous avez besoin de…, répéta Misty en fronçant les sourcils, prise de court.

— Il dit vrai, l'interrompit Frère Tym en regardant fixement Annev. J'ignore comment notre sang pourrait faire du bien à Sraon, mais si vous pensez pouvoir l'aider à récupérer… (Il se tourna vers une Misty hésitante, puis sourit en haussant les épaules.) Ce n'est pas comme si c'était une ressource limitée! Combien vous en faut-il?

* * *

Annev voulut se retirer dans sa chambre, mais constata que Reeve avait mis sa menace à exécution et demandé au Dionaque Webb de transférer ses effets au dernier sous-sol de l'Enclave. Au début, cela déplut fortement au jeune homme, qui se rendit finalement compte qu'il appréciait sa nouvelle intimité. Ni les Dionaques, ni les novices ne descendaient jamais jusque-là. De fait, il n'y avait rien d'important dans ce sous-sol, seulement une demi-douzaine de cellules trop froides, sombres et humides pour que quiconque l'envie de s'y installer. Faisant preuve d'un sens de l'humour étonnant, Reeve avait fait meubler la chambre avec des éléments récupérés dans diverses parties du bâtiment. Annev pourrait donc profiter d'un miroir en pied, d'une commode, d'une tapisserie, d'un matelas moelleux, de couvertures en laine, d'une bassine, d'un chandelier en laiton et d'une impressionnante baignoire. Le jeune homme secoua la tête en avisant cette dernière. Où diable Reeve pensait-il qu'il pourrait trouver assez d'eau chaude pour remplir cette baignoire ? Sans parler de l'eau sale dont il faudrait se débarrasser après. C'était sans doute volontaire, se dit-il. En meublant sa cellule de la sorte, l'Archidionaque réussissait le tour de force de s'excuser et de l'insulter à la fois. Néanmoins, la vue de cette énorme baignoire fit plaisir à Annev qui décida, puisqu'il allait rester, de l'utiliser. En attendant, toutefois, il avait d'autres priorités.

Lorsqu'il fut certain que toutes ses affaires étaient bien dans la chambre, Annev alluma des bougies de suif et ferma la porte. Il ouvrit son sac sans fond et en sortit les deux morceaux de tissu imbibés du sang de Leskal et de Therin. Les compresses étaient humides lorsqu'il les avait rangées dans le sac, et Annev fut satisfait de constater que le sang était encore frais, certes froid, mais humide. Il posa les morceaux de tissu sur la console accueillant la bassine, puis produisit les fioles contenant le sang encore chaud des McClanahan.

Une fois Misty convaincue par son époux, la Créatrice de tempête avait décidé de procéder au prélèvement dans les règles, d'utiliser une seringue et des fioles refermables, exigeant d'Annev qu'il lui rende tout ce matériel une fois son expérience terminée.

Dans la lumière des bougies, le jeune homme retira son gant de forgeron et sortit la Baguette d'Artificier de sa tunique. Comme il l'avait fait le soir précédent, il toucha du bout de la baguette les morceaux de tissu contenant les sangs de Leskal et Therin. Comme il s'y attendait, rien ne se produisit, aussi se tourna-t-il vers les fioles de sang frais.

Il trempa la baguette dans la première fiole, imagina l'artefact buvant le sang de Tym, se mettant à briller, l'essence rechargée par le talent de l'homme.

Rien ne se produisit.

Annev examina l'artefact, découragé par ses échecs successifs. Rien, pas même l'Anneau de Chance, ne lui avait permis de déverrouiller les secrets de la baguette.

Réfléchissant à ce qu'il pourrait tenter d'autre, il plongea la main dans le sac sans fond et en sortit l'Anneau d'Inquisiteur en cuivre. Après quelques secondes d'hésitation, il passa le lourd bijou à son index, et la pièce s'habilla aussitôt de ce voile de brume écarlate qu'il associait à la magie de l'artefact. Simultanément, Annev perçut des pulsations caractéristiques émanant des compresses de fortune et – surtout – des deux fioles.

Pour la seconde fois, il s'approcha du sang de Tym et y plongea l'extrémité effilée de la baguette. Il inclina la fiole pour s'assurer que la pointe trempait bien dedans. Et il attendit.

Rien.

Annev retira la baguette et la prit dans sa main gauche, le temps de reboucher la fiole. À peine la Baguette d'Artificier toucha-t-elle la Main de Keos que le sang qui maculait son extrémité s'évapora, tandis que son essence était absorbée par le bois.

Le jeune homme en resta bouche bée. Subitement, sous ses yeux, la baguette se mit à émettre une lumière écarlate.

Par Keos, que suis-je supposé faire, maintenant ? Comme il réfléchissait, la lumière changea, pulsa, virant alternativement du marron foncé au rouge écarlate. Son cœur battait à tout rompre dans sa poitrine, et il avait la bouche sèche. *Zut, zut, zut.* Il regarda frénétiquement autour de lui à la recherche d'un endroit où décharger la magie. Instinctivement, il mit la main droite dans le sac sans fond, d'où il sortit une pièce en argent. Il l'examina sans savoir quoi faire, et puis son cœur bondit comme les pulsations de la baguette s'accéléraient, comme les couleurs changeaient et variaient d'intensité.

Sans trop savoir pourquoi, il appliqua l'extrémité de la baguette sur une face de la Lune d'argent et imagina que sa puissance se déversait dans le métal. Une lumière féroce et brillante éclaira la chambre, et Annev ressentit une brûlure dans sa main droite. Il jeta la pièce loin de lui et jura en agrippant ses doigts et sa paume blessés. La fiole contenant le sang de Tym tomba de la console et éclata par terre, lui arrachant un autre juron. Dans sa hâte de nettoyer et de ramasser les éclats de verre, il se coupa la main.

Dans un rugissement de dégoût, il saisit les morceaux de tissu ensanglantés et la fiole contenant le sang de la Dionaque McClanahan, qu'il remisa dans son sac. À la lumière du chandelier et de sa prothèse, il ramassa les minuscules débris de verre qui jonchaient le sol et les posa à côté de la bassine. Il examina sa peau, mais ne repéra aucune entaille supplémentaire. Poussant un soupir, il se lava soigneusement les mains dans la bassine, puis retira ses anneaux magiques. Il repensa alors à la pièce d'argent qu'il avait lancée à l'autre bout de la chambre et entreprit de la récupérer sous le lit. Il la trouva dans un coin, contre le mur et prit le temps de l'examiner.

Exception faite d'une tache de sang, elle semblait inchangée. Il la retourna dans sa main, à l'affût d'un signe de magie, mais il ne sentit rien du tout.

Annev lâcha la Baguette d'Artificier et la pièce dans le sac sans fond. Il y rangea aussi l'Anneau d'Inquisiteur, puis se saisit de l'anneau or et argent et se figea.

Quelque chose était différent. Il le sentait.

Avec circonspection, il passa le bijou à son doigt et retint son souffle en essayant de percevoir la magie de l'artefact. Comme d'habitude, il sentit les deux talents mêlés à l'intérieur de l'anneau… et un troisième.

Un talent qui, comprit Annev, rappelait énormément la magie de Frère Tym.

CHAPITRE 46

Edra était assis dans une pinède bordant la route de l'Est, qui reliait la riche Luqura au royaume voisin de Borderlund et à sa capitale Paldron. Il s'y était rendu deux fois pour des missions de récupération d'artefact, et ce qu'il y avait vu ne lui donnait pas tellement envie d'y retourner : des châteaux, des tours, des forteresses sur la moindre colline, au bord du moindre fleuve et carrefour. Pas de comptoir commercial, pas de grand-place, pas de marché, ni de bazar comme il y en avait à Luqura. Non, Borderlund était un agglomérat de duchés et de fiefs plus petits, dont les seigneurs se prenaient pour des rois. Lesquels guerroyaient les uns contre les autres au lieu de protéger conjointement le fleuve Kuar, porte d'entrée d'une potentielle invasion terrane.

Edra s'en moquait, cependant. Les hommes qui se battaient sans cesse n'avaient pas le temps de semer et de récolter. Et lorsque les armées de Borderlund n'avaient plus rien à manger, elles avaient deux possibilités : voler de la nourriture à leurs voisins ou bien payer les caravanes de Luqura pour qu'elles leur livrent des provisions. Cela impliquait d'envoyer de l'argent et des biens à vendre de Paldron à Luqura, et donc d'emprunter la route de l'Est.

Cette route près de laquelle campaient Edra et les autres anciens maîtres.

—Aog arrive, oui ou non ? demanda Der, la silhouette à peine visible dans un tourbillon de fumée et d'ombres.

— Qu'est-ce que j'en sais ? répondit Edra en fléchissant ses gantelets magiques.

Des gantelets bien pratiques, fins et souples, et pourtant aussi résistants que de l'acier. Malgré sa réticence initiale à utiliser les artefacts volés dans le Caveau de la Damnation, Edra commençait à regretter de n'avoir exploré les capacités de ces merveilles plus tôt. Le temps du doute était révolu, cependant, et ils s'adaptaient tous à leurs nouveaux rôles. Certains plus facilement que d'autres, il est vrai.

— Le Seigneur de la Damnation doit le faire travailler dans les tunnels, siffla Denithal de derrière son masque blanc, plat et pourvu de deux yeux miroirs.

— Et alors ? rétorqua Edra en serrant et desserrant ses gantelets. Si Aog préfère les travaux manuels aux attaques de voitures et de caravanes, c'est son choix. Il a toujours aimé la solitude et travailler ses muscles. L'excavation doit lui convenir.

— Peut-être bien, dit Der d'une voix aussi douce que de la soie dans la brume noire. Mais Aog aime aussi tuer, et il y a peu de chances qu'il tue quoi que ce soit dans ce terrier où Kenton l'a enfermé.

— Quelqu'un a-t-il seulement songé à l'inviter ? s'enquit Edra en caressant son armure en cuir rouge.

Le silence.

Le masque blanc de Denithal se tourna vers la silhouette brumeuse de Der. Edra se demandait bien comment ils pouvaient tous les deux voir leurs expressions respectives. La brume noire entourant Der ondula, et une main gantée apparut, dissipant la fumée magique. L'ancien Maître de la Furtivité avait retiré son masque, un bandage noir et moulant, similaire à celui qui couvrait et mettait en valeur la totalité de son corps mince et musclé. Il fixait d'un regard plissé Denithal, qui avait remonté son masque rigide, découvrant son visage fripé. Le vieil alchimiste se tourna vers Edra.

— Ather m'a demandé de ne pas l'inviter, expliqua l'ancien d'une voix rauque. Il n'a pas dit pourquoi, et je ne lui ai pas posé la question.

— Il m'a demandé la même chose. Et de laisser nos amulettes, précisa Edra en fronçant les sourcils. Qu'est-ce que ça peut vouloir dire ?

— J'ai laissé la mienne aussi, intervint Der dans un haussement d'épaules. Ne pas la porter me fait un drôle d'effet. Elle est quand même censée nous protéger ; alors, pourquoi la laisser ?

— J'ai oublié la mienne par accident, une fois, dit Edra, distrait par la silhouette lointaine de Murlach, qui traînait des pièges, préparant une nouvelle embuscade.

Malgré la distance, il entendait les vrombissements et cliquetis des machines qui couvraient son corps. Un corps monstrueux d'insecte, dont les membres et le torse étaient parcourus de câbles tentaculaires, ses minces bras métalliques étant terminés par des pinces claquantes.

— Je l'ai oubliée, poursuivit Edra, et ça ne m'a rien fait. Quelques heures plus tard, Kenton m'a retrouvé et me l'a rendue. Il m'a dit de toujours la porter parce qu'elle me protégerait. Comment savait-il que je ne la portais plus ? Aucune idée.

— Mais vous l'avez laissée, aujourd'hui, n'est-ce pas ?

Le trio se tourna vers Ather, l'ancien Maître des Mensonges, qui émergea prestement de derrière un chêne noueux.

— Vous avez bien laissé vos amulettes à Chaenbalu comme je vous l'ai demandé ?

Edra hocha lentement la tête et fut soulagé de constater que Der et Denithal acquiesçaient aussi.

— J'ai du mal à m'expliquer que nous ayons écouté un serpent tel que vous, croassa Denithal en essuyant ses lèvres, mais nous sommes bel et bien ici.

Ather agita les index de ses Gants de Persuasion bleu pailleté.

— Par le sang et la crasse ! jura Edra. Vous nous avez trompés ! Pourquoi ?

— Si je vous ai demandé à tous de vous réunir ici et de ne pas inviter Aog, c'est pour une raison précise, commença Ather en se passant la main dans les cheveux, qu'il avait très courts. Je crains que notre cher Maître Kenton nous ait manipulés. Espionnés, aussi.

— Mais comment ? protesta Der en croisant les bras sur sa poitrine.

Edra reconnaissait ce regard et cette posture. Si la réponse d'Ather ne plaisait pas à l'ancien Maître de la Furtivité, il pourrait très bien recevoir très vite une étoile aux pointes affûtées dans la gorge.

— Je le soupçonne depuis quelque temps déjà, poursuivit Ather, aucunement intimidé. Et j'ai passé les dernières semaines à éprouver ma théorie. Dès que nous portons nos amulettes, Kenton sait où nous nous trouvons et – j'en ai la conviction – lit dans nos pensées. Sauf lorsqu'il se trouve dans le Caveau de la Damnation avec Kiara. La magie démoniaque qui protège cet endroit semble interférer avec les amulettes. Kenton s'y trouve avec la sorcière à l'heure où nous parlons. Ils y prédisent l'avenir ou y forniquent, qui peut le dire ? C'est la raison pour laquelle il n'est pas venu nous chercher. Enfin, pas encore.

— Diantre… (Denithal rota, se tapota la poitrine et produisit une fiole bleue qu'il déboucha et vida d'un trait.) Désolé. Les jaunes me donnent une énergie folle, mais j'ai du mal à les digérer.

— Comment avez-vous découvert tout ça ? s'enquit Edra en faisant comme s'il n'avait pas entendu Denithal.

— Aucun d'entre vous n'a-t-il eu l'idée de s'intéresser aux propriétés de ces amulettes ? s'étonna Ather en haussant le sourcil. Vous obéissez à Kenton sans réfléchir ? (Le freluquet prétentieux eut un reniflement méprisant.) Et j'imagine que vous n'avez pas non plus trouvé bizarre que les amulettes soient toutes identiques ? Pour commencer, j'ai pris le temps d'identifier soigneusement chaque artefact pendant que vous autres jouiez avec vos nouveaux jouets. Il ne vous est pas venu à l'idée que le jeune Maître Kenton pouvait vouloir nous contrôler…

Der et Denithal étaient incapables de croiser son regard. Edra avait suffisamment de colonne vertébrale pour rester digne, mais les paroles d'Ather n'en étaient pas moins difficiles à encaisser. Combien de temps avait-il passé à s'émerveiller et à admirer son armure de cuir et ses nouvelles armes ? Pas une seule fois, il ne lui était venu à l'esprit que les artefacts pouvaient avoir une fonction cachée. *Laissons le garçon identifier et distribuer les artefacts*, s'était-il dit. *J'apprendrai à les utiliser*. L'ancien Maître d'Armes regarda Ather dans les yeux.

— Nous avons trop facilement fait confiance à ce jeune homme, reprit Edra. Que faire, maintenant ? Nous ne pouvons pas remettre les amulettes ou bien il comprendra que nous savons.

— Nous devrions partir, proposa Ather en désignant la route de la tête. Quitter Chaenbalu pour de bon. Même si Kenton était honnête avec nous, vous avez vu ce qu'Annev a fait à l'Ancien Tosan, comme il a fait exploser l'Académie en manquant de peu de nous tuer tous. Si nous sommes malins, nous resterons loin de tout cela.

— Où pourrions-nous aller ? demanda Der, l'air pensif. L'Académie… le Caveau et la magie… (Il regarda les autres.) Avons-nous d'autres options ?

Ather poussa un soupir théâtral, épousseta un arbre tombé et s'assit.

— Nous devrions appeler Murlach. Au cas où vous ne l'auriez pas remarqué, il n'y aura pas d'embuscade aujourd'hui.

J'avais simplement besoin d'une excuse pour nous réunir tous ici.

— Et Aog ? intervint Edra. Pourquoi ne pas l'avoir invité ?

Ather retira ses gants magiques.

— Ils ne fonctionnent pas sur Aog, dit-il en les secouant. Je croyais que c'était à cause de son armure, mais ils n'ont pas réagi non plus lorsque j'ai touché son visage. C'est un peu comme… s'il n'était pas là.

— Ce n'est pas nouveau, se moqua Denithal.

— Non, objecta Ather. C'était très différent. Je crois que Kenton lui a fait quelque chose. La laisse qu'il lui a mise autour du cou est bien plus courte que la nôtre. Vous n'avez pas remarqué ? Le Maître du Châtiment est devenu son animal de compagnie. Il lui fait creuser des tunnels sous l'Académie, lui fait enchaîner les missions. Aog n'a jamais été un sycophante, mais là, ça pue la magie à plein nez. (Il tapota Der sur l'épaule avec son gant.) Allez chercher Murlach.

Der hocha la tête et se dépêcha de rejoindre le monstrueux Maître de l'Ingénierie.

— Vous venez de manipuler Der, accusa Edra. En quoi est-ce différent de ce que fait Kenton ?

— C'est très différent car il est lui, et je suis moi.

Edra renifla, méprisant, mais n'insista pas. Une minute plus tard, Der et Murlach étaient de retour, ce dernier fronçant les sourcils au milieu du nid de câbles et de fils entourant son visage et son cou.

— Qu'est-ce que c'est que cette histoire ? lança-t-il.

— Il nous espionne, se hâta de répondre Edra, devançant un Ather beaucoup, beaucoup trop bavard. Ather a réussi à déterminer que les amulettes y étaient pour quelque chose. Vous portez la vôtre ?

Un bras tentacule s'anima sur le flanc de Murlach, plongeant tête la première dans son armure. Il y eut un sifflement intense, et l'exosquelette s'ouvrit.

— Vous avez fini par comprendre.

— Comprendre quoi ? s'enquit Edra une seconde avant Der.

— Les talismans. (Son tentacule émergea de son armure avec l'amulette, qu'il présenta aux autres.) Je me demandais combien de temps cela vous prendrait. Au quel d'entre vous doit-on cette découverte ?

Plus loin sur la route, un des pièges complexes de Murlach se referma, provoquant les cris aigus d'une pauvre créature. Personne n'y fit attention, cependant.

Edra désigna Ather et, secouant la tête, dit à Murlach :

— Si vous le saviez depuis le début, pourquoi la portez-vous ?

Murlach fit tourner le talisman devant le visage d'Edra, lui permettant de voir une goutte argentée accrochée au rubis.

— Qu'est-ce que c'est ? s'enquit Der en s'avançant pour examiner l'objet. On dirait une… araignée en métal ?

Edra acquiesça d'un grognement. L'ajout fait à l'amulette ressemblait effectivement à un arachnide métallique, avec ses huit pattes fines et son thorax rouge sang, assorti à la pierre précieuse, en dessous.

Murlach prit le temps de la montrer à tout le monde.

— Quand nous étions dans le Caveau, j'ai vu une demi-douzaine de talismans pareils à celui-ci sur une étagère, dans le fond de la salle. Tous étaient affublés de cette même araignée. Cela m'a intrigué, aussi ai-je fouillé un peu et trouvé des araignées supplémentaires sur une étagère inférieure. Pas besoin d'être un génie pour conclure que Kenton avait modifié les nôtres. J'ai donc attrapé une de ces amulettes-araignées pour l'examiner de près. Je me demandais quel mauvais tour voulait nous jouer notre jeune ami.

— Et ?

Le tentacule argenté de Murlach lui remit le collier autour du cou.

— Les araignées altèrent la magie. Au lieu de permettre à Kenton d'entendre toujours mes pensées, elle me donne la possibilité de choisir celles que je veux garder pour moi.

— Pourquoi ne pas nous l'avoir dit ? l'interrogea Der, le front plissé.

— J'attendais de voir comment les choses évolueraient, répondit l'homme en haussant les épaules. Et je n'avais pas une confiance irraisonnée en vous. Mais c'est sans objet, désormais, car Ather a révélé sa main. Quel est notre nouveau plan ? (Il se tourna vers le Maître des Mensonges avec un mépris non dissimulé.) Vous comptez mettre le nez de Kenton dans ses mensonges ?

— Après ce qu'il a fait à Maître Carbad ? s'étonna Ather, ses yeux écarquillés trahissant sa terreur. Par les enfers, non. J'espérais simplement partir après avoir récupéré des garanties…

— C'est-à-dire ?

— De l'*aqlumera*, dit Ather en se lissant la moustache. Tosan n'aimait pas que nous entrions dans le Caveau car il ne voulait pas que les gens sachent que nous étions assis sur la rançon d'un empereur. Une seule bouteille de cette chose nous rendrait aussi riches que des rois, et je connais des gens tout à fait disposés à nous la racheter. Nous pourrions retourner très vite à Chaenbalu avant que Kenton comprenne que nous savons. Murlach resterait ici pour lui faire croire que nous sommes toujours avec lui. Lorsque Kenton viendra pour voir pourquoi nous ne portons plus nos amulettes, nous nous introduirons dans le Caveau. Nous y prendrons quelques artefacts, des bouteilles d'*aqlumera* et retrouverons Murlach au vieux moulin. Nous ferons le tour par le sud jusqu'à la route de Brake, d'où nous partirons vers l'est, loin de Luqura et Banok, soit à l'opposé des endroits où Kenton pourrait avoir envie de nous chercher. Si nous choisissons d'aller à Port Caer, nous aurons des montagnes d'or avant la fin du mois et pourrons vivre tranquillement. À moins que nous préférions devenir des mercenaires et vendre nos services au plus offrant. En tout cas, nous aurons le choix.

Les autres regardaient tous Murlach, qui était devenu *de facto* l'alternative à l'autorité d'Ather.

— Je ne vois pas pourquoi j'attendrais ici, dit-il. Je peux décider des pensées que je partage avec Kenton, et je peux le faire de Chaenbalu. Inutile de se donner rendez-vous au moulin. Prenons l'*aqlumera* et quittons cette maudite forêt.

Der et Denithal regardèrent furtivement Edra, le surprenant par leur déférence. L'ancien Maître d'Armes attendit juste assez longtemps pour recevoir leur question non formulée.

— Pourquoi pas, en effet. C'est bien mieux que d'attendre de voir à quelle sauce Kenton va nous manger. Vous pouvez compter sur moi.

Der et Denithal hochèrent la tête. Un dernier vol, une ultime trahison, et ils seraient libérés pour toujours de Chaenbalu. Murlach partit récupérer le piège qu'il avait laissé sur la route. Der et Denithal remirent leur masque, le premier disparaissant dans un nuage amorphe de fumée noire.

— Eh, mes amis ! appela Murlach une minute plus tard, la voix amplifiée par quelque dispositif inclus dans son armure. Il faut que vous veniez voir ça !

— Qu'est-ce qu'il y a ? cria Ather, ses hautes bottes agiles le portant loin de la ligne des arbres, sur le talus descendant vers la route.

— Vous vous rappelez les monstres de métal qui ont attaqué l'Académie ? demanda Murlach, un tremblement dans la voix. Les créatures monstrueuses qui ont fui dans la forêt ?

— Oui, confirma Edra en frissonnant. Pourquoi ? Qu'avez-vous trouvé ?

— Je ne suis pas sûr, dit Murlach en éteignant son haut-parleur. Ça leur ressemble beaucoup… mais pas tout à fait.

Edra vit la chose prise dans les mâchoires géantes du piège. Au contraire des monstres sauvages et mutants qui avaient attaqué le village, cette créature paraissait... Ce n'était pas une créature, mais un homme portant une armure constituée de plaques qui se chevauchaient. *Métal et pierre*, pensa Edra, qui comprit soudain. *Ce n'est pas une armure. C'est sa chair !*

— Par les dieux ! lança Denithal de derrière son masque blanc. C'est bien l'un d'entre eux !

La fine rapière d'Ather jaillit de son fourreau, tandis qu'Edra dégainait sa longue épée en forme de feuille. Denithal plongea la main sous son ceinturon et produisit une fiole rouge, et si Edra ne voyait pas Der dans son nuage de fumée noire, il supposait que le Maître de la Furtivité se préparait lui aussi pour la bataille.

— Vous pouvez ranger vos jouets, jeunes gens, les rassura Murlach. Il est mort.

— Le piège l'a tué ? s'étonna Der. Ils ne sont normalement pas mortels.

— Ils le sont lorsqu'ils sont assez grands pour écraser une roue de voiture. (Murlach usa de ses pinces pour examiner la tête et le cou de l'homme métallique.) Par les dieux, comment cette magie fonctionne-t-elle ? Du métal et de la pierre... sans être une machine. Est-ce un homme ou un golem ?

Il secoua la tête, apparemment plus impressionné par le fonctionnement de la créature qu'autre chose.

— Sa présence sur la route de l'Est est-elle un mauvais présage ? demanda Edra.

— Non, répondit Ather, les émotions masquées par son habituel glacis de vanité. Cela ne change rien. Nous allons retourner à Chaenbalu, voler de l'*aqlumera* et filer vers Port Caer.

Murlach lâcha la tête de fer de la créature et se redressa, son corps mécanisé le faisant culminer une trentaine de centimètres plus haut que sa taille normale.

—Nous devrions rester vigilants, dit-il. Ce *ferhumain* appartient au même groupe que ceux qui ont attaqué Chaenbalu, il y en a peut-être d'autres. Beaucoup d'autres.

Edra était soudain pressé de retrouver la sécurité relative des ruines familières du village.

—Mettons-nous en route.

Chapitre 47

— Est-elle vivante ? demanda Kenton en se penchant dangereusement au-dessus de la fontaine d'*aqlumera*. Montrez-moi encore. J'ai besoin de savoir si elle a survécu.

— Elle vit, le Maudit. Elle vit et vivra encore. Comme je l'ai promis, sa vie ne sera en danger que lorsqu'elle sera de retour ici. Vous ne devriez pas vous tourmenter avec ces visions.

— Je veux la revoir ! J'ai besoin de savoir ce qui lui est arrivé !

La maîtresse femme sage se massa les tempes, puis joignit ses mains.

— La magie n'est pas gratuite, Kenton. Même lorsque nous utilisons l'*aqlumera* au lieu de la mare d'ombre, il y a un prix à payer. Un prix très important.

— Mais ces démons l'ont presque tuée !

— Ils ont échoué, comme je l'avais prédit.

Le Maître des Malédictions arracha son bandeau et regarda Kiara dans les yeux. Son regard brûlait d'un feu démoniaque, d'une lumière qui vacillait en périphérie de sa vision.

— Montrez. La. Moi.

— Non.

Un tic nerveux agita la joue de Kenton, et ses mains tremblaient comme s'il était sur le point d'étrangler la femme. Au lieu de quoi il tourna le dos au bassin d'*aqlumera* et donna un coup de poing dans l'étagère d'artefacts la plus proche. La magie jaillit de son Gant d'Indomptabilité, et le bois explosa en esquilles. Un battement de cœur plus tard, une collection de pierres magiques dégringola sur le sol, les cailloux de tailles diverses s'éparpillant dans toutes les directions.

— Les crises de colère n'inspirent ni le respect, ni l'obéissance. Elles sont un signe de faiblesse. La démonstration que vous êtes incapable de commander.

Kiara coinça une mèche de cheveux rebelle derrière son oreille, les autres étant attachés en un chignon bien net. Depuis l'effondrement de l'Académie, les autres maîtres et anciens avaient commencé à se détendre, ne cherchant pas à s'impressionner, ni à impressionner Kenton. Kiara, au contraire, était de plus en plus sévère, agissant comme une enseignante devant sa classe. Ses jupons étaient toujours propres et bien repassés, son visage lavé, ses cheveux impeccables.

Kenton n'était plus que l'ombre hagarde de lui-même, et la compagnie des autres ne l'intéressait pas. Les seules exceptions étaient Kiara, dont la magie lui permettait de voir Myjun dans le domaine de l'ombre, et Maître Aog, dont il dominait complètement la volonté. L'ancien Maître du Châtiment creusait un nouveau tunnel entre les cachots les plus profondément enfouis de Chaenbalu et la boulangerie abandonnée en bordure de la place du village, un tunnel secret, dans le cas où Kenton serait une nouvelle fois prisonnier sous les ruines de l'Académie. Il ne l'avait encore avoué à personne – pas même à lui-même –, mais il n'avait plus envie de quitter ces ruines. Les tunnels et la magie de l'Académie lui étaient familiers, et il était de plus en plus obsédé par le bassin d'*aqlumera* et les visions de Myjun. Il n'avait ni de raison, ni envie de partir – ou de se laver, de dormir et manger –, et les artefacts du Caveau lui garantissaient une autonomie complète.

—Je pourrais vous obliger à me montrer, gronda-t-il. Vous forcer !

—Vous ne pouvez pas et vous ne le ferez pas. Si vous me faisiez du mal, vous ne reverriez jamais Myjun. Laissez-moi me reposer. Vous la reverrez quand je serai prête, et seulement quand je serai prête. Est-ce bien clair ?

Les lèvres de Kenton tremblotèrent et sa peau balafrée se tendit comme il se retenait de lui faire les gros yeux.

—C'est clair, acquiesça-t-il d'une voix à peine audible.

—Elle n'est pas morte, Kenton. Elle se repose. Elle a besoin de temps pour soigner ses blessures.

—Combien de temps ?

—Quelques heures. Quelques jours. Pas très longtemps, à mon avis. Le temps passe plus vite, là-bas, mais nous devrions profiter de ce qu'elle se repose pour nous reposer nous aussi.

—Je n'aime pas ce semi-homme, lâcha Kenton en se grattant la barbe. Ce qu'il fait… ce qu'il lui fait. Il la tue. Peut-être pas son corps, mais son esprit.

—Je ne suis pas sûre que cette fille ait jamais eu un esprit.

Le regard de Kenton s'embrasa, brilla d'un éclat aveuglant qui relégua les ombres dans les coins de la salle.

—Vous ne savez rien de Myjun.

—Vous croyez ? Elle était la meilleure amie de mon apprentie et la fille du directeur. Je ne la connaissais que trop bien. Ses manigances, sa vanité. J'ai connu sa mère, aussi, avant sa mort. Par les enfers, j'ai pratiquement élevé cette fille avec les autres femmes sages. Si l'Académie avait duré encore quelques années et si son père n'avait été un obstacle, nous l'aurions endoctrinée, nous aurions fait d'elle une Fiancée du Destin.

—Vous saviez qu'elle possédait de la magie.

—Oui.

—Comment ?

Kiara haussa un sourcil et l'inspecta de son regard gris et froid.

— Suivez-moi.

* * *

Les appartements de la femme sage se trouvaient deux étages au-dessus du Caveau, et ils n'avaient aucunement souffert de l'écroulement de l'Académie et de l'attaque des *feurog*. Il y avait un tunnel étroit dissimulé derrière le lit de Kiara, toutefois. Elle lui avait déjà expliqué comment ce tunnel avait permis au *feurog* d'envahir l'Académie, mais elle avait été moins bavarde sur le pourquoi.

« Une ardoise propre, lui avait-elle dit. Pas de témoins, personne pour nous pourchasser lorsque nous serions parties avec Annev. Pas de survivants pour guider des curieux jusqu'au village. »

Kenton avait trouvé son discours tellement froid.

— Que vouliez-vous me montrer ? l'interrogea-t-il en s'asseyant sur un fauteuil à bascule capitonné.

— Ceci, répondit Kiara en lui tendant un petit livre noir, que Kenton ouvrit aussitôt.

Il vit des dates, des noms, des chiffres, un genre de tableau. Et une brève description à côté de chaque nom. Dans la plupart des cas, il y avait le nom des parents ou des souches éventuelles de magie.

— C'est un journal de bord, conclut-il en arrivant à la dernière page. Une liste… d'enfants volés ?

— Notre travail consistait à localiser et surveiller les enfants susceptibles d'être le Vaisseau. Nous les avons trouvés dans toute la Grande Luqura, et nous les avons amenés ici pour les former. Les enfants n'ayant qu'un bras étaient notre priorité, mais aucun d'entre eux ne possédait le talent – jusqu'à Annev, bien sûr –, aussi nous sommes-nous concentrées sur ceux qui en avaient hérité, dans l'hypothèse où ils perdraient un bras durant leur formation ou à l'occasion d'une mission de récupération, ce qui n'est jamais arrivé. C'était très frustrant.

— Qu'est-ce que c'est ? demanda Kenton en lui montrant un astérisque, à côté du nom d'un garçon et des lettres « NM » écrites en rouge. Sage Lenka ? Le cuisinier de l'Académie ?

— Oui. NM signifie « non magique ». Tous les enfants ne possédaient pas de magie. Certains ont été enlevés pour des raisons politiques.

— Attendez… Lenka ? Comme le *roi* Lenka ? Le roi de la Grande Luqura ?

— Il avait trois enfants, confirma Kiara dans un hochement de tête. Le plus jeune était censé être mort-né, mais il a passé la dernière décennie à cuisiner pour l'Académie.

— Vous avez volé un prince ? Diantre. Pour quoi faire ?

— Je vous l'ai dit : pour des raisons politiques, principalement.

Kenton tourna quelques pages et reconnut ses camarades de moisson.

— Fyunai Harth… fils de *Janak Harth* ? Mais c'est le marchand que nous avons tué à Banok !

— Un Ferné. Rien de majeur, mais les exploits des mercenaires de Janak lui ont permis d'amasser trop de pouvoir trop vite. En enlevant son fils, il s'agissait de tenir cette ordure par les testicules, mais les choses ont mal tourné durant la moisson. Janak a résisté. Sa femme a été tuée, et Janak a été gravement blessé. Nous sommes néanmoins parvenus à lui prendre son fils.

— Fyn, lâcha Kenton dans un souffle, en secouant la tête, incrédule. Il a tué son propre père. Cette ordure de directeur l'a envoyé tuer son propre père.

— Ce n'était pas un accident. Tosan connaissait très bien les arbres généalogiques de ses élèves.

Kenton tourna encore une page et avisa son propre nom.

— Reotan NM, lut-il à la place du nom de son père. Artificière terrane, vit-il là où aurait dû se trouver celui de sa mère. Je suis terran ? lança-t-il en relevant subitement la tête.

— Bien sûr. Tous les Artificiers le sont.

— Mais… je n'en ai pas l'apparence.

— Vous ressemblez à votre père, un pirate de Tir. Mais vous avez la magie de votre mère, une Artificière.

— Il n'y a pas de noms…

— Effectivement. Nous ne consignons pas les noms des violeurs, des pirates et des putains.

Un tic nerveux souleva les lèvres de Kenton, qui parvint néanmoins à contenir sa colère.

— Et j'ai été enlevé ?

— Vous ? Non. Votre père ne voulait pas d'un chiard à bord de son navire. La Femme sage Kelga vous a acheté à votre mère dans les rues de Luqura.

Kenton voulait en savoir plus, mais sa gorge se serra. Son index glissa sur la page et s'arrêta à côté du nom d'Annev.

— Ainnevog… Pas de numéro, pas d'origine, pas de généalogie. Pourquoi ?

— On tatoue normalement le numéro de chaque bébé sur son talon, ce qui nous permet de les suivre. Annev n'avait pas de numéro. À mon avis, Sodar l'a inclus à cette moisson de façon clandestine.

— Pourquoi me montrer tout ça maintenant ? l'interrogea Kenton avec un reniflement amusé en dépit des circonstances.

Kiara prit le livre et tourna quelques pages qu'il n'avait pas remarquées.

— Voici des notes sur les apprenties femmes sages. Seules quelques-unes sont enlevées chaque année, et il arrive également qu'une femme sage tombe enceinte. Les Fiancées choisissent un partenaire ayant une affinité pour la magie prophétique. Myjun et sa mère étaient toutes les deux des enfants femmes sages, mais la grand-mère de Myjun était une authentique Fiancée du Destin… mariée à cet homme.

Kiara tourna une autre page et tapota une inscription arachnéenne à côté du nom d'un bébé de la trente-septième moisson.

— Edwin, lut Kenton en prenant le livre. Fils de Donald le barde. Forte affinité pour la magie iluméenne. (Il releva la tête.) Voilà comment vous saviez. Vous aviez vos prophéties, les entraînements de l'Académie et… ceci.

— Oui. Grâce à cela, nous savions que Myjun aurait probablement le talent, même s'il était impossible de deviner quelles magies seraient dominantes. Terrane, Iluméenne, Yomade. Il faut attendre que le sujet ait atteint l'âge auquel sa magie se réveille. Alors, nous essayons de faire des jeunes femmes des Fiancées du Destin. Pour ce qui est des jeunes hommes… Posséder un peu de talent n'est pas une mauvaise chose, surtout quand vous n'apprenez jamais à vous en servir. Et pour ceux qui apprennent par eux-mêmes, par hasard… La mortalité des avatars est tellement importante…

— Duvarek avait-il de la magie ? demanda Kenton d'une voix creuse. Est-ce la raison pour laquelle il a été éliminé ?

— Duvarek possédait de la magie et le savait sans doute. C'est pour ça qu'il buvait tant. Nous ne l'avons pas tué, cependant. C'est à cause de Janak.

— Tosan m'a ordonné de le tuer parce qu'il s'est fait attraper. Vous n'y étiez pour rien, alors ?

— Non.

Kenton se détendit, subitement conscient d'avoir été très proche d'un déchaînement de violence.

— Tant mieux, dit-il en rendant le livre à Kiara, comme son cœur martelait les parois de sa cage thoracique. Je vais voir où en sont Aog et les autres maîtres.

— Vous causent-ils des soucis ?

— Aog, non. Grâce à l'anneau que je lui fais porter, il est parfaitement docile, même s'il a besoin de recevoir des consignes toutes les quelques heures. Autrement, il serait capable de rester assis dans le fond de son tunnel en attendant que je lui dise quoi faire.

— Et les autres ? insista Kiara, qui semblait savoir quelque chose que Kenton ignorait.

— Ather me tracasse, avoua-t-il en fronçant les sourcils. Je crains qu'il ait compris pour les amulettes.

— Et si c'est le cas ?

— Je le tuerai.

Kiara opina du chef comme si elle n'en attendait pas moins de lui.

— Vous êtes sûr que ça n'a rien à voir avec votre passif à tous les deux ?

— Que voulez-vous dire ? demanda Kenton, qui se tendait de nouveau.

— Votre cicatrice, précisa-t-elle en montrant le ruban de chair mouchetée désormais presque entièrement recouvert de cette peau parcheminée et épaisse entourant son œil dénué de paupière. Vous lui en voulez toujours ?

— Oh, évidemment, confirma Kenton en grattant son tissu cicatriciel d'une main gantée. Cependant, il y a chez Ather une subtilité qui fait défaut aux autres. Voilà pourquoi j'ai accepté de passer outre notre passé. Enfin, à condition qu'il reste dans le droit chemin. Depuis peu de temps, il ne porte plus son amulette, et je doute que ce soit un accident.

— Il vous teste, dit Kiara, le regard scintillant.

— Je le crois, oui. Il n'arrête pas de poser des questions sur le Caveau et de traîner dans les parages lorsque j'y entre ou que j'en sors.

— Il est peut-être temps que vous en fassiez un exemple.

— Je crois qu'il veut l'*aqlumera*.

Le sourire évasif de Kiara se mua en froncement de sourcils.

— Il ne doit pas en prendre une goutte ! Entre de mauvaises mains, cette magie pourrait être catastrophique.

Sans parler du fait que vous avez emprisonné un démon, là-dessous.

— Il n'est pas emprisonné ; il attend une nouvelle occasion de tenter de s'échapper, la corrigea Kenton, les lèvres pincées.

— Dans ce cas, pourquoi n'a-t-il pas essayé de me posséder ?

— Cette épingle que vous portez dans les cheveux…, expliqua-t-il en souriant. N'avez-vous pas deviné son pouvoir ?

— L'identification des enchantements n'est pas ma spécialité, Maître Kenton, répondit Kiara, le front barré d'une ride encore plus profonde.

Le jeune homme décida de garder cette information pour en faire usage plus tard.

— L'épingle protège son porteur des possessions spectrales. Tant que vous la porterez, l'Ancien Tosan ne pourra rien contre vous.

— Portez-vous un artefact similaire ?

— Absolument, confirma Kenton en tapotant les revers de ses Gants d'Indomptabilité. Ces gants protègent à la fois mes mains et mon âme.

Kiara hocha la tête, apparemment impressionnée.

— Vous êtes vraiment très doué avec les artefacts. Je doute qu'il y ait eu, dans l'histoire de l'Académie, quelqu'un d'aussi bien placé que vous pour devenir le gardien de ces lieux.

Le sourire de Kenton vacilla, et il lui tourna le dos, décidant de se concentrer sur les maîtres. Son regard devint vague, et il localisa Aog dans les tunnels sombres profondément enfouis sous l'Académie. La brute creusait lentement, sa pelle enchantée ramollissant la terre qu'il dégageait. Il n'avait même pas besoin de remonter celle-ci à la surface, la terre se vaporisant tout simplement. Mentalement, Kenton ordonna à Aog de creuser pendant une heure supplémentaire, puis de remonter pour manger. Ensuite, il s'intéressa aux autres Fils de la Damnation.

— Quelque chose ne tourne pas rond, lança-t-il. À part Murlach, ils ont tous retiré leur amulette.

— Où est-il ?

— La route de l'Est, je crois. Mais c'est bizarre. Ses pensées sont comme… Je le trouve très bavard. Normalement, il ne pense pas autant.

— À quoi pense-t-il ?

— À attaquer une caravane, apparemment. On dirait que les autres sont avec lui. Oh, merde !

— Quoi ? s'écria Kiara, une pointe de crainte dans la voix.

— Ils ont trouvé quelque chose sur la route. Un de ces *feurog*.

— Oh…, fit Kiara en se détendant. Ne vous en faites pas pour eux. Sans quelqu'un pour les diriger, ils sont à peine plus que des animaux. C'est la raison pour laquelle les prêtres de Cruithear s'en sont débarrassés, nous permettant de les récupérer. Ils font des soldats hardis, même s'ils préfèrent généralement rester loin des hommes. Par ailleurs, il n'y en a plus beaucoup ; j'ai essayé de rappeler les survivants, mais aucun n'a répondu.

— Non, celui-ci n'est pas comme vos monstres. Pas exactement, en tout cas. Murlach parle de… *ferhumain*. Il n'a pas muté comme les autres. Il n'est pas mi-homme, mi-monstre. On dirait… Par les enfers, on dirait Janak Harth quand il a bu une fiole magique.

— Où Murlach a-t-il trouvé ce *ferhumain* ? s'enquit aussitôt Kiara en recouvrant son sérieux.

— Sur la route de l'Est. Le golem a été pris par un de ses pièges.

— Ce n'est pas un golem, contra Kiara, le regard noir. S'il ressemble à Janak Harth, il est humain. Un homme ou une femme, non pas une construction.

Kenton la scruta, sa magie lui permettant de distinguer l'aura de peur qu'elle essayait de dissimuler.

— Qu'êtes-vous en train de me dire ?

— Les *feurog* étaient des monstres, expliqua la maîtresse femme sage en faisant la moue. Des expériences ratées. Mais Cruithear le Dieu des Minéraux en a réussi quelques-unes. Ceux qui ont eu la chance de ne pas devenir des monstres sont ses soldats d'élite, des Fernés. Je soupçonne le *ferhumain* de Murlach d'en être un.

— Que ferait l'un d'entre eux sur la route de l'Est ?

— Sans prédire l'avenir, je ne peux que supposer, mais Cruithear est jaloux de ses élites. Il les dépense comme un radin son argent. S'il y en a un dans les parages, c'est pour attaquer quelqu'un ou quelque chose.

— Qu'est-ce qui pourrait en valoir la peine, selon lui ?

Kiara jura.

— Je n'ai pas demandé aux esprits, mais… Cruithear a besoin d'*aqlumera* pour forger ses guerriers. S'il n'en a pas encore créé toute une armée, c'est uniquement parce que l'*aqlumera* est précieuse, rare, difficile à trouver, surtout pure.

— Sauf ici, conclut Kenton. Dans le Caveau de la Damnation.

— La plupart des *feurog* sont des mutants parce que l'*aqlumera* qui les a constitués n'était pas pure. Si Cruithear a découvert l'existence de cette fontaine, s'il a mis la main sur des survivants de Chaenbalu et les a convaincus de le guider jusqu'ici…

— Alors, il viendra avec ses meilleurs soldats. Une armée de *ferhumains* pourrait être en route pour Chaenbalu. Elle pourrait nous encercler, être à la recherche de l'entrée de nos tunnels.

— Ce n'est pas impossible.

— Et les maîtres sont tous au nord de la forêt de Brake. À l'exception d'Aog. (Kenton eut une montée d'adrénaline.) Par le sang et la crasse. Comment pouvons-nous en être sûrs ?

La réponse lui vint subitement, et il laissa son regard se perdre dans le vague, traverser les appartements de

Kiara, balayer le paysage au-delà de l'Académie. Il tourna sur lui-même, ses yeux magiques traversant la roche, l'air et la terre, mais ne vit rien d'anormal dans les limites du village. Il abandonna après une minute de recherche.

— On dirait que nous sommes à l'abri de… Attendez !

Kenton se figea, avisant quatre corps chauds se déplaçant en périphérie de Chaenbalu. Il ne s'agissait pas de *ferhumains*, mais d'hommes.

— Je ne crois pas que les maîtres soient au nord de la forêt de Brake.

— Quoi ? Où sont-ils, alors ?

— Au sud du village. Près du vieux moulin. Pourquoi Murlach pense-t-il à attaquer une caravane alors qu'il n'est pas du tout sur la route de l'Est ? réfléchit-il tout haut. Ce n'est pas normal.

— Concentrez-vous sur les *ferhumains*, le réprimanda Kiara. Si vous devez interroger vos Fils de la Damnation, faites-le, mais après qu'ils auront passé la forêt de Brake au peigne fin à la recherche des créatures de Cruithear.

— C'est un conseil ou… un ordre ? demanda Kenton, le sourcil haussé.

— Le temps où je commandais les autres est révolu, gloussa Kiara. Tout cela s'est terminé lorsque les Fiancées du Destin ont disparu. Vous êtes le Chef maudit, Kenton de Chaenbalu. Je me contente de conseiller.

— Et vos conseils vous sont souvent profitables.

— Ils nous sont profitables à tous les deux.

— Très bien. Je m'en vais réunir les maîtres et fouiller les bois.

— Quant à moi, je retournerai dans le Caveau, d'où je tâcherai de voir l'avenir. Cela prendra du temps, sans parler de la magie.

Kiara se gratta le poignet, permettant à Kenton de voir que sa peau devenait grise comme la cendre, le prix à payer pour utiliser ses pouvoirs.

— C'est important, Kenton, ajouta-t-elle. Si Cruithear a envoyé ses *ferhumains* à la surface, c'est certainement pour trouver de l'*aqlumera*. Nous ne pouvons pas le laisser faire.

— Parce qu'il s'en servirait pour créer d'autres monstres ?

— Non ! Parce qu'il brouillerait les lignes du destin : la quête d'Annev, l'arrivée de Myjun. Tout dépend de la présence de l'*aqlumera*, ici. Il serait mieux que Cruithear ne mette pas la main sur les secrets de Chaenbalu. Mais surtout, il ne faut pas le laisser ruiner les prophéties.

— Je risquerais de ne plus jamais revoir Myjun, de ne pas pouvoir la sauver, conclut Kenton en reliant les points entre eux.

— Cela risquerait de mettre en branle une chaîne d'événements aboutissant au meurtre d'Annev par Myjun… et à sa mort à elle aussi.

Kenton se redressa, le regard brûlant d'un incendie rouge foncé, comme si les appartements de Kiara étaient la proie de flammes démoniaques.

— Eh bien, nous les repousserons, gronda-t-il. Aucun mage ni *ferhumain* n'entrera dans le Caveau de la Damnation. Je ne laisserai passer personne.

— Ce n'est pas si simple, tempéra Kiara en s'agitant nerveusement. Si Cruithear a envoyé son élite, nous nous retrouverons peut-être face à une armée tout entière. Et puis, ces *ferhumains* ne sont pas comme les *feurog*. Ils seront aussi malins que des hommes, aussi forts que des golems. Par Keos ! Si Cruithear a envoyé ses soldats d'élite, il se peut même qu'il vienne en personne.

— Ferait-il une chose pareille ?

— Il a fait des choses similaires dans le passé, confirma Kiara en haussant les épaules. Il ne se contente jamais de ce qu'il a. Il cherche toujours à s'étendre. S'il vient ici avec des dizaines et des dizaines de mages et de *ferhumains*… je doute que nous puissions l'arrêter.

— Notre priorité devra être de repousser tout assaut. Voyez si vous repérez d'autres soldats dans la forêt de Brake. (Il sortit de sa cape une amulette dont le rubis était orné d'une araignée en argent et la tendit à la maîtresse femme sage.) Portez ça. Si une armée campe à nos portes, sortez du Caveau et dites-moi ce que vous avez vu. Cet artefact nous permettra de communiquer par la pensée.

— Et vous, que ferez-vous ?

— Je vais me rendre sur la route de l'Est pour voir ce monstre de mes propres yeux. La description de Murlach est vague, mais il y pense tout le temps. On dirait que ça l'obsède. Je chercherai d'autres *ferhumains* et serai à l'affût de l'arrivée de Cruithear. Je resterai caché, cependant. Si nous sommes vraiment sur le point d'être attaqués, nous devrons préparer nos défenses. Avant de partir, je demanderai à Aog d'apporter des modifications à notre réseau de tunnels. Faites-moi une faveur, et gardez un œil sur les maîtres. Ils campent au nord du ruisseau, à l'est du vieux moulin. Je m'occuperai d'eux plus tard.

— Peut-être devriez-vous tester la Cape des Secrets. Le temps que vous gagneriez en passant d'un endroit à l'autre vous serait précieux.

— Certes, concéda Kenton en réfléchissant et en effleurant la couture de son vêtement noir comme la nuit. Mais je ne crois pas… Je ne suis pas encore prêt à lui confier ma vie.

— Et pourtant, vous la portez.

— Sa magie est trop précieuse pour que je m'en passe.

Kiara pinça les lèvres et chantonna en réfléchissant.

— Vous êtes sage. Tous les pouvoirs ne valent pas le prix que nous payons pour en user.

* * *

— Cela a-t-il fonctionné ? demanda Denithal en essuyant son nez humide.

Ather brandit le ceinturon chargé de fioles qu'il avait emprunté au vieil alchimiste, chacune brillant de l'éclat irisé du liquide blanc qu'elles contenaient.

— L'imbécile n'a pas scellé la seconde entrée du Caveau.

— Les dieux soient loués. Nous sommes riches ! Fini de camper dans les bois ou de dormir dans des tunnels. Fini d'obéir comme un esclave à un gamin dont je pourrais être le grand-père.

— Le grand-père ? se moqua Der en dissipant un nuage de fumée. Il faudrait pour cela qu'une femme ait envie de porter votre engeance.

— Et si vous étiez vous-même mon engeance ? rétorqua Denithal. J'étais un séducteur dans ma jeunesse.

— Mais oui, bien sûr, papa.

— Ça suffit, vous deux ! gronda Edra, la main posée sur la garde de son épée magique. Nous ne sommes pas encore sortis de cette forêt. Et il faudra ensuite rallier Port Caer et contacter les acheteurs d'Ather. Nous ne sommes pas près de voir la couleur de notre or.

— À ce propos, intervint Ather, sa silhouette fine émergeant de l'ombre. Notre plan a légèrement changé.

— C'est-à-dire ? aboya Murlach en faisant claquer ses pinces. Nous nous en tenons à notre plan, Ather. Ce sera Port Caer ou rien. Pas question de changer d'idée à mi-parcours.

— Oh, mais j'ai bel et bien changé d'idée, Maître Murlach. D'avis, de plan.

L'ancien Maître des Mensonges regarda durement ses compagnons, le regard scintillant dans la pénombre de la forêt de Brake, le visage illuminé par la lumière liquide, dans sa main.

— Qu'est-ce que vous racontez, Ather ? demanda Edra, soudain méfiant.

— Ayant été emprisonné dans le Caveau de la Damnation ces quelques derniers mois, Maître Edra, je ne me satisferai pas de rester assis là pendant que vous gaspillerez la magie que Kenton nous a si gentiment distribuée.

Emprisonné… dans le Caveau de la Damnation ? Edra fixa son camarade du regard, n'aimant pas son changement de ton.

— Qu'est-ce que vous racontez ? lâcha Denithal. (Il rota, les lèvres maculées de vomi.) Je n'ai jamais promis de *vous* suivre, Ather. Donnez-nous notre part du butin et tirez-vous. Mieux encore, donnez-nous l'intégralité de votre ceinturon, et allez vous faire foutre.

Rapide comme un serpent, Ather assena un violent revers au visage de l'ancien alchimiste. Denithal s'écroula comme une poupée de chiffon en crachant de la salive et du sang.

— Attendez ! cria Edra, l'épée à moitié dégainée, avant de reconnaître le regard dans lequel il avait plongé le sien. Par les dieux… ce n'est pas possible. Vous êtes mort ! Nous vous avons vu…

Ather se caressa le menton comme s'il avait un bouc. Et il sourit.

— J'étais mort – en quelque sorte –, mais je suis de retour, Maître Edra, et tout peut redevenir comme avant.

— Comme avant ? répéta Der, abasourdi. Je ne comprends pas.

— Ather est parti, Derek. J'ai exorcisé son esprit, et il n'est plus. J'occupe son corps, désormais.

— An… Ancien Tosan ? s'exclama Edra, secoué par un violent tremblement.

Le directeur sourit derrière un visage qui ne lui appartenait pas.

— En chair et en os. Enfin, façon de parler. Je dirai ceci, néanmoins : le jeune Maître Kenton a eu une bonne idée lorsqu'il a parlé de déménager nos opérations à Banok. Il semble avoir abandonné son plan, qui a pourtant ses mérites. Nous allons donc changer de direction. Nous n'irons pas à Port Caer. Nous ne vendrons pas l'*aqlumera*, et aucun d'entre nous ne prendra ces délicieuses vacances décrites par le déjà regretté Maître Ather. Si cela peut vous consoler, il aurait fini par vous flouer. Non, mes frères, nous allons à Banok comme l'avait suggéré Kenton, et nous traquerons Annev. (Il toisa d'un regard noir les autres Fils de la Damnation, le visage sombre et creux.) Mais vous allez d'abord me reconnaître comme votre seigneur, votre homme lige, votre directeur... Et vous serez mes serviteurs. Compris ?

Personne ne dit rien, ce qui valait plus qu'une réponse.

— Excellent, conclut Tosan.

Quatrième partie

Les Créateurs de tempête furent la première caste des Dionaques de Tobar. Elle abritait diverses formes de magie darienne, élémentaires et métaphysiques, intérieures et extérieures. Le Créateur de tempête était considéré comme un maître absolu du quaire*, des forces de l'esprit et des élémentaires de l'air et de l'eau.*

Au fil du temps, une distinction est apparue entre ceux qui pouvaient pratiquer les arts physiques et ceux qui étaient maîtres des pensées et de la volonté. Pour refléter ces distinctions, la caste des Arpenteurs d'esprit fut créée pour les télépathes passifs, capables d'entendre les pensées d'autrui, mais pas de les manipuler.

Lors du Deuxième Âge, les campagnes séparées de Frère Dahveedan Shen et Sœur Micah Wixom aboutirent à la création de deux nouvelles castes au sein des Dionaques de Tobar : les Porteurs de bouclier et les Briseurs de souffle. Entièrement élémentaires, ces deux groupes permirent de s'exprimer à ceux dont les pouvoirs reposaient exclusivement sur la magie physique de l'Eau du ciel et pas du tout sur la métaphysique, ceux qui étaient conscients de la différence entre la magie qui s'étire vers l'extérieur et celle qui se condense à l'intérieur. Comme les Arpenteurs d'esprit, les Porteurs de bouclier furent rapidement associés à ceux qui pouvaient attirer le quaire *à eux ou l'accumuler dans un espace fini, tandis que la force des Créateurs de tempête et des Briseurs de souffle résidait dans leur capacité à augmenter leur accès au* quaire. *Pour les Créateurs de tempête, cela impliquait de manipuler les pensées d'autrui ou d'imposer leurs pensées à autrui ; pour les Briseurs de souffle, cela impliquait de manipuler l'Eau du ciel elle-même en évaporant ou en étirant ses propriétés physiques.*

Avec le temps, cette méthode binaire d'enseigner la magie s'est développée chez les prêtres de Lumea et Keos, créant une distinction claire entre les magies primordiales élémentaires et métaphysiques, ainsi qu'entre leurs variantes intérieures et extérieures. Ces castes se sont cristallisées vers la fin du Deuxième Âge. L'Ordre des Dionaques de Tobar les décrit ainsi :

Créateurs de tempête :
Élément : *quaire* métaphysique
Caractéristiques : extérieur, poussée, étirement, agrandissement
Manipulation élémentaire : psyché, esprit, identité

Arpenteurs d'esprit :
Élément : *quaire* métaphysique
Caractéristiques : intérieur, traction, contraction, condensation
Manipulation élémentaire : psyché, esprit, identité

Briseurs de souffle :
Élément : Eau du ciel physique
Caractéristiques : extérieur, poussée, étirement, agrandissement
Manipulation élémentaire : air, son, eau, brume, brouillard, vapeur

Porteurs de bouclier :
Élément : Eau du ciel physique
Caractéristiques : intérieur, traction, contraction, condensation
Manipulation élémentaire : air, eau, glace

Si les Créateurs de tempête actuels ne sont plus capables de créer réellement des tempêtes, au contraire de nos aïeux, ils savent créer des « orages mentaux », produire désorientation, confusion, voire compulsion. La même évolution peut être observée dans les trois autres castes : comme les Dionaques sont devenus plus efficaces dans l'invocation de certaines magies, leur pratique des autres formes de magie a fortement diminué, voire disparu. Les générations se succédant, de nouvelles magies peuvent apparaître (comme ce fut le cas chez les Néoterrans), d'où cet auteur conclut que nos castes dariennes figées devront évoluer pour s'adapter aux évolutions de notre chimie magique. Personne ne peut dire de quelle nature seront ces évolutions, qui constitueront dans tous les cas un champ de recherche très riche. Si l'on réussissait à prédire l'évolution de nos aptitudes magiques, il deviendrait possible de manipuler et de rediriger les nouvelles tendances.

Dionaque Jerrod Smith, Créateur de tempête du Premier Ordre ; Quatrième Âge de Luquatra « Sur l'Origine des castes », *Magie darienne théorique : une Histoire de la magie*, Bibliothèque de l'Enclave, Quiri, Odarnea

Chapitre 48

— Je ne comprends pas, répéta Annev pour la seconde fois. Pourquoi ne puis-je pas le voir ?

— Parce que Sraon est dans un état assez délicat. Votre présence risquerait d'accentuer son traumatisme.

Annev scruta le grand-prêtre en usant de la magie améliorée de son anneau codavora, mais il ne parvint pas à franchir la barrière mentale de l'homme. *Il me cache quelque chose, mais quoi ?*

— Titus et Therin sont-ils allés le voir ?

— Annev, pourrions-nous parler de cela plus tard ? soupira Reeve. Je suis très occupé.

— J'ai remarqué. Vous êtes tellement occupé que vous avez oublié notre marché.

— Un marché ? Quel marché ?

— J'ai accepté de vous aider à trouver Bron Gloir et l'Oracle d'Odar, et vous avez promis d'utiliser ce même Oracle pour m'aider à retirer la Main de Keos.

— Et ? Notre contrat tient toujours.

Annev sentit sa frustration enfler et craignit de perdre le contrôle de ses émotions.

— Ça fait déjà deux semaines ! Et vous ne m'avez pas dit un mot depuis notre dernière conversation. Vous ne me tenez pas au courant de l'évolution de l'état de Sraon et n'avez même pas eu l'idée d'évoquer notre voyage pour Banok ou Chaenbalu.

— Parce que vous ne pouvez rien faire pour aider votre ami et que je n'ai jamais promis de vous accompagner personnellement dans le Sud. Nous n'avons fait que parler de la possibilité d'une expédition, et vous avez offert de nous aider à localiser l'Oracle. Le reste nécessite de la planification, des préparatifs.

Annev poussa un grognement. Il avait l'impression de devenir fou, de revivre leur conversation précédente, et Reeve ne paraissait pas pressé de faire évoluer la situation. C'était à croire que le grand-prêtre voulait qu'Annev reste dans l'Enclave sans rien faire. Il ne lui demandait jamais de participer aux différents services, ni ne le pressait de partir. Il ne lui parlait même pas de la Main de Keos, alors même qu'Annev l'avait mis en garde contre sa dangerosité.

— Bien, dit Annev en s'efforçant de rester poli. Quand pensez-vous que je pourrais partir ?

— Vous êtes bien pressé. Pressé de vous mettre en danger, d'expérimenter. Je vous comprends, mais…

— Combien de temps ?

— Je ne sais pas, répondit Reeve d'un ton neutre. Il y a de nombreux facteurs à prendre en considération, notamment le fait que des assassins courent, qui traquent les membres de l'Ordre. Je ne peux pas vous envoyer dans une de nos caches, aussi vous faudra-t-il partir avec des provisions et prévoir des étapes. Et je dois décider lesquels de mes Dionaques vous accompagneront…

— Tym et Misty. Ils m'aiment bien, et je les trouve sympathiques.

— Misty doit rester ici pour diriger les Créateurs de tempête…

— Tym, alors.

— … et Frère Tym aide Sraon à recouvrer la mémoire. Ils doivent rester tous les deux ici.

— Je partirai avec le Dionaque Webb, alors. Ou bien seul, ça m'est égal.

L'Archidionaque soupira.

— La chose la plus utile que vous puissiez faire, c'est rester ici. Et éviter les ennuis.

Annev jura de frustration et tenta une nouvelle fois d'user de son anneau codavora pour sonder les pensées de Reeve, mais c'était comme essayer d'escalader un miroir. Il avait l'impression de marcher sur l'eau, d'être incapable de progresser vers son objectif.

— Vous devriez aller voir vos amis, Annev, reprit Reeve en saisissant la poignée de la porte de ses appartements. Ils vont bientôt passer leur Test d'Ascension, et j'imagine que vous voudrez être là pour les soutenir.

Annev avait effectivement envie de soutenir ses amis, mais les voir avancer alors que lui était cloué sur place le rongeait de l'intérieur. Il ne voulait pas insister, cependant, d'autant que le grand-prêtre se retirait déjà dans ses appartements.

* * *

— Nous serons testés dans des pièces différentes, expliqua Titus comme ils quittaient la bibliothèque. Ça se passera dans les niveaux inférieurs, pas très loin de ta nouvelle chambre.

— Et ils ne nous diront rien à l'avance de ce que nous allons subir, précisa Therin. C'est complètement débile ! Comment peut-on se préparer, dans ces conditions ?

— Ce n'est pas si stupide que ça, contra Titus. On ne savait pas non plus à quoi s'attendre pour le Test du Jugement. Ça faisait d'ailleurs partie de l'épreuve.

— Ça devrait quand même avoir un rapport avec notre entraînement. Ce serait logique, non ? Je veux dire, ils ne vont quand même pas me demander d'arpenter un esprit ou un truc comme ça, si ? Parce que je suis vraiment nul dans ces trucs mentaux. Et nous n'avons quasiment pas fait de théologie. J'espère qu'on ne va pas nous interroger sur le fonctionnement du clergé !

— Vous ne trouvez pas ça bizarre ? intervint Annev.

— Quoi ?

— Ça fait plus d'un mois qu'on est ici, et on ne nous a pas du tout parlé doctrine. La mission de l'Ordre, notre relation à Odar…

— Ça ne me dérange pas plus que ça, répondit Therin en s'essuyant le nez avec la manche. Je détestais ces cours. L'histoire ancienne et contemporaine. Les mathématiques et l'agronomie. Des trucs chiants qui ne servent à rien. Je regrette les cours de furtivité de Maître Der.

— J'adorais les cours de Maître Der ! intervint Titus. Mon préféré était l'Ancien Benifew, cependant. Toi, tu n'as jamais aimé les entraînements au combat.

— Ça dépend. J'aimais bien le lancer de couteau, ce genre de choses. En revanche, je n'appréciais pas de me faire passer à tabac.

— Je ne parle pas de ça, protesta Annev. Je parle de religion, de philosophie. Pourquoi nous sommes ici. Pourquoi nous existons, je veux dire.

— On croirait entendre Sodar, remarqua Therin en haussant les épaules.

— Exactement ! dit Annev en parlant moins fort. Ces hommes sont tous des prêtres, ils appartiennent au même ordre que Sodar. Vous en avez entendu un parler de doctrine, de leurs préceptes, d'autre chose que de la pratique de la magie ? Je trouve tout ça tellement… creux.

— C'est vrai que c'est étrange, concéda Titus. Peut-être qu'il faut devenir membre de l'Ordre pour aborder ces questions.

— Ça devrait être le contraire, non ? protesta Annev. On devrait commencer par la doctrine, avant de faire de la magie, et non pas attendre d'être devenus dangereux à cause de celle-ci.

— Je ne sais pas, avoua Therin en levant les mains dans un geste d'impuissance. Du moment que ça ne compte pas pour le Test d'Ascension, je m'en fiche.

— Ouais, enfin, c'est quand même très bizarre, conclut Annev.

Ses amis ne ressentaient clairement pas le besoin de se renseigner sur la religion qu'ils s'apprêtaient à rejoindre. Peut-être que, en esprit, ils lui avaient toujours appartenu. Ou bien n'avaient-ils pas du tout la foi. Dans tous les cas, Annev était déconcerté. Et pourquoi cette obsession pour le développement des pouvoirs des garçons avec l'Eau du ciel et le *quaire* ? Dans quel but ? Pour apporter du sang frais à l'Ordre, qui perdait régulièrement des membres, mais alors, une conversion spirituelle aurait été indispensable. Au lieu de quoi les Dionaques ne semblaient penser qu'à la survie physique de l'Ordre, qu'à l'acquisition de nouveaux pouvoirs pour eux et les membres de leurs castes, et non pas à la préservation de leur doctrine. Sodar avait évoqué cette tendance, et peut-être pensait-il aux femmes et aux hommes de l'Ordre, et non à l'Académie. Si Annev avait eu une once de talent pour manipuler le *quaire*, aurait-il été absorbé par sa formation au point d'oublier ce détail ? Il n'avait pas grand-chose à faire en dehors de ses tentatives de faire fonctionner la Baguette d'Artificier. Il était finalement naturel qu'il commence à voir des fissures dans la façade, alors que ses amis étaient focalisés sur une expérience tout à fait différente.

— Vous vous en sortirez tous les deux très bien, j'en suis sûr, dit-il pour les soutenir. Ce n'est pas comme à l'Académie, ici, il n'y a pas de concurrence. Il faut se battre contre soi-même, et ils ne vous testeraient pas s'ils n'estimaient pas que vous pouvez y arriver.

Therin s'enthousiasma subitement.

— Oui, tu as raison. Ils disent tout le temps que nous avons le talent, tout ça, donc j'imagine que le test ne sera pas trop compliqué, genre pousser une pierre sur une table ou lire dans un esprit. Un rite de passage, quoi.

— Oui, je suis sûr que ce sera facile pour vous, acquiesça Annev en leur donnant une tape dans le dos. Je vous attendrai ici, d'accord ?

— Dommage que tu ne puisses pas assister aux épreuves, regretta Titus en se tordant les mains. Seuls les Dionaques sont autorisés, histoire de ne pas avantager un futur candidat. (Il se mordit la lèvre.) Mais j'imagine que tu ne vas pas passer le test, donc ils pourraient faire une exception.

Annev ravala sa bile en repensant à ses échecs successifs. Pis, ses amis semblaient avoir renoncé à le voir manipuler le *quaire*. Lui-même avait fini par accepter ses échecs, mais les entendre en parler ouvertement lui faisait mal. Une fois de plus, il se demanda pourquoi il était venu jusqu'ici et se rappela la prophétie de Jian : « *Vous apprendrez la vérité des choses si vous vous rendez à Quiri, mais elle ne vous satisfera pas, et vous ne rejoindrez pas les Dionaques de Tobar.* »

Annev avait décidé de venir quand même – de défier la destinée, de prendre en main son avenir –, mais plus il passait de temps ici, moins il se sentait à sa place. C'était un sentiment étrange et irrationnel, quoique persistant.

Peut-être devrais-je partir, tout simplement. M'éclipser au milieu de la nuit – au milieu de la journée, même. Titus et Therin n'ont plus besoin de moi. Reeve ne m'aidera pas… et maintenant, il refuse même que je voie Sraon. Je n'ai plus aucune raison de rester.

— Bien, reprit-il, décidant que le silence avait duré assez longtemps. Je serai au bout du couloir. Quand vous aurez fini vos tests, on pourra faire la fête.

— Tu es sûr ? s'étonna Titus avec une pointe d'inquiétude.

— Absolument. Maintenant, foncez, gagnez donc votre robe !

Les deux garçons s'en furent, s'éloignant sous le regard mélancolique d'Annev vers les salles où ils passeraient leurs épreuves.

Je vais donner une dernière chance à Reeve. Tôt demain matin. S'il ne m'envoie pas à la recherche de l'Oracle, je ferai mes bagages et je partirai. Je le chercherai sans son aide, et puis je retournerai à Luqura pour m'occuper de Saltair. Et reprendre contact avec Fyn. Plus il y pensait, plus l'idée lui plaisait. *Je vais faire mes bagages tout de suite, pendant que Titus et Therin passeront leurs épreuves. Je n'ai plus aucune raison d'attendre.* Oui, cette perspective le motivait. L'Enclave ensorcelait ses novices avec ses promesses de pouvoir et de magie, mais ces leurres n'avaient pas prise sur lui. L'état de Sraon était certes toujours instable, mais il n'avait pas les moyens de l'aider et ne lui serait d'aucune utilité lorsqu'il serait remis. Annev était maître de son propre destin, et il n'avait aucune intention de se laisser dicter ce qu'il devait faire par une maudite main dorée, un Oracle perdu ou un livre de vieilles prophéties.

Il regarda ses amis une dernière fois, leur souhaitant bonne chance en silence, puis il se précipita vers sa chambre pour préparer le voyage qu'il entamerait au petit matin.

Chapitre 49

Titus se tenait dans une pièce éclairée par des chandelles face aux deux Dionaques McClanahan – Misty et Tym –, au Dionaque Holyoak et à l'Archidionaque Reeve. Ce dernier dévisageait le jeune homme, les bras croisés sur la poitrine. Titus avisa le fatras d'objets accumulés dans tous les coins. Des chandeliers ternis, des coffres en bois fendu, des figurines cassées, des armes piquées de rouille, des coupes collantes, des bols poussiéreux, un monticule de vêtements mités, des bouteilles violacées vides ou au contenu desséché et noir.

— Bonjour, commença-t-il timidement.

Aucun d'entre eux ne répondit. À l'exception de l'Archidionaque Reeve, ils rechignaient à croiser son regard. Titus se racla la gorge.

— Euh… que suis-je censé faire ?

Le silence.

— C'est bien mon Test d'Ascension, n'est-ce pas ?

Le silence, encore.

— N'avez-vous pas le droit de parler ? les interrogea-t-il, de plus en plus soupçonneux. (Malgré son malaise, une idée lui vint.) Ah ! Je dois lire dans vos esprits !

Le silence.

Il s'agissait donc d'une énigme. Ils attendaient qu'il lise dans leurs pensées, qu'il arpente leur esprit pour obtenir des consignes. Titus étira son esprit, d'abord timidement, puis avec confiance. Il effleura l'esprit de Reeve et rencontra un mur qui semblait avoir été érigé spécialement pour lui. Il passa à la Dionaque McClanahan et découvrit que la femme chantonnait intérieurement pour l'empêcher de cueillir ses pensées. Il trouva les réponses à ses questions chez Frère Tym. L'homme répétait une litanie dans sa tête :

« Bonjour, Titus. Ceci est votre Test d'Ascension, l'examen qui nous permettra de déterminer si vous êtes prêt à devenir un compagnon Arpenteur d'esprit. Pour réussir, usez de vos aptitudes pour extraire des informations clés dans les esprits des Dionaques ici présents. L'Archidionaque Reeve décidera si vous avez réussi ou non. Il s'assurera également que personne ne vous révélera les réponses volontairement ou involontairement. Voici votre premier indice : vous êtes à la recherche d'un objet spécifique, que vous devrez présenter à l'Archidionaque Reeve. Puisse Odar vous bénir et vous protéger…

Bonjour, Titus. Ceci est votre Test d'Ascension, l'examen qui nous permettra de déterminer si… »

Titus sourit.

Il se rapprocha du groupe de prêtres et étudia le Dionaque Holyoak, le chef de la caste des Arpenteurs d'esprit. L'homme refusa de croiser son regard ; désormais, Titus comprenait pourquoi. En plongeant son regard dans celui du prêtre, Titus aurait vu dans son âme, vu également ce que Holyoak essayait de lui cacher. Étirant son esprit, il constata que le Dionaque n'avait pas entouré son esprit d'un mur, qu'il sautait constamment d'une pensée à l'autre, jonglant entre des centaines d'idées qui constituaient un bruit de fond destiné à dissimuler une information précise. Titus essaya d'attraper une pensée au vol, mais c'était comme tenter de capturer un rat dans les ténèbres. Il les sentait filer, frôler son esprit, mais elles étaient trop rapides.

Titus se tourna vers Misty, dont il savait que sa qualité de Créatrice de tempête la rendait plus vulnérable à son talent d'Arpenteur d'esprit. Elle chantonnait toujours en elle-même mais, cette fois, Titus accorda ses pensées aux siennes. Au lieu de combattre sa chanson sans paroles, il calma ses propres pensées et écouta celles de la femme pendant quelques minutes. Et puis il chanta en chœur avec elle. Ce faisant, il perça le voile qui couvrait l'esprit de la femme et repéra une image qu'elle dissimulait derrière son rideau de bruit : un coffre en bois au couvercle usé, fermé par une lourde serrure en fer rouillé. Titus la remercia d'un hochement de tête, puis fit le tour de la pièce jusqu'à trouver ce qu'il cherchait.

Il traîna le coffre par terre et le plaça devant les quatre Dionaques. Personne ne bougea, même si le jeune homme crut voir Frère Tym esquisser un sourire en coin. Personne ne dit rien, cependant.

Bien, pensa Titus. *Je vais avoir besoin de la clé, et je parie qu'elle est cachée quelque part dans cette pièce.* Il regarda autour de lui, avisant les objets accumulés dans les coins. Jamais il ne trouverait une clé cachée dans ce fatras, et rien ne garantissait qu'il n'y avait qu'une seule clé dans cette chambre. Il pourrait tenter de crocheter la serrure… mais cela ne faisait sans doute pas partie de son examen.

Il étira de nouveau son esprit vers celui de l'Archidionaque Reeve et se retrouva encore une fois au pied d'un mur infranchissable. Un mur qui semblait constitué d'acier poli, sans aucune aspérité. Peut-être aurait-il trouvé un moyen de le franchir s'il avait été un Arpenteur d'esprit plus puissant, mais vu son manque d'expérience, il aurait plus de chances de battre Fyn ou Annev dans un combat singulier : aucune chance, donc. Il se retourna vers Frère Tym, écouta une nouvelle fois ses pensées, mais n'entendit que le bourdonnement de pensées répétées de façon automatique :

« … *usez de vos aptitudes pour extraire des informations clés dans les esprits des Dionaques ici présents. L'Archidionaque Reeve décidera si vous avez réussi ou non. Il s'assurera également que personne ne vous révélera les réponses volontairement…* »

Le mot « clés » était-il un indice ? Le texte de Tym était-il une énigme à résoudre ou de simples instructions ? Pendant un instant, Titus regretta l'absence d'Annev à ses côtés. Son ami avait toujours été très fort pour résoudre les énigmes. En revanche, Titus possédait un talent qu'Annev n'avait pas : il arpentait les esprits, et c'était précisément l'aptitude qui lui permettrait de tirer les fils et d'assembler la réponse qu'il cherchait.

Il s'assit par terre à côté du coffre et se concentra sur le Dionaque Holyoak, un homme trapu en robe bleu foncé, aux cheveux poivre et sel et au bouc noir. Il commença à écouter les pensées sautillantes de l'homme et finit par détecter un cycle. Une liste de mots non connectés :

« Eau. Ciel. Crin de cheval. Clé. Bois. Tourbillon. Os. Éponge. Sec. Bouchon. Table. Pomme de pin. Marron. Plume. Noir. Pierre. Ver. Bouteille. »

Et puis cela se répétait : *« Eau. Ciel. Crin de cheval. Clé… »* Ce mot encore. Titus se concentra dessus, l'étira dans son esprit – la clé qui ouvrirait le coffre –, et lorsque Holyoak répéta encore une fois le cycle, le jeune homme attendit le mot « crin de cheval ». Lorsque le prêtre pensa à une clé, Titus tira sur cette image, l'arracha au mur tournoyant et inintelligible de mots. Comme il tirait, d'autres mots vinrent aussi.

« Bouteille. Noir. Bouchon. Eau. »

Le garçon blond se releva et se dirigea vers l'alignement de bouteilles sales, les passant en revue. À l'arrière d'une étagère, il y avait une bouteille noire fermée par un bouchon à moitié emplie d'un liquide incolore. Il prit la bouteille, la déboucha et la vida sur un manteau posé juste à côté. Quelque chose tinta comme le liquide s'écoulait, et une petite clé tomba dans la main du jeune homme. Il reposa la bouteille et se hâta de retourner devant le coffre. À son grand soulagement, la clé entra dans la serrure. Il sourit comme la clé tournait, produisant un bruit métallique. Il souleva le couvercle et découvrit…

… que le coffre était vide.

Titus examina la boîte en se demandant où il s'était trompé dans ses déductions. Les quatre Dionaques étaient toujours aussi impassibles. Ils regardaient par terre ou dans le vague.

Sauf l'Archidionaque Reeve, constata Titus en remarquant le regard pénétrant de l'homme. *Il ne regarde pas ailleurs. Parce qu'il est le juge… ou bien attend-il que je soutienne son regard ?*

Titus décida d'essayer. Il regarda Reeve droit dans les yeux, se laissa momentanément distraire par l'allure flegmatique de l'homme, avant de se focaliser sur ses iris, les fenêtres de son âme. Ce faisant, Titus chercha le *quaire* attaché à l'âme du grand-prêtre et tenta de tirer dessus. Comme prévu, Reeve résista, et Titus dut plonger plus profondément, s'immergeant dans les eaux glacées de sa psyché. Nageant au milieu de pensées qui lui résistaient, il avait l'impression de dériver dans des eaux noires, de flotter dans un ciel sans étoiles. Il fut incapable de trouver une pensée à laquelle se raccrocher, à laquelle s'amarrer pour tirer dessus.

Il se retira, convaincu d'avoir échoué. Comment pouvait-on lui demander de pénétrer l'esprit d'un grand-prêtre ? Titus examina de nouveau le coffre et la clé et écouta les instructions de Tym, la chanson silencieuse de Misty et la liste sans queue ni tête de Holyoak. Il avait raté quelque chose, un indice indispensable qui l'empêchait de résoudre cette énigme.

Il scruta l'esprit de chaque Dionaque pour la énième fois… le message, les mots, la chanson, chantonnant en lui-même comme il se rapprochait de Reeve. Cette fois, il ressentit quelque chose de tout à fait différent. Il n'était plus question d'un océan glacial de mots ou de pensées, mais d'intuitions chaudes et d'émotions. Reeve s'efforçait de rester indifférent, mais Titus percevait une chaleur subtile chaque fois qu'il réfléchissait à son Test d'Ascension. Son aura était décidément très différente du *quaire* que les Dionaques lui avaient appris à manipuler, mais elle n'en semblait pas moins réelle. Titus l'explora en esprit et sentit la chaleur de l'âme de Reeve, qui distillait un écho de ses sentiments.

Titus retira ses pensées et son esprit de l'Archidionaque pour tenter une approche double, mettant d'abord ses pensées en contact avec l'océan noir de la psyché de l'homme, avant de tirer sur l'aura de son esprit. Il avait presque l'impression d'avoir trouvé la porte de derrière de l'esprit du grand-prêtre. Sans cesser d'entendre ses propres pensées, il était capable de siphonner les réactions de Reeve ; non pas des pensées conscientes, mais un sentiment – ses intuitions. Titus réfléchit à l'énigme du coffre et sentit l'intérêt de Reeve augmenter.

L'objet que je suis censé trouver… est lié à ce coffre. Mais comment, puisque la boîte est vide ? Titus sentit une pointe d'approbation. En entendant ses pensées, l'esprit de l'Archidionaque avait réagi.

Ne voulant pas révéler sa tactique secrète, Titus continua de chantonner, masquant ses véritables pensées. Il se mit à chanter à voix haute, et les sentiments de Reeve devinrent parfaitement clairs.

L'objet était dans la boîte, mais il n'y est plus.

Cette pensée s'était formée dans son esprit, fondée sur une impression. Reeve n'avait pas consciemment prononcé ces mots en esprit, et pourtant, Titus les avait ressentis.

Désorienté, Titus cessa de chanter, coupant sa connexion avec l'esprit de Reeve.

Il faut que je continue à chanter. C'est ça, le secret ! Je l'entends lorsque…

Reeve tourna subitement les yeux vers lui, le front barré d'une ride soupçonneuse. Titus cligna des paupières, comprenant son erreur, effaçant aussitôt toute pensée consciente de son esprit, présentant à l'Archidionaque une ardoise parfaitement noire.

Un battement de cœur passa, puis trois, et Titus sentit l'attention de l'Archidionaque se retirer doucement.

Il se remit à chantonner, ce qui lui permit de se soustraire à l'examen de Reeve, dont l'esprit se révéla incapable de pénétrer le voile de musique, d'intuition et d'émotion.

Où se trouve le contenu de la boîte, maintenant ? se demanda Titus, laissant son interrogation imbiber la toile de musique, puis sa conscience, avant de frôler l'océan glacé de l'esprit de Reeve. Le grand-prêtre ne répondit pas consciemment, cependant son aura parut pulser. Titus était sur la bonne voie.

Est-il caché dans ce fatras ? tenta Titus, laissant de nouveau sa pensée consciente pénétrer la toile de musique. Cette fois, les émotions de Reeve semblèrent se calmer.

Bien, donc quelqu'un l'a retiré. Ce n'était pas vraiment une question, mais les émotions de Reeve ne se réveillèrent pas moins. Titus était sur la bonne voie… et il capta une impression du Dionaque corpulent au bouc noir.

Le Dionaque Holyoak.

Sans cesser de chantonner, il se détourna de Reeve et utilisa le même truc mental contre le Dionaque Holyoak. L'esprit de l'homme dansait toujours entre les mots insaisissables de sa liste. Titus imagina la boîte au centre de la pièce, puis tenta de faire apparaître son contenu originel… quelque chose d'important… quelque chose de vital pour réussir le Test d'Ascension. Immédiatement, il obtint l'impression qu'il cherchait – complète, avec des pensées directement tirées de la litanie dénuée de sens de Holyoak : *« Bois. Crin de cheval. Tourbillon. Peinture. Ciel. Eau. »*

Titus cherchait un pinceau en bambou, l'instrument que les Dionaques utilisaient pour tracer des glyphes avec de l'eau. Il sourit. À présent, il savait quoi chercher. Mais où ? Il proposa la question à Holyoak, et fut surpris de sentir les émotions de Frère Tym s'embraser.

Titus fit un pas en arrière et crut voir un sourire mal contenu sur le visage de Frère Tym. Non seulement le Dionaque savait où était l'objet, mais il l'avait. Titus examina les vêtements de Tym, avisa un renflement sous sa tunique, sentant les émotions de l'homme s'emballer de nouveau. Cette fois, les quatre Dionaques s'agitèrent mentalement.

Titus cessa de chantonner et tendit la main, glissant ses doigts sous le col de la tunique de Tym. Il sentit les contours familiers d'un objet cylindrique, le pinça entre ses doigts, extirpa le pinceau en crin de cheval de sa poche intérieure. Enthousiasmé, il retourna au centre de la pièce et brandit l'objet devant l'Archidionaque Reeve. Abattant sa barrière mentale, Titus cria intérieurement : *Je l'ai !*

Tym éclata de rire, et Misty cessa de chanter. Holyoak semblait satisfait, et Reeve leva les yeux vers le pinceau en bambou. Et sourit.

— Il est à vous, dit-il comme son mur mental s'effondrait. Vous l'avez gagné, Titus. Il est le symbole de votre statut de compagnon de l'Ordre.

— C'est remarquable ! s'exclama le Dionaque Holyoak en donnant une tape dans le dos de Titus, le visage normalement stoïque trahissant son émotion. De nombreux novices trouvent le coffre, mais peinent à localiser la clé. Seuls trois de nos frères ont réussi à résoudre l'énigme de la brosse en bambou. Les autres ont abandonné !

— Donc… j'ai réussi ? demanda Titus. Quoi ? fit-il comme Frère Tym se mettait à rire. Qu'est-ce que j'ai fait ?

— Oui, vous avez réussi, confirma Misty, ravie. C'est juste que nous ne nous attendions pas à ce que vous trouviez la brosse. C'est… encore mieux.

Du coin de l'œil, elle regarda Reeve, puis le Dionaque Holyoak. Le premier secoua la tête, tandis que le dernier opinait du chef avec enthousiasme.

Instinctivement, Titus retourna à sa transe et capta des extraits de la conversation silencieuse des quatre prêtres.

« Il a passé les quatre tests ! semblait crier le Dionaque Holyoak. *Il a le droit de devenir un Dionaque ! »*

« Il est trop jeune. » Les pensées de Reeve étaient froides.

« *Peut-être, mais il a réussi le test*, intervint Misty. *Si les autres apprennent qu'il a réussi et que nous ne l'avons pas élevé au statut de…* »

« *Vous ne pouvez pas changer les règles uniquement parce qu'il est trop jeune*, enchérit Frère Tym. *Il a trouvé le pinceau. Il a le droit de…* »

« *Non*, le coupa Reeve, implacable. *Ce serait trop, trop tôt. Ce serait dangereux.* »

Qu'est-ce qui est dangereux ? demanda Titus, se joignant inconsciemment à la conversation. Les quatre prêtres se tournèrent vers lui ; trois d'entre eux arboraient un sourire amusé. Reeve cligna des yeux, les joues rouges d'embarras. Il toussa, s'éclaircit la voix.

— Il s'agissait d'une conversation privée, dit-il. Vous n'étiez pas censé nous entendre.

— Mais il nous a entendus, contra Frère Tym en levant l'index, ce qui prouve qu'il est prêt.

— Nous ne devrions pas freiner sa progression, enchérit Holyoak en hochant la tête. Par ailleurs, ajouta-t-il en lançant un regard sévère à Reeve, une fois qu'il sera compagnon Arpenteur d'esprit, il reviendra à son chef de caste de décider de son avancement. À moi, donc.

— Je pourrais très bien exercer mon droit de veto, répondit Reeve en soutenant le regard de Holyoak. Il y a eu des… irrégularités durant le test. J'aimerais interroger Titus à leur sujet.

— Si vous exerciez votre droit de veto, contra Holyoak, nous pourrions contester votre autorité. (Il se tourna vers Misty et Tym, qui acquiescèrent en silence.) C'est à vous de voir, Frère Reeve. Vous pouvez prendre position contre son avancement, auquel cas nous contesterions votre autorité et le nommerions Dionaque. À moins que vous vous rangiez à notre avis et que nous prenions une décision unanime.

Le grand-prêtre fit la moue, le visage de marbre. Il regarda successivement Titus et le chef de la caste des Arpenteurs d'esprit.

— Qu'il en soit ainsi. Novice Titus… nous vous élevons au statut d'Arpenteur d'esprit.

Holyoak hocha la tête, satisfait, et donna une tape joyeuse dans le dos de Titus.

— Bienvenue parmi les Arpenteurs d'esprit, mon garçon !

Chapitre 50

Annev commença à faire ses bagages. Dans le fond de son esprit, il savait que Sraon pourrait avoir besoin de lui, que Reeve accepterait peut-être de l'aider à retirer la Main de Keos… mais il n'y croyait plus. Le grand-prêtre n'avait eu de cesse de l'éviter pendant plus d'un mois. Il n'avait fait que tergiverser, retarder leur entreprise par tous les moyens. Annev avait été patient, mais sa dernière conversation avec l'Archidionaque avait fini de le décider. C'était exactement comme Jian Nikloss l'avait prédit : le grand-prêtre ne lui prêterait main-forte que si Annev l'aidait d'abord à trouver l'Oracle et à mettre de l'ordre dans sa maison, et encore, rien n'était moins sûr.

J'aurais pu partir il y a deux semaines, regretta-t-il. *Si j'avais écouté le diseur de vérité, j'aurais pu rester à Luqura avec Fyn.*

Sauf que Sraon avait eu besoin de soins après leur rencontre avec Saltair ; voilà pourquoi Annev était venu à Quiri. Il s'était également persuadé que ce serait l'occasion de se débarrasser de la Main de Keos, mais depuis la prophétie de Jian, il ne croyait plus réellement que Reeve accepterait de l'aider.

Annev regarda ses bagages, dont le poids était grandement réduit par son sac sans fond. Allait-il vraiment abandonner Sraon, Titus et Therin ? Il le voulait. Il avait envie de tout abandonner, de rompre les liens qui l'unissaient à ses amis afin de prendre un chemin qui lui serait propre. Il n'était simplement pas certain d'en être capable. Rester dans l'Enclave, soutenir ses amis, s'assurer que Sraon était définitivement remis… C'était comme l'Ancien Tosan l'avait dit : il se sacrifierait pour aider les autres.

Mais Tosan s'était trompé, non ? Dans le monde du vieux directeur, il n'y avait pas de place pour la compassion et l'altruisme, et c'était mal mais… Annev croupissait dans une ville qui ne l'appréciait guère, et tout cela à cause d'un prétendu engagement qui l'unissait à ses amis et à leurs mentors décédés. C'était tellement frustrant. Paralysant. Suffocant.

Annev s'assit sur le lit et essaya de reprendre son souffle. Il étouffait dans cette chambre.

Il suffoquait bel et bien. L'air s'était bizarrement raréfié. Il regarda les murs éclairés par des chandelles, ses poumons peinant à se remplir. Il se précipita vers la porte, essaya de l'ouvrir, mais si la poignée tournait, le battant refusait de bouger. Il eut envie de crier, mais n'osa pas. Il tenta de forcer la porte, mais rien n'y fit, pas même la Main de Keos. Il saisit sa dague pour l'enfoncer entre la porte et le montant, mais une barrière invisible l'en empêcha, un mur d'air qui scellait parfaitement sa chambre.

Je vais mourir étouffé ici, se dit-il, hésitant entre économiser l'oxygène qui subsistait autour de lui ou le respirer à pleins poumons comme son organisme le lui demandait.

Alors, il vit le tableau.

* * *

Therin entra dans la pièce nue qu'on lui avait indiquée et se figea, se demandant s'il ne s'était pas trompé. La chambre était complètement vide et mesurait environ dix mètres de longueur sur cinq de large. Le plafond était plus haut que prévu, culminant à près de six mètres. Il avisa une porte à l'extrémité opposée du grand volume : une porte percée de trappes coulissantes.

Et c'était tout.

Non, se corrigea-t-il. Il y avait bien quelque chose dans la salle. Près de cette porte lointaine, il y avait un cube blanc et translucide sur le sol. De la glace ? Il fit quelques pas en direction de la chose, et la porte se referma derrière lui, le laissant dans l'obscurité. Au même moment, il sentit une poussée dans son dos et glissa jusqu'au milieu de la pièce. Une paroi invisible. Le jeune homme se retourna, mais se rendit très vite compte que trois autres murs d'air s'étaient formés autour de lui. Il était bloqué, incapable d'avancer ni de reculer, dans l'impossibilité de se rapprocher des extrémités de la chambre.

Quelque chose bougea sous lui, et Therin sentit une barrière se solidifier sous ses pieds. Il s'agenouilla et toucha un autre mur d'air. Soudain, il se sentit soulevé vers le plafond par une plate-forme invisible, qu'il n'avait aucun moyen de stopper.

Par les dieux, je vais être écrasé !

* * *

Le tableau réalisé à la peinture à l'huile n'était pas là la dernière fois qu'il était entré dans sa chambre. C'était un tableau anodin, sans prétention, représentant deux hommes en robe noire attablés face à face et conversant, mais une bizarrerie attira l'attention d'Annev : une série de glyphes gris symbolisant l'air compressé à peine visible sur le noir des robes.

Pris de vertige, il enfonça sa dague dans la toile, taillant deux triangles à l'emplacement des glyphes. À l'intérieur de la chambre, l'air trembla, et le jeune homme tenta d'inspirer, mais n'y parvint pas.

* * *

Les parois entourant Therin le maintenaient fermement, leur force le poussant inexorablement vers le plafond. Il se mit sur la pointe des pieds et constata qu'il pouvait déjà le toucher, qu'il s'en rapprochait rapidement.

— Par le sang et les cendres ! jura-t-il, hurlant presque. Quel genre de test est-ce donc ? (Il tendit les bras dans les ténèbres, tâtant les murs invisibles qui l'entravaient.) Je peux y arriver, se dit-il en chassant de son esprit des images de lui écrasé au plafond. Surtout, garder les idées claires ! Ces murs sont constitués d'air… Je peux les repousser. Il s'agit d'un test de Briseur de souffle. (Il prit une profonde inspiration, se concentra et articula le mot de pouvoir.) *Ceò !*

Les murs qui l'enserraient éclatèrent, et il tomba au sol, roulant sur la pierre en gémissant. À l'autre bout de la salle, une trappe glissa sur la porte et un carré de lumière éclaira la chambre.

Therin se hâta de se relever et tituba vers la porte, mais celle-ci était fermée. Il regarda par la trappe ouverte, découvrit une salle similaire à celle dans laquelle il se trouvait et tout aussi vide. Son instinct d'avatar prit le dessus, et il voulut sortir son matériel à crocheter, mais celui-ci avait disparu.

Par les enfers… On m'a volé mes putains d'outils !

Il cracha de dégoût, puis avisa le bloc de glace. Il l'avait oublié lorsqu'il était enfermé dans la boîte aux parois d'air compressé, mais il voyait désormais qu'il abritait une petite clé.

De la glace. Étirer l'Eau du ciel en transformant l'eau en brume, changer la glace en eau…

Il savait ce qu'il avait à faire.

Plaçant sa main sur le bloc, Therin usa de sa chaleur corporelle pour lisser la glace. Les doigts ruisselant d'eau, il traça le glyphe de l'Eau du ciel sur les pierres, y ajoutant les accents diacritiques représentant l'expansion et l'évaporation. Il se concentra sur le symbole et lança :

— *Gal-gal-galú !*

Le glyphe s'évapora devant lui, mais le bloc de glace contenant la clé ne changea pas.

* * *

Je n'arrive plus à respirer! Annev commençait à paniquer.

Pourquoi la destruction des glyphes n'avait-elle pas suffi à briser le sort ? Où s'était-il trompé ? Dans la brume de son esprit, les paroles de Honeycutt lui revinrent : « *Les glyphes ne sont que des outils. Le plus important, lorsqu'on nomme un glyphe, c'est de concentrer sa volonté.* »

Quelqu'un avait tracé ces glyphes dans sa chambre pour pouvoir se concentrer dessus et maintenir la cohésion du sort. Pour briser celui-ci, Annev devrait s'attaquer au lien unissant cette personne mystérieuse à l'idée même des glyphes.

Mais d'abord, il avait besoin de respirer, autrement, il perdrait connaissance très vite… et mourrait.

Se laissant porter par son instinct, il attrapa son sac sans fond et plongea la main dedans, tentant de penser à tous les artefacts qu'il avait récupérés dans un passé récent. Il sortit les anneaux, le mouchoir, la Baguette d'Artificier, les étala sur le lit, puis s'empressa de passer les bagues à ses doigts. Sa vision se brouilla comme le monde se couvrait d'une brume rouge, et l'air qui subsistait dans ses poumons disparut pour de bon. La chambre devint encore plus floue et rouge.

J'ai besoin d'air, de respirer…

Il s'assit lourdement sur le lit, avisa le mouchoir parfumé en clignant des yeux. Incrédule, il se souvint que les symboles de l'air, de l'eau et du *quaire* étaient brodés sur le tissu.

Mais oui, pensa-t-il en attrapant l'artefact. *Ce mouchoir produit de l'air, de l'air parfumé!* Annev plaqua la dentelle contre sa bouche et inspira goulûment. Un souffle doux et sentant les fleurs lui emplit les poumons.

Odar soit loué!

Il inhala pour la première fois depuis une éternité, lui sembla-t-il. Comme il respirait, il sentait que l'oxygène contenu dans l'artefact ne durerait pas éternellement. Sans air pour alimenter sa magie, le mouchoir serait bientôt épuisé.

Il a besoin de quaire… *d'Eau du ciel.*

De l'air ou de l'eau.

Annev ouvrit grand le sac sans fond et plongea la main dedans à la recherche de son outre. Depuis la mort de Sodar, il avait toujours pris soin de remplir l'outre et de la stocker dans son sac. Cette précaution lui sauverait la vie. Il retira le mouchoir de sa bouche et fut aussitôt pris de vertige. Il déboucha l'outre avec les dents et vida la moitié de la vessie de vache sur la dentelle, imbibant le tissu d'eau fraîche et claire. Le mouchoir sembla la boire telle une éponge magique, et Annev se le plaqua de nouveau sur la bouche. L'effet fut immédiat : ayant rempli ses réserves de *quaire*, le carré de tissu produisait de nouveau de l'air.

Odar soit loué, pensa-t-il encore une fois.

Cependant, son outre serait bientôt vide, et les réserves de *quaire* du mouchoir s'épuiseraient. Annev avait simplement gagné un peu de temps. Pour être sauvé, il devrait sortir de cette chambre ou bien lui rendre son air avant que la magie du mouchoir cesse d'opérer.

* * *

— Par les enfers ! jura Therin en cognant dans le bloc de glace.

Pourquoi la glace ne s'était-elle pas évaporée ? Quelque chose lui échappait-il ? Il avait établi un lien physique entre l'objet qu'il souhaitait voir fondre et le glyphe qu'il avait tracé, donc…

Bien sûr…, se réprimanda-t-il. *Je n'ai pas renforcé la connexion mentalement lorsque j'ai activé le glyphe. Je n'ai fait que diffuser la magie dans l'air.*

Il se concentra et dessina de nouveau le glyphe sur les pierres. Lorsque vint le moment d'articuler les mots de pouvoir, il focalisa son esprit sur le bloc d'eau glacée et imagina une portion de glace large d'une cinquantaine de centimètres fondant et s'évaporant.

— *Gal. Gal-galú.*

Le bloc de glace se mit aussitôt à fondre, une portion entière s'évaporant rapidement. Therin se focalisa sur l'image de cette glace devenant de la vapeur et, moins d'une minute plus tard, la clé dépassa du bloc rogné.

Bien, pensa-t-il en l'arrachant à sa prison. *Ce sont deux des aptitudes des Briseurs de souffle : les bulles d'air et l'eau changée en brume. Restent les bulles de son et les bulles de vide.* Il inséra la clé dans la serrure, la tourna, poussa la porte. Il s'attendait à moitié à rencontrer quelqu'un de l'autre côté, mais celui ou celle qui avait ouvert la trappe s'était apparemment retiré dans la salle suivante. En revanche, il découvrit un décor encore plus étrange que le précédent : les murs étaient recouverts de tableaux, et le sol jonché de clochettes en laiton. À l'extrémité opposée de la salle, une nouvelle porte fermée.

Il ne mit pas longtemps à comprendre ce que les Dionaques attendaient de lui.

Therin retourna dans la première salle, ramassa ce qui restait du bloc de glace, dont il se servit pour dessiner les symboles du son et du silence sur le sol de la seconde pièce. Il imagina un espace vide d'air autour de ses pieds – deux sphères qui étoufferaient les bruits –, puis il prononça le mot de pouvoir. Enfin, il entreprit de traverser à pas mesurés la chambre au sol tapissé de clochettes. En dépit des bulles de son, il dut prendre garde de ne pas faire rouler les clochettes trop loin lorsqu'il les déplaçait du bout du pied. Lentement, il traça sa route, les seuls bruits audibles étant ceux de sa respiration et des battements de son cœur. Arrivé à l'extrémité de la salle, il usa de la même petite clé pour ouvrir la porte de la salle de test finale.

Devant le seuil, une fosse mesurant environ trois mètres de profondeur s'étirait sur toute la largeur et la longueur de la chambre, cette dernière étant environ égale à dix mètres. Plus bizarre encore, il n'y avait pas de porte de l'autre côté – pas même dans la fosse –, mais une trappe au plafond située à plus d'un mètre cinquante du mur le plus proche. Pour l'atteindre, il lui faudrait voler, et sa magie de Briseur de souffle était loin d'être assez puissante pour cela.

Therin scruta le fond de la fosse, s'attendant à découvrir des piques ou autres pièges, mais c'était un simple trou aux parois lisses. S'il tombait dedans, il n'aurait aucun moyen d'en sortir. Le jeune homme s'assit par terre, perplexe.

Par les cinq enfers, comment pourrait-il atteindre cette trappe ?

* * *

Le sceau autour de la bouche d'Annev était imparfait, aussi sentait-il le vide qui essayait d'aspirer son air frais.

Il n'avait plus beaucoup de temps devant lui.

Usant de son outre et des mots que les Dionaques lui avaient enseignés, il essaya de dessiner les glyphes qui briseraient le sort qui, autrement, le tuerait. Il poussa avec l'Eau du ciel, donnant à l'air la forme d'une matraque, puis d'une lame affûtée, mais il ne parvint pas à compresser le *quaire*. Il tenta de tirer sur les murs invisibles, de les étirer et de les affiner, de les rendre assez fragiles pour pouvoir être percés, mais la connexion d'Annev avec le *quaire* demeura intangible et les murs magiques tinrent bon.

Il n'était manifestement pas capable de pratiquer la magie darienne. Il avait utilisé le mouchoir, cependant, dont la magie était liée à un artefact. Peut-être qu'en pressant le carré de tissu contre une paroi invisible, il pourrait siphonner l'Eau du ciel qui avait servi à sa constitution…

Exultant d'avoir trouvé un moyen d'échapper à la bulle de vide, Annev prit une profonde inspiration, puis plaqua le mouchoir contre le mur d'air solide qui l'empêchait d'ouvrir la porte et de quitter cette salle. Il attendit, imaginant que le mouchoir aspirait l'Eau du ciel qui avait servi à former les barrières invisibles. Lorsque ses poumons exigèrent une nouvelle bouffée d'air, il colla le mouchoir sur sa bouche et essaya de pousser le mur d'air formant le périmètre de la bulle de vide.

Rien. La bulle était solide. Annev tenta encore une fois de forcer la porte, mais rien ne bougea.

Il inhala et se rendit compte que l'air compressé avait siphonné la magie du tissu, désormais vide de *quaire*.

Pris de panique, le jeune homme pressa son outre pour imbiber le mouchoir du liquide précieux. Comme sa tête tournait, il inspira de nouveau une bouffée d'air parfumé.

Ça n'a pas marché ! Que puis-je faire de plus ?

Annev se tourna vers le lit et attrapa la Baguette d'Artificier. Son fonctionnement restait un mystère, même si, à force d'expérimenter, il commençait à comprendre certaines choses. Tout d'abord, la baguette avait besoin d'interagir avec du sang. Maintenant le mouchoir contre son visage de la main gauche, il coinça le manche de son couteau entre ses genoux et se prépara à entailler sa main droite. Puis il se figea.

Grâce à la magie de l'Anneau d'Inquisiteur, il repéra une minuscule force vitale attachée à cette salle. Pas tout à fait du sang, mais quelque chose de comparable. Plus étrange encore, elle était liée au tableau mystérieux.

Prenant une profonde inspiration dans son mouchoir, il se rapprocha du tableau et regarda de près une faible lueur rouge émanant de l'ourlet de la robe du second homme. Un sang semblait lié à ce tableau, dont Annev avait physiquement détruit les glyphes.

Il est connecté à la personne qui a activé les glyphes, comprit-il, l'anneau codavora bourdonnant d'une manière rassurante pour confirmer son intuition. Il examina les fils de magie, leurs connexions vaporeuses roses et ténues. Pourrait-il utiliser la Baguette d'Artificier pour démêler les fils et démanteler les glyphes ? Il n'y avait qu'une manière de le savoir.

Prenant le mouchoir dans la main droite et tenant la baguette dans la gauche, il enfonça la pointe en bois de cette dernière dans un des trous qu'il avait faits dans la toile. Quelque chose vibra contre la baguette, comme s'il sentait vibrer la magie émanant de la personne qui se trouvait à l'autre bout de la connexion.

Annev… *tira*. Il n'aurait pas su comment décrire le mouvement autrement. Le fil lui résista ; ses fibres étaient solides, sa magie puissante. Annev les agrippa fermement mais, cette fois, il poussa et, cette fois, son toucher l'éparpilla.

En un instant, la paroi d'air qui entourait la pièce éclata, s'effondrant comme l'atmosphère s'engouffrait à l'intérieur. Annev inspira profondément, et ses poumons s'emplirent du goût rassurant de pierre humide et de renfermé.

Il se précipita vers la porte et l'ouvrit, cherchant du regard l'individu qui avait failli le tuer, mais il n'y avait personne. Le couloir était vide.

Crachant des jurons, Annev retourna dans sa chambre, décrocha le tableau du mur et l'emmena dans le couloir. Usant de la magie de son Anneau d'Inquisiteur, il fouilla l'écheveau de fils de *quaire* qu'il venait de trancher, cherchant la faible lueur rose qui pourrait trahir la présence de l'assassin.

Il y avait bien quelque chose – quelque chose de faible et à peine perceptible –, mais lorsque Annev voulut l'attraper avec la Baguette d'Artificier, le murmure de magie sembla gagner en substance, même si sa trame restait aussi fragile que la soie d'une toile d'araignée. Se déplaçant avec circonspection, le tableau dans une main, la baguette dans l'autre, il suivit le fil de la magie dans le couloir en direction de celui qui avait voulu le tuer.

* * *

C'est le test de la bulle de vide, pensa Therin. *Peut-être pourrais-je user de bulles de vide pour rester collé au mur…* Il doutait que sa magie soit assez puissante pour le soutenir jusqu'à la trappe, cependant. Et même si elle l'était, son torse et ses bras devraient lutter contre la gravité, et il finirait par tomber comme une pierre, faute de *quaire*.

À moins qu'il y ait un moyen de compenser.

Utilisant ce qui restait du bloc de glace en train de fondre, Therin se pencha et dessina les glyphes qui repousseraient l'air entourant ses paumes et ses genoux, leur permettant d'adhérer aux parois. Il traça ensuite une paire de glyphes légèrement modifiés qui ancreraient ses pieds. Enfin, il lia consciemment les sorts à ses membres et garda à l'esprit les premiers glyphes. Il rapprocha doucement ses doigts et ses pointes de pieds du mur, prononçant le mot de pouvoir :

— *Folús.*

Therin sentit le vide se former et sourit. Avec la circonspection qu'il avait apprise durant les leçons de furtivité avec Der et Duvarek, il enjamba le seuil et pressa ses paumes et ses genoux contre le mur, se suspendant au-dessus du fossé. Comme ses pieds quittaient le sol, il activa la seconde paire de glyphes et chassa l'air loin de ses pieds, poussant son corps vers le haut. Soudain, son corps ne pesa plus rien, et il connut un moment d'enthousiasme, qui ne dura pas car sa tête et son torse s'écrasèrent contre le mur. Sans ses mains et ses genoux solidement ancrés, il aurait été projeté en arrière, mais il resta accroché à la paroi.

Ça marche ! pensa-t-il. *Ça marche vraiment !*

Repoussant l'air avec ses pieds, il progressa lentement, une main après l'autre, glissant sur le mur avec l'aide de bulles de vide. Il avait parcouru près de la moitié de la distance qui le séparait de la trappe lorsqu'il se retrouva à court d'air. Non pas parce que l'effort physique qu'il avait fourni l'avait épuisé, mais parce que ses sorts avaient consommé énormément de *quaire*.

Merde, pensa-t-il en se dépêchant d'atteindre le plafond, où il eut un peu de mal à se réorienter, sachant qu'il lui faudrait désactiver une paire de glyphes pour reprendre sa progression. Il désactiva donc les bulles entourant ses genoux, et ses jambes se détachèrent instantanément du mur. Au lieu de tomber, cependant, il garda les paumes collées au plafond et créa des bulles d'air sous ses pieds pour soutenir son poids. Ses bras tremblaient, et il avait les plus grandes difficultés à maintenir ses paumes contre le plafond. Il progressa petit à petit, se rapprochant de la trappe, s'éloignant du mur. Ses jambes pendaient, flottaient dans les airs, et il peinait à maintenir sa connexion mentale avec l'Eau du ciel.

Au prix d'un effort important, il détacha une de ses paumes du plafond et attrapa la poignée de la trappe, y adhérant, la tournant tout en se hissant. La trappe ne bougea pas, cependant.

Elle était verrouillée, évidemment.

Crachant des jurons, Therin resta suspendu d'une seule main, ses jambes se balançant sous lui, et il sortit la clé de sa poche. Pris de vertige, il inspira profondément, enfonça et tourna la clé dans la serrure. Il sentit sa bouche se dessécher complètement et les bulles d'air disparaître sous ses pieds. Tout son poids était suspendu à la succion de sa main.

Soudain, la trappe s'ouvrit. Alors qu'il allait tomber dans la fosse, une main agrippa le col de sa tunique et le souleva, le mettant en sécurité.

— Ne vous en faites pas, Compagnon Therin. Vous n'avez besoin de passer que trois des quatre tests, le rassura le Dionaque Leskal en le reposant sur le sol.

— Il aurait passé le quatrième aussi, objecta le Dionaque Honeycutt, si vous ne l'aviez pas surpris en ouvrant la trappe.

— Il était sur le point de tomber, Jayar. En plus, il avait déjà réussi. (Le chef des Porteurs de bouclier mit une coupe d'eau fraîche dans la main tremblante de Therin.) Buvez ça pour récupérer votre *quaire*.

Le jeune homme but avidement, l'esprit toujours embrumé.

— Bienvenue chez les Porteurs de bouclier, Compagnon Therin ! lança Honeycutt avec un franc sourire. Je suis vraiment ravi de vous accueillir parmi nous. Vous avez fait du très beau travail.

— Oh, ce n'était pas si difficile, dit Therin en peinant à respirer. Mais c'est vrai que j'ai eu un peu de mal avec les parois mouvantes, au début. Vous avez bien failli me tuer, dites-moi !

Il rit en parvenant presque à dissimuler sa nervosité et fut soulagé d'entendre les prêtres glousser.

— Oui, c'est un vilain tour, que nous vous avons joué, concéda Leskal en lui donnant une tape lourde dans le dos. Un bon Dionaque, cependant, doit être capable de pratiquer sa magie dans des situations de stress extrême. Ce que vous avez fait merveilleusement bien !

— Effectivement, enchérit Honeycutt en prenant le jeune homme par les épaules. Comment vous y êtes-vous pris pour chasser la bulle de vide ? Vous n'avez pas tracé de glyphe, ni prononcé de mot de pouvoir… Ce niveau de concentration, chez quelqu'un d'aussi jeune, est remarquable.

— Oh…, fit Therin, pris de court. J'ai articulé un mot de pouvoir dans la première salle. Peut-être ne m'avez-vous pas entendu.

Leskal et Honeycutt le regardèrent fixement, les sourcils froncés.

— La première salle ? demanda Leskal en caressant son menton et sa barbe tressée. Non, il s'agissait de bulles d'air créées par moi. Honeycutt parle des bulles de vide de la seconde salle.

— La salle avec les tableaux et les clochettes ? s'étonna Therin en regardant alternativement les deux hommes.

— Exactement, acquiesça Honeycutt. L'air… Il y avait du vide, dans cette salle, mais vous en êtes très vite venu à bout, après quoi vous avez entrepris d'étouffer les clochettes. À ce stade, les novices ont tendance à paniquer et perdent connaissance.

— Ou bien ils chassent le vide, mais font tinter les cloches, intervint Leskal, les dents blanches et féroces derrière sa barbe. Vous vous êtes accommodé du vide et des clochettes en silence et en un temps record.

— Le vide…, répéta Therin, perplexe. Les autres novices ont… perdu connaissance ?

Il les regarda fixement sans comprendre.

— Oui, confirma Honeycutt, le vide de la salle aux clochettes.

— Même s'il y a eu la fois où Sœur Rachel…

— Leskal, vous n'êtes pas obligé de raconter les exploits de votre épouse au Compagnon Therin. Nous connaissons cette histoire par cœur.

— Elle a quand même retenu sa respiration ! insista le chef de la caste des Porteurs de bouclier avec fierté. Elle a passé les glyphes et a traversé la salle à toute vitesse sans faire tinter la moindre clochette, sans faire de bruit ! Et elle a déverrouillé la porte !

— Parce qu'il n'y a pas d'air dans le vide, dit lentement Therin. Et sans air, pas de son…

— Exactement ! s'enthousiasma Leskal. C'est un peu de la triche, c'est vrai, mais elle a utilisé ses bulles de vide pour escalader le mur de la troisième salle – tout comme vous –, donc le test était valide.

— Je me demande si vous ne l'avez pas épousée à cause de sa malice, s'amusa Honeycutt.

— Ça n'a aucune importance. Therin, quelle performance ! lança Leskal tout sourire.

Le jeune homme hésita entre rendre son sourire à l'homme ou faire preuve d'un enthousiasme équivalent. Il décida de se contenter d'un sourire, souleva consciemment les coins de ses lèvres et découvrit ses dents en signe de gratitude. Peut-être méritait-il ces louanges, même si la sensation désagréable dans son estomac suggérait le contraire. Le vide dans la salle aux clochettes ? Therin ne s'en souvenait pas, et il l'aurait remarqué, s'il avait été dans l'incapacité de respirer. Peut-être avait-il profité d'une défaillance du sort ; le cas échéant, il ne s'en vanterait pas.

— Venez, jeune homme. Voyons si Titus a terminé son test.

* * *

Annev suivit le fil de la magie qui serpentait dans les couloirs. Entendant des voix approcher, il s'arrêta, tourna un coin et se tapit dans une alcôve.

— Nous aurions de la chance de le voir rejoindre l'Ordre.

On aurait dit la voix du Dionaque Honeycutt. Pourrait-il être l'assassin ? Un traître à l'Ordre ?

— Cessez de jouer l'indifférence, Jayar, répondit une autre voix, celle du Dionaque Leskal. Vous jubilez, ça se voit !

— Nous devrions nous féliciter d'accueillir de nouveaux membres, objecta Honeycutt, dont la silhouette effilée passa avec fluidité devant l'alcôve où se cachait Annev.

— Surtout ceux qui rejoignent votre caste, pas vrai ? Vous avez de quoi vous réjouir, il est vrai. Un nouveau membre signifie un vote de plus au Conseil.

— Il faudra quand même attendre qu'il devienne Dionaque, ce qui pourra prendre des mois.

— Ça m'étonnerait, contra Leskal en dépassant Annev à son tour dans le couloir sombre. Holyoak et McClanahan ont déjà élevé Titus au rang de Dionaque, ce qui risque de compromettre l'équilibre des forces. Ils n'auront d'autre choix que de promouvoir Therin très vite.

Comme les deux hommes s'éloignaient, Annev sentit qu'on tirait sur le mince fil magique qu'il suivait. Soudain, le fil cassa, disparaissant dans le néant. Simultanément, le Dionaque Honeycutt regarda par-dessus son épaule, les yeux plissés comme pour percer les ténèbres de l'alcôve où était dissimulé Annev.

Chapitre 51

Sceller les tunnels se révéla bien plus pénible que Fyn l'avait cru. En effet, transporter toutes ces pierres représenta un travail colossal. Heureusement, les gravats ne manquaient pas dans le Quartier des Cendres – Sodja avait compté dessus lorsqu'ils avaient élaboré leur plan –, et le fait d'avoir une équipe composée de sept personnes leur permit d'avancer relativement vite.

— Nous méritons une part plus importante, s'était plaint Siege, vu que Poli et moi faisons le gros du travail de force.

Effectivement, les deux anciens dockers étaient au moins aussi costauds que Fyn, même s'ils semblaient se fatiguer plus vite.

— Vous aurez la part qui vous a été promise lorsque j'ai pris la tête de l'équipe, contra Fyn, profitant de l'occasion pour affirmer son leadership. Way et Neldon s'occupent du mortier, et on ne les entend pas se plaindre ni demander plus.

— Peut-être que nous devrions tous avoir une plus grosse part, rétorqua Poli. Si nous contribuons plus que les autres.

— Très bien, dit Fyn qui voyait où cela les mènerait. Way et Neldon obtiennent plus parce que nous dépendons de leur expertise pour sceller ces tunnels. Moi, Siege et toi, nous obtenons plus parce que nous portons plus que les autres. Raven et Quinn obtiennent plus parce qu'elles ont dû écumer le quartier pour trouver des chaînes. Nous obtenons tous plus, et nous devrions nous en féliciter.

Cela sembla satisfaire les dockers, même si Way et Quinn ricanaient.

— Ils ne vont pas être contents quand ils comprendront que des parts plus importantes pour tout le monde signifient des parts plus importantes pour personne, chuchota Way.

— Nous jouons chacun notre rôle, dit Fyn en souriant. Et nous aurons chacun notre part.

Fortifier et sceller les quatre tunnels prit une semaine, mais il fallut trois jours de plus pour trouver les chaînes et confectionner un filet correct, dont l'installation se révéla la plus ardue de toutes les tâches accomplies. Elle nécessita la construction d'un radeau pour transporter des sections de chaîne sur la rivière, avant de les hisser en travers de la gueule du tunnel. Peu de membres de l'équipe étaient assez forts pour ce travail ; en effet, soit ils ne savaient pas nager – comme Quinn –, soit ils s'épuisaient à soulever les chaînes en s'évertuant à garder la tête hors de l'eau. Finalement, seuls Fyn, Sodja et Way en furent capables, ce dernier manquant tout de même de se noyer en vissant la chaîne à la paroi rocheuse.

Fyn s'occupa de la dernière section de chaîne, la plus lourde et difficile à installer. Comme il fixait le dernier boulon à œil, ses dents claquaient à cause du froid, ses muscles le faisaient souffrir à force de tenir à bout de bras les lourds maillons, et ses poumons le brûlaient à cause de ses plongeons répétés pour faire passer la chaîne dans le filet de fortune. Il dut reprendre régulièrement son souffle, puis visser le dernier boulon en faisant le moins de bruit possible pour ne pas attirer l'attention de l'homme lézard dans sa tanière.

Heureusement pour lui, Sodja avait mis ses contacts à contribution pour obtenir une aide magique : des chevilles d'argile qui amollissaient temporairement la roche sur laquelle on les appliquait. Ces chevilles constituaient un accessoire indispensable à tout voleur qui se respectait, et Fyn était très content de les avoir car, même avec leur aide, le travail fut épuisant.

Lorsqu'il nagea enfin jusqu'à la rive, les autres durent le sortir de l'eau, et il passa la journée suivante à récupérer. Lorsqu'il fut complètement remis, ils travaillèrent sur les derniers détails de l'assaut.

— Chaque Sixième ou Septième Jour, expliqua Sodja, Saltair se rend dans le Haut-Quartier.

— Il collabore avec la famille Rocas, intervint Quinn. Il travaille pour elle, il poursuit les esclaves qui se sont enfuis pour le compte de la Guilde des Marchands d'esclaves.

— Oui, confirma Sodja en regardant successivement Quynh-Chi et Fyn. C'est tout à fait exact.

Fyn croisa le regard gris et crispé de l'aristocrate, qui ne voulait pas que les autres découvrent sa véritable identité. Surtout pas.

— Donc Saltair ne sera pas de retour dans son antre avant le début de la semaine prochaine, lança-t-il. Et durant la semaine, son activité est nocturne.

— C'est une bonne chose, remarqua Neldon. Nous l'enfumerons durant la journée. Ça nous permettra de le repérer plus facilement s'il émerge près de la rivière.

— Je suis supposée couvrir le tunnel inondé avec mon harpon ? s'enquit Poli. Toute seule ?

— C'est exact, répondit Fyn.

— Et s'il arrive à passer malgré les chaînes ? Qu'il arrache les boulons ? Que faire s'il atteint la rivière ?

— Tu le harponnes. Tu seras là pour ça.

— D'accord, mais… toute seule ?

— Ça se passera bien, Poli, la rassura Sodja. La fumée et le feu se propageront très vite, et Saltair essaiera sans doute de sortir par le haut avant de se rabattre sur la rivière. Grâce aux chevilles, les boulons sont très solidement ancrés, aussi n'aura-t-il aucun moyen de passer. Il y a de fortes chances qu'il reste pris dans le filet et se noie. Et si par miracle il parvient à passer, il fera une cible facile pour ton harpon.

Poli s'agita avec sa gaffe, mal à l'aise.

— Je n'aime pas être seule.

— Tu ne seras pas seule très longtemps, promit Siege en lui donnant une tape sur l'épaule. Dès que Neldon et moi aurons scellé le tunnel supérieur avec les pierres, nous te rejoindrons.

— À moins qu'on échange nos rôles, proposa Neldon. Je peux couvrir la sortie de la rivière avec ma manubaliste, si tu aides Siege à lâcher les pierres dans le tunnel supérieur.

— Je comptais sur toi pour superviser Siege, intervint Fyn en regardant l'ancien boulanger aux épaules rondes manger une brochette de carpe salée. Nous n'avons pas droit à l'erreur. Saltair ne devra avoir aucune chance de s'enfuir. Dans l'idéal, le sceau devra être parfait.

— Eh ! protesta Siege en s'essuyant la bouche et en posant une main sur sa poitrine. Il ne faut pas être un génie pour balancer des cailloux sur la tête de quelqu'un. Tu veux que nous scellions le tunnel supérieur ? Il sera scellé. Fais-moi confiance. Et Poli nous sera d'une plus grande aide que le vieux Nedders.

— Merci pour ce vote de confiance, répondit Neldon en époussetant sa veste. Ford a raison. Je crois que la vitesse et la force de Poli seront plus utiles que ma vision. Par ailleurs… (Il tapota l'arbalète miniature accrochée à sa hanche.) Ceci sera plus efficace si Saltair refait surface près de la rivière. Poli ne le toucherait pas plus de deux fois avec son harpon, et puis, elle devrait plonger avec sa gaffe. Moi, je pourrais tirer une bonne dizaine de carreaux d'un seul coup.

— Par les bâtons d'argent, jura Fyn. Tu peux réellement tirer aussi vite ?

— C'est un prototype conçu par Way et moi, expliqua Neldon en souriant. Ma manubaliste est dotée d'une pompe manuelle et d'un chargeur de munitions. Je n'aurai pas besoin de recharger, simplement de pomper et de tirer.

— Et tu es bon tireur ? Meilleur que Way avec son petit arc ?

Cela fit bien rire les autres.

— Disons que tu as bien fait de t'occuper de Neldon en premier lors de notre petite altercation, dans cette allée, expliqua Way en gloussant. Si tu l'avais gardé pour la fin, il t'aurait transformé en porc-épic.

Ils rirent de nouveau, et même Sodja se laissa aller à sourire. Fyn s'éclaircit la voix et reprit, mal à l'aise :

— Tirer sur quelqu'un dans une allée est une chose, viser une cible nageant dans une rivière en est une autre. Même si cette cible est un homme lézard de deux mètres cinquante.

— Oui, bien sûr, concéda Neldon en redevenant sérieux. Je promets néanmoins de toucher ma cible en cas de besoin.

— Tant mieux, répondit Fyn en souhaitant revenir à la question de leur plan. Neldon couvrira la rivière, pendant que Siege et Poli se chargeront de sceller le tunnel. Quinn et Way resteront avec nous… (Il parlait de Sodja et lui-même.) … et, ensemble, nous nous assurerons que le tunnel inférieur est correctement goudronné et huilé. Nous transporterons du bois sec et y mettrons le feu. Si Saltair vient voir ce qui se passe de ce côté-là, il sera accueilli par des flammes et des couteaux de lancer, sans parler de la fumée.

— Le brasier sera extrêmement chaud, enchérit Sodja, et le goudron rendra impossible une sortie par le tunnel. S'il se réveille avant que la fumée l'atteigne, il essaiera sans doute une des autres sorties, mais il n'aura pas beaucoup de temps devant lui.

— Ce qui veut dire qu'il essaiera notre tunnel, intervint Poli en serrant très fort le manche de sa gaffe. Ça ne me plaît pas non plus.

— Tout se passera bien, Vaiolini, la rassura Siege, sa main épaisse laissant une trace grasse sur son épaule. Neldon, Fyn et Raven ont tout prévu.

— Comment fera-t-on pour minuter l'opération ? demanda Quinn, rompant le silence.

— C'est vrai, ça ! fit Siege en déglutissant. Quelqu'un comptera ou...

— Des chandelles, répondit Fyn en soulevant un sac de bougies achetées au marché par Sodja. On prendra des chandelles de même longueur. Poli et toi serez les premiers à vous installer, et puis on allumera les bougies, et vous pourrez commencer à transporter des pierres jusqu'à l'entrée du tunnel. Vous aurez trois ou quatre heures devant vous. Quand la chandelle aura brûlé et que la mèche fumera, vous provoquerez l'avalanche.

— Et si... et s'il nous entendait ?

Fyn étudia Siege et Poli et regretta d'avoir choisi de les faire travailler ensemble. S'ils avaient les plus gros bras de l'équipe, ils étaient également les plus craintifs. Si Saltair les découvrait pendant la phase de mise en place des pierres, ils prendraient sûrement leurs jambes à leur cou... et le monstre les massacrerait. Le plan tomberait à l'eau.

— J'irai avec eux, dit Quinn, le regard perçant, la mine sombre. Nous ferons moins de bruit que des morts, et si Saltair montre le bout de son nez, nous nous occuperons de lui avec des flammes d'ombre.

Poli fit le signe d'Odar avec les doigts, tandis que Siege murmurait un juron. Même Way et Neldon devinrent tout pâles.

— Des flammes d'ombre ? Qu'est-ce que c'est ? s'enquit Fyn.

— Des flammes qu'on ne peut allumer par des moyens conventionnels, expliqua Way, la mine amère. Par la barbe d'Odar, Quinn, je croyais que tu en avais fini avec ce truc.

— Je tuerai l'homme lézard.

Fyn étudia la Krosérane, comprenant qu'elle avait des comptes à régler avec Saltair.

— Qu'est-ce qu'il t'a fait ? l'interrogea-t-il, alors qu'il pensait savoir.

Quinn tira sur le col de sa tunique pour lui montrer la marque, sur son épaule.

— Pas Saltair tout seul, ses employeurs aussi, toute la famille Rocas.

Fyn regarda Sodja, qui ne lâchait pas Quinn des yeux.

— Et eux, que t'ont-ils fait ? demanda Sodja, le visage figé comme un masque.

— Ils ont détruit le commerce maritime florissant de mes ancêtres, capturé nos vaisseaux pour en faire des navires pirates, réduit ma famille en esclavage… (Les yeux de Quinn brillaient de larmes non versées.) Lorsque j'étais enfant, mes parents et moi avons fui cette vie. Nous nous sommes réfugiés dans le Bas-Quartier, et ils ont envoyé Saltair à nos trousses. Mes parents m'ont cachée, mais… il les a trouvés. Il les a tués tous les deux et les a décapités pour montrer leurs têtes à la Marquise Saevor.

— Saevor ? s'étonna Fyn. Je croyais que tu parlais des Rocas.

— Oui, confirma Quinn en dévisageant Sodja. J'avais huit ans lorsque les Saevor sont devenus la Maison Rocas, lorsque Tiana Saevor a épousé Vintan Rocas. Presque trois décennies se sont écoulées depuis, et ils ont tout fait pour faire oublier leurs origines, mais moi, je n'ai pas oublié. Je n'ai pas oublié ce que Saltair a fait à mes parents… ni ce que les Rocas doivent à ma famille.

— Je suis vraiment désolée pour toi, dit Sodja, le visage ne trahissant aucune émotion. Moi aussi, j'ai subi la famille Rocas.

Quinn hocha une fois la tête. Elle ne permettrait pas à Saltair de sortir par le tunnel supérieur, décida Fyn. Elle l'arrêterait ou elle mourrait en essayant.

— Quinn, pourquoi ne pas nous avoir dit tout ça plus tôt ? Pourquoi nous fatiguer à enfumer Saltair dans son antre si tu peux le brûler avec ta magie ?

La femme lui lança un regard noir, et Way répondit à sa place.

— C'est très dur, pour elle. Ça la fatigue. Ça la fatigue énormément.

— J'ignorais que la magie faisait cet effet.

— La magie de l'ombre, précisa Sodja. Moins ta magie est forte, plus elle t'épuise.

— Comment le sais-tu ? l'interrogea Quinn.

— À ton avis ? (Sodja claqua des doigts et fit apparaître une brume noire sur sa paume.) Je n'ai jamais invoqué le feu d'ombre… mais je sais faire autre chose.

— Je m'en doutais, dit Quinn. Raven est-il ton véritable nom ?

— Autant que Quinn est le tien.

— Tu as déjà combattu dans les Fosses avec un masque de corneille ? lui demanda Neldon, pensif.

— Peut-être, répondit-elle, évasive.

— Dans ce cas, je te connais de réputation, grogna Neldon.

— Elle est forte ? lui demanda Poli.

— Ouais. C'est une des meilleurs, je dirais. Même si ça fait… quoi ? Trois ans ?

— À peu près.

— Je ne t'avais jamais vue sans ton masque, toutefois.

— Je ne le porte que pour mes apparitions publiques.

— Revenons-en au feu d'ombre, les coupa Fyn, pressé de recentrer la conversation. Pourquoi ne pas nous en servir pour enfumer Saltair ?

— Parce qu'il ne fait pas de fumée, répondit Poli. Il… brûle, tout simplement. Il s'accroche à toi comme ton ombre, et il brûle. Impossible de t'en débarrasser, il ne te lâche jamais et ne brûle rien d'autre que toi.

— Si c'est vrai, c'est terrifiant, commenta Fyn en se raclant la gorge. Si nous touchions Saltair avec ces flammes d'ombre, nous pourrions nous contenter de le murer et d'attendre qu'il meure. De revenir pour trouver un monceau de cendres.

— Ça ne fonctionne pas comme ça, rétorqua Quinn d'un ton sec. Même si j'arrivais à invoquer les flammes sans m'épuiser, ce n'est pas ce que tu imagines. Ce n'est pas le genre de flamme qui permet d'allumer une torche ou de cuire de la nourriture. On parle de feu, mais c'est autre chose, crois-moi.

— Entendu. Je te confie la supervision de l'entrée principale. C'est toi la patronne. Siege et Poli, vous suivrez ses ordres, d'accord ?

Les deux dockers hochèrent la tête, et Fyn se tourna vers Way et Sodja. Cette dernière leva la main.

— Tous les trois, nous allumerons les feux et tuerons Saltair s'il se rapproche des tunnels inférieurs. Nous savons ce que nous avons à faire. Même Way.

— Tu as des questions, Way ? demanda Fyn.

— J'en ai deux, répondit celui-ci d'un ton neutre.

— Je t'écoute.

Way prit les deux morceaux de bois brûlé que Fyn avait utilisés ces deux semaines passées.

— On aura un peu de temps libre en attendant que les chandelles se consument ? Vous savez jouer aux Pierres-de-sang ?

Chapitre 52

— Je ne suis toujours pas sûr de comprendre, dit Fyn en examinant le labyrinthe modulaire constitué de carreaux de bois.

— Oh, je n'en doute pas, répondit Way en retirant les derniers cailloux rouges du plateau. Je ne suis pas fier de te battre comme ça. Venant d'un voleur et d'un filou comme moi, ça en dit long.

— C'en est gênant, commenta Sodja. Une vraie branlée, même pour moi qui ne connaissais pas le jeu.

— Nous devrions nous préparer à embraser l'huile, lança Fyn en avisant ce qui restait de la chandelle et en s'empourprant. Il ne reste plus beaucoup de temps.

— Il reste une petite heure, contra Sodja. Vous devriez refaire une partie.

— Et pourquoi tu ne jouerais pas, toi ?

— Pourquoi pas ? (Elle s'assit en tailleur devant le voleur à la peau olive.) Il faut reconfigurer le plateau ?

— Non, pas forcément.

— J'ai l'impression que l'installation du plateau compte pour un tiers dans la victoire, s'amusa Sodja. Après, il faut sélectionner les bons champions en fonction du terrain et des unités que l'adversaire choisit d'occuper.

— Tu n'as pas tort, répondit Way avec un sourire en coin.

— Je n'ai pas envie de jouer sur les décombres de votre dernière partie. Préparons un nouveau plateau.

Ils ramassèrent les carreaux, se les partagèrent et entreprirent de les disposer chacun à son tour. Quand ils eurent terminé, le plateau ressemblait à un labyrinthe oblique.

— Pourquoi l'avoir construit comme ça ? s'étonna Fyn. Il n'est pas symétrique du tout. Way sera avantagé.

— Non, contra Sodja en tapotant une pièce de bois. Imiter chacun de ses placements revient à lui laisser le choix du terrain. J'ai choisi de sacrifier certaines zones pour en renforcer d'autres.

— Où ça ? demanda Fyn en scrutant le plateau. Là ?

— Je ne vais pas dévoiler mes points forts avant le début de la partie ! protesta Sodja en lui lançant un regard noir.

— Oh, désolé ! s'excusa Fyn en abaissant sa main.

— Vous avez entendu ? lança subitement Sodja en relevant la tête.

— Quoi ? demanda Fyn en vérifiant la chandelle.

Un bruit sourd résonna loin dans le tunnel. Un instant plus tard, il entendit un grondement grave provenant du cœur du repaire de Saltair.

— Par Keos, jura Way en ramassant les pièces de leur jeu.

— Ça vient du tunnel supérieur, affirma Sodja, les yeux écarquillés dans la pénombre.

Fyn attrapa la chandelle et la lança dans le tunnel recouvert de goudron. L'huile prit immédiatement feu, et l'entrée du tunnel cracha de la fumée. Le trio toussa, surpris par l'intensité des flammes, et puis la ventilation naturelle du tunnel fit son office, et la fumée fut aspirée vers le cœur du repaire et les tunnels supérieurs. Une minute passa, puis deux. Les flammes craquaient joyeusement, consumant l'huile, le goudron et le bois empilé, tandis que le trio regardait en silence en essayant d'entendre ce qui se passait à l'extrémité opposée du tunnel.

Way déglutit, le visage couvert de suie.

— Ont-ils effondré le tunnel trop tôt ?

Un vacarme résonna au loin dans les ténèbres, accentué par le souffle d'air brûlant qu'ils reçurent au visage. Suivi un rugissement sauvage, d'une rage presque palpable.

Fyn s'éloigna de l'entrée du tunnel tandis que la fumée enflait dans leur direction.

— Saltair a dû les entendre travailler à la fermeture du tunnel supérieur. Il a essayé de s'échapper – ou les a attaqués – et ils lui ont fait tomber les pierres dessus.

— Que les dieux nous viennent en aide, murmura Way. S'il ne s'est pas échappé, s'ils ne l'ont pas tué ou blessé, le monstre va venir de notre côté.

Comme pour confirmer ses craintes, ils entendirent les ululements et rugissements de l'homme lézard. Très vite, sa silhouette apparut à l'extrémité du tunnel, la tête baissée et les épaules voûtées sous le plafond bas. Saltair se précipita vers eux. Une douzaine de pas le séparaient du goudron enflammé.

Fyn saisit ses couteaux et les lança au moment où Way levait son arc. Les flèches atteignirent Saltair à la poitrine et aux épaules, mais rebondirent sur ses écailles reptiliennes. Les couteaux de Fyn suivirent, le premier se fichant dans l'abdomen mou de la créature, les deux autres ricochant sur sa carapace noire pour disparaître dans la fumée et les ténèbres.

Aucunement dérangé par le couteau dans son ventre, l'homme lézard arriva devant le brasier et bondit, plongeant pour ne pas toucher le goudron collant et l'huile enflammée. Comme il volait vers eux, Fyn avisa une ombre grise dansant sur le bras gauche, le visage et le flanc de Saltair.

Le feu d'ombre, pensa-t-il.

L'homme lézard atterrit à trois pas de l'extrémité du tunnel de flammes, ses longs pieds à trois orteils s'enfonçant dans le goudron brûlant. Il hurla et fléchit les jambes pour sauter et franchir la distance le séparant de la délivrance.

Sodja lança une volée d'étoiles à cinq branches, dont le métal gris foncé parvint à transpercer le torse épais du monstre, chaque projectile le ralentissant. L'homme lézard tituba, tomba en arrière dans l'huile enflammée et le goudron collant. Il essaya de se lever, mais sa queue adhérait au sol, brûlant de la base à la pointe.

Saltair rugit, se mit tant bien que mal à quatre pattes et sauta sur le trio en détachant sa queue serpentine de son corps.

En un instant, Fyn dégaina ses masses et les abattit sur le monstre enflammé, leur extrémité cannelée écrasant son épaule et ses plaques noires. La créature chancela, écarta les masses d'un revers de la main et tendit ses griffes vers le visage de Fyn. Le jeune homme esquiva et frappa de nouveau, touchant la jambe droite de Saltair. Cette fois, il sentit l'os s'enfoncer sous ses coups et vit le genou céder. Le keokum se retourna – pour fuir ou préparer une nouvelle attaque –, mais la chaîne de Sodja jaillit, s'enroulant autour de sa jambe valide. Le monstre tituba en avant comme elle tirait sur la chaîne, le déséquilibrant.

Fyn en profita pour brandir ses masses d'armes et les ficher de part et d'autre du crâne de Saltair, avant de dégainer son fauchon. Sodja tira très fort sur sa chaîne, faisant tomber la bête sur sa jambe blessée. Fyn frappa de toutes ses forces, tranchant la jambe valide de la créature à hauteur du genou. Saltair s'écroula, sa tête allongée heurta le sol, sa gueule ouverte crachant du sang noir. Les masses de Fyn retombèrent avec lui, et le monstre hurla de douleur, à une trentaine de centimètres seulement du goudron fondu.

— Non ! hurla-t-il. Maudits humains ! Je vous briserai les os et me repaîtrai de votre chair !

Alors que Fyn levait son fauchon une seconde fois pour trancher le cou relativement vulnérable de Saltair, celui-ci roula en arrière, se jetant dans le tunnel recouvert de goudron et d'huile en train de brûler. En dépit de ses blessures, le keokum aux bras puissants et aux épaules larges roula dans les flammes collantes et traversa le tunnel jusqu'aux ténèbres enfumées de son repaire.

— Il se dirige vers la rivière, lança Fyn, hypnotisé par la jambe et la queue sectionnées de Saltair qui, noircies par le feu, continuaient de se tortiller.

Way hocha la tête et, les mains tremblantes, rangea ses flèches dans son carquois et raccrocha son arc.

— On ne peut pas le poursuivre, sauf à vouloir mourir brûlés. Ou étouffés.

— Bien sûr, acquiesça Fyn. S'il reste là-dedans, il mourra. Nous n'avons pas besoin de le suivre.

— Est-ce qu'on attend ici ? demanda Way en se couvrant la bouche et le nez. Cette fumée est dangereuse pour nous.

— Il faut retourner au premier embranchement, affirma Fyn, le regard brillant. Prendre de l'avance sur la fumée. Lorsque le tunnel formera une fourche, nous nous séparerons pour l'empêcher de rebrousser chemin.

— Je peux fouiller le repaire, proposa Sodja en scrutant les flammes.

— Non, ce serait trop risqué. Tes doubles ou triples sauts périlleux ne t'aideront pas à échapper aux flammes et à la fumée suffocante.

— J'ai d'autres trucs pour ça.

— Laisse-moi deviner… Tu peux arpenter le domaine de l'ombre ou quelque chose de ce genre ?

— Effectivement.

— Ah ! ces magiciens… D'accord, utilise ta magie et retrouve Saltair. Si tu as besoin d'aide…

— Tu accourras pour me sauver ? proposa-t-elle avec une pointe d'amusement.

— Non, répondit Fyn avec le plus grand sérieux. Tu seras livrée à toi-même.

— Tu ne fais même pas semblant d'être galant ? s'offusqua Sodja en arborant une moue boudeuse.

—Non, confirma Fyn. Tu veux te servir de ta magie pour explorer les environs ? Grand bien te fasse. Je ne vais pas risquer ma vie, ni celle des autres si ça tourne mal. Si tu rencontres des problèmes, rejoins-nous. Compris ?

—Compris. Il ne me faudra pas plus de vingt minutes pour aller jusqu'à la rivière et revenir ici.

—Et si tu mets plus de temps ?

—Eh bien, tu vas devoir venir me chercher, répondit Sodja en souriant.

Fyn lui lança un regard noir mais n'eut pas le temps de répondre, la jeune femme disparaissant dans les ténèbres et la fumée, sa silhouette grise dansant au-dessus du sol tapissé de goudron.

* * *

Fyn essuya son front maculé de sueur et de suie et examina le bassin souterrain, dont la surface noire était parfaitement lisse dans la lumière de sa torche. Au bord de l'eau, trois des huit boulons étaient toujours accrochés au fond rocheux, les œillets tordus par le poids du filet et la violence de l'évasion de Saltair. Les autres avaient été arrachés et gisaient sans doute dans le fond de la Tocra du nord.

—J'aurais dû les fixer mieux que ça, marmonna-t-il. C'est ma faute.

—Si tu cessais de t'autoflageller pour m'écouter un peu ? le réprimanda Sodja. Quand il a arraché ces boulons, Saltair avait perdu une jambe, sa queue, beaucoup de sang, et il brûlait. Pris dans le filet, il n'a pas pu nager, j'en suis certaine. Il est mort, forcément. Il a dû couler.

Fyn essuya ses mains sur son pantalon taché et se leva.

—Tu as sans doute raison, mais je serai plus rassuré quand j'aurai entendu le récit de Neldon.

Malgré la reconnaissance de Sodja, l'équipe avait attendu une bonne heure après la fin de l'incendie pour s'aventurer dans le repaire de Saltair. Quinn, Poli et Siege avaient mis presque autant de temps pour atteindre l'entrée du tunnel inférieur, et Fyn avait immédiatement envoyé la pêcheuse chercher Neldon, au bord de la rivière. Way et Siege avaient entrepris de dégager un des passages transversaux scellés pour améliorer la circulation de l'air, les tunnels empestant le naphte, les excréments et la viande avariée. Épuisée par sa débauche de magie, Quinn faisait la sieste, laissant Fyn étudier seul les détails de l'incroyable évasion de l'homme lézard.

— On a trouvé son coffre-fort, annonça Sodja, qui voulait manifestement changer de sujet. Tu veux y jeter un œil ?

— Je suppose que tu en as déjà fait l'inventaire ?

— En effet.

Fyn lâcha un grognement.

— Occupe-toi du partage, et n'oublie pas d'ajouter la moitié de ce que tu as déjà volé. Tu peux garder le reste ; après tout, c'est toi qui as trouvé le magot.

— Je n'ai pas…

— Nous sommes des voleurs, Raven. C'est notre nature. Ne perdons pas de temps en faux-semblants.

— J'aurais dû en prendre plus, regretta Sodja en reniflant. Tu n'as pas envie de savoir combien il y avait, là-dedans ?

— Honnêtement, j'ai plus envie d'entendre Neldon et de nettoyer cet endroit. Tu as vu ce que mangeait ce keokum ?

— Je suis familière de son régime alimentaire, répondit la jeune femme en grimaçant. Je n'ai pas besoin de voir les preuves.

— Des gens, poursuivit Fyn comme s'il ne l'avait pas entendue. Je crois même qu'il y avait un gamin, dans le tas.

— Sans doute enlevé dans le Quartier des Cendres, compléta Sodja. La plupart de ses captifs sont livrés aux marchands d'esclaves, mais pas tous.

— Les marchands d'esclaves… Encore et toujours eux.

— Eux et ma famille. Ils sont un cancer qui dévore Luqura de l'intérieur.

— Tiana Rocas, Dante Turano, Elar Kranak, Phoeba Anabo et Braddock Whalen. (Il compta les noms sur ses doigts.) Nos cinq cibles, ceux qui dirigent la ville et propagent la souillure.

— Tu veux toujours m'aider à les éliminer ?

— Qui aide qui n'a pas d'importance, contra Fyn, son regard féroce plongé dans celui de l'aristocrate. Nous sommes la Bande des cendres, désormais. À nous sept, nous allons nettoyer cette ville.

Chapitre 53

Annev eut les plus grandes difficultés à ne pas gâcher le triomphe de ses amis avec les détails de sa quasi-mort durant leur Test d'Ascension. Il ne pouvait plus quitter l'Enclave comme il l'avait prévu car un traître assassin se cachait parmi les Dionaques de Tobar, et il ne pouvait pas non plus parler à Titus et Therin de l'attentat dont il avait été la cible, ni de ses doutes concernant Jayar Honeycutt. Accuser sans preuves le mentor de Therin de tentative de meurtre n'aurait pas été très sage. Malgré cela, Annev avait bien failli partager ses secrets avec ses amis, mais il n'en avait pas eu le temps.

—Annev! beugla Therin en tambourinant à sa porte. Il y a du nouveau!

—On a réussi! précisa Titus un peu moins fort que son camarade. Tous les deux! Viens, on va fêter ça à la cuisine.

Annev entrouvrit la porte en cherchant une bonne excuse pour rester dans sa chambre. Se joindre à ses amis aussitôt après l'attaque qu'il avait subie aurait assurément été dangereux pour eux.

—À la cuisine? À cette heure-là?

—Oublie la cuisine! intervint Therin. Titus est Dionaque, maintenant! Je propose qu'on sorte découvrir un peu cette ville!

Annev haussa les sourcils en essayant de se rappeler les restrictions les empêchant de quitter les murs de l'Enclave, se doutant qu'il y avait une faille dans la logique de Therin.

— Il en reste bouche bée ! commenta celui-ci, se méprenant sur la confusion d'Annev. Notre Maître des Chagrins n'arrive pas à croire que Titus a gagné ses galons de Dionaque le premier !

Titus s'empourpra et n'arriva pas à croiser le regard d'Annev.

— Ce n'est pas si extraordinaire, bafouilla-t-il.

— Félicitations, dit Annev dans un sourire forcé. Je suis heureux que quelqu'un ait enfin reconnu tes talents. On ne pouvait pas compter sur Tosan et l'Académie pour ça.

— Tu viens fêter ça avec nous, alors ? s'enquit le garçon blond en rougissant davantage.

— Vous croyez qu'ils vont nous laisser sortir ? Il n'y a pas une cérémonie ou quelque chose comme ça ?

— Ils ne peuvent pas nous cloîtrer un jour comme celui-ci, rétorqua Therin en agitant une main dédaigneuse. Je suis sûr que Frère Tym et les chefs de caste seraient d'accord avec moi.

— Et les Runes d'oubli ? s'inquiéta subitement Annev. Les Dionaques vous les ont apprises, au moins ? Sans elles, nous ne retrouverons jamais le chemin de l'Enclave.

L'enthousiasme de Titus retomba comme un soufflet.

— Je pourrai les apprendre cette semaine… maintenant que je suis Dionaque, je veux dire.

— Et si on proposait à Frère Tym de se joindre à nous ! lança Therin en claquant des doigts. Il connaît les runes. Il nous servirait de guide, on pourrait s'amuser. À condition que Misty le laisse sortir ! ajouta-t-il en ricanant.

Annev se mordit la lèvre et regarda sa chambre par-dessus son épaule, s'attardant sur le tableau éventré qui avait failli le tuer. Il aurait aimé étudier la peinture de près pour chercher des indices sur celui qui avait attenté à sa vie, mais il avait stoppé l'attaque trop efficacement : toute trace physique ou surnaturelle des glyphes avait été arrachée lorsque Annev avait usé de la Baguette d'Artificier pour détruire le sort.

Il contint un soupir et, sans aucun enthousiasme, sortit de sa chambre et referma la porte derrière lui.

— Nous ne devrions pas nous coucher trop tard, lança-t-il dans une ultime protestation.

— N'importe quoi ! rétorqua Therin en lui donnant une tape dans le dos. Ce sera notre première soirée depuis… eh bien, depuis toujours ! Nous n'avons pas eu le temps d'explorer Banok, et nous étions bien trop occupés à survivre pour explorer Luqura. Nous avons enfin la possibilité de profiter d'une vraie ville, et j'ai bien l'intention de le faire.

Cette fois, Annev sourit avec sincérité. Son ami avait raison, évidemment, même si c'était difficile à admettre. Ils avaient passé toute leur vie à Chaenbalu, et depuis leur départ ils n'avaient fait qu'obéir à Sraon ou Reeve. Ses amis avaient envie de liberté tout comme lui, et il ne les priverait pas, même si cela signifiait risquer sa vie.

Ils allèrent chercher Frère Tym et furent surpris d'entendre Misty accepter de laisser son époux les chaperonner, à condition qu'*elle* puisse le chaperonner. Ils passèrent d'abord à la cuisine pour manger un peu de viande froide et de gâteau rassis, avant de sortir pour une soirée de célébration.

— Nous ne pouvons pas vous emmener dans une taverne, les prévint Misty. La confrérie ne peut se permettre d'y être vue. Ce serait trop dangereux. Il arrive qu'une parole de travers résulte en une montagne d'ennuis.

Le groupe accepta à contrecœur. Tym convainquit néanmoins sa femme de les laisser emporter une bouteille d'hydromel. Ils se mirent en chemin pour les jardins botaniques de Quiri, où Therin les surprit en produisant un petit fût de bière à l'érable chapardé dans la réserve personnelle du Dionaque Webb. Ils formèrent une joyeuse petite bande, même si Annev s'abstint de boire, ne souhaitant pas perdre le contrôle de la Main de Keos. Therin en prit d'abord ombrage, jusqu'à ce qu'Annev lui explique les raisons de sa méfiance, après quoi il lui interdit ne serait-ce que de goûter de l'alcool du bout des lèvres.

Au milieu de ces festivités, l'anneau codavora fit naître dans l'esprit d'Annev un sentiment persistant de danger, une intuition suivie par un besoin de retourner dans sa chambre. Mais lorsqu'il fit part de son désir aux autres, personne ne voulut l'écouter. Les pulsations émises par l'artefact s'intensifièrent, aussi Annev décida-t-il d'essayer la seconde fonction du bijou.

Le regard rivé sur le serpent doré, il se concentra sur le sang d'Auramancien que contenait la bague. Sa crainte initiale diminua. Il était de plus en plus certain d'être sur la bonne voie. Invoquant sa magie iluméenne, Annev suggéra de nouveau de retourner à l'Enclave, partageant et amplifiant son sentiment de crainte. Cette fois, la prémonition provoqua un frisson collectif dans le groupe.

— Nous devrions rentrer, dit Tym en rebouchant la bouteille qu'il serrait sous son bras. Les nuits peuvent être dangereuses, ici.

— Et nous devrions aller nous coucher, enchérit Misty. Nous nous sommes bien amusés.

Titus acquiesça, tandis que Therin protestait, proposant de rester encore un peu.

— Vous pourrez faire la fête un autre soir, les pressa Tym. Il est l'heure d'aller se coucher. À présent que vous êtes Dionaque et compagnon, on vous demandera d'accomplir d'autres tâches pour le compte de l'Ordre, et il vaut mieux que vous soyez reposés.

Therin grogna, mais ils avaient bu toute la bière, et le cœur n'y était plus.

— D'accord.

De retour à l'Enclave, Annev souhaita bonne nuit à ses amis et se hâta de retourner dans sa chambre, de plus en plus inquiet. Arrivé devant la porte, il se prépara mentalement à une nouvelle attaque, ordinaire ou magique, mais il ne découvrit aucun assassin, aucun piège. Après un moment d'observation, il remarqua un changement : le tableau maudit qu'il avait laissé sur le lit avait disparu. Il chercha des signes d'effraction ou de vol, mais il n'y en avait pas. Le tableau s'était tout simplement évanoui. Ne restaient plus que les deux triangles qu'il avait découpés dans la toile, et ce uniquement parce qu'il les avait rangés dans son sac sans fond.

— Par la pourriture et les cendres, jura-t-il dans sa barbe.

Chapitre 54

— Bien joué ! s'exclama Neldon après une nouvelle et fructueuse nuit de maraudage. Trois maisons de marchands d'esclaves visitées en autant de jours. La guilde nous fera arracher les dents si elle nous met la main dessus !

— Encore faudrait-il qu'elle sache où nous nous cachons ! s'amusa Siege en buvant goulûment dans une chope. Honnêtement, si j'avais su que cambrioler des esclavagistes pouvait rapporter aussi gros, j'aurais abandonné le Quartier des Cendres il y a des années !

Sodja sourit, satisfaite de voir l'équipe aussi joyeuse. Elle avait eu peu d'amis après que la Guilde des Voleurs eut été chassée de Luqura – et plus aucun depuis la mort de son père –, et elle avait oublié ce que cela faisait d'avoir des compagnons. Sodja les examina un à un, s'attardant sur les épaules larges de Fyn. Elle était fière d'eux, fière de leur réussite, de leurs forces conjuguées et de leur capacité à travailler ensemble, et elle se demandait si cette vie deviendrait sa nouvelle normalité. Une équipe, une famille. Appartenir à quelque chose faisait du bien, savoir que quelqu'un protégeait vos arrières.

— Le Quartier du Fleuve te va bien, Siege, dit Way, le regard troublé par l'alcool. Moins de cendres, c'est bon pour ton teint ! gloussa-t-il avant de roter.

— C'est vrai que c'est super, remarqua Poli en les regardant par-dessus sa chope. Je veux dire, d'avoir une base au lieu de traîner dans les ordures des docks, mais… je ne suis pas forcément très à l'aise, ici. Nous n'avons pas retrouvé son corps, alors, comment être sûr qu'il est bien mort ?

— Il est plus mort que mort, affirma Way en avalant une nouvelle gorgée. Le crâne écrabouillé. Cramé jusqu'à l'os. Recouvert de goudron. Les jambes cassées. Non ! Qu'est-ce que je dis ! Fyn lui en a même coupé une ! En plus, il a perdu sa queue ! Merde, Poli, qu'est-ce que tu veux de plus ?

— Ça ne me plaît pas quand même, insista Poli en lâchant sa chope pour caresser le crochet de sa gaffe. Et si le fleuve a éteint le feu ? Et si ses membres repoussent et que Saltair décide de se venger ?

— Primo, commença Way en levant un index tremblant, le filet en maillons de chaîne a disparu. On peut penser que le lézard s'est pris dedans et qu'il a coulé comme une pierre.

— Je veux bien, mais…

— Deuzio… ! la coupa Way, poursuivant sur son élan. Neldon n'a pas lâché l'eau des yeux, et il n'a rien vu remonter, pas même quelques petites bulles. Donc Saltair n'a jamais refait surface. À moins qu'il ait appris à respirer sous l'eau…

— Oui, mais…

— Et tertio ! ajouta-t-il en se penchant vers elle pour lui donner une pichenette sur le nez. Quinn lui a cramé tout le flanc gauche avec le feu d'ombre, et tu sais quels dégâts peut faire cette saloperie. Un feu que la rivière n'a pas pu éteindre. Alors, admettons qu'il ait appris à respirer sous l'eau, il a quand même été amputé, brûlé, et il s'est pris dans de lourdes chaînes en métal. Il cramera donc dans le fond de la rivière jusqu'à ce que son âme expire. Je dis que ça mérite un autre verre ! conclut-il avec un claquement de langue.

Neldon le salua, et Way mit sa menace à exécution, avalant une longue gorgée d'alcool. Cette fois, lorsqu'il rota, il souffla au nez de Poli, qui jura et repoussa l'ivrogne hilare.

— Ce n'est pas drôle, protesta Poli. Cet endroit me donne la frousse. L'idée que nous campions dans le terrier de cette créature ne me plaît pas. Je sens toujours son odeur un peu partout.

— Il ne reviendra pas, la rassura Sodja avec douceur. Way a raison. Si Saltair était encore en vie, nous le saurions. Ça fait déjà deux semaines, et personne n'est venu par ici. Ce qui signifie que personne d'autre ne savait qu'il se terrait dans ces tunnels.

— On l'a bien découvert, nous, remarqua Poli.

Siege approuva en marmonnant, une grosse saucisse au bœuf à la main.

— Poli n'a pas tort, acquiesça-t-il en mâchouillant sa viande. Et toi, Raven, comment as-tu appris où se trouvait la cachette de Saltair ?

Sodja se tourna vers Fyn, qui haussa légèrement les épaules, le visage parfaitement neutre. Si elle décidait de leur parler de sa famille, il ne l'en empêcherait pas. Il ne leur parlerait pas à sa place, en revanche. Leur révéler la vérité aurait été trop risqué, cependant, surtout avec Quinn, qui rêvait de vengeance. Même si cela leur faisait un point commun.

— J'ai trouvé Saltair, commença-t-elle en regardant Siege, parce que je suis la meilleure voleuse de ce côté-ci du fleuve Kuar. Donnez-moi le plus petit des indices, et je vous retrouve n'importe quel trésor, secret ou cachette. Le Dieu des Ombres aime partager les secrets des autres avec moi, et moi, j'aime l'écouter.

Sodja prit sa chope de Manœuvre noire et but lentement et longuement en laissant les autres assimiler sa réponse. Elle ne mentait pas ; elle avait un don pour découvrir ce que les gens préféraient dissimuler, don qu'elle avait perfectionné en compagnie de son père. Ses frères avaient leurs propres talents uniques : Ketrit devinait avec une grande facilité ce que les autres pensaient et ressentaient, et Rista n'avait pas son pareil pour infliger des souffrances perverses à autrui.

La guilde ou sa famille risquaient-elles de trouver l'ancien repaire de Saltair ? Si l'équipe commençait à faire des erreurs, peut-être… Non, ils prenaient toutes les précautions possibles pour échapper à la Guilde des Marchands d'esclaves. Ils avaient installé des pièges. Ils prenaient des tours de garde. Pas question de se faire surprendre comme ils avaient surpris Saltair. Cet endroit était le leur, désormais. Cette équipe réunie par Fyn devenait lentement une véritable famille. Ce besoin de prendre soin les uns des autres, de se faire confiance changeait ses plans d'une manière inattendue. Ces gens restaient des étrangers, toutefois. Ils ne lui devaient rien, et elle ne leur devait rien non plus.

Et pourtant, elle s'attachait à eux, à Fyn, surtout. Le jeune homme ne lui avait fait aucune avance depuis ce baiser volé sur le toit d'un immeuble décrépit, et elle regrettait de plus en plus son manque d'attention. Il répondait certes volontiers à ses plaisanteries et taquineries, mais il ne la regardait plus comme il l'avait regardée sur ce toit. Il n'avait plus essayé de la prendre dans ses bras, de l'embrasser, et cela faisait près d'un mois. Si elle n'était pas certaine de ses sentiments pour lui, cela la mettait presque en colère.

— Au rythme où nous allons, dit-elle en posant sa boisson, la Guilde des Marchands d'esclaves ne sera pas longue à noter des récurrences. Alors, elle nous tendra un piège, nous attirera avec un butin particulièrement juteux, ou bien se préparera à mener une guerre de longue haleine. Nous ne représentons pas une menace suffisante pour qu'elle interrompe ses opérations – pas encore –, donc je pense qu'elle voudra nous tendre une embuscade.

— Ce n'est pas une perspective très engageante, dit Siege avec sérieux.

— On ne laissera pas ça arriver, intervint Fyn, reprenant le contrôle de la conversation.

Il savait toujours quand intervenir et reprendre les commandes de la discussion. Il voulait rester le chef, il en avait besoin, et il défendait sa position chaque fois qu'il la sentait menacée. Cela plaisait à Sodja ; elle aimait les hommes qui savaient ce qu'ils voulaient. Elle regrettait simplement de ne pas savoir ce qu'il voulait.

— Au lieu de prendre pour cible une nouvelle base ou une maison de commerce, nous allons penser plus grand et neutraliser les cinq chefs.

— Oh…, fit Way, qui avait du mal à articuler, à présent. C'est très intéressant, dis-moi. Vol, incendie criminel, et maintenant, enlèvement et extorsion.

— Meurtre aussi, probablement, ajouta Sodja, l'air sinistre. Ces gens-là ne sont pas des saints. Ils pataugent dans le sang et l'or d'Innistiul jusqu'aux coudes.

— Dante Turano contrôle l'économie souterraine de la ville. Il fait enlever des gens dans le Bas-Quartier pour alimenter les combats dans les Fosses. (Fyn se tourna vers Way.) Sanhueza, tu as perdu ta famille dans ces fosses, n'est-ce pas ?

La bonne humeur alcoolisée de Way disparut soudain dans un nuage de désespoir.

— Ils étaient si jeunes. Pourquoi eux ? demanda-t-il en secouant la tête.

— Tu vas bientôt avoir l'occasion de te venger, conclut Fyn, aucunement ému par les larmes silencieuses de l'homme. Occupons-nous du cas de Turano, et ça fera une cheville ouvrière de moins pour la guilde. Quinn, tu connais déjà le lien qui unit Tiana Rocas à la guilde. Saltair n'était que le début. Si nous éliminons Tiana et détruisons son établissement financier, sa famille et la guilde seront ruinées.

— J'approuve ce plan de A à Z, acquiesça Quinn avec détermination.

— Parfait. Elar Kranak gère la majeure partie du commerce d'esclaves de la capitale. Il est notre cible principale dans le Quartier du Fleuve, et j'ai un compte personnel à régler avec lui.

— Tiana Rocas dans le Haut-Quartier, résuma Neldon. Elar Kranak dans le Quartier du Fleuve. Dante Turano dans le Bas-Quartier et la Ville souterraine. Ça fait trois. J'imagine que Braddock Whalen entre dans cette équation aussi en tant qu'esclavagiste en chef de la guilde.

— Il possède un manoir dans le Quartier des Marchands, confirma Fyn. C'est la vitrine de la Guilde des Marchands d'esclaves. Les informations, l'argent et les esclaves échangés dans le cadre de ce commerce passent par chez lui.

— Ça fait quatre. Qui est le cinquième ?

— Phoeba Ondina Anabo, la consule d'Innistiul à Luqura.

Neldon siffla entre ses dents.

— Par Keos, la liste était déjà impressionnante, mais la consule… Autant nous demander d'assassiner le roi Cheng.

— Qui sait, ça pourrait bien arriver un jour, lança Sodja, le regard scintillant dans la lumière des lampes.

Neldon grimaça. Fyn s'éclaircit la voix.

— Cette femme – Anabo – voit régulièrement Whalen et lui transmet les demandes du roi Cheng. Elle est autorisée par le roi à intervenir dans tous les aspects du commerce d'esclaves entre Luqura et Innistiul.

— Et quand elle est à Innistiul ?

— Ses prérogatives reviennent à Whalen, répondit Sodja.

Elle avait tout expliqué à Fyn quelques jours plus tôt. Le jeune homme apprenait vite.

— Si nous voulons compromettre la communication entre les dirigeants de la guilde, reprit Neldon, nous devrons nous en prendre d'abord à Anabo ou Whalen, mais ce ne sont pas des cibles faciles.

— Le Maître de Guilde Whalen. Anabo n'est pas en ville en ce moment. Si nous parvenons à supprimer Whalen avant qu'il la débriefe, il y a de fortes chances que nous puissions éliminer les autres dirigeants de la guilde avant qu'ils comprennent ce qui leur arrive.

— Nous allons les enlever ou bien…

— Il faut les tuer, Siege, précisa Fyn sur le ton de la conversation. (Il regarda Sodja pour s'assurer qu'elle était toujours d'accord pour exécuter sa propre mère. La jeune femme hocha la tête.) Tout le monde a bien compris ? Vous n'êtes plus de simples voleurs, mais des assassins. Vous vous en sentez capables ?

Way haussa les épaules comme si cela ne faisait aucune différence pour lui. Quinn le regarda fixement comme si c'était une évidence, tandis que Poli et Siege hochaient lentement la tête. Ils avaient tous déjà tué, bien sûr, mais cela n'avait jamais été leur objectif premier, suspectait Sodja. Comme pour Saltair, il s'agirait de missions d'élimination. La Guilde des Marchands d'esclaves était une hydre à cinq têtes qu'il faudrait décapiter.

Neldon se racla la gorge.

— L'exécution des cinq dirigeants créera un vide temporaire, tout au plus. Le roi Cheng et la guilde les remplaceront et tout recommencera comme avant. Tout ce travail, tous ces risques… pour rien.

— Pas si nous remplissons ce vide nous-mêmes, rétorqua Sodja.

— Quoi ? Nous sept ? se moqua Neldon. Tu crois que Siege ferait un bon Monsieur Loyal ? Que Quinn deviendra la prochaine matrone de la Maison Rocas ?

— Nous n'allons pas prendre le contrôle de la Guilde des Marchands d'esclaves, mais la remplacer.

— Par quoi ?

Sodja attendit de voir si l'un d'entre eux devinerait la nature de leur nouveau pouvoir. Enfin, Way claqua des doigts.

— Ah, la coquine ! s'exclama-t-il, le regard scintillant d'excitation. Tu veux les faire revenir, c'est ça ? La guilde tout entière. Tu sais où ils sont ?

— En effet, confirma Sodja en souriant. Ils sont toujours dans le royaume, et si on s'y prend bien, on pourra les faire revenir. Même les convaincre de nous aider.

— Attendez, attendez, les coupa Siege en avalant une bouchée de saucisse. De qui parle-t-on, au juste ?

— Elle parle de faire revenir la Guilde des Voleurs, s'enthousiasma à son tour Neldon. C'est ça, n'est-ce pas ? Vous voulez décapiter la Guilde des Marchands d'esclaves afin de faire revenir les anciens maîtres de la Ville souterraine.

— Et pourquoi pas ? dit Sodja. Elle était à eux avant que les gens d'Innistiul la leur volent, avant que les marchands et les nobles la vendent.

— Et tu sais où ils sont ? Ça fait plusieurs mois que personne n'a entendu parler d'eux.

— Comme je l'ai déjà dit, les secrets et les énigmes, c'est mon fort, expliqua-t-elle avec un sourire en coin. Je sais où ils sont partis et qu'ils ne reviendront pas à moins que nous créions le trou dans lequel ils pourront s'installer.

— Et ça nous rapportera quoi ? s'enquit Poli. Tu crois qu'ils nous accueilleront à leur table lorsqu'ils seront de retour ?

— La Guilde des Voleurs vole de l'argent aux gens, intervint Quinn, surprenant tout le monde. La Guilde des Marchands d'esclaves vole des gens. Ils affirment que c'est légal, comme s'ils vendaient des criminels ou des esclaves rachetés à leurs propriétaires, mais en réalité ils volent ces gens. Mon peuple. Celui de Way. Le tien.

Quinn sortit un couteau de sa botte et l'enfonça dans le baril de Manœuvre noire. Poli la regarda fixement, déglutit et hocha la tête.

— On n'a pas besoin que la Guilde des Voleurs nous tapote la tête et nous donne un os, gronda Quinn. On fait tout ça parce que ça en vaut la peine, parce qu'il faut le faire. On a besoin de la guilde pour que cette merde ne recommence pas, tout simplement. (Elle retira le couteau du baril et le rangea.) Si vous voulez retourner voler vos cousins des docks pour quelques piécettes, allez-y. Moi, je vais faire le boulot pour rien. Chacune de ses pourritures mérite de mourir, et je suis prête à finir le travail moi-même.

— Moi aussi, dit Way en levant sa boisson.

— Moi aussi, lancèrent Siege, Poli puis Neldon.

— Parfait, conclut Fyn en frappant dans ses mains. Maintenant que vous savez de quoi il s'agit, parlons de la manière dont nous allons régler son compte au Maître de Guilde Whalen.

— On pourrait l'approcher et lui envoyer un des carreaux de Neldon dans la tête ?

Neldon adressa un sourire sardonique à son énorme compagnon.

— On pourrait, Siege, on pourrait. Mais alors il faudrait quitter la ville, et très vite, car ces carreaux sont fabriqués par mes soins, et la guilde les connaît bien. J'aurais pu tirer sur Saltair dans la rivière car personne n'aurait récupéré son corps. Avec Whalen, ce serait différent. (Neldon se tourna vers Fyn.) J'imagine que tu as prévu quelque chose de plus élaboré, comme s'introduire dans les locaux de la guilde pour verser du poison dans la coupe du Maître ?

— En fait, mon plan est bien plus simple, contra Fyn dans un sourire carnassier. On va le confronter et lui planter un couteau dans le visage.

Siege cracha des morceaux de saucisse. À côté de lui, Poli avait du mal à avaler sa bière. Elle toussa et donna un coup de poing dans leur table de fortune, les yeux brillant de larmes. Neldon et Quinn regardaient fixement Fyn, pensant qu'il s'agissait d'une blague.

— On ne peut pas le poignarder au visage, protesta Way d'une voix traînante. Si on le touche au visage, il survit. Si on lui crève un œil, il survit. Non, non, non. Dans la poitrine, dans le cœur ! (Il gratta sa joue et sa barbe de trois jours.)

L'approcher pourrait se révéler… compliqué. À moins de vouloir mourir, bien sûr.

— C'est là que ça devient intéressant, expliqua Fyn, tout sourire. Aucun d'entre nous n'aura besoin de se trouver à moins de trente mètres de lui.

Chapitre 55

Les craintes de Kiara et Kenton étaient justifiées.

Les Fils de la Damnation avaient complètement disparu de Chaenbalu et de la forêt de Brake, et ni la vision magique de Kenton, ni celle de Kiara ne permirent de localiser les maîtres. Ils n'étaient pourtant pas morts. Ils ne se cachaient ni dans la forêt, ni le long de la route de l'Est. Les cinq maîtres s'étaient évanouis.

— On dirait qu'ils ont trouvé un moyen de se soustraire à ma magie, protesta la femme, vexée.

Pire encore que leur disparition, il y avait la confirmation de l'infestation de la forêt au nord-ouest de Chaenbalu par les *ferhumains* ; ces quelques jours passés, ils avaient entrepris d'encercler le village. Ç'aurait pu être catastrophique, mais l'armée n'était pas aussi importante que Kiara l'avait pensé. Mieux encore, Cruithear n'était pas de la fête, et ils n'auraient donc pas à affronter le Jeune Dieu de la Terre, de la Pierre et du Métal… Cette expédition-ci, cependant, ne serait pas sans conséquence. En plus d'un peloton de *ferhumains* bien armés – une cinquantaine de soldats d'élite –, Cruithear avait envoyé plus d'une dizaine de prêtres-mages, des Minéraux, des Fernés et même des Maîtres Forgerons. Ce n'était pas le Clan orvane au complet, mais cela représentait tout de même une force considérable.

— Qu'est-ce qu'ils font ? demanda Kenton. Certains d'entre eux ont-ils déjà atteint les pierres levées ?

— Pas encore, mais je crois avoir identifié leur guide.

Ils se tenaient dans le Caveau. Kiara leva les mains au-dessus des eaux lumineuses, bougea comme si elle était en train de tisser quelque chose d'invisible et de compliqué avec l'air et la lumière. Progressivement, les eaux dorées et translucides montrèrent deux personnes : une femme mince aux épaules et aux bras puissants dressée devant un brancard sur lequel était étendu l'ancien intendant de l'Académie.

— Brayan ? s'étonna Kenton, incrédule. Pourquoi aiderait-il l'armée de Cruithear ?

Kiara décrivit un tourbillon avec les mains et le bassin agrandit l'image du visage blafard et malade de Brayan.

— Il est alité, conclut-elle en se concentrant sur son visage. Qui est la femme ?

— Je ne sais pas. (Kenton fronça les sourcils.) Sa tête ne me dit rien. On dirait qu'elle apprécie Brayan.

La femme de la vision porta une outre aux lèvres de l'homme couché, qui but avidement.

— Peut-être qu'ils sont venus chercher de l'aide, proposa Kiara. Brayan a pu leur montrer le chemin, et comme il a été béni par l'*aqlumera* – tout comme vous et les enfants ramenés au village –, il peut faire franchir le cercle de protection de Chaenbalu à autrui.

— Peut-être, concéda-t-il, dubitatif. Mais pourquoi faire venir des soldats ? Pourquoi venir avec des mages et *ferhumains* si on a besoin d'assistance médicale ?

— Vous croyez qu'on l'a forcé ?

— Je crois que votre instinct ne vous a pas trompée. On a obligé Brayan à guider ces gens jusqu'à Chaenbalu, et Cruithear a l'intention de s'emparer du Caveau et de son contenu. Pourquoi, autrement, Brayan serait-il transporté sur un brancard ?

— Nous ne pouvons pas laisser cela arriver, Kenton. (La maîtresse femme sage agita les mains, et la vision dans le bassin d'*aqlumera* miroita, puis montra le village et la forêt environnante.) Des groupes de mages et de *ferhumains* occupent les routes principales et les tours de guet. Les autres attendent au sommet d'une colline, au-delà de la tour ouest.

— Ils attendent que les autres prennent position ?

— Oui. La femme veut encercler le village avant de laisser entrer le reste de ses soldats dans Chaenbalu.

— C'est logique, en effet, acquiesça Kenton en se rappelant les cours d'art de la guerre avec les Maîtres Edra et Duvarek. Ils prévoient de rencontrer de la résistance et voudront peut-être nous empêcher de nous enfuir. Y a-t-il des soldats près du moulin et de la rivière du sud ?

Un nouveau geste de la main, et ils virent le cours d'eau coulant d'est en ouest au sud du village.

— Une patrouille, annonça Kiara en plissant les yeux. C'est le point faible de leur nœud coulant. Sans doute ne s'attendent-ils pas à ce que nous essayions de traverser la rivière.

— Je n'en ai pas l'intention. Il n'est pas question que je fuie.

— Que comptez-vous faire, alors ? Et où est Aog ?

— Il a presque terminé de boucher les tunnels. Après cela, il attendra mes instructions.

— Rassurez-moi, vous n'avez pas l'intention de faire écrouler les tunnels ? demanda Kiara en agitant la main pour faire disparaître la vision.

— Et pourquoi pas ?

— Vous seriez bête. Ces mages sont des prêtres de Cruithear. La plupart d'entre eux ont passé leur vie sous terre. Les Minéraux et les Maîtres Forgerons modèlent la terre avec les mains. Leur faire tomber une tonne de roche sur la tête ne servirait strictement à rien.

— Leur tête est-elle faite de métal ?

— Celle des *ferhumains*, oui. Pour ce qui est des mages… j'en doute. Peut-être celle des Fernés.

— Les Minéraux et Maîtres Forgerons sont donc capables de s'évader d'une prison souterraine, mais à condition qu'ils n'aient pas été commotionnés ou qu'ils n'aient pas le crâne en bouillie.

— Vous jouez à un jeu dangereux, Kenton, commenta la maîtresse femme sage en faisant la moue.

— Je ne joue pas, Kiara. C'est la différence entre mes camarades de Chaenbalu et moi. Pour moi, ça n'a jamais été un jeu. J'ai toujours été conscient des enjeux.

Elle le scruta longuement.

— Je ne pourrai pas vous parler via le bassin. La magie du Caveau empêche les amulettes de communiquer.

— Je n'aurai pas besoin de vos talents, là-bas, maîtresse femme sage. J'ai ceci. (Il désigna ses yeux bandés.) Quand je serai hors du Caveau, je pourrai voir aux quatre coins du village, voire au-delà. Cependant, je ne peux regarder que dans une direction à la fois, et ce n'est pas instantané. Si vous voyez quelque chose, glissez-vous par la trappe et rampez jusque dans la chambre inférieure. L'amulette devrait fonctionner de là-bas. Faites simplement attention à mes pièges.

La maîtresse femme sage trouvait apparemment l'expression « glissez-vous » et le verbe « ramper » obscènes.

— Peut-être, s'il le faut. Il est toutefois peu probable que je quitte le Caveau, à moins d'un danger immédiat.

— Moi qui vous croyais capable de voir l'avenir, se moqua-t-il.

— Il arrive que le Destin m'envoie des visions… des intuitions similaires à celle que vous avez partagée au sujet de la capacité de Myjun à tuer Annev, mais ce ne sont pas de véritables prophéties. Celles-ci requièrent un sacrifice de sang, et je doute qu'Aog ou vous vous portiez volontaires. Je suis incapable de voir l'avenir et de vous dire ce qui arrivera dans les prochaines heures. Encore moins de vous révéler l'issue de l'invasion.

Kenton prit le temps de réfléchir.

— Dans ce cas, comment pouvez-vous savoir que Myjun reviendra ici ? Vous semblez sûre de vous.

Kiara le regarda fixement sans répondre, attendant qu'il arrive seul à la bonne conclusion.

— Lorsque cela en vaut véritablement la peine, expliqua-t-elle, il devient acceptable de dépenser la vie d'autrui comme de vulgaires pièces de cuivre à la foire du village. En fin de compte, une vie ne vaut pas grand-chose.

— Puis-je savoir la vie de qui vous avez *dépensée* ? l'interrogea-t-il.

— Votre question frise l'impolitesse, répondit-elle, le regard gris aussi froid que la neige en hiver. Disons que, lorsqu'un gouffre s'est ouvert entre deux clans de femmes sages, les candidates n'ont pas manqué.

— Ah ! fit Kenton en caressant ce qui restait de sa cicatrice, sur son visage. J'imagine que pour vous, les femmes sages, les apprenties femmes sages et les enfants, les acolytes et les avatars, les maîtres et les anciens, les habitants de Chaenbalu… tout le monde peut être sacrifié pour retrouver Annev ?

— Et ils l'ont été.

— Mais vous avez échoué. En dépit de vos prophéties, ces sacrifices ne vous ont rien rapporté.

— Ils ne m'ont rien coûté non plus. Annev reviendra au village et me demandera de l'aider à forger une épée. Je lui offrirai cette arme en échange de sa promesse de m'accompagner à Takarania et Terra Majora.

— Vous croyez qu'il acceptera ?

— Les prophéties le disent.

— En fin de compte, je m'en moque, du moment que cela me ramène Myjun. Je ne me plaindrais pas, cependant, si Annev mourait dans le processus.

— Il se peut que votre souhait soit exaucé, à la fin, dit Kiara dans un sourire énigmatique.

Kenton croisa le regard de la femme, et leurs objectifs semblèrent s'aligner une fois de plus. Peut-être même n'avaient-ils jamais divergé.

— Surveillez les *ferhumains*, dit-il en sortant la clé en bois-de-fer de sa cape. Surveillez en particulier les tunnels. Si certains d'entre eux survivent, Aog et moi aurons besoin de savoir où ils se terrent pour les éliminer.

— Qu'est-ce qui vous fait croire qu'Aog sera capable de tuer un monstre constitué de roche et de métal ?

— Depuis un mois, il creuse avec une pelle qui vaporise la terre et la roche. Je suis certain qu'il s'en tirera très bien.

— Vous ne battrez pas l'armée de Cruithear avec une pelle magique et quelques tunnels effondrés, rétorqua Kiara.

Kenton leva la main vers la serrure de la grande porte en bois-de-fer.

— Je serais bien moins confiant si Cruithear lui-même était là, ou s'il avait envoyé son clan tout entier au lieu d'un simple détachement. Son manque d'implication provoquera sa perte.

— Vous avez tellement confiance en vous, murmura Kiara avec un sourire en coin.

— Mmh… ?

— Vous me faites penser à Carestin Estes-Hansen, dit-elle. Une poétesse du Deuxième Âge. « Avec quelle facilité l'homme défie les Dieux en accumulant de la puissance dans des anneaux en or et des baguettes… Et puis il se retourne contre les Dieux et s'écrie : Je suis mon propre maître et j'ai les yeux ouverts ! »

Kenton pencha la tête sur le côté, la clé suspendue devant la serrure.

— Les yeux ouverts ? répéta-t-il. Elle parlait de moi, ma parole !

— Ce n'est pas impossible, dit Kiara en se retournant vers le bassin. D'aucuns prétendent que Carestin était prophétesse en plus d'être poétesse. Qui peut dire à qui elle pensait lorsqu'elle a écrit ses vers ?

— En vérité, je me fiche pas mal des prophéties, lâcha Kenton dans un grognement.

— Même quand elles vous concernent ? Il y en a, vous savez…

— Je sais, acquiesça le jeune homme en fronçant les sourcils. Tout comme vous, Janak Harth m'appelait le Chef maudit… et le Héron ou quelque chose comme ça. Ou l'Infirme condamné, auquel cas Annev serait le Chef maudit. Je n'en sais rien et je m'en fiche.

— Il se pourrait pourtant que cela ait de l'importance, à la fin.

Kenton renifla et glissa la clé magique dans la serrure.

— Nous nous poserons la question le moment venu.

Comme la porte se refermait dans son dos, Kenton entendit la maîtresse femme sage lancer :

— Et si le moment venu, c'était aujourd'hui ?

* * *

Dès qu'il fut sorti du Caveau, Kenton scruta les tunnels autour et en dessous de lui. Il lui suffit de quelques secondes pour localiser la silhouette massive d'Aog à travers la roche et la terre et pour lui transmettre de nouvelles instructions.

— Tuez quiconque vous approchera, dit-il à voix haute, alors que le lien qui unissait l'esclave à son maître ne le nécessitait pas. Tuez-les, mais n'abandonnez pas votre poste. Quand je vous en donnerai l'ordre, vous provoquerez l'effondrement du tunnel.

Il attendit que le Maître du Châtiment réponde. Un battement de cœur passa. Puis deux. Enfin, il entendit un « oui » silencieux résonner dans son esprit. Kenton poussa un soupir de soulagement. Cette part-ci de son plan fonctionnerait. Avec un peu de chance, il tuerait la moitié des mages et soldats d'élite qui étaient en train de converger vers le village. L'imminence d'un déchaînement de violence l'excitait, mais il parvint à se calmer et à focaliser son énergie dans le bon sens. Sa main droite se referma sur Miséricorde ; le contact de l'arme, dont la magie était vivante et familière, le rassura.

Je suis l'air et la glace, chuchota-t-elle. *Je suis le fil de la lame.*

Oui, lui répondit Kenton. *Aujourd'hui, nous allons tester ce fil sur le fer et la pierre.*

J'ai déjà taillé dans ces matériaux, le rassura l'artefact, surprenant d'abord le jeune homme, qui se rappela ensuite avoir utilisé la lame pour se libérer d'un éboulement.

Oui, c'est vrai. Aujourd'hui, nous allons de nouveau combattre la terre mais, cette fois, elle se défendra.

Miséricorde répondit par une image unique : le moment où il avait découvert l'épée magique. Il se tenait dans le bureau de Janak Harth, au milieu des flammes, et se préparait à affronter Annev. Avec la lame magique de Miséricorde, il avait tracé une ligne sinueuse dans les dalles de pierre. Kenton cligna des paupières, surpris par la vivacité de son souvenir.

Tu te rappelles… ?

L'épée vrombit dans sa main, sa magie pulsant au rythme des battements de *son* cœur. *Je suis le vent et l'eau. L'esprit et la mémoire. Je suis le* quaire, *et je suis vôtre. Brandissez-moi, mais ne gâchez pas mes pouvoirs.* Kenton lâcha la poignée de l'arme. Les pulsations cessèrent et les murmures se turent, même s'ils résonnèrent longuement dans son esprit.

— L'heure est venue de chasser quelques mages.

Chapitre 56

La capitaine Elaur Coppersmith s'essuya le front et scruta le tunnel serpentin. Elle avait vu quelque chose briller à l'extrémité opposée, mais il n'y avait plus rien, simplement les ténèbres et la terre.

L'excavation la mettait mal à l'aise, mais pourquoi ? Elle n'était pas claustrophobe – cette maladie-là avait été purgée des Orvanes depuis longtemps –, ni n'avait peur de l'obscurité. Elle ne craignait pas non plus un éboulement, même si cela pouvait toujours arriver. Le fait était qu'elle préférait travailler en extérieur. Modeler la pierre et le métal avec les mains, créer des outils et des objets comme son père le lui avait appris. Un travail satisfaisant. Réconfortant. Digne de son illustre héritage. Tous les Minéraux n'avaient pas la chance d'avoir un tel don.

Percer des tunnels était un travail grossier. N'importe qui pouvait le faire, même s'il fallait une bonne dose de talent pour déplacer plus d'une poignée de terre à la fois. Si elle avait été promue capitaine, c'était presque exclusivement grâce à son aptitude à déplacer de grandes quantités de terre. Cette capacité ajoutée au fait qu'elle était en mesure de conserver l'intégrité des tunnels pour que ses soldats continuent à travailler faisait d'elle une merveille, un prodige encore plus précieux que les maîtresses artisanes d'Orvania.

— Voilà pourquoi on m'a fait venir jusqu'ici, marmonna-t-elle dans sa barbe. Pour m'utiliser comme une maudite pelle.

— Qu'est-ce qu'il y a, capitaine Coppersmith ?

Elaur releva la tête et découvrit la lieutenante fernée. Les yeux couleur topaze d'Isabelle brillaient d'un éclat ambré dans la lumière des torches, et sa peau ivoire était immaculée comme un rocher érodé par l'écoulement d'une rivière. À la hanche, elle portait une lourde arbalète, comme la majorité de ses collègues. L'objet n'était pas armé, cependant.

— Je me lamentais sur mes choix de vie, lieutenante.

Isabelle lui adressa un sourire franc, découvrant ses dents parfaites et saines.

— Rien de nouveau sous le soleil, alors. Dois-je dire aux élites d'y aller ?

— Pas encore. Votre sœur a-t-elle terminé de délivrer ces messages aux capitaines ?

Isabelle secoua la tête.

— Elle ne devrait pas tarder à rentrer, je pense.

— Et la Grande-Prêtresse ?

— Pas de nouveaux ordres pour l'instant. Nous sommes supposés tenir notre position jusqu'à ce que les secousses commencent.

Elaur ne savait pas quoi en penser. Elle n'aimait pas agir sans préparation, mais elle détestait attendre. Avec la nécessaire furtivité, la campagne avait été lente à commencer, d'autant que les capitaines avaient eu besoin de leur guide invalide pour franchir le cercle de protection du village. Ç'aurait pu être acceptable s'ils n'avaient perdu une journée entière lorsqu'un de leurs soldats d'élite les plus âgés avait été tué sur la route de l'Est.

Qui a bien pu poser ce piège ? se demanda-t-elle pour la énième fois. *Était-ce une mise en garde ? Qui l'a mis là et pourquoi ?*

Un piège certes ingénieux, mais il aurait pu s'agir d'un accident. Avec ses cent vingt ans, Riche était un des Fernés les plus âgés, et si son corps métallique était très résistant à la décrépitude, on ne pouvait pas en dire autant de son esprit.

Au cours de la décennie passée, la démence avait eu raison de ses facultés mentales. Physiquement, il aurait très bien pu continuer à se battre, mais mentalement, il était tout juste bon à marcher au pas.

Et à présent il était mort. Leur première perte militaire en près de cinq cents ans, et c'était arrivé sous son commandement. C'était injuste, mais c'était comme ça : son tour de garde, sa responsabilité, son échec. Il avait donc fallu faire preuve d'une extrême prudence, ce qui les avait beaucoup ralentis.

Elaur ravala un juron et scruta les ténèbres, à l'extrémité du tunnel. Elle avait vu quelque chose, là-bas… n'est-ce pas ?

* * *

Kenton arpenta la forêt à l'extérieur du village, au-delà du périmètre marqué par les pierres levées. Malgré ses yeux bandés, il voyait aussi bien qu'en plein jour ; mieux, même, puisque sa vue surnaturelle n'était aucunement entravée par les arbres et les ombres de plus en plus profondes.

À une demi-lieue de là, Kenton avisa un premier groupe d'intrus s'activer dans la pénombre. Des torches furent allumées et distribuées aux *ferhumains*, ce qui signifiait que les monstres n'étaient pas à leur aise dans le noir. C'était une excellente chose, d'autant que les flammes ne permettraient pas à leurs yeux de s'habituer à l'obscurité. Tant que Kenton resterait dans les ombres profondes de la forêt, il serait indétectable.

Kenton eut un sourire triste en se rappelant les longues heures passées à s'entraîner dans le noir avec Duvarek, feu le Maître des Ombres de l'Académie. Dove lui avait appris à se déplacer sans être vu, ni entendu, à utiliser l'environnement à son avantage et, si nécessaire, à tuer en toute discrétion. Kenton s'était toujours dit qu'il se fierait à ses propres aptitudes, non pas à quelque artefact ou talisman maudit, mais Duvarek lui avait également appris à utiliser tous les avantages disponibles : « Donnez systématiquement le meilleur de vous-même, et vous ne serez jamais déçu du résultat. Ne faites jamais preuve de pitié, et n'en attendez pas de la part d'autrui. »

Jusqu'à ce que le destin et les circonstances l'obligent à le tuer, le Maître des Ombres aviné avait été un mentor, un père et un ami. Le jeune homme était toujours furieux d'avoir joué un rôle dans la mort de Duvarek, et il puisa dans cette colère pendant qu'il regardait les intrus se préparer à attaquer de nouveau son village. Ces *ferhumains* étaient des forces hostiles venues s'emparer du seul foyer que Duvarek et lui avaient eu. Ils ne venaient certainement pas en paix, et leur présence menaçait ses chances de sauver Myjun de sa mort prophétisée. Le fait qu'ils aient forcé Brayan à les conduire jusqu'ici était la preuve de leur inhumanité, et le franchissement du périmètre des pierres levées était une déclaration de guerre.

Kenton écarta les plis de sa Cape des Secrets et en sortit l'Arc d'ombre, une arme incroyablement légère capable de tirer des éclairs de néant. Kenton ignorait si ces flèches pouvaient transpercer la chair renforcée des *ferhumains*, mais une chose était certaine : elles ne se briseraient pas contre le métal ou la roche, tandis que l'arc les projetterait avec la force de cent hommes. Il avait décidé de tuer d'abord le mage assigné au groupe de guerriers, puis d'utiliser d'autres tactiques pour tuer les monstres restants.

Kenton banda son arc, visa le long de la flèche qui s'était matérialisée là et tira.

Deux coups de tonnerre résonnèrent dans la forêt, surprenant à la fois Kenton et les *ferhumains*. Après un moment de confusion, il sembla que Kenton avait manqué sa cible car le mage se dressait toujours dans la foule. Comme la vision changeait de point focal, il constata que le vacarme avait été produit par le passage de la flèche dans deux arbres qui se trouvaient sur sa route. À cause de sa vision surnaturelle, le jeune homme n'avait même pas remarqué leur présence, faisant involontairement exploser les troncs. Un battement de cœur plus tard, il vit le mage s'effondrer, un trou de l'épaisseur d'un pouce dans la poitrine.

Pour la furtivité, c'est raté, pensa-t-il en rangeant son arc et en produisant des flacons d'un acide qui rongerait facilement la chair minéralisée des *ferhumains*. Après avoir activé ses Bottes de Silence et son Voile d'ombre, il courut dans les ténèbres et lança deux de ses flacons vers les soldats les plus proches. Le verre éclata et des cris retentirent dans la nuit comme Kenton continuait à courir, passant entre les *ferhumains* tel un démon, Miséricorde à la main. Le jeune homme ne tua pas, mais aveugla et estropia. Lorsqu'il eut frappé les huit monstres, il se chargea des autres avec la lame magique de Miséricorde, tranchant membres, colonnes vertébrales et têtes. Le jeune homme enfonça la pointe de son épée dans l'œil en pierre précieuse du dernier guerrier, lui transperçant le crâne comme un fruit trop mûr. Le silence régnait de nouveau. Comme il nettoyait et rengainait Miséricorde, Kenton contacta Aog, qui rôdait dans les tunnels situés au sud du village.

* * *

— Quelque chose ne va pas, capitaine ?

Elaur tira sur sa longue tresse – marque de distinction au milieu d'une majorité de soldats au crâne rasé – et soupira. Y avait-il réellement quelque chose d'anormal ? Avait-elle vu quelque chose bouger ou bien n'était-ce qu'une ombre ? La flamme dansante d'une torche ?

— Ce n'est sans doute rien, du minerai de fer ou de l'humidité réfléchissant la lumière. Après tout, nous sommes très proches de la rivière, ce ne serait pas étonnant. Mieux vaut vérifier, cependant.

L'officier acquiesça de la tête et fit signe à ses soldats de se mettre en formation. Soudain, une jeune femme essoufflée à la peau sans défaut arriva en courant. Au contraire de sa sœur aînée, la messagère avait des pierres roses et scintillantes à la place des yeux. Elle portait une courte lance au lieu d'une arbalète.

— Capitaine Coppersmith ! (Elle salua Elaur, puis adressa un clin d'œil à la lieutenante.) Les ordres ont été transmis. J'ai raté quelque chose ?

— Pas encore. Il se peut qu'il y ait quelque chose dans ce tunnel, toutefois. Vous voulez jeter un coup d'œil ?

— Rien ne me ferait plus plaisir, répondit la messagère aux yeux de quartz.

— Vous avez besoin d'une pause ?

Les deux Fernées éclatèrent de rire.

— Elle est bien bonne ! dit Katerin en donnant une tape minérale dans le dos de sa sœur.

Le bruit fut étouffé par l'uniforme capitonné d'Isabelle, mais leur capitaine ne leur en lança pas moins un regard noir en sifflant.

— Calmez-vous, gronda Elaur. Le fait que nous n'ayons vu personne ne signifie pas que nous sommes seuls. Respectez le protocole : des rangs de deux, l'arme à la main, et on marche en silence. Les messagers à l'arrière, loin de l'action, ajouta-t-elle en lançant un regard appuyé à Katerin.

Le grognement de celle-ci s'arrêta lorsque Elaur la regarda durement. Il y eut un instant d'hésitation, et puis la jeune femme aux yeux roses salua avec élégance et s'en fut pour prendre position à l'arrière. Elaur fit un signe à un soldat d'élite à la peau de métal noirci.

— Toorch. La lieutenante et vous ouvrirez la route. Nous vous suivrons.

Le soldat gratta une tache de rouille sur son crâne et se positionna à côté d'Isabelle.

— Salut, beauté.

— Pour vous, ce sera lieutenante Beauté. Maintenant, fermez-la et dégainez vos armes, ordonna-t-elle en tirant sur la corde de son arbalète et en préparant un carreau en laiton à la pointe d'acier.

— Du calme, Belle. C'était juste pour dire quelque chose.

Toorch dégaina son lourd glaive et sourit en découvrant ses dents en fer piqué de rouille. Il prit un bouquet de joncs graissés des mains d'un autre soldat et l'alluma avec la torche de la lieutenante Isabelle.

Elaur les regarda s'éloigner en se disant qu'il lui faudrait bientôt promouvoir la lieutenante au rang de capitaine. Elle faisait déjà le travail d'une capitaine, mais comme elle servait sous les ordres d'Elaur, elle ne pouvait exercer une autorité directe sur ses soldats. Cela changerait peut-être très vite. Si la Grande-Prêtresse avait d'autres expéditions comme celle-ci en tête, il y aurait d'autres occasions de promotions et, avec un peu de chance, plus de soldats d'élite à commander.

* * *

— Je ne vois rien, dit Toorch lorsqu'ils atteignirent l'extrémité du tunnel. Il y a une fourche, mais on dirait bien qu'il n'y a rien.

— Non, attendez, dit Isabelle en brandissant un doigt rocheux. Regardez par là.

Toorch se tourna dans la direction indiquée par la lieutenante en se grattant de nouveau la rouille du crâne.

— C'est juste une fissure dans le mur, rien de…

Un éclair de métal jaillit des ténèbres et, soudain, la moitié du visage du soldat d'élite disparut. Elle ne fut pas écrasée. Ni bosselée. Non. Elle disparut. Du métal liquide sortit en gargouillant de la moitié restante du visage du soldat, qui s'écroula. Raide mort.

Isabelle tira un carreau d'arbalète dans les ténèbres, où scintillait du métal. Le silence. Le projectile n'avait pas atteint sa cible. Il s'était évanoui. Isabelle fit un pas en arrière vers Elaur et les soldats restants, mais alors qu'elle s'apprêtait à en faire un second, une pelle en métal s'abattit sur son cou et ses épaules. La jeune femme ouvrit la bouche pour former un « O » silencieux, et puis sa tête se détacha de son torse, ses yeux couleur topaze scintillant dans la pénombre et semblant réfléchir la lumière de la torche, avant de s'éteindre complètement comme son corps chutait lourdement.

* * *

Kenton trotta vers le cours d'eau qui marquait la limite sud du village, son chemin le conduisant près de la position actuelle d'Aog. Le vieux Maître du Châtiment avait été obligé de se battre contre un groupe de *ferhumains*, et si Aog était blessé ou tué, le plan de Kenton serait compromis. Tandis qu'il courait, il essaya de contacter Kiara, mais la maîtresse femme sage ne répondit pas. Avec un peu de chance, cela signifiait qu'elle se trouvait toujours dans le Caveau de la Damnation. *En espérant que les* ferhumains *ne soient pas déjà en train de le piller*. La femme sage était certainement trop expérimentée et maligne pour se laisser prendre par surprise ; et puis, elle avait accès à une myriade de trésors magiques. Quiconque tenterait de forcer la porte en bois-de-fer du Caveau de la Damnation paierait certainement le prix fort. Sans parler des cachots de l'Académie. Kenton avait personnellement préparé les défenses de l'entrée cachée, et il serait immédiatement prévenu si quelqu'un pénétrait dans la pièce où il avait presque été enterré vivant.

Dix ferhumains *morts*, pensa-t-il en sautant par-dessus un arbre couché et en courant vers les fermes abandonnées de Chaenbalu. *Dix* ferhumains *et un mage… et il y en a encore autant avec Aog. Il y a trois groupes supplémentaires dans les tunnels, et des mages patrouillant le village*. Kenton regarda dans le vague, ce qui lui permit de scruter les corps de ferme en ruine et les ateliers brûlés. Il repéra une demi-douzaine de silhouettes dissimulées dans des bâtisses et sortit l'Arc d'ombre des replis de sa cape.

Voyons si nous pouvons encore réduire leur nombre en chemin.

Kenton courut dans les ténèbres et décocha une flèche vers un jeune mage émergeant d'une cahute sans prendre de précautions. La flèche d'ombre traversa la poitrine de l'homme sans faire le moindre bruit avant de se ficher violemment dans le sol, soulevant un nuage de terre et de cailloux. Kenton repensa aux dégâts causés par sa première flèche sur les arbres de la forêt et réévalua les dommages que son arme magique pourrait causer au corps minéral des *ferhumains*. Même si elle ne les tuait pas, nul doute qu'elle blesserait gravement les créatures.

Soudain, un Ferné et un Minéral sortirent du bâtiment dans lequel ils se cachaient, et Kenton arma de nouveau son Arc d'ombre. Les flèches de néant jaillirent sans faire de lumière, ni émettre de son, atteignant leurs deux cibles, faisant exploser la poitrine de la première et laissant un trou du diamètre d'un poing dans le pelvis de la seconde.

Ni l'une, ni l'autre ne se relevèrent.

* * *

— Repliez-vous ! ordonna Elaur, la voix rauque de peur et de colère. Sortez des tunnels, vite !

— Isabelle ! s'écria Katerin en accourant de l'arrière de la file. Isabelle ! Isabelle !

— RETOURNEZ À L'ARRIÈRE ! gronda la capitaine en levant la main pour stopper la jeune femme.

Toutefois, Katerin dépassa Elaur en quelques grands pas sans se soucier du danger.

— Il a tué ma sœur ! rugit-elle, le regard de quartz scintillant de fureur. Je vais le massacrer !

— Non !

Elaur plaqua son poing contre la paroi du tunnel et invoqua sa magie minérale. Le sol et le plafond tremblèrent, et le tunnel s'effondra sur l'assassin à la pelle. Elaur compacta la roche au-dessus de leur assaillant, puis ouvrit le sol sous lui, le faisant tomber dans une fosse hérissée de pics aiguisés comme des lames de rasoir. Cela lui demanda énormément d'énergie – elle sentit une fatigue intense s'emparer de son corps privé de ses précieux minéraux –, mais le tueur était vaincu. Battu et enterré.

— Non ! pleura Katerin en jetant sa courte lance pour s'agenouiller à côté de sa sœur. Non !

— C'est terminé, lança Elaur en agrippant l'épaule de pierre de la jeune femme. Elle est partie. Laissez-la.

— Non !

Katerin ramassa la tête de sa sœur et la pressa contre sa poitrine en pleurant. Ses larmes, cependant, ne calmeraient pas son chagrin.

— Faut-il tout de même se replier, capitaine ?

Elaur releva les yeux et vit qu'il s'agissait de Slate, un lieutenant.

— Je… oui. Je pense que nous ne risquons rien – la chose, quelle que soit sa nature, est morte –, mais il y en a peut-être d'autres. Repliez-vous et sécurisez l'entrée du tunnel. La messagère et moi allons vous rejoindre.

Le lieutenant la salua et tourna les talons, mais Elaur posa la main sur l'épaule en marbre du soldat d'élite.

— Isabelle et Toorch sont morts tous les deux, Slate. Vous êtes mon premier lieutenant, désormais. Je compte sur vous pour protéger nos soldats.

L'homme d'âge mûr cligna de ses yeux lapis-lazuli aux reflets dorés.

— Oui, capitaine, répondit-il.

Elaur retira sa main, et le lieutenant précéda les sept soldats restants vers l'extérieur. À côté d'elle, Katerin continuait de pleurer.

* * *

Kenton se précipita dans le tunnel dissimulé près de la roue à aubes cassée et eut à peine le temps de réadapter sa vision avant qu'un groupe de *ferhumains* fasse son apparition. Il posa un genou à terre et tira presque à bout portant, oblitérant membres, têtes et torses. Des doigts de métal froid agrippèrent son épaule, lui griffèrent le biceps. L'Arc d'ombre vola dans les airs, tandis que le jeune homme s'écroulait de douleur. Il voulut dégainer Miséricorde, mais une autre créature lui sauta dessus, lui brisant les os du bras droit.

— Soyez maudits ! jura Kenton, comme la magie de son amulette soignait sa chair et ses os. Retournez dans l'enfer qui vous a créés !

Grâce à la force que lui conférait sa magie, il projeta le monstre en arrière et s'arma de Miséricorde, crevant aussitôt les yeux d'un soldat et tranchant la gorge d'un autre. Le premier tomba à genoux, les mains plaquées sur ce qui subsistait de ses yeux lapis, la seconde tituba en arrière dans ses camarades, sa gorge de bronze crachant un flot de métal fondu.

Ne laissant pas le temps aux soldats de se regrouper pour attaquer, Kenton sortit un flacon enchanté de sa cape et le lança sur le groupe de *ferhumains* le plus proche. La bouteille verte éclata, dispersant quelque chose dans les airs, éclaboussant l'ennemi de spores vertes et d'une matière gluante. Kenton recula tandis que le nuage de moisissure se propageait comme une brume vivante, recouvrant la pierre et le métal des créatures. Un des soldats hurla, suffoqua comme les spores se logeaient dans sa gorge. Une autre voulut s'enfuir en courant, mais constata que son corps était collé à celui de l'un de ses camarades. Kenton la libéra avec son épée magique ; d'abord en lui tranchant un bras, puis les deux jambes à hauteur des genoux. Il se hâta de ramasser son Arc d'ombre et rengaina Miséricorde. Ses doigts trouvèrent la corde. Il banda l'arc et tira. *Whoosh !* Une tête en pierre éclata. *Whoosh !* Une poitrine en métal explosa, projetant son propriétaire dans les camarades qui se pressaient dans son dos. *Whoosh ! Whoosh ! Whoosh !* Kenton n'attendit pas qu'ils se relèvent. Il n'attendit pas de voir qui était mort, qui n'était que blessé. Il visait et tirait. *Whoosh-whoosh ! Whoosh !* Le métal grinçait, la pierre éclatait. *Whoosh !*

— S'il vous plaît, arrêtez ! supplia le *ferhumain* dont il avait crevé les yeux minéraux.

Il regardait Kenton sans le voir, ne se rendant pas compte que tous ses camarades étaient morts autour de lui.

— Ne jamais faire preuve de pitié, ne jamais en attendre non plus, répondit Kenton en décochant une nouvelle flèche de néant.

Whoosh ! L'ardoise et la pierre du crâne de la créature éclatèrent en poussière.

* * *

Elaur se leva en entendant les cris de ses soldats d'élite dans le tunnel.

— Restez ici ! ordonna-t-elle à Katerin qui se levait également.

— Je vais les tuer ! gronda la jeune messagère, le regard scintillant dans la lumière d'une torche tombée. Ils paieront pour ce qu'ils ont fait.

— Non ! Vous allez rester ici parce que vous êtes plus maligne que les autres. Et plus rapide. Et plus forte. Comme votre sœur. Restez ici et survivez.

Des cris, encore. Et puis un bruit de tonnerre qui se réverbéra dans les tunnels effondrés, suivi des crissements de métal et des détonations de pierres éclatées.

— Qu'est-ce qui se passe, là-bas ? chuchota Katerin, les yeux écarquillés de terreur.

Alors qu'Elaur s'apprêtait à répondre, le sol sous leurs pieds se mit à trembler et à se fissurer, les faisant tomber toutes les deux à genoux. Un instant plus tard, un gouffre s'ouvrit juste derrière elles, coupant leur retraite, et le monstre à la pelle noire émergea des ténèbres, la silhouette massive et impassible. L'armure du personnage présentait des déchirures et des trous ensanglantés là où les pics rocheux l'avaient transpercée… La créature, cependant, semblait indemne. Elle brandit sa pelle telle une hache de guerre et sourit avec une joie diabolique.

— Courez, murmura la capitaine à l'oreille de Katerin. Partez et dites aux autres ce qui s'est passé. Racontez-leur comment nous sommes tombés.

— Nous sommes prisonnières, rétorqua la jeune femme en secouant la tête. Vous n'avez plus de magie. Vous ne pouvez même pas…

— Dites-leur tout, insista la capitaine en caressant d'une main chaude le crâne chauve de Katerin. Faites que notre sacrifice n'ait pas été vain.

Elle plongea subitement la main dans le sol en train de céder et invoqua ses pouvoirs. Simultanément, elle poussa Katerin dans le tunnel incliné qu'elle venait de créer, et la jeune femme roula comme un rocher sur un toboggan, jusqu'à un tunnel plus large, un niveau en dessous.

Le monstre en armure s'avança vers la capitaine, la pelle bien affûtée levée très haut au-dessus de sa tête. Elaur se désintéressa de lui, scellant le trou qui avait avalé Katerin, et puis elle s'affaissa mollement, sa magie ayant vidé ses os de tous leurs minéraux. Elle sentit son squelette céder sous son propre poids. La douleur fut terrible, et son seul réconfort vint du fait qu'elle savait que la mort ne tarderait pas à la prendre.

Le monstre à la hache abattit son arme, la plongea dans son crâne, vaporisant la roche qu'il contenait. Elaur cligna des yeux dans la lumière des torches et eut le temps de voir une seconde silhouette derrière son assassin : un personnage aux yeux bandés, aux cheveux noirs hirsutes et au sourire cruel.

— Elle a épuisé sa magie, dit le nouveau venu en rengainant son épée et en la rangeant dans sa cape. Peut-être cela signifie-t-il qu'elle répondra à mes questions.

— Puisse Cruithear vous enterrer vivants, gronda Elaur les dents serrées si fort qu'elle les sentit éclater dans sa bouche.

— Finalement, ajouta l'étranger, ne faisons pas de prisonniers.

Il posa une botte sur le crâne de la femme et l'écrasa violemment, mettant un terme à la vie de la capitaine Elaur Coppersmith.

* * *

— Creusez là, ordonna Kenton en désignant l'endroit où la magicienne obstinée avait couvert la fuite d'une soldate. J'en ai vu une s'échapper. Si vous ouvrez cette partie du tunnel, elle se noiera quand nous inonderons ces terriers.

Aog hocha la tête en silence et brandit sa pelle pour creuser sans attendre, dégageant une voie vers le tunnel inférieur.

— Attendez dix minutes, poursuivit Kenton en essuyant ses bottes sur l'uniforme de la femme, et puis ouvrez les vannes. Les autres Fernés sont déjà dans les tunnels, alors laissons-les progresser un peu vers les cachots de l'Académie. Pas un seul d'entre eux ne devra en réchapper.

Aog opina encore une fois du chef, et Kenton se demanda pourquoi il se donnait la peine d'expliquer son plan à une personne qui n'était plus qu'un automate.

— Contentez-vous d'ouvrir ce passage dans dix minutes, lâcha-t-il avant de tourner les talons et de s'en aller en scrutant les ténèbres à l'aide de ses yeux magiques à la recherche d'éventuels survivants.

Une fois à la surface, il vit qu'un groupe de mages se dirigeait vers les ruines de l'Académie. Comme il se mettait à trotter vers eux, l'amulette qu'il portait autour du cou rougeoya d'énergie.

— Kenton ? crachota l'objet, reflétant les pensées de Kiara.

— Oui, Kiara. Vous n'avez pas besoin d'articuler vos pensées à voix haute. Une fois la liaison établie, j'entends vos pensées.

— Vraiment ? s'étonna Kiara, à qui cette notion semblait déplaire. Je crois que je vais parler à voix haute quand même.

— Il y a des mages à proximité de l'Académie, expliqua Kenton, qui sentait que les pensées de Kiara reflétaient les siennes. Leurs Minéraux et Maîtres Forgerons vont leur frayer un passage dans les ruines, et ils risquent de trouver le Caveau.

— Oui, acquiesça Kiara en lisant dans ses pensées. Brayan est avec eux. La Grande-Prêtresse semble vouloir le garder à portée de la main.

— Risquent-ils d'entrer dans le Caveau de la Damnation ?

— Oui. Brayan connaît le chemin, même si les couloirs se sont effondrés. Et je crains qu'il connaisse également l'existence de la trappe.

— Oui, il la connaît, confirma Kenton en se rappelant une conversation entre l'Ancien Tosan et l'intendant. Brayan les conduira jusqu'à l'une de ces deux entrées, d'où les Minéraux n'auront plus qu'à creuser un tunnel vers le bassin d'*aqlumera*. Vous devriez quitter le Caveau. Et vous abriter en hauteur.

— En hauteur ? Kenton, qu'avez-vous derrière la tête ?

— Il y a une trentaine de *ferhumains* dans les tunnels, expliqua-t-il en prenant de l'élan pour s'envoler comme un carreau d'arbalète vers le centre du village. Et les mages convergent tous vers le Caveau, aussi devriez-vous filer. Qu'ils s'enterrent tous. Qu'ils entrent dans le Caveau et qu'ils volent l'*aqlumera*. Qu'ils essaient. Aog ouvrira les tunnels qui passent sous l'étang du moulin avant qu'ils parviennent à leurs fins.

—Et ils se prendront toute l'eau de la rivière sur la tête, conclut Kiara. Cela pourrait fonctionner. Mais cela risque également d'inonder le Caveau et les niveaux inférieurs de l'Académie.

—J'y compte bien.

—Vous voulez les noyer dans un lac souterrain et perdre toute l'*aqlumera* ?

—Oui. (Il y eut un silence prolongé.) Maîtresse femme sage ? appela-t-il, craignant que la liaison ait été interrompue.

—Il est fort probable qu'Aog meure avec eux, reprit Kiara, que cette perspective ne dérangeait pas spécialement. Vous êtes prêt à le sacrifier et à perdre tous les trésors de Chaenbalu pour gagner cette bataille ?

—Pourquoi économiser nos forces si c'est pour mourir aujourd'hui ?

—Ce n'est pas une réponse, remarqua Kiara d'un ton neutre.

—C'est la mienne, rétorqua Kenton en s'arrêtant devant la place du village. Je suis disposé à tout sacrifier – mes amis, mes trésors – pour me rapprocher ne serait-ce qu'un tout petit peu de mon but.

—J'imagine que vous venez de répondre à ma question suivante. Vous m'auriez laissée me noyer dans le Caveau ?

—Oui.

La brutalité de sa réponse fit réfléchir Kiara.

—Vous ne faites même pas semblant ?

—Non. Vous vous seriez sauvée toute seule. Ou bien vous m'auriez contacté plus tôt.

—Mmh... C'est touchant.

Les pensées et sentiments qui lui parvenaient via l'amulette étaient à l'opposé de ce qu'il entendait dans la voix de Kiara. Était-elle… fière de lui ? Sa décision de sacrifier la maîtresse femme sage l'avait-elle fait remonter dans l'estime de la femme ?

— Vous êtes étrange, chuchota Kenton via la magie de l'amulette. Ma décision de vous sacrifier ne devrait pas engendrer une telle fierté.

— Je vous rappelle que j'ai sacrifié le village tout entier pour trouver Annev.

Il y eut un silence prolongé durant lequel Kenton se dit qu'il comprenait un peu mieux l'astucieuse femme.

— Ils arrivent, annonça-t-il en balayant les ruines avec sa vision. Les mages sont à l'intérieur des ruines. Et les *ferhumains* empruntent les autres tunnels.

— Oui, dit Kiara d'un ton préoccupé. Il me faut rassembler quelques objets avant que le Caveau soit inondé. Je vous retrouve dehors… si je le peux.

La liaison fut brutalement interrompue, d'où Kenton conclut que Kiara était retournée dans le Caveau. Avec des mouvements mesurés, il retira son bandeau et le posa par terre. Il scruta les ténèbres et avisa les *ferhumains* dans les tunnels, sous ses pieds. Ils étaient presque tous là, ce qui était une excellente chose. Ils avaient formé un nœud coulant autour de l'Académie, et Kenton comptait bien les pendre avec.

Soudain, le sol trembla, et Kenton vit un flot d'air et d'eau déferler dans les catacombes, sous Chaenbalu. Il sentit la liaison avec l'amulette d'Aog faiblir comme l'homme suffoquait sous une tonne de terre et d'eau. Faiblir, puis disparaître complètement. Il suivit la progression de l'eau et vit les vies s'éteindre une à une. Deux mages tentèrent d'ouvrir de nouveaux tunnels – de trouver des échappatoires –, mais ils ne furent pas assez rapides. Le courant emporta leurs corps et leurs esprits.

Sans réfléchir, Kenton s'arma de son Arc d'ombre et le banda, s'attendant à voir au moins l'un d'entre eux réapparaître. Certains se rapprochèrent de la surface, mais ne parvinrent pas tout à fait à s'en sortir. La messagère aux yeux roses qui avait échappé à Miséricorde et à la pelle d'Aog dura le plus longtemps, tenant plusieurs minutes dans une poche d'air, dans la salle souterraine utilisée autrefois pour le Test du Jugement. À la fin, cependant, elle se noya.

Il ignorait ce qui était advenu de la maîtresse femme sage. Et s'en moquait.

— Kenton.

La voix de Kiara résonna via le talisman. Il sourit.

— Vous êtes vivante, dit-il, étonné par les sentiments qu'il éprouvait pour cette femme indomptable. Où êtes-vous ressortie ?

— Dans la forêt de Brake, répondit-elle, épuisée. Vous avez oublié de sceller le tunnel de mes appartements privés. Celui que j'ai utilisé pour introduire les *feurog* dans le village.

— Ah, bien sûr.

— Vous n'aviez pas oublié, n'est-ce pas ? (Le silence.) Vous l'avez laissé ouvert exprès ?

— J'ai toujours besoin de vous, Kiara, répondit Kenton en rangeant son arc dans sa cape sans une once de remords. Vous seule pouvez me montrer les progrès de Myjun dans le domaine de l'ombre. Et vos conseils m'auraient manqué.

— Est-ce de la sensiblerie, Maître Kenton ? Moi qui croyais que vous étiez prêt à tout sacrifier pour atteindre vos objectifs.

— Oh, mais je le suis. Seul un imbécile sacrifierait un atout dont il a encore besoin.

— Vous êtes un sage, Maître Kenton. Retrouvez-moi dans la forêt de Brake près de la mare d'ombre où nous avons vu Myjun pénétrer le domaine de l'ombre. Peut-être pourrons-nous reprendre votre apprentissage.

Kenton interrompit sa liaison mentale avec la maîtresse femme sage et jeta un dernier coup d'œil circulaire sur l'Académie et le village. Il ressentit un étrange sentiment de nostalgie. Et puis il eut une vision des mages morts et des monstres noyés dans les tunnels inondés.

Personne ne bougeait, personne n'avait échappé à la destruction, ce qui lui sembla une bonne chose. Peut-être cela signifiait-il que les fantômes de l'Académie pourraient enfin reposer en paix. Sans parler des siens propres.

Avec une lenteur rituelle, il ramassa son bandeau noir et couvrit ses yeux sans paupières, puis il marcha dans la nuit et les ténèbres de la forêt de Brake.

Chapitre 57

Myjun dansait au milieu des lignes de guerriers yomads assiégeant la grande muraille. Les flèches pleuvaient derrière elle, leurs pointes terranes traversant les cottes de mailles, se fichant dans les bras exposés, les entrejambes, les visages des hommes massés autour d'elle. Une flèche se brisa sur le plastron d'un homme, dans son dos, puis s'enfonça dans son mollet. Une onde de douleur remonta le long de sa jambe, une vague d'adrénaline déferla dans son corps tout entier, rechargeant sa magie. Elle se plaqua une main sur la jambe et arracha la flèche, provoquant un second éclair de douleur, ainsi qu'une onde d'énergie, tandis que sa magie réparait sa peau et ses muscles.

Un Yomad corpulent vêtu d'une tunique beige crasseuse sortit du rang de ses compagnons et pointa une lance vers le flanc de la jeune femme. Myjun esquiva le coup en tournant sur elle-même et pénétra la garde de son assaillant. Comme la lance lui éraflait la hanche, la combattante enfonça ses deux lames dans la poitrine de l'homme. En l'espace d'un battement de cœur, les yeux du Yomad furent réduits en cendres, et son cadavre tomba sur le sable.

Une longue et lourde épée s'abattit vers le cou de Myjun, qui en sentit le poids grâce au coussin d'air que la lame déplaçait. Elle perçut également l'odeur de l'acier forgé et le musc de la transpiration du guerrier qui voulait la frapper à la base du cou.

Myjun roula en avant dans la même direction que l'épée. Durant sa chute, elle fit disparaître son premier couteau et allongea la lame du second. Sa main gauche vide lui permit d'amortir son plongeon, tandis que l'arme du Yomad passait au-dessus de sa tête. Elle bondit sur ses jambes et se retourna. L'épée qu'elle avait formée avec le feu de son âme tailla d'abord l'avant-bras de son ennemi, qu'elle décapita dans la foulée.

D'autres flèches tombèrent à ses pieds, et les Yomads qui l'entouraient s'éparpillèrent, ce qui restait de leur bataillon se repliant vers les hautes tours d'ivoire disposées à intervalles réguliers sur le Goulot. Myjun les regarda s'éloigner, puis fit disparaître son épée dans un éclair. Les flèches forçaient les soldats à reculer, mais continuaient également de pleuvoir autour d'elle, se fichant dans la boue et le sang, les plumes de leur empenne figurant des fleurs bien singulières.

Myjun essuya son visage maculé de sang, laissant de longues traînées écarlates sur ses joues dorées, son front délicat et sa mâchoire brillante. Une flèche lui frôla l'épaule. Elle se contenta de serrer un peu les dents.

— Ils te fuient, dit une voix provenant des ombres de la tranchée abandonnée par les Yomads.

— Ils font bien.

Myjun lécha ses lèvres craquelées derrière son masque et imagina le goût cuivré du sang sur son visage, la texture de la chair des soldats entre ses dents. Elle avait si faim… et pourtant, elle se sentait forte. Comme d'habitude, les morts l'avaient renforcée.

Oyru se tourna vers le mur de Har qui disparaissait au loin, ses pierres anciennes protégeant le coin sud-est de l'Empire terran.

— Nous devrions y aller. Tant que nous resterons à leur portée, les archers nous prendront pour cible. Ils ignorent que tu te bats pour eux, même si tu as tué une centaine de Yomads.

Comme pour illustrer son propos, une flèche traversa la poitrine du semi-homme, ressortant dans son dos. Un plumet de fumée noire s'éleva de la blessure, qui se referma aussitôt. Oyru émergea de la tranchée et fit signe à Myjun de le suivre. Ensemble, ils s'éloignèrent de la muraille et se dirigèrent lentement vers les Yomads en train de fuir.

— Je ne me bats pas pour eux ! aboya Myjun en désignant de la tête la muraille qui bloquait l'extrémité de l'isthme. Je me bats pour moi. Si vous me laissiez faire, je les tuerais eux aussi.

— Ces soldats appartiennent aux Légions de Keos, ce qui fait d'eux nos alliés, rétorqua Oyru en longeant de l'index la cicatrice noire de son œil.

— Je n'ai pas d'alliés.

— Pas même moi ? Alors que j'ai risqué ma vie pour toi, alors que j'ai sacrifié ceci ?

Oyru tapota sa paupière recroquevillée sur une orbite vide, tout en fixant la jeune femme d'un regard sans âme.

— C'était il y a des mois, et je ne vous avais pas demandé de me sauver, espèce de démon bâtard, siffla-t-elle comme une bouilloire. Vous n'êtes ni un sauveur, ni un martyr. Vous êtes un sorcier, un assassin et un menteur. Vous ne faites que me torturer, me demander de tuer et différer encore et toujours ma récompense.

Oyru haussa les épaules comme si ses mots ne signifiaient rien pour lui, ce qui alimenta la colère de Myjun.

— Tu auras ta récompense, promit l'Ombre ressuscitée. Nous avons fait de grands progrès ces dernières semaines.

— Ces derniers mois ! Ça fait déjà cinq mois !

— Si tu comptes les clignements de l'Œil de Dorchnok, oui, mais cela fait seulement trois semaines de voyage dans le domaine physique, et nous avons déjà atteint la dernière partie de notre périple.

L'assassin désigna le champ de tours d'ivoire se dressant dans l'isthme de Lubree, ce *no man's land* séparant les continents de la Nouvelle et de l'Ancienne Terra.

— Terra Minora se trouve juste derrière le Goulot, protégée par de nombreuses tours et la Lance de Tàcharan. Lorsque tu seras rassasiée, nous reviendrons dans le domaine de l'ombre ici, à Lubree – dans le Goulot –, d'où nous passerons en Takarania et Terra Minora. (Il montra un point à peine visible, à l'horizon, au-dessus des innombrables tours qui se dressaient devant eux.) Tu vois cette tour solitaire ? C'est la Lance de Tàcharan. Elle marque la fin du Goulot de Lubree et le début de Takarania. Une magie puissante la protège, ainsi que les terres qui l'entourent. Les marins évitent l'isthme et ses côtes quand ils naviguent vers Alltara, au sud, et Krosera, au nord. Nous contournerons sa malédiction en traversant le Goulot dans le domaine de l'ombre.

— Alltara sera encore loin ? s'enquit Myjun avec du venin dans la voix.

— Terra Minora est le foyer de trois peuples : les Shalgarns d'Alltara, les Yomads de Takarania et mon peuple, à Krosera. (Oyru désigna le paysage au-delà de l'isthme.) Takarania se trouve au centre de Terra Minora et jouxte le Goulot. Elle forme un tampon entre les terres d'ombre de Krosera et les terres sauvages d'Alltara, que nous devrons traverser pour atteindre les Montagnes de fer et les clans trolls. Cela nous rapprochera également des obélisques qui protègent la Maison de Cuivre au centre de Takarania, dangereux dans les deux domaines.

— Il faudra les éviter ? Même après avoir voyagé dans le domaine de l'ombre ?

— En effet, mais pour des raisons différentes. Dans ce monde, les Tours de cuivre marquent la frontière de Takarania et sont contiguës aux montagnes d'Alltara. À l'est des montagnes se trouve la Maison de Cuivre, où vivent les prêtres adorateurs du Dieu de la Mort. Dans le domaine de l'ombre, leur temple se superpose au Cœur du Vide, le centre de Reocht na Skah.

— Je croyais que Reocht na Skah était très dangereux, que nous risquerions d'y rester prisonniers pour l'éternité.

— Effectivement. Voilà pourquoi nous entrerons dans les ombres et traverserons au-delà du Goulot. Nous serons alors hors de portée de la Lance de Tàcharan. Nous resterons ensuite dans le domaine de l'ombre et longerons la frontière de Takarania pour ne pas rester empêtrés dans la magie de Reocht na Skah. Si nous tournons immédiatement au sud-ouest, nous arriverons vite dans les montagnes d'Alltaran et le territoire troll.

— Pour trouver ma maudite armure.

— Oui.

— Après quoi nous retournerons dans l'Empire pour que je tue Annev ?

— Oui.

— Très bien. Alors, allons-y.

Oyru désigna les soldats qui avaient enfin atteint la sécurité de leurs tours.

— As-tu satisfait ta soif de sang ? lui demanda-t-il comme s'il lui proposait une part de gâteau et non la vie d'une demi-douzaine d'hommes et de femmes. Nous ne retournerons pas dans le monde physique – pas tant que nous n'aurons pas atteint Alltara –, alors profites-en tant que c'est possible.

— Ma faim n'est jamais satisfaite, répondit Myjun sans essayer de cacher son amertume, mais je survivrai.

Oyru hocha la tête.

— Il nous faudrait une semaine pour parcourir la distance qui nous sépare d'Alltara, et encore, à condition que les Yomads nous laissent tranquilles. Dans le domaine de l'ombre, cela prendra un mois ou plus... mais le temps se déformera davantage comme nous traverserons Takarania. Les plus grands des *eidola* sont concentrés là-bas, près des frontières de Reocht na Skah, ce qui nous ralentira également. Bref, je pense que nous mettrons bien plus de cinq semaines à atteindre les montagnes des trolls. Tant que nous voyagerons dans le domaine de l'ombre, en tout cas.

— Combien de temps toutes ces étapes prendront-elles dans le domaine physique ?

— Une semaine en temps standard, mais nous serons coincés dans les ombres pendant au moins deux mois. Si nous choisissons de nous aventurer plus près de la Takarania du Sud – vers le cœur de Reocht na Skah –, cela pourrait même être plus long.

— Pourquoi ne pas retourner dans le monde physique une fois dépassés les dangers de la Lance de Tàcharan ?

Oyru la fixa de son œil unique et noir, la pénétrant en profondeur.

— Parce que je crois que ce temps et cet entraînement supplémentaires te seront bénéfiques. Tu as beaucoup grandi ces cinq derniers mois, mais tu ne maîtrises toujours pas tes pouvoirs. Tu n'as pas appris à tordre ou réfléchir la lumière comme le font les Chanteurs de lame et les Lanceurs de lumière. Tu as appris à canaliser les éléments de base – à invoquer le feu de l'âme et de la lumière –, mais les arts les plus subtils t'échappent encore.

— Que savez-vous de la lumière, semi-homme ? Vous êtes un maître des ombres. Vous ne pourriez même pas m'apprendre à l'invoquer, sans parler de la modeler. J'ai appris toute seule.

— Parce que je t'ai poussée à le faire, précisa-t-il en grattant le coin de son orbite vide.

Myjun eut un reniflement de mépris. Peut-être regrettait-il de l'avoir sauvée. Il ne l'avait certes jamais exprimé, mais ce n'en était pas moins douloureux.

— Je ne repousserai pas ma vengeance éternellement, affirma-t-elle. Nous devrions aller vers l'ouest, tout droit vers les montagnes d'Alltara. Reocht na Skah peut très bien garder ses secrets. Je préférerais grandement maintenir notre rythme actuel. Si nous restons dans le domaine de l'ombre et longeons la côte, nous arriverons plus vite.

Oyru ne dit rien et regarda vers l'est, au-delà des tours, vers la côte quasi invisible derrière un voile de brume.

— Nous sommes proches de Krosera, à présent. Si nous traversions le Goulot et partions vers le nord-est au lieu du sud-ouest, nous serions chez moi, dit-il, pensif, avant de lever son foulard sur son visage.

Myjun le regarda comme s'il venait de la gifler. Elle l'avait vu froncer les sourcils ! Elle en était certaine.

— Vous ne craignez pas les prêtres de la mort, ni les eidolons, accusa-t-elle. Vous ne craignez même pas de passer mille ans dans les ombres de Reocht na Skah. Vous avez peur de rentrer chez vous. Vous dites que nous y passerons peut-être, mais vous n'en avez clairement pas envie. Pourquoi ? Quelles terreurs les ombres de Krosera dissimulent-elles qui vous font si peur ?

Oyru lui fit face, et le foulard qui lui couvrait normalement le visage glissa, révélant une mine haineuse et effrayée à la fois.

— Les Krosérans et leur Dieu de l'Ombre impuissant peuvent aller en enfer, gronda-t-il d'une voix encore plus glaciale que d'habitude. Nous irons à Alltara. Nous nous hâterons comme tu l'as demandé, et tu ne reparleras plus jamais de ma terre natale.

En prononçant ces derniers mots, il noua son foulard sur son visage, le tissu noir ne parvenant pas à dissimuler la larme qui coulait du coin de son œil. Il la tamponna, effaça la preuve de l'existence de son âme. Myjun eut le temps de la voir, cependant.

Chapitre 58

— Pourquoi servez-vous Keos au lieu de Dorchnok ?

Ils étaient de retour dans le domaine de l'ombre, loin du Goulot de Lubree. Durant leur traversée, elle n'avait vu aucune trace des tours d'ivoire qui protégeaient l'isthme, ni l'ombre de l'horrible et solitaire Lance de Tàcharan. En revanche, elle avait vu des vagues de fumée noire qui emplissaient les mers de Sauthron et d'Estron. Lorsqu'elle avait demandé ce qui arrivait à ceux qui essayaient de naviguer sur ces eaux sombres, Oyru avait secoué la tête puis marmonné quelque chose d'inintelligible au sujet des Tisseurs de vide, réaction étrange pour un personnage normalement stoïque. Myjun était déstabilisée par le changement d'attitude de l'Ombre ressuscitée. En même temps, l'humeur nouvelle de l'assassin appelait à une relation plus intime, à laquelle Myjun était plus ouverte depuis qu'ils avaient quitté le monde physique et que la rage perpétuelle induite par son masque était un peu émoussée.

— Je ne sers pas Keos, répondit un Oyru morose. Je sers Dortafola, qui sert Keos.

— Cela revient au même, et vous n'avez pas répondu à ma question. Pourquoi n'adorez-vous plus Dorchnok ?

— N'es-tu pas toi-même une renégate ? N'as-tu pas abandonné le culte d'Odar pour me suivre ?

— C'est différent. Je suis maudite – marquée par Keos –, et je n'ai pas le choix. Si je veux tuer Annev, en tout cas.

Oyru ne dit rien pendant un long, long moment. Lorsqu'il reprit enfin la parole, il employa des mots mesurés comme s'il n'avait pas l'habitude de le faire, comme si la personne derrière le foulard lui adressait la parole pour la première fois.

— J'ai été trahi, autrefois. Tout comme toi, j'aimais quelqu'un qui m'a trahi. Elle n'était pas krosérane. Elle était originaire d'un clan iluméen de Faer Fen, et avait traversé la mer d'Estron jusqu'à la Krosera du Nord. Alors qu'elle m'était promise, elle est partie avec un autre guerrier kroséran, un seigneur de guerre nommé Gevul le terrible, qu'elle a aidé à détruire ma maison et ma famille. J'ai tué Gevul, mais pas avant qu'il tue la femme que j'aimais… (Oyru scruta les eaux noires, le regard impénétrable.) J'ai essayé de la sauver, de la ramener du bon côté, mais Dorchnok n'a pas écouté mes prières. Il n'a pas sauvé ma famille, il n'a pas sauvé ma promise, il ne m'a pas sauvé non plus. (L'assassin se tourna vers le sud et désigna l'horizon embrumé.) Je me suis aventuré à Reocht na Skah. J'étais convaincu qu'en atteignant le Monde des Esprits, je pourrais persuader Oraqui de me revenir. (Il fixa son œil sur Myjun.) Elle était dualiste, à la fois Auramancienne et Lanceuse de lumière, mais elle ne savait faire que deux choses avec sa magie : elle manipulait les pensées d'autrui et savait projeter des illusions, des reflets de personnes et d'objets se trouvant à proximité d'elle. Tu as des pouvoirs similaires. Parfois, je trouve que tu lui ressembles.

Et il s'abîma dans la contemplation de l'horizon.

— Vous êtes entré dans Reocht na Skah, dit Myjun d'une voix calme.

— En effet.

— Dans le Cœur du Vide.

— En son centre, effectivement.

— Combien de temps êtes-vous parti ? l'interrogea la jeune femme en déglutissant. Combien de temps l'avez-vous cherchée ?

— Une semaine ou deux.

— Une semaine ou… Dans le Cœur du Vide ? Quand une journée là-bas équivaut à mille ans ici ?

L'œil unique d'Oyru se posa sur elle, de nouveau parfaitement stoïque.

— Pourquoi êtes-vous reparti ? reprit-elle. Avez-vous simplement abandonné ?

Elle ne voulait pas le provoquer, mais… Si Oyru se sentit offensé, il ne le montra pas.

— Dortafola est venu me chercher. Gevul avait été un de ses Siänar, et lorsqu'il a été tué… il lui fallait un remplaçant. Et comme j'avais tué Gevul… Il m'a traqué dans le domaine de l'ombre jusqu'à Reocht na Skah et m'a promis que si je le servais – si je renonçais à Dorchnok –, il me ramènerait Oraqui.

— Et alors ?

Oyru la regarda fixement, le visage figé comme un masque.

— Peut-être…

Un frisson parcourut l'échine de la jeune femme.

* * *

— C'est elle qui vous a enseigné la magie iluméenne ?

Oyru ne répondit pas. Il n'avait pas prononcé un mot depuis leur dernière conversation, deux anté-ombres plus tôt. Pas un seul. Ils avaient pris la direction du sud-ouest et d'Alltara, gardant les brumes noires de la mer de Sauthron sur leur droite et les plaines infinies sur leur gauche. Myjun était fatiguée de ce silence.

— Elle vous a enseigné sa magie, elle vous a peut-être même parlé de son peuple et, en échange, vous lui avez parlé de Krosera et de votre magie.

Le silence.

— Qu'est-ce qui vous a fait croire que votre maître la ferait revenir ?

Le silence.

— Il était à elle ? Ce masque ? (Elle tapota sa tempe et son front dorés.) C'est Gevul qui le lui avait donné ?

— Ne prononce pas son nom, lâcha Oyru d'une voix glaciale, froide comme la mort.

— Sinon quoi ? demanda la jeune femme, soulagée qu'il ait enfin brisé son silence et furieuse qu'il se soit tu si longtemps. Me battrez-vous ? Je boirai la douleur. Me tuerez-vous ? Je ne le pense pas.

— Je t'abandonnerais ici, répondit-il d'un ton apathique dont Myjun se demanda s'il était feint. Je te laisserais dans les ombres, dont tu resterais prisonnière à jamais, et je retournerais dans le monde physique seul. Tu as progressé, tu es forte, mais tu n'es pas capable de traverser seule les plans d'existence. Tu serais condamnée à attendre que toute vie te quitte, à devenir un eidolon.

— C'est ce qui vous est arrivé ? Vous êtes resté si longtemps à Reocht na Skah…

— Oui.

— Dans ce cas, je ne prononcerai plus jamais ce nom, acquiesça Myjun, satisfaite.

Oyru se focalisa sur une structure noire recouvrant la ligne d'horizon.

— Nous nous rapprochons des ombres des montagnes d'Alltaran. Nous sommes presque arrivés à destination.

— Nous avons fait vite, commenta Myjun en le rejoignant pour regarder dans la même direction.

Alors que le paysage lui avait semblé plat, elle se rendit compte qu'ils avaient gravi la pente extrêmement douce d'une colline. Tout autour d'eux, le terrain retombait graduellement, surtout dans leur dos, où la pente était presque imperceptible. Devant eux, elle était plus abrupte, plongeant avant de remonter avec vigueur, le schéma se répétant jusqu'à former les parois noires des montagnes lointaines.

— Comment expliquer la présence de ces montagnes ? l'interrogea-t-elle.

— Je pense qu'elles reflètent la proximité de Reocht na Skah. Le pouvoir du domaine de l'ombre est puissant dans les montagnes du monde physique, aussi leur reflet dans ce monde est-il tangible. Cela explique que les forêts de bois-de-fer d'Alltara soient visibles ici, et qu'une autre espèce pousse sur les collines de Krosera. Le bois-de-fer ne peut être cultivé nulle part ailleurs.

— Le bois-de-fer ? répéta Myjun d'un ton dédaigneux. Il pousse en buissons en Daroea occidentale.

— C'est une sous-espèce bâtarde, sans doute transplantée par les druides de la Haie fertile. Celle-ci est différente. Tout comme le bois-de-fer de Krosera. Non pas moins bien – comme les mutants de tes buissons –, mais différent.

Myjun leva les yeux au ciel et soupira. Elle était prête à partir.

Au contraire d'Oyru, qui désigna l'anneau gris au-dessus de leur tête.

— Il est l'heure de méditer, mais… (Il pencha la tête sur le côté.) Quelque chose nous pourchasse.

Myjun tourna sur elle-même, scrutant le paysage dans toutes les directions. En dépit de leur position surélevée, elle ne vit rien. Les plaines semblaient désertes.

— Y a-t-il une autre étendue morne à proximité ? Je n'ai pourtant rien…

— Il n'y en a pas. Ce qui nous suit n'est pas facile à repérer et n'est pas attiré par les rêves et cauchemars qui remontent du domaine cognitif.

— De quoi s'agit-il, alors ? D'un eidolon ?

Oyru ne dit rien pendant un long moment, le regard rivé sur la chaîne de montagnes, devant eux.

— Une personne qui finit par mourir dans le domaine de l'ombre devient un eidolon, tu te rappelles ?

— Oui.

— Disons que c'est une version simplifiée de la réalité. Les gens ne deviennent pas des démons de l'ombre – pas vraiment –, mais pire que cela.

— Pire que des démons de l'ombre ?

— Des spectres de chair… et des *witherkin*.

— Des spectres et des *witherkin*, répéta Myjun en goûtant les mots. Des genres de fantômes ? Qui se repaissent de notre chair ?

— Oui… et oui.

— Et la chose qui nous pourchasse…

— Il est trop tôt pour le dire.

La peau de Myjun la picota de peur, et elle se surprit à répondre avec colère :

— Que cherche-t-elle ? Pourquoi nous suit-elle ?

— C'est moi qui l'ai envoyée là. Je l'ai emprisonnée dans le domaine de l'ombre lorsque j'ai attaqué ton village, répondit Oyru en lui faisant face.

— Vous voulez dire qu'un fantôme veut nous tuer et que c'est un habitant de Chaenbalu ? l'interrogea la jeune femme, livide.

Oyru acquiesça de la tête.

— Ce fantôme n'aurait pas pu nous suivre sans que je le remarque, mais il a pu utiliser l'*aqlumera* comme une porte dimensionnelle pour atteindre Reocht na Skah.

— On peut faire ça ?

— Pas nous, répondit Oyru en secouant la tête. Un Tisseur de vide ou un Seigneur noir en serait capable, en revanche. Moi, je ne suis que Faiseur d'ombres.

— Mais alors comment…

— Je ne sais pas, tabibito. Je sais uniquement qu'il s'agit d'un habitant de ton village. Un homme, je crois. Ou ce qui fut un homme.

— Depuis combien de temps nous suit-il ?

— Depuis la dernière ombre.

— Et où se trouve-t-il, en ce moment ?

— Il se cache. Il semble favoriser les ténèbres profondes de l'ombre, aussi fait-il en sorte de ne pas être vu par l'Œil de Dorchnok. Voilà pourquoi nous devrions méditer maintenant, avant la fin de l'anté-ombre. Après, notre visiteur voudra se repaître de notre chair et de notre esprit.

* * *

Myjun contempla le ciel noir et se demanda combien il existait de types de lumière dans le monde infini de l'ombre. Il n'y avait aucune étoile, au-dessus d'elle, et pourtant, elle avait l'impression de se tenir sous le ciel étoilé d'une nuit sans lune. Lorsque l'anneau gris de l'Œil de Dorchnok se leva au-dessus de l'horizon, cette lumière ressembla davantage au clair de lune. Au pic de l'anté-ombre, lorsque l'Œil fut directement au-dessus de leur tête, il faisait aussi clair qu'à l'aube ou au crépuscule dans le monde physique. Et pourtant, il n'y avait ni soleil, ni lune, ni étoiles. La lumière était, tout simplement.

Myjun parlait de la « lumière de l'ombre », une lueur qui adoucissait les ténèbres des ombres profondes. L'Œil de Dorchnok étant absent du ciel et la lumière de l'ombre s'étant dissipée, la nuit possédait une intensité déstabilisante. Étrangement, cependant, la brume noire de la mer de Sauthron semblait scintiller davantage durant les périodes d'ombre, comme si sa luminosité augmentait lorsqu'elle n'était pas en compétition avec la lumière de l'ombre et l'Œil de Dorchnok. Ils campaient près de ses eaux, dont les vapeurs sombres léchaient la côte grise. Myjun embrassait du regard la vaste mer de néant, dont les scintillements faisaient penser à un voile d'étoiles.

— Il arrive, annonça Oyru en sortant de sa transe méditative.

— Le spectre de chair ?

— Ou le *witherkin*, oui. J'ai reconnu sa silhouette lors de la dernière ombre. J'ai voulu le tuer à ce moment-là, avant qu'il s'en prenne à nous, mais il a disparu. Il est revenu, cependant, ajouta-t-il en désignant la mer de l'index.

Myjun scruta les vapeurs noires comme la nuit et constata que, alors que les eaux scintillaient toujours, une petite zone, près de la rive, avait perdu sa luminescence. Peu de temps après, elle se rendit compte que celle-ci avait la forme d'un homme marchant dans leur direction.

— Savez-vous… avant sa damnation…

— Qui il était ? (Oyru secoua la tête.) Je ne connais ni le nom, ni le visage des gens pris par les *eidola* dans votre village. Je n'étais intéressé que par Annev.

Les ténèbres se rapprochèrent, permettant à Myjun de distinguer certains détails : un front large, un nez long, des yeux étroits. Quelques instants plus tard, elle reconnut le spectre.

— Il s'agit de Yohan, l'accastilleur du village.

— Le fabricant de bougies. Intéressant. Il doit avoir une force de caractère hors du commun pour avoir survécu si longtemps.

Myjun se rappela effectivement la forte personnalité de l'accastilleur, et sa peur augmenta.

— Avez-vous déterminé ce qu'il voulait ? demanda-t-elle.

L'Ombre ressuscitée examina le personnage, plissant son œil unique dans la pénombre.

— Les spectres de chair ont besoin de vie, qu'ils consomment sous forme de chair. Les *witherkin* cherchent la vengeance. Ils ont un travail à terminer et ne trouveront le repos que lorsqu'ils seront satisfaits.

Oyru fit apparaître ses flissas dans ses mains et s'avança d'un pas décidé.

— Et celui-ci est un…

Myjun recula comme le spectre avançait.

Les lames jumelles traversèrent l'ombre de l'accastilleur, la coupant net au niveau du cou et de la poitrine sans rencontrer aucune résistance. Soudain, le fantôme ouvrit grand des yeux qui virèrent du noir nuit au blanc le plus éclatant.

— C'est un *witherkin* ! s'écria l'Ombre ressuscitée. Cours !

Joignant le geste à la parole, l'assassin se mit à courir comme une flèche vers les montagnes noires, à l'horizon. La jeune femme suivit un battement de cœur plus tard en invoquant ses lames dans ses mains.

— Pourquoi fuyons-nous le fantôme d'un accastilleur ? cria-t-elle sans se retourner pour voir si le *witherkin* les suivait.

— Il s'agit d'un esprit emprisonné dans le domaine cognitif ! Ils sont pour le domaine de l'ombre ce que les *eidola* sont au monde physique : des abominations. Des cauchemars. Ils ne craignent pas les lames de vide. Ils dévoreront ton esprit *et* ta somnumbra. Ils sont la mort errante de ces terres !

— Vous auriez pu me le dire avant !

— Les spectres de chair sont rares. Les *witherkin* sont quasi inexistants.

— Celui-ci m'a l'air d'exister, pourtant !

Ils coururent en silence, leurs pas vifs leur permettant de parcourir rapidement les collines qui se succédaient jusqu'aux montagnes.

— Mes lames le tueraient-elles ? demanda-t-elle.

— C'est peu probable. Ce stupide fabricant de bougies n'est que partiellement là. Ceci n'est qu'un écho de sa personne, le restant ayant péri ou migré vers le Monde des Esprits.

— Comment peut-on le tuer, alors ?

— On ne peut pas. Il est déjà mort, mais son esprit refuse de fléchir. Si nous lui donnons ce qu'il veut, il disparaîtra peut-être.

Myjun risqua un regard par-dessus son épaule et distingua le littoral noir, au loin. Elle ne vit aucun signe du *witherkin*, en revanche.

— On peut s'arrêter ? Je ne le vois pas.

— Non. Les *witherkin* ne sont pas ancrés dans cet espace, tout comme nous ne sommes pas ancrés temporellement dans le domaine physique.

— Qu'est-ce que vous me racontez ?!

— Il n'est pas derrière nous parce qu'il n'est pas vraiment là !

— Je ne comprends rien à ce que vous dites !

Oyru s'arrêta brusquement, forçant Myjun à pivoter sur le côté pour ne pas le percuter. Il montra le paysage ondulé, devant eux, puis le rivage lointain, dans leur dos.

— Il est une ombre du domaine cognitif. Par sa volonté, il parvient à se manifester ici sans être réellement présent.

— Dans ce cas, pourquoi le fuyons-nous ? s'emporta la jeune femme.

Comme pour répondre à sa question, une ombre noire commença à s'amalgamer à côté d'eux, ses yeux blancs et furieux brûlant telle la colère du soleil.

— À cause de ça ! répondit Oyru en se remettant à courir.

— Par les cinq enfers, comment fait-il ?

— Il y a neuf enfers, rectifia l'Ombre ressuscitée. Ta question reste néanmoins valide. N'étant ancré nulle part, dès que nous cessons de nous déplacer, il se manifeste pour nous rejoindre.

— Faut-il que nous nous déplacions éternellement ? s'étonna Myjun.

— Jusqu'au lever de l'Œil de Dorchnok et l'apparition de l'anté-ombre, oui.

— Merde.

Ils coururent en silence, aucun d'entre eux n'osant regarder dans son dos, jusqu'à ce que Myjun ralentisse et se mette à marcher. Oyru enchaîna une dizaine de foulées supplémentaires avant de se retourner.

— Qu'est-ce que tu fais ?

— S'il nous suffit de nous déplacer, pourquoi ne pas nous contenter de marcher ?

Oyru la fixa d'un regard inexpressif, puis, comme s'il se rendait compte qu'il ne bougeait plus, la rejoignit en trottant. Ensemble, ils parcoururent une centaine de pas avant que la jeune femme lâche :

— Je n'arrive pas à croire que vous n'ayez jamais eu l'idée de marcher !

— Je ne rencontre pas ces choses si souvent, se défendit Oyru, contenant sa colère.

— Qu'avez-vous fait la dernière fois ? Courir comme un idiot ?

— Habituellement, je ne me traîne pas à côté d'une tabibito, encore mois une tabibito incapable de basculer dans le monde physique.

— Vous fuyez dans un autre plan, alors ? Vous vous réfugiez dans le monde physique en espérant qu'il vous oubliera ?

— Plus ou moins, oui, concéda Oyru dans un soupir.

La jeune femme éclata d'un rire méprisant.

— C'est ridicule. Vous êtes censé être un tueur terrible et immortel capable d'émerger des ombres pour vous assassiner, et voilà que vous prenez vos jambes à votre cou devant le fantôme d'un fabricant de bougies.

— Un *witherkin*, contra Oyru, d'un ton maussade. Ce n'est pas un simple fantôme.

Myjun ralentit, puis s'arrêta. Oyru fit deux pas supplémentaires et l'imita.

— Qu'est-ce que tu fais ? lui demanda-t-il.

— Un test.

Elle se concentra et invoqua ses lames. Un instant plus tard, l'ombre du fabricant de bougies apparut à côté d'eux, sa bouche noire s'ouvrant pour pousser un cri silencieux. Myjun s'avança avec circonspection et plongea ses dagues de lumière dans les yeux de la chose.

Le visage du *witherkin* se déforma en une grimace de surprise et de rage. Ses yeux s'embrasèrent, s'agrandirent, et l'accastilleur tendit les bras pour l'agripper.

Myjun fit un pas de côté et se remit en marche, Oyru lui emboîtant aussitôt le pas. Dans leur dos, les yeux du *witherkin* semblèrent s'éteindre, et sa silhouette noire se dissipa dans la lumière de l'ombre.

— Je me devais d'essayer, expliqua Myjun en faisant disparaître ses lames.

— Bien sûr. Tu comprends maintenant que ces choses ne sont pas faciles à tuer.

— Êtes-vous un *witherkin* ? s'enquit Myjun dans un grognement.

— Non. Peut-être. Peut-être que si je laissais un *eidola* consommer mon âme j'en deviendrais un.

— Ou un spectre de chair.

— Non. Mon corps s'est trop habitué à la somnumbra. Je n'ai besoin de rien d'autre pour survivre, mais… cela signifie que je ne peux pas rester dans le monde physique trop longtemps. Je dépends de ce monde. Je suis devenu un de ses résidents.

La jeune femme hocha la tête, rassemblant mentalement les pièces du puzzle.

— Vous n'aviez pas terminé le travail avec Oraqui. Vous avez exploré Reocht na Skah pendant sept mille ans. Le temps s'est étiré, déformé, et vous êtes devenu dépendant à la somnumbra… Mi-ombre, mi-homme.

— Des *annumbra*, rectifia-t-il, en marchant à côté d'elle. Dans le domaine de l'ombre, les années sont appelées *annumbra*. Et j'en ai passé dix ou douze mille à Reocht na Skah. À attendre. À chercher. À prier pour qu'elle me revienne.

— Vous le regrettez ?

— Cela m'arrive, avoua-t-il, l'œil unique rivé sur l'horizon. Je regrette de n'avoir attendu plus longtemps.

Chapitre 59

Ayant réussi leur Test d'Ascension, Titus et Therin avaient un programme chargé avec les compagnons et Dionaques de leurs castes respectives. Titus apprenait par exemple l'art nuancé des Arpenteurs d'esprit, notamment à pénétrer l'esprit non protégé d'une personne pour compulser ses souvenirs dormants. L'ancien intendant était naturellement plus doué dans cette discipline que tous les compagnons de sa caste, talent qui conforta le Dionaque Holyoak dans sa décision de l'élever au rang de Dionaque. Du fait de cette promotion inattendue, Frère Tym entreprit de lui enseigner les principes de la succion de pensée, ou comment absorber les pensées d'autrui pour les faire vôtres. Il était également possible d'effacer des pensées, mais le Dionaque Holyoak et le Frère Tym lui avaient dit qu'il était préférable d'apprendre une technique à la fois.

Pour Therin, la vie dans l'Enclave était devenue beaucoup plus intéressante à présent qu'il était compagnon Briseur de souffle. Les techniques qu'il apprenait avec le Dionaque Honeycutt et les autres compagnons n'étaient pas complètement nouvelles pour lui, mais leur application nécessitait une complexité, des nuances et une créativité qui lui faisaient encore défaut. Il se servait de bulles de vide pour escalader des murs, se suspendre au plafond, voire courir sur des parois verticales. Grâce aux bulles d'air et de son, il apprit à étouffer ses bruits et ceux d'autrui, à créer des explosions en déplaçant de l'air, à se propulser sans aucune friction, ni perdre le moindre élan. Il décrivit son entraînement en détail à Titus et Annev, enthousiasmé par ses découvertes et pressé de les combiner aux techniques de combat apprises à l'Académie.

Le quotidien d'Annev avait changé tout aussi drastiquement depuis la découverte du tableau piégé. Avant l'attaque, il était déterminé à partir, à tout faire sauf attendre que Reeve décide de son avenir pour lui. Il avait de nouveau un objectif, à présent. Il avait un suspect, et il était fatigué de fuir devant les gens qui lui voulaient du mal. Il s'était caché à Chaenbalu, et ils avaient envoyé les *feurog* et l'Ombre ressuscitée. Et puis il s'était rendu à Banok, où un assassin armé d'une arbalète avait tenté de le tuer. Enfin, il s'était réfugié à Luqura, où Elar Kranak et Saltair l'avaient pourchassé.

Ce temps-là était révolu.

Il n'était plus question de quitter Quiri pour retourner à Luqura. Annev avait décidé de passer à l'offensive et de traquer les gens qui lui en voulaient. Il aurait été lâche de sa part de partir et de laisser ses amis se débrouiller seuls, et il n'avait pas envie de se servir d'eux comme de boucliers.

Annev ne se faisait aucune illusion sur sa propre sécurité. Chaque jour, il prenait des précautions supplémentaires pour se prémunir contre de nouvelles attaques et autres interventions sur ses possessions et ses quartiers. Lorsque ses amis l'invitaient à déjeuner, il ne mangeait que de la nourriture qu'il avait préparée lui-même. Lorsqu'il entrait dans une nouvelle pièce ou qu'il marchait dans un couloir, il ralentissait pour vérifier qu'il n'y avait pas de glyphes ou de symboles cryptiques de protection sur les meubles ou les murs. La nuit, il ne dormait plus dans sa chambre, mais dans les nombreuses pièces vides du niveau inférieur de l'Enclave.

Et puis, il y avait ses expérimentations avec la Baguette d'Artificier. Lorsqu'il eut découvert que son Anneau d'Inquisiteur lui permettait de voir les centaines de glyphes invisibles qui couvraient les murs de l'Enclave, Annev commença à s'entraîner à les déconstruire. Lorsqu'il repérait une rune ou un symbole potentiellement dangereux, il s'équipait de sa baguette et essayait de déterminer quel Dionaque ou compagnon l'avait mis en place. Parfois, les fils de la magie se décomposaient dans ses mains mais, souvent, il était capable de remonter le ruban jusqu'au magicien. Alors, Annev usait de ses deux anneaux pour l'interroger, mais il n'obtenait jamais les réponses qu'il espérait.

Le coût de cette vigilance était important car, comme les jours et les semaines passaient, il devint de plus en plus morose, fatigué et paranoïaque. Dans les occasions rares où un membre de l'Ordre venait lui parler, Annev n'acceptait de les voir qu'après s'être équipé de l'intégralité de ses artefacts, dont sa cape en écailles de dragon et sa flamberge. Il prenait les mêmes précautions lorsqu'il arpentait les couloirs de l'Enclave au milieu de Dionaques qui chuchotaient dans son dos. On parlait de lui comme du projet malheureux de Sodar, d'une bizarrerie, d'une curiosité. Certains frères semblaient craindre sa main dorée – fait confirmé par l'auramancie de l'anneau codavora –, ce qui le plongea davantage dans la dépression. Il faisait semblant de s'intéresser lorsque ses amis lui racontaient leurs expériences avec la magie, et se persuadait qu'il ne pouvait pas leur raconter ce qui s'était passé. Graduellement, son silence transforma ces événements en secret.

Et Annev continua à chercher son ennemi.

Il repensa à ce qu'avait dit Arnor à Sodar : il y avait des traîtres au sein de la Fraternité. Comment, dans ce cas, ne pas se méfier de tout le monde ? Sauf de Titus et Therin. Équipé de l'Anneau d'Inquisiteur, il supportait le nuage rouge sang qui voilait constamment sa vue, mais il acceptait ce sacrifice car il lui permettait d'avoir accès à la magie de l'artefact, de percevoir les battements de cœur des personnes les plus proches de lui. Il lui était désormais aisé de déterminer si quelqu'un mentait ou, plus fréquent, si les gens étaient inquiets ou particulièrement enthousiastes. L'anneau codavora se révéla tout aussi précieux car le sang de Frère Tym l'avait enrichi d'une troisième aptitude. Désormais, Annev était capable d'entrevoir les pensées des gens, à condition de se concentrer et de se trouver à proximité des sujets. C'était ce qui lui avait permis d'entendre ce que les Dionaques disaient de lui dans son dos et qui avait précipité sa spirale dépressive.

Honeycutt était son suspect numéro un, et Annev avait souvent essayé de le faire parler de ses activités le soir de l'attaque. Chaque fois qu'il trouvait le Dionaque seul, cependant, quelque chose venait interrompre leur conversation. Holyoak avait besoin de toucher un mot au chef de caste, puis ce fut au tour du Dionaque Leskal. La troisième fois, Honeycutt lui dit simplement qu'il n'avait pas de temps à lui consacrer. L'Anneau d'Inquisiteur lui révéla que l'homme était agité, voire furieux, mais pas forcément coupable. Même en arpentant son esprit grâce à l'anneau codavora, il n'obtint rien, comme si Honeycutt masquait délibérément ses pensées. Ç'aurait pu paraître suspect, mais les autres Dionaques en faisaient autant. Il n'en était certes pas ainsi la première semaine, mais quelque chose avait apparemment changé depuis. Les mages se méfiaient de lui, ils étaient plus froids et soupçonneux. Leskal ne cessait de différer leurs séances d'entraînement, tandis que Holyoak lui était mentalement et émotionnellement fermé, muré derrière une protection impénétrable. Et même si elle continuait de le saluer chaleureusement dans les couloirs, la Dionaque McClanahan avait pris ses distances.

Deux semaines s'étaient écoulées depuis l'attaque, dont huit jours à être traité en paria, lorsque Annev croisa une nouvelle fois Jayar Honeycutt. Le chef de caste arrivait dans sa direction, et Annev s'attendait à moitié à ce que l'homme tourne les talons pour l'éviter, au lieu de quoi il sortit de ses réflexions pour lui faire signe, le regard brillant.

— Frère Annev ! Pourrais-je m'entretenir avec vous ?

Annev fut pour le moins surpris par son ton amical. Il hocha la tête de façon incertaine.

— Bien sûr, Dionaque Honeycutt. Maintenant ?

— Si cela ne vous dérange pas. Dans mes appartements ?

— Je vous suis, répondit Annev en s'efforçant de rester impassible.

Honeycutt passa devant, et Annev lui emboîta le pas, érigeant un mur autour de ses pensées en se demandant pourquoi l'homme voulait lui parler. Comme il craignait de tomber dans un piège, il vérifia ses artefacts. Honeycutt le surprit en le guidant à travers l'aile des Briseurs de souffle jusqu'à ses appartements privés.

La chambre était tout à fait ordinaire et aussi dénuée de personnalité que celles inoccupées du dernier sous-sol. Le jeune homme remarqua cependant un glyphe unique sur la face interne de la porte refermée : un glyphe de silence. Et puis il avisa le tableau maudit posé contre un mur.

— C'est vous qui l'avez pris ! s'écria Annev en fixant d'un regard écarquillé la peinture endommagée.

Honeycutt ne montra aucun signe de culpabilité, ni de regret.

— Lorsque j'ai vu qu'il avait disparu de la salle de test des Briseurs de souffle, je l'ai pisté jusqu'à votre chambre. Je me demande bien comment il s'est retrouvé là-bas et pourquoi vous l'avez abîmé de la sorte. Au début, j'ai pensé que vous l'aviez pris pour aider votre ami Therin… mais cela n'expliquait pas pourquoi vous l'aviez détruit, ni pourquoi vous aviez ruiné sa magie. (Il regarda fixement Annev, l'air inquiet.) Vous n'aviez pas volé ce tableau. Quelqu'un l'avait accroché dans votre chambre…

Annev hocha la tête.

— Je suppose que vous étiez présent lorsque le glyphe a été activé, poursuivit l'homme. Tout l'air que contenait la pièce a immédiatement été évacué, n'est-ce pas ? (La mine de Honeycutt s'assombrit comme Annev acquiesçait.) Je suis désolé, jeune homme. J'ai moi-même placé et activé ces glyphes pour le test final des Briseurs de souffle. J'ignorais que quelqu'un avait placé le tableau dans votre chambre. Le choc a dû être brutal lorsque je l'ai activé pour le test de Therin. Je ne sais pas qui a déplacé le tableau, mais je suppose que cette personne avait l'intention de vous faire du mal.

Annev n'en croyait pas ses oreilles.

— Vous saviez depuis le test, et vous ne m'avez rien dit ?

— Au début, j'ai pensé que vous aviez vous-même déplacé le tableau pour aider Therin, expliqua Honeycutt en haussant les épaules. Et puis je me suis dit que vous n'étiez sans doute pas présent lors de l'activation du sort… même si les trous dans la toile suggèrent le contraire. J'ai compris à votre comportement que vous étiez bel et bien présent et que vous deviez croire que quelqu'un vous voulait du mal. Peut-être même aviez-vous deviné que j'avais moi-même tracé ces glyphes, et conclu que j'avais voulu vous faire peur.

— Me faire peur ! répéta Annev en haussant le ton. Ç'a bien failli me tuer !

— L'air a été chassé de votre chambre, et je veux bien croire que c'est effrayant, rétorqua Honeycutt en fronçant les sourcils. Il vous suffisait néanmoins de quitter son aire d'influence.

Annev s'emportait, mais il commençait aussi à comprendre.

— Je ne pouvais pas sortir, Jayar, car quelqu'un avait scellé ma porte de l'extérieur. J'ai cru que…

— Vous avez cru que c'était moi, conclut l'homme en devenant tout pâle. Quelqu'un a tenté de vous tuer et de faire croire que c'était moi le responsable. (Son front se rida davantage, et son regard se couvrit d'un voile d'inquiétude.) Mon garçon, je suis vraiment désolé. Ç'a dû être terrible.

Annev hocha lentement la tête, ne sachant pas comment interpréter cette information. Le regard de Honeycutt se fit distant, et puis l'homme secoua la tête, incrédule.

— Il doit s'agir d'un Dionaque, sans doute d'un frère ne possédant pas les aptitudes d'un Briseur de souffle.

— Qu'est-ce qui vous fait dire ça ?

— Un Briseur de souffle aurait généré lui-même un mur et une sphère de vide. Il n'aurait pas eu besoin d'utiliser un subterfuge tel que ce tableau.

— Ou bien cette personne possédait-elle ces aptitudes mais cherchait-elle à se dédouaner, contra Annev en poursuivant la réflexion de Honeycutt. Peut-être avait-elle besoin que quelqu'un d'autre active le sort afin d'avoir un alibi.

— Peut-être bien, concéda l'homme en se caressant la barbe avec le pouce et l'index. Votre assaillant aurait néanmoins eu besoin de rester à proximité pour vous enfermer dans votre chambre et sceller la porte. On pense logiquement à un Porteur de bouclier, à un Dionaque possédant un talent pour condenser l'Eau du ciel.

Annev avait du mal à croire qu'il discutait de sa tentative d'assassinat avec son principal suspect. Il eut besoin de quelques instants pour s'y habituer.

— Vous ne semblez pas surpris que quelqu'un ait essayé de me tuer.

— Effectivement. Enfin, pas complètement. Arnor a été envoyé à Chaenbalu pour prévenir Sodar et assurer votre sécurité.

— Vous connaissez Arnor ?

— Arnor était mon second, confirma Honeycutt dans un hochement de tête. Un Briseur de souffle naturel, un excellent espion.

— Était ?

— Oui, acquiesça l'homme, l'air grave. Il n'est pas rentré de cette mission, alors que vous êtes ici. Ce n'est pas très bon signe.

Annev se rappelait vaguement avoir rêvé de la mort d'Arnor la veille du Test du Jugement. Il n'avait rien dit car il avait oublié les détails de son songe, en dehors des plus horribles. Après avoir entendu les explications de Honeycutt, cependant, il n'avait plus beaucoup d'espoir. Il déglutit, mal à l'aise.

— Arnor pensait qu'il y avait des traîtres au sein de l'Ordre, reprit Annev. Et vous ?

Honeycutt hocha une fois la tête et regarda furtivement la porte.

— *Sàmhchair*, articula-t-il en faisant un geste de la main. (Le glyphe de la porte devint blanc et très lumineux, avant de virer au bleu foncé.) Cela répond-il à votre question ? Je suis sûr qu'il y a des traîtres au sein de l'Ordre, même si leur motivation m'échappe. Certains veulent peut-être plus de pouvoir, ne se rendant pas compte qu'ils déstabilisent l'institution. D'autres travaillent peut-être pour une puissance étrangère. Voire plusieurs.

— Il y a à peine une trentaine de frères, ici, et vous parlez comme si un tiers d'entre eux n'étaient pas dignes de confiance.

— Je dirais plutôt la moitié, mais je pense que les Dionaques – pour la plupart – ne sont pas corrompus par une puissance étrangère. (Il secoua la tête, l'air froid.) J'en parle comme si c'était une nouveauté. La politique a toujours été vicieuse au sein de l'Ordre, en dépit des efforts de Reeve pour gouverner avec neutralité. Cette attaque sur votre personne est un nouveau développement, cependant. Vu la mission particulière de Sodar, je vois deux mobiles possibles : soit votre assaillant vous considère comme une menace pour l'Ordre et cherche à nous rendre service en vous éliminant, soit il est un allié de Neruacanta, le Dieu-roi terran.

— Neruacanta ? répéta Annev, se rappelant avoir découvert ce nom dans les notes de Sodar sur les Siänar. Vous croyez que les Terrans ont infiltré l'Ordre ?

— C'est plus que probable.

Annev trouva extraordinaire cette dernière révélation, mais choisit d'y réfléchir plus tard.

— Combien de Dionaques et de compagnons seraient capables de sceller ma porte et de m'étouffer ?

— Si on parle des aptitudes de Porteur de bouclier, domaine dans lequel je suis apte à juger, je pense que la moitié au moins des frères seraient capables d'invoquer un mur d'air, mais pas de créer un sceau étanche. En tout, cela fait peut-être une demi-douzaine de suspects. Un peu plus si on inclut les compagnons.

— Les Porteurs de bouclier ?

— Oui, à l'exception de moi-même, du Dionaque Holyoak et de l'Archidionaque Reeve.

— Holyoak. Mais… c'est un Arpenteur d'esprit. Il manipule le *quaire*, non pas l'Eau du ciel.

— C'est un dualiste, tout comme moi. Son talent est celui de l'Arpenteur d'esprit, qui exerce une attraction sur le *quaire*, mais ses aptitudes secondaires sont celles des Créateurs de tempête et des Porteurs de bouclier, les premiers utilisant la même forme physique de magie, les derniers possédant la même force d'attraction. Holyoak condense l'air presque aussi bien que Leskal, qui n'est que Porteur de bouclier. Mais il est aussi le meilleur Arpenteur d'esprit de l'Enclave.

— Et Frère Tym est son second.

— Oui.

Annev hocha la tête, pensant comprendre.

— Quant à vos talents… Vous êtes un Briseur de souffle – vous poussez et étirez l'Eau du ciel –, aussi votre second talent est soit celui du Créateur de tempête qui pousse le *quaire*, soit celui d'attirer l'Eau du ciel comme un Porteur de bouclier.

— En vérité, je possède ces deux talents, avoua Honeycutt en souriant.

— Vous voulez dire que vous avez trois talents ?

— Un principal et deux secondaires, oui.

Annev digéra cette nouvelle donnée.

— Vos parents étaient-ils tous les deux des dualistes ?

— Absolument, confirma l'homme sans se départir de son sourire.

— Deux de vos grands-parents étaient des Arpenteurs d'esprit. Et les autres étaient Créateur de tempête et Porteur de bouclier.

— Mes grands-mères, acquiesça Honeycutt en hochant la tête avec enthousiasme. Vous êtes un jeune homme intelligent, Annev. Intelligent… et en danger. Si nous admettons qu'un Porteur de bouclier a essayé de vous tuer, nous devrions peut-être en parler à Leskal. Il a sondé le cœur de tous les Dionaques de sa caste. Si l'un d'entre eux a eu un comportement suspect, il le saura.

— Ne devrions-nous pas en parler aussi à Reeve ?

— Si vous avez confiance en lui.

— Pourquoi, je ne devrais pas ? s'enquit Annev, dont la paranoïa enfla subitement.

Honeycutt regarda successivement la porte, le tableau et le jeune homme.

— Reeve pratique les quatre arts dariens, mais il a toujours favorisé les Porteurs de bouclier, expliqua-t-il lentement. Si Reeve ne peut être interrogé, ce n'est pas le cas de Leskal. Leskal est un peu rustre et martial ; il aura toujours tendance à utiliser un marteau quand un ciseau ou une pelle aurait été plus efficace. C'est un bon Porteur de bouclier, et je doute qu'il trahirait volontairement l'Ordre ; en revanche, il pourrait faire des choses terribles pour le protéger. Si on pose la question à Reeve, cependant, il nous dira que l'homme est au-dessus de tout soupçon.

— Leskal pourrait donc s'en prendre à moi s'il pensait que je menaçais l'Ordre. Ce qui signifie qu'il ferait tout ce que Reeve lui demanderait, en échange de quoi celui-ci le protégerait.

Honeycutt ne dit rien et se tapota l'arête du nez, les yeux brillant de malice. Annev poursuivit sur sa lancée.

— Je ne peux pas avoir confiance en Leskal, mais vous pensez que je devrais quand même lui parler ?

— Il n'est pas impossible qu'il soit votre assaillant, mais je pense plus à un Porteur de bouclier qui aurait agi de son propre chef.

— Et pourquoi pas Reeve et Holyoak ? Ou quelqu'un d'autre encore ?

— N'importe quel Créateur de tempête aurait pu le faire, je suppose, dit Honeycutt en se tapotant le crâne. Tout le monde ne protège pas son esprit contre les Arpenteurs d'esprit et les Créateurs de tempête. Un Créateur de tempête très puissant aurait pu manipuler un Porteur de bouclier très puissant pour le faire sceller votre chambre… et n'importe qui aurait pu voler le tableau, aussi est-il peu probable qu'un de mes Briseurs de souffle soit impliqué.

— Et fortement probable qu'il s'agisse d'un Porteur de bouclier… ou d'un Créateur de tempête. Par les couilles d'Odar, cela fait beaucoup de monde !

— Surtout quand nombre de Briseurs de souffle et d'Arpenteurs d'esprit sont des dualistes. Ils auraient néanmoins eu besoin d'un talent secondaire très puissant pour en attenter à votre vie de la sorte.

— Merde, jura Annev. À qui puis-je faire confiance, alors ?

— Mon garçon, répondit Honeycutt avec un air peiné, vous ne devez avoir confiance en personne, pas même moi. McClanahan ou Holyoak, par exemple, auraient pu me convaincre de faire quelque chose que je n'aurais jamais fait par moi-même, avant d'effacer ma mémoire. N'ayez confiance en personne ! insista-t-il en regardant le jeune homme dans les yeux, l'air intense.

Annev hocha la tête, soulagé par l'innocence relative de Honeycutt, mais dépité de n'avoir pas du tout avancé dans son enquête.

— Je n'ai aucune piste, alors. Avec les préparations idoines, n'importe qui aurait pu participer à cette attaque.

— Je ne crois pas qu'un chef de caste soit impliqué, lança Honeycutt en se mordillant la lèvre.

— Qu'est-ce qui vous fait dire ça ?

— Si l'un d'entre nous avait voulu vous tuer, vous seriez mort.

— Peut-être bien. À moins que vous me sous-estimiez.

L'homme s'inclina légèrement en signe de respect.

— Pour votre bien, jeune homme, j'espère ne pas me tromper. Un chef de caste ferait un ennemi extrêmement dangereux. Je n'envie certainement pas votre position.

— Le Dionaque Leskal semble m'éviter. À dire vrai, tous les Dionaques m'évitent, mais Leskal est particulièrement agité. Il a annulé notre séance d'entraînement hebdomadaire et ne m'a plus adressé la parole depuis.

— J'irai lui parler, promit Honeycutt dans un grognement. Sans être un Arpenteur d'esprit, je juge plutôt bien les caractères. Mes collègues qui savent lire dans les pensées ont tendance à négliger cette aptitude naturelle.

Annev se demanda s'il n'était pas lui-même tombé dans ce piège. Depuis qu'il était concentré sur le pouvoir de son anneau codavora, il prêtait moins d'attention au comportement d'autrui.

— Je vous remercie, dit-il sincèrement.

Grâce à Honeycutt, il s'était un peu rapproché des réponses à ses questions.

Chapitre 60

— Puis-je vous parler, Annev ? demanda Frère Tym.

Deux jours s'étaient écoulés depuis la conversation avec le Dionaque Honeycutt. Le moine attendait devant la porte de la chambre d'Annev et semblait mal à l'aise.

— Bien sûr, répondit le jeune homme, subitement inquiet. *Sait-il que je les espionne, Misty et lui ?*

— En privé, s'il vous plaît…, précisa Tym en indiquant la porte.

Annev remarqua que le rythme cardiaque de l'homme augmentait régulièrement. Il essaya de lire dans ses pensées, mais ne perçut qu'un fouillis d'émotions.

— Bien sûr, répondit-il en ouvrant et en faisant signe au moine d'entrer.

Annev se détendit en constatant que le cœur de Tym ne s'emballait pas comme il entrait dans sa chambre. *Il n'est pas là pour m'attaquer. Mais pourquoi, alors ?*

— Que puis-je faire pour vous ? s'enquit-il en refermant la porte.

— Écouter ma confession.

Cette fois, c'est le cœur d'Annev qui s'emballa. Il garda le contrôle de ses émotions, cependant, resta impassible.

— Ah ? fit-il d'une voix qui changea subitement d'octave.

— Oui, je… je crains que Misty et moi vous ayons trahi.

Pris de court, Annev fut incapable de se mettre en colère. Il répétait à tout le monde de se méfier de tout le monde, mais il ne pensait pas avoir été trahi par Tym et Misty. Et il s'attendait encore moins à ce que ses assaillants l'avouent.

— C'était un accident, reprit Tym en remplissant nerveusement le silence. Misty ne voulait rien dire – moi non plus, d'ailleurs –, mais elle ne sait pas garder un secret. Elle est tellement ouverte qu'elle a du mal à se protéger. Et puis, elle a cédé pendant une leçon de création de tempête.

— Comment ça, cédé ? s'étonna Annev, qui n'était plus certain de savoir de quoi parlait Tym.

— Vous vous rappelez le jour où nous avons appris par accident que vous aviez besoin de notre sang ? Nous n'avons pas demandé pourquoi parce que nous avions confiance en vous, parce que Sodar avait confiance en vous, mais aussi parce que vous ne nous avez pas demandé notre sang, parce que vous n'avez pas volontairement partagé votre secret avec nous. Il ne nous revenait donc pas de le révéler à d'autres.

Annev s'attendait à moitié à ce que Tym l'accuse d'avoir ajouté du sang d'Arpenteur d'esprit à son anneau codavora, mais alors la vérité le frappa.

— Misty leur a dit. Vous leur avez dit que je voulais leur sang ?

Les yeux de Tym étaient brillants et humides.

— Nous ne l'avons pas vraiment dit à voix haute, hein ! Nous attaquions et défendions tour à tour, et les compagnons Arpenteurs d'esprit et Créateurs de tempête… Misty a commis une erreur, le Compagnon Zayas a répété ce qu'il avait entendu et, soudain, c'était comme essayer de remettre de la fumée dans une bouteille. Lorsque j'ai compris de quoi ils parlaient, mes propres pensées se sont jointes à la conversation et… eh bien, je n'ai fait qu'empirer les choses. Annev, nous sommes vraiment désolés.

— Cela fait combien de temps ? s'enquit Annev, le cœur battant à tout rompre. Cela s'est passé quand ?

— J'aurais dû vous en parler plus tôt. Je suis navré, conclut l'homme, le front barré d'une ride.

L'anneau codavora vibra de la réponse que Frère Tym était trop embarrassé pour articuler.

— Deux semaines ! Cela fait deux semaines !

Voilà pourquoi tout le monde l'évitait, pourquoi tout le monde était sur ses gardes en sa présence. Il était tellement obsédé par l'idée de retrouver celui qui avait essayé de le tuer, tellement empêtré dans sa paranoïa et sa dépression, qu'il ne lui était pas venu à l'esprit de se demander pourquoi il était devenu le paria de l'Enclave. Ses craintes ne l'avaient pas aidé, mais il aurait pu être plus perspicace.

— Le Compagnon Rochelle et le Dionaque Pennington pensent que je suis un espion terran… ou un keokum.

— Vous avez entendu ça ? lâcha Tym en soufflant entre ses dents serrées. Par les bâtons d'argent, Annev, personne ne pense réellement ça. Ce ne sont que des on-dit ! Ils savent tous que vous êtes l'élève de Sodar, un mélange de Darien et d'Iluméen. Tout le monde sait que Sodar n'a jamais permis qu'une goutte de sang terran vienne souiller le mélange – pour ne pas diluer la magie –, aussi tout le monde sait-il que vous ne pouvez pas être terran et encore moins un Seigneur de sang ou quelque chose comme ça.

— Un Seigneur de sang ? (En dépit de sa colère, un sourire ironique éclaira son visage.) J'ai fui Chaenbalu à cause de ma magie – là-bas aussi, on me traitait de keokum –, et je suis venu jusqu'ici, l'endroit le plus sûr pour quelqu'un comme moi, pour entendre les mêmes insultes, les mêmes rumeurs. Je ne peux échapper ni à la peur, ni à la haine. Elles me suivent partout.

Tym écarquilla soudain les yeux en regardant la main gauche d'Annev. Le jeune homme sentit une odeur de cuir brûlé et constata que son gant de forgeron fumait. De petits trous apparurent sur le matériau, révélant une féroce lumière dorée.

— Merde ! jura Annev en jetant le gant brûlé par terre et en le piétinant pour éteindre le feu.

La Main de Keos était de plus en plus chaude, d'un rouge menaçant.

Tym reculait.

— Ça va, tout ira bien ! lança Annev en s'efforçant de ne pas paniquer, pour le bien de Frère Tym, mais aussi pour le sien propre.

Il essaya de calmer l'artefact en reprenant le contrôle de sa respiration. Son cœur continuait à battre fortement dans sa poitrine, et la terreur qu'il avait ressentie dans l'Ossuaire de Luqura était sur le point de s'emparer de lui. Elar Kranak et les Marchands d'esclaves d'Innistiul les entouraient, menaçant de les tuer, ses amis et lui, et Annev avait été à deux doigts de tout brûler. Il se rappela ce qu'il ressentait juste avant de tuer Tosan et Myjun à Chaenbalu. Eux aussi l'avaient traité de monstre, de Fils de Keos. Ses amis aussi possédaient de la magie, mais personne ne les avait traités de keokum. Ce qui raviva une intense jalousie, et la frustration provoquée par l'idée qu'il n'appartiendrait jamais vraiment à ce groupe de frères et de sœurs, qu'il n'aurait jamais sa place ici.

Une épouvantable boule de feu grossissait dans sa main.

Tym cracha un juron, ouvrit la porte et se précipita dans le couloir en criant quelque chose d'inintelligible. Des cris d'alarme retentirent.

Ne fais pas ça. Il luttait pour garder le contrôle de ses émotions. *Tu n'as pas envie de ça. Tes amis sont ici… Sraon, Titus et Therin. Ces gens, des gens bien. Ils avaient confiance en toi, ils t'ont fait entrer dans leur maison. Ne fais surtout pas ça.*

Une part de lui en avait envie, cependant. Une part mystérieuse de son âme voulait tout brûler, tout envoyer aux cinq enfers, balayer tous les traîtres et les hypocrites de la face de Luquatra. Ses amis avaient poursuivi leur chemin sans lui. Sraon l'avait oublié. Même Tym et Misty l'avaient trahi. Cependant, il pourrait purifier l'Ordre d'un seul coup. Les mensonges et les intrigues et les murmures : tout disparaîtrait en un instant. Un claquement de doigts, et ce serait terminé. *Boom!*

L'Ordre des Dionaques de Tobar détruit par le feu et la damnation.

Quiri, la capitale religieuse de l'Empire, sa plus vieille cité : brisée, brûlée, en ruine.

Ç'aurait été aussi facile que de détruire Chaenbalu, aussi facile que l'aurait été la destruction de Luqura. Une fois de plus, beaucoup de gens mourraient par sa faute. Parce qu'il n'était pas fichu de dominer ses peurs et sa haine. Parce qu'il était incapable de se libérer de sa maudite prothèse.

Annev sentit la boule de feu et de mort se détacher de ses doigts ; elle était de plus en plus chaude, de plus en plus lumineuse. Autour de lui, les meubles en train de fumer s'embrasèrent. Ensuite, le sol se mettrait à fondre, comme la roche avait fondu, formant des dalles de magma, à Chaenbalu… Après que Tosan avait tué Sodar.

« Je suis un piètre père de substitution. »

Les mots surgirent de sa mémoire, le prenant par surprise, à peine plus qu'un murmure. Annev en resta bouche bée.

« J'ai fait mon possible pour remplir ce rôle, et pas par devoir, ni obligation. Je l'ai fait parce que je crois en toi, Annev. Chaque chose que j'accomplis, tous les jours, renforce ma conviction. »

Les mots que Sodar lui avait dits le jour du Test du Jugement. Le lendemain, sa vie avait complètement basculé. Cette veille du Test du Jugement avait été le dernier jour de sa vie normale, de son enfance. La chambre brûlait autour de lui et des larmes coulaient sur ses joues, comme Annev se rappelait les petites choses, les souvenirs doux-amers de ses entraînements avec Sodar dans les bois. Chaque leçon apprise s'accompagnait de nouvelles meurtrissures. Et Sodar qui mesurait chaque jour le temps qu'il mettait pour aller chercher de l'eau au puits du village. La foi de Sodar, son travail, son humour pince-sans-rire, sa moralité stoïque. L'homme sans âge avait été un gardien, un protecteur…

un père de substitution. Il avait été le grand-père adoptif d'une famille dont les membres grandissaient, puis mouraient. Sodar avait accompli sa mission pendant des siècles, s'occupant des ancêtres d'Annev, supportant le fardeau d'une prophétie qu'il était le seul à croire. Même parmi ses frères – l'Enclave existait depuis des millénaires –, Sodar avait été seul.

Annev était seul à son tour…

… ce qui signifiait peut-être qu'aucun d'entre eux n'était véritablement seul.

Après cette pensée inattendue et réconfortante, Annev prit une profonde inspiration, cligna des yeux pour chasser ses larmes, voyant la boule de lumière, dans sa main, commencer à rapetisser. Simultanément, la chaleur des flammes et de la pierre fondue lui parvint. Il sursauta et se précipita dans le couloir, échappant de peu à la conflagration qui consumait ses possessions non magiques. La Main de Keos protégeait tout ce qu'il avait sur lui ; le reste était en train de brûler.

Zut, pensa-t-il en s'éloignant des flammes dansantes et de la fumée qui s'échappait de sa chambre. Pris d'une quinte de toux, il courut jusqu'à l'escalier le plus proche. Il n'eut le temps de gravir que deux ou trois marches lorsqu'il se retrouva nez à nez avec Leskal, Honeycutt et deux autres Dionaques.

— Où est-ce ? demanda Leskal sans même le regarder.

— Ma… ma chambre, bafouilla Annev, le corps secoué de tremblements.

Les quatre Dionaques coururent vers l'incendie en brandissant leurs baguettes, traçant des glyphes et des symboles de protection. Travaillant de concert, les Briseurs de souffle aspirèrent l'oxygène de la pièce, tandis que les Porteurs de bouclier usaient d'eau et de glace pour refroidir le bois brûlé et la pierre fondue. Honeycutt lança un regard à Annev tandis que Leskal et son camarade Porteur de bouclier travaillaient ; grâce à l'anneau codavora, ses pensées résonnèrent aussi clairement que des tintements de cloche.

Il a bien failli nous tuer tous…

Il avait raison. Annev avait failli les tuer, eux et une bonne partie de Quiri, probablement. Vu la proximité de l'Enclave avec le palais pontifical, Annev n'était pas passé loin de décapiter l'Église darienne.

Je suis un monstre. Je suis un danger pour ces gens. Le fait qu'un membre de l'Ordre ait tenté de le tuer n'y changeait rien ; si Annev était réellement dangereux, s'il était incapable de contrôler sa magie, ils avaient eu raison d'essayer. Peut-être valait-il mieux qu'il reste loin de ceux qu'il aimait.

À ce moment-là, Reeve arriva en descendant les marches deux à deux, sa robe claquant dans son dos. Voyant Annev et sa main rougeoyante, il se figea, puis tourna la tête vers le couloir et la chambre du jeune homme.

— Le feu a été maîtrisé, dit Annev, incapable de croiser le regard du prêtre.

— Bien, bien…, répondit Reeve, la mine sévère. Suivez-moi, jeune homme, ajouta-t-il, les sourcils froncés.

La magie de l'anneau codavora lui révéla ce que pensait l'Archidionaque. Le grand-prêtre n'essayait même pas de le cacher. Il criait presque mentalement : *Je dois me débarrasser de lui. Il est bien trop dangereux.*

Annev était presque d'accord. La pensée suivante de Reeve faillit le briser, cependant :

Sodar serait dévasté de voir ça…

Chapitre 61

L'Archidionaque désigna les deux chaises en rotin disposées de part et d'autre de la table basse.

— Asseyez-vous, Annev.

Le jeune homme obtempéra, déstabilisé par le silence de l'homme. En dépit de son anneau, il n'était plus parvenu à lire ses pensées, après leur déferlement dans le dernier sous-sol de l'Enclave. Reeve avait décidé de ne plus rien laisser filtrer. Annev se demanda si le grand-prêtre avait deviné qu'il était capable d'arpenter les esprits, même de façon limitée.

Si Reeve savait pour ses pouvoirs, cependant, il n'en dit rien, se contentant de s'affaisser sur sa chaise.

— Vous avez été très occupé, ces dernières semaines, commença-t-il en se massant les tempes. Même si vous n'avez assisté à aucun cours.

Annev se rappelait avoir eu une conversation similaire avec l'Ancien Tosan. Heureusement pour Annev, l'Archidionaque avait moins envie de s'entendre parler, préférant aller droit au but.

— Depuis que vos amis ont été acceptés dans la Fraternité, vous nous avez causé beaucoup d'ennuis. (Reeve brandit le pouce et commença à compter sur ses doigts.) Vous portez une cape en écailles de dragon et une épée comme pour partir en guerre. Vous agitez une baguette magique pour vous protéger de quelque mal, ou au contraire pour en causer. Je ne sais pas pourquoi, mais vous avez décidé de démanteler le moindre glyphe inactif de l'Enclave. La semaine dernière, vous avez bien failli glacer l'aile ouest. (Il secoua la tête.) Et le pire, c'est que vous n'avez même pas l'air de vous rendre compte de ce que vous faites. Vous n'avez pas de mauvaises intentions, apparemment, ce qui n'est pas pour autant rassurant.

Annev était surpris. Reeve avait raison : ces semaines passées, Annev n'avait eu de cesse d'examiner son environnement à l'aide de sa Baguette d'Artificier à la recherche de glyphes activés et d'artefacts abandonnés. Cela lui avait permis de parfaire sa technique et l'avait également conduit à expérimenter davantage. Il avait étudié la magie résiduelle dans des sorts abandonnés et découvert les fils reliant le *quaire* à son glyphe activé. Sans son Anneau d'Inquisiteur, il ne pouvait pas les voir ; sans sa Baguette d'Artificier, il ne pouvait pas les toucher ; et lorsqu'il utilisait les deux artefacts en tandem, il était en mesure de remonter jusqu'à l'origine des fibres de magie. Dans les cas les plus inoffensifs, il s'était servi de sa baguette pour sectionner la liaison avec les mages absents, provoquant la dissipation du *quaire* et le délitement de la magie. Cela lui avait permis de comprendre comment fonctionnait l'articulation des glyphes – comment le *quaire* de chaque Dionaque alimentait ses sorts –, néanmoins, il avait été incapable de dupliquer les sorts démantelés. Il était convaincu de ne rien faire de mal, que personne ne remarquerait son intervention, mais il s'était trompé, une fois de plus.

Annev croisa les bras, serra de la main droite sa Baguette d'Artificier, sous sa cape.

— Je ne nie pas. C'était… nécessaire.

— Pourquoi ?

Annev se mordit la lèvre. *Ne fais confiance à personne*, dit une voix dans sa tête, mais Reeve les avait protégés à Quiri, et Sodar le tenait pour un homme bien. Même Honeycutt avait fini par admettre que Reeve protégerait les intérêts d'Annev… et il lui fallait bien faire confiance à quelqu'un, au moins un peu.

—Le soir du Test d'Ascension, quelqu'un a essayé de me tuer, expliqua-t-il d'une voix de plus en plus assurée.

—Quoi ? s'étonna Reeve en fronçant les sourcils. Et je n'en entends parler que maintenant !

—Comme je ne savais pas à qui je pouvais faire confiance, j'ai essayé de démêler les fils de cette histoire par moi-même… mais ce n'est pas facile.

—Je vois, commenta Reeve en se caressant le bouc, les barrières mentales de nouveau bien en place.

Annev attendit, mais le grand-prêtre ne dit rien de plus.

—Qu'est-ce que j'aurais dû faire, à votre avis ? s'enquit le jeune homme, déconcerté.

—Je vous crois, mais vous auriez dû venir m'en parler plus tôt, regretta Reeve, le visage indéchiffrable.

—Que pouvons-nous faire ?

—Rien.

—Rien ? répéta Annev en penchant la tête sur le côté. Comme lorsque vous n'étiez pas au courant, en somme ? Vous attendez que l'assassin retente sa chance ?

—Plus ou moins, répondit Reeve dont la décontraction apparente dissimulait les véritables pensées. Avec quelques précautions pour assurer votre protection. Un comportement étrange risquerait de décourager les traîtres de se révéler. À moins qu'il soit trop tard.

Annev écarquilla les yeux, bouche bée.

—Vous *saviez*. Vous saviez qu'il y avait un traître… et vous n'avez rien fait.

—Nous en avons déjà parlé avant notre arrivée dans l'Enclave, vous vous rappelez ? se défendit Reeve. Vous vous demandiez si l'Ordre serait sûr pour vos amis et vous.

—Et vous nous aviez rassurés !

—La sécurité est une notion toute relative, répondit Reeve sans se donner la peine d'expliquer. Disons que vous auriez été plus en danger dans les rues de Luqura.

—Et maintenant ? s'emporta Annev en s'empourprant.

—Maintenant… Maintenant, votre présence ici nous met tous en danger.

On y est… Annev se rendit compte qu'il s'était levé. Il essaya de ne pas regarder sa prothèse dorée, mais le pouvoir de l'artefact semblait attirer irrésistiblement leurs yeux. Reeve en était tout aussi conscient que lui.

—Vous collectez le sang de nos Dionaques, dit-il, la mine sinistre. Je ne sais pas pourquoi, mais je crains un potentiel aussi destructeur que celui de vos expérimentations avec les sorts de protection. J'aurais pu mettre ça sur le compte de l'attentat dont vous avez été l'objet, mais maintenant… Votre présence dans l'Enclave aurait pu être bénéfique, mais la menace que vous faites peser sur l'Ordre…

Annev comprenait, évidemment. À la place de Reeve, il serait arrivé à la même conclusion. Annev détesterait abandonner ses amis Titus et Therin, mais ils s'en sortiraient mieux sans lui. C'était d'ailleurs déjà le cas. Il se dirigea vers la porte, mais le grand-prêtre le rappela.

—Attendez ! Où allez-vous comme ça ?

—Je m'en vais.

—Vous êtes trop vulnérable pour partir seul. Et trop dangereux pour rester.

—Vous ne pouvez être gagnant dans tous les cas, rétorqua Annev en regardant Reeve dans les yeux.

—Combien de temps vous faudrait-il pour identifier l'assassin avec un peu d'aide ? lui demanda le grand-prêtre en scrutant la prothèse dorée.

—Quoi ?

—Combien de temps ? Si je vous donnais vingt-quatre heures, pourriez-vous résoudre cette énigme ?

—C'est une plaisanterie ! s'esclaffa Annev.

— Pas du tout.

— Je cherche depuis des semaines, et je n'ai rien trouvé. Rien.

— Jusque-là, vous étiez contraint de vous cacher. Et si le Dionaque Leskal vous aidait ? Je crois que vous avez de bons rapports avec lui, et Leskal est un des rares Dionaques dont je ne me méfie pas.

N'avoir confiance en personne... Annev voulut secouer la tête, mais se retint. Il n'avait pas encore eu l'occasion d'interroger Leskal. Peut-être que cela pourrait fonctionner.

— Si vous avez confiance en lui, je serais heureux de collaborer avec lui.

— Bien, conclut Reeve en se détendant. Je vais faire savoir que vous partez en mission pour le compte de l'Ordre – une mission digne de l'élu de Sodar – et vous pourrez faire vos au revoir. Vous utiliserez ce temps pour investiguer. En restant vigilant. Si l'assassin veut réellement vous tuer, il devra passer à l'action très vite, et nous serons prêts à intervenir.

— Attendez, c'est ça, votre plan ? Je fais semblant de me préparer à partir et j'attends que quelqu'un essaie de me tuer ?

— Vous partirez bel et bien, dit Reeve, de nouveau sévère. Et en mission. (Il se caressa la moustache, se tourna vers la porte, puis regarda Annev dans les yeux.) Hier, j'ai reçu une lettre invitant Sraon à se rendre à Innistiul pour parlementer avec son cousin le roi Cheng. Sraon ne va pas mieux, malheureusement, aussi vais-je devoir envoyer quelqu'un d'autre.

— Son cousin ? Le roi Cheng ? Attendez... Vous voulez que j'aille à Innistiul ?

— Oui, confirma Reeve, le regard glacial. Vous êtes une bombe attendant d'exploser, Annev de Breth. Quelle que soit la mission que je vous confierai, où que je vous envoie, il y aura toujours un risque que vous explosiez, et je n'ai pas envie que cela se produise en ma présence, ni en celle des miens.

— Vous voulez... Vous pensez que...

Annev était incapable d'articuler sa pensée.

— Vous êtes une arme, Annev. Sodar ne s'était pas trompé, même si je doute que vous ayez été envoyé ici pour tuer un dieu mort. (Il désigna la Main de Keos.) J'ai vu de quoi elle était capable. Vous pensiez si fort aux destructions qu'elle peut causer que tous les Dionaques possédant une goutte de sang d'Arpenteur d'esprit ont dû vous entendre. Et je vous ai vu combattre ce même désir à Luqura.

— Vous êtes au courant ?

— Bien sûr. Comment croyez-vous que je vous aie trouvé ? (Reeve poussa un long soupir saccadé.) Les Dieux nous protègent. Si vous êtes capable de faire ça rien qu'en perdant le contrôle de vos émotions, imaginez si vous réussissiez à canaliser votre pouvoir pour le diriger vers quelque chose qui mériterait d'être détruit.

— Mais pourquoi m'envoyer chez Cheng ? Il appartient à l'Empire, c'est un roi. Si je devais détruire quelqu'un… Bref, je pensais plutôt aux Terrans !

— Enverriez-vous une arme non testée chez votre plus grand ennemi ? demanda Reeve, les paumes tournées vers le ciel. Alors qu'il risquerait d'en prendre le contrôle ? Non, cette mission-ci, chez le roi Cheng, sera déjà bien assez compliquée. Le pouvoir de son royaume vient de ce qu'il asservit les autres – y compris d'autres Dariens –, et nous le soupçonnons depuis longtemps de s'être allié au grand-prêtre terran Neruacanta. Il est lié à Saltair, et il y a de fortes chances qu'il soit impliqué d'une manière ou d'une autre dans les tentatives d'assassinat dont vous avez été l'objet. En le tuant, vous pourriez régler définitivement votre problème.

— Mais vous n'avez aucune preuve.

— Non. Tout comme vous, j'ai des soupçons.

Annev prit le temps de réfléchir. Serait-il capable de canaliser la puissance destructrice de la Main de Keos pour tuer quelqu'un de sang-froid ? Pourrait-il devenir un assassin, un régicide, un génocide ? À Chaenbalu, il avait été incapable de tuer un simple étranger lorsque Tosan le lui avait demandé.

Qu'est-ce qui lui faisait croire qu'il aurait le courage de risquer des vies innocentes ?

Alors qu'il s'apprêtait à secouer la tête, Reeve lui posa la main sur l'épaule.

—Annev, vous ne pouvez pas rester ici. Où que vous alliez, vous mettrez en danger les gens qui vous entoureront. Il vaudrait mieux que vous vous rendiez dans un endroit où le pire, s'il advenait, nous rendrait service. Innistiul est un bon choix. Ce n'est pas aussi loin que la Nouvelle Terra, ni aussi dangereux que les fosses de Daogort. C'est une île éloignée du cœur de la civilisation, bâtie sur la vilenie.

Annev ne savait pas quoi dire. Il essaya, cependant :

—Je pourrais m'isoler, aller loin de tout. Je pourrais vivre en ermite, dans le désert ou la forêt. Je pourrais même retourner à Chaenbalu et rechercher l'Oracle. Au moins, le cercle de protection de Chaenbalu serait…

—Le cercle ne serait pas une garantie. Votre village a déjà été découvert une fois. Pour ce qui est des parties les plus reculées de l'Empire… Innistiul est suffisamment proche de Quiri pour que nous puissions venir vous chercher en cas de besoin. Si vous décidiez de disparaître, en revanche, votre ennemi risquerait de vous retrouver avant nous. De vous retourner contre nous, aussi.

—Je ne ferais jamais ça.

—Il ne faut jamais dire jamais, Annev. J'ai assisté à des phénomènes plus étranges, d'autant que vous n'avez toujours pas réellement trouvé votre place dans le monde. Un bon Créateur de tempête serait capable de faire entrer des pensées dangereuses dans votre esprit. Semer quelques graines, puis récolter la destruction. (Il se pencha en avant.) C'est la raison pour laquelle j'ai jusqu'ici préféré vous garder parmi nous. Je le regrette, mais je ne peux pas vous envoyer à la recherche de Bron Gloir et de l'Oracle. Vous êtes tout simplement trop dangereux.

Dans le déni, Annev secoua la tête, tandis que les paroles de Reeve résonnaient dans son esprit. Il ne pouvait pas rester, et pourtant, il refusait de devenir un assassin. Il avait assez de sang sur les mains pour mille vies.

— Je vais partir, conclut-il en serrant les poings, mais je ne serai pas un outil. Je ne suis pas un membre de l'Ordre et je ne serai pas votre assassin. J'irai où je voudrai.

— Dans ce cas, j'espère que vous choisirez Innistiul.

— Quels problèmes Sraon a-t-il avec son cousin ? demanda Annev en fronçant les sourcils.

— Un membre de la famille royale a été tué, expliqua Reeve en joignant ses mains devant sa poitrine, les yeux plissés. Ce qui fait de Sraon le deuxième héritier possible.

— Qui est le premier ?

— Le fils unique de Cheng, un petit enfant…

— Vous voudriez que je tue Cheng et son fils ? l'interrogea le jeune homme, le front barré d'une ride.

— Je n'ai jamais dit cela.

— Vous l'avez pensé très fort. Si j'amenais la Main de Keos à Innistiul, elle détruirait le palais, voire l'île tout entière ! Et tout ça pour quoi ? Pour que Sraon hérite de ruines ? Pour vous donner un pion supplémentaire à manipuler ? Par les couilles d'Odar, Sraon ne se rappelle même plus son prénom !

— Parce que quelqu'un, dans l'Enclave, suce ses souvenirs, Annev ! C'est la raison pour laquelle Sraon a perdu la mémoire. Ce n'est pas à cause du poison de Saltair, que nous avons purgé dès notre arrivée ici, même si quelqu'un essaie de nous le faire croire. Oui, quelqu'un joue avec la mémoire de Frère Sraon. Celui-ci sait quelque chose – à votre sujet, je crois –, et quelqu'un veut récupérer ces informations. Au point de sucer tous les souvenirs de Sraon sur vous et le temps passé en votre compagnie à Chaenbalu.

— Au point de *quoi* ? (Les yeux d'Annev commencèrent à le brûler de larmes non versées.) Pourquoi ne m'avoir rien dit ?

— Parce que j'ignore s'il recouvrera un jour la mémoire et que je voulais vous épargner tous les deux.

— Vous voulez néanmoins m'envoyer à Innistiul pour permettre à Sraon de devenir roi. Vous vous fichez pas mal de sa mémoire en réalité. Vous voulez seulement l'utiliser. Nous utiliser, lui et moi.

— Pour le bien commun, Annev, précisa Reeve en écartant les bras. Nous sommes tous des outils dans les mains d'Odar. Peut-être est-ce la raison pour laquelle Sodar a protégé votre famille pendant toutes ces années.

— Non, protesta Annev, dont la colère montait. Sodar a protégé la lignée de Breathanas afin qu'un de ses descendants tue Keos – ou Neruacanta ou quiconque serait possédé par l'esprit du Dieu déchu –, non pas pour commettre un génocide. Sodar serait écœuré par votre projet.

— Il serait écœuré par ce qui s'est passé aujourd'hui, assena Reeve en haussant le ton. Vous n'avez pas les mains propres, Ainnevog de Breth. Vous n'êtes pas meilleur que les autres. Et Sodar non plus. Plus vite vous comprendrez qu'il est impossible de réparer le monde sans l'avoir cassé au préalable, plus vite vous ferez le bien.

Le cœur d'Annev s'emballa, et le rouge lui monta aux joues. Il n'osa pas regarder sa prothèse de crainte de découvrir quelque chose de désagréable. Il devait se calmer, mais il ne pouvait se contenter de s'en aller, à présent que Reeve avait fait tomber le masque.

— Dites-moi la vérité, lança-t-il d'une voix qui ne trahissait pas sa colère. Toute l'histoire de cette main est-elle un mensonge ? Était-ce votre objectif depuis le départ ?

Reeve hésita et se lécha les lèvres.

— Je… Disons que j'ai une théorie à ce sujet.

— Pourquoi ne m'avoir rien dit ? demanda Annev en se concentrant sur les pouvoirs de ses deux anneaux magiques. Pourquoi ne pas avoir essayé ? Pourquoi avoir retenu ces informations ?

— Parce que cela ne vous aurait pas plu.

— Mais encore ? insista Annev.

— J'espérais que vous pourriez nous aider. La Main de Keos possède des pouvoirs que nous ne comprenons pas complètement, et j'imaginais qu'elle pouvait nous être utile.

— Comme une arme, conclut Annev, de plus en plus furieux.

— Non ! Pas au début, en tout cas. J'espérais que vous nous conduiriez vers Bron Gloir et l'Oracle. C'était la vérité. Les prophéties… Si vous êtes réellement le Vaisseau, vous nous conduirez peut-être au Bâton d'Odar, voire à Odar lui-même.

— Vous voulez trouver Odar ? s'étonna Annev dont la colère se dissipait comme de la fumée dans le vent.

— Ainsi que Lumea. Je me disais que, avec les *diamagi*, nous aurions une chance de trouver les Dieux et de mettre un terme à leur Silence.

Annev regarda le grand-prêtre et se rendit compte que Reeve rougissait d'avoir dit le fond de sa pensée. Reeve voyait Annev comme un outil, certes, mais plus comme une boussole que comme un couteau. Une boussole qui l'aiderait à communier avec son Dieu silencieux depuis deux mille ans. Les intentions du grand-prêtre avaient été louables, mais Annev avait échoué. Il n'avait manifesté aucun talent pour l'articulation de glyphes et mettait l'Ordre en danger, mais rentrer à Chaenbalu aurait été trop dangereux. Annev n'avait pas besoin de se concentrer sur les pouvoirs de ses anneaux pour savoir que Reeve disait la vérité. Le grand-prêtre avait fini par comprendre qu'Annev ne pouvait pas l'aider.

— Je vais partir, finit par dire le jeune homme dont la colère s'était évanouie, la prothèse luisant doucement dans la lumière tamisée du bureau de l'Archidionaque. Il se peut même que je me rende à Innistiul, mais pas parce que vous l'exigez.

Reeve s'affaissa, le dos voûté de résignation. Il hocha la tête.

—Vous m'aviez promis vingt-quatre heures… Je profiterai de ce temps pour démasquer les traîtres et m'en occuper personnellement. Qu'est-ce que vous en pensez ?

—Puis-je vous en empêcher ? demanda Reeve dans un haussement d'épaules.

—Je ne crois pas. (Annev s'interrompit quelques secondes.) Et je veux connaître votre théorie sur la manière de retirer ma prothèse.

—Elle ne va pas vous plaire, répondit Reeve, tout pâle.

—Cela ne peut pas être pire que de détruire la totalité de l'Enclave.

—Certes non. Pour nous, en tout cas. Pour vous… Il arrive que la solution à un problème soit pire que le problème lui-même.

—Bien, conclut Annev en scrutant le visage de Reeve. Vous gardez vos secrets et je garde les miens. Je vais néanmoins demander à Leskal de m'aider à débusquer les traîtres. Et quand je les aurai, vous n'interférerez pas. Surtout si le traître est un de vos amis. Je me chargerai de l'interrogatoire et déciderai quoi faire de lui ou d'eux.

—Vous proposez une chasse aux sorcières dans laquelle vous ne vous interdirez rien pour trouver ceux qui ont attenté à votre vie.

—Oui.

—Et si vous accusez la mauvaise personne ? Et si vous mettez des innocents en danger ?

—En quoi la vie de vos Dionaques est-elle plus précieuse que celle des habitants d'Innistiul ?

—Les Dionaques sont ma famille ! Mes amis ! Des gens à qui je fais confiance depuis des siècles !

—Au moins un d'entre eux est un traître.

—Sachez que si vous faites du mal à quelqu'un qui n'a rien fait, je ne vous le pardonnerai pas, le mit en garde Reeve en faisant la moue. Le fait que vous soyez l'élu de Sodar ne vous mettra pas à l'abri de ma colère.

Annev plongea un regard dur dans celui de Reeve. Aucun des deux ne flancha.

— Nous nous comprenons, finit par dire Annev dans un hochement de tête.

— Oui.

Annev s'attarda sur le seuil, les sourcils froncés, le front ridé.

— Vous dites que je suis l'élu de Sodar… issu de la lignée de Breathanas…

— En effet.

— Il semble étrange, impossible même, que je sois le seul membre vivant de cette lignée. Il y en a forcément d'autres, d'autres lignées, d'autres enfants après deux millénaires.

— Sodar a-t-il dit qu'il n'y en avait pas d'autres ?

— Non.

— Vous avez donc votre réponse.

— Mais pourquoi moi ? Pourquoi ma lignée ?

— Posez la question à Sodar. Lui croyait en cette prophétie. C'est lui qui a décidé des règles, qui a choisi qui suivre et qui protéger. Qui laisser de côté, aussi. Je crois que sa préférence allait aux enfants nés avec le talent. Après cela, c'était en général le premier-né, ce genre de niaiserie patriarcale. Une demi-douzaine de fois, il a dû faire avec des filles nées sans le talent, à ma grande stupeur.

— Il n'y avait donc pas de raison valable. C'était purement arbitraire.

— Vous comprenez maintenant pourquoi nous sommes si peu nombreux à nous intéresser à cette mission. Par deux fois, les lignées que Sodar suivait se sont éteintes, l'obligeant à chercher d'autres branches.

Annev n'arrivait pas à y croire. Sodar et ses prophéties… Des mensonges ! Dans le fond, il s'en doutait, et pourtant, il avait mis un point d'honneur à respecter les dernières volontés de Sodar. Entendre les explications froides de Reeve revenait à se rendre compte que, derrière la voûte céleste, il n'y avait ni dieux, ni ordre, ni prophétie, ni destin, ni magie. Les choses étaient simplement ce qu'elles semblaient être : sinistres et chaotiques, froides et dures. On en faisait ce qu'on pouvait en espérant obtenir un résultat. C'était une prise de conscience difficile qui donnait néanmoins à Annev la détermination dont il aurait besoin pour la suite.

— Je vais voir si Leskal se trouve toujours en bas. Pourriez-vous écrire une lettre pour lui demander de m'aider ? Je crains qu'il refuse, autrement.

— Je vais lui parler tout de suite. (Reeve se tut un instant, le regard perdu dans le vide.) Il vous retrouvera devant votre chambre.

Annev hocha la tête et s'en fut.

— Vingt-quatre heures ! s'écria Reeve.

Chapitre 62

Le Dionaque Leskal attendait Annev dans le dernier sous-sol de l'Enclave ; il y faisait les cent pas en tirant sur les tresses jumelles de sa barbe. Voyant le jeune homme arriver, il désigna de la tête le couloir fondu dans lequel se trouvait son ancienne chambre.

— Les autres sont remontés. Nous sommes seuls, dit-il.

— Très bien, approuva Annev en descendant les dernières marches.

Il portait l'anneau codavora et l'Anneau d'Inquisiteur à la main droite, la Baguette d'Artificier dans sa prothèse non gantée. Leskal fixait l'artefact avec une hostilité non dissimulée.

— Et ça, c'est pour quoi ?

— Pour démêler le vrai du faux.

— C'est vous le responsable de ce chaos, s'emporta Leskal, le regard noir. Vous et cette maudite main. Nul besoin de baguette pour mettre au jour la vérité.

— Il se peut qu'il y ait autre chose à découvrir, ici, précisa Annev en scrutant Leskal à travers la brume rouge de son Anneau d'Inquisiteur. Reeve vous a-t-il dit que je partais demain ?

— Je… je n'étais pas au courant, répondit l'homme dont le rythme cardiaque ralentissait.

— On m'envoie dans le Nord en mission spéciale.

— En mission ? Parce que vous allez revenir ? l'interrogea Leskal, dont le cœur s'emballait de nouveau.

— Où que j'aille, je quitte Quiri et l'Enclave pour de bon. Peut-être même Odarnea.

— Je ne doute pas qu'il s'agisse d'une mission importante, puisque c'est Reeve qui vous envoie, remarqua Leskal.

Annev réprima un sourire cynique. Assassiner le roi Cheng et détruire la cité-État d'Innistiul était superflu, tragique et téméraire. Il n'aurait certainement pas qualifié cette mission d'*importante*, bien au contraire. Innistiul était sacrifiable, tout comme Annev lui-même. Et Sraon.

Leskal paraissait le croire. Il serait soulagé de voir Annev partir, mais il ne lui en voulait pas personnellement. Pas suffisamment pour tenter de l'assassiner, en tout cas.

Si Leskal voulait me voir mort, il s'inquiéterait de me voir partir. Il serait agité, non pas calme. Je pense que je peux lui faire confiance et lui parler de mon enquête.

— J'ai besoin de votre aide, reprit Annev en montrant d'un mouvement de tête ce qui restait de sa chambre. Je crois que quelque chose m'échappe.

Leskal étudia le couloir et la chambre dévastée.

— Que cherchons-nous, exactement ? demanda-t-il en passant sous l'arche de pierre du seuil, la porte et l'encadrement ayant été brûlés, se résumant à quelques traces sombres sur le sol.

— Il doit y avoir un glyphe bouclier à proximité, expliqua Annev. Son pouvoir a été démantelé il y a trois semaines environ, mais il se peut qu'il soit toujours relié au Dionaque qui l'a mis en place.

— Relié ? (Leskal secoua la tête.) L'articulation des glyphes, c'est la Protection et la Volonté, une intention ou une pensée faite réalité.

— Mais le glyphe consomme le *quaire* du magicien, non ? Il laisse une marque sur le monde… une empreinte ou un lien avec la personne qui en est responsable.

Le Porteur de bouclier pencha lentement la tête sur le côté.

—C'est une façon de décrire la chose, j'imagine. Et vous dites qu'il est inactif?

—Oui.

—Alors, c'est fini, conclut Leskal dans un grognement. Plus rien ne relie le glyphe à la personne qui l'a mis en place. Il n'y a plus de magie.

—Non, contra Annev en secouant la tête. Je ne peux pas l'expliquer, mais je suis sûr de moi, même si je ne vois pas les traces résiduelles du glyphe.

—S'il était dans votre chambre, vous l'avez probablement détruit.

—Non… regardez dans le couloir. Quelque part à proximité de la porte.

Leskal entreprit d'examiner la pierre fondue de l'arche légèrement affaissée.

—Pourquoi ériger un mur d'air près de votre porte? Vous vouliez la verrouiller?

—Je n'ai *rien* érigé du tout. Quelqu'un d'autre l'a fait.

—Pourquoi ferait-on une chose pareille? l'interrogea Leskal en fronçant les sourcils et en caressant la pierre.

—Pour me tuer. D'abord, on m'a bloqué à l'intérieur, et puis on a vidé ma chambre de tout son air grâce à un élément du Test d'Ascension de Therin.

—Qu'est-ce que vous racontez? Quand est-ce arrivé? s'étonna Leskal en faisant face à Annev, les bras le long du corps.

—Il y a presque trois semaines? répondit Annev comme les battements du cœur de Leskal accéléraient.

—Il y a des traîtres au sein de la Fraternité? (Leskal secoua la tête, balançant les tresses de sa barbe de gauche à droite.) Les castes ont eu des différends, bien sûr, mais les femmes et les hommes que vous avez rencontrés dans l'Enclave sont parmi les meilleurs éléments de l'Ordre. Les vieilles querelles ont été enterrées…

—Durant la Guerre des Factions?

— Oui. (Leskal hésita.) Arnor a expliqué tout cela à Sodar, n'est-ce pas ?

— En effet.

— Et Sodar vous a tout dit ?

— Pas exactement. J'ai épié leur conversation.

— Mmh… Je comprends mieux. Sodar parlait très peu, comme si ses lèvres étaient seulement peintes sur sa face. À part Reeve, personne ne savait s'il était en vie, ni où il se cachait.

— Il avait peut-être ses raisons.

— Bien avant la Guerre des Factions, il se méfiait déjà des espions et des traîtres. Toutefois, même une clepsydre cassée donne la bonne heure deux fois par jour, n'est-ce pas ? L'Ordre existe depuis des millénaires. Impossible de garantir qu'aucune pomme pourrie ne s'est retrouvée dans le tonneau.

— Le problème, c'est que la pourriture se propage. Vous pensiez avoir nettoyé l'Ordre durant la guerre, mais au moins un de vos frères n'est pas celui que vous croyez.

— Je connais la plupart de ces gens depuis des siècles, jeune homme ! gloussa Leskal. Je mettrais sans hésiter ma vie – et plus encore – entre leurs mains.

— Quoi qu'il en soit, la personne qui a tenté de me tuer a usé de magie darienne.

Leskal se gratta le torse avec un air sinistre.

— Si un Porteur de bouclier voulait vous tuer, il vous écraserait avec un mur d'air ou vous décapiterait avec une faux de glace. Ce que vous avez subi… Je ne sais pas. Si ce que vous dites est vrai, je doute que vous cherchiez un Porteur de bouclier ou un Briseur de souffle.

— Je sais. J'en ai discuté avec Honeycutt. J'ai des théories à ce sujet, mais… Il faut absolument que je trouve ce glyphe. C'est la clé de notre mystère.

— Je croyais que le glyphe avait été détruit…

— Je crois qu'il a simplement été détaché de sa magie. Quelqu'un a érigé la protection, l'a activée, mais je suis parvenu à couper le flot de *quaire* qui l'alimentait. Le glyphe est inactif, mais il n'a pas été détruit. Il est toujours ici… quelque part.

— S'il est toujours ici et que j'arrive à l'alimenter avec mon propre *quaire*, pourrez-vous le voir ?

— Sans doute, mais alors sa magie me conduirait sans doute à vous.

— On ne peut pas savoir avant d'essayer, dit le chef de caste en se mordant l'intérieur de la joue. (Il se tourna vers le mur, prit une profonde inspiration et se mit à chantonner, les paupières mi-closes.) *Balla*. (Il regarda d'un côté et de l'autre du couloir, puis haussa les épaules.) *Sgiath. Bacadh*. (Il fronça les sourcils, attendit encore.) Je ne sens rien, Annev. Désolé.

— Attendez, lança le jeune homme en fronçant les sourcils. L'intention est primordiale quand on forme un glyphe. Et si, au lieu de « bouclier » ou de « mur », vous essayiez quelque chose de plus spécifique. Peut-être « sceau » ou « piège » ? Quelque chose qui pourrait m'emprisonner ici et me priver d'air.

Leskal grogna et fit rouler ses épaules en se tournant vers l'entrée de la chambre.

— *Seuladh. Príosún. Gaiste*. (Après le troisième mot, trois petits glyphes s'embrasèrent à la base du mur. Pris de court, Leskal cligna des yeux.) Odar nous protège. Vous aviez raison, jeune homme. (Il se pencha pour examiner les minuscules runes qui s'estompaient déjà. Il était fasciné.) Ils sont vraiment tout petits et se fondent presque parfaitement dans la pierre. Ils n'ont pas été sculptés, ni peints. (Il se redressa en marmonnant quelque chose d'un air pensif.) On dirait qu'ils ont été tracés avec une lame d'air. Un travail délicat, même pour un Porteur de bouclier expérimenté. Une poignée de Dionaques seulement est capable d'obtenir un tel résultat.

— Voyons si je suis capable de distinguer votre *quaire* de celui du Dionaque qui a inscrit ces glyphes, dit Annev en s'accroupissant.

Le jeune homme se concentra sur la magie de son Anneau d'Inquisiteur et vit apparaître trois fils reliant le *quaire* de Leskal au triangle de runes. Des ondes de magie se déplaçaient le long des fils diaphanes connectés à la poitrine de Leskal. Annev les effleura avec sa Baguette d'Artificier et les sentit vibrer.

— Vous avez senti ?

— Senti quoi ?

— Donc c'est non…, conclut Annev en démêlant les trois fils de magie.

Il les manipula, s'en saisit, puis tira d'un coup sec. Leskal écarquilla les yeux et porta la main à sa poitrine, le souffle court.

— Par Odar, qu'est-ce que c'était que ça ?

— De la magie, répondit Annev en se retenant de sourire. Pourquoi ? Qu'avez-vous ressenti ?

— Mes poumons se sont vidés de leur air d'une manière très, très désagréable !

— Désolé. Votre magie dissimulait les fils qui la transportaient. Lorsque je les ai trouvés, j'ai tiré dessus pour les examiner.

Annev bougea lentement l'extrémité de la baguette dans les volutes roses arachnéennes. Il les sentit vibrer, mais remarqua que leur tonalité avait changé. Intéressant. Il les pinça et perçut de nouvelles vibrations provenant de Leskal. Annev fronça les sourcils et longea les fils, s'arrêta juste devant la poitrine de Leskal.

— Ils sont toujours reliés à vous, dit-il en secouant la tête. J'espérais qu'ils me conduiraient à l'auteur des glyphes, mais le fait de les réactiver semble avoir effacé le lien originel.

— Désolé, jeune homme. C'était bien essayé.

Annev soupira, proche d'abandonner, mais comme il se détournait de Leskal, sa vision magique lui révéla non pas un, ni trois, mais six liens individuels.

— Par les bâtons d'argent, lâcha-t-il dans un souffle en se déplaçant pour observer les fils sous différents angles. Comment ai-je pu passer à côté de ça ?

— Quoi ?

— Pourriez-vous tracer un nouveau glyphe ? N'importe lequel. Tracez-le et activez-le.

Le chef de caste haussa un sourcil, mais n'en dégaina pas moins sa brosse en bambou pour tracer un glyphe sur la pierre.

— *Ardán*. (L'air entre eux vibra pendant un instant, et puis Leskal monta tranquillement sur une plate-forme flottante d'air condensé.) Ça vous ira ? demanda-t-il, les pieds suspendus à cinq centimètres du sol.

— Parfait, répondit Annev en agitant sa baguette pour trancher la magie du glyphe de Leskal.

La plate-forme disparut dans un claquement audible, et Leskal retomba en saisissant l'épaule d'Annev pour se rattraper. Sans laisser au Dionaque le temps de protester, le jeune homme se libéra de son étreinte pour examiner le glyphe inactif. Il hocha la tête, satisfait.

— C'est bien ce que je pensais. Un seul fil.

— Et c'est une bonne chose ?

— Nous verrons. Vous pourriez le réactiver ? lui demanda-t-il en montrant le sol.

— Pour que vous puissiez couper le lien une seconde fois ?

— Oui. Si je vois deux fils après avoir coupé votre magie, je saurai qu'un nouveau fil est forgé chaque fois que quelqu'un active le glyphe. Et si je ne vois qu'un seul fil, eh bien… ça voudra dire autre chose.

Le chef des Porteurs de bouclier secoua la tête, mais fit ce qu'on lui demandait. Cette fois, il ne monta pas sur le coussin flottant qu'il venait de créer.

— Je vous en prie…

Annev trancha le lien magique reliant le Dionaque silencieux au glyphe.

— Par les bâtons d'argent, jura le jeune homme en levant des yeux plissés vers Leskal. Je vois deux fils.

— C'est une bonne nouvelle ?

— Ça confirme mes soupçons. Un nouveau fil est formé chaque fois que le glyphe est activé… ce qui signifie que ce n'est pas la première fois que vous activez ces sorts, précisa Annev en tapotant les runes à la base du mur, près de l'entrée de sa chambre.

Leskal tira sur sa barbe sans comprendre. Et puis son visage s'anima.

— Vous croyez que c'est moi qui ai tracé ces glyphes dans la pierre ? Vous pensez que c'est moi qui vous ai attaqué ? Annev, je vous le jure, jamais je ne…

— Pas consciemment, en tout cas. Je sais. Je vous crois.

— Vous êtes sûr ?

Annev acquiesça, ne désirant pas expliquer qu'il lisait dans les pensées non protégées de l'homme.

— Leskal, je pense que quelqu'un a manipulé votre esprit.

* * *

— Il y a bien clairement un trou, ici, annonça Tym après avoir arpenté la mémoire de Leskal. Des portions datant du Test d'Ascension ont été retirées par un autre Dionaque.

— Un Arpenteur d'esprit, conclut Misty en serrant les poings. Par les dieux, Tym. C'est exactement la raison pour laquelle les autres castes ont tant de mal à nous faire confiance.

— Je ne suis pas convaincu qu'il s'agisse d'un Arpenteur d'esprit. En tout cas, il travaille avec un Créateur de tempête. D'après ce que j'ai pu voir, quelqu'un a remplacé les souvenirs manquants par d'autres portions de mémoire, mais le travail n'est pas très propre. Il y a des brèches là où quelque chose de gros a été remplacé par quelque chose de plus petit, des souvenirs de piètre qualité, des copies de copies, je dirais.

— Qu'est-ce que ça veut dire ? s'enquit Annev en avisant le visage tout pâle de Leskal.

— Ça veut dire qu'il s'agit d'une personne en qui Leskal a une entière confiance, une personne pour laquelle il n'a pas jugé bon de protéger son esprit. Après cela, cette personne a pu utiliser une autre forme de magie pour couvrir la première. Par exemple celle d'un Créateur de tempête pour convaincre Leskal de placer ces sorts devant la chambre d'Annev, puis celle d'un Arpenteur d'esprit pour qu'il oublie ce qu'il venait de faire.

— Merde ! s'emporta Leskal en frappant du poing la petite table autour de laquelle étaient installés les Dionaques.

Annev se tenait à l'écart du trio et se servait de ses deux anneaux pour tenter de déterminer si Tym et Misty feignaient ou non la surprise. Rapidement, il fut convaincu que ses deux compagnons étaient innocents.

— Un ami, lâcha Leskal. Quelqu'un en qui j'ai une entière confiance. (Il leva au ciel ses yeux humides.) Vous ne pensez pas…

Il fut incapable de verbaliser la question qu'ils se posaient tous.

— Ce n'était pas Reeve, affirma Annev. Il veut que je démasque l'assassin, et il m'aide depuis bien avant mon arrivée ici. S'il avait voulu me tuer, il m'aurait laissé mourir à Luqura.

Misty acquiesça de la tête.

— Mais qui, alors ?

Ils pensèrent tous à la même personne, mais Leskal fut le premier à prononcer son nom.

— Holyoak est le seul fumier à posséder le talent nécessaire.

— Je suis d'accord, confirma Misty. Il aurait pu pratiquer les deux techniques sans l'aide d'un autre Dionaque.

— Oui, il aurait pu se servir de sa magie pour subjuguer Leskal lorsque ses défenses étaient abaissées, dit Tym. Il aurait pu l'obliger à porter le tableau dans la chambre d'Annev et à tracer les runes de Porteur de bouclier sur la pierre. Ensuite, Honeycutt aurait activé la bulle de vide pour le Test d'Ascension de Therin, ce qui aurait réveillé une seconde instruction et vous aurait poussé à activer la barrière derrière la porte d'Annev.

— Une seconde instruction ?

— C'est très difficile à faire, expliqua Misty, mais il est possible de dissimuler des pensées et des suggestions au sein d'autres ordres. C'est compliqué car le sujet s'en rend souvent compte et brise le sort. À moins d'effacer le souvenir de l'intervention sur sa mémoire.

— C'est terrifiant, commenta Annev en regardant successivement la Dionaque McClanahan, Tym et Leskal. Il a pu entrer dans l'esprit de n'importe qui…

— Pas vraiment, le rassura Tym en levant la main. La plupart des Dionaques, en particulier ceux qui possèdent des talents métaphysiques, sont trop expérimentés en matière de manipulation mentale. Les Briseurs de souffle et Porteurs de bouclier se concentrent sur les usages martiaux de l'Eau du ciel, cependant, ce qui les rend plus vulnérables. En fait, il faut vraiment être… (Misty lui assenait un coup de coude dans les côtes.) Eh ! protesta-t-il, ce qui lui valut un second coup de coude.

Annev regarda le couple avec étonnement, et Leskal s'éclaircit la voix.

— Je crois que Frère Tym essaie de dire qu'il faut être particulièrement crédule. Voire stupide.

— J'allais dire ouvert d'esprit, proposa Tym.

— Laissez tomber la pommade, dit Leskal. Je suis spécialisé en combat physique et non psychique. (Il se tourna vers Annev.) Je m'étonne qu'il ne vous ait pas influencé directement. Vous ne semblez avoir aucun talent avec le *quaire*.

Annev se demanda si le sang d'Arpenteur d'esprit de Tym l'avait protégé contre les intentions malignes de Holyoak.

—Annev a une très forte volonté, dit Tym en souriant. Il s'est entraîné avec Sodar pendant presque deux décennies, et il a passé son temps à se cacher à Chaenbalu. C'est le genre d'expérience qui renforce l'esprit et la volonté bien plus que le sang.

—Sodar a toujours préféré la largeur à la profondeur, lâcha Leskal dans un grognement. Nous devrions partager ces découvertes avec Reeve et commencer une investigation formelle, ajouta-t-il à l'intention d'Annev. Alors, nous pourrions arrêter Holyoak pour procéder à un interrogatoire en bonne et due forme.

—Combien de temps cela prendrait-il?

—Pas trop longtemps. Quelques jours, peut-être une semaine.

—C'est bien trop long. Je vais quitter l'Enclave, et j'ai besoin de réponses. Si Holyoak a essayé de me tuer, je ne vais pas attendre que l'Ordre enquête. Je vais le chercher tout de suite.

—Sommes-nous sûrs que c'est bien lui le coupable? intervint Misty. Il est là depuis plus longtemps que Tym et moi! C'est un sans-âge! Si c'est un traître, depuis combien de temps œuvre-t-il contre nos intérêts? Un an? Un siècle? Un millénaire?

—Quel âge a Holyoak? l'interrogea Annev.

—Reeve est le plus âgé–il a plusieurs siècles de plus que Sodar–, mais Honeycutt et Holyoak sont loin derrière. Le premier a rejoint l'Ordre au milieu du Deuxième Âge, le second à la fin, peu de temps après la bataille de Vosgar.

—Cela fait plus de deux mille ans, alors, conclut Annev dans un murmure.

— C'est une des raisons pour lesquelles je ne me serais jamais méfié de Holyoak, mais la Dionaque McClanahan a raison, nous nous précipitons peut-être. Il nous faut des éléments tangibles avant de l'accuser. Il peut s'agir de quelqu'un d'autre, voire de plusieurs Dionaques.

— Vous pensez vraiment qu'il peut y avoir plusieurs traîtres au sein de l'Ordre ? demanda Misty d'une voix tremblante. Par les dieux, je ne survivrais pas à une nouvelle Guerre des Factions.

— Holyoak était avec Misty pendant le test de Titus, dit Tym. Il a un alibi.

— Mais nous savons déjà que l'assassin s'est servi de Honeycutt et Leskal pour m'attaquer. Nous n'avons pas besoin de prouver qu'il a commis l'attaque lui-même, juste qu'il l'a orchestrée. (Comme les autres opinaient du chef, Annev eut une idée.) Frère Tym. Dionaque McClanahan. Lorsque quelqu'un efface ou remplace des souvenirs, laisse-t-il des traces de son passage ? Une empreinte mentale ou une trace de magie ?

— Pas à ma connaissance, répondit Tym.

— À la mienne non plus, regretta Misty. Avec l'Eau du ciel, on laisse ce genre de trace ; le *quaire*, en revanche, est beaucoup moins physique.

— Et si je pouvais voir le métaphysique ? proposa Annev sans se démonter. Si je pouvais voir l'influence du *quaire* ?

— Est-ce seulement possible ? s'étonna Tym en fronçant les sourcils.

— Vos glyphes…, commença Annev en hochant la tête. Lorsque la lumière de la magie disparaît, je vois des résidus d'énergie.

Les Dionaques échangèrent un regard.

— Cela me rappelle Amhran, remarqua Tym en se tournant vers son épouse.

— Ce résidu, comment le décririez-vous ? demanda Misty à Annev.

—Je vois… des lignes magiques lumineuses ?

—Soyez plus précis.

—Elles sont rosées, diffuses comme de la vase qu'on remue dans une mare. Chaudes aussi. Elles semblent presque vivantes.

—Amhran a parlé d'une lumière brillant derrière un panneau de verre, de particules de poussière dans un rayon de soleil. Cela résonne-t-il avec ce que vous avez ressenti ?

—Non, ce que je vois est moins abstrait. Comme si les fils étaient toujours reliés à la personne qui les avait créés. En vérité, je suis presque capable de sentir le cœur de la personne battre. (Il s'interrompit quelques instants.) Qui est cet Amhran ?

—Un Dionaque de Lasair, expliqua Tym. Un chanteur de sort iluméen. (Il secoua la tête.) Cela ne ressemble pas à un talent iluméen, cependant.

—Ce n'est pas une question de sang, ni de talent. Je me sers de deux artefacts pour voir et manipuler les fils. (Tym ne semblait pas convaincu.) Comment j'y parviens n'a aucune importance. Ce qui compte, c'est que je peux remonter jusqu'à la personne qui a manipulé l'esprit de Leskal. Je l'ai déjà fait avec Honeycutt et Leskal.

—Certes, mais c'était avec l'Eau du ciel, de la magie élémentaire. Le *quaire* est métaphysique, et donc plus difficile à manipuler. Il est plus dangereux, également.

—Je suis prêt à prendre le risque.

—Non pas dangereux pour vous, le corrigea Tym, mais pour Leskal. Si vous manipulez son esprit et que quelque chose tourne mal, vous pourriez le tuer. Ou pire.

Ils se tournèrent tous vers le Porteur de bouclier.

—Tym a raison. Vous n'avez aucune expérience avec le *quaire*, Annev. Pourquoi prendre ce risque alors que vous pourriez vous contenter d'attendre une enquête ?

—Parce que je n'ai aucune confiance dans l'Ordre, répondit aussitôt le jeune homme. Honnêtement, je suis surpris que vous ne pensiez pas comme moi. Et si d'autres Dionaques ont été corrompus aussi ? Et si Holyoak a déjà manipulé l'esprit de ceux qui conduiront l'enquête ? Et si l'enquête a déjà commencé et que personne ne s'en souvient ?

Misty secoua la tête avec vigueur, tandis que Tym la hocha d'un air morne.

— Ce ne serait pas sans précédent, dit-il. Quelque chose de ce genre s'est produit il y a près d'un millénaire. Je doute que ce soit le cas aujourd'hui, mais il ne faut écarter aucune hypothèse.

Annev lui adressa un sourire de gratitude sans joie.

— J'ai une idée, reprit-il. Tym, êtes-vous certain d'avoir identifié les souvenirs qui ont été implantés dans la mémoire de Leskal ?

— Oui, quasi certain.

— Qu'arriverait-il si vous en voliez un pour l'installer dans votre mémoire propre ? Si vous arriviez à le garder intact au premier plan de votre esprit, je pourrais utiliser la magie de mes artefacts pour remonter à son origine et découvrir son auteur.

Tym se tapota le menton en réfléchissant.

— Cela… pourrait fonctionner. En isolant un seul souvenir, vous ne risqueriez pas d'affecter l'esprit de Leskal, et je n'aurais aucune difficulté à me protéger. Je pourrais mettre le souvenir en évidence et sceller le reste. D'un point de vue métaphysique, ce serait un endroit sûr où commencer à expérimenter avec des fils de *quaire*. Vu qu'il ne s'agirait pas de ma mémoire, il ne m'arriverait rien si vous abîmiez ou détruisiez le souvenir. Vous risqueriez vaguement de faire du mal à l'auteur du sortilège, ce qui ne serait pas forcément une mauvaise chose. Je pense que nous devrions essayer.

Ils se tournèrent de concert vers Leskal, et le Porteur de bouclier donna son accord d'un hochement de tête.

— Devrions-nous en parler à l'Archidionaque Reeve ? s'enquit Misty. Si quelque chose tourne mal, nous aurons peut-être besoin d'aide.

— Oui, approuva Leskal. Il serait également prudent de mettre l'Enclave en quarantaine. Si nous mettons au jour une conspiration, nous devrons empêcher les coupables de s'enfuir. Ce serait l'occasion de régler les problèmes qui ont subsisté malgré la Guerre des Factions, et ce sans verser une goutte de sang.

— Je vais en parler à Reeve, annonça Misty en serrant l'épaule de son époux. Sois prudent.

— Tu me connais, la rassura Tym avec un sourire en coin qui contredisait la gravité du moment.

— Justement ! Alors, sois prudent ! Ne tente rien avant que je sois de retour avec Reeve. Tu me promets ?

— Biens sûr.

— J'ai dit promets-moi ! insista Misty en scrutant le visage de son mari d'un regard de feu.

— D'accord ! Je te promets que nous ne tenterons rien de dangereux tant que tu ne seras pas revenue avec Reeve. Contente ?

— Je serai contente quand tout sera terminé. Bonne chance, ajouta-t-elle à l'adresse d'Annev avant de quitter la pièce à grands pas.

Leskal regarda successivement Tym et Annev, incapable de contenir son sourire.

— Et c'est moi qui suis crédule ?!

— Nous allons le faire ? s'enquit Annev en regardant tour à tour les deux Dionaques. Nous n'allons pas attendre ?

Tym eut un sourire désespéré, même si ses yeux brillaient d'un éclat espiègle.

— J'ai promis de ne rien faire de dangereux. Nous allons donc faire très attention. Leskal ne risquera rien, et moi non plus. Je vous ai parlé des précautions que nous prendrions.

Vous serez protégé aussi. Et puis, vous êtes pressé, si j'ai bien compris.

Annev confirma d'un hochement de tête. Il était fatigué d'attendre les autres, surtout Reeve.

— Faisons-le.

Chapitre 63

— Je l'ai, annonça Tym en s'adossant à sa chaise, placée face à celle de Leskal.

— Déjà ? Je n'ai rien senti, s'étonna l'homme en clignant des yeux.

— C'est un peu l'idée, fit remarquer Tym, tout sourire. J'ai pris le souvenir dont la nature d'implant faisait le moins de doutes. (Il se tourna vers Annev, assis au pied du lit.) Vous êtes prêt ?

Annev confirma en manipulant machinalement l'anneau codavora, à son doigt. Il se força à se calmer et attrapa sa Baguette d'Artificier dans sa main gauche. Il ignorait si l'artefact lui serait d'une quelconque utilité, mais il l'avait déjà utilisé pour manipuler des glyphes d'Eau du ciel et se disait qu'il en aurait peut-être besoin. Grâce à l'anneau codavora et à l'Anneau d'Inquisiteur, il espérait voir la magie reliée au souvenir falsifié et, de là, remonter jusqu'à la personne qui l'avait créé.

— Je suis prêt.

— Je l'ai, répéta Tym, le regard distant. Voyez si vous êtes capable d'y accéder.

Annev étira ses magies et s'efforça de percevoir les pensées de Tym. Il n'était plus un observateur passif. Cette fois, comme son esprit frôlait celui de l'homme, il essaya d'entrer activement en contact avec lui. Ce faisant, il sentit le *quaire* de Tym sous la forme d'un discours chaotique, d'un flot d'idées et de mots flous, de bruits incompréhensibles et d'images distordues.

Au même moment, les pensées d'Annev se firent imprécises, éparpillées, diffuses. Son identité dériva loin de lui, tandis que les pensées de Tym devenaient indissociables des siennes. Lorsque Annev se rendit compte que ses pensées concernant Misty venaient en réalité de Tym, il se retira immédiatement et s'efforça de se recentrer.

— Tout va bien ? lui demanda Tym.

— Oui, répondit Annev en s'empourprant. C'est juste que… ça m'a surpris.

Tym haussa un sourcil, comme Annev mettait en place ses propres barrières mentales, ce qui lui permit de recouvrer l'intégralité de son identité. De nouveau confiant, il cligna des yeux et se concentra sur les visages de Tym et Leskal.

— Je vais réessayer. Dès que je verrai le souvenir, je m'en saisirai fermement.

— J'aurais dû vous donner quelques instructions avant que vous vous essayiez à ce genre de technique. Même si vous usez d'un artefact, les principes fondamentaux restent les mêmes.

— Vous auriez pu m'apprendre à me raccrocher à mon identité ?

— Par exemple, acquiesça Tym en souriant. Par ailleurs, comme vous explorez la mémoire de Leskal, il serait bon que vous gardiez une image mentale de lui au premier plan de votre esprit pour donner au souvenir implanté un support sur lequel se fixer.

— Je crois que je peux y arriver. Autre chose ?

— Le *quaire* ne fonctionne pas comme l'Eau du ciel. Quoi que vous ayez tenté par le passé… ça ne fonctionnera pas forcément dans le cas présent.

— Vous pourriez être plus spécifique ?

— Je crains que non. Je ne suis pas particulièrement doué pour utiliser l'Eau du ciel, aussi ne puis-je vous énumérer les différences. Au contraire de Holyoak, mais nous ne pouvons pas lui demander de nous aider. Pas cette fois.

— Compris. Je vais essayer.

Tym posa la main sur l'épaule du jeune homme et, à voix basse, ajouta :

— Désolé de vous avoir aspiré dans mes pensées. Je pensais m'être protégé contre toute fusion spirituelle, et je ne pensais pas que votre capacité à arpenter mon esprit serait aussi forte. Je ne vous sous-estimerai pas, cette fois. (Il désigna la Baguette d'Artificier de la tête.) J'ignore comment cet objet vous permet d'accéder à mes pensées, mais sa magie est puissante.

— Ce n'est pas la baguette, rétorqua Annev en regrettant d'avoir parlé si vite. (Il se mordit la lèvre, mais décida de poursuivre.) Un de mes anneaux est un artefact d'Arpenteur d'esprit. Il a d'autres pouvoirs, mais… Bref, c'est lui qui me donne cette capacité. J'utilise de la magie d'Arpenteur d'esprit, et la baguette augmente la puissance de l'artefact.

— En tout cas, elle est puissante. Je promets de faire plus attention, cette fois.

— Et je ne laisserai pas filer mon identité.

— Allez-y doucement, conseilla Tym en retirant sa main. Protégez-vous et concentrez-vous sur Leskal.

— Promis.

Comme la première fois, Annev envoya son esprit au contact de celui de Tym, mais en érigeant une barrière mentale plus importante. Malgré cela, comme il se concentrait sur Leskal, il se sentit attiré par les pensées de Tym – du moins le croyait-il – et fut assailli par un maelstrom de mots et d'images. Tandis qu'ils voletaient autour de lui, s'incrustant dans sa chair métaphysique, Annev s'accrocha fermement à son identité : il était un garçon originaire de Chaenbalu, le fils de parents assassinés, le pupille de Sodar Weir, l'héritier d'un destin qu'il ne comprenait pas et qu'il refusait d'embrasser. Il était Ainnevog le phénix, né des cendres de la destruction de Chaenbalu. Il était Annev la pie, fait de ténèbres et de lumière. Il était le Maître des Chagrins, le survivant, le porteur de désolation. Il était un danger pour lui-même et pour ses amis, qu'il ne se résolvait pas à quitter. Il était un jeune homme hypocrite, un guerrier et un voleur, un keokum et un dalta. Il était plein de contradictions, mais il brûlait de tracer sa propre voie, de n'être plus l'outil de personne, de ne plus ôter la vie que lorsque sa conscience ou la nécessité l'imposait.

Le déferlement d'images menaçant de le noyer ralentit graduellement, et la tempête qui s'abattait contre ses murs mentaux se calma, clapotant telles des vagues contre les fortifications de son psychisme. Lorsqu'il comprit qu'il était intact, qu'aucune part de lui-même n'avait disparu, Annev prit le risque d'ouvrir les paupières de ses yeux métaphysiques. Et ce qu'il vit le choqua.

Il découvrit l'Enclave. Non pas la pièce où il avait laissé Tym et Leskal, mais un couloir situé dans les entrailles de la structure. Des torches fixées aux murs l'éclairaient, tandis qu'une barbe tressée lui grattait le menton en pendillant lourdement sous sa mâchoire. Sursautant, il comprit qu'il voyait le monde à travers les yeux de Leskal ; sa perspective mentale était éclipsée par celle du Porteur de bouclier.

De façon distante, Annev suivit l'homme dans ses déplacements, prenait son déjeuner, puis – moment gênant – se rendit aux toilettes. Après quoi Leskal traversa tranquillement les couloirs de l'Enclave et monta sur le toit pour s'entraîner. Il pratiqua une série d'exercices qu'il avait tenté d'enseigner à Annev. Lorsqu'il eut terminé, il se retira dans ses appartements. Pendant toutes ces étapes, Annev remarqua que Leskal entendait les voix d'autres Dionaques, mais il ne vit aucun visage. Personne ne s'arrêta pour parler au Porteur de bouclier, et Leskal ne se tourna jamais pour regarder les gens passant dans sa vision périphérique. Dès lors, l'expérience devint surréaliste, comme si Leskal marchait dans la brume. C'était d'ailleurs sans doute ce qui avait permis à Tym d'identifier ces souvenirs contrefaits.

Tout semble tellement déconnecté. Même les murs et le sol sont indistincts, comme si je marchais dans un rêve. Il se concentra, essaya de se focaliser sur les détails du souvenir volé de Tym : quelque part dans cette vision, des lignes de *quaire* faisant de ce monde imaginaire une création métaphysique. Si elles étaient là, cependant, Annev ne les distinguait pas du reste de la vision.

Elles sont quelque part. Il me suffit d'être à l'écoute et d'ouvrir les yeux, de les voir pour ce qu'elles sont et non pour ce qu'elles figurent dans le monde physique. Cela lui semblait logique, même s'il ignorait si cette pensée était la sienne ou bien une réflexion partagée par Tym.

Concentre-toi, se répéta-t-il en bannissant ses doutes et en faisant confiance à son intuition. Il n'avait réussi à trouver des traînées rosées de magie que lorsqu'il s'était focalisé sur d'anciens glyphes dariens. Avant cela, les vrilles magiques quasi invisibles étaient cachées sous le nuage blanc-bleu des glyphes d'Eau du ciel, mais il n'y avait rien de tel ici. Pas de glyphe. Pas de sort. Pas de runes de pouvoir mystiques. Dans ce cas, comment provoquer la manifestation des fils rosés ?

Je travaille avec le quaire, *maintenant,* se rappela-t-il, *non plus avec l'Eau du ciel… et les Dionaques ont dit que le* quaire *était une manifestation métaphysique de l'Eau du ciel. Comme tout dans cette vision est métaphysique, les fils ne doivent pas différer du reste.*

Tandis que cette pensée résonnait en lui, Annev rebroussa chemin, revint au début du souvenir pour observer le monde à travers les yeux de Leskal à la recherche d'un indice – quelque chose ressemblant à du darien ancien, un glyphe ou un sort –, mais il ne trouva rien. Il essaya une deuxième fois, sans plus de succès. Il venait d'assister pour la quatrième fois à l'entraînement de Leskal sur le toit du bâtiment lorsqu'une idée lui vint. Il s'y accrocha, se concentra dessus, installa sa prémonition subconsciente dans ses pensées conscientes.

Les mouvements de bras et de mains de Leskal lui étaient familiers. Ils rappelaient à Annev une leçon apprise chez Sodar. Enfin, vue, mais pas réellement apprise. Sodar avait testé la magie darienne d'Annev un nombre incalculable de fois.

Les mouvements de ses mains. Ce sont des glyphes. Il se sert de ses bras pour tracer des glyphes dans les airs. Cette prise de conscience le frappa comme la foudre, le faisant presque sortir de sa transe. Il n'avait pas remarqué les motifs car ils n'étaient pas ancrés dans l'espace traditionnel ; dans le contexte de la mémoire de Leskal, cependant, les runes étaient inscrites dans les courants du temps, les mouvements de ses mains tissant les fils de *quaire* pour en faire des glyphes de pouvoir.

Instinctivement, le jeune homme essaya de compresser le souvenir, de réduire son échelle. Il accéléra le passage de l'entraînement sur le toit, voyant les bras et les mains de Leskal s'agiter frénétiquement. Leurs mouvements étaient si rapides qu'ils devenaient invisibles, donnant aux glyphes l'apparence de runes blanc-bleu solides suspendues devant lui.

Annev se focalisa sur ce moment comme s'il pouvait manipuler le temps lui-même, et les runes jumelles brillèrent plus fort, leur *quaire* vibrant devant lui. Annev hésita un peu puis, comme il l'avait fait dans le passé, appuya sur la magie liée aux glyphes dariens. Au début, quelque chose lui résista, et puis il sentit la Baguette d'Artificier devenir chaude dans sa prothèse, et la magie céda. Comme les glyphes se décomposaient et que les nuages de *quaire* se dissipaient, Annev distingua les fils rosés familiers qui, contrairement aux glyphes dariens, vibraient d'une vie propre. Hésitant, il attrapa la première des deux fibres éphémères.

Annev chancela comme sa psyché contractait le fil métaphysique. Il sentit son emprise mentale glisser, menacer de lâcher prise, ce qui aurait provoqué le retour de sa conscience dans le domaine physique. Soudain, le fil se brisa, et Annev retomba sur le toit de l'Enclave, secoué et meurtri.

Le souvenir contrefait tint bon, cependant. Annev voyait toujours à travers les yeux de Leskal, et la seconde fibre rosée brillait doucement devant lui. Le jeune homme reprit ses esprits et se concentra sur sa tâche, sachant que ce serait sa dernière chance. Retenant psychiquement son souffle, il étira son esprit conscient et toucha doucement le second fil. Sa vision se brouilla, mais il résista, maintenant une emprise ferme et légère à la fois sur lui-même et sur le monde qui l'entourait.

Il plongea plus profondément encore dans le souvenir factice, et un nouveau monde se déplia devant lui.

Chapitre 64

Durant le mois écoulé, Annev avait utilisé les fibres magiques pour remonter jusqu'aux créateurs de vieux sorts, traversant l'espace physique pour localiser les Dionaques situés à l'extrémité de la piste. Cette fois, il eut l'impression de traverser un plan astral contenant un écho tout sauf concret de la réalité du monde physique. Et il ne voyageait pas seul : le souvenir contrefait – le monde qu'il occupait – voyageait avec lui, sa présence cognitive le précédant et le suivant à la fois.

Lorsque le contact fut établi, Annev sentit la bulle qui l'entourait s'écraser contre une réalité différente, plus et moins tangible que la sienne, familière et étrangère à la fois. Le toit de l'Enclave était toujours sous ses pieds, mais au lieu des bâtisses anciennes de Quiri et des hautes spires du Saint-Siège, Annev voyait un palais pontifical, dont le granit scintillant aurait été remplacé par du basalte noir et de l'obsidienne polie. Les nobles dariens, les marchands et les prêtres qui peuplaient les rues du monde physique avaient cédé la place à des golems massifs de fer et d'acier, de pierre et d'os. Les abominations patrouillaient dans les rues de Quiri par deux ou trois. Des boutiques et maisons, il ne restait que des ruines, dont les structures étaient en encore plus mauvais état que celles du Quartier des Cendres de Luqura.

Qu'est-ce que c'est que ça ? Dans quel cauchemar suis-je arrivé ? Au-delà du Saint-Siège, Annev découvrit d'autres ruines, puis une marée de soldats en armure noire ornée de peinture rouge, jusqu'à l'horizon. Des escadrons de gargouilles et des golems énormes accompagnaient chaque légion. À la tête de celles-ci, il y avait une poignée de femmes et d'hommes vêtus de soie rouge, de capes écarlates et de tuniques carmin. Comme Annev examinait les soldats sans armure, la scène vint à sa rencontre, ou bien son point de vue se rapprocha-t-il d'eux. Quoi qu'il en soit, il fut subitement capable de distinguer clairement les veines et les artères animées de pulsations des mages sinistres.

Les Seigneurs de sang, pensa-t-il comme son cœur battait à tout rompre dans sa poitrine. *Et les Légions de Keos.*

Le premier était un homme à la peau couleur de bronze martelé ; les veines de son visage et de son cou étaient comme du lierre se propageant sur sa peau. À côté de lui se tenait une femme frêle à la chair ivoire parcourue de veines rouge foncé et brun rouille. À l'opposé, Annev repéra une femme plus grande à la peau aussi noire que du charbon et aux veines qui rougeoyaient comme des braises. Elle tourna subitement la tête, plongea son regard dans le sien. La vision d'Annev se rétracta violemment, le ramenant sur le toit de l'Enclave.

Le jeune homme frissonna. Était-ce une vision du futur ? Ou quelque cauchemar sadique ?

Annev pensait que non, car si le futur abritait une réalité dans laquelle les Fils de Keos conquéraient Quiri, l'Enclave y serait certainement détruite aussi. Le jeune homme avait beau regarder autour de lui, le château des Dionaques était intact. Son environnement immédiat jurait avec ce qu'il voyait au-delà des murs de l'Enclave, comme si le bâtiment avait été arraché à un autre monde et posé là.

C'est ici qu'a été forgé le souvenir contrefait, comprit-il. *Il a été élaboré ici avant d'être transplanté dans la conscience de Leskal.* Il se retourna encore une fois pour regarder par-dessus le parapet et avisa une fibre vaporeuse flottant devant lui et dont il tenait l'extrémité dans son poing fermé.

Le fil de magie, pensa-t-il en se souvenant qu'il l'avait pris dans sa main juste avant de se retrouver là. Il pinçait le délicat filament entre ses doigts ; son pouvoir était si subtil qu'il avait oublié sa présence. Annev sentait les pulsations et les vibrations de la magie à l'intérieur du ruban. Il suivit du regard le filament lumineux, le vit se dérouler vers les murs non éclairés du Saint-Siège transformé.

Le palais pontifical. Était-ce une information importante ? Le chef de l'Église darienne était-il mêlé de près ou de loin à la tentative d'assassinat dont il avait été l'objet ? Cela n'avait aucun sens. Annev secoua la tête pour s'éclaircir les idées, et les réponses lui vinrent d'elles-mêmes : le palais de pierre noire n'était pas le vrai Saint-Siège, et ce décor de cauchemar n'était pas le monde réel ; les deux étaient des constructions adaptées à l'esprit et au tempérament de la personne qui les avait imaginées. Tout comme le souvenir contrefait de Leskal, il s'agissait de fausses pensées, de fabrications psychiques.

Des créations de l'assassin, comprit Annev, le souffle court. Par les dieux, pourquoi n'avait-il pas compris plus tôt ? Le souvenir de Leskal avait été forgé là ! Le traître, la personne qui avait tenté de le tuer… *Je suis dans son esprit. Je suis à l'intérieur de sa tête !*

La prise de conscience fut glaçante : avec l'aide de ses artefacts, Annev était entré dans la psyché de l'assassin par la porte de derrière. Dans le monde physique, il avait suivi les fils de magie jusqu'à des personnes. Dans le domaine cognitif, les fibres l'avaient conduit jusqu'à l'esprit du Dionaque qui avait créé une connexion psychique avec Leskal. Oui, c'était logique.

Mais qui est le traître ? Où sont ses défenses mentales ? Le regard d'Annev balaya le paysage au-delà des fortifications de l'Enclave, et la réponse lui vint.

Les soldats – les Seigneurs de sang et les monstres – sont ses défenses. Et ils protègent… Le fil rose, dans sa main, conduisait directement au Saint-Siège corrompu. *Il est au cœur de tout ça. Je n'ai pas franchi les défenses du traître ; je me tiens juste devant elles. Je vais devoir m'introduire dans le palais pontifical, le Saint-Siège lui-même.*

Ou le Siège impie… Annev étudia les blocs de basalte noir, dont la surface plane semblait boire la lumière autant que celle de l'obsidienne la réfléchissait.

Je dois m'introduire là-dedans. Le traître – Holyoak –, sa conscience est là-dedans. Je ne sais pas ce que je cherche, mais ça se trouve dans cette monstruosité.

Annev exhala, se gratta le menton, constatant que la barbe de Leskal n'était plus là. *C'est déjà ça…* Il vérifia et constata que l'image mentale qu'il avait de lui-même comportait les artefacts qu'il possédait dans le monde physique, mais aussi ceux qu'il avait perdus à Chaenbalu et Banok : à ses hanches étaient suspendues Miséricorde et la flamberge magique Rétribution. Même la hache de Sraon était de retour, son manche luisant dépassant de son fourreau ajouré, dans son dos.

C'est la confirmation que rien de ceci n'est réel. Miséricorde et la hache de Sraon ont disparu, aussi les règles du monde réel ne s'appliquent-elles pas ici. Peut-être pourrais-je modeler cet endroit à ma convenance… Annev posa son regard sur la fibre qu'il serrait dans son poing. Sursautant, il se rendit compte que celui-ci aussi avait changé. Disparue, la Main de Keos. À la place, il reconnut l'artefact camouflé qu'il avait porté depuis sa plus tendre enfance, la prothèse magique qu'il avait perdue dans l'incendie de la demeure de Janak. Ce serait temporaire, mais il ne put s'empêcher de pousser un soupir de soulagement.

Il ressentit malgré tout une pointe de regret, comme s'il avait perdu quelque chose qu'il commençait à peine à comprendre. C'était ironique, vu que son objectif premier était de se débarrasser du monstrueux artefact. Son absence lui était étrangement douloureuse, et Annev se surprit à regretter de n'avoir en sa possession l'artefact légendaire pour la confrontation à venir.

Soudain, la prothèse ordinaire commença à changer, la peau rose et olive devenant du métal doré, qui se mit à émettre une lumière impie. Et puis la main gonfla au point de devenir bien plus grosse que sa jumelle de chair et de sang. Un sentiment de malaise familier enfla dans son ventre.

Tout ira bien. Ce n'est pas la réalité. Je peux la contrôler, ici, et je risque d'avoir besoin de ses pouvoirs. Il essayait de se rassurer, mais n'en était pas moins assailli de doutes. Utiliser la Main de Keos dans le domaine métaphysique affecterait-il le monde physique ? Pourrait-il contrôler la main si elle existait sous la forme d'une idée et non celle d'un artefact ? Il n'en était pas sûr, mais il n'avait aucune envie d'affronter Holyoak sans elle.

J'ai d'abord besoin d'un plan.

Annev se retourna vers le Siège impie et se dit qu'il pourrait descendre dans la rue pour passer par la porte d'entrée, mais cela lui parut à la fois trop facile et trop dangereux. Si les patrouilles de golems ne l'attrapaient pas, le Siège impie possédait certainement d'autres défenses. Mais comment, autrement, atteindre l'autre extrémité de la fibre magique ?

Subitement, le monde métaphysique réagit : l'espace autour d'Annev se courba et se distordit comme le tissu de la réalité se modifiait pour accommoder son imagination. En quelques secondes, les nuages sombres au-dessus de sa tête et les pierres grises sous ses pieds s'étirèrent, se déformèrent, leurs horizons convergeant vers un point de l'espace situé tout près, mais hors de sa portée. Il l'observa en se demandant ce qu'il voyait et fut pris d'un vertige intense. Il ne reconnaissait plus le haut du bas, le devant du derrière, mais les murs du palais pontifical s'étaient manifestement rapprochés. Par ailleurs, un long ruban d'espace déformé reliait les deux bâtiments.

Un pont constitué d'espace…

Annev fit un pas hésitant vers ce qui aurait dû être le rebord du toit, et l'espace autour de lui se déforma davantage, formant une passerelle. Il s'avança avec circonspection, et l'espace derrière lui changea de forme, ne ressemblant plus que vaguement à ce qu'il avait été. Devant lui, les murs du palais noir s'étaient décomposés, l'obsidienne s'ouvrant comme une fleur ou un diaphragme, créant une porte dans le sanctuaire du Siège impie. En son centre, Annev avisa le ruban vaporeux du fil magique toujours tendu entre ses doigts et son point d'ancrage encore invisible, de l'autre côté. Encouragé par ses progrès, Annev prit une profonde inspiration et fit un pas de plus, son corps métaphysique s'ébranlant pour entrer dans le cœur du palais.

Annev cligna des yeux. Le pont avait disparu, et les murs s'étaient refermés dans son dos. Il se tenait devant le trône du Souverain pontife et fut frappé par deux choses : cela ne pouvait pas être le véritable trône car il n'était pas orné de l'art darien caractéristique du clergé de l'Église d'Odar. Au lieu de glyphes mystérieux et d'inscriptions artistiques, il avisa des os calcifiés, des crânes rocheux, des tendons asséchés, hommage au Seigneur déchu du Sang de la terre. Assis sur ce maudit trône, vêtu de robes noir de jais, brunes et vermeilles… il reconnut le chef de la caste des Arpenteurs d'esprit.

Par le sang et les cendres… J'avais raison. Je l'ai trouvé.

— Bonjour, Dionaque Holyoak.

Holyoak s'agita sur son trône, posa subitement le regard sur Annev, qui se tenait devant lui.

— Vous…, lâcha-t-il dans un souffle, ses yeux enfoncés brillant d'un éclat qu'Annev ne lui connaissait pas dans le monde physique. Comment êtes-vous arrivé jusqu'ici ?

Le Dionaque semblait réellement surpris de le voir là.

N'avait-il pas prédit ma venue ? se demanda Annev. *N'a-t-il pas remarqué mon arrivée ?* Annev ne savait presque rien de la technique des Arpenteurs d'esprit. Peut-être était-il parvenu à contourner les défenses mentales de l'homme pour le prendre par surprise.

— Vous avez essayé de me tuer. Vous avez vidé le cerveau de Leskal et vous êtes servi de Honeycutt et lui pour m'attaquer.

Le visage de Holyoak sembla se ratatiner, sa bouche se crispant en une moue ricanante.

— Et vous avez survécu sans posséder aucun talent magique, sale cancrelat. Vous m'avez surpris alors que je m'étais juré de ne plus jamais l'être. J'étais pourtant certain de vous régler votre compte une fois pour toutes. Et vous êtes là, à me surprendre une fois de plus. (Il plissa les yeux et pianota sur le tibia qui formait l'accoudoir de son trône.) Vous ne pouvez pas être là. Vous ne devriez pas être là car vous n'avez pas le talent pour ça !

— Je suis plein de surprises.

Les mains d'Annev le démangeaient ; il avait envie de saisir une de ses épées, mais tant que Holyoak ne tenterait rien contre lui, il le ferait parler. Il était venu pour obtenir des réponses, et l'Arpenteur d'esprit semblait disposé à lui en donner.

— Pourquoi voulez-vous me tuer ?

Elle était là. La question qu'il voulait poser depuis l'attaque dans la forêt de Brake.

Le chef de caste renifla.

— Vous avez découvert mon projet, lança Holyoak en désignant le décor au-delà des murailles. Un projet que vous menacez. Votre existence même est une menace.

— Vous êtes un serviteur de Keos, cracha Annev, dont la haine pour l'homme enflait brusquement.

— Oui, depuis des siècles. Depuis bien avant votre naissance. Ne voyez rien de personnel dans tout cela.

— De personnel, dites-vous ? Vous avez essayé de m'assassiner ! Était-ce vous depuis le début ? L'attaque du village ? Les monstres venus détruire l'Académie ?

— Les quoi ? s'étonna l'homme, la bouche entrouverte, la mine incrédule.

— Les *feurog*. Les eidolons. Les démons de l'ombre. C'était vous.

Holyoak hésita, puis secoua doucement la tête.

— Non, j'ai commencé à œuvrer contre vous lorsque vous êtes arrivé à l'Enclave. Les forces que vous avez rencontrées hors de Quiri me sont totalement étrangères.

— Vous mentez. Vous saviez. Vous les avez envoyés à Chaenbalu. Vous avez tué mes amis. Vous avez tué Sodar.

Une grimace de douleur déforma le visage de Holyoak.

— Non. J'appréciais Sodar. Comme nous tous. Personne, dans l'Enclave, ne lui voulait de mal.

— Vous n'appartenez pas à l'Enclave ; vous servez le Dieu déchu du Sang de la terre. Tout ceci… (Annev désigna le palais, les monstres invisibles et les Légions de Keos massées dehors.) Vous voulez ceci. Vous voulez détruire l'Ordre et tout ce qu'il représente. Vous n'appartenez pas à l'Enclave, vous avez trahi.

— Je suis un pragmatique qui a étudié le cœur des hommes et qui a constaté qu'ils étaient souvent trahis par leurs pensées. Je les ai vus se battre, tomber, échouer. Le Dieu-roi a déjà gagné ! Odar n'est plus là. Lumea est réduite au silence. Les Jeunes Dieux sont de piètres imitations de leur père, des fragments d'un tout plus grand. Et l'Ordre est mort. Il était mourant depuis des siècles, et ces imbéciles refusent de le voir.

— Vous êtes un traître qui a perdu la foi et qui s'en est allé chercher un nouveau dieu. Par peur, vous avez sacrifié vos frères. Par lâcheté.

— Vous ne savez rien de la peur, rétorqua Holyoak, la lèvre soulevée par un tic neveux. J'ai vu ce que le Dieu-roi peut faire. Je me suis rendu dans les mines de Daogort, dans le cœur de Keokumot. Et vous parlez de peur et de lâcheté ? Vous n'êtes qu'un enfant.

— Un enfant qui a survécu à vos pièges et défait vos assassins, un enfant qui a trouvé le chemin de votre esprit. Un enfant qui brandit la main d'un dieu.

Annev laissa sa colère affluer dans sa prothèse, qui rougeoyait férocement de la haine qu'il ressentait pour l'homme. Il voulait que Holyoak le voie, qu'il le sente. La lèvre du jeune homme s'ourla et il gronda :

— À genoux !

— Quoi ?

Agissant instinctivement, Annev s'avança lentement jusqu'à l'estrade et gravit les marches.

— J'ai dit *à genoux* !

Holyoak le regarda fixement, écarquillant les yeux comme Annev approchait du trône nécrotique. Ses lèvres tremblotaient de peur.

— Ceci est mon palais. Ma forteresse. Vous ne pouvez pas me faire de mal ici.

Holyoak leva la main, et une dizaine de chaînes en acier scintillant jaillirent des murs, leur extrémité pourvue d'un crochet prêt à transpercer la poitrine d'Annev. Le jeune homme leva les yeux, ne se donnant pas la peine d'esquiver, et les maillons de métal devinrent subitement des serpents entremêlés qui tombèrent mollement sur le sol.

— Non ! croassa Holyoak en se recroquevillant sur son trône. Ceci est mon refuge. Comment avez-vous fait ?

Annev regarda les reptiles, qui se tortillaient à ses pieds. Des codavoras. Ouroboros. De concert, les serpents se redressèrent et se mirent à onduler, descendant de l'estrade.

— À genoux, ordonna Annev en faisant un pas en avant.

Holyoak se leva de son fauteuil.

— Mauvaise direction.

Le poing d'Annev s'embrasa, et les serpents à collier glissèrent autour des membres de l'homme, l'immobilisant. Annev s'avança encore. Il était désormais assez proche pour se saisir du traître Dionaque. Sa voix se fit glaciale comme il plongeait un regard lourd et fixe dans les yeux enfoncés de Holyoak.

—*À genoux.*

L'Arpenteur d'esprit tomba à genoux, terrifié.

—S'il vous plaît, bredouilla Holyoak. Je vous en prie!

L'intuition magique d'Annev lui avait crié dans l'oreille pendant qu'il gravissait les marches. Au lieu de réfléchir et de planifier, il avait écouté ses émotions. Et son instinct lui avait apporté des certitudes: *Il a vécu une vie de menues ténèbres et de craintes. Il a usé de sa magie pour sonder le cœur de ses amis et vendre leurs secrets.* Tout était parfaitement clair. Son Anneau d'Inquisiteur et son anneau codavora enrichissaient sa vision des intentions, motivations et actions de Holyoak. Il voyait l'homme comme une victime de ses ambitions, lentement corrompu par sa magie, incité à chercher de plus en plus profondément dans le cœur d'amis et de frères qui ne se doutaient de rien. Il avait trahi leur confiance, d'abord en épiant leurs pensées et leurs craintes, puis en partageant leurs secrets. Il s'était avili et, ce faisant, était devenu un agent du Dieu-roi terran, un espion au sein de la Fraternité.

—Avez-vous volé les souvenirs de Sraon?

Holyoak hésita, et Annev dégaina Rétribution, dont le fil ondulant se couvrit de flammes.

—Oui! couina Holyoak. Ils sont là! Ils sont tous là! Prenez-les, je vous en supplie!

Un petit coffre, pas plus grand que son pied, apparut devant Annev. Sans lâcher le Dionaque des yeux, il le ramassa et le mit dans sa poche.

—Maintenant, confessez-vous, ordonna Annev. Dites-moi comment vous avez été corrompu. Dites-moi pourquoi.

—Je ne… Je ne peux pas!

Le poing d'Annev s'embrasa de nouveau, brillant d'un éclat aveuglant, et Holyoak se recroquevilla. Les serpents serrèrent encore plus fort ses membres et son torse, faisant sortir les yeux de l'homme de leurs orbites.

— S'il vous plaît ! Attendez, attendez ! Je vais tout vous dire !

Et il se mit à parler. Cela avait commencé comme Annev l'avait deviné : Holyoak avait usé de sa magie pour espionner ses frères et vendre leurs secrets aux Terrans. Il avait été avide, faible. Et lorsqu'il s'était estimé irrécupérable, les agents du Dieu-roi l'avaient fait venir à Keokumot, le cœur même du domaine terran.

— Je n'ai pas toujours été un traître, se dit Holyoak à lui-même. Je croyais en l'Ordre… mais avec le Silence des Dieux… Odar a cessé de nous parler, la Fraternité dut se cacher, et j'ai compris à quel point tout ceci était stupide. Neruacanta existe… et le Dieu de l'Eau du ciel est mort.

Annev trembla intérieurement en entendant prononcer à voix haute le nom du Dieu-roi terran. Un autre sentiment enfla en lui, cependant. De la colère ? Du ressentiment ?

— Vous adorez de faux dieux, Holyoak. Keos a été détruit lors de la bataille de Vosgar. Vous le savez. Reeve et Sodar y étaient ; ils l'ont vu.

— Et pourtant Sodar ne le croyait pas déchu ! Il était convaincu, tout comme moi, que l'esprit de Keos ne pouvait pas être vaincu par un mortel.

— Où se trouve votre Dieu du Sang de la terre, aujourd'hui ? S'il est si puissant, en quoi pourrais-je le menacer ?

— Parce que vous êtes le Vaisseau ! Vous êtes la clé qui déverrouillera le pouvoir de Keos, la puissance qui fut volée lorsque son corps fut consumé !

— Si c'est vrai, alors je suis une partie de Keos. Et je détiens son pouvoir ici même, devant vous.

Il leva l'avant-bras, et des étincelles jaillirent de son poing rougeoyant, brûlant l'épais tapis qui couvrait les marches de l'estrade.

Holyoak écarquilla les yeux.

— Vous… vous êtes un imposteur ! Un outil du Dieu-roi. Un garçon stupide qui…

Annev invoqua les flammes qui emplissaient sa paume, leur ordonna de recouvrir sa peau et ses vêtements, habillant son corps d'un feu qui ne le brûlait pas. Holyoak en eut le souffle coupé, et Annev sentit que ses pensées et émotions bouillaient dans une mer de doutes. Il repéra la peur qui s'était emparée de l'homme et s'en saisit instinctivement. Les ailes de feu d'un grand phénix se déployèrent dans son dos, leurs flammes s'assombrissant, les plumes se consumant dans les cendres, la suie et la fumée.

— Inclinez-vous devant votre Dieu, Mikael Holyoak.

— Non ! gémit l'homme en tombant, prostré, devant lui. Vous ne pouvez pas être lui ! Vous êtes le Vaisseau !

Encore une fois, Annev se laissa guider par son instinct. Il tendit la main gauche et serra le poing en imaginant que le palais s'effondrait, en visualisant sa silhouette déformée. Il entendit Holyoak hurler au loin, tandis que les murs du palais se fissuraient et s'écroulaient autour d'eux. Sans le voir réellement, il sentit les plaques de basalte s'enrouler comme des rouleaux de parchemin.

Et ce qu'Annev imagina advint. Si facilement que cela le surprit. Holyoak contrôlait si mal son esprit. Le Dionaque pleurait comme un enfant à ses pieds. Il n'était plus que l'ombre de lui-même, une épave défaite avant même d'avoir combattu.

La lumière de la salle vacilla, et Annev interrompit sa destruction du Siège impie. Une secousse souleva le sol, les vibrations se propageant du cœur même du monde à travers la tour noire, et Holyoak regarda Annev d'un air halluciné, les yeux écarquillés de peur.

— Qu'avez-vous fait ?

Le fil de magie commença à palpiter sous les doigts du jeune homme. Tout autour de lui, les tremblements s'intensifièrent. La résonance s'accrut, le vacarme devint assourdissant. Annev se concentra et tenta d'imposer sa volonté au monde, comme il l'avait fait plus tôt. Il échoua cependant. Ses ailes s'éteignirent, les serpents à collier qui entravaient Holyoak furent réduits en cendres. Annev descendit de l'estrade à reculons. Une fissure fendit le trône nécrotique, et des gouttes grenat s'en écoulèrent, maculant le sol.

— Qu'avez-vous fait ? hurla le Dionaque en convulsant sur le tapis ensanglanté.

Une brume écarlate sortait du nez, des oreilles et des yeux de l'homme. Sous le regard horrifié d'Annev, Holyoak hurla de nouveau d'une voix comparable à un coassement humide et dément :

— QU'AVEZ-VOUS…

De la bile, du sang et de la vapeur jaillirent de son visage, et puis sa tête explosa littéralement, projetant alentour une bouillie de chair et de matière grise. Annev se retint de vomir, son regard se détachant de ce déchaînement d'horreurs pour se poser sur le fil rose dans ses doigts dorés. Son esprit conscient était attiré dans le ruban, ses barrières mentales tremblotant et se fissurant comme le monde métaphysique, autour de lui, continuait de s'effondrer. Le palais ne s'écroula pas ; il se désintégra, disparut dans le néant. Les éclats noirs du sol se dérobèrent, et Annev tomba dans un vide sans profondeur, ni substance. Son corps métaphysique chuta si vite qu'il comprit qu'il était avalé par un vide infini, alors même que ses pieds semblaient solidement ancrés dans le sol. Ses barrières mentales disparurent dans un bruit sourd.

Il tombait bel et bien dans le vide, il le sentait. Il frappa du pied par terre pour se rassurer, et pourtant, il avait toujours l'impression de chuter. Ses sens le lui criaient. Il ne tarderait pas à rencontrer un obstacle immuable qui l'oblitérerait.

Avant que la fin survienne, cependant, une nouvelle force l'agrippa par les poignets et les épaules, un harnais, une présence protectrice qu'il reconnut comme étant Frère Tym.

Sa chute ralentit, son corps métaphysique s'éloignant de ce qui menaçait de le détruire, aussi le vertige qui s'était emparé de lui se dissipa. Les ténèbres du vide cédèrent lentement la place à la clarté de la neige dans le clair de lune. Il cligna des yeux, bougea les pieds et sentit les cristaux de glace crisser sous ses semelles. Au loin, il avisa des murailles de glace énormes bien que très distantes de lui. Ces murs l'entouraient, non pas pour l'emprisonner, mais pour le protéger, leurs angles droits formant un carré parfait. Il y avait un cercle dans le carré, cependant, au centre duquel se tenait Annev.

Une rivière, pensa-t-il en voyant l'eau s'écouler tout autour de lui. *Une rivière circulaire?*

Et puis Annev comprit: il se trouvait à l'intérieur des murs de l'esprit de Tym, la conscience protégée par une forteresse mentale qui se manifestait sous la forme d'une muraille de glace impénétrable, d'un paysage enneigé balayé par le vent ceint d'une rivière de pensées. Il se trouvait dans un genre de cour intérieure. La rivière empêchait Annev de trop se rapprocher des parois de glace, tandis que celles-ci empêchaient les pensées sauvages de Tym de venir trop près du jeune homme.

Il a conçu cet endroit pour moi. Un endroit sûr pour mon esprit à l'intérieur de son identité consciente. Malin… Épuisé par sa confrontation avec Holyoak, il se dressait au centre de ce décor sauvage, quoique protégé, dans un esprit pratique et bien organisé. Il sentait la présence froide de pensées logiques non souillées par des sentiments, de la chaleur. Entouré par les murs glacés des pensées de Tym, cependant, il sentait le caractère jovial de l'homme, ses émotions qui brillaient comme des rais de lumière frappant le sol. Sans trop savoir comment, Annev sentit la présence de Tym. Il se retourna et constata que le Dionaque souriant se tenait derrière lui.

—Ce n'est pas passé loin, dit le Dionaque dans un sourire inquiet. J'ai bien failli vous perdre.

—Oui.

Tym hocha la tête et n'insista pas.

— Cela fait des heures que nous essayons de vous réveiller, reprit-il. Il est largement temps de rentrer, maintenant.

— Des heures ? Comment est-ce possible ?

— C'est comme si vous dormiez, Annev. Que vous étiez prisonnier d'un rêve. (Il posa la main sur l'épaule d'Annev.) Il faut vraiment que vous vous réveilliez.

— Le Dionaque Holyoak ! s'écria le jeune homme en se rappelant subitement la raison de sa présence dans l'esprit de Tym. C'est lui, le traître. Nous devons le trouver. Il a essayé de me tuer !

— Nous savons. Nous nous sommes occupés de lui.

— Vous vous êtes… ? Comment avez-vous su ? Qu'avez-vous fait ?

— Je vous expliquerai, mais il faut que vous rentriez.

— Mais comment ? s'enquit Annev en embrassant du regard le paysage de glace.

— Je ne suis pas sûr. Nous avions perdu le contact depuis si longtemps, comme si vous vous cachiez. Dès que j'ai pu, je vous ai récupéré pour vous déposer ici, mais vous dormez toujours. Comme si quelqu'un vous avait attaché au domaine cognitif et refusait de vous libérer.

Annev se rappela la présence du petit coffre doré dans sa poche. Il le sortit et le tendit à Tym.

— Ce sont les souvenirs que Holyoak a volés à Sraon. Se peut-il qu'ils m'ancrent dans ce monde ?

Les yeux de Tym scintillèrent d'un ravissement absolu.

— Annev, je ne sais pas comment vous vous êtes procuré ça…, lança l'homme en prenant le coffre à deux mains. Mais vous venez de sauver la vie de votre ami !

Il tapota la cassette d'un air surpris et le rangea dans sa tunique.

— Pouvez-vous me réveiller, maintenant ?

— Non, ce n'était pas ça, regretta Tym en secouant la tête. Peut-être y a-t-il autre chose ? Un autre point d'ancrage ?

Annev posa les yeux sur son poing doré, réfléchit, lâcha un éclat de rire sec en montrant le fil rosé.

— Je l'avais oublié. Il est tellement léger.

— De quoi parlez-vous ? demanda Tym en fronçant les sourcils.

Annev souleva le ruban de magie rosé.

— Il est difficile à voir, dit-il en tournant la fibre entre ses doigts. Ce fil est relié à Holyoak. C'est ce qui m'a permis de le retrouver. Il le reliait à la mémoire implantée de Leskal.

— Que suis-je censé voir ?

— Vous ne le voyez pas ? s'étonna Annev en faisant scintiller la fibre translucide devant les yeux de Tym. C'est un fil de magie.

L'Arpenteur d'esprit fixa du regard la main d'Annev et cligna des yeux, avant de répondre :

— Je ne vois rien.

Annev fut tenté de protester, mais renonça. Pour une raison qui lui échappait, Tym ne voyait pas la fibre.

— Il est là, affirma-t-il en regardant le fil pour se convaincre qu'il n'était pas fou. Il m'a permis de retrouver Holyoak.

Un changement subtil sur le visage de Tym. De l'inquiétude ? De l'impatience ? Annev n'en était pas sûr.

— Je vous crois, Annev, mais je ne le vois pas. Pouvez-vous le lâcher ?

Annev hésita, puis laissa le ruban glisser entre ses doigts, le sentant vibrer d'une promesse de magie.

— Voilà, dit-il. Je l'ai lâché.

Tym pencha la tête sur le côté.

— Vous êtes en train de vous réveiller. On se revoit de l'autre côté.

Annev voulut poser des questions – sur les Arpenteurs d'esprit, sur ce qui était arrivé à Holyoak et ce qui arriverait à Sraon –, mais la lumière et le paysage devenaient déjà diffus et indistincts. Il essaya de parler, mais lorsqu'il inspira, il sentit ses poumons s'emplir d'air. Ses véritables poumons. Il percevait son corps physique, désormais, tandis que le monde métaphysique disparaissait, son étrangeté avalée par un afflux de lumière blanche.

Cinquième partie

Aux Gardiens du Puits et à leur Grand-Prêtre.

De la part du Gardien de la Flamme, permettez-moi de transmettre mes meilleurs vœux et mes plus sincères salutations. Je suis Kryss Jakasen – ripailleur, chasseur de trésor, Dionaque de Lasair, aventurier à ses heures – et je demande votre assistance pour une mission de la plus haute importance. Je suis en train de constituer une équipe d'individus aux talents uniques, qui m'aideront à forger un objet d'une puissance colossale : une Épée de Recherche. Je suis convaincu qu'avec un tel artefact nous pourrons restaurer la Voix de Lumea, recouvrer l'Esprit d'Odar et mettre un terme au Silence des Dieux. Pour que mon pari réussisse, cependant, j'ai besoin d'une infinitésimale partie de votre temps et d'une énorme portion de votre confiance.

Plus encore, j'ai besoin de votre magie.

Si j'ai piqué votre curiosité, j'espère vous rencontrer dans la ville de Banok, dans la Grande Luqura, lors du solstice d'été. Ma sœur Luathas vous y attendra, et j'espère être présent aussi. Je me rendrai à Luqura pour enquêter sur le retard de quelques membres de mon équipe : un nécromancien albinos appelé Jian Nikloss et une aristocrate krosérane nommée Sodja Rocas. Une fois que j'aurai retrouvé ces deux personnes indispensables à notre cause, je retournerai à Banok pour forger l'Épée de Recherche (grâce à votre assistance inestimable, à n'en point douter).

Ce qui m'amène à ma requête finale. Je crois qu'un jeune homme appelé Annev vous a récemment rejoint – ou bien est-il sur le point de vous rejoindre –, un jeune homme dont la présence pourrait être primordiale à notre cause. Si c'est possible, je vous supplie de tenter de le convaincre de vous suivre vers le sud afin qu'il participe à cette quête. Je crois savoir que ses aptitudes nous seront… utiles.

Votre dévoué,
Kryss Pouce-rouge Jakasen

Chapitre 65

— On joue aux Pierres-de-sang aussi, dans la noblesse, dit Neldon en positionnant ses pièces sur le plateau. Mais les champions ont d'autres noms – des noms militaires, généralement –, et on joue avec les huit pièces et pas seulement trois.

— Les huit ? Ça fait vraiment beaucoup de mouvements à mémoriser, surtout quand elles ont collecté des pierres de sang.

— Ce n'est pas si difficile. Tous les jeux ont des règles. Il y a des soldats dans toutes les guerres. Il faut connaître les points forts de tes hommes et les règles de l'engagement.

— Ouais…, acquiesça Fyn en examinant le plateau d'un air dubitatif. Comment s'appelle celui-ci ? Le démon ?

— Le maître espion.

— Et le voleur ? s'enquit Fyn dans un grognement.

— L'éclaireur.

— Mais les pouvoirs sont les mêmes ? Les aptitudes… tout est pareil ?

— Tout à fait. Si tu ne joues qu'avec trois pièces, ce n'est pas le véritable jeu des Pierres-de-sang, juste une menue escarmouche ! Non, les huit pièces sont nécessaires !

— Je me contenterai de mes escarmouches, désolé. J'ai déjà beaucoup de mal à suivre une partie avec trois pièces, alors huit pièces et des noms différents… Non, je préfère encore un coup sur la tête.

— Va pour trois, alors. Un jour, cependant, nous passerons aux choses sérieuses, dit Neldon en faisant avancer son troll de trois cases.

Fyn contourna un mur bidimensionnel avec son voleur et sortit une pierre de sang de sous son champion. Neldon eut un hochement de tête approbateur. Fyn se retourna pour voir si Way était de retour de sa mission dans la Ville souterraine. Ils jouaient dans une alcôve jouxtant une des nombreuses échelles conduisant à la surface, au Vieux Bas-Quartier et au Quartier des Cendres. En dessous, il voyait la masse grouillante des marchands et de leurs esclaves, des travailleurs et des commerçants, qui défilaient dans les tunnels étroits de la Ville souterraine et ses vastes chambres. Way affirmait que des géants enchaînés travaillaient dans des tunnels plus larges, mais Fyn n'avait encore jamais vu de telles créatures.

— Fais-moi penser à autre chose qu'à ma défaite prochaine, lança Fyn. Raconte-moi ton histoire. Comment as-tu rejoint Fisher et sa bande ?

— Mmh… C'est compliqué. (Neldon prit un jeton rouge et le posa sur la carte indiquant quel champion avait ramassé une pierre.) Les autres m'appellent le doc, mais je me considère plus comme un érudit du corps humain que comme un guérisseur de ses maux. Il y a une université, à Quiri. Une école où on apprend ce qu'il y a à savoir sur les os et les muscles qui nous constituent. Ma famille ne partageait pas mon intérêt, cependant, aussi, après quelques années, m'a-t-on demandé de rentrer à la maison et d'oublier ces conneries. Comme j'ai refusé, mon père a contacté tous les établissements bancaires du pays pour rayer mon nom de ses comptes. L'université ne pouvant plus me loger, je me suis retrouvé à la rue.

— Tu es retourné chez papa, alors ?

Fyn passa en revue ses cartes de champions, posa une pièce de bois sur la caricature de son démon, le couchant symboliquement. C'était sans doute une mauvaise décision, mais il se moquait de sa partie, ne s'intéressant plus qu'au récit de Neldon.

— J'ai fini par rentrer, effectivement. Après un détour. J'ai rencontré Poli et Siege sur un bateau – ni l'un, ni l'autre n'étaient dans la rue ou criminels, à l'époque –, et puis le destin et les circonstances nous ont fait arriver séparément dans le Quartier des Cendres.

— Tu me racontes l'histoire de la formation du gang originel.

— Peut-être bien, concéda Neldon en souriant. Je suis rentré chez mon père au bout d'un an. À ce stade, j'avais passé pas mal de temps dans la rue, et je ne parle pas des quelques mois sinistres passés dans l'Ossuaire. (Il eut un sourire énigmatique.) Tous ces cadavres. Je n'ai pas pu résister à la tentation de voir de plus près comment on est fait à l'intérieur.

Fyn grimaça, comme le sourire de Neldon s'élargissait.

— Ta réaction n'est pas atypique, mais j'y ai vu une occasion d'avancer dans mes recherches. C'est comme ça que j'ai rencontré Way, qui m'a présenté à Fisher. Soit dit en passant, je n'ai jamais apprécié ce type. Sanhueza a expliqué que j'étais un genre de docteur, d'où le patron a conclu que je pourrais leur être d'une certaine utilité dans le Quartier des Cendres. Beaucoup de bandes ont besoin de soins et de rafistolages, vois-tu, ce qui était une nouvelle occasion de poursuivre mes recherches. Et pour pas cher. J'ai amputé des membres, opéré, réparé les corps. Un travail intéressant, quoique dangereux. Fisher m'a offert sa protection, et je suis devenu l'ami de Way après avoir entendu son histoire. Une histoire tragique, en vérité. (Il renifla et secoua la tête.) Quinn travaillait déjà pour le patron, à l'époque. Poli et Siege n'ont pas tardé à rejoindre la bande. Jusque-là, ils gagnaient leur vie en transportant des passagers de l'autre côté du fleuve, chose que les agents en charge de faire payer le passage sur les ponts de la ville ont fini par remarquer. Du coup, Poli et

Siege se sont vu confisquer leur embarcation et ont reçu une bonne raclée. Quand Fisher me les a amenés, ils étaient pour ainsi dire morts. Je les ai soignés, et ils se sont joints à nous.

— Le monde est petit, commenta Fyn en déplaçant une pièce pour tenter de différer tant soit peu son inévitable défaite.

— En effet.

— Qu'est-il arrivé lorsque tu as revu ton père ?

— Ah ! Il avait entendu parler du Boucher de l'Ossuaire, avait fait le rapprochement. Je me suis présenté à sa porte en guenilles, et il m'a renvoyé à ma « partouze de cadavres ». Il ne voulait plus entendre parler de moi. Il a regretté de m'avoir envoyé en ville faire des études, a souhaité que j'attrape la vérole parce que je n'avais pas tenu compte de ses conseils.

— Un beau connard, j'ai l'impression.

— Oui, c'était sans doute un connard.

— Il est mort ?

— Il a contracté une infection cet hiver, et la pourriture s'est propagée dans ses os. S'il avait envoyé quelqu'un me chercher, je serais sûrement parvenu à le soigner, mais il ne l'a pas fait.

— Et sa fortune ? La famille ?

— Ma mère est morte de consomption avant que je parte à l'école. Quant à ma sœur, elle était trop jeune pour se souvenir de moi. Mon oncle et ma tante l'ont recueillie chez eux et ont hérité de la gestion de sa fortune.

— Je ne sais rien des lois qui régissent l'héritage, dit Fyn dans une grimace amère, mais je dirais que tu as quand même de la chance de connaître ta famille. Moi, je n'ai jamais connu la mienne. À moins de vous considérer tous comme des membres de ma famille, mais il faudrait que je sois sacrément désespéré pour ça.

— Désespéré, en effet, confirma Neldon en examinant l'échafaudage sur lequel ils étaient perchés. En parlant de désespoir, Way rentre des Fosses. Il est temps de ranger nos affaires.

Sur un signe de tête de Fyn, ils ramassèrent les pièces de leur jeu d'emprunt et démontèrent le plateau pour tout ranger dans le sac marin de Way.

— Il descend là-bas souvent ? s'enquit Fyn en désignant Way de la tête.

— Pour chercher ses garçons ? Chaque semaine. Il n'en a pas raté une depuis qu'ils ont été enlevés.

— Et il n'en a pas vu un seul ?

— Ni vu, ni entendu. Pas la moindre rumeur, répondit Neldon en agrippant les barreaux de l'échelle pour descendre dans le marché de la Ville souterraine.

— Pourquoi insiste-t-il ? l'interrogea Fyn en descendant à côté de lui sans faire le moindre bruit, malgré l'armement qu'il transportait. Way a l'air intelligent. Il doit savoir qu'il ne les reverra jamais.

— Non, mon jeune ami, répondit Neldon en secouant la tête. Il continue d'espérer, et l'espoir est un moteur puissant. Impossible de le raisonner. Il cherchera ses garçons jusqu'au bout, jusqu'à sa mort.

Fyn ne savait pas quoi penser de tout cela. L'attachement de Way pour ses enfants volés le dépassait car il n'avait jamais rien ressenti de tel. Pour rien, ni personne. Way les rejoignit, les yeux moins humides, mais tout aussi injectés de sang qu'auparavant.

— J'ai trouvé la messagère, annonça-t-il en se grattant le coin des lèvres. Car c'est une fille.

— Et tu es sûr qu'elle porte des messages entre Dante Turano et Braddock Whalen ?

— Certain. Elle arbore l'épingle en argent des messagers sur le col, à côté du symbole noir de Turano et du symbole bleu de Whalen. C'est bien elle que Raven veut.

— Parfait. Nous la suivrons ensemble et découvrirons où elle vit. Lorsque Raven aura terminé sur les docks, nous irons la chercher, et elle la piégera.

— Oui, ça me semble pas mal, acquiesça Way en se mordillant la lèvre.

— Quelque chose ne va pas ?

— Je… je n'ai aucune confiance dans sa magie. Tu dis que Raven la contrôle, et c'est très bien, mais j'ai du mal à calmer mes nerfs. Tu vois ce que je veux dire ?

— Oui, je vois. D'expérience, je peux te dire que ça va fonctionner. La Baguette de Compulsion est capable de forcer les gens à faire à peu près n'importe quoi. Elle a juste besoin d'un peu de temps.

— Qu'est-ce que tu en sais ? Tu as déjà utilisé ce maudit objet ?

— Non, mais quelqu'un a voulu s'en servir sur moi. Ça ne s'est pas très bien passé pour cette personne parce que j'ai la tête dure.

— Eh bien, espérons que la messagère aura la tête moins dure que toi. (Il montra un étal taché de suie, à côté duquel se dressait une tente d'où venait de sortir une femme vêtue de noir, qui se précipita vers un tunnel latéral attenant au marché souterrain.) C'est elle, annonça-t-il en s'essuyant le nez avec le pouce. Ne vous approchez pas trop. Il ne faudrait pas l'effrayer.

* * *

Sodja sortit de la cabine du bateau, un sourire subtil aux lèvres. Quinn, Siege et Poli l'attendaient sur le quai.

— Ç'a fonctionné ? l'interrogea Siege, le regard brillant. Tu l'as piégé ?

— Bel et bien. Il est ensorcelé. J'ai eu un peu de mal à comprendre comment fonctionne ce maudit artefact, mais j'ai fini par avoir raison de ce Zane. Il fera ce que nous attendons de lui.

— Les Maîtres des Guildes vont croire qu'Elar Kranak s'est retourné contre Whalen. Très malin.

— Elar Kranak, Tiana Rocas et Dante Turano. Si nous piégeons leurs messagers respectifs, on pensera qu'ils conspirent tous les trois contre Braddock. (Sodja sourit et se tourna vers l'entrée nord de l'écluse souterraine de Luqura et l'alignement de bateaux qui attendaient de l'emprunter.) C'est incroyable ce que peut faire l'ingénierie moderne, n'est-ce pas ?

Poli hocha la tête avec enthousiasme.

— J'ai toujours aimé les écluses. C'est la meilleure partie du trajet, à mon avis. Les niveaux d'eau qui s'égalisent, la voûte magistrale, au-dessus. C'est un peu comme être avalé par une baleine géante pour passer de l'autre côté.

— L'odeur aussi est celle d'une baleine géante, remarqua Siege en étirant ses gros bras au-dessus de sa tête. Personnellement, je n'ai jamais aimé le canal. Il pue beaucoup trop. J'ai toujours craint que le mât touche le plafond ou que notre bateau soit écrasé par la porte de l'écluse. (Il grimaça.) Nan, j'ai toujours préféré la partie ouverte du voyage, lorsqu'on allait de Quiri à Luqura ou vers le sud, vers…

— Par la pourriture et le sang ! jura Quinn. C'est notre bateau ! Le bateau de ma famille ! (Tout le monde se retourna pour voir le navire ancré à côté d'eux.) Devant mon nez ! beugla-t-elle, le visage écarlate, en frappant la coque. C'est le symbole de ma famille, là, sous la peinture. Ces marques, là. C'est un lapin bondissant. C'est bien le *Lapin* !

— Silence ! chuchota Sodja en s'avançant pour faire taire la femme. Il n'appartient plus à ta famille depuis des années. Tu as dit qu'il avait été pris par des pirates.

— Par la famille Rocas, corrigea Quinn en crachant sur l'oiseau noir. Elle l'a volé à mes grands-parents. Le *Lapin* m'appartient. Il appartient à ma famille, à la famille Gwyin.

— Tu ne saurais même pas le faire naviguer, rétorqua Sodja en entraînant la femme loin de l'eau, en direction du Quartier du Fleuve. Tu ne sais même pas nager.

— Parce qu'ils me l'ont volé. Mon héritage. Ma vie !

— Oh ! Quinn, intervint Siege en s'efforçant de détendre l'atmosphère. Je croyais que c'était *nous* ta vie. Ton soleil, tes étoiles et le reste. Ce trois-mâts n'est qu'un tas de bois et de pourriture. Même si tu avais l'intention de le récupérer, tu ne pourrais pas vraiment le mettre dans ta poche.

— J'ai absolument l'intention de le récupérer, affirma Quinn, bouillant d'une passion inhabituelle. Je vais le voler et apprendre à naviguer pour le ramener à Krosera.

— Pourquoi ? Pour que la famille Rocas puisse te le reprendre ? l'interrogea Poli, le visage dur comme de la pierre. Tu sais que tu ne pourras pas le garder. Pas avant que cette famille soit enterrée.

— Dans ce cas, après avoir réglé son compte à la Guilde des Marchands d'esclaves, nous devrions utiliser la Guilde des Voleurs pour détruire la famille Rocas. Et reprendre tout ce qu'elle a volé.

— Voyons, intervint Sodja en la prenant par le coude, si tout le monde se mettait à réparer les outrages subis par ses parents et grands-parents, la ville tout entière deviendrait comme l'Ossuaire.

— Ils les ont décapités, Raven ! J'ai vu Saltair le faire ! Cette famille au complet mérite la mort.

Sodja poussa un profond soupir. Elle regarda Siege du coin de l'œil, mais l'homme massif secoua la tête, préférant rester hors de cette discussion.

— Tiana Rocas a ordonné la mort de mon père, Quinn. Je comprends tes désirs de vengeance. Et tu l'auras – tu te baigneras dans une mer de sang–, mais nous ferons ça en équipe, de façon planifiée. D'accord?

Quinn la regarda fixement, puis finit par hocher la tête.

—Où allons-nous maintenant?

—*Nous* n'allons nulle part, répondit Sodja en serrant les dents. Je me chargerai du prochain messager toute seule.

—Tu iras chez eux toute seule? demanda Quinn en lui lançant un regard entendu. Tu penses que, si je venais, je ne pourrais pas m'empêcher de faire une bêtise, c'est bien ça?

—Et je me trompe?

Quinn s'empourpra, et Sodja eut sa réponse.

—Fyn et les autres devraient être rentrés, à l'heure qu'il est. Ils vous attendent. Dès que j'en aurai fini avec le messager de Tiana, je vous rejoindrai. (Elle s'interrompit, réfléchissant à ce qu'elle allait dire.) Le messager appartient à la vieille aristocratie krosérane. C'est un des Saevor originels, le frère de Tiana, aussi auras-tu une portion de ta vengeance.

Quinn eut un petit hochement de tête.

—On se revoit dans quelques heures, dans ce cas.

* * *

Braddock Whalen, Maître de Guilde en chef pour la Guilde des Marchands d'esclaves de Luqura, était de bonne humeur après un entretien avec le roi Lenka, le monarque malade et ratatiné de la ville la plus prospère de l'Empire. Le roi était en meilleure santé qu'à l'accoutumée–il ne s'était pas déféqué dessus une seule fois pendant l'heure qu'avait duré leur discussion–, et ne pas avoir à subir la puanteur royale mettait toujours Whalen de bonne humeur.

Il était particulièrement heureux que la Consule Phoeba Ondina Anabo soit rentrée à Innistiul pendant un mois, ce qui donnait plus ou moins à Whalen les clés de la ville. Les nobles le flattaient servilement, les marchands payaient ce qu'ils devaient–et plus encore–, et la ville le craignait. Il ne devait s'incliner devant personne – tant qu'Anabo et Cheng étaient à Innistiul –, et il était libre de faire ce que bon lui semblait. Les rendements du Bas-Quartier et du Quartier des Cendres étaient importants, et quelques caravanes de putains iluméennes arriveraient dans la soirée ; elles terminaient tout juste leur formation à Innistiul. Peut-être s'arrêterait-il dans les locaux de la guilde pour les accueillir, voire en sélectionner quelques-unes pour son harem. Avant cela, cependant, Braddock Whalen irait se faire plaisir en assistant à quelques combats dans les Fosses. Dante Turano l'avait invité à plusieurs reprises durant l'hiver, mais Whalen n'avait pas réussi à échapper à la surveillance de la consule. Mais à présent que le printemps était là, il avait l'intention de profiter au maximum des combats avant le retour des grandes chaleurs et de la puanteur dans les tunnels de la Ville souterraine.

Oui, ce serait parfait. Quelques combats à mort, un bon bain chaud et des putains. Lenka avait lancé de manière parfaite une journée qui promettait de l'être tout autant.

— Maître de Guilde Whalen !

Whalen arrêta son palanquin en se retournant avec agacement.

— Pyodr Saevor. Que me vaut le plaisir de… (Il se tut, comprenant qu'il s'adressait à un inférieur, puis soupira d'un air hautain.) Que veut Tiana ? S'il s'agit encore de négocier nos taux d'intérêt, dites-lui…

— Maître de Guilde Whalen.

Whalen se retourna encore, découvrant la jeune femme qui servait d'intermédiaire à Dante, Mazala quelque chose. Il avait l'impression que sa soirée allait être gâchée.

— Ma chère, si Monsieur Loyal a un message à me transmettre, dites-lui de…

— Braddock Whalen ? appela une voix chevrotante de l'autre côté du palanquin.

Le sourire vacillant pour de bon, Whalen focalisa son attention sur le dernier messager, un homme plus âgé originaire d'Innistiul, un cousin éloigné de Kranak.

— Zane, le moment est mal choisi ! rugit-il. Si Elar veut me parler, il va devoir…

Zane plongea son poignard dans l'œil de Whalen, puis le retira avec un bruit de succion dégoûtant. La lame plongea de nouveau, lui traversa la joue et la mâchoire, étouffant le cri de la victime. Whalen essaya d'inspirer, de hurler, d'appeler au meurtre, à la vengeance, mais…

Slash !

Slash !

Mazala et Pyodr lui enfoncèrent leurs couteaux dans le dos et les reins. Ils les retirèrent, puis recommencèrent. *Slash ! Slash !* Whalen toussa du sang et de la bile, vit de son œil valide le poignard de Zane plonger vers sa tempe.

Slash ! Slash ! Slash !

Les porteurs du palanquin criaient à l'aide, mais Braddock Whalen était déjà tombé à terre. C'en était fini pour de bon de ses plans de soirée extravagante.

La journée avait pourtant si bien commencé.

Chapitre 66

— Vous avez vu sa tronche ? s'écria Way comme ils rentraient dans leur repaire. Il a fini par se pisser dessus, le connard !

Siege sourit. À côté de lui, Poli se tenait les côtes, le visage foncé strié de larmes tant elle riait. Sans doute les nerfs, l'épuisement et l'adrénaline.

— Voilà comment on fait en sorte que la Guilde des Marchands d'esclaves se cannibalise ! s'amusa Sodja en faisant tourner dans les airs le Baguette de Compulsion.

Elle se sentait bien. Tellement bien ! Tout avait parfaitement fonctionné, et les marchands d'esclaves et sa famille auraient ce qu'ils méritaient.

Neldon frappa dans ses mains, d'abord lentement et doucement, puis de plus en plus fort.

— Bravo à Fyn le Fatal et Raven ! lança-t-il.

Fyn sourit. Les pintes s'entrechoquèrent, et lorsqu'ils eurent bu, il lança :

— Qu'est-il arrivé aux messagers ? Je m'attendais presque à ce que les porteurs du palanquin les exécutent.

— Non, répondit Neldon en se curant une dent creuse. Les porteurs sont des esclaves. Le moins qu'on puisse dire, c'est qu'ils n'appréciaient pas leur défunt maître. S'ils n'avaient craint d'être accusés de ce crime, ils auraient certainement applaudi.

— Et que leur est-il arrivé ? insista Fyn.

Ils étaient assis autour de leur table de fortune, une porte récupérée dans le Quartier des Cendres juchée sur trois tonneaux de Tactique noire, un alcool sucré dont Saltair raffolait.

— Arrêtés par la Garde dorée, annonça Way en faisant claquer sa langue. Une fois entre leurs mains, vous êtes pour ainsi dire livré aux Surveillants.

— Pour être légèrement torturé.

— Ou un peu moins légèrement, corrigea Quinn en soulevant son chemisier pour montrer sa taille fine zébrée de cicatrices.

Poli grimaça en les découvrant. Sodja contrôla sa réaction, mais elle n'en ressentit pas moins un malaise.

C'est ma famille qui a fait ça. Peut-être même est-ce moi qui ai dénoncé Quinn aux Surveillants. Je n'ai jamais réfléchi aux conséquences, aux répercussions. Je ne peux pas me rappeler. Son cœur se serra lorsqu'elle repensa à la manière brutale dont elle avait servi sa mère. Et elle la servirait toujours si son père n'était pas mort. Elle se sentait hypocrite. Elle était tellement hypocrite. Elle avala une nouvelle gorgée de Tactique noire.

— Et cette Garde dorée..., intervint Fyn, qui n'était pas encore familier de la politique de Luqura. Travaille-t-elle pour la Guilde des Marchands d'esclaves ?

— Oui et non, répondit Neldon. Techniquement, il s'agit de la garde du roi Cheng, mais en l'absence de Cheng et d'Anabo, elle obéit au Maître de Guilde Whalen. À Kranak, désormais.

— Kranak va remplacer Whalen ?

— Il va prendre l'intérim, mais j'imagine qu'il graissera suffisamment de pattes pour être nommé officiellement. Comme la Garde dorée stationne dans le Quartier du Fleuve depuis le traité signé avec le roi Lenka, elle est sous sa juridiction.

Fyn fronça les sourcils et se tapota les lèvres.

— Pour le moment – si j'ai bien compris –, Elar Kranak contrôle la Garde dorée, le Quartier du Fleuve et la majeure partie du commerce d'esclaves de Luqura ?

— Exact.

— Et les Surveillants ?

— Non, répondit Sodja. Les Surveillants ne font pas partie de la Guilde des Marchands d'esclaves. Ils se contentent de protéger ses intérêts.

— C'est la guilde qui sert les Surveillants, alors ? insista Fyn, qui n'était pas sûr de comprendre.

— Disons qu'il s'agit d'un partenariat. Aucun des deux ne commande l'autre.

— Qu'est-ce que tu en sais ? l'interrogea Neldon d'un ton grave, presque accusateur.

— Qui commande les Surveillants, dans ce cas ? s'enquit Siege presque au même moment. Et les Généraux ?

Sodja se mordit la lèvre, comprenant qu'elle en avait trop dit. L'alcool commençait à lui faire de l'effet, et elle oubliait les règles de prudence élémentaires. Du moment qu'ils ne faisaient pas le lien entre Raven et Sodja, elle ne risquait rien, sauf que…

Ils vont finir par comprendre. Par les enfers, ils auraient dû comprendre dès l'instant où je leur ai révélé mon surnom. Elle se tourna furtivement vers Quinn, constata que la femme la regardait fixement. Puis écarquillait les yeux.

Ça y est…

— La famille Rocas ! lâcha Quinn. C'est Tiana qui les contrôle !

Sodja expira. Quinn avait découvert un autre secret. Soulagée, elle avala une gorgée d'alcool.

— Et les Surveillants généraux ! continua Quinn. Le mage, le tourmenteur, l'espionne… ce sont ses enfants !

Sodja acquiesça de la tête, un peu pâle. Elle but encore.

— Es-tu en train de dire que tu connais l'identité des trois Surveillants généraux ? s'étonna Way en regardant successivement Quinn et Sodja.

— Attendez, attendez, les interrompit Fyn en levant la main. Qui sont ces Surveillants généraux ? Ces Généraux ?!

— Il s'agit d'un trio très puissant, qui travaille pour le Maître de Guilde et commande les Surveillants, expliqua Neldon. Sauf que Raven vient de dire qu'ils n'obéissent pas au Maître de Guilde. On les appelle le mage, le tourmenteur et l'espionne.

— Ketrit, Rista et Sodja, énuméra Quinn. Ce sont eux, les Généraux ?

Merde. Sodja posa sa chope ; elle avait la tête qui tournait. Le moment était venu. Ils allaient tout comprendre et c'en serait fini de sa liberté relative. Quinn serait la première à comprendre car elle avait de l'intuition.

— Comment sais-tu tout ça ? l'interrogea celle-ci, assise de l'autre côté de la table.

Elle avait la voix chevrotante et le regard fixe. La bouche sèche, Sodja se tourna vers Fyn, qui haussa les épaules et fit un pas vers Quinn. Au moins était-il toujours son allié. Elle en conçut une intense gratitude. Soudain elle eut envie de vomir. Elle chercha sa chaînette et se rendit compte qu'elle l'avait laissée sur un tonneau, dans le fond de la pièce. *Zut.* Elle s'efforça de se calmer et s'assura que ses pouvoirs de l'ombre étaient opérationnels. Quoi qu'elle dise, ç'allait sans doute finir dans la violence, voire par sa mort.

— Les Généraux sont connus sous d'autres noms, dit-elle d'une voix rauque. Des noms bizarres. Vous en connaissez peut-être quelques-uns.

— Bien sûr, répondit Siege, qui n'avait rien remarqué de l'ambiance tendue. Il y a la Pieuvre, l'Araignée… et la Corneille ?

— Toi…, lâcha Quinn en devenant rouge comme une pivoine. Toi !

Une dague à la main, elle voulut se jeter sur Sodja. Fyn l'agrippa par le poignet pour la retenir, mais elle lui assena un coup de coude au visage et se libéra. Elle bondit, renversa la table et atterrit devant Sodja au moment où celle-ci finissait d'entrelacer ses doigts devant sa poitrine. Une mare d'ombre couleur d'encre apparut sous les pieds de Quinn, et des bras et des mains noirs lui agrippèrent les chevilles, la faisant tomber, permettant à d'autres mains de lui prendre les bras et les poignets.

— Je ne suis pas comme eux! s'écria Sodja en attrapant son fouet et en reculant vers la sortie la plus proche. Je vous ai aidés à les combattre!

— Vraiment? demanda Neldon en se dressant entre Quinn et Sodja. Ou bien as-tu tué Whalen pour le compte de ta mère?

— Pourquoi la Corneille aurait-elle voulu tuer Saltair? s'interrogea Poli, l'air ahuri.

— Nous ignorons s'il est mort. Après tout, c'est elle qui a vérifié les tunnels. Elle a très bien pu l'aider à s'enfuir.

— Mais pourquoi?

— Pour gagner notre confiance! beugla Quinn en luttant contre ses entraves surnaturelles. Afin que nous éliminions les rivaux de sa famille. Ça explique qu'elle ait su où Saltair se terrait, ça explique que le lézard se soit enfui. Je comprends tout, maintenant!

— Non, objecta Fyn en se dressant face à Neldon. Son oncle Pyodr était un des messagers envoyés pour tuer Whalen. Il est dans les geôles de la Garde dorée, à l'heure qu'il est. Tu as dit toi-même que c'était pour ainsi dire une condamnation à mort.

Sodja se tenait dans le fond de la salle, dans l'ombre de la gueule d'un tunnel. Elle n'avait pas envie de fuir, mais elle ne voulait pas non plus combattre ses amis. Elle tremblait comme une feuille, non pas de peur, mais de rage – elle s'en voulait tellement –, et les mots qu'elle prononça doucement furent pleins d'amertume et de regrets.

— Par le sang et les ombres, j'aurais dû fermer ma gueule.

— Nous aurait-elle parlé des Surveillants généraux si elle était toujours avec eux ? leur demanda Fyn.

Il se rapprocha d'elle, lui tourna le dos pour faire face aux autres. C'était stupide : il risquait de compromettre les liens qu'il avait tissés avec eux, mais Sodja ne l'en aima que davantage.

— Pourquoi a-t-elle révélé son secret, à votre avis ? poursuivit-il. Si elle était là pour nous manipuler, elle n'aurait rien dit.

— Ce n'est pas bête, remarqua Neldon en échangeant un regard avec Quinn.

— Non ! cria celle-ci, ses doigts se couvrant de flammes noires vacillantes. Elle essaie de nous tromper ! Elle va nous trahir !

Elle tordit ses poignets, attrapa les mains démoniaques qui l'emprisonnaient et les maintint au-dessus des flammes noires afin de brûler leur peau intangible. Le feu gris dansait et se tortillait comme s'il était vivant. Certaines mains se rétractèrent, disparaissant dans la mare, mais d'autres jaillirent du sol, saisirent Quinn par la gorge, le menton et les épaules, l'attirant vers les ténèbres d'encre. Progressivement, le corps tout entier de la femme disparaissait dans le bourbier.

— Ça suffit ! s'emporta Neldon en sortant sa manubaliste de sa robe. (Il la pointa vers Sodja, et Fyn se mit encore une fois entre Neldon et elle.) Si tu ne nous veux réellement aucun mal, libère Quynh-Chi et chasse cette ombre !

— Elle veut me tuer ! rétorqua Sodja, en ordonnant néanmoins aux mains de ne plus attirer Quinn dans les ténèbres.

— Je le veux et je le ferai ! confirma la femme en s'agitant, le visage à quelques centimètres seulement de la mare.

—Arrêtez toutes les deux ! hurla Fyn, rouge de colère. Sodja, libère Quinn. Quinn, éteins ton feu d'ombre.

Quinn siffla de haine et de colère, mais une partie de sa fureur se dissipa comme Sodja faisait disparaître certaines des mains démoniaques qui l'agrippaient. Subitement, les ténèbres semblèrent recracher le corps de la femme qui, le regard révulsé, se retrouva à genoux avant de tomber de tout son long, comme si elle venait de recevoir un coup violent. Son feu noir s'éteignit et, un instant plus tard, la mare d'ombre et les mains disparurent. Siege et Poli se précipitèrent à l'aide de leur amie.

—Elle dort, annonça Poli en caressant le front et les cheveux noirs de Quinn de sa main couverte de cicatrices. Elle s'est épuisée en alimentant ses flammes d'ombre.

La pêcheuse mit le corps inerte de Quinn dans les bras de Siege, qui la déposa doucement dans son hamac.

—Bien, reprit Way en se raclant la gorge. Maintenant que nous avons renoncé à nous entre-tuer, nous pourrions discuter en adultes, non ? (Il se tourna vers Sodja.) Tu ne t'appelles pas vraiment Raven, j'imagine…

—Je ne l'ai jamais prétendu.

—Tu n'as pas non plus dit que tu t'appelais Sodja Rocas et que tu faisais partie des Surveillants généraux d'une des maisons les plus puissantes de Luqura. Par les dieux, à qui avons-nous affaire ? Es-tu la tourmenteuse ? L'espionne ?

—Je suis l'espionne. Je vous l'ai dit, je suis forte pour découvrir les secrets ; c'est mon don. Mon frère aîné Ketrit est le mage, même s'il n'est pas meilleur que moi pour invoquer la magie de l'ombre.

—Si tu avais été la tourmenteuse, je t'aurais exécutée moi-même.

—Le sadique de la famille, c'est Rista, et si je le pouvais, je lui trancherais la gorge moi-même. (Elle grimaça.) Il est dangereux, mais c'est pire que ça. Il y a quelque chose d'anormal, en lui. Il aime torturer, et notre mère l'encourage.

— Tu veux dire qu'elle se sert de lui, précisa Neldon, véhément. Pour elle, il pourchasse quiconque s'oppose à la Guilde des Marchands d'esclaves, il torture pour faire parler.

— Ce n'est malheureusement pas tout, dit Sodja dans un frisson. Tiana permet à Rista de s'exercer sur des esclaves, des innocents.

— Il les torture…

— Oui. Et puis, il les tue. Et notre mère assiste à ce spectacle et l'apprécie énormément. Je crois qu'elle jouit d'exercer son pouvoir.

— Pourquoi nous raconter tout ça ? l'interrompit Way. Pourquoi maintenant ? Que veux-tu de nous ?

— Je veux que vous sachiez qui sont les véritables monstres. Que vous compreniez pourquoi je dois les combattre.

Way hocha la tête, tandis que Neldon paraissait moins convaincu. Quant à Siege et Poli, ils étaient clairement sceptiques. Ils avaient peur, ils étaient inquiets.

— Mais tu es l'une d'entre eux, tu les as aidés à faire leurs saloperies, insista Neldon d'un ton accusateur, mais aussi sincèrement intéressé. Qu'est-ce qui a changé ?

Sodja les regarda successivement dans les yeux.

— Tiana a assassiné mon père parce que ses intérêts et ses valeurs n'étaient pas en accord avec les siens. Mon père était un homme bon. Noble. Il était aussi un voleur, ajouta-t-elle en lançant un regard entendu à Neldon. Malheureusement, ma mère ne voulait pas se contenter de faire les poches des habitants de la ville. Elle voulait le pouvoir, et la Guilde des Marchands d'esclaves était le moyen le plus rapide de l'obtenir.

— Cette partie-là est vraie, au moins, approuva Neldon. Les Rocas ont bel et bien tué ton père, mais tu as omis de préciser qu'il était le patriarche de la famille !

— Tu crois que c'est moi qui ai fait le boulot ?

— Je suppose que non, répondit Neldon en se frottant le menton d'un air pensif. Il vaudrait mieux que tu ne sois pas là lorsqu'elle se réveillera, ajouta-t-il en se tournant vers le hamac de Quinn.

— Combien de temps va-t-elle dormir ? s'enquit Fyn.

— En général, la majeure partie de la journée, après un épisode comme celui-ci. Disparaissez pendant vingt-quatre heures. Nous lui parlerons. Nous tâcherons de la convaincre de ne pas te tuer. Il se pourrait même qu'elle accepte de rester dans l'équipe si elle admet que nous avons le même objectif.

— Et vous autres ? demanda Fyn en regardant successivement Way, Siege et Poli. Vous restez ?

— Vous avez toujours l'intention de tuer Dante Turano et de mettre un terme au commerce d'esclaves dans la Ville souterraine ? demanda Way.

— Oui.

— Dans ce cas, je reste, mais j'aimerais que nous réalisions nos objectifs le plus vite possible. Mes garçons… mes garçons sont toujours en bas quelque part.

— Tu es sûr de toi, Way ? l'interrogea Neldon, sa manubaliste toujours en main. Peut-être qu'elle ment, qu'elle travaille toujours pour Tiana Rocas. Tu veux quand même rester ?

— Tant qu'on règle son compte à l'homme qui m'a volé ma femme et mes enfants. Ses raisons ne m'intéressent pas.

— D'accord. Et vous deux ? demanda Neldon à Siege et Poli.

— Je ne dis pas que je veux quitter l'équipe, commença Siege en regardant Poli, mais j'ai besoin de réfléchir. Poli et moi avons besoin de parler, et j'aimerais aussi discuter un peu avec Quinn.

— Je pense que nous avons tous besoin d'un peu d'espace, de temps pour réfléchir, à ce que nous avons accompli et à ce que nous désirons faire, conclut Neldon. Je pense que vous devriez nous donner un jour ou deux, ajouta-t-il à l'intention de Fyn et Sodja.

Sodja ravala ses protestations et se contenta de hocher la tête. Fyn fit de même, et ils se retirèrent tous les deux dans les tunnels supérieurs.

— Pourquoi leur as-tu dit ? demanda Fyn lorsqu'ils furent en sécurité à la surface, quelques kilomètres au nord de la Ville souterraine.

— Je ne sais pas. (Bizarrement, c'était vrai.) Ils ont commencé à parler des Surveillants et… Je ne voulais plus être suivie par cette réputation. Je n'en pouvais plus d'avoir ce poids sur les épaules. Je sais ce que ma famille a fait subir à Quinn et ses parents. Chaque fois que son regard se posait sur moi, j'avais l'impression qu'elle avait deviné la vérité, mais qu'elle n'arrivait pas à la verbaliser. Je ne pouvais plus le supporter.

— J'espère au moins que tu te sens plus légère.

— Toi, tu savais depuis le début, affirma-t-elle en le regardant du coin de l'œil. Chaque fois qu'ils parlaient de ma famille, chaque fois que Quinn racontait une histoire effrayante, j'ai remarqué que tu gardais le silence. Pourquoi ?

— Et pourquoi pas ? C'étaient tes secrets, pas les miens, répondit-il en passant devant car ils étaient désormais en terrain familier.

— Tu ne crains pas que je travaille secrètement pour ma mère ? Tu ne te dis pas que je t'ai incité à former cette équipe pour atteindre les objectifs de ma mère ?

— Oh ! je suis convaincu que tu m'as manipulé, mais tu oublies une chose : c'est moi qui t'ai approchée.

— Et si j'avais planifié tout ça ? Et si mon plan prévoyait de t'utiliser pour atteindre ma famille ?

— Tu ne m'apprends rien !

— Mais alors, pourquoi m'as-tu suivie ? l'interrogea-t-elle en le fixant d'un regard intense.

— Parce que nous désirons la même chose, Sodja.

— C'est-à-dire ?

— Mettre le monde sens dessus dessous, et nous installer à son sommet.

— Mes motivations sont un peu plus nuancées, contra-t-elle avec un sourire en coin.

— Biens sûr, acquiesça Fyn en gravissant une échelle rouillée conduisant à un vieil entrepôt du Bas-Quartier, à mi-chemin entre le Quartier des Cendres et le Quartier du Fleuve inférieur. Tu veux massacrer toute ta famille parce que tu en as assez de sa malfaisance – et parce qu'elle a tué ton père –, et tu veux te débarrasser de ses alliés parce que, obsédée que tu es par ta vengeance, tu serais prête à brûler le monde tout entier.

— Pas le monde tout entier, protesta Sodja en souriant doucement et en attrapant le premier barreau. Et tous les membres de ma famille ne sont pas des monstres. Enfin, nous sommes tous des voleurs et des assassins, mais nous ne sommes pas tous comme Rista et Tiana. Ma grand-mère Bella est la plus gentille, la plus sage de toutes les femmes que je connaisse. (Elle s'arrêta au sommet de l'échelle.) Enfin, elle l'était. Elle n'est plus vraiment elle-même.

— Tu n'as pas besoin de te justifier, la rassura Fyn en l'aidant à monter. Je t'ai déjà dit que je n'étais pas un gentil garçon. Mes mains ne sont pas plus propres que les tiennes.

— J'en doute.

— On pourrait comparer nos bilans respectifs, mais ça ne nous mènerait à rien. Les membres de l'équipe peuvent t'abandonner, moi, je reste.

Sodja le regarda dans la pénombre humide de l'entrepôt, les yeux brillant de larmes non versées. Elle se pencha vers lui et l'embrassa. Ce fut un baiser féroce, plus brut que celui qu'ils avaient partagé un mois plus tôt sur un toit. Si bien qu'ils en voulurent tous les deux davantage. Lorsque leurs bouches se décollèrent enfin, ils avaient le souffle court.

Fyn se lécha les lèvres d'un air incertain.

— Tu… euh… ?

— Chut…

Elle posa l’index sur les lèvres de Fyn, l’entraînant dans un coin sombre du bâtiment oublié.

Chapitre 67

— Pourquoi êtes-vous capable de guérir ici et pas dans le domaine de l'ombre ?

— Tu parles de mon œil, dit Oyru en fixant du regard les trolls qui campaient au-delà de la ligne des arbres. Je guéris bel et bien, mais d'une manière naturelle plutôt que surnaturelle. Ici, dans le monde physique, les ombres sont plus… substantielles. J'ai plus de mal à me nourrir de somnumbra, mais les ombres sont plus puissantes. Cela a sans doute à voir avec le passage du temps. Les événements se déroulent plus lentement, ici. Mon essence étant liée au domaine de l'ombre, ma guérison peut être extrêmement rapide, mais uniquement à l'ombre. Dans l'obscurité, elle est normale. Au soleil, elle est nulle.

— Est-ce la raison pour laquelle vous préférez venir ici à l'aube ou au crépuscule ?

— Oui.

Myjun s'assit à côté de l'assassin. Le masque luttait contre ses émotions, une fois de plus, et il lui fallut prendre sur elle pour ne pas se précipiter dans la clairière afin de massacrer la famille de créatures poilues qui campait là, ces trolls qui allaient chercher du bois-de-fer à tour de rôle, revenant avec des brassées de racines noueuses, de branches tombées, d'écorce, qu'ils jetaient dans les flammes jaunes et intenses.

— Croyez-vous… (Elle s'efforça de chasser toute malice de sa voix.) Cela explique-t-il que je sois incapable de lancer la lumière ici… alors que là-bas… ?

Oyru réfléchit, puis secoua la tête.

— C'est à cause de ton masque. L'artefact facilite ta guérison dans le monde physique en consommant ta magie iluméenne. Il prend l'énergie de tes émotions pour alimenter sa propre magie. Dans le domaine de l'ombre, les auras émotionnelles sont étouffées. Cela affaiblit le masque et – paradoxalement – te permet de puiser davantage dans ta magie iluméenne.

— Je n'y comprends rien ! gronda Myjun, qui avait de plus en plus de mal à se contrôler.

— Je te l'ai dit, c'est paradoxal.

— Croyez-vous que le *witherkin* attendra notre retour ?

— C'est probable.

— Pourquoi retourner là-bas, dans ce cas ?

Oyru montra la mer de Sauthron – la véritable mer de Sauthron –, qui scintillait dans le clair de lune et la lumière des étoiles, au-delà des arbres.

— Nous allons devoir traverser le Goulot pour retourner vers l'ouest, puis entrer de nouveau dans le domaine de l'ombre pour éviter la magie protectrice de la Lance de Tàcharan. Il est impossible de survivre à l'ombre de la Lance sans la bénédiction du Dieu de la Mort.

— Prenons un navire, proposa Myjun, qui luttait toujours contre les émotions de son masque. Vous l'avez dit vous-même : nous pourrions contourner la malédiction de la tour en évitant Takarania et en prenant le bateau à Alltara pour rallier l'Empire.

— Tu pourrais, effectivement. Moi, je serais contraint de retourner dans le domaine de l'ombre avant d'atteindre la terre, et vu que le navire n'existe pas dans le domaine de l'ombre, je serais plongé dans le vide étoilé de la mer infinie.

Myjun se rappela la réticence passée d'Oyru à voguer sur l'océan, son inaptitude à le traverser dans le domaine de l'ombre.

— Nous continuerons de voyager pendant les périodes d'ombre et profiterons des anté-ombres pour méditer. Il n'y a pas une grande différence entre les deux ; nous ne dormons ni dans l'une, ni dans l'autre. (Elle s'interrompit quelques secondes.) Je n'arrive pas à croire que nous fuyions un maudit fantôme. Yohan, le fantôme de l'accastilleur ! Il avait tellement peur des abeilles et du sang qu'il achetait sa cire au producteur d'hydromel et son suif au boucher !

Elle eut un reniflement de dédain, écœurée par leur inaptitude à tuer l'esprit de l'accastilleur, par leur incapacité à affronter le spectre.

— Je suppose qu'il a un travail à terminer, une vengeance à assouvir. Sans doute contre moi, dit Oyru en détournant son regard du feu. Je ne vois pas pourquoi il me pourchasserait, sinon. À moins que… (Il posa son œil unique sur Myjun.) Quelle relation entretenais-tu avec l'accastilleur ?

— Une relation ? répéta la jeune femme dans un éclat de rire amer. C'était une belle ordure intéressée par toutes les femmes plus jeunes que son épouse. Il n'a jamais tenté sa chance avec les apprenties femmes sages ; il n'était pas assez bête pour ça. Nombre de jeunes filles du village ont eu affaire à lui, cependant.

— Mmh… Il veut probablement se venger de moi parce que j'ai invoqué les *eidola* et que je l'ai emprisonné dans les ombres.

— Pour sa défense, c'était vraiment une belle saloperie de faire ça. Vous avez condamné certains de mes amis, aussi.

— Les assassins ne sont pas là pour se faire des amis, rétorqua Oyru en haussant les épaules. Ni pour les garder. Tu es bien mieux sans eux.

— Pourquoi m'entraînez-vous, dans ce cas ? Pourquoi m'avoir amenée ici ? Ne suis-je pas un fardeau pour vous ?

— En effet, admit Oyru après un instant d'hésitation.

— Pourquoi faisons-nous tout cela ? Pourquoi traquons-nous des trolls dans cette forêt pour voler les cendres de leurs feux de camp ? Pourquoi fabriquez-vous une armure et avez-vous fait de moi votre apprentie ?

Le silence. Myjun eut envie de le provoquer, de le piquer au vif, de déclencher une réaction de colère, mais elle tint sa langue et regarda les trolls les plus grands enfoncer de longues griffes noires dans les arbres que leur groupe avait abattus juste avant le crépuscule. Jusque-là, le feu était alimenté par du bois naturel, mais à présent, les trolls taillaient le bois-de-fer incroyablement résistant en petits morceaux et fins rubans. Cela l'impressionna beaucoup car elle savait d'expérience que l'écorce du bois-de-fer était aussi dure que son nom le laissait entendre, et que le bois lui-même l'était encore plus, plus proche de l'acier que du fer. Et pourtant, ces trolls étaient capables d'en faire du petit bois.

—Ils mangent les cendres, expliqua Oyru sans répondre à sa question. Voilà pourquoi ils allument ces feux. Quand les braises s'éteignent, les trolls mangent les cendres du bois-de-fer. C'est ce qui rend leurs os si denses, leurs dents et leurs ongles si coupants. Ils sont plus que des trolls : des trolls de fer. Mieux encore, la magie du domaine de l'ombre pénètre ces vieilles montagnes et leurs sombres forêts. Les trolls ne se contentent pas de manger des cendres, ils consomment leur magie.

—Je ne savais pas que les trolls mangeaient des arbres, et encore moins des cendres.

—Ceux d'Alltara le font. Ils sont omnivores, cependant. Ils préfèrent la viande – tout comme nous aimons les pâtisseries et les bons gâteaux –, c'est leur péché mignon. Ceci… (Il désigna la vieille forêt d'Alltara.) … est leur véritable nourriture.

—Et vous m'avez fait venir ici pour… manger des cendres ? ricana-t-elle. Même si je ne portais pas ce masque, jamais vous ne me feriez manger cette merde.

—Tu ne vas pas en manger.

—Alors pourquoi… ?

— Hâte-toi de préparer tes armes, lança Oyru en invoquant ses flissas. Lorsqu'ils auront terminé de ramasser leur bois-de-fer, nous massacrerons la tribu. Prends garde, cependant. Leur fourrure et leurs os sont résistants. Même avec mes pointes de vide et tes lames du feu de l'âme, nous allons devoir user de stratégie.

— Notre magie ne fonctionne pas sur eux ?

— Pas de manière satisfaisante. C'est à cause de l'enchantement du bois-de-fer. En plus de sa force et de sa souplesse mythique, il repousse la plupart des attaques magiques.

Myjun lâcha un chapelet de jurons de plus en plus grossiers.

— Et vous me dites ça maintenant ? À quelques secondes de passer à l'attaque ?

— Essaie d'éviter leurs griffes et leurs dents, concentre tes attaques sur leurs yeux et leur bouche. Si tu as une ouverture et que tu as l'occasion de séparer leur tête de leur corps, vas-y, mais ce n'est pas ton objectif premier. Il y a de fortes chances que tes armes ne fonctionnent pas sur leur fourrure, pas même au niveau du cou, aussi concentre-toi sur les tissus mous, sur les yeux et la bouche.

— C'est noté, répondit Myjun, dont la colère montait.

Avec l'imminence de la bataille et, le masque fonctionnant déjà, elle avait hâte de ressentir et de causer de la douleur. De tuer et de se repaître de la vie de ces monstres. Ce serait difficile, à en croire Oyru, et Myjun était prête à relever le défi. Elle était pressée de le relever.

Dans la clairière, le plus gros des trolls jeta une ultime brassée de bois-de-fer dans les braises fumantes du feu. Un instant plus tard, les copeaux les plus petits se consumaient déjà, les branches étranges crachant de la fumée noire et éclatant comme le tonnerre dans la nuit.

— Maintenant ? demanda Myjun en se retenant de se précipiter dans la clairière pour égorger tout ce qui aurait vaguement une silhouette humaine.

— Maintenant, répondit Oyru en glissant dans les ombres pour se rapprocher de la créature la plus proche.

Myjun laissa sa rage se déverser en elle. Elle inspira profondément, goûta l'odeur de la fumée et de la résine du bois-de-fer presque sucrée, avec des accents doux de charbon. Elle sentit le musc sauvage des trolls. Elle progressa et se rendit compte que la bête qu'elle avait sentie – un mâle – était assise à l'extérieur du cercle de lumière projeté par les flammes avec certains de ses compagnons. Le troll grogna quelque chose que Myjun ne comprit pas, puis obligea une femelle à se coucher et lui grimpa dessus.

La magie du masque réveilla des souvenirs douloureux de Kenton… et d'Annev. Elle avait essayé d'oublier son passé de séductrice, ses tentatives maladroites pour courtiser les garçons, car elle avait honte en pensant à ce qu'ils étaient devenus tous les deux. La fumée du bois-de-fer emplissant ses narines et la magie du masque exacerbant ses passions, les souvenirs de Myjun affluèrent. Des baisers dans des coins sombres. Des rendez-vous galants n'ayant abouti à rien de concret. Des rêves érotiques qu'elle avait vainement tenté de contenir, puis d'oublier. Elle avait été attirée par Kenton, fascinée par Annev, et tous les deux l'avaient trahie. Cela l'emplissait de honte et de colère, mais aussi de regrets ; dans d'autres circonstances, tout aurait pu être différent. Ces réflexions nourrirent sa colère, et le contrôle que la jeune femme exerçait sur ses émotions menaça de céder. Elle profita de cette vague d'émotions, toutefois, ne les laissant pas la dominer, ne les combattant pas non plus. Leur tenant la bride, elle usa de leur force pour alimenter son attaque.

Avec un rugissement prédateur, Myjun sauta sur les deux trolls et tailla de ses lames jumelles en ravalant les larmes de haine qui lui piquaient les yeux, la rendaient aveugle au carnage dont elle était l'auteure. Tout autour d'elle, elle entendait des cris de douleur et les hurlements gutturaux du clan troll frénétique. Myjun devint frénétique elle-même, sa fureur nourrissant sa magie, lui conférant une rapidité trop importante pour leurs dents et leurs griffes. Elle vit la colère dans le regard de Kenton et lutta pour se dominer. Elle vit la trahison dans les yeux d'Annev après qu'elle eut découvert qu'il lui manquait un bras, et elle chercha à l'aveugler.

Tout autour d'elle, les trolls tombaient, basculaient en arrière, les globes oculaires brûlés. Une bête lui bondit dessus tel un ours affamé, la prenant par surprise, la faisant choir. Il lui griffa le dos, et elle hurla de souffrance et de plaisir. Elle se tortilla, se retourna en martelant sa peau épaisse avant de lui enfoncer ses lames jumelles dans le torse. Le troll de fer convulsa… et mourut.

Myjun fut écrasée sous la créature énorme et poilue. Au prix d'un effort important, elle roula de sous son cadavre et cligna des paupières pour chasser le sang qui colorait sa vision. Des dizaines de cadavres monstrueux jonchaient la clairière, et les blessures de la jeune femme guérissaient déjà. Elle était devenue plus rapide et plus forte au fil des nombreux mois passés à chasser les eidolons. Et si ces trolls étaient rapides, Myjun l'était plus encore.

Oyru se dressait au-dessus d'un troll gémissant. Ses flissas plongèrent, lui transperçant le crâne et, dans un tremblement, la chose poussa un râle ultime. L'assassin retira ses lames fines des yeux de sa victime et regarda Myjun avec curiosité.

— Tu as combattu d'une manière différente, ce soir. Il y avait moins de colère. Plus de concentration. C'était presque une danse. Magnifique. (Il fit disparaître ses armes et vint assez près d'elle pour qu'elle sente l'odeur du sang sur ses vêtements.) As-tu enfin pris le dessus sur tes émotions ? As-tu appris à utiliser le pouvoir du masque sans te laisser utiliser par lui ?

Myjun se tourna vers ses rêves éveillés ; elle n'avait jamais couché avec Annev et Kenton, même si elle avait failli avec ce dernier, et le masque avait focalisé sa colère sur cet épisode. Elle avait été attirée par cet imbécile, jusqu'à ce qu'il réapparaisse avec une cicatrice. Après cela, elle n'avait plus jamais été capable de le regarder comme avant. Dans le cas d'Annev, c'était encore pire. Cette ordure l'avait trompée depuis le début, lui cachant qu'il était marqué par Keos. Il avait tout fait pour qu'elle tombe amoureuse de lui, et puis…

Comment se fait-il que tous ceux que j'aime ou qui comptent pour moi finissent par se révéler corrompus ou incomplets ? Même mon père. Tout ce que je touche devient cendre, et je glisse lentement vers les ténèbres.

Elle releva la tête et constata qu'Oyru la fixait du regard. Ses pupilles étaient de grandes mares noir d'encre. Soudain, il vit quelque chose en elle et hocha la tête, satisfait.

— Tu es prête à passer le test des cendres. Viens avec moi devant le feu.

Myjun s'exécuta, hébétée et furieuse, seulement vaguement consciente d'avoir fait disparaître ses armes. Elle scruta Oyru, qui lui fit signe de s'asseoir. Elle obtempéra.

L'Ombre ressuscitée tendit le bras, déroulant des volutes de fumée noire derrière ses doigts. Myjun s'attendit à voir réapparaître ses flissas, au lieu de quoi ce furent des pincettes couleur charbon. Oyru plongea l'outil dans les flammes et en sortit de la braise rougeoyante.

— Les braises de bois-de-fer deviennent de la résine et des cendres lorsqu'elles entrent en contact avec de la matière organique, expliqua-t-il en tenant les pincettes devant lui. Les trolls ne les mangent que lorsqu'elles n'émettent plus qu'un tout petit peu de chaleur. Afin de fabriquer ton armure, cependant, les braises doivent être brûlantes. Ton sang les rafraîchira, et ton masque soignera les brûlures avant qu'elles forment des cicatrices. Ce sera néanmoins douloureux.

Myjun hocha la tête.

— La résine mettra environ une heure à durcir pour former les plaques de l'armure. Elle sera mince – aussi mince qu'une seconde peau, mais aussi dure que de l'acier. Là où tu auras besoin de flexibilité, nous utiliserons le résidu des cendres, qui sera plus résistant que n'importe quelle cotte de mailles ou armure en cuir. Il te protégera également de la magie, sans être toutefois aussi solide que la résine. Il en résultera l'armure la plus puissante et versatile qui soit, le secret le mieux gardé de mon clan depuis longtemps éteint.

— Pourquoi n'en portez-vous pas une, dans ce cas ?

— Cette magie ne fonctionne pas sur les semi-hommes.

— Vous auriez pu faire ça avant de devenir un semi-homme, insista sèchement Myjun.

Oyru hésita, puis remit le morceau de braise dans le feu.

— Mon père avait juré de m'amener ici pour pratiquer le rituel, mais il est mort, et ma mère a très longtemps refusé de tenir la promesse faite par son époux parce qu'elle n'aimait pas la compagne que je m'étais choisie.

— Oraqui.

Il confirma de la tête.

— Finalement, Oraqui a gagné l'estime de ma mère en proposant de subir le rituel elle-même. Elle savait ce que cela signifiait : il y aurait la souffrance, et puis, cela la marquerait à jamais comme un membre de notre clan. Alors ma mère nous a conduits tous les deux jusqu'ici, dans ces montagnes. Jusque dans le repaire des trolls. Au début, elle m'a obligé à regarder comment elle brûlait la chair d'Oraqui, puis elle m'a fait participer. (Oyru sombra dans le silence et s'abîma dans la contemplation du feu sans trahir aucune émotion, ni faiblesse.) Je l'ai brûlée avec la résine et les cendres du bois-de-fer, reprit-il, mais lorsque vint mon tour de subir le test, il ne restait plus assez de braises. Nous avons juré de revenir, et Oraqui a promis de pratiquer le rituel sur moi. Entre-temps, elle m'a trahi en faisant venir Gevul sous mon toit.

— Pourquoi l'avoir attendue, après cela ? s'emporta Myjun. Comment pouviez-vous croire qu'elle tenait à vous ?

— Oraqui connaissait le secret de ma famille, expliqua Oyru en désignant le feu avec ses pincettes. Elle aurait pu guider Gevul et son clan jusqu'ici pour leur livrer notre magie, mais elle ne l'a pas fait. Elle a tenu parole. Elle a aidé Gevul à massacrer ma famille, mais elle a gardé notre plus grand secret.

— Pour quelle raison ?

— Si je devais la revoir un jour, je lui poserais peut-être la question, répondit-il dans un haussement d'épaules.

— Cela n'a aucun sens. Elle a été complice du massacre de votre famille ! Pourquoi aurait-elle gardé un vulgaire secret ?

— Peut-être que… Peut-être que quand on a fait du mal à l'être aimé, on s'accroche à ce genre de chose, à la preuve que nous ne sommes pas un monstre. Peut-être est-ce un appel à l'aide ou à la rédemption. (L'assassin sortit une braise rougeoyante du feu.) Ou bien, dans ce monde fou, s'accroche-t-on à une petite vertu pour excuser toutes les atrocités que nous avons et allons commettre.

— Plutôt, oui.

— Les gens sont compliqués, conclut l'Ombre ressuscitée.

— Mais vous l'aimez toujours. Elle a tué votre famille, et vous l'aimez toujours.

— J'ai l'impression que tu n'as pas compris mon histoire. Oraqui a rejoint ma famille lorsque je l'ai brûlée avec ces braises. Mon clan. Je t'offre la même opportunité, ajouta-t-il en tendant la braise vers la jeune femme.

Myjun regarda successivement la braise orangée et l'œil unique de l'assassin. Sans dire un mot, elle retira ses vêtements et se tint, féroce, devant lui.

— Je suis prête.

— Alors, je te baignerai dans les braises et les cendres, chuchota-t-il en pressant la braise contre sa peau.

Myjun siffla comme le morceau de bois incandescent, qui rougeoyait de feu et de sang. La douleur fut intense et brillante, presque écrasante, et comme la braise se refroidissait, elle lui conféra une vision parfaitement claire dans la fumée et les vapeurs du bois-de-fer. Oyru fit tourner la braise sur sa peau, ravivant la douleur, mais lorsque la jeune femme examina son corps, elle ne vit aucune cloque, ni brûlure, mais une magnifique couche chitineuse bleu-noir.

— Cette chose va faire de moi un monstre, gronda-t-elle en serrant les dents. Je n'en serai jamais débarrassée, comme de mon masque.

— Nous sommes déjà des monstres, lui souffla Oyru dans l'oreille en continuant de pratiquer le rituel. Notre corps sera aussi noir que notre cœur.

Chapitre 68

Annev fixait des yeux le visage rond de Tym.

— Mort ? murmura-t-il. Mais… je viens de le voir, et il était vivant.

— Vous voulez dire que vous l'avez vu en arpentant son esprit ? s'étonna Frère Tym en fronçant les sourcils.

Annev confirma d'un hochement de tête, provoquant un froncement de sourcils chez Misty et un grognement contemplatif chez Frère Tym.

— Qu'avez-vous vu, exactement ? s'enquit ce dernier d'un ton neutre.

Annev ouvrit la bouche pour répondre, puis se rappela la fin de sa vision : le sang jaillissant des yeux, des oreilles et du nez de Holyoak. Il se souvenait de la brume rouge. L'impression de sentir le goût du sang sur ses lèvres.

Rien de tout ça n'était vrai, cependant, pensa-t-il. *J'arpentais un esprit. Nous étions dans l'esprit de Holyoak, et je ne l'ai pas attaqué.*

Était-ce la vérité ? Annev s'était servi de la Main de Keos pour briser le palais spirituel de Holyoak, mais l'esprit de ce dernier avait-il réellement subi une attaque ? Ses actions avaient-elles causé cette mort ?

— Comment est-ce arrivé ? s'enquit-il en renforçant ses propres protections mentales.

— Vous étiez inconscient depuis quelques heures, expliqua Misty en posant la main sur l'épaule de son époux. Tym vous surveillait depuis l'extérieur du souvenir implanté, et nous étions sur le point de vous réveiller lorsqu'il s'est passé quelque chose. Il y a eu… une percée.

— Vous avez trouvé les glyphes de *quaire* ! intervint Tym, incapable de contenir son enthousiasme. C'était formidable. Jamais je ne les aurais trouvés. Mais alors, vous avez fait quelque chose d'étrange, ajouta-t-il en se tournant vers Annev. Vous avez fait disparaître les glyphes… avant de disparaître vous-même.

— J'ai déconstruit les glyphes pour mettre en évidence le fil de magie, que j'ai suivi jusqu'au traître, Holyoak. Il semblerait que le souvenir contrefait m'ait conduit à son esprit. Je lui ai parlé… et il a avoué avoir trahi l'Enclave.

— Oui, c'est ce que nous avons cru comprendre, lui apprit Misty, le regard plein de compassion. Tym n'a pas réussi à vous parler, mais vous marmonniez, et nous avons compris quelques bribes de ce que vous disiez.

— Je parlais dans mon sommeil ?

— Arpenter un esprit n'est pas dormir, le corrigea Tym.

— Vu de l'extérieur, ça y ressemble, c'est vrai, concéda Misty. Nous avons entendu vos accusations, aussi Reeve a-t-il envoyé des frères arrêter Holyoak.

— A-t-il résisté ?

— Il n'était même pas éveillé, répondit Misty en lançant un regard noir à Tym pour l'empêcher d'intervenir. Le temps n'est pas à l'enseignement des techniques des Arpenteurs d'esprit, mon cher. Tout comme vous, reprit-elle à l'intention d'Annev, Holyoak était plongé dans une transe, et nous ne sommes pas parvenus à le réveiller. Nous craignions de causer des dommages psychiques irréversibles en vous réveillant de force, aussi avons-nous préféré attendre pour n'intervenir qu'en cas d'extrême nécessité. Holyoak a été mis en cellule, tandis que vous êtes resté dans notre chambre.

Annev se rendit compte qu'ils ne se trouvaient pas dans la chambre de Tym et Misty, mais dans une pièce plus petite et manifestement inoccupée. Il se crispa en avisant de minuscules glyphes sur les murs.

— C'est une cellule… gardée, constata-t-il.

Misty hocha la tête, puis lança un regard oblique à son mari.

— Tu veux lui dire ?

— Il vaudrait mieux lui montrer, répondit Tym. Venez avec moi, jeune homme, ajouta-t-il en posant doucement la main sur l'épaule d'Annev.

* * *

Il ne restait pas grand-chose de la chambre de Tym et Misty : un couvre-lit carbonisé, un coffre à vêtements noir de suie, du linge de maison fumant.

Le reste avait disparu. Le lit, les livres, la table et les chaises avaient été réduits en cendres. Annev s'arrêta au centre de la pièce et déglutit. Il avait la gorge sèche à cause de la fumée et de la bile remontée dans sa bouche. Du bout du pied, il suivit les contours d'une dalle de pierre fondue et baissa la tête, honteux.

— Je suis désolé.

— Ce n'était pas votre faute, le rassura Misty en le rejoignant. Vous n'étiez pas conscient de ce que vous faisiez. Vous n'aviez aucune idée de ce qui se passait dans le monde réel.

— C'est moi le responsable, lança Tym d'un ton de regret. J'aurais dû vous déplacer lorsque vous avez rencontré Holyoak. Avant, même. Mais je voulais continuer de vous surveiller de près. Je pensais que notre chambre était l'endroit idéal pour cela, mais je me suis trompé. Je suis vraiment navré.

Ses excuses semblaient destinées à Misty et à Annev.

— Ce n'est la faute de personne, rétorqua la Dionaque McClanahan en entourant les épaules de Tym de ses longs bras. C'était un accident. Personne n'aurait pu prévoir ces événements.

Annev n'en était pas si sûr. Il avait souhaité l'apparition de la Main de Keos lors de sa transe. Il l'avait voulue, avant d'invoquer sa magie. Il avait fait naître des flammes destructrices dans le domaine cognitif en pensant qu'elles n'auraient aucune existence dans le monde physique, mais il s'était trompé.

— Comment… ? croassa-t-il, la bouche sèche. (Il déglutit et essaya encore.) Comment l'avez-vous arrêté ? Comment m'avez-vous déplacé ?

— Dès que la main a commencé à rougeoyer, nous avons fait venir des frères pour contenir le feu avec un sort de protection, expliqua Tym. Ç'a fonctionné quelque temps, jusqu'à ce que les flammes… Disons qu'elles exerçaient une trop forte pression sur les boucliers. J'ignore comment, cependant. Cela n'aurait pas dû être possible. Bref, ils n'arrivaient pas à contenir le feu, je n'arrivais pas à vous réveiller, le lit s'est embrasé. C'était le chaos. Reeve a confié la surveillance de Holyoak à Frère Honeycutt pour pouvoir venir à notre aide. Il a confiné une partie des flammes dans ce coin – c'est d'ailleurs ce qui a mis le feu à la bibliothèque –, ce qui a permis de vous faire flotter jusqu'aux cellules du bas. On vous a mis à l'abri et tout s'est bien passé. Enfin, presque. (Il embrassa la chambre dévastée du regard et haussa les épaules.) Tout ceci pourra être remplacé. Il y a des copies de la plupart de ces livres dans la bibliothèque de l'Enclave, et je remplacerai le reste moi-même. J'ai une excellente mémoire, ajouta-t-il en se tapotant le crâne.

Annev opina du chef en se rappelant le coffre de souvenirs qu'il avait récupéré chez Holyoak.

— Avez-vous rendu ses souvenirs à Sraon ? Va-t-il s'en sortir ?

— Oui, le rassura Misty. Tym m'a confié les souvenirs, et je me suis chargée de leur réimplantation moi-même.

Sous la supervision de Reeve. Sraon devrait se remettre complètement, mais il faudra encore quelques jours avant qu'il redevienne lui-même.

Annev fut soulagé, et puis, il contempla de nouveau les destructions qu'il avait causées.

—Tout ceci… Et je n'ai pas été blessé…

—Ah…, fit Tym. Apparemment, les flammes ne vous font pas de mal. Je ne comprends pas pourquoi, mais c'est un fait. Cela nous a tout de même facilité un peu la tâche. Nous vous avons mis dans une boule d'Eau du ciel – glace, air, eau – pour aider à votre déplacement. (Il gloussa.) Le plus amusant, c'est que les choses ont commencé à se calmer dès que nous vous avons déposé dans votre cellule. C'est vous qui avez éteint le feu, je crois. Mais c'est à ce stade que les ennuis ont commencé avec Holyoak.

Annev étudia le visage fatigué de l'Arpenteur d'esprit.

—Qu'est-il arrivé à Holyoak ?

Tym se racla la gorge.

—Reeve a demandé à Honeycutt de surveiller Holyoak. Vous vous rappelez, pour venir nous aider… ?

—Oui, je me rappelle, acquiesça Annev en fronçant les sourcils.

—Honeycutt l'a tué.

Annev crut d'abord qu'il avait mal entendu, et puis il écarquilla les yeux.

—Honeycutt a tué Holyoak ?

—Il semblerait bien que oui.

—En tout cas, l'attaque a été pratiquée par un Briseur de souffle, intervint Misty. Et Frère Honeycutt a quitté l'Enclave.

—Mais… pourquoi ?

—Nous l'ignorons, répondit Misty, tandis que Tym écartait les bras. Certains pensent qu'ils travaillaient ensemble, ce qui serait logique, effectivement.

— Honeycutt a pu éliminer Holyoak pour l'empêcher de faire davantage de révélations, sachant qu'il a sans doute compris que son complice avait déjà parlé.

Annev hocha la tête en imaginant les Arpenteurs d'esprit et les Créateurs de tempête fouillant la mémoire de Holyoak, exposant ses pensées et ses secrets.

— Personne d'autre n'a fui ?

— Personne.

— Se peut-il que d'autres traîtres se cachent dans l'Enclave ?

— J'espérais que vous répondriez vous-même à cette question, soupira Tym. Holyoak ne vous a rien dit à ce sujet, apparemment.

— Non.

Il résuma la conversation qu'il avait eue avec Holyoak. Lorsqu'il eut terminé, Tym et Misty semblaient le regarder d'un œil nouveau.

— Qu'y a-t-il ? s'enquit Annev.

— Vous avez prétendu être Keos, dit Misty en regardant furtivement Tym.

— Pas tout à fait, se défendit Annev. Je l'ai intimidé avec ma prothèse, et je l'ai laissé tirer lui-même des conclusions.

— Vous avez joué le rôle de Keos, insista Misty.

— Oui, je suppose, concéda Annev.

— Et vous lui avez ordonné de se mettre à genoux, poursuivit-elle sans parvenir à dissimuler son dégoût.

— Cela m'a semblé pertinent, avoua-t-il en regrettant de ne pas avoir oublié ce détail.

Les yeux de Tym scintillaient. Misty lui lança un regard noir. Son époux leva les deux mains, sur la défensive.

— Eh bien, quoi ? C'était malin ! Et convaincant !

La Dionaque McClanahan renifla, puis leva les yeux au ciel.

— Les hommes : toujours prêts à utiliser les méthodes les plus grossières disponibles. Et vous ne savez pas s'il travaillait seul ? reprit-elle à l'intention d'Annev. Si Honeycutt ou d'autres l'assistaient ?

Annev prit le temps de réfléchir.

— Il a semblé étonné que je l'accuse d'avoir fomenté l'attaque contre mon village, et a juré n'avoir décidé de me tuer qu'après mon arrivée à Quiri. Mais c'est impossible, n'est-ce pas ?

— Je ne sais pas, Annev. Pourquoi aurait-il menti sur ce sujet après avoir avoué être un serviteur de Keos ? Pourquoi aurait-il avoué avoir tenté de vous tuer et nié le reste ?

Annev réfléchit longuement. Tym finit par briser le silence.

— Holyoak et moi avons étroitement collaboré, Annev. Assez étroitement pour que je sois au courant de ses déplacements hors de l'Enclave. Holyoak était un genre de reclus. Il se servait de messagers pour communiquer avec les membres éloignés de la caste et ne quittait Quiri que rarement.

— Et Saltair ? Holyoak communiquait-il avec lui ?

— Pas à ma connaissance, mais personne, dans l'Enclave, ne se vanterait d'être en contact avec un Siänar.

— Et le marchand appelé Janak Harth ?

— Janak qui ?

— Harth. Il avait la réputation de collectionner les artefacts. Il vivait à Banok.

— J'ai entendu parler de lui, dit Misty. Mais quel rapport avec l'attaque de votre village ?

— Je n'en suis pas sûr, mais il avait prévu d'attaquer Chaenbalu. Les *feurog* qui ont fini par détruire Chaenbalu… (Annev frissonna en repensant à eux et aux démons fantomatiques.) Peut-être n'étaient-ils pas liés. En tout cas, ils essayaient tous de m'avoir.

— C'est possible, concéda Tym, mais pour ce que j'en sais, Holyoak n'a jamais eu de contact avec ce Janak Harth. En fait, la seule chose qui me tracasse à propos de Holyoak, c'est qu'il a envoyé deux de nos Arpenteurs d'esprit dans des maisons de Dionaques très éloignées.

— En quoi est-ce bizarre ?

— De tous les Dionaques qui ont voyagé ces dernières années, ils sont les seuls à ne pas avoir été tués ou à n'avoir pas disparu. Il s'agit de Chan et Davies.

— Deux associés très proches de Frère Holyoak, remarqua Misty en faisant la moue. C'est suspect, effectivement.

— Teiksim Chan et Rockford Davies ? Difficile d'imaginer des Arpenteurs d'esprit plus dignes de confiance. Des dualistes tous les deux. Comme Holyoak. (Tym regarda Misty.) Tu crois que c'est important ?

— Peut-être, répondit-elle en fronçant les sourcils. Mais nous devrions nous méfier des préjugés. Les Visiteurs d'esprit et les Médiums psychiques ont souvent été accusés de déviance. Malgré la trahison de Holyoak, nous ne pouvons pas accuser sans savoir. Et je doute que le fait que Rockford soit un dualiste compte dans le cas précis. C'est un condenseur, n'est-ce pas ?

— Une Oreille mentale, précisa Tym. Mi-Arpenteur d'esprit, mi-Porteur de bouclier.

— J'oublie toujours tous ces titres… Il y a trop de noms de dualistes différents.

— Cent trente-deux parmi les mages principaux, dit Tym. Si on compte les hybrides de la Nouvelle Terra, cela fait…

— S'il te plaît, Tym…

— Quatre cent soixante-deux, termina Tym en souriant de toutes ses dents.

— J'en ai la migraine rien que d'y penser, se plaignit Misty en se pinçant l'arête du nez. Bref, je doute que ce soit important. Si les Dionaques Chan et Davies sont des traîtres, c'est à cause de leur proximité avec Holyoak, non pas parce qu'ils sont des hybrides d'Arpenteurs d'esprit.

— Davies et Chan sont donc les seuls à être rentrés vivants de leurs voyages récents, résuma Annev, qui ne voulait pas perdre le fil de la conversation. Deux Arpenteurs d'esprit liés à Holyoak. C'est bien assez pour justifier une petite investigation.

— Le fait que la Dionaque Chan ait été envoyée près de la frontière de l'Empire faisait d'elle la messagère idéale, d'autant que Holyoak et elle étaient tous les deux des Visiteurs d'esprit, ajouta Misty. Ils auraient pu communiquer en secret, après quoi Chan aurait pu transmettre ces messages à leurs alliés terrans. Dans un réseau d'espions, ses aptitudes auraient été précieuses.

— Et Davies ? insista Annev. Où était-il ?

— Son territoire recouvrait la moitié sud de l'Empire, répondit Tym, l'air sombre. Je ne veux pas tirer de conclusions hâtives, mais si Holyoak orchestrait l'élimination des membres isolés de l'Ordre, Davies aurait été le candidat idéal pour faire le travail. En tant qu'Arpenteur d'esprit, il aurait pu espionner les autres, et sa maîtrise de l'Eau du ciel ferait de lui un assassin efficace. Par le sang et la bile, j'espère que nous nous trompons. Davies a toujours été un bon ami. Je n'arrive pas à croire qu'il ait pu tuer ces gens. Le Dionaque Kadmon, Frère Witherspoon, les Sœurs Rugebregt et Morgenstone… Tellement de morts et de disparitions.

Il se plaqua la main sur la bouche, marmonna des excuses rapides avant de sortir hâtivement de la pièce.

Annev et Misty le suivirent du regard avec compassion, mais lorsque la Dionaque se tourna vers le jeune homme, son regard était d'acier.

— Nous avons essayé de dissimuler la mort de Holyoak, mais avec la disparition de Honeycutt, la rumeur va se propager. Il est sans doute trop tard, d'ailleurs. Si nous voulons retrouver Chan et Davies, nous allons devoir agir très vite.

— Je suis d'accord, acquiesça Annev, heureux du changement d'attitude de la femme. Je n'ai pas beaucoup de temps devant moi, et la débâcle récente n'encouragera pas Reeve à prolonger mon séjour.

— Effectivement, lança une voix grave à l'autre bout de la pièce.

Annev se retourna et découvrit l'Archidionaque lui-même, qui venait d'entrer, l'air sévère, en compagnie de Frère Tym.

— Vous allez quitter l'Enclave demain, ajouta l'homme.

— J'espérais…

— Je suis reconnaissant du travail que vous avez effectué, mais cela ne change rien à ceci, dit Reeve en désignant la pierre fondue et le mobilier brûlé. Il serait trop risqué de vous garder ici plus longtemps. Ça n'a pas changé, Annev. Holyoak est mort, aussi n'avons-nous personne à interroger. Honeycutt est parti, et je ne peux pas me permettre d'envoyer quelqu'un à sa recherche, surtout s'il reste des traîtres au sein de l'Ordre.

— Nous en parlions justement, lança Annev. Les Dionaques Chan et Davies pourraient être mêlés à la trahison de Holyoak. Pourraient l'avoir assisté, même. Si vous les isoliez…

— Les isoler ? se moqua Reeve. De combien de Dionaques croyez-vous que je dispose ? Environ deux douzaines. Mais combien sont réellement dignes de confiance ? Par la barbe d'Odar, vous croyez que je m'inquiète de voir les traîtres s'enfuir ? Je veux qu'ils s'enfuient ! Ce qui m'inquiète, c'est plutôt de savoir comment je vais garder le contrôle sur ce maudit endroit.

— Vous craignez un coup, une attaque interne ? demanda Annev à Reeve, qui hocha la tête. Vous n'allez pas essayer de le rattraper, alors ? Vous allez laisser Honeycutt filer ?

— Je n'ai pas le choix. L'Ordre est en danger. L'Enclave n'est plus un endroit sûr. Il faut que je fasse le ménage dans ma maison avant de penser à pourchasser les traîtres et les hérétiques. Franchement, il est peut-être trop tard. En plus, j'ai reçu des nouvelles troublantes du Sud au moment où survenait l'incident de Holyoak.

Il sortit de sa robe une lettre froissée, dont le sceau avait été brisé.

— Des nouvelles troublantes ? répéta Annev, le regard brièvement attiré par la lettre. Qu'est-ce qui pourrait être plus troublant que ce qui nous arrive ici ? Nous devons agir vite si nous voulons attraper Honeycutt !

— Vous avez raison. Prenez ceci… (Il lui tendit la lettre.) Lisez-la avant de décider ce que vous voulez faire.

— Qu'est-ce que c'est ? demanda Annev en hésitant à la prendre.

— Pour le moment, une simple diversion. Des rapports concernant une ville assiégée et une demande émanant de voyageurs, alors que nous devrions nous concentrer sur les traîtres qui se cachent parmi nous. Misty et Tym m'aideront à interroger Davies et Chan après que nous nous serons assurés de la fidélité à Odar et aux Dionaques de Tobar de quelques autres de nos frères.

— Je pourrais vous aider, dit Annev en serrant le poing. J'ai besoin de vous aider. Ces gens… Reeve, cette conspiration est peut-être à l'origine de l'attaque contre mon village. De la mort de Sodar. Je ne peux pas partir maintenant.

— Qu'est-ce qui vous fait croire qu'ils sont responsables, Annev ? Holyoak ne savait rien de Chaenbalu et de la mission de Sodar. J'étais le seul à connaître la localisation de Sodar, et je n'en ai parlé qu'à Frère Arnor. (Il fit une pause.) Et Arnor est mort.

Annev réfléchit quelques instants.

— Se peut-il qu'Arnor en ait parlé à quelqu'un ?

— Seulement à son chef de caste… (Le groupe sombra dans le silence tandis que les paroles indignées de Reeve faisaient leur chemin dans leur esprit.) Honeycutt savait, conclut l'Archidionaque en tirant sur son bouc. Tout est ma faute.

— Non, contra Annev en serrant le poing encore plus fort. Le responsable, c'est Honeycutt. Vous avez commis une erreur, mais il en a profité. Il est clairement mêlé à cette histoire.

— Probablement. Mais je ne puis envoyer personne à sa poursuite.

La boussole d'Annev pointait désormais dans une direction précise car il savait exactement ce qu'il devait faire. Il quitterait l'Enclave et reprendrait la traque de ceux qui s'en étaient pris à lui, qui avaient attaqué Chaenbalu. Avoir des certitudes lui faisait du bien. Il avait enfin trouvé son objectif.

— J'irai moi-même. Puisque vous souhaitez mon départ, autant que je me lance à la poursuite de Honeycutt. Et j'ai bien l'intention de le faire parler.

Reeve se passa la langue sur les dents en regardant les deux Dionaques silencieux.

— Cela ne me plaît pas, mais vous avez raison. Je ne peux pas vous garder ici, et je ne peux pas vous arrêter, conclut-il en posant un regard appuyé sur la main rougeoyante d'Annev.

— Par le sang et les cendres ! jura le jeune homme en dissimulant sa prothèse dans son dos et en essayant de contenir ses émotions. Je suis désolé.

Reeve accepta ses excuses d'un hochement de tête et n'insista pas.

— Je vous ai fait faire ceci, dit-il en jetant à Annev un gant en feutre noir dont la manchette était cousue de fil d'argent, la paume et les doigts doublés de… quelque chose.

Annev le mit à sa main gauche et fut impressionné par la manière dont il était ajusté.

— Quelques glyphes de *quaire* ont été tissés dans la doublure, des boucliers d'air et d'eau pour tenter de contenir un peu d'éventuelles flammes non intentionnelles…

— C'est formidable, dit Annev, reconnaissant à Reeve d'avoir fini sur une touche positive. Merci beaucoup.

L'homme hocha la tête et lança :

— Rassemblez vos effets personnels et partez sur la trace de Honeycutt si vous le devez, mais soyez prudent. Vous êtes courageux et plein de ressources – vous êtes un assassin et un voleur entraîné –, mais vous comptez vous en prendre à un Dionaque possédant mille ans d'expérience. Il vous tuera ou vous le tuerez, mais il y a de fortes chances que vous détruisiez la moitié de la ville au passage. J'espère qu'entre dévaster Quiri et laisser Honeycutt filer, vous saurez faire le bon choix et différer votre vengeance. La déplacer géographiquement, aussi.

— Je ne suis pas obsédé par ma vengeance, rétorqua Annev, rouge de colère et d'embarras.

— Je connais ce regard, Annev, insista Reeve, apparemment peu convaincu. Je l'ai arboré moi-même. Vous pensez être à la recherche de réponses – peut-être même les trouverez-vous –, mais réfléchissez au prix à payer avant de faire quoi que ce soit de regrettable.

Annev repensa au jour où il avait failli dévaster Luqura et acquiesça.

— Bien. (Reeve donna une tape dans le dos de Tym.) Frère McClanahan, vous devenez le chef des Arpenteurs d'esprit dans des circonstances bien regrettables, mais j'ai besoin de votre aide. Je serais heureux que Misty et vous m'aidiez à débusquer nos derniers hérétiques. Il est grand temps que nous nous débarrassions de la pourriture qui se cache sous notre nez. Puisse Odar nous protéger. Et puisse l'Ordre survivre à notre enquête.

Chapitre 69

Annev, Tym et Misty se dirent rapidement au revoir en se promettant de se retrouver dès leurs missions terminées. En réalité, Annev ne pensait pas remettre les pieds dans l'enceinte de l'Ordre. Il n'y avait rien pour lui, ici – il l'avait compris depuis longtemps –, et sa présence mettait l'Enclave et ses amis en danger. Il voulut faire ses adieux à Titus et Therin, mais ne les trouva pas dans leurs quartiers, aussi alla-t-il récupérer quelques-unes de ses possessions ayant survécu à l'incendie. Titus et Therin l'attendaient justement au sous-sol.

— Annev, nous te cherchions !

— Titus, Therin ! Je…

— Tu as entendu pour Dolyn et Brayan ? demanda Titus.

— Dolyn et… ?

Le cœur d'Annev manqua un battement. Cela avait-il un rapport avec la lettre que lui avait donnée Reeve ? Le jeune homme avait complètement oublié la forgeronne orvane et l'intendant. Il n'avait même pas fait porter un message à Brayan pour lui faire savoir qu'ils avaient quitté Luqura pour Quiri.

Alors que j'avais promis de revenir auprès d'eux. Par le sang et les cendres, quel horrible ami je fais.

Il avait fait bien d'autres promesses qu'il n'avait tenues. Il se rappelait parfaitement avoir juré à Pouce-rouge de présenter Jian Nikloss à Sodja Rocas et de s'occuper du nécromancien albinos. Annev n'avait tenu aucune promesse : il n'était pas rentré à Banok, il n'avait jamais trouvé Sodja, et Jian avait perdu la vie en le sauvant.

Annev étouffa sa culpabilité et se força à demander :
— Il y a du nouveau ?
— La ville tout entière a été prise en otage ! répondit Therin d'un ton presque hystérique. On te cherche partout depuis qu'on a entendu la nouvelle !
— Désolé, j'étais pas mal occupé. Attendez… Brayan a été pris en otage ?
Titus hocha la tête.
— Annev, je suis très inquiet. Ils ne laissent personne sortir.
Annev avait un mauvais pressentiment.
— Vous parlez bien de Banok ? (Ils confirmèrent de la tête.) Vous savez qui fait ça ?
— Un groupe qui se fait appeler les Fils de la Damnation, répondit Titus, l'air inquiet.
— Ils ne sont pas terrans, ajouta Therin. Ç'a été confirmé par les quelques personnes qui ont réussi à s'enfuir avant la fermeture des portes.
Annev ravala de la bile, craignant d'entendre la suite de leur récit.
— Combien sont-ils ?
— D'après Reeve, une poignée. Annev… (Titus se lécha les lèvres.) Annev, ils utilisent des artefacts. Ils contrôlent les villageois grâce à leur magie tout en traitant de tous les noms ceux qui possèdent un talent pour la magie, ne serait-ce qu'infime. Et je crois… Je n'en suis pas sûr, mais je crois qu'ils te cherchent.
Par le sang pourri et les cendres. Les genoux d'Annev menacèrent de céder et sa bouche devint toute sèche. Ses craintes semblaient se confirmer.
— Pourquoi croyez-vous qu'ils me cherchent ?
Les deux jeunes hommes échangèrent un regard. Therin finit par prendre la parole :
— Ils ont clairement dit être à la recherche d'un homme ne possédant qu'un bras ou un bras géant en or.

Tout était très clair. Les quelques maîtres laissés en vie à Chaenbalu étaient les seuls dont les objectifs coïncidaient avec la description de Titus et Therin. Annev poussa un profond soupir et secoua la tête.

— Ils ne semblaient pas menaçants. Je pensais qu'ils nous laisseraient tranquilles… mais ils ont dû trouver un moyen de dévaliser le Caveau de la Damnation. Merde. Nous aurions dû les tuer, effacer l'ardoise pour de bon. Nous avons fait preuve de clémence, et voilà ce qui nous tombe dessus.

Il releva la tête, découvrit un Therin pensif et un Titus horrifié.

— Les tuer ? murmura ce dernier. Tu ne penses pas ce que tu dis. Maître Edra était parmi eux. Et Maître Der, et Maître Carbad !

— Je n'aurais pas pleuré Ather, c'est certain, dit Therin. Une vraie vipère, celui-là.

— Ouais, et Maître Aog était une brute, un tueur. Qui d'autre y avait-il ? Denithal et Murlach ? L'alchimiste et l'ingénieur ? (Annev pouffa.) Ces hommes aimaient leur art plus que tout et, franchement, ils ne méritaient pas de vivre alors que tous les autres étaient morts.

— Mais Edra…, protesta faiblement Titus. Ce n'était pas un mauvais homme. Il était dur, mais juste.

Annev devait concéder que c'était vrai. Le maître d'armes avait choisi de ne pas le disqualifier lors du Test du Jugement alors qu'il avait failli faire tomber Lemwich du toit de l'Académie.

— Le passé est le passé, dit-il. Par les enfers, pourquoi ont-ils décidé de prendre le contrôle de Banok ? Même s'ils sont à ma recherche, ça n'a aucun sens.

— Ça fait presque un mois qu'ils ont pris la ville, croassa Titus. La nouvelle a été longue à nous parvenir.

— Un mois ? Pourquoi Lenka ne les a-t-il pas arrêtés ? Banok est un carrefour important, la porte des royaumes de l'Est, et le roi permet qu'une force hostile prenne le contrôle de sa deuxième plus grande ville ?

—Je ne sais pas, admit Therin. En tout cas, des bandits se massent autour de la ville, ce qui semble signifier que Banok ne va pas recevoir d'aide. Les échanges avec les royaumes de l'Est sont réduits au strict minimum, et les marchands évitent Banok.

Annev arriva devant la porte de sa dernière chambre et, par habitude, chercha des indices de pièges éventuels.

—J'espère que Brayan et Dolyn ont réussi à sortir. S'ils découvrent une prêtresse de Cruithear, les maîtres risquent de lui faire passer un sale quart d'heure.

Il ouvrit la porte après s'être assuré qu'elle n'était pas piégée.

—Annev, il faut que nous les aidions.

À ce moment-là, il rit ; non pas parce que c'était drôle, mais parce que c'était trop. Il avait failli détruire l'Enclave, qu'il devait de toute façon quitter. Reeve interrogeait ce qui restait de l'Ordre à la recherche de traîtres, et maintenant, il y avait ces nouvelles de Banok. Cela semblait trop absurde pour être vrai.

—Qu'est-ce que vous comptez faire ? leur demanda-t-il en étouffant un nouvel éclat de rire. Le roi de la Grande Luqura a renoncé à secourir Banok, et vous voudriez sauver Brayan et Dolyn ?

Il rassembla ses effets personnels, dont il fourra la majeure partie dans son sac sans fond vert ; il rangea le reste dans un sac à dos petit et robuste.

—On ne peut pas les abandonner comme ça.

—Et pourquoi pas, Titus ? Personne ne se précipite à l'aide de Banok, alors pourquoi serait-ce notre responsabilité ?

—Parce qu'il n'y a personne d'autre, justement. Je ne peux pas tourner le dos à Brayan, qui s'est occupé de moi quand j'ai été nommé intendant. Et il t'a défendu quand Tosan et les autres voulaient te tuer. Aujourd'hui, il a besoin de notre aide. Dolyn a été blessée en essayant de t'aider et, maintenant, elle est prisonnière.

Les mots de Titus lui tordirent l'estomac. C'était la vérité, évidemment. Toute la vérité. Brayan avait combattu à leurs côtés lorsque les *feurog* avaient attaqué. Il l'avait défendu lorsque Tosan avait tenté de le faire exécuter. Aujourd'hui, il était menacé parce que Annev avait épargné les Fils de la Damnation. Il s'était montré miséricordieux en laissant ces hommes vivre leur destin, et voilà comment il était récompensé.

— Merde et merde !

Il n'avait pas envie de ces responsabilités, de ce fardeau. Il voulait sa vengeance. Il voulait retrouver Honeycutt et lui extirper des réponses. Il voulait tuer ceux qui avaient causé la destruction de son village et la mort de Sodar. Il en avait assez d'être un pion dans le plan d'un autre. Il voulait être maître de son destin. Il n'avait aucune envie de cette mission vouée à l'échec.

Annev se détourna du mur vierge qu'il était en train de fixer du regard.

— Peut-être n'en avez-vous pas encore entendu parler, mais… pendant votre Test d'Ascension, Holyoak a essayé de me tuer. Je ne vous en ai pas parlé parce que je ne voulais pas gâcher la fête.

— Holyoak ? s'étonna Titus. Il m'a énormément aidé durant ma formation ! J'aurais remarqué quelque chose ! Enfin, je crois.

— Comment a-t-il essayé de te tuer ? s'enquit Therin.

— Ça n'a pas d'importance, répondit Annev en agitant la main. L'important, c'est que… (Il ne savait pas ce qu'il pouvait se permettre de révéler, mais il décida d'avoir confiance en ses amis.) Holyoak a été tué. Sans doute par le Dionaque Honeycutt. Il se peut qu'ils aient été complices, mais Honeycutt s'est enfui, et Reeve, Leskal et les Dionaques McClanahan sont à la recherche d'autres traîtres éventuels.

Je suis censé partir, mais personne n'est autorisé à entrer dans l'Enclave, ni à la quitter. Vous saviez ?

Les deux garçons secouèrent la tête en silence.

— Je sais que vous voulez tous les deux aider, reprit-il. Je sais que vous vous sentez redevables envers Brayan et Dolyn, mais… le moment est mal choisi pour jouer aux héros. Vous devriez rester ici pour aider l'Ordre car il en a vraiment besoin. Vous faites partie des rares personnes en qui ils peuvent avoir confiance pour remettre l'Enclave à l'endroit. Quand la situation sera stabilisée, vous n'aurez qu'à demander à Reeve d'envoyer quelques Dionaques à Banok pour mettre dehors Aog, Ather et les autres.

— Et toi ? demanda Therin en le fixant d'un regard soupçonneux. Où comptes-tu aller ?

— Je vais suivre la piste de Honeycutt.

— C'est marrant, ça ! se moqua le garçon maigrichon. J'ai eu une hallucination, ou tu viens de faire un discours sur le fait qu'il ne fallait pas foncer tête baissée et jouer au héros ?

— Je ne suis pas un héros. Je suis trop dangereux pour ça, et ce que je vais faire n'aura rien d'héroïque.

Ses deux amis gardèrent le silence pendant quelques instants, mais ils ne cédèrent pas.

— Tu devrais venir avec nous, insista Titus. Avec toi, nous aurions de meilleures chances d'atteindre Banok.

— Attends une seconde, intervint Therin. Pourquoi tu quitterais l'Enclave alors que nous, nous serions contraints de rester ?

— Reeve m'a demandé de partir, répondit Annev dans un sourire triste.

— Quoi ?!

Annev retira son gant de sa prothèse, qu'il fit rougeoyer d'une manière féroce.

— Cette main est dangereuse. Je ne peux pas rester.

— Et elle sera moins dangereuse si tu pars ? se moqua Therin. Par la pourriture et le sang, Annev ! Tu serais mieux entouré de gens qui peuvent t'aider, non ? Tu crois que ce serait plus sage de te promener dans une ville surpeuplée avec une main qui brille comme le soleil ? Tu te rappelles ce qui s'est passé à Chaenbalu, n'est-ce pas ?

Sans réfléchir, Annev gifla Therin du revers de la main droite, ses anneaux taillant dans la chair de son ami. Therin tituba en arrière et, les yeux écarquillés par le choc, agrippa sa joue ensanglantée.

— Je n'ai pas oublié ! gronda Annev, furieux, le sang ronflant dans ses oreilles. Je ne peux pas oublier ! Pendant que vous vous entraînez à invoquer votre magie avec les Dionaques, je suis ici à me rappeler ce que ça fait de cramer un bâtiment entier empli d'amis, de femmes et d'enfants. (Il fit un pas en avant, obligeant ses amis à reculer vers le seuil de la chambre exiguë.) Pendant que vous êtes là-haut à profiter d'une belle vue sur la ville, je reste ici dans la pénombre parce que je ne suis digne de vivre que dans ces sous-sols. (Encore un pas en avant.) Pendant que vous rigolez, que vous profitez d'une nouvelle vie, de votre magie, je me cache pour échapper à des assassins. (Il abattit son poing de métal sur l'encadrement de la porte, obligeant les deux jeunes hommes à sortir dans le couloir.) Et maintenant, vous me dites de rester parmi des gens susceptibles de m'aider, alors que ces mêmes personnes m'ont demandé de partir.

— Annev…, commença Titus d'une voix plaintive, pareille à un geignement. Il ne voulait pas…

— Je sais très bien ce qu'il voulait, Titus. Cesse de t'excuser pour lui. (Il s'efforça de contenir le ricanement qui menaçait de soulever les coins de ses lèvres.) Vous voulez partir ? Très bien. Partez. Trahissez le vœu qui vous lie à l'Ordre et endossez votre rôle de héros. Quand vous vous ferez capturer, violer ou que sais-je, je ne viendrai pas vous sauver. Je combats mes propres démons, des démons qui ne me laisseront jamais tranquille. (Il agita sa prothèse dorée sous leur nez.) Des démons dont je ne puis me débarrasser… que je ne puis oublier.

Il pivota sur ses talons en remarquant à peine l'empreinte fumante laissée sur le montant de la porte. Dans son dos, ses amis étaient petits et effrayés.

Je n'aurais pas dû dire ça, regretta-t-il. *Ils ne méritaient pas ça. Ils ne devraient pas être le déversoir de mes frustrations.*

Il ne pouvait pas retirer ce qu'il avait dit, cependant. D'autant qu'il avait été d'une totale sincérité. Titus et Therin seraient vraiment plus en sécurité entre les murs de l'Enclave, et il n'avait pas plus envie d'aller sauver Banok que de rester ici. Il avait une piste et connaissait un des responsables de la destruction de Chaenbalu, et cette piste, il avait bien l'intention de la suivre. Chaque minute perdue ici permettrait peut-être à Honeycutt de lui échapper.

— Bien, reprit Therin. Nous partirons. Nous n'avons pas besoin de toi et sommes capables de nous débrouiller seuls.

Annev l'entendit se retourner, faire quelques pas dans le couloir, s'arrêter, puis rebrousser chemin.

— Une dernière chose… C'est toi qui nous abandonnes. Tu as décidé toi-même que tu étais un fardeau.

Il attendit qu'Annev réponde, mais celui-ci n'avait rien à ajouter. Les paroles de Therin reflétaient ce qu'il avait dans le cœur : Annev avait davantage mûri que ses amis, et il était déterminé à suivre son propre chemin sans se soucier des attentes d'autrui.

Il ne prononça pas un mot de plus. Il n'en avait pas besoin. Titus pouvait lire dans ses pensées – qu'il ne chercha pas à dissimuler – et Therin sur son visage.

— Qui l'eût cru ? lâcha Therin en crachant à ses pieds. Kenton et toi êtes exactement pareils. Dès que tu penses pouvoir te passer de nous, tu nous jettes comme de vieilles chaussettes. Mais nous n'avons pas besoin de toi, tu sais ?

Nous avons grandi, ici. Sans toi, malgré toi. Et je suis sûr que ça te fait mal, dans le fond.

Annev pivota sur ses talons, et Therin sursauta en levant la main pour parer un coup qui ne vint jamais. Annev couvrit ses épaules et son sac à dos de sa cape en écailles de dragon, les gratifia d'un hochement de tête et s'en fut. Therin le regarda partir en silence, tandis que Titus levait la main pour le ralentir.

Annev ne s'arrêta pas, cependant. Autrement, ils auraient vu les larmes sur ses joues. Ils auraient reconnu l'incertitude dans ses yeux et compris à quel point les mots de Therin lui avaient fait mal.

Il marcha d'un pas rapide sans se retourner, sans dire au revoir ni adieu. Cela lui fit un drôle d'effet, mais il avait l'impression de faire ce qu'il devait. La coupure devait être nette. Sans ambiguïté. Sans promesses de se revoir. Il se dit qu'il faisait cela pour eux – pour leur sécurité –, mais une part de lui-même se réjouissait de cette séparation et savait que ses raisons n'étaient pas uniquement altruistes.

Annev s'essuya les joues, serra les dents et calma ses émotions.

— Je vais te retrouver, Honeycutt, murmura-t-il en gravissant les marches conduisant à la chambre du Dionaque. Je vais te retrouver, et tu me révéleras tous tes secrets – les raisons cachées derrière l'attaque de Chaenbalu –, et puis tu paieras pour la mort de Sodar... et celle de tous les hommes, femmes et enfants massacrés par Oyru, ses eidolons et les *feurog*.

Annev s'arrêta devant la porte de Honeycutt et posa le bout de ses doigts sur le bois. Il sentit la magie du Mur de silence de l'homme, le glyphe brûlé de l'autre côté des planches de bois. Il se concentra dessus, serra les mâchoires, usant de la Baguette d'Artificier pour le démanteler. Lorsqu'il eut terminé, il tenait entre ses doigts les fils de magie éphémères à l'extrémité desquels il percevait le bourdonnement et les palpitations familières de la vie.

— Je viens te chercher.

Chapitre 70

Utilisant le pouvoir amplifié de l'Anneau d'Inquisiteur, Annev découvrit qu'il était capable d'illuminer les rubans à peine visibles jusqu'à ce que les fils tissés de lumière rosée brillent comme une aube écarlate, une traînée rouge qui se détachait sur la toile de fond brumeuse et cuivrée qui emplissait sa vision. Annev était désormais habitué à évoluer dans ce brouillard ; c'était presque une seconde nature. Il suivit la piste rouge dans les ténèbres, sentant le cœur de Honeycutt battre entre ses doigts, arrivant devant la fenêtre aux volets fermés que Honeycutt avait empruntée pour quitter l'Enclave. Un coup d'œil aux murs extérieurs lui apprit ce qu'il avait besoin de savoir.

Il a usé de sa magie de Briseur de souffle pour flotter jusqu'en bas, pensa-t-il en cherchant un autre glyphe. Il ne vit aucun symbole sur le rebord de la fenêtre et supposa qu'il se trouvait en contrebas. Le localiser ne serait pas une mince affaire vu les dimensions de la muraille. Les briques n'étaient pas lisses, ni parfaitement ajustées, offrant de nombreuses prises dans le mortier et entre les pierres. La Main de Keos serait un handicap, toutefois. Elle était puissante, mais les doigts risquaient d'être trop gros pour passer dans les fissures et crevasses.

Il n'y a qu'une façon de le savoir. Annev enroula les fibres de magie autour de ses doigts dorés et passa par-dessus le rebord de la fenêtre. *C'est complètement fou*, se dit-il en avisant la rue pavée, loin en dessous. *Je ne suis pas assuré et je n'ai jamais escaladé avec cette prothèse. Je devrais ressortir par la porte, faire le tour du bâtiment et chercher l'endroit où Honeycutt a touché le sol.*

Les protections magiques de l'Enclave, toutefois, ne lui permettraient sans doute pas de trouver la façade de l'Enclave. Et puis, les Dionaques gardant l'entrée de la bâtisse ne savaient peut-être pas qu'ils étaient censés le laisser sortir.

Ça va bien se passer, se rassura-t-il en essayant de ne pas penser à un possible accident. *Si j'en ai besoin, la Main de Keos me permettra peut-être de créer de nouvelles prises dans la pierre.*

Par chance, cela ne s'avéra pas nécessaire. Après qu'il eut trouvé une bonne prise entre les pierres irrégulières avec la main droite, Annev fit glisser la gauche sur le mur et découvrit qu'elle adhérait à la façade sans qu'il ait à fournir le moindre effort. Il n'avait pas fondu la pierre, il n'avait pas remodelé les briques pour qu'elles accueillent sa prothèse massive, mais il était certain que sa magie était à l'œuvre.

Diablerie… Il s'en félicita et descendit rapidement sous les niveaux supérieurs de l'Enclave.

À mi-chemin, toutefois, cela se compliqua un peu. Les pierres étaient subitement bien mieux ajustées, aussi Annev dut-il se fier davantage à la force et à la dextérité de sa main gauche. Mais il craignait de casser les délicates fibres de magie conduisant à Honeycutt.

Subitement, tandis qu'il s'apprêtait à agripper une nouvelle prise, il sentit le ruban se serrer autour de ses doigts. Il se figea, le sentit se détendre, puis allongea de nouveau le bras. Le ruban se serra encore… et se cassa. Annev jura et tendit le bras pour tenter de rattraper les fibres en train de se désintégrer. Sa main droite glissa sur les pierres usées par les intempéries…

… et il tomba vers la rue pavée. Il se retourna dans les airs, essayant désespérément d'enfoncer sa main magique dans la maçonnerie afin de ralentir sa chute ou de reprendre le contrôle sur sa descente. Il ne parvint cependant qu'à faire face au sol qui se rapprochait. Il eut à peine le temps de mettre ses mains sous lui avant de heurter la chaussée.

Ses os se brisèrent.

Il y eut un bruit écœurant et humide de viande écrasée sur les pavées. Ç'aurait été pire, bien pire selon ses estimations, sans le tapis d'air apparu sous lui juste avant l'impact. Celui-ci s'écrasa comme un matelas de paille ou de plumes, absorbant le gros du choc, mais sa tête résonnait comme une cloche le Septième Jour.

— Par Keos ! toussa-t-il au lieu de crier comme il aurait voulu, les poumons vidés de leur air.

Il cracha de la salive bien claire, soulagée de n'y voir aucune trace de sang. Il essaya de se redresser tant bien que mal, prit énormément de précautions dans le cas où il aurait été blessé à la nuque ou à la colonne vertébrale. Elles semblaient intactes, tout comme ses mains et ses poignets, qui avaient pourtant été les premiers à heurter les pavés. Son bras droit avait cédé, cependant, l'os dépassant de sa peau au niveau du coude.

— Par le sang et les os, gémit-il.

Il serra les dents, agrippa son bras et se mit debout avec difficulté.

Annev leva les yeux vers la fenêtre, puis fixa du regard les pavés, sous ses pieds. De quelle hauteur était-il tombé ? De deux étages, avait-il cru, mais il n'en était plus si sûr. Quelque chose avait amorti sa chute, mais quoi ? La magie de sa prothèse avait-elle essayé de le sauver ? Cela s'était déjà produit, mais il ne voyait pas comment la Main de Keos aurait pu constituer un bouclier pour absorber le choc.

Un bouclier. Il regarda de nouveau le sol. *C'était un bouclier, n'est-ce pas ? Une rafale de vent… un coussin d'air ?* Il aurait pu réfléchir encore longtemps, mais il vit une lueur blanc-bleu émaner de son anneau codavora, ainsi qu'une tache sombre en dessous. Il frotta avec circonspection la tache humide, provoquant la disparition du halo de magie, révélant du sang séché sur ses doigts dorés. Mais ce n'était pas le sien.

Alors, il comprit.

C'est le sang de Therin. Quand je l'ai giflé... Du sang de Briseur de souffle. Un frisson le parcourut. Il s'en voulait d'avoir blessé son ami et se sentait tout excité à d'idée d'avoir peut-être pratiqué de la magie darienne sans la maîtriser du tout. Sans le vouloir, il avait accidentellement lié le sang d'Arpenteur d'esprit de Frère Tym et l'anneau codavora, et ce phénomène-ci semblait similaire, même si le sang de Therin ne s'était pas lié à l'artefact de façon permanente.

Cela ne l'avait pas empêché d'exploiter la magie de son ami. Mais comment ? Il n'avait pas tracé de glyphe, ni articulé un mot de pouvoir...

Annev avait-il consumé la magie contenue dans le sang de Therin ? Le sang était certes sec, comme si le *quaire* contenu dans le liquide avait été aspiré.

La douleur de son bras cassé se réveilla, et Annev comprit qu'il devrait résoudre ce mystère plus tard. Il bougeait avec l'adresse de celui qui a l'habitude de soigner lui-même ses blessures. Autrefois, Sodar l'aidait, mais ces jours-là appartenaient à un passé tellement lointain. Les enseignements du prêtre restaient, toutefois, et Annev possédait un artefact susceptible de le soigner. Les doigts chauds de sa main gauche effleurèrent sa nuque, et il défit soigneusement le nœud du foulard ensanglanté qu'il avait pris l'habitude de porter autour de son cou.

La Chemise de Régénération avait connu des jours meilleurs. Dans son état actuel, elle ressemblait à un vulgaire chiffon imbibé de sueur et taché de sang, mais son pouvoir était encore grand. Lorsqu'il l'eut défait, il noua le morceau de tissu autour de son biceps. Il était sur le point de le faire glisser sur son os cassé et son coude, lorsqu'il hésita. L'artefact essaierait-il de sceller sa chair en laissant l'os dépasser de sa peau ? La chemise avait déjà soigné des os auparavant, à Chaenbalu, lorsqu'il avait combattu les *feurog*… Ces fractures-là n'avaient pas été ouvertes, cependant, et Reeve l'avait dissuadé de soigner Sraon tant que le poison serait dans son organisme.

Par le sang et la pisse !

Annev s'adossa à un mur, prit son bras droit dans la Main de Keos… et tira. Dans un claquement lugubre, l'os cassé revint à sa place, et une vague de souffrance intense menaça d'emporter le jeune homme. Avant de perdre connaissance, avant que l'os bouge de nouveau, il se hâta de mettre le morceau de tissu en place et de le serrer.

À sa grande surprise, la magie agit immédiatement, et le jeune homme sentit ses os se remettre en position et se reconstituer. Il glapit une seconde fois, puis ravala un cri comme sa peau devenait brûlante sous le tissu, la chair repoussant, le processus de guérison qui aurait dû prendre six semaines ne durant qu'une seconde. Il avait mal et il se sentait épuisé, et la lumière émanant de sa main gauche révéla une longue cicatrice rosée sur sa peau. La douleur s'était amoindrie, cependant. Annev plia le coude, et à l'exception d'un ultime claquement étouffé, tout paraissait normal. Il avait recouvré son intégrité.

J'aurais dû prendre ces maudits escaliers, pensa-t-il en nouant le foulard autour de son cou et en reprenant son souffle. Il regarda autour de lui à la recherche des fibres de magie, se rappela que le fil s'était désintégré après s'être cassé au milieu de sa chute. Il jura à voix haute et donna un coup de pied dans une pièce de cuivre. Celle-ci traversa l'allée plongée dans la pénombre et heurta le mur de l'Enclave.

Il y a forcément un glyphe dans les parages. Le glyphe qui lui a permis de flotter jusqu'ici sans se tuer. Plus il y réfléchissait, plus Annev pensait que le miraculeux coussin d'air était probablement venu du sang de Therin combiné à la rune tracée par Honeycutt. Oui, c'était probable. Convaincu d'avoir trouvé l'explication, il focalisa ses sens sur la magie de l'Anneau d'Inquisiteur et se mit à scruter la ruelle à la recherche de glyphes lumineux. Un instant plus tard, une lumière caractéristique lui apparut de l'autre côté de la chaussée.

La pièce. Honeycutt a dû ancrer sa magie dans la pièce avant de la lancer par la fenêtre. Annev la ramassa et retourna le rectangle de métal dans sa main. Sur une face avait été peint le glyphe de l'Eau du ciel, le symbole de l'eau et de l'air, mais avec quelques modifications très communes chez les Briseurs de souffle. La magie devait agir comme un bouclier, repoussant ce qui la frappait sans infliger la moindre violence en retour.

Malin. Très malin.

De plus en plus convaincu que la pièce de cuivre l'avait sauvé d'une mort certaine, le jeune homme examina le métal à la recherche de traces de sang et de la magie de Therin. Il s'attendait à trouver des fils de magie menant à l'Enclave, mais les seules traces qu'il identifia appartenaient au Dionaque Honeycutt.

Qu'est-ce qui avait généré le miraculeux coussin d'air qui l'avait sauvé à la dernière seconde ? Annev l'ignorait, mais il soupçonnait que le sang de Therin n'y était pas pour rien.

Je testerai ça plus tard, pensa-t-il en sortant la Baguette d'Artificier de sa poche. Grâce à l'artefact, il démantela le glyphe de Briseur de souffle et siphonna ce qui restait de vapeur d'Eau du ciel dans la pièce. Il trouva le mince ruban de magie de Honeycutt, mais au lieu de le suivre en le pinçant entre ses doigts, Annev rangea la pièce dans sa poche, ancrant effectivement le fil à sa personne. Ainsi, il avait les mains libres et risquait moins de casser la connexion par accident. Tant qu'il ne le toucherait pas avec sa prothèse ou la Baguette d'Artificier, il n'y aurait pas de problème. Il voyait toujours le ruban de magie grâce à son Anneau d'Inquisiteur, sans toutefois pouvoir interagir avec lui, ce qui lui convenait parfaitement. Il se concentra sur le filament de lumière rosée et le vit s'embraser de nouveau, rougir, devenir très facile à suivre dans le clair de lune.

— L'heure est venue de payer pour vos crimes, Jayar Honeycutt, chuchota Annev dans l'atmosphère nocturne.

Chapitre 71

Annev fit quelques kilomètres vers le nord-est, s'éloignant des docks et se dirigeant vers la porte nord de la ville. Les rues étaient calmes et étonnamment bien éclairées, vu l'heure tardive. Les pavés étaient lisses d'avoir été arpentés pendant des siècles, parcourus par des roues de chariots et piétinés par des sabots. Comme la porte nord de la ville apparaissait devant lui, la piste de Honeycutt virait brusquement vers l'est avant de se terminer dans une maison de plain-pied se dressant au milieu d'un jardin à l'abandon. La piste de Honeycutt conduisait à l'intérieur, et la formation d'avatar d'Annev lui permit d'y entrer facilement. De là, il découvrit que le ruban rougeoyant menait à une trappe donnant sur le sous-sol secret de la bâtisse. En s'avançant doucement, le jeune homme repéra le glyphe que Honeycutt avait tracé pour le prévenir de la présence d'intrus éventuels, symbole qu'il n'eut aucun mal à démanteler. Le Dionaque avait mis en place quelques autres défenses – des sorts facilement contrés et des artefacts aussitôt confisqués –, mais rien de tout cela n'empêcha Annev de le surprendre dans son sommeil, à moitié nu, pas du tout préparé à le recevoir.

— Pourquoi avez-vous tué le Dionaque Holyoak ?

Honeycutt se réveilla en sursaut, aveuglé par l'éclat de l'épée de feu qui flottait au-dessus de son visage.

— Par les enfers, quelle est la signification de ce… ?

— Répondez-moi, gronda Annev en abaissant suffisamment son épée pour roussir la barbe de l'homme, l'obligeant à enfoncer sa tête dans son oreiller.

— Que… que voulez-vous dire ?

— Vous avez tué Holyoak. Je veux savoir pourquoi, et ne mentez pas. Je le saurai, si vous me racontez des histoires, et ça risque de mal se terminer.

Le Briseur de souffle cligna de ses yeux plissés devant l'éclat des flammes qui menaçaient de l'aveugler et de le brûler.

— Ainnevog ? Est-ce bien vous ?

— Répondez à ma question ! tonna Annev en pressant la pointe de sa flamberge contre la peau de l'homme, qui eut un nouveau mouvement de recul.

— Par la barbe d'Odar, Annev, qu'est-ce que vous racontez ?

— Cessez de me mener en bateau !

Annev tailla dans la main de Honeycutt, le fil enflammé coupant net son auriculaire et son annulaire avec un bruit mouillé.

— Par la pourriture et l'enfer ! s'écria le prêtre comme sa chair cautérisée crépitait. Pourquoi… ? Je n'ai rien fait !

C'était la vérité, sauf qu'il avait été sur le point de le faire. L'Anneau d'Inquisiteur avait révélé l'accélération de son rythme cardiaque, tandis que la magie mixte de l'anneau codavora avait montré à Annev ses émotions, son humeur, ses pensées. Honeycutt avait été sur le point de jeter un sort.

— Mentez-moi encore une fois, et je vous tranche un doigt de plus. Et si je vois ne serait-ce qu'un muscle bouger, je vous enfonce mon épée dans la gueule ! Est-ce clair ?

— Je… oui, murmura Honeycutt d'une voix sèche. Très clair.

— Si vous prononcez un mot en darien ancien, je vous coupe la langue et vous oblige à la bouffer.

— Oui, bien sûr. J'ai compris. Pas de truc.

— Pareil pour les artefacts, ajouta Annev, devinant encore une fois ce que l'homme avait derrière la tête.

Les artefacts et les glyphes qu'il avait découverts et démantelés avaient été dissimulés au milieu des vêtements du chef de caste. Le jeune homme avait également trouvé une bourse pleine d'or et d'argent, qu'il avait aussitôt fourrée dans son sac sans fond. Il convenait néanmoins de rester prudent. S'il était passé à côté d'un symbole cryptique, il suffirait à Honeycutt d'invoquer sa volonté et de prononcer un mot de pouvoir pour reprendre la main, retourner la situation à son avantage.

— Pas de glyphe, répéta Annev. Pas de sort. Pas de magie d'aucune sorte.

— Je n'ai pas…

— Il suffit ! Je sais quand vous mentez et faites semblant. Je sens votre colère, votre mépris. Alors, trêve de balivernes.

— Et si j'obtempère ? demanda l'homme d'un ton subitement narquois. Vous me laisserez partir ? Ou bien comptez-vous me livrer à l'Ordre ? Je n'ai pas tué ces messagers ; c'était l'œuvre de Holyoak. Et de ses petits complices. S'il s'agit pour vous de rendre la justice, c'est eux que vous devriez aller chercher.

— Quels petits complices ?

— La Dionaque Chan.

— Et Davies ?

— Peut-être bien. Je ne sais pas.

C'est vrai, pensa Annev. *Bien. C'est un bon début.*

— Vous devriez me remercier d'avoir abrégé sa vie, dit Honeycutt en serrant sa main blessée. Il vous aurait tué si je n'étais intervenu.

— Qu'est-ce que vous racontez ? Je me suis sauvé tout seul ! protesta Annev en se rappelant l'incident du tableau.

— Parce que vous croyez que Holyoak n'a tenté de vous tuer qu'une seule fois ? (Il eut un rire de dérision.) Heureusement pour vous, j'étais là pour intervenir les autres fois. Reeve n'aurait pas hésité une seconde à vous sacrifier pour trouver les assassins dissimulés dans son ordre.

— Il se servait de moi comme d'un leurre ?

— Évidemment, confirma Honeycutt, l'air suffisant. Reeve serait prêt à tout sacrifier pour sauver sa précieuse religion et découvrir les traîtres. Y compris vous.

— Y compris moi, répéta Annev, absolument certain que le Dionaque disait la froide et impitoyable vérité.

L'Archidionaque ne l'appréciait pas, ne s'était jamais véritablement intéressé à lui ; tout juste s'était-il demandé s'il pouvait être utile de quelque manière à l'Ordre. Jusque-là, Annev était parti du principe que son rôle de leurre n'avait été qu'accessoire, que c'était un risque nécessaire à la mise en place d'un plan bien plus vaste dont l'Archidionaque ne lui aurait pas parlé. Il commençait à se demander, cependant, s'il n'avait pas pris le problème à l'envers.

— Réfléchissez, poursuivit Honeycutt, implacable. Cela fait des années que Reeve traque les brebis galeuses… Et soudain, vous arrivez : une cible pour les traîtres. Car ils vous avaient déjà pris pour cible à Chaenbalu et à Luqura. (Il se pencha en avant, le regard brillant de malice.) Reeve vous a donc fait venir à Quiri, vos amis et vous, mis sous protection et fait en sorte que tout le monde vous voie. Il était important que tout le monde, y compris les traîtres, vous voie. Et puis, il s'est installé confortablement pour attendre en faisant semblant de ne pas être intéressé. (Honeycutt gloussa.) Mais ils étaient trop malins. Holyoak était au-dessus de tout soupçon, et il était capable de faire agir les autres à sa place.

— Comme le Dionaque Leskal.

— Et moi, remarqua Honeycutt. Il ne m'a pas lavé le cerveau, mais il m'a quand même utilisé. Il a volé ce maudit tableau et comptait me faire accuser. S'il avait réussi, Reeve m'aurait soupçonné. Une diversion de plus pour lui permettre de comploter contre vous.

— Il y a eu d'autres tentatives, donc ?

— Une demi-douzaine, à ma connaissance. Certaines plus sérieuses que les autres. Vous en avez contrecarré certaines en démantelant tous ces glyphes.

Ses anneaux lui indiquaient que l'homme disait la vérité.

— Je l'ignorais.

— C'est normal. J'avais reçu pour ordre de rester caché, de collecter des informations et d'observer.

— Des ordres ? Quels ordres ?

Honeycutt sourit, ses lèvres fines exposant ses dents. D'un sourire plus déstabilisant que rassurant. Au même moment, il entreprit de s'asseoir, de s'installer confortablement. Instinctivement, Annev pointa la flamberge vers la gorge de l'homme. Honeycutt prit un air exaspéré.

— Suis-je réellement obligé de subir cet interrogatoire allongé ?

Annev étudia l'aura du Dionaque et ne décela aucun signe de subterfuge. Il hocha la tête et, à contrecœur, permit à Honeycutt de s'asseoir.

— Les dieux soient loués, grogna Honeycutt en se redressant sur son étroit matelas. Puis-je soigner ma blessure ? demanda-t-il en agitant les moignons de son auriculaire et de son annulaire.

— Convainquez-moi d'abord que vous méritez d'être sauvé.

— Entendu…, acquiesça Honeycutt, le regard brûlant de dédain. Mikael Holyoak servait Neruacanta le Dieu-roi terran dans une double mission : détruire l'Ordre des Dionaques de Tobar et… vous tuer.

— Je sais, mais je veux savoir pour qui vous travaillez.

Honeycutt sombra dans le silence et lança des regards furtifs aux quatre coins de la chambre comme s'il cherchait quelque chose ou quelqu'un dans les ténèbres. Au point qu'Annev faillit regarder aussi. Il se retint, cependant, et raffermit sa prise sur la poignée de sa flamberge. Si c'était un subterfuge, il était prêt à réagir. Honeycutt ne sembla pas affecté par son air menaçant, toutefois, et comme le silence s'étirait, Annev tenta une approche différente :

— Holyoak a dit qu'il avait attendu des siècles pour me retrouver. Pour me tuer. Savez-vous quelque chose à ce sujet ?

— Oui. Plus que vous, apparemment, ajouta l'homme avec un sourire en coin.

— Je vous écoute…

— Vu que vous m'avez coupé les doigts, je ne suis pas certain d'avoir envie d'en dire davantage.

— Je pourrais vous torturer, remarqua Annev en fronçant les sourcils. Je pourrais vous forcer.

— J'en doute, répondit Honeycutt en fixant du regard la pointe de la flamberge. Vous n'êtes pas un tourmenteur.

— Il n'est jamais trop tard pour apprendre, rétorqua Annev d'une voix qu'il espérait dure en désignant du regard les doigts coupés, sur le lit.

Honeycutt éclata d'un rire sincère.

— Non, je ne crois pas ! ricana-t-il en essuyant ses larmes. Ceux qui sont capables de torturer le font sans gaspiller leur salive. Ils le font parce qu'ils aiment ça ou parce qu'ils ont eux-mêmes été torturés. Les autres se contentent de menacer. Si vous étiez capable de me torturer, vous l'auriez déjà fait.

La pointe de la flamberge d'Annev vacilla, puis plongea vers le sol. Le jeune homme se mordit l'intérieur de la joue, craignant que Honeycutt ait raison. Sentant son hésitation, le Dionaque bascula ses jambes par-dessus le bord du lit.

— Je vois que vous ne me voulez aucun mal, et vous avez dû deviner que mon objectif était de vous protéger. Alors, pourquoi ne pas me laisser partir ? Mieux encore : pourquoi ne pas m'accompagner ? Vous rencontreriez mon maître et il vous convaincrait de notre sincérité.

Annev prit le temps de réfléchir à cette proposition ; non pas parce qu'il avait confiance en Honeycutt, mais parce que cela le conduirait peut-être à l'un de ceux qui avaient tenté de le tuer. Lequel répondrait à toutes ses questions. À moins qu'il se serve de la Main de Keos pour provoquer une averse de feu et de mort sur l'ensemble de ses poursuivants réunis.

Ne sois pas idiot, se dit-il. *Tu sais très bien comment ça se terminera si tu acceptes. Il te trahira comme Kenton et Myjun avant lui. Il se servira de toi comme Reeve… et Sodar. C'est un menteur, un traître, certainement pas ton ami.* Sa colère s'intensifia, et il serra de nouveau la poignée de son épée. *Tout ce qu'il veut, c'est me contrôler et récupérer la Main de Keos. S'il m'a protégé, c'est que son maître me veut vivant. Il n'est pas mon ami, mais bien mon ennemi.*

— L'Archidionaque Reeve a dit que personne ne savait où se cachait Sodar à l'exception d'Arnor, dit Annev en scrutant l'aura et en essayant de lire les pensées de Honeycutt. Qu'Arnor n'aurait révélé ce secret à personne d'autre que son chef de caste. (Il leva la flamberge et la pointa vers l'homme.) Avez-vous, votre maître ou vous, envoyé des assassins à Chaenbalu ?

L'aura de Honeycutt s'embrasa, prit une couleur qu'Annev ne reconnut pas. Toutefois un mot traversa les défenses mentales du Dionaque. Un nom maudit.

Oyru.

— Arnor ne m'a rien dit, répondit Honeycutt, évasif, l'aura chargée d'inquiétude. Je ne savais pas… je n'ai envoyé personne.

Un demi-mensonge.

— Mais vous saviez qu'il devait se rendre à Chaenbalu, lança Annev en complétant les informations du Dionaque. Et vous avez partagé cette information avec quelqu'un, qui a envoyé des assassins sur place.

Oyru, pensa de nouveau Honeycutt, ce que la magie d'Annev n'eut aucun mal à révéler.

— Je n'ai…

Il mentait. Annev le voyait à son aura, à son rythme cardiaque.

— Quelqu'un a bien été envoyé, reprit l'homme. Mais il n'était pas question de vous faire du mal.

— De *me* faire du mal ? Mes amis, en revanche… Votre maître avait confié à Oyru la tâche de m'enlever, ce qui signifie que nous parlons de Dortafola. Vous répondez au Premier Vampire et favori de Keos… ce qui fait de vous un des Siänar. (Annev écarquilla les yeux devant la démesure de cette vérité.) Je sais qui vous êtes. Qui vous êtes vraiment !

Honeycutt regarda furtivement la sortie, puis Annev. Il tenterait de s'enfuir, mais pas avant d'essayer une incantation. Il voulait activer un glyphe ou un sort caché quelque part. À présent qu'il savait, Annev pouvait le repérer. Caché derrière le lit. Gravé dans la pierre, puis recouvert d'un mélange collant d'eau et de résine de pin.

— Votre nom – votre véritable nom – est Valdemar Kranak. Vous êtes le sans-âge qui a trahi Neven nan Su'ul au profit des Terrans.

Honeycutt secoua la tête, mais ses deux anneaux disaient à Annev qu'il avait vu juste. Cet homme – ce Dionaque de Tobar – était un des premiers traîtres à avoir fait allégeance à Dortafola et rejoint les Siänar. Il y en avait une description détaillée dans les notes de Sodar. Dire qu'il se cachait depuis le début sous le nez de l'Archidionaque Reeve… Voilà pourquoi l'Ordre était en train de sombrer. La pourriture était installée en son cœur, et ce depuis bien longtemps.

— J'ignorais qu'Oyru tuerait tous ces gens, dit Honeycutt en essayant d'aiguiller Annev vers un autre sujet de conversation. Si Arnor vous avait emmené loin du village…

— Oyru l'aurait tué, puis il aurait tué Sodar et m'aurait enlevé.

L'aura du Siänar trahit sa peur et son sentiment de culpabilité. Comme il levait brusquement le bras, Annev abattit violemment sa flamberge. La lame mordit profondément dans la chair du Dionaque, lui tranchant l'avant-bras tout près du coude. Simultanément, Annev lui donna un coup de poing de Keos dans la mâchoire, lui brisant les os, projetant des dents et du sang dans toute la pièce.

Honeycutt s'écroula sur le lit en gargouillant. Annev se pencha au-dessus de lui et frappa le glyphe, sur le mur, détruisant le symbole et sa magie.

— On va pouvoir discuter, maintenant, murmura-t-il en défaisant le nœud de son foulard de fortune. Je vais me servir de ma magie pour te maintenir en vie, et nous verrons si je suis un tourmenteur ou non.

Chapitre 72

Myjun passa sa main sur son crâne tondu, caressa la chitine bleu-noir couvrant son corps et sourit ; non pas parce que cela lui faisait plaisir – ce qui était le cas –, mais parce que la souffrance avait été délicieuse et interminable. L'armure de bois-de-fer formait sur elle une tapisserie de plaquettes parfaitement ajustées de la taille d'un morceau de braise. Comme promis, Oyru avait complété le rituel en peignant les joints, fissures et crevasses avec des cendres de bois-de-fer, soulignant les parties les plus souples de son corps d'un gris blanc durci. Le résultat la rendait invulnérable aux coupures, éraflures et entailles, tout en préservant sa liberté de mouvement. Les armes lourdes et pointues pourraient toujours lui faire du mal, évidemment, mais Oyru lui avait promis que leur létalité serait atténuée, tandis que son masque continuerait de la soigner, même si sa magie serait alimentée d'une manière moins évidente.

Et il n'avait pas menti.

Les dents des trolls ne lui faisaient plus mal, et les griffes des eidolons ne la blessaient plus. Au début, cela l'avait mise en colère car, sans souffrances, il était difficile de faire hurler son âme. Toutefois, elle restait capable de canaliser la souffrance physique de sa faim dans son masque, ce qui lui permettait de guérir et de se battre avec une endurance surnaturelle. Cela signifiait également que, dans le domaine de l'ombre, elle alimenterait sa magie avec sa douleur émotionnelle, alors même que ses émotions seraient étouffées. La plupart du temps, elle faisait apparaître des étincelles de feu de l'âme, des griffes ou des serres plutôt que des lames. De quoi blesser les eidolons. En revanche, elle invoquait rarement assez de lumière pour leur brûler les yeux.

Dans le monde physique, sa magie iluméenne était encore moins fiable, son aura émotionnelle étant souvent épuisée par la nécessité d'alimenter la magie du masque. Pour compenser les défaillances de son feu de l'âme, Myjun s'en remettait davantage à l'artefact, qui augmentait sa force, sa vitesse et son endurance. En situation de combat, elle était plus sauvage que jamais, plus maligne, plus confiante dans ses capacités.

Ils passèrent plusieurs jours dans les montagnes d'Alltara, évitant les ombres et le *witherkin*. Lorsqu'ils découvrirent un second troupeau – plus modeste – de trolls de fer, Oyru offrit de lui prêter ses étoiles de vide, mais elle refusa, arguant qu'elle s'arrangerait pour que les bêtes se frappent mutuellement avec leurs gourdins. L'assassin insista et la convainquit d'utiliser son néant pour transformer deux humérus de troll en lames dangereuses et incurvées, et tailler des gourdins en courts bâtons. Avec le sang de la jeune femme, il réunit les objets en une paire de faucilles qu'il appela *kamas*.

— Ces armes sont le second secret de mon clan, expliqua-t-il. Un secret partagé par quelques familles kroséranes. Chaque membre de mon clan en possédait, même si les femmes les utilisaient plus que les hommes. Lors de la moisson, mais aussi pour combattre nos rivaux. Je t'enseignerai les katas, que tu adapteras par la suite à ton propre style de combat.

— Seront-ils efficaces contre les *eidola* ?

— Oui, mais moins que tes lames du feu de l'âme. Comme mes flissas, précisa-t-il en faisant apparaître ses deux fines épées, ils te permettront de blesser les *eidola* incorporels, mais aussi les créatures plus ordinaires du monde physique.

— Pourquoi n'avez-vous pas des armes de ce genre, dans ce cas ?

— Mais j'en ai, rétorqua Oyru comme ses flissas vacillaient, disparaissaient pour être remplacées par une courte lance à la lame très large. Permets-moi de te faire profiter de mon expérience. Lorsque tu auras tué beaucoup d'*eidola*, le domaine de l'ombre reprendra la magie du bois-de-fer. Mon qiang et mes flissas furent aussi solides que tes kamas mais, avec le temps, ils ont perdu de leur réalité. Je peux les invoquer à volonté, et leur forme reste efficace dans les deux domaines… mais tu n'auras peut-être pas cette chance. Si tes kamas commencent à s'estomper, s'ils deviennent ombre au lieu de rester acier, alors il sera temps de t'en débarrasser. Le domaine de l'ombre reprendra ce qui était à lui.

— Dureront-ils jusqu'à Chaenbalu ?

— Oui, et une vingtaine d'années de plus, probablement.

— Je ne leur demande pas plus. Mon seul but est de tuer Annev.

Oyru hocha la tête, et son qiang disparut dans un nuage de brume.

— Et quand tu auras accompli ta vendetta ? Quand tu auras satisfait ta soif de vengeance… resteras-tu avec moi ? Deviendras-tu une compagne parmi les Siänar ?

Myjun regarda fixement l'assassin, puis examina les armes mortelles, dans ses mains.

— Je ne servirai personne, ni homme ni semi-homme, ni démon ni Vampire, ni dieu ni demi-dieu. Lorsque Annev sera mort, je déciderai où j'irai et ce que je ferai.

— Je ne te demande pas de me servir, insista l'Ombre ressuscitée. Je t'offre un objectif. Un foyer. Je te propose de devenir mon égale.

Myjun ne parvint pas et ne voulut guère dissimuler le mépris, dans sa voix.

— Vous servez Dortafola, qui sert Keos. Je ne servirai aucun d'entre vous.

Quelque chose changea dans le regard d'Oyru, mais sa voix demeura froide et inexpressive.

— Très bien. Lorsque Annev sera mort, je te libérerai de ta servitude. Quand tu l'auras tué, tu pourras tracer ta propre route.

Myjun ne s'attendait pas à ce qu'Oyru cède si facilement.

— Viens, lui dit-il en désignant les fourrures de troll en train de pourrir. Je vais te montrer comment confectionner un ceinturon pour tes armes. Comme ta peau est protégée, tu n'auras pas besoin de fourreaux. Je peux aussi te faire des vêtements pour dissimuler ton armure de bois-de-fer.

— Je me contenterai du ceinturon, répondit Myjun en se tenant droite comme une lance dans l'aube naissante. Ma nouvelle peau me protège de la chaleur comme du froid. En me voyant, mes ennemis auront un moment d'hésitation. Et s'ils me croient vulnérable, ils me sous-estimeront.

— Ce que tu dis est vrai, mais il te manque l'expérience. Il est des moments où le loup a besoin de passer inaperçu parmi les moutons. Comme tu n'as pas encore appris à tordre la lumière pour lui donner l'apparence de vêtements ou à générer des ombres d'invisibilité, tu dois t'habiller pour paraître moins dangereuse.

Myjun comprit subitement ce qu'il suggérait.

— Il est hors de question que je m'humilie en portant ces fourrures de troll. Elles puent la pisse et la merde, et c'était avant qu'elles commencent à pourrir.

— C'est vrai, mais ces fourrures sont spéciales. Elles sont saturées de la magie du domaine de l'ombre, ce qui les rend sensibles à ma magie.

Myjun haussa un sourcil, se rappela que son masque empêchait l'assassin de voir son visage et pencha la tête sur le côté, exagérant son expression.

— Si vous parvenez à faire partir l'odeur et à me donner une silhouette avantageuse, pourquoi pas ? Mais, dites-moi, êtes-vous tailleur en plus d'être mage ?

— Un assassin se doit d'avoir nombre de talents, expliqua Oyru en s'inclinant. La mort est mon véritable domaine d'expertise, mais j'ai effectivement d'autres compétences. Tes vêtements seront taillés avec goût. Maintenant, aide-moi.

* * *

Myjun essaya de maintenir sa transe méditative, mais l'idée de la survenue prochaine de l'ombre la déconcentrait. Elle finit par ouvrir les paupières dans les ténèbres et attendit le *witherkin*.

— Vous vous en êtes plutôt bien tiré, dit-elle à contrecœur en caressant le tissu semblable à du velours. Je ne pouvais pas vous le dire dans le domaine physique – à cause du masque, vous savez… –, mais je dois vous féliciter.

Oyru ouvrit son œil unique et posa sur elle un regard qui transperça son âme.

— Merci, tabibito. Tu devrais reprendre ta méditation. Le *witherkin* sera bientôt là, après quoi nous devrons reprendre notre marche vers Takarania.

— À ce propos…, réagit Myjun en se relevant. Je propose de le tuer. Vous l'avez dit vous-même : le *witherkin* est un écho du domaine cognitif, du Domaine du Rêve. Pourquoi ne pas le confronter dans ce dernier ? Pourquoi ne pas nous y rendre en sommeil pour le tuer, nous débarrasser de sa maudite présence ?

Mais Oyru secouait déjà la tête.

— Le Monde du Rêve est trop dangereux, trop difficile à traverser. Il se pourrait que je ne parvienne pas à revenir dans le domaine de l'ombre et encore moins dans le monde physique.

— Vous allez donc permettre à ce spectre de nous suivre jusqu'à la Daroea occidentale ? À travers le temps et l'espace ?

— Je durerai plus longtemps que lui, affirma l'assassin, aucunement déstabilisé par sa remarque. Il se lassera de me poursuivre et s'en ira de lui-même dans le Monde des Esprits.

— Pourquoi renoncerait-il ? Vous, vous n'avez pas renoncé à Reocht na Skah.

— J'ai plus de volonté que lui. Un petit accastilleur venu d'un minuscule village dans la forêt de Brake ? Je durerai plus longtemps que lui.

— Pourquoi ne pas le tuer, tout simplement ?

— Car un danger…

— Non. Vous n'avez jamais craint le danger. Dites-moi. Je veux savoir ce qui vous empêche d'entrer dans le Monde du Rêve.

Oyru se figea, et ses épaules tombèrent imperceptiblement.

— Si je rêve… je rêve d'elle. Je puis combattre les démons de ce domaine, pas ceux que j'invoque de l'intérieur.

— Mais je serai avec vous, le rassura Myjun en se rapprochant de lui pour l'aider à se relever. Je serai là. S'il est des démons qu'on ne peut affronter seul, nous les affronterons ensemble.

Oyru la scruta de son œil unique, chercha ses yeux derrière son masque sans expression.

— Nous irions ensemble ? Nous les affronterions, elle et le *witherkin*, ensemble ?

— Oui.

— Et tes propres démons ? Tu rencontreras tes propres démons, là-bas.

— Vous m'aiderez à les tuer.

— Dès la prochaine ombre, nous partirons, dit l'assassin, l'expression un peu plus douce.

— Pourquoi pas tout de suite ?

— Parce que le *witherkin* est déjà là, répondit Oyru en désignant la brume qui se densifiait derrière elle.

Chapitre 73

— Sûrement pas. (La Porteuse de bouclier mit les mains sur les hanches et fixa d'un regard assassin les deux garçons.) L'Archidionaque Reeve a laissé des instructions claires. Personne ne doit quitter l'Enclave, et ce sous aucun prétexte. (Elle leur fit les gros yeux.) Vous resterez là tant que la situation ne sera pas stabilisée.

— Mais nous avons l'autorisation de l'Archidionaque Reeve ! protesta Therin en sortant le document falsifié de son sac.

Ce document, c'était son idée, et il en était particulièrement fier. Il avait deviné que la falsification n'était pas enseignée dans une Enclave où la télépathie prenait une si grande place et avait pris le risque de s'introduire dans le bureau de l'Archidionaque, crochetant la serrure d'un tiroir pour récupérer des échantillons de l'écriture de Reeve et même – par chance – de sa signature. À la fin, cependant, c'est Titus qui produisit l'imitation la plus convaincante et rédigea la lettre que Therin tendait à Sœur Agatha.

La Dionaque déplia le parchemin et en étudia le contenu avec méfiance. Pendant ce temps, l'estomac de Titus se nouait.

— Pourquoi le Grand-Prêtre ferait-il porter un message par deux enfants, alors qu'il pourrait mettre à profit sa magie de Créateur de tempête pour communiquer avec moi ?

— Ah…, fit Therin en déglutissant et en essayant de gagner un peu de temps. Il… euh…

— Il a dit que ses barrières mentales devaient rester actives pendant les interrogatoires, intervint Titus. Il ne voulait pas être interrompu tout le temps.

Ce document avait déjà berné deux Dionaques, mais Sœur Agatha était la plus dure. Elle passa une minute entière à lire et relire le texte avant de fixer les deux garçons de ses yeux injectés de sang.

— Vous devez comprendre, mon *frère*…, commença-t-elle en sous-entendant ce qu'elle pensait de sa promotion. Vous devez comprendre que je ne puis vous laisser passer sans consulter au préalable le Grand-Prêtre. L'Archidionaque est sur le sentier de la guerre. Il n'hésitera pas à faire exécuter quiconque sera accusé d'avoir trahi. Si je vous laisse sortir maintenant, alors que les interrogatoires sont en cours, je perdrai mon statut et serai condamnée pour traîtrise.

Elle eut un reniflement de dédain et déchira le document devant eux.

— Non ! geignit Therin.

— J'ai reçu pour consigne d'empêcher les occupants de l'Enclave de sortir. (Agatha croisa les bras, bloquant le passage de sa silhouette massive. Comme Therin essayait de regarder derrière elle, elle secoua la tête.) Ces portes sont protégées, messieurs. Personne n'a le droit de sortir par là. À moins que Reeve en personne vous accompagne et m'ordonne de vous laisser passer. Maintenant, fichez le camp, ajouta-t-elle en levant son double menton. Retournez à vos études.

Titus reprit son sac et pivota sur ses talons, les joues rondes écarlates. Therin fut plus lent à se retourner, s'attirant le regard courroucé de la Dionaque.

— Qu'est-ce qu'on fait ? couina Titus lorsqu'ils se furent éloignés. Depuis qu'Annev s'est enfui, cet endroit est encore plus étanche qu'un tonneau de vin. Les fenêtres et les portes sont scellées. Il y a des gardes à tous les étages. Je ne vois vraiment pas par où nous pourrions passer !

— Tu veux toujours te rendre à Banok ?

— Brayan est prisonnier là-bas parce que nous ne sommes pas retournés le chercher. Nous ne lui avons même pas envoyé un message !

— Nous ne savons pas s'il est toujours là-bas, remarqua Therin en fronçant les sourcils. Il se peut qu'il ait échappé au siège.

— Tu ne connais pas Brayan aussi bien que moi. Il tient toujours parole, et il avait promis d'aider Maîtresse Dolyn.

— Des mois ont passé. Ses mains ont dû guérir, et Brayan s'est sans doute dit qu'il pouvait nous rejoindre à Luqura.

Titus hésita, et Therin lui donna une tape sur l'épaule, subitement soupçonneux.

— Attends une seconde… Tu ne me cacherais pas quelque chose ?

Les joues roses de Titus virèrent à l'écarlate.

— Je… euh… J'ai gardé un œil sur lui.

— Sur Brayan ? Tu as arpenté son esprit ? s'étonna Therin en écarquillant les yeux. Alors qu'il était à Banok ? (Titus hocha la tête, et Therin ouvrit les yeux encore plus grand.) Par les enfers, Titus ! Je ne savais même pas que c'était possible.

— Moi non plus, avoua Titus avec un sourire en coin. Frère Tym dit qu'il arrive à percevoir les pensées des personnes qu'il connaît bien même hors des murs de Quiri. Banok, toutefois, se trouve bien trop loin pour lui. C'est un peu plus facile quand les deux personnes sont des Arpenteurs d'esprit, mais… ouais !

— Décidément, tu es plein de ressources.

— Des ressources pas forcément très utiles, regretta Titus en haussant les épaules. Brayan a des ennuis, et nous ne pouvons pas l'aider.

— Quel genre d'ennuis ? Qu'est-ce que tu as vu ?

— Nous étions arrivés depuis un mois quand je me suis rendu compte que je pouvais voir les pensées de Brayan. Par accident. Il lisait une lettre de l'Archidionaque qui disait qu'on était arrivés à Quiri et que tout allait bien. Il était tellement soulagé. Il pensait à nous au moment où je pensais à lui ; ça nous a connectés. Je percevais ses pensées comme si c'étaient les miennes. Au début, je n'en étais pas conscient, mais j'arpentais son esprit… par erreur.

— Sans aucun glyphe ? Tu es sûr de n'avoir pas tout imaginé ?

— As-tu déjà arpenté un esprit ? lui demanda Titus en lui lançant un regard noir.

— Euh… non.

— Alors, ne me prends pas pour un imbécile. Je déteste quand tu es comme ça.

— D'accord, d'accord. Je suis désolé, s'excusa Therin.

— Bien. Crois-moi sur parole quand je te dis que je lis les pensées de Brayan.

— Sans glyphe… et depuis Banok ! (Il secoua la tête et se retint de douter ouvertement de son ami.) J'aimerais bien avoir ce talent. Sans un bon glyphe pour me concentrer, je ne suis capable de rien. (Il s'interrompit quelques secondes.) Comment ça se passe, dis-moi ? Tu entends ses pensées ?

— Ce n'est pas toujours la même chose, commença Titus en agitant la tête. Et ce n'est pas aussi simple qu'un travail de Briseur de souffle, qui manipule l'air et l'eau. Il arrive que ces éléments te résistent, mais ils résistent toujours de la même manière. Arpenter un esprit, c'est autre chose. Ça dépend principalement de la sensibilité de la personne à ton influence. Si elle résiste, ça peut être extrêmement pénible. Si elle s'en fiche, si elle n'est pas consciente de ce que je fais, ou si elle pense à moi, ça devient très facile. Presque une invitation. La connexion dont je parle était d'un genre différent, toutefois. J'avais l'impression d'être… physiquement transporté dans son esprit, de me trouver dans la même pièce que lui.

Therin siffla, impressionné.

— Et qu'est-ce que tu as vu ?

— Brayan venait de s'attabler avec Maîtresse Dolyn pour dîner, et ils parlaient de la lettre, raison pour laquelle il pensait à nous. Dolyn lui posait des questions sur le village et l'Académie, et il parlait de moi, de mon apprentissage et… Je ne sais pas. Je l'ai trouvé bien. Heureux, même.

— C'est une bonne nouvelle, non ?

— Oui, mais la fois suivante, ça s'est passé différemment. Je crois qu'il était malade car Maîtresse Dolyn s'occupait de lui, et non l'inverse. Il avait de la fièvre et délirait, ce qui a rendu la connexion très difficile. Comme je m'entraînais à arpenter les esprits, je me suis senti happé.

— Par les bâtons d'argent. Et tout ça sans glyphe ?

— Cette fois-là, il y avait bien un glyphe. J'étais censé attaquer les défenses mentales du Dionaque Honeycutt, et puis j'ai senti Brayan et… (Il fit glisser sa main dans les airs devant lui en faisant un bruit de vague.) J'ai été happé. Ou alors je l'ai happé…

— Tu crois que ç'a un rapport avec l'invasion de Banok ?

— Il était vraiment mal en point, Therin. Peut-être même sur le point de mourir.

— Par Keos ! Pourquoi ne m'en as-tu pas parlé avant ?

— Ça n'aurait fait aucune différence, répondit Titus sur la défensive, mais aussi un peu coupable. Je voulais t'en parler – et à Annev aussi –, mais nous venions de jurer fidélité à l'Ordre, et tout était tellement compliqué. Annev s'est mis à se comporter bizarrement, et nous étions tous les deux très occupés par notre formation. (Il prit une profonde inspiration, puis expira longuement.) J'en ai parlé au Dionaque Holyoak, qui m'a dit qu'il en toucherait un mot à Reeve.

— Oh…, fit simplement Therin.

— Je ne te le fais pas dire.

Ils sombrèrent tous les deux dans le silence, réfléchissant à l'ampleur de la trahison du Dionaque Holyoak.

— Après ça, reprit Titus, j'ai eu beaucoup de mal à me connecter à Brayan, et donc pas grand-chose à partager. J'imaginais que Reeve avait pris la situation en main, ou qu'il avait demandé à quelqu'un de s'en charger. Sauf que

Holyoak ne lui avait sans doute rien dit. (Il se mordit la lèvre inférieure en fronçant les sourcils.) Tout est ma faute. Si Brayan est mort ou s'il est mourant, c'est parce que je ne me suis pas assuré qu'on lui envoyait de l'aide.

— Voyons, Titus, tu n'as pas le droit de dire ça. Être capable de lire les pensées d'une personne se trouvant dans un autre royaume ne te rend pas responsable de cette personne.

Titus se rongea l'ongle du pouce, peu convaincu.

— Je… je me sens coupable. Nous n'aurions pas dû le laisser là-bas.

— Je comprends, je comprends, acquiesça Therin en hochant lentement la tête.

— Vraiment ?

— Pas au sujet de Brayan, mais… Tu te rappelles quand nous avons vu le fantôme de Faith ?

— J'essaie d'oublier, répondit Titus. C'était tellement… bizarre.

— Exactement ! Il était tellement réel – d'abord dans la forêt, puis à Banok –, mais nous ne l'avons pas vu depuis. C'est comme… Je ne sais pas. Je pense beaucoup à elle, depuis que nous sommes à Quiri. Je me demande si nous n'aurions pas dû rester.

Ils s'arrêtèrent dans un couloir du dernier étage, à quelques pas seulement de la chambre de Sraon. Sans réfléchir, Therin s'avança jusqu'à la porte du forgeron et frappa.

— Qu'est-ce que tu fais ? lui demanda Titus.

Therin attendit. Le silence. Il frappa de nouveau. Comme personne ne répondait, il tourna la poignée, mais la porte était verrouillée.

— Qu'est-ce que tu fais ? insista Titus en regardant pardessus son épaule, craignant que quelqu'un les surprenne. Sraon est au sanatorium !

— Je sais. Je voulais m'assurer qu'il n'était pas rentré. (Therin sortit quelques outils à crocheter de sa tunique et se mit au travail.) Les Porteurs de bouclier ont scellé les portes et fenêtres, mais il se peut qu'ils aient oublié celle de la chambre de Sraon.

— C'est possible. Il ne risque pas de s'enfuir, il est vrai.

Therin brandit la paire de runes en pierre qu'il portait autour du cou.

— Je peux me servir de ça pour pousser les murs et le sol.

— Comme Annev, tu veux dire ? s'enquit Titus, dubitatif. Les frères ont dû mettre en place quelque chose pour empêcher ça.

— Tu as une meilleure idée ? (La porte s'ouvrit en cliquetant.) Dépêchons-nous.

Ils se glissèrent dans la chambre, et Titus referma la porte, la verrouillant. Therin passa devant le lit fait avec soin et se dirigea vers la fenêtre aux volets fermés.

— Merde, lâcha-t-il en essayant de les ouvrir.

— Quoi ? demanda Titus en le rejoignant.

— Un sort. (Il tendit les bras et tenta de pousser les volets du bout des doigts.) Un mur d'air.

— C'est fichu, alors, geignit Titus, ses épaules s'affaissant. On ne peut pas sortir.

— Pas sûr, répondit Therin en lui lançant un regard oblique malicieux. Personne ne garde physiquement cette sortie, donc ça reste notre meilleure chance.

— Et le sort ?

— Je peux l'annuler avec ma magie.

— Tu vas le démanteler ?

— Ouais. Ils ont peint les glyphes sur la face externe des volets, qu'ils ont refermés avant de les activer.

— C'est malin, parce qu'on ne peut pas effacer les glyphes, mais je peux étirer ma magie de Briseur de souffle pour contrer la force de condensation des glyphes de Porteur de bouclier.

— Peut-être, concéda Titus en regardant alternativement la porte fermée et les volets. Le problème, c'est que le Dionaque qui a mis en place ce sort saura qu'il y a un problème. Il enverra quelqu'un pour investiguer.

— Il faudra faire vite. Sortir avant que quelqu'un arrive.

— Et s'ils envoient simultanément quelqu'un dans la rue ? Non, ce n'est pas un bon plan, ajouta Titus en secouant la tête. Ces gens-là connaissent la magie sur le bout des doigts. Ils ont forcément pensé à tout. S'ils ne veulent pas qu'on sorte, on n'y arrivera pas.

— Annev est sorti, lui, rétorqua Therin d'un ton sévère. Il est sorti sans une once de magie darienne.

— Il avait des artefacts, et puis, il est parti avant que la sécurité soit renforcée.

— Par les couilles d'Odar, Titus ! Tu veux aller à Banok, oui ou non ?

— Oui, répondit le garçon en serrant les dents, la lèvre supérieure retroussée. Je veux découvrir ce qui est arrivé à Brayan. J'ai promis de l'aider. Nous y allons.

— Bien.

Therin sortit une brosse de son sac et déboucha un flacon d'encre. Il trempa les poils dans le liquide noir et traça rapidement un glyphe sur la face interne des volets. Quand il eut terminé, il rangea son matériel dans son sac et articula le mot d'activation. Les volets tremblèrent, et Titus sentit un courant d'air sur sa peau. Therin se rapprocha des volets, les effleura, et ils s'ouvrirent en grand.

— Tu vois ? dit-il en grimpant sur le rebord de la fenêtre. Simple, non ?

— Quelqu'un arrive, lança Titus, le regard distant. Il gravit les marches quatre à quatre !

— Par le sang et les cendres ! Dépêche-toi !

Therin lécha une des runes qui pendaient à son cou, puis se laissa glisser du rebord de la fenêtre.

Titus se pencha au-dessus du vide pour voir Therin tomber comme une pierre, puis ralentir subitement avant de poser tranquillement les pieds au sol. Le garçon leva la tête vers son ami et lui fit signe de le rejoindre.

Titus prit une profonde inspiration et se fit violence pour grimper sur le rebord de la fenêtre. Il sursauta comme un Dionaque atteignait la porte verrouillée. Le prêtre tourna la poignée, jura, puis frappa.

— Je sais que vous êtes à l'intérieur ! Arrêtez tout de suite ! Des frères vous attendent sous la fenêtre !

Titus jeta un coup d'œil en bas et constata que Therin était seul. Les prêtres n'étaient pas encore arrivés dans la rue, mais ils ne tarderaient pas.

Titus serra ses possessions contre sa poitrine et sauta, priant Odar et les autres dieux comme le sol se rapprochait à grande vitesse. Venait-il de commettre la plus grande et ultime erreur de sa vie ?

Un puissant courant d'air souffla subitement du sol, ralentissant sa chute. *Odar soit loué !* eut-il le temps de se dire avant de tomber lourdement par terre, vidant ses poumons.

— Désolé ! s'écria Therin en se précipitant pour l'aider à se relever. Je n'ai pas pensé à… ta constitution. Mon poids est mieux réparti que le tien.

Titus se mit à quatre pattes, se redressa sur des jambes flageolantes.

— Au moins, je suis toujours vivant. Il faut y aller… Ils arrivent.

— Je leur souhaite bonne chance, parce que nous avons un sérieux avantage, répondit Therin avec un sourire carnassier.

— Comment ça ?

— Eux ne sont que des mages ; nous, nous sommes avatars !

— Intendant, le corrigea Titus en se tapotant le torse avec le pouce. Mais ce n'est pas grave. Passe devant, je te suis.

— Bien sûr, mais d'abord…

Therin cracha sur sa seconde rune et prononça quelques mots en darien ancien. Le garçon s'éleva de quelques centimètres au-dessus du sol. Puis ce fut au tour de Titus.

— Sers-toi de la pointe de tes pieds et prends appui sur le sol et les murs pour te projeter en avant. Un peu comme quand on patinait sur l'eau gelée du moulin ! On ne laissera pas d'empreintes et on se déplacera bien plus vite !

Sur ce, Therin fila en patinant, disparaissant dans une allée transversale.

Titus attendit quelques secondes d'avoir repris ses esprits, fit un pas hésitant, puis un autre. Comme il filait derrière un coin, suivant son ami Therin, il entendit crier le Dionaque de Tobar qui venait de forcer la porte de la chambre de Sraon. L'homme se précipita vers la fenêtre aux volets ouverts, mais Titus n'était plus là ; il avait rattrapé Therin.

Chapitre 74

Therin désigna d'un grand geste une étroite chaloupe amarrée au dock, dont le capitaine, qui se tenait à l'ombre de la voile principale, les regardait arriver.

— On peut se payer celui-là, dit Therin à voix basse. Et le capitaine dit qu'il peut partir tout de suite.

— Il veut bien nous emmener jusqu'à Luqura ?

Therin confirma d'un hochement de tête.

— Moi, je dis qu'il faut le prendre. J'ai assez d'argent, et nous n'avons pas le temps de tergiverser.

— Ça ne me plaît pas, Therin, protesta Titus. Ça me paraît… bizarre.

— Tu proposes quoi ? Qu'on aille à Banok à la nage ? Le fleuve ne va pas si loin, et il est absolument hors de question que je marche. Par le sang d'Odar, Titus ! Il fait une chaleur accablante ! Franchement, il n'y a pas d'alternative.

Titus étudia discrètement le capitaine. Il essaya de s'accrocher à ses pensées, d'arpenter son esprit, mais quelque chose ne collait pas. Il tenta ensuite la technique apprise avec l'Archidionaque Reeve, chantonnant pour obtenir une première idée des sentiments de l'homme. Titus eut l'impression que son esprit frôlait un nuage d'orage.

— C'est vraiment très bizarre, répéta-t-il.

— Comment ça, bizarre ? Tu n'arpentes pas vraiment son esprit. Tu as juste la trouille parce que nous sommes suivis. Moi je te dis que ce bateau est notre meilleure chance d'atteindre Banok en un seul morceau.

Titus se mordit la lèvre et regarda par-dessus son épaule en direction de l'est et de l'Enclave. Ils étaient effectivement pressés. Les frères seraient bientôt là, et Therin et lui ne pouvaient se permettre de réfléchir trop longtemps. Peut-être qu'un compromis…

— D'accord. Je veux bien prendre le bateau, mais pas jusqu'à Luqura. Nous descendrons au prochain port – lorsque nous serons certains d'avoir distancé les frères –, et puis nous nous choisirons un nouveau moyen de transport. Peut-être un nouveau bateau, un chariot dans une caravane ou autre chose.

Therin grogna. Il n'était manifestement pas d'accord, mais il préféra ne pas insister.

— Comme tu voudras, mais monte dans cette maudite chaloupe !

Titus s'avança jusqu'à la passerelle, plongea son regard dans celui du capitaine pâle en levant la main.

— Eh-ho ! Nous demandons la permission de monter à bord, capitaine… ?

— Norton, répondit le marin corpulent. Rondeth Norton, mais vous pouvez m'appeler Norton. Ou capitaine. Votre ami dit que vous avez l'argent et que vous êtes pressés de partir, poursuivit l'homme en désignant Therin. Vous n'êtes que deux ? demanda-t-il en regardant la ville – dans la direction de l'Enclave – par-dessus l'épaule de Titus.

— Oui, confirma Therin en rejoignant Titus sur la passerelle. Ça pose un problème ?

Le capitaine sembla ruminer un peu la question.

— Ce n'est pas un problème, finit-il par répondre en secouant doucement la tête. Je me disais simplement que… vous seriez peut-être trois.

De plus en plus nerveux, Titus se tourna vers Therin, qui fit comme s'il ne l'avait pas vu.

— Non, nous sommes deux, confirma Therin en étudiant ostensiblement l'embarcation. Y a-t-il d'autres membres d'équipage ?

Le pirate – car c'en était forcément un, se dit Titus – se cura une dent creuse et posa un regard oblique sur la cabine du bateau.

— Ça dépend. Disons que, s'il le faut, je peux manœuvrer ce bateau tout seul. Il ne mesure que treize mètres. Et même s'il en avait mesuré vingt… Bon, j'aurais peut-être eu besoin d'un coup de main pour l'amarrer.

Il gloussa comme s'il venait de raconter une bonne blague que lui seul comprenait et se dirigea vers le côté opposé du bateau.

— Il n'est pas seul, alors ? demanda Titus.

— Je ne crois pas, répondit Therin, en suivant le capitaine du regard. Je le trouve un peu évasif.

— Tu m'étonnes, dit Titus tandis que le capitaine tournait une manivelle en faisant rouler ses larges épaules.

— Écoute, Therin…

— Je sais, je sais, tu trouves ça bizarre. (Il poussa un long soupir, l'air troublé.) Nous n'avons pas le choix, Titus. À moins que tu préfères que la confrérie nous ramène par la peau des fesses dans l'Enclave.

Il se tourna vers le dock comme s'il s'attendait à voir les Dionaques accourir.

— Je n'ai pas toute la journée ! tonna le capitaine. Et vous ne me payez pas assez pour que je perde mon temps à vous attendre !

Therin monta à bord, et Titus le suivit à contrecœur.

— Titus, tu pourrais arpenter un peu son esprit ? demanda Therin, profitant de ce que le capitaine était occupé. Histoire de nous rassurer un peu.

— Tu doutes ? s'amusa Titus en haussant un sourcil, avec un sourire en coin.

—Tu n'arrêtes pas de dire que tu trouves ça bizarre, alors ne me mets pas ça sur le dos, s'il te plaît.

—En vérité, j'essaie de lire dans ses pensées depuis que tu me l'as montré, expliqua Titus, qui ne souriait plus du tout. Son esprit est très chaotique. Ses pensées manquent totalement de cohérence.

—Et c'est normal ?

—Pas vraiment, répondit Titus en regrettant déjà d'être monté à bord de la chaloupe. En général, je rencontre ça chez les non-adeptes qui veulent m'empêcher de voir ce qu'ils ont dans la tête. Comme les frères de l'Enclave. (Il plissa le front et se tourna vers la cabine, essayant de sentir des présences éventuelles sous le pont.) Il y a quelqu'un, là-dessous. Plusieurs personnes. Elles pensent à…

Il s'interrompit, croyant s'être trompé. Était-ce vrai ? Pensaient-elles réellement à Annev ?

Titus s'accroupit, sortit sa brosse en bambou et entreprit de tracer le glyphe qui lui permettait d'arpenter les esprits. Lorsqu'il eut terminé, il se concentra sur le symbole et prononça le mot d'activation, dirigeant ses pensées vers les personnes, sous le pont. Cela lui prit un peu plus de temps que d'habitude car il ne les voyait pas et ne savait rien d'elles. Leur proximité, cependant, lui facilita la tâche, d'autant qu'elles ne faisaient rien pour dissimuler leurs pensées.

… ne comprends pas pourquoi ils ne nous laissent pas tuer…

… parie que cette main dorée pourrait…

… qu'il faut garder. Les autres peuvent…

… ces affaires avec les Terrans. Nous devrions…

—Therin ! chuchota Titus en se retenant à grand-peine de crier. Il faut descendre de ce bateau tout de suite !

—Quoi ? protesta Therin en sifflant. Mais pourquoi ?

Ils se retournèrent de concert en entendant le capitaine Norton escamoter la passerelle. L'homme massif croisa leur regard et leur adressa un sourire sinistre.

— Installez-vous confortablement. Un long voyage nous attend. Je vous conseille de descendre dans la cabine pour faire une sieste.

Titus avait l'impression qu'on venait de le faire trébucher.

— Je… nous… nous préférons rester sur le pont.

— Ah… J'insiste. Il me sera bien plus facile de naviguer si je ne vous ai pas dans les pattes. Descendez donc dans la cabine pendant que je manœuvre hors du port.

L'homme au torse de barrique passa derrière la barre sans les lâcher des yeux.

— Qu'y a-t-il en bas ? chuchota Therin en déglutissant.

— Des hommes. Qui veulent nous tuer, je crois.

— Par Keos ! J'aurais dû t'écouter. Sautons !

— Il est trop tard. Tu peux atteindre le quai, d'ici ?

Therin hocha la tête.

— On vient de larguer les amarres. Je peux… par les enfers…

— Quoi ?

Titus suivit le regard de Therin et vit quatre Dionaques de Tobar se fondre dans la foule en scrutant les dockers et les ponts des bateaux.

— On ne peut pas changer de bateau maintenant, conclut Therin en regardant successivement les Dionaques et le capitaine Norton, derrière la barre. Ils vont nous voir. Il faut rester ici.

— Therin, ces hommes, sous le pont…, bredouilla Titus en secouant vigoureusement la tête. Ils vont nous tuer !

Le visage normalement insouciant de Therin devint subitement dur.

— Dans ce cas, nous devrons les attaquer en premier. Ils découvriront à leurs dépens que nous savons nous défendre. Et puis, nous allons tricher un peu. (Il eut un sourire forcé et agita son index.) Nous pratiquons la magie, désormais. Et nous sommes de vrais combattants.

Titus n'en était pas si sûr, mais il garda ses doutes pour lui.

— Je crois qu'ils sont quatre, là-dessous. Tu te sens capable de t'occuper d'eux ?

Therin hésita.

— Je pourrais vider la cabine de son air, mais les priver d'air assez longtemps pour qu'ils perdent connaissance consumerait l'intégralité de mon *quaire*. D'autant que j'en ai déjà utilisé pas mal pour nous sortir de l'Enclave.

— C'est ce que je craignais. (Titus s'interrompit quelques instants, refusant de révéler qu'il n'avait aucune confiance dans leurs aptitudes martiales.) Je… euh… il se pourrait que je sois en mesure de faire quelque chose. Le Dionaque Holyoak et Frère Tym ont commencé à m'enseigner des techniques très avancées. Il est possible de tirer tellement fort sur les pensées des gens qu'on les détache de leur esprit. On parle de *sucer* des esprits. De cette manière, on fait oublier des choses aux gens. Temporairement, en tout cas.

— C'est effrayant, dis-moi. Mais… en quoi ça pourrait nous aider ?

Un plan se formait dans l'esprit de Titus.

— Il faudrait plutôt se demander ce qu'on ferait une fois ces hommes maîtrisés, dit-il.

— Tu ne veux pas les tuer ?

— Non ! répondit Titus, pris de court. Je veux dire… pour quoi faire ? Tu voulais les tuer, toi ?

— Pas si on peut s'en passer. Alors, qu'est-ce qu'on fait ?

Titus se tourna vers le gros pirate, qui les regardait toujours d'un air soupçonneux.

— Si j'arrive à extirper quelques informations au capitaine Norton, je pourrais peut-être nous conduire plus loin sur le fleuve.

— Attends ! Tu as l'intention de piloter ce bateau tout seul ?!

— Tu serais là pour m'aider.

— Je ne sais pas si ce serait un avantage, rétorqua Therin en devenant tout vert. Par Keos, ça me rappelle le jour où nous étions prisonniers des marchands d'esclaves, à Luqura.

Titus partageait ce sentiment.

— Il faut tenir assez longtemps pour quitter la baie et commencer à remonter le fleuve. Si on y arrive, on maîtrisera les hommes qui se cachent là-dessous et on prendra le contrôle de la chaloupe.

— Par la corruption de Keos. Tu crois qu'on peut y arriver ?

Ils s'éloignaient rapidement du port, désormais.

— Dans le pire des cas, tu pourrais nous faire flotter jusqu'à la côte, non ?

— Peut-être, répondit Therin dans un haussement d'épaules. Si j'en suis capable, toutefois, je pourrais tout aussi bien faire suffoquer ces types, là-dessous.

— On y viendra peut-être, murmura Titus en tendant à Therin une gourde. On aura quand même besoin de piloter ce bateau, et je ne suis pas certain de pouvoir récupérer toutes les informations dont on aura besoin à temps. (Il poussa un gémissement.) S'il te plaît, dis-moi que tu es capable de nous ramener sur la terre ferme si on est obligés de sauter à l'eau.

Therin but goulûment avant de répondre :

— Je crois l'être. Certainement pas en nous gardant au sec, mais l'océan me permettra de refaire le plein de *quaire*.

— Jeunes gens !

Ils se retournèrent simultanément vers le capitaine Norton occupé à manipuler la voile, la tête penchée sur le côté, comme s'il avait épié leur conversation.

— Vous devriez vous abriter en bas avant que nous atteignions l'embouchure du fleuve, lança-t-il. Ça secoue pas mal dans le coin.

— Vous ne préférez pas être payé d'abord ? demanda Therin en faisant sauter sa bourse dans sa main.

— Bien sûr, confirma l'homme, le sourcil haussé. Montrez-moi donc ces pièces de cuivre.

Therin venait de faire un pas en direction du capitaine lorsque la porte de la cabine s'ouvrit, permettant à deux hommes de monter sur le pont. Le premier avait la peau basanée des marchands d'esclaves d'Innistiul, avec une longue moustache qui lui couvrait la lèvre supérieure et rejoignait ses favoris, tandis que son menton et ses joues étaient soigneusement rasés ; le second était plus pâle que le capitaine et avait deux grandes cicatrices sur le visage : la première courait sur son nez et lui déformait la lèvre supérieure, la seconde lui zébrait le front et le sourcil gauche. Ce dernier regarda Therin, et le jeune homme se rendit compte qu'il avait une lentille de verre peinte sur l'orbite gauche.

— Eh, les gars, vous étiez censés rester en bas jusqu'au fleuve, maugréa le capitaine.

— Ouais, acquiesça l'homme balafré en se léchant les dents. Ça commençait à sentir le renfermé, là-dessous. On avait besoin d'air.

Norton poussa un grognement.

— Rangez ces pièces, jeune homme. Vous paierez plus tard.

Therin se hâta de rejoindre Titus, maintenant une saine distance entre le duo d'inconnus et lui.

— À quoi pensent-ils en ce moment ? interrogea-t-il son ami.

— Le type à la moustache veut nous faire descendre dans la cabine. Nous ligoter. Peut-être essayer de nous vendre à Luqura. L'autre… (Titus devint tout pâle, et ses yeux s'emplirent de larmes.) Nous devons partir tout de suite, Therin. Après, les docks seront trop loin. (Il frissonna et regarda de nouveau le balafré.) On ne peut pas rester.

Therin jura, examina ses runes, puis releva la tête vers le port, dont ils s'éloignaient rapidement.

— Dans ce cas, nous devrions y aller tout de suite. Si nous parvenons à atteindre cette zone… (Il désigna un endroit situé entre le port et l'embouchure du fleuve Tocra.) … nous serons suffisamment loin de la ville pour que les frères ne puissent pas nous voir.

Titus hocha la tête, l'air décidé.

— Si on peut flotter jusqu'à mi-chemin… On parcourra le reste à la nage.

— Tu es sûr ?

— Oui. Si tu consommes tout ton *quaire*, tu n'auras pas la force de nager. On se contentera de la moitié, et tu n'es même pas obligé de nous maintenir hors de l'eau. De toute façon, nous serons trempés.

— D'accord, acquiesça Therin, le regard sauvage. Tu es prêt ?

— Eh ! Éloignez-vous du bastingage ! s'écria le capitaine Norton en faisant quelques pas vers eux, suivi par les deux inconnus.

— Maintenant !

Les deux garçons sautèrent par-dessus bord en décrivant des moulinets avec les bras. Titus heurta violemment l'eau une seconde avant Therin et fut aspiré par les courants de l'océan. Il toussa, tournoya sous les vagues bouillonnantes, sentant quelque chose le pousser vers la surface. Il émergea des profondeurs, la gorge pleine d'eau salée, et vit Therin flotter tout près de lui.

— Par ici ! lança ce dernier en lui tendant la main. Ce sera plus facile si je n'ai qu'une masse à déplacer.

— Sales petits merdeux ! cria quelqu'un depuis la poupe de la chaloupe en train de s'éloigner. Vous êtes morts, vous m'entendez ? Vous êtes morts !

Les jeunes gens ne se retournèrent pas. Titus agrippa l'avant-bras de son ami et se hissa hors de l'eau, leurs jambes s'agitant sous les vagues comme ils fendaient les eaux.

— Tu as vraiment besoin de perdre un peu de poids, Titmouse ! lança Therin en grimaçant.

— J'y travaille, répondit Titus en serrant fort le bras de son camarade. Appelle-moi encore une fois comme ça, et je te donne un coup dans les reins.

Therin gloussa, mais préféra ne pas tenter le diable.

— Désolé, Titus.

— Je suis sérieux, Therin. Je ne le tolérerai plus.

— D'accord.

— Quand on sera au sec, c'est moi qui déciderai de notre moyen de transport jusqu'à Banok. J'utiliserai ma magie d'Arpenteur d'esprit. Ce n'est plus toi qui décides, entendu ?

Therin le fixa d'un regard plissé en se protégeant les yeux contre les éclaboussures d'eau salée. Enfin, il hocha la tête.

— Comme tu voudras, Titan.

Titus poussa un grognement mais, cette fois, ne réprimanda pas son ami.

Chapitre 75

Fyn et Sodja attendirent trois jours avant de retourner dans leur repaire souterrain. Trois jours durant lesquels ils acquirent une connaissance approfondie et mutuelle de leurs cicatrices. Celles qu'ils cachaient au monde, comme celles qu'ils se cachaient à eux-mêmes. Ni l'un, ni l'autre n'auraient su définir la nature de leur relation, mais ils savaient qu'elle était précieuse, qu'elle méritait d'être protégée. Ils n'osèrent pas le verbaliser, cependant, de crainte que l'équilibre fragile de ce qui les unissait soit rompu.

Retournant vers leur repaire, ils craignirent que leurs compagnons remarquent que quelque chose avait changé entre eux, qu'ils les forcent à parler de quelque chose qu'ils n'avaient pas le désir d'expliquer, d'articuler.

Ils n'auraient pas dû s'inquiéter, cependant, car seul Sanhueza fut là pour les accueillir.

— Way ? lança Fyn, étonné, en émergeant des tunnels supérieurs. Où sont les autres ?

Le voleur était installé derrière la table de fortune et tenait dans ses mains une coupe d'un liquide sombre au parfum si puissant que Fyn reconnut la fameuse Tactique noire, la boisson épicée préférée des nobles, un breuvage qui vous brûlait les poils du nez. Fyn ne l'aimait guère, le goût de mélasse étant trop fort. Par ailleurs, il préférait les boissons qui risquaient moins de le tuer. Way, Sodja et Neldon, au contraire, avaient développé un goût pour cet alcool dont Saltair stockait d'énormes réserves.

— Ils sont tous partis, répondit Way.

— Où ? intervint Sodja.

— Un peu partout, répondit Way, qui avait un peu de mal à articuler. Quinn s'est réveillée il y a deux jours. Elle est devenue folle en découvrant qu'on vous avait laissés partir. Ned et moi, on lui a conseillé de se recoucher, mais elle l'a giflé… (Il sourit en se rappelant cet épisode et sirota sa boisson.) Hier, elle était un peu plus calme. Je veux dire par là qu'elle ne jurait plus de boire votre sang, mais elle ne voulait plus rien à voir avec vous et vos plans. La politique ne l'intéresse plus, qu'elle a dit. Avant de nous conseiller, à Ned et moi, d'aller nous faire foutre.

— Où est-elle partie ? s'enquit Fyn. Et où sont Neldon, Siege et Poli ?

— Quinn s'est mis dans le crâne de récupérer le bateau de sa famille. Elle a convaincu Siege et Poli de l'aider après leur avoir promis de les nommer premier officier, maître d'équipage ou un truc comme ça. Elle a essayé de nous convaincre, Neldon et moi, mais j'ai répondu que je préférais attendre que vous régliez le compte des marchands d'esclaves dans les Fosses. Neldon, lui, n'a pas répondu. Il a dit qu'il avait besoin de prendre l'air pour réfléchir. C'était hier soir, je crois. Quand je me suis réveillé ce matin, il n'était pas rentré. Quinn a dit qu'elle ne pouvait plus attendre, alors elle est partie avec le reste de l'équipe, me laissant seul avec ces tonneaux.

Il donna une tape dans le baril le plus proche, renversant la moitié de sa coupe sur la table.

— Par Kraik et Keos ! jura Sodja. Elle est partie voler le *Lapin* !

— C'était au lever du jour, remarqua Way en buvant encore un peu. Donc, soit le travail est terminé et ils sont en train de naviguer autour de Helmstook, soit ils sont morts. (Il avala ce qui restait de son alcool, rota et posa bruyamment sa coupe.) Personnellement, j'opte pour les deux solutions.

Je veux dire par là qu'ils ont pu voler le bateau et mourir après, ou mourir d'abord et voler le bateau après, ce qui ferait d'eux des genres de pirates fantômes.

— Way, tu es soûl, dit Fyn.

— J'ai déjà été soûl. Là, c'est différent.

— Tu es très soûl.

— C'est fort possible.

Sodja jura encore.

— Il faut les trouver avant qu'ils fassent une bêtise.

— Et lui ? demanda Fyn en désignant Way d'un pouce. On ne peut pas le laisser tout seul dans cet état.

— N'importe quoi, rétorqua Way. Je suis en meilleur état que ces maudits pirates fantômes.

— Il vient avec nous, dit Sodja. On aura peut-être besoin de son aide.

— Tu crois ? s'étonna Fyn en fixant l'ivrogne du regard.

— Oui, à condition que je purifie son corps.

— Hein ? protesta Way. Je n'ai pas besoin de bain. (Il renifla son aisselle et grimaça, un gémissement s'échappant de ses lèvres maculées de mélasse.) Quoique…

— Recule un peu, instruisit-elle Fyn.

Comme il s'exécutait, elle fit tournoyer ses mains devant sa poitrine, générant des volutes d'ombre. Quelques secondes plus tard, les volutes eurent terminé d'envelopper ses mains et ses bras, leur couleur et leur forme s'altérant jusqu'à paraître bidimensionnels. D'autres ombres constituées de minces rubans de fumée s'accrochèrent à ses doigts et ses mains. Elle se mit alors à les tisser, formant un grand filet couleur de cendres et de charbon. Elle se rapprocha de Way et souleva le filet au-dessus de sa tête, le faisant descendre sur son corps, l'enveloppant de la tête aux pieds. Les fibres éphémères le traversèrent aussi facilement que des doigts transperçant du sable. L'expression de Way changea progressivement comme Sodja tirait le filet jusqu'au sol, puis le retirait de sous ses pieds.

Les joues de Way se vidèrent de leur couleur.
— Par les dieux ! Qu'est-ce que c'est que ça ?

Il cligna des yeux, le souffle court, et Fyn constata que l'homme n'avait plus le regard vitreux.

Sodja plia soigneusement le filet, en fit une boule. Ce faisant, ses bras reprirent leur apparence tridimensionnelle et recouvrèrent leur couleur de chair. Au bout de quelques secondes, la boule devint plus petite que son poing, éponge anthracite dans ses mains blanches et fantomatiques. Elle la serra une dernière fois, faisant dégouliner sur le sol un sirop noir comme du charbon.

— Comment te sens-tu ? demanda-t-elle en s'essuyant les mains sur son pantalon.

— Bien, mais d'une manière pas très agréable.

— Parfait. Rassemble tes affaires. Avec un peu de chance, nous rattraperons Quinn et les autres avant qu'ils s'attirent des ennuis.

— Et Neldon ? demanda Fyn. Ne devrions-nous pas l'attendre ?

— Qui a dit qu'il allait revenir ?

— Il va revenir, affirma Way en se massant les tempes. Neldon n'est pas du genre à couper les ponts et à disparaître.

— De toute façon, nous n'avons pas le temps d'attendre si nous voulons aider Quinn, Siege et Poli, lança Sodja. Bois un peu d'eau, instruisit-elle Way, et je te donnerai quelque chose contre le mal de tête.

* * *

La soirée était déjà bien avancée lorsque Way, Sodja et Fyn arrivèrent devant l'écluse nord où ils avaient vu le *Lapin* pour la dernière fois. Le navire n'était plus là, mais la Baguette de Compulsion leur permit de déterminer très vite qu'il était parti vers le Quartier des Artisans, en amont. Ils explorèrent les docks sur les deux rives du fleuve dans le crépuscule.

La lumière déclinante ne leur facilita pas la tâche, même si Sodja semblait moins affectée que les garçons. Cela se confirma lorsque, dans des ténèbres d'encre, la jeune femme les guida tout droit vers le trois-mâts amarré, alors que Fyn avançait sans rien y voir, les yeux plissés. Lorsqu'ils furent tout près, il parvint néanmoins à distinguer la silhouette du lapin bondissant pyrogravé recouverte d'une corneille noire. Il voulut s'approcher encore, mais Sodja lui posa la main sur l'épaule.

—Attends, il y a quatre soldats armés d'arbalètes sur le pont.

Fyn regarda le vaisseau d'un air méfiant, avant de reculer dans l'ombre d'un galion tout proche.

—Je ne vois personne. Tu dois avoir une vue exceptionnelle. Ou bien utilises-tu la magie de l'ombre…

Sodja désigna le galion, dans leur dos. Le navire arborait la même corneille que le *Lapin*.

—La plupart des bateaux amarrés ici appartiennent à ma famille et, oui, il se pourrait que j'utilise un peu de magie.

—C'est plutôt bon signe, non ? intervint Way. S'il y a des gardes sur le pont, ça veut dire que Quinn n'a pas encore trouvé le bateau.

—On pourrait le penser, mais…, contra Fyn. Il nous a suffi de quelques heures pour le trouver. Dans le noir, qui plus est. Quinn, elle, a eu la journée. Donc, soit elle a renoncé et a décidé de ne pas rentrer au repaire, soit…

—Soit elle l'a trouvé et ça s'est mal fini, conclut Way. Qu'est-ce qu'on fait ? demanda-t-il en observant le lapin blanchi à la chaux, sur la coque. On fouille le navire ?

—Je ne crois pas, dit Sodja en examinant les gardes. S'ils se sont attiré des ennuis, ça s'est sans doute passé il y a plusieurs heures.

—Où peut-elle être, dans ce cas ?

—À mon avis…, commença Sodja en faisant la moue, ils ont été capturés ou bien tués. S'ils sont morts, les marins ont dû leur nouer des pierres autour des chevilles avant de les jeter à l'eau. S'ils sont en vie, le maître des docks les a sans doute remis au Maître du Quartier du Fleuve.

— Tu parles de Kranak, remarqua Way, l'air sinistre. Par la pourriture de… Il va les écorcher vivants !

— S'ils ont de la chance, contra Sodja, tout aussi sombre. Il se pourrait qu'il fasse venir les Surveillants.

— Par les enfers ! jura Fyn. Tu veux dire qu'ils sont peut-être entre les mains de ton frère Rista ?

— Je ne sais pas. Peut-être s'inquiète-t-on pour rien. Je ne connais pas très bien Quinn. Peut-être qu'elle a laissé tomber l'idée…

— Ils l'ont capturée, affirma Way, sûr de lui. Siege et Poli aussi. Je pense qu'ils l'ont suivie, et Quinn n'a jamais été du genre à se détourner d'un défi, à oublier une dette ou à faire des plans. Elle aime foncer tête baissée dans les problèmes.

— Partons du principe que le pire est arrivé, dit Fyn, que démangeait l'envie de dégainer ses armes. Si Elar les a, où les a-t-il emmenés ? Quelque part dans le Quartier du Fleuve ?

— Non, répondit Sodja. Il y a trop de témoins le long du fleuve, trop de regards curieux. Même si la Guilde des Marchands d'esclaves a acheté la moitié des gardes de la ville, trop de gens seraient heureux qu'on leur donne un prétexte pour mettre la tête d'Elar au bout d'une pique. Si Rista ne peut pas emmener le travail chez lui, il peut l'accomplir ailleurs, mais pas n'importe où. Dans un endroit où il est possible de torturer sans que personne pose de questions.

— L'Ossuaire, comprit Fyn en se remémorant sa dernière rencontre avec le marchand d'esclaves.

— Exactement.

— Par la pourriture et les os, Sodja. Est-on obligés d'y aller maintenant ? demanda Way en frissonnant. Même en plein jour, j'ai peur de me rendre dans l'Ossuaire. C'est un endroit de cauchemar, et c'est encore pire la nuit !

— Je sais, acquiesça Sodja d'un ton calme. C'est la raison pour laquelle Elar emmènera Quinn, Poli et Siege là-bas. Et c'est là que nous trouverons Rista.

— Vous allez le faire ? demanda Way à Fyn.

— Je l'ai déjà fait – contre Elar en plus – et je suis toujours vivant. (Il ne jugea pas pertinent d'expliquer que, sans l'intervention de Jian Nikloss, il n'aurait pas été là pour le raconter, et préféra lever le menton et dissimuler sa peur.) Quinn est ton amie, n'est-ce pas ? Et Siege et Poli aussi ?

— Ils sont ma famille, répondit l'homme en regardant Sodja.

Elle soutint son regard, et il sentit quelque chose passer entre eux. Quelque chose qui résonna avec ce qu'ils n'avaient osé articuler. Ou bien Way venait-il de le faire ? Fyn observa le vieux voleur et constata à son tour qu'ils avaient touché la corde sensible.

— Par les bâtons d'argent, que je sois damné si j'abandonne ma famille. Allons-y ! Il faut retourner dans le Quartier des Cendres, si nous voulons leur être d'une aide quelconque.

— Nous n'avons pas le temps, rétorqua Sodja. Il faut passer par le fleuve. On économisera nos forces et on ira plus vite.

— Le fleuve ? s'étonna Way. Tu caches une chaloupe dans ta poche ?

— Non. (Elle désigna le vieux galion de la famille Gwyin.) Mon vaisseau a déjà été mis à l'eau.

— On ne peut pas voler ça ! Et encore moins le piloter !

— Nous n'aurons pas besoin de le piloter, ils s'en chargeront pour nous, ajouta-t-elle en montrant les gardes, sur le pont.

— Mais comment ? Pourquoi ?

Sodja eut un sourire sinistre.

— Un des types armés d'une arbalète est vêtu de violet et de gris – la livrée de la Maison Saevor –, ce qui fait de lui un Surveillant.

— Par Keos. Ça confirme nos craintes. Je croyais qui tu avais quitté les Surveillants… Pourquoi t'écouteraient-ils ?

— Comme ils m'obéissaient autrefois, j'aurai moins de mal à utiliser ceci.

Elle sortit la Baguette de Compulsion dorée des plis de sa tunique, leur adressa un clin d'œil et se dirigea d'un pas tranquille vers la passerelle permettant d'accéder au *Lapin*.

Chapitre 76

L'équipage du *Lapin* amarra le navire marchand au nord de la ville, aussi près du Quartier des Cendres et de l'Ossuaire que possible. De là, Sodja guida Way et Fyn sur les toits du Bas-Quartier, à travers les ruines du Quartier des Cendres, jusqu'au cœur de l'Ossuaire. Plus ils se déplaçaient vers le coin nord-ouest de la ville, plus les maisons étaient modestes et décrépites et la population pauvre. En l'absence de lune dans le ciel, le décor était plongé dans les ténèbres, ses habitants préférant se priver de la lumière d'une chandelle pour ne pas attirer l'attention. Ils croisèrent quelques feux de camp, cependant, sans personne pour les alimenter, dans lesquels ils reconnurent des combustibles parfois grotesques. Comme ils progressaient, l'odeur des déjections humaines et de viande pourrie se mêlait à celle des cendres et de chair brûlée.

— Je hais cet endroit, murmura Way en scrutant les ombres des bâtiments en ruine et les allées jonchées d'ordures.

— Je croyais que tu venais ici une fois par semaine, remarqua Fyn, la main nerveusement posée sur le fauchon, à sa ceinture.

— En plein jour, lorsque je cherche mes enfants, quitte à découvrir leurs cadavres… J'ai besoin de savoir qu'ils n'attendent pas quelque part en souffrant. Qu'ils ne sont pas torturés en appelant leur père. Un père qui ne se soucierait pas d'eux.

Fyn ne sut quoi répondre à cela. Il n'avait jamais connu ses parents, ne les avait jamais appelés. Bien sûr, il s'était déjà demandé s'il avait été abandonné ou bien volé à sa famille, mais il n'avait jamais permis que cette question le taraude et le consume. Les maîtres et les anciens étaient devenus ses parents, et ses propres objectifs étaient devenus le reflet de ceux de l'Académie. Celle-ci n'était plus, cependant, et Fyn se demandait parfois si sa mère et son père étaient ou non à sa recherche. Ce n'était pas une pensée confortable – il préférait l'idée de savoir quelle était sa place en ce monde, quitte à être seul –, et il compatissait avec Way, tourmenté par ses incertitudes.

— Rista a-t-il un endroit dédié pour travailler, ici ? demanda-t-il à Sodja.

— Il en a quelques-uns. Ça dépend de ce qu'il a à faire. Le plus proche est plutôt intime, juste assez grand pour lui, ses outils et son prisonnier. Il y a donc peu de chances qu'ils y soient. Avec Siege, Quinn et Poli, il aura besoin d'aide. Peut-être de quelques Surveillants et des marchands d'esclaves d'Elar. Je parle d'un espace plus grand, avec plusieurs pièces.

— Donc ?

— Ils doivent se trouver dans un immeuble à moitié effondré près de la frontière nord du quartier.

— À quoi devrons-nous nous attendre, une fois sur place ?

— Mis à part les Surveillants, Rista a une prédilection pour les pièges – histoire de dissuader les gens du cru de prendre possession de la bâtisse –, donc il faudra faire attention à tout. Collets, poisons badigeonnés, trappes… Surtout, vous ne refermez, ni n'ouvrez rien.

— Il n'y a pas d'itinéraire sûr pour entrer dans son repaire ? s'enquit Fyn.

— Je pense que si, mais il ne me l'a jamais révélé.

— Je croyais que vous travailliez ensemble.

— Je te l'ai déjà dit : Rista aime faire souffrir. Il jouit de son pouvoir, de toutes les souffrances qu'il peut causer, y compris à Ketrit ou à moi.

— Vous auriez été plus efficaces ensemble. En te faisant du mal, il se fait du mal à lui-même.

— Tu n'as manifestement jamais fréquenté quelqu'un comme lui, dit-elle en haussant les épaules.

Fyn ouvrit la bouche pour répondre, puis se ravisa. Non pas parce qu'elle avait raison, mais parce qu'il avait été lui-même ce genre de personne et qu'il avait du mal à l'accepter. De façon répétée, il avait mis des bâtons dans les roues de ses amis pour prouver qu'il en était capable, que c'était lui le patron, et il avait causé des souffrances inutiles pour se sentir fort. Dans cet endroit où les maîtres et anciens avaient tout pouvoir sur leurs vies, il avait eu besoin de posséder un peu d'autorité. À Luqura, toutefois, les choses avaient changé ; surtout depuis qu'Annev était parti. Pour la première fois de son existence, Fyn s'était senti maître de son destin, et cela l'avait d'abord beaucoup effrayé.

Il en était conscient, désormais. Il comprenait pourquoi il avait ressenti le besoin d'usurper la place de Fisher, ce besoin désespéré de contrôler quelque chose de familier. Cela avait satisfait momentanément sa soif de pouvoir, lui avait donné l'impression enivrante d'être supérieur ; toutefois, cela lui avait également fait comprendre qu'il était hors de son élément. Comme il ne savait rien de la Guilde des Marchands d'esclaves, de Saltair, des Surveillants et de la politique de Luqura, il avait eu besoin du concours de Sodja, et il n'était pas habitué à demander l'aide de qui que ce soit. Qu'elle ait accepté de lui prêter main-forte était stupéfiant, même si leurs intérêts se recoupaient plus ou moins. Progressivement, la quête de Sodja était devenue la sienne et l'équipe des Cendres était devenue plus qu'un simple moyen d'atteindre son objectif. Il refusait d'admettre à quel point il avait changé car cela serait revenu à avouer qu'il avait été comme Rista, autrefois.

—J'ai connu quelqu'un de ce genre, finit-il par dire.

Sodja scruta son visage dans les ténèbres. Elle avait compris.

—Les gens ne sont pas toujours rationnels, reprit-elle. Nous nous faisons du mal tout le temps, et nous faisons souffrir ceux que nous aimons, les gens sur lesquels nous sommes censés pouvoir compter et qui comptent sur nous. On ne peut qu'être déçu quand on met toute sa confiance dans un individu. Même quand on est cet individu.

Fyn réfléchit à cela comme ils continuaient à progresser. À côté de lui, Way marchait dans un silence décidé en surveillant les ténèbres dans le cas où elles auraient abrité des prédateurs. Comme ils dépassaient une bâtisse tombée sous l'effet de l'écroulement des tunnels qu'elle surplombait, Fyn se racla la gorge.

—Comment va ton mal de tête ?

—Je ne sens presque plus rien. Quoi que Raven… enfin, Sodja ait fait… je veux dire… c'était puissant.

—C'est un poison, dit aussitôt la jeune femme. Une faible dose purge le corps de ses toxines. Il chasse l'alcool et laisse uniquement les résidus inoffensifs.

—Ah… ? s'étonna Way en manquant de trébucher. Et une dose plus importante ?

—Il te bouffe l'estomac et te ronge les boyaux. Une manière vraiment dégoûtante de mourir. Dégoûtante et sanglante. Avales-en une grosse dose, et tu chieras tes intestins en même temps que ton petit déjeuner.

Way se plaqua les mains sur le ventre, horrifié. Fyn sourit et lui donna un coup de coude.

—Au moins, tu n'as plus mal au crâne !

* * *

L'immeuble dont parlait Sodja était plus petit que ce à quoi Fyn s'attendait. Il comprenait quatre étages, plus trois sous-sols. Rista changeait régulièrement d'espace de travail dans ce bâtiment, leur expliqua la jeune femme, et les pièces piégées devaient se compter par dizaines. Ils étaient en train de discuter de la manière dont il conviendrait d'explorer ce labyrinthe lorsque la porte principale du rez-de-chaussée s'ouvrit et qu'environ vingt-cinq personnages masqués sortirent dans la nuit.

— Du violet et du gris, remarqua Fyn comme les hommes défilaient devant l'allée où ils se cachaient, à côté d'un monticule de crânes et d'ossements. Des Surveillants…

— Mais pourquoi partent-ils ? s'étonna Sodja en se levant, l'air sinistre.

Fyn et Way se levèrent à leur tour, mais préférèrent ne pas répondre.

— Se pourrait-il qu'ils aient terminé leur travail ? proposa Fyn, amer. Qu'on soit arrivés trop tard ?

— Par les bâtons d'argent ! jura Way. Ce n'est pas possible. Pas encore.

— Qu'est-ce qu'on fait ? s'enquit Sodja. On entre ou on suit les Surveillants ?

— Tu crois qu'ils se dirigent vers notre repaire ? (Fyn cracha un chapelet de jurons.) Si Neldon s'y trouve et qu'ils lui mettent la main dessus…

— On ne sait pas où ils vont, rétorqua Way en secouant la tête. Peut-être qu'ils rentrent chez eux. Il est tard, après tout. Peut-être que Rista n'a pas besoin d'eux, finalement. En fait, on n'a aucune raison de penser qu'ils vont à notre repaire.

— Mais si c'était le cas ? demanda Fyn.

— Neldon est malin, affirma Way en se curant une dent creuse. Il ne se laisse pas attraper si facilement.

— Je n'ai pas eu trop de mal à l'attraper, dans cette allée, avec Fisher.

— Bon, d'accord, mais nous ne savons pas si les Surveillants se rendent à notre repaire, alors que nous sommes à peu près certains que Quinn et les autres sont là-dedans, lança Way en désignant le bâtiment. Sortons-les de là. Nous n'avons pas le droit de les considérer comme morts. S'il te plaît, on ne peut pas les abandonner.

Fyn se tourna vers Sodja, qui arborait un visage parfaitement neutre.

— C'est à toi de voir, Fyn. On peut entrer là-dedans en espérant qu'il ne soit pas trop tard pour Quinn, Siege et Poli… Ou bien on peut devancer les Surveillants, rentrer au repaire, rejoindre Neldon et nous préparer à nous défendre. Peut-être s'agit-il d'un piège.

Fyn réfléchit aux deux options. Ce fardeau, il l'avait accepté lorsqu'il avait décidé de former une équipe autour de lui. Ce n'était pas facile, cependant. Quelle que soit sa décision, il abandonnerait quelqu'un.

— On entre là-dedans, finit-il par dire en espérant que Neldon attendrait une journée de plus avant de rentrer. Nous essaierons de remonter la piste des Surveillants pour ne tomber dans aucun piège. Avec un peu de chance, Quinn et les autres seront au bout de cette piste.

— Avec un peu de chance, ils ne seront pas là, corrigea Way, les yeux humides. Malheureusement, je crois qu'ils y sont.

L'entrée n'était ni gardée, ni piégée. En revanche, elle était flanquée de quelques cadavres frais cloués aux murs destinés à décourager explorateurs et sans-abri.

— Par les dieux, lâcha Way. Tout le bâtiment sera-t-il comme ça ?

— Certaines parties seront pires.

— S'il fait plus sombre que ça, à l'intérieur, je n'y verrai rien du tout, prévint Fyn en se plaquant une main sur la bouche et le nez.

— Si ça pue plus que ça, je ne pourrai plus respirer, ajouta Way en se retenant de vomir.

— Sodja, reprit Fyn en s'efforçant de ne pas entendre les haut-le-cœur du voleur, tu y vois clair, toi ?

Dans les quasi-ténèbres, les yeux de Sodja étaient presque noirs, l'iris étant réduit à un cercle luisant.

— J'y vois suffisamment. Et toi ?

— Ma vision nocturne est presque inutile, répondit-il en scrutant la pièce et la porte, à son extrémité. Sans la lumière des étoiles, je ne verrai rien du tout.

— Les fenêtres sont toutes condamnées.

Elle se rapprocha de la porte et, du bout des doigts, testa la serrure et chercha d'éventuels pièges. Quelques instants plus tard, la porte s'ouvrit vers l'intérieur, révélant un couloir plongé dans les ténèbres. Elle passa la tête dans l'encadrement, puis regarda ses amis de ses yeux presque noirs.

— Je ne serai pas aveugle, là-dedans, mais je n'y verrai pas tellement mieux que vous deux.

Elle sortit une lampe grise des replis de sa cape, effleura la mèche. Subitement, la lanterne s'alluma, brilla d'un éclat gris venant d'un autre monde.

— Merde, murmura Way, le regard attiré par l'artefact. Je me demande si je ne préfère pas rester dans le noir.

— C'est la lumière d'ombre, expliqua-t-elle en brandissant la lampe dans le couloir. Elle a des propriétés uniques et certains avantages. (Elle dirigea la lumière vers le sol.) Par exemple, elle révèle les traces de pas de quiconque a récemment utilisé la magie de l'ombre.

Fyn étudia le faisceau fantomatique et découvrit des empreintes noires qui se déroulaient dans le couloir jusqu'à la porte par laquelle ils étaient entrés.

— Ce sont les Surveillants, dit-il en fixant du regard les silhouettes lointaines. Pratiquent-ils tous cette magie ?

— Oui. On ne peut devenir Surveillant – tout juste un espion ordinaire – sans cette magie, même si la plupart d'entre eux n'en ont qu'une infime trace. Leur sang est tellement dilué, cependant, qu'ils sont à peine capables de pratiquer un truc ou deux.

— Comme le feu d'ombre de Quinn ? demanda Way en se rapprochant de la porte et de la lanterne.

— Oui. Je n'ai jamais vu de mage possédant ce talent, mais j'en ai entendu parler. Je pourrais peut-être y arriver si elle me montrait comment faire, mais je doute qu'elle accepte de m'enseigner quoi que ce soit. (Un sourire en coin éclaira son visage autrement triste.) Peut-être que je pourrais lui montrer deux trois trucs aussi. Son sang est fort et sa magie puissante, même si elle n'est pas du tout maîtrisée.

— Voir dans le noir. Siphonner du poison. Invoquer les ombres… (Way gloussa.) Ouais, elle adorerait apprendre tout ça, à moins qu'elle te tranche la gorge avant.

— À condition qu'elle soit toujours en vie, intervint Fyn. (Il s'appuya sur le montant de la porte, passa la tête de l'autre côté et huma l'atmosphère. Une odeur de charbon couvrait à peine celle de la chair en voie de décomposition.) Venez. Servons-nous de la lampe pour suivre leurs pas.

— Attends une seconde, l'arrêta Way en rattrapant Sodja. Tu as dit que la lumière d'ombre avait *certains* avantages. Et ses désavantages… ?

— Elle en a deux, répondit la jeune femme en passant devant Fyn. Elle estompe les couleurs et donne l'impression que tout est plat, ce qui ne permet pas toujours de juger de la profondeur. Le monde devient un camaïeu de gris. Les détails disparaissent.

— Ouais, acquiesça Fyn en étudiant la lumière. Et la lumière ne projette aucune ombre.

— Les ombres projettent leur propre lumière vers la lampe. On appelle ça le néant : la lumière réfléchie du domaine de l'ombre, qui est lui-même le reflet de l'absence de lumière dans le monde physique.

— On va faire comme si j'avais compris, d'accord ? s'amusa Fyn tandis que Way se retenait de glousser. Et le second désavantage ?

— Les ombres spectrales, répondit Sodja en les précédant dans un couloir transversal.

— Hein ? Des fantômes ?

— On pourrait les appeler comme ça. Il arrive que la lumière laisse entrevoir les ombres habitant l'autre monde. La plupart du temps, il s'agit d'eidolons, d'ombres vivantes, de démons, mais c'est parfois plus profond que ça. (Elle s'arrêta.) Un conseil : ne vous en approchez pas.

— Entendu.

— Ils ont descendu ces marches, reprit Sodja après une demi-minute passée à suivre les empreintes de pas. On dirait qu'ils sont sortis par cette porte.

Elle les entraîna dans un escalier grinçant. Fyn examina le premier palier et trouva un fil barbelé.

— Il y a au moins un piège, ici, annonça-t-il en coupant le câble avec une paire de ciseaux. (Il rangea celle-ci dans une poche de poitrine et produisit ses outils à crocheter.) Ils sont peut-être de l'autre côté de cette porte, ajouta-t-il en tapotant la gorge de serrure pour la faire tourner.

— Espérons, chuchota Way comme Fyn poussait la porte et que Sodja éclairait l'horrible spectacle, à l'intérieur.

Chapitre 77

Un regard rapide dans la pièce permit à Sodja de voir tout ce qu'elle avait besoin de voir. Il n'y avait qu'un corps à l'intérieur, suspendu au plafond par six crochets de boucher plantés dans les bras, les épaules et les mains. La gaffe de Poli était fichée dans sa mâchoire et clouée au plafond, lui donnant l'apparence d'un poisson au bout d'une ligne. Elle avait été écorchée, aussi était-il extrêmement difficile de la reconnaître.

— Par Keos, lâcha Fyn dans un souffle, tandis que Way vomissait dans le couloir la Tactique noire qui emplissait son estomac.

Sodja ne cligna pas des paupières. Elle n'était pas étonnée car Rista avait ses techniques favorites. Comme elle s'y attendait, ses outils n'étaient plus là ; sans doute avaient-ils été déplacés dans une autre pièce abritant un autre prisonnier. Il aimait travailler de cette façon, un sujet à la fois. La jeune femme chercha des empreintes de bottes ensanglantées ou quelque trace du passage de son frère, mais ne trouva rien, ce qui, encore une fois, n'avait rien de surprenant. En revanche, il y avait bien des empreintes légèrement lumineuses sur le sol, mises en évidence par le faisceau d'ombre de la lampe. S'il était impossible d'isoler celles de son frère, la direction qu'elles avaient prise était claire.

— Il y a une porte juste derrière le corps, annonça-t-elle en dissimulant ses émotions et en contournant les flaques de sang, ce qui l'obligea à longer les murs. Rista est passé par là.

— Il est arrivé ou reparti par là ? l'interrogea Fyn en regardant successivement la porte qu'ils venaient d'ouvrir et le cadavre écorché de Poli.

— Je ne sais pas.

— Vous avez entendu ? leur demanda Way en s'essuyant la bouche. On dirait des… cliquetis.

— Oui, acquiesça Fyn après avoir pris le temps d'écouter. Ça vient d'au-dessus.

— Ça veut dire qu'il y a toujours quelqu'un là-haut, conclut Sodja. Tout le monde n'est pas mort.

— Les dieux soient loués. Allons-y ! les pressa Way.

— Qu'est-ce qu'on fait pour Poli ? s'enquit Fyn en montrant la femme.

— Nous reviendrons la chercher plus tard. Nous jetterons ses cendres dans l'océan ou un truc comme ça. Elle aurait aimé, j'en suis sûr. En tout cas, il est hors de question que nous l'abandonnions.

— Bon, allons-y, lança Sodja en ouvrant la porte.

L'intensité des bruits métalliques variait comme ils arpentaient les couloirs. Alors qu'ils approchaient d'un nouvel escalier, Sodja remarqua des trous dans les marches et, à l'intérieur, des seringues pointées vers le haut, prêtes à dispenser leur mortel contenu. Elle les montra à Fyn et Way avant de gravir l'escalier avec souplesse en évitant les pièges.

— Attention, la mit en garde Fyn. Il s'agit peut-être d'un leurre.

— Je n'en doute pas, répondit la jeune femme sans ralentir, mais Siege et Quinn ont besoin de nous. Le temps n'est pas à l'hésitation.

— C'est vrai, concéda Fyn en la rattrapant. Mais ces pièges, et personne pour nous arrêter, pas de gardes, rien. Ça ressemble à…

— … un piège, approuva Sodja. Je ressens la même chose que toi.

— Et ?

— Et on continue quand même.

— Eh ! appela Way, dans leur dos. Vous avez entendu ? Pas les bruits, les cris ? C'est… Siege !

Le voleur les dépassa et se mit à courir dans le couloir.

— Way, arrête ! Tu ne peux pas…

La vibration d'une corde résonna dans le passage. Instinctivement, Sodja et Fyn se jetèrent au sol. Il y eut un bruit mat, et puis Way s'écroula tout près d'eux.

— Je crois que c'était une arbalète, chuchota Fyn.

— Deux arbalètes, le corrigea Sodja en relevant doucement la tête et en avisant deux carreaux dépassant du torse de Way.

Comme elle montrait à Fyn le fil cassé en travers du couloir, le jeune homme s'agenouilla près de Way, dont la poitrine se soulevait au rythme rapide et rauque de sa respiration. Les regards humides des deux hommes se croisèrent.

— Dites… dites à mes garçons…, bredouilla le voleur en se hissant péniblement sur ses coudes. Dites-leur que je n'ai jamais cessé de les chercher. Et donnez-leur ça. (Il décrocha de sa ceinture sa bourse contenant ses pierres de sang.) Je les ai faites pour eux. Dites à Dar… (Il toussa, projeta des gouttes de sang sur sa poitrine.) Dites-leur que je les aime.

— Tu leur diras toi-même, affirma Fyn en lui prenant la main. On va te retirer ça, et Neldon te rafistolera. Dans quelques jours à peine, tu seras…

La main du voleur devint toute molle dans celle de Fyn, et son bras retomba, inerte, le long de son corps.

— Je n'ai même pas eu le temps de lui demander comment s'appellent ses fils, regretta Fyn en posant la main du défunt sur sa poitrine.

— Darvin et Graeme, dit Sodja. L'aîné doit avoir seize ans, maintenant. On l'a envoyé servir un riche seigneur de Borderlund. En tant que page, ou quelque chose de ce genre. Pour ce qui est de Graeme… D'après ce que je sais, il est mort l'année où il a été enlevé. Way avait raison : ils ne devraient pas les prendre si jeunes.

Fyn en resta bouche bée.

— Tu savais ?

— Oui. Je me suis renseignée.

— Mais… comment ?

— Les Surveillants ont des yeux partout, et ma famille garde des traces de toutes les opérations financières de la guilde. J'ai utilisé la Baguette de Compulsion pour poser quelques questions aux bonnes personnes, et j'ai obtenu les réponses que je voulais. J'étais également au courant pour le bateau de Quinn.

— Pourquoi n'as-tu rien dit ?

— À cause de tout ça, répondit-elle en désignant Way, les murs ensanglantés et les ténèbres qui persistaient au-delà de la lumière fantomatique de la lampe magique. Mis à part Neldon, ce qui unifiait l'équipe, c'était sa haine pour la Guilde des Marchands d'esclaves. Je l'ai compris dès que je les ai rencontrés. Donne-leur une autre raison d'être, et l'équipe se délite. C'est ce qui est arrivé, d'ailleurs.

Fyn la fixa du regard, clignant des yeux dans la faible lumière d'ombre.

— Sans doute, dit-il, incertain. (Il se tourna vers Way, et son expression se durcit.) Il se rendait dans la Ville souterraine et l'Ossuaire toutes les semaines, et nous le laissions faire. Nous ne l'avons jamais aidé.

— Écoute, on ne peut pas changer le passé. Way est mort, mais Siege et Quinn sont peut-être toujours en vie.

— Oui, peut-être, reconnut Fyn, le regard perdu dans le vague. S'il te plaît, la prochaine fois, tiens-moi au courant.

Comme il s'éloignait à petits pas vers l'origine du bruit, Sodja se demanda si elle l'avait mal jugé. Il était en général tellement imperturbable, mais elle l'avait manifestement troublé. Peut-être y avait-il en lui une profondeur qu'elle n'avait pas encore explorée. Était-ce une bonne ou une mauvaise chose ? Elle n'aurait su le dire.

Sodja suivit Fyn comme les tintements se calmaient. Le jeune homme s'arrêta à un croisement et pencha la tête sur le côté, écoutant d'une oreille attentive.

— Si Neldon n'était pas motivé par sa haine de la guilde, pourquoi est-il resté avec eux ? Avec nous ? l'interrogea-t-il sans se retourner.

Sodja scruta les ténèbres, la mine pensive.

— Il se sentait valorisé parce que l'équipe avait besoin de lui. Quand on est noble et qu'on grandit à l'ombre de l'héritage de ses parents, on a parfois l'impression d'être enfermé, de ne rien faire d'utile.

— C'est du vécu ?

— À Luqura, nous sommes tous des pions sur l'échiquier royal, répondit-elle dans un haussement d'épaules. Tout le monde est sacrifiable. Je l'ai compris lorsque mon père est mort.

Fyn se retourna en entendant un cri étouffé.

— C'était Siege ! lança-t-il en se préparant à courir.

— Stop !

Fyn se figea et reposa doucement sur le sol son pied resté suspendu dans les airs. À cinq ou six pas de là, à la limite du halo de lumière d'ombre, ils avisèrent tous les deux le reflet terne de quelque chose de plat et métallique s'élevant du sol au plafond. Un objet dont ils n'auraient certainement pas repéré le fil s'ils l'avaient approché de face et en courant.

— Qu'est-ce que c'est que ce truc ? demanda le jeune homme en s'avançant de profil pour examiner la lame haute de deux mètres cinquante suspendue devant eux.

— Une lame de vide, un éclat de néant. Elle aurait pu t'ouvrir des pieds à la tête.

— Merde, souffla Fyn en contournant l'objet. Moi qui croyais qu'on ne pouvait pas avoir pire que des marches piégées et des fils barbelés.

— Tu ne comprends pas Rista.

Sodja passa derrière la lame, que la lumière d'ombre de sa lampe éclaira à peine.

Juste devant eux, derrière une porte fermée, résonnaient les cris rauques et étouffés de Siege, à la fois proches et distants. Sodja s'arrêta devant la porte, s'assura rapidement de l'absence de piège avant de tourner la poignée. Le battant pivota en gémissant, libérant une vague de chaleur, qui déferla sur eux.

— Qu'est-ce que c'est que ça ? s'enquit Fyn en passant de profil devant la jeune femme.

Au centre de la pièce se dressait un énorme four noir, dont la gueule était assez grande pour accueillir un homme. Ils entendaient les cris frénétiques et inarticulés de Siege, qui leur parvenaient par un orifice, au sommet.

— Par les flammes des enfers ! Ils sont en train de le rôtir vivant !

Fyn fit un pas en avant, puis s'arrêta pour scruter les environs à la recherche de pièges. Le sol était recouvert de cendres ; il en avait jusqu'aux chevilles. Quelques ossements et morceaux de charbon jonchaient le tapis gris.

— Là, dit Sodja en montrant un câble attaché à la poignée de la porte du four.

— Et là. Ah ! je déteste devoir prendre mon temps.

Fyn poussa du bout du pied un piège à loup aux dents de métal à moitié enfouies sous les cendres. Il ramassa un fémur desséché et le jeta entre les mâchoires, qui claquèrent violemment, brisant l'os comme une brindille. Il poussa le piège et les débris sur le côté et continua d'avancer en traînant les pieds. Arrivé devant le four, il sectionna le fil attaché à la poignée, couvrit celle-ci de l'ourlet de sa tunique et ouvrit la porte.

— Par les dieux, grogna Sodja en portant les mains à sa bouche.

Dans le four, Siege était noirci, couvert de cloques. Il hurlait. Sans se soucier de la chaleur et de la fumée, Fyn plongea à l'intérieur, attrapa l'homme massif et le tira hors de la fournaise, le laissant tomber sur le sol. Un nuage de cendres enfla autour d'eux. Sodja recula en toussant et en agitant la main pour chasser la poussière qui obstruait le faisceau de la lampe. Fyn s'agenouilla près de Siege et rapprocha son oreille de sa bouche.

— Piège…, murmura Siege d'une voix aussi sèche que des feuilles mortes. Leur ai tout dit. Ils savent… (Il siffla en essayant de terminer sa phrase.) Quinn… vite.

Son corps fut secoué de tremblements, puis se figea.

Fyn marmonna un juron et regarda Sodja.

— On aurait pu le sauver si on s'était dépêchés, regretta-t-il. Il reste Quinn.

— Rista maintient ses captifs en vie aussi longtemps que nécessaire, mais quand ils n'ont plus rien à lui apprendre, il les mutile et les tue.

— Il faut faire vite et rester alertes. (Il regarda une dernière fois Siege avant de se relever.) Tu crois que Rista est toujours avec elle ?

— Oui. Tu es prêt à l'affronter ?

— Plus que prêt, répondit-il en prenant ses masses d'armes dans son dos. Il faut qu'il paie pour Siege, Poli et Way.

— Fais attention à sa magie. Rista n'est pas aussi compétent que Ketrit et moi, mais il est capable d'invoquer des lames de vide et de tourner les ombres contre toi.

— J'ai déjà combattu un mage de l'ombre, dit-il en se dirigeant vers la porte, dans le fond de la salle. Les ombres le soignaient immédiatement, aussi devions-nous nous servir de la lumière et du feu pour démanteler sa magie. Après ça, nos armes conventionnelles pouvaient lui faire mal. Rista ressemble-t-il à ça ?

Sodja secoua lentement la tête.

— Il est fait de chair et de sang, comme nous. Même lorsqu'il entre dans le domaine de l'ombre, il reste de chair. Il est à mi-chemin entre ce monde-ci et le prochain.

— Même si Rista devient une ombre, je serai en mesure de le tuer, de le frapper avec ça et de lui faire mal ? s'enquit Fyn en serrant plus fort le manche de ses masses.

— Oui. Les dommages que tu causeras seront moins importants, mais tu lui feras mal. Toutefois, il aura la possibilité de basculer complètement dans l'ombre pour éviter tes coups.

— D'accord, dit-il en se mordant la lèvre. Comment peut-on l'en empêcher ? Comment prendre le dessus ?

— Il y a deux manières de procéder. Soit tu disperses les ombres avec du feu, soit tu les attires à toi pour l'empêcher de s'en emparer. Cette dernière méthode est celle que j'utilise généralement contre lui, mais tu ne pourras pas l'employer.

— Ta lampe nous sera-t-elle d'une quelconque utilité ?

— Non. Au contraire. Le mieux serait peut-être que je m'empare des ombres pour l'empêcher de puiser dans leur magie. Je serai incapable de l'invoquer, pour ma part, aussi serais-tu forcé de le combattre dans le noir avec tes seules armes.

— C'est tout ? demanda-t-il, dédaigneux. Ça ne m'inquiète pas. J'ai été formé à ça.

— Ne sois pas suffisant. Rista voit dans les ténèbres aussi bien que moi, donc tu seras désavantagé. Peut-être sera-t-il accompagné de Surveillants. Le cas échéant, je ne pourrai pas t'aider. Je devrai consacrer toute mon énergie à les empêcher de toucher le domaine de l'ombre.

Fyn roula des épaules, subitement moins sûr de lui.

— Bien. Maintenant que je sais à quoi nous avons affaire, allons sauver notre amie.

Chapitre 78

Ils atteignirent le dernier étage de l'immeuble après avoir désarmé une bonne demi-douzaine de pièges. Les cris de Quinn leur permirent de progresser dans le dédale de couloirs et d'escaliers jusqu'à la dernière salle de torture. À l'intérieur, Quinn était attachée sur une table, sous une clepsydre complexe qui faisait lentement goutter de l'acide sur son visage. Le dispositif était conçu pour prolonger ses souffrances en dissolvant sa chair très lentement. Lorsqu'ils la retrouvèrent, Quinn n'avait plus de nez, et ses joues n'étaient plus qu'une bouillie informe et fumante.

— Par les enfers ! jura Fyn en se précipitant à son aide.

Sans réfléchir ni prendre aucune précaution, il entreprit de la désentraver. Sodja se hâta de chercher d'éventuels pièges, mais rien ne se déclencha comme Fyn se dépêchait de défaire la dernière boucle. Quinn descendit de la table en glissant, échappant à une grosse goutte d'acide qui n'aurait pas manqué de lui brûler les yeux. Son visage était déjà un masque horrible et grotesque. Son nez n'était plus qu'un trou béant, une bouillie de cartilage et de sang, mais son sacrifice avait permis à Quinn de sauver ses yeux et sa bouche. Rista et les Surveillants n'étaient plus là, semblait-il.

— Par les dieux ! s'écria la femme d'une voix rauque et nasale. Ça brûle !

Elle porta la main à son visage, mais n'osa pas toucher sa chair humide et à vif.

— Tu es vivante, au moins, dit Fyn.

—J'ai un baume pour ça, lança Sodja en sortant une fiole de sa tunique.

Sans demander la permission, elle la déboucha et badigeonna le visage de Quinn avec son contenu noir.

—Putain de... ! Ça brûle autant que l'acide !

—Parce que ça te soigne. Maintenant, cesse de bouger.

Elle sortit encore de sa tunique des bandages, qu'elle noua autour du visage de la victime.

—Merde ! Tu pourrais faire ça doucement, quand même !

—Je pourrais, mais je ne le ferai pas, répondit Sodja en tirant fort le pansement.

Les dents serrées et la respiration sifflante, Quinn s'efforça de rester immobile pendant que Sodja travaillait.

—Tu crois que je l'ai bien mérité, c'est ça ?

—Non, répondit Sodja d'un ton neutre. J'aurais préféré que rien de tout ceci ne soit arrivé.

—Où sont les autres ?

—Nous... nous ne sommes pas arrivés à temps pour les sauver, expliqua Fyn.

—Je m'en doutais. Ils nous ont obligés à regarder ce qu'ils faisaient à Poli. Le temps qu'ils commencent sur Siege, elle leur avait déjà tout dit. Et vous avez vu... (Sa voix se brisa.) Vous avez vu ce qu'ils ont fait à Siege.

—Oui, acquiesça Fyn dans un souffle, ne sachant quoi dire d'autre.

—C'était un type bien. Ni vicieux, ni amer, au contraire de nous autres. Il n'avait pas de vengeance à assouvir. Il aimait être avec nous, tout simplement.

—Way est mort aussi, intervint Sodja en lui posant la main sur l'épaule. Il a entendu Siege appeler à l'aide et s'est précipité sans réfléchir. Il a reçu deux carreaux d'arbalète dans la poitrine.

Quinn se passa les doigts sur le visage bandé.

— Nous sommes pris dans un nid d'araignée, dit-elle en secouant la tête. Cet endroit tout entier… n'est qu'un gigantesque piège installé par ton frère.

— Il prend plaisir à ce genre de chose, confirma Sodja en hochant la tête. Depuis toujours.

— Au moins, je suis vivante, dit Quinn en retirant la main de son visage. Les autres n'ont pas cette chance. (Elle se tut pendant quelques secondes.) Qu'est-il arrivé à Neldon ? Il n'est pas venu ?

— Nous ignorons où il est, répondit Fyn. Il n'était pas rentré lorsque nous sommes retournés au repaire.

— Poli leur a révélé notre volonté de démanteler la Guilde des Marchands d'esclaves, reprit Quinn, le cœur battant à tout rompre. Ils savent pour le repaire et la Baguette de Compulsion. Ils savent tout. Si Neldon revient…

— Ils le tueront, conclut Fyn. Oui. Nous avons choisi de venir te chercher quand même.

— Et je vous en remercie. Vraiment. (Elle fronça les sourcils, le regard intense.) Maintenant, allons sauver Ned avant que ma stupidité le fasse tuer aussi.

* * *

Ils devinèrent ce qu'ils allaient trouver dès l'instant où Sodja repéra le premier cadavre de marchand d'esclaves. Un carreau d'arbalète était fiché dans son œil, l'autre dans sa poitrine, tout près de son cœur. Quelques pas plus loin, gisait un autre homme d'Innistiul, puis à une dizaine de pas encore, le corps ravagé de Neldon.

— Tout ça à cause de moi, marmonna Quinn, les yeux humides, comme elle fixait du regard le corps de leur noble ami.

— Non, contra Fyn. Neldon savait dans quoi il s'engageait. Vous le saviez tous. Tu as même essayé de me dissuader, mais je suis une tête de mule.

— Cesse de t'autoflageller, gronda Sodja. Tu joues le jeu de la guilde. Ils veulent nous convaincre que nous ne pouvons rien contre eux, que nous ne sommes pas à la hauteur, mais c'est un mensonge. Les fautifs, ce sont eux : Elar et ses agents. Ce sont eux qui tiennent le manche et qui donnent les ordres. Nous ne faisons que nous défendre.

Fyn grogna, plein de remords.

— Au moins Neldon n'est pas parti seul, remarqua-t-il en dénombrant cinq ou six cadavres dans le salon.

Plusieurs d'entre eux arboraient des projectiles dans les yeux ou la poitrine, tandis qu'au moins deux autres avaient été fauchés par la rapière de Neldon. La mince épée gisait sur le sol, la lame cassée en deux. La manubaliste de Neldon avait disparu ; ses assassins la lui avaient volée, semblait-il.

— Au moins, ils ne l'ont pas torturé, dit Sodja en examinant le corps.

— Non, il a juste été taillé en pièces. Il est à peine reconnaissable. (Quinn renifla puis s'écria de douleur, le visage ruiné enfoui dans les mains.) Ce n'était pas son combat, bredouilla-t-elle, les yeux humides. Il est resté à cause de nous. Parce qu'il pensait pouvoir faire une différence.

— Il faisait effectivement une différence, acquiesça Fyn. Tout comme Siege, Poli et Way… Chacun d'entre eux avait choisi son destin. Nous ne sommes pas responsables de leur mort.

— Je sais, reconnut Quinn. C'est juste que… Neldon en a fait plus que nous tous réunis. Même lorsqu'il faisait des expériences dans l'Ossuaire. Les gens le traitaient de monstre, mais… au moins, il essayait. Il voulait aider les gens et refusait de laisser les crétins tels que son père ou bien la guilde lui dicter ce qu'il devait faire.

— Oui, approuva Fyn. Et nous les ferons payer.

— Mais comment ? s'enquit Quinn en clignant des yeux et en ravalant ses larmes. Ils savent où se trouve notre repaire. Ils peuvent revenir à n'importe quel moment pour nous éliminer.

Ils connaissent notre plan, qui nous comptions attaquer et comment. Ils nous attendront.

— Nous retournerons cet avantage contre eux, affirma Fyn, piquant la curiosité de la femme au visage bandé. Nous abandonnerons le repaire. Nous le brûlerons, nous ferons en sorte que personne ne s'y installe jamais. Ou alors, nous le piégerons.

— Et après ? Ils s'attendent à ce que nous essayions de nous venger, et ils savent que nous voudrons nous en prendre à Rista et Tiana Rocas, ou encore à Elar et la Guilde des Marchands d'esclaves. Dans tous les cas, ils nous attendront.

— Exactement. Comme ils s'attendent à ce que nous attaquions Tiana ou Elar parce qu'ils ont tué nos amis, nous ciblerons quelqu'un d'autre.

— Tu penses à Dante Turano, conclut Quinn, les yeux pleins de douleur. Monsieur Loyal. Tu crois qu'il sera vulnérable.

— Pas tout à fait. Comme il est une cible désignée, Turano sera bien protégé. Maintenant qu'ils savent pour la Baguette de Compulsion, ils ne laisseront personne l'approcher.

— On ne peut pas l'atteindre, alors.

— Certes, acquiesça Sodja, mais nous pouvons atteindre ses hommes. Ils contrôlent la Ville souterraine, mais ils ne peuvent pas être partout à la fois, et ils n'ont pas d'yeux dans le dos. Si nous utilisons la Baguette de Compulsion contre quelques personnes clés, nous pourrons reprendre la main.

— À quoi bon subvertir seulement quelques personnes de son entourage ? s'enquit Quinn.

— Nous n'allons pas nous contenter d'essayer de nous infiltrer dans le saint des saints pour assassiner Monsieur Loyal, expliqua Fyn. Nous allons retourner tout le système contre lui : les esclaves, les gladiateurs des Fosses, la Ville souterraine, tous les pauvres hères qui sont forcés de travailler pour lui. Nous allons déclencher une révolte, et puis nous déboulerons chez Turano pour détacher sa tête du reste de son corps.

— Way aurait apprécié ce projet, approuva Quinn. C'est ce qu'il aurait voulu faire depuis le début. Je… (Elle ravala ses larmes et attendit de recouvrer sa voix.) Nous le ferons pour Way. Et pour Neldon. Pour Poli et Siege, aussi.

— Et pour les enfants de Way, ajouta Fyn.

— Et pour toi et tes parents, dit Sodja en attirant l'attention de Quinn. Et pour mon père. Nous allons le faire pour eux.

— Comment ? Avec la baguette, d'accord, mais vous ne pouvez pas subvertir cent personnes… Si ?

— Je ne suis pas sûre, avoua Sodja. L'artefact est différent de la magie de l'ombre. Je ne connais pas ses limites.

— Moi si, intervint Fyn en tirant sur ses tresses. On apprenait beaucoup de choses sur les artefacts, à l'Académie, et j'ai vu fonctionner la Baguette de Compulsion.

— L'Académie ? répéta Quinn.

— C'est une longue histoire. Sache qu'un certain Janak a été capable de subjuguer plus de cent personnes grâce à la Baguette de Compulsion. Qui a cependant ses limites. Il faut les amadouer ; on ne peut pas se contenter de les forcer. En quelque sorte, il faut les leurrer, les amener à abaisser leurs défenses, après quoi il devient possible de lier lentement leur volonté à la tienne. Les corrompre requiert beaucoup de concentration, mais une fois la subversion installée, il est normalement assez facile de l'entretenir.

— Vraiment ? s'étonna Sodja. C'est étrange. Lorsque nous avons corrompu les messagers de Whalen, le processus était plus difficile à chaque nouvelle personne. Elles n'étaient que quatre. Cinq ou six… je n'aurais pas pu, je pense.

— Intéressant…, commenta Fyn en essayant de se remémorer les leçons tellement ennuyeuses de l'Ancien Dorstal. C'est plus efficace quand on reste près de la cible.

Nous courions aux quatre coins de Luqura avec la baguette. Peut-être étions-nous trop loin.

— Peut-être, concéda Sodja, dubitative. Je crois que le problème était plus profond que ça, cependant.

— C'est-à-dire ?

— Quand nous attendions Whalen, tous les messagers étaient proches. J'ai senti un type de pression baisser, et un autre augmenter très fortement juste avant l'attaque.

— Qu'est-ce que tu as ressenti, exactement ?

— Comme si les messagers résistaient à la compulsion. Une pression interne, alors que l'autre était externe. (Elle scruta Fyn.) Et si tu essayais, toi ? Ce serait peut-être différent.

Fyn se rappelait avoir combattu la compulsion de Janak Harth, à Banok. Il avait résisté au marchand rusé, mais tout juste, et cela avait bien failli leur coûter la vie à tous. Janak contrôlait des centaines de personnes, et même des membres de sa propre maisonnée. Cela avait-il affecté sa capacité à subvertir Fyn ? Avait-il échoué à cause du nombre de ses victimes, ou y avait-il une autre raison ?

— Certaines personnes ont un talent inné pour manipuler des artefacts puissants ou utiliser certaines magies. Pour ma part, je ne puis utiliser que des artefacts mineurs.

— Ah bon ? s'étonna Sodja en haussant un sourcil. J'aurais juré que tu avais un peu de sang terran.

— Qu'est-ce qui te fait dire ça ?

— Quand on regarde dans le domaine de l'ombre, on voit un reflet de l'aura des gens. Les Iluméens sont capables de manipuler cette lumière, mais les mages de l'ombre voient son inverse, son absence. La tienne est familière, quoique étrangère, ce que j'associe à un vieux sang terran ou aux Nouvelles Tribus terranes. Tu possèdes ce sang. Je suis formelle.

Fyn n'était pas sûr de savoir quoi faire de cette révélation.

— Donc tu crois que je suis une saleté de keokum ?

Sodja le fixa d'un regard indéchiffrable, puis le gifla. Sa main bougea si vite qu'il n'eut pas le temps de réagir. Fyn écarquilla des yeux incrédules. Sa joue était brûlante et rouge.

— Mais qu'est-ce que… ?

— Ne sois pas un connard ignorant. L'un ou l'autre, d'accord, mais pas les deux en même temps.

— Mais que… ?

— Tu crois que je suis un keokum ? Tu crois que tous ceux qui naissent avec le talent sont des putains de fragments de la Main de Keos ? S'il te plaît, dis-moi que tu n'es pas stupide à ce point.

— Je… Non, bien sûr que non. C'est juste…

— Ce que tu as dit est idiot.

— Oui. Je veux dire, non ! Honnêtement, je croyais que quiconque possédait de la magie… enfin, tu vois ce que je veux dire. C'est comme ça qu'on les appelle.

Il hésita, puis regarda successivement Quinn et Sodja. La première semblait encore plus furieuse que la seconde.

— Par les enfers, où as-tu grandi ? cracha Quinn. Quelle ignorance ! Quelle ignominie ! C'est dégueulasse !

— Eh !

— Ce n'est pas sa faute, tempéra Sodja. Les gens qui l'ont élevé lui ont appris que la magie était mauvaise, ou une connerie comme ça.

— Je croyais qu'on les entraînait à voler la magie…

— Oui, mais pour la cacher. Pour l'enfermer dans un genre de caveau ou une bêtise comme ça.

— Vraiment ? s'étonna Quinn en le regardant comme si c'était lui qui avait le visage bandé. On vous a aussi appris que nous buvions du sang et que nous forniquions avec des animaux ?

— Bien sûr que non, je sais bien que vous ne faites pas ce genre de chose…, se défendit maladroitement Fyn en s'empourprant.

Sodja échangea un regard avec Quinn, puis éclata de rire. Quinn aurait ri aussi si elle avait pu.

— Et pourtant nous le faisons ! lança-t-elle, le regard scintillant de malice. Enfin, pas nous, mais d'autres Terrans.

— Seulement les Inquisiteurs et les Voyants, précisa Sodja. Qui ne forniquent pas avec des animaux, cependant.

— Il paraît que les Shalgarns le font, dit Quinn. (Elle poursuivit malgré la surprise de Sodja.) Les change-peau peuvent prendre la forme de n'importe quel animal. Mettons-en deux dans le même lit... Techniquement, ils sont toujours humains. Peut-être que ça ne compte pas.

— C'est dégoûtant.

— Qui suis-je pour juger ? conclut Quinn en haussant les épaules.

Sodja se tourna vers Fyn, et son regard se radoucit.

— Bon, je suppose que nous sommes tous les deux ignorants. Cesse néanmoins de traiter les gens de keokum. Saltair est un keokum, un vrai, tout comme les cinq races magiques : les dragons, les géants, les dryades, les eidolons et les fées. Dire d'un humain qu'il est un keokum est insultant.

— Pourquoi ?

— Parce que tu sous-entends qu'ils sont moins qu'humains.

— N'est-ce pas insultant pour les keokum ?

— Hein ? Je ne te suis plus.

— Eh bien, si le fait de traiter un humain de keokum est une insulte, n'est-ce pas également insultant pour les non-humains ? Ne devrions-nous pas les appeler dragons, géants, etc. ?

Sodja le regarda fixement, la mine indéchiffrable, tandis que Quinn éclatait d'un rire sec, qu'elle regretta aussitôt à cause de son visage brûlé.

— Tu trouves ça drôle ?

— Il t'a bien eue, Lady Rocas, remarqua Quinn en contenant un gloussement. Au bout du compte, nous avons tous des préjugés. C'est une question de perspective. Des variantes de la même haine, dit-elle en lançant à Sodja un regard entendu. La magie de ma famille est très diluée parce que nous nous sommes mélangés avec d'autres races. La tienne reste puissante, même loin de Krosera. Si je devais me demander pourquoi et comment, j'aboutirais peut-être à de nouveaux préjugés.

— Je ne pratique pas cette magie, gronda Sodja, le regard noir.

— Peut-être, mais ta famille, si.

— Comment dit le dicton, déjà ? demanda Fyn qui, pourtant, savait.

— Je ne vois pas de quoi tu parles, répondit Sodja, dont le visage normalement pâle avait viré au rose. Bref, ça confirme ce que je disais tout à l'heure : tu as un peu de magie en toi. Je dirais fernée ou orvane. Il y a pas mal de sang orvane à Banok, donc c'est mon hypothèse préférée. Il paraît que Janak Harth était un Ferné.

— Et si c'était également mon cas ?

— Tu serais plus fort que la moyenne des gens. Physiquement et mentalement. Certains Fernés – les plus rares – ont des os en métal et la peau aussi dure que du cuir bouilli. (Elle lui donna un coup dans le ventre et eut un sourire en coin.) D'après ce que j'ai vu, tu n'es pas ce genre de Ferné, mais tu es fort. Et très endurant.

Elle lui adressa un clin d'œil, et ce fut au tour de Fyn de rougir.

— Cette conversation a-t-elle un intérêt ? intervint Quinn en levant les yeux au ciel.

— Je réfléchis à voix haute, c'est tout, répondit Sodja, dont le sourire vacilla. Fyn a dit que Janak était capable d'utiliser la Baguette de Compulsion sur de nombreuses personnes à la fois. Si Fyn est un Ferné, il peut peut-être faire la même chose.

— Tu crois que je pourrais contrôler plus de gens que toi ?

La jeune femme hocha la tête.

— Si tu pouvais en contrôler plus que moi – mettons dix ou vingt –, ça nous permettrait peut-être de provoquer une révolte dans la Ville souterraine.

Fyn se caressa le menton en réfléchissant. L'idée d'utiliser de la magie le mettait un peu mal à l'aise, alors qu'il n'avait eu aucun scrupule à laisser son amie en user pour leur avantage. S'il manipulait la baguette, il deviendrait subitement comme eux, il deviendrait l'un d'entre eux : un keokum, un maudit Fils de Keos. Comme il soupesait ses sentiments, cependant, il se rendit compte que ses préjugés n'étaient plus d'actualité. S'il était capable de pratiquer la magie – ou s'il l'avait pratiquée toute sa vie sans le savoir –, quelle différence cela ferait-il ? Il serait la même personne, mais plus puissante. Il fit la moue.

— D'accord. Je veux bien essayer. (Il embrassa du regard le repaire, avisa les tonneaux de Tactique noire.) Essayons ailleurs, si vous le voulez bien.

— Nous devrions nous rendre dans la Ville souterraine. Commencer petit et monter progressivement.

— Je vais devoir dissimuler mon visage, remarqua Quinn en effleurant son bandage humide. Difficile de passer inaperçue, comme ça.

— Tu porteras mon masque de corneille, répondit Sodja en posant la main sur l'épaule de la femme. Le temps que ton visage guérisse.

— Voyons, voyons, Lady Rocas. Nous savons toutes les deux que ça n'arrivera pas. Je ne suis pas un putain d'Inquisiteur. Ce qui est fait est fait.

Sodja plongea son regard dans celui de Quinn.

— Tu as raison, mais mon offre tient toujours.

— D'accord. Maintenant, brûlons cet endroit, conclut Quinn en désignant les tonneaux d'alcool.

Chapitre 79

— Encore une fois depuis le début, ordonna Annev en essorant le morceau de tissu qu'il utilisait pour soigner les blessures de Honeycutt. Votre nom ?

— Jayar… Honey…

— Non, non. Votre véritable nom. Votre nom de Siänar.

— Valdemar. Kranak… l'Ombre.

— Bien. D'où venez-vous ? demanda Annev en essuyant les dernières gouttes de sang sur sa cape en écailles de dragon.

— Gorm Corsa, croassa l'homme autour de ses dents cassées.

Annev se rapprocha de la table sur laquelle était attaché Honeycutt. Il examina les blessures de l'homme, n'en vit aucune qui nécessitait des soins immédiats. Le moignon de son avant-bras guérissait ; Annev n'était pas parvenu à rattacher le membre coupé.

— Gorm Corsa, répéta-t-il. Vous êtes né dans un ancien royaume darien, que vous avez trahi au profit des Terrans.

Le silence.

— Je vous écoute, reprit-il. Répétez votre histoire, ça ne fait pas mal. À moins que vous le vouliez…

— Après la chute du royaume…, commença Honeycutt, ses mots se déversant librement de sa bouche. Après la destruction de Neven nan Su'ul, mon maître m'a envoyé chez les Dionaques de Tobar… afin de les espionner.

— Vous voyez ? Avec un peu de bonne volonté…

— Je suis… votre allié. Vous n'avez pas besoin de…

— Non. Votre compagnon Oyru a tué mes camarades de Chaenbalu. Il aurait aussi tué Sodar, et il a sans doute tué Arnor. Vous n'êtes pas mon allié. Vous servez votre maître. Comment s'appelle-t-il ?

— Dortafola, articula péniblement Honeycutt comme s'il récitait une litanie. Le Premier Vampire. L'Aimé de Keos. Je le sers. Je sers Keos.

— Très bien. Ça finit par rentrer.

Obtenir de Honeycutt les réponses qu'il voulait lui avait pris trois jours ; l'homme était têtu comme une mule, dangereux comme une vipère, pompeux comme un cul, mais le traître avait fini par répondre à ses questions. Et pendant tout ce temps, le jeune homme n'avait eu de cesse de soigner les blessures du Dionaque avec ce qui restait de la Chemise de Régénération. Grâce à celle-ci, il avait pu infliger une multitude de souffrances au prêtre – os brisés, peau arrachée – sans risquer de le tuer. Cela ne lui avait pas plu – en vérité, cela l'avait rendu malade –, mais il avait réussi à se dissocier de sa tâche, à atténuer son sentiment de culpabilité en se répétant qu'il n'avait pas le choix. Il avait besoin de réponses, et ces réponses, Honeycutt pouvait les lui donner.

Pas toutes, certes. Honeycutt ne savait rien de Kelga, ni des *feurog*, et il ne pouvait que spéculer sur le lien entre Janak Harth et Cruithear et les raisons qui avaient conduit à l'attaque de Chaenbalu. Ce qu'il savait, en revanche – sur Holyoak et Neruacanta, sur Saltair et Oyru et les services rendus à Dortafola –, avait rempli un certain nombre de blancs.

— Parlez-moi encore du Dieu-roi, répéta-t-il pour la douzième fois. Quels sont les objectifs de Neruacanta, et pourquoi votre maître s'oppose-t-il à lui ?

Annev avait découvert le tunnel conduisant à une seconde pièce secrète après avoir soumis Honeycutt et soigné ses blessures. Le prêtre n'étant pas en capacité de résister,

Annev en avait profité pour le déshabiller et l'attacher sur une table. Cela n'avait pas empêché l'homme de tenter de jeter des sorts en puisant le *quaire* de son propre corps. Une fois, il avait même essayé de se libérer de ses liens. Une bulle de vide était apparue autour de la tête d'Annev, le privant d'oxygène, tandis qu'un mur d'air se matérialisait pour lui écraser le crâne. La magie de son second sort était trop faible, cependant, et Annev avait facilement démantelé les deux grâce à la Baguette d'Artificier.

Après cela, le jeune homme avait délibérément laissé le prêtre se déshydrater pour l'empêcher de refaire le plein de magie élémentaire, de pratiquer sa magie de Briseur de souffle et de Porteur de bouclier. Honeycutt avait ensuite essayé d'affecter Annev avec ses aptitudes de Créateur de tempête, mais ses quelques séances d'entraînement avec Tym et Misty avaient permis à Annev de contrer ses attaques mentales. Saigner le Dionaque avait également privé celui-ci de sa force et de son *quaire*, le laissant aussi blanc que ses draps. Annev savait à quel point ce sang était précieux, aussi l'avait-il récupéré pour faire des expériences dès que le prêtre était inconscient. Parfois, il étalait le sang sur sa cape en écailles de dragon ; sinon, il l'accumulait dans un des deux seaux qu'il avait trouvés dans la pièce. Celui-ci était à moitié plein, désormais, et encore tiède. Le second était empli d'une eau qu'Annev prenait garde de laisser hors de portée du Dionaque déshydraté.

— Je vous l'ai déjà dit, protesta le prêtre aux lèvres parcheminées.

— Dites-le encore, insista Annev. Alors, vous pourrez boire.

La promesse eut l'effet désiré. Honeycutt se lécha les lèvres, s'agita sur la table, puis répéta les mots qu'il avait récités une heure plus tôt.

— Le Dieu-roi Neruacanta veut vous tuer car vous êtes le Vaisseau. Votre existence confirme le mensonge qu'il vit tous les jours.

— C'est-à-dire ?

— S'il est bien le roi de la Nouvelle Terra, il n'est pas un dieu. C'est la raison pour laquelle Dortafola s'oppose secrètement à lui. C'est la raison pour laquelle il ne permettra pas à Neruacanta de vous détruire. Parce que vous êtes le Vaisseau.

Annev hocha la tête. La première fois, la réponse du prêtre l'avait pris par surprise, mais plus maintenant. Il avait cru que le Dieu-roi voulait le tuer à cause de son héritage. Étant un descendant de Breathanas, il était destiné à tuer Keos ; du moins était-ce ce que croyait Sodar. Le témoignage de Honeycutt, cependant, contredisait les croyances du vieux prêtre. Pis, ses paroles semblaient confirmer les prophéties de Jian Nikloss et de la sorcière des bois Kelga. Même la Maîtresse Femme sage Kiara avait appelé Annev « le Vaisseau ».

— Répétez-moi la prophétie, ordonna Annev. Récitez les mots de la Main détruite et du Vaisseau cassé.

Le Dionaque grogna, l'esprit brisé.

— Et pourtant, il n'est pas perdu, car seul un Dieu peut détruire un autre Dieu. Son esprit survivra et son Vaisseau sera ressuscité – le Dieu-roi, le sauveur et le destructeur –, car tout comme la lampe fêlée ne peut retenir son huile, le Vaisseau cassé ne peut contenir son esprit. Ses morceaux devront être retrouvés, brûlés et forgés à nouveau. Il ne pourra y avoir de vie que dans cette mort. La souillure ne pourra être éliminée que par le feu purificateur. Il ne pourra renaître qu'en embrassant la destruction.

Honeycutt s'interrompit pour se lécher les lèvres.

— Je dois mémoriser tout cela. Continuez.

Honeycutt trembla dans ce qui aurait pu passer pour un acquiescement.

— De la Main détruite viennent les fragments du Vaisseau cassé. Ils sont sept, dotés de pouvoirs, héritiers de sa magie. Ils sont six, faits de chair, héritiers de leur père. Ils sont cinq, au sein des clans, héritiers de ses enfants. Ils sont trois, liés au Sang de la terre, gardiens de ce qui est. Ils sont deux, liés à l'Entropie, héritiers de ce qui n'est pas et de ce qui pourrait être. Le septième porte la marque de Keos et du Dernier Espoir de Lumea, et celui qui possède son esprit commandera aux sept le jour venu.

» Et les fragments se feront la guerre, se consumeront jusqu'à ce que le Nouveau Dieu du Sang de la terre émerge des cendres de ce conflit. Et son pouvoir excédera celui d'Odar et Lumea. Et ses adeptes seront aussi nombreux que les grains de sable dans l'océan, et ils balaieront les Dariens et les Iluméens de la surface de la terre. Alors, Keos ressuscité régnera sur tout, et toute créature née de la Terre et du Sang se soumettra à sa volonté ou mourra.

Les mots de Honeycutt résonnèrent dans l'espace caverneux. Annev regardait le sol, un chiffon ensanglanté dans une main, un couteau dans l'autre.

— Le septième porte la marque de Keos, dit-il en relevant la tête. Il s'agit de moi. (Il leva sa main dorée.) Ceci est sa marque.

— Je le crois. Je… je ne sais pas.

— Et celui qui possède son esprit commandera aux sept parties le jour venu, répéta le jeune homme. Par Keos, jura-t-il en agitant les poings. Tout est bien pire que je le pensais. Tellement plus sombre que ce que pensait Sodar.

— De l'eau…, croassa Honeycutt, le regard plein d'espoir.

Annev posa les yeux sur le Dionaque zébré de cicatrices et ressentit un peu de compassion pour lui, en dépit de ses trahisons. Apparemment, Honeycutt n'avait personnellement tué personne, mais il avait été le complice de centaines de crimes perpétrés par Dortafola et ses Siänar. La plupart de ces crimes étaient vieux de plusieurs siècles, mais l'attaque de Chaenbalu était récente.

Il n'a pas assassiné les innocents de Chaenbalu, pensa-t-il, *mais il a facilité le crime. Mérite-t-il ma pitié ?* Annev ne le croyait pas, et puis de toute façon, il n'aurait pas pu le ramener à l'Enclave pour l'y faire juger. L'homme essaierait de s'enfuir, et Annev serait contraint de le tuer. Et même si Annev livrait Honeycutt aux Dionaques de Tobar, il n'était pas certain d'avoir confiance en Reeve et ses prêtres pour faire le travail. Surtout avec tous les traîtres qui pourrissaient l'Ordre. Et si Reeve mêlait Annev aux plans de la confrérie, le jeune homme n'échapperait jamais aux manipulations de l'Ordre.

Annev se rapprocha du seau posé à côté de sa cape trempée de sang et remplit une louche d'eau pour le prêtre. L'homme but avidement, renversant la moitié de l'eau sur son visage et sa poitrine nue.

— Merci, chuchota-t-il.

Annev attendit de voir si le prêtre utiliserait sa ration d'Eau du ciel pour jeter un sort – un acte qui le tuerait s'il utilisait trop de *quaire* –, mais il se contenta de faire claquer sa langue.

— Encore ?

— Répondez à mes questions d'abord.

— Des questions ! aboya Honeycutt avec une obstination recouvrée. Des questions, des questions... Vous avez posé toutes les questions ! Et j'y ai répondu. Maintenant... s'il vous plaît... laissez-moi partir.

— Encore quelques questions, et je déciderai si vous êtes suffisamment digne de confiance pour que je vous laisse partir.

Le prêtre poussa un long et profond soupir.

— Posez vos questions, Fils de Sept Pères.

Annev fut décontenancé par le choix des mots du Dionaque.

— Pourquoi m'avez-vous appelé comme ça ?

— Parce que… Non. Je me suis trompé.

Annev étudia son prisonnier, la curiosité piquée par la réticence soudaine de Honeycutt.

— La prophétie dit que les Dieux se feront la guerre, insista Annev, qu'ils me pourchassent parce qu'ils veulent ressusciter Keos. Par ce qu'ils veulent devenir Keos ?

— Je… je le crois. Les Jeunes Dieux l'interpréteront sans doute de cette façon.

Annev hocha la tête, comme une nouvelle pièce du puzzle se mettait en place.

— Comment Dortafola interprète-t-il la prophétie ?

Comme prévu, Honeycutt se figea, la tension dans son aura montrant qu'il choisissait soigneusement ses mots.

— Je ne puis que spéculer. Il exige d'être celui qui vous expliquera.

— Donc vous ne savez pas ?

— Je ne sais pas.

— Mais vous suspectez certaines choses.

Ce n'était pas une question, et Honeycutt ne le prit pas comme tel. Le prêtre se mordit la lèvre et se mura dans le silence. Annev l'observa et attendit. Il brandit son couteau.

— Le temps que nous avons passé ensemble a été riche d'enseignements, dit-il sur le ton de la conversation. J'ai appris énormément de choses sur le corps humain. Ce qu'il est… et ce qu'il n'est pas.

Il trouva ses propres paroles glaciales, mais parler de cette manière l'aida à sortir de l'instant présent, à prendre la posture de l'observateur. Cette technique lui avait permis de faire mal au prêtre, alors qu'il en aurait été incapable dans d'autres circonstances.

Comme si je jouais le rôle du méchant dans un des exercices de théâtre de Maître Ather, sauf que c'est la réalité…

— S'il vous plaît…, murmura le Dionaque. Ne faites pas ça…

— Nous avons exploré les muscles et les os, reprit Annev, dont les actions étaient en dissonance avec les pensées. Mais nous n'avons pas regardé ce qu'il y a ici…, ajouta-t-il en tapotant la poitrine du prêtre. Ou là, enchérit-il en posant le plat de sa lame sur son front.

— Que Keos me prenne…, sanglota l'homme. Vous êtes un monstre !

Ce n'est pas faux, pensa Annev. *J'ai abandonné Kenton dans cette cellule de Chaenbalu, et je ne suis jamais retourné le chercher. J'ai détruit l'Académie et tous ceux qui s'y trouvaient. J'ai tué Kelga et Janak et Tosan… et Myjun.* Annev avait agi dans le feu de l'action, par accident ou parce qu'il avait de bonnes intentions. Il ne pouvait pas en dire autant, cependant, des séances de torture qu'il avait pratiquées ces trois jours passés. Il avait agi de manière calme et calculée, et si ses intentions étaient honorables, ses méthodes étaient bel et bien monstrueuses.

— Je suis ce que j'ai besoin d'être, se défendit-il en entaillant le front de l'homme, traçant une ligne rouge.

Le Dionaque hurla, mais Annev fit comme s'il n'avait rien entendu car Honeycutt ne s'était pas trompé : les menaces de violence pouvaient motiver les hommes, mais seuls les actes convainquaient les monstres. Il avait bien appris cette leçon, et en l'absorbant, il avait dépassé le stade de la torture. Il faisait ce qui devait être fait, et les résultats parlaient d'eux-mêmes.

— Je ne sais pas ! cria Honeycutt. Je ne puis que spéculer, et Dortafola a dit que… Ah !

Le traître hurla comme le couteau mordait dans sa tête, éraflant sa boîte crânienne.

Annev prit le temps de rajuster sa prise sur le manche de son arme, dont il repositionna la pointe sur le crâne du prêtre.

— Je comprends que vous ne vouliez pas briser une promesse, dit-il d'une voix calme et neutre. Cette promesse, malheureusement, m'empêche de vous faire confiance.

— Je ne peux pas ! geignit Honeycutt comme son sang gouttait sur son visage, emplissait les coins de ses yeux. Dortafola me tuera ! Il saura !

— Vous semblez sûr de vous, mais… si le Vampire était omniscient, il serait venu vous sauver, non ? Soit il ne sait pas, soit il se fiche de votre sort.

Honeycutt sanglota, et Annev fut absolument sûr qu'aucune torture supplémentaire n'arracherait de nouvelles vérités au Dionaque. Son esprit était sur le point de se briser, et la magie d'Annev ne parviendrait pas à le réparer. Il le voyait dans l'aura du prêtre, cette fissure pareille à une toile d'araignée qui menaçait de faire exploser son esprit. Il retira aussitôt le couteau du front de sa victime.

— Vous n'avez pas besoin de le dire, dit Annev, presque tendre. J'ai déjà deviné la réponse. Vous pouvez vous contenter de hocher la tête. Une seule fois, si je ne me trompe pas.

Il posa le tissu écarlate sur le scalp de Honeycutt, lui permettant d'absorber le sang du Briseur de souffle tout en soignant sa chair. L'homme sur la table trembla de soulagement.

Annev appréhendait les mots qu'il s'apprêtait à prononcer. Il craignait d'avoir raison.

— Dortafola pense que je suis l'héritier de Keos. Voilà pourquoi il ne veut pas qu'il m'arrive quelque chose. Il pense que je vais… devenir Keos, n'est-ce pas ?

Honeycutt serra les dents et hocha la tête.

Annev avait l'impression qu'on retirait un énorme fardeau de ses épaules. Prononcer ces mots lui avait fait mal, comme il s'y attendait, mais garder ses soupçons pour lui avait été encore plus douloureux. La peur, le doute, l'anxiété. Ils le rongeaient depuis plusieurs mois – depuis qu'ils avaient quitté Dolyn et Banok –, mais il avait choisi de rester sourd à ces peurs, les laissant ronger l'arrière de son esprit, alimentant ses incertitudes.

Mais à présent, il avait verbalisé ses soupçons et le Dionaque Honeycutt les avait confirmés. Quelque chose en Annev conduisait Dortafola à penser qu'il était capable de devenir Keos ressuscité.

C'était tiré par les cheveux, mais compréhensible. La prophétie avait fait de lui le Vaisseau, et les Jeunes Dieux voulaient le contrôler – prendre possession de lui – afin d'endosser le rôle de Keos ressuscité.

— L'intérêt que Dortafola a pour moi… Est-ce uniquement à cause de la Main de Keos ?

— Je ne sais pas, répondit Honeycutt sans aucune fourberie. Je… C'est à cause de vous. Spécifiquement. La Main de Keos est importante, mais ce n'est pas ce qui l'intéresse en premier chef.

Un frisson parcourut Annev comme il réfléchissait aux conséquences de ces révélations : Dortafola ne voulait pas trouver Annev à cause de la Main de Keos, et Neruacanta ne le pourchassait pas non plus à cause d'elle.

Par la barbe d'Odar. Ils pensent que je suis le prochain Keos. Dortafola veut m'aider et Neruacanta veut me tuer… parce qu'ils pensent tous les deux que je suis Keos ressuscité.

Chapitre 80

Annev se détourna de la table et vomit. Comme son estomac se tordait et se vidait, des souvenirs lui revinrent, et il se remémora toutes les fois où il avait ressenti les ténèbres au fond de lui. Où il avait fait la démonstration de son potentiel pour la violence. Durant les tests d'identification de l'Ancien Dorstal, lorsqu'il avait pris la Baguette de Guérison pour une baguette sombre. Lorsqu'il avait jeté Lemwich par-dessus le bord du toit de l'Académie. Lorsqu'il avait immobilisé et torturé Fyn avec la Baguette de Paralysie. Jusqu'au jour où il avait invoqué le pouvoir destructeur de la Main de Keos. Cela l'avait terrifié et enthousiasmé à la fois.

Brûle-les tous, s'était-il dit ce jour-là. *Brise-les. Tue-les. Brûle-les.*

Brûle-les tous.

Annev s'essuya la bouche et repensa à ce qu'il avait fait ces quelques jours passés. Avait-il torturé Honeycutt par nécessité ou bien avait-il une motivation moins avouable ?

Je ne suis pas Keos. Je me fiche de la prophétie ou de ce que croient Dortafola et Neruacanta. Je suis Annev de Breth, descendant de Breathanas. Je suis destiné à tuer Keos, non pas à devenir lui.

Il se leva et, comme pour prouver sa bonne volonté, alla remplir une louche d'eau pour le prêtre déshydraté. Honeycutt but avidement, et Annev fit attention de ne pas renverser inutilement le précieux liquide.

— Si Saltair est un Siänar, pourquoi a-t-il voulu me tuer ? demanda-t-il quand l'homme eut fini de boire.

— Saltair est davantage un mercenaire qu'un véritable adepte, mais il reste loyal à Dortafola. Peut-être a-t-il reçu des ordres contradictoires.

— De qui ?

— D'une des consules du roi Cheng. Phoeba Ondina Anabo. Elle sert d'intermédiaire entre le roi Cheng et le roi Lenka à Luqura. Il m'arrive d'avoir recours à elle lorsque je souhaite entrer en contact avec l'Homme lézard.

Annev hocha la tête, décidant de l'interroger plus tard à ce sujet.

— Vous pensez que la consule Anabo a donné d'autres ordres à Saltair ?

— C'est possible.

— Pourquoi ?

— Parce qu'elle collabore étroitement avec la Maison Rocas, qui œuvre pour le Dieu de l'Ombre. Par ailleurs, Neruacanta a fait des progrès considérables avec le roi d'Innistiul. S'il a persuadé le roi Cheng d'agir pour ses intérêts, celui-ci a pu contredire mes instructions.

— Neruacanta aurait pu parler directement à Saltair, non ?

— Pas sans compromettre l'équilibre entre Dortafola et lui. L'étiquette doit être respectée. Le Dieu-roi a les Légions de Keos et le Premier Vampire ses Siänar. Si l'un essayait d'influencer l'autre… (Honeycutt frissonna.) Cela ne peut arriver. Neruacanta tenterait certainement de manipuler les choses via une troisième partie.

— Je vais devoir toucher un mot à cette Anabo.

— Oui, confirma Honeycutt, le regard brillant de ferveur. Vous devriez lui parler. Elle aura des réponses aux questions qui me dépassent.

— J'ai bien l'intention de le faire.

— Vous allez me laisser partir, alors ? demanda l'homme en se léchant les lèvres.

— Ça dépendra, mentit Annev. Que comptiez-vous faire avant que je vous capture ?

— Je vous l'ai dit : vous protéger de Holyoak. Lorsque j'ai découvert que vous étiez prisonnier de son palais mental, je l'ai tué et j'ai pris la fuite.

— Et après ?

Honeycutt hésita, et son aura trahit, non plus sa soumission, mais sa fourberie.

— N'essayez pas de mentir, menaça Annev en montrant son couteau.

— Non, bien sûr. (L'aura vert pâle vira subitement au bleu terne.) Il se passe des choses à Banok, reprit-il lentement. J'espérais profiter de la situation pour vous faire quitter Quiri, à vos amis et vous.

— Comment ça ? Vous parlez du message ? Du siège et des Fils de la Damnation ?

— Oui. Je me suis arrangé pour que vos amis en soient informés juste avant que je quitte l'Enclave. L'idée était qu'un Siänar vous intercepte quelque part entre Quiri et Banok.

— Qu'il m'intercepte ? répéta Annev, dont la colère s'intensifiait. Et mes amis ? Que serait-il arrivé à Titus et Therin ?

— Je… je ne sais pas. Je n'ai pas donné plus d'instructions.

— Vous les auriez laissés mourir, conclut Annev en hochant la tête.

— Non ! protesta Honeycutt. (Son aura et son rythme cardiaque prouvaient qu'il mentait, toutefois.) Ils sont pleins de ressources. Je suis sûr qu'ils s'en seraient sortis.

Annev s'efforça de contrôler sa colère, mais Honeycutt prit son silence pour un signe d'hésitation, de doute.

— Puis-je m'en aller, maintenant ? S'il vous plaît ? Je jure de vous laisser tranquille.

Parce que tu enverrais tes serviteurs faire le travail à ta place, assurément, pensa Annev, l'humeur de plus en plus sombre. *Tu ne viendrais pas personnellement, mais tu ne renoncerais pas à essayer de me faire prisonnier. Tu ferais tout pour pouvoir me livrer à ton maître.*

Dortafola et ses Siänar. Neruacanta et ses légions. Les Jeunes Dieux et leurs serviteurs. Ils le pourchassaient tous, et ils continueraient de le pourchasser tant qu'il fuirait. Annev n'avait d'autre solution que de répliquer. Il ne mettrait un terme à cette chasse que s'il devenait lui-même le chasseur.

Il faut que je trouve Anabo, se dit-il en se dirigeant vers la cape en écailles de dragon. *Elle est la prochaine sur la liste – elle et Saltair –, après quoi je débusquerai le Vampire et le tuerai aussi. Alors seulement il cessera d'envoyer d'autres Siänar à mes trousses. À moins que je me serve de lui pour contrer Neruacanta...* La situation était complexe ; il y avait trop de joueurs dans la partie, trop de fils à démêler. Peut-être qu'en en coupant certains, qu'en éliminant quelques protagonistes, il pourrait gagner la partie.

Annev couvrit le corps du Dionaque frissonnant de la cape ensanglantée, dont la magie naturelle accumula la chaleur corporelle de Honeycutt.

— Merci, dit le prêtre, interprétant le geste du jeune homme comme un bon signe. Je promets de ne plus vous ennuyer. Merci.

Annev ne l'écouta pas, réfléchissant au nombre de morts provoquées par les actions du Dionaque, directement et indirectement. Tous les Dionaques de Tobar assassinés dans leur lit ou sur les routes. La moitié des habitants de Chaenbalu et peut-être même Sodar étaient morts à cause de Honeycutt et Holyoak.

Non, Annev ne pouvait pas laisser Jayar partir. Il avait déjà commis une grossière erreur en permettant aux maîtres et anciens de l'Académie de vivre. Les gens de Banok payaient le prix de sa miséricorde.

Il m'a certes sauvé la vie, à Quiri. Et il a empêché Holyoak de me tuer. Il mérite peut-être une petite chance.

— Vous allez partir maintenant, lui dit-il en tranchant ses liens. Vous allez partir… et nos routes ne se croiseront plus jamais.

— Bien sûr, promit Honeycutt. Plus jamais, je le jure.

— Vous allez dire à Dortafola de cesser d'envoyer ses assassins à mes trousses et puis vous vous soumettrez au jugement de l'Enclave.

— Me… soumettre…

— Oui, confirma Annev en coupant le dernier morceau de corde. Me promettez-vous de faire tout ça ?

— Je… oui. Oui, bien sûr. Je vous le promets.

Il mentait, évidemment ; Annev n'avait pas besoin de son Anneau d'Inquisiteur pour le voir. L'homme avait bien l'intention de se saisir de cette chance qu'on lui offrait de sauver sa peau.

Honeycutt mit la cape collante sur ses épaules et la serra autour de son corps nu. Annev se rapprocha des seaux de sang et d'eau, le visage figé comme un masque, tandis que Honeycutt se laissait glisser de la table comme le serpent qu'il était. L'homme plissa les yeux dans la pénombre, cherchant Annev dans la salle éclairée à la bougie. Il marcha vers la porte en se léchant les lèvres.

— Pourrais-je avoir… encore un peu d'eau ?

— Bien sûr, répondit Annev en imitant les intonations du Dionaque. Servez-vous.

Honeycutt fit un pas circonspect vers le seau. Puis un autre. Il s'arrêta à une longueur de bras d'Annev et se pencha pour saisir la louche.

Annev devina l'intention du Briseur de souffle avant qu'il agisse. Alors qu'il l'avait mis en garde contre ses pouvoirs précognitifs et sa capacité à sentir la fourberie, l'homme avait décidé de tenter sa chance et de l'attaquer en profitant de sa faiblesse et de sa miséricorde.

Annev n'était pas miséricordieux, cependant. Ne laissant pas au Dionaque le temps de tracer son glyphe, il dégaina son couteau et lui trancha l'artère du coude.

— Merde ! couina le prêtre en essayant de stopper l'hémorragie avec sa main.

Annev s'arma de sa Baguette d'Artificier, qu'il plaqua contre le biceps de sa victime, le métal froid buvant le sang du Dionaque.

Honeycutt écarquilla les yeux en essayant de résister.

— Qu'est-ce que vous faites ? cria-t-il d'une voix rauque et aiguë. Qu'est-ce que c'est que ça ?

Annev ne le lâcha pas, ne répondit pas. L'artefact absorbait le sang et la magie du prêtre. Honeycutt se débattit, mais il finit par tomber, impuissant, dans les bras du jeune homme, qui sentait sa prothèse devenir brûlante à force de contenir la rage qui enflait en elle.

Non. Je ne le brûlerai pas. Je ne suis pas Keos. Sa mort n'aurait aucun sens… au contraire de ceci. Il lâcha Honeycutt, qui tituba en arrière en agrippant sa blessure et en serrant la cape autour de son corps nu.

— Qu'est-ce que ça signifie ? Je n'ai rien fait…

— Je vous l'ai dit : je sais quand vous mentez, expliqua Annev en brandissant la baguette, qui finissait de boire le sang qui la maculait.

— Vous… quoi ? Vous pensez pouvoir vous en servir pour me traquer ? (Le prêtre tordait la cape en écailles rouges maculée du sang dont l'avait badigeonnée Annev.) Vous pouvez essayer, mais je connais des façons d'effacer mes traces. Vous oubliez que j'ai travaillé avec des Inquisiteurs ! Quel que soit l'artefact que vous utiliserez, je saurai comment sa magie fonctionnera.

Annev laissa l'homme se diriger vers la porte. La baguette avait fini d'absorber le sang, et son extrémité brillait d'un éclat rouge pâle, comme des braises sur le point de s'éteindre.

Honeycutt parut se rendre compte pour la première fois de la nature de l'objet, dans la main d'Annev.

— C'est une Baguette d'Artificier mineure. Vous… voulez vous servir de mon sang pour créer un artefact ? (Il eut un sourire en coin, qui se mua en éclat de rire dément.) Eh bien, bonne chance ! Peut-être parviendrez-vous à me suivre avec cet anneau magique. (Il désigna le bijou brun-rouge qu'Annev portait à la main droite.) Cette baguette, en revanche, ne partagera jamais ses pouvoirs avec vous. Il faudrait pour cela que vous soyez terran. Un Artificier !

Il secoua la tête avec emphase, de plus en plus confiant car ses doigts venaient de se poser sur la poignée de la porte. Plus d'une vingtaine de pas le séparaient d'Annev, désormais, et il se sentait en sécurité.

— Vous aurez encore moins de réussite avec ça qu'avec la verbalisation de glyphes, se moqua-t-il. Vous pourrez bien avoir la meilleure idée du monde, la plus élaborée. Ça ne fonctionnera pas. (Il ricana.) Dortafola finira par vous avoir. D'une manière ou d'une autre, vous serez à lui.

— Je n'ai pas utilisé votre sang pour vous trouver, Jayar – ou Valdemar ou qui que vous soyez –, mais bien votre magie. Et vous ne pourrez pas lui échapper.

Le prêtre fronça les sourcils puis, serrant les dents, voulut jeter un sort pour vider les poumons d'Annev de leur air. Le jeune homme attendit que Honeycutt eût consommé son *quaire*, avant de souffler son glyphe d'un simple geste de sa Baguette d'Artificier. Honeycutt tomba comme une marionnette dont on venait de couper les fils.

Tandis que l'homme reprenait son souffle, Annev le rejoignit. Le visage du Dionaque était d'un blanc fantomatique, desséché et parcheminé, et ses lèvres étaient craquelées et sanguinolentes.

— Tuez-moi, croassa-t-il. Finissez-en.

Annev attendit dix battements de cœur avant de parler de cette voix rassurante qu'il avait utilisée en torturant le prêtre.

— Durant ma formation à l'Académie, commença-t-il lentement, j'ai appris que la plus faible des baguettes pouvait tuer quand on l'utilisait mal.

— Je… je ne comprends pas, dit Honeycutt, la respiration saccadée et rauque.

— Je ne comprenais pas non plus, à l'époque, avoua Annev, le front plissé. Et puis Holyoak m'a emprisonné dans ma propre chambre… Au seuil de la mort, je n'ai eu d'autre choix que de comprendre. Je me suis servi de la baguette pour démanteler la magie dans le tableau, pour défaire le *quaire* que vous aviez investi dedans. Ça n'a pas été facile. C'est sans doute impossible sans la Main de Keos, qui amplifie la magie. Et je me suis amélioré depuis. Je me suis entraîné, j'ai travaillé mon art, en quelque sorte. C'est fascinant.

Le regard de Honeycutt descendit doucement pour se poser sur l'extrémité rougeoyante de l'artefact, dans la main dorée d'Annev.

— La magie de l'Artificier est une des plus difficiles, commenta-t-il en toussant, maculant ses lèvres de sang. Je le sais car j'étais lié à un Artificier… lorsque j'ai constitué l'alliance des sans-âge. Et je suis à peine capable de…

— Je ne suis pas sûr de savoir pratiquer l'art de l'Artifice, le coupa Annev en examinant la baguette. J'ai fait quelques expériences, mais il me reste à utiliser le sang d'une personne pour créer quelque chose de nouveau et extraordinaire, de permanent. Mon seul succès a été un accident. En vérité, la seule chose que j'aie apprise – la seule chose que je maîtrise –, c'est défaire.

— Vous ne pouvez pas…, commença Honeycutt, le regard empli de terreur.

— Au contraire. Ce n'est pas si difficile une fois qu'on a dissipé le *quaire* et trouvé la souche de sang… et ces derniers jours, j'ai appris qu'il était bien plus facile de travailler avec le *t'rasang*. (Il toisa Honeycutt d'un regard froid.) En fin de compte, les gens ressemblent beaucoup aux artefacts.

Des fils qui relient l'âme, l'esprit et le corps. Dolyn a essayé de me l'expliquer, une fois, mais j'étais incapable de comprendre à l'époque, de voir.

— Dolyn ? Qui…

— Je vois, désormais, poursuivit Annev sans se soucier de l'homme nu.

Il scruta les fils qui reliaient son esprit, son corps et son âme, cette tapisserie qui faisait de Honeycutt qui il était. En se laissant guider par la baguette, il entreprit de tirer sur ces fils.

Et Honeycutt se mit à crier.

Annev ne l'entendit pas, ou plutôt, il tourna le dos à cette part de lui-même qui considérait le Dionaque comme autre chose qu'un écheveau de fils. Il avait déjà appris tout ce que l'homme savait, et le traître Briseur de souffle avait avoué qu'il continuerait de menacer Annev et ses amis s'il le laissait vivre.

C'était fort dommage, mais c'était ainsi.

Annev se le répéta en tirant sur le *t'rasang* qui constituait l'homme. Il se le répéta lorsque le sang se mit à couler de ses yeux, lorsque sa chair et ses muscles se détachèrent de ses os pour s'étaler sur le sol et sur la cape, formant une soupe dégoûtante. Il se le répéta lorsque les hurlements et les gargouillis cessèrent pour de bon, ne se réverbérant plus dans la chambre caverneuse.

Maintenant, il est temps de commencer la grande expérience.

Annev inspira profondément et prit la baguette dans sa main gauche. La capacité de concentration augmentée par les anneaux magiques et la puissance colossale de la prothèse mythique, il canalisa sa volonté et continua à tirer sur les fils de *t'rasang* observant froidement ce qui se passait.

Le sang vint en premier. Puis la chair et les muscles. Les os fondirent en dernier, tombant en cliquetant sur le sol, se mêlant à la flaque fumante de graisse et de moelle. Annev tira sur le moindre fil, les observa en les manipulant, en les tordant. Ce faisant, il sentit des connaissances nouvelles se débloquer en lui. En seulement cinq minutes, il en apprit plus sur le *t'rasang* et l'anatomie humaine qu'en plusieurs années avec Sodar. Toutefois, ces connaissances nouvelles s'accompagnèrent d'innombrables questions qu'il avait été trop ignorant pour poser jusque-là. De quoi étaient constituées les fibres qui reliaient l'âme et l'esprit au corps ? Étaient-elles parcourues par du *lumen* ? Qu'est-ce que cela voulait dire ? Lorsque Annev les coupait, Honeycutt ressentait-il leur perte ? Percevait-il quelque chose ? Existait-il seulement ?

Démêler ces questions métaphysiques prendrait une éternité, mais le fonctionnement d'un corps humain était bien plus simple, comparable à un puzzle. La manière dont les muscles et tendons étaient attachés, se contractaient et s'étiraient, tournaient dans un sens et dans l'autre. C'était une œuvre d'art, comme regarder un grand maître défaire son chef-d'œuvre. Ce génie. Cette beauté.

Déconcentré, Annev se tourna vers la cape en écailles de dragon chiffonnée sur le sol. Honeycutt n'avait pas eu l'idée de lui demander pourquoi il la lui avait donnée ; il n'était pas conscient lorsque Annev avait commencé à expérimenter avec son sang.

Le jeune homme avait d'abord commis des erreurs – les écailles étaient décolorées là où il avait échoué à pénétrer la magie naturelle du vêtement –, mais il avait fini par comprendre grâce à la Baguette d'Artificier. Une fois préparées, les minces écailles avaient aspiré le sang de Honeycutt comme une éponge. La révélation lui était venue parce qu'il portait l'anneau codavora.

Mettant à profit ses intuitions surnaturelles, il rassembla ce qui restait de l'essence de Honeycutt dans la cape. La moelle fut la plus rapide à se mêler au tissu, à lui donner une nouvelle vie. Le sang remplit le reste ; il glissa cependant sur les écailles décolorées, rappel des échecs d'Annev.

Le jeune homme redoubla d'effort, écarta le *quaire* et le *lumen* pour creuser très profond et trouver les fibres familières et faiblement rosées de talent magique.

Utilisant la baguette comme une navette de tisserand, il guida les fils dans la cape, les mêlant adroitement à la protection des écailles superposées du dragon de feu. Le vêtement s'était révélé idéal pour faire des expériences car, s'il possédait naturellement des propriétés magiques, il n'était pas un artefact, laissant au jeune homme une ardoise vierge pour tester sa Baguette d'Artificier.

Comme le dernier fil magique prenait position dans les petites écailles, Annev fut envahi par une sensation de plénitude. Il avait vécu une expérience similaire lorsqu'il avait mis sa vieille prothèse, comme si l'objet devenait une partie intégrante de son corps. Le rituel était terminé : il avait utilisé le talent magique de Honeycutt – son essence – pour forger un artefact.

Annev ramassa la cape avec circonspection, faisant tomber une pluie de sang séché sur le sol. Il la fit claquer dans les airs, secouant les particules de poussière carmin dans le vent. Un nuage rouge enfla dans la pièce, et un éclair blanc apparut en son sein. Annev secoua encore la cape, plus violemment cette fois, et les écailles rouges disparurent subitement, remplacées par des blanches, qui luisaient au milieu des écailles grises et décolorées. Celles-ci étaient plus nombreuses, désormais, signe probable du manque de maîtrise du jeune homme. Presque trois fois plus nombreuses que les blanches.

L'artefact n'était pas parfait, mais il était le fruit de son travail. Il ne s'était donc pas trompé sur la nature de la baguette, et il avait créé un authentique artefact terran.

Il serra la cape dans ses poings. *Un artefact terran. De la magie terrane et non darienne. Cela signifie-t-il que je suis terran ? Sodar m'a-t-il menti sur mes parents ? Si mon père était darien et ma mère iluméenne, comment puis-je pratiquer la magie terrane ?*

Cela n'avait aucun sens. Quoi qu'il en soit, il avait fabriqué un artefact, ce qui voulait dire qu'il était… Artificier.

Une boule se forma dans sa gorge, et ses yeux s'emplirent de larmes. Il s'était persuadé qu'il ne possédait aucune magie. Sodar avait tenté de lui apprendre, mais il avait échoué tellement souvent. Même durant ses derniers jours à Chaenbalu, il avait cru que sa capacité à utiliser les artefacts était en quelque sorte usurpée, qu'il se contentait d'utiliser des outils forgés par d'autres. Il n'était ni un mage, ni un artisan, ni un Dionaque, ni un magicien, simplement un garçon utilisant la magie d'autrui.

Dans l'Enclave des Dionaques de Tobar, il avait vu ses amis réussir là où il avait échoué, et il n'avait pu s'empêcher de se sentir frustré en assistant au spectacle de leur magie. Envieux aussi. Il s'était retrouvé seul, rejeté, à l'écart de ses frères. Il n'avait pas sa place parmi eux. Il n'était pas l'un d'entre eux.

Sauf qu'il était bel et bien Artificier. Il avait trouvé sa place, et son talent avait un nom. Sodar ne s'était pas trompé : il avait un talent pour la magie, mais pas celle qu'ils avaient escomptée.

Annev aurait dû s'en douter. Il aurait dû savoir que sa capacité à utiliser des artefacts d'une manière si efficace et puissante était un signe mais, sans aide, il avait tardé à comprendre. Il n'avait pas d'instructeurs terrans, il ne connaissait aucun Maître Artificier qui aurait pu lui enseigner les arcanes de son art. Peut-être n'aurait-il jamais découvert ce pouvoir sans l'attaque de Holyoak dans sa chambre. Face à la mort, sans espoir de salut, il n'avait eu d'autre choix que de démanteler le sort tissé dans le tableau. Et il était devenu bon – en matière de démantèlement –, même si, de son point de vue, il ne s'agissait pas véritablement de magie.

À présent, Annev tenait la preuve tangible de son talent. Il était Artificier, mage comme Urran, l'artisan de légende qui avait façonné le sac de Sodar. Il avait utilisé le sang et le talent magique de Honeycutt pour forger quelque chose de nouveau, mettant à profit la magie de Briseur de souffle qui l'avait protégé lorsqu'il était tombé par la fenêtre de l'Enclave. Il aurait pu faire mieux, mais il aurait été bien plus difficile d'ajouter plus d'une aptitude dans le matériau du vêtement. Par ailleurs, il se moquait d'invoquer des nuages de brume, de s'envelopper d'un linceul de silence ou de vider les poumons d'autrui. Seul l'obsédait ce qu'il avait ressenti juste avant de s'écraser par terre, lorsqu'il avait imaginé le courant d'air qui l'avait empêché de se tuer, lorsqu'il s'était focalisé sur l'image de Therin usant de ses pouvoirs pour faire flotter des gouttelettes d'eau.

Avec un empressement mesuré, il s'enveloppa de la cape dont le drapé rouge et brillant n'était plus qu'un souvenir, puis mit la capuche sur sa tête et la noua autour de son cou. Alors, avec hésitation, il puisa dans sa magie.

Un nuage de particules rouges se souleva à ses pieds, et Annev se sentit décoller. Trente centimètres. Un mètre. Un mètre cinquante. Il flottait dans les airs, la cape ondulant dans son dos. Il repensa aux écailles blanches et grises et se rendit compte qu'elles dessinaient un motif : les contours du vêtement étaient gris, tandis que dans le dos et sur la poitrine, les écailles blanches dessinaient un genre de V.

On dirait une pie, se dit-il. *Je ne suis plus un phénix, mais une pie*. Il fut parcouru d'un frisson et trembla en redescendant doucement vers le sol. L'artefact avait fonctionné – la magie avait fonctionné –, et Annev en était le créateur.

Les bottes du jeune homme se posèrent là où s'était tenu Honeycutt, mais en lieu et place d'une mare rouge et écœurante, il n'y avait plus qu'une flaque d'eau gris jaunâtre. L'homme n'était plus là ; Annev avait tiré sur la moindre fibre de *t'rasang* qui constituait son corps, ajoutant son essence à la cape qu'il portait désormais. Il avait tiré, plié, déchiré jusqu'à ce que le *quaire* contenu dans le sang du Dionaque se sépare en air et en eau. Baissant les yeux, il avisa une faible lueur de *lumen* suspendue tel un nuage autour de ses genoux, au-dessus des restes liquides de ce qui avait été le prêtre. Et puis la lueur disparut. Annev se demanda s'il avait vu l'âme de l'homme se retirer dans l'au-delà… ou bien n'était-ce qu'un jeu de lumière ?

Il s'attendit à vomir, à ce que son corps réagisse violemment à ce qu'il venait de faire, mais son estomac – à sa grande surprise – ne se retourna pas. De même, son cœur battait tranquillement dans sa poitrine, aucunement tourmenté par ses actions.

Qu'ai-je fait ? se demanda-t-il, essayant d'invoquer le sentiment de culpabilité qu'il ne ressentait pas. *J'ai tué un homme… et je ne ressens rien.* Peut-être était-ce parce que Honeycutt était prêt à sacrifier ses amis, à tuer Sodar, Therin, Titus et quiconque se serait dressé entre son objectif et lui. Ou parce qu'il n'aurait eu de cesse de le pourchasser. Ou bien Annev avait-il simplement eu envie d'en finir avec lui. Car il le méritait.

Le jeune homme regarda son poing doré et la Baguette d'Artificier qu'il tenait fermement. Sur le dos de sa main, au-dessus de l'enclume fumante et du marteau, il lut les mots gravés par Keos : « *Aut inveniam viam aut faciam.* »

Trouver un chemin ou le créer.

Annev rangea la baguette dans sa cape et desserra la paume pour lire ce qui y était inscrit : « MEMENTO SEMPER. NUMQUAM OBLIVISCI. »

Toujours se rappeler. Ne jamais oublier.

Il n'oublierait pas : ni Sodar, ni ses amis de l'Académie, ni toutes les personnes auxquelles Dortafola et Neruacanta avaient fait du mal en essayant de l'atteindre. Il se souviendrait de Honeycutt et d'Oyru, tous les deux disparus. Il se souviendrait de Saltair et de la consule Anabo, et grâce aux informations de Honeycutt, il savait exactement où les trouver. Il se souviendrait des Jeunes Dieux et de leurs marionnettes ; celles qu'il avait vaincues comme Janak Harth et Kelga la sorcière des bois, et celles qu'il affronterait bientôt comme la famille Rocas. Il retournerait même à Banok pour s'occuper des Fils de la Damnation. Il se rappellerait ses alliés et ses ennemis, il traquerait tous ceux qui avaient voulu ou voulaient leur faire du mal à ses amis et lui. Il les trouverait et les neutraliserait… les tuerait… mais seulement pour garantir sa sécurité et celle des siens.

Il examina la flaque grise à ses pieds, attendant que sa conscience se manifeste, qu'elle le torture. Sauf qu'il était convaincu d'être dans le vrai. Ces gens ne cesseraient de le pourchasser que s'il se mettait à les pourchasser.

Je ne suis pas une mauvaise personne. Je fais ce qui doit être fait.

Son plan était clair : il débusquerait Dortafola et l'empêcherait d'envoyer ses Siänar. Avant cela, cependant, il trouverait et tuerait l'homme lézard Saltair et convaincrait la consule Anabo de ne plus intervenir dans la politique terrane. Mais pas avant d'avoir découvert lequel des Jeunes Dieux ou des agents de Neruacanta les avaient influencés. Cela révélerait une chaîne de responsabilités et lui donnerait une liste de personnes à localiser, interroger… peut-être tuer…

S'ils doivent mourir, ils ne mourront pas pour rien. Si je suis contraint de tuer pour sauver des vies, je traiterai ces morts comme autant d'opportunités d'en apprendre plus sur mon art. Le contraire serait du gâchis, un crime contre la connaissance et le pouvoir… et j'aurai besoin des deux pour affronter Dortafola et Neruacanta. Annev pensa à tout cela et sut que son instinct ne le trompait pas, même si une part de lui très lointaine tremblait devant les implications de sa logique. Était-ce sa conscience ? Ou bien la peur d'être seul, de ne plus avoir personne pour lui dire quand il s'écartait du droit chemin ? Il n'avait plus d'Aînés ni d'Anciens à accuser. Plus de prêtres ni de Dionaques pour lui dire qu'il avait franchi la ligne rouge.

Suis-je en train de devenir ce que je déteste ? se demanda-t-il comme le liquide grisâtre s'écoulait vers un drain, dans un coin de la pièce. *Vais-je tuer des monstres… ou en devenir un ?*

Annev attendit qui sa conscience lui réponde, mais il n'entendit que le silence.

Chapitre 81

La consule Phoeba Ondina Anabo mit presque une journée à parcourir la distance qui séparait le cœur d'Innistiul, où se trouvait la cour du roi Cheng, des plages du nord d'Odarnea, en passant par la côte sud de l'île. Après avoir traversé les eaux agitées du chenal, elle était normalement trop nauséeuse pour aller au-delà de la ville côtière de Neahmar et passait la nuit dans l'unique chambre non infestée de puces de l'auberge. Après deux journées supplémentaires à bord d'une voiture, elle était obligée de passer la nuit à Quiri, avant d'affréter un bateau pour Luqura, via le fleuve. Quand le roi Cheng était d'humeur généreuse – rarement, donc – ou si la mission diplomatique était urgente, elle s'offrait les services d'une sorcière de la haie ou d'un magicien de l'eau pour garantir des courants et des vents favorables pour la dernière partie du voyage. Ces sorciers autodidactes n'avaient pas reçu la formation officielle des Dionaques, mais les plus compétents d'entre eux pouvaient l'aider à raccourcir le voyage – qui durait normalement quatre jours – de vingt-quatre heures. Avoir un véritable Briseur de souffle ou un Porteur de bouclier à bord était encore mieux car, à condition que le bateau soit rapide et le capitaine prompt à partir, il devenait possible d'atteindre la porte nord de Luqura avant la fin du deuxième jour. Et le voyage du retour, dans le sens du courant, était encore plus rapide.

Ces extravagances étaient difficiles à organiser, toutefois, et très onéreuses. D'autant que le roi Cheng était aussi avare que rusé et que le Magistrat Bliven prenait un malin plaisir à mal financer ses déplacements.

— Une semaine entière ! cracha-t-elle, son mal de mer la faisant souffrir de façon anticipée à la perspective d'un nouvel embarquement le lendemain. Deux jours à bouffer de la poussière dans cette maudite voiture. J'aurai à peine le temps de me baigner et de dormir… et maintenant, Bliven suggère que je me prive de ma nuit à Quiri ? C'est la goutte d'eau ! S'il pose encore des problèmes avec le roi Cheng, je demanderai à Elar de lui couper la langue et de la mettre dans un pot à côté de ses couilles.

— Le Magistrat Bliven conserve ses couilles dans un pot ? demanda Jaffa en trottant derrière elle en portant deux lourds sacs.

Anabo se tenait au milieu de la rue, en face de leur destination, le visage fripé de mécontentement.

— Je n'en ai pas la moindre idée, Jaffa. Que fait-on, d'habitude, avec les couilles d'un eunuque ?

Le valet iluméen posa les sacs devant la longue auberge.

— On ne me l'a jamais dit. Je crois que les miennes ont été données aux cochons, mais je n'en suis pas certain. En tout cas, je doute qu'elles aient été conservées dans un pot.

— C'était une façon de parler, Jaff. Une blague. Les blagues existent en Ilumea, non ?

Mais Jaffa n'écoutait qu'à moitié.

— À quoi bon les garder, d'ailleurs ? Elles pourriraient, à moins de les mettre en saumure, ce qui serait un gâchis de vinaigre.

— Jaffa…, murmura Anabo en se massant les tempes. Êtes-vous toujours obligé de prendre les choses au premier degré ? C'est horripilant.

— Très certainement, Madame.

Anabo coinça une mèche de cheveux noirs derrière son oreille et poussa un soupir.

— Occupez-vous plutôt de ces maudites chambres, vous voulez bien ? Et dites à Alan de faire chauffer de l'eau pour mon bain. Je suis couverte de poussière, encroûtée.

— Maculée, à la rigueur.

— Je vous demande pardon ?

— C'est une exagération. Le mot *encroûtée* fait penser à une couche épaisse, à de la boue, et vu que…

— Allez payer les chambres et occupez-vous de l'eau chaude. Après, je ne veux plus vous voir jusqu'à demain matin.

— Comme il vous plaira, Madame la Consule.

— Exactement.

Elle poussa la porte et passa sans s'arrêter devant la réception, n'écoutant pas Alan qui la saluait et lui demandait avec une extrême politesse dans quel état étaient les routes du Nord. Jaffa se dressa entre eux, sa masse imposante et musclée bloquant l'aubergiste derrière son long bureau couleur châtaigne. L'eunuque s'excusa à la place de sa maîtresse. Mais Phoeba n'était déjà plus là, pressée qu'elle était de prendre un délicieux bain chaud. Le continent était bien trop froid à son goût, et les gens étaient bien trop formels. Et puis, il y avait son travail. Le temps glacial, les manières glaciales, pour que le roi Cheng n'ait pas à quitter le confort de son palais et de ses concubines.

Anabo serra les dents et monta rapidement à l'étage. Peut-être avait-elle besoin de cela : un concubin beau et obéissant. Cela faisait une éternité que le dernier était parti, et elle avait été tellement occupée à marchander avec Bliven au sujet des étapes de son voyage, qu'elle avait oublié d'en commander un autre. À son retour, elle s'occuperait de cela en priorité. Peut-être que le Maître de Guilde Whalen lui en donnerait un en attendant.

Elle avait sa chambre attitrée dans cette auberge appelée le *Cerf et le Chêne. Que Keos emporte ce maudit trésorier s'il pense que je vais accepter de faire une croix sur ce privilège. Ce n'est pas lui qui doit passer une semaine entière sur des routes poussiéreuses et des fleuves débordants de merde. Ce n'est pas lui qui attrape des puces chaque fois qu'il s'arrête à Neahmar ou qui…*

Anabo ouvrit la porte et ce qu'elle découvrit lui coupa le souffle : des draps propres, un lit bien fait, des bougies parfumées, du savon et une baignoire pleine d'eau fumante.

— Alan, petit salopard, murmura-t-elle en inhalant le parfum de jasmin et de genièvre. Les dieux soient remerciés. Merci à vous, Odar le stoïque, Lumea la radieuse et leur frère. (Elle gémit de ravissement, pressée de profiter de son bain chaud.) Jaffa ! Vous pouvez annuler l'eau chaude ! Alan a pris des initiatives, pour une fois. À demain matin !

Elle claqua la porte avant que son valet lui réponde et entreprit de se débarrasser de ses vêtements de voyage, de sa cape et de sa robe. Elle était à moitié nue lorsqu'elle se rendit compte que la fenêtre était grande ouverte et qu'une brise légère gonflait les rideaux. Agacée, elle se rapprocha à grands pas de la fenêtre et ferma les volets avec un *clic !* satisfaisant. Le vent s'immisçait cependant entre les lattes vertes, lui donnant la chair de poule. Elle frissonna – plus de ravissement à l'idée du bain qui l'attendait qu'à cause du froid –, puis elle retira le reste de ses vêtements et entra dans l'eau chaude en gémissant.

— Oui…, lâcha-t-elle en fermant les yeux et en s'installant confortablement. Loués soient les dieux d'amour.

— Vous n'avez pas le profil de la femme pieuse.

Anabo se leva subitement, le bras gauche plaqué sur la poitrine dans un réflexe que trente années passées à Innistiul n'avaient pas réussi à effacer.

— Qui est là ? tonna-t-elle en scrutant la pièce à la recherche de son interlocuteur. Qu'est-ce que vous faites ici ? Sortez immédiatement !

Le jeune homme émergea de derrière les rideaux et retira la capuche de sa cape gris-blanc. Comment avait-elle pu ne pas le voir avant ? Il était pourtant tout près de la fenêtre. Sa chair de poule faisait un retour en force.

— Je viens de la part du Dionaque Honeycutt.

Anabo fronça les sourcils et se rassit doucement dans l'eau fumante.

— Vraiment ? C'est étonnant. Jayar ne m'avait pas prévenue de votre venue.

— Ah bon ?

Anabo regarda l'étranger avec un œil nouveau. Il était plutôt bel homme : de taille moyenne, cheveux châtains, épaules larges, visage juvénile. Oui, elle était tentée de demander au Maître de Guilde un garçon de ce genre. Quelque chose dans ses yeux… bleu foncé et perçants. Soudain, elle fut incapable de soutenir davantage son regard, alors que c'est lui qui aurait dû baisser la tête.

— Vous êtes un Briseur de souffle, alors ?

Les flammes des bougies vacillèrent, et le jeune homme s'éleva pour flotter dans les airs.

— Quel vantard ! J'aurais peut-être besoin de vos services, demain… et après-demain. J'embarque dans un chaland en partance pour Luqura, et je tuerais pour profiter d'un vent favorable. Vous pourriez m'arranger ça ?

— Non.

— Pourquoi ? Vous avez mieux à faire ? (Elle haussa les sourcils, puis s'allongea en faisant dépasser sa poitrine de l'eau.) Le voyage serait agréable pour nous deux, et je promets que Jayar ne vous en voudra pas de rentrer avec un ou deux jours de retard.

— Je crois savoir que vos promesses ne valent pas grand-chose.

— Je suis diplomate. Je fais beaucoup de promesses, aussi m'arrive-t-il d'en oublier quelques-unes. J'ai trop de choses en tête, vous comprenez ? Quelle est la raison de votre présence ici ?

— Honeycutt vous demande de transmettre un message au mercenaire Saltair. Cela concerne un garçon nommé Annev de Breth.

— L'homme *lézard* ? se moqua Anabo. Notez que ce n'est pas une insulte. Si l'Empire était un bordel, Saltair en serait la meilleure putain. En tout cas dans le Nord.

L'eau du bain devint subitement glaciale. *Annev de Breth...* Ce nom lui évoquait tellement de choses désagréables. *Par Keos, si le messager est capable de lire les pensées aussi bien que...*

— J'en suis capable.

Anabo donna une claque sur l'eau, comprenant qu'elle avait déjà montré sa main.

— Merde ! Vous devriez prévenir avant d'arpenter les esprits ! Ce n'est pas juste pour nous autres menteurs, conclut-elle en considérant d'un regard plissé l'étranger dont la cape grise flottait dans son dos.

— Pourquoi vous intéressez-vous à Annev de Breth ? reprit le jeune homme.

— Personnellement, il ne m'intéresse pas. C'est Saltair qui s'occupait de lui.

— Et quels étaient ses ordres ?

— Les ordres que Honeycutt m'avait demandé de lui transmettre.

— Non, vous les avez modifiés, mais de quelle manière ?

Merde...

— Si vous savez que j'ai modifié les ordres, vous devez en connaître les détails. Sinon, vous n'avez qu'à lire dans mes pensées.

— Vous me bloquez. Vous essayez en tout cas.

— Je fais mieux qu'essayer, non ?

— Vous avez raison, concéda l'étranger en haussant les épaules. En fait, je connais déjà la nature de votre intervention ; je voulais simplement que vous la confirmiez.

— Vous *pensez* savoir, rétorqua la femme en plissant les yeux. D'où ce besoin de confirmation, ajouta-t-elle en souriant. Je ne lis pas dans les esprits, mais je lis en vous comme dans un livre ouvert. Vous ne travaillez même pas pour Honeycutt, n'est-ce pas ?

Il détourna les yeux – elle avait donc vu juste –, et maintenant qu'elle y pensait, il n'était pas encore vraiment un homme. Quel âge avait-il ? Dix-huit ans ? Dix-neuf ? Pas plus de vingt, en tout cas. Il avait des traits singuliers. Était-il darien ? Iluméen ? Difficile à dire. Peut-être même avait-il un peu de sang terran. Sa main gauche était-elle plus grosse que la droite ? Il ne portait qu'un seul gant noir, doublé, capitonné sans doute.

— Qui êtes-vous ? l'interrogea-t-elle. Vous êtes un Briseur de souffle, mais vous ne travaillez pas avec Jayar. Et vous arpentez les esprits… Un dualiste, donc ? Très intéressant. (Elle regarda soudain dans le vague.) Trêve de balivernes. Holyoak vous a envoyé pour voir où j'en étais. J'imagine qu'il veut savoir pourquoi le garçon est toujours en vie. Dites-lui que j'étais à Innistiul et que je n'ai reçu aucun message du keokum. De deux choses l'une : soit Saltair est très occupé par un de ses plans, soit il est mort. Elar me tient au courant, normalement, mais j'irai vérifier moi-même dès que je serai à Luqura. Vous pourriez raccourcir la durée du trajet, si vous m'accompagniez…

Le jeune homme fit mine d'hésiter, mais Anabo savait déjà de quel côté tomberait la pièce. Elle avait un talent pour juger les gens, surtout les hommes. Sa mère lui avait murmuré qu'il lui venait de ses ancêtres iluméens. Celui-ci avait pris sa décision. Il viendrait. La consule avait simplement besoin de lui donner les bonnes raisons.

— Mon offre précédente tient toujours, dit-elle en se cambrant de façon provocante et en pensant à des choses salaces pour empêcher cet Arpenteur d'esprit… ou Briseur de souffle de lire dans son esprit et de conclure qu'elle ne pourrait le payer autrement qu'en informations, en faveurs et en…

— Sang.

— Je vous demande pardon ? demanda Anabo en se redressant.

— Dix fioles de sang. Le vôtre, celui de votre valet… et huit autres fioles de mon choix.

— Du sang ? répéta la consule en clignant des yeux. Juste du sang ? Rien d'autre ?

Elle eut un haussement d'épaules coquin. Il était jeune, certes, mais elle en avait eu de plus jeunes… et Luqura était encore loin, même avec une assistance magique. Elle aussi avait pris une décision : elle n'attendrait pas que le Maître de Guilde Whalen lui fournisse un concubin, alors qu'elle avait une pièce de choix à portée de main.

— Dix fioles de sang, répéta-t-il. Et quelques informations.

Phoeba Ondina Anabo soupira. En dehors de l'argent, ses informations étaient ce qu'elle avait de plus précieux ; par ailleurs, elle avait une fâcheuse tendance à être la dupe de ce type de contrat. Le sexe était bien meilleur marché, mais tout le monde n'acceptait pas ce genre de paiement. Peut-être avait-elle perdu la main. Ou bien vieillissait-elle ? Elle n'avait que quarante ans pourtant. Elle se lécha les lèvres. Mettre celui-ci dans son lit ne serait donc pas aisé. Elle avait le temps, et le garçon aurait besoin de faire des pauses pour recouvrer l'énergie nécessaire à la pratique de sa magie. Elle eut un sourire séducteur.

— Vous allez m'accompagner, alors ? Nous parlerons à Saltair, et vous pourrez faire votre rapport à Holyoak.

— Oui. Je viens.

— Et vous contribuerez à raccourcir notre voyage en générant un vent magique. Si vous le voulez, bien sûr. Dans la limite de vos… capacités.

Cette hésitation, encore une fois.

— Si vous me fournissez le sang que je demande.

Anabo fronça les sourcils. Par Keos, que ferait-il de ce sang ? Ce sang avait moins de valeur que le sexe, mais ce serait moins agréable.

— Je vous fournirai le sang. Une fiole du mien. Une fiole du sang de Jaffa. (Elle secoua la tête. Elle aurait du mal à expliquer cela au valet. Heureusement, elle n'aurait pas besoin d'expliquer.) En revanche, je ne puis vous promettre huit autres fioles si vous ne m'en dites pas plus.

— Je comprends. J'aimerais néanmoins que vous me promettiez de faire votre possible pour vous les procurer.

Anabo adressa au jeune homme son sourire le plus captivant.

— Bien sûr, bien sûr.

Il savait que sa parole ne valait rien. Ils jouaient à un jeu, tous les deux, et elle était une joueuse émérite.

— Comment dois-je vous appeler ? reprit-elle.

— *Magpie*[1].

— Ah…, ronronna-t-elle. Ce motif me rappelait quelque chose…

Elle désigna de la tête la cape du jeune homme, qui redescendait doucement vers le sol. Elle sourit de nouveau, plus malicieusement cette fois. Ce talent leur serait peut-être utile. Elle se demanda s'il en avait d'autres…

— Vous avez quelque part où loger ? s'enquit-elle. J'aurais besoin de quelqu'un pour me frotter le…

— Nous nous reverrons demain matin. Sur le quai. Le *Cormoran huppé*. Apportez les fioles de sang.

---

1. « *Magpie* » signifie « pie » en français. (*NdT*)

— Mmh… Je vais voir ce que je peux faire. (Elle entreprit de se savonner, et elle sentit de nouveau son regard sur elle, ce qui était une bonne chose. C'était ce qu'elle voulait.) C'est vous qui avez préparé tout ça ? s'enquit-elle en montrant de ses doigts savonneux les bougies, le linge et le bain. Alan n'a pas l'habitude d'être aussi prévenant. Espériez-vous me surprendre une fois ma garde baissée ? Profiter de ma… vulnérabilité ?

Magpie ne répondit pas. Anabo se leva et, avec un sourire sensuel, se retourna. Les volets étaient ouverts et l'envoyé de Holyoak avait disparu. Elle aurait pu être déçue, mais elle prit cela comme un nouveau défi. Ce serait tellement plus amusant qu'un vulgaire concubin. En plus, ils ne duraient jamais très longtemps une fois que les choses devenaient intéressantes. Si tout se passait comme prévu, peut-être même tiendrait-elle parole pour le sang.

— Étrange oiseau, murmura-t-elle en se rasseyant dans l'eau. Très différent des envoyés habituels de Holyoak.

Elle se demanda ce que cela signifiait. Rien de bon, sans doute, vu qu'il avait parlé de Saltair. D'où cette conclusion : Magpie était spécial. Plus dangereux, probablement, ce qui lui faisait presque regretter sa promesse de lui fournir une fiole de son sang.

Quelque chose en lui la déstabilisait, comme si son regard perçant pouvait voir son âme, révéler ses secrets. Et ce n'était pas que son imagination ; il était Briseur de souffle… et Arpenteur d'esprit. Comme elle détestait les dualistes, surtout ceux qui lisaient dans les pensées. Ils lui compliquaient tellement le travail.

Elle aimait les défis. Elle haïssait les longues traversées et les voitures inconfortables, mais les eaux agitées et les routes défoncées n'étaient que la moitié du problème. Pire que tout, il y avait l'ennui, qui lui donnait envie de s'arracher les yeux et de couper la langue de son valet. Avec un compagnon intéressant – quelqu'un de mystérieux, avec un peu de charisme–, n'importe quel voyage pouvait devenir tolérable, voire agréable.

Les trois prochains jours promettaient d'être pleins de surprises.

Sixième partie

À Kryss Jakasen et aux Gardiens de la Flamme.

Je prie pour que ma lettre vous parvienne à Banok, Luqura ou où que vos voyages vous conduiront. Je vous remercie de votre proposition, mais je ne vais pas pouvoir vous rejoindre, vos compagnons et vous, à Banok, plus tard dans la saison.

Aussi noble que soit votre quête, les troubles qui agitent la Fraternité requièrent toute mon attention. Si je parviens à régler rapidement les problèmes qui secouent Quiri, il se peut qu'un membre de mon Ordre participe à votre conseil, mais je ne vous encouragerais pas à nous retrouver à Banok. Des rapports récents m'informent que la ville est victime d'une attaque coordonnée de bandits locaux.

J'ai des nouvelles au sujet d'un de vos compagnons, et elles ne sont pas très bonnes, malheureusement. Le diseur de vérité Jian Nikloss est mort peu de temps après s'être joint à ma compagnie. Si cela peut vous consoler, il a perdu la vie vaillamment en protégeant celle d'autrui.

Pour ce qui concerne Annev, vous ne vous étiez pas trompé : il est bien venu à l'Enclave, mais je suis désolé de vous annoncer qu'il est reparti. Je lui ai donné votre lettre, aussi décidera-t-il peut-être de vous aider dans votre quête. Le cas échéant, je vous conseille de faire preuve de prudence en sa présence et de respecter ses traumatismes, mais j'ai une totale confiance en vous.

Autrement, les conséquences risqueraient d'être désastreuses pour vous et vos compagnons.

Puisse la lumière de Lumea et les vents d'Odar vous protéger.

L'Archidionaque Reeve,
Ordre supérieur des Dionaques de Tobar

Chapitre 82

Alcoran s'approcha des braises en train de se refroidir avec l'empressement d'un chien reniflant des restes. La soirée n'était pas fraîche, mais il convoitait une bonne partie de ce que la petite caravane partageait : la camaraderie, la chaleur, la paix. Les parenthèses de paix avaient été rares durant la campagne de Borderlund, que ce soit dans les chamailleries des chefs, dans la ligne de front jouxtant le fleuve Kuar ou les armées terranes de Daogort. Ç'avait été de la folie pure. L'avidité, la soif de sang, le chaos. Il avait perdu la majeure partie de ses troupes, ainsi que l'œil gauche durant le premier assaut sur le Mur noir, et la compagnie ne s'en était jamais remise. Ses rêves de gloire, ses stratégies savamment élaborées… Tout avait été piétiné. Seule une poignée de ses hommes avaient tenu leur position, mais ils avaient tous fini par périr. Alcoran n'avait survécu que parce qu'il avait été assez malin pour installer son commandement à l'arrière, et il avait été l'un des premiers à fuir lorsque les golems de roche avaient commencé à lancer des rochers, dispersant la compagnie. Il ne savait toujours pas d'où était arrivée la flèche – sans doute avait-elle été décochée par un de ses hommes sans courage –, mais il avait réagi en poignardant la première personne qui s'était présentée devant lui. Le hasard avait fait qu'il s'était agi d'un des soigneurs de la compagnie, un herboriste qu'ils avaient réquisitionné dans les parages de Lochland, si bien que personne de compétent n'avait été là pour s'occuper de son organe blessé.

Depuis, il n'avait pas connu la paix. Il y avait eu la blessure, qui suppurait sous son bandage, et les autres officiers de l'armée de conscrits de Borderlund. Ç'avait été une farce depuis le début, et Alcoran voulait un peu de la paix de cette caravane endormie.

Toutes leurs possessions, aussi.

— Salut, les gars, dit-il en imitant l'accent local un peu traînant. Désolé de vous déranger. Vous permettez que je profite un peu de la chaleur de votre feu ?

Il les gratifia d'une révérence extravagante, son chapeau à large bord baissé pour dissimuler son œil manquant.

— Il est tard, mon ami, répondit un vieil homme assis sur une souche à côté du feu de camp. Nous ne vous connaissons pas. Il vaudrait peut-être mieux que vous passiez votre chemin.

Alcoran se raidit, aucunement surpris.

— Je me passerai de votre compagnie, dans ce cas. Mais vous avez peut-être des nouvelles de l'Ouest ? J'arrive tout juste de l'Est. La guerre contre Daogort s'est propagée dans tout Borderlund. Les Terrans font des incursions dans les villages proches du Kuar, et nos vaillants soldats attendent des renforts de la Grande Luqura ou du Lochland. Vous avez des nouvelles ? À moins que d'autres affaires aient empêché les soldats de l'Empire de venir au secours d'un royaume frère.

Le vieil homme échangea un regard avec la femme qui s'occupait de la marmite posée dans les braises. Alcoran reconnut une odeur de ragoût de tubercules au lard et se retint de se lécher les lèvres.

— Vous êtes de Borderlund, alors ? Votre accent… je croyais que vous veniez de la capitale.

Merde, pensa Alcoran. *Je perds la main*. Être affamé pouvait avoir cet effet, d'autant qu'il avait très mal.

— Oui, je suis né à Banok, mais mes affaires ont fait que j'ai passé beaucoup de temps à Borderlund. Enfin, c'était le cas dans le temps. Dites-moi : comment cela se passe-t-il sur la route du Roi ?

Le vieil homme chuchota quelque chose dans l'oreille de la femme et se leva doucement. La femme courut jusqu'aux quatre tentes érigées non loin de là, et très vite, deux hommes les rejoignirent.

— Vous connaissez des gens, à Banok ? l'interrogea le vieil homme, ses lèvres tremblotantes semblant mâchonner les mots. Vous y avez de la famille, des proches ?

Que Keos soit maudit.

Qu'attendait donc le vieil homme ? Alcoran allait-il devoir s'inventer une famille avant d'avoir le droit de s'asseoir autour de ce feu ? Il se retint de froncer les sourcils, se força à arborer un sourire désarmant. Il était habitué à faire ce qu'il voulait, à voir les gens lui obéir au doigt et à l'œil. C'était la beauté de la hiérarchie militaire. Ne lui laissant pas le temps d'élaborer une réponse intelligente, l'homme reprit :

— Si c'est le cas, vous devriez savoir qu'ils sont en fâcheuse posture. Tellement fâcheuse qu'il est peu probable que Borderlund voie arriver des renforts avant longtemps. À moins qu'ils viennent de la capitale ou d'autres parties de l'Empire.

Alcoran ne s'attendait pas à cela.

— En fâcheuse posture ? C'est-à-dire ?

L'homme désigna un type aussi grand qu'Alcoran et à la poitrine très large. Il portait une chemise de nuit par-dessus son pantalon, était désarmé et avait l'air hagard. L'autre type était plus petit et trapu, avait les cheveux foncés, presque noirs, et les joues et le menton zébrés de cicatrices furieuses. Le grand donna une tape compatissante sur l'épaule du petit, avant de saluer Alcoran d'un hochement de tête, aucunement embarrassé d'être vu en tenue de nuit.

— Je m'appelle John Stout, et lui c'est mon frère Jacob. Nous arrivons de Banok. Nous sommes parvenus à nous échapper de justesse en n'emportant que les vêtements que nous avons sur le dos.

— Vous échapper ? s'étonna Alcoran, qui tentait de comprendre le sens de cette fable. Les Terrans ne se sont quand même pas aventurés si loin dans l'Empire ?

— Je ne crois pas, répondit John en secouant la tête, mais qui sait ? Nous avons été envahis par les Fils de la Damnation, et ils ne m'avaient pas l'air d'être des étrangers. Ils connaissaient la ville, nos us, notre langue. Ils étaient habillés bizarrement, cependant, et disaient être venus pour nous libérer du mal. Au début, nous n'avons pas su comment réagir. On aurait dit des zélotes arrivés de Quiri. Sauf qu'ils ont pris possession du donjon de la famille Harth et qu'ils ont commencé à exiger des choses du gouverneur. Ils se comportaient comme si le village était à eux. Le gouverneur a envoyé ses gardes… qui ne sont jamais revenus. Une milice a été constituée, qui n'est jamais reparue non plus. Des gens sont allés les aider, les chercher, et ils ont disparu aussi. Des étrangers et des monstres ont fini par venir, mais pour aider les Fils de la Damnation. C'était le chaos, vous pouvez me croire. Les habitants de la ville sont forcés de servir l'homme qui commande aux Fils de la Damnation.

— Des étrangers et des monstres…, répéta Alcoran qui avait oublié pourquoi il s'était rapproché de ce camp. Les Fils de… la Damnation ? (Il gratta sa courte barbe rousse, oubliant complètement sa faim.) Et vous ne savez pas qui ils sont ?

Le plus petit des deux hommes, Jacob, secoua la tête.

— Nous n'étions pas pressés de faire leur connaissance. Nous avons décidé de tenter notre chance, de fuir pour chercher de l'aide, pour revenir et libérer le village, mais notre histoire n'intéresse personne. Les gens ne pensent qu'à leurs propres problèmes : la guerre dans le Nord, la famine dans le Sud… Comme nous avons entendu dire qu'aucune aide ne viendrait de la capitale, nous avons décidé d'en appeler au roi de Paldron.

Alcoran ne put s'empêcher de rire devant une telle ironie.

—Le roi Alpenrose ne vous vendrait pas sa pisse, alors envoyer une compagnie à votre secours !

—Mais… les gens sont désespérés. Les soldats sont partis. Il ne reste plus que des commerçants, des artisans et des fermiers. Ces gens-là ne sont pas des guerriers ! Et ceux qui contrôlent la ville… ils pratiquent la magie. Les Fils disent qu'ils la haïssent, mais ils s'en servent pour contrôler la population. Même les mercenaires qu'ils ont fait venir… La moitié d'entre eux usent de magie. Quant aux autres, ce sont des démons. Leur corps contient plus de métal et de roche que de chair et d'os !

—Je compatis vraiment, mais vous ne recevrez aucune aide. Borderlund est occupé avec le Mur noir. Nous sommes très peu nombreux. Les conscrits prennent la fuite, abandonnent la guerre, cherchent à se mettre à l'abri. Les Terrans ne sont pas loin de traverser le fleuve et de piller Paldron. Si ces gens – ces Fils de la Damnation – ne vous font pas de mal, vous devriez vous estimer heureux. S'ils ne sont pas les amis des Terrans, peut-être vous protégeront-ils si la guerre arrive jusqu'à vous.

—Si ce que vous dites est vrai, commenta le vieil homme en devenant tout pâle, c'est que nous vivons une bien sombre époque.

Tu ne crois pas si bien dire, pensa Alcoran en ressentant une pointe de culpabilité à l'idée de ce que sa bande de soldats ferait subir à ces gens. Les temps étaient certes durs, et seuls les plus forts survivraient. Il baissa son chapeau pour cacher son œil bandé et prit garde de rester en dehors du halo de lumière. Ses hommes devaient être en position, et pourtant, quelque chose le freinait.

—Seigneur Stout, lança-t-il en s'adressant à l'aîné des deux jeunes hommes. Vous dites que ces Fils de la Damnation retiennent les habitants prisonniers. Comment avez-vous fait pour vous échapper ?

— Le mérite de cette évasion ne nous revient pas réellement. Les sorciers – les hommes de l'ombre qui assistent les Fils de la Damnation –, ils portent des tenues grises et violettes, ainsi que des masques. Ils nous espionnent pour le compte de leurs maîtres, mais une résistance s'est organisée. La cheffe de la résistance pratique la magie, et elle nous a aidés à attaquer deux de ces sorciers, que nous avons dépouillés de leur tenue.

— Une cheffe ? Une sorcière est à la tête de votre milice ?

— Non pas une, mais trois ! rétorqua Jacob. Une qui parle aux plantes, une qui ne parle pas du tout, et une dernière qui charme les sorciers avec ses chansons.

John donna un coup de coude à son frère cadet pour le faire taire.

— Ce ne sont pas des sorcières. Elles sont… Elles nous aident, c'est tout. Et nous contre-attaquerons avec ou sans le concours du roi Lenka et du roi Alpenrose.

Alcoran acquiesça et se passa la langue sur les dents.

— Et les mercenaires, reprit-il, savez-vous pourquoi ils aident les Fils de la Damnation ?

John et Jacob échangèrent un regard qui suggérait qu'ils savaient exactement, mais qu'ils n'étaient pas pressés de partager leurs connaissances. Peut-être n'étaient-ils pas aussi stupides qu'Alcoran l'avait cru.

— Des rumeurs circulent, dit John. Il est question d'or, mais d'un or liquide, je crois. Je ne sais pas ce qu'il a de spécial, mais l'information s'est propagée très vite après l'arrivée des Fils de la Damnation à Banok, et les mercenaires n'ont pas tardé à affluer.

— De l'or liquide, répéta Alcoran en haussant les épaules. Des pièces auraient plus de valeur, à mon avis, et seraient plus faciles à transporter. L'or reste l'or, cependant. Personne ne le refusera. (Il hésita un peu avant d'ajouter :) Personne d'autre n'a voulu de cet or ? Je parle des habitants de Banok…

— Vous demandez en somme si certains ont trahi ? (Jacob cracha et, de l'index, suivit les contours de ses vilaines cicatrices.) Vilhelm Stenger a bien voulu de leur or et a accepté d'aider les Fils de la Damnation à maintenir l'ordre, mais nous avons fait de lui un exemple. De Forrest Bower et Josie Ladle aussi. Les habitants de Banok n'aiment pas les traîtres.

— Il semblerait que vous ayez pris les choses en main, commenta Alcoran, satisfait. Et ce vieillard, là, c'est un parent à vous ?

Les jeunes gens secouèrent la tête, comme l'intéressé prenait la parole :

— Permettez-moi de parler pour moi-même. Mirella et moi avons trouvé les garçons avant la tombée de la nuit. Ils étaient fatigués, avaient besoin d'aide, aussi les avons-nous pris avec nous. Nous les conduirons à Trizgard.

— J'en viens justement, dit Alcoran. La guerre n'est pas encore arrivée jusque-là, d'où mon étonnement d'apprendre que la situation est grave à Banok.

— C'est une bonne nouvelle. Nous venons de Luqura et ne nous aventurons généralement pas au-delà de Banok ; il y a trop de bandits sur la route du Roi. (Il renifla.) Comme on ne peut plus commercer avec Banok, nous irons jusqu'à Trizgard.

— Des bandits, hein ? fit mine de s'étonner Alcoran en gonflant la joue. C'est bien triste, dites-moi.

Alcoran retira son chapeau à large bord et l'agita devant son visage.

— Mmh ? fit le vieil homme en plissant les yeux dans la lumière faible du feu, tandis que John et Jacob fixaient d'un regard étonné le bandage imbibé de sang qui couvrait la moitié du visage de l'inconnu.) Mais qu'est-ce que… ?

Une flèche se ficha dans la poitrine du vieillard, qui tomba dans les braises. Un battement de cœur plus tard, cinq flèches dépassaient du torse de Jacob, du cou et de l'entrejambe de John. Mirella ouvrit la bouche pour crier comme les deux garçons s'écroulaient. Alcoran fut plus rapide, toutefois. Il bondit avec une longue dague à la main, plaquant l'autre sur la bouche de la femme. Elle le mordit à pleines dents, et il lui trancha la jugulaire et le larynx. Sa robe s'imbiba de sang.

Alcoran attendit, le souffle court dans la pénombre, mais personne d'autre ne sortit des tentes. Lentement, les soldats émergèrent de la ligne des arbres et du fossé bordant la route. Ils étaient quinze en tout. Non pas les meilleurs de sa compagnie, mais les plus durs, les plus malins aussi, ceux qui avaient survécu. Il leur adressa un hochement de tête, son œil manquant pulsant d'une agonie sauvage sous le bandage crasseux. Avec un peu de chance, l'infection ne se propagerait pas.

— Il devrait y en avoir une demi-douzaine dans ces tentes, lança-t-il. Vous savez quoi faire.

Les hommes se dispersèrent en rangeant leurs arcs pour s'armer de dagues et de glaives. Alcoran déchira un ruban de tissu de la robe de sa victime pour essuyer sa lame, puis s'éloigna d'un pas tranquille vers la marmite fumante. Utilisant le même morceau de tissu, il souleva le couvercle pour humer l'odeur de lard, de panais et de pommes de terre.

Comme il cherchait une cuillère ou une louche, des cris retentirent dans les tentes, alentour. Des hommes, des femmes et au moins un enfant. Alcoran le regretta. La route du Roi n'était pas un endroit pour les enfants, surtout après le coucher du soleil. Il y avait des bandits partout, après tout.

— Ah, voilà ! dit-il en trouvant la louche noircie, près du feu.

Il la cogna contre sa jambe pour secouer les cendres, la plongea dans le ragoût, puis la porta à sa bouche, soufflant dessus pour la refroidir, savourant le parfum délicieux du lard épais. Cela faisait tellement longtemps qu'il n'avait pas mangé de porc non rance, ni salé, et il en imagina la texture, la saveur. Il goûta du bout de la langue, souffla de nouveau. Un tout petit peu moins chaud. S'il mangeait vite, il y aurait moins à partager avec ses hommes. Il espérait qu'ils mettraient plus de temps que prévu pour piller les chariots et les tentes, pour dépouiller les cadavres.

— Banok est assiégé ou un truc comme ça, les gars. On embauche des mercenaires, si ça vous intéresse.

Il tendit l'oreille pour entendre leurs réponses tout en soufflant sur le ragoût, qu'il finit par aspirer bruyamment. Qu'est-ce que c'était bon ! Trop chaud, mais il était prêt à se brûler la langue pour manger ce délicieux ragoût.

— Sinon, on peut rester sur la route, reprit-il, penché au-dessus de la marmite, la louche fumante suspendue devant la bouche. Beaucoup de gens vont emprunter cette voie, maintenant que le commerce avec Banok n'est plus possible. Ce sera facile.

Alcoran se figea. Pourquoi ce silence subit ? Il regarda par-dessus son épaule, avisa la toile huilée abîmée des tentes démontées. Ses hommes avaient disparu, en revanche. Ne restaient plus que les morts, la voix aussi silencieuse que des tombes.

Où étaient-ils passés ? Alcoran plissa les yeux dans les ténèbres. Les cadavres… Ils étaient trop nombreux. Il y en avait presque une vingtaine.

Instinctivement, il pivota sur ses talons et vida le contenu de sa louche au visage de son assaillant silencieux. Le jeune homme siffla et donna un coup de sa courte épée à l'aveugle. Il ne cligna pas des yeux, en revanche ; il ne ferma pas les paupières. Le liquide brûlant coula sur la peau parcheminée et durcie de ses pommettes couvertes de cicatrices, s'évaporant sur ses globes oculaires.

— Par les dieux, lâcha Alcoran dans un souffle.

L'épée s'abattit de nouveau, et Alcoran para avec sa dague. Au lieu d'être bloquée, cependant, l'épée traversa son arme comme un nuage, atteignant Alcoran à l'épaule, taillant dans son bras et sa clavicule.

— Par Keos ! jura-t-il, sa main gauche lâchant la louche en bois pour se plaquer sur l'artère sectionnée de son aisselle.

Il avait déjà vu ce genre de blessures sur le champ de bataille. Des blessures mortelles.

L'épée du jeune homme le frappa dans le cou, la lame aussi glaciale qu'un vent hivernal. Alcoran voulut lever la main pour freiner l'hémorragie, mais aucun de ses membres ne répondit. Le monde se mit soudain à tournoyer autour de lui, comme s'il culbutait dans l'atmosphère. Sa tête tomba dans les braises rougeoyantes, et il regarda, confus et incrédule, son corps basculer sur le sol, devant lui.

Chapitre 83

— Ils sont partis à Banok, dit Kenton en apparaissant tel un spectre dans la forêt de Brake. Pis, ils ont mis mon plan originel à exécution, et je me demande bien pourquoi vu qu'il ne les intéressait pas. Sans un chef pour décider à leur place, ils auraient pu discuter éternellement.

Kiara le regarda comme si elle n'apprenait rien.

— Les maîtres et anciens de Chaenbalu n'ont jamais été très bons en improvisation. Ce ne sont que des bandits. Tout ce qu'ils savent faire, c'est voler et vivre du travail des autres.

— C'est différent, contra Kenton en suspendant sa Cape des Secrets à la branche d'un sapin. Ils s'appellent toujours les Fils de la Damnation, comme s'ils voulaient que les gens sachent qui ils sont et ce qu'ils font, et ils ont pris toute la ville en otage.

— Mmh…, fit Kiara en détournant les yeux de la mare d'ombre qu'elle était en train de scruter. C'est différent, effectivement. Cinq hommes prenant toute une ville en otage ? Comment ? (Elle plissa les yeux comme Kenton fronçait les sourcils.) Ils ont forcément bénéficié d'une aide extérieure.

— Ils ont payé des mercenaires. Des gens bizarres pratiquant la magie de l'ombre, comme l'assassin qui a attaqué Chaenbalu avec ses monstres.

— Il y a quelques guerriers de Dorchnok à Luqura. Ils servent une des maisons de l'aristocratie. Je ne vois pas pourquoi ils aideraient les Fils de la Damnation à prendre le contrôle d'une communauté. Ils n'ont rien à gagner en le faisant.

— Ce n'est pas tout. Je crois qu'ils sont aidés par des *ferhumains*.

— Des *ferhumains* ? répéta Kiara en se levant de sa souche pour le rejoindre à grands pas. Vous êtes sûr ?

— J'en suis presque certain. Il pourrait s'agir de golems, mais je ne crois pas. Ils ressemblent trop aux monstres qui ont attaqué Chaenbalu.

— Des *ferhumains*, non pas des *feurog* ?

Kenton confirma d'un hochement de tête.

— On dirait que, tout comme les guerriers de l'ombre, on a persuadé les *ferhumains* d'aider les Fils de la Damnation à prendre le contrôle de Banok.

— Pourrait-il s'agir de fugitifs rescapés de l'attaque manquée de Chaenbalu ?

— Non, répondit Kenton en se retournant pour embrasser du regard le village au cœur de la forêt de Brake. Ils ont tous été tués. Ceux qui ont participé à l'attaque de Chaenbalu, en tout cas. Ces autres *ferhumains* doivent constituer une force séparée.

— Ils restent des serviteurs de Cruithear, commenta Kiara. (Elle se tourna lentement, le regard perdu dans le lointain, avant de reposer ses yeux gris sur Kenton.) Vous avez deviné ce que ça signifie.

— Les mercenaires ne travaillent pas pour rien, et je ne vois qu'une chose qui pourrait convaincre des *ferhumains* d'aider les Fils. Les hommes, sur la route, ont même dit que les soldats étaient payés en *or liquide*.

— De l'*aqlumera*, conclut Kiara. Oui, je suis convaincue que cela convaincrait les assassins de l'ombre d'aider. Ather et les autres ont dû en voler avant l'attaque des *ferhumains*, ce qui explique que nous n'ayons pas réussi à les localiser. Par le sang de Tàcharan ! Tous ces efforts fournis pour protéger le Caveau des mignons de Cruithear pour que votre entourage le pille et leur offre l'*aqlumera*.

— Ce n'est pas mon entourage. Ça ne l'est plus, en tout cas. Si Ather a volé de l'*aqlumera*, je parie que Tosan est à leur tête. D'autant qu'il a toujours voulu prendre le contrôle de Banok.

— Je ne suis pas votre logique.

— L'esprit de Tosan gardait la fontaine d'*aqlumera*, expliqua Kenton en remettant en place son bandeau noir sur ses yeux. Attaquer quiconque s'en serait approché sans protection aurait été un jeu d'enfant pour lui.

— C'est une explication sensée, même si j'en aurais préféré une autre. Si Tosan s'est offert les services de mercenaires, il sera beaucoup plus difficile de récupérer l'*aqlumera*.

— La récupérer ? répéta Kenton, la tête penchée sur le côté. (Et puis il comprit.) Vous voudriez que j'aille la leur voler. Avant qu'elle soit distribuée aux mercenaires.

— Ce serait plus facile que d'essayer de la reprendre au Culte de Cruithear et à ses hommes de l'ombre. Ce sera votre tâche. Votre mission. Aller à Banok pour reprendre l'*aqlumera* aux Fils de la Damnation.

— Et si Tosan les contrôle ?

— Ça ne change rien. Tout ce qui compte, c'est l'*aqlumera*. Elle attirera Annev, qui attirera Myjun. Lorsque la substance sera entre ses mains, il l'utilisera pour forger un artefact. Un artefact puissant, presque aussi puissant que les *diamagi*.

— Les *quoi* ?

— Le Marteau de Keos, la Flûte de Lumea et le Bâton d'Odar. Les plus puissants de tous les artefacts. Bien plus puissants que la Main de Keos, qui a pourtant causé la destruction de l'Académie.

— Annev aura donc la Main de Keos et ce nouvel artefact, qui décuplera sa force.

— Oui, mais vous êtes devenu beaucoup plus fort aussi, affirma-t-elle en souriant. Je parle de votre magie et de votre inventaire d'artefacts. Mais vous n'avez pas besoin de vous en faire pour Annev. Je m'occuperai de lui car il n'est plus votre ennemi. Mais s'il meurt, alors Myjun mourra aussi.

— Comment va-t-elle ? L'avez-vous vue récemment ?

Kiara leva la paume comme pour juger de la direction du vent ou pour évaluer le poids de la destinée.

— Les mares d'ombre, ici, ne sont pas aussi claires que la fontaine d'*aqlumera*. Je la vois parfois, mais assez mal. Et rarement.

— Souhaite-t-elle toujours entrer dans le Monde du Rêve ? (Kenton jura comme Kiara opinait du chef.) Quand elle y sera, votre magie fonctionnera-t-elle toujours ? Serai-je toujours en mesure de suivre sa progression ?

— Probablement pas. Peut-être, si j'avais accès au Caveau. Pas avec ça, précisa-t-elle en désignant d'un geste dédaigneux la surface floue, autour de ses chevilles. L'*aqlumera* perce tous les voiles et touche tous les domaines. Les mares d'ombre ne font que jouxter le Monde du Rêve, aussi les visions qu'elle offre sont-elles indistinctes et rares.

— Mais son armure… la peau en bois-de-fer. Vous avez dit qu'elle était chargée de la magie de l'ombre. J'aurais cru que cela faciliterait son observation dans une mare d'ombre.

— Effectivement, et c'est l'unique raison pour laquelle nous n'avons pas complètement perdu le contact avec elle. Elle se trouve sur un autre continent et dans un autre domaine. Vous pouvez vous estimer heureux que je l'aperçoive de temps à autre. Quand Oyru la conduira dans le Monde du Rêve, je ne la verrai plus du tout.

Kenton serra le poing, la mine sombre. Et s'il la perdait ? Si elle ne revenait jamais ? Cette perspective le rendait malade ; non pas tant parce qu'il aimait la jeune femme devenue assassine, mais parce qu'elle était son unique raison de vivre. Comme l'idée de la perdre l'effrayait plus qu'il n'aurait osé l'avouer, il se complaisait dans son obsession. S'il réussissait à la sauver, alors toutes ses souffrances seraient justifiées.

— Comment pourrions-nous les voir, alors ? s'enquit-il, son regard fuyant trahissant ses émotions.

— Sans arpenter les rêves ? (Kiara haussa les épaules.) La Cape des Secrets pourrait sans doute vous emmener là-bas. À condition d'avoir confiance dans sa magie. Je ne pourrais pas vous accompagner, en revanche. Mes affaires me lient à ce monde, et sans guide, le risque me semblerait démesuré. (Elle hésita.) Transportez-vous quelque chose qui nous permettrait de voir dans les rêves d'autrui ?

Kenton consulta son Anneau de Souvenance, puis secoua la tête.

— Je n'ai rien de tel. S'il y avait un artefact de ce genre dans le Caveau, je suis passé à côté.

— Mmh… Dans ce cas, nous devrons nous contenter des visions furtives offertes par les mares d'ombre.

— Vous avez parlé d'arpenter les rêves, insista Kenton en tournant autour de la mare d'ombre noire et immobile. Vous pourriez m'apprendre ?

— Je n'ai pas appris cette technique. Quelques Voyants et Faiseurs d'ombres la pratiquaient, mais c'est principalement la technique des Tisseurs de vide krosérans et des mages de l'esprit dariens : les Créateurs de tempête et les Arpenteurs d'esprit. C'est un exercice difficile et extrêmement dangereux. Le risque n'en vaut généralement pas la chandelle.

— J'en conclus que Myjun court un grand danger, lâcha Kenton en s'efforçant de garder son calme. La magie d'Oyru sera moins puissante dans le Monde du Rêve, et il ne sera pas en mesure d'assurer sa sécurité.

— Ne vous inquiétez pas pour Myjun. Elle est plus que capable de se défendre toute seule. Jusqu'au jour où elle s'en prendra à Annev, mais vous serez là pour l'arrêter.

— Elle sera en danger ! pressa Kenton. Plus encore que dans le domaine de l'ombre.

—Oui, mais elle survivra, soupira Kiara. Elle ne sera peut-être plus la même à son retour, mais elle vivra. Détendez-vous, elle reviendra pour affronter Annev.

—Seulement si l'*aqlumera* est ici.

—Oui.

—Je dois vous croire sur parole. Et cette prophétie, que dit-elle, déjà ?

Kiara semblait avoir attendu qu'il pose la question.

—Dans moins d'un an, Annev forgera un artefact–une épée–, mais il lui faudra pour cela une certaine quantité d'*aqlumera*. S'il la trouve ailleurs qu'à Chaenbalu, il ne rentrera pas au village, et Myjun non plus. S'il n'en trouve pas, il reviendra au Caveau de la Damnation, il forgera son épée, et Myjun le rejoindra pour le tuer. Vous devrez être là pour l'arrêter ou bien elle mourra.

—Et si l'épée est forgée ailleurs ? l'interrogea-t-il, le regard perdu dans les ondulations de la mare. Qu'arrivera-t-il ?

—Elle se retrouvera les Dieux seuls savent où. Hors de votre portée, en tout cas.

Kenton scruta les ténèbres en espérant que sa vision surnaturelle transperce les brumes de l'ombre sans l'aide de la maîtresse femme sage. Elles refusèrent de céder, cependant.

—Elle tue Annev, n'est-ce pas ? Dans votre prophétie ? Si elle le trouve, ils meurent tous les deux ?

—Mmh… Vos yeux commencent à voir plus que ce seul monde, Kenton le Maudit. Bientôt, vous serez vous aussi en mesure de faire des prophéties.

—J'ai assez de malédictions comme ça, rétorqua le jeune homme en secouant la tête. Toutefois, vous pourriez m'enseigner la technique. Vous pourriez m'apprendre à voir plus que notre monde. À voir dans le domaine de l'ombre, même.

—Oui, et plus encore. Scruter les ombres n'est que le début. Avec l'entraînement idoine et la contribution de votre vision altérée, vous pourriez peut-être distinguer les motifs du Destin lui-même.

— Du Destin ?

— Les plans de Tàcharan. Le Dieu de la Mort. Le Dieu de la Ruine. Sur son métier, il tisse les motifs de nos vies.

— Vous ne croyez pas réellement ces balivernes ?

— Bien sûr que si.

Kenton et la femme aux cheveux de fer étaient de tailles comparables, et le jeune homme avait presque l'impression de regarder dans son âme. Enfin, il prit sa décision.

— Dans ce cas, j'apprendrai votre magie, sorcière. Enseignez-moi ce que vous pourrez, mais il est hors de question que je vénère votre dieu. Je ne chanterai pas ses prières, ni ne lui sacrifierai des vies.

— Il ne le demande pas. Pas pour l'instant. Nous commencerons votre formation lorsque vous rentrerez de Banok.

— Vous êtes certaine que Myjun ne reviendra pas avant ?

— Le futur n'est jamais parfaitement clair, mais je suis sûre de moi, oui. D'après mes estimations, ni Myjun, ni Annev ne rentreront à Chaenbalu avant un mois environ. Lorsqu'il réapparaîtra, Annev sera escorté de ses compagnons, aussi est-il peu probable qu'Oyru permette à Myjun d'attaquer. Ils attendront que l'épée soit forgée, lorsque les amis d'Annev l'abandonneront, lorsque ses alliés le déserteront et qu'il sera faible. C'est à ce moment-là que nous devrons intervenir. Voilà comment vous sauverez Myjun.

— J'ai juré de tuer Annev, dit Kenton, le visage fripé par l'écœurement. Au lieu de quoi je vais devoir lui sauver la vie, empêcher Myjun de le tuer. Myjun, à qui j'aimerais ne rien refuser…

— En effet. Si vous voulez la sauver…

— Je vois. Comment meurt-elle, exactement ? Comment la mort d'Annev conduira-t-elle à la sienne ?

Kiara hésita.

— Je ne sais pas. Au bout de ce chemin, je vois la mort, voire une touche de nécromancie, mais d'un genre dont je ne suis pas familière. Peut-être Myjun se sacrifiera-t-elle pour tuer Annev ? Ou bien Oyru la tuera-t-il après qu'elle a tué Annev ? Peut-être se passera-t-il quelque chose que je suis incapable de prédire. Dans tous les cas, nous n'échapperons pas au Destin, Seigneur de la Damnation. Le tenter n'apporterait que la ruine. Chade Thornbriar vous dirait la même chose… s'il réapparaissait.

— Il me reste donc à récupérer un liquide inestimable à Banok.

Comme il faisait mine de reprendre la route, Kiara lui posa la main sur l'épaule.

— Faites attention aux mercenaires, et encore plus à l'Ancien Tosan. S'il se trouve réellement là-bas, ne le sous-estimez pas. Je croyais que sa haine de la magie l'aurait empêché de la pratiquer lui-même, mais je me suis trompée. J'ignore ce qu'il a derrière la tête, mais son plan doit être extensif. Les malheurs des habitants de Banok le prouvent.

— Je me fiche bien d'eux, rétorqua Kenton en écartant sa main. J'ai déjà sauvé ces gens de Janak Harth et de sa Baguette de Compulsion. Il aurait ensorcelé toute la population de Banok si Fyn, Annev et moi ne l'avions arrêté. Si Tosan œuvre réellement là-bas, il sera trop occupé pour anticiper mon arrivée… Vous me conseillez de ne pas le sous-estimer, mais il ne devrait pas me sous-estimer non plus. Tosan m'attend, mais je récupérerai l'*aqlumera* et je reviendrai très vite. Si Tosan se met en travers de ma route, je le tuerai.

— Et vous laisserez les habitants de Banok se débrouiller seuls face aux mercenaires et vos Fils de la Damnation.

— Qu'ils brûlent tous dans la forge de Keos.

— Vous dites que vous refusez de sacrifier des vies à Tàcharan, remarqua Kiara en souriant, et pourtant, vous êtes décidé à faire son travail.

Kenton lança un regard noir à la vieille maîtresse femme sage. Kiara, cependant, s'était déjà abîmée dans la contemplation de la mare d'ombre, l'ayant chassé de ses pensées. Il la regarda pendant un long moment, sa vision pénétrant ses os, mais la femme ne se retourna pas. Il secoua la tête, consterné, puis entreprit de planifier son approche de Banok.

Ça me rappelle le jour où Fyn, Annev et moi sommes partis pour le palais de Janak, pensa-t-il. Quelques mois s'étaient écoulés depuis, qui lui faisaient l'effet d'une éternité. Il se rappelait les chemins empruntés, les plaisanteries échangées, la haine qu'il ressentait déjà pour Annev. Il se souvenait de sa réticence à tuer Maître Duvarek, la seule personne à s'être montrée gentille avec lui à l'Académie. Tosan lui avait ordonné de tuer le Maître des Ombres, même si Annev avait essayé de trouver une autre solution. En y repensant, sa haine pour Annev se dissipa encore un peu, tandis que celle qu'il vouait à l'ancien directeur augmentait. Tosan avait dicté cet ordre pour leur donner une leçon, à Kenton et à son mentor, pour prouver que personne n'était au-dessus des intérêts de l'Académie. Celle-ci n'était plus, désormais, et tout cela n'avait servi à rien.

*Si vous êtes vraiment à Banok, Ancien Tosan, vous feriez mieux de vous cacher. Je vais récupérer l'*aqlumera *que vous avez volée, et puis je vous couperai la tête pour me venger. Je vais vous renvoyer en enfer, là où est votre place.*

Chapitre 84

L'anneau gris de l'Œil de Dorchnok apparaissait à peine au-dessus de l'horizon lorsque Oyru ordonna une halte. Myjun finit de gravir la petite colline quelques instants plus tard et constata qu'ils se trouvaient à plusieurs kilomètres au nord des montagnes d'Alltaran, tout près de l'endroit où ils avaient vu le *witherkin* pour la première fois. Comme Oyru s'arrêtait, la jeune femme s'assit péniblement par terre, épuisée mentalement et physiquement par leur marche incessante à travers la nuit de l'ombre.

— Je suis à deux doigts de m'endormir, murmura-t-elle.

Elle avait hâte de profiter d'un sommeil réparateur, tout en craignant ce qu'il risquerait d'apporter.

— Je compte bien me joindre à toi au plus vite, dit Oyru en s'agenouillant à côté d'elle.

Il ouvrit la bouche pour en dire davantage, mais sembla hésiter.

— Dites ce que vous avez sur le cœur, l'encouragea Myjun. Qu'est-ce qui vous chagrine ?

— Je n'ai pas dormi depuis une décennie, expliqua-t-il, le regard rivé sur la pente, en contrebas. Je ne sais pas…

Les mots lui manquèrent, et son regard se perdit dans le lointain.

— Vous méditez ? lui demanda Myjun. Ce n'est pas ce que nous avions décidé pendant notre longue marche.

— Je ne médite pas, répondit Oyru, sur la défensive. Je réfléchis, mais il est vrai que ce n'est pas très différent de la méditation. (Il secoua la tête comme pour émerger d'un rêve.) J'ignore ce que nous allons rencontrer dans le Monde du Rêve. J'ignore comment tuer le *witherkin*. Et je n'ai pas la moindre idée de ce que je ferai si je suis confronté au spectre d'Oraqui.

— Et cela vous effraie, conclut Myjun comme l'homme la transperçait d'un regard noir. Vous m'avez obligée à affronter l'inconnu un nombre incalculable de fois. Vous m'avez jetée violemment contre les rochers de l'incertitude. J'ai été brisée, reconstruite. J'imagine que vous n'êtes pas étranger à l'inconnu.

— Peut-être, concéda l'assassin en haussant les épaules.

— Saviez-vous si nous survivrions aux eidolons lorsque j'ai sauté dans cette première crevasse ?

— Non.

— Mais vous êtes quand même venu me chercher. Vous m'avez sauvée.

Oyru effleura l'orbite écrasée de son œil manquant.

— Nous devons tester nos limites pour devenir plus grands. Cela veut dire sacrifier ce que nous avons de faible en nous en échange de quelque chose de grand.

— Et si nous sommes abîmés au point de ne plus pouvoir être réparés, cela signifie-t-il que nous avons trouvé nos ultimes limites ? Que nous resterons amoindris à jamais ?

Oyru ne répondit pas. Sa main glissa sur sa pommette, tomba le long de son flanc.

— Je ne sais pas, finit-il par répondre, le regard distant.

— Vous ne le croyez pas.

Il se tourna subitement vers elle, plongea son regard dans ses yeux verts, derrière le masque.

— Qu'est-ce qui te fait dire ça ?

— Vous m'avez brisée tant de fois. J'ai appris que chaque échec est un don garantissant un nouveau départ. Le succès n'apprend rien, à part qu'on n'a pas encore atteint ses limites.

— Que t'ont appris tes échecs ?

— Que je n'ai pas de limites, à condition de recommencer chaque fois à zéro.

Un sourire en coin éclaira doucement le visage de l'assassin. Un sourire d'une chaleur douce peu familière.

— Dormons et voyons quel nouveau départ nous attend.

Plus aucun mot ne fut échangé entre le maître et son ancienne apprentie. Ils s'allongèrent côte à côte avec la familiarité d'un vieux couple. Leurs yeux se fermèrent, et comme l'épuisement d'une succession infinie de jours et de nuits s'emparait d'eux, ils laissèrent la somnumbra les saturer, les pénétrer si profondément que leur corps physique glissa dans un monde d'ombres plus sombres et de rêves plus profonds.

* * *

Myjun se réveilla en sursaut, le cœur battant à tout rompre. Instinctivement, elle porta la main à la prison dorée de son masque, au lieu de quoi ses doigts rencontrèrent une matière aussi douce et malléable que de la chair.

— Il n'est plus là, chuchota-t-elle, trop effrayée pour ouvrir les yeux. Mais comment ?

— Parce que ceci est un rêve, expliqua Oyru, quelque part sur sa gauche. Il n'a pas véritablement disparu.

Myjun ouvrit doucement les paupières et découvrit l'assassin, qui tenait un miroir doré devant son visage. La jeune femme eut d'abord un mouvement de recul, mais sa curiosité finit par prendre le dessus sur son appréhension. Elle se tourna donc vers le métal poli.

— C'est moi, souffla-t-elle en effleurant de nouveau son visage. Mais comment… ?

— Ce n'est pas exactement toi, n'est-ce pas ?

Myjun examina les ondulations de ses cheveux auburn clair, propres et soigneusement brossés. Elle scruta ses yeux vert clair pareils à des émeraudes, sa peau sans défaut, scintillante comme de l'or, mais aussi molle que de la vraie chair.

— Quelle diablerie est-ce là ?

— Nos rêves sont ce que nous en faisons, répondit Oyru en abaissant doucement le miroir. Nous sommes une image de nous-mêmes, une image que nous ne contrôlons pas complètement.

Myjun se rendit alors compte que le visage de l'Ombre ressuscitée aussi avait changé. De fait, il ne portait plus son masque noir, tombé autour de son cou, et ses joues arboraient la fraîcheur de la vie. Du sang coulait sous la peau autrefois exsangue de l'ombre, et son œil manquant était réapparu.

Myjun le regarda fixement, le souffle court. Était-ce l'apparence qu'Oyru avait lorsqu'il était encore un homme entier ? Ou bien était-ce la perception qu'il avait de lui-même, un rêve dans un rêve ?

— Rien de ce que tu verras ici n'est vrai, dit-il comme pour répondre à son interrogation. Ceci est une projection de nos pensées, imposée à une réalité qui n'existe qu'ici. (Il désigna le vide qui les entourait.) Ici et dans l'esprit de ceux qui frôlent ce domaine lorsqu'ils dorment.

— Et nous ? Sommes-nous ici physiquement ?

— Oui, confirma Oyru en hochant lentement la tête. Si tu retournais dans le domaine de l'ombre, tu ne nous trouverais pas étendus sur le sol. Nous sommes physiquement présents ici. Nous nous sommes physiquement transportés dans un nouveau plan d'existence, tabibito.

— Où sont les cauchemars et les paysages oniriques ? Il n'y a rien, ici.

— Ces choses-là doivent être invoquées. Il faut user de l'énergie cognitive pour les attirer, et ils doivent être modelés par le rêveur. Nous n'avons invoqué personne, n'avons investi aucune énergie, aussi le monde reste-t-il vide. Plus vide encore que le domaine de l'ombre.

— Mais il y a forcément des rêveurs dans le monde physique, au moment où nous parlons. Des rêveurs ! Pourquoi ne voyons-nous pas leurs rêves ?

— Le domaine cognitif est un océan vaste où le concept d'espace diffère du monde physique et du domaine de l'ombre. (Oyru montra les ténèbres infinies.) Un arpenteur de rêves peut voyager facilement dans ce plan car il n'est pas lié à un corps physique. Il projette son esprit dans le paysage onirique et se rend là où ses pensées l'emmènent. Un Tisseur de vide est capable du même prodige, mais voyage avec son corps. L'espace et le temps se tordent pour accommoder la volonté et les besoins de telles créatures. Pour ce qui nous concerne… nous sommes ancrés là où gisent nos corps endormis. Pour que le paysage change, il faudrait que nous intervenions, ou que quelqu'un d'autre nous impose une modification. Cela n'arrivera pas sans une puissante connexion mentale et spirituelle. Nous devons attendre.

— Le *witherkin* ?

— Le *witherkin*… ou les cauchemars.

Myjun scruta le ciel sans étoiles, puis le sol parfaitement plat, ne sachant où se terminait l'un, ni où commençait l'autre. Elle tendit les bras, cherchant quelque chose qui aurait pu lui donner un sens de la profondeur, mais elle ne trouva rien.

— J'ai le vertige, dit-elle en s'asseyant. J'ai l'impression de tomber alors que je suis sur la terre ferme. Je devrais être capable de voir où le ciel et la terre se rencontrent… C'est de la folie pure…

— Oui. Je le crains. En fait…

Oyru tendit le bras et toucha ce qui semblait être un mur noir. Et puis il s'appuya dessus et rampa vers le haut. Soudain, il se leva et se tint à la perpendiculaire du plan sur lequel se trouvait Myjun.

— Par les Neuf Enfers, comment avez-vous fait ça ?

— Je suis incapable de tordre l'espace et le temps comme le font les Tisseurs de vide, mais un peu de leur sang coule dans mes veines, expliqua Oyru en souriant. C'est le seul truc que je peux accomplir avec leur magie. Et le seul lieu où cela m'est possible.

— Vous m'apprendrez ?

— Si les ténèbres étaient faites de lumière, peut-être, mais… cet endroit-ci n'est qu'entropie. Une facette du domaine de l'ombre. Même un arpenteur de rêves n'y parviendrait pas.

L'assassin pressa ses doigts contre le noir et se remit à escalader, marchant sur un autre mur. De là où se tenait Myjun, il semblait marcher au plafond.

— Par la pourriture et l'enfer ! Arrêtez ça !

Oyru posa un pied sur quelque chose de solide, monta une marche, puis une autre, sauf qu'en gravissant cet escalier, il redescendit vers Myjun. Il fit un pas, puis un autre, le dernier le ramenant au niveau de la jeune femme, mais sous elle, comme s'ils arpentaient le recto et le verso d'une même surface. Myjun s'écarta, et il s'écarta avec elle, remettant ses pieds sous ceux de son apprentie. Il regarda vers le haut – ou vers le bas –, et elle fit de même.

— Qu'arrivera-t-il si j'essaie de vous prendre par la main ? demanda-t-elle, n'osant pas tenter sa chance. Quitterai-je le plan sur lequel je me tiens ou bien serons-nous incapables de pénétrer le plan auquel nous sommes ancrés ?

— Vérifie par toi-même.

Myjun se pencha en avant et tendit le bras avec hésitation. Oyru l'imita, quoique avec plus d'assurance. Lorsque leurs doigts se touchèrent là où aurait dû se trouver le sol, ils ne rencontrèrent aucune résistance et s'entremêlèrent.

— C'est complètement fou, dit-elle, l'esprit tournant à plein régime. Comment est-ce possible ?

— Cela fait partie de ce paysage. Ce n'est qu'un rêve. Ce que nous en faisons. Tu veux essayer de quitter le sol ? lui demanda-t-il en la désignant du menton.

— Vous me demandez si je souhaite rester suspendue à votre main ?

— Absolument.

Myjun inspira profondément, luttant toujours contre une sensation de vertige.

— Pourquoi pas ?

Elle leva le pied gauche, mais se sentit happée par la gravité. Quand elle sauta, cependant, elle tomba dans les bras d'Oyru. La gravité se réorienta et elle se retrouva dans son plan à lui.

— Nous avons appris quelque chose, dit-il d'un ton sec.

— Quoi ?

— Aucune idée.

Une ombre grise se constitua dans l'air à côté d'eux. Myjun la vit un instant avant Oyru, se dégagea et bondit en faisant apparaître ses lames.

— Le *witherkin* ! Il est là !

Les flissas de l'assassin se matérialisèrent dans ses mains.

— Il se peut fort que nos armes soient inoffensives contre lui, la mit-il en garde en faisant quelques pas de côté pour attirer l'attention de la chose.

Pour tester sa théorie, il décrivit un arc avec ses lames et coupa le fantôme de Yohan en deux. Les yeux du spectre brûlèrent d'une colère blanche, comme il poussait un cri silencieux.

— Par les enfers, jura-t-il en esquivant la contre-attaque de la créature. À ton tour, cria-t-il en roulant sur le côté pour s'éloigner de la goule.

Tandis que le *witherkin* se tournait vers elle, Myjun abattit ses lames. La créature hurla, poussant un cri plus viscéral que tous ceux qu'elle avait entendus dans le monde physique, et ses yeux brûlèrent d'un feu jaune. Ses contours brillèrent comme des braises, et la silhouette spectrale et éphémère se dissipa comme de la vapeur dans le vent.

— Ça y est ? Il est parti ? demanda Myjun en fixant du regard l'endroit où la chose se tenait un instant plus tôt.

— J'en ai l'impression, confirma Oyru en se relevant. Bien joué, tabibito.

— C'était trop facile, commenta la jeune femme en examinant ses lames, les sourcils froncés. Lorsque je l'ai frappé, je n'ai senti aucune résistance. Comme s'il n'y avait rien du tout devant moi.

— Qu'as-tu ressenti ? Était-ce différent de la fois où tu as voulu le tuer dans le domaine de l'ombre ?

— Non, admit Myjun, ennuyée par la facilité avec laquelle elle avait apparemment battu le spectre. Je n'ai ressenti aucune satisfaction.

— N'oublie pas que le *witherkin* a perdu son âme à cause des *eidola*. Seul son esprit cognitif est resté, aussi sa destruction n'a-t-elle pu alimenter tes lames du feu de l'âme comme ç'aurait été le cas dans le monde physique.

— Oui, sans doute, acquiesça la jeune femme. (Elle soupira.) C'était tellement peu satisfaisant. Après tout ce temps passé à l'éviter dans le domaine de l'ombre, nous nous retrouvons ici et... (Elle claqua des doigts.) Il disparaît. Comme ça.

— Ta contribution a été décisive, Myjun. Mes flissas n'ont rien fait à la créature. Si tu n'avais pas été là, je n'aurais rien pu faire. Nous avons eu de la chance. Que tu maîtrises tes pouvoirs, notamment.

— Peut-être. (Elle se tourna vers les ténèbres informes qui les entouraient, plissa les yeux en scrutant le soleil puissant qui commençait à émerger du vide.) Oyru, c'est vous qui l'avez invoqué ? s'enquit-elle comme son estomac se nouait.

L'assassin secoua la tête pour bloquer les rayons du soleil.

— Je n'y suis pour rien, tabibito.

— Ce n'est pas de la magie de Tisseur de vide ?

— Non, et je n'ai pas invoqué ce rêve.

— Mais alors… qu'est-ce que c'est ?

Ils regardèrent tous les deux la lumière de plus en plus intense et chaude dans le ciel sans étoiles.

— As-tu imaginé ce lever de soleil ? s'enquit Oyru en se protégeant le visage contre la chaleur de la sphère brûlante, au-dessus de leur tête. L'as-tu invoqué ?

— Non ! s'écria Myjun en tournant le dos au soleil et en cherchant un endroit où se cacher.

Mais il n'y avait rien autour d'eux. Le vide restait… vide.

— Par ici ! lança Oyru, comme une grotte profonde se formait devant lui.

Il l'entraîna à l'intérieur, et ils se blottirent ensemble dans l'ombre, sous le feu qui brûlait le monde, à l'extérieur.

— Je ne comprends pas, dit Myjun, toute transpirante. Si aucun d'entre nous ne l'a invoqué…

— Il s'agit du rêve d'une tierce personne, conclut Oyru d'un ton incertain. Si un arpenteur de rêves dort tout près – non pas physiquement, mais si son esprit est focalisé sur l'un d'entre nous –, le feu a pu nous suivre jusqu'ici. (Il se détourna de la lumière qui éclairait l'entrée de la grotte, se tourna vers les profondeurs sombres de leur trou.) L'arpenteur a dû penser à nous – à toi ou à moi – tout en rêvant de feu et de flammes. D'où notre présence ici, à nous et à la boule de feu.

— Vous ne semblez pas très sûr de vous ! protesta Myjun, désespérée, comme Oyru s'enfonçait plus loin dans leur trou, à l'abri de la lumière. Que se passe-t-il ? Comment peut-on l'arrêter ?

— Nous pourrions attendre, proposa l'assassin d'un ton calme, alors que ses vêtements commençaient à fumer. Je crains cependant que cette chaleur ait le temps de nous cuire avant de diminuer.

— Pourrions-nous nous enfuir ? proposa la jeune femme en se blottissant contre lui dans le fond de la grotte.

— Il n'y a nulle part où aller.

— Que pouvons-nous faire, alors ?

— Comme d'habitude, répondit-il en la fixant du regard. Nous nous armons et nous combattons.

Alors que Myjun s'apprêtait à répondre, l'assassin grimaça, tandis que des ombres opaques émergeaient de ses pupilles, couvrant ses yeux d'une nuit liquide. Et puis les ténèbres s'écoulèrent hors de ses orbites, ruisselèrent sur son visage, gouttant sur sa poitrine. Comme elles recouvraient son corps tout entier, les plaques fines de son armure d'ombre se muèrent en plaques épaisses de néant et en éclats de vide. Il était un chevalier noir, un guerrier de ténèbres. Les paupières toujours plissées, l'Ombre ressuscitée sortit dans la lumière et permit au feu de le lécher, de le consumer.

Myjun cria. Cela recommençait et, une fois de plus, elle était trop lente pour l'arrêter. Annev avait incinéré son père avec le pouvoir de sa main dorée, et ce soleil traversait les plaques de néant du semi-homme. Oyru se tourna vers elle au dernier moment, l'armure complètement fondue, avant de disparaître dans un nuage de cendres et de fumée.

— Non ! Nooon !

Hors du trou, la lumière n'avait rien perdu de son intensité. La chaleur entrait par la gueule de la grotte, sortant directement d'une forge infernale, aurait-on dit.

Myjun cessa de hurler. Non pas parce qu'elle n'avait plus peur, mais parce que respirer l'atmosphère était trop douloureux.

Est-ce ce qu'Annev a ressenti ? se demanda-t-elle en s'éloignant le plus possible de l'entrée de son abri. *Caché derrière son bouclier, il a vu son mentor être brûlé vif… avant de faire subir le même sort à mon père.*

Elle revécut ce souvenir qu'elle s'était donné tant de mal à oublier : Annev levant son bras doré, attrapant les flammes dans sa paume, son père combattant la volonté d'un gamin possédé par le pouvoir de Keos lui-même, se recroquevillant dans les flammes qui lui revenaient, sa chair fondant, sa propre peau brûlant comme elle plongeait pour se mettre à l'abri.

Au-dessus de sa tête, les parois de la grotte se fissuraient, laissant entrer davantage de lumière.

La lumière. Je peux manipuler la lumière. Ce qu'Oyru a été incapable de m'enseigner. Je peux tordre la lumière, la modeler, la faire mienne. Peut-être même puis-je la réfléchir.

Les yeux plissés dans la clarté intense, Myjun se concentra et se mit à chantonner. C'était instinctif. Naturel. Elle trouva ses émotions, et au lieu d'essayer de les dominer, de les mater, elle flotta avec elles, permit à sa voix de les capturer. Sa colère était là, comme à l'accoutumée, mais cette fois elle ne masquait pas ses autres émotions. Myjun pleurait enfin son père, ressentait le chagrin qui avait si souvent été teinté d'auto-apitoiement et de dégoût. Le sentiment était pur, cette fois. Son père lui manquait, et sa perte avait laissé un vide. Elle ressentit de nouveau l'amour enivrant qu'elle avait nourri pour Annev, la confusion qui s'était emparée d'elle lorsqu'elle avait découvert qu'il était handicapé. Un sentiment de perte, encore. La perte de ce qui aurait pu être. De la confiance. De l'amitié. Elle avait ressenti la même chose lorsque Kenton avait été balafré… en moins fort. C'était un secret qu'Annev lui avait caché, non pas un châtiment infligé par les dieux.

Et puis il avait tué son père. Elle la voyait clairement désormais : la fureur provoquée par la mort de Sodar, par sa trahison à elle. Et elle voyait le reflet de sa rage dans ses propres émotions. Lorsqu'elle avait combattu et tué les monstres du Vosgar, c'était contre lui qu'elle se battait. Quand elle avait massacré des innocents, à Hentingsfort, c'était lui qu'elle assassinait. Lorsqu'elle avait tué des eidolons dans les plans de l'ombre, c'était lui qu'elle affrontait.

Et en l'affrontant – en affrontant le symbole de sa propre haine –, Myjun se battait contre elle-même.

Elle rouvrit les yeux et regarda sans ciller la lumière qui détruisait son abri, abattait les murs autour d'elle. Elle sentit les vagues de chaleur lécher sa chair couverte de chitine, et elle comprit. Elle chantonna de plus en plus fort, faisant jaillir une mélodie puissante et douce-amère entre ses lèvres dorées. Elle s'enveloppa dans la musique, enveloppa le monde dans sa chanson, et elle sentit la lumière du terrible soleil varier avec ses contours, se réfléchir autour d'elle, tordue par ses mots et sa volonté. Elle tissa une tapisserie d'émotions et de lumière, de *lumen* et de feu, et puis elle se leva et sortit de la grotte.

Ani. Le mot se réverbéra dans son esprit, à la fois un nom et un appel. *Ainnevog*. Elle l'inséra dans sa chanson, ses notes et son timbre correspondant à des émotions qu'elle n'aurait su exprimer autrement.

Annev.

Le soleil s'éteignit comme une bougie dans la nuit, et Myjun se retrouva seule dans les ténèbres, la peau rougeoyant comme de la roche en fusion.

Chapitre 85

Annev.

Son nom résonna dans l'esprit d'Annev, l'arrachant à son sommeil. Une fois de plus, il avait fait ce cauchemar qui le tourmentait depuis la mort de Sodar. Le feu jaillissant de la baguette de Tosan, la destruction de l'Académie. Et puis l'horreur : le feu retourné contre Myjun qui, immobile, avait fait face à sa propre destruction. Il avait fermé son esprit aux voix qui menaçaient de le soumettre, et puis elle était tombée dans ce gouffre en hurlant son nom.

Annev.

Il cligna des paupières et vit où il se trouvait. Les craquements du bois, l'eau qui clapote. Une coque sombre, l'odeur fétide d'un matelas sale et du sang séché.

Le sang de Honeycutt, se dit-il en se rappelant comment il s'en était cyniquement servi pour peindre sa cape en écailles de dragon. Ce qu'il ne regrettait aucunement car sa magie s'était révélée inestimable. Moins d'une heure après avoir embarqué dans le *Cormoran huppé*, on lui avait ordonné d'escalader le gréement pour accélérer le voyage du gros bateau vers Luqura. Usant des pouvoirs de Briseur de souffle de Honeycutt via sa cape, il dirigea le vent dans les grandes voiles de la barge, ajoutant au travail des rameurs. Il craignit un temps que la magie s'épuise avec son *quaire*, mais la cape ne semblait pas souffrir des contraintes de la magie darienne. Ses réserves magiques étaient illimitées, comme celles des artefacts. Anabo, cependant, ne devrait pas le savoir, aussi chaque fois qu'elle l'interrogeait sur son état de fatigue, Annev redescendait-il pour boire de l'eau, se reposer et recouvrer ses forces.

Il se leva de son lit et tituba dans la pénombre avant de penser à augmenter la puissance de son Anneau d'Inquisiteur. Lorsque l'artefact eut mis en évidence le décor sous la forme d'un camaïeu de rouges, il identifia les contours bordeaux du bois taché de la barge, le marron et le rouge écarlate de son matelas de paille, dans lequel subsistait de la chaleur résiduelle. Un pot de chambre en cuivre luisait à ses pieds, parfaitement positionné pour le faire trébucher, aussi Annev le contourna-t-il avec circonspection. Il réfléchit, puis retourna se soulager.

Trop de flotte, pensa-t-il en se débarrassant de son excès d'eau. *J'ai dû en boire au moins quatre litres!* Il reboutonna son pantalon et ramassa Casseur de dents.

Après qu'Anabo se fut silencieusement interrogée sur la taille anormale du gant dissimulant sa prothèse, Annev avait décidé de porter le vieux bocle de Sodar, combinaison entre un bouclier et un brassard d'avant-bras muni de pointes au niveau du poing et du coude ; au cas où il perdrait son arme principale, il pourrait continuer de se battre. Au début, les marins du *Cormoran* avaient regardé d'un œil mauvais sa décision de porter constamment son arme, mais après une journée à naviguer grâce à lui, ils avaient fini par accepter ses excentricités, ne faisant plus attention à son bras, ni à sa cape couleur pie.

Profitant de la chaleur de son vêtement magique, Annev fit glisser la barre de bois qui fermait sa porte et s'engagea dans le ventre étroit de l'embarcation. Une lanterne était suspendue à l'extrémité opposée du couloir. Il se dirigea vers elle et gravit les marches conduisant au pont. Il fut accueilli par les étoiles et se rendit compte qu'il avait dormi pendant les deux premiers tours de garde.

Utiliser l'artefact m'épuise bel et bien, constata-t-il avec étonnement. *Ou bien suis-je surmené.*

— Bonjour, Maître Magpie.

— A-t-on le droit de dire bonjour quand les étoiles sont déjà sorties, Jaffa ?

Annev était appuyé contre le bastingage, le regard rivé sur les cieux, en quête de réponses. L'esclave d'Anabo se rapprocha dans son dos.

— Quand on est fermier ou valet, oui. Nous nous levons avant l'aube et terminons la plupart de nos corvées avant que les autres aient fini leur petit déjeuner.

Annev hocha la tête. Sodar avait eu la même vie.

— Avez-vous terminé vos corvées ?

— Presque. La consule m'a demandé de vous remettre ceci dès que vous remonteriez sur le pont.

Jaffa mit dans son dos un grand tube en cuir finement ouvragé équipé d'un couvercle aux armes de la maison royale d'Innistiul, puis ouvrit sa cape couleur sable pour en sortir un objet noir verni doté d'un bec blanc et d'un contour de plumes.

— Un masque de pie ? s'étonna Annev en l'acceptant. Quand la consule Anabo a-t-elle trouvé le temps de se le procurer ?

— Juste après votre première rencontre. Elle comptait vous l'offrir hier soir en signe de sympathie, mais elle en a eu assez de vous attendre et a préféré se retirer dans sa chambre.

— La consule espérait-elle que je la rejoigne dans ses appartements avec ce masque ? s'enquit Annev, qui avait deviné les intentions de la femme.

Jaffa haussa les épaules, mais un sourire souleva le coin de ses lèvres.

— Je ne peux pas parler à la place de la consule, Monseigneur, mais… je pense que vous avez raison.

Annev savait exactement ce que la séductrice consule espérait en lui faisant ce cadeau.

— Phoeba n'a pas encore payé ce que je lui ai demandé, et elle pense pouvoir m'amadouer en m'attirant dans son lit ?

Jaffa ne se départit pas de son sourire.

Annev hocha la tête en retournant le masque excentrique dans ses mains. C'était de la belle ouvrage, sculptée dans un bois poli, mais la magie de son anneau en cuivre lui révéla la véritable origine du masque.

— C'est de l'os, dit-il en soulevant le masque de pie de la main droite. Il a été sculpté dans un crâne. Peut-être un crâne humain. Il a été peint en noir, et un bec en ivoire – l'extrémité d'une défense – a été collé sur le nez.

— La marchande m'a juré qu'il avait été fait à partir de la tête d'un Seigneur de sang…

Annev se retourna et vit la consule escalader l'échelle, dans son dos. Elle portait une chemise de nuit en dentelle bleue ornée de fil d'or. Le tissu était tendu sur son corps voluptueux.

— De la tête d'un Seigneur de sang, reprit-elle, et de la harpie qui l'a tué.

— La chasseresse et sa proie ?

— Ils ont lutté et se sont entre-tués, précisa-t-elle en souriant. Qui peut dire qui chassait qui ?

— Qui peut dire si la marchande disait la vérité ? demanda Annev en s'efforçant de ne pas regarder dans le décolleté plongeant de la femme.

— Jacy est la meilleure artisane de Quiri, promit la consule en jouant avec l'ourlet de sa robe. Une véritable artiste, qui n'hésite pas à se procurer les matériaux les plus exotiques pour fabriquer ses créations. (Elle s'approcha de lui, tapota le masque de ses ongles vernis tout en caressant le dos de la main droite du jeune homme avec la paume de la sienne.) Je garantis qu'il est authentique. Il ne vous plaît pas ? l'interrogea-t-elle en faisant la moue.

Annev fronça les sourcils devant le comportement outrancier de la femme. Comme lors de leur première rencontre, il perçut une pointe de magie dans l'atmosphère. Manifestement, Anabo avait dans les veines un sang magique, qu'Annev ne put s'empêcher de convoiter.

— Le masque est très beau, mais nous étions convenus d'un autre moyen de paiement. Dix fioles de sang, dont une emplie du vôtre et une de celui de votre valet.

— Et huit fioles prélevées sur des sujets choisis par vos soins, acquiesça-t-elle en faisant encore plus la moue. (Sans le lâcher des yeux, elle plongea une main dans son décolleté et en sortit une fiole de verre pleine d'un liquide écarlate.) J'espérais vous la donner cette nuit, entre autres choses.

— Est-ce votre sang ? s'enquit un Annev soupçonneux, en débouchant la fiole pour en humer le contenu.

— Comme promis, confirma la consule dans un hochement de tête.

Annev boucha la fiole avec l'index, la retourna, puis renifla le liquide rouge au bout de son doigt. Il secoua la tête.

— À qui avez-vous pris ce sang ?

Anabo ouvrit la bouche pour protester, puis hésita.

— … euh, comme je vous l'ai dit, Jacy Ashbury n'utilise que des matières premières très exotiques. Cette fiole était un autre cadeau. Avec mes compliments.

Annev huma encore une fois, puis goûta. Jaffa écarquilla les yeux, bouche bée. Anabo fit de même, même si son expression s'accompagna d'un gémissement de plaisir. Annev serra les dents et se retint de lever les yeux au ciel. N'arrêterait-elle donc jamais d'essayer de le séduire ? Ou bien était-elle réellement excitée de le voir lécher ce sang ?

Annev sentit la bile lui monter dans la gorge lorsqu'il se rendit compte qu'il avait goûté du sang comme Jian Nikloss avait goûté le sien. Il lutta contre sa révulsion, cependant, et se concentra sur la magie de ce sang. L'Anneau d'Inquisiteur en cuivre lui picota le doigt, et il eut l'impression de vivre une expérience d'Arpenteur d'esprit. Le monde n'éclata ni ne trembla sous ses pieds, son esprit ne bascula pas dans un autre monde ; en revanche, il aperçut l'homme à qui appartenait ce sang. Et il vit en un éclair ce qui l'avait tué : un oiseau monstrueux avec le visage et la poitrine d'une femme, des crocs aiguisés comme des lames de rasoir et des serres ivoire. La chose attaqua le Seigneur de sang, lui fondit dessus. Il les vit s'agripper, rouler sur le sol. Il reconnut le goût cuivré du sang comme les serres s'enfonçaient dans la gorge de l'homme. La magie du Seigneur de sang enfla, et il saisit la créature de ses mains gantées, la souleva de terre, retournant son sang contre son ennemi.

Alors, Annev devint la harpie qui fondait sur l'homme en contrebas. Il se sentit croasser, caqueter, et il eut peur comme son sang se retournait contre lui, comme si mille couteaux le piquaient de l'intérieur. Il écrasa la gorge de sa proie sous ses serres, mais finit par exploser sous les assauts de la magie du Seigneur de sang.

Annev était tout essoufflé. Il referma la fiole et se tourna vers la consule.

— Celle-ci sera donc une des huit fioles, dit-il en rangeant le flacon dans la poche de poitrine de sa tunique. Vous me devez toujours votre sang et celui de votre valet, ajouta-t-il en désignant de la tête Jaffa, qui s'inclina respectueusement.

— Comment avez-vous su ? demanda Anabo, aucunement gênée d'avoir été prise en flagrant délit de mensonge. Je ne comprends pas…

Annev mit le masque de pie, puis noua les cordons en cuir derrière sa tête.

— C'est mon secret, répondit-il en ajustant le crâne de Seigneur de sang devant ses yeux. Merci pour ce cadeau.

Il s'inclina, tourna les talons et entreprit de gravir les enfléchures du grand mât afin d'accélérer la course du bateau.

* * *

Lorsque le soleil se fut levé au-dessus de l'horizon et que le chaland fut lancé à une bonne allure sur la Tocra du nord, Annev calma les vents magiques et redescendit sur le pont du *Cormoran* en chancelant. Comme il s'y attendait, Jaffa était là à l'attendre, au contraire de sa maîtresse.

— Madame la Consule vous attend pour le petit déjeuner, dit l'homme, répondant à la question non formulée d'Annev, qui rajustait son masque.

À l'origine, il l'avait porté pour provoquer l'ire de la consule, pour lui faire comprendre qu'il ne pouvait être acheté, ni séduit mais, accroché à son mât, et les heures se succédant, il avait réfléchi à des moyens de mettre à profit cette curiosité. S'il usait de ses pouvoirs d'Artificier et de sa magie terrane sur le masque, parviendrait-il à contrôler les pouvoirs du Seigneur de sang comme il l'avait fait avec ceux de Honeycutt ? Annev pensait que oui, même s'il disposait de moins de sang pour travailler.

— Je vais rejoindre la consule, dit-il.

Jaffa le précéda sous le pont-promenade, puis descendit jusqu'à la cuisine où étaient attablés Anabo ainsi que le capitaine du bateau, Ezias Iosua, un marchand d'esclaves d'Innistiul.

— Capitaine Iosua, commença Jaffa en s'inclinant devant l'homme solidement charpenté. Maître Magpie souhaite rompre son jeûne avec vous.

— Je vous en prie, asseyez-vous, proposa le capitaine à Annev en montrant du menton une chaise située à sa gauche, face à la consule. Nous discutions justement des efforts prodigieux que vous avez fournis pour nous faire avancer à contre-courant. Nous avons plus que doublé notre vitesse habituelle, et Madame Anabo gageait que nous arriverions peut-être à Luqura avant la tombée de la nuit. Pour ma part, je doutais de votre aptitude à maintenir ce rythme jusqu'au bout. Je nous voyais plutôt arriver… demain matin ?

Annev accepta le compliment et prit place à côté du capitaine, remarquant qu'Anabo avait encore changé de tenue, optant pour une robe safran plus adaptée à son statut diplomatique, même si sa coupe était à mi-chemin entre le professionnel et le scandaleux. Il nota également que le capitaine était plus intéressé par le décolleté de la consule que par son masque.

— Odar seul connaît les limites de mon pouvoir, mais je préfère ne pas les tester aujourd'hui. Avec des pauses régulières et quelques rafraîchissements, je pense que nous atteindrons Luqura juste après la tombée de la nuit.

— Excellent, excellent, commenta le capitaine en claquant des doigts.

Une femme blonde en robe brun clair arriva avec une marmite fumante et entreprit de les servir.

Annev haussa un sourcil, se pencha vers son bol et reconnut un parfum sucré de palourdes aux pommes de terre. L'eau lui venait à la bouche lorsqu'il avisa la marque rouge sur la joue de l'esclave iluméenne, et cela lui coupa l'appétit car il se rappela la douleur qu'il avait ressentie lorsque Elar Kranak l'avait marqué. Instinctivement, il effleura son tissu cicatriciel, sous sa tunique. Il avait soigné ses brûlures quelques minutes après cet épisode, mais la cicatrice était toujours bien là.

— Le repas préféré des pêcheurs, dit le capitaine Iosua en portant sa cuillère à ses lèvres. Une délicatesse originaire de Quiri, que nous avons parfaite à Innistiul. Une merveille.

Annev hocha la tête, ramené dans le moment présent. Il retira son masque en os, puis se débarrassa de son bocle, se rendant compte que l'accessoire le gênerait sous la table. Prenant garde de ne pas montrer sa prothèse dorée, il goûta la soupe fumante. Elle était très bonne – les fruits de mer adoucis par les pommes de terre et la crème –, et il en reprit aussitôt une autre cuillerée.

— Maître Magpie n'en revient pas, s'amusa Anabo en lui adressant un clin d'œil.

— J'ai faim, expliqua Annev en avalant une nouvelle cuillerée. Je n'ai eu droit qu'à des rations froides depuis quelques jours. Ça fait du bien d'avoir un liquide chaud dans la gorge.

La consule gloussa, et Annev se demanda s'il avait fait une allusion sexuelle sans le vouloir. Peut-être les avances d'Anabo commençaient-elles à faire leur effet.

— Rien de tel qu'une bonne soupe pour se remplir l'estomac, affirma Iosua, ne se rendant compte de rien.

Annev vida son bol et le reposa.

— Excellente, cette soupe. Je n'en ai jamais mangé d'aussi bonne.

— Celle qu'ils préparent à Quiri ne supporte pas la comparaison !

— Oui, probablement.

— C'est une des merveilles d'Innistiul ! ajouta le capitaine en donnant une claque sur la table. Dites-moi, Maître Magpie : êtes-vous déjà allé sur l'île d'Ivoire ?

Annev haussa un sourcil, bien décidé à ne pas gâcher sa couverture.

— J'ai visité bien des lieux pour le compte de la Fraternité, mais mes déplacements ne durent jamais très longtemps. Je suis conscient de n'avoir découvert qu'une fraction des merveilles d'Innistiul.

Iosua poussa un grognement satisfait.

— Les merveilles authentiques sont rares. Il est vrai qu'on nous connaît surtout pour nos exportations de produits iluméens, précisa-t-il en montrant l'esclave à la joue marquée. Très peu de voyageurs prennent le temps de visiter nos mines de sel, nos riches littoraux et nos plages interminables. Quelques-uns viennent pour l'ivoire et se rendent vite compte que c'est son sable qui donne à Innistiul sa réputation et non les os de quelque ours-sanglier ou olifant.

Il secoua la tête, puis avala bruyamment une cuillerée de soupe bien salée.

— En vérité, intervint Anabo en se raclant la gorge, ces deux espèces vivaient sur l'île autrefois, mais elles ont été exterminées. Leurs os ont donné son surnom à Innistiul... où on ne trouve plus que du sable et des esclaves.

— Et la soupe des pêcheurs ! s'écria le capitaine en repoussant son bol pas tout à fait vide.

— On est loin du trésor national, contra Anabo en prenant une cuillerée polie. Nous avons nos routes commerciales, toutefois. Les plantes aromatiques et les animaux exotiques d'Ilumea. Les vins épicés et la soie de Terra Majora. L'or rouge et l'argent de la Nouvelle Terra. Le bois-de-fer d'Alltara. Le grain et la viande de cheval de la Grande Luqura et des Marais du Sud. (Elle regarda furtivement Annev.) Luqura est peut-être le carrefour de l'Ouest, mais Innistiul est la capitale maritime du Nord. Nous sommes plus cosmopolites que les autres royaumes de l'Empire. Avec nos liaisons maritimes, nous sommes des alliés inestimables et des partenaires commerciaux précieux.

Annev hocha la tête comme si tout ceci avait un sens pour lui.

— Terra Majora, répéta-t-il, sa nonchalance de façade dissimulant un intérêt véritable pour la conversation. Qu'avez-vous vu de ce continent ?

— Rien, j'en ai peur. En tant que consule à Luqura, ma sphère d'influence et mes opportunités de voyage sont très limitées. Ce que je contrôle, cependant, je le contrôle entièrement. Je connais les us de Luqura aussi bien que ceux de ma terre natale, et mon pouvoir est comparable à celui des rois Cheng et Lenka.

Annev haussa les épaules, même s'il trouvait le commentaire de la consule plus intéressant que sa référence au vieux continent terran.

— Une diplomate ne peut pas avoir le même pouvoir qu'un roi ou une reine, si ? C'est le roi Cheng qui vous a nommée, et vous agissez en son nom.

Anabo plissa les yeux, puis eut un sourire condescendant.

— Bien sûr que mon pouvoir n'excède pas celui d'un roi, ni ne se rapproche de l'influence du Dieu-roi Neruacanta ; toutefois, les monarques se rangent souvent à mon avis.

Annev approuva, sentant qu'il se trouvait sur un terrain glissant.

— Loin de moi l'idée de vous offenser, consule Anabo.

— Je n'en doutais pas, dit la femme en souriant.

Comme une vipère étudiant sa proie, pensa Annev. *Vous n'êtes pas une séductrice ; c'est un masque que vous portez pour cacher votre âme de serpent. Je vais devoir me méfier de vous, Maîtresse Anabo.*

Quelque chose scintilla dans le regard de la consule, et elle se tourna subitement vers le capitaine.

— Un deuxième plat ?

— Évidemment !

Iosua claqua des doigts, et Jaffa arriva avec un plateau mesurant environ un mètre quatre-vingts de long sur lequel trônait un esturgeon fumé et salé.

— Mais il est énorme ! remarqua Annev en découvrant le poisson presque aussi grand que lui. Où avez-vous trouvé pareille bête ?

— Ici même, dans le fleuve Tocra ! s'amusa le capitaine en donnant une nouvelle tape sur la table. Vous ignoriez qu'ils poussaient dans votre propre jardin, n'est-ce pas ?

Annev secoua doucement la tête, mais le regretta aussitôt, craignant que cela mette la puce à l'oreille de la consule.

— Je n'ai pas eu le plaisir d'en pêcher d'aussi gros.

— Vous vous êtes trop longtemps privé de tellement de plaisirs, le taquina la consule en pianotant sur les dents de sa fourchette. Vous devriez expérimenter tout ce que le monde a à offrir.

Leurs regards se croisèrent, et Annev eut le sentiment très clair d'être une proie pourchassée par un prédateur. Il déglutit.

— La vie, dans l'enceinte de l'Enclave, n'est pas toujours très amusante.

— Il va falloir remédier à ça ! conclut la femme en souriant de plus belle.

Le capitaine dégaina son couteau et décapita le poisson sur son plateau.

— Mangez pendant que c'est chaud ! ordonna-t-il.

La consule se tourna vers Iosua, constata que le capitaine n'avait pas compris leurs sous-entendus, puis adressa un client d'œil à Annev.

— Absolument, lança-t-elle. Il faut profiter de cette chair bien fraîche. N'est-ce pas, Maître Magpie ?

Annev but d'un trait sa coupe d'eau et se leva.

— Je crois qu'il est temps que je retourne à mon poste. Plus vite nous arriverons à Luqura, plus vite nous pourrons rentrer chez nous.

Le capitaine leva sa coupe pour saluer Annev.

— Ménagez-vous quand même, Maître Magpie. Si nous arrivons à Luqura avant la tombée de la nuit, je devrai un lunari entier à Maîtresse Anabo !

Chapitre 86

Annev redescendit du grand mât en grimaçant, les muscles noués d'être resté trop longtemps accroché à l'échelle de corde. Il tremblait, aussi, car même si la cape en écailles de dragon conservait la chaleur de son corps, son visage et ses pieds n'étaient pas immunisés contre le vent froid qui balayait le fleuve.

Il avait surveillé le pont, en contrebas, pendant une demi-heure avant de se décider à descendre, convaincu que la consule était retournée dans ses appartements.

Serait-ce si terrible, si elle m'attrapait dans ses filets ? Il y a pire que de se faire masser par une jolie femme. Il se leurrait, bien évidemment, et il le savait. Anabo avait été très claire sur ses intentions, et elle n'aurait pas manqué de deviner sa véritable identité en découvrant sa prothèse. En y repensant, il serra et desserra plusieurs fois son poing doré avant d'enfiler Casseur de dents.

Au lieu de descendre à la cuisine où il aurait risqué de croiser Anabo ou Jaffa, il se dirigea vers la poupe et s'abîma dans la contemplation de l'eau. Sans l'aide de sa magie, il voyait que les rameurs peinaient à lutter contre le courant. Il se frotta les mains et examina les rives en se demandant quels genres de villages se trouvaient entre Luqura et Quiri. Il se demanda également si ses amis avaient mis à exécution leur plan stupide, s'ils étaient partis à l'aide des habitants assiégés de Banok.

— Puisse Odar vous protéger, murmura-t-il dans le vent. Où que vous soyez.

— Vous croyez vraiment qu'il écoute vos prières ?

Annev se figea, n'ayant pas besoin de se retourner pour savoir qui l'avait rejoint.

— Je ne sais pas, répondit-il, sans lâcher des yeux le rivage. Je n'ai jamais été très croyant, mais mon mentor était un homme de foi. Je crois que certaines de ses croyances ont déteint sur moi, même si je n'ai jamais avalé le poisson tout entier, si vous voyez ce que je veux dire.

— Je vois très bien, répondit-elle en apparaissant à côté de lui. (Elle se pencha sur le bastingage, le regard rivé sur les remous du fleuve s'écoulant vers l'océan derrière la coque du bateau.) Les gens d'Innistiul ne sont pas spécialement croyants – nous laissons cela à l'Enclave et au clergé de Quiri –, mais nous avons nos superstitions et nos traditions.

— Comme ? demanda Annev avec une curiosité sincère.

— On dit que seule la lignée du roi Cheng peut régner sur l'île, mais peu de gens le croient vraiment, répondit-elle en haussant les épaules. Autrement, il n'y aurait pas tant de tentatives d'assassinat, ni d'attentats contre la famille royale.

Annev grogna en essayant de se rappeler où était la place de la lignée de Sraon dans la tapisserie politique d'Innistiul.

— Et vous ? s'enquit-il. Quelle est la place des Anabo ?

La consule se détourna des vagues et le fixa d'un regard, non plus séducteur, mais clairement soupçonneux.

— On dirait que vous connaissez déjà la réponse à votre question, remarqua-t-elle en agitant un sourcil. Ou bien n'êtes-vous simplement pas doué pour faire la conversation à une dame.

Annev se sentit rougir sous son masque et résista à la tentation de se lécher les lèvres, qui n'étaient pas couvertes par l'artefact macabre.

— Vous êtes une diplomate, tâtonna-t-il en essayant d'élaborer une réponse appropriée. J'imagine que votre titre n'est pas héréditaire.

— Il ne l'est pas.

— De quel genre de famille êtes-vous issue ?

Anabo fit la moue, d'où Annev conclut qu'il n'aurait pas dû poser cette question.

— D'une famille tout à fait ordinaire.

— Bien sûr. Veuillez m'excuser, je suis un peu trop direct.

— J'aimerais beaucoup que vous le soyez réellement, vu que vous n'avez de cesse de refuser mes avances de manières détournées. C'est peut-être moi qui devrais m'excuser d'être trop directe…

Annev plongea le regard dans celui de la femme et s'étonna de la voir sincère, ce qui le fit se sentir un peu coupable.

— Comment êtes-vous devenue consule auprès de deux des plus puissants royaumes de l'Empire ?

— Je sais me montrer convaincante, je suis manipulatrice et séductrice, répondit Anabo en riant. Je sais obtenir ce que je veux, et c'est un talent précieux pour une diplomate. Je capitalise dessus, voyez-vous. J'ai su me rendre indispensable et – avant que vous posiez la question – non je n'ai pas eu besoin de coucher avec tous les hommes de l'île pour ça. Ni même la moitié. Je suis du genre sensuel, j'ai un appétit sexuel plutôt développé, mais je suis sélective. Je ne me jette pas sur le moindre garçon qui passe.

— Je ne voulais pas insinuer…, bafouilla Annev en manquant de s'étrangler.

— Bien sûr, que vous vouliez, mais je ne suis pas offensée. Ils ont été nombreux à commettre la même erreur dans le passé, erreur que j'ai toujours été prompte à corriger. Il m'est arrivé de demander à Jaffa de couper le sexe de quelques hommes trop insistants. L'information a circulé, ce qui me permet aujourd'hui de tenter de séduire ceux qui m'intéressent réellement.

— Je vois.

— Vraiment ?

Annev croisa encore une fois son regard et vit de nouveau la prédatrice séductrice en elle.

— Je suis flatté d'être l'objet de votre intérêt, consule – je vous assure –, mais les raisons de ma présence ici sont purement professionnelles. Je suis sûr que vous comprenez.

Anabo sourit en plissant les yeux, faisant apparaître des ridules qui trahissaient son âge malgré un maquillage savamment appliqué.

— Je comprends, mais vous ne m'avez toujours pas éconduite clairement.

— N'est-ce pas ce que je viens de faire ?

— Vous parlez de raisons professionnelles, et pourtant, vous portez un masque conçu pour la chambre à coucher. Et vous avez requis un paiement en sang. Un moyen de paiement très sensuel, à mon avis. (Elle pencha la tête sur le côté avec coquetterie.) Souhaitez-vous faire un prélèvement maintenant, dans ma chambre ? Peut-être que ça vous plairait.

— Non. Vous y arriverez seule, et je ne doute pas que vous vous acquitterez de votre paiement avant notre arrivée à Luqura. Une fois à bon port, je devrai m'éclipser. Je suis pressé.

— Comme vous êtes mystérieux, dit-elle en se léchant les lèvres. Remarquez, j'ai moi aussi quelques affaires à régler en ville. La politique, vous comprenez…

Annev se demanda si le moment était bien choisi pour demander à la consule ce qui l'amenait à la capitale de la Grande Luqura. Il tint sa langue, cependant, car « Maître Magpie » était probablement déjà au courant de ces détails. Elle l'avait sous-entendu, d'ailleurs.

— Où comptez-vous vous rendre lorsque nous aurons mis pied à terre ? l'interrogea-t-il d'un ton innocent.

—Au palais. Les ordres de Cheng sont prioritaires, tout comme ceux de notre ami commun en Nouvelle Terra, et j'ai cru comprendre que Tiana Rocas voudrait précipiter son couronnement. Je n'ai pas envie d'être responsable de son ajournement.

Son couronnement? pensa Annev en contrôlant sa réaction. *Mais ça veut dire que…*

Une rapide incursion dans son esprit grâce à l'anneau codavora ne fit que confirmer son intuition : le roi Lenka était mort, et Tiana Rocas serait bientôt couronnée reine de la Grande Luqura. *Comment est-ce possible?* se demanda-t-il en se tournant vers les rives du fleuve qui serpentait.

—Pour quand est-ce prévu ?

—Cela devrait se passer très vite. La Guilde des Marchands d'esclaves et la noblesse sont prêtes, et l'événement était déjà en préparation avant le décès de Lenka. Dante Turano a même prévu des combats de gladiateurs spéciaux pour le jour du couronnement. Vous y serez ? lui demanda-t-elle en lui lançant un regard oblique, tandis qu'il hochait la tête comme si elle ne lui apprenait rien. Je ne pense pas vous avoir déjà vu dans la Ville souterraine. Si vous n'êtes pas familier de ses plaisirs, je puis vous les faire découvrir. Le bazar des plaisirs de Dante rivalise avec les marchés noirs de Quiri et Innistiul, mais ne lui dites pas que je vous ai dit ça ! Il a déjà un *ego* démesuré !

Elle gloussa comme si elle venait de raconter une bonne blague qu'ils étaient seuls à pouvoir comprendre.

—Je ne serais pas contre découvrir la Ville souterraine, mais je dois d'abord rendre visite à Saltair. Nous avons un travail à terminer.

—Le garçon phénix ? Si quelqu'un l'a vu et sait où il se cache, Tiana Rocas sera au courant. Comme nous, elle a souvent eu recours à Saltair.

Annev prit note de cette nouvelle information.

—Dante pourrait-il m'être utile par sa connaissance de la Ville souterraine ?

— Je suis certaine que Dante sait des choses, répondit-elle dans un sourire. Entre les Surveillants de Tiana et lui, ils connaissent tous les secrets de la ville. Mais s'il vous faut une invitation, il suffit de demander. Vous pourriez me tenir compagnie. (Elle s'humidifia les lèvres et se pencha en avant.) Mais je devrais peut-être chercher un compagnon, quelqu'un de plus ouvert à mes besoins ?

Elle haussa un sourcil, et Annev ne put s'empêcher de rire.

— Vous n'abandonnez jamais !

— Vous avez remarqué ?

Le jeune homme s'empourpra en découvrant les images qui dansaient dans l'esprit de la consule. *Elle veut gagner. Pour elle, je suis une conquête potentielle.* Il se demanda combien de temps encore la ruse de « Maître Magpie » pourrait tenir. *Si elle aperçoit ma main…*

— J'aimerais beaucoup vous accompagner, dit-il impulsivement. À la fête de Dante et au palais.

— Le palais ne faisait pas partie de l'invitation, rétorqua-t-elle en plissant les yeux, mais je pourrais me montrer généreuse. Tiana sera là, aussi pourriez-vous lui parler de Saltair.

— C'était mon souhait.

— Mmh… Formidable. C'est un rendez-vous, alors ?

Annev se força à sourire, alors qu'il avait l'impression d'être un animal pris au piège.

— Oui, je crois. Au fait…, reprit-il, changeant de sujet. Quel est ce tube que Jaffa porte constamment dans son dos ?

La consule plissa les yeux pendant une fraction de seconde.

— Il s'agit d'une lettre du souverain Cheng. Le consul venu de Paldron aura une lettre similaire du roi Alpenrose. Avec ces deux missives et une simple majorité dans la noblesse de Luqura, Tiana pourra être couronnée reine de la Grande Luqura.

Annev aurait sans doute dû être au courant de ces détails. La consule ne sembla pas le remarquer, cependant, aussi faillit-il oublier son erreur. Sa paranoïa l'incita à user de l'anneau codavora pour arpenter l'esprit de la femme. Au lieu de lui montrer une chaîne de mots, le serpent doré de son anneau lui permit d'entrevoir les émotions de la femme : soupçon, colère et incertitude.

Merde. Elle se doute de quelque chose. Je n'aurais pas dû lui poser toutes ces questions. Pourrait-il tourner ces soupçons à son avantage ? *Et si je lis dans ses pensées pour lui dire quelque chose que seul un agent de Neruacanta peut savoir ?*

— Le roi Cheng est toujours d'accord avec sa partie du contrat ? demanda-t-il en prenant le pari de l'existence d'un tel arrangement.

— Plus ou moins, répondit Anabo, impassible. Pourquoi ? Neruacanta souhaite-t-il en renégocier les termes ?

Annev fouilla l'esprit de la consule à la recherche de ces fameux termes et trouva ce qu'il cherchait.

Nous pourrions utiliser plus de cet or rouge, pensait Anabo. *Ou bien parle-t-il de la proposition de Cheng d'inonder les territoires du Sud d'esclaves terrans…*

Il eut l'impression d'attraper un oiseau soûl en plein vol.

— Le Dieu-roi a réfléchi à la proposition du roi Cheng concernant les esclaves terrans. Il pense que c'est une bonne idée.

Les yeux d'Anabo se mirent à scintiller.

— C'est une excellente chose. Bien sûr, nous n'en importerions pas trop d'un coup, mais avec la guerre de Borderlund, il sera facile de justifier l'arrivée de tous ces gens. (Elle s'interrompit quelques secondes.) Qu'est-ce qui a changé ? Le dernier messager a dit que Daogort n'avait plus de soldats à envoyer.

Annev sourit en répétant les mots qui résonnaient dans l'esprit de la consule :

— Le jour où nos soldats déposeront leurs armes et feront semblant d'être des domestiques, j'accepterai de devenir un eunuque.

— Oui ! lâcha la femme dans un éclat de rire. C'est exactement ce que Cammack a dit. Mais qu'est-ce qui a changé, alors ?

— La rumeur s'est répandue, et Neruacanta a fait consacrer l'homme sur-le-champ. Le Dieu-roi n'apprécie pas que ses serviteurs prennent ce genre de décisions unilatérales.

La consule écarquilla les yeux.

— Cela répond à ma seconde question, j'imagine.

— Quelle était-elle ?

— Pourquoi vous a-t-il envoyé. Cammack se débrouillait bien. Il est un peu grossier, c'est vrai, mais pas plus que la majorité des hommes avec qui j'ai travaillé. S'il a été castré… J'ai vu ce qu'il a perdu. Sa femme ne le regrettera pas. Vous, en revanche… (Elle lui tapota la poitrine.) J'aimerais bien effectuer quelques comparaisons. Ce soir, peut-être ?

Annev s'inclina bien bas, le masque de pie dissimulant ses joues rouges.

— Je suis flatté, Madame la Consule, mais je dois économiser mes forces si je veux faire arriver le *Cormoran* à bon port avant la nuit.

— Nous ne sommes pas obligés d'arriver avant la nuit ! protesta-t-elle. Même si nous graissons la patte des gardes, nous devrons attendre dans l'écluse jusqu'au matin. (Ses doigts glissèrent sur les épaules du jeune homme.) Ne soyons pas si pressés. Laissez-moi vous aider à vous détendre un peu.

Annev se demanda si la femme lisait dans ses pensées. *Bien sûr que non. Elle n'arpente pas les esprits… mais peut-être perçoit-elle mes émotions. Je devrais faire plus attention lorsque je suis en sa compagnie.* Une idée lui vint. *Elle sait si je suis intéressé ou non. Voilà pourquoi elle me presse de la rejoindre.*

Elle sait que je rechigne… mais que je suis intéressé, aussi croit-elle pouvoir briser ma résistance. Il s'en voulait de ne pas avoir compris plus tôt. Par les enfers, la consule devait s'imaginer qu'il la taquinait et, s'il était honnête avec lui-même, peut-être était-ce le cas. Il avait dix-sept ans et il était curieux. En revanche, il n'avait pas envie d'assouvir sa curiosité avec une femme qu'il connaissait à peine et qui avait reçu pour mission de le tuer.

Qu'ai-je donc dans la tête ? Il n'y a aucune chance que je couche avec cette femme, sauf à vouloir lui montrer la Main de Keos et anéantir ce bateau. Il expira lentement et s'éclaircit les idées, en chassant tout sentiment de flatterie, tout intérêt d'ordre sexuel. *Reste concentré. Tu dois trouver Tiana Rocas et Dante Turano. Et les faire parler. Et puis, tu dois trouver Elar et Saltair… et les tuer.*

Cette dernière pensée chassa toute idée d'intimité et de séduction de son esprit.

— Pardonnez-moi, Madame la Consule, mais je suis obligé de décliner votre offre. Je dois absolument arriver au plus vite à Luqura et trouver Saltair. Les missions confiées par Neruacanta ne me laissent pas beaucoup de temps libre pour le plaisir.

— Raison de plus pour vous faire plaisir maintenant, dit Anabo, mais le cœur n'y était plus vraiment.

— Merci, mais non. Passez un bon après-midi.

Il s'inclina, puis tourna les talons et s'éloigna en faisant voleter sa cape dans son sillage. Il sentit le regard de la femme brûler dans son dos.

Elle ne s'avoue pas vaincue si facilement, se dit-il en consultant une dernière fois son anneau codavora. *Elle ne comprend pas pourquoi je me refuse à elle, et elle va insister jusqu'à ce que je lui avoue une raison concrète de la rejeter.*

Annev soupira et rajusta son bocle sur son bras gauche. *Peut-être devrais-je suivre son conseil et dormir un peu. Si ce qu'elle raconte sur l'écluse est vrai, nous serons coincés jusqu'au matin, et je n'aurai plus de raison valable de refuser ses avances. Si je dors la moitié de ce temps, je n'aurai pas à l'éviter jusqu'au lever du jour.*

Chapitre 87

Myjun était seule dans l'obscurité, l'unique source de lumière étant sa peau aux reflets dorés. Son mentor n'était plus là ; il avait été pris par une force qu'elle ne comprenait pas. Et elle était prisonnière du Monde du Rêve.

Seule.

Les ténèbres étaient suffocantes, le silence oppressant. Oyru avait dit que ce plan abritait les pensées et les rêves des gens endormis dans le monde physique, mais ce qu'elle avait expérimenté jusque-là avait tout d'un cauchemar.

Je suis prisonnière. Il a essayé de combattre la lumière, et ça l'a tué. Et maintenant, je suis seule.

Vraiment ? Oyru avait disparu, mais cela signifiait-il qu'il ne vivait plus ? Il avait dit que le Monde des Esprits jouxtait ce plan d'existence. Peut-être même se superposait-il au plan dans lequel elle se trouvait.

Oui. Yohan avait été tué par les eidolons après avoir été attiré dans le domaine de l'ombre, mais il n'était pas mort. Si les pensées et l'esprit de l'accastilleur avaient survécu, l'Ombre ressuscitée ne pouvait pas être vaincue si facilement. Son esprit était là. L'essence du semi-homme était quelque part, attendant d'être libérée ou cherchant l'esprit de sa bien-aimée décédée.

Oraqui, se rappela Myjun. *Il est allé à Reocht na Skah pour la trouver, et il était prêt à descendre de nouveau dans le Monde des Esprits pour la retrouver… mais pas si vite.* Oyru avait peur de ce qu'il risquait de croiser ici ; il aurait craint de descendre plus bas. Son instinct l'avait toujours poussé à s'accrocher à la vie – au peu de vie qu'il lui restait –, aussi devait-il être ici... quelque part.

Mais comment l'invoquer? se demanda-t-elle. *Comment le faire revenir?*

Une idée la frappa subitement. Non pas une idée, plutôt une intuition. Un sentiment. La conviction qu'il la trouverait si elle trouvait Oraqui. Sans savoir précisément pourquoi, elle se mit à chantonner une mélodie reflétant ses émotions.

Comme elle chantait, la lumière émanant de la peau dorée de Myjun s'intensifia autour d'elle, ses rayons diffus se concentrant en une lumière blanche qui semblait saturer sa chair et ses os. Elle s'imagina comme il l'imaginerait. Belle et dangereuse, son égale en termes de magie et de puissance. Fière et impérieuse. Elle portait toujours son masque doré, et sa chair garda la teinte bleu-gris de son armure en bois-de-fer, mais à présent ses cheveux brillaient comme le soleil. Elle se rappelait comment Oyru l'avait brûlée, les douleurs qu'elle avait endurées, la satisfaction qu'ils avaient ressentie tous les deux lorsqu'elle avait terminé le rituel des cendres et des braises. Elle s'accrocha à ce souvenir... s'imaginant qu'Oraqui avait été brûlée à sa place. Elle s'imagina en Oraqui : Auramancienne et Lanceuse de lumière. Épouse d'Oyru et traîtresse à sa maison, à sa famille. Un poison au cœur de son foyer, maîtresse secrète de Gevul. Une traîtresse qui avait vendu la vie d'Oyru et de sa famille contre un secret qu'elle était seule à connaître.

Les paupières closes, Myjun sentit une présence, un esprit, une force vitale. Elle sut qui était cette personne sans avoir besoin d'ouvrir les yeux car leurs esprits communiaient instinctivement. Myjun perçut le dédain de la femme, son attitude impérieuse, sa vanité. Sa curiosité aussi. Pourquoi Myjun l'avait-elle invoquée? Comment pouvait-elle être si proche du Monde des Esprits sans être morte? L'esprit reconnut le masque de Myjun car lorsqu'elle le vit, ses sentiments reflétèrent ceux de la jeune femme : peur, haine, associées à cette soif de pouvoir et à la magie enivrante qui alimentait l'artefact. Myjun découvrit qu'elle convoitait l'esprit indomptable d'Oraqui, son auramancie puissante, sa maîtrise de la torsion de lumière, talent qu'elle dominait à un point que Myjun n'imaginait même pas. D'une certaine manière, elles étaient à l'opposé l'une de l'autre, des images miroirs.

Myjun ouvrit les yeux – à la fois ses yeux physiques et les fenêtres sur son âme – et elle saisit la connexion entre l'esprit incorporel et elle. Oraqui hésita un instant, et puis sa volonté et son aura se mêlèrent à celles de Myjun. Et elles devinrent une.

La lumière émanant de la peau de Myjun faiblit, et les ténèbres qui l'entouraient se concentrèrent en quelque chose de solide. Des vrilles de fumée s'élevèrent du sol, se mélangèrent pour tisser la silhouette d'un homme à la peau grise et aux cheveux noirs comme la nuit.

Oraqui regarda d'un air détaché comme son ancien amour émergeait de la terre des morts et l'accueillait de ses yeux vides, creux.

— Oraqui.

— Oyru, répondit Myjun d'une voix plus grave et résonnante, la voix d'une femme dissimulant un secret qu'elle ne connaîtrait jamais, une voix contenant mille conversations et cent chansons silencieuses.

Mais également la malice de la mort et un mépris pour la vie. Elle parlait de l'amour pour le semi-homme qui se tenait devant elle, mais d'un amour souillé par le ressentiment, la douleur et la haine.

— Je te cherchais, commença Oyru.

— Moi, je ne te cherchais pas, répondit Myjun de cette voix qui n'était pas la sienne. Nous n'étions pas destinés à nous revoir. Ni dans cette vie, ni dans la suivante. Cette fille m'a invoquée avec sa magie, et je vois qu'elle t'a fait venir aussi.

— La tabibito, dit Oyru, les yeux brillant de larmes. Tu… tu es elle. Et elle est toi.

— Je la possède, acquiesça Oraqui. Nous avons assez de sang en commun pour que cela soit possible, et elle m'a invitée à le faire. Tu comprends ce que ça signifie ?

— Oui, confirma Oyru, les joues ruisselant de larmes. Ça veut dire que nous sommes de nouveau réunis. Nous pourrons enfin rester ensemble… pour toujours.

— Non.

Le mot résonna comme un coup de marteau sur une enclume de verre.

— Non ? répéta Oyru, incrédule. Mais… Oraqui…

— Je n'ai pas dépossédé ta tabibito, reprit la femme comme si elle ne l'avait pas entendu. Et je ne te laisserai pas la souiller.

— Tu partages son corps ?

— En effet, confirma-t-elle en haussant un sourcil. Qu'est-elle pour toi ? Une épouse ? Une amante ?

Les mots jaillirent de la bouche de Myjun, même si les mots n'étaient pas les siens et que ses lèvres demeuraient invisibles sous la perfection dorée de son masque.

— Elle est… un cadeau. Un nouveau corps pour ton esprit… ou une compagne dans les ténèbres.

— Tu ne l'aimes pas ?

— Pas comme je t'aime, promit Oyru en secouant la tête.

Oraqui pencha la tête sur le côté et gloussa, le regard cruel derrière le masque de la Maîtresse de Gevul.

— Tu l'aimes bel et bien, ne serait-ce qu'un peu.

— Elle est ma *tabi no tomo*… mon apprentie, expliqua l'Ombre ressuscitée d'un ton hésitant.

— Ta compagne dans les ténèbres.

— Non ! C'est toi, ma compagne dans les ténèbres. Ç'a toujours été toi.

— Tu as entraîné cette enfant, poursuivit-elle avec dédain. Et tu l'as fait venir jusqu'ici en espérant que j'habiterais son corps ? Que je porte sa peau ? Pourquoi ? Pour que nous usions de son corps comme d'un jouet commun ? Pour que nous répétions les erreurs du passé ? (Oraqui secoua la tête sans chercher à dissimuler son mépris. L'émotion émanait de son aura, de sa posture, de sa présence.) Pourquoi accepterais-je ? Qu'est-ce qui t'a fait croire que je m'accommoderais de cette situation ?

— Je t'ai cherchée, Oraqui, répondit l'assassin en baissant la tête. Pendant toutes ces années. Pendant mille vies, je n'ai pensé qu'à toi.

— Pour ma part, j'ai essayé de t'oublier, contra-t-elle. Tu connais cette fille, ta *compagne* ? Tu sais ce qu'elle pense de toi ?

— Elle n'a que mépris pour moi.

Les yeux d'Oraqui scintillèrent de malice et de plaisir.

— Quelle ironie, Oyru. Cette pauvre fille… En vérité, elle commence à t'aimer. Tu l'as souillée et torturée, et elle commence à t'aimer. Elle te méprise, c'est vrai. Elle te hait sans doute, mais elle accepte tes mauvais traitements et les considère comme… un juste châtiment. Quel amour pervers. (Son rire moqueur résonna dans le vide.) Je ne sais pas lequel de vous deux est le plus pathétique.

Oyru cligna des paupières, son amour et sa joie de la revoir commençant à se fissurer.

— Pourquoi dis-tu ces choses horribles ? Pourquoi ne dis-tu pas simplement la vérité ?

— La vérité ? Ha ! Que sais-tu de la vérité ? Tu en es tellement éloigné, tu lui as menti depuis le début pour obtenir son aide, pour la faire venir jusqu'ici. Tu as même menti au sujet de tes plans pour le monde physique.

— Je ne lui ai pas demandé de venir ici. C'est elle qui l'a proposé, et j'ai accepté.

— Vraiment ? demanda-t-elle en lui tournant autour. C'est elle qui a eu l'idée de venir ici, ou bien est-ce toi qui as planté cette idée dans son esprit ?

L'assassin détourna les yeux. Oraqui rit d'une voix dégoulinante de moquerie et de condescendance.

— Voyons voir comment tu t'y es pris.

Myjun sentit quelque chose frôler sa psyché, son âme. Le contact fut si léger et précis qu'elle ne le remarqua presque pas. En revanche, elle ne l'oublierait jamais. Pendant ce bref instant, Myjun vit la femme derrière le masque. Elle vit Oraqui pour ce qu'elle était, pour ce qu'elle avait été. Elle vit également la facilité avec laquelle elle avait manipulé le *lumen* et le Feu de la lumière, des secrets que Myjun était incapable d'appréhender complètement, et encore moins de maîtriser. Elle en eut le souffle coupé. Soudain, la femme disparut.

— Ah, fit Oraqui. Nous y voilà. Tu lui as fait peur avec… un *witherkin*. Comme c'est charmant ! Après toutes ces années, tu n'as pas trouvé de nouveau truc. Tu continues d'invoquer des ombres pour faire peur à tes inférieurs, et tu te terres dans les ténèbres en présence de ceux qui te sont supérieurs. Tu es ridicule.

— Autrement, elle ne serait pas venue, rétorqua Oyru, la mine sinistre.

— Évidemment ! Parce qu'elle est intelligente. Plus intelligente que toi, en tout cas. Tu l'as leurrée, comme tu m'avais leurrée. Comme tu en as leurré tant d'autres, comme tu les as attirées dans notre triste histoire d'amour, avant de les emmener dans le Monde du Rêve lorsque je ne répondais pas à ton appel. C'est la première fois que tu apportes un sacrifice à la Croisée, cependant. Malgré cela, je serais restée loin de toi, sauf qu'elle m'a… appelée. Elle m'a appelée, et je ne me suis pas rendu compte qu'elle le faisait pour toi. Ça suffit, Oyru. J'ai fait un choix.

L'assassin refusa d'écouter.

— Pourquoi as-tu fait ça, *anata* ? Tu étais l'une d'entre nous, tu appartenais à notre famille. Pourquoi nous avoir trahis ?

— Et pourquoi pas ? se moqua Oraqui. Ta lignée possédait le sang des Tisseurs de vide. Gevul a eu raison de vous éradiquer. Je n'ai été qu'un outil de cette juste destruction.

— Mais tu as échoué, contra Oyru en se raidissant. Le sang de la vieille magie continue de couler. Il survit à Luqura, dans la noble Maison Rocas, et Thornbriar lui-même n'a pas goûté à la mort.

— Ha ! s'esclaffa-t-elle comme si cela n'avait pas d'importance. C'était une raison parmi de nombreuses autres, *koibito*. Tu m'avais donné tout ce que tu pouvais, ce qui n'était pas le cas de Gevul. Mon choix était clair.

— Étais-tu obligée de devenir son esclave ? Tu étais si fière, mais tu t'es rabaissée en suivant ce monstre, en le servant ! (Il cracha.) Pourquoi ? La femme que j'aimais ne se serait jamais soumise de la sorte.

— Il ne t'a jamais dit ? demanda Oraqui en cessant de faire les cent pas, la voix dénuée de toute malice.

— Qui ?

— Dortafola.

— Qu'a-t-il fait ? s'enquit-il en se figeant. Qu'est-ce que ce monstre t'a fait ?

Oraqui secoua la tête.

— Ce n'est pas Gevul qui m'a donné le masque. C'est ton maître, Oyru, le Vampire. C'est Dortafola qui me l'a donné.

Oyru s'affaissa, le visage vidé de son sang, de la couleur de la neige.

— Il n'a pas pu… Il n'aurait pas…

— Et pourtant. (Oraqui effleura sa mâchoire métallique du bout des doigts.) Il m'a offert de le porter. Il m'a dit que je le conquerrais, ou qu'il me conquerrait.

— Mais… pourquoi ? Je n'avais même pas rencontré le Vampire lorsque tu as porté le masque pour la première fois. Que voulait-il ? Comment pouvait-il savoir ?

— Je l'ignore, *anata*. Et je m'en moque. J'ai mis le masque et j'ai échoué à conquérir sa magie. Alors, Gevul m'a conquise, conclut-elle dans un haussement d'épaules. Maintenant, tu sais. (Elle détourna les yeux, et son masque doré se mit à rougeoyer.) Je dois retourner dans le Monde des Esprits, Oyru. Je ne peux pas rester ici, et je n'en ai d'ailleurs aucune envie.

Elle posa la main sur l'épaule du semi-homme, et Myjun constata que sa peau bleu-noir brillait désormais d'un éclat doré.

— Attends ! lança Oyru en relevant la tête, désespéré. Reste avec moi ! Nous reconstruirons ce que nous avons détruit !

— Rien ne peut rester à la Croisée, Oyru. Rien n'est permanent. Nous sommes tous de passage.

La voix de Myjun devint plus aiguë, plus douce, moins exotique. Il s'agissait de sa propre voix, comprit-elle. Oraqui disparaissait. Comme son aura se dissipait, la lumière enfla autour de Myjun, émanant d'abord de sa peau dorée, emplissant progressivement le vide autour d'eux.

— Au revoir, *koibito*.

Le halo de *lumen* grossit jusqu'à remplir l'espace entre eux, avant d'exploser dans un éclair de couleurs. Lorsque la lumière se dissipa, Myjun était redevenue elle-même, elle avait recouvré son corps et son âme. Oraqui n'était plus là.

Chapitre 88

Oyru la regardait fixement, le visage pareil à un masque de douleur et de chagrin. Et puis, il ourla les lèvres et il hurla dans le noir, il poussa un cri de frustration inarticulé.

Comme il criait, Myjun le vit se transformer doucement. Son dos se raidit et un masque noir poussa de son encolure jusqu'à la moitié de son visage. Lorsqu'il se tourna vers elle, les yeux de l'assassin étaient aussi vides et froids que le paysage.

— Viens, dit-il d'une voix encore plus creuse qu'avant et d'une apathie infinie.

— Où ? demanda Myjun, toujours désorientée après la possession d'Oraqui.

— Si nous trouvons le chemin, nous retournerons dans le Monde du Rêve.

— Mais…, commença Myjun en scrutant le vide qui les entourait. Ne sommes-nous pas déjà dans le Monde du Rêve ?

— Ceci est la Croisée, une transition avant de passer dans le Monde des Esprits. Lorsque tu les as affrontées, les flammes t'ont amenée jusqu'ici, là où je me trouvais. Et puis, tu l'as invoquée…

Myjun avait toujours plus de questions que de réponses.

— Le *witherkin*… il n'était pas réel.

— Un jeu d'ombres, c'est tout, confirma Oyru en secouant la tête. Plus qu'une illusion, mais moins qu'un véritable eidolon.

Myjun repensa aux événements des semaines passées. Elle commençait à comprendre.

— Vous comptiez me sacrifier à elle.

— Oui, répondit-il sans hésiter. J'avais déjà essayé, mais je n'ai jamais été si près de réussir. Les autres… Elles n'ont pas survécu au voyage dans le domaine de l'ombre, et elles ont échoué à invoquer Oraqui dans le Monde du Rêve. À la fin, nous remontions à la surface.

— Et après, que leur arrivait-il ?

— Je les tuais et je recommençais.

Myjun était stupéfaite par son calme et son honnêteté.

— Vous m'auriez fait subir le même sort. Vous avez essayé.

— Tu étais différente. Depuis le début. Je l'ai senti tout de suite, et tu l'as prouvé aujourd'hui. Tu es la seule à être descendue Entre les Mondes. Tu es la seule à avoir eu le pouvoir d'invoquer Oraqui à la Croisée.

— Peu importe, puisque vous comptiez lui faire cadeau de mon corps.

— Je pensais que tu échouerais, expliqua l'Ombre ressuscitée en haussant les épaules. Je comptais retourner dans l'Empire avec toi afin que nous pourchassions Annev. Je n'ai jamais rompu ma promesse.

— Oraqui a sous-entendu que vous aviez autre chose en tête… qu'il s'agissait d'un autre mensonge.

— En effet, mais tu as vu ce qu'elle est devenue. Haine et envie. Mépris et malice. Elle n'a pas toujours été comme ça. (Son regard se perdit dans le lointain.) Elle n'est plus la femme que j'ai aimée. Cette femme-là a été tuée par Gevul. Peut-être même était-elle déjà morte à ce moment-là. (Il soupira et secoua la tête.) Quand nous rentrerons dans le monde physique, j'aurai une longue conversation avec mon employeur.

— Dortafola ? Le Vampire ?

Oyru la regarda du coin de l'œil.

— La chronologie ne coïncide pas. Il ne pouvait pas savoir pour Oraqui, il n'a pas pu lui donner le masque, quand bien même Gevul était un de ses Siänar. Cela n'a aucun sens.

Et de se tourner de nouveau vers le paysage désolé.

— Comment allons-nous faire pour rentrer ? s'enquit la jeune femme.

— Mmh… ?

— Dans le monde physique ? J'ai cru comprendre que vous connaissiez le chemin du retour.

— Je sais comment quitter le Monde du Rêve, expliqua Oyru avec une lassitude extrême. Non pas cet endroit Entre les Mondes. Et encore, c'est loin d'être facile. Je ne t'ai pas menti.

— Bien au contraire. Vous avez dit que vous ne saviez pas comment quitter le Monde du Rêve.

Oyru haussa les épaules d'un air presque boudeur.

— Cela n'a que peu d'importance, puisque nous ne sommes pas dans le Monde du Rêve. Nous sommes à la Croisée, et le moment viendra rapidement où nous serons balayés vers le prochain plan d'existence.

— Vous parlez du Monde des Esprits ?

— Oui.

— Mais… ça voudra dire que nous serons morts. C'est là que vont les esprits, les morts.

— En effet.

— Comment est-il possible de quitter cet endroit, comment peut-on tromper la mort ?

— On ne trompe pas la mort, affirma Oyru en scrutant le vide. Seuls les dieux peuvent passer de la Croisée au Monde des Esprits sans mourir. Quoi que nous soyons, quelques monstres ou ombres que nous soyons devenus, nous restons mortels. Nous sommes soumis aux lois de la vie et de la mort.

— Alors, ça y est ? Nous sommes morts ?

Oyru secoua la tête.

— La Croisée frôle le monde physique, et les deux plans sont connectés en un lieu précis.

— Reocht na Skah, comprit Myjun, comme son cœur battait à tout rompre dans sa poitrine.

— Si j'étais un Tisseur de vide, je pourrais nous y conduire immédiatement. Je pourrais nous conduire dans un autre plan, voire un autre temps, mais je ne suis qu'un Faiseur d'ombres. Et un semi-homme par-dessus le marché. Nous nous sommes trop éloignés du monde physique pour que je puisse accéder à la totalité de ma magie, expliqua-t-il en se mordant la lèvre. Pour remonter, nous n'avons d'autre choix que de plonger plus profondément. Nous devons nous rendre à Takarania, le Cœur du Vide, en espérant que nous échapperons à ses tourbillons perpétuels.

— Non, non, non, non ! Vous avez dit que le temps s'écoulait différemment là-bas, que mille vies pouvaient passer en l'espace d'une journée. Vous avez dit que vous étiez *prisonnier*, là-bas, jusqu'à ce que Dortafola vienne vous chercher.

— C'est la vérité, mais je ne connais pas d'autre moyen. Si nous restons ici trop longtemps, nous périrons, nos âmes seront emportées vers le Monde des Esprits, et ce sera terminé. Il sera impossible de s'échapper. Il ne sera plus question de rêves de vengeance. Nous aurons fait tout cela pour rien.

Myjun lança un regard noir à l'assassin, car si le pouvoir corrupteur du masque était plus faible, ici, la haine qu'elle ressentait pour lui dépassait tout ce qu'elle avait ressenti à la surface. Tout ce qu'elle avait vécu durant sa formation, les frustrations et le ressentiment : ce n'était rien comparé à sa haine.

Il voulait me sacrifier à Oraqui et, en cas d'échec, il m'aurait tuée. Il ne m'aurait jamais laissée pourchasser Annev. Il me ment depuis le début. Il n'a jamais prononcé autre chose que des mensonges. À cause de lui, nous sommes coincés ici. Morts ou damnés pour l'éternité. Crasseux. Ensanglantés. À moitié humains seulement.

Il l'avait impressionnée, il l'avait effrayée. Elle avait craint ce qu'il prétendait être et le mystère qui l'entourait. L'Ombre ressuscitée, un fantôme et une ombre, un assassin, un cauchemar plus qu'un homme de chair. La réalité était tout autre, cependant. Oyru était toujours humain. Un semi-homme qui comptait sur quelques stratagèmes pour obtenir ce qu'il désirait. Il se cachait dans les ombres car il avait peur de ce qu'il avait été, de son passé. Il craignait d'embrasser sa propre mort, il était trop faible pour accepter le fait qu'il n'aurait jamais la chose qu'il désirait le plus au monde. Oyru était un menteur – comme elle l'avait vite compris – et, en dépit de sa magie, il n'était que l'ombre du monstre qu'il prétendait être. La légende, le mythe. Un mensonge qu'il se répétait à lui-même et aux autres, espérant trouver une nouvelle vie à force d'imitation, comme les eidolons.

Désormais, elle comprenait. Elle ne le craignait plus. Elle n'était plus impressionnée par ses pouvoirs, par tout ce qu'il aurait pu lui enseigner. Elle était devenue plus grande que lui et elle voyait le petit homme qui se cachait derrière le masque du Siänar.

Malheureusement, elle avait besoin de lui pour sortir de là.

— Nous allons à Reocht na Skah, dit-elle en s'efforçant de contrôler sa colère. Maintenant. Nous n'avons plus de temps à perdre. Trêve de subterfuges et de stratagèmes. Vous allez nous conduire là-bas, et par le chemin le plus direct. Nous trouverons un moyen de remonter.

L'assassin acquiesça, l'air pensif.

— Il y a… une possibilité. Un moyen de nous échapper sans nous rendre à Reocht na Skah, sans mettre notre âme en péril.

— Par Odar, crachez le morceau !

— Le problème, reprit l'assassin en fronçant les sourcils, c'est qu'il ne dépend pas vraiment de nous, mais de Dorchnok.

— Dorch… Le Dieu de l'Ombre ?

— Sionnach Dorchadas : Dorchnok. Le Renard de l'Ombre. Clesaiche. Le Dieu des Voleurs, des Voyageurs et des Assassins. Le Seigneur des Oubliés. À son corps défendant, le Dieu des Krosérans. Le Jeune Dieu des Ombres.

— Vous mentez, une fois de plus. Des inventions, encore. Un *witherkin* de plus. (Elle secoua la tête.) Oyru, je vous jure que je vous tuerai si vous…

— Nous sommes chez lui, l'interrompit-il. Je te l'ai déjà dit. Les histoires dans lesquelles il conduit des âmes perdues vers le monde des vivants… Elles parlent de la Croisée. Il erre dans les parages. S'il doit entendre nos prières, c'est bien ici.

— Il me semblait que vous ne croyiez plus en lui.

— Je ne le vénère plus. Je n'ai jamais dit qu'il n'existait pas.

— Pourquoi nous écouterait-il ? Pourquoi Dorchnok se soucierait-il de nous ?

— Il ne se soucie aucunement de nous. Il est capricieux et énigmatique, et le fait de le vénérer n'arrangerait en rien nos affaires. Bien au contraire, si j'en crois mon expérience.

— Il m'a l'air d'être un beau connard.

— Oui, on peut dire ça comme ça.

— Comment attirer son attention alors ? demanda Myjun en levant les yeux au ciel.

— Je… je ne suis pas sûr, répondit Oyru en clignant des paupières. Nous pourrions prier, mais comme il ne m'a jamais répondu, ce n'est pas forcément la méthode la plus efficace.

— Avez-vous essayé de jurer en utilisant son nom ?

— De très nombreuses fois.

La jeune femme renifla en embrassant le paysage du regard.

— Vous avez tenté de l'appeler, tout simplement ? (Elle se mit à crier dans les ténèbres.) Dorchnok ! Renard de l'Ombre ! Espèce de connard ! Viens donc nous prêter main-forte !

Le silence.

— Je doute qu'insulter un dieu soit le meilleur moyen de gagner ses faveurs, dit Oyru d'un ton sec.

— C'est un bon moyen d'attirer son attention, en revanche, contra-t-elle en tournant sur elle-même. Je n'ai aucune envie de passer l'éternité à Reocht na Skah, je n'ai aucune envie de mourir et je n'ai aucune envie de lâcher mon dernier souffle en hurlant dans un abîme infini. Raconte-t-on, dans vos histoires, comment ces voyageurs ont trouvé Dorchnok ou comment Dorchnok les a trouvés ?

Oyru prit le temps de réfléchir.

— En général, non, mais la plupart des gens qui les partageaient étaient de toute façon des menteurs. Il est une histoire, cependant… Une légende, plutôt. Le Conte de Chade Thornbriar.

— Je vous écoute.

— C'est une longue histoire, commença Oyru, dubitatif. Et certains détails sont sujets à caution. D'autres sont un peu plus fiables, cependant. (Il s'assit sur le sol.) Chade Thornbriar est un de mes ancêtres, un parent lointain, mais un parent quand même. La branche principale de sa famille était constituée de Tisseurs de Vide, tandis que les descendants de ma famille étaient des Faiseurs d'Ombres.

— Qu'est-ce qu'un Tisseur de Vide ? Vous avez déjà mentionné cette expression sans l'expliquer.

— Un mage de l'ombre, dont les pouvoirs sont davantage élémentaires que métaphysiques. La légende dit que ceux qui possédaient le talent étaient capables de tordre l'espace et le temps. Ils étaient les voyageurs originels, ceux qui pouvaient passer d'un plan à l'autre et qui en profitaient pour se mêler des affaires des autres.

— Où sont ces Tisseurs de Vide, aujourd'hui ? Morts ?

— Ils ont été systématiquement éliminés par les dynasties régnantes et d'autres, qui craignaient leurs pouvoirs. Gevul le Terrible fut le dernier à les combattre, même si, à son époque, on ne pouvait déjà plus parler de mages véritables. Quelques-uns possédaient le talent, mais ne savaient pas l'utiliser. La haine de Gevul pour ma famille et notre magie était celle d'un extrémiste.

— Très bien, dit Myjun en agitant une main dédaigneuse. Venez-en au fait. Qui est ce Thornbriar, et comment Dorchnok l'a-t-il aidé à s'échapper ?

— Thornbriar était un savant parmi les Tisseurs de Vide. La plupart d'entre eux ne maîtrisaient qu'une seule technique de leur variante de magie – la téléportation, la gravitation, le voyage entre les différents plans, la fluctuation temporelle –, mais Thornbriar était polyvalent. On dit qu'il était même capable d'arpenter les couloirs du temps comme ceux d'un palais. Contre quelqu'un comme lui, toutes les autres formes de magie étaient impuissantes, car il avait toujours la possibilité de remonter le temps pour recommencer, ou au contraire d'aller dans le futur pour voir le résultat des plans de ses ennemis et les contrecarrer. (Il secoua la tête.) Aucun homme ne devrait avoir tous ces pouvoirs, et pourtant, les dieux les avaient donnés à Thornbriar.

— Comment s'est-il retrouvé coincé ici, alors ? s'enquit Myjun en faisant les cent pas devant son mentor.

— Il a été leurré par Dorchnok en personne, pas moins.

— Je croyais que Dorchnok l'avait aidé à s'échapper ?

— En effet.

Myjun attendit une explication, mais Oyru faisait durer le plaisir. Elle finit par soupirer.

— Pourquoi cette contradiction ? Pourquoi emprisonner Thornbriar avant de le libérer ?

— Parce que Dorchnok est un filou capricieux qui fait ce que bon lui semble, répondit Oyru, le regard brillant. Il a ses raisons que la raison ignore.

— Non, je n'y crois pas, rétorqua la jeune femme en fronçant les sourcils. Dorchnok n'est pas un dieu fou. Ce n'est pas un de ses titres, n'est-ce pas ?

— En effet, acquiesça Oyru en se grattant le menton. On appelle parfois Tàcharan le Dieu fou… mais pas Dorchnok.

J'imagine qu'il a une façon de réfléchir singulière et mystérieuse.

— Admettons. Donc Dorchnok emprisonne Thornbriar à la Croisée. Qu'arrive-t-il ensuite ?

— Certaines histoires racontent qu'il a proposé à Dorchnok de jouer à un jeu, que le Tisseur de Vide a battu le Jeune Dieu, gagnant sa liberté. Ou une récompense de son choix. La réalisation d'un vœu. Comme je te l'ai dit, les nombreuses versions diffèrent énormément.

— Mais Thornbriar s'est bel et bien échappé ? insista Myjun en regardant autour d'elle. Autrement, il serait toujours ici.

— À supposer qu'il ait existé, oui, il s'est échappé.

— Et Dorchnok l'a aidé.

— C'est ce qu'on dit.

— Ces histoires évoquent-elles une autre méthode d'évasion éventuelle ?

Oyru prit le temps de réfléchir avant de répondre.

— Il y a effectivement deux histoires... Dans la première, Thornbriar se joue du Jeune Dieu et lui vole ses pouvoirs. Dorchnok se retrouve coincé ici, et Thornbriar lui prend son manteau, se faisant passer pour lui.

— Et dans la seconde ?

— Elle est tout aussi peu plausible. Dorchnok est charmé par Thornbriar et offre au Tisseur de Vide de devenir le Dieu du Mal. En échange, Dorchnok promet de porter la peau de l'homme et de faire de lui une légende parmi les siens. Ou plutôt une légende encore plus grande. Thornbriar accepte et Dorchnok s'en va avec le corps de l'homme, laissant celui-ci errer dans ce paysage désolé sous la forme d'une âme désincarnée.

— Très peu plausible, en effet. Si Dorchnok l'avait voulu, il aurait pu envoyer Thornbriar dans le Monde des Esprits.

L'Ombre ressuscitée hésita, mais finit par hocher la tête.

— Tu as peut-être raison. Néanmoins, rien ne m'étonnerait de la part de Dorchnok. Il est…

— Capricieux, je sais. Vous n'arrêtez pas de le répéter ! Comme d'habitude, rien de ce que vous dites ne me semble utile.

— Je n'avais pas la prétention de t'être utile.

Il plia ses genoux et s'assit en tailleur comme pour méditer, fermant les yeux.

— Vous avez renoncé, alors ?

— J'ai vécu cent vies à Reocht na Skah, mais uniquement parce que j'espérais retrouver Oraqui. C'est ce qui m'a fait tenir, m'a permis de ne pas devenir fou. (Il ouvrit les paupières.) Maintenant je n'ai plus rien… peut-être même moins que cela. À part ta haine et ta colère, et ce projet de froide vengeance contre Dortafola. (Il eut un haussement d'épaules apathique.) Cela n'a aucune importance. Je ne te conduirai pas à Takarania ou dans le Cœur du Vide… Nous attendrons que la mort nous prenne pour passer dans le Monde des Esprits.

— Rester ici et mourir ? conclut Myjun en le regardant avec dégoût. Je me battrai bec et ongles jusqu'au bout pour sortir d'ici. Si ça implique d'aller à Reocht na Skah, alors j'irai. Si ça implique de vivre mille vies dans le Cœur du Vide, je le ferai. Je retournerai dans le monde physique et je tuerai Annev de Breth. Trêve d'attente, de tests et de mensonges !

— Et tu comptes accomplir tout cela sans guide ? Sans mentor ?

— Chaque jour passé à vous écouter n'a fait que m'éloigner de mon objectif. L'entraînement, les voyages, les histoires, les mensonges… Tout ça pour me tuer à la fin, me sacrifier pour une femme qui vous méprisait et vous a trahi.

— Oui, admit-il. Même si nous n'étions pas venus jusqu'ici pour Oraqui, je me serais servi de toi pour capturer Annev. Jamais je ne t'aurais permis de le tuer. Depuis le début, il était promis à Dortafola.

— Et maintenant que vous savez que Dortafola vous a trahi aussi ?

Oyru cligna de son œil valide. Quelque chose changea dans son aura, et Myjun vit que l'assassin était résigné à mourir là, que cette résignation lui permettait de dire des vérités qu'il s'était cachées jusque-là. Mieux encore, il percevait les intentions de la jeune femme et n'avait aucune envie de la stopper.

— Avant d'avoir revu Oraqui, je ne t'aurais jamais laissée tuer Annev. J'aurais tenu la promesse faite à mon maître et t'aurais trahie.

— Et maintenant ? murmura Myjun dans le dos de l'homme en essayant de contenir son ressentiment. Maintenant que vous savez, auriez-vous trahi le Vampire pour me permettre de tuer Annev ?

Oyru expira longuement, le regard perdu dans le vide.

— Non, *nakama*. Rien n'a plus d'importance. La loyauté… Sans doute t'aurais-je tuée. Je t'aurais pris la vie afin de me rappeler ce sentiment de perte, de revivre la douleur de la sienne… une dernière fois. (Le semi-homme baissa la tête.) Les mots d'Oraqui, chuchota-t-il. Lorsqu'elle a dit que je comptais pour toi. Cette gentillesse m'a fait plus de mal que ta haine à mon égard.

— Je vous déteste bel et bien. (Elle chantonna – elle ne hurla pas, cette fois – une mélodie amère et triste, et ses lames se matérialisèrent dans ses mains.) Je vous appréciais et je vous haïssais.

— Maintenant, tu sais ce que je ressentais pour Oraqui. (Un battement de cœur passa, et l'Ombre ressuscitée se redressa pour regarder droit devant lui.) Notre bataille aurait été légendaire, *nakama*. Impossible de dire qui aurait gagné.

— Encore un de vos mensonges, magicien, rétorqua Myjun en secouant la tête.

Oyru abaissa le tissu qui lui masquait le bas du visage et sourit.

— Puisse Dorchnok te guider dans ton voyage, *tabibito.*

Myjun plongea ses lames dans le cou et le dos de l'assassin. L'homme glapit – on aurait dit un rire, cependant –, et son œil fonctionnel brûla, fut réduit en cendres. L'Ombre ressuscitée bascula en avant, et comme il tombait, son corps se désintégra, devint ombres et fumée. Celles-ci se dissipèrent, et Myjun se retrouva seule à la Croisée des chemins, entre la vie et la mort.

— Je trouverai le chemin toute seule, se promit-elle en goûtant l'âme qu'elle venait de prendre. Même si ça doit me prendre dix ans ou dix vies. Je me vengerai, même si je dois pour cela me débarrasser d'abord d'un dieu. (Elle regarda autour d'elle et, pour la première fois, réfléchit à tout ce qu'elle avait vécu. Elle avait son destin entre les mains.) Eh, Dorchnok !

Le silence.

— Dorchnok ! cria-t-elle, sa voix résonnant d'une magie nouvellement trouvée. Dieu de pacotille ! Escroc ! (Elle mit encore plus d'énergie dans sa voix, la sentit se propager dans ce monde, cherchant à s'accrocher.) Ça te dirait de jouer à un jeu ?

Il y eut un grondement lointain, et Myjun couina comme le sol se dérobait sous ses pieds. Elle tombait dans l'abîme infini de la Croisée. Son corps n'était plus ancré dans aucun plan, ni soumis à aucune gravité.

— Je suis toujours partant pour jouer, répondit une voix désincarnée.

Myjun tenta de bouger dans les airs, de se retourner vers la voix, et comme elle essayait, elle se rendit compte qu'elle était suspendue dans le vide, qu'elle ne tombait plus. Elle flottait.

Myjun repéra enfin une silhouette dans les ténèbres, alors que ses vêtements et ses cheveux étaient presque aussi sombres que le vide lui-même. Ses bouclettes semblaient luire d'huile, et son visage était encore plus pâle que celui d'Oyru. Il arborait un bouc soigneusement taillé qui rappela à Myjun la barbe de son père, et ses yeux brillaient d'un éclat violet iridescent.

— Mais d'abord, dit le Jeune Dieu en se rapprochant d'elle, nous devons discuter des enjeux. Et pourquoi ne pas nous présenter d'abord ? (Il tendit une main gantée.) Je m'appelle Clesaiche, mais vous pouvez m'appeler Dorchnok comme presque tout le monde aujourd'hui.

Il sourit, et Myjun vit quelque chose de surnaturel dans son regard. De noir, aussi. De bien plus dangereux que tout ce qu'elle avait vu en voyageant avec l'assassin kroséran.

Dorchnok n'était peut-être pas fou, mais il n'en était pas loin.

Chapitre 89

Le vieux fermier stoppa son chariot comme la silhouette de Banok apparaissait au-dessus de l'horizon.

— Eh voilà, les garçons ! Vu l'état des routes, je n'irai pas plus loin, mais vous pouvez finir à pied. Faites attention, en ville. Si la moitié des rumeurs sont vraies, vous feriez franchement mieux de ne pas vous aventurer là-bas.

— Merci beaucoup, chef, répondit Titus en hochant poliment la tête. Nous nous débrouillerons seuls à partir d'ici. Nous avons des amis derrière ces murs, qui ont besoin de notre aide.

Le fermier grogna, sortit sa pipe en tige de maïs de sa bouche et cracha.

— Comme vous voudrez, jeunes gens. Si vous n'allez ni à Trizgard, ni à Paldron, nos routes se séparent ici.

— Vous êtes sûr de ne vouloir aucun paiement ? demanda Titus pour la quatrième fois.

Le fermier sourit, retroussant ses lèvres gercées et révélant des dents jaunes.

— C'était sur mon chemin, oui ou non ? En plus, vous m'avez tenu compagnie pendant deux jours. Les bandits rechignent à attaquer un vieil homme accompagné de ses deux petits-fils. Tout seuls, vous et moi faisons des cibles tentantes.

Il gloussa comme à une bonne blague et fit signe à Titus de filer.

— Eh bien, merci, accepta Titus en s'inclinant.

Il attrapa ses bagages, puis sauta de la charrette. Avant de s'éloigner, il prit le temps de gratter les oreilles de la mule qui les avait tractés tous les trois depuis l'Odarnea du Sud, à travers Corlin et Ankyr, au-delà de Luqura, jusqu'à Banok. Difficile d'imaginer ce voyage sans le vieil homme, qui avait rendu supportable une route difficile.

— Nous vous devons le prix de la nourriture, en revanche.

— Bah ! fit le fermier en agitant de nouveau la main. Vous avez attrapé un lapin et fait la vaisselle. Je n'ai fourni que des légumes et de l'eau. Par ailleurs, votre conversation est une monnaie d'échange précieuse.

Titus acquiesça et se demanda s'ils n'en avaient pas trop dit au vieux fermier. L'homme avait une bonne âme et du cœur, mais il y avait quelque chose de déstabilisant et de mystérieux en lui. Lorsqu'ils l'avaient approché pour lui demander de les emmener dans le Sud, Titus avait tenté d'arpenter son esprit pour sonder sa nature, et il n'avait pas trouvé l'ombre d'une mauvaise pensée dans sa tête, ce qui signifiait qu'il était soit très doué pour dissimuler sa véritable identité, soit exactement ce qu'il semblait être : un vieux fermier bonhomme, qui migrait vers l'ouest après avoir vendu sa ferme et tous ses biens.

Non, se corrigea Titus. *C'est le fermier qui nous a approchés.* Le jeune homme repensa à leur première rencontre, quelques instants après qu'ils eurent rejoint la rive et la route du Sud. *Il nous a salués de la main et nous a demandé si nous avions besoin d'aide.* Le souvenir semblait bizarre à Titus, qui s'était convaincu que c'étaient eux qui avaient choisi le fermier, dont ils supposaient qu'il se dirigeait vers Banok.

— Bonne chance à vous, jeunes gens !

Le fermier les salua, puis fit claquer ses rênes. La charrette s'ébranla. Titus le regarda s'éloigner, peinant à se rappeler les détails des deux jours passés.

Nous ne lui avons même pas demandé son nom. Carraig… Cragcarac ? Il se concentra pour se rappeler s'ils s'étaient présentés, mais il échoua. Titus secoua la tête, confus, mais également excité d'être presque arrivé à destination.

— C'était un bon gars, lança Therin en lui donnant une tape dans le dos. Il m'a même donné ça, ajouta-t-il en montrant un bracelet constitué de pierres blanches et noires alternées. Joli, non ?

Titus regarda fixement le bijou, à court de mots.

— Par l'enfer, qu'est-ce qui nous est arrivé ?

— Hein ? Qu'est-ce que tu veux dire ? Nous sommes arrivés à Banok ! (Therin scruta le visage de son ami à la recherche d'une trace d'enthousiasme et, n'en trouvant pas, poursuivit :) On s'est évadés d'une Enclave fermée à double tour. On a failli se faire tuer par des pirates. Mais on s'en est sortis et on a pu reprendre notre route avec un marchand sympathique.

— Il était fermier… non ?

— Eh bien… je ne me rappelle pas, concéda Therin en se frottant le menton. Avec son chariot rempli de marchandises, je pensais plutôt à un marchand.

— Il s'agissait de ses affaires. Il avait vendu sa ferme de Quiri et comptait s'installer dans le Sud.

— Ou à l'est ?

Les jeunes gens se regardèrent longtemps sans rien dire.

— Ne perdons pas trop de temps avec ça, reprit Therin en déglutissant. L'important, c'est que nous sommes ici et que nous allons pouvoir aider Brayan.

— S'il est toujours en vie, marmonna Titus. Honnêtement, plus le temps passe, plus je me dis qu'il doit être mort. J'ai essayé d'entrer en contact avec lui pendant tout le trajet, sans aucun succès. Comme s'il n'était pas là du tout, comme s'il était tombé par-dessus le bord du monde.

Therin serra Titus dans ses bras à la manière d'un ours, mais la différence de taille entre les deux jeunes hommes était moins importante qu'avant.

—Allez, viens, mon Titan. Brayan est là ou il n'est plus là. S'il est là, nous le trouverons et nous occuperons de lui. Autrement… eh bien, les gens de Banok ont aussi besoin de notre aide. Si les maîtres de l'Académie sont derrière ce chaos, il nous revient de remettre les choses à l'endroit.

Titus était surpris par la détermination de son camarade.

—Pourquoi as-tu accepté de venir ici ? Pour de vrai ?

—Hein ?

—Sois honnête, insista Titus en lui donnant un coup de poing dans l'épaule. Tu n'as jamais été du genre altruiste, ni proche de Brayan, et tu ne connais personne à Banok. Pourquoi avoir quitté l'Enclave, alors que tout se passait bien pour toi, là-bas ?

—Tu as raison, admit Therin en examinant ses vêtements couverts de poussière. Au début, je ne suis pas venu pour ça, c'est vrai. C'était plutôt à cause d'Annev.

—Annev ?

Therin confirma d'un hochement de tête.

—J'étais sûr qu'il mènerait la charge. Il a toujours été comme ça, tu sais ? Toujours le premier à se porter volontaire pour les boulots difficiles. Le premier à se sacrifier en cas de besoin. (Il gratta sa moustache naissante.) Lorsque Annev a refusé de venir, je… je ne sais pas. J'ai paniqué. Je me suis dit : « Si lui ne veut pas nous aider, qui va le faire ? »

—Oui, acquiesça Titus en s'avouant enfin combien la réponse d'Annev l'avait déçu. Je te comprends.

—C'est vrai ? En fait, tu es comme Annev, Titus. Tu es même pire. C'est une bonne chose, attention ! Tu es le contraire d'un égoïste. Et moi ? (Il secoua la tête.) Je n'ai jamais eu besoin d'être le type bien, celui qui pense aux autres, parce que Annev et toi étiez là pour vous porter volontaires. Et je m'accommodais très bien de cette situation. J'aime savoir que les choses vont s'arranger d'elles-mêmes. Aujourd'hui, c'est différent, cependant. Annev est… Enfin, il n'est plus pareil, et toi aussi tu as changé.

Titus se sentait différent, en effet, mais s'étonnait que Therin l'ait remarqué.

— Nous ne sommes plus des gamins, dit-il. L'Académie était notre maison, mais elle a été détruite. Nos mentors se sont révélés être des monstres, et nous avons dû nous débrouiller seuls depuis notre départ de Chaenbalu. Même quand nous étions dans l'Enclave et que la Fraternité a fait de moi un Dionaque de Tobar… (Il haussa les épaules.) Personne n'est ici pour nous protéger – Annev avait raison à ce sujet –, ni protéger ces gens. Tu sais ce que Reeve a dit quand je lui ai demandé la permission de venir ici ? Lorsque je lui ai dit que Banok avait besoin d'aide ?

— J'ignorais que tu lui en avais parlé.

— Il m'a répondu que ça ne nous concernait pas, que la Fraternité était déjà trop affaiblie et qu'il était trop dangereux de quitter l'Enclave. J'ai rétorqué que ces gens étaient innocents, que nous étions responsables de ce qui se passait, mais il m'a renvoyé dans ma chambre et à mes études.

— Et qu'est-ce que tu as fait ? l'interrogea Therin en écarquillant les yeux.

— J'étais furieux. Je crois qu'il savait que je parlais de Brayan et qu'il s'en fichait. J'aurais peut-être dû dire quelque chose, insister, mais je me suis tu. Je me suis enfermé dans ma chambre où j'ai essayé en vain d'entrer en contact avec Brayan. J'ai tenté de parler à Annev, mais il m'a repoussé. Alors, j'ai… flotté. J'ai laissé mon esprit errer pour voir où il me conduirait. Mes pensées me ramenaient constamment à Banok et – je te le jure – je n'arrêtais pas de voir les habitants de la ville. J'entendais leurs pensées, je percevais leurs sentiments.

— Tu as vu Faith ?

— Hein ? lâcha Titus, arraché à ses souvenirs. Faith ? Non. Elle est… Therin, elle est morte.

— Mais nous l'avons vue, Titus. On a vu son fantôme. D'abord dans la forêt de Brake, puis à Banok.

— Je n'ai pas vu Faith, Therin. Elle est morte à Chaenbalu avec les autres apprenties femmes sages quand les monstres ont attaqué et que l'Académie s'est effondrée. (Il posa la main sur l'épaule de son ami.) C'est pour ça que tu es venu à Banok ? Tu crois que Faith est toujours en vie ?

Therin s'empourpra et s'écarta.

— Oublie ça, dit-il d'un ton triste, au bord des larmes. Allons-y. Banok a besoin de nous. Les habitants de Banok ont besoin de nous. Peu importe que Brayan ou Faith ou quiconque de Chaenbalu soit là. Ces gens ont besoin d'être secourus, et personne d'autre que nous ne s'est déplacé.

— Tu as raison, approuva Titus en souriant. On peut y arriver seuls, pas vrai ?

— Oui. Enfin, je le crois. Et toi ?

Titus prit une profonde inspiration et eut une expiration saccadée.

— Honnêtement, je n'en sais rien. Les maîtres, les anciens… Ils nous ont toujours été supérieurs dans tous les domaines. Mais nous pratiquons la magie, désormais, la *vraie* magie, et je parie que les habitants de Banok nous aideront. Nous ne serons pas seuls.

— Tu as raison, reconnut Therin en se mettant en route. Viens. Profitons du jour pour parcourir le chemin qu'il nous reste.

Titus s'empressa de rattraper son ami.

— J'ai un plan, tu sais ?

— Ça me soulage, répondit Therin en souriant. Je craignais de devoir en élaborer un moi-même.

Il ébouriffa Titus, et ils se mirent tous les deux à trotter en silence.

Chapitre 90

Kenton explora les toits de Banok pendant six heures avant de parvenir à une conclusion satisfaisante. Il avait tout de même du mal à accepter ce qu'il voyait : la ville avait complètement changé, et pas en bien.

Apparemment, Banok avait été divisé en quartiers dirigés chacun par une faction différente. Au sud-ouest, le Culte de Cruithear avait pris possession des ateliers des artisans et envoyé ses *ferhumains* maintenir l'ordre dans les rues. Au nord-ouest, des mages en uniforme violet et gris patrouillaient sur les toits et dans les allées ; tellement bien, d'ailleurs, que repéré deux fois, Kenton n'avait réussi à s'en tirer que grâce à son entraînement d'avatar et à un peu de magie.

Dominant le quartier nord-est, le palais de Janak était gardé par une poignée d'hommes issus des factions précitées, ainsi que par – pensait Kenton – les Fils de la Damnation. Malgré tout le temps passé à arpenter les murs de la ville et à surveiller de près le donjon du marchand décédé, il n'avait identifié que deux de ses anciens collègues : l'Ancien Denithal, dont la robe blanche se voyait comme un phare, et Maître Edra, qui ne faisait aucun effort pour se cacher. *Maître Der pourrait être n'importe où*, se dit-il. *Avec son entraînement et toute la magie que j'ai mise à sa disposition, il pourrait être devant moi sans que je le voie.* Kenton se hâta de se cacher dans l'ombre de deux cheminées.

Aucun signe de Murlach, poursuivit-il, cataloguant ses pensées. *Ce qui signifie qu'il est probablement à l'intérieur avec Ather.* C'était logique, en effet. L'ancien Maître de l'Ingénierie aurait du mal à passer inaperçu avec son exosquelette, et il avait toujours préféré s'affairer sur un nouveau projet plutôt que de monter la garde ou d'accomplir des corvées d'avatar. L'absence d'Ather semblait confirmer les soupçons de Kenton, qui était convaincu que l'esprit désincarné de l'Ancien Tosan le possédait.

Il est là, pensa Kenton en étudiant les murs de grès du donjon. *C'est le bâtiment le plus puissant et le plus facilement défendable de la ville, et il est rempli de tous les artefacts non remis à l'Académie. Enfin, s'ils n'ont pas brûlé dans l'incendie du bureau.*

Ayant lui-même failli être possédé par Tosan, Kenton connaissait mieux que personne l'esprit du vieux directeur, et il savait que l'ancien serait incapable de résister aux trésors du palais de Janak et aux pouvoirs qu'ils représentaient. *Mais comment y entrer ?* se demanda Kenton. Il n'avait toujours pas identifié de schéma dans les tours de garde, même si les hommes avaient changé au moins une fois.

— Par les enfers, marmonna-t-il dans sa barbe.

Dans quelques minutes, les mages orvanes et les Faiseurs d'ombres krosérans patrouilleront encore une fois sur ces toits. Il serait contraint de quitter son poste d'observation, et l'ennemi en profiterait sans doute pour envoyer de nouveaux gardes assurer la sécurité du donjon. *Si j'essaie d'entrer pendant qu'ils patrouillent sur les toits, je les verrai arriver… mais je ne peux pas regarder dans toutes les directions à la fois. Je ne saurai pas quand, ni d'où viendront les nouveaux gardes, je serai aveugle pour ainsi dire.* Cela ne lui plaisait pas, mais il commençait à se dire que ce serait sa seule chance d'y arriver.

Kenton se tourna vers le dernier quartier de la ville. C'était la partie la plus pauvre de Banok, même si la ville dans son entier n'était ni particulièrement riche, ni spécialement pauvre. On y trouvait le moins de mercenaires. Kenton s'était demandé pourquoi lorsqu'il avait franchi les murs de Banok, et puis il avait compris qu'une certaine résistance s'était organisée là-bas, qui ne tolérait pas la présence prolongée de membres d'autres factions. Kenton n'avait pas observé assez longtemps pour identifier la personne qui dirigeait ce quartier, mais elle pratiquait manifestement la magie. Non pas pour aider les Seigneurs de la Damnation, mais pour mettre un terme à leur occupation. Apparemment, la résistance avait trouvé un moyen d'abattre les *ferhumains*, dont les cadavres minéraux apparaissaient régulièrement sur les places et les coins de rue. Lorsque cela arrivait, les Orvanes envoyaient leurs soldats récupérer leurs morts. Ces opérations se terminaient souvent par des combats, et les nouveaux arrivants finissaient pendus avec leurs camarades dans une parodie macabre de décoration de carnaval. Il avait vu ce prodige se produire six fois en autant d'heures d'observation sans que la résistance déplore aucune perte.

Kenton scruta le quartier faiblement éclairé. La résistance se cachait dans des maisons décrépites, et Kenton aurait parié sa Cape des Secrets que les trois sorcières qui guidaient les habitants de la ville étaient à l'origine du massacre des *ferhumains*. Leur magie seule pouvait permettre à ces gens simples de tenir tête à des mages pratiquant la magie de l'ombre et à des soldats faits de métal et de pierre.

Kenton attendit que les gardes qui patrouillaient au sommet du donjon lui tournent le dos, pour sortir de sa cachette et descendre dans la rue. De là, il courut directement vers le quart sud-ouest, tandis qu'une idée se formait dans son esprit.

* * *

— Que sont-ils ? s'interrogea Therin en regardant derrière le coin d'une tannerie abandonnée. S'agit-il des mêmes créatures qui ont attaqué Chaenbalu ?

— On dirait, acquiesça Titus en prenant garde de ne pas se faire voir. Même si leur comportement est différent. Elles ne sont pas sauvages, elles patrouillent. Et j'ai vu des trucs dans la rue Miller.

— Comment sais-tu que c'était la rue Miller ?

— Il y a des panneaux, répondit Titus en désignant une planche pourrie arborant des glyphes peints tout près de l'intersection. Celle-ci est la rue Samak.

Therin semblait impressionné.

— J'imagine que c'est le genre de choses auxquelles il faut penser quand on habite une ville constituée de plus de deux rues.

— Il y en avait aussi à Quiri et Luqura.

— Je n'ai pas remarqué…

Les deux jeunes gens sursautèrent comme une boutique de l'autre côté de la rue explosait dans une boule de feu.

— Par le sang et les cendres ! s'écria Therin. Tu as vu ça ?

— Difficile de ne pas le voir. Ça ne sent pas très bon. Nous devrions filer.

— Je suis d'accord, acquiesça Therin tandis que les soldats affluaient pour jeter un œil au brasier. Ça grouille de *feurog* dans le coin. Nous devrions retourner au sud-ouest. C'était plus calme, par là-bas.

— Tu as raison, approuva Titus en observant la conflagration. Quand la situation sera plus calme, nous chercherons l'atelier de Dolyn et verrons si Brayan…

— Eh ! Qu'est-ce que vous faites ici ?

Comme un seul homme, Titus et Therin se retournèrent et se retrouvèrent face à une femme imposante à la peau couleur de bronze armée d'une longue lance. Dans la lumière dansante des flammes, Titus se rendit compte que sa peau n'était pas d'un brun uniforme, qu'elle était ornée de rubans de bronze et de cuivre. Elle portait une épaisse tunique en coton, une cotte constituée d'anneaux d'acier, et elle se tenait les jambes écartées, bloquant le passage avec sa lance.

— Vous y êtes pour quelque chose ? leur demanda-t-elle en désignant l'incendie de son arme, geste qui les hypnotisa comme les yeux d'une vipère.

— On n'y est pour rien, répondit aussitôt Titus, la langue épaisse dans la bouche.

— Ah oui ? Qu'est-ce que vous avez dans vos sacs ?

— Euh...

— On se dégourdissait les jambes, madame, intervint Therin, un sourire idiot sur le visage. Vous savez ce que c'est.

— Et le couvre-feu ? insista la femme en regardant successivement les jeunes gens et leurs sacs. Vous aviez besoin de vos sacs pour vous dégourdir les jambes ? Ou bien comptiez-vous tenter de vous éclipser ?

— Ah..., fit Therin, ce qui ressemblait beaucoup à un aveu.

— Videz-moi ces sacs ! ordonna-t-elle.

Therin se figea, tandis que Titus déglutissait et obtempérait, défaisant le nœud de sa corde et vidant son sac sur le sol. Tombèrent sa cantine, deux pommes, une couverture, des parchemins et des vêtements de rechange. Avisant les rouleaux de parchemin, Titus jura dans sa barbe et s'attira un regard interrogateur de la part de Therin.

La garde se rapprocha et toucha les parchemins avec la pointe de sa lance.

— Qu'est-ce que c'est ?

Titus sentit ses joues devenir brûlantes. Sur ces parchemins, il y avait ses premières tentatives d'imitation de la signature de l'Archidionaque Reeve. Le jeune homme avait choisi de les garder, pensant qu'ils pourraient toujours servir. À présent, il regrettait de ne pas les avoir brûlés.

— Ce sont... des notes.

— Mouais…, fit la femme, dubitative. Reculez, et vous, videz votre sac aussi.

Comme Therin entreprenait de défaire le cordon de son bagage, la femme déroula le premier parchemin.

— Cours ! cria Titus en bondissant pour attraper la lance de la garde.

Comme Therin s'ébranlait, Titus poussa la femme en arrière. Celle-ci, cependant, profita de l'élan de son assaillant pour l'entraîner dans sa chute et le projeter dans les airs.

Titus retomba lourdement, mais roula aussitôt et se releva. Profitant du demi-battement de cœur d'avance qu'il avait sur la garde, il se mit à courir dans la direction opposée à celle prise par Therin.

Je dois absolument atteindre… le mur, pensa-t-il, son cerveau tournant au rythme de sa fuite. *Ou bien une allée…*

— Stop !

Titus ne s'arrêta pas. Bien au contraire, il accéléra en cherchant une porte de sortie, une chance de salut. Il était tellement concentré qu'il ne vit pas la terre s'ouvrir devant lui, et il tomba tête la première dans un gouffre qui ne se trouvait pas là une seconde plus tôt.

Chapitre 91

Kenton se faufila dans le couloir conduisant au bureau de Janak Harth. La puanteur de bois et de chair brûlés était encore forte dans ses souvenirs, alors que plusieurs mois s'étaient écoulés depuis la fatidique mission de récupération. Il avait l'impression de pouvoir la sentir, cette odeur âcre suspendue dans l'air. Il prit une profonde inspiration et tenta d'oublier le feu et les cadavres. Subitement, il eut le vertige et sa vue devint trouble. Il porta les mains à son visage…

Non. Tout allait bien ; aussi bien que possible, sachant qu'il arborait désormais des yeux brillant d'un éclat doré. Il jeta un coup d'œil superficiel sur le décor et constata que l'incendie magique qui avait détruit le bureau de Janak n'avait dévasté que le dernier étage, que les flammes infernales avaient été circonscrites par des rubans de laiton ornés de runes fichés de façon stratégique dans des dalles, les murs et le plafond. Malgré cela, Kenton voyait où les flammes surnaturelles avaient rongé le mortier et le grès.

Lorsqu'il arriva devant l'arche marquant l'entrée du bureau, il s'attendit à ne rien retrouver de la porte grise que Fyn, Annev et lui avaient ouverte ; au lieu de quoi les planches de bois-de-fer semblaient n'avoir aucunement souffert, au contraire des gonds déformés par la chaleur. Tout juste étaient-elles un peu sales.

— Par les enfers…, murmura-t-il en caressant la porte. Quel gâchis…

Il secoua la tête en se disant que le matériau aux propriétés extraordinaires aurait été mieux utilisé ailleurs que dans ce couloir. Comme il ne pouvait pas repartir avec la porte, il prit note de sa localisation et rangea l'information dans son Anneau de Souvenance.

Kenton entra dans la pièce, les émotions inondées d'images de cette nuit où il avait trahi Annev et l'avait abandonné dans cette pièce pour y mourir dans les flammes. Il scruta le sol à la recherche de la prothèse qu'Annev avait forcément abandonnée là. Au lieu de quoi il trouva l'armure carbonisée de Maître Duvarek; l'armure qu'il portait lorsque Kenton l'avait tué en plongeant Miséricorde dans sa visière. Il se rapprocha de l'objet noirci – le bronze magnifique était méconnaissable –, mais s'abstint de regarder les restes du Maître des Ombres, à l'intérieur.

— Vous méritiez mieux que ça, Dove. Je regrette que nous ayons dû vous tuer. (Il s'agenouilla à côté de l'armure et posa deux doigts sur le plastron.) Soyez en paix avec les dieux, Duvarek. Je vous promets de retrouver Tosan et de l'envoyer en enfer.

En se relevant, il suivit du regard la chaîne attachée au poignet de Duvarek. Il n'y avait rien dans la menotte qui, cette fameuse nuit, entravait la prothèse d'Annev. Simplement des cendres.

— Je l'ai cherchée aussi, dit une voix dans son dos. (Une voix qui appartenait, autrefois, à Maître Ather.) C'est même la première chose que j'ai faite lorsque j'ai pris possession de ce donjon. Je voulais prouver que c'était un menteur. Je le savais déjà, mais j'avais besoin d'une confirmation.

Des bottes souples marchèrent sur le bois noirci et la pierre vitrifiée, derrière Kenton.

— Je savais que vous viendriez, reprit la voix. J'en étais certain, sauf que cette fois vous êtes venu pour ceci.

Kenton finit par se retourner, et ce qu'il découvrit accéléra violemment son rythme cardiaque. Ather se tenait là, un genre de cartouchière en travers de la poitrine, et dans cette cartouchière, douze fioles pleines d'*aqlumera*. Des fioles volées.

— Bonjour, Ancien Tosan.

Le directeur sourit en utilisant les lèvres d'Ather, ses fines moustaches ayant cédé la place à un bouc soigneusement taillé.

— Je savais que vous devineriez où nous nous rendrions. Que dites-vous de ce que nous avons fait de cet endroit ? demanda l'homme en écartant les bras.

— Si le reste du donjon est à l'image de ce bureau, je n'en dis pas grand-chose. Janak Harth était une ordure prétentieuse mais, au moins, il savait comment décorer une demeure telle que celle-ci.

— Vous êtes amusant, reprit Tosan en souriant. Je parlais de Banok. Par rapport à Chaenbalu, nous sommes un cran au-dessus. Nous aurons tous les artefacts de Janak – ceux du sous-sol, en tout cas, vu que ceux du bureau ont été détruits –, plus tout ce que nous pourrons récupérer dans le Caveau de la Damnation. Et une population quatre fois plus importante. Plus de fermiers. Plus d'artisans. Plus d'avatars. (Il fit quelques pas en laissant traîner ses doigts gantés de violet sur le mur couvert de cendres.) Et ce n'est pas tout, poursuivit Tosan en lançant à Kenton un regard oblique. Nous n'avons plus besoin de dissimuler notre magie, ni de combattre notre nature. (Il désigna Kenton de l'index.) Nous sommes pareils. Souillés par Keos, ou bénis par Odar, si vous préférez. Nous sommes tous les deux assez malins pour cacher nos aptitudes à ceux qui ne comprendraient pas, qui nous accuseraient d'avoir signé un pacte avec Keos. Vous et moi, nous connaissions la vérité. Nous la connaissions, et il n'était pas question que nous permettions à l'Académie de nous empêcher de devenir des versions améliorées de nous-mêmes.

— Si je vous avais dit, à Chaenbalu, que je possédais de la magie, vous m'auriez lapidé, empalé et écorché vivant.

— Oui, admit Tosan en faisant un pas de plus. Et vous l'auriez mérité. On ne se dévoile pas impunément.

— Vous n'êtes pas le Tosan que j'ai connu. Qu'est-ce qui a changé ?

— La mort change les gens, Maître Kenton. Je n'ai plus de raison d'avoir honte. Je n'aurais jamais dû permettre qu'une idéologie influe sur mon être. L'Académie a eu son utilité, et son dogme était acceptable dans les grandes lignes. Elle avait ses défauts, dont moi ! Il m'a fallu de nombreuses années pour l'oublier, et il a même fallu que je meure pour me libérer de ce fardeau. Je ne crains plus ma propre magie, et je suis sûr qu'ils sont très peu nombreux à pouvoir manipuler un tel pouvoir.

— Il y a Annev, affirma Kenton en se retournant subitement. Il avait la magie, et vous l'avez puni pour ça. Vous avez tenté de l'exécuter, même.

— Il a détruit l'Académie ! gronda Tosan.

— Après que vous l'avez accusé, pas avant. En quoi sommes-nous différents de lui ?

— Annev méritait la mort, contra Tosan, le visage de marbre. Il était souillé par Keos – il était manchot –, et il aurait dû mourir dans son berceau. Nous n'avons rien de commun avec lui. S'il était mort, ma femme serait peut-être encore de ce monde.

Le souvenir brûlant de Tosan essayant de prendre possession de son corps hantait Kenton. Durant cette lutte, nombre des secrets du directeur s'étaient déversés dans sa psyché, remplaçant quelques-uns des siens. L'Aîné des Anciens avait bien failli corrompre son identité.

— Avez-vous tué Ather avant de… Ou bien son esprit flotte-t-il toujours quelque part ?

— Son esprit n'est plus, fort heureusement, mais certains de ses souvenirs subsistent. C'est très particulier, je l'avoue. Je me surprends parfois à adopter certaines de ses manières, ce qui pourrait être utile si je voulais me faire passer pour un dandy vaniteux.

Il eut un reniflement dédaigneux pour montrer ce qu'il pensait de la chose.

— En tout cas, vous en avez la tenue, remarqua Kenton en désignant la veste et les gants colorés de Tosan.

— Parce qu'elle m'est utile. Il s'agit d'artefacts. À ce propos, merci beaucoup. Ils m'ont été utiles. (Il agita ses doigts gantés en direction de Kenton.) Sans ces petits bijoux, j'aurais eu beaucoup plus de mal à prendre possession de la ville. Pas tout à fait aussi efficaces que la Baguette de Compulsion que vous avez échoué à récupérer, mais tout de même utiles.

— C'est comme ça que vous avez convaincu ces mercenaires de vous aider ? l'interrogea Kenton en faisant quelques pas vers l'homme et en regardant successivement les fioles d'*aqlumera* et son visage souriant.

— Il me suffit en effet de les effleurer pour qu'ils deviennent vulnérables à ma volonté. Je parle de ceux que je rencontre en personne, bien sûr. Les autres sont venus pour quelque chose de plus tangible, mais je crois que vous l'avez déjà deviné. (Tosan leva une main gantée et tapota une des fioles, sur sa poitrine.) Elles sont précieuses, vous savez ? Je le savais déjà du temps de l'Académie, époque où la richesse matérielle ne m'intéressait pas. En ce temps-là, je voulais tromper la mort elle-même ! (Il montra son visage volé.) Maintenant que je l'ai fait, je me rends compte que la richesse matérielle a son utilité.

— Vous et moi, nous savons que votre sort s'est retourné contre vous. Vous n'essayiez pas de préserver votre âme dans la fontaine d'*aqlumera*. Vous vouliez posséder le corps d'un autre – comme Bron Gloir –, mais vous avez échoué. Vous seriez resté prisonnier là-bas pour toujours si moi-même, Ather ou un autre n'étions pas descendus dans le Caveau de la Damnation pour vous libérer accidentellement.

— Une petite erreur de calcul, concéda Tosan en fronçant les sourcils. Bron Gloir avait des talents que je ne possède pas. Mais j'ai accompli ce que je voulais. J'ai bel et bien trompé la mort, Maître Kenton. La barrière finale. Le dernier obstacle. Je suis immortel.

— Jusqu'au jour où quelqu'un tuera le corps d'Ather. Et après ? Vous retournerez dans le bassin d'*aqlumera* ? Ou vous sauterez dans le corps le plus proche comme dans les histoires de Bron Gloir ? Ou bien irez-vous en enfer, où vous auriez dû aller depuis le début ?

Les lèvres de Tosan se tordirent dans une grimace qu'il parvint néanmoins à changer en sourire pervers.

— Vous ne devriez pas parler de la sorte, d'autant que j'étais venu avec un rameau d'olivier à la main.

— Par Odar, que ferais-je d'un rameau d'olivier ?

— C'est une métaphore, espèce d'idiot. Dans les histoires… Vous n'êtes pas assez instruit pour comprendre. Ce que je voulais dire, c'est que je suis venu en paix. Je vous propose de vous joindre à moi et à vos chers Fils de la Damnation. Je vous propose une place ici, Kenton. Une chance de devenir réellement grand. Imaginez : vous ne seriez pas enfermé dans quelque caveau poussiéreux à cataloguer des artefacts, vous seriez à mes côtés. Le premier d'un nouvel Ordre d'Anciens.

— Comme Denithal.

— Ah ! Oubliez Denithal. Il a été rétrogradé. Vous pourriez accomplir de grandes choses, ici. Avec votre talent pour trouver et identifier les artefacts, l'Ordre serait inarrêtable.

Il se rapprocha de Kenton et plongea son regard dans le sien. Il était presque assez proche pour le toucher.

— L'Ordre des Anciens est mort, Ancien Tosan. Il est mort le jour où vous en avez pris les rênes, le jour où vous avez tué Winsor et Grimm.

Tosan fut distrait par cette accusation, et Kenton en profita pour tendre les bras vers la cartouchière, autour de son cou. Comme ses doigts semblaient sur le point de se refermer sur la sangle en cuir, il sentit ses mains glisser au-dessus des fioles d'*aqlumera* et de la veste jaune moutarde de l'homme. Il tenta de passer à l'attaque, d'immobiliser Tosan, de l'attraper par la tête, par les jambes, mais encore une fois, il se heurta à un genre de bouclier.

— Ah ! Vous n'aviez pas remarqué cet autre artefact ? demanda Tosan en reculant. (Il toucha sa veste jaune.) Un accessoire de dandy, pour l'œil non entraîné, mais un accessoire qui me protège comme aucun autre.

— Un bouclier qui protège votre corps et qui vous protège des voleurs, mais comment ? (Kenton ne comprenait pas.) Je l'aurais remarqué. Je l'aurais senti…

— Non.

Tosan ouvrit sa veste, révélant un morceau de tissu noir cousu dans la doublure. Lorsque Kenton voulut l'examiner, sa vue se brouilla, et sa vision magique se révéla incapable de pénétrer le tissu à l'apparence anodine.

— Quelle diablerie est-ce là ?

— Je crois qu'on appelle ça un tissu d'illusion. Il est destiné à dissimuler les artefacts. Je soupçonne ce maudit prêtre de s'être servi de ça pour cacher la prothèse d'Annev pendant toutes ces années. (Il sourit et reboutonna sa veste.) Le vêtement forme une barrière d'air qui protège mon corps tout entier, et sa doublure empêche toute forme de détection magique. Je pourrais dissimuler n'importe quoi dans une de mes poches, et vos maudits yeux ne verraient rien.

Il plongea une main gantée dans sa poche de poitrine et en sortit une mince baguette en bois. Dès que l'objet eut entièrement quitté le vêtement, Kenton vit de quoi il s'agissait, mais son aptitude à identifier les artefacts était comme brouillée. Il entendait l'écho d'un sang magique dans la baguette, mais son intention était masquée. *Meurs… pourris… dors…* Était-ce le sentiment que ressentait une personne normale lorsqu'elle identifiait un artefact ? Avant même que l'*aqlumera* modifie sa vue, Kenton avait le don de l'identification, mais cette aptitude semblait étouffée.

Kenton recula, l'esprit tournant à plein régime. Tosan s'était préparé ; d'un seul coup, il avait neutralisé le plus grand avantage de Kenton, tout en se protégeant contre les coups et le vol.

Merde…

Kenton tourna les talons pour prendre la fuite, mais se retrouva nez à nez avec l'ombre noire qui l'avait approché sans faire de bruit.

— Bonjour, Maître Kenton. Ça faisait longtemps.

Il s'agissait de Der, évidemment, le Maître de la Furtivité de l'Académie. Kenton n'avait pas senti sa présence changeante. Comment était-ce possible ? Ses yeux auraient dû le prévenir de la présence de tout artefact magique dans la pièce.

— Vous vous demandez comment nous pouvions être au courant de votre venue et comment nous nous y sommes pris pour neutraliser votre vision magique et vous empêcher de repérer Der, Edra et Denithal ?

Kenton tourna sur lui-même et vit les autres Fils de la Damnation émerger des ombres de la pièce, des cendres dont étaient couverts les murs et de la suie tapissant les dalles du sol.

Par les cinq enfers, que se passe-t-il ?

— J'imagine que vous êtes un peu désorienté. Vous pouvez remercier l'Ancien Denithal pour cela. (Tosan le regardait fixement à travers les yeux d'Ather.) Vous avez dû remarquer cette odeur derrière celle de la fumée et des cendres ? La puanteur de viande cuite ?

Kenton fronça les sourcils, puis se rendit compte qu'il l'avait bel et bien remarquée… Et sa vision s'était subitement assombrie. Avait-il été empoisonné ?

Merde !

Le sourire de Tosan se mua en grimace.

— Vous commencez à comprendre. J'ai demandé à Denithal de préparer cette décoction spécialement pour vous. Un gaz qui reproduit les effets du tissu d'illusion. Vous en avez inhalé une belle quantité dans le couloir. (Tosan eut un soupir satisfait.) Rassurez-vous, il ne vous tuera pas. Il inhibe votre pouvoir de divination magique.

— Lisez-vous dans mes pensées ? murmura Kenton en reculant dans un coin, tandis que sa vision se brouillait davantage.

Par Keos, devenait-il aveugle ?

— Oui, répondit Tosan. Janak possédait un véritable petit trésor, qu'il ne montrait à personne. Murlach est justement en train de cataloguer tout ça.

Il faut que je le paralyse. Jusqu'à ce que je recouvre la vue, en tout cas. Tosan éclata de rire, et Kenton jura, comprenant que l'ancien directeur venait de lire dans ses pensées. Il lui faudrait s'habituer à ce désagrément, sauf qu'il n'avait pas le temps.

— Alors, c'était un piège ? C'est la raison pour laquelle vous avez laissé le cadavre de Duvarek ici ?

— Je voulais vraiment que vous nous rejoigniez, Kenton. Vos yeux sont des atouts incroyables, et j'ai l'impression que vous n'en êtes pas réellement conscient. Raison pour laquelle je ne voulais pas que le poison de Denithal ait des effets permanents. Ils finiront par s'estomper. En fait, je pourrais vous les arracher, vu que vous n'avez apparemment aucune intention de nous rejoindre. Vous m'en voulez toujours pour la mort de Duvarek. (Il s'avança et poussa du bout du pied l'armure contenant les restes de l'ancien Maître des Ombres.) Je n'y suis pour rien, vous savez ? C'était vous. L'épée était dans votre main, pas dans la mienne. Vous avez usé de sa magie. Vous ne pouvez en vouloir qu'à vous-même. (Tosan pointa la Baguette de Mort vers Kenton.) Je pourrais vous débarrasser de cette culpabilité. Un léger contact avec ceci, et vous seriez libre.

Kenton regardait tour à tour Tosan et les maîtres qui approchaient. Il était pris au piège. Malgré tous les artefacts qu'il avait pris dans le Caveau de la Damnation, il était fait. Les artefacts des maîtres neutraliseraient ses avantages, et sa vision magique n'était plus qu'un souvenir. Il ne voyait plus que des taches colorées et des ombres, et tout s'assombrissait de seconde en seconde. Avant longtemps, il serait complètement aveugle. Il n'avait nulle part où aller, pas d'échappatoire.

Non, il restait une dernière solution, à condition d'oser…

Tosan fronça les sourcils, consterné.

— Arrêtez-le ! s'écria-t-il.

Il tendit sa baguette au moment où Kenton s'enveloppait dans la Cape des Secrets.

Je suis désolé, Myjun, pensa le jeune homme en se demandant s'il parviendrait à sauver la vie de la jeune femme et à empêcher la prophétie de Kiara de se réaliser. N'ayant pas récupéré l'*aqlumera*, il ne la reverrait peut-être jamais. Si elle trouvait Annev pendant que lui était perdu dans le vide, elle mourrait sans doute… Et il serait responsable.

Tosan hésitait, la Baguette de Mort vrombissant dans son poing.

— Attendez ! Ma fille est en vie ?

En dépit de la situation, de sa quasi-cécité et de sa proximité avec la mort, Kenton sourit. Son départ et son ultime pensée frustreraient Tosan, ce qui le consolait, même si la cape devait finir par le tuer. Tosan perçut les pensées de Kenton, et une tempête secoua son visage d'emprunt.

— Saisissez-vous de lui !

Les Fils de la Damnation bondirent, Der et Edra tentant de lui arracher la cape.

Serrant le vêtement contre lui, et obsédé par le destin de Myjun, Kenton attrapa sa propre baguette et pria pour ne pas rester à jamais prisonnier du vide. Soudain, il tomba dans les ténèbres, le monde physique disparaissant avec un *pop !* sonore et un éclair de lumière grise éthérée.

Chapitre 92

Therin lécha la rune qu'il avait autour du cou afin d'activer le glyphe qui le soulèverait du sol. Ne pesant presque plus rien et glissant sur un coussin de vide, il accéléra dans les rues de Banok, fonça vers le sud-ouest, s'éloignant de la femme qui l'avait surpris.

Titus ! Par les dieux, il avait oublié Titus.

Therin décrivit des moulinets avec les bras et prit appui sur une maison de deux étages pour bifurquer vers la direction prise par son ami.

S'il lui arrive quelque chose, je ne me le pardonnerai jamais.

— Tiens bon, Titan, murmura Therin dans l'atmosphère nocturne. J'arrive.

Therin exécuta un nouveau virage à quatre-vingt-dix degrés et se retrouva face au brasier qui avait attiré l'attention de toutes les patrouilles du quartier. Le jeune homme s'arrêta subitement en se rendant compte que certains des soldats réunis là avaient du métal ou de la roche dans le corps… comme ceux qui avaient attaqué Chaenbalu. Il ravala sa peur et scruta la rue à la recherche de son ami.

Là, pensa-t-il. *C'était ce coin-là.* Il longea un mur en restant à l'ombre des toits qui le surplombaient.

Quelque chose jaillit des ténèbres, lui agrippa le cou, les jambes et les bras. Therin essaya de crier, mais un énorme bourgeon se plaqua sur son visage et fleurit dans sa bouche. Il toussa, tenta de cracher la plante maléfique, avant de croquer dans la tige épaisse.

— Ramenez-le à l'intérieur.

La voix était douce – féminine, *a priori* –, et Therin fut subitement attiré à l'intérieur d'un bâtiment abandonné. D'autres plantes s'enroulèrent autour de ses poignets et de ses chevilles. Il renonça à respirer par la bouche, se concentra sur l'air qu'il inspirait par les narines.

— Plaquez-le contre le mur.

Les plantes poussèrent pour soulever Therin et le coller contre le mur, les frondes suspendues dans les ténèbres de la chambre vide.

— Luathas. De la lumière.

Luathas. Pourquoi ce nom lui était-il si familier ? Therin essaya de se rappeler, mais ne parvint à penser qu'à une petite femme jouant de la flûte et à un… jongleur ? Oui, c'était cela. Il jonglait avec douze couteaux à la fois. Un artiste iluméen appelé… Barbe-rousse ? Doigt-rouge ?

— Pou-rou ! cria Therin derrière son bâillon. Pou-rou, Pou-rou !

La fleur se retira, n'appuyant plus sur sa langue, et Therin avala une grande bouffée d'air frais.

— Qu'est-ce qu'il dit ? demanda la voix.

Cette voix, pensa Therin. *Pourquoi cette voix m'est-elle familière ?*

Une lumière éclaira subitement la petite pièce, accompagnée par la musique à peine audible d'une flûte en fer. Therin cligna des paupières et constata qu'il était pris dans un filet végétal tendu entre le sol de terre battue et les poutres du plafond. Il regarda autour de lui et trouva la source de la musique : la flûtiste iluméenne Luathas.

— Pouce-rouge ! cria-t-il avant que la fleur se plaque de nouveau sur sa bouche.

Une femme à l'allure exotique vêtue de feuilles, de fleurs et de vrilles entremêlées regarda successivement Therin et la musicienne.

— Luathas, vous connaissez ce garçon ?

L'Iluméenne muette pencha la tête sur le côté sans détacher les lèvres de sa flûte. Et puis, elle acquiesça.

—Ami ou ennemi ? demanda la femme plante.

La musique se fit agréable, joyeuse et légère.

—Un ami, donc. Un ami idiot à en juger par votre ton.

Luathas s'inclina et continua à jouer. Therin comprit que la lumière ne provenait pas d'une source ordinaire, qu'elle émanait de la femme. Son intensité et sa couleur variaient avec la mélodie et le rythme de l'air joué à la flûte.

—Therin ?

Cette voix, encore. Le jeune homme s'agita, lutta contre ses entraves vivantes, finissant par apercevoir la femme qui lui avait parlé. Une vraie jeune femme, non pas un fantôme.

Faith.

* * *

Titus était étendu dans les ténèbres, l'esprit embrumé. Il essayait de se rappeler où il se trouvait et comment il s'était retrouvé là.

Cette femme en métal… La soldate… Elle a créé un fossé dans lequel je suis tombé. Mais comment ? Grâce à de la magie, très certainement, mais cela n'expliquait pas où il se trouvait, ni qui le gardait en otage.

Je suis sans doute dans un sous-sol. Sans aucune source de lumière. Il fait froid, mais il n'y a pas trop d'humidité. Qu'est-ce que ça signifie ? Il se mordit la lèvre en se demandant comment il allait sortir de cet endroit. *J'espère que Therin s'en est tiré. Si oui, il reviendra avec de l'aide.* Titus déglutit. Oui, Therin reviendrait avec de l'aide. Forcément. Il ne l'abandonnerait pas, pas vrai ?

Quelque chose bougea dans les ténèbres, et Titus replia ses genoux contre sa poitrine.

—Il y a quelqu'un ? (Il toussa d'une voix sèche et éraillée.) Qui est là ?

— Moi, répondit une voix abîmée et masculine. Je suis là, et vous aussi, maintenant.

— Qui êtes-vous ?

— Un prisonnier, comme vous. Destiné à mourir ici. Et à ressusciter.

Titus s'agita contre la pierre froide, colla son dos au mur. Cet étranger ne lui inspirait pas du tout confiance.

— Je m'appelle Titus, dit-il d'une voix trop petite et effrayée à son goût. Je… je cherche quelqu'un. Avez-vous rencontré un homme appelé Brayan ?

— J'ai rencontré beaucoup de monde dans mes vies. Et probablement un Brayan au moins. Ou un Bram. Ou Brenn. Les trois, sans doute.

— D'accord, répondit Titus, comprenant qu'il était enfermé avec un fou. Merci quand même.

— Vous allez mourir.

— Hein ? (Titus voulut reculer et bouscula quelque chose de mou, sur sa droite. Il se rattrapa, tendit la main et reconnut le toucher froid et humide de la chair morte.) Par Keos ! jura-t-il en sursautant et en s'éloignant du cadavre. Qu'est-ce que c'est que ça ? Un corps ? Y a-t-il un mort avec nous, ici ?

— Oui. C'était moi, avant. Je suis désolé. Je ne choisis pas vraiment les corps dont je prends possession, et je ne contrôle pas ce qui leur arrive lorsque je les quitte.

L'étranger soupira, et sa brève expiration trahit nombre d'émotions.

— Comment ça, c'était vous avant ?

Un nouveau soupir.

— Vous ne me croiriez pas si je vous racontais. Mais faites-moi confiance. Je vais mourir… et vous aussi. Je n'y pourrai rien et croyez bien que j'en suis désolé. Ça lui est arrivé la dernière fois que je suis mort, et ça vous arrivera la prochaine fois.

— Qui était-il ?

— Mmh… ? Oh, personne d'important. Ils n'enferment personne d'important avec moi car ils veulent que je reste enchaîné.

— Vous êtes… enchaîné ?

Quelque part dans les ténèbres, l'étranger gloussa.

— Non, mon garçon. C'est une façon de parler. Aucune clé ne me libérera. Aucun marteau ne peut me briser. Je suis prisonnier de tous les corps que j'habite, et ça ne changera jamais.

Le silence.

— Vous croyez que…

— Je crois quoi ?

— Vous êtes convaincu d'être Bron Gloir, c'est ça ? demanda Titus.

Le silence, encore. Un silence si long et bizarre que le jeune homme sut qu'il avait vu juste.

— Que savez-vous de moi, mon jeune ami ? s'enquit l'homme après ce qui parut une éternité. Et qui êtes-vous, d'abord ?

— Je m'appelle Titus, monseigneur.

Monseigneur ? Pourquoi l'avait-il appelé *monseigneur* ? Titus croyait-il réellement que l'homme était un chevalier – le dernier des Chevaliers d'Halcyon – ou bien jugeait-il préférable de se montrer respectueux envers ce fou ? Il déglutit difficilement en se disant que la seconde hypothèse était sans doute la bonne.

— Titus, répéta le fou. Je tâcherai d'honorer votre nom lorsque je prendrai possession de votre corps, et j'espère que vous ne m'en voudrez pas lorsque j'expulserai votre âme. Je ne contrôle pas ces choses-là, et croyez bien que je donnerais volontiers ma vie pour sauver la vôtre, mais le destin me refuse ce plaisir, semble-t-il.

Par la pourriture, les os et le sang ! pensa Titus en s'efforçant de rester à distance du fou d'un côté et du cadavre de l'autre. *Je crois bien que je vais mourir ici.*

Chapitre 93

La journée était encore loin d'être terminée, mais Annev s'endormit dès qu'il s'allongea sur sa couchette. D'un sommeil profond. Il fut réveillé par des bruits de meubles que l'on déplace, mais il ne se donna pas la peine d'ouvrir les paupières.

— Retirez-moi ça.

Les mots semblèrent flotter autour de lui, et Annev s'imagina qu'il s'agissait de la consule et que la femme voulait l'obliger à se déshabiller.

— Non, protesta-t-il doucement. Il est important que je…

Qu'il *quoi*? Il était soudain incapable de se rappeler ce qui était tellement important. Les clapotis de l'eau résonnaient tout près, et Annev s'agita dans son sommeil. Quelque chose bougea sous lui – ou à côté de lui –, et il entendit une exclamation étouffée.

— C'est lui. La main dorée. Le Vaisseau.

Annev ouvrit les yeux. Au lieu de la pénombre familière de ses quartiers exigus, il découvrit une lueur dorée et diffuse.

La Main de Keos. Quelqu'un lui avait retiré son gant protecteur. Dans la faible lumière infernale de la prothèse, Annev vit qui s'était introduit dans sa chambre : le capitaine Iosua, la consule Anabo, Jaffa et trois des rameurs les plus costauds.

Par la pourriture et l'enfer.

En dépit de l'exiguïté des lieux, Annev bondit sur ses pieds et attrapa la première arme qu'il trouva à sa portée, à savoir Casseur de dents, qui était posé contre sa couchette. Avec un rugissement féroce, il enfonça les pointes du bocle dans le ventre du premier homme qui essayait de l'attraper. Le rameur se plia en deux et tomba sur ses camarades, tandis qu'Annev pivotait sur ses talons et se retrouvait face au lourd gourdin du capitaine Iosua. L'arme s'abattit sur son crâne, le faisant tomber en arrière. On lui agrippa les bras et les jambes, et Annev se rappela avoir vécu une situation similaire, à Chaenbalu, avec Fyn et d'autres brutes de l'Académie.

— Prenez ça ! lança Anabo.

Quelque chose de métallique tinta à côté de sa tête. Des menottes ? Des entraves ? Alors qu'il se posait encore la question, une large bande de fer se referma autour de son poignet droit, et deux autres lui enserrèrent les chevilles.

— Il est trop gros ! s'écria Iosua en s'affairant sur le poignet gauche d'Annev. Ça ne ferme pas !

Le jeune homme se débattit et reçu un nouveau coup de gourdin. Une odeur de sang emplissait ses narines, tandis que des étoiles dansaient dans les ténèbres qui se propageaient dans son champ de vision.

— Attention ! Si vous le tuez, je vous tue !

— Il a éventré un de mes hommes ! geignit Iosua. Et puis, je croyais que vous le vouliez mort !

— C'est vrai, concéda Anabo, mais... j'aimerais qu'il réponde d'abord à quelques questions.

Annev rit. Il n'en avait pas réellement envie – la situation ne se prêtait pas à l'humour –, mais il était sur le point d'être séquestré, torturé et tué, autant de sorts qu'il avait fait subir à Honeycutt. Quelle ironie !

Il ouvrit les yeux et constata que le valet de la consule avait évacué le cadavre du rameur éviscéré. Le capitaine Iosua s'activait sur son bras gauche ; ce n'était pas très sage, même si le jeune homme avait cessé de résister. Pendant ce temps,

Anabo se dressait au-dessus de lui, la poitrine se soulevant au rythme de son excitation sadique.

—Vous n'avez pas ordonné à Jaffa de castrer ces hommes, devina Annev avec l'aide de son anneau codavora. C'est vous qui l'avez fait.

La consule eut un sourire carnassier dénué d'humour. Elle avait définitivement abandonné son masque de séductrice.

—En effet. Et je vous ferai la même chose avant que le capitaine Iosua et ses hommes vous donnent à manger aux esturgeons. (Elle se lécha les lèvres et lui montra le masque de pie en os, qu'elle jeta par terre.) Vous faire passer pour un messager de Neruacanta était osé et particulièrement stupide.

—Comment avez-vous compris ? demanda Annev, l'esprit embrumé par les coups répétés à la tête.

—Vous auriez dû savoir ce que Jaffa transporte dans son tube. Cammack avait approuvé la missive et l'avait portée au roi Cheng en personne. Le remplaçant de Cammack aurait dû le savoir, donc… Et puis, il y a votre main gauche, que vous faisiez tout pour dissimuler. Je trouvais ça très bizarre.

Comme la tête d'Annev roulait et que son menton tombait sur sa poitrine, un des rameurs d'Iosua le gifla. Une étincelle de colère s'alluma dans sa poitrine, et il sentit un incendie couver dans son âme.

Qu'ils soient maudits.

—Découpez sa chemise.

Un autre rameur s'exécuta, dégainant un poignard et coupant la tunique d'Annev de bas en haut. L'acier mordit dans ses côtes, lui arrachant une grimace de douleur.

Ça va mal finir, pensa Annev. *Pour moi et pour eux.*

—Il a la marque d'Elar ! railla Iosua. C'est lui, c'est certain ! Elar a dit qu'il avait brûlé ce fumier !

—La main nous suffisait, mais la marque est une confirmation supplémentaire, acquiesça Anabo.

Elle fixait Annev du regard comme un serpent sa proie. Une mince dague apparut subitement dans la main de la femme, et Annev se fit violence pour rester alerte.

— Vous… euh… vouliez me poser quelques questions… ?

— Non, hésita la consule. Je crois que j'ai changé d'avis. Elar et Saltair ont déjà tout gâché, et Holyoak n'a rien arrangé, apparemment. C'est dommage. Il était si facile à manipuler, mais corrompre complètement un homme tel que lui prend du temps.

Anabo se pencha en avant, pressa sa lame contre la gorge d'Annev, l'embrassa, puis le mordit. Lorsqu'elle se redressa, elle souriait, les lèvres maculées de sang.

— Au revoir, Maître Magpie. J'aurai beaucoup apprécié nos badineries, même si nous n'avons jamais…

Il y eut un éclair brillant et puissant, une libération d'énergie qui provoqua une déflagration et des crépitements. Au même moment, des flammes brûlantes naquirent dans la paume d'Annev, consumant la pièce et tout ce qu'elle contenait.

Annev était désorienté, il faillit perdre connaissance. À sa gauche, Iosua n'était plus qu'un cadavre, une bouillie couleur de cendres. Ses mains ruinées agrippaient toujours la prothèse d'Annev. Le jeune homme repoussa le capitaine. Il était de nouveau pris de vertige.

Qu'ai-je fait ?

— Phoeba, marmonna-t-il en essayant de se lever sur ses pieds entravés.

La consule était-elle toujours en vie ? Pourrait-il récupérer quoi que ce soit dans ce chaos ?

Quelque chose de froid et humide enveloppa ses chevilles, et Annev eut sa réponse : il avait pratiqué un trou dans le flanc du navire. Il cligna des yeux et, se rendant compte que la lumière ne s'était pas éteinte dans sa paume, lutta contre le maudit artefact. La lumière vacilla. Comme elle n'était plus aveuglante, il examina le décor.

Enfer et damnation ! jura Annev en avisant les corps calcinés des rameurs et les restes de la consule. La moitié supérieure de sa tête avait été anéantie par le gantelet doré, tandis que le sang d'Annev subsistait sur ses lèvres sensuelles.

La bile monta dans la gorge du jeune homme, qui se retint de vomir. Soudain, une nouvelle boule de feu jaillit de la Main de Keos, traversa la coque, endommageant davantage la structure du navire. Le plancher sursauta sous ses pieds, et Annev entendit cinq ou six personnes converger vers lui.

Il faut que je sorte d'ici. Que je me débarrasse de mes entraves pour nager jusqu'à cette putain de rive ! L'eau montait autour de ses mollets. Annev s'efforça de contenir son sentiment de panique. Une nouvelle boule de feu jaillit, qui traversa le plancher, y pratiquant un trou de la taille de sa tête, faisant entrer davantage d'eau dans le pont inférieur. Au lieu de se précipiter vers la surface, cependant, Annev prit le temps de réfléchir. *Je dois faire fondre ces chaînes, autrement, je n'y arriverai jamais.* Il agrippa l'entrave qui lui enserrait la cheville gauche avec sa prothèse et y transféra de la chaleur.

— Aïe ! Par le sang et les cendres !

Il lâcha précipitamment l'entrave qui lui avait brûlé la cheville, mais n'avait malheureusement pas fondu. L'eau fraîche de la rivière clapota autour de ses jambes, et il serra les dents de soulagement et de douleur.

Les chaînes. Je peux faire fondre les maillons. Encore une fois, il se pencha en avant et agrippa la chaîne. Il se concentra pour envoyer l'énergie de l'artefact maudit dans les maillons de la chaîne chauffée au rouge, qui fondirent et tombèrent en cendres avant de se refroidir dans l'eau de la cabine inondée. De la main gauche, il saisit l'entrave de son poignet droit et en fit fondre les maillons. Il avait toujours des entraves autour des chevilles, mais elles ne l'empêchaient pas de bouger librement.

Ne lui laissant pas le temps de se réjouir, une grande quantité d'eau s'engouffra dans le bateau, clapotant désormais autour de ses genoux. Sous ses pieds, les planches craquèrent, et il sentit que les deux moitiés de l'embarcation commençaient à se séparer. Comme le chaland se brisait, envoyant des esquilles de bois en tous sens, Annev se hâta de récupérer ses affaires, notamment sa cape, son bouclier ensanglanté et sa flamberge, Rétribution. Le temps qu'il finisse de les sangler, l'eau avait empli la cabine, atteignant sa poitrine, l'obligeant à escalader la paroi pour sortir par un trou au plafond, émergeant sur le pont supérieur du bateau en train de sombrer. Ce faisant, il vit le masque en os flotter sur l'eau bouillonnante et réussit à le récupérer.

Je ne suis pas sûr d'y arriver, se dit-il en pensant au poids de sa cape, de ses armes, des entraves qu'il avait au poignet droit et aux chevilles. *Mais peut-être… peut-être que je n'aurai pas besoin de nager.*

Agrippant l'ourlet de sa cape, Annev invoqua la magie de Briseur de souffle qu'il avait utilisée pour propulser le *Cormoran* sur le fleuve et se projeta dans les airs en direction de la rive est de la Tocra. Il retomba lourdement dans la boue et lâcha immédiatement Casseur de dents et sa flamberge, le souffle court, incrédule. Il avait du mal à y croire, mais il avait survécu aux explosions et au naufrage du bateau.

Relevant la tête, il constata que l'équipage du *Cormoran* n'avait pas eu cette chance. Les esclaves attachés aux rames avaient coulé avec le chaland, incapables de se détacher de leurs bancs. Les marins s'en étaient un peu mieux sortis, même si une poignée d'entre eux seulement ramait vers la rive. Un homme tenta de nager vers la rive ouest, mais il succomba rapidement au courant et à ses blessures et fut avalé par les eaux agitées du fleuve. Un homme et une femme essayaient d'atteindre la rive où Annev se tenait. Ils s'accrochaient à des débris, mais la femme était gravement brûlée et l'homme blessé à la tête.

Devrais-je les aider… ou les tuer ? C'était une pensée sombre et pragmatique, chuchotée par la même voix intérieure qui lui avait suggéré de trahir Titus et Therin pendant le Test du Jugement. À l'époque, il avait décidé de chercher une autre voie, plus juste. Sa décision s'était retournée contre lui, cependant, et il avait failli tout perdre. Qu'arriverait-il s'il permettait à ces marins d'atteindre la rive ? S'ils se rendaient à Luqura et annonçaient le naufrage du *Cormoran*, il perdrait tout avantage, et ses ennemis le traqueraient.

Et si la nouvelle ne se propageait pas en ville ? Si les morts de Honeycutt, Holyoak et Anabo restaient secrètes pendant quelque temps ? Cela lui faciliterait un peu la tâche dans sa recherche de Saltair et des autres Siänar. Si Tiana Rocas et Dante Turano complotaient contre lui, garder son identité secrète serait un avantage.

Annev examina la Main de Keos, qui rougeoyait légèrement, émettant sa lumière caractéristique ; l'eau de la Tocra avait contenu son feu infernal. Il se tourna vers les marins blessés, qui se trouvaient encore à une centaine de mètres de la rive. Sa conscience lutta contre son pragmatisme, mais il fit taire les deux, n'écoutant que les battements lents de son cœur.

L'homme blessé finit par lâcher son morceau de mât et par disparaître sous la surface de l'eau. Annev poussa un petit soupir de soulagement. Il aurait donc une décision de moins à prendre. La femme, en revanche, semblait plus déterminée que jamais à sauver sa peau.

Elle va y arriver, pensa-t-il, son cœur battant dans sa gorge.

Sans réfléchir, Annev s'accroupit sur la rive boueuse et plaça sa main dorée dans l'eau fraîche de la Tocra. Il focalisa ses émotions dans l'artefact et invoqua une portion de la chaleur et des flammes qui avaient détruit le *Cormoran huppé*.

Autour de lui, l'eau bouillonna. Annev tendit le bras et vit une colonne de feu liquide jaillir de sa main pour fendre les eaux en déroulant un sillage de vapeur. Le pilier d'eau bouillante frappa la femme au moment où celle-ci lâchait son débris, l'enfonçant dans les profondeurs du fleuve.

Annev sortit sa prothèse de l'eau, qui se refroidit rapidement. La femme ne remonta pas à la surface.

Une apathie intense enveloppa le corps d'Annev, sensation qu'il connaissait très bien depuis qu'il avait torturé Honeycutt dans sa cachette. D'une manière distante, il comprenait que ses actions étaient nécessaires – justifiables –, et pourtant, une autre part de lui-même rejetait ce qu'il venait de faire.

Ils étaient les alliés d'Anabo, se rappela-t-il, *ce qui signifie qu'ils partageaient le fardeau de sa culpabilité. Elle allait me tuer, et ses marins l'auraient certainement aidée. C'était nécessaire.*

Nécessaire.

Chapitre 94

Annev ramassa son bocle, le sangla à son avant-bras et rengaina son épée. Il mit son masque de pie et invoqua la magie de sa cape. Après tout ce temps passé à diriger le vent dans la voile du chaland, il avait davantage confiance dans sa capacité à contrôler les pouvoirs de l'artefact, qu'il utilisa pour survoler l'eau à la recherche de survivants. Il vit une poignée de cadavres flottant dans les vagues, mais aucun signe de vie.

Lors de son second passage, Annev repéra Jaffa, le valet de la consule. Il s'en rapprocha pour le regarder de près. L'eunuque avait réussi à prendre la seule chaloupe du *Cormoran*. Ses bras et son torse étaient couverts d'énormes cloques, et un morceau de bois dépassait de son abdomen. Difficile, à cette distance, de voir si l'homme respirait. Il se rapprocha donc, se posa dans la barque, et avisa le trésor que le valet était parvenu à sauver : une bourse regorgeant de pièces d'or rouge terran et le tube de messager en cuir, qui n'avait pas perdu le sceau du roi Cheng.

Gardant un œil sur Jaffa, Annev ramassa la bourse et en resserra le nœud avant de la ranger dans les replis de sa cape. Comme il s'apprêtait à saisir le tube en cuir huilé, Jaffa ouvrit subitement les paupières et plaqua une main ensanglantée sur le fond de la barque.

— Phoeba…, souffla l'homme en agrippant son ventre. A-t-elle survécu ?

— Je suis désolé, Jaffa, répondit Annev, la main posée sur le tube. Ça n'était pas censé finir comme ça.

L'eunuque poussa un grognement de douleur physique et d'angoisse spirituelle.

— Elle était la seule chose qui comptait pour moi en ce monde, et vous me l'avez prise.

Annev serra les poings dans un accès de rage défensive.

— Je ne voulais pas que ça arrive, affirma-t-il en mettant le tube dans son dos. Ces gens – votre maîtresse et ceux qu'elle servait – voulaient me tuer. Ils ont détruit ma maison… Ils ont tué tous les habitants de mon village. Ce sont eux qui ont commencé.

— Et vous, vous avez terminé cette histoire, conclut Jaffa en s'affaissant dans le fond de la barque.

— Loin de là. Ici, je n'ai fait que me défendre, expliqua Annev en montrant les débris du chaland et les cadavres flottant à la surface. Il ne s'agissait pas d'une vengeance. Je n'aurais pas tué ces gens si j'avais pu faire autrement.

— Vous n'avez pas pu faire autrement que de tuer cette femme ? insista Jaffa, profitant de la culpabilité manifeste du jeune homme. Oui, j'ai vu ce que vous avez fait, Maître Magpie. Vous n'êtes pas différent de ceux qui vous traquent. Vous préserverez votre vie au prix de celle des autres et trouverez une justification à toutes vos actions.

Il cracha. Il y avait du sang dans sa salive.

— Vous ne savez rien…

— Qui plus est, vous êtes un voleur, le coupa Jaffa, qui avait de plus en plus de mal à parler. Vous m'avez volé… vous avez volé ma maîtresse… notre roi. (Il désigna difficilement la bourse attachée à la ceinture d'Annev et le tube de messager dans son dos.) Et ne me dites pas que c'est bien, nécessaire ou juste. J'ai déjà entendu ces platitudes, ces justifications. (Il eut un reniflement méprisant.) Vous êtes un vilain, Maître Magpie, même si vous refusez de l'admettre. J'ai travaillé avec suffisamment de gens comme vous pour savoir les reconnaître. Vous avez l'intention de me tuer, alors finissons-en. Mettez un terme à cette comédie.

Annev regarda le valet mourant, puis examina le carnage qui les entourait. Les paroles de l'eunuque lui rappelaient celles de l'Ancien Tosan et de Myjun. Ils l'avaient traité de serpent à collier et de Fils de Keos. Elles reflétaient les accusations de Kenton et Fyn, qui le trouvaient manipulateur et hypocrite. Même Titus et Therin, ses seuls amis, avaient fini par le laisser en lui disant la même chose. Les mots de Jaffa lui faisaient encore plus mal, cependant. Surtout à la lumière des événements récents.

Je ne suis pas un monstre, se dit-il, n'osant toutefois pas verbaliser sa pensée à voix haute. Il s'agenouilla à côté du valet pour examiner sa blessure.

— Qu'est-ce que vous faites ?

— J'essaie de vous sauver la vie, espèce d'abruti sans couilles. Cessez de me résister et montrez-moi cette blessure.

Jaffa écarta lentement ses mains ensanglantées de son abdomen.

— Vous avez tué ma maîtresse, le capitaine du chaland et tout l'équipage. Me croyant d'abord mort, vous m'avez volé, et maintenant vous voulez me soigner ? (Il protesta en secouant la tête.) La vertu ne fonctionne pas de cette manière, Magpie.

L'eunuque dégaina sa longue dague. Annev se crispa, se préparant à une attaque, au lieu de quoi Jaffa lui jeta la lame.

— Cessez de faire semblant d'être noble et finissons-en.

Annev hésita, puis se saisit de l'arme. Il croisa le regard du valet, qui le toisa avec fierté en attendant la mort. Annev soupira et se leva en lâchant le couteau dans l'eau. L'eunuque jura dans une langue que le jeune homme ne reconnut pas.

— Pourquoi ? Pourquoi ne pas simplement me tuer ? Dois-je me jeter à l'eau ? Vous suis-je inférieur au point de n'avoir pas droit à une mort propre ?

— Quelle langue était-ce ? l'interrogea Annev en dénouant son écharpe. J'aurais reconnu du darien ancien, et ça ne sonnait pas comme du terran. Était-ce de l'iluméen ?

— De l'ildari, aboya l'eunuque en fronçant les sourcils. C'est la langue des esclaves d'Innistiul.

— Vous êtes iluméen, donc. En partie en tout cas.

— Oui.

Cela ne surprit pas Annev, qui se pencha au-dessus de l'homme et arracha d'un seul coup le morceau de bois enfoncé juste en dessous de ses côtes. L'eunuque hurla, tandis qu'un flot de sang jaillissait de sa plaie. Jaffa voulut plaquer ses mains sur sa blessure, mais Annev l'en empêcha et y appliqua ce qui restait de sa Chemise de Régénération. La plaie commença à se refermer immédiatement, et quelques instants plus tard, l'hémorragie avait cessé. L'eunuque en resta bouche bée et cligna des yeux, sa vue ayant recouvré une clarté nouvelle.

— Vous… m'avez soigné. (Il secoua la tête, incrédule.) Pourquoi ?

— Souhaitez-vous vous rendre à Luqura ou préférez-vous rentrer chez vous ? lui demanda Annev sans répondre à sa question.

— J'étais la propriété de la consule. Chez moi, c'était avec elle. Je n'ai plus de maison.

— Que comptez-vous faire ? insista Annev. Êtes-vous censé annoncer sa mort ? Souhaitez-vous rester un esclave ? Ou bien préférez-vous retourner en Ilumea en homme libre ?

— Vous êtes naïf, Magpie, se moqua Jaffa. Je suis né à Innistiul, non pas en Ilumea, et j'ai été élevé dans le palais royal. Si je retourne là-bas pour annoncer la mort de la consule Anabo, je serai exécuté pour avoir échoué à la protéger. Ou pour n'être pas mort avec elle. Vous comprenez, vous ne m'avez pas sauvé la vie ; vous n'avez fait que différer ma mort.

— Seulement si vous choisissez de rentrer. Ne préférez-vous pas être libre ? À Luqura, vous pourriez…

— J'aurais préféré que vous ne tuiez pas ma maîtresse.

— Eh bien, c'est trop tard ! cria Annev. Elle n'est plus. Elle a essayé de me tuer, alors je lui ai carbonisé la moitié du visage et je ne le regrette aucunement.

C'était la vérité. Annev s'en voulait d'avoir coulé le bateau, et peut-être un peu d'avoir tué cette femme, dans le fleuve, mais pas du tout d'avoir brûlé la consule. Au contraire, il avait l'impression d'avoir fait le bien, d'avoir arrangé une situation fâcheuse en utilisant des méthodes certes discutables.

— Je dois me rendre à Luqura, dit Jaffa, résigné. Avec le message du roi Cheng. (Il désigna le tube de cuir dans le dos d'Annev.) Sans lui, je serai exécuté, quelle que soit ma défense.

Annev retira le morceau de tissu de l'abdomen de l'eunuque et, l'esprit tournant à plein régime, le rangea dans son sac sans fond dans l'idée de faire quelques expériences plus tard.

— Je ne peux pas vous le donner, lâcha-t-il avec une logique froide et une cruauté nécessaire. Et je ne peux pas vous laisser aller à Luqura, même si vous semblez refuser d'aller ailleurs.

— Effectivement.

— Vos actions me mettent en danger et menacent ma mission, vous comprenez ? Si je vous laisse partir, votre guilde enverra d'autres assassins à mes trousses.

— Oui.

— Je ne peux pas le permettre.

— Et je ne puis dévier de ma trajectoire, affirma Jaffa avec force.

Annev retroussa les lèvres car, s'il ne haïssait pas l'homme, il méprisait tout ce qu'il représentait. Il lui rappelait Tosan et sa guerre impitoyable contre ceux qu'il accusait d'être impurs ou incomplets. C'était la même obéissance aveugle à une idéologie imparfaite. Pis, Jaffa était convaincu que ses actions et ses motifs étaient justes, qu'il était dans le vrai et qu'Annev représentait le mal.

— Comme vous voudrez, conclut le jeune homme en transperçant la coque de la barque avec son poing doré.

Des éclats de bois volèrent en tous sens, et l'eunuque plongea dans l'espoir de nager jusqu'à la rive. Annev s'éleva dans les airs en usant de la magie de sa cape et plana en direction du valet, qu'il voulait intercepter loin de la rive. Comme Jaffa ralentissait, Annev ralentit aussi, planant derrière lui à la vitesse du courant. Il se stabilisa au-dessus du valet, lui enfonça la tête et les épaules sous l'eau avec un coussin d'air généré par sa cape. Un vortex se forma autour de l'homme, l'empêchant d'avancer, le noyant dans les vagues. Annev ne bougea pas, ne regardant en bas que pour s'assurer qu'il se trouvait bien au-dessus de l'eunuque. Lorsqu'il regarda une seconde fois, Jaffa avait disparu sous la surface. Alors il attendit une minute, puis deux.

Quelque chose de froid enfla dans son ventre. Cela n'avait pas le poids de la culpabilité, mais c'était toute de même lourd à porter. Il avait tué un homme de sang-froid, un homme dont le seul crime avait été sa loyauté envers sa maîtresse.

Je n'avais pas le choix, se dit-il comme le froid se propageait dans sa poitrine. *Il ne me l'a pas laissé. J'ai fait ce que je devais.*

Annev examina une dernière fois l'épave du *Cormoran huppé* en s'élevant aussi haut que la cape le lui permettait, à savoir environ deux mètres cinquante au-dessus des vagues. De là-haut, et en usant de la vision surnaturelle conférée par son Anneau d'Inquisiteur, il distinguait à peine le chaland couché dans le fond de la Tocra. Les corps s'étaient refroidis dans l'eau, à l'exception de celui de Jaffa, qui flottait sur le ventre dans le courant. Aucun témoin ne vivrait pour raconter ce qui était arrivé à la consule. L'épave était suffisamment éloignée de la ville pour qu'il n'y ait aucun village, ni aucune ferme dans les environs immédiats. Personne n'avait rien vu. Pour une fois, la chance semblait de son côté.

Flottant désormais juste au-dessus du fleuve, dont les embruns lui éclaboussaient les bottes, le jeune homme se pencha en avant et prit la direction de Luqura. N'ayant plus un lourd chaland à pousser, il avançait à une vitesse incroyable. Des gouttes d'eau roulaient sur les plumes vernies taillées dans l'os du masque de pie.

Ce n'est pas un artefact. Pas encore, en tout cas. Pas tant que je ne l'aurai pas appairé avec le sang du mage terran.

Ce ne serait peut-être pas nécessaire, cependant. Le masque avait été taillé dans le crâne d'un Seigneur de sang. Une trace du talent de l'homme subsistait peut-être au cœur de l'objet. Cela suffirait possiblement à manipuler les fils de magie pour obtenir quelque chose de plus… permanent.

Il se soucierait de cela plus tard. Il devait d'abord atteindre Luqura – avant l'aube –, ce qui ne serait pas un problème à ce rythme. Il entrerait en ville en tant que Maître Magpie, un seigneur énigmatique venu de… d'Innistiul ? Cela expliquerait le message qu'il transportait dans son dos. À moins qu'il continue de se faire passer pour un agent du Dieu-roi Neruacanta. Annev hésitait, mais il ne se présenterait certainement pas sous sa véritable identité. La meilleure option serait peut-être de léviter au-dessus des murs de la ville et d'entrer clandestinement.

Une fois sur place, je chercherai Tiana et Dante, et je débusquerai Saltair. S'ils peuvent m'apprendre des choses sur les gens qui me traquent, je suivrai ces pistes et ferai en sorte de n'avoir plus aucun ennemi dans le dos. Après cela, je retournerai à Banok et nettoierai le bazar que j'ai laissé là-bas. Par les enfers, je pourrais même me rendre à Daogort et mettre en déroute le Dieu-roi et fin à cette folie.

C'était effectivement une folie – Annev ne se faisait aucune illusion car même ses rêves de vengeance avaient un goût d'insanité –, mais le jeune homme ne craignait plus ni les gens qu'il affrontait, ni de faire le nécessaire pour les vaincre.

Si je dois être un monstre, alors je serai un monstre qui en chasse d'autres. Je serai le vilain qui détruira tous les autres vilains.

Le nœud glacé, dans son ventre, sembla se desserrer, et il se sentit en paix avec toutes les décisions qu'il avait prises la semaine passée.

Il n'était pas un héros et n'avait aucune intention d'en devenir un.

Il n'était pas un sauveur vertueux, ni même le descendant de Breathanas de la prophétie.

Il était simplement lui-même. Annev de Breth. Le Serpent à collier. Magpie. Le Phénix. Il était le Maître des Chagrins : un sauveur et un destructeur. Et il ne craignait pas son destin. Dans les ténèbres ou dans la lumière, dans la vie ou dans la mort, il suivrait son cœur et n'hésiterait pas à faire ce qui devrait l'être.

Notamment aller à la capitale, où il chasserait quelques monstres.

Épilogue

Kiara était agenouillée à côté de l'autel qu'elle avait fabriqué au cœur de la forêt de Brake, les doigts puissants refermés autour du couteau cérémoniel qu'elle portait pour cette occasion précise.

Devant elle, gisait sur la pierre grise un des enfants déchus de Cruithear, une abomination.

Un *feurog*.

Cette créature avait été un homme, et la magie qui l'avait renforcée l'avait également estropiée et déformée. Elle avait des croûtes minérales pareilles à des écailles sur la poitrine et l'abdomen, tandis que des veines d'acier parcouraient ses muscles tels des rubans argentés et scintillants. À terme, elles se solidifieraient et pétrifieraient la pauvre créature, la paralyseraient jusqu'à ce que la Mort vienne réclamer son dû. Quel gâchis. Heureusement, Kiara était là pour donner un sens à cette mort, qui surviendrait plus tôt – bien plus tôt – que prévu.

Les paupières de l'abomination papillonnèrent. Ne lui laissant pas le temps de recouvrer le contrôle de ses muscles, Kiara lui enfonça la totalité de sa longue lame dans l'abdomen. Le *feurog* essaya de crier, mais ne parvint qu'à produire un geignement étouffé. Kiara ne l'entendit même pas, concentrée qu'elle était sur ses intestins, son foie et sa rate. Elle piqua, sonda, chercha, plongea ses doigts dans les entrailles sanglantes, y déversa sa magie yomade. Certains organes luisaient d'un éclat métallique, mais cédèrent néanmoins sous la pointe de son couteau affûté. Enfin, Kiara sentit le talent magique se dérouler vers elle, aussi léger, froid et puissant que le toucher d'un spectre. Il remonta le long de ses bras, traversa son cœur, rampant jusqu'à la sclère de ses yeux. Si elle avait eu un miroir, elle aurait vu des pupilles d'un blanc laiteux, effet secondaire temporaire de sa magie de Voyante. Kiara sentit sa peau se tendre, sa chair perdre un peu de son élasticité, son visage devenir encore plus squelettique. Un autre effet secondaire, permanent celui-là. Tel était le prix à payer pour avoir le droit de regarder dans les rivières du Destin, en particulier sans l'aide d'une fontaine d'*aqlumera*.

Dès que ses yeux furent complètement saturés, Kiara produisit un morceau de tissu humide. Quelques minutes plus tôt, le tissu était taché du sang séché de Kenton, un sang qu'elle avait eu du mal à obtenir. Kiara mit le chiffon dans sa bouche et suça jusqu'à sentir le goût familier de rouille et de fer.

Des images traversèrent son champ de vision. Des parfums imaginaires emplirent ses narines, remplaçant l'odeur cuivrée du sang séché de Kenton et celle, désagréable, de ce que le *feurog* avait digéré récemment. Elle attrapa des fragments de pensées, des mots et des phrases, des rimes et des devinettes. Malgré des années passées à interpréter les murmures du Destin, Kiara lutta avec la prophétie, se battit avec son sens, essayant de la lier à sa volonté et à sa mémoire.

Kenton, pensa-t-elle avant de poser sa question à voix haute :

— Le garçon a-t-il récupéré l'*aqlumera* ?

La réponse vint presque aussitôt.

Le Chef maudit n'est pas parvenu à récupérer ce qui a été perdu.

Kiara s'inclina pour montrer sa gratitude envers Tàcharan. Le Jeune Dieu du Destin lui avait répondu rapidement – avec une clarté qui ne lui ressemblait pas –, et si sa réponse ne lui plaisait pas, elle se retint heureusement d'exprimer sa colère.

Elle eut l'idée de l'interroger sur le destin du garçon, mais ce serait un sujet difficile à évoquer. Mieux valait poser des questions plus précises.

— Où est Kenton en ce moment ?

Il s'est perdu et se trouve là où vont toutes les choses qui sont perdues.

Diantre. C'était vague, très vague. Ou bien était-ce le contraire ? Avec le Destin, c'était difficile à dire. Kiara glissa ses doigts dans une nouvelle boucle d'intestins et passa au crible le talent magique à la recherche de davantage de clarté.

— Quand rentrera-t-il ?

Oui.

Par le sang et les cendres. Le présage se dégradait déjà. Kiara l'avait craint, et si elle avait trois autres *feurog* inconscients étendus sur des pierres similaires, elle disposait d'une quantité limitée du sang de Kenton et d'Annev. Elle en avait goûté une bonne quantité depuis l'incarcération du jeune homme, mais ses réserves s'épuisaient. Avant longtemps, elle serait dans l'incapacité d'obtenir quelque information que ce fût au sujet du Vaisseau. Elle serait aussi aveugle à sa présence qu'elle l'avait été ces dix-sept années passées.

Kiara prit position devant la deuxième table et sépara aussitôt la chair et les muscles pour tenter de voir l'avenir d'Annev. Lorsqu'elle mit un second morceau de tissu dans sa bouche, elle sut qu'elle ne pourrait plus jamais lire l'avenir d'Annev. Elle avait pris le chiffon à Brayan et Titus après qu'ils se furent occupés de ses blessures, juste avant de l'enfermer dans un des cachots de l'Académie, et le talent magique qu'il contenait était presque épuisé. Elle suça et mâchouilla, mélangeant le sang à de l'eau et à sa salive, essayant d'invoquer le destin du jeune homme dans son esprit. Quelque chose finit par s'allumer, et elle s'accrocha à la magie, usant du *feurog* devant elle comme d'un point focal.

La maîtresse femme sage ouvrit la bouche, prête à poser ses questions, puis hésita. Peut-être n'y avait-il assez de magie que pour une seule question, aussi valait-il mieux ne pas se tromper.

— Que dois-je faire pour aider Annev à forger l'Épée de Recherche ?

Ses séances de divination passées lui avaient appris qu'Annev forgerait l'épée grâce à l'*aqlumera* du Caveau de la Damnation, et qu'elle devrait l'aider pour gagner sa confiance. Toutefois, une partie de cette *aqlumera* avait été volée, et la participation d'Annev était désormais compromise. Pour lui venir en aide, elle devrait d'abord le trouver. Pour l'aider à forger l'artefact et gagner sa confiance, il lui faudrait lui offrir une aide inestimable.

Ouvrez le Caveau de la Damnation, chuchota le Destin. *Dans sa chambre inondée, vous trouverez l'aide dont vous avez besoin. Emportez-la à Banok, et le Vaisseau fabriquera le* diamagus.

Encore une réponse imparfaite. Il y avait des milliers d'artefacts dans le Caveau, et Kiara n'aurait aucun moyen de deviner lequel permettrait à Annev de lier sa volonté à la sienne. Une chose était claire, cependant : il lui faudrait ouvrir le Caveau de la Damnation. Peut-être lui suffisait-il de savoir que les réponses s'y trouvaient. Plus inquiétante était l'omission de la localisation d'Annev et de la participation de Kiara dans la création prophétisée.

*Si je me rends à Banok, Annev s'y trouvera-t-il aussi ? Il n'est fait mention nulle part de l'endroit où l'épée sera forgée. Dois-je le guider jusqu'à la fontaine d'*aqlumera*, à supposer qu'il ne s'y rende pas tout seul ?*

Kiara pourrait travailler avec cette information. Elle savait mieux que personne comment manipuler la toile du Destin. Si elle parvenait à ouvrir le Caveau, elle prendrait une portion de l'*aqlumera* pour elle-même et l'emmènerait à Banok. Si elle croisait le Vaisseau, elle lui offrirait l'*aqlumera* en signe de bonne volonté et lui ferait allégeance. Peut-être même était-ce ce que la prophétie signifiait.

Peut-être… mais probablement pas. Il était rare que le Destin lui facilite la tâche.

Kiara se tourna vers les deux *feurog* restants. Après l'attaque de Chaenbalu, en trouver n'avait pas été aisé, mais elle connaissait l'emplacement de leur réseau de galeries dans le sous-sol de la forêt de Brake, et elle avait fini par rassembler ces quatre-là après deux jours de recherches. Il lui faudrait donc utiliser les deux derniers avec circonspection, sauf à prendre le risque de devoir perdre du temps à en débusquer d'autres et de différer son voyage à Banok.

Mais quelles questions poser ? Elle avait besoin de savoir quels objets récupérer dans le Caveau et comment accéder à celui-ci. Les tunnels d'accès étant inondés, toute excavation serait dangereuse.

Le nechraict, pensa Kiara dans un soupir. Le prix à payer pour l'usage de sa nécromancie serait élevé – elle avait d'ailleurs évité de la pratiquer à l'Académie –, mais elle ne pouvait pas se permettre de perdre davantage de temps en chassant d'autres *feurog*. Redonner vie à leur corps mort serait bien plus facile, malgré le coût à payer.

Ce qui doit être fait le sera.

Elle prit position devant le troisième *feurog*, une femelle dont les tumeurs minérales avaient transformé le corps en masse difforme de chair durcie et d'os cristallisés. Elle avait les yeux ouverts et regardait Kiara avec un sentiment d'horreur.

— Chut ! Je vous ai sectionné la moelle épinière afin de vous empêcher de bouger. Ce sera rapide.

Lorsqu'elle eut mis les doigts dans les entrailles de la créature, Kiara réfléchit à sa question suivante.

— Que devrai-je prendre dans le Caveau de la Damnation avant de partir à Banok ?

Elle songea un instant à être plus spécifique, à mentionner son intention d'aider Annev à forger l'Épée de Recherche, mais préféra s'abstenir. Quand on avait affaire au Destin, on avait souvent le choix entre être vague et obtenir une réponse inutile, et être trop précis et n'obtenir aucune réponse du tout.

Le rythme de la respiration sifflante de la créature paralysée correspondait à la cadence de la réponse de Tàcharan : *Prenez la lampe marquée par Odar… la forgeronne marquée par Keos… et l'essence de la vie et de la mort.*

Ce n'était pas une réponse facile, mais elle s'en contenterait.

Kiara se tourna vers le quatrième *feurog* avec l'intention de demander quand elle devrait se rendre à Banok, mais la créature s'était vidée de son sang, trépassant pendant qu'elle interrogeait ses congénères.

Au moins, se consola-t-elle, *je dispose de quatre nouveaux cadavres pour m'aider dans mes excavations.*

* * *

Kiara ne fit pas attention à l'eau qui jaillissait de la gueule du tunnel, préférant examiner ses mains squelettiques : avant l'été, elles avaient la beauté et la force de la vie, mais son usage de la magie au cours des deux mois passés avait épuisé cette vitalité. Elle était maigre, émaciée, et ses mains étaient d'un gris de cendre bien éloigné de leur rose originel. C'était le prix à payer car elle avait bridé sa magie pendant de nombreuses années.

Le prix à payer pour la pratique de la nécromancie était encore plus élevé : ses os blancs se voyaient sous la peau translucide de ses doigts fins, et ses yeux s'étaient enfoncés dans son crâne. La *Dame grise* – comme l'appelaient les femmes sages et les apprenties – n'était plus qu'un lointain souvenir. Sa magie la déformait, la faisait ressembler aux nécromanciens et mages de Takarania et Terra Majora.

Elle avait choisi son sort, cependant.

Lorsque l'eau eut fini de couler, Kiara contourna les cadavres qui avaient creusé pour elle une voie d'accès au Caveau de la Damnation. Le tunnel les avait recrachés avec une grande quantité d'eau, avant de vomir une armée de corps boursouflés, témoignage sinistre de la bataille que Kenton avait gagnée contre les *ferhumains* et leurs mages.

Usant de sa torche unique, Kiara explora le réseau détrempé jusqu'à trouver l'entrée secrète d'un Caveau de la Damnation autrement impénétrable.

* * *

— Bonjour, Grande-Prêtresse Ciarán.

— Vous ! siffla Kiara en reconnaissant la voix qui résonnait dans le Caveau. Comment est-ce possible ? Après toutes ces semaines, vous êtes en vie !

Dolyn Smith descendit de la civière sur laquelle elle était assise et désigna les pots en étain et en grès disposés au pied de la fontaine d'*aqlumera*.

— Les pots en métal produisent des galettes d'orge goûteuses quoiqu'un peu sèches, tandis que les pots en grès génèrent de l'eau. Il y en a un noir, derrière, où je me soulage. Je ne sais pas où tout cela part, mais ça ne sent pas mauvais. (La prêtresse s'étira et se rapprocha de Kiara.) C'est à vous que je dois d'avoir été emprisonnée ici ?

— Non, à notre Maître des Malédictions. Il a dit que le chef des *ferhumains* était mort – qu'il avait éliminé tous ceux qui avaient attaqué le village –, mais en vous cachant dans le Caveau, vous étiez hors de portée de sa magie.

— Vous ne saviez pas que c'était moi ? Vous n'aviez pas deviné… ni usé de votre magie ?

— J'avais prévu que Cruithear enverrait sa Grande-Prêtresse, mais j'étais partie du principe que vous étiez morte. Je ne me fatigue pas à prédire la réponse à la moindre de mes interrogations, Dolyn. Vous connaissez aussi bien que moi le prix à payer.

Dolyn haussa les épaules et leva les mains pour lui montrer ses cicatrices, les brûlures laissées par Annev et la Main de Keos.

— Je sais pertinemment le prix à payer, Ciarán.

— Vous l'avez touchée, alors… la Main de Keos ? demanda Kiara en examinant le tissu cicatriciel sur les paumes de Dolyn.

— En effet. Le Vaisseau est venu à moi pour me demander de l'aider à retirer la Main. J'ai essayé et échoué. Et ceci est mon châtiment. (Elle abaissa ses mains.) J'aurais pu le tuer sur place et récupérer la Main sur son cadavre, mais Cruithear m'en a empêchée.

— Vous voulez dire que vous avez eu peur qu'il détruise Banok et vous avec, se moqua Kiara.

— Il ne m'a pas paru sage de l'attaquer frontalement. J'ai tenté de l'assassiner, mais manipuler une arbalète n'était pas facile avec mes blessures… et il était entouré de compagnons. D'autres serviteurs des dieux.

Kiara avait vu tout cela. Les prêtres des Jeunes et des Anciens Dieux seraient attirés par le Vaisseau de Keos.

— Bien sûr que vous avez échoué. Les Prophéties disent qu'il devra forger l'Épée de Recherche et mettre un terme au Silence des Dieux.

— Lui ou bien sa Main, Ciarán ? Nous n'avons pas les mêmes croyances que vous, et je réponds à Cruithear, non pas à Tàcharan. Je n'ai aucune intention d'aider votre maître à atteindre ses objectifs.

— Et où en sont les plans de Cruithear ? lâcha Kiara, dont la patience avait des limites. D'abord vous siphonnez l'*aqlumera* souillée de sous notre village et essayez de créer vos *ferhumains* pervers, puis vous abandonner vos échecs.

— Ils étaient imparfaits et ils connaissaient les risques.

—Vous avez retourné Janak Harth contre nous et tenté de provoquer une guerre entre Banok et Chaenbalu, poursuivit Kiara de plus en plus furieuse. Pourquoi ? Pour ceci ? (Elle désigna le bassin lumineux de magie liquide.) Vous savez qu'il n'est pas permis de forger avec elle.

—Ça ne vous empêche pas d'affirmer que le Vaisseau utilisera l'*aqlumera* pour forger l'Épée de Recherche ! se moqua Dolyn. Quelle hypocrisie !

—Le Vaisseau porte la Main. Lui seul peut prendre ce risque. Vous avez vu ce que l'*aqlumera* pouvait faire. Elle corrompt et elle tue.

—Elle guérit, aussi. Je l'ai vue transformer des soldats ordinaires en golems ! Je ne renoncerai pas à son pouvoir, et Cruithear non plus !

—Ha ! se moqua Kiara en agitant une main dédaigneuse. Vous êtes aussi têtue que vos Fernés. (Elle plissa le front, l'attention subitement attirée par le cadavre gisant sur la civière, au centre de la salle.) S'agit-il de Brayan ?

—Il… il était mon guide, admit Dolyn.

—Vous vous êtes servie de lui, vous l'avez berné pour qu'il vous conduise jusqu'ici.

—Je n'avais pas le choix, protesta nerveusement Dolyn. Lorsque le Vaisseau a quitté Banok, il a demandé à l'intendant de rester pour m'aider. Brayan a été… gentil. Il m'a été d'une grande aide.

—Brayan a toujours eu le cœur trop tendre, acquiesça Kiara. Vous avez profité de lui.

Dolyn se tourna vers la civière.

—Je… Oui. J'ai essayé de le convaincre que seule la magie pouvait guérir mes mains – la magie de Chaenbalu –, mais il a refusé de me conduire jusqu'ici. « À moins que ce soit une question de vie ou de mort », m'a-t-il dit. Alors, je l'ai empoisonné et je l'ai convaincu que l'antidote se trouvait dans le Caveau. Je crois qu'il m'a crue, aussi nous a-t-il guidés et permis de franchir le cercle de protection du village.

Je pensais découvrir un Chaenbalu abandonné. J'espérais… je pensais… (Elle frissonna.) Qu'avez-vous fait, Kiara ? Quels démons avez-vous envoyés nous attaquer ?

— Simplement notre Maître des Malédictions. Lui et son petit chien de compagnie. Mais ç'a suffi. Kenton vous a décimés, vos précieux *ferhumains* et vous. (Elle renifla, ne cherchant pas à dissimuler son dédain.) Vous auriez dû rester à Banok, Dolyn. Avec un peu de patience, vous auriez recroisé la route d'Annev lorsqu'il serait venu pour forger l'Épée de Recherche. Nous vous aurions conduite dans cette même salle, affirma-t-elle en désignant l'accumulation d'artefacts et la fontaine d'*aqlumera*. Vous vous êtes précipitée, et Brayan l'a payé de sa vie.

Dolyn baissa la tête, affligée, puis montra les dents de colère.

— Vous osez me faire la leçon ? Vous, qui avez sacrifié un village entier pour protéger vos noirs desseins ? Ne me parlez pas du sang que j'ai versé ; vos mains ne sont pas plus propres que les miennes.

— Vous n'avez pas tort, concéda Kiara en gardant son calme. Pourquoi êtes-vous restée ici ? demanda-t-elle en fronçant les sourcils. Pourquoi n'avoir pas usé de magie pour vous libérer ?

— La magie protège cet endroit, répondit Dolyn en montrant les parois concaves. Il est impossible de tailler dans la roche.

— Et la trappe ? Vous auriez pu ressortir par un des tunnels inondés.

— J'ai essayé. J'ai cherché, mais toutes les sorties étaient scellées. (Elle souleva sa tunique crasseuse pour montrer sa peau recouverte de marbre blanc et d'écailles de platine blanc-vert.) Je n'avais pas la force nécessaire pour tailler dans les murs de pierre. Je ne peux même pas ralentir la transmutation sans une alimentation normale pour remplacer les minéraux que mon corps a perdus. J'ai besoin de viande, de lait et d'autres choses impossibles à obtenir quand on est enfermé dans une salle souterraine inondée.

— Bien sûr. Vous aurez tout ça.

— Vous allez me… laisser partir ?

— J'ai besoin de votre aide pour forger l'Épée de Recherche. Et Annev aussi. Il arrivera bientôt à Banok, et nous devrons être là pour l'accueillir.

— Pourquoi ferais-je une chose pareille ? s'enquit Dolyn, soupçonneuse. J'ai essayé de le tuer !

— Il n'en sait rien, expliqua Kiara, complétant la réflexion de la femme. Avant que vous essayiez de marchander : vous n'aurez pas la Main de Keos, et je ne vous permettrai pas de vous emparer du Vaisseau. Je l'ai déjà promis à Tàcharan, et si vous vous dressez en travers de ma route, vous deviendrez mon ennemie.

— Dans ce cas, vous n'avez rien à m'offrir.

— Vraiment ? (Kiara désigna la fontaine et son contenu iridescent.) Je vous propose autant d'*aqlumera* que vous pourrez en transporter en échange de votre aide pour forger le *diamagus*.

La Grande-Prêtresse orvane lâcha un grognement et réfléchit.

— C'est une… offre tentante.

— Ne faites pas l'effarouchée. Vous connaissez la valeur de mon offre.

— Qu'est-ce qui m'empêche de vous tuer ici et maintenant et de m'enfuir par le tunnel que vous venez d'ouvrir ?

— Le destin, répondit Kiara d'un ton assuré.

La forgeronne fronça les sourcils devant cette réponse cryptique, mais finit par hocher la tête.

— Que Cruithear me maudisse, mais… j'accepte.

— Parfait. Il y a des pots d'enchantements, sur cette étagère. Prenez tout ce que vous voudrez. Vous en aurez besoin pour forger l'Épée.

Kiara marcha entre les rayonnages, guidée par une intuition surnaturelle. Au milieu de la troisième rangée, elle s'accroupit pour récupérer un sac de cuir contenant l'autre objet qu'elle cherchait : une lampe en laiton gravé, orné d'un millier de runes en darien ancien.

— Qu'est-ce que c'est ? s'enquit Dolyn en regardant par-dessus l'épaule de la maîtresse femme sage.

— Une lampe, répondit Kiara en rangeant l'objet dans la poche de son tablier.

— Et elle est spéciale, cette lampe ?

— Les Dionaques de Tobar pensent qu'elle abrite l'Oracle d'Odar.

— Ils le pensent ? Et que contient-elle, en réalité ?

Kiara sourit, le regard scintillant de secrets que seule une Grande-Prêtresse de Tàcharan pouvait connaître.

— Ma chère Dolyn, vous ne me croiriez pas si je vous le disais, et c'est un secret que j'emporterai dans ma tombe.

APPENDICE

Système magique de Luquatra

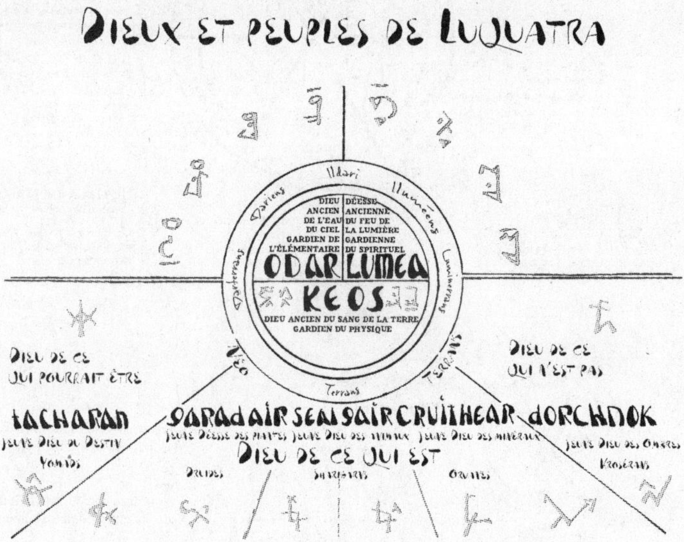

Magie primordiale

Auramancien
Télempathe
Projette des émotions sur autrui / Les modifie ou les intensifie / Projette son aura

Créateur de tempête
Projection de pensées
Capable de parler par télépathie en projetant des pensées dans l'esprit d'autrui / Attaques psychiques

Chevaucheur d'âme
Empathe
Perçoit et adopte les auras émotionnelles d'autrui / Capable de consumer les forces vitales / Absorbe l'aura

Artificier
Fabrique des artefacts
Produit des artefacts magiques en imbibant un matériau du sang d'un autre artisan

Arpenteur d'esprit
Lecture de pensées
Capable d'entendre par télépathie en tirant sur les pensées d'autrui / de voler des souvenirs et de siphonner

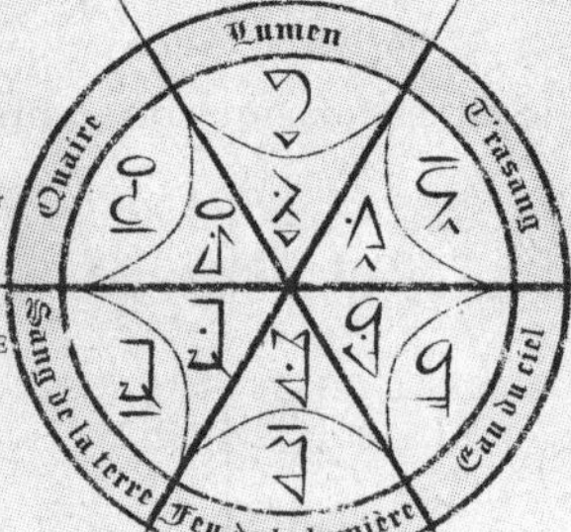

Inquisiteur
Détecte les mensonges / Soigneur / Pisteur
Détecte les mensonges en surveillant le pouls / Autoréparation / Traque surnaturelle grâce au goût et à l'odeur du sang / Divination par le sang

Modeleur de terre
Modèle la terre
Capable de changer la forme des minéraux et des végétaux qu'il touche / et de transformer la terre

Briseur de souffle
Bulles vides d'air, brouillard
Change l'eau en vapeur et crée des bulles de vide / Bulles de bruit et rafales de vent

Seigneur de sang
Hémokinésie
Comprime le sang en une arme télépathique / Peut manipuler une personne qui saigne

Lanceur de lumière
Boules de feu, éclairs, illusions
Capable de lancer des globes de lumière et des boules de feu / Tord la lumière pour générer des images miroirs

Porteur de bouclier
Lames d'air, boucliers, glace
Change l'eau en glace / Crée et manipule des éclats d'Eau du ciel condensée

Chanteur de lame
Lames de feu, invisibilité
Crée de fausses auras et devient invisible en tordant la lumière autour de son corps

= Pousser / Étendre
= Tirer / Condenser

= Odar
Dieu ancien de l'Eau du ciel
Gardien des Dariens mentaux

= Lumea
Déesse ancienne du Feu de la lumière
Gardienne des Iluméens spirituels

= Keos
Dieu ancien du Sang de la terre
Gardien des Terrans physiques

= Métaphysique
= Élémentaire

Magie néoterrane

Descendants de Keos, sous-ensemble du T'rasang et du Sang de la terre

Minéral
Modèle la pierre et le métal
Capable de modeler et de déplacer la pierre et le métal en le touchant / Certains sont capables de déplacer de la terre sans contact physique

Ferné
Devient roche ou métal
Capable de se changer en roche ou en métal / Certains sont capables de pratiquer cette technique sur autrui

Maître forgeron
Minéral et Ferné

Change-peau
Métamorphe animal
Capable d'adopter les caractéristiques physiques d'autres animaux / Peut devenir son animal spirituel

Maître des bêtes
Empathe animal
Communique de façon spirituelle avec les animaux / Entend leurs pensées et voit par leurs yeux

Shaman
Change-peau et Maître des bêtes

Semeur
Contrôle les plantes
Capable de modeler et d'animer les plantes se trouvant à proximité / Accélère ou suspend leur croissance

Orateur
Perçoit grâce aux plantes
Ressent la force vitale des plantes se trouvant à proximité / Perçoit à travers elles / Moissonne les souvenirs des végétaux

Duramen
Semeur et Orateur

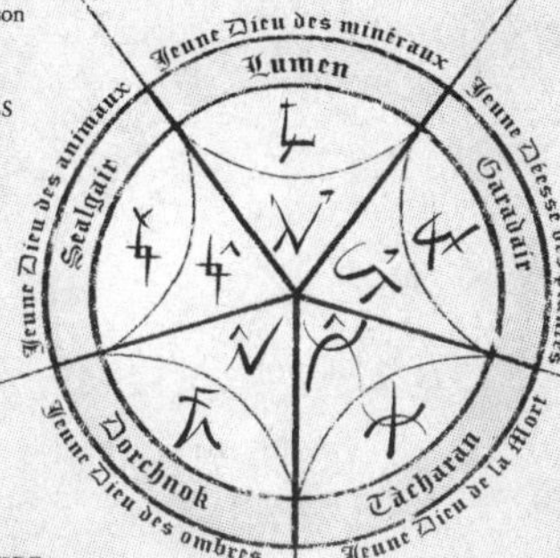

Tisseur de vide
Manipule l'espace-temps
Augmente la densité de la matière et l'attraction gravitationnelle entre objets / Capable de créer des portails et de manipuler le temps

Faiseur d'ombres
Mage de l'ombre
Diminue la densité de la matière et l'attraction gravitationnelle entre objets / Capable de passer dans le domaine de l'ombre, de ralentir le temps et de créer des êtres d'ombre

Seigneur noir
Tisseur de vide et Faiseur d'ombres

Nécromancien
Nécromancie
Ranime la matière organique morte / Communie avec les morts / Perçoit la mort / Espérance de vie surnaturelle

Voyant
Divination
Prédit l'avenir avec une assez grande précision / Précognition limitée / Espérance de vie surnaturelle

Liche-Moelle
Nécromancien et Voyant

○ = Élémentaire extérieur

○ = Élémentaire intérieur

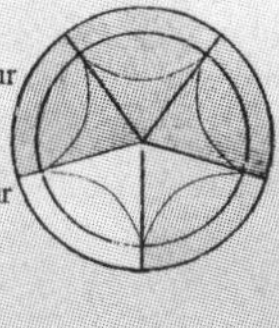

○ = Dieux de ce qui est

○ = Dieux de ce qui pourrait être

○ = Dieux de ce qui n'est pas

Remerciements

Je suis tellement reconnaissant à l'équipe de Blackstone qui a rendu possible cette aventure – de l'écriture à la magnifique couverture, en passant par la promotion et le partage du résultat –, qui m'a aidé à rendre la meilleure version possible de mon travail. Merci Lauren Maturo, Megan Wahrenbrock, Deirdre Curley, Kathryn G. English, Zena Coffman, Rick Bleiweiss, Jeffrey Yamaguchi, Josie Woodbridge et les autres. Permettez-moi également de chanter les louanges de mon éditrice britannique, Gillian Redfearn, dont le regard affûté, les conseils avisés et la sagesse m'ont permis de faire d'un travail préparatoire quelque chose de spécial. Lorsque je me suis inquiété de ce que le *Maître Artificier* risquait d'être trop long, elle m'a encouragé à rester sur cette voie car mon histoire était bonne. Je me sens réellement privilégié d'avoir bénéficié de cette confiance, alors, merci encore à Blackstone, Gollancz et à tous mes éditeurs de par le monde d'avoir cru en moi, en mon écriture et en cette série.

Je me dois de remercier aussi ma formidable épouse Collette, dont les sacrifices m'ont permis de devenir écrivain et de m'isoler assez longtemps pour écrire ce pavé ! J'ai déjà dit que Co n'était pas vraiment une amatrice d'Imaginaire en général, en revanche, elle croit en mon écriture. Elle sait que cela me rend heureux et que beaucoup de personnes prennent du plaisir à me lire. Merci de me soutenir, Coco.

Et puis, il y a mes gamins, que j'adore ! Quand vous serez grands, vous lirez peut-être ces livres et comprendrez pourquoi papa a passé tellement de temps enfermé dans son bureau. À Tord – qui est déjà assez grand pour lire –,

sache que je t'aime et te soutiens, et que je chéris les moments passés avec toi à lire les histoires écrites par mes collègues.
J'aimerais également remercier trois personnages de l'ombre, dont la contribution a rendu mon livre encore plus épique. Si vous lisez ce livre au format eBook, broché ou poche, sachez que tous les symboles, cartes et éphémères ont été illustrés et légendés par mon ami Jared Sprague ; nous avons passé de nombreuses heures à préparer et peaufiner ses illustrations afin d'enrichir le monde que j'avais créé. Je tire également mon chapeau à Jen Elliott – à l'heure où j'écris ces lignes, elle est la graphiste principale du jeu de rôle *Forgotten Realms* –, l'auteure du phénoménal diagramme expliquant les règles et catégories des systèmes magiques des Dieux silencieux. Si ce n'est déjà fait, jetez un coup d'œil à ses travaux, ils sont magnifiques. Enfin, j'aimerais dire merci à Peter Kenny, l'incroyable narrateur de mes livres audio. Si vous écoutez son travail, vous n'avez probablement pas vu les illustrations dont je parlais précédemment, mais vous avez la chance de profiter des extraordinaires talents de Peter, qui donne vie à mes personnages, mon monde, mon histoire. Peter est un grand professionnel, mais aussi une des personnes les plus sympathiques que j'aie rencontrées dans le monde de l'édition (et ailleurs), et je suis ravi de le compter parmi mes amis.
Pour conclure, j'aimerais remercier mon agent Danny Baror. Sans lui, personne n'aurait jamais entendu parler de mes histoires – ni aux États-Unis, ni à l'international. Depuis le début, Danny a cru en mon talent de conteur, et je lui serai à jamais reconnaissant.

Achevé d'imprimer en mai 2023
Par CPI Brodard & Taupin à La Flèche
N° d’impression : 3053078
Dépôt légal : juin 2023
Imprimé en France
2811410-1